元曲与民俗

上

Yuan Drama and Folklore

陈旭霞　著

人民出版社

国家社科基金后期资助项目
出版说明

后期资助项目是国家社科基金设立的一类重要项目，旨在鼓励广大社科研究者潜心治学，支持基础研究多出优秀成果。它是经过严格评审，从接近完成的科研成果中遴选立项的。为扩大后期资助项目的影响，更好地推动学术发展，促进成果转化，全国哲学社会科学规划办公室按照"统一设计、统一标识、统一版式、形成系列"的总体要求，组织出版国家社科基金后期资助项目成果。

全国哲学社会科学规划办公室

前　　言

　　元曲是有元一代的文学样式。它的出现，不仅给"恹恹无生气的'诗'坛的活动重新注入新的活力，使之照射出万丈的光芒，有若长久的阴霾之后，云端忽射下几缕黄金色的太阳光；有若经过了严冬之后，第一阵的东风，吹拂得青草微绿，柳眼将开"①；而且第一次大量地、自觉地以"闾里市井父子兄弟夫妇朋友之厚薄，以至医药卜筮释道商贾之人情物性"②为主要描写对象，通过"完全使艺术面向现实"③的视角，记录了逝去的元代社会历史，尤其是对当时人们社会生活的描写，具体而生动。在一幅幅流溢着浓浓的极具动感的农耕文化的风俗画中，在一曲曲流动着极其悠扬的市城村野小唱中，不仅再现了元代人民的许多原生状态的生活场景和人生百态，记录了大量民间风情、市井情趣、闾巷习俗、社会掌故，补充了《元史》的缺笔，印证和丰富了元代笔记小说等历史典籍的相关记载，也展示了长久生息在北方广大区域的少数民族的经济生活、婚嫁礼仪、岁时节令、衣食住行、文化娱乐等习俗之美，保留了丰赡至极的草原民俗文化。在一篇篇充满了元代人对宇宙人生诗化思考的杂剧、散曲中，或歌颂，或疾恶，或感伤，或揶揄，或谴责，对元代社会生活、社会风尚乃至文化心理作了"原汁原味"而有趣的描摹，艺术地再现了当时民俗文化"生产场域"的具体形态，以及各民族在风土人情上的相互影响、相互融合的社会风貌。

　　也许，元曲描摹的一些乡俗民情对今天的大多数人来说，会觉得很陌

---

①　郑振铎：《插图本中国文学史》，人民文学出版社 1957 年版，第 727 页。
②　邓绍基：《元代文学史》，中国社会科学出版社 2007 年版，第 34 页。
③　［苏］赫拉普钦科：《果戈理的"死魂灵"》，付大工译，新文艺出版社 1957 年版，第 258 页。

— 1 —

生,有远古蛮荒之感,但就是它们和当时生存状况相联系,并"由诗人画出它的形象"①来时,就成为一种艺术,一种美,就产生了巨大的艺术感染力和艺术冲击力,使元曲成为伟大。

元曲之所以伟大,不只是由于它在 13、14 世纪站到了文学艺术的巅峰,也不只是由于它描写了元代的民俗万象,成为具有政治、道德、伦理、哲学以及审美、文化教育和在各种场合里应用多种意义的经典,还由于它从诞生之日起,就像一只美丽的和平鸽,始终在历史与现实交汇、在民族文化交融、在中外文化交流的悠远时空中自由地翱翔;如大海,随着波涌,潮动,浪卷,涛飞,一串串凝聚着元代精神灵韵的音符,一曲曲反映元人爱情、乡情、友情、恋情、亲情、人情乃至国家之情大俗又大美的交响,自地平线的那一端奔流而来,时而疯狂,时而絮语,时而暴逆,时而温纯,时而低吟,时而亢奋……从中,那飞溅着渗入元代精神魂魄的浪花,那翻滚着融入元人人生体验和生命意识的波涛,感染着每一位观海者的心。如果我们真正要具象地而不是抽象地去了解元代民俗的"庐山真面目",细致地而不是粗线条地去了解元曲这件洋溢着中华民族文化馥郁气息的艺术品,就不能不到这座民俗文化的海洋中去捕捉、去开掘、去提炼。因为"这是艺术品最后的解释,也是决定一切的基本原因"②。更因为在提倡阅读经典的今天,我们借用民俗学视角,对元曲展现贵妍多姿的民俗风采和摇曳多姿的民俗情韵进行巡礼阐释,或从中撷取一些经典的生活场景,看元代人的生活,在一种感性的了解中收获理性的认知,在那些杂剧、散曲里,圆一个很少能在我们的现实里实现的梦;或探究其叙事理路,张力其时代精神,为我们进一步解读作为一种中国文学样式的元曲提供另一只眼睛,甚而为多元文化时代国家现代化建设提供借鉴。

陈旭霞

二〇一二年九月八日

---

① 鲁迅:《且介亭杂文二集·几乎无事的悲剧》,《鲁迅全集》第 6 卷,人民文学出版社 1981 年版,第 371 页。

② [法]丹纳:《艺术哲学》,傅雷译,人民文学出版社 1963 年版,第 7 页。

目　录

·上　卷·

第一章　元曲里的饮食

元代颠覆得太多,铁蹄踏处,"塌了酒楼,焚了茶肆"①,抢掠杀戮,生灵涂炭,空前的浩劫,巨大的灾难,为中国几千年的历史所罕见。但中华文明总是寒而不凋,霜而更翠。正如恩格斯所指出的,在颠覆中,"野蛮的征服者,在绝大多数的情况下,都不得不适应征服后存在的比较高的'经济情况';他们为被征服者所同化"②。随着多民族的杂居与融合,游牧文明与农业文明、北方文化与南方文化、雅文化与俗文化等或相互交汇、或相互碰撞、或相互冲突乃至变异,又使元代蔚成多重交融的文化烂漫,簇动着太多的创新与飞跃:疆域空前的大一统,各民族间空前的大融合,交通空前的大发展,中外文化空前的大交流,特别是在多元文化中孕育并繁盛的元曲和因之中国文学史发生由雅而俗、雅俗交融的大转折。民族融合是推动历史跃进的杠杆。其间,每一次大的民族融合完成,都会刷新一轮耀眼文明,历史总会挺起一脊大发展的洪峰;每一个时代灿烂的民族融合之花,必然结成这个时代丰硕的文明与文化之果③。元代是一个令世界激荡的元代,它以勃勃不可抑止的创造力、扩张力、竞争力、进取力,对中国历史乃至世界历史的进程产生了巨大的、不可磨灭的影响。一如有学者所言,"元代中国的统一有力地促进了整个旧大陆经济文化交流的历史走向。多元文化在这个'世界体

---

① 张可久小令[正宫·小梁州]。书中所引元曲,均出自徐征等主编:《全元曲》(共十二卷),河北教育出版社 1998 年版。并凡未冠朝代的作者,均为元代。

② 中共中央马克思恩格斯列宁斯大林著作编译局编译:《马克思恩格斯全集》(第 20 卷),人民出版社 1971 年版,第 199 页。

③ 聂还贵:《中国,有一座古城叫大同》,《中国作家》2011 年第 20 期。

系'的最东部分展示了它五光十色的风采,其意义甚至已超越中国文化本身,而体现了旧大陆上人类'大历史'的脉动"①。

疆域空前的大一统,是元代最风采的"'大历史'的脉动"。代宋而立的元王朝,重建和发展了自汉唐以来的疆域,东南到海,包括台湾等各沿海岛屿,西抵葱岭(今帕米尔高原),西南到西藏、云南,北至西伯利亚,东北到鄂霍次克海的广大地域,尽入元王朝的版图,从而结束了自五代十国以来长期多个政权并存,长达三四百年之久的分裂、割据局面,重拓了宋朝一直未能恢复的疆域②。在这统一的疆域上,元世祖忽必烈大力推行汉法,在"国以民为本,民以衣食为本,衣食以农桑为本"③的治国思想指导下,抚辑流亡,整顿户籍;设置屯田,开垦荒地;立司农司,劝课农桑;兴修水利,发展生产;税粮差役"一本于宽"④。一系列的重农政策和措施,在一定程度上调动了农民的生产积极性,为元代农业的快速恢复装上了飞轮。元朝的农业生产,从耕、耘、种、收割等耕作技术到垦田面积、水利兴修乃至农业气象等都得到了较快的恢复和发展,粮食的产量与质量得到了提高,北方地区创造出一年三熟的奇迹;粮食品种和种类也增多了,除水稻、旱稻、大麦、小麦、粟、菽、稷等承前代外,还增加了蜀黍、荞麦等新作物⑤。蔬菜水果在前代既有成果的基础上进一步发展,不仅品种、产量、种植区域、种植技术、种植的规模化和专业化等方面大大超越前代,而且在加工、运输、经营、消费等方面也较前代更具多样性,并进一步显示出其作为经济作物的商品性功能。肉食结构日趋科学合理,羊肉食用普遍而广泛,且以羊为尊的观念越来越深入人心,猪肉随着饲养业的发展,在元代社会生活中地位越来越凸显,其他肉类,如牛肉、狗肉、鹿肉、黄羊、驼肉等,也是当时重要的肉食来源。鸡鸭鹅等家禽的比例明显上升。元代人在肉食领域内的深度追求,反映出北方游牧民族的生产和生活对中原饮食文化的影响。海洋捕捞业和养鱼业有很多地开发,

---

① 姚大力:《"天马"南牧:元代的社会与文化》,长春出版社 2005 年版,第 41 页。
② 暨南大学中国文化史籍研究所等:《宋元明清史论集》,暨南大学出版社 1997 年版,第307 页。
③ (明)宋濂等撰:《元史》,中华书局 1997 年影印本,第 2354 页。
④ (明)宋濂等撰:《元史》,中华书局 1997 年影印本,第 2351 页。
⑤ 叶依能:《元代粮食生产和粮食商品化》,《中国农史》1994 年第 4 期。

海产品日益丰富,蟹虾等水产成为百姓餐桌上常见的食品。多样化的食品贮存、加工方法更把元代食品加工园地点缀得斑驳陆离,加工类调味品,如酱、醋、糖等成为生活中不可离的主要调味品;油料类调味品,如胡麻、芝麻等更加深入地进入百姓的日常生活。一些外来调味品,如胡椒在元代人的生活中更受青睐。元代食品贮存加工的技术也为元代饮食审美增添了色彩,干燥法、盐制法、糖制法等,在前代食品贮存加工的基础上,不断有所创新、有所发展。元代的酒是中国酒文化史上绕不过的一个章节。完整意义上的蒸馏酒在元代的出现,标志着中国传统酿酒技术进入一个质变飞跃的崭新阶段,是中国酒制造史、酒生产史上一次划时代的变化。元代茶的生产和饮用虽然基本沿袭宋制,即前代的"点茶"、"煎茶"之风依然盛行,但饮茶方式和文化内容却出现了前所未有的新景象,即"煮茶芽"的方法日益流行开来,在中国茶文化史上写下了辉煌的一页。

元代另一"'大历史'的脉动"是交通获得空前的大发展。元代的交通远比前代发达完善,突出地表现在四个方面:

第一,开凿山东境内的济州河与会通河,北京境内的通惠河,使南北大运河全线贯通。京杭大运河全长 1794 公里,比隋大运河缩短近 800 公里[1],连接了海河、黄河、淮河、长江和钱塘江五大水系,加强了京师与最富庶的江南地区的联系。

第二,元代前后开辟三条海运航线。第一条是 1282 年(至元十九年)"自平江刘家港(今江苏太仓县浏河)入海,经扬州路通州海门县黄连沙头、万里长滩开洋,沿山屿而行,抵淮安路盐城县,历西海州、海宁府东海县、密州、胶州界,放灵山洋投东北……行月余始抵成山。计其水程,自上海至扬(杨)村码头,凡一万三千三百五十里"[2]。第二条是 1292 年(至元二十九年)"自刘家港开洋,至撑脚沙转沙嘴,至三沙、洋子江,过扁担沙、大洪,又过万里长滩,放大洋至青水洋,又经黑水洋至成山,过刘岛,至芝罘、沙门二岛,放莱州大洋,抵界河口"[2]。再一条是 1293 年(至元三十年)"从刘家港

---

[1]　陈宁骏:《大运河漕运的兴衰》,《文史春秋》2007 年第 3 期。
[2]　(明)宋濂等撰:《元史》,中华书局 1997 年影印本,第 2365—2366 页。

入海,至崇明州三沙放洋,向东行,入黑水大洋,取成山转西至刘家岛,又至登州沙门岛,于莱州大洋入界河"②。三条航线一条比一条便捷,取道较直,航期更短。

第三,元代还在宋代的基础上,开辟了一些新的远洋航线,如有从中国广州、泉州、杭州、温州、庆元(宁波)等港口出发,往南可以到苏门答腊、缅甸,往西北到孟加拉国,再向南到马八儿(印度科罗曼德耳海岸),向西至波斯湾(伊拉克)、亚丁湾,再往西到默伽(麦加)及开罗。元代海运的开辟,是中国海运史上划时代的大事,它对于商业的发展、大都这座当时受世界瞩目的国际大都市的供给和繁荣、南北经济的交流,都具有重大作用。

第四,成吉思汗统一漠北后,建立起一个横跨欧亚大陆的庞大帝国,被阻滞多年的中西陆路交通又重新畅通①。据记载,元朝腹地和各行省的驿站共有1600处之多②。在四通八达的一条条丝茶流光溢香的驿道上,各国使节往来不绝,东西方贩运商队相望于途,呈现空前活跃的局面。元代成了中国历史上对外交通最发达的时期之一。美国学者卡特论及元代中西交通之盛况时说:

> 从13世纪中叶至14世纪中叶一百多年光景,欧洲和远东之间接触的频繁,前所未有,也可能超过直至快近19世纪止的后来任何时期,对西方的旅客说,中国是一个充满神奇、财富和文明的地方,一个应该尊重的国土……许多大道建筑起来,骑在快马之上的大军,继续在大道上奔驰往来,络绎不绝。继之而起的就有商业上的往来;近东各地与远东各地之间,通过土耳其斯坦关隘和蒙古沙漠的陆地贸易,达到空前绝后的盛况。中国和欧洲正面相遇……③

英国历史学家韦尔斯也说:

> 这段蒙古人的征服故事确实是全部历史上最出色的故事之一。亚历山大大帝的征服,在范围上不能和它相比。在散播和扩大人们的思

---

① 周一良、吴于廑:《世界通史》(中古部分),人民出版社1972年版,第242页。
② 据《元史·地理志》和《经世大典·站赤》记载,全国共设驿站1519处,加上西域、西藏等边远地区的驿站,则超过1600处。
③ 徐澄:《"中"为"洋"用:中国美术对西方的影响》,《文艺研究》2000年第6期。

想以及刺激他们的想象力上,它所起的影响是巨大的。一时整个亚洲和西欧享受了一种公开的交往;所有的道路暂时都畅通了,各国的代表都出现在喀剌和林的宫廷上……教皇的使节,从印度来的佛教僧人,巴黎、意大利和中国的技工,拜占庭和亚美尼亚的商人,阿拉伯官员,波斯和印度的天文学家及数学家都汇集在蒙古宫廷里。我们在历史上听得太多的是关于蒙古人的战役和屠杀,而听得不够的是他们对学问的好奇和渴望。也许不是作为一个有创造力的民族,但作为知识和方法的传播者,他们对世界历史的影响是很大的。①

规模空前的海运河运和中西陆路交通的重新畅通,使得元代出现了多元文化共存共生,又各绽姿彩的时代特色,给元代的饮食文化带来至少三个方面的交融。一是南北饮食的交融。尽管元代总的食品格局依然是北方以面食为主粮,南方以米饭为主食。但运河的开通,更加便利南方稻米被大量地输送到北方各地,不仅丰富北方的粮食供给,改变时人饮食结构,而且这种南北交融的食品结构从元朝开始稳定,成为明清两朝沿用的模式。二是各民族饮食的交流。虽然各民族依然保留着自己独特的饮食习惯和饮食风俗,但由于各民族饮食文化的碰撞、交汇、磨合,中亚、西亚等国的粮食、果蔬、食品、饮料以及调味品的广泛传入与传播,使元代的食品结构较前代有了新的变化,汉族茶饭、蒙族食品、回族食品、女真食品等,多种饮食方式并存,呈现出丰富多彩的局面,构成元代饮食生活的一大特色。三是中外饮食的交流。一些来自域外的蔬菜、水果成为百姓的常食食品,有些至今仍在饮食市场上独领风骚。中国饮食吸收外来香料进行调味,使饮食中的调味品品种更加丰富,不仅使菜肴更加多姿多彩,而且提升了元代人的生活品质。中外酒品相互交流传播,多种外来酒的传入,如中亚的葡萄酒等,进一步丰富了我国酒文化,对日常生活的其他方面也带来了重大影响。大量外来食品的传入,引起了大规模、迅速、积极、广泛而深刻的饮食文化交流,使以往相对比较封闭、迟滞的饮食文化开始了突破常规的发展。

代表有元一代文学样式的元曲记录了这种发展。它形象地记录了元代

---

① ［英］韦尔斯:《世界史纲——生物和人类的简明史》,人民出版社1982年版,第763页。

不断增多的饮食原料,更加成熟的食品加工和制作技术,遍布城乡各地的酒楼、茶坊、食店,享誉全国乃至世界的著名特色品牌,较之前代更加先进的饮食业布局、饮食结构、进食方式以及饮食保健、饮食礼俗、饮食观等。正如19世纪法国现实主义文学家巴尔扎克在他的《人间喜剧》中说:"法国社会将要作历史家,我只能当它的书记,编制恶习和德行的清单,搜集情欲的主要事实,刻画性格,选择社会主要事件,结合几个性格相同人的性格的特点,揉成典型人物,这样我也许可以写出许多历史学家忘记写的那部历史,就是社会风俗史。"①元曲是多民族文化孕育的,是盛开在中国文化"草长莺飞"春天里的杂交珍朵,其中草原文化的刚健质朴、雄豪狂悍,以及游牧经济具有的天然的交换性和对外扩张性,犹如暴风骤雨般地席卷而来,引起抑商、贱商的传统商业观念的裂变,给汉唐以来渐趋衰老的帝国文化输入了雄鹰骏马般的草原活力与文明钙质②,"为积淀深厚的儒家礼法撕裂了一条缝,使得各种被压抑、深隐的思想能够放纵,脱笼而出"③,从而使传统的儒家诗学精神被撕破,新思想的灵光闪现。再加上元代科举长期被废止,文人沦落为娼丐之列,贫穷的生活吞噬了他们的传统人格理想,使他们与传统观念产生背离情绪,试图以新的生活方式消解内心的愤懑,这就是元曲所表现出的对传统文学精神背离的文化因素。也正因为如此,我们才获得了一曲曲诵唱元代民族饮食文化交流的咏叹调,一段段或歌颂、或疾恶、或感伤、或揶揄,或谴责,但却具体而生动地补充了《元史》及笔记小说等缺笔的元代饮食文化历史的记录,一幅幅展示元代人的生命活力、时代精神和社会世相的风俗画。

在这一幅幅风俗画卷中,演绎着元代情文稠叠的食风——继承前代但更加完善的节日饮食,真正从元代开始成为惯制的一日三餐制,在元代市民阶层中蔚然成风的以饮食补身养生的食疗观念,渗透着强烈的食与自然和谐审美意识的本味食品,具有浓郁民族风味的特色食品,令人饕餮垂涎的

---

① 〔法〕巴尔扎克:《人间喜剧》前言,《文艺理论译丛》1957年第2期。
② 冯天瑜、杨华:《中国文化发展轨迹》,上海人民出版社2000年版,第262页。
③ 刘祯:《元代审美风尚特征论》,《中国文化研究》2001年第2期。

"黄花宴"①、蟠桃宴②、春宴③、玳筵④、碧筒宴⑤、蕤宾宴⑥,遍及宫廷朝野的"琼林宴",以及民间百姓和文人雅士聚集的"野宴"、"寿宴"、"夜宴"、"船宴"等。古朴、粗犷、自然、厚实而多样的食风,至诚大方、体现其心拳拳、使人如沐春风、情暖胸怀的食礼,为元代社会文化的多元性与特殊性、开放性与兼容性涂抹了绚丽的一笔。

在这一幅幅风俗画卷中,罗列着一系列不同滋味的酒——甜酸苦辣的,素涩浑淡的,礼乐豪雅的。一盏盏滋味各异的酒,有"船头酒醒妻儿唤,笑语团圞"的渔家饮,有"海鸟忘机"的友情饮,有"纶巾蒲扇,酒瓮诗瓢"的雅饮,有"疏狂逸客,一樽酒尽"的豪饮,有"村醪酽,歌声冉冉"的村饮,有"浮蛆瓮,活鱼自烹,浊酒旋筘红"⑦的闲饮……一杯杯热热烈烈的酒,将社会的炎凉与酒的滋味混合,将不同民族、不同阶层的酒的礼仪、方式、习俗交汇,不仅让元代人享受了酒的醇美,也享受了浓浓而又绵绵的酒文化的馨香。一次次的醉,不仅洗尽元代人的压抑、苦闷与忧愁、颓废的色彩,而且抚平了元代人难以言说的精神创伤,消融了心头的块垒。经过了醉的煎熬,醉的洗礼,这炼狱的"醉",诞生了元代韵味十足、意境无限的酒文化,并与元代的酒器、筵饮、歌舞、酒伎、酒令以及酒曲一同组成元代酒俗大合唱,体现着元代人文精神的真面目、真魂魄。元曲也借着这纵情任性的酒风、淳朴自然的茶风、粗犷大方的食风,鲜鲜活活地从诗词的国度里脱颖而出为世界文学艺术宝库中的一颗璀璨明珠。

在这一幅幅风俗画卷中,飘拂着元代上承唐宋、下启明清茶风的茶——清茶苦茶、嫩茶新茶、团饼茶、兰膏茶、花果茶,各色的茶,琳琳琅琅的茶品,多元的饮茶方式,斑斓的茶事,缤纷的茶蕴,放牧着元代人的灵魂。以茶隐

---

① 任昱小令[双调·清江引]《湖上九日》:"芙蓉岸边移画船,沉醉黄花宴。"
② 王恽小令[越调·平湖乐]《寿李夫人》:"小园不惜买花钱,妆点蟠桃宴。"
③ 元好问小令[中吕·喜春来]《春宴》:"春风春酝透人怀。春宴排,齐唱[喜春来]。"
④ 盍西村套数[正宫·脱布衫]《春宴》:"吴歌楚舞玳筵排,有猩唇豹胎。"
⑤ 汤舜民套数[双调·夜行船]《赠玉莲王氏》:"休将玉漏催,且尽碧筒宴。"
⑥ 无名氏杂剧《阀阅舞射柳蕤丸记》第四折:"贺蕤宾如画图。彩索灵符,酒泛菖蒲。丹漆盘包金角黍,巧结成香艾虎。"
⑦ 乔吉小令[中吕·满庭芳]《渔父词》。

志,以茶励志,以茶明志,元代人在这嘉叶瑞草中捕捉到了生活的美色。尤其是元曲中对茶品、茶艺、采茶、茶具、茶店、茶师、茶礼的鲜活描写,尽展元代茶风和世俗,多层次、多方式、多角度地记录了元代不同阶层、不同地区人们品茶的习俗、趣味,煮茶的方法、茶具的演变、茶店的兴隆,生动地反映了吃茶之举在当时社会中的地位和作用。

也正是这样的一幅幅处处体现着元朝重食、尊食饮食文化价值观的社会生活图景,真切地展现了元代城乡民众的日常生活,生活中的种种矛盾纠葛和城乡民众的生存状态和人性的善恶情伪,艺术地再现了元代民俗文化"生产场域"的具体样貌,各民族在风土人情上的相生共存,又各绽姿彩的时代特色。

更为重要的是,尽管元曲中所展示的是大众的、民间的、市井的饮食,尽管元曲的描写不等同于具体的实物和严谨的史料记载,但当我们从民俗学或民族学的角度,按照美学的标准审视元曲中的饭粥羹汤、菜肴果品、茶歌酒曲,就会发现,元曲中记写的丰富多彩的食品种类、自然质朴的烹饪技艺以及茶艺茶道和酒宴酒风所蕴藏的深刻的文化内涵和社会意义,远远超过了记写本身的价值。元曲中的饮食所承载的文化意义,作为一种文化的传承,虽然蕴蓄绽放在元曲中,但却绚烂在中华民族的饮食文化史上。

一、元曲里的食俗

元代是中国古代食文化承上启下的时期,虽然战争使得中国经济遭到极大破坏,但蒙元王朝统一之后,蒙古统治者全面推行汉法,贯彻执行一系列有利措施,实现了"汉唐极盛之际,有不及"的空前大统一,出现了"轻刑薄赋,兵革罕用"[①]的和平安定时期,使得农业生产得以恢复和发展,不仅粮食种植面积增加,而且单位面积产量与唐、宋相比有了较大的提高,粮食品种如水稻、旱稻、大麦、小麦、粟、菽、稷等虽仍承前代,但元代以前传入的蜀

---

① (明)叶子奇:《草木子》,中华书局 1959 年版,第 47 页。

黍、荞麦等农作物开始普及，并越来越受到百姓的欢迎，种植面积与范围不断扩大。水稻品种比前代有所增加，稻作在北方普遍种植，蓟州（今河北蓟州）、渔阳（今天津蓟县）已经有了长年种植稻谷的"稻户"①。南方除栽种水稻之外，福建地区还出现了"有得占城稻种，高仰处皆宜种之"的旱稻生产，此旱稻谓之"旱占"，是"一种有小香稻者，赤芒白粒，其米如玉，饭之香美，凡祭祀延宾，以为上馔，盖贵其罕也"的"旱稻种甚佳"者②。麦作在南方不断扩大，江南一些地区一年两熟和一年三熟制得到了发展。地处北方的山西出现了粮食作物的一年三熟制③。周边少数民族地区的农业在各自原有的基础上亦获得了长足的进步。如甘肃行省包括今甘肃省、宁夏及内蒙古自治区部分地区，地域相当于原西夏政权管辖的范围。这里自古"地饶五谷"，又盛产骆驼和马羊。在蒙古军队歼灭西夏的战争中，此地破坏惨重。忽必烈即位后，采取招集流民、奖励垦殖、兴修水利和屯田等措施，使农业很快得到恢复和发展。至元二十六年（1289），朵儿赤在中兴路垦田，"凡三载，赋额增倍"④。再如云南行省，元朝政府在云南中庆、威楚、武定、建昌、大理等路以及永昌、腾冲诸府大量屯田，从此这些地区开始出现"野无荒闲，人皆力耕，地富饶"⑤的可喜现象。足迹几乎遍及中国的意大利商人和旅行家马可·波罗，在游历云南时看到大理"土地肥沃，盛产稻米和小麦"⑥。果树普遍种植，海产品不断普及，肉食产品日益丰富，这些都促进了元代食文化的繁荣。元代还是中外饮食文化交流承上启下的重要时期，各种食料、食品源源不断地传入，大大丰富了膳食内容，使人们有了更多的选择，食文化更加多姿多彩。元曲以艺术化、生活化的方式，生动地展现了元代的食风俗，其中既有对江南"饭稻羹鱼"食习俗的描写，有北方"饭面食肉"食风俗的记录，也有对北方少数民族"食肉饮酪"食生活的记叙，更不乏

---

① （明）宋濂等撰：《元史》，中华书局1997年影印本，第335页。

② （元）王祯：《农书》，中华书局1956年版，第57页。

③ 叶依能：《元代粮食生产和粮食商品化》，《中国农史》1994年第4期。

④ （明）宋濂等撰：《元史》，中华书局1997年影印本，第3255页。

⑤ 陈贤春：《元代农业生产的发展及其原因探讨》，《湖北大学学报》（哲学社会科学版）1996年第3期。

⑥ ［意大利］马可·波罗：《马可波罗游记》，陈开俊等译，福建科学技术出版社1981年版，第145页。

对民间百姓"藿食藜羹"食风尚的描述。这些描写,能够帮助我们了解当时人们在承袭传统食品食材的同时,又吸纳大量少数民族的食品元素,各地风味相互渗透,食品种类更加繁多,食品结构更加合理,烹饪技艺更为活跃的饮食习俗;能够帮助我们了解从元朝开始稳定的南方稻米被大量输送到北方各地,并成为明清两朝沿用的模式,对丰富北方人粮食供给,以及南北交融的饮食结构对时人饮食结构的影响;能够帮助我们了解自汉以来进口的许多外来食品全面进入元代平常百姓家,并在日常膳食中逐渐普及,且不少品种流传至今的饮食方式。另外,元曲深刻揭示的元代烹调意识中的人情味,饮食环境里的乡土情,食店的商招,厨师的行话,以及岁时食俗、乡规民约、饮食仪礼、饮食制度;各地看馔的品味和审美等,都是帮助我们了解和认识元代社会尚食风气的厚重,以及其对元代社会影响的重要途径。

（一）面 肉 蔬 果

尽管随着蒙古族、回族等民族食习俗的传入南渐,元代南北饮食文化交流较前代更为普遍,但总的食品格局依然是北方以面食为主粮,南方以米饭为主食。肉禽鱼虾类食品在食结构中占有越来越重要的地位,鱼羊为鲜的观念越来越深入人心。蔬菜瓜果类食品比宋代丰富了许多,在一定程度上反映出蔬菜瓜果类食品在元代膳食中越来越提升的地位和比重。元曲充分反映了元代人丰富多彩的食风,生动地再现了元代米、面、肉、鱼、蔬、果兼容的食物结构局面,真切地反映了元代的食生活品质和食消费质量。

1.面食

元代,麦的种植比前代广泛许多,麦作物不仅遍及北方,江南许多地区亦与稻谷间作。麦的种类主要是小麦、大麦和荞麦,其中小麦占主导地位。用麦类面制作的各种面食是当时人们的主要食品。主要的面食品种有饼、面条、馒头、馄饨等,而且每一类又有若干风味独特、制作方法不一、滋味各异的食品。

(1)烤烙面食

元代烤烙类的面食主要是饼。我国古代的"饼",其含义并非现代概念中团面烘烤而成的"饼",而是包含了所有的面食,其中不少带有历史的烟尘,相当古老。如蒸饼是蒸熟的面食,主要用于祭祀,有圆形、环形、豚耳、狗舌、剑带形等。汤饼是下锅在汤中煮熟的面食。到了元代,饼的烹制方法以在炉内打烙为主要特点,已与现在的饼没有太多的差别。元代的饼类食品十分丰富,是元代普通百姓的主要食品之一,在元代饮食中占有很重要的地位,正像元代学者熊梦祥撰《析津志·风俗》中对这一习俗的记载所说:"都中经纪生活匠人等,每至晌午以蒸饼、烧饼、馓饼、软馓子饼之类为点心。"①元曲中描写的饼,有以其来源于外来语得名者,如胡饼;有以加工的方法和工具而命名者,如烧饼、蒸饼、炉饼、煎饼等;有因加工方法特殊而命名者,如水答饼;有以其形状得名者,如薄饼、旋饼等。名目繁多的饼,反映了元代面制食品的丰富和元代人对饮食需求从单纯追求生理满足向追求生理和心理双重满足的转变。

烧饼在元曲中多有描写,如李文蔚杂剧《破苻坚蒋神灵应》第一折:"硬面烧饼嚷九十。"关汉卿杂剧《包待制三勘蝴蝶梦》第三折王婆婆到囚牢中送饭,对王大、王二云:"这里有个烧饼,你吃,休教石和看见。"杨显之杂剧《临江驿潇湘秋夜雨》第四折女主人公张翠娥因被害发配,随解差避雨在馆驿门楼下,解差做脱衣科,云:"袖儿里还有个烧饼,待我吃了罢。"无名氏杂剧《神奴儿大闹开封府》第二折李德义云:"二嫂,我醉了也。我抱的神奴儿来,你好看孩儿,买些好果子儿好烧饼儿与他吃。"孟汉卿杂剧《张孔目智勘魔合罗》第四折刘玉娘云:"谢了孔目,我改日送烧饼盒儿来。"无名氏杂剧《朱太守风雪渔樵记》第三折刘二公云:"我如今且着孩儿在家中炰下个那疙疸茶儿,烙下些橡头烧饼儿。""硬面烧饼"、"橡头烧饼",是从烧饼的质地和形状而言;"袖儿里还有个烧饼",是从烧饼的携带方便而言,短途出门,手囊中、袖儿里带上几个烧饼用作旅行食品;"买些好果子儿好烧饼"、"送烧饼盒"是从烧饼受消费者欢迎喜爱的程度而言;"这里有个烧饼,你吃,休教石和看见",王婆婆瞒了亲生子,将叫化来的两个烧饼分给了前房的两个孩子,是借烧饼表现王婆婆的美和善。元曲从各个角度,反映了烧饼这一在

①　(元)熊梦祥:《析津志辑佚》,北京图书馆善本组辑,北京古籍出版社 1983 年版,第 207—208 页。

当时民间食用最为方便广泛,且深受喜爱的大众化食品及在此食文化中折射出的元代平民百姓的品格和精神。

旋饼是用鏊子加工而成的饼,其特点是外酥内软,能保存面的香味。其做法是把调好的面糊,在平底鏊上旋转而成。方法简单,不仅可以加工麦面,还可以加工任何一种谷物类面粉。元曲中描写的旋饼,就是这样的食品。高茂卿杂剧《翠红乡儿女两团圆》楔子:

> (福童云)老社长,你若过去见了俺叔叔,只说这家私亏了韩大,我便买羊头打旋饼请你。
>
> … … …
>
> (社长云)孩儿,家私都是你拿了也,羊头薄饼将来我吃。

无名氏杂剧《神奴儿大闹开封府》第二折老院公唱:

> 你害渴时有柿子和梨儿,害饥时有软肉也那薄饼。

高文秀杂剧《黑旋风双献功》第一折:

> 我从来个路见不平,爱与人当道撅坑。我喝一喝骨都都海波腾,撼一撼赤力力山岳崩。但恼着我黑脸的爹爹,和他做场的歹斗,翻过来落可便吊盘的煎饼。

福童请社长办事时许愿用旋饼请客,事成后,社长要福童兑现"羊头薄饼",这说明旋饼是一种又薄又软的饼,像今天的煎饼;同时也说明旋饼、薄饼和煎饼在当时已是农村比较普遍的食品,但又不是平日饭桌上能经常吃到的。尤其是"翻过来落可便吊盘的煎饼"的描写,虽然用拟物的修辞方式,比喻李逵打得那歹徒就像被烙的煎饼一样,上下前后翻滚,却透露了三个信息:一是煎饼多是使用专制炉具吊盘烹制的;二是煎饼在当时是民间花样繁多且颇为流行的一种食品;三是煎饼在元代就已是山东的代表食物。高文秀杂剧《双献功》剧情不见于施耐庵的《水浒传》,是根据民间传说或作者创造的,描写黑旋风的是孙孔目带继室郭念儿到泰安东岳庙烧香还愿,梁山派李逵一路保护的故事。作者高文秀就是山东人,说明煎饼在元代就是山东的主食,并已深入人心。另,以东岳泰安为背景的无名氏杂剧《刘千病打独角牛》第三折的一段对话也说明了元代时煎饼已是山东最具有地方特色的日常食品和煎饼的特点:

独角牛云："我和你再打个谭，如今部署扯开藤棒，我一脚踢做你个煎饼。"折折驴云："休题那煎饼，俺孩儿打起来，吓的你软瘫。"部署云："什么软瘫？"折折驴云："煎饼可不软瘫？"

至今山东煎饼依然飘香，不仅在山东当地，还在全国各地的小吃摊、超市，甚至飘香到海外。可见民间食俗强健的生命力和顽强的传承性。

水答饼应是一种煎烙食品。杨显之杂剧《郑孔目风雪酷寒亭》第三折张保云："小人江西人氏，姓张名保，因为兵马嚷乱，遭驱被掳，来到回回马合麻沙宣差衙里，往常时在侍长行为奴作婢。他家里吃的是大蒜臭韭，水答饼，秃秃茶食。"水答饼是元代回回食品。同剧同折张保又云："那尧婆教那两个孩儿烧着火，那婆娘和了面，可做那水答饼，煎一个，吃一个。那两个孩儿在灶前烧着火。看着那婆娘吃，孩儿便道：'奶奶，肚里饥了。'那婆娘将一把刀子去盘子上一划，把一个水答饼划做两块，一个孩儿与了半个。那孩儿欢喜。接在手里，翻来翻去，掉在地下。"在盘子上用刀一划，饼就分开，可见不是硬面的饼；"接在手里，翻来翻去，掉在地下"，说明饼的松软。尽管我们今天已很难搞清这种水答饼的制作方法，但据上描述，可知是与今天咸食相似的食品。咸食是北方常见的一种面食品。做法是先取面粉若干，加水调成糊状，将剁碎的菠菜或小葱、韭菜等蔬菜拌入糊中，加上适量的盐，平底锅抹油烧热，倒入稀面糊摊匀成薄饼状，加盖，少许即熟。揭下后，底焦面嫩，翠绿金黄。咸食松软清淡，富含营养，可放碎菜，可加肉末，还可入海味，一年四季都适宜食用，是一款粗拙质朴、风味独具的民间美食。今天在河西一代，农家有一种白水饼子，也有"水饼"的叫法。其做法是先用滚烫开水烫好面，然后烙成饼。面经过开水烫后，略带甜味，比较适口。可作为我们认识元代水答饼的一个佐证。

胡饼是由少数民族地区传入汉族地区的一种面烙食品，为今天在中国北方广大地区种类繁多的死面或发面的烙饼、烧饼、整饼以及锅盔等的滥觞，其来源历来说法不一。有来自胡地、胡人卖的饼、胡人所食的饼、胡人的土特产以及维吾尔族现在的古楼子或馕的前身等[①]说法。古楼子，据宋代

---

① 陈绍军：《胡饼来源探释》，《农业考古》1995 年第 3 期。

王谠《唐语林》记载:"时豪家食次,起羊肉一斤,层布于巨胡饼,隔中以椒、豉,润以酥,入炉迫之,候肉半熟食之。呼为'古楼子'。"①可见"古楼子"是一种以油酥、羊肉、豆豉为馅心、分层起酥的大饼。馕是今天新疆维吾尔、哈萨克等族的主食。其制作特点主要表现在将面坯贴于烘炉之壁上烘烤。今天盛行在北方的京津等地的"缸炉烧饼"就是吸收馕的烘制技艺而来的②。一般认为,胡饼的具体形制是在炉中烤熟、表皮鼓起并有胡麻、个头较大的面饼。此饼在东汉、三国、魏晋南北朝时期就是一种受人喜爱的风味面食,唐代发展到鼎盛。唐之后,胡饼店依然很多。元曲中也有对胡饼的描写。杨景贤杂剧《西游记》第六本第二十一出《贫婆心印》:"(贫婆上,云)老身中印土人,卖胡饼为业。""(行者云)你且卖一百文胡饼来,我点了心呵,慢慢和你说经。"从记叙看,胡饼在元代应该仍然存在。我们还可以列举一些具体材料说明这一问题。成书于元代的《居家必用事类全集》是元代初期的一部家庭事务的百科全书,它对国内各少数民族及国外的食物记载很多,对了解其饮食文化交流有很高的参考价值,书中就介绍了"山药胡饼"的制法:"熟山药二斤、面一斤、蜜半两、油半两,和搜(溲)捍(擀)饼。"③在系统介绍元代宫廷和民间丰富饮食文化的《饮膳正要》中也有关于这种饼的记载。《饮膳正要》是我国现存最早的一部关于饮食卫生与营养学、保健学专著。该书作者忽思慧于元仁宗延祐年间(1314—1320)擢任宫廷饮膳太医,文宗天历三年(1330)编成此书,敬呈朝廷。书中记写了一种叫做"围象"的食品,它的原料为羊肉、羊尾子、藕等十几种。用好肉汤调麻泥、姜末,与原料同炒熟,然后以葱盐调和而成。食用时就是"对胡饼食之"④。今天,在山西中南部一些地区,有一种叫"胡饼"的饼,是当地招女婿时的必备食物,实际上是一种在麦面内掺上南瓜丝烙成的饼,特点是松软可口。当地俗传张骞通西域被招为女婿,吃的就是这种饼;东晋书法家王羲之招亲,吃的也是

---

① (宋)王谠:《唐语林》,中华书局 1958 年版,第 207 页。

② 任新建:《从饮食看少数民族对中华文化的贡献》,《宁夏社会科学》1997 年第 2 期。

③ (元)无名氏:《居家必用事类全集·饮食类》,邱庞同注释,中国商业出版社 1986 年版,第124 页。

④ (元)忽思慧:《饮膳正要》,李春方译注,中国商业出版社 1988 年版,第 58 页。

这种饼,因此相沿成俗①。也可备作一证。

（2）蒸制面食

元代蒸制类的面食主要有蒸饼、馒头、馍馍、酷累等。

蒸饼是面粉经发酵后制成蒸熟的一种没有馅的松软的食品。郑廷玉杂剧《崔府君断冤家债主》楔子赵廷玉云:"我今日在蒸作铺门首过,拿了他一个蒸饼。你说要这蒸饼做什么? 我寻了些乱头发折针儿,放在这蒸饼里面。有那狗叫,丢与他蒸饼吃,签了他口叫不的。"张国宾杂剧《相国寺公孙合汗衫》第三折张孝友的母亲云:"老的也,兀那水床上热热的蒸饼,我要吃一个儿。"无名氏杂剧《海门张仲村乐堂》第三折同知让给张本送饭的孩子买蒸饼,"来、来、来,与你这贯钞,替我买个蒸饼来"。高茂卿杂剧《翠红乡儿女两团圆》楔子社长上场词云:"老阿老,起迟卧早,硬的便嫌,软软的蒸饼儿倒好。"由上可知,元代的蒸饼是非常松软可口、老少都喜爱的风行在民间的大众食品。《饮膳正要》也记载了这种饼的制作方法:"白面十斤,小油一斤;小椒一两,炒去汗,茴香一两,炒。隔宿,用酵子、碱、温水一同和面。次日入面接肥,再和成面。每斤作二个,入笼内蒸。"②这种蒸饼是用发酵面、油、盐及调味品共同制成,无馅。

馒头是我们今天经常食用的一种用面粉发酵蒸制的食品,分为两种:一种是无馅的馒头,又叫馍馍、饽饽等;另一种是有馅的馒头,又称作包子。中国人吃馒头的历史,至少可追溯到春秋战国时期。《事物绀珠》记载"蒸饼秦昭王作",萧子显在《齐书》中亦有言,朝廷规定太庙祭祀时用"面起饼",即"入酵面中,令松松然也"③。"面起饼"可视为中国最早的馒头。三国时期,诸葛亮南征孟获,渡泸水时,邪神作祟,按南方习惯,要以"蛮头"(即南方人的头)祭神,便下令改用麦面裹牛羊猪肉及像人头以祭,始称"馒头"。虽然系小说家言,但由此可知,馒头起源于野蛮时代的人头祭。唐代以后,馒头不仅个头逐渐变小,而且猪羊牛肉、鸡鸭鱼鹅,各种蔬菜都可作馅,成为了一种大众食品。元代,馒头的花色品种较之前代更为丰富。《饮膳正要》

---

① 高启安、索黛:《唐五代敦煌饮食中的饼浅探》,《敦煌研究》1998 年第 4 期。
② (元)忽思慧:《饮膳正要》,李春方译注,中国商业出版社 1988 年版,第 99—100 页。
③ 陆启玉、陈颖慧:《面制方便食品》,化学工业出版社 2008 年版,第 1 页。

中就介绍了四种馒头:一是其形如仓囷的仓馒头,"羊肉、羊脂、葱、生姜、陈皮各切细。入料物、盐、酱拌和为馅"。二是鹿奶肪馒头,"鹿奶肪、羊尾子各切如指甲片;生姜、陈皮各切细。入料物、盐拌和为馅"。三是用去瓤的嫩茄子作皮的茄子馒头,"羊肉、羊脂、羊尾子、葱、陈皮各切细;嫩茄子去瓤,同肉作馅,却(纳)入茄子内蒸,下蒜酪、香菜末、食之"。四是类似现在花馍馍的剪花馒头,"羊肉、羊脂、羊尾子、葱、陈皮各切细。依法入料物、盐、酱拌馅,包馒头。用剪子剪诸般花样,蒸,用胭脂染花"①。上述四种馒头都是以羊肉、羊脂为馅,表现了北方游牧民族食物的风俗。此外,《饮膳正要》中还记写了天花包子、藤花包子②等,做法是把做馅原料细切之后,与盐、酱等调料拌和作馅,用白面作薄皮蒸熟而食。看来元时的馒头是有馅的。元曲中对馒头的描写正是这种食风的反映。王实甫杂剧《崔莺莺待月西厢记》第二本楔子:"浮沙羹,宽片粉添些杂糁,酸黄齑、烂豆腐休调啖,万余斤黑面从教暗,我将这五千人做一顿馒头馅。"姚守中套数〔中吕·粉蝶儿〕《牛诉冤》:"或是包馒头待上宾,或是裹馄饨请伴侣。"这里说及的馒头,或是观念上的,或是实际操作中的,均是带馅的。馒头制作简单,携带方便,松软可口,已是元代百姓的普遍食品。孙仲章杂剧《河南府张鼎勘头巾》第三折张鼎说张千云:"你这厮不中用,既没了合酪,就是馒头烧饼,也买几个来,可也好那。"张国宾杂剧《相国寺公孙合汗衫》第三折赤贫了的张义对妻子赵氏云:"婆婆,你吃些儿,我也吃些儿,留着这两个馒头,咱到破瓦窑中吃。"足见馒头已是元代人习以为常的主食。

馒头还是四时祭享不可缺少的供品。无名氏《居家必备事类全集》中记有馒头的多种用途:卧馒头(生馅,春前供)、寿带龟(熟馅,寿筵供)、龟莲馒头(熟馅,寿筵供)、春蠒(熟馅,春前供)、荷花馒头(熟馅,夏供)、葵花馒头(喜筵、夏供)③。从书中记载的用途来看,馒头是元时四时祭享和寿筵上

---

① (元)忽思慧:《饮膳正要》,李春方译注,中国商业出版社1988年版,第92—93页。

② (元)忽思慧:《饮膳正要》,李春方译注,中国商业出版社1988年版,第97页。

③ (元)无名氏:《居家必用事类全集·饮食类》,邱庞同注释,中国商业出版社1986年版,第120页。

不可缺少的食品。元曲也记述了清明节用馒头的习俗。武汉臣杂剧《散家财天赐老生儿》第三折刘富翁侄子扫墓的道白：

> 这早晚搭下棚，宰下羊，漏下粉，蒸下馒头，春盛担子，红干腊肉，荡下酒，六神亲眷都在那里，则等俺老两口儿烧罢纸要破盘哩。

张国宾杂剧《薛仁贵荣归故里》第三折：

> 正值着日暖风微，一家家上坟准备。准备些节下茶食，菜馒头，瓢漏粉，鸡豚狗彘。

敬神也是敬人，神食就是人食。元曲反映了元代祭奠的虔诚、隆重，也说明馒头作为祭品在元代是非常流行的。

馍馍，又作饽饽、波波等，其实就是无馅的馒头。做法是用面粉加酵母以水调和，待发酵后揪出面团，揉成圆形上笼蒸熟食用。杨显之杂剧《郑孔目风雪酷寒亭》第二折："你两个且起去揩了泪眼，我买馍馍你吃。"马致远杂剧《邯郸道省悟黄粱梦》第四折吕洞宾道："师父，我讨些茶饭与孩儿吃来。（正末唱）他怀里又没点点，与孩儿每讨饽饽。"无名氏杂剧《两军师隔江斗智》第三折刘封云："我们荆州一个低钱买个大馍馍。"无名氏《冯玉兰夜月泣江舟》第一折家童云："奶奶和小姐、小舍人，不一时早出的城门了也。奶奶敢肚饥了，且住一住儿，等我买几个波波来吃咱。"这里的馍馍、饽饽、波波即现在所说的馒头，至今中国北部的许多地方仍将馒头叫做馍馍或饽饽。著名的如山东济南的高桩馍、山西的石子馍、河南的二十四馃馍、陕西兴平的干馍与云云馍、甘肃河西走廊地区的西瓜泡馍、陕西西安的牛羊肉泡馍与团圆馍、青海乐都的炉馍馍、四川西北部的春分馍、河南沈丘的亚腰葫芦形顾家馍、陕西扶风的鹿羔馍、陕西蒲城的橡头馍馍与瞎老鼠馍，以及用于礼馍的山西合阳花馍、用于婚嫁的河北井陉插花馍馍等。毋庸置疑，馍馍或称饽饽，在北方既是广大民众饮食中的主角，也是日常生活中的主角，具有特别重要的社会意义与民俗文化内涵。

元曲中还描写了一种叫"酷累"的食品。无名氏杂剧《海门张仲村乐堂》第三折张鼎对孩子白："后兴，同知相公叫我牢里问事去，着你娘做些酷累来。"孩子送来饭，张鼎又对孩子白："着你娘做些酷累来，又是和和饭来。"张鼎的话说明酷累是干活时才吃,比"和和饭"好吃且耐饥的民间寻常食品。在今日山西吕梁地区一带,"酷累"仍然常见,这是一种莜面食品。其做法是在莜面中加点儿温开水,拌成小颗粒状,上笼蒸熟即可。有的蒸前加调味品,有的熟了以后加调味品,吃法简单。在陕北、河北和山西五台等地也有用面粉(白面、莜面、玉米面等均可)拌土豆或豆角等菜做的"酷累"。豆角酷累的做法是把老长豆荚切成小段,撒适量的白面或玉米面,再加入适量的水,用筷子搅拌,使面裹附在豆荚上,放入蒸笼里蒸熟,加细盐、蒜泥等拌匀而食。土豆酷累的做法是把土豆蒸熟剥皮,用手捏碎掺上莜麦面,放上葱花、盐和五香粉,拌和均匀,放到蒸笼里蒸,出锅后直接吃,莜面筋筋道道,土豆甜甜软软,嚼起来那是一种原始古朴的味道,香甜适口回味无穷。"酷累"如果再放到锅里去炒,就像一个素面朝天的村姑,被浓妆淡抹包装一番,又增添了几分韵味;如果配菜,可以是放了肉末和山药丁的汤,也可以用打卤面的卤。

(3)煮制面食

元代煮制的面食包括面条、饸饹、饺子、馄饨、馉饳儿等,其中面条最为流行。

历史悠久的面条类食品发展到宋代已经相当普及,做法也很多。除了水煮,还有炒、焖、煎等花样儿。据吴自牧《梦粱录》记载,南宋临安已有专门的面食店,售卖的面条有猪羊盦生面、鸡丝面、三鲜面、鱼桐皮面、盐煎面、笋泼肉面、炒鸡面、大熬面、大片铺羊面、炒鳝面、卷鱼面、笋辣面、熟蘑笋肉淘面、素骨头面、蝴蝶面等。经历了宋代的精致追求,元代的面条更为普遍,花样也很多,忽思慧《饮膳正要》中记载的面条有乳饼面、鸡头粉�面、春盘面、皂羹面、山药面、挂面、经带面、羊皮面等。无名氏《居家必用事类全集》记载的有水滑面、索面、经带面、托掌面、红丝面、翠缕面、米心棋子、山药拨鱼、山药面、山芋馎饦、玲珑拨鱼、玲珑馎饦、勾面等。元曲描写的有经带阔面、细索面、饸饹、重罗面等。

经带阔面又称经带面,是一种宽边面。无名氏《居家必用事类全集》中介绍其制作和食用法:"头白面二斤、碱一两、盐二两、研细。新汲水破开,和搜,比捍面剂微软。以拗棒拗百余下。停一时许,再拗百余下。捍至极薄,切如经带样。滚汤下。候熟,入凉水。拨汁任意。"①李文蔚杂剧《破苻坚蒋神灵应》第一折:"古来自有能征将,谁比我将军快吃食。白米闷饭吃二十碗,硬面烧饼嚼九十。经带阔面轮五碗,卷煎烂蒜夹肉吃。"据此可知,经带阔面是平民百姓的食品。

细索面是一种细而长的寿面。索面应就是索饼,是在汤饼基础上发展而成。清代王先谦撰《释名疏证补》云:"索饼疑即水引饼,今江淮间谓之切面。"②北魏贾思勰的《齐民要术》记有水引饼的做法:"挼如箸大,一尺一断,盘中盛水浸。宜以手临铛上挼令薄如韭叶,逐沸煮。"③即把面先揉搓到像筷子般粗细,一尺长的段,再在锅边上揉搓到韭菜叶那样薄,可见索饼应该就是今天的宽面条。高文秀杂剧《须贾大夫谇范叔》第二折:"敢怕吃那细索面,醒酒汤,便是油汁水灒污也何妨? 今日个为公子设佳筵,怎倒与小生做贱降?"贱降,就是对自己生日的谦称。此例说明,细索面应该就是今天的长寿面。由此可知,在元代生日吃长寿面的习俗是很盛行的。民间有"人生有三面"的说法,即"洗三面"、"长寿面"、"接三面"。婴儿降生后三日有洗三仪式,吃"洗三面"祝愿婴儿"长命百岁";过生日时照例吃"长寿面",谓之"挑寿",寓意"福寿绵长";人死三日的初祭谓之"接三",以"接三面"招待来宾,表示对死者的悼念之情悠悠不断④。可见中国面条类食品已不仅仅是充饥的食物,也是饱含情感和哲学意蕴的"精神食粮"。

重罗面是元代比较讲究的一种面食。关汉卿杂剧《包待制三勘蝴蝶梦》第三折王婆婆唱:"叫化的些残汤剩饭,那里有重罗面! 你不想堂食玉酒琼林宴。"短短的一句唱词告诉我们两个内容:一是重罗之名说明此面食的制作程序很精细。罗是一种细密的筛子,用其罗出的面,细腻雪白,再重罗,会更加精细。二是把重罗面与"堂食玉酒琼林宴"相提并论,与"残汤剩饭"相对照,说明重罗面不是百姓常食的食品。

---

①　(元)无名氏:《居家必用事类全集·饮食类》,邱庞同注释,中国商业出版社 1986 年版,第114 页。

②　(清)王先谦:《释名疏证补》,上海古籍出版社 1984 年版,第 205 页。

③　(北魏)贾思勰:《齐民要术》,中华书局 1956 年版,第 150 页。

④　常林、白鹤群:《趣闻北京》,旅游教育出版社 2007 年版,第 252 页。

饸饹，又称合酪、合落儿、和饹、合罗、活络、河漏，是中国北方各地普遍食用的粗粮细吃面食。今天在辽阔的北方地区，包括东北、华北、西北地区及华东的部分省份，无论在百姓家中还是在餐馆食肆，都可见到一种民间叫作"饸饹床子"的压面工具轧制的细而长的圆状条面的快餐食品，荞麦面做的叫"荞面饸饹"，莜麦面做的叫"莜面饸饹"，其特点是可冷可热、可荤可素、可软可硬，其最大的优点是可连续作业、省时省力、老少皆宜，因此是一种颇受欢迎的大众食品。

荞麦面和莜麦面不像小麦面那样白，粒度也没那么细，筋度也差，很难用手工擀成面条，虽然可以在荞麦面或莜麦面中掺和小麦面粉以增加筋度，但会失去其特有风味。荞麦面或莜麦面一般的食用方法主要是两种。一种是将荞麦面或莜麦面和成面团后用手指挤压成半卷片形入锅，煮熟后加肉臊子，调以醋、盐、葱花等调料。这种用手指挤压的半卷形荞麦面片或莜麦面片，外形如耳朵状，俗称"糍耳"。另一种食用方法就是制作饸饹。北魏贾思勰《齐民要术》卷九《饼法》记载荞麦面饸饹的做法：

> 以成调肉臛汁，接沸油豆粉，如环饼面先刚溲，以手痛揉，令极软熟；更以臛汁溲，令极泽，铄铄然。割取牛角，似匙面大，钻作六七小孔，仅容粗麻线。……取新帛细绸两段各方尺半，依角之小，凿去中央，缀角著绸。里盛溲粉，敛四角，临沸汤上搦出，熟煮，臛浇著酪中，及胡麻饮中者，真类玉色，稹稹然与好面不殊。①

将钻有六七个小孔的牛角放在汤锅上，挤压事先和好的面团，使其过孔成细条，落入沸汤中煮熟捞出后，浇上肉羹之类食用。元代农学家王祯《农书》"荞麦"条中记录了饸饹的做法：荞麦"北方山后，诸郡多种，治去皮壳，磨而为面，摊作煎饼，配蒜而食。或作汤饼，谓之河漏，滑细如粉，亚于麦面，风俗所尚，供为常食。"②由此可见，荞面"河漏"由来已久，在当时的"北方山后"（"相当于今山西、河北两省内外长城之间的地区③"）已成风俗并"供

<hr/>

① （北魏）贾思勰：《齐民要术》，中华书局1956年版，第151页。
② （元）王祯：《农书》，中华书局1956年版，第61—62页。
③ 中国科学技术史学会少数民族科技史研究会：《第二届中国少数民族科技史国际学术讨论会论文集》，社会科学文献出版社1996年版，第341页。

为常食"。元曲中有许多食饸饹的精彩描写。杨景贤杂剧《西游记》第二本第六出《村姑演说》老张云："县令廉明决断良,吏胥不诈下村乡。连年麻麦收成足,一炷清香拜上苍。老张祖在长安城外住,生是个老实的傍城庄家。今日听得城里送国师唐三藏西天取经去,我庄上壮王二、胖姑儿都看去了。我也待和他们去,老人家赶他不上,回来了,说道好社火。等他们来家,教他敷演与我听,我请他吃分合落儿。"孙仲章杂剧《河南府张鼎勘头巾》第三折张鼎问王小二案情时的描写也多次提到合酪:

> (正末云)你来这里,曾见什么人? 说甚话来? (丑云)我不曾听的。(末努嘴科,张打科)(正末云)张千,休打,休打,下合酪与孩儿吃。(张千云)我下合酪去。(丑云)哥,多着上些葱油儿。

从这些例子可知:第一,"合落"、"合酪"是元代百姓家庭的好食物,常常被用来刻意讨好或请客的食品;第二,饸饹的习惯吃法是加花椒、葱油等调味品;第三,吃饸饹的历史源远流长,至今我国北方大部分地区都有吃饸饹的习俗,且食用方法从古至今无多大变化。

元曲描写的煮制类食品还有饺子、馄饨、馎饦儿。早在三国时期魏国人张揖所著的《广雅》一书中就提到饺子,南北朝时饺子已为天下通食。据考证,那时不像现在饺子是煮熟后捞出来单吃,而是连汤带水一起吃,所以又叫"馄饨"。关于馄饨名称的由来,说法很多,主要有三。一是汉匈奴部落中有浑氏和屯氏两个十分凶残的首领,百姓对其恨之入骨,用肉馅包成角儿,取"浑"与"屯"之音,呼作"馄饨"食之,以求平息战乱,过太平日子。二是"馄饨"与"混沌"谐音,民间将吃馄饨引申为"破混沌,开辟天地"的涵义。三是取"浑囤"的谐音,意为"粮食满囤"。大约到了唐代,饺子和馄饨的称呼有了区分。1959 年新疆吐鲁番阿斯塔那唐墓中发掘出来的饺子形制与今天的已无二致[①]。饺子的名称很多,如饺饵、粉角、角子、汤中牢丸等。元朝称饺子为"扁食",今天在北方一些地方仍称之为扁食。扁食名称可能出自盛食物的家什"竹匾",因做好的饺子需整齐地摆放在匾上以防止

---

① 新疆维吾尔自治区博物馆:《新疆吐鲁番阿斯塔那北区墓葬发掘简报》,《文物》1960 年第 6 期。

粘连。无名氏小令［中吕·朝天子］《嘲妓家匾食》使用人性化比喻，把饺子的风韵活灵活现地展现出来。其曲云：

> 白生生面皮，软溶溶肚皮，抄手儿得人意。当初只说假虚皮，就里多葱脸。水面上鸳鸯，行行来对对，空团圆不到底。生时节手儿上捏你，熟时节口儿里嚼你，美甘甘肚儿内知滋味。

全曲句句写扁食，"面皮"、"葱脸"是扁食的主要原料；"软溶溶肚皮"是饺子的形状，"生时节手儿上捏你"是制作饺子的方法，"水面上鸳鸯，行行来对对，空团圆不到底"描绘了一锅沸腾的水面上，浮着行行对对滴溜溜打转，但怎么转也不会沉锅底的饺子，是煮饺子的情景。此曲写扁食的材质、形状、制作、烧煮及滋味，形象风趣；可又句句说妓女，"白生生面皮"指妓女的外表，"就里多葱脸"用"葱脸"谐音"聪慧"比喻妓女颇具灵性，"抄手儿"是指妓女的举止动作，"水面上鸳鸯""空团圆"而"不到底"，生时"捏"熟时"嚼"，是对嫖客行径的客观描写，写妓女的外表、内涵、举止，新奇贴切，一喻两譬，一言多意，表现了丰富的审美情趣。

由此，我们至少获得了以下三方面的信息：第一，元时期的饺子是一种以面做皮、馅以葱脸为多，又名"匾食"的极受欢迎的食品；第二，扁食就是我们今天熟悉的水饺，且元代饺子的制作和烧煮方法，与今天已大致相同；第三，扁食在元代还有"抄手儿"的叫法。"抄手儿"是今天四川人对馄饨的称呼。元代已有馄饨的叫法，我们在古典文献中可以找到例证，如忽思慧《饮膳正要》中记述了一种鸡头粉馄饨的做法："羊肉一脚子，卸成事件，草果五个，回回豆子半升，捣碎去皮。同熬成汤，滤净。用羊肉切作馅，下陈皮一钱，去白生姜一钱，细切；五味和匀。次用鸡头粉二斤，豆粉一斤，作枕头馄饨，汤内下香粳米一升；熟回回豆子二合，生姜汁二合、木瓜汁一合同炒，葱、盐匀调和。"①"枕头馄饨"是指馄饨的形状，可见与今天馄饨的形状是不同的。又如著述颇丰的元代学者陆友仁在其《砚北杂志》中记畅师文："一日作馄饨八枚，知府早食之。其法每枚用肉四两，名为'满楪红'，知府

---

① （元）忽思慧：《饮膳正要》，李春方译注，中国商业出版社 1988 年版，第 45—46 页。

不能半其一。"①一枚"满楪红"的馄饨仅肉馅就四两,也见不似今天馄饨的形状。元代学者陶宗仪的《南村辍耕录》是一本笔记散文集,内容涉及元代典章制度,朝廷政事,北京的文物建筑,以及当代戏曲小说、诗文掌故等,文字短小,明白如话,信息量很大。其中的一则趣闻也生动地反映了元代人喜爱吃馄饨的习俗:吏部郎中乔公仲家格外讲究馄饨的烹制,宾朋好友均为之求索,其家不胜供应。一天,乔公仲把所有的熟人都请到家中共食馄饨,并且在每人面前放一个卷贴,让大家食后启视。众人吃完馄饨,赞不绝口,于是遵嘱打开卷贴,只见上面详细地写明了乔家馄饨的制作过程和配料比例,众人心领神会,大笑而去②。与之对读,可让我们对元代的馄饨有更深切的了解。

深受宋元代人喜爱的骨朵状的带馅面食——"馉饳儿"也记录在元曲里。长期以来,"馉饳儿"究竟是怎样的一种食品,美食界和考古界众说纷纭,有说是馒头、饺子③,有说是豆制或面制的或有馅或无馅的点心④等。其实馉饳儿应该是与饺子、馄饨相同或相近的食品,古人留下了不少有价值的有关馉饳儿的记录。宋人孟元老《东京梦华录》记东京夜市:"出朱雀门直至龙津桥,自州桥南去,当街水饭、卤肉……细料馉饳儿。"⑤宋人周密《武林旧事》记临安小吃:"鹌鹑馉饳儿、肝脏儿、香药灌肺……"⑥明代冯梦龙的《喻世明言》详细记载了食客买熟食鹌鹑馉饳的场景:"等多时,只见一个男女,名叫僧儿,托个盘儿,口中叫:'卖鹌鹑馉饳儿。'官人把手打招,叫:'买馉饳儿。'僧儿见叫,托盘儿入茶坊内,放在桌上,将条篾黄穿那馉饳儿,捏些盐放在官人面前,道:'官人,吃馉饳儿。'"⑦元曲中也见对"馉饳儿"的描写,无名氏杂剧《罗李郎大闹相国寺》第二折:"那边卖的油煠骨朵儿,你买些来我吃。"分析上述记载,我们可对馉饳儿有以下了解:第一,馉饳儿的

---

① (元)陆友仁:《砚北杂志》,广陵书社 1995 年版,第 4—5 页。
② (元)陶宗仪:《南村辍耕录》,中华书局 1959 年版,第 294 页。
③ 邓广铭:《宋代面食考释之———馉饳儿》,《中国烹饪》1986 年第 1 期。
④ 张慧禾:《说说"馉饳儿"》,《文史知识》2008 年第 2 期。
⑤ (宋)孟元老:《东京梦华录》(外四种),中国商业出版社 1982 年版,第 29 页。
⑥ (宋)周密:《武林旧事》(外四种),中国商业出版社 1982 年版,第 122 页。
⑦ (明)冯梦龙编:《喻世明言》,龙华标点,岳麓书社 1989 年版,第 290 页。

形状是多样的,不仅仅有骨朵状,也有鹌鹑样的;第二,馎饦儿可以水煮,也能油炸;第三,馎饦儿是有馅的,其馅料和饺子、馄饨一样,没有明确的规定,荤素可任意搭配;第四,馎饦儿是事先做好的,可用盘子盛,可用竹签子串起来,吃时可配盐等佐料;第五,元代有专卖"馎饦儿"的食店;第六,馎饦儿是在元代市面上广为流行的深受元代人喜爱的小吃。

(4)炸制面食

炸制类面食在中国也有着悠久的历史,无论是过年时的炸糕、春卷,还是平时早点中的麻花、油饼、油条等,都是百姓餐桌上备受欢迎的食品。元曲主要记写的炸制类面食有糕、馓子等。

糕,是一种油炸的面食,也有蒸制的,但以油炸为常见和最受欢迎。元曲中有很多"糕"的描写,如周文质小令[失宫调]《时新乐》的"糍糕著手拿",贯石屏套数[仙吕·村里迓鼓]《隐逸》的"细芋糕油内煠"、汤舜民小令[双调·庆东原]《田家乐》中的"烙饼槌糕"、无名氏杂剧《关云长千里独行》第二折中的"辕门里外卖花糕"等。糯米糕、芋头糕、蒸糕、油炸糕、花糕,元曲中描写的各种以不同原料做成的糕,反映出"糕"食品在元代人生活中重要而独特的地位,也表达了元代人对美好生活的祝福。

馓子是油炸面食,因其形如细枝而名,古称"寒具",历代又有"细环饼"、"捻头"、"粔籹"等名称。其做法是用面粉加糖或盐,加矾或碱等和面,用手将和好的面搓成细长条,再一圈圈盘做环形,放入油锅内炸至金黄色,捞出晾凉即可食用。馓子造型优美,蓬松酥脆,香甜可口,是美食中的"精品"。馓子是有着悠久历史的古老食品,屈原的《楚辞·招魂》篇中就有馓子的记载。无名氏杂剧《玎玎珰珰盆儿鬼》第三折张懘古云:"俺大年日将你帖起,供养了馓子茶食",说明馓子在元代是年节里供神的食品。现在仍有这种食品。在今天的年节里,馓子是我国西北地区信仰伊斯兰教的回族、维吾尔族、哈萨克族、东乡族、撒拉族等民族待客、欢度节日时不可缺少的特色食品。每逢节日喜庆,造型各异的馓子,浓郁的油香,点缀着节日的气氛,带给人们的是浓浓的喜悦之情和甜甜的幸福感。

2.米食

元代米食较前代流行,其原因主要是:第一,水稻产量已高居全国农作物的首位,稻米成为最主要的粮食;第二,元代北方地区农业生产粗放,农作物产量有限,更重要的是由于元朝国家机构和驻军聚集在北方,不能满足首都地区的需要,元朝政府每年要从江南调运大批以稻米为主的粮食,北方人也把稻米当作不可缺少的主食。元代人食用米类食品主要是"饭"和"粥"两种方式。元曲中描写的米食品种,主要有青精饭、菰米饭、欢喜团儿、和和饭、藿食藜羹、粥等。

青精饭,又称青饦饭、乌米饭,是煮南烛枝叶取汁,浸米蒸制,使饭成青色。这是"青精饭"之"青"的来源。"精"指经过精细加工的米。青精饭的米粒晶莹圆润,黑中带紫,不仅口味清香鲜糯,而且具有益气、补髓、强骨、明目、止泻的功用,久服还可延年益颜。青精饭的保健作用,主要是由于南烛有一定的药用功能。南烛可以止泻、除风、强筋、益气力。关于"青精饭"的起源,可见宋人陈元靓撰《岁时广记》的记载:"彭祖云:大宛有青精先生青灵真人、霍山道士邓伯元者,受青精饭法。"①青精饭的制作方法最早见于梁人陶弘景《登真隐诀》所载的"用南烛草木叶""取汁浸米蒸之"的"太极真人青精乾石饦饭法"②,是当时道家辟谷服食的剂方。宋代时,青精饭成为佛家的斋食,尤其在四月八日浴佛节,各界人士都要吃。自宋以后,青精饭被定为节令食品,除四月八日外,上巳节也吃。元代以后,又加上寒食节食青精饭的习俗。元代一些文学作品对此有明确的记载,如吕诚的《寒食漫兴书所见三首》诗中有"加餐未厌青精饭,烂煮那无白石羊"③,戴表元的《寒食》诗中有"寒食清明却过了,故乡风物只依然。穷中有客分青饭,乱后谁坟挂白钱"④等。元曲对"青精饭"的记载,揭示了元代青精饭更深的民俗内涵。如汤舜民套数[南吕·一枝花]《送车文卿归隐》:"黄虀菜养成脾胃,青精饭驻定容颜。"吴昌龄杂剧《花间四友东坡梦》第二折:"常言道:吃乌饭,痢黑屎。我只是依随着你便了。"虽然从元曲中看不出青精饭是当时的节令食品,但可见它是元代人喜爱的一种食品,而且其"驻定容颜"的食

① (宋)陈元靓:《岁时广记》,中华书局1985年版,第162页。
② (唐)杜甫:《杜诗详注》第一册,(清)仇兆鳌注,中华书局1979年版,第33页。
③ (清)沈家本:《枕碧楼丛书》,知识产权出版社2006年版,第453页。
④ (元)戴表元:《剡源集》,中华书局1985年版,第465页。

疗功能受到了元代人的认同。

菰米饭也是一种颇受元代人欢迎的大众食品。张可久在小令[中吕·朱履曲]《秋江晚兴》中赞美说：“新炊菰米饭，道和竹枝歌。”菰是多年生水生宿根草本，广泛生长在湖泊、水塘、河流的浅水处，长江中下游和淮河流域生长最多。春天之嫩茎为茭白，又名菰笋、茭笋，可作蔬菜食用。夏秋间开花结籽，其籽可煮饭食用，称菰米，系古六谷（稌、黍、稷、粱、麦、菰）①之一。因其米大多霜凋时采之，故谓之凋菰，亦称“雕胡米”；又因大雁喜食菰米，亦名“雁膳”。据《食物本草》介绍：“菰生水中，叶如蒲苇。其苗有茎梗者，谓之菰蒋草。至秋结实，乃凋菰米也，古人以为美馔。今饥岁，人犹采以当粮。”②明代李时珍《本草纲目》云：“彫胡九月抽茎，开花如苇芀，结实长寸许，霜后采之，大如茅针，皮黑褐色。其米甚白而滑腻，作饭香脆。”③菰米饭的饭粒细而长，吃来粘而不腻，爽而不干，清香可口。一直深受人们的欢迎。元代也不例外。

欢喜团儿是用糯米制成的一种食品，取欢欢喜喜、团团圆圆吉祥之意，流行于江淮一带。其制法是先将糯米蒸熟，凉后弄散，再炒使之膨松，蘸以饴糖，使之成团。欢喜团儿吃起来甜滑芳香，酥糯爽口。无名氏杂剧《玉清庵错送鸳鸯被》第三折刘员外云：“如何？受不过苦楚，不怕他不随顺我。我买欢喜团儿你吃。”刘员外用买欢喜团儿诱惑讨好希望与他成亲的李玉英，可见，这也是元代人垂青的食品。

和和饭是元代百姓所食杂菜羹饭。无名氏杂剧《海门张仲村乐堂》第三折中，张鼎与自己孩子的对话说明“和和饭”是当时普通的家常饭：

　　（俫儿上，云）我是懒执法的孩儿，我爹爹在牢里问事，我娘着送饭，我去。来到这牢门首。……（正末云）你娘家里做什么来？（俫儿云）俺娘家里扎麻鞋哩。（正末云）一腿子麻鞋是什么哩？卖二百文小钞，三口子老小盘缠。是甚饭？（俫儿云）和和饭。（正末云）着

---

① 江苏新医学院：《中药大辞典》下册，上海人民出版社1997年版，第2016页。

② （元）李杲编辑：《食物本草》，（明）李时珍参订，（明）姚可成补辑，郑金生等校点，中国医药科技出版社1990年版，第92页。

③ （明）李时珍：《本草纲目》，校点本，人民卫生出版社1977年版，第1484页。

你娘做些酷累来,又是和和饭来。

自称"汾州(今山西汾阳)西河县人"的张鼎,是个信奉"尔俸尔禄,民膏民脂;下民易虐,上苍难欺"的汉族官吏,从上述对话看,"和和饭"应该是元代人家常饭食,且是味道很差的粗茶淡饭。"和"是加水搅和,"和和饭"就是用菜等与米同煮的粥状饭,即烩饭粥、菜粥,现在陕北仍然流行。"和和饭"节省粮食,但不耐饥,所以一般用于晚餐,是贫穷年代的家常饭食。顾学颉、王学奇认为:"旧时,农村里用极粗劣面粉作糊充饥,这种食品叫做'糊糊',与'和和饭'相类似。和、糊,双声。"①即今天的菜糊糊。

"藿食藜羹"指豆饭野菜羹一类粗粝之食,在元曲中是常见的贫寒者果腹的食物。秦简夫杂剧《晋陶母剪发待宾》第三折:"俺家里甑有范丹尘,厨无原宪米,量这些藜羹黍饭不成席。"贾仲明杂剧《铁拐李度金童玉女》第二折:"砍青松带叶烧,蒸云腴煮藜藿。"汪元亨小令[中吕·朝天子]:"住茅舍竹篱,穿芒鞋布衣,啖藿食藜羹味。"滕斌小令[中吕·普天乐]:"笔砚诗书为活计,乐薤盐稚子山妻。"藜,亦称灰菜,属藜科,南北均产,其嫩叶可食。藿为豆类植物之叶,藜和藿并称是最贫寒之人的蔬食,也表示甘愿清苦、不贪富贵名利的心蕴。这些描写说明,元代百姓很少有喝酒吃肉类的饮食消费,常食的是"藿食藜羹"一类的粗茶淡饭。这里需要说明的是"藿食"本义是豆饭藿羹,从粮食的角度,因豆饭在口感上远不如其他粒食品种,故在先秦主食结构稷、黍、稻、麦、菽名次排序中,豆即菽排次最末,即为档次最低之粗食。随着汉代豆腐及一系列豆制食品的产生,豆菽逐渐进入菜肴领域。但"藿食"名称继续保留,并一直到元代都是穷人清贫饮食的代名词。

当然,在元代的羹饭碗里也不全盛的是清贫者的生活,还有很多美味的羹品。《饮膳正要》中即有大量羹类食品,如杂羹、荤素羹、葵菜羹、蔓苗羹、羊脏羹、白羊肾羹、鹿肾羹、羊肉羹、椒面羹、鸡头粉羹、鲫鱼羹、獐肉羹、青鸭羹、萝卜羹、野鸡羹、鹌鹑羹、驴头羹、狐肉羹、熊肉羹、羊肚羹、葛粉羹、乌驴皮羹、獭肝羹等。元曲中的描写更多,如马致远杂剧《西华山陈抟高卧》第三折:"瓦钵菜羹肥。"李寿卿杂剧《说鱄诸伍员吹箫》第二折间丘亮云:"一

---

① 顾学颉、王学奇:《元曲释词》二,中国社会科学出版社1984年版,第28页。

壶浊酒,一瓯鱼羹,一盂大米饭,权且充饥咱。"邓玉宾套数[中吕·粉蝶儿]:"羊羹虽美,众口难调。"无名氏小令[双调·沉醉东风]:"挑蕨羹煮羹,钓鲤新为鲊。"王伯成套数[般涉调·哨遍]《赠长春宫雪庵学士》:"则管教人,吃粉羹餐酸馅。""菜羹"、"鱼羹"、"羊羹"、"蕨菜羹"、"粉羹",是当时餐桌上常见的食品。可以说,在羹品上,元代人承袭了宋代的食风,但更为讲究,更为丰富。元代的羹品,实则是他们生活情趣的结晶,他们在继续品味羹品那份厚重、那份安然的同时,也丰富了中华民族的羹食文化。

粥是半流质食品,以粟、麦、稻、豆等为主要原料,为人们所常食。粥的历史悠久,《说文解字》中有"黄帝初教作糜"的记载。元代时粥的品种已多种多样,有较低档的麦粥、粉粥、豆粥,也有比较高档的粳米粥、粱米粥,还有食疗养生粥,如梨粥、云母粥、羊骨粥、山药粥等。粥在元代是最受欢迎的食品,也是元曲中描述最多的食品。如萧德祥杂剧《杨氏女杀狗劝夫》第二折孙荣的弟弟孙虫儿被惩罚跪在雪地里时的唱词:"你怀揣着鸦青料钞寻相识,并没半升粗米施馕粥。"郑廷玉杂剧《崔府君断冤家债主》楔子:"冷时穿一领布袍,饥时餐二盂粳粥。除此外别无狂图。"无名氏杂剧《瘸李岳诗酒玩江亭》第四折牛员外的妻子赵江梅听了出家后的丈夫的述说后道:"吃了些无是非的稀解粥,忍了些受饥饿瘦皮囊。"无名氏杂剧《包待制陈州粜米》第三折张千白:"我这一顿落解粥,走不到五里地面,早肚里饥了。"无名氏杂剧《刘千病打独角牛》第二折刘千云:"大嫂,你熬口粥汤去……我好头疼也!"无名氏杂剧《小张屠焚儿救母》楔子:"老身是张屠的母亲,得了些症候,看看至死,不久身亡。叫张屠孩儿来,我想一口米汤吃。"邓玉宾套数[中吕·粉蝶儿]:"一盂白粥半瓢虀,饱,饱,饱。"马致远杂剧《破幽梦孤雁汉宫秋》第二折:"怕娘娘觉饥时吃一块淡淡盐烧肉,害渴时喝一杯儿酪和粥。"马致远杂剧《马丹阳三度任风子》第一折:"雪瓮冰虀满箸黄,沙瓶豆粥隔篱香。"王实甫套数[商调·集贤宾]《退隐》:"见如今蔬果初熟,浊酒新篘,豆粥香浮。"馕粥就是稠粥。古人把粥分为馕(厚粥)和粥(稀粥)两大类。"落解粥"即是用榆树叶和玉米粉合煮的稀粥。白粥,是纯米煮成的粥,诸如粳米粥、糯米粥、黍米粥等。所以"白粥"除了消暑解渴之外,它的食疗作用也是不可小视的。但在这里,白粥是指粗饭淡汤的食物。"酪和粥",是用牛马羊乳煮的粥,说明具有鲜明北方少数民族特色的"酪"在元代更加平民化,粥在当时已经融合进了少数民族的饮食习俗。豆粥品种很多,有黄豆粥、黑豆粥、绿豆粥、赤豆粥、豌豆粥、蚕豆粥、扁豆粥等十多种。特别是赤豆粥,由于赤豆性味甘酸、平,含有蛋白质、脂肪、碳水化合物、维生素、钙、磷、铁等。明代李时珍《本草纲目》卷二十五云:"赤小豆粥,利小便,消水肿脚气,辟邪疠。"①王祯《农书》卷七"小豆"条也云:"人俱作豆粥、豆饭,或作饵为炙,或磨而为粉,或作麹材。其味甘而不热,颇解药毒,乃济世之良谷也。"②元曲中多次提到赤豆粥,说明赤豆粥在元代最为常见,也最受欢迎,无论贵贱都在食用。粥之所以深受元代人的青睐,从元曲描写看,主要是两点,一是对于口粮不足的贫苦人家来讲,煮黍、粟杂粮为粥,用以果腹,是唯一可以选择的方式,如秦简夫杂剧《东堂老劝破家子弟》描写富家子弟扬州奴破产后住在窑中,饥寒交迫,无奈只好出门,想找旧相识"寻些米""熬粥汤吃",即是一例。二是由于元代人充分认识到了粥的食疗食补作用和功效。《饮膳正要》中就记有二十余种粥,其中大部分是食疗粥,如羊骨粥、羊脊骨粥、猪肾粥、枸杞羊肾粥、山药粥、酸枣粥、生地黄粥、荜拨粥、良姜粥、吴茱萸粥、莲子粥、鸡头粥、桃仁粥、马齿菜粥、小麦粥、荆芥粥、麻子粥等。元代人的百般创新,使粥的范畴大大拓宽,粥品花样层出不穷。

　　水饭是一种类似粥的食品,与今天北方人夏季食用的水饭大致相同。无名氏在《居家必用事类全集》中介绍了元代人制作水饭的方法:"熟炊粟饭,乘热倾在冷水中,以缸浸五七日,酸便好吃。如夏月,逐日看,才酸便用。如过酸,即不中使。"③可见这种水饭是用粟米(或其他米料)饭在冷水中利用夏日天热的有利条件自然发酵酸化而成,且带有大量水汁的食品,与今天所称的粥相比,元代水饭有如下特点:一是水饭是一种米粒较硬的汤饭,而粥是米粒在锅中久熬后形成的浓稠性的糊状物;二是水饭较粥更耐饥且又解渴,同时兼有饭与粥的优点,并多在夏天食用。

---

① （明）李时珍:《本草纲目》,校点本,人民卫生出版社1977年版,第1537页。
② （元）王祯:《农书》,中华书局1956年版,第61页。
③ （元）无名氏:《居家必用事类全集·饮食类》,邱庞同注释,中国商业出版社1986年版,第25页。

水饭并不是元朝才有的食物,其食用史非常悠久。早在春秋时期即载之典籍。宋代时水饭已花样众多,宫廷市井皆很流行,成为人们喜好尤其是夏日嗜用的食物。宋人关于水饭的记载不绝如缕,如孟元老在《东京梦华录》卷二"州桥夜市"条云:"出朱雀门,直至龙津桥,自州桥南去。当街水饭,熬肉,干脯。"①再如卷八"是月巷陌杂卖"条云:"是月(六月)时物,巷陌路口,桥门市井,皆买大小米水饭。"②盛夏里人们往往会食欲不振,水饭是一种带酸性且含大量水分的食物,具有爽口提神的作用,因此大受人们欢迎。整个汴京城大小食肆,乃至流动小贩"皆卖大小米水饭"。从元曲描写看,这种水饭在元代尤其是农村很流行。郑光祖杂剧《立成汤伊尹耕莘》第一折:"俺虽是庄农田叟,闲游北疃南庄。新捞的水饭镇心凉,半截稍瓜蘸酱。"无名氏杂剧《风雨像生货郎旦》第二折:"可便去寻一个宿头,觅一碗浆水饭润咱喉。"用新鲜的井水兑酸浆而浸制的"镇心凉"的水饭加稍瓜、生葱、韭蒜蘸酱,是当时北方普通百姓夏日消渴去饥的食品。

元代人不仅食用这种水饭,还将其作为祭品,用来祭奠亡灵。关汉卿杂剧《感天动地窦娥冤》第三折窦娥对婆婆说:"婆婆,此后遇着冬时年节,月一十五,有瀽不了的浆水饭,瀽半碗儿与我吃;烧不了的纸钱,与窦娥烧一陌儿。"无名氏杂剧《随何赚风魔蒯通》第二折:"我为甚的瀽一碗浆饭水,烧一陌纸钱灰?"看来,用水饭来祭奠亡灵是元代民间祭祀活动中的重要内容。

元曲中还记写了一种在今天北方依然很受欢迎的粥品——糁粥。王实甫杂剧《崔莺莺待月西厢记》第二本楔子:"浮沙羹,宽片粉添些杂糁。"张可久小令[越调·天净沙]《赤松道宫》:"松边香煮雷芽,杯中饭糁胡麻。""糁"即用粮食磨成的碎粒。糁的历史悠久,我国文献多有记载。《礼记·内则》载:"糁:取牛羊豕之肉,三如一,小切之,与稻米二肉一,合以为饵煎之。"③春秋时代的名著《墨子·非儒下》也有"孔丘穷于蔡、陈之间,藜羹不

---

① (宋)孟元老:《东京梦华录》(外四种),中国商业出版社1982年版,第14页。
② (宋)孟元老:《东京梦华录》(外四种),中国商业出版社1982年版,第53页。
③ 《礼记》,崔高维校点,辽宁教育出版社1997年版,第81页。

糁"①的记载,"糙"同"糁"。现在河北方言中还有"糁"的叫法。用玉米磨的叫"棒子糁"或"玉米糁",用小米磨的叫"小米糁",也统称"糁子"。用糁子熬粥至今是人们早晚都青睐的香喷喷又养胃又养颜的美食。玉米糁粥的做法是将玉米上磨粉碎成颗粒状,颗粒的大小以放在手里有沙粒感为好,然后烧开水,一手拿勺子,一手均匀地将玉米颗粒撒入锅内,撒完后继续搅匀,待再开锅两三次,便可起锅。

3.肉禽

元朝疆域辽阔,物产丰足,肉类食品种类以及供应总量远远超过以前历代王朝。主要以家畜、家禽为大宗,野味也占一定比例。

(1)家畜

有元一代,随着南北经济交往的日益密切,肉食结构也逐渐发生变化。肉类食品的数量不断增加,品种不断丰富。其中羊肉在各种肉类中占有压倒性优势。朝廷大宴以羊肉为主,民间食用羊肉也很普遍,即使在南方,羊肉也列为主要肉食品种。这一局面的形成有多方面的原因,首先是继承前代。唐宋时期,社会已形成一种比较浓厚的食羊习俗。其次,养羊业在元代更为发展。发达的养羊业为食羊之风的持继发展提供了强大的物质保证。再次,对羊的价值的认识更加深入。羊全身都是宝,正如曾瑞在套数[般涉调·哨遍]《羊诉冤》中云:"蹄指甲要舒做晃窗,头上角要锯做解锥,揪着颔下须紧要拴挝笔。待生持我毛裔铺毡袜,待活剥我监儿踏碑皮。""享天地济民饥,据云山水陆无敌。尽之矣,驼蹄熊掌,鹿脯獐犯,比我都无滋味。折莫烹炮煮煎燎蒸炙,便盐淹将卮,醋拌糟焙。肉麋肌鲊可为珍,莼菜鲈鱼有何奇,于四时中无不相宜。"任昱在小令[双调·折桂令]《同友人联句》中也云:"爱浮蚁香能驻马,荐肥羔味胜庖蛙。"在元代人看来,羊肉味之美,使那些山珍野味淡而无味,江南水乡负有盛名的莼羹鲈脍等物显得不足为奇。又因为羊肉的烹调方法很多,吃法也很多,最易得到,而且一年四季都宜食用。最后,蒙古族人很难改变把羊肉当作首要肉食的习俗,回回和不少色目人恪守伊斯兰教法不食猪肉而以牛羊肉为主的饮食习俗。据南宋使臣赵珙

---

① 《墨子》,朱越利校点,辽宁教育出版社1997年版,第81页。

说:"鞑人地饶水草,宜羊马,其为生涯,只是饮马以塞饥渴。凡一牡马之乳可饱三人。出入只饮马乳或宰羊为粮。"①传教士普兰诺·加宾尼也有类似的记载:"他们既没有面包,也没有供食用的植物、蔬菜或任何其他东西,什么也没有,只有肉。"②忽思慧《饮膳正要》中收集宫廷膳谱94种,其中的70余种完全是用羊肉为主料或辅料制作的。另有"食疗方"61种,其中12种也与羊肉有关。该书列举的汤类如马思答吉汤、大麦汤、八儿不汤、沙儿木吉汤、苦豆子汤、木瓜汤、鹿头汤、松黄汤、炒汤、阿菜汤、团鱼汤等,都是以羊肉为主要原料的佐餐汤。由此不难看出羊肉在宫廷饮食中的不可替代性。以羊肉加工的食品也很多,如"羊肉馒头","水精角儿"也是用羊肉、羊脂等制成。元熊梦祥撰的主要记述元大都史实及当时他在元大都亲见亲历感受的《析津志》中只有羊市而无豕市,说明当时羊肉比猪肉更受大都人欢迎。当然,这种饮食结构在蒙古人入主中原以后,由于受到汉人以及其他民族的影响,粮食和蔬菜在食物中的比重有所增加。如上提到的木瓜汤、团鱼汤、鹿头汤等是将羊肉和产于南方的食品如鱼、瓜、菜以及"回回豆子"等合煮,显示出南北饮食文化以及各族饮食文化合流的特色。但蒙古人喜爱吃羊肉的风俗仍然保存了下来。元曲充分反映了这种风俗。关汉卿杂剧《邓夫人苦痛哭存孝》第一折李存信云:"米罕整斤吞。"米罕即蒙语羊肉。无名氏杂剧《十探子大闹延安府》第二折:"(厨子云)相公,如今好肥羊得买。(张千云)怎生得买?(厨子云)七个沙板钱买一只,重一百二十斤,大尾子绵羊至贱。(经历云)张千,就与他七文钱,则问他要一百二十斤的大尾子绵羊。"

这种习俗也影响了汉族的生活习惯,他们只要遇到喜庆的事情,便"杀羊造酒"进行庆祝,元曲从各个方面反映了这种风气。

第一,夫妻团圆、结婚办喜事、定婚认亲家、生日寿酒,都要杀羊设宴。郑廷玉杂剧《布袋和尚忍字记》中的刘均佐富而悭吝,他生日时,其义弟兼大管家刘均佑置办酒席,为兄嫂庆贺:"今日是哥哥生日,他平昔间不肯受用,我如今卧翻羊,安排酒果,只说道是亲戚朋友、街坊邻舍送来的,他才肯

---

① 葛根高娃、乌云巴图:《蒙古民族的生态文化:亚洲游牧文明遗产》,内蒙古教育出版社2003年版,第57页。

② [英]道森:《出使蒙古记》,吕浦译,中国社会科学出版社1983年版,第17页。

食用。"白朴杂剧《裴少俊墙头马上》中的李千金与裴少俊在裴家后花园秘密生活了七年,被裴尚书发现后,善良的老院公劝裴尚书:"相公不合烦恼合欢喜。这的是不曾使一分财礼,得这等花枝般媳妇儿,一双好儿女,合做一个大筵席。老汉买羊去。"当裴尚书得知李千金是他的旧交,李世杰的女儿后,承认了这个媳妇:"我如今和夫人、两个孩儿,牵羊担酒,一径的来替你陪话。"最后,一家人团圆,裴尚书云:"今日夫妻团圆,杀羊造酒,做庆喜的筵席。"高茂卿杂剧《翠红乡儿女两团圆》中有"拨天也似家私,无边际的田产物业,争奈寸男尺女皆无"的俞循礼对腹怀有孕的妻子说:"大嫂,我嘱咐你,则怕我一头的去后,你分娩呵若得一个小厮儿,就槽头上选那风也似的快马,着小的每到城中来报我。我若到的家中,杀羊造酒,做个庆喜的大筵席。"十三年后,当韩弘道和俞循礼各认回其被王兽医暗中交换的儿女,并团圆结亲时,俞循礼又说:"天下喜事无过于子妇团圆,杀羊打酒,做一个庆喜的筵席!"王晔杂剧《桃花女破法嫁周公》中的卖卦人周公因嫉妒桃花女的占卦术高于自己,于是以聘娶桃花女作儿媳为名,准备在迎娶途中用法术谋害她,却被桃花女识破,周公害人不成反倒险些害了自己,只得当面认输,并高兴地为儿子操办婚事,"今日里草堂中羊酒大张筵,愿诸亲共与我开怀吃个醉。""卧翻羊"、"杀羊造酒"、"杀羊打酒",都是备酒宰羊之意。元曲中凡有吉庆筵事便较多用这些语言,说明颇具民族风味的羊肉食品在元代社会生活中占有特殊的地位。

第二,凡是表示欢迎、慰劳或庆贺,都要"牵羊担酒"。如李直夫杂剧《便宜行事虎头牌》第四折马山寿云:"经历,今日同夫人牵羊担酒,与叔叔暖痛去来。"高茂卿杂剧《翠红乡儿女两团圆》第四折王兽医云:"叔叔,你牵羊担酒,直至俺姐夫门上认亲,走一遭去来。"王实甫杂剧《崔莺莺待月西厢记》第五本第三折杜将军云:"小官牵羊担酒,直至老夫人宅上,一来庆贺状元,二来就主亲,与兄弟成此大事。"无名氏杂剧《冻苏秦衣锦还乡》第四折苏秦父亲白:"婆婆,苏秦孩儿得了官也!俺一家牵羊担酒,直至驿亭中认苏秦孩儿去来。"石君宝杂剧《李亚仙花酒曲江池》第一折赵大户三月三在曲江池上宴请李亚仙云:"姨姨,无什么孝顺,只宰的一个小小羔儿,请姨姨在曲江池上,开怀畅饮数杯。"这说明在元代羊肉是招待宾客最上等的美味佳肴。

　　第三,将元代重羊珍羊的习俗注入神话故事等文学作品中,丰富了其作品的文化内涵。在尚仲贤杂剧《洞庭湖柳毅传书》中龙女巧遇柳毅。一个是龙女,一个是书生,一个生活在海底世界,一个生活在人间红尘,能够相遇,十分奇巧。剧作家用"牧羊"作为纽带,把两人的相遇自然地表现出来。龙女三娘受泾河龙王父子的虐待,罚去河滩牧羊。龙女放牧羊群又不真实,海底世界何以有羊? 剧作家巧妙构思,让龙女三娘解释:"那里是个羊,都是些懒行雨的雨工。"西方有位哲人曾说过,传说似乎是荒诞的,但这些荒诞的传说,仿佛是一个半睡半醒的梦,一半却预示着真实①。龙女牧"羊"的描述也是如此,是以现实生活为依据的。雨工,指的是云。龙女在海中能兴风作浪,呼风唤雨,赶"云"上河滩,令人信服。罚作苦役,孤凄牧"羊",构思新奇又真切,并也因为河滩牧"羊",龙女才接近了人间生活,与柳毅相识。这种联想完全符合民俗心理,可见,羊文化在元代的深入和广泛。

　　在南宋时期,淮河以南地区就开始把猪肉当作主要肉食,尽管蒙古人的南下,刮起了一阵大漠食风,但很快就消失在中原文化的海洋之中。特别是中原及以南地区农业化进程的发展,使畜牧业的有效空间变得越来越窄,家庭饲养的比重越来越大,正像无名氏小令[双调·蟾宫曲]《归隐》中所形容的,元代已初具"鹿豕成群,鱼虾作伴,鹅鸭比邻"的养殖格局,逐渐形成了猪羊肉并举,以及汉族人以食用猪肉为主的食风。元曲也真实地反映了这一食俗。武汉臣杂剧《散家财天赐老生儿》第一折刘从善云:"小梅,你若真个得个儿呵,(唱)我情愿谢神天便把那香花赛,请亲邻便把猪羊宰。"萧德祥杂剧《杨氏女杀狗劝夫》楔子孙大云:"今日是小生的生辰之日,大嫂,你与我卧羊宰猪,做下筵席。"杨显之杂剧《郑孔目风雪酷寒亭》第四折:"把猪肉来烧,羊羔来宰。你可便莫得迟捱,直吃到梨花月上来。"赵显宏小令[中吕·满庭芳]《耕》:"赛社处王留宰猪,劝农回牛表牵驴。"透过"猪羊宰"、"卧羊宰猪"、"猪肉来烧,羊羔来宰"等词语,不难看出,元代社会中,肉食仍是以羊肉为大宗,但猪肉给了羊肉有力的冲击,猪肉与羊肉形成平分秋色的

---

①　常峻:《中国生肖文化》,上海辞书出版社 2001 年版,第 3 页。

局面应该是毋庸置疑的。

除了食用羊、猪、牛以及少量的野味外,元代人也偶尔吃狗肉。元代人虽然普遍养狗,但却很少宰杀食肉,人们食用的狗肉,要么是偷来的狗,要么是老死、病死的狗,且吃狗肉的人均为社会下层普通民众。元曲中有关吃狗肉的描写也反映了这一风气。朱凯杂剧《昊天塔孟良盗骨》第三折:"我做和尚无尘垢,一生不会念经咒。听的看经便头疼,常在山下吃狗肉。"范康杂剧《陈季卿误上竹叶舟》第一折行童白:"我自去方丈里吃烧酒、狗肉去也。"关汉卿杂剧《钱大尹智勘绯衣梦》第三折裴炎上,做卖狗肉科云:"卖狗肉,卖狗肉,好肥狗肉! 自家裴炎的便是。四脚儿狗肉卖了三脚儿,剩下这一脚儿卖不出去,送与茶三婆去。"无名氏杂剧《争报恩三虎下山》楔子:"昨日晚间偷了人家一只狗,煮得熟熟的,卖了三脚儿,则剩下一脚儿。"中国古代的食狗肉之风在商周时期于北方中原地区兴起后,至战国秦汉时期逐渐走向高峰,整个社会无论上层贵族,还是下层百姓,都十分喜欢食用狗肉。魏晋南北朝时期,由于北方游牧民族的南迁与佛教的兴起,食狗肉之风开始发生转移,北方中原地区的食狗肉之风渐渐衰落,而南方广大地区的食狗肉之风则呈现兴盛局面。隋唐以后,人们普遍相信屠狗食肉多会遭到不好的报应,特别是"受到游牧民族惜狗的习俗的影响,便逐渐废止吃狗肉了"[①]。在一般人的观念中,狗已不是可以用来食用的动物,只有那些不务正业的恶少们才会屠狗食肉[②]。这一风气也见于文献记载,如唐段成式《酉阳杂俎》记载,东都市恶少李和子"常攘狗及猫食之"[③];宋洪迈《夷坚志》记载,太平州黄池镇以东的宣城县境内,"十里间有聚落,皆亡赖恶子及不逞宗室啸聚。屠牛杀狗,酿私酒,铸毛钱,造楮币,凡违禁害人之事,靡所不有"[④]。元曲描写食用的狗肉,要么是和尚在偷吃狗肉,要么是偷来的狗,也透露出元代社会在正式场合有不食狗肉的习俗。

还有一个值得我们注意的现象是,元曲中几乎找不到吃马肉的描写。

---

① 王增能:《客家饮食文化》,福建教育出版社 1995 年版,第 68 页。
② 刘朴兵:《中国古代的食狗之风》,《文史知识》2006 年第 3 期。
③ (唐)段成式:《酉阳杂俎》,方南生点校,中华书局 1981 年版,第 202 页。
④ (宋)洪迈:《夷坚志》,杨名标点,重庆出版社 1996 年版,第 114 页。

这与元代崇马的习俗有密切的关系。马是草原上的五畜(马、牛、绵羊、山羊、骆驼)之一,在内蒙古大草原上,无论男女老少都是骑马好手,每天都离不开马。蒙古民族被誉为"马背上的民族"。长期的生产生活实践造就了蒙古民族尊马、崇马的思想观念。马在游牧民族文化中是英雄的象征。这一思想观念必然要反映到社会意识范畴,深嵌在社会文化领域。元曲着力记录了元代特有的马文化和马情结,咏马之作频繁出现。典型的如刘时中套数[双调·新水令]《代马诉冤》,反映了马背上发展壮大的蒙古民族珍惜马、爱护马,甚至崇拜马的文化心理。还有一位被誉为"曲状元"马致远套数[般涉调·耍孩儿]《借马》,说的是马主人借马给人时,对借马者絮絮叨叨、反反复复地叮咛嘱托,倾诉对马"气命儿般看承爱惜",把一个爱马似命的人写到穷形极相的地步,这在乐府、唐诗、宋词里是见不到的。虽经文人锤炼,却是草原民俗文化中爱马重马思想意识和价值观念的准确展示。

(2)家禽

在元代人的肉禽类食品中,家禽的比例明显上升,这是元代家庭禽畜饲养逐渐取代牧养的一个突出标志。如张养浩小令[中吕·十二月兼尧民歌]《归田乐》:"见斜川鸡犬乐升平,绕屋桑麻翠烟生。"又如他的另一首小令[越调·寨儿令]《春》:"水绕门,树围村,雨初晴满川花草新。鸡犬欣欣,鸥鹭纷纷,占断玉溪春。"江南田园式的小农畜牧风貌,与北方蒙古族游牧生产方式形成了天壤之别,鸡鸭兴旺几乎成了农家生活的写照。马可·波罗在其游记中记载当年杭州百姓养家畜很多,尤其是"鹅和鸭的数量更是多得不可胜数。因为,它们很容易在湖中饲养起来。一个威尼斯的银币,可买一对鹅和两对鸭"①。马可·波罗的记载与元曲中的描写可谓异曲同工。

元代人养禽,仍以大型家禽为主,鹅、鸭、鸡依次排列,鹅居首位,鸡有来居上的趋势。鸡肉逐渐受到重视,烹饪方法也因而增多。如无名氏杂剧《包待制陈州粜米》第三折张千对包待制云:"你快些安排下马饭我吃。肥草鸡儿,茶浑酒儿,我吃了那酒,吃了那肉,饱饱儿的了,休说五十里,我咬着

---

① [意大利]马可·波罗:《马可波罗游记》,陈开俊等译,福建科学技术出版社1981年版,第176页。

牙直走二百里,则有多哩。"李伯瞻小令［双调·殿前欢］:"黄鸡啄黍正秋肥,寻常老瓦盆边醉。"孙周卿小令［双调·水仙子］《山居自乐》:"水碓里春来米,山庄上线了鸡,事事休提。"汪元亨小令［双调·雁儿落过得胜令］:"秋早鸡儿嫩,风高栗子甜。"周德清小令［双调·蟾宫曲］《别友》:"正鸡黍樽前月朗,又鲈莼江上风凉!"

我国养鸡的历史十分悠久,在河北磁山遗存中,就发现了鸡的骨骼,证明早在七千年前我国就开始养鸡①。"草鸡"的本义是"母鸡"。现在山东、河北省的一些地区仍称"母鸡"为"草鸡"。农户养鸡,一般养母鸡,公鸡只养一只,用于配种和打鸣。每天,清晨各家各户的公鸡引颈高唱,此起彼伏,显示出浓浓的生活气息。元曲受社会食潮的影响用大量篇幅记述的鸡类佳肴,一是说明鸡的饲养在元代非常普遍。家中的残羹剩饭、秕谷糠皮都能喂鸡。养鸡是家庭经济的重要补充。二是说明元代人大多喜欢吃鸡。小户人家平时难得屠宰大家畜,鸡肉则可随时吃到。在元代人心目中,如果能吃上黍米饭,再配以鸡肉,那就是再美妙不过的享受了。所以元代人常用"鸡黍"一词来形容小康饮食。三是鸡是下层百姓待客的首选肉食,如宫天挺杂剧《死生交范张鸡黍》就是以"鸡黍"为背景的杂剧。以鸡待客,"不只是因为鸡较易得,恐怕更重要的原因是当时乡野买肉甚为不便,而鸡的个体很小,杀了之后一顿两顿就能吃完,在没有制冷保鲜条件的时代,人们毕竟不能为了招待某位客人而轻易杀掉一头猪或一口羊,这样做也未免太浪费"②。

鹅的饲养,稍晚于鸡和鸭,但在先秦时代,人们已将其列为六禽之一。到汉代,鹅作为一种禽类美食,出现于上流社会的食馔之中。魏晋南北朝时期,烹饪鹅的技艺大幅度提高,食界推出了很多食鹅方法,其中最常见的是"鹅炙",即用火烤烧的鹅。唐代时虽然烹鹅技艺达到了很高的境界,推出了许多精美肴馔,但传统的鹅炙仍然流行。宋元时代仍以鹅馔为尊、以鹅菜为重,这种饮食风俗在元曲中也被屡次提及。如刘唐卿杂剧《降桑椹蔡顺

---

① 周本雄:《河北武安磁山遗址的动物骨骸》,《考古学报》1981 年第 3 期。
② 王利华:《中古华北饮食文化的变迁》,中国社会科学出版社 2000 年版,第 114—115 页。

奉母》第一折宋太医云:"我祖是医科,曾受琢磨。我弹的琵琶,善为高歌。好饮美酒,快嚼肥鹅。"李文蔚杂剧《破苻坚蒋神灵应》第一折:"馒头吃上五六扇,赚鹅吃了一大只。"马致远杂剧《吕洞宾三醉岳阳楼》第三折:"或鸡儿,或鹅儿,酱炒油煎。"

人们食鹅,多用烧法,因而烧鹅成为最为流行的熟肉制品,大到宴会阔席,小至平民往来,都能见到烧鹅的踪影。秦简夫杂剧《东堂老劝破家子弟》第三折柳隆卿云:"小哥,你少待片时,我买些来与你吃。好烧鹅,好膀蹄,我便去买将来。"无名氏杂剧《十探子大闹延安府》第三折葛彪云:"大人,看俺父亲的面皮,我送对烧鹅儿你吃。饶了我罢。"

烧鹅就是烤鹅,源于烧鸭,是一种把填满调味料的鹅,放入炭炉里用高温烧烤出来的菜式。无名氏在《居家必用事类全集》中记载了数种鹅馔的加工方法,其中烧鹅,如"煏鹅"的做法:"每只洗净,炼香油四两,燃变黄色,用酒、醋、水三件中停浸没。入细料物半两、葱三茎、酱一匙,慢火养熟为度。"①所谓"煏"就是炙烤,用油煎的办法,实现鹅体表面焦黄的效果,然后通过慢火细煨、佐料长炖,才得出一味色香皆佳的菜。可见元代鹅的烧馔很是讲究。如今烧鹅已成为许多地方的名菜,如粤菜中的"烧鹅"是一道传统名菜,它以整鹅烧烤制成。成菜色泽金红,鹅体饱满,且腹含卤汁,滋味醇厚,再将烧烤好的鹅切成小块,其皮、肉、骨连而不脱,入口即离,具有皮脆、肉嫩、骨香、肥而不腻的特点。

元曲中对鸭的描写也令人心怡。孛罗御史套数[南吕·一枝花]《辞官》:"趁一溪流水浮鸥鸭,小桥掩映蒹葭。"马致远套数[双调·新水令]《题西湖》:"渔村偏喜多鹅鸭,柴门一任绝车马。"尤其是关汉卿杂剧《刘夫人庆赏五侯宴》中李嗣源的一段《鸡鸭论》,进一步演绎、丰富了元代的鸭文化。该剧写五代时,潞州王屠遗孀李氏因贫典与财主赵太公家做乳母,三年为期。赵太公改典身契为卖身契,百般虐待李氏,逼她丢弃亲生子王阿三。恰遇李克用之子李嗣源,被收养,取名李从珂。十八年后,李从珂征梁王彦

---

① (元)无名氏:《居家必用事类全集·饮食类》,邱庞同注释,中国商业出版社1986年版,第100页。

章得胜回来，路遇一贫妇因受虐待欲悬梁自尽，问明妇人遭遇，李从珂疑是生母。第四折在李嗣源母刘夫人设的庆功宴上，李从珂诉说此事，刘夫人说明了缘由。李从珂认母，杀赵太公等人。李从珂认母时，李嗣源有一段《鸡鸭论》云：

昔日河南府武陵县有一王员外，家近黄河岸边，忽一日闲行，到于芦苇坡中，见数十个鸭蛋在地，王员外言道："荒草坡中如何得这鸭蛋？"王员外将鸭蛋拿到家中，不期有一雌鸡，正是暖蛋之时，王员外将此鸭蛋与雌鸡伏抱数日，个个抱成鸭子。雌鸡终日引领众鸭趁食，个月期程，渐渐毛羽长成。雌鸡引小鸭来至黄河岸边，不期黄河中有数只苍鸭在水浮泛。小鸭在岸，忽见都入水中，与同众鸭游戏。雌鸡在岸，回头忽见鸭雏飞入水中，恐防损伤性命，雌鸡在岸飞腾叫唤。王员外偶然出户，猛见小鸭水中与大鸭游戏。王员外道："可怜，我道鸡母为何叫唤，原来见此鸭雏入水，认他各等生身之主。鸡母你如何叫唤？"王员外言道："此一桩故事，如同世人养他人子一般，养杀也不亲，与此同论。"后作《鸡鸭论》，与世上人为戒。有诗为证，诗曰：鸭有子兮鸡中抱，抱成鸭兮相趁逐。一朝长大生毛羽，跟随鸡母岸边游。忽见水中苍鸭戏，小鸭入水任漂流。鸡在岸边相顾望，徘徊呼唤不回头。眼欲穿兮肠欲断，整毛敛翼志悠悠。王公见此鸭随母，小鸭群内戏波游。劝君莫养他人子，长大成人意不留。养育恩临全不报，这的是养别人儿女下场头。

鸭随母是鸭的"情感"使然。有研究表明，鸭雏在卵中孵化的第27天已经可以听到母鸭的呼唤声，它们以"叽叽"声回答。最后，鸭雏在母鸭的呼唤声中离壳，这时，鸭雏和母鸭之间的联系已十分密切。因此，小鸭有明显的铭记现象是天性。关汉卿借用鸭随母的天性，描写李从珂认母及李嗣源和刘夫人的感受，体现了民俗与艺术交织、交融、重合的凝融混一特点，为元代孝文化增加了丰富的内容，也使鸭文化具有了浓郁的人性色彩。

令我们珍惜的是，元曲中还利用吃鸭塑造了中国古代艺术画廊里一个鲜活的吝啬鬼形象。《看钱奴买冤家债主》是元代杂剧作家郑廷玉的代表作，剧中用讽刺夸张手法刻画了一个虽有泼天的财富，但却一文不使、半文不用、为富不仁、贪婪悭吝的守财奴贾仁的形象。其中,贾员外"吃"烤鸭的一段戏给人印象深刻。一天,贾员外想吃烤鸭,到烤鸭店,看见店里的烤鸭刚刚出炉,油汪汪的香气四溢,食欲大动,却舍不得花钱买。于是,他用手偷偷地捋了店里的烤鸭一把,五个指头都沾上了香喷喷的鸭油。然后喜滋滋地回到家,忙叫家人盛上饭来,就着饭咂手上的鸭油,一个指头就吃一碗饭,一连吃下四碗饭。剩下一个手指头上的鸭油他舍不得吃,打算留待晚饭时再享用,便心满意足地睡觉去了。不料,一条狗嗅香而来,趁他酣睡时将那个指头上的鸭油舔得精光,贾员外一气之下,竟病卧不起……

这里作者将那无价值的撕破给人看。人所习见的事物,因为熟悉而变得平淡无奇,难以引起人的审美感受。附着于人的灵魂、沉积在人的行为方式中的陋习,也因其顽固和到处渗透的特点而变成天经地义、未可厚非。作者把"吃鸭"这一司空见惯的生活习惯放在艺术的哈哈镜前让它扭曲变形,转化为别具一格的"艺术美"。这种方式比较典型地反映了民俗母题作为一种世俗生活情结向具体艺术样式渗透的规律。

(3)野味

元朝时,自然生态尚未破坏,野生动物资源较丰富,狩猎是人们生产的一种补充方式。因而人们能够获取一定数量的野味品,当作肉食的补充。元代人贾铭所撰写的《饮食须知》用很大篇幅介绍元代人食用的野兽肉,其中包括鹿肉、麋肉、虎肉、豹肉、野猪肉、豪猪肉、熊肉、羚羊肉、麂肉、麝肉、猪獾肉、山獭肉、水獭肉、象肉、豺肉、狼肉、狐肉、狸肉、家猫肉、貉肉、野马肉、兔肉和鼠肉等三十余种[①]。元曲对元代人肉类食馔中的野兽类食品有生动的记载。如曾瑞小令[南吕·四块玉]《乐饮》:"鹿煮肥,鱼煎鲊,白酒初熟菊方花。"关汉卿杂剧《邓夫人苦痛哭存孝》第一折李克用云:"渴饮羊酥酒,饥餐鹿脯干。"张国宾杂剧《相国寺公孙合汗衫》第一折:"簇金盘罗列着紫驼新,倒银瓶满泛着鹅黄嫩。"关汉卿杂剧《刘夫人庆赏五侯宴》第二折:"围场中惊起一个雪练也似白兔儿来。我拽的这弓满,放一箭去,正中白兔。""紫驼"是用骆驼峰做成的一种奢侈名贵的食品。驼峰是骆驼营养贮存库,

---

① (元)贾铭:《饮食须知》,程绍恩等点校,人民卫生出版社1988年版,第68—80页。

由营养丰富的胶质脂肪组成。每个骆驼峰可达四十公斤,具有润燥、祛风、活血、消肿的功效,是元代的一道名菜。鹿肉肉质细嫩、味道美、瘦肉多、结缔组织少,营养价值比牛、羊、猪肉高很多,可烹制多种菜肴。鹿脯就是鹿肉干,是行军打仗或是外出打猎时的食物。这些记载,一方面说明狩猎是当时重要的肉食来源,猎捕到各种野味在人们的饮食中也占有一席之地。另一方面说明由于狩猎的对象不可能固定,能射杀到什么就吃什么,所以当时的种类是多种多样的,且数量不可能太多,有些还属于稀有物种,非一般人所能食用得到。

在元代的肉类食馔中,飞禽类也占有很重要的位置。元曲中有大量的野禽描写,如贾仲明杂剧《萧淑兰情寄菩萨蛮》第四折梅香云:"姐姐,早则欢喜也。哥哥下三千贯正财礼钱招张云杰为婿,羔雁茶礼,断送房奁,尽行出办,足满姐姐平生所望。"盍西村小令[越调·小桃红]《客船晚烟》:"渡头买得新鱼雁。"无名氏套数[般涉调·耍孩儿]《拘刷行院》:"窦儿间羊宰翻,不移时雁煮熟,安排就。"无名氏小令[中吕·喜春来]《田家》:"水光山色堪图画,野鸭河豚味正佳,竹篱茅舍两三家。"无名氏杂剧《雁门关存孝打虎》第二折:"皂雕起处麋鹿死,放起黄鹰捉水鸭。"周德清小令[双调·蟾宫曲]《夜宴》:"宰金头黑脚天鹅,客有钟期,座有韩娥。"

雁、野鸭、鹰、天鹅等都是野禽,肉味鲜美。先秦时期,雁就被列为六禽之一,食者甚广。蒙古人常在漠北猎雁,所获甚多,因而在元朝人的食谱中,雁肉占有一席之地。忽思慧在《饮膳正要》中记录了当时"攒雁"和"烧雁"的烹食方法,攒雁为:"雁五个,煮熟,切攒;姜末半斤。用好肉汤炒,葱、盐调和。"烧雁为:"雁一个,去毛、肠、肚净;羊肚一个,退洗净,包雁;葱二两,芫荽末一两。用盐同调,入雁腹内,烧之。"[①]野鸭,又叫凫、水鸭、野鹜,其肥美者称为晨凫。野鸭比雁易捕获,因而古人很早就将其当作野味食用,《楚辞·大招》中就有"炙凫"的记载,元代野鸭仍被当作美味食品。在大型候鸟中,天鹅最难捕捉,因而食之不易。古时契丹人最器重天鹅,每年猎取第一只天鹅,必举办盛大的头鹅宴。当时,辽朝皇帝亲自参加捕猎天鹅的活

---

① (元)忽思慧:《饮膳正要》,李春方译注,中国商业出版社1988年版,第83、90页。

动,主要借助猎鹰擒取。据《辽史·营卫志》记载:"皇帝正月上旬起牙帐……冰泮,乃纵鹰鹘捕鹅雁。"同书《地理志四》载:"延芳淀方数百里,春时鹅鹜所聚,夏秋多菱芡。国主春猎,卫士皆衣墨绿,各持连锤、鹰食、刺鹅锥,列水次,相去五七步。上风击鼓,惊鹅稍离水面。国主亲放海东青鹘擒之。鹅坠,恐鹘力不胜,在列者以佩锥刺鹅……得头鹅者,例赏银绢。"①蒙古人同样把天鹅视为上佳珍品,耶律铸所列的"行帐八珍",其中即有著名的"天鹅炙"。生活于宋末元初的诗人汪元量出席过忽必烈的宴会,曾有"天家赐酒十银瓮,熊掌天鹅三玉盘"的纪诗②,反映了元代食天鹅的情景。

4.鱼虾

元朝时,由于官方采取"听民自渔"③的政策,捕捞业得到很大开发,东南沿海一带,到处可见扬帆出海、拖网江海上的景象,元曲中关于渔业和渔民的描写屡见不鲜。如薛昂夫小令[双调·殿前欢]《冬》:"浪淘淘,看渔翁举网趁春潮。"范康杂剧《陈季卿误上竹叶舟》第三折中渔翁诗云:"江上撑开一叶舟,竿头收起钓鱼钩。"查德卿小令[越调·柳营曲]《江上》:"烟艇闲,雨蓑干,渔翁醉醒江上晚。啼鸟关关,流水潺潺,乐似富春山。数声柔橹江湾,一钩香饵波寒。回头贪兔魄,失意放渔竿。看,流下蓼花滩。"张可久小令[越调·天净沙]《江上》:"小舟如画,渔歌唱入芦花。"这些描写,洋溢着水乡的风韵,意境优美,令人回味。渔家劳动和生活的描写也随处可见,如冯子振小令[正宫·鹦鹉曲]《渔父》:

> 沙鸥滩鹭祸依住,镇日坐钓叟纶父。趁斜阳晒网收竿,又是南风催雨。[幺]绿杨堤忘系孤桩,白浪打将船去。想明朝月落潮平,在掩映芦花浅处。

该曲写江边饱经风霜的渔人的生活情景。通过对渔父习以为常的钓鱼晒网、收竿、收网、找船等生活场景的刻画,写出了渔人年复一年平淡而艰辛的生活。在元代画家唐棣的《秋浦归渔图》中我们也约略可见渔人的艰辛,而杨果小令[仙吕·赏花时]中描述的渔家住宅:"竹篱折,补苔墙,破设设柴门

---

① (元)脱脱等:《辽史》,中华书局1997影印本,第373—374、496页。
② 王赛时、杨恩业:《中国古代食用野禽的史实考察》,《中国烹饪研究》1998年第2期。
③ (元)脱脱等:《辽史》,中华书局1997影印本,第373—374、190页。

上张着破网。几间茅屋,一竿风旆,摇曳挂长江。"则更描绘出渔人之凄惨。

乔吉有20首[中吕·满庭芳]《渔父词》小令,从潇湘一直写到海,包括了春夏秋冬季节。现举两首:

> 潇湘画中,雪翻秋浪,玉削晴峰。莼鲈高兴西风动,挂起风篷。梦不到青云九重,禄不求皇阁千钟。浮蛆瓮,活鱼自烹,浊酒旋篘红。

> 篷窗半龛,挂晴帆饱,照夜灯馋。一竿界破江云淡,虾蟹盈篮。未放我杯中量减,尽教他鬓影秋挽。船休缆,中流半酣,系楫下湘潭。

前一首刻画了在"雪翻秋浪,玉削晴峰"的潇湘王国里,渔夫启帆打渔自烹的自由闲适生活。后一首具体描写渔夫晚间乘兴在湘水打渔的情景,末句"船休缆,中流半酣,系楫下湘潭",写晚间打渔犹纵横转战,于恬淡中透出豪俊不凡之气。

元曲中描写元代人携竿下网,极力捕钓者更多。朱庭玉套数[大石调·青杏子]《归隐》:"留心垂钓棹鱼舟槎,汾水岸晋山坡。"无名氏小令[双调·水仙子]:"画桥斜映钓鱼舟,撒网攀罾不暂收。"无名氏套数[仙吕·村里迓鼓]《四季乐情》:"我将这锦鲤兜,网索来收。"徐再思小令[中吕·普天乐]《吴江八景·雪滩晚钓》:"古溪边老了渔翁。得鱼贯柳,呼童唤酒,醉倚孤篷。"当时,许多水滨居民都以捕鱼为业,充分利用大自然的丰厚赐予来谋取生计。

渔业的繁荣,带来了丰富的水产品。丰足的鱼类产品也源源不断地进入元代人们的饮食生活。对此,马可·波罗在其游记中写道:在杭州,"每日都有大批的鱼,从离城24公里的海边,经过河道运到城中。湖中也产大量的鱼,使专门捕鱼的人,终年都有鱼可捕。鱼的种类,随季节不同而有差异。当你看到运来的鱼,数量这样庞大,或许会认为无法卖光,可是在几个小时内,竟一售而空。因为这里的居民人数实在太多,就是那些追求口腹之欲,餐餐有鱼有肉的富裕人家的人数,也已够多的了。"[①]元曲中描述的鱼品,既有鲜美的鲈鱼、鳜鱼、鳊鱼、鲤鱼、鲇鱼、白鱼,还有珍肴河豚,更有滋味

---

① [意大利]马可·波罗:《马可波罗游记》,陈开俊等译,福建科学技术出版社1981年版,第176页。

特别的虾蟹蛤以及两栖类水产品等。如马谦斋小令[中吕·快活三过朝天子四边静]《秋》：

> 长江万里鲈正肥,谩忆家乡味。

乔吉小令[中吕·满庭芳]《渔父词》：

> 知滋味,桃花浪里,春水鳜鱼肥。

鲜于枢套数[仙吕·八声甘州]：

> 粳米炊长腰,鳊鱼煮缩项。

朱凯杂剧《刘玄德醉走黄鹤楼》第三折姜维云：

> 我扮做个渔夫,将着这对金色鲤鱼,黄鹤楼上推献好新,走一遭去。

无名氏杂剧《瘸李岳诗酒玩江亭》第二折牛员外唱词：

> 我伴的是鲇鱼和这鲤鱼,铺的是杆草茅柴。

李致远小令[双调·折桂今]《山居》：

> 休问白鱼,且醉白云。

王大学士套数[仙吕·点绛唇]：

> 一个沙湍上烧黄鳝。

鳜鱼又名桂花鱼、季花鱼等,是淡水鱼类中的名贵鱼类,肉质纯白细嫩,味道鲜美可口。唐代张志和著名的《渔歌子》："西塞山前白鹭飞,桃花流水鳜鱼肥。青箬笠,绿蓑衣,斜风细雨不须归。"描写江南水乡春汛时期捕鳜鱼的情景,让鳜鱼成为经过文学熏陶和哲学认可的鱼。鳊鱼是长春鳊、三角鲂、团头鲂(武昌鱼)的统称,俗名槎头鳊,也叫缩项鳊,主要分布于长江中下游,因其肉质嫩滑,味道鲜美,是中国主要淡水养殖鱼类之一。鳊鱼在唐朝时便被视为经济鱼类,食者甚多。元代时,鳊鱼仍被视为美食。如李致远套数[双调·新水令]《离别》中吟咏的"爱杀槎头缩项鳊,皆上金盘荐",周德清小令[双调·沉醉东风]《有所感》中吟咏的"棹月归,邀云醉,缩项鳊肥"等,就是时人食用鳊鱼的由衷感受。

吃河豚在元代风靡一时,元曲中有多处不惜笔墨描写河豚。其代表篇什有乔吉小令[中吕·满庭芳]《渔父词》："湖平棹稳,桃花泛暖,柳絮吹春。蒌蒿香脆芦芽嫩,烂煮河豚。"无名氏小令[中吕·喜春来]《田家》："水光山色堪图画,野鸭河豚味正佳,竹篱茅舍两三家。新酒压,客至捕鱼虾。"河豚的食法很多,蒸、煮均可,配以芦蒿、芦芽做成鱼羹,味道更鲜美。食河豚的时节多在春天,这是因为春天河花飞,河豚食杨花正肥,又有作鱼羹的配料芦芽,正是食河豚的好时节。此时人们也最贵河豚。河豚的肉虽鲜美柔嫩无比,但由于其血液、肝脏、性腺、泪腺中均有剧毒,人若误吃,很快会因神经麻醉窒息而死。陶宗仪在《南村辍耕录·食品有名》中记载:"水之咸淡相交处产河豚。河豚,鱼类也,无鳞颊,常怒气满腹,形殊弗雅,然味极佳,煮治不精,则能杀人。"①尤其是冬春之间,为河豚的产卵期,此时河豚肉味最美,体内的毒素也最强。故河豚饮食文化到了宋代才有描述。元曲中的描写,不仅介绍了河豚加工烹调的方法,即在烹制时要用芦蒿和芦芽一起"烂煮",而且介绍了河豚的味美"正佳"是在"桃花泛暖,柳絮吹春"时,说明元代吃河豚的风气是很盛的。

元曲对味美的蟹虾等水产也多有歌咏。贾仲明杂剧《吕洞宾桃柳升仙梦》第二折:

北苑柳添黄,东篱菊放蕊。橙黄橘绿蟹初肥。

张可久套数[南吕·一枝花]《秋景》:

黄橙味美,紫蟹肥酣。

汤舜民小令[正宫·脱布衫带小梁州]《四景为储公子赋·凤阳人·秋》:

巨口鲈红姜素藕,团脐蟹锦橙黄柚。

王实甫套数[商调·集贤宾]《退隐》:

到秋来醉丹霞树饱霜,绽金钱篱菊秋,半山残照挂城头,老菱香蟹肥堪佐酒。

薛昂夫小令[双调·庆东原]《西皋亭适兴》:

秋霁黄花喷,霜明红叶新,锦橙香紫蟹添风韵。

乔吉小令[中吕·满庭芳]《渔父词》:

一竿界破江云淡,虾蟹盈篮。

透过这些优美的描述,我们仿佛看到了一盘盘精美的佳肴,嗅到了诱人

---

① (元)陶宗仪:《南村辍耕录》,中华书局1959年版,第115页。

的蟹鲜、虾香。特别是曾经风靡于宋代、继续风行于元代的"紫蟹青橙"和"橙酿蟹"习俗更是令人心醉。紫蟹青橙的做法：将螃蟹洗净蒸熟掰开后，用盐、酒、生姜、花椒等作料，加入橙皮，调味腌渍而成。因为洗洗手就能吃，所以又叫"洗手蟹"。橙酿蟹的做法：选取一个熟透带枝的甜橙，截顶，去瓤，只留下少许汁水，再把蟹黄、蟹油、蟹肉放在橙子里，仍用截去的橙顶盖在原截处，放到加有酒、醋、水的碗内，上笼蒸熟，蘸醋而吃。这种橙酿蟹不仅造型美、味道鲜，而且在吃蟹肉的时候能吃出橙子的香味，可谓相得益彰。吃蟹带给人乐趣，带给人遐想，带给人细腻，带给人逸情，也带给人期待。

另外，元曲对贝壳类、两栖类水产品的描写也鲜鲜活活。吕止庵小令[仙吕·后庭花]《酒兴》：

> 相逢饮兴狂，两螯风味长。鲜鲫银丝鲙，金锥拆蛎房。

郑廷玉杂剧《看钱奴买冤家债主》第二折贾仁云：

> 下次小的每，少少的酾些热酒儿来，则撕只水鸡腿儿来，我与婆婆吃一盏波。

李行甫杂剧《包待制智赚灰阑记》第三折：

> 酒保拦住科，云：你们还了酒钱去。薛净云：哎，有什么酒钱还你！

酒保云：你看我这晦气……（诗云）这桩营生不爽快，常常被人欠酒债。我今放倒望竿关上门，不如去吊水鸡也有现钱卖。

蛎房，又名蛎蛤、牡蛎，俗称蚝，别名蛎黄、蚝白、海蛎子。我国沿海均有分布。鲜牡蛎肉青白色，质地柔软细嫩。吃法很多，除了煮、蒸等外，还能生吃，有海底牛奶的美誉。吕止庵小令中"锥拆蛎房"的描写，说明元代牡蛎生食非常普遍。"水鸡"即青蛙，又名田鸡，青蛙肉质细嫩、脂肪少、糖分低、蛋白质含量高，具有清热解毒、消肿止痛的功效。剧中写"撕只水鸡腿儿"来就酒，虽然是以科诨打趣的口吻，描写贾仁的吝啬行为，但却反映了此时青蛙等一些食品已进入市井生活。而"关上门，吊水鸡"，是元曲借用食风描写，揭示元代人生计的窘迫和无奈。莫泊桑曾说："把生活的准确形象描绘给我们的小说家，就应该小心避免一切显得特殊的一连串的事件。他的目的决不是给我们述说某个故事、娱乐我们或者感动我们，而是要强迫我们来思索、来理解蕴含在事件中的深刻意义。经过观察和思维，他以一种本人所特有的、而又是从他深刻慎重的观察中综合得出来的方式来观看宇宙、万物、事件和人。"①解子董超、薛霸，犯人张海棠以及张海棠兄张林吃酒后在酒店撕打起来，不但不给酒保酒钱还踢倒酒保，致使酒保关门歇业，另寻营生。而这新营生是去吊水鸡。吊水鸡属于无本生意，任何有劳力无本钱的人都可以去做，因此也没有什么收益可谈。这时本极为痛苦的酒保，反而吟诗一首，以"吊水鸡"自我宽慰。我们说，人生的许多快乐、许多忧郁都藏在饮食里，这里就藏着元代小商人生意的艰辛。

在元代，鱼类食用的比重越来越大，鱼的烹饪加工方法也越来越多。脍鱼是其中的一种。脍是我国先秦就出现的菜肴制作方法。《诗经·小雅·六月》有"饮御诸友，炰鳖脍鲤"的记载，《论语·乡党》也云："食不厌精，脍不厌细。"脍，在当时指切细的生肉。秦汉之后，脍几乎仅指鱼脍，后来又衍生出一个"鲙"字，专指生鱼片，以和传统的"脍"相区别。元代，片得很薄的各种鱼鲙是许多元代人心目中的美食。元曲中有许多食鱼脍的精美描写，如杨显之杂剧《郑孔目风雪酷寒亭》第四折："酒斟着醇糯醅，脍切着鲤鱼胎。"卢挚小令［双调·湘妃怨］《西湖》："切香脆江瑶脍。"乔吉小令［中吕·满庭芳］《渔父词》："山妻稚子，薄披鲈脍，细切莼丝。"汤舜民小令［中吕·满庭芳］《除夕》："雪儿飘风儿刮深深闭门，酒儿笃鱼儿脍旋旋开樽。"杨维桢套数［双调·夜行船］《吊古》："奢侈，玉液金茎，宝凤雕龙，银鱼丝鲙。"鱼脍被元代人宠爱可见一斑。脍的原料来源广泛，河鱼、海鱼，鲜鱼、腌鱼等，只要肉质肥美都可作脍。其中鲈鱼是用来作脍最多的一种。鲈鱼又称花鲈、鲈板等，是我国常见的鱼类之一，其肉质白嫩、清香，没有腥味，自汉以来，都是人们作脍的好原料。《后汉书·左慈传》记载曹操宴请宾客时慨叹道："今日高会，珍羞略备，所少吴松江鲈鱼耳！"②这说明三国时期吴松江的鲈鱼是非常有名的。到了晋代吴人张翰在洛阳做齐王司马冏的幕僚，任执掌政务军务之官。后司马冏将败，张翰"见秋风起，乃思吴中菰菜、莼羹、鲈鱼脍，曰：'人生贵得适志，何能羁宦数千里以要名爵乎！'遂命驾而

① ［法］莫泊桑：《莫泊桑精选集》，山东文艺出版社1997年版，第741页。
② （南朝宋）范晔：《后汉书》，中华书局1997年影印本，第2747页。

归"①。自此，鲈鱼脍名声大振，这个典故也就成了后人津津乐道的美谈。元代人对鲈鱼脍也垂爱有加。张可久小令[中吕·齐天乐过红衫儿]《道情》："唤奚奴，脍鲈鱼。"另一首小令[黄钟·人月圆]《吴门怀古》："香柑红树，鲈鲙银丝。"张可久的描写，说明在元代做鱼脍的材料仍然是名气最大的鲈鱼。鲤鱼也是适宜为脍的鱼。而元代民间实际上常以鲤鱼作脍。鲤鱼是我国淡水水域中分布极广的一种鱼类，很早便被当作观赏鱼或食用鱼。元曲反映这一饮食习惯的描写很多，其中关汉卿杂剧《望江亭中秋切鲙》第三折的描写格外精彩，剧中女主人公谭记儿粗布衣衫，外披一袭蓑衣，毛蓝布头巾包了秀发，外戴一顶箬笠。在中秋满月映照的江面上，一条小渔船急急地划了过来，揉碎江上月影。一腔悠悠然的叫卖声传过来：

> 好鱼也！这鱼在那江边游戏，趁浪寻食，却被我驾一孤舟，撒开网去，打出三尺锦鳞，还活活泼泼的乱跳。好鲜鱼也！（唱）

> [越调·斗鹌鹑]则这今晚开筵，正是中秋令节；只合低唱浅斟，莫待他花残月缺。见了的珍奇，不治的咱说，则这鱼鳞甲鲜滋味别。这鱼不宜那水煮油煎，则是那薄批细切。

谭记儿手里那尾鲜活的"金色鲤鱼"，她介绍说不可煎煮，而要"切鲙"，这才能吃出鱼的"滋味别"来。足见，当时吃鱼脍类食品的普遍。

作脍的标准是薄、细、长，所以关键在刀功。元曲中多有对作脍技艺的记述，如"鸾刀切银丝脍，蚁香浮碧玉卮"②，"鲙切银丝，茶煮云腴"③，"玉板笋银丝鲙，红衫儿金缕歌，不醉如何"④，"细切银丝鲙，笑簪金凤毛"⑤，"犀箸银丝鲙，象盘冰蔗浆"⑥，"螯烹玉髓肥，鲙切银丝细"⑦等，用"鸾刀"比喻脍工厨刀的锋利，用"银丝"比喻脍的精细，可见脍手刀工的纯熟。尤其是张可久小令[南吕·阅金经]《湖上书事》：

---

① （唐）房玄龄等：《晋书》，中华书局 1997 年影印本，第 2384 页。
② 刘时中小令[双调·水仙操并引]。
③ 贾仲明杂剧《铁拐李度金童玉女》第三折。
④ 张可久小令[双调·水仙子]《鉴湖春行》。
⑤ 张可久小令[南吕·金字经]《菊边》。
⑥ 徐再思小令[南吕·阅金经]《水亭开宴》。
⑦ 汤舜民小令[双调·沉醉东风]《江村即事二首》。

玉手银丝鲙，翠裙金缕纱，席上相逢可喜煞。插，一枝茉莉花。题诗罢，醉眠沽酒家。

不仅描绘了鲙的精细，而且描写了作者与鲙手调笑的情景，写得生动活泼，当是当时社会风俗的真实反映。

元代人食用鱼类，鲜食吃鲙，腌食则要吃鲊。鲊是我国古代独创的一种腌制发酵食品。将鱼或肉等原料，先加工成小块，用盐、酒、香料腌过，再一层一层放入容器内，每一层鱼、肉之间，要撒上经过特殊处理的米饭，然后把容器密封，放置若干时间，就做成了"鲊"。鲊在腌制过程中，米饭里混入了乳酸菌，乳酸菌起着发酵作用，产生乳酸和其他一些物质，渗入鱼、肉内部，这样就形成了能够长期保存并且腌酵成熟的鲊类食品。鲊也是元代人经常食用的美味。忽思慧《饮膳正要》中介绍了大量鲊类食品，如胡萝卜鲊、茭白鲊、熟笋鲊、蒲笋鲊、藕稍鲊等。无名氏《居家必用事类全集》中也介绍诸多鲊类食品，如玉版鲊、贡御鲊、省力鲊、蛏鲊、鹅鲊、红蛤蜊鲊等，其中一款"鱼鲊"的做法："每大鱼一斤，切作片脔，不得犯水，以净布拭干。夏月用盐一两半，冬月用盐一两，待片时腌鱼出水，再摒干。次用姜、桔丝、莳萝、红曲、馈饭并葱油拌匀，入磁罐捺实。箬叶盖，竹签插，覆罐，去卤尽即熟。或用元水浸，肉紧而脆。"[①]元曲中吟诵的鲊类食品很多，有用肉作原料制成的鲊，如无名氏杂剧《孟德耀举案齐眉》第一折："我是豪家张员外。一气吃瓶泥头酒，则嚼肉鲊不吃菜。"无名氏杂剧《争报恩三虎下山》第四折："你饶了俺，我买饼好肉鲊，装一桌素酒，请你吃。"曾瑞套数［般涉调·哨遍］《羊诉冤》："肉麋肌鲊可为珍，莼菜鲈鱼有何奇，于四时中无不相宜。"有以鱼肉做成的鲊，如无名氏杂剧《朱太守风雪渔樵记》第一折王安道诗云："一叶扁舟系柳梢，酒开新瓮鲊开包。"曾瑞小令［南吕·四块玉］《乐饮》："鱼煎鲊，白酒初熟菊方花。"无名氏小令［双调·沉醉东风］："挑蕨羡煮羹，钓鲤新为鲊。"

由于鱼类原料的不同，鱼鲊的种类很多，其中鲟鱼鲊、鲤鱼鲊、荷叶鲊，

---

① （元)无名氏:《居家必用事类全集·饮食类》，邱庞同注释，中国商业出版社1986年版，第84页。

在元曲中多见。鲟鱼,古称鳣,又名鳇鱼,体长达三米,活跃于我国沿海各地及南北各大水域。鲟鱼骨松脆、肉质细嫩,最适于制鲊,同时做鲊又以鱼大为佳,所以人们把鲟鱼肉视为加工鱼鲊的首选原料。《新唐书·地理志》记载了润州土贡鲟鲊,说明鲟鲊在鲊类食品中位居上等。到宋朝时,鲟鲊作为精品食物仍被贡送,《至顺镇江志》记载说:"鲟鲊……其色莹白如玉,故名玉版鲊,土人以之馈远。"①元代鲟鲊仍是美食。乔吉小令[中吕·满庭芳]《渔父词》"盘中不是鲸鲵肉,鲟鲊初熟",从侧面展示出鲟鱼鲊的珍美和价值。元之后,虽然鱼鲊这一传统食物,随着饮食习俗的变迁逐渐式微,几乎从汉民族的餐桌上消失了,但今天在某些少数民族地区的民间菜肴中还能找到它们的影子。如贵州少数民族地区有一道陈腌鱼,选用鲤鱼,将鱼破腹,取去内脏,洗净,用食盐浸透,再浇上纯米酒以除去鱼腥,放三个时辰沥干汁水备用;将拌有辣椒粉、生姜、桂皮、花椒、五香、甜酒糟及盐等佐料的糯米,用茶油爆炒至金黄色,凉却备用;将饭灌入鱼肚,鱼身外面也均匀抹拌,放入木桶或坛子;桶坛底层先垫炒糯米,再放鱼,一层鱼一层炒糯米,依次放满,堆到顶以圆形盖板密封,用二十来斤青石压顶,隔绝空气,置于透风暗处,二三月或半年后即可食用②。其制作手法,简直可说是元曲里描写的鱼鲊食品的复活版。从中我们可以看到古意盎然的鱼鲊这种食俗演变传承的轨迹。

今天日本的传统食品寿司,也源自中国的鱼鲊。寿司也作"鲝"或"鲊",其种类颇为繁多,按其制作工艺,主要可分为熟寿司与生寿司两大类。为了更好地保存捕获的鱼贝类海洋食品,在鱼贝类上涂抹盐,然后埋在米饭里搁置贮藏数月乃至一年左右。这期间,米饭糖化、发酵,产生一种乳酸,这种乳酸自然渗透到鱼贝肉中,可以防止鱼贝腐烂,有效地保护鱼肉贝类的鲜味。食用时,冲洗掉上面的米饭,只食用鱼肉部分,这就是最早的日本寿司,称作"熟寿司"。目前,这种熟寿司在稻米之乡的泰国、越南、中国云南、台湾等地仍然保存着。生寿司是在熟寿司基础上发展而来,以生鲜海

---

① (元)俞希鲁:《至顺镇江志》,江苏古籍出版社 1988 年版,第 118 页。
② 人民日报"大地"副刊:《云游民间多味斋》,中国青年出版社 2001 年版,第 211—213 页。

产品为主要材料,加上调味米饭(蒸熟后的米饭用糖、醋、盐调味而成),捏成一定形状的即食食品。虽然寿司最早出自我国,但在日本经过一千五六百年发展之后,就像茶道一样,已成为日式食文化的经典。

最值得一提的是,古代有一种鱼鲊不在容器内发酵而成,只是用荷叶包裹就可成熟,这就是名噪食界的荷叶鲊,又称荷包鲊、莲花鲊、裹鲊。荷叶别有风味,深受古人的推崇。夏天炎热,可以让"鲊"比较快地达到可食的程度,因此,在这个季节有一种极富特色的制鲊法,就是将生鱼片或者整条小鱼与佐料一起用荷叶密裹起来,叫做"裹鲊"或者"荷叶鲊"。早在《齐民要术》中就详细记录了这道美味的做法:鱼切成长方形片,注意每块鱼都要带有鱼皮,仔细洗净血水;同时,将米蒸熟成很硬的饭——当时称为"糁",掺入茱萸籽、橘皮丝调匀,然后与生鱼片拌在一起;接下来,将裹有糁的鱼片每十片为一包,用多张荷叶层层严密包裹,裹层越厚越好,以免小虫进入。如此的荷叶包放置在阴凉处,两三天后,就可以开包食用了。因为制作时间短,所以也叫"暴鲊"。《齐民要术》特别指出,由于荷叶有一种特殊的香气,荷叶鲊主要就是借这种天然植物叶香而形成独特的滋味,所以相比其他三季长时间慢腌的鱼鲊反而更加美味。喜欢清淡口味的人,甚至可以连茱萸籽、橘皮丝都不用,单纯享受鱼肉、荷香以及米饭酸味所混成的独特味道①。这种方法唐宋时代已经很流行。宋代美食家林洪撰的《山家清供》中也记"荷叶鲊":夏日待客,最妙是雇几只轻舟,与客人一起在莲花荡中泛舟消暑。开船前,先摘几片荷叶,投入到米酒瓶中,然后将酒瓶仔细密封,拴系在岸边树根上,吊到水中冷浸;再把拌好糁的鱼片包入出水的大荷叶中,包裹严密。待到兴尽舟回,暴热已将荷茎头上的鱼鲊包曝熟,瓶中酒也满浸了荷叶的香气,宾主便可到岸边取了酒与鲊,共享充满荷香的消暑之饮②。元朝时,荷叶鲊十分流行。吴仁卿小令[双调·拨不断]《闲乐》:"稚子和烟煮嫩茶,老妻带月包新鲊。"马致远小令[南昌·金字经]:"絮飞飘白雪,鲊香荷叶风,且向江头作钓翁。"将自己钓起的鱼包在野荷中做成新鲊,是最为可

---

① （北魏）贾思勰:《齐民要术》,中华书局1956年版,第130页。

② （宋）林洪撰:《山家清供》,乌克注释,中国商业出版社1985年版,第20页。

口的一餐。一切皆是取之于清江碧水,理想中自足自乐的渔家生活,应该就是这样的一种样态罢。

5.菜蔬

菜蔬自古以来就是广大民众日常生活中的重要食物原料。元代时,常食的菜蔬品类和蔬菜的种植结构已与今天相差不多,一些优良的菜蔬品种得到广泛的种植,菜蔬的商品化程度进一步提高,菜蔬的食法得到了极大的丰富,在食疗、救饥等方面发挥过重要的作用,为后来菜蔬业的发展提供了许多有益的借鉴。元曲描写了大量的蔬菜,主要有白菜、萝卜、芹菜、茄子、冬瓜、稍瓜、青瓜、葫芦、芋头、蔓菁、笋等南北通行的蔬菜,莼菜、藕、芡实、菱等水生蔬菜,葱、姜、蒜、韭、芥等香辛类蔬菜,赤根菜、生菜、回回葱、胡萝卜等外域传来和新从西域引进栽培的菜蔬,以及蕨、薇等山菜,苦菜、蕨根、黄不老、鹅肠等野菜。从元曲描写的众多日常蔬菜中,能明显地看到元代人多滋多味的饮食生活和生活里的悲欢哀乐,也不难发现元代人的精神世界和经济发展的大致轮廓。

白菜,古名菘,原产中国。春秋战国时期已有栽培,南北朝时是中国南方最常食用的蔬菜之一。唐代出现了白菘、紫菘和牛肚菘等不同的品种。宋代时将白菜散叶型改良为结球包心型,元朝时民间开始称“白菜”。忽思慧《饮膳正要》中记载:“白菜,味甘,温,无毒。主通行肠胃,除胸中烦,解酒渴。”①元曲中也有对白菜的描写,秦简夫杂剧《东堂老劝破家子弟》第三折浪子回头的扬州奴在街头巷尾挑菜担叫唱:“卖菜也! 青菜、白菜、赤根菜、芫荽、胡萝卜、葱儿呵!”可见,元代时白菜已成为常见菜。

萝卜又名紫花菘、莱菔、芦菔、萝菔等,为我国主要蔬菜之一,品种极多,常见有红萝卜、青萝卜、白萝卜、水萝卜和心里美等。萝卜食用历史悠久,早在《诗经》中就有关于萝卜的记载。萝卜的食用方法很多,既可用于制作菜肴,炒、煮、凉拌等;又可当作水果生吃,味道鲜美;还可腌制泡菜、酱菜。唐代时萝卜已成为常见蔬菜。元代仍是时人餐桌上的常客。周文质小令[不知宫调]《时新乐》:“萝卜两把,盐酱蘸稍瓜。”无名氏杂剧《包待制陈州粜

① (元)忽思慧:《饮膳正要》,李春方译注,中国商业出版社 1988 年版,第 416 页。

米》第三折："（张千云）爷，可是什么厌饫的东西？（正末云）你试猜咱。（张千云）爷说道'前头有的尽你吃，尽你用'，又与我一件儿厌饫的东西。敢是苦茶儿？（正末云）不是。（张千云）萝卜简子儿？"说明元代萝卜的食用方法一般是腌制、烹煮或生拌。

芹菜，有水芹、旱芹两种。我国古代的芹菜多指水芹，为我国原生。旱芹由外域传入，俗称胡芹。旱芹香气较浓，又名"香芹"，亦称"药芹"。元朝时，两种芹菜均供食用。忽思慧在《饮膳正要》中对芹菜评价介绍说："气味甜，性平，没有毒。主要效用能养神补气，使人身体肥壮健康；能杀去石性药物的毒性；治妇女的赤沃病。"①元曲中描写的芹菜美妙而生活。贾仲明杂剧《铁拐李度金童玉女》第二折："芳丛内采嫩蕊，粉蝶队队身轻，回塘畔点香芹，紫燕翩翩翅袅。"张养浩小令［中吕·普天乐］："看时节采药苗，挑芹菜。"芹菜在元代已是主要蔬菜无疑。

茄子又名昆仑瓜，原产印度，唐朝时已成为华夏居民的常食蔬菜。元代时茄子食用更加普遍，无名氏《居家必用事类全集》中介绍茄子的制作方法就有"食香茄儿"、"糟茄儿法"、"蒜茄儿法"、"芥末茄儿"、"酱瓜茄法"等数种。元曲中也有对茄子的描写，关汉卿杂剧《刘夫人庆赏五侯宴》第一折："茄子连皮咽，稍瓜带子吞。"薛昂夫套数［正宫·端正好］《高隐》："无按酒时摘几个生茄儿来酱抹。"茄子不仅是元时平民心目中的美味食品，抹酱生食也展现了元代的生活风俗。

元曲记载的瓜类繁多，如杨显之杂剧《郑孔目风雪酷寒亭》第三折中的"江南景致实堪夸，煎肉豆腐炒东瓜"，郑光祖杂剧《立成汤伊尹耕莘》第一折中的"新捞的水饭镇心凉，半截稍瓜蘸酱"，王伯成套数［般涉调·哨遍］《赠长春宫雪庵学士》中的"身欺古柏衰中旺，味胜青瓜苦后甘"，以及杜仁杰套数［双调·蝶恋花］中的"种青门数亩邵平瓜"等。冬瓜是我国本土原产，因为瓜熟之际，表面上有一层白粉状的东西，就好像是冬天所结的白霜而名。公元3世纪初，汉人张揖撰《广雅·释草》中就有冬瓜的记载，其栽培历史最少已有二千多年。冬瓜是我国老幼咸宜的家常瓜菜，因栽种地域

①　（元）忽思慧：《饮膳正要》，李春方译注，中国商业出版社1988年版，第438页。

广泛,名称也多,如又名白瓜、蔬瓜、东瓜、白冬瓜等。稍瓜,忽思慧在《饮膳正要》中介绍,稍瓜即菜瓜。菜瓜气味甜,性寒,有毒。能通利肠胃,止烦解渴①。青瓜也叫黄瓜,古名胡瓜,栽培历史悠久,种植广泛,是世界性蔬菜。青瓜是餐桌上的"平民"蔬菜,以其营养、价廉大受青睐。邵平瓜即东陵瓜。邵平,即召平,秦广陵(今江苏扬州)人,封东陵侯。秦亡后,为布衣,种瓜于长安城东青门外,瓜味甜美,时人谓之"东陵瓜",历代多为文人称颂。元曲中歌颂邵平瓜,既有对乡村原生态纯与美的赞美,如张可久小令[中吕·朝天子]《野景亭》:"瓜田邵平,草堂杜陵,五柳庄彭泽令。牵牛篱落掩柴荆,犬吠林塘静。树顶蟾明,水面风生,听渔歌三四声。"马谦斋小令[越调·柳营曲]《太平即事》:"傲河阳潘岳栽花,效东门邵平种瓜。庄前栽果木,山下种桑麻。"也有用邵平瓜、青门瓜等比喻元代人的田园生活,如无名氏套数[南吕·一枝花]《急流勇退》:"几株陶令柳,数亩邵平瓜。"钟嗣成小令[双调·凌波仙]:"菊栽栗里晋渊明,瓜种青门汉邵平。"孛罗御史套数[南吕·一枝花]《辞官》:"旋栽陶令菊,学种邵平瓜。"无名氏小令[双调·沉醉东风]:"早食罢但得些闲暇,自锄了青门半亩瓜,老瓦盆边醉煞。"无名氏套数[南吕·一枝花]《道情》:"名利境多坑陷,羡青门瓜正甘。园林茂堪置幽居,山水秀真为胜览。"这些描写,在字里行间播撒了元代人许多欢愉与失落、憧憬与希冀。

芋,又名芋头、芋魁、蹲鸱,是天南星科芋属植物栽培品种的统称。中国是芋的起源地之一,有悠久的栽培历史,战国时期《管子·轻重甲篇》、《史记·货殖列传》等古籍中已有记载。芋因其球茎富含淀粉,叶柄、花序也具很高的营养价值,在元代是一种重要的粮菜兼用的作物,食用的方法主要有芋羹、蒸芋、煨芋、芋粉等。在炭火中煨熟的芋既香又甜,是元代人喜欢的一种食法。张可久小令[双调·折桂令]《和疏斋学士韵》:"煨芋人吟翁正懒,出蓝关迁客当寒。"孙周卿小令[双调·水仙子]《山居自乐》:"亲眷至煨香芋,宾朋来煮嫩茶,富贵休夸。"到今日,直接从火中烧芋,也是民间最常见的食法。芋煮熟碾泥制成芋粉,就使芋有了更多的可塑性,可加工出花样繁

① (元)忽思慧:《饮膳正要》,李春方译注,中国商业出版社1988年版,第404页。

多的食品。细芋糕是其中的一种。贯石屏套数[仙吕·村里迓鼓]《隐逸》："我将这嫩蔓菁带叶煎,细芋糕油内煠。"或煨烤,或蒸煮,或煎炸,元代人为了美餐芋头,在烹饪方面也是下足了功夫的。

主要出产在江淮以北的蔓菁,俗称大头菜,又名芜菁、菿、九英菘、蕦、荛、诸葛菜、苤蓝、芥蓝、玉蔓菁等,因形似盘状,南方人也称盘菜。蔓菁的食用在我国历史悠久。据文献记载,周代已经广泛采集食用蔓菁。《诗经·邶风·谷风》章中说:"采葑采菲,无以下体。德音莫违,及尔同死。"意思是说:采蔓菁,采萝卜,不要因为它们的块根不好,连叶子也不要了,夫妇因礼义而结合,即使妻子不漂亮了也要白头到老。此后,蔓菁不间断地出现在《齐民要术》、《本草纲目》等典籍中,而且不管南北水旱各地都有它的身影。蔓菁个头小,带着鲜艳的皮,类似萝卜圆润,根细无筋,辛辣味浓,质地脆嫩,古时多被用来当主食和疗饥。王祯《农书》卷八"蔓菁"条对蔓菁的食用部位和方法作用介绍得很详细,其谓蔓菁:"四时均有。春食苗,夏食心,谓之苔子;秋可为菹,冬根宜蒸食。菜中之最有益者。常食通中益气,令人肥健。"[①]元曲也对元代人食用蔓菁做了描写。如贯石屏套数[仙吕·村里迓鼓]《隐逸》:"我将这嫩蔓菁带叶煎。"关汉卿小令[中吕·普天乐]《崔张十六事·虚意谢诚》:"茶饭未成,陈仓老米,满瓮蔓菁。"两例写了蔓菁的两种食用的方法。"嫩蔓菁带叶煎"是蒸食或烧食;"满瓮蔓菁"是腌制蔓菁。可见在元代蔓菁是一种既经济又极富实用性的常见蔬菜,且与今天的食用不同,今人多食其根,而元代人是根、叶通吃的。

主要出产在江淮以南的笋,也是元代人喜欢吃、经常吃的蔬菜。中国是一个多竹的国家,竹林资源十分丰富,素有"竹子王国"之称。笋是竹鞭节上生的芽,冬季在土中已肥大的称为冬笋,春天向上生长的称为春笋。早在《诗经》中就有"其簌维何,维笋及蒲",拿什么来敬神,只有竹笋和新蒲的记载。可见笋在人们心中的地位。到了汉代,笋已是常蔬,唐代在笋的食用加工方面积累了很多的经验,民间已将笋作为商品在市场上交易。元代时,笋是元代人熟知和爱食的一种食物。元曲中笋的描写,大致分为四个方面:一

---

① (元)王祯:《农书》,中华书局1956年版,第69页。

是关于竹笋生长状况的描写,如朱庭玉套数[大石调·青杏子]《归隐》:"篱生竹笋,径落松花。"无名氏套数[南吕·一枝花]《夏景》:"葵火阶前,竹笋侵墙串,泉流草径边。"邓玉宾套数[正宫·端正好]:"一溪云竹笋香。"二是关于笋消费的描写,薛昂夫小令[正宫·塞鸿秋]《过太白祠谢公池》:"笋与沽酒青山市,松枝煮茗白云寺。"三是关于收获笋的描写,如王仲元套数[中吕·粉蝶儿]《道情》:"向篱边去打勤劳,摘藤花挑竹笋采茶苗。"邓玉宾套数[中吕·粉蝶儿]:"挽下藤花,班下竹笋,采了茶苗。"四是关于食笋的描写,如曾瑞套数[般涉调·哨遍]《村居》:"盘中熟笋和生菜,瓮里新醅泼酤清。"钟嗣成小令[南吕·骂玉郎过感皇恩采茶歌]《四时佳兴·夏》:"烹嫩笋,煮新茶。"李文蔚杂剧《张子房圯桥进履》第一折:"家住在深山旷野,又无有东邻西舍,好吃的是野杏山桃,淡饭黄齑,竹笋茶叶。"曾瑞套数[般涉调·哨遍]《村居》:"桑榆高接暮云平,笋黄菜绿瓜青。"可见,笋既是家常珍蔬,又是席上珍肴,质脆嫩而味鲜美,可配荤料,也可素馔,可熟食,也可生吃。

水生蔬菜莼菜,由于味道十分爽滑鲜美,也是元代人极爱吃的。莼菜,又名水葵、蓴菜、马蹄草、水莲叶等,周代称茆。《诗经·鲁颂·水泮》中就有"言采其茆"的句子。属水生睡莲科植物,其食用部分是未露出水面的苞叶,每年5—11月为采收期,以新芽嫩梢最为名贵。莼菜鲜美滑嫩,含有丰富的蛋白质、碳水化合物、脂肪、多种维生素和矿物质,江南人视其为优质蔬菜,元曲中对其多有描述。如周德清小令[双调·沉醉东风]《有所感》:"秋风莼菜鲈肥。"汤舜民小令[双调·湘妃引]《送友归家乡》:"麟脯行犀箸,驼峰出翠釜,都不如莼菜鲈鱼。"莼菜与鲈鱼始终是江南美食的代名词,有元一代,南北食家仍然对它十分钟情。

元代人对藕的偏爱更是深厚,南北各地都充分利用水塘资源,广植荷藕,形成了可观的产业。元曲对藕有大量的讴歌,如刘时中小令[双调·水仙操并引]:"掬清涟雪藕丝,嫩凉生璧月琼枝。"薛昂夫套数[正宫·端正好]《高隐》:"绿水潺潺泛浅波,鲜藕莲根刬。"无名氏套数[南吕·一枝花]《四景·夏》:"白莲藕爽口香甜,锦鳞鲙着牙味深。"可见,带着水淋淋香气的莲藕,在元代人的眼里是多么地令人神清气爽,沁人肺腑!

水生植物中的芡实、菱等,也在元曲中经常提到。杨果小令[越调·小桃红]:"芡花菱叶满秋塘,水调谁家唱?"曾瑞套数[般涉调·哨遍]《村居》:"鱼池内菱芡,溪岸上鸡鹅。"芡实又名鸡头米,是睡莲科植物芡的成熟种仁,生长于池沼湖泽之中,从华北到华南均有分布,尤以东南地区最盛。这些描写在不经意间,将元代食芡的习俗,真真切切地印记在了中华文化的饮食史上。

菱是水生草本植物,属菱科,果实名菱角、菱米,亦名芰实、菱实、水栗。菱原产欧洲和亚洲的温暖地区,只有中国和印度进行了驯化和栽培利用。菱的果实称菱角。按外观的角数分为三类:四角菱、两角菱和圆角菱。菱角口味甘爽,属于天然美食,在南方一些酒家食肆中,常见有以菱角为主或为辅的时令菜。在我国众多古老习俗中,也有菱角的身影。如老一代粤人家庭时兴"拜月光",供桌上时令美物就少不了熟菱角,南方许多地区的腊八粥中也离不开菱角。元代时菱角是重要的采集食物。水乡居民乘船入湖,大量采集,形成了年复一年的农事活动。王实甫套数[商调·集贤宾]《退隐》:"半山残照挂城头,老菱香蟹肥堪佐酒。"王恽小令[越调·平湖乐]:"平湖云锦碧莲秋,香泛兰舟透。一曲菱歌满樽酒,暂消忧,人生安得长如旧?"人们不仅收获菱角,还有采菱带来的快乐。每到夏末秋初,菱角肥了,莲籽壮了,沿湖的姑娘们结伴下湖采摘,"采莲人和采莲歌,柳外兰舟过"①。一叶小舟从杨柳外荡了过去,舟上一片欢声笑语,互唱互和,这种柳外荡舟、莲歌互答的气氛和环境,使元曲中的生产劳动场景、生活场景,变得真实生动。尤其是赵孟頫小令[仙吕·后庭花]:"清溪一叶舟,芙蓉两岸秋。采菱谁家女?歌声起暮鸥。乱云愁,满头风雨,戴荷叶归去休。"深秋的黄昏,采菱姑娘们正在划船欢唱时,忽然阴云密布,风雨迎面而来,她们急忙采下片片荷叶,顶在头上,急忙划船回家。好一份水乡雨趣!写出采菱女处乱不惊的神态,从而揭示出在动荡不安的水乡生产中的磨练,塑造了美丽可爱的采菱女的形象。

葱、姜、蒜、韭、芥等香辛类蔬菜在元曲的园地中占有重要的位置。这主

---

① 杨果小令[越调·小桃红]。

要是因为它们既可生食,也可煮食及腌渍,同时也是重要的调料,成为一年四季不可少的蔬菜。

葱原产于我国北疆及俄国西伯利亚的亚寒带地区,早在三千多年前,我国劳动人民就对它驯化培育,成为栽培作物。葱叶如翡翠,茎似白玉,脆嫩多汁,美味适口,有很高的营养价值。葱还含有丙硫醚等多种挥发性芳香物质,为蒜素的主要成分,有极强的抗菌力,具有良好的医疗功效,其香味则有调味之功。元曲中有大量称颂葱的描绘,王仲文杂剧《救孝子贤母不认尸》第一折杂当云:

> 我也无甚事,卖葱菜儿去也。

关汉卿杂剧《山神庙裴度还带》第二折:

> 看斋! 小葱儿锅烧肝白肠。

无名氏杂剧《十探子大闹延安府》第三折:

> 自家是个军,身上穿着青。白日里铺里睡,到晚偷人家葱。

关汉卿杂剧《状元堂陈母教子》第三折正旦云:

> 看着您众人的面皮,着那厮过来。休闲着他,着他烧火剥葱,都是他。

姚守中套数[中吕·粉蝶儿]《牛诉冤》:

> 向磁罐中软火儿葱椒焖,胜如黄犬能医冷,赛过胡羊善补虚。

从这些描写中可知,葱在元代用途主要有二:一是做调味品。葱可去除鱼、肉的腥味,因而我国先秦时期烹调肉类时已将葱作为重要的佐味品。如杨景贤杂剧《西游记》第二本第六出《村姑演说》:"说了半日,我肚皮里饥也。粆子面合落儿带葱蓝。"李寿卿小令[双调·寿阳曲]:"金刀利,锦鲤肥,更那堪玉葱纤细。添得醋来风韵美,试尝道甚生滋味!"二是做蔬菜。可单独佐餐下饭。如张国宾杂剧《薛仁贵荣归故里》第一折"吃的冷饭,嚼的憨葱。"

姜又名生姜、黄姜、均姜,是常用的调味品,它能将自身的辛辣、芳香渗入菜肴中,无论是鱼、肉、蛋、青菜,只要有少许姜丝或姜片,就会使菜的味道更加鲜美、可口。姜也受到元代人的欢迎,任昱小令[中吕·朝天子]《村居》:"春风渐入小洼樽,勤饮姜芽嫩。"赵明道残剧《陶朱公范蠡归海》第四折："红姜细切白莲藕。"无名氏杂剧《瘸李岳诗酒玩江亭》第二折："吃的是生姜辣蒜大憨葱,空心将来则管吃,登时蜇的肚里疼。"无名氏杂剧《逞风流王焕百花亭》第三折："也有蜜和成、糖制就、细切的新建姜丝。"可见姜在元代除了被用作调味品外,还被制成姜汁、姜丝用作佐饭的普通蔬菜,而不是如今天主要用作调味品。

大蒜不仅含有丰富的蛋白质、脂肪、糖类、氨基酸、矿物质和多种维生素,而且还含有大量的于人体健康有益的大蒜辣素,是我国人民普遍爱食的大众蔬菜,尤其在北方地区受到嗜爱。但汉以前北方的中原地区只有小蒜,一种颗粒小、蒜素含量低的蒜,又名山蒜、野蒜。小蒜是我国土生的蒜,外形与大蒜相似但较小,与大蒜的不同点是,小蒜纤细柔弱,仅有一个鳞球,可炒食腌渍。张骞出使西域时将大蒜传入中原,也称胡蒜。大蒜粗壮挺拔,由多个鳞瓣合成。大蒜一经传入便成为我国各地普遍种植的蒜种,被人们广为食用,成为人们日常生活中不可缺少的调料,在烹调鱼、肉、禽类和蔬菜时有去腥增味的作用,特别是凉拌菜,用蒜既可增味,又可杀菌。元曲对食蒜的描写很多。刘唐卿杂剧《降桑椹蔡顺奉母》第一折白厮赖云:

哥,我不要罚酒,着他捣蒜蘸胖蹄,我们先吃一顿。

无名氏杂剧《朱砂担滴水浮沤记》第一折:

(邦老云)大碗里酾的酒来,将些干盐来我吃两碗,酸过我那昨日的酒来。(店小二做放酒科,云)没的干盐,有两块蒜瓣儿。(邦老云)蒜瓣儿也好。

萧德祥杂剧《杨氏女杀狗劝夫》第三折柳云:

哥哥请家里来,教拙妇烹莞豆捣蒜,与哥哥吃一钟。

"没有干盐……蒜瓣儿也好";"教拙妇烹莞豆捣蒜"、"捣蒜蘸胖蹄",或用作调味品,或生食,或熟食,或腌食,蒜在元代是清香悠悠飘万家的精灵。

韭为象形字,像叶出地面之形,叶细长而扁,夏秋间开花,不仅叶可食,韭菜薹也可食,韭菜花更是脆嫩可口的上等菜。韭,久谐音,即取其宿根生长连绵多年、久割不败之意。韭在我国有漫长的食用历史。《山海经·北山经》:"边春之山,多葱、葵、韭、桃、李。"又:"北单之山,无草木,多葱、韭。"①韭在汉代已经普遍种植,唐朝时栽培进一步扩大,凡有园圃之处,都少不了韭菜的地盘。元代时,韭是一年四季可以常吃的普通蔬菜。《饮膳正要》认为韭菜气味辛,性微温,没有毒,能"安五脏,除胃热,下气,补虚"②,元代人对韭菜的营养价值和药理价值已有了科学的分析,系统的总结。元曲中多有描述,如杨显之杂剧《郑孔目风雪酷寒亭》第三折:"他家里吃的是大蒜臭韭,水答饼,秃秃茶食。"马致远套数[般涉调·哨遍]:"桔槔一水韭苗肥,快活煞学圃樊迟。"冯子振小令[正宫·鹦鹉曲]《园父》:"杏梢红韭嫩泉香,是老瓦盆边饮处。"这些描写给元代人喜爱的韭添注了更多的文化内涵和诗意。

芥菜在我国栽培历史悠久,多分布于长江以南各省,类型和品种很多,有叶用芥菜、茎用芥菜、薹用芥菜、芽用芥菜、根用芥菜等。人们平时所说的芥菜一般指叶用芥菜。芥菜腌制后有一种特殊鲜味和香味,能促进胃、肠消化功能,增进食欲,可用来开胃,帮助消化,在元代是一种很受人们喜爱的家常菜。元曲对芥菜有描写,如贾仲明杂剧《萧淑兰情寄菩萨蛮》第四折:"紫苏盐姜醋荐款,碧芥芽葱针寸段。"看来,这辛辣、鲜香、爽脆的滋味在元代是家喻户晓的。

一些外域传来的菜蔬,由于口感优良而备受元代人的喜爱,如赤根菜、莞豆、大蒜、苜蓿、芫荽、黄瓜、芹菜等,元代时大江南北的很多地方都在种植,并广泛应用到各种膳食制作中,一些从西域引进栽培的蔬菜,如胡萝卜、回回葱等,也成为元代人餐桌上不可缺少的食品。大量外来蔬菜在元代的深入普及和广泛种植,极大地丰富了元代蔬菜的花色品种,优化了蔬菜的产品结构,使人们拥有了更多的选择,饮食生活更加多姿多彩。

蕨菜和薇菜都是山菜中的珍品,元曲不惜余力地盛赞了它们,如无名氏小令[双调·沉醉东风]:"挑蕨羹煮羹,钓鲤新为鲊。"吕止庵套数[商调·集贤宾]《叹世》:"磻溪岸鱼更美,首阳山蕨正肥。"赵显宏小令[双调·殿前欢]《闲居》:"去来兮,东林春尽蕨芽肥。"吴西逸小令[中吕·红绣鞋]

---

① 周明初校注:《山海经》,浙江古籍出版社2000年版,第54、58页。
② (元)忽思慧:《饮膳正要》,李春方译注,中国商业出版社1988年版,第396页。

《山居》："蕨薇嫩山林趣味，桑麻富田野生涯。"秦竹村套数［双调·行香子］《知足》："绕院千竿竹。充饥煮蕨薇。"刘时中套数［正宫·端正好］《上高监司》："吃黄不老胜如熊掌，蕨根粉以代糇粮。"杨景贤杂剧《马丹阳度脱刘行首》第四折："采蕨寻芝，绕山转水。"关汉卿套数［双调·乔牌儿］："采蕨薇，洗是非；夷齐等，巢由辈。"倪瓒小令［双调·折桂令］《拟张鸣善》："当窗松桂，满地薇蕨。"马致远套数［般涉调·哨遍］："僧来笋蕨，客至琴棋。"无名氏小令［中吕·十二月过尧民歌］："更有紫藤花青竹笋蕨芽肥。"这些描写主要反映了如下内容：第一，元代食蕨薇普遍；第二，蕨菜，今人多食苗，而元代人食蕨的方法多，有"挑蕨羡煮羹"的煮食，有"充饥煮蕨薇"的疗饥，有作为"蕨根粉以代糇粮"的度荒食品；第三，巧妙运用伯夷、叔齐不食周粟，隐居首阳山，采薇而食的典故以表明气节；第四，以蕨笋形容清雅之事。元代人对蕨薇笋竹的清俊高雅的审美情趣，体现了中国饮食文化的深邃与独特。

在元代人的菜谱中，野菜苦菜、枸杞苗、黄不老、鹅肠等都被当作蔬品，如刘时中套数［正宫·端正好］《上高监司》："剥榆树餐，挑野菜尝。吃黄不老胜如熊掌，蕨根粉以代糇粮。鹅肠苦菜连根煮，荻笋芦莴带叶哑，则留下杞柳株樟。"赵显宏小令［双调·殿前欢］《闲居二首》："山蔬野菜偏滋味，旋泼新醅。"这一方面是沿循的社会风习在元曲中的投影；另一方面也反映了元代贫民百姓清苦的饮食生活。

元代人还有把药苗当作佳蔬食用的习俗，元曲中也有描写，如"晴风雨气收，满眼山光秀。寻苗枸杞香，曳杖桃榔瘦"[1]，"采药童，乘鸾客，怨感刘郎下天台"[2]，"兔毫浮雪煮茶香，鹤羽携风采药忙"[3]，"采药仙翁，卖酒人家"[4]，"采药归，白云飞，雾锁青山仙径迷"[5]等。可见，元代的药材培植十分兴旺，人们开辟了许多园圃，专门用于种药。许多药材的嫩苗都可以食

---

[1]　邓玉宾套数［双调·雁儿落过得胜令］《闲适》。
[2]　马致远小令［南吕·四块玉］《天台路》。
[3]　张可久小令［双调·水仙子］《春衣洞天》。
[4]　张可久小令［双调·折桂令］《湖上怀古·次疏斋学士韵》。
[5]　云龛子小令［中吕·迎仙客］。

用,药苗的食用有效地补充了元代蔬菜的品种与数量。

另外,阅读元曲有关食风俗描写,不难发现其中对元代贫民的饥饿描写是触目惊心的。仅秦简夫杂剧《东堂老劝破家子弟》第三折李实与扬州奴的一段对话就充分说明了问题:

> 你醒也波高阳哎酒徒,担着这两篮儿白菜,你可觅了他这几贯的青蚨?(带云)扬州奴,你今日觅了多少钱?(扬州奴云)是一贯本钱,卖了一日,又觅了一贯。(正末唱)你就着这五百钱买些杂面你便还窑去,那油盐酱旋买也可是零沽?(扬州奴云)什么肚肠,又敢吃油盐酱哩?(正末唱)哎!儿也,就着这卖不了残剩的菜蔬。(扬州奴云)吃了就伤本钱,着些凉水儿洒洒,还要卖哩。(正末唱)则你那五脏神也不到今日开屠。(云)扬州奴,你只买些烧羊吃波!(扬州奴云)我不敢吃。(正末云)你买些鱼吃!(扬州奴云)叔叔,有多少本钱,又敢买鱼吃?(正末云)你买些肉吃!(扬州奴云)也都不敢买吃。(正末云)你都不敢买吃,你可吃些什么?(扬州奴云)叔叔,我买将那仓小米儿来,又不敢舂,恐怕折耗了。只拣那卖不去的菜叶儿,将来煨熟了,又不要蘸盐搊酱,只吃一碗淡粥。(正末云)婆婆,我问扬州奴买些鱼吃,他道我不敢吃。我道你买些肉吃,他道我不敢吃。我道你都不敢吃,你吃些什么?他道我吃淡粥。我道你吃得淡粥么?他道我吃得。

作家不厌其繁地叙写李实对扬州奴的询问,场面虽显滑稽,但给读者开了一个当时一般家庭的食谱单,传递了大量的信息:一是羊肉价钱最贵,是上等食品,鱼肉次之,猪肉再次;二是吃面食多以油盐酱为佐料,而小米粥带糠皮加入菜叶熬成食用,是不用油盐酱的。它告诉我们元时期的饮食文化大势,社会生产与生活发展的水平是很不平衡的。

不能否认,元朝多民族的统一国家的建立,经济的发展和国际间交流往来的频繁,在一定程度上加强了各族人民之间的联系,但在专制主义的封建统治下,各民族之间不可能有任何意义的"平等"。无论是出于制衡还是防备的心理,元王朝给予不同等级的民族在政治上、法律上的待遇都有不同,权利和义务都极不平等。元朝的社会氛围始终蕴涵着不安定、灾难重重的隐患。根据《中国救荒史》的记载,有元一代发生重大灾情达 513 次,"其频度之多殊属可惊"，其中水灾 92 次，旱灾 86 次，雹灾 69 次，蝗灾 61 次，饥荒 59 次，地震 56 次，风灾 42 次，霜雪灾 28 次，疫灾 20 次。① 如此频繁的自然灾害，对于一个立国不足百年的王朝来说是可怕的，直接制约了元代的社会经济发展，给民众带来了巨大的灾难和沉重的负担。刘时中在套数〔正宫·端正好〕《上高监司》中就以满蘸血泪之笔，描述了当时江西的天灾和灾民们的悲惨遭遇，"谷不登，麦不长，因此万民失望，一日日物价高涨。十分料钞加三倒，一斗粗粮折四量，煞是凄凉"，"甑生尘老弱饥，米如珠少壮荒"，灾民们"剥榆树餐，挑野菜尝"，"一个个黄如经纸，一个个瘦似豺狼，填街卧巷"。作者以十分细致、逼真的笔墨叙述了灾民的境况：谷麦不收，粮贵如珠，家家难以为炊，偶尔食用"麦麸稀和细糠"或者"捶麻柘稠调豆浆"，都要"合掌擎拳"，祈祷上苍。有的卖儿卖女，甚至将尚在吃奶的孩子抛入江河："遭时疫无棺活葬，贱卖了些家业田庄。嫡亲儿共女，等闲参与商。痛分离是何情况！乳哺儿没人要撇入长江。"作者还揭露了在肆虐的天灾面前，官吏、富户们却趁机大发灾难财的事实，让我们看到了元代无奈、凶险的社会现实，"有钱的贩米谷置田庄添生放，无钱的少过活分骨肉无承望；有钱的纳宠姜买人口偏兴旺，无钱的受饥馁填沟壑遭灾障。小民好苦也么哥！小民好苦也么哥！便秋收鬻妻卖子家私丧"。在一幅幅惨绝人寰的灾年流民图中，元代社会黑暗的现实也展露得淋漓尽致。

天灾难以避免，人祸更是时常发生。在张国宾杂剧《相国寺公孙合汗衫》，王仲文杂剧《救孝子贤母不认尸》，无名氏杂剧《包龙图智赚合同文字》、《朱砂担滴水浮沤记》、《玎玎珰珰盆儿鬼》等剧中描写的饥荒年景和强徒横行的情况，都从不同的程度上反映了当时农村破败和社会动乱的可怕景象。如秦简夫杂剧《宜秋山赵礼让肥》写西汉末年，天下大乱，汴京赵孝、赵礼两兄弟，奉母避难南阳宜秋山下。为解一家饥饿，赵孝到山中采集野菜，遇到落草为寇的强盗马武，将被处死。兄弟赵礼及赵母闻讯，争先求死，以救兄长、儿子。面对这种情形，马武深受感动，遂放母子三人还家，自家也离了山寨，投奔朝廷，功封兵马大元帅，并举荐赵氏兄弟入朝为官。第一折

---

① 邓云特：《中国救荒史》，上海书店 1984 年版，第 26 页。

反映了人们用野菜充饥的场景：

> 〔寄生草〕饿的这民饥色，看看的如蜡渣。他每都家家上树把这槐
> 芽掐，他每都村村沿道将榆皮剐，他每都人人绕户将粮食化。（赵孝
> 云）兄弟，俺如今衣不遮身，食不充口，兀的不穷杀俺也！（正末唱）现
> 如今弟兄衣袂不遮身，可着俺贫寒子母无安下。

这些描写虽说是文人特有的视角，而且未免有些失于历史角度认识问题的科学性，甚至是使用了"时代错乱"的方法，但也从一定意义上反映了阶级民族矛盾在食文化领域冲突的历史事实，同时，这些描写对于灾荒史研究来说，也是宝贵的资料。

总之，元代的蔬菜在当时的饮食生活中占有相当重要的位置。人们不断扩大园圃的种植，引进并培育新型品种，大力增加蔬菜的美食效果，保障了日常生活的基本需要。随着时代的变迁和种植业的发展，一些传统的蔬菜逐渐退居次要地位，如百菜之主的葵菜，在元曲中已经找不到作为蔬菜食用的例子，说明葵菜经过宋代由盛转衰①，到了元代已经不再作为主要蔬菜了。薤菜也是如此，在唐代始终占居显耀位置②、在宋代地位也不低③，在元代却风光不再了。而一些在前代食用地位逐渐提高的蔬菜，如萝卜、白菜等成为了当家菜。胡芹取代中国原生的水芹而成为主要蔬菜。某些外来菜如生菜、波菜、胡萝卜等，成为百姓餐桌上的主要品种。野菜的食用在人们日常生活中的比例已经很小，在元曲中只是作为天灾人祸和贫家的食物。牛蒡、紫苏、香薷、白蘘荷等在宋代比较流行的蔬菜品种，元曲中基本没有提到。只有紫苏进入到了调味品的行列。元代蔬食的这种变化与导向，给后代产生了巨大的影响。

6. 瓜果

我国历来重视水果的食用，常将其与粮食并提，列为同等重要的地位。《管子·四时》曰："时雨乃降，五谷、百果乃登。"元代水果众多，不仅在品种、产量、种植区域、种植技术、种植的规模化专业化等方面大大超越前

---

① 王赛时、齐子忠：《中华千年饮食》，中国文史出版社 2002 年版，第 37 页。
② 王赛时：《唐代食物》，齐鲁书社 2003 年版，第 40 页。
③ 王赛时、齐子忠：《中华千年饮食》，中国文史出版社 2002 年版，第 40—41 页。

代,而且在果品加工、运输、经营、消费等方面也较前代更具多样性,更凸显商品性。元曲中的记写虽不能完全涵盖当时所有的水果,但基本提到了主要的水果种类。如无名氏杂剧《逞风流王焕百花亭》第三折扮作货郎的王焕在仿效洛阳一带卖果品小贩的一段叫卖,提到了遍及大江南北的水果:

> 查梨条卖也！查梨条卖也！……这果是家园制造,地道收来也。有福州府甜津津、香喷喷、红馥馥、带浆儿新剥的圆眼荔枝,也有平江路酸溜溜、凉荫荫、美甘甘、连叶儿整下的黄橙绿橘,也有松阳县软柔柔、白璞璞、蜜煎煎、带粉儿压匾的凝霜柿饼,也有婺州府脆松松、鲜润润、明晃晃、拌糖儿捏就的龙缠枣头,也有蜜和成、糖制就、细切的新建姜丝,也有日晒皱、风吹干、去壳的高邮菱米,也有黑的黑、红的红、魏郡收来的指顶大瓜子,也有酸不酸、甜不甜、宣城贩到的得法软梨条。

短短的一段货郎曲中,连珠炮似的唱出一系列元代流行果品的名称、产地、制作、特色等,不仅为我们描画了一幅精美的元代果品食俗图,而且还可让我们获得如下信息:一是食物原料专业化生产市场形成。元代已经出现了进行商品生产的果园业。"这果是家园制造,地道收来也",这里反映出一个重要的事实,即当时的包买商人已经经营果园承包,他们预先定货,然后把水果运销全国各地。《农书》卷九"荔枝条"记载,可以作为这一事实的印证:"今闽中荔枝初著花时,商人计林断之以立券。一岁之出,不知几千万亿,水浮陆转,贩鬻南北,外而西夏、新罗、日本、琉球、大食之属,莫不爱好,重利以酬之。"[①]商人在荔枝树刚放花时,就以树立券,全部包买。除运销国内各地之外,还远销日本、琉球、朝鲜半岛和大食等地。二是元代水果种类丰富,数量相当可观,且涌现了一些著名品种和产区。三是在货郎抑扬顿挫的叫卖背后,可见元时商家很强的运作品牌和推销品牌的意识。四是许多本为南方水果,如福州的圆眼荔枝、苏州的黄橙绿橘、浙江婺州的大枣、安徽宣城的梨条等,以往由于距离遥远、运输不便等原因,以前北方市民一

---

① （元）王祯:《农书》,中华书局1956年版,第96—97页。

般很难见到,在元代的京城市场上却可以见到吃到,反映了元代交通的便利和元代商业贸易在前代商品经济基础上的进一步发展。更为重要的是王焕借民俗观念中因声求义的现象,用这些果品的民俗意义传话给贺怜怜,以表达他的心情和想法:

> [山坡羊]梨条清致,金橘无对,荔枝圆眼多浇些蜜。这枣子要你早聚会,这梨条休着俺抛离。这柿饼要你事事都完备,这嘉庆这场嘉乐喜。荔枝,离也全在你;圆眼,圆也全在你。(做叫科,云)查梨条卖也!查梨条卖也!

在我国,橘子代表"吉祥"和"团聚",在很多地方结婚、闹新房还有吃橘子的习惯,意思是大吉大利,早生贵子。"梨"谐音"离","枣"谐音"早","柿"谐音"事",在中国一些地方的民俗中,有过年食柿的习俗,取"事事如意"之吉利。嘉庆子即李子,我国大部分地区均产。李子饱满圆润,玲珑剔透,形态美艳,既可鲜食,鲜食口味甘甜,又可以制成罐头、果脯,是人们喜食的传统果品之一。今天,我国江南一带,有的仍称李子为"嘉庆子"或"嘉应子","庆"与"应"谐音。谐音不是神笔,而又胜神笔,利用谐音,经过不着痕迹地选字,不仅表音,而且达意。可见元代水果文化之丰富,也见我国民俗文化底蕴之深厚。

荔枝栽培始于秦汉,盛于唐宋。司马相如《上林赋》已有记载。因其风味绝佳,深受喜爱,唐代或更早即已被列为贡品。杜牧名诗"一骑红尘妃子笑,无人知是荔枝来",千古传诵。苏东坡"日啖荔枝三百颗,不辞长作岭南人",至今风靡。我国荔枝品种很多,其中福建的荔枝以色味俱佳名闻天下。元曲中有许多对荔枝的描写,如卢挚小令[双调·湘妃怨]《西湖》"切香脆江瑶脍,擘轻红新荔枝",汤舜民小令[双调·沉醉东风]《燕山怀古》"老臣思丹荔金盘"等。荔枝不仅可以当水果鲜吃,还被元代人制成了饮料,贾仲明杂剧《萧淑兰情寄菩萨蛮》第四折:"荔枝浆乳酪蜜团,汁酥油糖拌。"孔文卿套数[南吕·一枝花]《禄山谋反》:"迷醉魂芙蓉帐暖,解余醒荔枝浆寒?"张可久小令[越调·寨儿令]《春晓》:"柳花笺闲写芳情,荔枝浆微破春醒。"汤舜民套数[双调·新水令]《春日闺思》:"琼花露点滴水晶丸,荔枝浆荡漾玻璃罐。"无名氏小令[双调·水仙子]:"爱我时进荔枝浆解宿醒,爱我时浴温泉走鹥飞鹙。"可见,随着交通的发达,荔枝这种只能让"妃子笑"的珍稀果品,已经成为元代普通百姓均可消费的果品,进入了千家万户。

石榴是张骞出使西域时引进的。对此学界尚存疑义,但东汉张衡在《南都赋》中已经提到石榴,证明石榴的传入不晚于汉朝,距今已有两千多年的历史。石榴因其多子,中国人视为吉祥物,以为多子多福的象征。无名氏杂剧《金水桥陈琳抱妆盒》第二折写西宫李美人生下一子,刘皇后心怀嫉妒,密遣宫女寇承御将其扔进金水河。寇承御不忍心断绝真宗血脉,恰遇内监陈琳抱着黄封妆盒,"到后花园采办时新果品,去与南清宫八大王上寿",遂将婴儿藏在盒内,陈琳在送婴儿往八大王处的途中,遇见刘皇后。刘皇后问:"陈琳,我问你,东果园西果园南果园北果园都有果品,你可是那一个园里采的?那果品是何明降?你对我从实说来。"陈琳道:"御园中百卉斗争开,另巍巍将根脚儿培栽。则为这东君惜爱降甘泽,因此上结子成胎。"刘皇后又问:"你在那里摘将来的?"陈琳回道:"恰便似娘肠肚摘将下来。"刘皇后再问:"什么颜色?"陈琳回答:"天生的颜色儿红白。"刘皇后云:"待我猜来,莫不是石榴?"这一段对白,反映了元代人借石榴多子,来表现多子多福的风俗。至今这一风俗还在一些地区保留着。

葡萄,古时亦作蒲陶、蒲桃、蒲萄,秦汉时期从西域传入。元代时已是非常普及的一种水果。杜仁杰套数[商调·集贤宾北]《七夕》:"新摘的葡萄紫,旋剥的鸡头美。"七夕节女孩子们乞巧时吃刚刚摘的紫葡萄,这表明元时葡萄真正走入平常百姓家。葡萄走入平常百姓家与元代葡萄种植息息相关。元代葡萄种植面积之大、地域之广都是前所未有的。张可久小令[中吕·朝天子]《湖上即席》"一川晴绿涨葡萄",记述了当时葡萄种植的兴旺景象。这种景象在《马可波罗游记》也可见到。在《物产富庶的和田城》一节中,他记载道:当地"居民经营农场、葡萄园以及各种花园"①。在《哥萨城》(今河北涿州)一节中说:"过了这座桥(指北京的卢沟桥),西行四十八

---

① [意大利]马可·波罗:《马可波罗游记》,陈开俊等译,福建科学技术出版社1981年版,第45页。

公里,经过一个地方,那里遍地的葡萄园,肥沃富饶的土地,壮丽的建筑物鳞次栉比。"①在《太原府王国》一节中他还记载了大同的葡萄:"这地方葡萄园数目很多,葡萄产量十分高,其他水果也很丰富。"②这可以看作是对元曲中葡萄描写的一种诠释。

瓜既是蔬菜,也是受元代人欢迎的水果。白朴小令［越调·天净沙］《夏》:"云收雨过波添,楼高水冷瓜甜,绿树阴垂画檐。"卢挚小令［双调·沉醉东风］《避暑》:"柳影中,槐阴下,旋敲冰沉李浮瓜。"无名氏套数［正宫·汲沙尾南］《四景》:"喜炎天昼长,避暑纳新凉。浮瓜沉李饮琼浆,听蝉鸣绿杨。""水冷瓜甜"、"沉李浮瓜"在元曲中频繁出现,是指古人利用深井泉池浸瓜果使其可口的做法。

瓜中珍品——西瓜更受元代人的青睐。卢挚小令［双调·蟾宫曲］《田家》,描绘了两位农家少年劳动回来,用吃西瓜解渴的情景,向我们扑面吹来了一股泥土气息:

> 沙三伴哥来嗏,两腿青泥,只为捞虾。太公庄上,杨柳阴中,磕破西瓜。小二哥昔涎剌塔,碌轴上淴着个琵琶。看荞麦开花,绿豆生芽。无是无非,快活煞庄家。

辽代之前,中原没有西瓜。据说"契丹破回纥得此种,以牛粪覆棚而种"③,培育出西瓜,其大如中原的冬瓜,而味道甘甜。随着贸易的发展,西瓜也传入了汉族居住的地区。金国灭辽、北宋后,西瓜在中国北部地区普遍种植。南宋建立后,西瓜随南迁移民渡淮南下,在南方也得以广泛种植。和其他"北食"一起,作为一束永不凋谢的果品之花,在中华民族的食文化大花圃中散发着迷人的馨香。

槟榔是棕榈科植物,主要生长在海南、台湾等热带地方。槟榔种子,又名仁频、宾门等。自古以来就是我国东南沿海各省居民迎宾敬客、款待亲朋

---

① ［意大利］马可·波罗:《马可波罗游记》,陈开俊等译,福建科学技术出版社1981年版,第131页。

② ［意大利］马可·波罗:《马可波罗游记》,陈开俊等译,福建科学技术出版社1981年版,第132页。

③ 欧阳修:《新五代史》,中华书局1997年影印本,第906页。

的佳果。因古时敬称贵客为"宾"、为"郎",所以又有"槟榔"的美誉。鲜食槟榔有一种"饥能使人饱","饱可使人饥"的奇妙效果,空腹吃时则气盛如饱,饭后食之则易于消化,可谓人间鲜仙果。宋代罗大经《鹤林玉露》对槟榔的药用价值总结为四条:"一曰醒能使之醉,盖每食之,则熏然颊赤,若饮酒然。二曰醉能使之醒。盖酒后嚼之,则宽气下痰,余醒顿解。三曰饥能使之饱。盖饥而食之,则充然气盛,若有饱意。四曰饱能使之饥。盖食后食之,则饮食消化,不至停积。"①槟榔的药用性能被人们广泛关注,历代墨客骚人对槟榔也情有独钟,如唐李白《玉真公主别馆苦雨,赠卫尉张卿二首》:"何如黄金盘,一斛荐槟榔。"②宋苏轼也曾写下"暗麝著人簪茉莉,红潮登颊醉槟榔"的诗句③。元曲记述元代人食槟榔的习俗很是美妙,汤舜民小令[双调·天香引]《友人客寄南闽情缘媌恋代书此适意云》其三:

> 望三山远似蓬壶,捱到如今,提起当初。槟榔蜜涎吐胭脂,茉莉粉香浮醽醁,荔枝膏茶搅琼酥。花掩映东墙外通些肺腑,月朦胧西厢下用尽功夫。好事成虚,亲变成疏;生待何如,死待何如?

槟榔慢慢嚼起来,随着沁人心肺的清馨气息,一股殷红的汁液便溢了出来,染唇如蔻丹。顿时,红潮涌颊,如痴如醉,喜悦满面。槟榔如酒,醉了千年的中国人。

元曲还记述了当时元代人心中许多优质名产和著名的果品品牌,它们有些至今有名。如王伯成杂剧《李太白贬夜郎》第三折:"商川甘蔗,鄱阳龙眼,杭地杨梅,吴江乳橘,福州橄榄,不如魏府鹅梨。"在这里甘蔗、龙眼(桂圆)、杨梅、橄榄不仅已是常见之物,而且已成为很响、很亮,消费者公认的品牌。这些水果品牌都有悠久的生产历史,中间经过元代人的精心培育,其中有些至今依然是著名的地方特产。如"杭地杨梅",如今已发展为浙江十大精品杨梅:慈溪市的烛湖牌杨梅、余姚市的鹤顶牌杨梅、仙居县的仙绿牌杨梅、临海市的临海牌杨梅、青田县的山鹤牌杨梅、舟山定海区的普陀山牌杨梅、台州黄岩区的九峰牌杨梅、温州瓯海区的大罗山牌杨梅、瑞安市的高

①　(宋)罗大经:《鹤林玉露》,中华书局1983年版,第247页。
②　夏于全集注:《唐诗宋词全集》第1部,华艺出版社1997年版,第302页。
③　(清)王文诰辑注:《苏轼诗集》,中华书局1982年版,第2670页。

楼牌杨梅、兰溪市下将坞牌杨梅。"吴江乳橘"的产地吴江县至今仍然是柑橘生产基地,被誉为苏州市的第二橘乡。"福州橄榄",依然保持着享誉中外的特色品牌称号。"魏府鹅梨",相传是祖籍晋州(今河北晋州)的大唐名相魏徵亲手培育出的优质鸭梨品种,一直受到中外消费者的青睐,其产地晋州也被命名为"中国鸭梨之乡"。

(二) 食 品 商 业

元曲除了忠实地记录了大量食品、食料外,还记载了元代繁荣的食品商业,为我们留下了当时食肆、食市以及食品业营运的珍贵资料。

1.食肆与食市

元曲描写了元代比宋代更加繁荣的食肆、食店、食铺,乃至沿街兜售小吃的食摊。据不完全统计,元曲中涉及的食品行业有二十余种,包括卖饼、卖花糕、卖馒头、卖水果、卖瓜子、卖盐、卖肉、卖鱼、卖粥、卖豆腐等,对它们的描写,体现了元代食品文化与商业文化的发展水平和成熟程度。无名氏杂剧《瘸李岳诗酒玩江亭》第二折出家的牛员外云:"我要吃饭呵,走到那饭店门前,打个稽首,便是白炸腰子,酱煎草鞋。"商衢套数[南吕·梁州第七]《戏三英》:"向杜郎家酒馆里开樽,王厨家食店里饭罢,张胡家茗肆里分茶。"无名氏杂剧《小张屠焚儿救母》楔子:"自家张屠的便是,街坊每顺口叫我做小张屠。娘儿两个,开着个肉案儿。"即使是一些专卖的食店铺也是各有特色,生意兴隆。如郑廷玉杂剧《看钱奴买冤家债主》第三折贾仁云:"我那一日想烧鸭儿吃,我走到街上,那一个店里正烧鸭子,油渌渌的。"无名氏杂剧《罗李郎大闹相国寺》第二折侯兴云:"小哥说:'我四五日不曾吃饭,那边卖的油煠骨朵儿,你买些来我吃。'"秦简夫杂剧《东堂老劝破家子弟》第三折东堂老斥责扬州奴:"吃你那大食里烧羊去。"孟汉卿杂剧《张孔目智勘魔合罗》第一折:"俺家里有一遭新板闼,住两间高瓦屋。隔壁儿是个熟食店,对门儿是个生药局。"饭店、食店、肉食店以及一些自制自卖、即做即卖的熟食店等散布于街头巷尾,极大地方便了人们的生活,促成了元代商业的高度繁荣。

元曲对元代食品业繁荣的描写,我们还可以从 14 世纪中期高丽(今朝鲜)出版的汉语教科书《朴通事谚解》中得到证实。"通事"是当时对翻译人员的称呼。该书很可能是一位姓朴的通事所著,书中叙述了元大都(今北京)社会生活的各个方面,包括商业、农业、手工业、文化教育以及民间习俗等。如该书卷下写午门外食店主人招呼来客道:"官人们各自说,吃什么饭。羊肉馅馒头、素酸馅、烧麦、匾食、水晶角儿、麻泥汁经卷儿、软肉薄饼、饼餶、煎饼、水滑经带面、挂面、象眼棋子、柳叶棋子、芝麻烧饼、黄烧饼、酥烧饼、硬面烧饼都有。"①元朝大都的午门,就是皇城南端的丽正门,俗称前门,因只有皇帝龙车出入此门,又称国门。据元朝政书《通制条格》记载,午门外乃三教九流辏集的热闹之处。顾客上门,食店经营者一口气报出如此多的面食,有水煮的,有笼蒸的,有火烤的,可见当时大都食品业品种的丰富,生意的兴隆。无名氏杂剧《赵匡义智娶符金锭》第一折符金锭与侍女梅香出门游春,梅香云:"姐姐,你且在这里要,我去崇文门外头买两瓶酒来你吃。"也在无意中透露出元代的地理信息和商业信息:位于北京内城南垣东侧,距正阳门约三里的崇文门一带在元代时就是商业兴隆繁华、购买食品非常方便的商业闹市。

　　元曲还描写了许多食品市场,反映了元时食品业的繁荣和进一步趋于细化完善。如无名氏杂剧《玎玎珰珰盆儿鬼》第三折:"老汉张憋古是也。幼年间在开封府做着个五衙都首领,如今老了也,多亏包待制大人可怜见,着老汉柴市里讨柴,米市里讨米,养济着老汉,过其终身。"乔吉杂剧《杜牧之诗酒扬州梦》第一折"马市街,米市街,如龙马聚"是米市场的描写,而马致远小令[双调·寿阳曲]《远浦帆归》中的"断桥头卖鱼人散",盍西村小令[越调·小桃红]《客船晚烟》中的"渡头买得新鱼雁",张养浩小令[中吕·普天乐]中的"捕得金鳞船头卖",鲜于必仁小令[中吕·普天乐]《山市晴岚》中的"雾敛晴峰铜钲挂,闹腥风争买鱼虾",都是对鱼市场的描写。关于元代鱼市的情形,山西省洪洞县广胜寺水神庙中的壁画《卖鱼图》生动地展现了元代的鱼市。该图中共六人。桌后有一老一少正把酒捧杯,开怀畅饮。桌前有两人,手端果盘,眼睛注视着另外两个人——卖渔翁和买鱼

---

① 李祥林:《元曲索隐》,四川教育出版社2003年版,第372页。

人。渔翁身穿米黄色长衫，白色下衣，腰间细带上系一把长柄弯钩，身后放着鱼篮，右手提着两条鲜鱼，左手伸出两个指头，似乎是在向买鱼人说明什么。画面中的人物，渔翁面容苍老瘦削，衣着简陋；而其余五人面容圆润，穿戴讲究，显示了当时社会中劳动者的艰难处境和达官贵人的优越生活。该图可视作是对元曲中鱼市描写的图解版。元曲中对牛马羊等牲畜市场的记述更是珍贵，如无名氏杂剧《施仁义刘弘嫁婢》第一折王秀才白："凭着我这一对眼，一双手，驴市里替人写契，一日也讨七八两银子，也过了日月。"写得是驴市场。李好古杂剧《沙门岛张生煮海》中龙女的侍女对张羽的家童道："你去兀那羊市角头砖塔儿胡同总铺门前来寻我。""羊市角头"，即羊角市，是牲口市场的总称，包括羊市场、马市场、牛市场、骆驼市场、驴骡市场等。据熊梦祥记载："米市、面市……羊市、马市、牛市、骆驼市、驴骡市，以上七处市，俱在羊角市一带。"①据考，剧中提到的"羊市角头"，在今天北京阜成门内大街白塔寺至西四路段，直到1965年以前还称羊市大街。"角头"，指十字路口。"砖塔儿胡同"，在万松老人砖塔北边的北侧，就是现在的砖塔胡同。如今砖塔胡同东口尚有元代砖塔②。小龙女要张羽到羊角市，说明当时的羊角市已是繁华的大市场，并是城市的地标。

2.食贩与货郎

随着市场的日趋活跃，商业的日益繁荣，各行各业的商人便如雨后春笋一般成长了起来。他们开店坐肆、跋涉贩运，足迹留于大江南北之区、边疆偏僻之域、沿海港口岛屿。应该说，他们是元朝商业的主要经营者。元曲深刻形象地反映了当时那些富商和披星戴月、辛苦经营、本小利微的售卖熟食果品的小商贩、店小二们的某些生活情况。如秦简夫杂剧《东堂老劝破家子弟》中的赵国器和李实，马致远杂剧《江州司马青衫泪》中的茶商刘一郎等；特别是对那些身居下层、本钱少生意也小、风里来雨里去、靠勤劳起家的小商贩、店小二们寄予了极大的同情。如无名氏杂剧《争报恩三虎下山》第三折粥店小二云：

---

① （元）熊梦祥：《析津志辑佚》，北京图书馆善本组辑，北京古籍出版社1983年版，第5页。
② 刘岳：《名人与胡同》，中共党史出版社2007年版，第271页。

自家是个卖稀粥的,在这权家店支家口卖稀粥。但是南来北往,经商客旅,做买做卖,推车打担,赶不上城的,都在我这里买粥吃。土地老子保佑,则愿的买卖和合,百事大吉,利增百倍。今日清晨,熬下这一盆稀粥,看有什么人来买吃?

粥店小二为了争取更多客源,争取更多买卖交易,在五更天就起床高声叫卖,招徕生意。可以想象,早市上此起彼伏的叫卖声,是多么地蔚为壮观。这里不仅写出了粥店小二劳作的勤勉,写出了他的艰辛;还写出了元代人喜欢清晨早餐时空腹食粥的习惯。《争报恩》中还有一个细节值得我们注意,卖稀粥的店小二向关胜、徐宁、花荣三人索粥钱不得,"连碗盏都打破了","如今也不卖粥了,只卖豆腐去来"。这个细节反映出小商人的不易,同时也反映了元代城镇饮食业早市的普及。

秦简夫杂剧《东堂老劝破家子弟》中的扬州奴拿着东堂老李实妻子给的一贯钱开始做生意。扬州奴实际上是元代小生意人的代表。从一贯钱起步,一贯一贯地赚钱积累资本,从卖炭到卖菜,肩上挑着,口里叫着,走遍了城里的大街小巷,其艰辛可想而知。再如无名氏杂剧《朱砂担滴水浮沤记》中的小商贩王文用,听信了算命先生的百日之内有血光之灾,为了避灾,从河南家中辞了父亲、妻子到江西南昌做生意,自道在外为商的辛苦:"想俺这为商贾的,索是艰难呵!……戴月披星,忍寒受冷,离乡井。过了些芳草长亭,再不曾半霎儿得这脚头定。"作者借小商贩王文用的口,道尽了商贩行商生涯的甜酸苦辣生存的艰辛。在元曲中很多时候商贩出场时均是以上的情况,结果辛苦挣了点钱财,却在归家途中被人迫害,落得个客死异乡的下场,如无名氏杂剧《玎玎珰珰盆儿鬼》中杨国用在外面的情形,"途路兜搭,客心潇洒,仓忙煞,走的我力尽筋乏",常常是"做买卖的担惊受怕","世不曾闲闲暇暇,常则是结结的这巴巴",写出了世道险恶、商人生命和财产安全都得不到保障的社会现实。又如孟汉卿杂剧《张孔目智勘魔合罗》是一出小商人李德昌因算卦者说他命中有难,遂外出经商躲灾,虽极尽人事仍不能违于"天命"的公案剧。在第一折:

[混江龙]连阴不住,荒郊一望水模糊。我则见雨迷了山岫,云锁了青虚。云气深如倒悬着东大海;雨势大似翻合了洞庭湖。好教我满

眼儿没处寻归路。黑暗暗云迷四野,白茫茫水浄长途。

这个被命运紧紧束缚住心灵的小商人,一出场就被"有一百日灾难"的谶语所左右,为此他不避艰辛,告别妻儿老小,到"千里之外"的南昌去躲避灾难。这支[混江龙]写得是归家途中眼里所见到的荒郊野外的初秋雨景,反映了他怕惹祸上身的谨慎心理,渲染了他"没处寻归路"的凄苦迷惘之情。

在元曲中还可见一批走街串巷的重利、计较、勤劳、善良,富有冒险精神的货郎身影。所谓"货郎",就是旧时挑担、推车或背箱儿、背包袱,在城乡流动出售日用杂货的小商贩。他们大多是生活无着落,不得不参加零卖活动的手工业者、农民、士兵等。他们出售的商品有的是自己生产的,有的是从市场成批买来,再挑到城乡叫卖的,为不便远行购物的人提供方便。如关汉卿杂剧《钱大尹智勘绯衣梦》第三折张弘扮货郎挑担子上科,云:"自家是个货郎儿,来到这街市上,我摇动不郎鼓儿,看有什么人来。"石君宝杂剧《鲁大夫秋胡戏妻》第二折:"等那货郎儿过来,你买些胭脂粉搽搽脸。"王晔杂剧《桃花女破法嫁周公》楔子桃花女云:"我待绣几朵花儿,可没针使,急切里等不得货郎担儿来买。"无名氏杂剧《鲁智深喜赏黄花峪》第三折李逵假扮货郎在李幼奴家门首叫卖:"买来,买来,卖的是调搽宫粉,麝香胭脂,柏油灯草,破铁也换。"李幼奴听到叫卖声便知有货郎在附近:"今日可怎生有个货郎儿在于门首。我开开门,我试看。"无名氏杂剧《朱太守风雪渔樵记》第三折货郎张憨古唱:"我每日家则是转疃波寻村,题起这张憨古那一个将我来不认?(做走科,叫云)笨篱马杓,破缺也换那!(唱)我摇着这蛇皮鼓可便直至庄门。小孩儿每搭着铜钱兜着米豆,(云)三个一攒,五个一簇,都要子哩。"无名氏杂剧《逞风流王焕百花亭》第三折王焕效洛阳一带卖果品货郎的叫卖:"生长在京城古汴,从小里拜个名师,学成浪子家风习惯,花台伎俩","皂头巾里着额颅,斑竹篮提在手,叫歌声习演的腔儿溜。"

以上描写至少说明如下问题:其一,货郎虽是小本生意,规模小,但沿街送买,形式灵活,服务多元化,很方便市民们随时随地享用,从而养成了一些官员、富人的妻妾和家人"倚门买鱼菜之类"①的习惯。其二,元代经济很发

---

① (元)孔齐:《至正直记》,上海古籍出版社 1987 年版,第 107 页。

达,但是"乡村商品经济不发达",而且就元代的人口分布情况来说,"在乡村居住的人口远多于城镇"①。货郎到城市购买货物,再到乡镇贩卖,他们联系着城市经济和乡村经济,满足着乡村居住者的基本需要。其三,货郎的叫卖吆喝声是有职业要求的。王焕为扮一个像样的卖干果蜜饯的小贩,央求职业小贩王小二:"就传与我叫的腔儿咱。"他从王小二那里学来"叫歌声习演的腔儿"后,才去承天寺卖干果蜜饯,与贺怜怜相会。其四,穿街走巷,贩卖各种物品,大都采用的是市井叫卖,而且从"叫歌声习演的腔儿"可知,叫卖是配有一定旋律的。起初的叫卖是货郎用简洁的语言将所卖商品的名称、产地、质地、特点和功用编成歌词,配以一定的节奏和旋律,一边摇鼓,一边吆喝出来,主要起广告的作用。后来这些吆喝口口相传,节奏流畅,朗朗上口。腔调便慢慢固定下来,形成了曲调。元曲中的一些曲牌,就反映了元代饮食买卖中货郎们的喝叫歌吟之声。如卖酒的叫声,有[醉花阴][倾杯序][醉太平][醉中天][金盏儿][醉扶归][醉春风][沉醉东风][滴滴金](即[甜水令])[沽美酒][梅花酒][醉娘子][酒旗儿]等;与醋有关的叫声,如[醋葫芦];与瓜果花木相关的叫卖,有[水仙子][节节高][芙蓉花][甘草子][荼蘼香][青杏子][油葫芦][寄生草][四季花][玉花秋][锦橙梅][石榴花][红芍药][蔓菁菜][卖花声][梧桐树][玉交枝][红芍药][月上海棠][牡丹春][石竹子][行香子][锦上花][西河水仙子][山丹花][紫花儿序][金蕉叶][小桃红][黄蔷薇][雪中梅][金菊香][墙头花][酥枣儿][枣乡词]等。元曲中有关饮食的曲牌既多且美,有如缤纷的落英,从一个侧面反映了元代食品的丰富。其五,货郎叫卖一般"摇动不郎鼓儿"。"不郎鼓儿"成为货郎的标志。汤舜民小令[双调·风入松]《题货郎担儿》:"杏花天气日融融,香雾蔼帘栊。数声何处蛇皮鼓,琅琅过金水桥东。闺阁唤回幽梦,街衢忙杀儿童。矍然一叟半龙钟,知是甚家风,担头无限□□物,希奇样簇簇丛丛。不见木公久矣,可怜多少形容。"木公,指货郎老叟,描写的是一个老人,挑着货郎担,打着蛇皮鼓,引得妇女、儿童都来购买。孟汉卿杂剧《张孔目智勘魔合罗》中,挑担卖魔合罗玩具的货郎高山,

---

① 史卫民:《元代社会生活史》,中国社会科学出版社1996年版,第200、194页。

中途遇雨,躲进庙中说道:"这个鼓儿是我衣饭碗儿,着了雨,皮松了也。我摇一摇,还响哩。"手中也有"不郎鼓儿"。独特的鼓声和叫卖声能够有效告知顾客其所在的位置。

货郎代表着一个独特的社会阶层和生活群体,他们生活在社会底层,紧密联系着普通市民的日常生活,同时联系着坐贾和手工业者。他们走街串户叫卖,使他们具有了一般群体不具备的广泛地观察社会、与市民百姓息息相关的特点。时下,商店和超市的发展,早已取代了这种商贩,货郎已经成为那种人们记忆中消逝了的传统职业,一种商业民俗事象。货郎形象在元曲里处于卑贱的地位,比较真实地反映了下层社会尤其是乡村生活的情况,既是对元代货郎的真实记录,为我们更好地认识元代社会打开了一个窗口,也提供了研究当时社会生活现状、商业发展的文学史料。

（三）食 制 食 风

由饥饿而温饱而健康,饮食不仅是为填饱肚子,还是生活享受的基本内容,此种欲望随着经济的发展日益增强,到元代进入了一个新高度。这不仅是因为元代的商品经济繁荣,改善了饮食的条件,还因为多民族饮食文化进一步融合,时人追求的以食为本的文化心理进一步成熟,以养生强体为宗旨的饮食观念进一步增强,以追求人与自然和谐的饮食规范进一步系统。元曲从不同角度记写了元代的饮食风尚、饮食审美、特色饮食、饮食养生等,为中国饮食民俗史的研究留下了十分难得的史料。

1.饮食审美

元代人将食物的美味和美景结合起来,追求本味,追求独味,追求美味,追求味外之味,享受美食佳肴,享受人生乐趣,享受大自然的赐予,都在元曲中有充分的反映。

（1）本味之美

肴馔之美,贵在本真。走进山清水秀的山村,走进风物幽美的村居,山地上的野菜,菜园中的时蔬,农田里的稻麦薯粟豆,都是元代人一年四季家常饭的主要原料。粗茶淡饭,本味本色,自然天成,让人在身心体验原汁原味的同时,也品味心情,品味人生。孙周卿小令[双调·蟾宫曲]《自乐》就是这样的一首令人向往之曲：

> 草团标正对山凹。山竹炊粳，山水煎茶。山芋山薯，山葱山韭，山果山花。山溜响冰敲月牙，扫山云惊散林鸦。山色元佳，山景堪夸，山外晴霞，山下人家。

用山竹烧饭，山水煎茶，鲜香可口的山芋山薯、山葱山韭、山果山花，这样的饮食，可以说是真正的农家山味。正如他在另一组小令中所说的，"野菜炊香饭，云腴涨雪瓯，傲煞王侯"①。茶饭香甜，已是粗茶淡饭分外香的神仙般日子，何况还有"山芋山薯，山葱山韭，山果山花"。这山芋山薯不用添加什么调料，自身的色、香、味已经散发出来了，极为诱人。"本味"保持着原料"原装"的鲜美。正如风姿绰约的青春女子，打扮得珠光宝气、艳服浓妆，倒不如淡装素裹来得动人，突出了古人"只烹不调、突出本味"、"大羹不和"的饮食观念。这些食品除了自己享用外，还用以招待来访的亲朋好友，"亲眷至煨香芋，宾朋来煮嫩茶"②。以诗意的心境去感悟，去品味浓浓的乡俗野味，从一个侧面反映了当时民间百姓的生活状态和饮食心态。

杨朝英小令〔双调·水仙子〕《自足》向我们推出的是一幅村居环境风物之幽美和春种秋收躬耕乐趣的境美之图：

> 杏花村里旧生涯，瘦竹疏梅处士家。深耕浅种收成罢，酒新篘鱼旋打，有鸡豚竹笋藤花。客到家常饭，僧来谷雨茶，闲时节自炼丹砂。

"深耕浅种收成罢"，点出自食其力的躬耕生涯。"收成罢"，指农事的闲暇季节，更可让身心充分地松弛一下，舒坦地享受一番。"酒新篘鱼旋打，有鸡豚竹笋藤花"，正是写出这种自享劳动成果的满足和喜悦。家酿的酒刚刚滤出，鱼也是刚刚捕捉来的，有鸡肉有猪肉有竹笋，还有藤架子上结的瓜果，一切都无需外求，洋溢着自足自得之乐。以此自娱，已愿已足；以此待客，也不见得简慢。"客到家常饭"，说是"家常"，却丰盛富足，有浓郁的田家风味；再者，以家常饭待客，显出淳朴和热情，不讲虚礼和排场，这才显出主客之间的真情。

---

① 〔双调·水仙子〕《山居自乐》。
② 〔双调·水仙子〕《山居自乐》。

卢挚在小令[双调·蟾宫曲]《阳翟道中田家即事》里写他邂逅一户普通农家所见的田园盛景：

> 颖川南望襄城，邂逅田家，春满柴荆。翁媪真淳，杯盘罗列，尽意将迎。似鸡犬樵渔武陵，被东君画出升平。桃李欣荣，兰蕙芳馨，林野高情。

他所受到的热情款待既显示出普通人家的淳朴和大方，也从一个侧面反映了当时农家的富裕生活。用同样心态笔调的马谦斋小令[双调·沉醉东风]《自悟》在字里行间也透出农家生活的轻快与自豪：

> 瓷瓯内激滟莫掩，瓦盆中渐浅重添。线鸡肥，新篘酽，不须典琴留剑。

杯中的美酒不要停注，盆里的菜肴不要停添。鲜杀的肥鸡，新酿的美酒，所有的美味佳肴都取自家用，不用典琴当剑，靠典卖家当糊口。表现了农家自给自足、富足安闲的生活。

曹德小令[双调·沉醉东风]《村居》和王实甫套数[商调·集贤宾]《退隐》向我们输送的是"家常饭"的本味之美：

> 新分下庭前竹栽，旋篘得缸面茅柴。媙弹鸡，和根菜，小杯盘曾惯留客。活泼剌鲜鱼米换来，则除了茶都是买。

> 到夏来锁松阴竹坞亭，载荷香柳岸舟。有鲜鱼鲜藕客堪留。

简单描述村居习俗：栽竹、酿酒、米换鲜鱼、鲜鱼鲜藕待客，饮食生活的丰富活跃由此可见。最给人以亲切感的是"小杯盘曾惯留客"、"有鲜鱼鲜藕客堪留"的待客习俗描写，将浓浓的乡情、华夏民族热情好客的美德、那种自然随意和谐融洽的味外之味，永远地留给了我们。

（2）佐味之美

味之美是饮食审美的基本要求，也是元代的突出追求。在大量异域调味香料，如茴香、胡椒、砂仁等作为调味品逐渐进入中国饮食领域后，元代的调味佐料较之前代更为丰富：辛香性调味品，如紫苏、薄荷、花椒、胡椒以及葱、姜、蒜、韭、芥等日益深入生活；加工类调味品，如酱、醋、糖等成为生活中不可离的主要调味品；油料类调味品，如胡麻、芝麻等更加深入地进入百姓的日常生活。特别是一些外来调味品，在元代人的生活中更加受到青睐。

元曲中对大量调味品的描写,真实地记录了元代盛行食用芳香食物的风气,反映了当时人们口味之美的精神追求。

辛香性调味品大多指天然香料,如紫苏、薄荷、花椒、胡椒等具有浓烈的芳香味、辛辣味植物茎叶种实等,同时人们也把姜、葱、蒜等辛香蔬菜当作调味品。元代人烹饪菜肴时,总离不开这些辛香调料。如草本植物紫苏,既是一种蔬菜,又是一种调味品。紫苏又名红苏、红紫苏、黑苏、苏子叶等,有特异芳香,原产我国,种植历史悠久,全国各地都有栽培。紫苏可为其他食品保鲜和杀菌,其叶可制作菜肴,也可用来腌制泡菜,种子富含有益健康的紫苏油。紫苏全株均有很高的营养价值,可调味、可生食、可腌渍、可煮粥、可制作饮料等。元曲中赞颂紫苏,如"蔷薇露秋菊春兰,紫苏盐姜醋荐款"①。用紫苏烹制的菜肴,多了一种清香,多了几丝甘甜,更让元代人的生活滋味浓郁。

与紫苏一样,薄荷也是人们食用的调味品。薄荷又名水薄荷、野薄荷、蕃荷茶、鱼香草、仁丹草、水益母、升阳草、夜息香等,属于多年生宿根草本植物。薄荷分布于我国各地,朝鲜、俄罗斯、日本也有。早在两千多年前,我国古人就已知采集薄荷供食用和药用。薄荷的茎枝和叶,特别是叶,含有丰富的挥发性薄荷油,芳香而清凉,受到人们的青睐。用薄荷作调味品腌制的菜,新鲜,不变质,味道好,食之清凉提神,并能解除疲劳。薄荷又是一种中药。中医药认为,薄荷性味辛、凉、微甘,有疏散风热,消暑化浊,清利咽喉、透疹、止痒、解毒的功效,主治外感风热、目赤、咽痛、牙痛、皮肤瘙痒等症。高安道套数[般涉调·哨遍]《嗓淡行院》:"卖薄荷的自肿了咽喉。"虽然是元代剧场针对观看演出而售卖的薄荷等零食的描写,但从反面记写了薄荷的功能和薄荷在元代市场中的位置。

花椒有聊椒、大椒、秦椒、蜀椒、巴椒、丹椒、黎椒等名称,是我国原产的一种较为重要的香料、油料树种。椒在我国食用很早,《诗经·唐风·椒聊》载:"椒聊之实,番衍盈升。彼其之子,硕大无朋,椒聊且,远条且。椒聊之实,番衍盈匊。彼其之子,硕大且笃,椒聊且,远条且。"《史记·卷二十

---

① 贾仲明杂剧《萧淑兰情寄菩萨蛮》第四折。

三·礼书第一》："椒兰芬苾,所以养鼻也。"①在元代,花椒与人民的生活紧密联系,被元代人视为重要的调味品。元曲中有许多关于椒的生态特征和使用情况的吟咏。归纳大致是以下五种:一是植椒。南北朝时植椒已颇为兴盛,三国时花椒开始深入千家万户,元时更加重视花椒栽培,元曲有生动的描写。汤舜民套数[南吕·一枝花]《题崇明顾彦升洲上居》:"柔桑蔼蔼,秀麦芃芃,丹椒簇簇,碧苇丛丛。"丹椒即花椒,因果实红色而名。二是做调味品。如高文秀杂剧《黑旋风双献功》第三折李逵为了营救被下死囚牢的山东郓城县孔目孙荣,扮作呆傻庄稼后生前去送饭,将蒙汗药搅入羊肉泡饭,狱卒一边吃李逵带来的羊肉泡饭,一边说:"倒好饭儿。乡里人家着得那花椒多了,吃下去麻撒撒的。哎哟,麻撒撒的。"姚守中套数[中吕·粉蝶儿]《牛诉冤》:"添几盏椒花露,你装的肚皮饱旺,我的性命何辜?"关汉卿杂剧《感天动地窦娥冤》第二折:"你说道少盐欠醋无滋味,加料添椒才脆美。"三是入酒。以椒入酒,本是荆楚风尚。自汉后,椒用作浸酒和制酒,已成普遍习俗,并演变成举国风行的元日酒民俗。据汉崔寔《四民月令》记载:"过腊一日,谓之小岁,拜贺君亲,进椒酒,从小起。"②又成公绥《椒花铭》记载:"'肇惟岁首,月正元日。'是知小岁则用之,汉朝元正则行之。后世率以正月一日,以盘进椒饮酒,则撮置酒中,号椒盘焉。"③元曲记写了元代对这一风俗的传习。如贯云石套数[双调·新水令]《皇都元日》:"梅花枝上春光露,椒盘杯里香风度。"阿鲁威小令[双调·蟾宫曲]《东皇太乙前九首以〈楚辞·九歌〉品成》:"玉瑱琼芳,烝肴兰藉,桂酒椒浆。"汤舜民套数[正宫·端正好]《元日朝贺》:"椒花颂万代歌谣,柏叶杯九酝葡萄。""椒盘"、"椒浆"、"椒花",指的都是椒酒。四是做建筑装饰材料。用花椒和泥涂壁,本也是荆楚风尚。《九歌·湘夫人》:"播芳椒兮成堂。"以椒泥涂壁出于两方面原因:其一取其温暖而芬芳,能消除恶气;其二因花椒有多子的特征,故皇后所居之室往往以花椒子和泥涂壁,称椒壁、椒房、椒宫。元曲中有不少例子,如马致远杂剧《半夜雷轰荐福碑》第二折:"取出我这笔墨来。有这檐间滴水,

---

① (汉)司马迁:《史记》,中华书局 1997 年影印本,第 1161 页。
② (汉)崔寔:《四民月令校注》,石声汉校注,中华书局 1965 年版,第 5 页。
③ 金启华:《全宋词典故考释辞典》,吉林文史出版社 1991 年版,第 933 页。

磨的这墨浓,蘸的这笔饱,就这捣椒壁上写下四句诗。"无名氏杂剧《苏子瞻醉写赤壁赋》第一折:"比花花无语,比玉玉无香,堪移在兰舍椒房。"无名氏杂剧《金水桥陈琳抱妆盒》第三折:"贱妾置酒在椒风馆中,请饮宴去来。"五是用"椒"比喻贤人。如李唐宾杂剧《李云英风送梧桐叶》第二折:"有一等入椒桂穿洞房的似大王般敬伏,有一等扬腐儒起陋巷的以庶民比喻。"可见,花椒这颗调味品中的珍珠,在元时不仅其食用价值得到了充分的发挥和体现,而且还散发出了绚丽的文化光彩。

除花椒外,胡椒也是元代重要的调味品。胡椒原产印度南部,自古作药用和调味品。到元代胡椒贸易、消费更盛,马可·波罗在其游记中记载,杭州"每日胡椒的销售量竟达四十三担,每担重达九十公斤"①。可知元代胡椒贸易达到了很高的水平。贸易的发展带动了国内对胡椒的应用开发,宋代主要用于药用方面,而元代向食用方面的拓展。元曲记载了元代食用胡椒的情况,无名氏杂剧《冯玉兰夜月泣江舟》第四折驿官云:"老爷,且请了下马饭,驿丞早安排了些胡椒鲜鱼汤,在此伺候。"无名氏杂剧《十探子大闹延安府》第二折:"我做厨子实是标,偏能蒸作快烹炰。诸般品物全不爱,只在人家偷胡椒。"可见,在元代,胡椒调味品已经普遍进入了饮食领域,其使用在数量和应用范围都进一步扩大,基本完成了由奢侈消费向日常消费的转变。

元曲中描写的加工类调味品主要有酱、醋、糖等。酱主要是利用一些动物或植物原料,通过大自然野生霉菌进行蛋白质、淀粉分解制作而成的一类品味不同的烹调辅佐料。它包括酱、豉和酱油等,广泛应用于食肴的烹调和食品腌制中。元曲里描写的酱主要是两种:一是居家过日子必不可少的调味品酱油。如李行甫杂剧《包待制智赚灰阑记》第一折搽旦云:"拿汤来,我试尝咱。(做尝科,云)还少些盐酱,快去取来。"无名氏杂剧《逞风流王焕百花亭》第一折:"早晨起来七件事,柴米油盐酱醋茶。"秦简夫杂剧《东堂老劝破家子弟》第三折东堂老问扬州奴:"你就着这五百钱买些杂面你便还窑去,那油盐酱旋买也可是零沽?"周德清小令[双调·蟾宫曲]:"酱瓮儿恰才

---

① [意大利]马可·波罗:《马可波罗游记》,陈开俊等译,福建科学技术出版社1981年版,第178页。

梦撒,盐瓶儿又告消乏。"朱凯杂剧《刘玄德醉走黄鹤楼》第三折周瑜云:"兀那渔翁,你将这鱼除鳞切尾,逗盐加酱,当面制造,急忙下手。"马致远杂剧《吕洞宾三醉岳阳楼》第三折:"或鸡儿,或鹅儿,酱炒油煎。"这些描写是元代食酱情景的真实记录。而百姓家"早晨起来七件事,柴米油盐酱醋茶"俗语的流行,更是元代酱文化高度发展的生动反映。二是下饭佐餐的酱。元代的酱品已经非常丰富,无名氏《居家必备事类全集》中详细介绍了熟黄酱、生黄酱、小豆酱、面酱、豌豆酱、榆仁酱、大麦酱、肉酱等的制作方法。各具特色的酱深受元代百姓的喜爱,尤其是在蔬菜等副食不充足的时候,酱便成了唯一可资下饭的佐餐。如郑光祖杂剧《立成汤伊尹耕莘》第一折:"新捞的水饭镇心凉,半截稍瓜蘸酱。"李文蔚杂剧《张子房圯桥进履》第三折:"早饭一顿吃七碗,生葱萝卜好蘸酱。"周文质小令[不知宫调]《时新乐》:"铺下,板踏,萝卜两把,盐酱蘸梢瓜。"关汉卿杂剧《刘夫人庆赏五侯宴》第三折:"萝卜蘸生酱,村酒大碗敦。"曾瑞套数[正宫·端正好]《自序》:"瓮头白酒新醅泼,碗内黄齑垄酱和。"高文秀杂剧《刘玄德独赴襄阳会》第一折:"准备几碗甜酱,我着他酒醉饭饱。"垄酱、甜酱、生酱……浓浓的酱,给一盘盘或油汪汪或清淡淡的菜肴增添了别样的韵致,成就了一桌桌在酱香中体验美食文化的饕餮盛宴,反映了元代人乐观、朴实、清新、自由、健康的生活情趣。

醋又称为酢、酰、苦酒等,是以粮食、糖类或酒糟等为原料,经醋酸酵母菌发酵而成的一种酸味液态调味品。醋的种类繁多,有米醋、白醋、香醋、麸醋、酒醋等。醋在中国菜的烹饪中占有举足轻重的地位,常用于溜菜、凉拌菜等,具有增加食物味道、软化植物纤维素、溶解动物性食品中的骨质,以及增进消化、促进钙磷吸收的作用。在元代,醋的概念已深入到生活的角角落落。从元曲中的醋描写看,醋在元代的食用价值极高。首先,醋是居家过日子必备的生活必需品。如关汉卿杂剧《感天动地窦娥冤》第四折窦娥魂向父亲窦天章云:"适值张驴儿父子两个问病,道将汤来我尝一尝,说汤便好,只少些盐醋,赚的我去取盐醋,他就暗地里下了毒药。"无名氏杂剧《海门张仲村乐堂》楔子搽旦云:"拿来我尝一尝。没滋味。姐姐,你去取些盐醋来。"无名氏小令[双调·水仙子]《秋》:"烹紫蟹香橙醋,荐金英绿酦醅,尽醉方归。"李寿卿小令〔双调·寿阳曲〕:"金刀利,锦鲤肥,更那堪玉葱纤细。添得醋来风韵美,试尝道甚滋味!"其次,引申形容或描写书生言谈举止的迂腐,或故作儒雅之态,或穷酸潦倒之态。如王实甫杂剧《崔莺莺待月西厢记》第三本第二折:"为一个不酸不醋风魔汉,隔墙儿险化做了望夫山。"无名氏杂剧《冻苏秦衣锦还乡》第一折苏秦云:"长者,如今街市上有等小民,他道俺秀才每穷酸饿醋,几时能勾发迹。"乔吉杂剧《玉箫女两世姻缘》第一折卜儿云:"韦姐夫,不是我老婆子多言,你忒没志气。……俺家爱你那些来?不过为着这个醋瓶子。不争别人求了官来,对门间壁都有些酸辣气味,只是俺一家儿淡不刺的,知道的便说你没志气,不知道的还说俺家误了你的前程。"这些以醋的特性来形容读书人贫寒的描写,使醋的酸味更加浓郁。

我国的食糖大体上分为饧糖、蜜糖和蔗糖三大类。其中蜜糖、蔗糖在元代有长足的发展。蜜糖是指以转化糖为主要成分的蜂蜜。唐代以前未见人工养蜂取蜜的记载,人们食用的蜂蜜系采自自然界中的野生蜂蜜。唐代时,人们已开始人工养蜂取蜜,宋时人工养蜂技术虽然取得了一定的进步,从事野生蜂蜜采集的仍大有人在,元时无论是养蜂技术还是蜂蜜制作都已经很成熟。王祯《农书》"养蜜蜂类"中详细地记载了蜜蜂的养护:"人家多于山野古窑中收取,盖小房,或编荆囤,两头泥封,开一二小窍,通出入。另开一小门,泥封,时时开,却扫除常净,不令他物所侵及于家院。扫除蛛网及关防山蜂土蜂,不使相伤。秋花凋尽,留冬月可食蜜脾,余者割取作蜜蜡。至春三月,扫除如前。常于蜂窠前置水一器,不致渴损,春月蜂盛,一窠留一王,其余摘之,其有蜂王分窠,群飞去,撒碎土以收之。别置一窠,其蜂即止。蜂畏蒲虫,触其粉即死。验蜜法,烧红箸插入蜜中,箸出烟者杂饧也。粘者杂粟粥也。白蜜成块为上,割蜜者,以薄荷细嚼涂手面,自不螫人。蜂盛之家,致富甚速。"[1]可见元代人工养蜂技术已很系统。被称为元代三大农书之一的《农桑衣食撮要》中还记述了割蜜炼蜜的技术:"天气渐寒,百花已尽,宜开蜂窠后门,用艾烧烟微薰,其蜂自然飞向前去。若怕蜂螫,用薄荷叶嚼细,涂于手面上,其蜂自然不螫。或用纱帛蒙头及身上截,或用皮五指套手,尤

---

[1] (元)王祯:《农书》,中华书局1956年版,第45—46页。

妙。约量存蜜,自冬至春,其蜂食之余者,拣大蜜脾,用利刀割下,却封其窭,将蜜脾用新生布扭净,不见火者为'白沙蜜',见火者为'紫蜜'。入窭盛顿。却将纽下蜜粗入锅内,慢火煎熬。候融化捞出纽粗再熬。预先安排锡镟或瓦盆,各盛冷水,次倾蜡汁在内,凝定自成黄蜡,以粗内蜡尽为度。要知其年收蜜多寡,则看当年雨水如何。若雨水调匀,花木茂盛,其年蜜必多,若雨水少,花木稀,其蜜必少。或蜜不敷蜜蜂食用,宜以草鸡一只,或二只,退毛,不用肚肠,悬挂窭内,其蜂自然食之,又力倍常。至来春二月间,开其封视之,止存鸡骨而已。"①元代人工养蜂业的兴盛,使蜜糖成为元代最重要的糖源。对此,元曲中有描写,如马致远杂剧《江州司马青衫泪》第四折:"那厮每贩的是紫草红花,蜜蜡香茶。"贾仲明杂剧《萧淑兰情寄菩萨蛮》第四折:"荔枝浆乳酪蜜团,汁酥油糖拌。"无名氏杂剧《玉清庵错送鸳鸯被》第四折:"则他这酸黄虀怎的吃,粗米饭但充饥,怕哥哥害渴时冰调些凉蜜水。"汤舜民小令[双调·风入松]《钱唐即景》:"翠碗蔗溶蜜汁。"蜜糖已经广泛应用于食疗、烹饪、食品贮存加工等方面。

蔗糖是利用甘蔗榨汁提纯而炼制出来的食糖。唐代以前,蔗糖的生产工艺尚处于低级阶段,多采用日晒的方法,自然蒸发蔗汁,以生产胶状的甘蔗饧为主。唐代初年,从印度引进了利用甘蔗加工沙糖的先进技术,使中国制糖技术进一步提高,开始生产白糖。到了元代,蔗糖生产有了一些新的突破,食糖的成分进一步提纯②。马可·波罗在其游记中曾记述:福建三明尤溪城(今福建三明)"以大规模的制糖业著名,出产的糖运到汗八里,供给宫廷使用。在它纳入大汗版图之前,本地人不懂得制造高质量糖的工艺。制糖方法很粗糙,冷却后的糖,呈暗褐色的糊状。等到这个城市归入大汗管辖时,刚好有些巴比伦人来到帝廷,他们精通糖的加工方法。因此被派到这个城市来,向当地人传授用某种木灰精制食糖的方法"③。莆田诗人洪希文有一首《糖霜》诗:"春余甘蔗榨为浆,色弄鹅儿浅浅黄。金掌飞仙承瑞露,板

① (元)鲁明善:《农桑衣食撮要》,王毓瑚校注,农业出版社1962年版,第120—121页。
② (元)贾铭:《饮食须知》,程绍恩等点校,人民卫生出版社1988年版,第43—44页。
③ [意大利]马可·波罗:《马可波罗游记》,陈开俊等译,福建科学技术出版社1981年版,第191页。

桥行客履新霜。携来已见坚冰渐,嚼过谁传餐玉方。输与雪堂老居士,牙盘玛瑙妙称扬。"①可见,元代食糖质量之好。由于糖业生产出现了较快的增长态势,宋元时糖的食用量,比唐有所上升,用途也更为广泛。在一些产糖区,糖制品已经开始广泛地用于食品的制作。元曲记载元代的用糖情况:一是糖深受元代人的喜爱,成为生活中须臾不可离的食品。如张国宾杂剧《薛仁贵荣归故里》第一折张士贵诗云:"我做总管本姓张,生来好吃条儿糖。"杨显之杂剧《郑孔目风雪酷寒亭》第三折:"舍贫的姐姐哥哥。他娘在谁敢把气儿呵?糖堆里养的偌来大,如今风雪街忍着十分饿。"李文蔚杂剧《同乐院燕青博鱼》第二折搽旦云:"他糖食我,说我是南海南观音一尊。"关汉卿杂剧《诈妮子调风月》第二折:"你这般沙糖般甜话儿多曾吃。"这些说明糖已经深入地走进普通百姓的生活。二是糖的品种更丰富。秦简夫杂剧《东堂老劝破家子弟》第一折:"先去买十只大羊,五果五菜,响糖狮子。"无名氏杂剧《朱太守风雪渔樵记》第三折:"我每日家则是转疃波寻村,题起这张懒古那一个将我来不认?(做走科,叫云)笨篱马杓,破缺也换那!(唱)我摇着这蛇皮鼓可便直至庄门。小孩儿每搭着铜钱兜着米豆,(云)三个一攒,五个一簇,都耍子哩。听的我这蛇皮鼓儿响处,说道:'张懒古那老子来了也,咱买砂糖鱼儿吃去波!'"响糖即香糖。"响糖狮子"、"砂糖鱼儿"均是一种象生糖果食品。据《朴通事谚解》记载,元大都居民在重阳举行"赏花筵席"时,席面中间要放上"象生缠糖",这种糖食品实际是一种赏食兼备的食品玩具,它用白糖、白芝麻相和,用火煎熬后,倾倒进用木刻成物状的木模印内,待凉后,与实物相似。"响糖狮子"即是用糖制作为骑狮子的仙人形象的糖果,"砂糖鱼儿"即是用糖制作为鱼的形象的糖果。也有用糖制作为楼观、僧佛形象的糖果。② 象生糖在宋代已有记载,孟元老《东京梦华录》卷二"饮食果子"条就列有"狮子糖"③。这样的食品玩具,既可大开胃口,又可一饱眼福。三是反映了以糖酬谢的习俗。如李寿卿杂剧

①　(元)洪希文:《续轩渠集》,景印文渊阁四库全书(第1205册),台湾商务印书馆1986年版,第111—112页。
②　伊永文:《古代中国札记》,中国社会出版社1999年版,第192页。
③　(宋)孟元老:《东京梦华录》(外四种),中国商业出版社1982年版,第18页。

《说鳟诸伍员吹箫》第一折费得雄云："则被你打杀我也！你不肯入朝去,则把你那上马一提金,下马一提银,送与我大叔买些糖果儿吃也好,怎么你打我?"关汉卿杂剧《尉迟恭单鞭夺槊》第二折："你早些结果了他,哥也,我买条儿糖谢你。"杨显之杂剧《郑孔目风雪酷寒亭》第三折："难得你这好心,我买条糖儿请你吃。"四是记写了糖做甜品的习俗。如贾仲明杂剧《萧淑兰情寄菩萨蛮》第四折："荔枝浆奶酪蜜团,甘蔗汁酥油糖拌。"

油料类调味品主要有胡麻和芝麻。胡麻是中国北方地区的重要油料作物之一,生长在西北、华北的高寒、干旱地区,具有耐贫瘠、抗旱性好、生育期短以及田间管理简便等特点。胡麻的营养价值极高,历来被道家视作"仙药"、"仙家食品"。元曲中对胡麻的描写也反映了这种观念。如乔吉小令［双调·折桂令］《晋云山中奇遇》："酒醒流霞,饭饱胡麻,人上篮舆,梦隔天涯。"张可久小令［越调·天净沙］《赤松道宫》："杯中饭糁胡麻。"吴西逸小令［双调·蟾宫曲］《游玉隆宫》："碧云深隐隐仙家,药杵玄霜,饭煮胡麻。"可见这种将胡麻粒掺和在米中煮蒸而成的仙家饭是不见于平时百姓餐桌的。

芝麻在形状上比胡麻小,也是中国重要的油料作物之一,种植历史悠久,分布比胡麻广泛,除西部、北部少数高寒山地外,基本都有芝麻种植,但以河南、湖北、安徽、山东、江西、河北等省较为集中。芝麻有春播、夏播、秋播之分,以夏播为主。元曲摹写了元代人对芝麻的深厚的感情。如王大学士套数［仙吕·点绛唇］"一个濛松雨里种芝麻"是对元代人种植芝麻情景的描写。无名氏杂剧《赵匡义智娶符金锭》第二折媒婆云"老身是这京城里一个媒婆,姓陈。我好不生得聪明,正在家里吃芝麻豆腐茶哩,有韩大舍着人来请我",是对元代人食用芝麻的记录。芝麻茶是用芝麻制作的饮料或甜品。据清佚名撰《调鼎集·芝麻茶》记载："先用芝麻去皮炒香磨碎,先取一酒杯下碗,入盐水少许,用筷子顺打,至稠硬不开,再下盐水顺打,至稀稠约有半碗多,然后用红茶熬酽,俟略温,调入半碗,可作四碗用之。又,用牛乳隔水炖二三滚取起,晾冷,结皮揭尽,配碗和芝麻茶用。"[①]芝麻茶营养价

---

① （清）佚名：《调鼎集》,邢渤涛注释,中国商业出版社1986年版,第618页。

值丰富,含有多种微量元素,适量吃芝麻茶可润泽皮肤。芝麻茶的种类也很多,有木耳芝麻茶、花生芝麻茶、豆子芝麻茶等。剧中提到的芝麻豆腐茶应该是芝麻茶中的一种。芝麻茶在今天很多地方仍是风味小吃。如在潮州常常可以看到肩挑芝麻茶的小贩们穿街过巷地叫卖。现熬的芝麻茶,又热又稠,香味四溢,路人坐下来慢慢品尝,回味无穷。从元曲中的芝麻茶到今天潮州的风味小吃,芝麻茶竟然有如此绵远悠久的历史传统,令人感觉仿佛时光永久地凝固在了中国人的味蕾上。元曲还反映了芝麻在元代社会生活中的作用。孙仲章杂剧《河南府张鼎勘头巾》楔子:"我要两件信物:芝麻罗头巾,减银环子。"刘君锡杂剧《庞居士误放来生债》第三折:"这的是大缸里打翻了油,沿路儿拾芝麻也。"以芝麻为喻体或取其形似,或取其神似,以表述生活中的事或物,不仅丰富了元代人的饮食生活,也丰富了元代人的语言生活,可见芝麻文化广泛而深刻的社会基础和丰富的文化内涵。

(3)贮存加工

食品贮存加工是对食文化深层审美的一种追求,是对美食的一种再创造。元代食品贮存加工的技术在继承中国古代食品贮存加工优秀传统的基础上,不断有所创新、有所发展。食品贮存加工主要是对那些尚未经过烹调的食物原料,进行一些保质保鲜的技术性处理。食物原料在空气中存放了一定时间后,由于其本身的微生物生命运动和食物中酶所进行的生物化学反应,会导致食物变质败坏,失去食用的意义。所以食品贮存加工一方面可以防止食物腐败变质,保证食物质量与卫生;另一方面,也可以通过某些贮存加工的方式方法,令食品具有不同的风味特色,扩大食品的品种类型,丰富人们的饮食生活。元曲记录了元代食品加工的干燥法、盐制法、糖制法等。

所谓干燥法,即对食物原料进行干燥处理的方法。因为水分是微生物生命活动中所必需的,当食物原料中水分降低到一定比例以下,就能抑制微生物活动,有助于食物原料的贮存。如无名氏杂剧《逞风流王焕百花亭》第三折提到的"松阳县软柔柔、白璞璞、蜜煎煎、带粉儿压匾的凝霜柿饼"、"日晒皱、风吹干、去壳的高邮菱米"、"酸不酸、甜不甜、宣城贩到的得法软梨条",就是采用干燥法加工处理的。

　　所谓盐制法,即是利用盐或其他配料,对新鲜食品原料进行腌制加工,主要是利用食盐的高渗透与微生物发酵及蛋白质水解的作用,以贮存食品和令食品别具色香风味。盐制法主要是以瓜蔬和肉类为主要对象。蔬菜腌制,如汪元亨小令［双调·沉醉东风］《归田》:"籴陈稻新舂细米,采生蔬熟做酸虀。"曾瑞小令［中吕·快活三过朝天子］《自误》:"肉肥甘酒韵美,多一口便伤食。家传一瓮淡黄虀,吃过后须回味。""黄虀"就是腌制的咸菜。"黄虀"在元曲中常用来表示清贫或寒酸。武汉臣杂剧《散家财天赐老生儿》第二折:"你若是执性愚顽不从我教,引孙也,我着你淡饭黄虀,一直饿到你老。"费唐臣杂剧《苏子瞻风雪贬黄州》第三折:"住的是小窗茅屋疏篱,吃的是粗羹淡饭黄虀,穿的是破帽歪靴布衣。"无名氏杂剧《汉钟离度脱蓝采和》第二折:"吃的是菜馊馅淡虀羹。"这里的淡饭黄虀,泛指很差的饭菜,代表了一种简朴寒苦的生活。

　　肉类食品腌制主要是利用食盐排出肉类中过多水分,食盐逐渐渗入肉纤维中,使肉类容易保存。元代肉类食品的腌制种类繁多,无名氏《居家必用事类全集》中例举有腌猪舌、四时腊肉、腌鹿脯、腌鹿尾、腌鹅雁、腌咸鸭蛋等的制作方法。肉类腌制食品也进入了元曲,如高茂卿杂剧《翠红乡儿女两团圆》第一折中"有新酿熟的白酒,旧腌下的肥鸡",曾瑞套数［般涉调·哨遍］《羊诉冤》中"折莫烹炮煮煎熛蒸炙,便盐淹将厄,醋拌糟焙"。从元曲中我们可知元代的肉类腌制虽在方法上基本沿用前代,但在工艺技术运用上已有一些突破,首先,"旧腌下的肥鸡",说明元代肉类腌制时间也较长。唐宋时期,一般肉类腌制多是二三天左右,但元代不管采用干腌湿腌,还是综合腌制,时间周期都比较长。如"腊肉,肉一斤,盐一两半擦之,压五六日,入酒糟或浊酒,翻转了,再压五日,背阴处晾干。……黑豆中藏,可过夏月"①。又无名氏《居家必用事类全集》"江洲岳府腊肉法":"新猪肉打成段。用煮小麦滚汤淋过,控干。每斤用盐一两,擦、拌,置瓮中,三二日一度翻。至半月后,用好糟腌一二宿,出瓮。用元腌汁水洗净,悬于无烟净室。二十日以后,半干湿,以故纸封裹。用淋过净灰于大瓮中,一重灰一重

---

① (元)鲁明善:《农桑衣食撮要》,王毓瑚校注,农业出版社1962年版,第133页。

肉,埋讫,盆合置之凉处。经岁如新。"①看来元代的肉类腌制工艺复杂、时间周期长,技术工艺要求更高,这是增加腌制肉类食品美味厚味的保证。其次,"便盐淹将厄,醋拌糟焙",说明调配料应用更为广泛,特别是酒、醋在肉类腌制中的应用,似不见于前人。酒、醋可令肉类除腥去膻,增添脂香,前人多限于在烹调菜肴中用作调配料。元代把酒、醋应用在肉类腌制中,这是一个新的工艺处理方法,既可以增加风味,而且酒、醋具有一定的杀菌作用,对腌制肉类食品的贮存也具有重要意义。《居家必用事类全集》中就有"作条或片,去筋膜,微带脂,每斤用盐一两,天气暖和加分半。腌半日,入酒半升、醋一盏。经二宿,取出晒干"②的腌制羊鹿獐等肉的方法。可见,酒醋添加已成为当时腌制肉类中的重要技术原则。

元代还有将腌制的食品再晒干的习俗。如腊肉是一种肉经腌制后再经干燥(烘烤或日晒、熏制)而成的肉制品。腊肉具有防腐能力强,保存时间长的特点,还有特殊的风味,且吃法颇多,可蒸,可炒,可炖,可煨,其味醇香厚重,色泽深红光亮,是别具一格的食品。元曲中有多处描写了食用腊肉的情景,武汉臣杂剧《散家财天赐老生儿》第三折:"时遇清明节令,寒食一百五,家家上坟祭祖,我将着这春盛担子。红干腊肉,同着社长上坟去来。"关汉卿杂剧《山神庙裴度还带》第二折:"某来到这洛阳歇马,纷纷扬扬下着国家祥瑞,领着从人,将着红干腊肉、酒果杯盘,来至这城东邮亭上。"腊肉的种类很多,"红干腊肉"在元代是最流行的一种。因为红干腊肉既香美可口,又无水分,携带方便,保存期长,所以是人们清明寒食节踏青郊游的理想食品。再如无名氏杂剧《朱砂担滴水浮沤记》第一折:"大碗里酾的酒来,将些干盐来我吃两碗,酸过我那昨日的酒来。""干盐"即指晒干的腌咸菜或咸肉之类③。

糖制法主要应用在果品的贮存加工中,通常是以完整的果实或块状果

---

① (元)无名氏:《居家必用事类全集·饮食类》,邱庞同注释,中国商业出版社 1986 年版,第 74 页。

② (元)无名氏:《居家必用事类全集·饮食类》,邱庞同注释,中国商业出版社 1986 年版,第 76 页。

③ 王学奇:《元曲选校注》,河北教育出版社 1994 年版,第 1097 页。

肉经过糖渍和蜜煎而成,即今天所谓蜜饯、果脯一类的食品。元代用糖加工食品的技术方法更加成熟,已经形成一套完备复杂的工艺技术流程,为前人所不及①。如无名氏杂剧《逞风流王焕百花亭》中的"蜜和成、糖制就、细切的新建姜丝","婺州府脆松松、鲜润润、明晃晃、拌糖儿捏就的龙缠枣头",都是用糖制法加工的食品。有学者还考证,"龙缠枣头"的糖源可能是义乌东阳一带货郎所用的"作糖"。作糖是麦芽糖(或称饴糖)摔打出韧性而成。民间传说,宋代时义乌东阳一带就出现了卖作糖的敲糖商贩。敲糖佬向糖坊买了作糖后,将作糖压成一寸多厚的大"糖饼"。当年义乌东阳人就挑着糖饼,手拿糖刀和锤,长途跋涉,奔赴江苏、江西、湖南、安徽及浙江衢州、龙游等地敲糖。有的还在作糖中加入老姜磨成的粉,拌匀,反复搓揉,拉成条,再剪成粒,就是便于携带的生姜糖。②

　　豆腐由于味道鲜美和吃法花样繁多,流行得也非常快。豆腐在中国已有两千多年的历史,但名称在古代不叫豆腐叫黎祁,豆腐之称在宋代才出现。元朝时,豆腐成为副食中一个重要支系,成为上至皇家贵族,下至穷苦百姓的日常食品。元代诗人郑允端作豆腐诗曰:"磨砻流玉乳,蒸煮结清泉;色比土酥净,香逾石髓坚;味之有余美,玉食勿与传。"③写出了豆腐的色、香、味。另一元代诗人孙大雅曾作长诗咏豆腐,生动、流畅、有趣地叙述了古代制作豆腐的情景和过程,其中有句云:"戎菽来南山,清漪浣浮埃。转身一旋磨,流膏入盆罍。大釜气浮浮,小眼汤洄洄。顷待晴浪翻,坐见雪华皑。青盐化液卤,绛蜡窜烟煤。霍霍磨昆吾,白玉大片裁。烹煎适吾口,不畏老齿摧。"④从这首诗中看出,当时豆腐的制作已与现时基本相同:先磨豆浆,后入锅上灶煮,然后用青盐点卤,使豆浆凝固。豆腐制作简单,食用方便,鲜美可口,营养丰富,经济实惠,老少咸宜。元曲中对豆腐描写,如李文

---

　　① 陈伟明等:《元代食品贮存加工的技术与特色》,《华南理工大学学报》(社会科学版)2001年第3期。

　　② 华柯:《婺州枣为魁,细嚼堪平胃:金华是金丝蜜枣和南枣的原产地》,《义乌方志》2008年第2期。

　　③ 桑邑:《齐地味之旅》,山东大学出版社2007年版,第42页。

　　④ 刘珊珊:《豆腐生产工艺及其副产品加工利用》,黑龙江科学技术出版社2007年版,第720页。

蔚杂剧《同乐院燕青博鱼》第一折店小二诗云："百般买卖都会做,及至做酒做了醋。算来福气不如人,只是守着本分做豆腐。"张国宾杂剧《薛仁贵荣归故里》第一折:"我也再不习他黄公三略法,到的家里则把豆腐酒儿呷三钟。"杨显之杂剧《郑孔目风雪酷寒亭》第三折:"江南景致实堪夸,煎肉豆腐炒东瓜。"这些描写告诉我们,元代的豆制品做法和吃法已经很多,有干有汁,可荤可素,可煎可炒,是深受元代人青睐的食品。

元曲中也见面筋的记录。关汉卿杂剧《刘夫人庆赏五侯宴》第三折:"闲时磨豆腐,闷后珊面筋。"李寿卿杂剧《月明和尚度柳翠》楔子:"师父,徒弟这两日正想豆腐、面筋吃哩。"面筋是面粉经人工淘洗去粉后制成的食品,从元曲中的描写可知,元朝时面筋已与豆腐齐名,广泛用于副食烹饪之中了①。

（4）食器之美

美食、美味辅之以美器,追求三者的和谐统一,浑然一体,也在元曲中有生动的记叙。如汤舜民小令［双调·湘妃引］《送友归家乡》中对肴馔、餐具交辉相映的描绘:"麟脯行犀箸,驼峰出翠釜,都不如莼菜鲈鱼。"葱翠的玉盆、名贵的犀牛角筷子、紫色的驼峰、乳白色鲈鱼、碧绿的莼菜,色调和谐清丽,秀色可餐,色香味形器和谐自然,可以说达到了水乳交融、至善至美的绝妙境地。他的另一首小令［双调·风入松］《钱唐即景》"北窗下美酒盈卮,翠碗蔗溶蜜汁",也是一幅将美器美食美景融为一景的描写。另外,白描高手徐再思小令［南吕·阅金经］《水亭开宴》中的"犀箸银丝鲙,象盘冰蔗浆,池阁南风红藕香",吕止庵小令［仙吕·后庭花］《酒兴》中的"一声金缕词,十分金菊卮。金刀分甘蔗,金盘荐荔枝",张国宾杂剧《相国寺公孙合汗衫》第一折张义饮酒赏雪时的唱词"正遇着初寒时分,您言冬至我言春。既不沙,可怎生梨花片片,柳絮纷纷? 梨花落砌成银世界,柳絮飞妆就玉乾坤。俺这里逢美景,对良辰,悬锦帐,设华裀。簇金盘罗列着紫驼新,倒银瓶满泛着鹅黄嫩"等,也都是食与器和谐搭配的生动写照。用美器烘托美食,不仅仅是对美食表层的烘托、外形的渲染,更是对美食内在的表达、内涵的诠释。

---

① 王赛时:《元代的主食结构与副食内容》,《四川烹饪高等专科学校学报》2007 年第 3 期。

元曲中对民间普通食器的描写也栩栩传神。如刘时中小令[双调·折桂令]《农》中的"瓦钵瓷瓯,村箫社鼓,落得妆愚",薛昂夫套数[正宫·端正好]《高隐》中的"闲时节疏林外磁瓯瓦钵,盛摘下些生桃硬果",邓玉宾套数[正宫·端正好]中的"问甚木碗椰瓢,村醪桂香",以古朴、简素瓷碗、瓦钵配家常的饭菜,体现出食肴与食器之间的一种自然素朴之美,反映了元代民间百姓崇尚自然朴素、开朗健康的审美观念。

2.特色饮食

元朝的建立,是中国古代农牧两大文化系统有机结合的典范。大规模的民族交错杂居、共处融合,为进行文化交流提供了广阔的空间,出现了多元文化交相辉映的局面。这种样貌反映到饮食层面,便是饮食文化呈现出的多元化色彩——不仅有大量的汉族传统食物,而且还有不少"蒙古饮食"、"回回饮食"、"女真食馔"、"畏兀儿茶饭"和"高丽糕点"等美味佳肴的群芳竞艳。元曲中对具有浓郁的民族饮食食品的描写真实可感。归纳元曲中的特色食品描写主要是以下两个方面:

一是蒙古族独特的民族饮食文化深刻影响了中国北方的饮食。颇具草原风情的民族风味已不限于本民族享用,而成为适应性极广的大众化菜肴。高文秀杂剧《黑旋风双献功》第三折李逵道:

一罐子羊肉泡饭。哥哥不吃,我自家吃。

马致远杂剧《破幽梦孤雁汉宫秋》第二折汉元帝唱:

怕娘娘觉饥时吃一块淡淡盐烧肉,害渴时喝一杯儿酪和粥。

武汉臣杂剧《包待制智赚生金阁》第一折郭成道:

我见他兽炭上烧羊肉,金杯中泛酹醴。

无名氏杂剧《逞风流王焕百花亭》第二折王焕唱:

金杯浮蜡蚁春,红炭炙肥羊肉。

无名氏杂剧《风雨像生货郎旦》第四折驿子托肉上云:

大人,一签烧肉,请大人食用。

乔吉杂剧《杜牧之诗酒扬州梦》第一折杜牧之唱:

大官羊,柳蒸羊,馔列珍馐。

李文蔚杂剧《破苻坚蒋神灵应》楔子庙官云:

大人去了也。小道无甚事，捣蒜吃羊头去也。我做道官爱清幽，一生哈答度春秋。捣下青蒜醦下酒，柳蒸狗肉烂羊头。

萧德祥杂剧《杨氏女杀狗劝夫》第一折孙大云：

兄弟每慢慢的把盏者。将羊背子来做按酒，快活吃。

"羊肉泡饭"、"盐烧肉"、"烧羊肉"、"炙肥羊"、"柳蒸羊"、"羊背子"等，都是独具特色的蒙古游牧民族的食品。其中"柳蒸羊"是最具有蒙古特色的烧烤食品。忽思慧《饮膳正要》载："羊一口带毛。于地上作炉三尺深，周回以石，烧令通赤，用铁芭盛羊，上用柳子盖覆土封，以熟为度。"①即先在地坑中做一个三尺高的炉子，炉内可容一只整羊，周围用柴草等将炉身烧红，用铁丝网盛收拾好的整羊放入炙热的炉中，然后用柳枝覆盖，再用土封好，待羊肉焖烤熟后，取出割其肉蘸调料食用。可见，柳蒸羊制作复杂讲究。

"羊背子"更是形质兼美的食品。羊背子，蒙语称"乌察"或"秀斯"，是蒙古族最喜欢的名贵菜肴，只有在婚嫁喜事、老人祝寿或祭祀、重大节日或接待贵宾时才能见到。羊背子根据其用途分为宴席羊背子、礼物羊背子和供品羊背子。宴席用羊背子，要选肥尾大羯羊；祭祀、敬神、敬佛用羊背子，要用当年羊羔；礼品羊背子，要挑选肥瘦重量适中的羊。羊背子也称羊五叉，实际上是一种摆放特别的整羊手把肉，大的有七八十斤重。其制作方法和食法是，将"全羊由背上第七肋骨直至尾部割为一段，再割四肢、头、颈、胛各为一件，带尾入锅。其煮之火候，约为食时许，即达脆嫩之度。煮过久则肉老不堪食矣。用大铜盆盛之以奉客。客执餐刀画羊背上的十字形，礼也。然后庖人操刀，先由背上左右，各割取三条，跪而进之客。客食前，亦必割赏庖人一二条，然后自用刀割食之"②。上席时，将大块羊肉在托盘内摆成整羊形状，主人以随身佩戴的直柄蒙古小刀割下羊耳、羊尾敬神明，尔后再敬客人。敬毕，撤去盘中羊头及四肢，插上供客人用的餐刀，请客人随意割切来吃。

能够展现蒙古族游牧民族特点的食品还有醍醐。王伯成杂剧《李太白

---

① （元）忽思慧：《饮膳正要》，李春方译注，中国商业出版社 1988 年版，第 92 页。
② 李汶忠：《中国蒙古族科学技术史简编》，科学出版社 1990 年版，第 288 页。

贬夜郎》第二折：

> 止渴青梅,灌顶醍醐。

乔吉杂剧《李太白匹配金钱记》第三折：

> 此酒胜甘露醍醐。

王举之小令［双调·折桂令］《羊羔酒》：

> 杜康亡肘后遗方,自堕甘泉,紫府仙浆。味胜醍醐,酿欺琥珀,价重
> 西凉。

醍醐,俗称纯酥油,是从牛奶中提炼出来的精华。颜色呈红黄,可入馔,可制酒。醍醐源自印度,元代以前传入,元代开始普及。《饮膳正要》中记载:"取上等酥油,约重千斤之上者,煎熬,过滤净,用大磁瓮贮之,冬月取瓮中不冻者,谓之醍醐。"①醍醐质地细腻润滑,味极甘美,有顺气暖肚作用,为蒙古族人供佛的佳品。虽然元曲中没有直接描写醍醐,但以醍醐比酒,也让我们感知到醍醐的美味。醍醐这一带有浓厚少数民族特色的食品,丰富了元代人民的饮食生活。

二是罗列了不少回回食品。"回回"即今天"回族"的别称。回族、回民、回回、回回人,是回族人至今还沿用的称呼,其中尤以"回回"一词使用的年代久远。"回回"一词最早见于北宋沈括的《梦溪笔谈》,指7世纪以来唐人所称的"回纥"或"回鹘",由于唐宋时期回族尚未形成,因此,同伊斯兰教没有联系。南宋时"回回"主要泛指西域穆斯林民族、国家和地区。元朝改变了宋朝对外来文化的吸收几达停滞状态的不良局面,使中国西部和北部的边界处于开放状态,中亚和西亚穆斯林大规模迁居中国,造成"回回遍天下",具有伊斯兰文化背景的回回(西域)人的饮食风俗也带到了中原。元曲中如实地反映了这一现实,如无名氏杂剧《十探子大闹延安府》第二折厨子云:

> 我做厨子实是标,偏能蒸作快烹炰。诸般品物全不爱,只在人家偷
> 胡椒。自家厨子的便是。

回回官人云:

---

① （元）忽思慧:《饮膳正要》,李春方译注,中国商业出版社1988年版,第132页。

　　兀那厨子,圣人言语,着俺这八府宰相在此饮酒,你安排的茶饭都不好吃。霍食买在必牙,有什么好吃的? 郭食木儿哈呐鸡,郭食呵厮哈呐马,郭苏盘曷厮哈呐羊,郭食羊哈呐牛,郭食曷厮哈呐鹅,哈哩凹甜食下,都是三菩萨。济哩必牙,吐吐麻食,偌安桌食所儿叺,霍食买在必牙。烧羊里无卤汁,软羊里少杏泥,圆米饭不中吃,安排的茶饭无滋味。经历,与我拿出去打四十者。

杨显之杂剧《郑孔目风雪酷寒亭》第三折郑州城外酒店的店小二说:

　　小人江西人。姓张名保,因为兵马嚷乱,遭驱被掳,来到回回马合麻沙宣差衙里,往常时在侍长行为奴作婢。他家里吃的是大蒜臭韭,水答饼,秃秃茶食。我那里吃的? 我江南吃的都是海鲜,曾有四句诗道来:(诗云)江南景致实堪夸,煎肉豆腐炒东瓜。一领布衫二丈五,桶子头巾三尺八。

　　回回食品的引入,不仅丰富了中华民族的饮食内容,一定程度上影响了元代人的饮食结构和饮食风格,而且生动地体现了各民族饮食习惯的相互影响。由上述我们可知:第一,回回食品的主要特点是以食牛羊肉为主。第二,元代传入的回回饮食与中国传统饮食最大的区别是其独特的佐料配方。将香料加入菜肴中,注重运用香料和羊肉混和烹饪,是回回茶饭的一个显著特点。配以香料烹饪,可以使回回茶饭更加味美可口。第三,元时不仅形成了中华民族饮食文化中独具特色的回回茶饭,且在当时北方已经相当流行,还出现了专业厨师——回回厨子,这在中华民族饮食文化史上是一件了不起的大事。第四,在元代饮食业的经营中,出现了雇佣关系。如果厨子的烹饪"茶饭无滋味",就"拿出去的打四十者",反映了一种典型的雇佣关系。这种雇佣关系,"给社会经济带来了新的活力因素,有助于以后资本主义生产关系萌芽的发生发展"[①]。第五,体现南北区域特征的食风在元代已经相当鲜明。"大蒜、臭韭、水答饼、秃秃茶食"是回回常吃的食物,素食和海鲜是南方人喜爱的食品。

　　3.食养食疗

　　在我国的食文化中还有一个极其重要的内涵,就是食疗法。食疗,即食

---

① 陈伟明:《唐宋饮食文化初探》,中国商业出版社 1993 年版,第 96 页。

治,是以饮食治疗疾病的意思。食疗在中国有悠久的历史。从周代起,宫廷内就设了专职从事饮食调理工作的"食医"(相当于现代的营养科医生),负责周天子的饮食,《周礼·天官·食医》:"食医掌和王之六食、六饮、六膳、百羞、百酱、八珍之齐"①,以此来主持"养护之道"。秦汉时,饮食问题更受到人们的普遍重视。1973 年底,在长沙马王堆汉墓出土的《五十二病方》,是我国现已发现的最早的古医方。其中收载的可用于食疗或食补的食物约占全部药物的三分之一还多。书中有不少食物与药物共同组成的方剂,如书中治"诸伤"的方剂中就由甘草、肉桂、姜、椒、酒等组成②。汉代出现的中国第一部药物学专著《神农本草经》共收载 365 种药物,其中有不少食物如枣、藕、胡麻、瓜子、海蛤、苦菜、葡萄、粟米等被列为具有强身保健、延年益寿的上品药③。还有汉代的张仲景、唐代的孙思邈都对中国食疗学发展作出了贡献。从食物中发掘滋补、食疗的作用,在元代也是相当普遍的风气。忽思慧的《饮膳正要》在"食疗诸病"类中列有"羊脏羹"、"羊骨粥"、"羊脊骨羹"、"白羊肾羹"、"猪肾粥"、"枸杞羊肾粥"、"鹿肾羹"、"羊肉羹"、"黑牛髓煎"等医治肾虚劳损、阳道衰败、腰膝无力等症的食疗方;在"诸般汤煎"类中列有桂浆、桂沉浆、荔枝膏、五味子汤、人参汤、仙术汤、杏霜汤、山药汤、四和汤、枣姜汤、茴香汤、破气汤、白梅汤、木瓜汤、橘皮醒醒汤等补益脾胃功效的食疗方。在另外一些食谱中,还记载有补气、补肾、生津、理肺功效的砂仁,能活血、补血的羊肉,健脾暖胃的红枣等制作的佳肴。元曲也不乏食疗养生的记载,这里仅举汤食为例。如李行甫杂剧《包待制智赚灰阑记》楔子张海棠的母亲对马员外说:

　　　　员外,我今日为孩儿张林不孝顺,与老身合气,你讨些砂仁来送我,做碗汤吃。

　　同剧第一折马员外云:

　　　　则被这小贱人直气杀我也!大嫂,怎生这一会儿我身子甚是不快?你可煎一碗热汤儿我吃。

---

① (清)阮元校刻:《十三经注疏》,中华书局 1980 年版,第 667 页。

② 马王堆汉墓帛书整理小组:《五十二病方》,文物出版社 1979 年版,第 27 页。

③ (清)顾观光辑:《神农本草经》,兰州大学出版社 2009 年版,第 1—5 页。

关汉卿杂剧《感天动地窦娥冤》第二折窦娥给婆婆做羊肚儿汤时的唱词：

> 但愿娘亲早痊济，饮羹汤一杯，胜甘露灌体，得一个身子平安倒大来喜。

无名氏杂剧《海门张仲村乐堂》楔子同知云：

> 小官衙门中回来，身子有些不好。夫人，安排一碗酸汤来，我吃者。

蔡婆婆想吃的"羊肚儿汤"，是蒙古族食品。忽思慧《饮膳正要》列举的当时时尚美食中即有此汤。砂仁汤也是元代人极其推崇的食疗品。砂仁是热带和亚热带姜科植物的果实或种子，是中医常用的一味芳香性药材，主要作用于人体的胃、肾和脾，能够行气调味，和胃醒脾。砂仁常与厚朴、枳实、陈皮等配合，治疗胸脘胀满、腹胀食少等病症。李行甫杂剧《包待制智赚灰阑记》中张海棠的母亲与儿子生气后，第一时间想到的就是这碗砂仁汤，可见其在元代人心目中的地位之重。汤是最能体现元代人食疗观的一道食品。身体欠安时，喝一碗添加了治疗性药物又热气腾腾的羹汤，既可口又营养。药食合一，以食代药，通过饮食达到防治疾病的目的，古老的"医食同源"的传统在元代得到了进一步的发扬。

除了汤，元曲中清凉饮料的记载也颇为诱人，如乔吉杂剧《杜牧之诗酒扬州梦》第一折中的"酌几杯锦橙浆洗净谈天口"，孔文卿套数[南吕·一枝花]《禄山谋反》中的"解余醒荔枝浆寒"，曾瑞小令[中吕·喜春来]《夏》中的"金杯冷酌琼花酿，玉笋冰调荔子浆"，张可久小令[越调·寨儿令]《湖上避暑》中的"蔗浆寒素手调冰"，无名氏《玉清庵错送鸳鸯被》第四折中的"怕哥哥害渴时冰调些凉蜜水"，汤舜民[双调·风入松]《钱唐即景》中的"翠碗蔗溶蜜汁"等。这些清凉饮料不仅营养丰富，还兼有防病治病的功能，是备受元代人喜爱的饮料。

元曲还有一些蔬菜水果的药用价值被元代人浪漫化、神圣化的例子，如刘唐卿杂剧《降桑椹蔡顺奉母》第四折蔡顺与母亲的一段对话：

> （正末云）母亲，这桑椹子，休看的他轻也。（唱）他可便蒙雨露开花蕊。（卜儿云）将来，我吃几个。……孩儿也，我吃的够了，与我抬了者。（正末云）母亲，这一会儿病体如何？（卜儿云）孩儿，我吃了这桑

椹子,这一会身体如旧时一般,觉我无了病也。

此段可以视为元代人挖掘和发现水果药用价值的一个典型例证。剧中延氏为赶上庙烧头香,起得早了些儿,感了些寒气,一卧儿不起,饮食少进,睡卧不宁。儿子蔡顺忧虑万分,为报母亲养育之恩,他四处求医问药并一再对天祷告:"愿将己身之寿,减一半与母亲。"一日,体衰病重眼看不济的延氏忽思桑椹食用,可寒冬腊月,万木凋零,哪来此物?儿子设案焚香,祈求神明,叩头出血,滴泪成冰,孝意真诚,结果感动上帝,隆冬变阳春,漫山遍野的桑树都结满果子,延氏食果后顿时沉疴去体。

也许是因为元代人对桑已有了非常成熟的认识,如王祯《农书》即总结出了六种常用的桑树嫁接方法。让某种果蔬反季节生长本是一个虚构的、浪漫的故事,元曲利用这个浪漫的故事彰显了孝子孝感的行为,形象化地诠释了元代的孝文化。这种诠释为我们留下了一份值得永远珍视与弘扬的宝贵文化遗产。

也许是元代人看到了桑的经济价值。桑在中国是一种十分古老的植物。中国是世界上最早种桑、养蚕、织丝的国度,两千多年前就把丝绸出口欧洲。桑树全身是宝,其中桑叶的经济价值最大,桑叶饲蚕,人所共知。蚕丝织绸制衣,这一系列的生产活动与中国人的生活关系密切,所以古人总是千方百计要让桑叶长得茂盛。桑叶还能做桑叶茶、桑叶面、桑叶饼等,桑也是中药材,有祛风散热、清肺润燥、清肝明目之功效。桑皮纤维既是人造丝的高级原料,又可做成优质桑皮纸或白报纸。桑根皮的中药名为"桑白皮",主治肺热喘咳、水肿尿少、糖尿病、骨折等症。在维吾尔族中,桑木是制作民间乐器的最好材料。它还能作木碗、地板、家具。桑木和杏木、沙枣木一样,被认为是烤肉的最好燃料。尤其是桑椹的成熟在5月,比杏子还抢先一步。在食品不丰足的时代,一株桑树就是一张丰盛的"餐桌",人们可以一直吃到麦子成熟,吃到瓜果飘香。桑的这种习性,让元代人大胆地、浪漫地将桑椹的早熟推到了更早的隆冬,因为元代人认为植物中只有桑,才可以担当起元代的孝感文化。

其实,无论是将桑椹的早熟推到隆冬,还是食桑椹后病体大愈,都是元代人崇拜桑的一种意识反映。桑本是一种极平常的落叶乔木,然而,在我国古代,人们不仅视其为一种神异之木而加以崇拜,且赋予其丰富的社会文化内涵。元代人的桑崇拜自然有元代人沿袭历史的原因,而更深层的原因是桑与元代的农业生产和民间伦理生活的需求密切相关。元曲有大量赋予桑多重文化象征意蕴的描写,主要有以下几点:一是植桑描写。刘唐卿杂剧《降桑椹蔡顺奉母》第三折桑树神云:"园内开花我最奇,封为绫锦树神祇。蚕虫食叶生丝广,结果能充腹内饥。吾神乃桑树神是也。我枝叶荣旺,生长青肥。桑条弄翠影,桑叶有阴浓。那山妻采叶,喜柔条续续连青。稚子攀枝,爱紫椹重重带黑。吾神根蟠数丈,岁久年深,助蚕作茧,广织纱罗。吾神在园林中显耀,惟我独魁也。奉上帝敕令,封君神为绫锦之神。"刘秉忠小令[双调·蟾宫曲]《四时游赏联珠四曲》:"杨柳如烟,穰穰桑条。"字罗御史套数[南吕·一枝花]《辞官》:"春风桃李,夏月桑麻。"薛昂夫套数[正宫·端正好]《高隐》:"养春蚕桑叶忙剀,着山妻上布织梭。"马谦斋小令[越调·柳营曲]《太平即事》:"庄前栽果木,山下种桑麻。"吴西逸小令[中吕·红绣鞋]《山居》:"蕨薇嫩山林趣味,桑麻富田野生涯。"汤舜民小令[双调·庆东原]《田家乐》:"黍稷秋收厚,桑麻春事好,妇随大唱儿孙孝。"陈草庵小令[中吕·山坡羊]:"江山如画,茅檐低厦,妇蚕缫婢织红奴耕稼。务桑麻,捕鱼虾。"马致远套数[双调·新水令]《题西湖》:"山上栽桑麻,湖内寻生涯。"这些描写可以说是当时农村经济的实录。二是桑是故乡的情思。由于古人常在住房周围栽上桑树、梓树,后来桑梓便成为家乡的代名词。《诗经·小雅·小弁》讲:"维桑与梓,必恭敬止",看到桑树与梓树,就肃然起敬,引出对父母、家乡的怀念之情。无名氏杂剧《风雨像生货郎旦》第三折张三姑唱词:"趁一村桑梓一村田,早难道玉楼人醉杏花天。"三是桑是时间的象征。马致远杂剧《半夜雷轰荐福碑》第一折:"枉短檠三尺挑寒雨,消磨尽这暮景桑榆。"郑廷玉杂剧《崔府君断冤家债主》第三折:"正遭逢太平时序,偏是我老不着暮景桑榆。"张养浩小令[双调·沉醉东风]:"恰才桃李春,又早桑榆晚。"姚燧小令[中吕·醉高歌]《感怀》:"西风吹起鲈鱼兴,已在桑榆暮景。"由于桑的年代久远,古人认为老木具有返老还童之药效,故以桑来形容时间的久长、变化的巨大。四是桑比喻太阳。在神话传说中,扶桑是太阳鸟栖息的"家园"和升天的"梯子",每天早上,一个神鸟驮着一个太阳从东方汤谷升起后,就沿着扶桑树枝慢慢爬上天空。因此,扶桑是一种太阳神树。马致远杂剧《吕洞宾三醉岳阳楼》第三折:"婆罗树,扶桑树,八九千年。"李好古杂剧《沙门岛张生煮海》第四折龙王诗云:"一轮红日出扶桑,照曜中天路杳茫。"吴昌龄杂剧《张天师断风花雪月》第二折陈世英诗云:"金乌振翼上扶桑,何故迟迟画景长。"徐琰小令〔双调·蟾宫曲〕《青楼十咏·九·晓起》:"恨无端报晓何忙? 唤却金乌,飞上扶桑。"五是男女的幽会之地。如石君宝杂剧《鲁大夫秋胡戏妻》写罗梅英嫁秋胡为妻,成亲三日,秋胡被征从军,梅英在家侍养婆婆。十年后,秋胡得官回乡,在桑园调戏梅英,梅英回家见轻薄男子正是自己的丈夫,决意与秋胡断绝关系。后经婆婆劝解,梅英原谅秋胡,夫妻团圆。这些朴真而无烟火气、随物赋性的桑神化和崇拜的情节的描写,以及其间透露出的没被掩盖尽的"桑林淫奔"巫俗文化的痕迹,深刻有力和鲜明感人地阐释了元代人对桑崇拜的原因和习俗,揭示了元代桑文化丰厚的文化内涵,也从不同方面给我们进一步理解元代人的食疗养生观提供了帮助。

总之,一株桑树站在那里,就如同站在已逝的时光中,让我们看到了勤勉的元代人日复一日的播种、祈求、丰收、报谢,完成着生命的流动;感受到了"孝感"民俗学深厚的文化底蕴,感受到了元代人对大自然的敬畏,对桑树的崇拜。

4.饮食惯制

元代人在讲究食养食疗的同时,也讲究饮食的规范,这种规范在元曲中有比较系统的总结:

一是元代节日饮食制度继承前代并更加完善,特别是元代民间节日饮食更加多彩。如元日饮椒酒,"椒花颂万代歌谣,柏叶杯九酝葡萄"①;立春日吃春盘,"春盘宜剪三生菜"②;社日饮社酒、食社肉,"趁欢娱饮数杯。醉归"③,"赛社处王留宰猪"④;寒食清明节食饧粥,"春日暄,卖饧天,谁家绿杨不禁烟"⑤;端午节食粽子、饮菖蒲,"角黍盘,菖蒲酿。榴花亭上,来日庆

---

① 汤舜民套数〔正宫·端正好〕《元日朝贺》。
② 元好问小令〔中吕·喜春来〕《春宴》。
③ 张养浩小令〔中吕·朝天曲〕《村乐》。
④ 赵显宏小令〔中吕·满庭芳〕《耕》。
⑤ 无名氏小令〔中吕·迎仙客〕《二月》。

端阳"①,"酒泛菖蒲。丹漆盘包金角黍"②;乞巧节吃巧果、笑靥,"团圈笑令心尽喜,食品愈稀奇。新摘的葡萄紫,旋剥的鸡头美,珍珠般嫩实"③;中秋节饮新酒,"中秋夜,饮玉卮,满酌不须辞"④;中秋节是中国传统的大节之一,至元、中秋的节俗食品中特别值得一提的是"月饼",这一食品在元曲中并未记载,说明尚未普及。重阳节饮茱萸、菊花酒,"登临欢酌菊花杯"⑤,"紫萸荐酒人怀旧,红叶经霜蟹正秋"⑥。由于自古以来就有重阳登高习俗,糕,谐音"高",所以重阳节食品以"面糕"、"蒸饼"为重。元曲中不见对这种食俗的描写,相反,吃蟹的描写却成了常见,如王实甫套数[商调·集贤宾]《退隐》:"到秋来醉丹霞树饱霜,绽金钱篱菊秋,半山残照挂城头,老菱香蟹肥堪佐酒。正值着登高时候,染霜毫乘醉赋归休。"重阳佳节正值九月,此时蟹膏黄肥厚、肉质细嫩,滋味特别鲜美,正是美啖螃蟹的大好季节。这些节日食品,丰富了元代的节日内容,成为元代丰富多彩的食文化的组成部分。

需要指出的是,从元曲看,元代没有形成新的节日饮食习俗,流行于元代民间的节日饮食,有不少唐宋时期就流行,这体现了节日饮食习俗发展的连续性。但与唐宋时代的节日食俗相比,元代的节日饮食习俗含有更多的商品经济因素。元代的每一种节日食品,几乎都在市场上有销售,每逢岁时节日,销售节食的商贩众多,它反映出元代商品经济的发达和饮食业经营的兴旺。

二是一日三餐制的普遍化。一日三餐制是汉唐以来被人们普遍承认的饮食制度。秦汉以前,一日两餐。汉代初年,一日两餐与一日三餐并行,但后者已经得到社会的广泛认可并得以逐渐推广。汉代以后,我国大部分地区都主要实行早、午、晚三餐制,古称"三食"。唐时按礼仪天子一日四餐,诸侯一日三餐,平民两餐。宋时百姓开始三餐制。随着大运河道的开通、海运的开始,运到大都的粮食日益充沛,一日三餐的饮食习惯在元代普及开

---

① 汤舜民小令[正宫·脱布衫带小梁州]《四景为储公子赋凤阳人·夏》。
② 无名氏杂剧《阀阅舞射柳蕤丸记》第四折。
③ 杜仁杰套数[商调·集贤宾北]《七夕》。
④ 无名氏小令[商调·梧叶儿][十二月·八月]。
⑤ 曾瑞小令[中吕·喜春来]《遣兴·秋》。
⑥ 无名氏小令[中吕·喜春来]《重阳》。

来。如贾仲明杂剧《荆楚臣重对玉梳记》第一折中有"每日家三餐饱饭要腥荤,四季衣换套儿新"的说法,无名氏杂剧《孟德耀举案齐眉》中也有"一日送三餐茶饭去,则与小姐食用"的说词。无名氏杂剧《包待制陈州粜米》第三折张千云"他但是到的府州县道,下马升厅,那官人里老安排的东西,他看也不看,一日三顿,则吃那落解粥",关汉卿杂剧《感天动地窦娥冤》第一折窦娥道"想当初你夫主遗留,替你图谋,置下田畴,早晚羹粥,寒暑衣裘"。可见,"一日三餐"已成为元代民间常用的成语,并形成一日三餐有两粥的食习惯。薛昂夫套数〔正宫·端正好〕《高隐》:"早晨间豆粥吃三碗,收晚来薑汤做一锅,暖炕上和衣卧。"《析津志·风俗》说大都的一些工匠,早晚两顿吃水饭,中午以饼充饥。这种一日三餐有两粥的食模式,当时已十分普遍。

以上大致梳理元曲中的食文化描写,目的是考察元代食文化的形态特征、成因与走势。虽然仅凭元曲的记录,我们不能奢望悉睹八百年前的元代食生活全貌,但元曲里丰富多彩的食文化的记载,特别是一些具有元朝时代特点的食风尚,为我们展示了一幅元代的市井百态风俗画卷,让我们站到了时代的高峰去看遥远的元代的社会风貌,感受到精深浩瀚的祖国传统文化的强大魅力。

二、元曲里的酒俗

酒在中国文化长河中,随着历史的演进和社会的发展,不断壮阔,浩荡奔流。像水银泻地,无孔不入地入诗入文、入经入典、入医入药、入风入俗,进入人们生活的各个角落。历史悠久、内涵丰富的酒文化不但是中国文化的一个分支,又是从整体上认识中国文化的一个重要角度。元曲以百科全书式的容量,全面和深刻地展现了元代的酒文化,表现了元代社会炽烈的尚饮风气和社会各阶层风格迥异的饮酒风俗,也映现出元时代丰富多彩的社会生活,为我们提供了观察和研究元代酒文化的新视角。

（一）酒　　品

元代的酒,比起前代来丰富许多。特别是蒸馏法传入中原后,更是酒品迭出,并孕育、催生了一批名动中外的名酒。元曲描写了大量以酿造原料命名,酿造地命名,酿造时辰命名,酿造方式命名以及以色香味俱佳、灌注了浓郁的中国传统文化的酒,记录了众多饶有趣味的名酒,其中有许多酒,如兰陵酒、金华酒、鲁酒、宜城酒、桑落酒、刘伶醉等至今依然深具影响力。

1.以酿造原料命名的酒

就世界范围而言,酒的种类因原料而异,主要分粮食酒、果制酒和奶制酒三大类。从元曲的描述来看,当时制酒的原料主要有粮食类、果物类、花草类、动物类等,大致分为粮食酒、果品酒和配制酒三种。

（1）粮食酒

粮食酒是以各种粮食为主要原料加以发酵酿制而成的酒。元代以汉族为主的广大农业区,主要饮用各种粮食酒。元曲中描写的粮食酒主要有黄酒、米酒、水酒、白酒、投脑酒、打剌苏、烧酒、头烧酒、烧刀酒等。

黄酒又称老酒、饭酒,是我国起源最早、饮用最普遍的酒。黄酒由稻米或黍米等谷物为原料,以酒麯经过制醪发酵、压榨分离、煮酒灭菌、入窖陈酿等工序而成,因其酒色黄亮、性热、味甘甜醇厚而名。黄酒的特点主要有三:一是度数低,糖度适中,香气浓郁,醇厚可口,色泽明亮,呈琥珀色;二是营养价值特别高。黄酒虽然酒精含量较低,热能却很高,具有补气养血、健脾益胃、舒筋活血、祛风通络等功能。黄酒当中所含的营养成分也很丰富。科学分析表明,黄酒中含有十七种氨基酸,其中八种是人体所必需的,其含量不仅超过了日本清酒,也远远超过了啤酒和葡萄酒[①];三是用途广泛,用法多样,并且有其独特的调味功能。国内知名的黄酒按产地分有绍兴的加饭酒、福建的沉缸酒、山东的即墨老酒、江苏的丹阳封缸酒、辽宁的大连黄酒等。黄酒是元代以前我国各地几乎都饮用的酒。元代依然以这种酒为主。元曲对黄酒作了大量的描写,贾仲明杂剧《吕洞宾桃柳升仙梦》第一折梁园馆酒

---

① 关立勋:《中国文化杂谈》(九),燕山出版社1997年版,第56页。

保云："酒店门前三尺布,人来人往寻主顾。黄酒做了一百缸,九十九缸似头醋。"无名氏杂剧《十探子大闹延安府》第一折刘荣祖说："俺准备些肥草鸡儿、黄米酒儿。"无名氏杂剧《朱砂担滴水浮沤记》第一折邦老云："我则是多吃了那几碗黄汤,以此赶不上他。"从这里不难看出,当时人们所喝的酒,大多数应该是黄酒。

马可·波罗在他的游记中有大量关于酒的记载。在《契丹省酿制的酒》一章中记载长江以北大部分地区的饮酒情况说:"契丹省大部分居民饮用的酒,是用米加上各种香料和药材酿制成功的。这种饮料,或称为酒,十分醇美芳香。他们简直认为,没有什么东西能比它更能令人心满意足的了。这种酒清香扑鼻,甘醇爽口。温热之后,比其他任何酒类更容易使人沉醉。"①书中记载云贵地区的酒说:"不是用葡萄酿制的,而是用小麦和米,掺以香料酿制的。"在大理,他记载说,"本地土地肥沃,盛产稻米和小麦",当地人"用谷物,加入香料,酿制成酒,清香可口"。他还记载更遥远的大理以西地方的酒,当地人的酒"用米酿制,掺进多种香料,是一种上等的酒品"。这些记载均提到了"米"加上各种"香料"的酿制技艺,还提到"温热之后"的饮酒方式,说明马可·波罗在中国见到了以米酿制的黄酒。这种酒在今天陕北年节习俗中也可见到。每年腊月中下旬开始造酒。其酿造方法,第一步制"糵"。用热水将麦子(或加五分之一玉米)焯浸十多分钟后,倒掉水,装入瓦盆,盖上盖儿;几天后,发芽半寸,倒出晒干或放入锅里烘干;然后,用石碾子压碎成粉,用细罗筛出麸皮,"糵"便做成了。可见糵是出芽的谷物制成的"麹",是酿酒用的发酵剂。酿酒时,把浸泡过的黄米压成面,过筛后入锅蒸,蒸的过程中掀盖将面团打散。面熟后,拌入"糵",十斤米放一斤"糵",兑冷开水,置于瓦盆中发酵。数日后变稠粥状,酒香溢出,即成米酒原浆。将原浆舀出兑水,边添柴加温,边用细筛子将团粒筛出,至煮沸,即为米酒,也趁热饮用。②

米酒又称甜酒,也是元代人最常饮、最熟悉的粮食酒。米酒和黄酒有很

---

① [意大利]马可·波罗:《马可波罗游记》,陈开俊等译,福建科学技术出版社1981年版,第124页。

② 王克明:《浊酒一杯说糵醴》,《博览群书》2008年第10期。

多近似之处,因此有些地方也把黄酒称为"米酒"。无名氏杂剧《玎玎珰珰盆儿鬼》第一折酒店小二上场诗:"别家做酒全是米,我家做酒只靠水。"曹德小令[双调·沉醉东风]《村居》:"江糯吹香满穗秋,又打够重阳酿酒。"关汉卿杂剧《包待制智斩鲁斋郎》第二折张珪唱词:"将一杯醇糯酒十分的吃。"无名氏杂剧《朱砂担滴水浮沤记》第一折王文用唱词:"则你这醇糯酒浑如靛青,我且饮一盏消闲兴。"高文秀杂剧《好酒赵元遇上皇》第一折赵元唱词:"吃了这发醅醇糯,胜如那玉液琼浆。"从元曲的描写可知:第一,米酒是以糯米、粳米等稻米系列为原料酿制的。其中,用糯米为原料酿制的称糯酒;第二,米酒是浑浊的酒;第三,米酒酿制工艺简单,口味香甜醇美,既可作为饮料,又可作调料,用途非常广泛,几乎适宜于一切人。

水酒是用黍、稷、麦、稻等为原料加酒麴经糖化、酒化直接发酵而成,汁和滓同时食用,即古人所说的"醪"。水酒是元代酒中品种最多、饮用最为普遍的一类酒,也是元曲中描写最多的酒之一。如郑廷玉杂剧《崔府君断冤家债主》第一折楔子张善友为上朝进取功名的哥哥崔子玉饯行:"哥哥,兄弟有一壶水酒,就与哥哥饯行,到城外去来。"这里的水酒,是谦称自己请客时的酒。关汉卿杂剧《邓夫人苦痛哭存孝》第一折李存孝夫人唱词:"置造下珍羞百味,又不比水酒三杯。"这里的水酒,指味淡的薄酒。不忽木套数[仙吕·点绛唇]《辞朝》:"但得黄鸡嫩,白酒熟,一任教疏篱墙缺茅庵漏。则要窗明炕暖蒲团厚,问甚身寒腹饱麻衣旧!饮仙家水酒两三瓯,强如看翰林风月三千首。"这里的水酒,指度数极低的白酒,其酿造方法是用米麦煮后拌和酒药,密封发酵而成,很难醉人,故可饮"两三瓯"而不醉。

扶头酒因酒性浓烈、易使人醉而得名。扶头,指醉后状态①。元曲中对扶头酒的描写主要有如下含义:其一,指饮酒。乔吉小令[中吕·满庭芳]《渔父词》:"携鱼换酒,鱼鲜可口,酒热扶头。"秦简夫杂剧《晋陶母剪发待宾》第一折:"你则待扶头酒寻半碗,谒人诗赠几篇。"其二,形容醉态。亦谓醉倒。钟嗣成小令[双调·凌波仙]:"光禄酒扶头醉,大官羊带尾撑。"盍西村小令[越调·小桃红]《西园秋暮》:"小糟细酒,锦堂晴昼,拚却再扶头。"

---

① 顾学颉、王学奇:《元曲释词》一,中国社会科学出版社1983年版,第589页。

无名氏小令［仙吕·村里迓鼓］《四季乐情》："正值着丰年稔岁，太平箫鼓，酒醒时节再扶头。"其三，酒醉醒后又饮少量淡酒用以解醒，一般在早晨饮用。卢挚小令［双调·蟾宫曲］《乐隐》："醉时方休，醒时扶头。"徐再思小令［仙吕·一半儿］《病酒》："昨宵中酒懒扶头，今日看花惟袖手，害酒愁花人问羞。"无名氏杂剧《海门张仲村乐堂》第一折："我则索睡彻三竿红日晓，觉来时一壶浊酒再扶头。"

粮食酿造的酒，除了上述几种外，元曲中还提到一种"投脑酒"。宫天挺杂剧《生死交范张鸡黍》第一折即将上任的王仲略，在赴任路途的一个酒店里要店小二"打二百钱脑儿酒来。若没好酒，浑酒也罢"。无名氏杂剧《包待制陈州粜米》第三折小衙内云："俺两个在此接待老包，不知怎么，则是眼跳。才则喝了几碗投脑酒，压一压胆，慢慢的等他。"无名氏杂剧《瘸李岳诗酒玩江亭》第二折出了家的牛员外与妻子赵江梅白："要吃酒呵，走到那酒店门前，打个稽首。恼儿酒，干榨酒，冷酒热酒，吃了便走。"从以上例句中我们可知：一是投脑酒又称脑儿酒、恼儿酒、头脑；二是头脑酒确是一种酒，有暖身烫寒壮胆的功效；三是投脑酒饮用的时间一般为早晨，多充早餐之用；四是投脑酒有好酒、浑酒之分。它是一味遍及大江南北、从元朝一直流行到清季的民间食品。迄今在山西、河南、江西等地仍可见遗风，如驰名中外的太原风味"头脑汤"，又称"八珍汤"，就是古代头脑酒的延续。因主要有黄酒（或以黄酒糟）、羊肉、煨面、黄芪、藕根、长山药、良姜等七味原料，故称"八珍汤"。加工方式则是先把羊肉煮熟并切成块，山药、藕块去皮成形并蒸熟；面粉放入蒸笼中蒸三个小时后成煨面。这些准备工作做好后，再做汤，把原来熬羊肉的熟汤烧沸，将煨面置于翻滚的汤中，搅拌成糊状，稠稀达到挂勺不糊勺为好，再掺入足量的黄酒即可。食用时，先将羊肉、藕块、山药置于碗中（若量多应先预热），再注入滚汤，用腌韭菜、葱花、姜末、芫荽等为佐料即成。太原人认为，头脑酒有益气调元、活血健胃、滋补虚损的功效，早晨食用效果更好。所以早年太原人天不亮就起来吃头脑酒，也叫"赶头脑"，需要挂灯笼照明，所以经营头脑的酒店饭馆门前都挂一盏纸灯笼作标志，这个习俗一直流传至今。在南方许多地方，民间秋后初冬做糯米甜酒，食用时，也有在热酒中冲生鸡蛋，或煮荷包鸡蛋、桂圆的。此亦是古代头脑酒在南方的遗风①。

蒸馏酒是指用蒸馏法制造含酒精量较高的饮用酒,称谓有阿剌吉酒、阿尔奇酒、阿里乞酒、哈剌基酒、轧赖机酒②、白酒或烧酒等。我国蒸馏酒创制于何时、源于何地,国内外持不同意见的争论已达数十年之久。大致有蒸馏酒创自元代说,创自宋代说,创自唐代说,创自东汉说,以及通过蒙古人于12世纪传入说等。虽然学术界关于蒸馏酒出现时间存在不同意见,但可以确定的是,只有到元代才出现完整意义上的蒸馏酒,成为人们的主要饮用酒,这一说法已成为共识。印证这一说法的文献资料有很多,其中元代画家朱德润在其创作的文学作品《轧赖机酒赋》中对蒸馏酒的制作方法作了生动、详细地描写,还把元代人对蒸馏酒的态度也写进了赋中:

> 至正甲申冬,推官冯仕可惠以轧赖机酒,命仆赋之,盖译语谓重酿酒也……观其酿器扃钥之机,酒候温凉之殊,甑一器而两圈铛,外环而中洼,中实以酒,仍械合之,无余少焉,火炽既盛,鼎沸为汤。包混沌于郁蒸,鼓元气于中央。薰陶渐渍,凝结为炀。瀚渤若云蒸而雨滴,霏微如雾融而露瀼。中涵既竭于连爐,顶溜咸濡于四旁。乃泻之以金盘,盛之以瑶樽,开醴筵而命友,醉山颓之玉人。……曲生复蹙额而前曰:噫!当今之盛礼,莫盛于轧赖机,盖达官之所荐,豪家之所施,子居隘陋,曾不之知。③

从《轧剌机酒赋》中我们可以得到如下的信息:一是"轧剌机"酒又叫"重酿酒";二是对这种酒的制作方法进行现场演示用的"酒候温凉之殊,甑一器而两圈铛"的酿器就是蒸馏烧酒的蒸馏器;三是"瀚渤若云蒸而雨滴……泻之以金盘,盛之以瑶樽"、"醉山颓之玉人"的酒就是蒸馏烧酒;四是这种蒸馏酒很贵重,是当时文人仁大夫"当今之盛礼"④。

除了朱德润的记述,忽思慧在《饮膳正要》中也对阿剌吉酒的制造工

---

① 吴晓龙:《〈金瓶梅词话〉"头脑"考》,《上海师范大学学报》(哲学社会科学版)2006年第5期。

② 王赛时:《中国烧酒名实考辨》,《历史研究》1994年第6期。

③ 朱德润:《存复斋文集》,台湾学生书局1973年版,第78—81页。

④ 崔利:《从元代朱德润〈扎剌机酒赋〉看中国蒸馏酒起源》,《酿酒》2011年第1期。

艺、性味、功效、主治、毒性有比较全面的介绍:"阿剌吉酒,味甘、辣,大热,有大毒。主消冷坚积,去寒气。用好酒蒸熬取露,成阿剌吉。"①元末明初学者叶子奇在《草木子》中云:"法酒,用器烧酒之精液取之,名曰'哈剌基',酒极浓烈,其清如水盖酒露也。"②"哈剌基"是轧剌机的另一译名。叶子奇明确地提到了"轧剌机"就是"酒极浓烈,其清如水。盖酒露也"的蒸馏酒。加上近年国内重大考古发现成果颇丰,如成都水井街酒坊、江西李渡镇烧酒作坊等遗址,尤其李渡镇烧酒作坊遗址以清晰的炉灶、晾堂、酒窖、蒸馏设施等遗迹印证元代蒸馏酒及其烧造技术的完善,为我国白酒酿造工艺的起源和发展至迟在元代或更早提供了珍贵的实物资料和有力证据。

元曲中蒸馏酒的记载很多,有"打剌酥"、"打剌孙"、"打剌苏"、"答剌苏"、"答剌孙"等叫法。无名氏杂剧《小尉迟将斗将认父归朝》第二折李道宗唱:

去买一瓶儿打剌酥吃着耍。

刘唐卿杂剧《降桑椹蔡顺奉母》第一折白厮赖云:

哥也,俺打剌孙多了,您兄弟莎搭八了,俺牙不约儿赤罢。

"牙不约儿赤"系蒙古语,"走"之意。

无名氏杂剧《雁门关存孝打虎》第二折李克用道:

安排着筵会,金盏子满斟着赛银打剌苏。

"赛银",亦作"撒因"。蒙古语音译,意为"好"、"好的"。

关汉卿杂剧《邓夫人苦痛哭存孝》第一折李存信白:

米罕整斤吞,抹邻不会骑,弩门并速门,弓箭怎的射?撒因答剌孙,见了抢着吃,喝的莎塔八,跌倒就是睡。

一分儿小令[双调·沉醉东风]:

喜觥筹席上交杂。答剌苏频斟入礼厮麻,不醉阿休扶上马。

"礼厮麻",蒙古语音译,意为酒杯。足见有元一代,"打剌苏",不仅是蒙古人喜爱的一种饮料,也是中原地区人民普遍喜爱喝的酒。

---

① (元)忽思慧:《饮膳正要》,李春方译注,中国商业出版社1988年版,第251页。
② (明)叶子奇:《草木子》,中华书局1959年版,第68页。

"烧酒"专指透明无色、酒精浓度较高的蒸馏酒,有头烧酒、烧刀酒的别称。关于烧酒,目前学术界有不同的认识。一些学者认为"烧酒"一词出现于唐代,自唐而后一直沿用,并且均是特指蒸馏酒,即今天人们所说的"白酒"[1]。也有一些学者认为,唐代的烧酒法是一种低温加热法,采用微火慢炊,大体上类似于现代酿酒业的"巴氏灭菌法"[2]。唐人把经过"烧"法加热处理的酒称为"烧酒",这种"烧酒"并不是蒸馏酒[3]。元代烧酒的酿造过程复杂,酒精度高,醇香干冽,能给人极大的刺激。无名氏杂剧《孟德耀举案齐眉》第四折张小员外诗云:"他家试煞卖弄,打的屁股能重。烧酒备下三瓶,到家自己暖痛。"无名氏杂剧《十探子大闹延安府》第三折探子云:"大人做事忒乔,拿住我则管便敲。俺两个自家暖痛,头烧酒呷上几瓢。"王仲文杂剧《救孝子贤母不认尸》第二折令史云:"外郎,中场事多亏了你,叫张千去买一壶烧刀子与你吃咱。"看来烧酒是很受市井乡野底层百姓喜爱的。

（2）果品酒

果品酒是以各种果品和野生果实为原料,采用发酵酿制法制成的各种低度饮料酒,可分为发酵果品酒和蒸馏果品酒两大类。在元代流行的果品酒中,以葡萄酒最受欢迎、最为普及,成为时尚的饮料,受到蒙古族人和汉族人的普遍欢迎。

宫廷中葡萄酒消费十分巨大,主要用于宴会饮用、帝王赏赐和宫廷祭祀等活动中。马可·波罗记述他在上都皇族盛宴上时,看到一个极大、装饰得极为富丽堂皇的饮料槽,里面分成几格,装着各种饮料,其中最多的是葡萄酒,人们用装饰美丽的大"杓"随意舀出饮用。汤舜民套数［正宫·端正好］《元日朝贺》记述了葡萄酒在宫廷消费中的情况:

> 椒花颂万代歌谣,柏叶杯九酝葡萄。

民间也有很大的消费群体,文人聚会常以葡萄酒助兴,吟诗联句。高文秀杂剧《须贾大夫谇范叔》第二折:"你那里葡萄酒设销金帐,罗绮筵开白玉堂。"张可久小令［中吕·山坡羊］《春日二首》:"芙蓉春帐,葡萄新酿,一声

---

① 赵荣光:《中国饮食文化史》,上海人民出版社 2006 年版,第 126 页。
② 王赛时:《唐代食物》,齐鲁书社 2003 年版,第 160 页。
③ 王赛时:《中国烧酒名实考辨》,《历史研究》1994 年第 6 期。

[金缕]樽前唱。"吴西逸小令[中吕·红绣鞋]《春醉》:"紫葡萄满泛金钟,寻芳人在小帘栊。"无名氏小令[仙吕·醉中天]:"酒饮葡萄酿,橙泛荔枝浆。"无名氏套数[正宫·汲沙尾南]《四景》:"捧玉觞。葡萄酿,酒友诗朋齐歌唱,玉山颓沉醉何妨。"乔吉杂剧《李太白匹配金钱记》第三折:"这的是葡萄新酿出凉州。"凉州(今甘肃武威)自古盛产葡萄,质量也最上乘。

　　元朝之所以成为我国古代葡萄酒业和葡萄酒文化的鼎盛时期,原因很多,其中元世祖十分重视葡萄栽培与葡萄酒生产是原因之一。据《元史》卷七十四记载,元世祖忽必烈至元年间,祭宗庙时,所用的祭品中,酒采用"潼乳、葡萄酒"①。"潼乳"即马奶酒。至元二十八年五月(1291),元世祖在"宫城中建葡萄酒室"②。元世祖时任翰林侍读的郝经有一首《葡萄》诗,形象地描写了元朝统治者对葡萄酒的喜爱及元代生产葡萄酒的盛况:

　　　　忽忆河陇秋,满地无歇空。

　　　　支离半空架,串草十里洞。

　　　　拇乳积成岸,颒瘀接梁栋。

　　　　一派玛瑙浆,倾注百千瓮。

　　　　往岁见沙陀,回鹘正来贡。

　　　　诏赐琥珀心,雪盛瓶尽冻。

　　　　查牙饮流渐,气压黑马湩。③

　　诗人对葡萄酒的评价高于马奶酒。从诗中可知,河陇即河西与陇右地区,在今宁夏、甘肃的河西走廊地区,并包括青海以东地区和新疆以东地区和新疆东部有一望数十里的葡萄园,到了秋天,酿成的葡萄酒达"千百瓮"。葡萄种植面积之大,地域之广,酿酒数量之巨,都是前所未有的。诗中告诉我们,当时回鹘等民族的使节来京时,元朝的皇帝用葡萄酒赏赐他们。因天气寒冷,瓶中的葡萄酒都已结冰,使节们还是带冰饮下,并觉得结了冰的葡萄酒比马奶酒好喝。

　　需要说明的是,元代酿造葡萄酒的方法与前代不同。以前中原地区酿

① (明)宋濂等撰:《元史》,中华书局1997年影印本,第1845页。
② 王岗:《北京城市发展史·元代卷》,燕山出版社2008年版,第30页。
③ (清)顾嗣立:《元诗选》,中华书局1987年版,第395页。

造葡萄酒,用的是粮食和葡萄混酿的办法,元代则是把葡萄捣碎入瓮,利用葡萄皮上带着的天然酵母菌,自然发酵成葡萄酒。如哈剌和州(今新疆吐鲁番)酿造葡萄酒的方法是:"酝之时,取葡萄带青者。其酝也,在三五间砖石甃砌干净地上,作甃瓷缺嵌入地中,欲其低凹以聚,其瓮可容数石者。然后取青葡萄,不以数计,堆积如山,铺开,用人以足揉践之使平,却以大木压之,覆以羊皮并毡毯之类,欲其重厚,别无曲药。压后出闭其门,十日半月后窥见原压低下,此其验也。方入室,众力挤下毡木,搬开而观,则酒已盈瓮矣。乃取清者入别瓮贮之,此谓头酒。复以足蹙平葡萄滓,仍如其法盖,复闭户而去。又数日,如前法取酒。窖之如此者有三次,故有头酒、二酒、三酒之类。直似其消尽,却以其滓逐旋澄之清为度。"①这种方法后来在中原等地被普遍采用。元代中期诗人周权的《葡萄酒》诗就形象地记述了葡萄栽培方法和葡萄酒的生产工艺:

> 翠虬天矫飞不去,颌下明珠脱寒露。
>
> 累累千斛昼夜春,列瓮满浸秋泉红。
>
> 数宵酝月清光转,秾腴芳髓蒸霞暖。
>
> 酒成快泻宫壶香,春风吹冻玻璃光。
>
> 甘逾瑞露浓欺乳,曲生风味难通谱。
>
> 纵教典却骅骝裘,不将一斗博凉州。②

葡萄园里的葡萄藤被固定在架子上,弯曲而有气势,枝上挂满一串串葡萄。寒露节气前后,采摘葡萄。采收来的葡萄,要趁新鲜昼夜不停地在臼中捣碎放入瓮中发酵。几天之后发酵完毕,成为清亮浓醇的葡萄酒原液。接着,将葡萄酒原液放入蒸馏锅进行蒸馏,蒸馏出来的葡萄酒醇香四溢。经过冬季的贮藏后,还要利用北方初春的寒冷,将酒冷冻以提高酒的质量。这样酿成的葡萄酒,甘芳酷烈,要比马乳酒浓郁清醇,与用粮食发酵而成的酒风味也完全不同。

此外,由于葡萄种植业和葡萄酒酿造业的大发展,饮用葡萄酒不再是王

---

① (元)熊梦祥:《析津志辑佚》,北京图书馆善本组辑,北京古籍出版社1983年版,第239页。

② 万伟成选评:《酒诗三百首》,南方日报出版社2002年版,第29页。

公贵族的专利,平民百姓也能饮用葡萄酒。这从元曲中可以找出例证。如汪元亨小令[双调·雁儿落过得胜令]:"柴门尽日关,农事经春办。登场禾稼成,满瓮葡萄泛。"就是民间自种葡萄,自酿葡萄酒的写照。

葡萄酒的生产在一定程度上促进了果制酒的发展。熊梦祥在《析津志》中记枣酒和椹子酒:"枣酒,京南真定为之,仍用些少曲蘖,烧作哈剌吉,微烟气甚甘,能饱人。椹子酒,微黑色,京南真定等处咸有之,大热有毒,饮之后能令人腹内饱满,若口、齿、唇、舌,久则皆黧。"①宋末元初词人、学者周密在《癸辛杂识》中记写梨酒:"其家有梨园,其树之大者,每株收梨二车。忽一岁盛生,触处皆然,数倍常年。以此不可售,甚至用以饲猪,其贱可知。有所谓山梨者,味极佳,意颇惜之,漫用大瓮储数百枚,以缶盖而泥其口,意欲久藏,旋取食之。久则忘之,及半岁后,因至园中,忽闻酒气熏人,疑守舍者酿熟,因索之,则无有也。因启观所藏梨,则化之为水,清冷可爱,湛然甘美,真佳酝也,饮之辄醉。回回国葡萄酒止用葡萄酿之,初不杂以他物,始知梨可酿,前所未闻也"②。元曲描写了得人喜爱的黄柑酒。黄柑酒始创于北宋,用柑橘酿制而成。柑橘是当时产量最大的水果之一,因此黄柑酒的酿制应十分普遍。黄柑具有明亮、温暖、容易动人的色感,酿成酒之后更是色泽鲜艳、芳香四溢。王恽小令[越调·平湖乐]《辛卯九月二十五日夜,解衣欲睡,适有饮兴,顾樽湛余醑,灯缀玉虫而乐之。然酒味颇酷,乃以少蜜渍之。浮大白者再,觉胸中浩浩,殊酣适也。仍以乐府[绛桃春]歌之》:"少年鲸吸酒如川,甘苦从人劝。老大含饴最深恋,要中边,一甜掩尽黄柑酽。更怜中有,百花风味,一笑为君妍。"用味蕾体会那果香四溢带来的或丰腴、或朴实、或甘美的感官享受,享受陶然之乐,怡然自得!

(3)配制酒

配制酒是以发酵原酒、蒸馏酒或食用酒精为酒基,加入可食用的植物的花、茎、叶、根、果实、果汁,动物的骨、角、蛋、躯体,以及其他呈色、呈香、呈味

---

① (元)熊梦祥:《析津志辑佚》,北京图书馆善本组辑,北京古籍出版社1983年版,第239页。

② (宋)周密:《癸辛杂识》,吴企明点校,中华书局1988年版,第130页。

的物质,采用浸泡、曲酿、煎煮、炮炙、勾兑、蒸馏等不同工艺调配而成的酒①。由于酿酒技术的提高,以及蒸馏酒工艺的普及,元代配制酒种类较唐宋更加繁多,但总的来说可分为植物类配制酒和动物类配制酒两大类,其中植物类配制酒以具有保健功能的菖蒲酒、茱萸酒、松醪、桂酒、柏叶酒、椒花露、竹叶青等为代表;动物类配制酒以北方游牧民族的传统饮料羊羔酒为代表。元曲中描写的用植物的茎、叶、花、根、汁制成的配制酒显得风流蕴藉、姿色感人。如张可久小令[双调·沉醉东风]《眉寿楼春夜》:

> 更尽荼蘼酒一壶,强似听西园夜雨。

无名氏小令[中吕·朝天子]:

> 杜康,醉乡,竹叶樽琼花酿。

乔吉小令[正宫·醉太平]《乐闲》:

> 唤樵青、椰瓢倾、云浅松醪剩。

张可久小令[黄钟·人月圆]《山中书事》:

> 松花酿酒,春水煎茶。

王仲元套数[中吕·粉蝶儿]《道情》:

> 明石洞爇松膏,这的是仙家活计了。

无名氏小令[中吕·喜春来]《重阳》:

> 紫萸荐酒人怀旧,红叶经霜蟹正秋。

无名氏小令[中吕·迎仙客]《五月》:

> 结艾人,赏蕤宾,菖蒲酒香开玉樽。

汤舜民小令[正宫·脱布衫带小梁州]《四景为储公子赋·凤阳人·冬》:

> 柏叶杯,椒花颂。管弦齐动,明日送残冬。

高文秀杂剧《好酒赵元遇上皇》第三折:

> 问什么秋泉竹叶青,九酝荷叶杯。

无名氏小令[双调·沉醉东风]:

> 饮竹叶金杯兴阑,咏桃花彩扇诗悭。

---

① 杨印民:《帝国尚饮:元代酒业与社会》,天津古籍出版社 2009 年版,第 70 页。

　　荼蘼酒、琼花酿、菖蒲酒、茱萸酒、松醪、桂酒、柏叶酒、椒花露、竹叶青均是植物配制的酒。这些植物配制的酒保留了植物的本色、本香,酒借药力,药助酒功,相得益彰,达到了食疗养生与服药保健的完美结合。荼蘼酒,也作酴醾酒,是一种用荼蘼花熏香或浸渍的酒。荼蘼又名酴醾、佛见笑、重瓣空心泡,是蔷薇科攀援灌木,通常多白色,别一种为蜜黄色,所以酴醾又别称"沉香密友"。由于荼蘼酒香味宜人,一直受到饮酒人的青睐。琼花酿是取琼花中露珠为液,还是借助琼花雅名已不得而知,但从元曲记载知晓,琼花酿是元代备受青睐的酒。菖蒲酒是用菖蒲叶浸泡的被民间认为具有驱疫防病作用的药酒,又叫蒲酒、菖华酒、蒲觞,早在汉代已名噪酒坛。菖蒲叶形如剑,故称"蒲剑",又因近水而生,而名"水剑",全株有香气。菖蒲有益智宽胸、耳聪目明、去湿解毒之效,因而古人将其看作是治邪之物。用菖蒲浸泡的酒,酒色金黄微翠绿,清亮透明,不但酒味更加甘醇爽口,而且可以避免因酒精副作用导致肠胃功能的损伤。端午节饮用菖蒲酒,有辟邪驱瘴、强健体魄,避免在这一年生病之意。松醪酒是用松脂、松根、松花、松针等多种松料酿制的酒。古人认为,松树是长青植物,其枝节树脂都含有养生的功能,以松料制酒,对人有益。元代人喜欢养生,为了滋补长寿,配制出各种松酒。松花酒是用松花浸渍的酒。松树一般在四五月开花,将雄球花摘下,晒干,搓下花粉,除去杂质,即可用来酿酒。松花所具有的清香融合酒香,形成了松花酒独特的风味,具有养血息风、润肺益气的医疗作用。桂酒是以桂树的枝干、果实或花朵入酒,取其香气浓郁。桂酒的历史悠久,战国时期已酿有桂酒,在《楚辞·九歌》中有"奠桂酒兮椒浆"的记载。南宋叶梦得在《石林避暑录话》卷上有"刘禹锡《传信方》有桂浆法,善造者暑月极快美,凡酒用药,未有不夺其味,况桂之烈,楚人所谓桂酒椒浆者,安知其为美酒"①的记载。据《搜神记》载彭祖长寿是因为吃桂枝,《说文解字》说桂是"百药之长";《本草纲目》认为桂的药用价值为:"坚筋骨,通血脉,理疏不足,宣导百药,无所畏。久服,轻身不老。"②桂酒的益处由此可见,如此养生良方当然

---

① (宋)叶梦得:《石林避暑录话》,上海书店出版社 1990 年版,第 3 页。
② (明)李时珍:《本草纲目》,校点本,人民卫生出版社 1977 年版,第 1927 页。

是元代人的最爱。椒花酒也称椒浆，是一种用椒花浸泡制成的香料酒。早在春秋战国时期已经很受重视，汉代时有春节饮用椒花酒的习俗。南朝梁宗懔《荆楚岁时记》中有"俗有岁首酌椒酒而饮之，以椒性芬香，又堪为药，故此日采椒花以贡尊者饮之，亦一时之礼也"①的记载。如今，桂酒椒浆已在历史的尘埃里消失了它们的踪影，而元曲里留下的芳名，令我们遐想。柏叶酒，是用柏叶浸制的酒。柏树的寿命很长，自古被尊为"百木之长"，古人因此相信吃柏叶和柏实可以长生，而且还偏爱在古柏上采集枝叶、球果作药。松脂、柏叶服食具有辟谷延龄的作用，更为道家所推崇，谓之为"上品仙药"。古代习俗，取其叶浸酒，元旦共饮，以祝长寿和辟邪。竹叶青亦作竹叶清，简称竹叶。竹叶被古人当作清香物料串香酒体，很早就有记载，如晋朝张景阳《七命》云："乃有荆南乌程，豫北竹叶。"②北周庾信《春日离合诗二首》："三春竹叶酒，一曲鹍鸡弦。"③酒经竹叶浸制后色泽金黄带绿，纯净透明，香甜适中，柔和爽口，有淡淡的苦味而无强烈的刺激感。竹叶酒起源于战国时期，南北朝时已深受社会各方人士喜爱。竹叶酒的酿制方法最初仅是在酒液中浸泡嫩竹叶，以取得淡绿清香的色味。自从白酒普遍生产和饮用以后，配入竹叶青的酒基多以白酒为主。

　　用动物的骨、角、蛋、躯体，以及其他呈色、呈香、呈味的物质加其他配料混合酿成的酒，其重要的功能是解渴、补充水分，且营养十分丰富，在一定程度上也能起到充饥的作用。游牧民族在多数情况下没有固定的居所，迁徙过程中寻找水源及食物常常十分困难，因此这种便于携带又解渴除乏的酒就受到游牧民族的喜爱。同时，随着契丹、女真、蒙古族等游牧民族的入主中原和统一中国，这种酒以及制酒方法也带到了汉人的日常生活中。由于这种酒度数不高，不易醉人，醇香而微酸，乙醇含量很少，不但清凉解暑，而且具有很高的滋补药用价值，有滋脾养胃、除湿、消积、利便、消肿的作用，广泛被汉民族饮用并流行大江南北。关汉卿杂剧《邓夫人苦痛哭存孝》第一折李克用云：

① （南朝梁）宗懔：《荆楚岁时记》，宋金龙校注，山西人民出版社1987年版，第8页。
② （南朝梁）萧统：《昭明文选》，中州古籍出版社1990年版，第494页。
③ 逯钦立辑校：《先秦汉魏晋南北朝诗》，中华书局1983年版，第2409页。

番、番、番,地恶人奔,骑宝马,坐雕鞍,飞鹰走犬,野水荒山,渴饮羊酥酒,饥餐鹿脯干。

马致远杂剧《马丹阳三度任风子》第一折马丹阳上场诗云:

就中滋味无人识,傲杀羊羔奶酪浆。

李直夫杂剧《便宜行事虎头牌》第二折:

只得问别人借了几文钱。可买的这一瓶儿村酪酒,待与我那第二个弟兄祖钱。

王实甫杂剧《四丞相高会丽春堂》第四折:

你与我拂绰了白象床,整顿了销金帐,高擎着鹦鹉杯,满捧着羊羔酿。

刘唐卿杂剧《降桑椹蔡顺奉母》第一折:

尽今生乐陶陶,饮香醪,满捧羊羔。

王举之小令[双调·折桂令]《羊羔酒》:

杜康亡时后遗方,自堕甘泉,紫府仙浆。味胜醍醐,酿欺琥珀,价重西凉。凝碎玉金杯泛香,点浮酥凤盏熔光。锦帐高张,党氏风流,低唱新腔。

汤舜民小令[双调·湘妃引]《自述》:

凤髓茶温白玉壶,羊羔酒泛金杯绿。

无名氏套数[南吕·一枝花]《四景·冬》:

金盏内羊羔满泛,红炉兽炭频添。

这些描写从味、色、价等方面对元代羊羔酒进行了非常细致的描绘,反映了元代人对此酒的了解和喜爱。羊酥酒,即羊奶酒,以羊奶为原料进行酿制,是少数民族常用饮料。另一种元代人癖好的饮料是酪。酪主要有三种,"即水果制成的果酪、乳制成的乳酪和谷物制成的米酪"①。三种"酪"中的酒精含量均不高。村酪酒是元代北方乡村以马乳制成的酒类饮料。这种酒即便含有酒精,其含量也不高。羊羔酒,是元曲中记载较多的一种配制酒,最晚在宋代已有酿造。其酿制方法,无名氏在《居家必用事类全集》中介

---

① [英]李约瑟:《中国科学技术史》第六卷,科学出版社2006年版,第205页。

绍："用精羊肉五斤，用炊单裹了，放糜底蒸熟，干，批作片子。用好糯酒浸一宿，研烂，以鹅梨七只去皮核，与肉再同研细，纱滤过，再用浸肉酒研滤三四次。用川芎一两为末，入汁内搅匀。泼在糯米脚、糜肉下脚。用曲依常法。"①是将精羊肉蒸熟，用糯酒浸泡，经发酵、去糟渣而成，成酒后色如冰清，香如幽兰，味赛甘露，具有大补元气，健脾胃，益腰肾的作用。羊羔酿、羊羔美酒、羊羔，都是羊羔酒的别称，说明它在元代的流行。文化是本土和外来映像的微妙混合，是打碎、糅合并重新再塑造的结果。从这个意义上讲，是酒使元代的文化处于永恒的流动状态。

2.以酿造季节命名的酒

元曲中对以酿造季节命名的酒的描写也是色香味俱全。如春酒，无名氏杂剧《瘸李岳诗酒玩江亭》第二折："造成春夏秋冬酒，醉倒东西南北人。"郑廷玉杂剧《布袋和尚忍字记》第一折："玉盏光浮春酒熟，金炉烟袅寿香烧。"王恽小令[越调·平湖乐]："会须满载，百壶春酒，挝鼓荡风猗。"张可久小令[双调·折桂令]《寿溪月王真人》："春酒霞觞，雷文翠鼎，宝篆琼符。"曹德小令[正宫·小梁州]《侍马昂夫相公游柯山》："听我歌，为君寿。一杯春酒，一曲[小梁州]。"吴西逸小令[中吕·红绣鞋]《山居》："绿香春酒瓮，红润晓花枝。"

"春酒"指春季酿制的或春季酿成的酒。最早出现于《诗·豳风·七月》："八月剥枣，十月获稻；为此春酒，以介眉寿。"这类酒，因为酿制的时间较长，不经过蒸馏提炼，所以酒味醇浓。北魏贾思勰在《齐民要术》卷七《笨曲并酒》曾详细记载了这类酒的酿法："十二月朝取流水五斗，渍小麦曲二斤，密泥封。至正月二月冻释发，漉去滓，但取汁三斗，杀米三斗，炊作饭，调强软，合和，复密封。数十日便熟。"②按照这个工艺，需要数月之久才能酿成好酒。相传饮用此酒，可延年益寿。

元曲还记载了很多以春命名的酒，如李文蔚杂剧《同乐院燕青博鱼》第三折燕青唱：

---

① （元）无名氏：《居家必用事类全集·饮食类》，邱庞同注释，中国商业出版社1986年版，第45—46页。

② （北魏）贾思勰：《齐民要术》，中华书局1956年版，第109页。

[叫声]我恰才便横饮到两三巡,灌得我来酩酊,酩酊犹未醒,(带云)怪道我这脚翘趄站不定呵,(唱)原来那一盏盏都是瓮头清。

高文秀杂剧《好酒赵元遇上皇》第一折:

教我断消愁解闷瓮头香。

关汉卿杂剧《温太真玉镜台》第一折温峤唱:

恰才立一朵海棠娇,捧一盏梨花酿,把我双送入愁乡醉乡。

康进之杂剧《梁山泊李逵负荆》第一折李逵唱词:

你与我便熟油般造下春醅酒,你与我花羔般煮下肥羊肉。

马致远杂剧《吕洞宾三醉岳阳楼》第一折吕洞宾唱词:

写道是岳阳楼形胜偏雄壮,更压着你洞庭春好酒新炊酝。

薛昂夫小令[中吕·朝天曲]:

岳阳三醉洞庭春,卖墨无人问。

卢挚小令[中吕·喜春来]《赠伶妇杨氏娇娇》:

香添索笑梅花韵,娇殢传杯竹叶春。

瓮头清、梨花酿、春醅酒、洞庭春、竹叶春均为美酒名。"瓮头清"、"瓮头香"即"瓮头春"。唐代孟浩然《戏题》诗:"客醉眠未起,主人呼解醒。已言鸡黍熟,复道瓮头清。"[1]可见,瓮头清早在唐朝就是文人们喜欢饮的酒,在元代依然享有盛誉。梨花酿便是梨花春,又称"梨花酒"、"趁梨花"。因其趁梨花飘香时酿制而得名,气味馥郁,洁白清冽,唐代时就是美酒。洞庭春,是洞庭春色的省称,以黄柑酿就。宋苏轼《洞庭春色》诗序:"安定郡王以黄柑酿酒,谓之洞庭春色,色香味三绝。"[2]竹叶春即竹叶酒,是我国历代都生产的名酒。

桑落酒也是以时辰命名的酒。桑落酒是我国传统的历史名酒,其名称来源有"桑落"是"索郎"的音转说、源于出自桑落河的地名说、指酿酒的季节说[3]等。其中秋末冬初桑落时酿成之说,认同较多。一些学者认为,桑落酒在秋天酿制,其时正值桑叶落而得名,有三方面的理由:一是先秦已出现

---

① 孙建军、陈彦田:《全唐诗选注》,线装书局 2002 年版,第 1266—1267 页。
② (宋)苏东坡:《苏东坡全集》,毛德富等编,燕山出版社 1998 年版,第 348 页。
③ 闫艳:《唐诗食品词语语言与文化之研究》,巴蜀书社 2004 年版,第 314—315 页。

"桑落"一词。《诗经·卫风·氓》:"桑之未落,其叶沃若。"郑玄笺云:"桑之未落,谓其时仲秋也。"《荀子·宥坐》篇杨倞注:"桑落,九月时也。"一般来说,桑落在秋末冬初,不冷不热,这时被认为是酿酒的最佳时令。二是从《齐民要术·笨曲并酒》记载的"笨曲桑落酒法"看,桑落指季节的说法比较可靠。贾思勰记载:酿制桑落酒"以九月九日日未出前,收水九斗,浸曲九斗"①,这种于秋后桑叶飘落的季节制作的酒工艺复杂,但酿成后"香美势力,倍胜常酒"②。三是在秋天酿成之说,从唐诗中也可得到印证。杜甫《九日杨奉先会白水崔明府》"坐开桑落酒,来把菊花枝"③,钱起《九日宴浙江西亭》"木奴向熟悬金实,桑落新开泻玉缸"④,表明唐人有在深秋重阳节饮桑落酒的习俗⑤。宋时,桑落酒是风靡一时的名酒。据朱弁《曲洧旧闻》记载:宋太祖赵匡胤未当皇帝前,下河东时曾饮过此酒,留下极好的印象。登基之后,赵匡胤下旨让蒲州知府按期向皇宫进贡桑落酒,从此,这酒就成了宋朝宫御酒。至今仍在上演的传统戏曲《斩黄袍》说得就是赵匡胤到西宫娘娘桃花宫,被西宫娘娘用桑落酒灌醉,错斩忠臣郑子明事。陆游在《冬夜》诗中曰:"忽忽流年恨,悠悠独夜情,向人灯欲语,绕舍露如倾。梦每轻千里,愁偏劫五更,殷勤桑落酒,好为解除醒。"⑥诗人把桑落酒说得简直达到了能使人们济困消愁的程度。桑落酒无色透明、清澈明亮、清香纯正、芳香悦人、酒体醇厚、入口绵甜、回味较长、余香较浓,在元代享有极高的声誉。张可久小令[双调·清江引]《独酌》:"寒流清浅时,明月黄昏后,独醉一樽桑落酒。"任昱小令[中吕·满庭芳]《寄友》:"桑落酒朝开绮席,杜陵花夜宿春衣。"由此看来,在元代人的生活中,桑落酒是宾饮聚会的上乘饮料。

　　汉代以来,菊花酒又称黄花酒,是重阳节必饮的时令酒。菊花古时雅称"延寿客",民间还呼之为"药中圣贤",《神农本草经》早已将它列为"上

---

① (北魏)贾思勰:《齐民要术》,中华书局1956年版,第109页。
② (北魏)贾思勰:《齐民要术》,中华书局1956年版,第109页。
③ 张志烈:《杜诗全集今注本》第1卷,天地出版社1999年版,第236页。
④ 周振甫:《唐诗宋词元曲全集·全唐诗》第5册,黄山书社1999年版,第1773页。
⑤ 闫艳:《桑落酒》,《汉字文化》2004年第4期。
⑥ (宋)陆游:《剑南诗稿》(上),钱仲联点校,岳麓书社1998年版,第336页。

品",称菊花"久服,利血气,轻身,耐老延年"①。据文献记载,早在西汉初的汉宫中就有"饮菊华(花)酒,令人长寿"的记载。晋葛洪《西京杂记》卷三记载:"九月九日,佩茱萸,食蓬饵,饮菊华(花)酒,令人长寿,菊华(花)舒时,并采茎叶,杂黍米酿之,至来年九月九日始熟,就饮焉,故谓之菊华(花)酒。"②古时菊花酒的酿制,据无名氏《居家必用事类全集》载:"以九月菊花盛开时,拣黄菊嗅之香尝之甘者摘下,晒干。每清酒一斗,用菊花头二两,生绢袋盛之,悬于酒面上,约离一指高。密封瓶口。经宿,去花袋。其味有菊花香又甘美。如木香、腊梅花一切有香之花,依此法为之。盖酒性与茶性同,能逐诸香而自变。"③菊花有清肝明目、利尿解毒、疏风散热、生津止渴、消疲怡身等作用,所以菊花酒被誉为"治头风,明耳目、去痿痹、消百病"④的健身药酒,传说喝了这种酒,可以延年益寿。元代时,菊花酒驰名天下。范康杂剧《陈季卿误上竹叶舟》第三折渔翁唱词:"自酿下黄花酒。"无名氏[双调·一锭银]:"渊明篱下饮菊杯,全不想彭泽。"曾瑞小令[中吕·喜春来]《遣兴·秋》:"青霄霜降枫林醉,白雁风来木叶飞,登临欢酌菊花杯。图画里,何必醉东篱。"这些描写从不同的角度反映了元代菊花酒的饮用情况。

　　3.以酿造地命名的酒

　　元代社会饮酒风气之盛,远过于前代。据元宋伯仁《酒小史》所载的酒名就有六十种,其中属于国内各地的特产为多,如杭州秋露白、高邮五加皮酒、长安新丰酒、燕京内法酒、广南香蛇酒、郫县郫筒酒、安城宜春酒、苍梧寄生酒、博罗县桂醑等。元曲中描写的以酿造地命名的酒有鲁酒、兰陵酒、东阳酒、新丰酒、宜城酒、醽醁酒、刘伶醉酒。这些酒伴着历史的悠远韵味,和着粮食的阵阵醇香,从远古娉婷而来,渗古浸今,形成自己特殊的文化符号。

　　鲁酒是鲁地生产的酒精浓度较低的清淡酒。所谓清淡酒,《说文解字》说:"醇,不浇酒也。"清段玉裁注曰:"浇,茨也。凡酒沃之以水则薄,不杂以

---

① (清)顾观光辑:《神农本草经》,兰州大学出版社2009年版,第15页。
② (晋)葛洪:《西京杂记》,中华书局1985年版,第20页。
③ (元)无名氏:《居家必用事类全集·饮食类》邱庞同注释,中国商业出版社1986年版,第46页。
④ (明)李时珍:《本草纲目》,校点本,人民卫生出版社1977年版,第1563页。

水则曰醨,故厚薄曰醇醨。"也就是说,薄酒就是酒精浓度较低的酒。鲁地之所以出现低度酒,据说,与周公《酒诰》有关。《酒诰》现为《尚书》中的一篇,它本是周公为其弟康叔而作。西周初年,周公平定殷乱,封其弟康叔于卫,并作《酒诰》告诫康叔,使之不致因酒误政。于是,鲁国在酿酒时,为了防止饮者沉醉,有意使其味道清淡。鲁酒历史源远流长,唐时已是闻名天下的名酒。李白居鲁期间,遍尝鲁酒,对鲁酒有很中恳、真实的评价——"鲁酒白玉壶,送行驻金羁"、"鲁酒不可醉,齐歌空复情"①。一路诗情,一路醇香,到了元代,鲁酒已成为妇孺皆知的名酒。元曲中对鲁酒的描写,如吴西逸小令[中吕·红绣鞋]《自况》:"蓝田堪种玉,鲁酒可操觚。"阿鲁威小令[双调·蟾宫曲]《旅况》:"三叠阳关,一杯鲁酒。"反映了在元代鲁酒已有了忠诚度较高的消费群体。

　　鲁酒还有薄酒之称。鲁酒称为薄酒,语出《庄子·祛箧》:"鲁酒薄而邯郸围。"因鲁酒而围邯郸,史籍有两种解释。一是《庄子》旧注:楚宣王大会诸侯,鲁恭公最后赴会,而且贡献的酒也很薄。楚宣王生了气,就发兵进攻鲁国,那时梁惠王正想进攻赵国的国都邯郸,但怕楚国发兵救赵,就趁楚国起兵攻鲁无法救赵的机会包围了邯郸。二是《淮南子》许慎注:楚国大会诸侯,鲁国和赵国都献酒给楚王。赵国献的是好酒,鲁国献的是薄酒,楚国管酒的官吏把赵国的好酒和鲁国的薄酒掉了包。楚王喝了酒,恨赵国不恭,就发兵围了邯郸。两种说法都说鲁酒是薄酒,鲁酒于是成为薄酒的代称。元曲有大量对薄酒的描写。如秦简夫杂剧《晋陶母剪发待宾》第三折陶母唱词:"虽然是饭蔬食,薄酒味,大刚来是俺主人家情意。"李寿卿杂剧《说鱄诸伍员吹箫》第二折浣纱女云:她罐儿里盛的是"豆儿粥、水薄酒。"吴昌龄杂剧《花间四友东坡梦》第二折东坡云:"小官今日薄酒一杯,特来还敬。"邀请客人饮酒,谦称自己的酒为"薄酒",一是谦辞,表示对客人的尊敬;二是饮用薄酒的观念在元代已深入人心。因为薄酒对人的刺激较轻,不易使人陷于醉态。与厚酒相比,薄酒对人体要有益得多。三是说明低而不淡的鲁酒

---

　　① (唐)李白:《李白诗歌全集》,(清)王琦注,刘建新校勘,今日中国出版社1997年版,第476页。

在元代是非常畅销、时尚的美酒,用此待客,在元代已成习俗。

兰陵酒是鲁酒中之名品,山东兰陵生产。兰陵位于山东省苍山县西南部,因坐落在一座盛长着兰草的温岭小山上而名。兰陵酒的特点是酒体清澈透明、入口绵甜醇厚、香气浓郁纯正、味醇和、酒体净、后味较长。兰陵美酒始酿于商代,距今已有三千余年的历史。两汉时期,兰陵酒已成贡品。1995 年,在徐州市狮子山楚王陵中,发掘出西汉时期三坛封装完好的兰陵酒。唐代大诗人李白慕名来到兰陵,痛饮美酒后留下了千古绝唱的《客中行》:"兰陵美酒郁金香,玉碗盛来琥珀光。但使主人能醉客,不知何处是他乡。"①说明兰陵酒在一千三百多年前的唐朝已经赫然有名。元曲中也有对兰陵酒的记述,郑廷玉杂剧《看钱奴买冤家债主》第二折:"赛中山宿酝开,笑兰陵高价抬,不杜了唤做那凤城春色。""笑兰陵高价抬",说明兰陵酒在元代仍然是陈香天下的美酒。

与兰陵酒同领风骚的还有东阳酒。东阳酒即金华酒,浙江金华地方所产的酒。因南北朝及之前,浙江金华、东阳一带称"东阳郡"而名。东阳酒是当时名贵时尚的酒,由谷类酿成,色黄味醇而微甜。宋代时,东阳酒便名闻遐迩。诗人陆游的《石洞饷酒》、《谢郭希吕送石洞酒》等诗赞东阳酒之清醇。到了元代,东阳酒依然是当地人引以为豪的名品酒。无名氏《居家必备事类全集》中就有东阳酒麴方和酿法。元曲中东阳酒的描写,如马致远小令[双调·拨不断]:"洞庭柑、东阳酒、西湖蟹。"张可久小令[中吕·红绣鞋]《偕周子荣游湖》:"喜西子不颦眉,饮东阳错认水。""错认水",就是一种酒色清纯如泉、酒味甘而醇厚的金华酒。这些描写,说明当时东阳酒是一种很流行很时尚的酒。

新丰酒是陕西地方名酒。它产于西安市东的临潼县新丰镇,历史悠久。新丰之名,起于汉代。汉高祖刘邦生于丰里,后起兵,诛秦灭项,建立了汉朝。他尊其父为太上皇。太上皇在长安城中思念故乡风景,刘邦便命巧匠胡宽依故乡丰里的样子建造一城,名曰新丰,意为新迁来的丰乡。新丰建成后,刘邦又将家乡的酿酒匠迁到此处,从此新丰美酒享誉天下。2003 年,西

---

① (清)沈德潜:《唐诗别裁集》,刘福元等点校,河北人民出版社 1997 年版,第 314 页。

安贵族墓中出土了两千年前的西汉美酒,该酒呈翠绿色,清亮纯净,浓郁香醇①。由此,我们得知,新丰酒呈竹叶色。新丰酒也是最受诗人们追捧的酒,李白、王维、李商隐、陆游等都曾为之作诗。元曲中也多有吟咏。亢文苑套数[南吕·一枝花]:"自扶囊拄杖挑包,醉濯足新丰换酒。"张可久小令[商调·梧叶儿]《旅思》:"题新句,感旧游,尘满鹔鹴裘。镜里休文瘦,花边湘水秋,楼上仲宣愁。谁伴我新丰猕酒?"汤舜民小令[中吕·普天乐]《别友人往陕西》:"知他是新丰猕酒,知他是韦曲寻花。"可见古老的新丰酒在元代依然风采依旧。

宜城酒,为古襄州宜城(今湖北宜城)所产美酒。据《方舆胜览》卷之十九载:宜城县东有金沙泉,造酒极美,世谓宜城春②。宜城酒历史悠久,秦汉时,宜城已是著名的酒乡,当时生产的"宜城醪"即蜚声在外。曹植在《酒赋》中就专门介绍宜城醪说:"宜城醪醴,苍梧缥清,或秋藏冬发,或春酝夏成。"③宜城美酒曾作为贡品送往京师,也是王公贵族之间馈赠的佳品,南朝梁的刘孝仪就写有《谢晋安王赐宜城酒启》,可知宜城酒是当时馈赠亲朋好友的名酒。唐时是宜城酒的兴盛期。唐代许多著名的诗人如孟浩然、王维、李白、白居易、李商隐、罗隐、钱起、皮日休、温庭筠、刘长卿、刘禹锡、陆龟蒙、李维等,都写有赞颂宜城酒的诗句。《唐国史补》卷下列举天下名酒产地十一处,名品十三个,其中就有久负盛名的湖北的"宜城之九酝"。宋代时,宜城白酒酿造更具品味。宋代张能臣《酒名记》中,在六个州名下均著录了宜城酒。宋代大文学家苏轼、欧阳修、司马光、王安石、黄庭坚、周邦彦等都对宜城酒赞不绝口。④ 元曲中也见对宜城酒的记载,石子章套数[仙吕·八声甘州]:"洛阳花,宜城酒,那说与狂朋怪友。"说明元代时宜城酒仍是家喻户晓的饮品。

醽醁是两晋南北朝至唐朝的名酒,以用酃湖水酿酒得名。酃湖在今湖南省衡阳东。郦道元《水经注》卷三十九云:"酃县有酃湖,湖中有洲,洲上

① 高山:《发现之旅》第3辑,内蒙古大学出版社2004年版,第38页。
② (宋)祝穆:《宋本方舆胜览》第5册,上海古籍出版社1986页。
③ 曹植:《曹植集校注》,人民文学出版社1984年版,第125页。
④ 《历史上的"宜城酒"》,宜城农家乐旅游网2009年8月19日。

居民,彼人资以给酿酒甚美,谓之酃酒。岁常贡之。"①醽醁酒是一种绿酒,不仅香醇,还能长久存放,味道十分可口,清香四溢。深受唐太宗的喜爱。唐太宗题诗曰:"醽醁胜兰生,翠涛过玉薤。千日醉不醒,十年味不败。"②元时,醽醁酒仍是无人不知、无人不晓的美酒。郑光祖杂剧《程咬金斧劈老君堂》第四折:"开玳筵庆功成,劝金杯饮醽醁。"汤舜民小令[双调·湘妃引]《送友归家乡》:"细煮金芽揽辘轳,满斟玉斝倾醽醁。"曾瑞小令[正宫·醉太平]:"苏堤堤上寻芳树,断桥桥畔沽醽醁,孤山山下醉林逋。"可见醽醁酒在元代是酒中的名品。

刘伶醉是河北徐水地区的名酒。刘伶醉酒历史悠久,其源头是汉代即朝野闻名的"中山千日酒"。据晋代干宝《搜神记》卷十九载:"狄希,中山人也,能造'千日酒',饮之千日醉。"③又据晋代张华在被后人称为"中国第一部百科全书"的《博物志》卷十《杂说下》记载:"昔刘玄石于中山酒家酤酒,酒家与'千日酒',忘言其节度。归至家当醉,不醒数日,而家人不知,以为死也,权葬之。酒家计千日满,乃忆玄石前来酤酒,醉向醒耳。往视之。云:'玄石亡来三年,已葬。'于是开棺,醉始醒。俗云:'玄石饮酒,一醉千日。'"④徐水古属中山。刘玄石饮后一醉千日,经张华《博物志》的记载,使闻名遐迩的"中山千日酒"更加遐迩闻名。刘伶,字伯伦,安徽宿县人士,晋朝的"竹林七贤"之一。刘伶与张华素友善,闻知张华故里有美酒"千日醉",乃千里迢迢到徐水访张华。张华遂以当地千日酒款待,刘伶饮后,备加赞赏,并写下流传千古的《酒德颂》:"捧罌承槽,衔杯漱醪……无思无虑,其乐陶陶。兀然而醉,恍尔而醒。静听不闻雷霆之声,熟视不睹泰山之形,不觉寒暑之切肌,利欲之感情。"⑤据《徐水县碑志》载,刘伶常"借杯中之醇醪,浇胸中之块垒",恋千日酒而不肯离去,死后葬于徐水瀑河岸边,其墓至今尚存。据《徐水县地名资料汇编》载:刘伶墓坐落于遂城(县城西之遂城

① (北魏)郦道元:《水经注》,陈桥驿点校,上海古籍出版社1990年版,第739页。
② (唐)李世民:《唐太宗集》,冀宇编辑校注,陕西人民出版社1986年版,第107页。
③ (晋)干宝:《搜神记·唐宋传奇集》,上海古籍出版社1998年版,第189页。
④ 李剑国:《唐前志怪小说史》,天津教育出版社2005年版,第264页。
⑤ (唐)房玄龄等:《晋书》,中华书局1997年影印本,第1376页。

镇)张华村南,其名"刘伶孤冢"。后人还为他建立了"酒德亭"。[①] 为纪念刘伶,当地人便将所产的"中山千日酒"命名为"刘伶醉"。刘伶醉酒选用优质高粱、大麦、小麦、大米、小米、糯米、豌豆等粮食为原料,配以太行山下瀑河畔之甘泉井水精工酿造而成,酒色明净清澈,酒质醇和绵甜、饮后余香留长。好饮的元代人,仍将刘伶酒视为美酒,杜仁杰套数[双调·蝶恋花]:"云林杜曲,种青门数亩邵平瓜,酿白酒五斗刘伶醁。""醁"为美酒,"刘伶醁"即刘伶醉酒,说明刘伶醉酒在元代是深受民间百姓垂爱的自酿白酒。

4.以色香质命名的酒

元曲中提到的以色香质命名的酒,包括以酒的清浊、以酒的色泽、以酒的品质等命名的酒。

以酒的清浊命名的酒,有清酒、浊酒,如高茂卿杂剧《翠红乡儿女两团圆》第一折:

> 正遇着丰稔年岁。有新酿熟的白酒,旧腌下的肥鸡。

张可久小令[双调·沉醉东风]《幽居》:

> 脚到处青山绿水,兴来时白酒黄鸡。

宫天挺杂剧《生死交范张鸡黍》第一折:

> 就着这黄菊吐清芬,白酒正清醇。

王晔杂剧《桃花女破法嫁周公》第一折:

> 俺这里有的是黄鸡嫩,白酒熟。

这里的白酒,非白色酒,也不同于现代概念中的白酒,而是指用麯量多,成熟期长,酒液相对较清,酒精度也稍高的清酒。古人常以酿酒原料为酒名,凡用白米酿制的米酒,统称之为白酒,或称白醪。一般说来,清酒的酒质高于浊酒。元代时,虽然酿酒技术有了很大的发展,但由于烧酒价格不菲,非一般普通家庭所能享用得起,传统酒依然受到元代人的喜爱。故而白酒是元曲中常见的饮品。

元曲还描写了另一种白酒,这种酒用麯量少,酿造时间短,成熟期短,其整体酿造工艺较为简单,酒液浑浊,但酒精度低,又称为浊酒或浊醪。如高

---

① 关立勋:《中国文化杂说》九,燕山出版社1997年版,第207页。

文秀套数[双调·行香子]:"玉兔金乌,从昏至晓。时复饮浊醪,且吃的,沉醉陶陶。"张养浩小令[越调·天净沙]《闲居》:"若不是浊醪有味,怎消磨这日月东西。"刘唐卿杂剧《降桑椹蔡顺奉母》第一折:"乡下农民斟村酒,城中士户饮香醪。"曾瑞小令[南吕·四块玉]《乐饮》:"紫蟹肥,白醪美,万事无心且衔杯。"吴仁卿小令[南吕·金字经]《咏樵》:"这家村醪尽,那家醅瓮开。"秦简夫杂剧《宜秋山赵礼让肥》第三折:"带糟浊酒论盆饮。"冯子振小令[正宫·鹦鹉曲]《溪山小景》:"倾浊酒劝邻父。"郑光祖小令[正宫·塞鸿秋]:"频将浊酒沽,识破兴亡数,醉时节笑捻着黄花去。"关汉卿小令[双调·碧玉箫]:"正清樽斟泼醅。""泼醅",通"酦醅",一种重酿和未过滤的乡村家常酒。醪是一种较浓淳的汁滓混合的酒。在这里,无论是香醪、白醪,还是浊醪、村醪,都是浊酒,都是喝时需要进行过滤,去除酒糟,然后注入壶中加热后饮用的酒。但在那些"万事无心"的"衔杯"者那里,他们品尝的是"醪"的美韵,而不仅仅是"醪"的滋味。

元曲中有许多"绿酒"的记录,如任昱小令[双调·水仙子]《幽居》:"食禄黄虀瓮,忘忧绿酒钟。"杜仁杰套数[商调·集贤宾北]《七夕》:"酒斟着绿蚁,香焚着麝脐。"无名氏套数[双调·新水令]:"玉瓶插紫珊瑚,金樽潋滟葡萄绿。"张可久小令[南吕·金字经]《题扇》:"翠涛金屈卮,正是鱼肥蟹健时。"谷子敬杂剧《吕洞宾三度城南柳》第一折:"则你那尊中无绿蚁,皆因我囊里缺青蚨。"无名氏套数[越调·斗鹌鹑]《元宵》:"拚沉醉频斟绿蚁,恣赏玩朱帘挂起。"新酿的米酒,酒面浮有一层酒渣,状如蚁蛆,色微绿,称为"绿蚁";翠涛是一种不仅香醇,还能长久存放、味道十分可口、清香四溢的绿酒。绿酒在元曲中反复出现,说明这种在今天只能靠诗歌曲赋得到些许信息的失传的酒,在元代是极为普通的酒①。

除了绿酒之外,以酒的色泽命名的酒,元曲中记载的还有玉蛆、鹅黄酒、琥珀酒、流霞酒、玉液、金波等。曾瑞套数[中吕·醉春风]《清高》:

金橘香甜,玉蛆浮酤,绿醅醇酽。

① 绿酒在元代仍较常见,说明当时酒的酿造标准还很不统一。酒呈绿色是因为制曲及酿造过程中混入了大量的其他微生物而致。这种现象元代以后才逐渐消失。参见李庆学:《古酒考说》,《饮食文化研究》2003 年第 1 期。

王恽小令[越调·平湖乐]：

一笑相逢且开口，玉为舟，新词淡似鹅黄酒。

赵天锡小令[双调·风入松]《忆旧》：

记前日席上泛流霞，正遇着宿世冤家。

吴仁卿套数[越调·斗鹌鹑]：

庆贺新春，满斟玉液。

马致远小令[南吕·四块玉]《叹世》：

琉璃钟琥珀浓，细腰舞皓齿歌。

吴西逸小令[越调·柳营曲]《避暑偶成》：

共翠娥，酌金波，湖上晚风摇芰荷。

酒面上的浮沫，状如蚁蛆，色白若雪花，称为"玉蛆"、"浮蚁"、"浮蛆"。鹅黄酒，酒体呈"鹅黄"色。"鹅黄"犹如幼鹅新生的羽毛之色，淡淡的黄，恰到好处。杜甫有一首题为《舟前小鹅儿》的诗，赞誉这种酒："鹅儿黄似酒，对酒爱新鹅。"①不仅夸酒的浓香，更夸酒的颜色。流霞酒是神话传说中的仙酒。"金波"，因酒色如金，在杯中浮动如波而得名。元曲中多次提到这些酒，可见这些传统美酒在元代得到了很好的继承。

以酒的品质命名的酒，有兰生酒、玉薤酒、九酝、美酎、泥头酒、透瓶香、十里香、黄封酒等。如卢挚小令[双调·蟾宫曲]《汝南怀古·蔡州(今汝宁)》：

奄冉西昏，倚遍幽轩，吟断兰生。

汤舜民小令[双调·天香引]《留别友人》：

玉薤杯拚今朝酩酊，锦囊词将后会叮咛：鱼也难凭，雁也难凭。

郑光祖杂剧《醉思乡王粲登楼》第三折：

九酝酒光斟琥珀，三山鸾凤舞翩跹。

无名氏杂剧《孟德耀举案齐眉》第四折张小员外云：

我做秀才快噇饭，五经四书不曾惯。带叶青蒜嚼两根，泥头酒儿吃瓶半。

① 韩成武、张志民译释：《杜甫诗全译》，河北人民出版社1997年版，第517页。

吕止庵小令［仙吕·后庭花］《酒兴》：

> 透瓶香,经年佳酝,陶陶入醉乡。

李文蔚杂剧《同乐院燕青博鱼》第二折酒店小二上场诗云：

> 隔壁三家醉,开埕十里香。可知多主顾,称咱活杜康。

尚仲贤杂剧《汉高皇濯足气英布》第三折：

> 咱则道遣红妆来进这黄封酒,恰元来刘沛公手捧着金瓯。相劝酬,能勤厚。

兰生酒是采百草花末杂在酒中酝酿而成有着兰花清香的一种美酒,汉武帝时即是名酒。玉薤酒是薤菜的根酿制的酒。据古书记载,此酒是隋炀帝酿制的酒。九酝酒是魏晋南北朝时期颇负盛名的一种酒。《说文解字》："酝,酿也。""九"意为多次。九酝酒是一种经过多次酿造的美酒。九酝酒反映了北方气候较寒,需要酒精度数高的烈酒来御寒的习俗。《西京杂记》卷一："汉制:宗庙八月饮酎,用九酝太牢,皇帝侍祠。以正月旦作酒,八月成,名曰酎,一曰九酝,一名醇酎。"①泥头酒也是一种美酒,宋元时期用泥封口的坛装陈酒。酿作并饮用泥头酒,是旧时汉族民间的饮酒习俗,只有豪家大户方能享用得起,下层百姓饮用很少。而"透瓶香"、"十里香"等,均是以酒"香"命名的酒。黄封酒,当时官家酿制的一种美酒,以黄色泥封酒器口或以黄纸、黄罗绢封瓶口得名。元曲中描写的这些或味香美或味醇厚或味柔和或味清纯的美酒,反映了元代品评酒的标准。

元曲中还提到了许多下层百姓饮用的酒,如无名氏杂剧《争报恩三虎下山》第四折：

> 你饶了俺,我买饼好肉鲊,装一桌素酒,请你吃。

无名氏杂剧《都孔目风雨还牢末》第四折：

> 带糟浑酒轮盆饮,叶子黄金整秤分。

李文蔚杂剧《破苻坚蒋神灵应》第一折：

> 酸酒饮上五十盏,下酒肥羊烂牛蹄。

石君宝杂剧《鲁大夫秋胡戏妻》第二折：

---

① （晋）葛洪：《西京杂记》,中华书局1985年版,第1页。

段段田苗接远村,太公庄上弄猢狲。农家只得锄刨力,凉酸酒儿喝一盆。

郑廷玉杂剧《看钱奴买冤家债主》第二折:

见哥哥酒斟着磁盏台,香浓也胜琥珀,哥哥也你莫不道小人现钱多卖,问什么新酿茅柴。

曹德小令〔双调·沉醉东风〕《村居》:

新分下庭前竹栽,旋笃得缸面茅柴。

素酒、浑酒、酸酒、茅柴酒,都是劣质价廉的酒。素酒是粗酿的酒,即没有经过"蒸馏"工艺,只是简单地将酒糟滤除,余下浑浊的酒水,放到锅里煮开,以使酒不会变质。这种粗酿的酒度数低,浑浊不好看。浑酒指土法酿制的酒,即所谓"村醪浊酒"。茅柴,本是酿酒的劣等材料,后来成为劣酒的代名词。关于茅柴的性味,《韩子》曰:"茅柴为苦硬。"释"言苦硬之酒如茅柴火易过也。"宋代王谌《渔父词》:"春浪急,石矶寒,买得茅柴味亦酸。"①可见宋元时期茅柴是味苦性烈,苦硬酸辣烈性酒,是民间廉价酒②。茅柴,在元曲里不仅作为民间低档次酒,有时还会出现在向往隐逸生活、咏唱闲散情趣的文人作品里。无名氏套数〔中吕·粉蝶儿〕《阅世》:"新茅柴沽满瓶,活鲜鱼旋煮铛。粗衣淡饭无监禁。闷来时看四周翠岫烟霞景,闲来时诵一卷《黄庭》《道德》经。倒大来身心静。非是无钱断酒,临老修行。"可见在元代,酒的意义远不止享受口福之乐,在许多场合,它都是一种文化符号,代表了一种礼仪,调节了一种气氛,陶冶了一种情趣,表达了一种心境。

5.以酿造方式命名的酒

元曲中以酿造方式命名的酒,最典型的就是煮酒。其方法是把酿造的谷物原料放在钵子一类的封闭器皿里面,加盖以后把钵子放到盛着水的大锅中,用微火隔水加热,令器皿里面的酿酒原料在恒温下发酵。煮酒是一种酿造酒。酿造酒是以富含糖质、淀粉质的果类、谷类等为主的原料添加曲蘖发酵而产生的含酒精的饮料。这种酒酒精含量不高,最高也不过 20 度左

---

① 唐圭璋:《全宋词》(下),中州古籍出版社 1996 年版,第 1983 页。
② 那木吉拉:《中国元代习俗史》,人民出版社 1994 年版,第 97 页。

右。在烧酒普及以前,人们饮用的大多是酒精含量较低的煮酒:

无名氏小令[中吕·迎仙客]《四月》:

> 红渐稀,绿成围,串烟碧纱窗外飞。洒蔷薇,香透衣。煮酒青梅,正好连宵醉。

马致远小令[仙吕·青哥儿]《十二月·四月》:

> 东风园林昨暮,被啼莺唤将春去。煮酒青梅尽醉渠,留下西楼美人图,闲情赋。

张可久小令[中吕·卖花声]《夏》:

> 澄澄碧照添波浪,青杏园林煮酒香,浮瓜沉李雪冰凉。

王伯成杂剧《李太白贬夜郎》第二折:

> 那酒更压着救旱恩泽,洗沁甘露,止渴青梅,灌顶醍醐。

煮酒青梅,是一种高洁的饮酒形式,常在诗中用来抒发自己的情志,表达自己的向往。如张可久小令[双调·折桂令]《浮石许氏山园小集》就把青梅煮梅当作神仙所过的飘逸生活:"上浮石不泛浮槎,当日河源,今夕仙家。煮酒青梅,凉浆老蔗,活水新茶。"用青梅下酒:一是青梅荐酒的味道好。二是青梅能"消酒毒";青梅具有消食解酒的功用。《本草纲目》卷二十九《梅》条说:"消酒毒,令人得睡","生津止渴,清神、下气,消酒"[1]。因此,古人饮酒时常食梅。这样,古人就自然而然地把青梅和煮酒放在一起,创造出"青梅煮酒"一词[2]。三是饮用煮酒在春日时果品稀少,青梅长成之日,也正是煮酒新熟之时,所以就形成摘青梅、尝煮酒的饮宴形式。[3]

元代人以自己的生产方式、生活方式和思维方式为酒命名,打上了民族特色的鲜明烙印。从元曲纷繁众多的酒名中,我们可以捕捉到大量元代酒文化信息,窥见中华民族的酒精神。

(二)酒　器

酒器是伴随着酒的产生而出现的,酒器除了生活中的饮用贮藏功能之

---

① (明)李时珍:《本草纲目》,校点本,人民卫生出版社 1977 年版,第 1737、1741 页。
② 胥洪泉:《"青梅煮酒"考释》,《西南师范大学学报》(人文社会科学版)2001 年第 2 期。
③ 林雁:《论"青梅煮酒"》,《北京林业大学学报》2007 年第 1 期。

外,在某种意义上,美器比美酒更受人重视。形式多样、造型精美的酒器可增加饮酒之乐趣。酒器的发展变化在相当程度上反映了酒文化的进步及风尚的演变,也是社会生活方式一个具体的透视。元代酒器,在保持中国传统文化主体特质的基础上,又呈现出外来文化因素和丰富的多民族文化因素特点。元曲中提到大量的酒器,从种类上看,从盛酒的到舀酒的,从温酒的、滤酒的到饮酒的,一应俱全;从材质上看,有金银制品酒器、玉石制品酒器、玻璃制品酒器、陶制品酒器、瓷制品酒器、动植物制品酒器等。种类繁多、璀璨瑰丽的各种酒器,成为一种内涵丰富的特有的包装艺术品类和雅俗文化的载体,反映了元代高超的工艺水平和成就,折射了元代酒文化的独特风貌,展现了元代人生活的内容与风尚。

1.盛酒器

元代的盛酒器主要有瓮、壶、瓶、罍、觥、缶、尊等。瓮是一种盛水或酒等的陶器,康进之杂剧《梁山泊李逵负荆》第一折:"一把火将你那草团瓢烧成为腐炭,盛酒瓮摔成碎瓷瓯。"壶是一种长颈、大腹、圆足、小口、有盖的盛酒器,不仅装酒,也装水。元时期,壶的种类样式比较丰富,元曲中提到大量的壶,武汉臣杂剧《包待制智赚生金阁》第一折庞衙内白:"小的每打扫前后厅堂,把那名人书画挂将起来,摆上那玩好器皿,着金壶里酾着热酒,铺开那锦裀绣褥,将好台盏来,请过那秀才来者。"无名氏套数[南吕·一枝花]《四景·冬》:"绮筵间盏到休推,宝鸭内香残再拈,玉壶中酒尽重添。"沈和套数[仙吕·赏花时北]《潇湘八景》:"杖头挑酒壶,访烟霞伴侣。"高文秀杂剧《保成公径赴渑池会》第三折:"笑吟吟高捧定金樽碧玉壶,排珍馔,饮芳醑。"李唐宾杂剧《李云英风送梧桐叶》第二折:"入庭院扇和气香引琼浆白玉壶。"可见元代的壶,既是盛酒器,也是温酒器。元曲中也不乏瓶的描写,如曾瑞套数[般涉调·哨遍]《思乡》:"思薄命,钱未尝满贯,粮不足空瓶。"刘时中小令[双调·水仙操并引]:"梅花初试胆瓶儿,正是逋郎得句时,彤云把断山中寺。"张可久小令[中吕·普天乐]《重过西湖》:"金瓶带酒携,纨扇和诗卖。"徐再思小令[双调·沉醉东风]《春情》:"锦谷春,银瓶酒,玉天仙燕体莺喉。"睢玄明套数[般涉调·耍孩儿]《咏西湖》:"紫金罍满注琼花酿,碧玉瓶偏宜琥珀杯。"瓶是口小腹大的器皿,多为瓷器和玻璃所制。

元曲中的瓶,既做酒器,又做生活器具。罍是盛酒的大型容器,似壶而大。曾瑞套数[正宫·端正好]《自序》:"居山村,离城郭,对樽罍。"觥是一种盛酒、饮酒兼用的器具,腹椭圆或方形,器身有流和提梁,圆足或三足、四足,有盖,多作兽形,有些还附有舀酒用的小勺。如秦简夫杂剧《东堂老劝破家子弟》第二折:"会友邀宾,走斝也那飞觥。"缶是大型的盛酒器,敛口、广肩、高体、平底、有盖。无名氏小令[中吕·齐天乐过红衫儿]《村居》:"瓦缶斟,磁瓯里劝,邻叟相传。"尊是酒器的通称。尊,本是古代的一种青铜酒具,通常是大口,鼓腹,圈足,用以盛酒。尊主要有圆口方足尊、方形尊、鸟兽形尊等,有时又指酒杯,如王实甫杂剧《崔莺莺待月西厢记》第二本第三折:"一杯闷酒尊前过,低首无言自摧挫。不甚醉颜酡,却早嫌玻璃盏大。"刘燕歌小令[仙吕·太常引]《饯齐参议归山东》:"一尊别酒,一声杜宇,寂寞又春残。"这里的尊,指的就是酒杯。

2.舀酒器

元曲提到的舀酒器有葫芦、斗、勺等。其中对葫芦的描写最多。葫芦坚固、体轻,是制造器皿的优良材料。葫芦外形呈"S"形,像是八卦图中阴阳的分界线,道教文化认为葫芦可以收尽天地间的邪气,所以民间传说神仙收鬼怪的法器都是葫芦,太上老君装仙丹的容器是葫芦,八仙之一的铁拐李的法器也是葫芦。在古代葫芦被当作镇邪的宝贝,加上葫芦腹中多子,象征子孙万代、多子多福,又与"福禄"谐音,所以民间俗信葫芦能避邪气又象征吉祥。元曲中大量的葫芦描写,主要表述了以下文化含义:一是与种植有关。关汉卿杂剧《刘夫人庆赏五侯宴》第三折:"秋收已罢,赛社迎神。开筵在葫芦篷下,酒酿在瓦钵磁盆。"曾瑞套数[般涉调·哨遍]《村居》:"葫芦花发香风细,杨柳阴浓暑气清。"陈草庵小令[中吕·山坡羊]:"尧民堪讶,朱陈婚嫁,柴门斜搭葫芦架。"二是把成熟后的葫芦一分为二做舀酒器,称匏尊,民间称瓢。孙季昌套数[仙吕·点绛唇]《集〈赤壁赋〉》:"举匏樽痛饮偏惆怅,挟飞仙羽化偏舒畅,溯流光长叹偏怏怏。"康进之杂剧《梁山泊李逵负荆》第二折:"那老儿拿起瓢来,揭开蒲墩,舀一瓢冷酒来,汩汩的咽了。"无名氏小令[正宫·醉太平]《叹子弟》:"寻葫芦锯瓢,拾砖瓦攒窑。"三是做饮酒器。胡用和套数[南吕·一枝花]《隐居》:"烹茶石鼎,沽酒葫芦。"王实甫杂剧《四丞相高会丽春堂》第三折："感今怀古,旧荣新辱,都装入酒葫芦。"不忽木套数[仙吕·点绛唇]《辞朝》："酒葫芦挂树头,打鱼船缆渡口。"四是借谐音表糊涂。无名氏杂剧《包龙图智赚合同文字》第三折："他把俺合同文字赚来无,尽场儿揣与俺个闷葫芦。"孙仲章杂剧《河南府张鼎勘头巾》第四折："今因王小二杀了刘平远一事,张孔目说老夫葫芦提,老夫就委他问这桩事去了。"五是做渡水救生的用具。无名氏杂剧《冯玉兰夜月泣江舟》第一折家童云："你每仔细,身上可都有葫芦么?(正旦云)要那葫芦怎的?(家童云)只要有了葫芦,随他掉在河里,再淹不死。"可见葫芦不但盛载着元代的酒文化,而且承载着元代人的吉祥文化。

3.滤酒器

元代大部的酒是用酒麹加酿酒的原料和水自然发酵酿成的。酒酿熟后,大量的酒液和酒糟混在一起,酒质浑浊稠浓,细米粉和瘪谷浮于液面,轻白如蚁如蛆,称作浮蚁或浮蛆。这样的酒直接饮用,口感不好,不滑爽,且刺激咽喉,饮酒时尚需用滤酒器进行过滤。我国古代的滤酒器很多。元曲中涉及的主要有酒筻、巾、槽床等。

酒筻是一种用竹篾或柳条编织而成的有细孔的专门的滤酒器。酒筻不大,细密而透水性好,类似精致的竹篓竹笼。酒熟后,将竹筻投入酒瓮中,纯净的酒液便透过酒筻上众多的细孔渗满酒筻,然后再用酒勺或酒瓢舀取,非常方便。元代人滤酒用筻,并在很多时候筻成为一个动词或酒的代名词,如赵明道残剧《陶朱公范蠡归海》第四折："绿蚁香浮斑竹筻。"张可久小令[正宫·汉东山]:"杜酒新筻鳜鱼活。"倪瓒小令[越调·小桃红]:"白酒新筻会邻近,主酬宾。"从描写看,元代人还是比较重视滤酒这道工序的。

巾漉是一种比较浪漫粗犷的滤酒方法。此法最早见于《南史·隐逸上》记载陶渊明性情真率风流:"逢其酒熟,取头上葛巾漉酒,毕,还复著之。"①自从陶渊明率先"巾漉",后人情急喝酒,就用身上的巾类纺织品漉酒,既方便,又有情趣,反映了一种沿袭的志趣和社会心理,体现了欲成大器者放浪形骸、不拘小节的气质。元曲中此类例句很多。如景元启小令[双

---

① (唐)李延寿:《南史》,中华书局1997年影印本,第1858页。

调·殿前欢]《自乐》:"葛巾漉酒从吾愿,富贵由天。"陈草庵小令[中吕·山坡羊]:"黄花恰正开时候,篱下自教巾漉酒。"曾瑞小令[南吕·四块玉]《乐饮》:"醅浑巾漉何须榨。酒越添,量不加,生灌杀。"因为布孔细小,滤出的酒清澈,后来在技术上作了改革,这就是滤袋滤酒法。这个方法至今在民间家酿米酒压滤时仍能见到。

槽床压酒是元曲中常见到的描写。如无名氏小令[双调·水仙子过折桂令]《饮兴》:"小糟新酒滴珍珠,醉倒黄公旧酒垆。"王伯成杂剧《李太白贬夜郎》第二折:"倒不如小槽边酒滴真珠。"张可久套数[南吕·一枝花]《秋景》:"小槽酒滴珍珠酽。"卢挚小令[双调·沉醉东风]《闲居》:"野花路畔开,村酒槽头榨,直吃的欠欠答答。"用榨床压酒糟取汁的专用设备,考古已有发现。大汶口文化陵阳河遗址中曾出土成套的酿酒器,其中有用于盛发酵物的大口尊,用于滤酒的漏缸,有接酒、贮酒的陶盆和陶瓮,还有饮酒用的陶盉、觯、杯等。其中一件滤酒陶器,直敞口,平沿,斜直壁,平底,底有一孔,外饰篮纹。使用该器,必置于高处,在底部孔口垫一算子,孔外安一导管,管下放一贮酒瓶或壶,将发酵的酒麴掺水后,倒入滤酒器内,酒便沿着孔流出,经导管滴入陶壶中,形成脱糟的水酒,滤酒器内则为无酒的酒糟。在河南郑州河村出土的一件陶盉,类似现在的茶壶,有一嘴,口部为算口,有若干孔,显然是装水酒用的。倒酒时,酒糟被拦在内,水酒则流于外①。这些压榨酒用的专用设备,为我们理解元曲中槽床压酒的描写提供了真实的参考。

4.温酒器

元代之前,中国人饮用的酒是酒精度数较低的发酵酒。发酵酒往往有许多细菌,生饮这样的酒浆会令身体不适,所以人们在饮酒前,要把酒预先加热,称之为温酒。据说加热后的酒特别是黄酒中所含的脂类芳香物会随着温度升高而蒸腾,从而使酒味更加甘美淳厚而"绿色",驱寒暖身的效果也更佳,同时也利于肠胃发散。故饮热酒是当时十分重要而普遍的习惯。这在元曲中多有描写。如张国宾杂剧《相国寺公孙合汗衫》第一折开封金

---

① 闫艳:《唐诗食品词语语言与文化之研究》,巴蜀书社 2004 年版,第 339—340 页。

狮子巷富人张员外和他的儿子张孝友与他们在雪中营救的乞丐陈虎的对话：

> （张孝友云）兀那汉子，你饮一杯儿热酒咱。（邦老做饮酒科，云）是好热酒也。（正末云）着他再饮一杯。（张孝友云）你再饮一杯。（邦老云）好酒！好酒！我再吃一杯。（正末云）兀那汉子，你这一会儿，比头里那冻倒的时分，可是如何？（邦老云）这一会觉苏醒了也。

这段对话讲述了喝热酒的作用。武汉臣杂剧《散家财天赐老生儿》中财主刘从善的侄子刘引孙很穷，第三折写清明节他去父母坟前祭扫，只讨化了一个馒头、半瓶酒作为祭品。行礼过后，想拿祭品果腹时，他说："这酒冷怎么吃？我去庄院人家烫热了这酒。"所谓烫酒，就是把酒装入容器中，放在热水里或者炭火上加热。烫酒离不开旋锅和旋子，所以烫酒也叫旋酒。高茂卿杂剧《翠红乡儿女两团圆》第二折韩弘道云："婆婆，你去旋将热酒来，着孩儿吃。"旋酒又叫筛酒。如关汉卿杂剧《包待制智斩鲁斋郎》楔子里有"做筛酒，李四连饮三杯科"，康进之杂剧《梁山泊李逵负荆》第一折有杏花庄酒店王林"做筛酒科"。无名氏杂剧《鲁智深喜赏黄花峪》第一折蔡衙内云："筛酒来我吃。（店小二云）不是热酒来了？大人请自在饮酒。"筛酒又叫醶酒。武汉臣杂剧《包待制智赚生金阁》第三折："我如今可醶些不冷不热，兀兀秃秃的酒与他吃。"李直夫杂剧《便宜行事虎头牌》第四折正末唱："将那暖痛的酒快醶，将那配酒的羔快宰。"无名氏杂剧《瘸李岳诗酒玩江亭》第二折牛员外云："我这里坐一坐。醶一瓶好酒来，我自家吃几钟。"无名氏杂剧《朱太守风雪渔樵记》第二折旦儿云："相公来家也，接待相公。打上炭火，醶上那热酒，着相公盪寒。"既然人们爱喝热酒，所以不管大小酒店，都备有烫酒的工具，叫做旋锅。杨显之杂剧《郑孔目风雪酷寒亭》第三折店小二道："自家是店小二，在这郑州城外，开着个小酒店。今早起来挂了酒望子，烧的旋锅儿热着，看有什么人来。""旋锅儿"即温酒器，俗称酒川子，一般主体广口、碗壁直而深，圆筒状，口沿部位内缩如罐，略微向上凸起，筒内可蓄热水，将特配的盅型撇口杯放入罐口之中，杯外撇的口沿恰好挂在内缩的罐口沿上，杯中注酒，罐内蓄满的热水即可温热杯内的酒。元曲中写酒店往往会有"烧的旋锅儿热着"一语，例子很多，可见温酒习俗之盛。

5.饮酒器

酒器与饮酒习俗有着必然的联系。因为酒器不同,与之相适应的饮酒习俗往往各有特色,同时也反映了当时的道德趋向和经济状况。元代制作酒器的材料非常广泛,元曲写到的酒器品名繁多、形形色色、千姿百态,既有彰显富贵与荣华的酒器,又有展示清雅与高洁的酒器,还有显示粗野而原始的酒器。这些酒器造型之美、种类之多,在华夏饮食文化中留下了精彩的篇章。

(1)富华的饮酒器

彰显富贵与荣华的酒器在元曲中屡见不鲜,如乔吉小令[双调·折桂令]《毗陵张师明席上赠歌妓周士宜者》:"粉靥堆春,金盘捧露,翠袖笼香。"周德清小令[双调·蟾宫曲]《送客之武昌》:"诗满银笺,酒劝金卮。"吕止庵小令[仙吕·后庭花]《酒兴》:"一声金缕词,十分金菊卮。"马致远小令[南吕·四块玉]《叹世》:"浅斟着金曲卮,低讴着白雪歌。"白朴杂剧《唐明皇秋夜梧桐雨》第二折[醉春风]:"酒光泛紫金钟。"无名氏套数[商调·集贤宾]《欢偶》:"画堂前满斟香糯酒,喜孜孜共饮金瓯。"景元启套数[双调·新水令]《春情》:"酒斟金叵罗。"无名氏套数[南吕·一枝花]《夏景》:"慢酌金樽浅浅斟,盏盏垂莲。"乔吉杂剧《玉箫女两世姻缘》第一折:"这的是酿清泉朝来新镟,直吃的金盏里倒垂莲。"刘时中小令[中吕·朝天子]:"满酌金荷叶。"张可久小令[双调·折桂令]《赠歌者秀英》:"酒捧金蕉。"钟嗣成小令[南吕·骂玉郎过感皇恩采茶歌]《四福·寿》:"广列华筵,共捧金船。庆生辰,加禄算。"无名氏小令[中吕·喜春来]《夜宴》:"为闻[金缕]歌讴彻,不觉银瓶酒尽绝。"卢挚小令[越调·小桃红]:"银杯绿蚁。"张养浩小令[中吕·最高歌兼喜春水]:"金波潋滟浮银瓮,翠袖殷勤捧玉钟。"金盘、金卮、金菊卮、金曲卮、金钟、金瓯、金叵罗、金樽、金盏、金荷叶、金凤、金蕉、金船、银瓶、银杯、银瓮,都是贵金属酒器。金盘是用来托起酒盏的,盘中央有一圆托,金盏置其上,两者常配套使用。金菊卮、金曲卮是指由卮杯发展而来的酒器。卮是一种圆筒状的一侧有环柄和三个小脚的酒杯。金荷叶是形似荷叶状的酒杯,造型婉美,"金盏里倒垂莲",是说酒盏酷似一朵垂莲,造型独特。金船是一种容量较大的酒器,用金船饮酒,说明饮酒者的酒量是非常人可比的,突出了游牧民族的饮酒习俗。银瓮本是银质盛酒器,这里指银色的酒杯。这些洋溢着富贵气的酒器,在元代的各式酒宴上溢彩流光。

玉深受中国人的喜爱。在古代,玉本身的特性被赋予道德观念,所谓玉有五德"仁、义、智、勇、洁",因此"君子爱玉"。元代对玉的钟爱,在酒器上反映得很充分,张可久小令[仙吕·一半儿]《赏牡丹》中的"绿酒争传白玉卮",无名氏小令[双调·水仙子]《夏》中的"浅斟白玉杯",无名氏小令[双调·一锭银过大德乐]中的"翠袖殷勤捧玉觞",徐琰小令[双调·蟾宫曲]《青楼十咏·小酌》中的"琼杯满酌",关汉卿杂剧《钱大尹智宠谢天香》第四折中的"将凤凰杯注酒尊前递",张可久小令[双调·水仙子]《次韵还京乐》中的"蕉叶杯葡萄酿",张养浩小令[中吕·红绣鞋]《赠美妓》中的"杯擎玛瑙泛香醪",李好古杂剧《沙门岛张生煮海》第一折中的"玉斝金钟,对对双双",高克礼小令[双调·雁儿落过得胜令]中的"酒冷重温白玉斝",兰楚芳套数[中吕·粉蝶儿]《赠妓》中的"举瑶觞笑将红袖卷",张可久小令[商调·梧叶儿]《夏夜即席》中的"瓜剖玻璃瓮,酒倾白玉盆",睢玄明套数[般涉调·耍孩儿]《咏西湖》中的"紫金罍满注琼花酿,碧玉瓶偏宜琥珀杯"等等。大量造型精美、清雅古朴、晶莹剔透的白玉卮、白玉杯、玉觞、琼杯、凤凰杯、蕉叶杯、玛瑙杯、玉斝、瑶觞、白玉盆、琥珀杯等玉质酒器,既增酒之色,也增酒之趣,同时也展示、注释了元代手工业的辉煌。

玻璃酒器因质地透明能直接反映酒的颜色而显得十分可爱,很受元代人的欢迎。陈草庵小令[中吕·山坡羊]:"风流人坐,玻璃盏大,采莲学舞新曲破。饮时歌,醉时魔。"童童学士套数[越调·斗鹌鹑]《开筵》:"昼锦堂筵开玳瑁,玻璃盏满泛流霞。"玻璃杯能将酒的颜色外显,酒入玻璃杯折射出五彩缤纷。玻璃杯实为元代丰富酒品的绝佳展现者,它为元代酒文化增添了一抹亮色。这种透明程度很高的玻璃器皿在元代绘画中常见,如颜辉《水月观音图》,在观音的右侧放着一个玻璃杯,杯中放一个玻璃净瓶,净瓶内插有柳条,玻璃杯和玻璃净瓶的透明程度都非常高。元代出土的玻璃也见证着元代人对玻璃的青睐,如甘肃漳县元代汪世显家族墓里的玻璃莲瓣托盏,其造型别致、质地晶莹、色彩鲜亮,是罕见的中国古代玻璃珍品。另外,新疆若羌瓦石硤元代玻璃作坊遗址和山东博山元明初玻璃作坊遗址,是中国迄今已发现的最早的玻璃作坊。这些都可折射出元代玻璃制造技术的发达以及玻璃器皿与元代人生活的密切关系。

(2)拙朴的饮酒器

原始而粗野的民间酒器常见的有杯、钵、樽、壶、罐、盉、瓶、注碗、盏、瓯、盅等,元曲中对元代特有的民间酒器大为赞赏。如张国宾杂剧《薛仁贵荣归故里》第三折薛仁贵儿时好友村民伴哥的唱词:"吃酒用瓦钵和这磁杯。"无名氏杂剧《罗李郎大闹相国寺》第一折:"可不道饮酒只待饮深瓯,带花须带大开头。"不忽木套数[仙吕·点绛唇]《辞朝》:"但得个月满舟,酒满瓯。"无名氏套数[仙吕·村里迓鼓]《四季乐情》:"浊醪饮巨瓯,只吃的醉了时休。"李罗御史套数[南吕·一枝花]《辞官》:"挤着老瓦盆边醉后扶,一任他风落了乌纱。"王仲文杂剧《救孝子贤母不认尸》第一折:"只饮着那老瓦盆边酒,看看那蒺藜沙上花。"卢挚小令[双调·沉醉东风]《闲居》:"共几个田舍翁,说几句庄家话,瓦盆边浊酒生涯。"磁杯、深瓯、老瓦盆都是民间极为常用的盛酒器,用陶土烧制而成。可见民间酒器大多是就地取材制成,至陋至朴,颇有粗野之气。

(3)清雅的饮酒器

清雅与高洁的酒器有瘿瓢、碧筒、荷杯、橙杯、鹦鹉杯等。元曲极力地讴歌这些造型奇特朴雅的饮酒器。如刘时中小令[中吕·朝天子]:

  瘿瓢,带糟,将瓮里浮蛆舀。

张可久小令[双调·水仙子]《和逍遥韵》:

  槲叶袍笻枝杖,松花酿瘿木瓢。

汤舜民小令[双调·湘妃游月宫]《夏闺情》:

  石髓和茶玉液香,碧筒注饮葡萄酿。

张可久小令[中吕·上小楼]《西湖晚望》:

  人过莲船,桥横柳浪,酒卷荷筋。

高文秀杂剧《好酒赵元遇上皇》第三折:

  问什么秋泉竹叶青,九酝荷叶杯。

卢挚小令[双调·蟾宫曲]《橙杯》:

摘将来犹带吴酸，绣毂轻纹，颜色深黄。纤手佳人，用并刀剖出甘穰。波溦滟宜斟玉浆，样团圞雅称金觞。酒入诗肠，醉梦醒来，齿颊犹香。

吴昌龄杂剧《花间四友东坡梦》第一折：

低吟《白雪》歌，高擎鹦鹉盏。

贾仲明杂剧《萧淑兰情寄菩萨蛮》第四折：

酒斟着鹦鹉杯，光映着玛瑙盘。

赵善庆小令［中吕·普天乐］《秋江忆别》：

钗分凤凰，杯斟鹦鹉，人折鸳鸯。

瘿瓢即瘿木制的瓢。瘿是树根部的瘤结或树干上的疤结。以木制成的生活用具，家家户户都有，是极普通之物，但树木上出现的瘿瘤，其貌诡异奇幻，是病，却惹人喜爱。用以大自然所造就的奇木根瘿制成的瘿瓢舀酒，显然，是在表粗犷豪爽，表自在潇洒，或是元代人返朴归真的审美观。

碧筒，即碧筒杯，是用盛夏荷叶所制的酒杯。以荷叶为杯的饮法最早出现在曹魏时代。唐代诗人段成式在《酉阳杂俎》一书中记载：魏晋时期，每到炎夏盛暑，齐郡刺史郑悫便常跟幕僚们一起到济南北郊的大明湖畔避暑游玩。当时的大明湖叫莲子湖，湖中莲叶田田，荷花争艳。他们玩到尽兴时，常割下湖中带茎的荷叶，用簪子刺穿叶心，使刺孔跟空心的荷茎相通。然后在大荷叶中贮满白酒，再将空心的荷茎弯成象鼻状，轮流从茎的末端吸酒喝，名为"碧筒酒"①。据说这种酒，酒味杂莲叶清香，极为清爽可口。这种浪漫的饮酒方式，人们称之为"碧筒饮"；而用来盛酒的荷叶，则叫"荷杯"、"荷觞"、"荷盏"、"荷叶杯"、"莲叶杯"、"碧筒"等。荷杯饮酒，别有风味。荷叶清香味苦，具有清热凉血、保护脾胃的功效，以略带苦味的荷叶汁与酒混合入口，当是夏日消暑健身的佳品。因此夏天用荷杯饮酒，不仅有保健作用，而且让人们领略到夏日荷塘美色、旖旎风光，感受到荷莲文化、饮食文化的内蕴深厚，难怪元代人会对这种饮法情有独钟。后来人们根据"碧筒杯"的原理，制成了瓷质吸杯。这种杯莲实、莲叶各居其半，另有莲茎、茎

---

① （唐）段成式：《酉阳杂俎》，方南生点校，中华书局 1981 年版，第 67 页。

细而空,作为吸管,避免了用莲叶的季节限制,也颇有雅趣。

橙杯是用橙子皮制作的酒杯。王文才《元曲纪事》载:白朴《天籁集》卷上《风入松·咏红梅将橙子皮作酒杯》:"使君高宴出红梅,腰鼓揭春雷。更将红酒浇浓艳,风流梦,不负花魁。千里江山吴楚,一时人物邹枚。软金杯衬硬金杯。香卷洞庭回。西溪不减东山兴,欢摇动北海樽罍。老我天涯倦客,一杯醉玉先颓。"①橙杯增酒之果香,盛之而饮,醇美无比,表现了文人雅士的好尚。

鹦鹉盏、鹦鹉杯是南海所产鹦鹉螺壳制作的。大约4世纪以后,随着交趾两广地区进一步得到开发,岭南异物纷至沓来,鹦鹉螺一类的南海特产也逐渐受到中原地区上流社会的青睐。这种螺壳形如鸟,头向其腹,视似鹦鹉,故以为名。它的壳外有暗紫色或青绿色的花斑,壳内光莹如云母。讲究的螺杯琢磨精致,往往镶金扣银。鹦鹉杯由于螺腔蜿曲,薮穴幽深,饮酒时不易一倾而尽,故人们又称它为"九曲螺杯"②,而为人们所珍贵。

用椰壳做酒器在元曲中也多见。如乔吉小令[正宫·醉太平]《乐闲》:"椰瓢倾、云浅松醪剩。"任昱小令[正宫·小梁州]《闲居》:"椰子瓢,松花酏。"邓玉宾套数[中吕·粉蝶儿]:"不如俺闲乐,陶陶,木碗椰瓢,乞化村醪。"用椰壳做酒器,源自一个武侠传奇,晋人嵇含《南方草木状》卷下载:昔林邑王与越王有怨,遣侠客刺之,垂其首于木上,化为椰子。林邑愤,剖作饮器。当刺时,越王大醉,故其浆如酒,俗称曰"越王头"。饮其浆,器其壳,盖始于此③。古代凡爱附庸风雅的文人都不放过这个题材,用椰瓢饮酒也是元代文人附庸风雅的一种反映。

还有一种酒器更值得一提,这就是乔吉小令[中吕·满庭芳]《渔父词》中提到青花瓷酒具:"葫芦盛酒江头市,盏用青瓷。"青瓷即青花瓷器。青花瓷是在瓷胎上以钴蓝料(氧化钴)描画装饰图案、外罩透明釉,在1300℃左右的高温窑炉里一次烧成的釉下彩瓷器。虽然元代以前,已见青花瓷,但白地蓝花的青花瓷到了元代才真正成熟。这是因为青花瓷独特的色泽,与优

---

① 王文才:《元曲纪事》,人民文学出版社1985年版,第26页。
② 郭泮溪:《中国饮酒习俗》,山西人民出版社1989年版,第91页。
③ 李修生:《全元文》11,江苏古籍出版社1999年版,第294页。

良的染料密不可分。而这种优质染料原产自中亚地区。元代与中亚交流频繁，直接促成了青花工艺的发展和成熟。青花瓷蓝白相间的色调温婉别致，能给人以宽广的联想，对于草原民族来说，它象征着安详而深邃的天空，象征着人们对生活的某种品味和憧憬，而对农耕民族来说，它又是一种素洁、宁静和永恒的表征，一种略带含蓄的生命意志的表达。蓝白相间的色彩构成整合了东方民族普遍的审美心理，成为一种既具个性又具共性，既有时代特点又超出于时代局限的普遍而又恒久的审美典范。最为珍贵的是绘制人物的元青花瓷器，其中人物故事图案大多出自于元曲，如鬼谷下山图、萧何月下追韩信图、敬德不伏老图、昭君出塞图、西厢记图、百花亭图等。将这些图案上反映的内容与无名氏杂剧《庞涓夜走马陵道》、金仁杰杂剧《萧何月下追韩信》、杨梓杂剧《功臣宴敬德不伏老》、马致远杂剧《破幽梦孤雁汉宫秋》、王实甫杂剧《崔莺莺待月西厢记》、无名氏杂剧《逞风流王焕百花亭》里的文字对照，完全可以找到同样的场景。可以说元青花上的人物图案故事或是以元曲描写的内容为蓝本，或是对元曲内容做的图说。如果是那样，那么，我们的读图时代应该从元代就开始了。但无论怎样推测，都证实了这样一个事实：瓷器的发展与当时的社会生活是密不可分的，受着社会生活的显著影响。独步天下的元青花瓷是元代多元文化相互交融演绎出的美轮美奂的艺术佳作。元曲用自己独特的记录功能也记录了它们。

（三）酒　　店

元代饮酒之风盛行，遍及官员、文人、平民、僧道各个阶层，且各有各的特色。饮酒之盛推进了元代酒店的兴旺，从城镇闹市到山村僻壤，到处有酒店，即使是人烟罕至之处，也可见酒肆。元代的酒店按其经营方式，大致可归纳为六种类型。第一类是对消费者适应范围比较广泛的综合性大酒家。它们以资金雄厚、规模宏大、酒食丰饶处于优势。第二类是高雅的酒家，因环境清雅，设施齐全，酒肴佳美，能够迎合上层顾客的需要。第三类是销售食物的酒店。第四类是经营简易的小酒店。这类酒店准入门槛很低，数量众多，极大地满足了民众的需求。第五类是只卖酒不卖食物的"直卖店"。第六类是兼营旅店的酒店。这些以满足不同消费者的不同需求而呈现出经营多样化的各式酒肆,既反映了元代商业市场的分工有序,也反映了元代酒业发展的规模:酒消费较前代更加扩大,各类社会性服务日益增多。这些均可在元曲中得到证实。

1.酒店风貌

元曲描写了大量的酒店酒楼,生动地记载了元代繁华都市和乡里村社遍布酒肆的兴盛情形。如乔吉杂剧《杜牧之诗酒扬州梦》第一折中描写扬州酒楼:

> 酒楼上,歌桂月,檀板莺喉;接前厅,通后阁,马蹄阶砌;近雕阑,穿玉户,龟背球楼;金盘露,琼花露,酿成佳酝;大官羊,柳蒸羊,馔列珍馐。

杨显之杂剧《郑孔目风雪酷寒亭》第三折中描写郑州城的酒店:

> 满城中酒店有三十座,他将那醉仙高挂,酒器张罗。我则是茅庵草舍,瓦瓮瓷钵。老实酒不比其他,论清闲压尽鸣珂。又无那胖高丽去往来迎,又无那小扒头浓妆艳裹,又无那大行首妙舞清歌。

酒楼、酒肆、酒店分布城乡各地,仅郑州城就有酒店"三十座"。其中有些酒店"酒仙高挂,酒器张罗",甚至有高丽女迎来送往,有专门的服务小姐陪侍,有妓院行首妙舞清歌佐酒,富丽堂皇,环境优雅;有些酒店虽然"茅庵草舍","瓦瓮瓷钵",比较简陋,但也"人烟热闹,买卖稠叠"①,一片繁荣。即使是在乡村,也是"出门便是三家店,绿柳青帘"②。乡村酒肆淳朴自然的风貌,于山林之中、于河溪之畔,与当时的乡村环境浑然一体。"看梅花误入桃源。溪头卖酒家,洞口钓鱼船"③,"花藏卖酒家,烟锁垂杨岸"④,"绕溪边鲜鱼旋买,沿村务沽酒频酌"⑤。随处可见的乡村酒肆,为民众买酒提供了便利,往往只走几步路就可以买到酒。"酒旗只隔横塘,自过小桥沽去"⑥。各种规模的酒坊酒肆,满足着不同层次消费者的需求。

元曲还有一些设计别致的特色酒店,如曹德小令[双调·庆东原]《江

---

① 高文秀杂剧《黑旋风双献功》第二折。
② 张可久小令[双调·殿前欢]《西溪道中》。
③ 张可久小令[越调·寨儿令]《桃源亭上》。
④ 无名氏小令[双调·雁儿落过得胜令]。
⑤ 薛昂夫套数[正宫·端正好]《高隐》。
⑥ 刘敏中小令[正宫·黑漆弩]《村居遣兴》。

头即事》:

> 低茅舍,卖酒家,客来旋把朱帘挂。长天落霞,方池睡鸭,老树昏鸦。几句杜陵诗,一幅王维画。

低矮的茅草屋,是一处卖酒的人家,尚挂有杜陵的诗、王维的画,蕴含文学美、书法美和绘画美,颇添情趣,表现出酒家的审美素养,成为一种特殊的高品位招幌。正像宋代吴自牧《梦粱录》所总结的那样:用名画作招幌,可以"勾引观者,留连食客",还可以"装点店面"①,一举三得。借助一些名人笔墨和装饰的古朴、高雅,以一种名人效应,吸引很多的顾客光临。这种宁静悠闲的古旧商业情调,在张可久小令[越调·凭阑人]《湖上》表现得更加浓郁:

> 远水晴天明落霞,古岸渔村横钓槎。翠帘沽酒家,画桥吹柳花。

远水、晴天、落霞、古岸、渔村、钓槎、翠帘、酒家、画桥、柳花,在一片和谐的景物中,推出一幅翠帘飘扬的酒家沽酒卖醉水墨画——清新、宁静、朴实,让人感到了民间生活的怡然和淳美。周德清的[中吕·红绣鞋]《郊行》是与《湖上》有异曲同工之妙的小令:

> 茅店小斜挑草荐,竹篱疏半掩柴门,一犬汪汪吠行人。题诗桃叶渡,问酒杏花村,醉归来驴背稳。

茅屋野店,挑着酒招;竹篱疏散,半掩柴门,一切显得格外古朴俚俗。"一犬汪汪吠行人"说明这地方偏僻,很少有外人来。

正是这些简陋实惠的卖酒摊点,如众星拱月烘托着元代酒业的发展,成为酒业经营的一种补充。

2.酒店消费

元代不仅酒肆普遍,而且酒肆的生意极其兴隆,在元代的饮食行业中堪称首屈一指。元曲从以下方面描写了元代酒业的消费:

第一,酒肆的顾客特别广泛。酒肆是社会各阶层的聚散之地。酒肆的顾客上至皇帝、朝臣,下至普通文人、平民百姓等,到酒店消费的人群结构呈多样化趋势。如写贵族阶层到酒店饮酒的,无名氏杂剧《十探子大闹延安

---

① (宋)吴自牧:《梦粱录》(外四种),中国商业出版社1982年版,第130页。

府》第二折庞衙内云：

> 左右，将马来，我去酒铺里喝几瓯凉酒去来。本是一衙内，只要把人昧。人命不为轻，且去吃一醉。

写文人阶层到酒店饮酒的，如马致远套数［双调·夜行船］：

> 俺不是烟花里钻延，酒楼上贪婪。

胡用和套数［中吕·粉蝶儿］《题金陵景》：

> 歌楼对酒楼，山光映水光，倩良工写在韩屏上，留与诗人慢慢赏。

写百姓到到酒店饮酒的，如武汉臣杂剧《包待制智赚生金阁》第三折老人、里正白：

> 我们且到这酒店里吃几杯酒，定一定胆。店小二，我们要买酒吃的，打二百长钱酒来。

第二，元代饮酒之风非常盛行。酒肆生意的兴隆从元代饮酒之风的盛行中可见一斑。贯云石小令［中吕·红绣鞋］《痛饮》："东村醉西村依旧，今日醒来日扶头，直吃得海枯石烂怎时休！将屠龙剑，钓鳌钩，遇知音都去当酒。"走东村串西村只为酒，一天到晚还是酒，"海枯石烂"也不罢休，甚至将"屠龙剑，钓鳌钩"等珍贵的东西都换作了酒。这些现象说明当时民众消费模式已有改变，而这样的改变，主要是出于民众对酒的强烈需要。正如白朴在残剧《李克用箭射双雕》中所描述的："赛社处人齐，一个个怎般杀势，直吃的浑身上村酒淋漓。手张狂，脚趔趄，吃的来吐天秽地"，可见当时饮酒之风炽盛。

第三，惊人的酒资消费。刘敏中小令［正宫·黑漆弩］《村居遣兴》："酒旗只隔横塘，自过小桥沽去。"无名氏套数［仙吕·村里迓鼓］《四季乐情》："踏雪沽醅酒。"宋方壶［双调·水仙子］《叹世》："沽村酒三杯醉，理瑶琴数曲弹。"无名氏套数［双调·新水令］："再不缠头戴蜀锦，沽酒典春衫。"汤舜民套数［双调·新水令］《送王姬往钱塘》："几偿沽酒债，填不满买花资。"无名氏套数［仙吕·村里迓鼓］《四季乐情》："酒杯中不够，村务内将琴剑留，仓廒中将米麦收。"家中的酒喝完了，还不够，又到村里酒店去沽；钱用完了，将平时自己珍爱的琴和剑做质当换酒；再不够，打开粮仓将米麦拿去换。在这里，不用再借用任何的背景资料，就已经领略到元代人酒资消费之高。惊人的酒资消费,直接反映了当时酒肆生意的兴隆。

第四,佐酒消费的丰富性、多样性,也是酒业兴盛的一个因素。元代佐酒佳肴丰富多样,元曲中主要描写的有酒肉、酒食、酒肴、酒脯等几种。

"酒肉",指酒和肉,如鲜鱼、嫩鸡、烧鹅等平民心目中的美味食品。王晔杂剧《桃花女破法嫁周公》第一折周公对彭大云:"分外与你一两银子,买些酒肉吃,辞别了你那亲识朋友。"张可久套数[南吕·一枝花]《春景》:"珍馐满桌,玉液盈坛。"睢玄明套数[般涉调·耍孩儿]《咏西湖》:"排果桌随时置,有百十等异名按酒,数千般官样茶食。"沈和套数[仙吕·赏花时北]《潇湘八景》:"旋笮新酒钓鲜鱼,终日酶酶乐有余。"薛昂夫套数[正宫·端正好]《高隐》:"故友来相贺,绕溪边鲜鱼旋买,沿村务沽酒频酌。"杨梓杂剧《功臣宴敬德不伏老》第三折:"问他要白米饭,炒嫩鸡儿,冲糯酒儿吃。"汤舜民小令[双调·沉醉东风]《江村即事二首》:"拳来大黄皮嫩鸡,蜜般甜白水新醅。"

"酒食",指酒与饭菜。无名氏杂剧《郑月莲秋夜云窗梦》第三折:"我见你这病体愁闷,拿了些酒食来,与你解闷。"无名氏套数[仙吕·点绛唇]《赠妓》:"不问生熟办酒食,他便要开盏传杯。"武汉臣杂剧《包待制智赚生金阁》第一折:"秀才,似这般大雪,我和你寻个村房道店,买些酒食盪寒也好那。"郑廷玉杂剧《布袋和尚忍字记》第二折:"我早安排下酒食茶饭,两口儿快活饮几杯,可不是好?"

"酒肴",亦作"酒馔",指酒与菜肴。无名氏杂剧《玎玎珰珰盆儿鬼》第一折店小二说:"在这上蔡县北关外十里店,开着个小酒务儿。……今日好晴明天气,早些起来,收拾铺面,定下些新鲜的案酒菜儿,挑出这草荐儿去,看有甚的人来。"郑廷玉杂剧《包待制智勘后庭花》第三折:"小二哥,安排些酒馔来,等我自己酌一杯,明日连房钱一并还你。"武汉臣杂剧《包待制智赚生金阁》第一折:"在后堂中安排酒肴,庆贺新得的夫人。"无名氏杂剧《阀阅舞射柳蕤丸记》第四折:"令人,安排酒肴,与众大人每玩赏端阳,开怀畅饮,然后射柳击球。"

"酒脯",指酒和干肉,后亦泛指酒肴。关汉卿杂剧《山神庙裴度还带》第二折李文俊白:"某来到这洛阳歇马,纷纷扬扬,下着国家祥瑞,领着从人,将着红干腊肉、酒果杯盘,来至这城东邮亭上。"秦简夫杂剧《东堂老劝破家子弟》第三折胡子传对扬州奴云:"我先买些肉、鲊、酒来与你吃。"

除了"酒肉"、"酒食"、"酒肴"、"酒脯"等外,果品作为下酒的食品,在元时的市民生活中相当的普遍,并成为当时酒俗中的一种比较独特的现象。无名氏杂剧《汉钟离度脱蓝采和》第二折:"今日是蓝采和哥哥贵降之日。众弟兄送将些礼物来,安排下酒果,与哥哥上寿。"关汉卿套数(二十换头)[双调·新水令]:"旋剖温橙列着玳筵,玉液着金瓶旋。"曾瑞小令[南吕·四块玉]《述怀》:"白酒笓,黄柑扭,樽俎临溪枕清流。"乔吉小令[双调·折桂令]《富子明寿》:"香温汉鼎,酒暖吴橙,贺绿鬓朱颜寿星。"赵显宏小令[中吕·满庭芳]《渔》:"新糯酒香橙藕芽,锦鳞鱼紫蟹红虾。"商衢套数[双调·风入松]:"嫩橙初破酒微温,银烛照黄昏。"马致远小令[双调·湘妃怨]《和卢疏斋〈西湖〉》:"金卮满劝莫推辞,已是黄柑紫蟹时。"张可久小令[中吕·红绣鞋]《三衢山中》:"白酒黄柑山郡,短衣瘦马诗人,袖手观棋度青春。"李伯瞻小令[双调·殿前欢]:"黄柑万颗霜初透,绿蚁香浮,闲来饮数瓯。"可见以果品作为下酒的食品,在宋元时的市民生活中是相当的普遍,已成为当时酒文化中的一种比较独特的现象。

3.酒店营销

元代酒业的兴盛和发展,还表现于其经营方式多种多样,较前代有了很大的提高。元曲中描写的元代酒业经营方式和特点主要有如下几个方面:

第一,交易方式灵活。元曲中记载的主要有现钱交易、典物换酒和实物兑换、赊贷等。现钱交易是酒肆经营的主要渠道,有利于资金的灵活周转。如张可久小令[中吕·山坡羊]《酒友》:"刘伶不戒,灵均休怪,沿村沽酒寻常债。看梅开,过桥来,青旗正在疏篱外,醉和古人安在哉。窄,不够酾。哎,我再买。"说明元代酒肆交易主要以现钱为主。

因缺乏酒资而典物换酒和实物兑换的现象在元代也非常普遍,如张可久小令[双调·折桂令]《湖上寒食》:"沽酒春衣自典,思家客子谁怜。"王恽小令[越调·平湖乐]:"柳外兰舟莫空揽,典春衫,舣船一棹汾西岸。"郑廷玉杂剧《宋上皇御断金凤钗》店小二听说赵鹗中了头名状元,便用媳妇穿的唯一的一条裙子当了一瓶酒,准备为赵庆贺一番,以便攀高接贵。汤舜民小令[中吕·山坡羊]《书怀示友人》:"典鹑衣,举螺杯,酕陶醉了囫囵睡。"即使是"家存四壁"①,也要典物换酒,以求一醉方休。还有实物兑换的描写,如乔吉小令[正宫·醉太平]《渔樵闲话》:"柳穿鱼旋煮,柴换酒新沽。"朱庭玉套数[大石调·青杏子]《归隐》:"自去携鱼换酒,客来汲水烹茶。"看来,无论是典物换酒,还是实物兑换的行为在元代酒肆均是司空见惯的。当然,我们也不得不指出,与郑廷玉杂剧《宋上皇御断金凤钗》店小二等典物换酒的行为相比,张可久等的典物换酒行为在可信度上不高。他们笔下的典物换酒和实物兑换则是文人作品中的点缀材料而已。

为了促销、招揽生意也常常采取赊贷方式。所谓赊贷,即由酒家将顾客的酒资先行记账,日后再偿付。这种方式多用于坐贾的商铺。如萧德祥杂剧《杨氏女杀狗劝夫》楔子柳云:"今日是孙员外的生日,俺两个无钱,去问槽房里赊得半瓶酒儿,又不满,俺着上些水,到那里则推拜,将酒瓶踢倒了。若员外叫俺买酒去,俺就去赊了来,算下的酒钱,少不得是员外还他。"曾瑞小令[中吕·快活三过朝天子]《警世》:"老瓦盆边,无明无夜,盆干时酒再赊。"汪元亨小令[双调·折桂令]:"诗了重吟,酒尽还赊。"可见,赊帐的给付形式在元时很流行。酒肆的赊贷业务是建立在商家与顾客相互信任的基础上的。赊欠者多是酒肆的老主顾,与商家之间有一定的信誉度。

这种赊销的方式在元代的食店里也常见。如吴昌龄杂剧《花间四友东坡梦》第一折:"向年间为师父娘做满月,赊了一副猪脏,没钱还他,把我褊衫都当没了,至今穿着皂直掇哩。"李文蔚杂剧《同乐院燕青博鱼》第二折燕青唱:"[混江龙]可怜咱十分贫窘,恰才那打鱼人赊与俺这卖鱼人。"关汉卿杂剧《望江亭中秋切鲙》第三折白士中的夫人谭记儿唱:"俺则待稍关打节,怕有那惯施舍的经商,不请言赊。则俺这篮中鱼尾,又不比案上罗列。活计全别。"这些例子说明,在元代,"赊卖"已成为一种极普遍的市井大众的行为。尽管这种行为主要是日常生活用品的赊买赊卖,严格说来这不能称之为商业信用,而应称之为消费信用。但毋庸置疑的是,赊卖的盛行和司空见惯,是商品经济发展进入了一个新阶段的如实反映。

---

① 朱庭玉套数[大石调·青杏子]《归隐》。

买方预付钱也反映着商人与消费者之间的信用。买方预付钱,实际上等于买方向卖方事先提供一笔生产、生活贷款。因而,经济学界把预付款看作一种商业信用。元代的买方预付钱,反映了元代人的商业意识。这里录郑廷玉杂剧《看钱奴买冤家债主》第三折贾仁与儿子的一段对话为例说明:

> (贾仁云)我儿,我想豆腐吃哩。(小末云)可买几百钱? (贾仁云)买一个钱的豆腐。(小末云)一个钱只买得半块豆腐,把与那个吃? 兴儿,你买一贯钞罢。(兴儿云)他则有五文钱的豆腐,记下账,明白讨还罢。(贾仁云)我儿,你则依着我。(小末云)便依着父亲,只买十个钱的来。(贾仁云)我儿,恰才见你把十个钱都与那卖豆腐的了。(小末云)他还欠着我五文哩,改日再讨。(贾仁云)寄着五文,你可问他姓什么? 左邻是谁? 右邻是谁? (小末云)父亲,你要问他邻舍怎的? (贾仁云)他假是搬的走了,我这五文钱问谁讨?

卧床不起、病恹恹的贾员外躺在床上,动了想吃豆腐的念头。眼看着自个儿的病越来越重,"左右是个死人了",便决心破一破悭,使些钱,于是吩咐儿子去给他买豆腐,然而,这个把钱看得比命还重要的家伙临终还是未能从铜钱眼里钻出来! 他仍然在算计,在斤斤计较。这段对话,虽然作者的意图是要描写贾仁的吝啬,但在不经意间透漏了当时的消息,在元代,赊欠已是被民间认知并普遍操作的经营方式。

第二,服务周到热情。酒店具有魅力的一个方面,那就是无可挑剔的服务。元代酒店一般用男仆扮,称呼酒保、店小二。元曲中对勤劳、辛苦的店小二描写很多。如无名氏杂剧《朱砂担滴水浮沤记》第一折酒店小二云:"营生道路有千条,若无算计也徒劳。为甚青年便头白,一夜起来七八遭。自家是个卖酒的,在这十字坡口儿上,开张这一个小铺面,觅几文钱度日。今早起来烧的这旋锅热,挂起望子,看有什么人来买酒吃。"杨显之杂剧《郑孔目风雪酷寒亭》第三折酒保张保唱:"我是个从良自在人,卖酒饶供过。务生资本少,酝酿利钱多。谢天地买卖和合,凭老实把衣食掇。俺生活不重浊,不住的运水提浆,炊盪时烧柴拨火。"不管酒客来自何方,提出怎样的要求,店小二都本着笑迎天下客,永远是客人至上的态度,以一以贯之的热心、耐心、勤劳和活力,对酒客一视同仁,确保酒客高兴而来,满意而去。这种感恩他人、服务他人的店小二精神，在今天也是需要的。无论是通常的店铺，还是从经济学的角度看，当今的每个企业、每个产业园、每个城市、每个经济区都需要经营，也都可以被认为是一家"店铺"。每个"店铺"都需要顾客来维持运营和发展壮大，但也都面临着与其他"店铺"的竞争。在各家"店铺"外在硬件相似的情况下，竞争的就是服务质量。① 此时，提倡元曲描写的店小二精神，并赋予其中熟悉业务、忠诚企业、爱岗敬业等现代内涵，形成新的店小二精神至关重要。当然，元曲描写的店小二的服务简单、技术含量低，只要有诚恳和热情就基本能满足客人的需求，远远不能适应现代"店铺"的需求。现代店小二精神，既要体现服务至上、顾客至上的精神，又要体现真诚的服务特色和服务的精细度。唯其如此，才能发扬和光大"店小二"精神，才能赢得顾客，赢得信誉，赢得机遇，赢得发展。

由妙龄女子为酒客服务是酒家通用的促销手段，尤其是在乡村的一些小酒馆，由女子来招呼客人在当时已成为一种普遍的现象。红粉佳人当垆销售，这种美酒和美景相结合的场景在元曲中是随处可见的。如"弹双丫十八鬟儿，春日当垆"②；"黄四娘沽酒当垆，一片青旗，一曲骊珠。滴露和云，添花补柳，梳洗工夫。无半点闲愁去处，问三生醉梦何如？笑情谁扶？又被春纤，搅住吟须"③；"绿树当门酒肆，红妆映水鬟儿"④；"东西往来船斗蚁，拍手胡姬醉"⑤。酒家姑娘貌美如花，秀色可餐，更兼风情万种，还有富于异域风情的胡姬、高丽女，她们所带来的文化从物质和精神两个层面都丰富了元代人的生活，受到元代人的喜爱。酒肆自然宾客盈门，生意兴隆。

第三，经营多种多样。元代的酒家不但划分规模和档次，而且形式多种多样，不仅有专业酒店，还有许多兼营店。如郑光祖杂剧《醉思乡王粲登楼》第一折店小二云："酒店门前三尺布，人来人往图主顾。好酒做了一百缸，倒有九十九缸似滴醋。自家店小二是也。有那南来北往，经商客旅，做

① 傅淞巍：《争当现代"店小二"》，《辽宁日报》2009 年 8 月 31 日。
② 刘时中小令［双调·折桂令］《再过村肆酒家》。
③ 乔吉小令［双调·折桂令］《七夕赠歌者》。
④ 张可久小令［中吕·红绣鞋］《春日湖上》。
⑤ 张可久小令［双调·清江引］《湖上晚望》。

买做卖的人,都在我这店中安下。"这里的酒店是自酿自销的。高文秀杂剧《黑旋风双献功》第二折楔子店小二云:"买卖归来汗未消,上床犹自想来朝。为甚当家头先白,一夜起来七八遭。小可是这火炉店上一个卖酒的,但是南来北往官员士庶人等进香的,都在我这店中安歇。我今日开开板搭,烧的旋锅儿热着,是有什么人来。"这里的火炉店是指泰山草参亭附近的旅店①。无名氏杂剧《玎玎珰珰盆儿鬼》第一折店小二科白:"在下店小二的便是,在这上蔡县北关外十里店,开着个小酒务儿。但是南来北往,推车打担,做买做卖的,都到俺小铺来买酒吃,晚间就在此安歇。""酒务儿"即指酒店。宋代设有酒务官,分管榷酒的事。因酒是专卖品,故称酒店为酒务儿。酒务儿不但城市有,交通路口也有。武汉臣杂剧《包待制智赚生金阁》第一折:"远远望见一个酒务儿,且到那里避一避风雪,慢慢的入城去来。"即是写路边的酒店。这种酒店因地处要冲,有发展条件,其规模不断扩展,逐步发展为横向经营,多向经营,为社会生活提供更完备的商业服务。酒店兼营旅店、火炉店卖酒,甚至醋店卖酒,所有这些多种多样的酒家,将元代酒业烘托得分外妖娆。

第四,环境优美宜人。元曲描写的酒店,有简、疏、雅、野的特点,如"野犬吠汪汪。破芦席搭在旧水床,将一张无尾的题头放。醉仙儿尊画在石灰壁上,草稕儿滴溜溜斜挑在墙头上"②。这种酒店是酒客向往的。有的以歌曲为广告,由歌伎歌唱作乐以吸引顾客。如吴西逸小令[双调·寿阳曲]《酒散》:"旗亭散,歌韵歇,暖风轻柳摇台榭。杏花墙夕阳春去也,马蹄香宝鞍敲月。"酒楼上的宴会散了,笙歌也已歇息,亭台边暖风轻拂柳丝摇曳。夕阳隐没在杏花掩映的院墙下,春天已经悄悄逝去。落花满地,马蹄生香,人们纵马踏着月光归去,留下一串清脆的马蹄声,从一个侧面表现了元代酒楼每日笙弦聒耳的胜景,反映了元代城镇的一些酒楼中,待客美女之亲切殷勤。在封建社会里,利用声色歌艺招徕富有的消费阶层,是一种十分有效的商业经营方式。又如张子坚小令[双调·得胜令]:"宴罢恰初更,摆列着玉

---

① 周郢:《泰山古代香客店考》,《岱宗学刊》1999年第2期。
② 无名氏杂剧《鲁智深喜赏黄花峪》第一折。

娉婷。锦衣搭白马,纱笼照道行。齐声,唱的是[阿纳忽]时行令。酒且休斟,俺待银鞍马上听。"曲子选取了酒宴结束时的一个小片断,通过环境、动作、声音、语言等描写,展示了城市酒楼的装饰和待客的情景,我们从中窥视到了元代城市生活之一斑。

与酒店环境匹配的设施,包括酒旗、酒联等,也从一个侧面反映了元代酒文化的兴旺。

古代酒家用布缀竿,竖于门前或高悬在房檐,作为招牌,用来招揽酒客,称为酒旗。李寿卿杂剧《月明和尚度柳翠》第二折:"酒旗前,望竿后,风又狂,雨又骤。"张养浩小令[双调·水仙子]《咏江南》:"画船儿天边至,酒旗儿风外飐。"酒旗通常用青布制成,又称之为"青旗",张可久小令[正宫·小梁州]《春游晚归》:"彩船歌管间琵琶,青旗挂,沽酒是谁家?"也叫青帘,鲜于枢套数[仙吕·八声甘州]:"江天暮雪,最可爱青帘摇曳长杠。"酒旗又称翠帘,张可久小令[双调·水仙子]《苏堤晚兴》:"翠帘堤上小肩舆,乌帽风前醉老夫。"酒旗亦称酒斾、青斾,"斾"是末端形状像燕尾的旗子。朱庭玉套数[仙吕·祆神急]《雪景》:"破墙酒斾,古岸渔艖。"高文秀杂剧《好酒赵元遇上皇》第一折:"我这里猛然观望,风吹青斾唤高阳。"酒旗还称酒望子,"望",是指高悬在望竿上的旗子,上面多书"酒"字,行人从远处就可以望见,其招揽顾客的作用是相当明显的。马致远杂剧《吕洞宾三醉岳阳楼》第一折酒保上场诗:"自家店小二是也,在这岳阳楼下开着一个酒店。但是南来北往经商客旅,做买做卖,都来这楼上饮酒。今日早晨间,我将这旋锅儿烧的热了,将酒望子挑起来。招过客,招过客!"

酒旗也有不用布帘,而用实物的。如武汉臣杂剧《包待制智赚生金阁》第三折:"草刷向墙头挑,醉八仙壁上描。"康进之杂剧《梁山泊李逵负荆》第一折酒店店主王林上场诗云:"曲律竿头悬草稕,绿杨影里拨琵琶。高阳公子休空过,不比寻常卖酒家。老汉姓王名林,在这杏花庄居住,开着一个小酒务儿,做些生意。"稕,指捆成束的禾秆,也就是草帚儿。草帚作为酒的广告标识,是因为它是酿酒滤清的工具,取意为"扫愁帚",让顾客来此能够开怀畅饮,扫除心头的烦恼。山野间的小酒店,也要在竿头悬一个草帚儿做酒招,以吸引顾客。那草帚儿,将望竿压得弯弯的,远远望去,别有一番乡村风味。

酒旗的另一个重要作用是它的升降是店家有酒或无酒、营业或不营业的标志。早晨起来,开始营业,有酒可卖,便高悬酒旗;若无酒可售,就收下酒旗。李行甫杂剧《包待制智赚灰阑记》第三折写在酒店中经过一番打斗后,酒保不仅没要到酒钱,反遭脚踢:"(酒保拦住科,云)你们还了酒钱去。(薛净云)哎,有什么酒钱还你!(踢倒科,同下。酒保云)你看我这悔气!今日在店门首等了半日,等得三四个人来买酒吃,不知为何打将起来,把两个好主儿也打了去,一文钱也不曾卖的。我如今也不开这酒店,另寻个买卖做罢。(诗云)这桩营生不爽快,常常被人欠酒债。我今放倒望竿关上门,不如去吊水鸡也有现钱卖。""望竿"就是悬挂酒斾的旗竿。

酒旗在元代人眼中是非常有魅力的。康进之杂剧《梁山泊李逵负荆》第一折李逵唱词就道出了酒旗的直接功能:"早来到这草桥店垂杨的渡口。(云)不中,则怕误了俺哥哥的将令,我索回去也。(唱)待不吃呵,又被这酒旗儿将我来相迤逗,他、他、他舞东风在曲律杆头。"同剧第三折[商调·集贤宾]:"过的这翠巍巍一带山崖脚,遥望见滴溜溜的酒旗招。"郑光祖杂剧《醉思乡王粲登楼》中的"酒店门前三尺布,人来人往图主顾",说的就是酒旗的功用。

酒联是悬挂或粘贴在酒店、酒楼、酒肆门前的"联语",也称"酒对子"、"酒楹联"等。一般认为楹联艺术起源于五代后蜀。由于楹联利用汉语的特别性能来造句、修辞,并与书法糅和在一起,它状景叙事、抒情寓意,以精练的语言表达丰富的思想感情,既意深含蓄,有诗情韵味,又对偶工整,平仄交替,朗朗上口,是我国人民喜闻乐道的文学形式之一。千百年来,酒店、酒商和其他店馆都十分讲究酒联的撰拟和装潢,使得店馆酒联更加色彩纷呈,趣味盎然。如武汉臣杂剧《包待制智赚生金阁》第三折[牧羊关]:

> 草刷儿向墙头挑,醉人仙壁上描,盖造的潇洒清标。写着道:"酒胜西湖,店欺着东阁。"

一幅好的酒联比一个酒广告更具有吸引力。它是诗化的广告,又是一种雅致的陈设,其古朴纯厚与店号匾额、门面修嵌、室内摆设相配合,能收到珠联璧合、相映生辉之效。这幅酒联不仅言简意赅、对仗工整、音韵和谐,具有形式灵活、雅俗共赏、非常实用的特点,而且蕴含了丰富的酒文化知识。

元时,商家已意识到了店面装饰的好坏会直接影响到经济效益,而牌楼酒联不仅可使店铺便于识别,独具风格,还能够增强顾客的注意力,加深记忆度。牌楼酒联在宋代就多见。张择端的《清明上河图》里就有一家孙姓开的"正店",门前高筑彩楼,十分气派。《东京梦华录》也载当时"凡京师酒店,门首皆缚彩楼欢门","九桥门街市酒店,彩楼相对,绣旆相招,掩翳天日"①。熊梦祥在《析津志》记载元朝酿酒兼卖酒的门面广告装饰也极为讲究:"酒糟坊,门首多画四公子:春申君、孟尝君、平原君、信陵君。以红漆栏杆护之,上仍盖巧细升斗,若宫室之状;两旁大壁,并画车马,驺从、伞杖俱全。又间画汉钟离、唐吕洞宾为门额。正门前起立金子牌,如山子样,三层云'黄公垆'。"②足见津京酒店装潢豪华,店主财大气粗,反映了当时酒店业的繁荣景象。元曲中也可见这样的景象,马致远杂剧《吕洞宾三醉岳阳楼》第一折酒保云:

> 你看我这楼上有牌,牌上有字,上写着:"世间无此酒,天下有名楼。"

不仅酒楹联对仗工整,很有诗境韵味,是元代普遍存在、作用深远的牌楼广告的一个例证。

(四) 酒　宴

酒宴作为一种交际媒介、迎宾飨客、聚朋会友、彼此沟通、舒心娱乐的活动,在人们的社会生活中发挥着独特的作用。酒宴的种类很多,元曲酒宴的描写大体分为官家酒宴、民间酒宴、游赏酒宴和月夜酒宴四类。一般说来,宫廷官场的酒宴比较庄重,与宴者拘于礼节不易开怀畅饮;而家庭宴欢和亲友聚会的闲适饮酌等民间酒宴、游赏酒宴、月夜酒宴,快乐酣畅,尽情尽兴,则充满了特有的欢乐情趣。

---

① (宋)孟元老:《东京梦华录》(外四种),中国商业出版社1982年版,第16—17页。

② (元)熊梦祥:《析津志辑佚》,北京图书馆善本组辑,北京古籍出版社1983年版,第202页。

1.官家酒宴

官家酒宴是朝廷因加冕、册封、庆功、祝圣寿、节日的赐宴,还有臣僚为接驾而举办的宴会,以及文武百官为公事举办的宴会等。这些宴会规模大,礼仪繁多,谁先举酒都有严格的等级约束。元曲对这类酒宴描写虽不多,但描绘的场面都是隆重繁盛,铺张扬厉,多姿多彩。如吴仁卿套数[越调·斗鹌鹑]中的元旦宫廷酒宴:

> 庆贺新春,满斟玉液。朝禁阙,施拜礼。舞蹈扬尘,山呼万岁。
> … … …
> [幺]太平无事罢征旗,祝延圣寿做筵席,百官文武两班齐。欢喜无尽期,都吃得醉如泥。[秃厮儿]光禄寺琼浆玉液,尚食局御膳堂食,朝臣一发呼万岁。祝圣寿,庆官里,进金杯。
> [圣药王]大殿里,设宴会,教坊司承应在丹墀。有舞的,有唱的,有凤箫象板共龙笛,奏一派乐声齐。

汤舜民套数[正宫·端正好]《元日朝贺》中的元旦宫廷酒宴:

> [脱布衫]椒花颂万代歌谣,柏叶杯九酝葡萄。茵陈簇雕金翠缕,金花插玳筵宫帽。
> [小梁州]一派仙音奏九韶,端的是锦瑟鸾箫。红牙象板紫檀槽,中和调,天上乐逍遥。

两首套数均详尽地描述了元日当天百官朝贺的情景,不仅写出了朝贺的隆重场面,也写出了朝贺时百官的穿着打扮。朝贺之后在朝堂之上举行宴饮。宴饮时还伴有美妙的音乐。其中《椒花颂》是节日饮酒前的祝词。椒是花椒,古人说椒是玉衡星之精,气味芬香,服之令人身轻耐老。晋代刘臻妻子陈氏曾在正月初一为其夫唱新年祝词。据《晋书·列女传》:"刘臻妻陈氏者,亦聪辩能属文。尝正旦献《椒花颂》,其词曰:'旋穹周回,三朝肇建。青阳散辉,澄景载焕。标美灵葩,爰采爰献。圣容映之,永寿于万。'"①后遂用为典实,指新年祝词,代代相沿,连元统治者也不例外。庆贺佳节的美酒是柏叶杯中盛满的葡萄美酒。柏树是最后凋谢的耐久植

---

① (唐)房玄龄等:《晋书》,中华书局 1997 年影印本,第 2517 页。

物,古人视为仙药,可免百病。用其叶浸酒,并在元旦之日大家共饮,以祝长寿,这种酒又称为柏酒。先秦以来,年年如此,即使岁月流逝、朝代更迭,此风至元朝也未改。

此外,无名氏杂剧《阀阅舞射柳蕤丸记》中的"蕤宾宴",也属于官家酒宴。在第四折:

> 今有圣人的命,着范学士迎接设宴,犒劳众将。幸遇蕤宾节令,圣人的命,在西御园设一宴,名曰太平蕤宾宴,会有众官员,都去射柳击球。

> (范仲淹云)时遇蕤宾节令,着您大小官员都要射柳打球。将军,你看这御园中景致,端的是榴花喷火,绿柳拖烟,红紫芳菲,堪描堪画,正好宴赏也。(正末云)大人,这御园中是好景致也。(唱)

> [乔牌儿]我则见榴花恰喷吐,翠柳映微露。茸茸芳草生香浦,胜丹青如画图。

> (范仲淹云)令人安排酒肴,与众大人每玩赏端阳,开怀畅饮,然后射柳击球。阶下有轮枪舞剑,耍棍打拳的人,唤几个来筵前遣兴。

该剧写辽国耶律万户侵宋,延寿马出征,一箭射死耶律万户,范仲淹在五月蕤宾节上封赏延寿马的故事。剧中除了人物是真名外,历史上并无此事,但剧中节日宴饮的场景,堪描堪画的宴赏景致,射柳打球、轮枪舞剑的场面,生动鲜活地展现了游牧民族的豪情、草原文化的风采。

2.民间酒宴

元曲中描述的民间酒宴大致分为两类:一类是参加人数少,在室内或室外举办的私人小型酒宴;另一类是参加人数相对较多的集体型酒宴。两类酒宴均在加强亲情友情、怡享天伦之乐方面发挥着重要的作用,往往尽情尽兴,气氛欢洽。

室内私人酒宴,如刘唐卿杂剧《降桑椹蔡顺奉母》第一折蔡员外与邻里的赏雪酒宴:

> 时遇盛冬天气,朔风大凛,密布彤云,纷纷扬扬,下着这国家祥瑞。老夫今日在映雪堂上,安排酒筵,请几个年高长者,赏雪饮酒,取一时之乐。

[天下乐]正值着千稔年光瑞雪飘,正好饮香也波醪。将珍羞摆列着,乐酶酶宴赏直到晓。宝鼎内香篆焚,暖炉中兽炭烧,俺可也尽开怀无处讨。

密布彤云遍九霄,飞空四野剪鹅毛。羊羔酒泛歌金缕,共享丰年乐事饶。

酒宴上觥筹交错,吟诗唱曲,笑语欢声,乐趣无穷,可见元代人酒宴的富丽、热闹、隆重、喜庆。酒宴是元代人进行社会交往的重要形式,注重礼仪、注重排场的观念,在这个酒宴上得到了集中的体现。

当然,酒宴的档次、规模和形式也会因经济的贫富或举办者的喜好而有差异。如同样是祝寿酒宴,无名氏杂剧《瘸李岳诗酒玩江亭》第二折牛员外为妻子赵江梅祝寿酒宴就办得富贵而豪华:

今日个寿筵开玳瑁尊席,酒频斟玉罍金杯。摆列着齐臻臻多娇媚丝竹笙簧,盘堆着美甘甘香喷喷珍馐的这味美,呀、呀、呀,安排着香馥馥喜佳肴异品堂食。

萧德祥杂剧《杨氏女杀狗劝夫》中孙大的祝寿酒宴俗套而别扭,楔子孙荣道:

今日是小生的生辰之日,大嫂,你与我卧羊宰猪,做下筵席。别的亲眷可都阻了,则有我那两个至交柳隆卿、胡子转,去请他来陪我吃一杯儿寿酒。大嫂,你门首觑者,他两个这早晚敢待来也。(旦云)员外也,你把共乳同胞亲兄弟孙二不礼,却信着这两个光棍,搬坏了俺一家儿也。

王恽小令[越调·平湖乐]《寿李夫人》中的祝寿酒宴清新雅逸:

南枝消息小春初,香满闲庭户。见说仙家旧风度,寿星图,瑞光浮动云衢婺。绣筵开处,散花传瑻,彩袖不曾扶。

南枝,指梅花;云衢,天街;婺,古星名,即女宿,此处用作对妇人的颂称;绣筵,豪华的筵席;散花传瑻,传花饮酒的游戏;瑻,同“盏”,一种玉制酒杯。这场祝寿宴休闲而活泼,在给人以美的享受的同时,也给人以心灵上的感动。

元代的酒宴不仅讲究排场,举办酒宴的事由似乎也特别多,如马致远杂

剧《马丹阳三度任风子》中任屠的生日酒宴、满月酒宴，王实甫杂剧《崔莺莺
待月西厢记》中第二本第二折老夫人的"赖婚"酒宴、第四本第三折长亭上
的送别酒宴、第五本第四折的婚庆酒宴，关汉卿杂剧《钱大尹智宠谢天香》
中谢天香与柳永的和好酒宴，关汉卿杂剧《温太真玉镜台》中王府尹设计调
解温峤与刘倩英的水墨酒宴等。通过这些宾朋满座，或大块吃肉，大碗喝
酒，或逞气斗酒，烂醉如泥，或对酒吟诗，推杯换盏的酒宴，我们看到了元代
市民生动的生活画面。

还有一种平日里邻里之间的聚会宴，虽然规模小、参加的人数少，但亲
和、淳朴，充满着强烈的生活情趣和浓浓的泥土气息，如关汉卿小令［南
吕·四块玉］《闲适》：

> 旧酒投，新醅泼，老瓦盆边笑呵呵，共山僧野叟闲吟和。他出一对
> 鸡，我出一个鹅，闲快活！

这类小酌型的聚餐既无达官贵人迎宾娱客、妙舞笙歌的豪华奢靡场面，
也无文人雅士宾主饮宴、传杯换盏的繁缛礼节，一切都是那么简朴，然而又
是那么融洽和谐，那么真诚、热烈。虽然酒是自家酿的，酒具是简陋的老瓦
盆，饮食是大家凑来的，客人是山僧野叟，但菜肴却不少，有酒、有肉、有鸡、
有鹅，大家笑呵呵，乐陶陶，反映了元代人的放达境界、元代崇酒的民风。更
有趣的是这种酒聚，不是主人礼仪性地宴请客人，而纯属一种友人们"打平
伙"式的聚餐，没有宾主之分，没有高贵与卑贱之分，这在特别讲究礼仪的
府第和官场是难以见到的。你出一对鸡，我出一只鹅，他带几样自种的蔬
菜，大家动手，既做主人，又做客人，这种老友平等而真诚的相聚，快活而
有趣。

对集体型民间酒宴的描写，元曲中也有不少，典型的如无名氏小令［正
宫·塞鸿秋］《村夫饮》：

> 宾也醉主也醉仆也醉，唱一会舞一会笑一会。管什么三十岁五十
> 岁八十岁，你也跪他也跪怎也跪。无甚繁弦急管催，吃到红轮日西坠，
> 打的那盘也碎碟也碎碗也碎。

村夫宴饮，不拘形骸，尽情而乐。大块吃肉，大碗喝酒，无拘无束，直吃
得宾也醉、主也醉、仆也醉，任凭你狂歌轻唱，手舞足蹈，开怀大笑；不管你三

十岁、五十岁、八十岁,不分彼此大家都在地上跪坐。没有什么丝竹管弦的声音催促,一直吃到火红的太阳从西天坠落,喧闹、欢乐,把盘碗碟瓶打得粉碎,无节无制,无所顾忌,真实地反映出了元代村民间淳朴的人情。

元曲吟诵的渔家酒宴豪放而热烈。如盍西村小令[越调·小桃红]《客船晚烟》:

> 绿云冉冉锁清湾,香彻东西岸。官课今年九分办,厮追攀,渡头买得新鱼雁。杯盘不干,欢欣无限,忘了大家难。

在美酒醉人的芳香中、在暂时温饱中,渔民们的"难"烟消云散。这样的酒是用来稀释和消解生活中的苦难的。

农业的收成直接决定人们衣食的丰歉。因此,每年的社祭活动颇受重视。据《孝经》说:"社,土地之主也,地广不可尽敬,故封土为社以报功。"《礼记·外传》说:"社者,五土之神也。"①社祭是我国自古以来土地崇拜的表达方式,一般立春后五戊为春社,立秋后五戊为秋社。每年春社秋社祭祀神灵之日,往往是城里城外,群贤毕至,少长咸集,妇孺悉就,饮酒场面蔚为壮观。元曲详细地记录了这种热烈而喜庆的场面。如白朴残剧《李克用箭射双雕》:

> [中吕·粉蝶儿]赛社处人齐,一个个怎般沙势,直吃的浑身上村酒淋漓。手张狂,脚趔趄,吃的来吐天秽地。着人道村里夫妻,但行处不曾相离。

> [醉春风]恰晒的布背褡襖儿干,又淹的旧留丢前襟湿。你这般揎拳捋袖打阿谁?我甘不过你、你!焦了重焦,絮了重絮,我则待醉了重醉。

> [快活三]俺这里村庄儿上会亲戚,当村里做筵席。醇糯酒整做下两三石,有肉腥无羊膻气。

> [朝天子]就着这瓮里,碗食,一个个查手缝无拘系。俺从早晨间直吃到日平西,都灌的来醺醺醉。有他那牛表嘲歌,沙三争戏,舞的是一张掀乔样势;再有什么乐器,又无他那路歧,俺正是村里鼓儿村里擂。

---

① (宋)李昉等:《太平御览》,中华书局1960年版,第2414页。

这样热烈欢快、散发质朴气息的热闹场面,在元曲中还可找到,如王恽小令[越调·平湖乐]《尧庙秋社》:

> 社坛烟淡散林鸦,把酒观多稼。霹雳弦声斗高下,笑喧哗,壤歌亭外山如画。朝来致有,西山爽气,不羡日夕佳。

"霹雳弦",指霹雳琴上的琴弦。据唐代柳宗元《霹雳琴赞引》载:"霹雳琴者,零陵湘水西,震余枯桐之为也。……是琴也,既良且异,合而为美。天下将不可载焉。"[①]这里泛指各种弦乐器。"壤歌亭"在平阳城北三里,古时那里有击壤亭。唐尧时有《击壤歌》:"日出而作,日入而息。凿井而歌,耕田而食。帝力于我何有哉?"[②]社祭过后,社坛上的香火之烟渐渐变淡,大群争食祭肉的乌鸦果腹后也纷纷离去。辛勤耕耘了一年的农人,在这个丰收的节日里,一边饮酒,一边作乐。笑声、喧哗声一阵接着一阵,这热闹的场面配上击壤亭外如画的青山,使人觉得纯朴而其乐融融,仿佛回到了上古的唐尧时代。勤劳、乐观、充满活力的村民,既以酒愉悦人生,满怀信心地创造当前的和未来的美好生活,又十分尊重也十分享受自己古朴淳厚的习俗。

一桌桌丰盛的酒席,一杯杯刚柔相济的酒,融入了中国传统文化中"和"的思想,融入了中华民族谦和好礼的传统美德,映现出了中华民族的集体性格和独具特色的饮食文化特征。

3.游赏酒宴

游赏酒宴是把游赏与宴饮结合起来的一种娱乐方式,人们既可以在自然环境中体验风物胜景,又能够在美酒佳肴中寻求口味上的享受。因此,游赏酒宴受到了元代社会各界的推崇和重视,并形成一代风俗。此类酒宴在元曲中也多见。如张可久套数[南吕·一枝花]《湖上归》描写游赏中的宴饮:

> 长天落彩霞,远水涵秋镜。花如人面红,山似佛头青。生色围屏,翠冷松云径,嫣然后黛横。但携将旖旎浓香,何必赋横斜瘦影。
>
> [梁州]挽玉手留连锦英,据胡床指点银瓶。素娥不嫁伤孤另。想

---

① 　(宋)李昉等:《中华传世文选·文苑英华选》,(清)宫梦仁选,吉林人民出版社1998年版,第334页。

② 　徐征等:《全元曲》,河北教育出版社1998年版,第7193页。

当年小小，问何处卿卿？东坡才调，西子娉婷。总相宜千古留名，吾二人此地私行。六一泉亭上诗成，三五夜花前月明，十四弦指下风生。可憎，有情，捧红牙合和［伊州令］。万籁寂，四山静。幽咽泉流水下声，鹤怨猿惊。

　　［尾声］岩阿禅窟鸣金磬，波底龙宫漾水精。夜气清，酒力醒，宝篆销，玉漏鸣。笑归来仿佛二更，煞强似踏雪寻梅灞桥冷。

在苏轼命名的"六一泉"亭上吟诗，在花前月下弹琴，多情的美人，手执红牙板伴奏唱曲。此时万籁俱静，只有歌声、琴声悠悠，婉转悲凉，直如"幽咽流泉水下滩"。曲中将水、天、山、人交融在一起，创造了一种"万籁寂，四山静"的安谧氛围，写了彩霞，写了红花，写了浓香、金磬，将这些本应产生热烈气氛的词，和谐地融入清幽淡远的境界中，给元代酒文化背景增添了一幅"逸笔草草"的水墨小品。

　　4.月夜酒宴

伴着月光，元曲中的夜宴酒曲也栩栩如生地再现了元代夜间酒宴的场景，如贾仲明杂剧《萧淑兰情寄菩萨蛮》第四折：

　　咱这江南风景，如此夜宴，月光照耀，灯烛辉煌，锦绣罗列，图画张挂，百味珍羞，水陆俱备，端的好富丽也！

张子友小令［双调·蟾宫曲］：

　　画堂深夜宴初开，香霭雕盘，烛焰银台。妙舞轻歌，翠红乡十二金钗。会受用簪缨贵客，笑谁同量卷江淮。祗从安排，左右扶策，月转花梢，讯马回来。

李致远小令［中吕·喜春来］《秋夜》：

　　断云含雨峰千朵，钓艇披烟玉一蓑，藕花香气小亭乡。凉意可，开宴款姮娥。

任昱小令［越调·小桃红］《宴席》：

　　桃花扇底楚天秋，恰恰莺声溜。络臂珍珠翠罗袖，捧金瓯，纤纤十指春葱瘦。移花旁酒，张灯如昼，重酌更风流。

百味珍羞，翠袖金钟，笙歌杂沓，妙舞轻歌，醉眼朦胧，元代的酒宴文化因此而氤氲，而浓郁，而丰富。尤其是登舟的夜宴，让元代那芬芳缕缕的酒，也担当起了社会的责任。关汉卿杂剧《望江亭中秋切鲙》中足智多谋的谭记儿凭借自己的智慧不但制服了要霸她为妾的"权豪势官"杨衙内，还解救了自己的丈夫，使其"照旧供职"。她有胆有识、果敢刚毅。当她的丈夫白士中获悉杨衙内凭着"势剑金牌"要来"取白士中首级时"，白士中恐惧烦恼，愁眉不展；而谭记儿却做好了准备。第三折谭记儿假扮渔妇，"开筵"在杨衙内的船上，低唱浅斟，切脍劝酒，灌醉杨衙内及随从，赚走金牌和捕人文书，使之沦为阶下囚。不仅挽救了自己一家，也为社会除了一大公害，它的成功主要是凭借了一个很好的载体——夜宴。

　　总之，元曲中宴会描写数量繁多，内容丰富，既有浓墨重彩的描写，又有简单的概述；既是真实生活的写照，又是作者审美理想的寄寓，具有密集的生活信息、丰厚的生活内涵，给人多方位的审美感受与思考。

（五）酒　　令

　　酒令，又称"酒戏"，即宴饮佐觞的游戏。它最初是为了维持酒席的秩序而行的某种处罚，但最终成为活跃饮酒气氛的一种助兴游戏。酒令在中国饮酒史上起源甚早。春秋战国的饮酒风俗是"当筵歌诗"、"即席作歌"，秦汉承前代之风而"即席唱和"，久而久之产生了辞令。与宋明相比，元代是一个相对放纵的时代。清康熙时的大学士李光地说："元时，人多恒舞酣歌，不事生产。"[1]在这样的氛围中，元代曲家多流连于酒肆歌坛，在觞筹交错中，他们的才华得到了充分的施展，甚至可以说，他们的不少作品，正是在花间樽前、酒令诗筹的氛围中诞生的。如曾瑞套数［大石调·青杏子］《骋怀》："爱共寝花间锦鸠，恨孤眠水上白鸥。月宵花昼，大筵排回雪韦娘，小酌会窃香韩寿。举觞红袖，玉纤横管，银甲调筝，酒令诗筹。曲成诗就，韵协声律，情动魂消，腹稿冥搜。"张可久小令［双调·折桂令］《酸斋学士席上》："岸风吹裂江云；进一缕斜阳，照我离樽。倚徙西楼，留连北海，断送东君。传酒令金杯玉笋，傲诗坛羽扇纶巾，惊起波神，唤醒梅魂。翠袖佳人，《白雪》《阳春》。"元曲中大量的饮酒行令诗篇，是元代酒文化活动出神入化的

---

① （清）李光地：《榕村语录》（卷二十二），陈祖武点校，中华书局1995年版，第402页。

描写,展现了元代独特的酒令文化。

1.通常酒令

酒令名目繁杂,无法精确统计到底有多少种类。据清代俞敦培著《酒令丛钞》记载,酒令大体分为四大类,即古令、雅令、通令、筹令。古令,包括即席联句、即席赋诗、藏钩、射覆、猜枚、投手令、骰子令等,内容十分广泛,多为文人雅士比试才情之乐。雅令,需引经据典,分韵联吟,当筵构思,对文化的要求较高。通令,即通行之令,大多要借助骰子、牙牌等器具,游戏性强,俗不伤雅,文化素养较低的人也可参与。筹令,即用"筹"(令签)才能行的令,由令官摇骰子以点数决定谁抽签,令签上已经写有一句古代诗词曲赋,并注明了饮酒条件,抽到者按签上所说的办。元曲中记载的酒令大体也不外这些类型。现举几例说明。

藏钩,开始只是一种游戏,行于妇人之间。该游戏与汉代昭帝母钩弋夫人的传说有关。据《汉武故事》记载,当年汉武帝巡视河间,发现了一名绝色女子,便将她带回宫中,封为"婕妤"。入宫之后,汉武帝发现婕妤的手始终握拢不伸开。展开其手,发现手心画有一钩(胎记)。后人从这件事得到启示,摹仿而作藏钩之戏。从唐代开始,藏钩又被称作"藏阄"。藏钩属集体游戏,其玩法是把参与者分作两方,一方把钩藏在手里,叫另一方猜,以猜中与否判赢输。元曲中有不少关于藏阄的描写,如周文质小令[正宫·叨叨令]《四景》:"秋登高菊径枫林下醉,冬藏钩暖阁红炉前醉。"张可久小令[双调·折桂令]《湖上即事叠韵》:"檀口歌讴,玉手藏阄,诗酒献筹。"无名氏小令[双调·春闺怨]:"沉香火暖翠帘低,樽前冷落藏阄戏。"由上可见,藏阄游戏在元代,特别是在女子中十分流行,同时藏阄游戏已和文人墨客的消愁遣兴联系在一起,赋予了藏阄游戏更多的文化内容。

猜枚,俗称猜单双。其玩法:任取席上可以记数的莲子、瓜子、松子等小果品或黑白棋子等,握于手中,供人猜单双、数目、颜色。元曲中有关于此游戏的记载,如无名氏杂剧《苏子瞻醉写赤壁赋》楔子黄州刺史说:"今无甚事,且回后堂中和夫人猜枚吃酒去也。"无名氏杂剧《阀阅舞射柳蕤丸记》第四折葛监军云:"众老大儿每,某已来了也。有酒拿来我先打三钟,然后猜枚行令耍子。"可见猜枚游戏在元代也是盛行的。

投壶在古时是最常见的酒令。投壶的壶是一种广口大腹、颈部细长的器物。投壶时,还要准备好投壶用的矢。酒宴开始,宾主依次取箭在同样的距离向壶中投掷,投中者为胜,不中者罚酒。投壶源于射礼,出现于春秋战国时期,诸侯相会、宾客饮酒之时,射礼是不可缺少的礼仪,有时限于场地和人数不便射箭,主人就改变了形式,用盛酒的器皿"壶"来代替鹄,以手投箭入壶。最早的投壶,只是用去掉箭头的箭向宴会中的酒壶投去,后来逐渐发展,有了特制的矢和壶具。西汉中叶以后,投壶器具又进行了改进,取消了一些繁琐的礼节,进一步游戏化。唐宋时投壶仍盛行。元代,投壶作为一种游戏民俗,也自然而然地"进入"了元曲。刘时中小令[中吕·朝天子]《邸万户席上》:"横槊吟情,投壶歌兴,有前人旧典型。"孙叔顺套数[南吕·一枝花]:"在谁家里打马投壶? 在谁家里低唱浅斟?"这些描写,形象地说明了投壶在元代的盛行不衰。

以唱曲娱乐来劝酒,诗经时代就有。《诗经·小雅·鹿鸣》:"我有旨酒,以燕乐嘉宾之心。"就是说的侑觞劝酒、调节气氛、娱宾遣兴。唐宋时代,宴饮娱乐更是蔚然成风,无论是宫廷宴会,还是大臣家宴,或是民间的酒楼饭馆,到处可以听到歌女美妙之音,所唱内容主要是诗与词,辅之以民间小曲。到了元代,由于唱曲队伍的扩大、市民娱乐消费水平的提高,唱曲之风更盛,以唱曲来侑觞劝酒、调节气氛、娱宾遣兴,成为时尚,成为元代酒令的一个特点。元曲中反映这种风尚的描写也颇多。如刘唐卿杂剧《降桑椹蔡顺奉母》第一折蔡员外与几个年高长者,赏雪饮酒,取一时之乐,蔡员外指雪为题,令"每人吟一首诗,有诗者不饮酒,无诗者罚一杯。"众人先后吟诗,而撞席的白厮赖不能吟诗,便当众唱一曲[清江引]:"这雪白来白似白厮赖,恰便似一床白绫被。铺在热炕上,盖着和衣儿睡,醒来时化了一身水。"这里,虽意在讽刺无赖白厮赖,但也反映出平民百姓饮酒时常用的酒令是小曲。又如无名氏杂剧《朱砂担滴水浮沤记》第一折白正强迫书生王文用唱曲为他佐觞的一段描述:

（邦老云）我且问尔,你做什么买卖?（正末云）小人做个小货郎儿。（邦老云）你是个货郎儿,我也是个捻靶儿的……兄弟,咱都是捻靶儿的,你唱一个,我吃一碗酒。……（正末唱）[喜秋风]睡不着,添烦恼,洒芭蕉渐零零的雨儿又哨。画檐间铁马儿玎玎珰珰闹,过的这南楼呀呀的雁儿叫。

"你唱一个,我吃一碗酒",就是酒令的酒约。另如无名氏杂剧《鲁智深喜赏黄花峪》第一折李幼奴为丈夫刘庆甫唱曲佐觞一段描写:

> (庆甫云)大嫂,我央及你唱一个小曲儿。(旦云)我不会唱。(庆甫云)你好歹唱一个曲儿,我吃不的闷酒。(旦做递酒科,云)庆甫,你饮这一杯酒,我唱个曲儿你听。(唱)[南驻云飞]盏落归台,不觉的两朵桃花上脸来。深谢君相待,多谢君相爱。嗏,擎尊奉多才,量如沧海。满饮一杯,暂把愁怀解,正是乐意忘忧须放怀。(庆甫云)好、好、好,我吃一钟。大嫂,你也吃一钟。

这条材料提示我们:酒令的根本作用是劝酒佐觞,所以有时尽管没有明确提示行令,但凡酒宴上唱曲,大都是行酒令①。

酒宴上劝酒的形式还有乐舞,如卢挚小令[双调·蟾宫曲]《扬州汪右丞席上即事》:

> 江城歌吹风流,雨过平山,月满西楼。几许华年,三生醉梦,六月凉秋。按锦瑟佳人劝酒,卷朱帘齐按《凉州》。客去还留,云树萧萧,河汉悠悠。

锦瑟,一种弦乐器,瑟上花纹如锦。《凉州》本唐代天宝年间的乐曲,多表现边塞题材,流传极广。在暮夏初秋霁月清风的良宵夜景,"按锦瑟佳人劝酒,卷朱帘齐按凉州",在有节拍的锦瑟乐声中,佳人频频劝酒。一队队歌女出场,按拍齐唱《凉州》曲,描写了笙歌侑酒的盛宴景象。

白朴套数[大石调·青杏子]《咏雪》也是酒宴上乐舞劝酒形式的描写:

> 空外六花翻,被大风洒落千山。穷冬节物偏宜晚,冻凝沼沚,寒侵帐幕,冷湿阑干。

> [归塞北]貂裘客,喜庆卷帘看。好景画图收不尽,好题诗句咏尤难,疑在玉壶间。

> [好观音]富贵人家应须惯,红炉暖不畏初寒。开宴邀宾列翠鬟,

---

① 康保成:《酒令与元曲的传播》,《文艺研究》2005 年第 8 期。

挤酡颜,畅饮休辞惮。

[幺篇]劝酒佳人擎金盏,当歌者款撒香檀。歌罢喧喧笑语繁,夜将阑,画烛银光灿。

[结音]似觉筵间香风散,香风散非麝非兰。醉眼朦腾问小蛮,多管是南轩蜡梅绽。

红炉生起,绿酒烫好,金盏擎起,宾客盈门,环僮林立。在一个难画、难描、难歌、难言,晶莹剔透的"玉壶"之中,众人尽管已喝得脸红耳热了,但"畅饮休辞"的劝酒声依然不断。那歌喉悠悠,檀板声声,那妙语连连,喧笑阵阵,真是别有一番天地在玉壶。由上两例可知,元代饮酒讲究环境的艺术化,经常是以歌舞来伴酒的。以歌舞侑食饮之乐,是经济发达到一定程度的产物,而宴饮与娱乐相得益彰,能够更好地满足人们生理与心理的需要。

2.特殊酒令

元曲中除常见的掷骰、射覆、酒筹、文字令、小曲等通用酒令外,还有一些自定的、即兴创造或自由发挥的特殊酒令。如关汉卿杂剧《杜蕊娘智赏金线池》第三折在金线池上:

（众旦云）姨姨,俺则这等吃酒可不冷静?（正旦云）待我行个酒令,行的便吃酒,行不的罚金线池里凉水。（众旦云）俺们都依着姨姨的令行。（正旦云）酒中不许提着"韩辅臣"三字,但道着的,将大觥来罚饮一大觥。（众旦云）知道。（正旦唱）

[醉高歌]或是曲儿中唱几个花名。（众旦云）我不省得。（正旦唱）诗句里包笼着尾声,（众旦云）我不省得。（正旦唱）续麻道字针针顶,（众旦云）我不省的。（正旦唱）正题目当筵合笙。

这四句唱词包含了四种酒令的令格:"曲儿中唱几个花名",就是要求唱出以花名为题的曲牌名。元以来以花为名的曲牌有许多,仅元曲中就有[一枝花][石榴花][后庭花][锦上花][金钱花][山丹花][四季花][芙蓉花]等。"诗句里包笼着尾声",即"诗头曲尾",是元代产生的一种韵文形式,大体一诗一曲、前诗后曲连接而成。这类文体,雅俗相间,别有韵味。"续麻道字针针顶",即常说的"顶针续麻",是在连句中,后句的首字与前句的末字相重复。元曲中描写了许多擅长"顶针续麻"的歌伎与文人。如关汉卿杂剧《赵盼儿风月救风尘》中的宋引章、李寿卿杂剧《月明和尚度柳翠》中的柳翠、无名氏杂剧《逞风流王焕百花亭》中的王焕、马致远杂剧《江州司马青衫泪》中的白居易等。"正题目当筵合笙"指的是在宴席上的当场应题创作。合笙类似于流传已久的"射覆",有起令、随令。这类酒令往往与前三类酒令配合使用。与其他艺术种类相比,行酒令不允许有过多推敲、斟酌的时间,更讲究随机应变,更需要有诗词的根底。而元代的曲家和歌伎,许多都有当筵作诗作曲、唱曲本领。据夏庭芝撰的《青楼集》记载,在江西行省参政全普庵撒里(字子仁)的酒席上,全普庵撒里口占[清江引]曲云:"青青子儿枝上结。"令宾朋续之,众未有对者。乐人李四之妻刘婆惜应声对曰:"青青子儿枝上结,引惹人攀折,其中全子仁,就里滋味别,只为你酸留意儿难取舍。"令全普庵撒里大称赞。这里,刘婆惜不仅续完了全曲,而且运用谐音的双关艺术手法,把全普庵撒里的字巧妙镶嵌其中。像这样聪明机敏、谙通文墨的歌伎,在元曲中还有很多。如史九散人杂剧《老庄周一枕蝴蝶梦》第一折展现了歌伎的乐艺:

> (四旦上,生云)你这四位大姐,都是院里的?会什么吹弹?(四旦云)所事都会。先生要甚杂剧,俺就扮来。(生云)好大话也。我说出来,你说不会,怎了?(四旦云)人会的,俺便会;人知道的,俺便知道。(生云)既如此,您将乐器各作四句诗,都要有出处的言语。(一旦云)苍梧云气赤城霞,锦乐钧天帝子家。醉里忽逢王子晋,玉箫吹上碧桃花。(生云)妇人只知枕席之事,也晓得这等言语?(又一旦云)世人多虑我无忧,一片身心得自由。散诞清闲无个事,卧吹凤管月明秋。(生云)我学生会天下士大夫,止不过学而知之,似列位者,少有。(又一旦云)尘世飘飘万丈坑,暮去楼阁古今情。谁将羌管吹残月?白玉楼头第一声。(生云)又妙!又妙!(又一旦云)非希非易亦非奇,音律轻歌韵正宜。说与君家如得悟,无忧无虑亦无疑。(生云)酒保,把前后门都关了,不要放一人进来,俺五个直吃的尽醉方归。

这是剧中的一段插演。表演开始,先由生来指定题目、提出要求:"您将乐器各作四句诗,都要有出处的言语。"这就是合笙的"指物题咏";然后由伶人各以韵语的形式完成对不同乐器的题咏,此即是"各占一事"。其一且先咏玉箫,是为"起令";其后由诸旦分咏凤管、羌管,是为"随令";最后,一旦以韵语打诨的方式结束了这场表演。充分展现了歌伎"折末道谜续麻合笙,折末道字说书打令"①的素养。

元曲还记载了元代的一些特殊酒令规则,如赢者赏酒,输者罚喝水。关汉卿杂剧《杜蕊娘智赏金线池》第三折写杜蕊娘与姐妹们席间行令,"行的便吃酒,行不的罚金线池里凉水"。关汉卿杂剧《状元堂陈母教子》第三折陈母云:"咱行一个酒令,一人要四句气概的诗,押着那'状元郎'三个字;有那'状元郎'的便饮酒,无那'状元郎'的罚凉水。"说明元代除流行与当今相同的输者罚酒规则之外,还有赢者赏酒、输者罚水的规则。

有趣的是元代作家还成功地利用这些特殊的酒令设计情节,成就了戏剧的结构,令作品引人入胜。如朱凯杂剧《刘玄德醉走黄鹤楼》,平话卷中有"玄德黄鹤楼私遁",此事在史书中没有记载,是平话虚构的。此杂剧主要讲述了周瑜设计邀请刘备赴黄鹤楼碧莲会、刘备成功脱身的故事。第一折讲周瑜趁着诸葛亮和关羽张飞往华容道追赶曹操之际,设计邀请刘备赴黄鹤楼。刘封有私心劝刘备去,赵云认为那是鸿门宴坚决反对,但刘备还是只身过江赴会去了。第二折讲诸葛亮观天象知刘备有难,派关平给刘备送暖衣与挂拂子,挂拂子内藏了当初诸葛亮祭风时跟周瑜借的令箭。第三折周瑜命"俊俏眼"把住楼口,对不上令箭的一律不许上下楼。姜维扮渔翁上,"俊俏眼"为了贪图鲜鱼鲜虾自作聪明,装作认识渔翁的样子,姜维找准时机给刘备看了诸葛亮提示的逃命八字"彼骄必褒,彼醉必逃"。随后刘备与周瑜行酒令,论古往今来谁是英雄,"言者当,理当敬酒;言者不当,罚凉水饮之"。刘备故意说得不当,罚自己喝凉水。周瑜饮酒过多欲睡,临睡前将令箭折断抛入江中。刘备在周瑜睡着后,取出挂拂子里面的令箭成功地脱险。

总之,元代的这些酒令,应该说是在酒文化的夹缝中生长出的特殊文化现象,元曲对它们的记载,是非常可贵的。它们不仅拓展了元曲反映的生活畛域与审美内涵,也为作品增添了盎然的情趣。

---

①　无名氏套数[中吕·粉蝶儿]《阅世》。

（六）酒　　礼

在中国人的眼里,酒不是生活的必需品,但在社会生活中,酒却具有其他物品所无法替代的功能。酒涉足中国的政治、经济、军事、农业、商业、历史、文化、艺术等各个方面,并留下了许多有口皆碑的酒事、动人的酒话和娱人的酒趣。因为饮酒能御腊月寒、解暑天渴、壮弱者胆、增武士力、添美人色、通人间情、销万古愁,少饮则有和血行气、壮元生精、延年益寿之功效,所以世人痴迷酒、盛赞酒;帝王将相不惜肉林酒池,指点江山,话千秋伟业;豪门权贵,难舍金尊玉盏,挥金如土。社会上也就有了接风酒、洗尘酒、压惊酒、饯行酒、庆功酒、开业酒、赴任酒、迁居酒以及红白喜事酒之说。不过,不管是什么酒,都深深打下了"礼"的烙印。这种礼,使饮酒成为一种仪式,使饮酒成为文明进程或文化氛围的一部分。在元曲里,节日喜庆、婚丧嫁娶、雅结诗社、观花赏雪、生日祝寿、友人相聚等,都离不开酒事,以酒为礼,以酒抒情,以酒祈福,以酒表意,构成了元代一幅幅多姿多彩的酒风俗图,广泛而深刻地反映着元代社会饮酒、用酒的情况。

1.节日酒

中国节令饮酒之俗源远流长,节令酒反映人们强身健体、延年益寿的延龄心理,传达人们求吉纳福、祛凶辟邪的趋吉心理也由来已久,这在中国古代文学作品中很早就有反映。最早反映祈寿趋吉心理的节令酒的文学作品是《诗经·豳风·七月》:"八月剥枣,十月获稻,为此春酒,以介眉寿……九月肃霜,十月涤场。朋酒斯飨,曰杀羔羊。跻彼公堂,称彼兕觥,万寿无疆!"其中"眉寿"即长寿的意思。显然,人们用"枣"、"稻"酿制"春酒"的目的,就是来助长寿;人们来到聚会的大厅,拿起酒杯敬祝别人"万寿无疆"。其制酒、祝酒活动中的延龄祈寿心理如清词浅语,使人自然心领神悟。自《诗经·豳风·七月》开始,文学作品中传达节令酒中寓人们延年益寿、祛凶趋吉心理的风气比比皆是。随着时代的推移,酒的种类越来越多,酒俗的内容更加纷繁复杂,文学对节令酒的描写也更加丰富,更加深入。元曲就是其中一种。元代人元日饮"椒酒",端午节喝"菖蒲酒",重阳日饮"菊花酒"……这些节令酒积淀的厚重文化意蕴也在元曲中有醇郁的散发。如贯云石套数[双调·新水令]《皇都元日》"梅花枝上春光露,椒盘杯里香风度",写的是元日的酒。无名氏小令[中吕·迎仙客]《三月》"修禊潭,水如蓝,车马胜游三月三。晚归来,酒半酣",写的是三月三的酒。无名氏杂剧《阀阅舞射柳蕤丸记》第四折"见花柳似锦模糊,贺蕤宾如画图。彩索灵符,酒泛菖蒲",写的是五月五的酒。乔吉小令[双调·折桂令]《七夕赠歌者》"浅醉微醒,谁伴云屏? 今夜新凉。卧看双星",写的是七月七的酒。无名氏小令[商调·梧叶儿]《十二月·八月》"中秋夜,饮玉卮,满酌不须辞",写的是八月十五的酒。贾仲明杂剧《吕洞宾桃柳升仙梦》第二折"时遇秋天九月,重阳节令,请俺众街坊,去郊外秀野园,安排酒果,登高赏玩",写的是九月九的酒。可以说,元代的整个社会都散发着酒文化的芬芳气息,饮酒成为元代人四时八节必不可少的生活内容。节令的依次变迁、循环往复,既构成了宇宙的生命秩序,也构成了人类的生命节律。在农业文明时代,人们特别重视季节变化中的各种节日,常常进行庆贺。正如巴赫金说:"在狂欢节上,人们不是袖手旁观,而是生活在其中,而且是所有的人都生活在其中,因为从其观念上说,它是全民的。在狂欢节进行当中,除了狂欢节的生活以外,谁也没有另一种生活。人们无从躲避它,因为狂欢节没有空间界线。在狂欢节期间,人们只能按照它的规律,即按照狂欢节自由的规律生活。狂欢节具有宇宙的性质,这是整个世界的一种特殊状态,这是人人参与的世界的再生和更新。"[①]元曲中浓墨重彩的节日酒描写,除了增添节日氛围外,更是亲人团聚、共度节日、炫耀门庭、攀亲结友的最佳方式。

2.待客酒

在各种宴会上,酒成为款待客人的首选饮料。俗话说,"无酒不成席",请客宴宾,只要有酒,即使一口薄酒,也会让客人尽兴而归;反之,即便菜满桌而席无酒,主人也会觉得不成敬意,客人也有无酒下菜之憾。在元代,亲朋到来时一般要饮接风酒。石子章杂剧《秦修然竹坞听琴》第一折:

（梁尹云）他说是秦修然么?（张千云）是。（梁尹云）老夫语未悬口,侄儿却已来到。张千,道有请。（张千云）请进。（秦修然见科,云）

---

① 钱中文:《巴赫金全集》第6卷,晓河、贾泽林等译,河北教育出版社1998年版,第8页。

叔父请坐,受您孩儿两拜。(梁尹云)孩儿,则被你想杀我也!你行囊在于何处?(秦简然云)在客店中哩。(梁尹云)张千,便与我搬将来,打扫书房,着孩儿那里安歇。便安排酒肴,与孩儿接风去来。

关汉卿杂剧《杜蕊娘智赏金线池》第一折楔子:

> (府尹云)老夫语未悬口,兄弟早到。快有请!(张千云)请进。(做见科,韩辅臣云)哥哥,数载不见,有失问候。请上,受你兄弟两拜。(做拜科,府尹云)京师一别,几经寒暑,不意今日惠顾,殊慰鄙怀。贤弟请坐。张千,看酒来!(张千云)酒在此。(做把盏科,府尹云)兄弟满饮一杯。(做回酒科,韩辅臣云)哥哥也请一杯!(府尹云)筵前无乐,不成欢乐。张千,与我唤的那上厅行首杜蕊娘来,伏侍兄弟饮几杯酒。

在宴席上,人们举杯共饮,觥筹交错,情绪高扬兴奋,气氛热烈,彼此间的关系更加融洽亲密。酒宴上的礼仪描写也在元曲中有记录。如秦简夫杂剧《东堂老劝破家子弟》第四折:

> 今日个画堂春暖宴佳宾,舞东风落红成阵。摆设的一般般毅馔美,酬酢的一个个绮罗新。

邓玉宾套数[中吕·粉蝶儿]:

> 都是教酒葫芦相与酬酢,归来醉也蔡杖挑,过清风皓月溪桥。

郑廷玉杂剧《布袋和尚忍字记》第一折[混江龙]:

> 觥筹交错,我则见东风帘幕舞飘飘。

关汉卿杂剧《刘夫人庆赏五侯宴》第四折刘夫人唱:

> [逍遥乐]俺直吃的尽醉方归,转筹箸不得逃席。(李亚子做递酒科,云)将酒来,阿者满饮一杯!(正旦做接酒科,唱)住者此盏罢孩儿每你着他稳坐的,序长幼则论年纪。觥筹交错,李嗣源为头,各分您那坐位。

酬酢是酒宴上的重要的礼仪。主人向客人敬酒叫"酬",客人回敬主人叫"酢"。敬酒时还要说祝寿的话,所以敬酒又叫"为寿"。客人之间相互交错敬酒叫"旅酬",依次向人敬酒又叫"行酒"。敬酒时敬的人和被敬的人要"避席",也就是起立而饮。交错,指宴饮时互相敬酒的程序,东西正对面敬酒为交,斜对面敬酒为错。《仪礼·特牲馈食礼》:"众宾及众兄弟交错以辩,皆如初仪。"郑玄注:"交错,犹言东西。"①这些古酒礼在元代仍沿用不衰。

宴席上的座次、朝向、上菜的顺序,劝酒、敬酒的礼节,也有男女、尊卑、长幼次序以及避讳上的要求,如果越礼,轻则宾主不欢而散,重则兵戎相见、生死以搏。如乔吉杂剧《玉箫女两世姻缘》中元帅韦皋赴故人节度使张延赏夜宴,席间张延赏不避男女之防,让义女玉箫侑酒。请看第三折玉箫出场劝酒的一段描写:

> (末云)哥哥,夜已深了,免教令爱出来。也不劳多赐酒殽。(张延赏云)蔬酌不堪供奉,待孩儿出来,劝上一杯。(正旦入见科)(张延赏云)这位是你叔父,乃征西大元帅,不比他人,与你叔父把一杯者。(奏乐,旦把酒科)(唱)
>
> [金焦叶]则见那宫烛明烧绛蜡,我这里纤手高擎玉斝。见他那举止处堂堂俊雅,我在空便里孜孜觑罢。
>
> (做打认科)(唱)
>
> [调笑令]这生我那里也曾见他,莫不是我眼睛花? 手抵着牙儿是记咱。(带云)好作怪也。(唱)不由我心儿里相牵挂,莫不是五百年欢喜冤家? 何处绿杨曾系马,莫不是梦儿中云雨巫峡?

张延赏似乎显得因重兄弟情意而"越礼",实则是他隐瞒了玉箫不是亲生而是义女的事实,让玉箫出面只为了炫耀自己拥有如此美色、为了给宴席增添几分情趣而已,不料此举却引发了韦皋在情不自禁的情况下对主家女眷的"越礼",惹下一段两世姻缘。无名氏杂剧《冯玉兰夜月泣江舟》有一段酒宴上"出妻献子"惹下全家被杀的描写。冯太守携带一家人乘船到福建泉州赴任。途中遇巡江官屠世雄,因同为仕宦中人,相邀共饮。酒酣时,冯太守要家童唤妻子儿女出来与屠相见,冯太守云:"咱和你慢慢的饮几杯咱。据大人状貌魁梧,言谈偶傥,真乃老夫所敬,当以出妻献子。家童,请的奶奶和小姐、小舍人参拜大人咱。"屠见冯妻貌美,起歹心,杀太守及随船人

---

① (汉)郑玄注:《仪礼注疏》下,上海古籍出版社2008年版,第1341页。

员,抢走夫人。"出妻献子"是我国古代一种真诚待人的礼节习惯,让妻室、孩子与客人相见,表示对客人十分信赖,不分内外。在这里作者借用民间习俗揭示了人心的险恶。这些描写,从不同侧面反映了元代的酒理、酒道、酒礼的酒风气。

3.婚喜酒

元代的婚姻礼制通常要经过议婚、纳彩、纳币、婚礼等几个程序。酒作为各种仪式的媒介,在整个过程中占有不可忽视的地位。关汉卿杂剧《赵盼儿风月救风尘》中郑州富家子弟周舍是风月场中老手,他以假意的温存将汴梁妓女宋引章哄骗到手,宋引章嫁给周舍后,遭朝打暮骂。当宋引章不堪虐待急盼解救时,赵盼儿挺身而出,机智巧妙地利用元代婚礼习俗安排了救人之计,第三折周舍见到赵盼儿后,忙叫摆酒定亲:

（周舍云）小二,将酒来。（正旦云）休买酒,我车儿上有十瓶酒哩。（周舍云）还要买羊。（正旦云）休买羊,我车上有个熟羊哩。（周舍云）好,好,好,待我买红去。（正旦云）休买红,我箱子里有一对大红罗。

同剧第四折,当赵盼儿用"风月手段"骗取到周舍的休书,周舍又后悔后,两人展开了"口斗":

（周舍云）你也是我的老婆。（正旦云）我怎么是你的老婆?（周舍云）你吃了我的酒来。（正旦云）我车上有十瓶好酒,怎么是你的?（周舍云）你可受我的羊来。（正旦云）我自有一只熟羊,怎么是你的?（周舍云）你受我的红定来。（正旦云）我自有大红罗,怎么是你的?

这是花红、羊、酒作为娶亲聘礼习俗的描写。花红、羊、酒做为聘礼送女家,是元代婚姻礼制中的习俗。机智的赵盼儿凭借这个习俗,事先备好了羊、酒、红罗,为日后脱身埋下伏笔。许多元杂剧都描写到这种定亲习俗,如关汉卿杂剧《感天动地窦娥冤》第二折,蔡婆见张驴儿的父亲死后,放声痛哭,招来了窦娥的讥讽,说二人"又无羊酒缎匹,又无花红财礼",即说她们并无夫妻之名分,婆婆根本就不该哭。康进之杂剧《梁山泊李逵负荆》第一折冒充鲁智深的鲁智恩对王林说:"这杯酒是肯酒,这褡膊是红定,把你这女孩儿与俺宋公明哥哥做压寨夫人。"均是对元代婚喜酒俗的描写。

酒在婚礼场上更是不可少的。"喜酒"往往是婚礼的代名词，置办喜酒即办婚事，去喝喜酒，也就是去参加婚礼。张国宾杂剧《薛仁贵荣归故里》第二折薛仁贵的父亲和母亲的一段对话：

（卜儿云）我恰才唤你，你可在那里来？（正末云）我在庄东里吃做亲的喜酒去来。（卜儿云）老的也，你往庄东里吃喜酒去，可是谁家的女儿招了谁家的小厮？（正末云）婆婆听我说者。（唱）

［梧叶儿］刘大公家菩萨女，招那庄王二做了补代，则俺这众亲眷插镮钗。（卜儿云）他家那女儿，曾拜你来么？（正末云）婆婆，你可早题起我来也。他先拜了公公、婆婆、伯伯、叔叔、婶婶、伯娘，到我根前恰待要拜，则听的道：住者。（唱）可则到我行休着他每拜，我道您因一个甚来？（云）则他家老的每倒不曾言语，那小后生每一齐的闹将起来道：你休拜那老的，他则一个孩儿投军去了十年，未知死活。你拜了他呵，可着谁还咱家的礼？则被他这一句呵，（唱）道的我便泪盈腮，哎哟！驴哥儿也，则被你可便地闪杀您这爹爹和奶奶。

这段对话，不仅形象地展现了元代民间婚礼上的习俗，而且将一位饱经风霜、勤苦坚韧而又不乏诙谐的庄稼老汉浮雕般地推到读者面前。

酒在出嫁迎亲程序中的作用更大。如乔吉杂剧《李太白匹配金钱记》第四折在韩飞卿与王柳眉的婚礼上：

（梅香拥旦上，行礼、交杯科）（正末云）兀的不欢喜杀我也！（唱）
［雁儿落］今日个画堂中设酒肴，花烛下同喧笑。高擎着合卺杯，齐动着合欢乐。

贾仲明杂剧《萧淑兰情寄菩萨蛮》第四折在张世英与萧淑兰的婚礼上：
香馥馥合卺杯交换，正良宵胜事攒。

郑光祖杂剧《㑇梅香骗翰林风月》第四折白敏中在婚礼上：
（官媒云）将酒来，与状元饮个交杯盏儿。（白敏中云）甚的是交茶换酒？好人阿殢酒？我但尝一点酒，昏沉三日。天生不饮酒。（官媒云）夫妇婚礼，少不得用些酒儿。

"合卺杯"、"交杯盏"是旧时婚礼上的重要礼仪。"合卺"是指新婚夫妻在洞房之内共饮合欢酒。卺是瓢之意，把一个匏瓜（葫芦）剖成两个瓢，新郎新娘各拿一个,用以饮酒,称为合卺。合卺始于周代,后代相卺用匏,而匏是苦不可食之物,用来盛酒,酒也会变成苦酒。所以,夫妻共饮合卺酒,不但象征夫妻合二为一,自此已结永好,而且也含有让新娘新郎同甘共苦的深意。而最重要的象征意义还有生育,"不孝有三,无后为大",古人对生育十分重视。"卺"是苦葫芦,葫芦形圆多籽,形似孕妇,举行"合卺"之礼,预祝着新郎新娘日后多子多孙。宋时合卺改名"交杯酒"。孟元老《东京梦华录·娶妇》有新人互饮"交杯酒"之俗说:"用两盏以彩结连之,互饮一盏,谓之'交杯酒'。饮讫掷盏。并花冠子于床下,盏一仰一合,俗云'大吉',则众喜贺,然后掩帐讫。"①两个酒盏以彩结连之,可以象征夫妇是联成一体的。饮讫掷酒盏于床下,一仰一合,象征天覆地载,男俯女仰,阴阳合谐,夫妻生活和睦。在《㑇梅香骗翰林风月》剧中虽然白敏中天生不饮酒,喝一点便醉三日,想以茶换酒,但媒人不同意,因为这是"夫妇婚礼"中不能少的一礼。婚礼上饮交杯酒,是酒文化中非常重要的内容,此风俗一直流传至今。

"回门酒"是指结婚的第二天,新婚夫妇回到娘家探望长辈,娘家置宴款待的酒宴。回门酒在元代已很盛行。康进之杂剧《梁山泊李逵负荆》第三折王林对抢他女儿的鲁智恩道:

> 老汉只是家寒,急切里不曾备的喜酒。且到我女儿房里吃一杯淡酒去,待明日宰个小小鸡儿请你。

婚后三日,婿家备酒宴请岳父母及媒人,称"谢亲酒"。王实甫杂剧《崔莺莺待月西厢记》第四本第二折:"那其间才受你说媒红,方吃你谢亲酒。"石君宝杂剧《鲁大夫秋胡戏妻》第一折秋胡新婚次日请丈人丈母来家中吃谢亲酒。秋胡母亲云:"亲家请坐。酒果已备,孩儿把盏者!"秋胡云:"岳父、岳母,满饮一杯。"秋胡岳父岳母云:"孩儿的喜酒,我吃,我吃!"可见,谢亲酒在元代是婚俗中必需的一环。

4.生日酒

人逢生日时,家人、朋友必为其操办生日酒。届时,大摆酒宴,至爱亲朋,乡邻好友不请自来,携赠礼品以贺的风俗在元曲中也有较多的展示,如

---

① (宋)孟元老:《东京梦华录》(外四种),中国商业出版社1982年版,第34页。

无名氏杂剧《都孔目风雨还牢末》楔子李孔目云："史进兄弟,衙门中无甚事,今日是你嫂嫂生辰之日,我回家去与他递一杯寿酒去来。"无名氏杂剧《汉钟离度脱蓝采和》第二折:"白莲插玉瓶,黄篆焚金鼎,斟一杯长寿酒,挂一幅老人星,来贺长生。"高茂卿杂剧《翠红乡儿女两团圆》第一折搽旦云:"今日是你贵降之日,故请你来吃杯寿酒。"石子章杂剧《秦翛然竹坞听琴》楔子:"今日是妾身生辰贱降之日,都管,安排下酒果,则怕姑姑来也。"萧德祥杂剧《杨氏女杀狗劝夫》楔子中孙荣的两个至交柳隆卿、胡子转云:"恭喜哥哥华诞。俺两个无什么礼物将敬,只一瓶儿淡酒,与哥哥一滴,添寿一岁。"武汉臣杂剧《散家财天赐老生儿》第四折刘从善唱:"一杯寿酒庆生辰,则我这满怀愁片言难尽。"无名氏杂剧《瘸李岳诗酒玩江亭》第一折牛员外云:"浑家姓赵,小字江梅。我这大姐,生而聪明,长而智慧。我为大姐在这江那边盖了一座亭,名曰是玩江亭。今日是大姐生辰贵降之日,我要在家里安排筵席,则怕那六人亲眷每来搅了我这筵席,故意的在此玩江亭上安排酒肴。"张养浩小令[越调·寨儿令]《寿日燕饮》:"一雨晴,百花明,谢诸公不辞郊外行。尽是簪缨,充塞门庭,车马闹纵横。递香罗争祝长生,捧金杯斗和歌声。彻青霄仙乐响,扶翠袖玉山倾。眼睁睁,险踏碎绰然亭。"卢挚小令[越调·小桃红]:"寿筵添上小桃红,妆点壶天供,茜蕊冰痕半浮动。"说的都是祝寿饮酒的情形。这些生日酒宴,或详写,或略写或仅仅提及,但都是于此日亲朋聚集,用酒宴展示荣华福寿、恩宠亲情,反映了元代祝寿活动的频繁。在祝寿活动中,无论是所寿对象,还是祝寿之人,在酒意阑珊之时,都沉醉于这美好的节日氛围之中,真正体会到"生"的意义。特别是关汉卿杂剧《状元堂陈母教子》第三折陈母在状元堂上摆下酒宴庆祝自己的生日,借行"状元郎"的酒令,羞辱三儿子陈三,激励陈三再次上京应试,终于夺得状元的描写,凸显了元代生日酒宴民俗中的教育内涵。

5.祭奠酒

用酒奠祭天地、神明、祖先,乃至亲朋好友的风俗礼仪,最早萌芽于夏商时代,到了周朝已经有了较为详细的文字记载。随着历史的发展,社会的进步,"酒祭"的形式、内容、性质也有了不断的变化。元曲描写了元代祭奠活动中酒的作用,是我们认识元代酒文化的一个途径。如关汉卿杂剧《状元堂陈母教子》第四折寇莱公云：

> 您一家儿望阙跪者，听我加官赐赏！我亲奉着当今圣旨，便天下采访贤士。只因你母贤子孝，着老夫名传宣赐：陈婆婆贤德夫人，陈良资翰林承旨，陈良叟国子祭酒，陈良佐太常博士。

"祭酒"原意为古代宴会时被推举出醉酒祭神的长者，后变为学官名。"国子祭酒"就是国子监的主管长官，从官名中反映出古代对祭酒的重视、酒在祭祠中的显著地位。

元代人在祭祀祭奠中也以酒表达自己的哀思，宫天挺杂剧《生死交范张鸡黍》第三折写范巨卿千里迢迢来悼念张元伯并主持他的葬礼：

> 母亲，安排祭祀来，小生于路上思想兄弟，做了一通祭文，祭礼兄弟咱。（祝云）维永平元年，岁次戊（午）十月癸亥朔，越五日丁卯，不才范式，谨以清酌庶馐，致祭于张元伯灵柩之前。

杨梓杂剧《承明殿霍光鬼谏》第三折霍光唱：

> 双手脉沉细难收救，一口气不回来便是休。自料残生决不久，旦暮微臣死之后，不望高原葬土丘，何必追斋枉生受，看诵经文念破口，休想亡灵免得忧。果必君王赐恩厚，思念微臣国政修。出殡威仪迎过路口，登五门君王望影楼。陛下若可怜微臣，遥望着灵车奠一盏酒。

清酌，古代称祭祀用的酒。据《礼记·曲礼下》记载："凡祭宗庙之礼……酒曰清酌。"①酒在祭祀天地、鬼神及列祖列宗的仪式中充当通神、娱神的媒介，是沟通人与鬼神的神圣液体。将祭奠之酒洒于地上，以纪念死者的民俗，马可·波罗在其游记中也有记载。他在前去元都的沙州（今敦煌）的丝绸之路上，看见"灵前的供桌上，每日必须陈列面食、酒和其他食物"，"每逢灵柩停下时，不管时间长短，都必须摆上酒食，停一站摆一站直到棺材到达目的地为止。"②熊梦祥《析津志·风俗》中也有对这一风俗的记载，

---

① 《礼记》，崔高维校点，辽宁教育出版社1997年版，第14页。
② ［意大利］马可·波罗：《马可波罗游记》，陈开俊等译，福建科学技术出版社1981年版，第50页。

城市人家但有丧孝,逢初一、月半,"洒酒饭于黄昏之后"①。此俗至今仍在我国许多民族中保留着,它是祭奠死者仪式中的最后程序。

元曲中还为我们保留了供祭酒神和饮酒神供的描写,如马致远杂剧《吕洞宾三醉岳阳楼》第一折吕洞宾问酒店店主:"小二哥,你供养的是一尊什么神道?"酒保云:"这是初造酒的杜康。我供养着他,这酒客日日常满。"郑廷玉杂剧《看钱奴买冤家债主》第二折酒店小二云:"我做了一缸新酒,不供养过不敢卖,待我供养上三杯酒。(做供酒科,云)招财利市土地,俺这酒一缸胜是一缸。"这是酿造神供的描写。商挺小令[双调·潘妃曲]:"闷酒将来刚刚咽,欲饮先浇奠。频祝愿:普天下心厮爱早团圆! 谢神天,教俺也频频的勤相见。"高文秀杂剧《好酒赵元遇上皇》第二折赵元云:"我先浇奠者:一愿皇上万岁! 二愿臣宰安康! 三愿风调雨顺,天下黎民乐业!"李直夫杂剧《便宜行事虎头牌》第二折金住马唱:"我抹的这瓶口儿净,我斟的这盏面儿圆。(老千户做接盏科,正末云)兄弟,且休便吃。(唱)待我望着那碧天边太阳浇奠。则俺这穷人家又不会别咒愿,则愿的俺兄弟每可便早能勾相见。(做浇奠、再递酒科,云)兄弟满饮一杯。"武汉臣杂剧《包待制智赚生金阁》第三折老人云:"老的,今日是上元节令,家家玩赏。好便好,则多了这没头鬼。老的,你满饮一杯。(里正云)老的先请。(老人云)也罢,我先饮。嗨,老弟子孩儿,可忘了浇奠。(做浇奠科,云)头一钟酒,愿天下太平;第二钟酒,愿黎民乐业,做官的皆如卓鲁,令史每尽压萧曹,轻徭薄税,免受涂炭者。"无名氏杂剧《朱砂担滴水浮沤记》第一折正末王文用云:"看你那粗心波,不曾浇奠哩! 我浇奠咱。(唱)[金盏儿]忙浇奠谢神明,凭买卖做经营,大古来贫穷富贵皆前定。(正末做浇奠酒科,云)一点酒入地,愿万民安乐。两点酒入地,愿五谷丰登。三点酒入地,愿好人相逢,恶人远避。"等等,都是饮酒神供求愿的描写。

（七）酒　风

元代是一个酒风大炽的时代。无以复加的炽盛酒风,遍行朝野,即使冷

---

① （元)熊梦祥:《析津志辑佚》,北京图书馆善本组辑,北京古籍出版社1983年版,第210页。

僻的陋巷,也浸淫着酒的芬芳。元曲中用大量笔墨描写了元代人的饮酒,或是知足常乐的"乐"饮,或是洒脱放旷的"情"饮,或是借酒达情的"醉"饮,或是纵酒贪杯的"恶"饮。各异的饮酒方式,折射出了元代不同社会阶层不尽相同的饮酒风俗,以及因此而呈现出的元代社会文化的多样性和兼容性。

1.知足怡然的"乐"饮

元曲中描绘最生动的是农家知足常乐之饮。如冯子振小令[正宫·鹦鹉曲]《园父》:

> 柴门鸡犬山前住,笑语听伛背园父。辘轳边抱瓮浇畦,点点阳春膏雨。[幺]菜花间蝶也飞来,又趁暖风双去。杏梢红韭嫩泉香,是老瓦盆边饮处。

一片自由自在的盎然生机:山下柴门前鸡鸣犬吠,菜花间飞来飞去的蝴蝶,枝头红杏吐艳,生命力极强、割了又长的韭菜鲜绿肥嫩,淙淙的泉水不断流淌。种园的长者,虽已经腰弯背驼,年事已高,但是他仍勤劳地抱罐浇灌菜地;休息时,还要悠闲地饮上几碗自酿酒,真是一幅天人合一的农家闲乐图。

再如冯子振小令[正宫·鹦鹉曲]《赠园父》:

> 春光浓艳城南住,一叶价百倍园父。牡丹台国色天香,锦幄无风无雨。[幺]惜花人不惜千金,一任蝶来蜂去。酒醒时日上三竿,是不是鸡声管处。

一个居住在城南边的花农,在春光明媚的时候,他花圃里各色娇艳的花都能卖上比平时高很多倍的好价钱。平日里悠游在蜂蝶成群的繁花簇锦当中,自斟自饮着自酿的米酒,过着"无风无雨"闲适平静惬意的生活。很显然,这份踏实恬静而富有生机的田园生活,无疑是厌倦官场生活的作者所向往的。

渔家豪爽而乐观的酒饮,在元曲中也反映得鲜活而生动。姚燧小令[中吕·满庭芳]:

> 帆收钓浦,烟笼浅沙,水满平湖。晚来尽滩头聚,笑语相呼。鱼有剩和烟旋煮,酒无多带月须沽。盘中物,山肴野蔌,且尽葫芦。

一幅渔家风情的写生画,活泼生动,饶有情致。傍晚时分,落日的余晖酒满湖面,渔船已落下篷帆,满载着鲜鱼向岸边驶来。渔民上岸之后,相聚滩头,共庆丰收,欢歌笑语,道出了渔民劳作后的喜悦。夜幕降临,月儿升起,各家各户都在忙做晚餐。渔民的生活很苦寒,有剩余的鱼才能煮点鱼汤。但酒是少不了的,如果家中酒不多,就踏着月光到酒店去买。餐桌上除一碗鱼汤外,盘中盛的都是山菌和野菜。虽说没有好菜下酒,但仍要将葫芦里的酒喝个精光。这支曲巧妙地把当时人们的劳动场景、生活状况和自然景色融合在一起,弥散着丰富的生活情趣,表达了人民安居乐业以及对美好生活的追求和向往。

元曲中樵夫的酒饮也是怡然自乐,如吴仁卿小令[南吕·金字经]《咏樵》:

> 这家村醪尽,那家醅瓮开,卖了肩头一担柴。哈,酒钱怀内揣,葫芦住,大家提去来。

一位与世无争的樵夫,卖柴之后,怀揣酒钱,提着葫芦,吆喝着三朋四友,准备喝个一醉方休,表现了樵夫那种豪爽痛快的性格,与当时尔虞我诈、人情淡薄的社会风气形成了鲜明的对照。

山居的酒饮在元曲中充满了逍遥自在,卫立中小令[双调·殿前欢]:

> 懒云窝,懒云窝里客来多。客来时伴我闲些个,酒灶茶锅。且停杯听我歌,醒时节披衣坐,醉后也和衣卧。兴来时玉箫绿绮,问什么天籁云和?

写云、写我、写客,有酒、有琴、有歌,极写山居之乐、心灵之悦。字里行间弥漫着一股恬淡祥和之气,只在收尾设一反问句,恰如一石落湖面,击起一圈圈的涟漪,将那波下深藏的东西荡翻起来。那么,荡翻上来的是什么呢?借用美国现代诗人加里·斯奈德的话:"在中国诗人眼中,大自然不是荒山野岭,而是人居住的地方。不仅是冥思之地,也是种菜的地方,和孩子们游玩、与朋友饮酒的地方。我们所应该争取的,正是人生与自然的和谐。"①我想,这荡翻上来的就是作者最想展示给我们看的——天人合一的人生态度和美学情趣。

---

① 《加里·斯奈德谈中国古典诗歌的影响》,《外国文学动态》1982年第9期。

当然,友人相聚时酒饮是最令人怡然的,这种酒,元曲自然写得乐融融,情切切。如庾吉甫小令[双调·雁儿落过得胜令]:

> 从他绿鬓斑,欹枕白石烂。回头红日晚,满目青山矸。翠立数峰寒,碧锁暮云间。媚景春前赏,晴岚雨后看。开颜,玉盏金波满;狼山,人生相会难。

友人入山来相会,主人公开颜而笑,擎起玉杯,斟满美酒,在这狼山幽绝之处,朋友相会,欢言、欢聚、欢饮。酒,是人们日常生活中的朋友,现代著名诗人艾青曾深刻地吟唱酒:"她是可爱的,具有火的性格,水的外形;她是欢乐的精灵,哪儿有喜庆,就有她光临。她真是会逗,能让你说真话,掏出你的心。她会使你忘掉痛苦,喜气盈盈。喝吧,为了胜利!喝吧,为了友谊!喝吧!"①艾青的这段吟唱,是现代人对元代人友情乐饮的最好的理解和阐释。

丰收的庆功酒,最值得喝,是元曲中最畅快的,最淋漓的!王恽小令[越调·平湖乐]:

> 黄云罢亚卷秋风,社瓮春来重。父老持杯十分送,使君公,秋成不似今年痛。太平天子,将何为报,万寿与天同。

黄云,指大片成熟了的稻子;罢亚,即䆉稏,稻穗下垂摇摆的样子;社瓮,祭祀用的美酒;痛,作痛快用,即收成好。秋风在吹黄大地的同时,还给人们带来了金灿灿的收成、沉甸甸的果实。今年又是一个丰收年,父老乡亲们沉浸在丰收的喜悦里,互相举酒祝贺,欢歌笑语,写出了盛世景佳人和的气氛。

2.洒脱放旷的"情"饮

宋词常写庭院、闺中和市井,而元曲却多写山水、田园和村居。钟情于山水,钟情于自然生活,是元代的一种普遍的社会风尚,也是元曲记写元代酒风尚中"情"饮的一个特点。如王实甫套数[商调·集贤宾]《退隐》就描摹了民间的春夏秋冬四时美景和主人公"放形骸任自由"的生活。这位"天下夺魁"的曲家,面对绿水青山,明月清风,尽情体味着那"涤尘襟消尽了古今愁"的酒:夜间他饮酒,"笑频因酒醉,烛换为诗留";夏日里他饮酒,"醉时节盘陀石上眠,饱时节婆娑松下走,困时节布衲里睡鼾鼾";秋时节他饮酒,

---

① 万国光:《酒话》,科学普及出版社 1987 年版,第 104—105 页。

"老菱香蟹肥堪佐酒。正值着登高时候,染霜毫乘醉赋归休";冬天里他饮酒,"压梅梢晴雪带花留。倚蒲团唤童重荡酒"。这样的酒,自在潇洒,率性豪情。无名氏套数[仙吕·村里迓鼓]《四季乐情》里也是类似的摹写:在春景里,"携着美醖,穿红杏,摇翠柳,我直吃的笑吟吟醺醺带酒";在夏景里,"将这锦鲤兜,网索来收。村务内酒初熟,恰归来半醉黄昏后";在秋景里,趁着"鸡肥蟹壮秋收候,霜降水痕收。朋友每留,乘兴饮两三瓯";在冬景里,"浊醪饮巨瓯,只吃的醉了时休",表现出未醉于酒,先自醉于美景之中的情怀。

其实,元代人的这种酒情怀,不仅仅体现了在美景中饮酒的方式,仔细品味元曲中的酒曲,我们还会感觉到一种真率放达的元代气象,尤其是元代人笔下的自然景致,往往展示一种阔大与永恒的崇高美,张养浩小令[中吕·朝天曲]:

牧笛,酒旗,社鼓喧天擂。田翁对客喜可知,醉舞头巾坠。老子年来,逢场作戏,趁欢娱饮数杯。醉归,月黑,尽踏得云烟碎。

牧笛悠扬,酒旗招展,农村的社日里鼓声擂得震天响,田家的酒,田家的舞,田家的情,都在这"醉舞头巾坠"中、在这颤颤巍巍"踏得云烟碎"中尽展无遗。

元代人的这种酒情怀,更多的时候是元代人达到静心养性、全身保命的一条"绿色通道"。正如俄国作家车尔尼雪夫斯基所说的"那些为生活所折磨、厌倦于跟人们交往的人",是会"以双倍的力量眷恋着自然的"①。元代文人在蒙古灭金、西夏和南宋的过程中,饱受国破家亡、颠沛流离之苦,必然会以"双倍的力量眷恋"自然,所以,他们都以极大的热情去摹写、赞美生活环境。马致远套数[双调·夜行船]《百岁光阴》:

蛩吟罢一觉才宁贴,鸡鸣时万事无休歇。何年是彻?看密匝匝蚁排兵,乱纷纷蜂酿蜜,急攘攘蝇争血。裴公绿野堂,陶令白莲社。爱秋来时那些:和露摘黄花,带霜烹紫蟹,煮酒烧红叶。想人生有限杯,浑几

---

① [苏]车尔尼雪夫斯基:《车尔尼雪夫斯基论文学》(上),辛未艾译,上海译文出版社1979年版,第193页。

个重阳节？人问我顽童记者:便北海探吾来,道东篱醉了也。

以"黄花"、"紫蟹"、"红叶"、"白霜"与秋露美酒相结合,描绘出一个世俗人间一片澄净而又具有生命活力的清秋妙境。"摘花"、"分蟹"、"煮酒"的闲逸场景是作者在精神上对现实人生的审美超越,蕴蓄其中的是热爱"丹枫醉倒秋山色"①的元代知识分子特有的清高品格,以及作者在一种内在的深沉反省中表现的放脱情怀。这虽然饱含作者从人生的短暂、社会的污浊中逼出的"利名竭,是非绝"的彻悟,却掺入了浓厚的世俗气息,彰显着世俗生活所涵有的一种生动、野性的生命活力。

元曲记写元代酒风尚中"情"饮的另一个特点是对元代人自守清贫闲中乐的赞颂,如任昱小令[正宫·小梁州]《闲居》:

> 结庐移石动云根,不受红尘。落花流水绕柴门,桃源近,犹有避秦人。[幺]草堂时共渔樵论:笔儿曹富贵浮云。椰子瓢,松花酝;山中风韵,乐道岂忧贫?

椰瓢,松花酝,山肴野蔬、粗茶淡饭,与山中自然美以及陶然于其中的感觉,相比之下清贫算得了什么。作者心态平静,随缘。这种心态在他的另一首小令[中吕·朝天子]《村居》中表述得更为生动具体:

> 杜门,守贫,知有归田分。春风渐入小洼樽,勤饮姜芽嫩。乡党朱陈,讴歌尧舜,向东皋植杖耘。子孙,更淳,闲把诗书训。

乡党,乡里。朱陈,本为古村名。白居易《朱陈村》诗:"徐州古丰县,有村曰朱陈……一村唯两姓,世世为婚姻。"②后遂以朱陈代称联姻。这里是说乡间办喜事。东皋,是田野。水田曰皋。东者,取其春意。这种以消闲为美、不以清贫为忧的生活态度,是一种智慧的哲学。

元曲记写元代酒风尚中"情"饮的又一特点是对元代人以酒会友、以酒饯别、以酒庆功、以酒祝寿、以酒赋诗、以酒消愁的生活方式的吟诵。无名氏小令[中吕·齐天乐过红衫儿]《村居》就突出地折射出了元代人"乡饮酒礼"求和求欢的民族心理:

---

① 马致远小令[双调·拨不断]。

② (唐)白居易:《白居易全集》,丁如明、聂世美校点,上海古籍出版社1999年版,第121页。

农家畏日炎天，避暑在黄芦堰。林泉，边，跣足而眠。有忘忧白鹭红鸳，堪怜。斗举香醪，齐歌采莲。悲意忘形，乐矣欣然。瓦缶斟，磁瓯里劝，邻叟相传。除此于飞愿，只此予终愿。更无言，更无言，盏盏干干咽。不留涓，不留涓，一饮一个前合后偃。

亲邻好友围坐一席，大团圆的气氛烘托得和谐而热烈。不讲方式，不讲场合，老少主仆相杂，喝得尽兴，喝得痛快，不醉不散，醉了也不散。反映了元代尚阳刚、尚力量、尚放达、尚狂诞、尚自由，多奋发向上的酒文化特点。

以下的两首小令，体现的也是元代人追求情饮的例子。盍西村小令[双调·快活年]：

闲来乘兴访渔樵，寻林泉故交，开怀畅饮两三瓢。只愿身安乐，笑了重还笑，沉醉倒。

不忽木套数[仙吕·点绛唇]《辞朝》：

宁可身卧糟丘，赛强如命悬君手，寻几个知心友，乐以忘忧，愿作林泉叟。

两首曲子虽然风格不尽一致，但都是寄情山水，乐道隐居。寻故交，开怀畅饮，一醉方休，洒脱惬意，自足自乐之情倾泄而出，然皆能让读者感受到曲中的那份知足与轻松，一种诗性生活态度，一种清静如水、知足常乐、平和自在的心境。

更为突出的是乔吉的20首小令[中吕·满庭芳]《渔父词》，不仅写得颇有情致，堪读堪赏，是元散曲中的精品，还向我们提供了元代人酒生活的大量信息：一是透露出元代人向往徜徉于山水之间的心态。怀着对大自然勃勃生机的无限挚爱，怀着天真率意的真性情，陶醉于诗意与哲思之中，饮酒就成了适意乐生的一种寄托；二是表现了元代丰富的酒文化个性。二十章曲，几乎章章有酒。有"携鱼换酒"的消费方式，有勘破功名利禄之饮，有盟鸥无机之饮，有文人疏狂之饮，有郑泉、毕卓、张翰之饮，有"酒绿蚁，蟹擘红膏，江湖歌楚客《离骚》"式的名士之饮，有村饮，有身闲心静之饮。一杯杯热热烈烈的酒，不仅洗尽元代人的压抑、苦闷与忧愁、颓废的色彩，而且抚平了元代人难以言说的精神创伤，消融了心头的块垒；三是表现文人不以贫困累心、诗酒自娱、快意人生的人生态度。曲辞或者写借酒浇愁，或者写酒中的欢乐,或者写酒后酣醉,或者写酒后忘忧,把元代的酒文化作了一次浓缩的描绘,表现了元代文人自足、自乐、自欣、自适的精神追求,代表了元代文人的价值取向。

3.借酒达志的"醉"饮

元曲描写了各式的"醉",有痛饮于山光水色中的醉,有醒语醉吐的醉,有愤激悲怀的醉,有达观放旷的醉,有醉得狂,有醉后真,走过了醉的煎熬、醉的洗礼,这炼狱的"醉",新生了元代的酒情、酒风和酒趣。如周文质小令[正宫·叨叨令]《四景》以"醉"为韵,一韵到底,写四季饮酒之乐,艺术手段新奇,突出了酒醉中乐的主题:

> 春寻芳竹坞花溪边醉,夏乘舟柳岸莲塘上醉,秋登高菊径枫林下醉,冬藏钩暖阁红炉前醉。快活也末哥,快活也末哥,四时风月皆宜醉。

> 桃花开院宇中欢欢喜喜醉,荚荷香池沼边朝朝日日醉,金菊浓篱落畔醺醺沉沉醉,蜡梅芳庚岭前来来往往醉。醉来也末哥,醉来也末哥,醉儿醒醒儿醉。

山居醉酒,是乡间清苦生活难得的一次放纵,极具野趣。卢挚小令[双调·沉醉东风]《闲居》:

> 恰离了绿水青山那答,早来到竹篱茅舍人家。野花路畔开,村酒槽头榨,直吃的欠欠答答。醉了山童不劝咱,白发上黄花乱插。

水自在地绿,山自在地青,野花自在地开,生活在其间的人家,是竹篱茅舍。这是一种村野之美,也是一种自在之美,一种真朴之美。在这种真朴、自在、充满乡趣的环境中,喝得东倒西歪的他,趁着酒意,将路边的野菊花无顾忌地插在白发上。这种充分享受自然美景的欢乐,成为元代人追求的一种无拘无束的身心自由状态,洋溢着一种发自内心的满足与愉悦感。

踏雪探梅,"醉倒在西湖",是在醉境中忘怀世俗得失,感悟生命的意义,追求与自然造化同一的人生写照,也是对高洁品格的景仰和追求的一种表达,杨朝英小令[双调·水仙子]写西湖醉酒,酣畅放纵:"雪晴天地一冰壶,竟往西湖探老逋,骑驴踏雪溪桥路。笑王维作画图,拣梅花多处提壶。对酒看花笑。无钱当剑沽,醉倒在西湖。"所以笑,是因为痛苦到头,所以醉酒,是因为寂寞至深。不过,并不能说这就是一种完全消极的人生态度,他们在以酒行乐时,也深刻地斥责了社会的黑暗与险恶,寻找到了心灵上的自由。"自由主义只是两个部分,一部分是反求诸己的部分,一部分是反求诸宪法的部分"①,元曲家们借酒消愁固然有其消极面,但是,也有其积极的意义,那就是反映了元代文人不同流俗的冰雪怀抱和审美情趣。

观元曲,无论是醒语醉吐的醉,还是愤激悲怀的醉,都不外两个目的:一是忘忧:

> 酒杯浓,一葫芦春色醉山翁。一葫芦酒压花梢重,随我奚童。葫芦干兴不穷,谁人共? 一带青山送。乘风列子,列子乘风。②

卢挚的这首神形毕肖、包涵极丰的醉歌,向我们投射出别样的文化气息:"野性"、"放旷"。它给予了作者一种重归自然、无所羁绊的由衷喜悦,表现了出尘避世、陶醉于大自然和美酒中的放旷心情。从这个意义上说,疯癫不是一种自然现象,而是一种文明产物。

一是意足。汉族知识分子在元朝的生存状态远不如其他朝代,压抑与逼仄的生存空间渐渐消磨着士人群体的意志,也改变着他们的性格。"他们或闭门读书讲学以保持节操,或混迹于市井勾栏创制杂剧等俗文艺以滑稽混世,或退隐于山林岩穴以啸傲江浒"③,或是酒醉,"借以排遣,或言借以抚平一种难以言说的精神创伤,消融心头之块垒"④:

> 刘伶不戒,灵均休怪,沿村沽酒寻常债。看梅开,过桥来,青旗正在疏篱外,醉和古人安在哉。窄,不够酾。哎,我再买。⑤

在张可久描绘的这幅闲居自适而狂放的图景中,我们感到一种浓烈的生命意识向我们扑来。这种意识蕴含着无尽的苦涩以及在苦涩中挣扎的无奈。在曲家看来,功名富贵已不足恃,唯一值得珍惜的就是生命。正因为对生命的感受如此强烈,而功名富贵、建功立业对他们来说又毫不相干,他们就只能或者宣扬及时行乐,或者将自己的生命融入大自然的山水景物之中

---

① 王星琦:《元曲与人生》,上海古籍出版社 2004 年版,第 1 页。
② 卢挚小令[双调·殿前欢]《八葫芦》。
③ 左东岭:《元代文化与元代文学》,《郑州大学学报》(哲社版)1991 年第 1 期。
④ 赵义山:《元散曲通论》,巴蜀书社 1993 年版,第 95 页。
⑤ 张可久小令[中吕·山坡羊]《酒友》。

去,以求得一种心理上的补偿。不难看出,在他们充满醉意的行为背后是对现实的清醒认识,而酒便是连接二者的调和物。张可久曾游江南,在长沙道中,他"酒倾桑落樽,诗吊泪罗魂,醉卧梅花树根"①,在"岳阳楼三醉酒"②,在开玄道院,"醉翁,驭风,同入桃源洞"③,一路走来,一路饮来,一路醉酒。在醉境中洞见大自然的魅力,在醉境中享受生活,获得心灵的抚慰,在醉态中生命情态也得到了尽情地展现。这是曲家"在消极表现中即含积极因素"④的一种表述。

在元曲中,达观放旷的醉,体现一个"豪"字,一饮而尽,尽情而豪爽。这种"醉"不在于醉酒本身,而在于酒醉最能表现士人的骨鲠:

> 诗狂悲壮,杯深豪放,恍然醉眼千峰上。意悠扬,气轩昂,天风鹤背三千丈,浮生大都空自忙。功,也是谎;名,也是谎。⑤

醉到天上,将地上的"功""名"完全摒弃,与正统的观念彻底决裂,因而有人说这种豪放是建立在一种远离现实近乎虚无的超脱之上的,颇具元代人特色。

元曲中随处都可见的"醉",决不是饮酒过度神志昏迷大脑麻木之醉,而是希望在这种"醉"中,忘怀世间的得失荣辱,纵情地享受造化所赐的一切,表现了作者们那颗在酒意中痛苦挣扎的灵魂。"四大元曲家"之一的白朴,有一首将屈原和陶潜放在一起评价的小令[寄生草]《饮》反映了元代人的是非观:

> 长醉后方何碍,不醒时有甚思。糟腌两个功名字,醅淹千古兴亡事,曲埋万丈虹霓志。不达时皆笑屈原非,但知音尽说陶潜是。

以醉语写醉酒,洒脱豁达,小令句句不离饮酒,其实"意不在酒",旨在借题发挥,肯定了长醉不醒、忘怀世事的酒人风度,彻底否定了历代知识分子认为最为神圣的功名利禄、国家兴亡、凌云壮志等观念;醒语醉吐,表达了

---

① [商调·梧叶儿]《长沙道中》。
② [中吕·红绣鞋]《简吕实夫理问》。
③ [中吕·朝天子]《开玄道院赏芙蓉》。
④ 王季思:《玉轮轩曲论新编》,中国戏剧出版社1983年版,第60页。
⑤ 刘时中小令[中吕·山坡羊]《与邸明谷孤山游饮》。

这位金朝显宦后人入元后深藏心底的意绪："兴亡事"是时时挂怀的，"醅"是淹没不了的；家国，永远是他心底割舍不下的一份牵挂！自信与旷达的酒德，使该曲在诸多酒曲中卓尔不群。

元代人对醉酒"意不在酒"的这种认识，推动了一批各具特色的醉态美的"酒徒"形象在元曲中的繁荣。这些形象深刻地展示了元代不同层次的饮酒心态和他们的生活状态：高文秀杂剧《好酒赵元遇上皇》中喝酒前情切切地问候、喝酒时絮叨叨地倾诉、喝酒后美滋滋地回味的酒徒赵元，贯云石小令[中吕·红绣鞋]《痛饮》中走东村串西村只为酒，一天到晚还是酒，发誓"海枯石烂"也不罢休，甚至将"屠龙剑，钓鳌钩"都换作了酒的酒徒，以及无名氏杂剧《罗李郎大闹相国寺》中粗放任情，醉容、醉语、醉态、醉动作都刻画得惟妙惟肖的酒徒汤哥等。醉，在元曲家笔下，成为一种美的象征，一种文化符号。

元代人爱酒，热衷于醉，但不仅仅是爱酒、醉酒。刘时忠瘿瓢①舀酒的粗犷豪爽、自在潇洒；曾瑞老瓦盆边"醉也，睡也"②的隐士风度；鲜于必仁"鱼穿短蒲，酒盈小壶，饮尽重沽"③的悠闲自得、物我两忘的精神满足；薛昂夫"故友来相贺，绕溪边鲜鱼旋买，沿村务沽酒频酌"④的淳朴和率真，关汉卿野鹅对鸡，山僧野叟，瓦盆醅酒的朴素、自然和那难以掩饰的惬意，以及"江糯吹香满穗秋，又打够重阳酿酒"⑤的民间酒自酿习俗和"正喧哗交错觥筹""浊醪饮巨瓯，只吃的醉了时休。酒杯中不够，村务内将琴剑留，仓廒中将米麦收。浑酸醅瓮底筹，再邀住林下叟"⑥的简单活泼又粗犷朴实的酒风，无不让人艳羡、向往。在他们看来，酒绝非只是一种物欲的享受和生理的满足，他们追求的已不仅仅是喝酒本身，而是那种超然脱俗、恬淡闲适的生活情趣，这是一种高层次的意境，一种精神的寄托，一种精神的追求和精神的享受，他们的"饮趣"大概就在于此！

---

① 刘时中小令[中吕·朝天子]。
② 曾瑞小令[中吕·快活三过朝天子]《警世》。
③ 鲜于必仁小令[中吕·普天乐]《渔村落照》。
④ 薛昂夫套数[正宫·端正好]《高隐》。
⑤ 曹德小令[双调·沉醉东风]《村居》。
⑥ 无名氏套数[仙吕·村里迓鼓]《四季乐情》。

4.纵酒贪杯的"恶"饮

元曲中对纵酒贪杯的描写,酣畅淋漓地批判了元代纵酒任情、纵酒成癖,甚至为非作歹行为,如李文蔚杂剧《便宜行事虎头牌》第三折把守夹山口子的老完颜银住马,"且暮朝夕,尝吃的来醺醺醉",在八月十五日中秋节令与夫人玩月畅饮,失了夹山口子,"失误军期,非是小目罪犯",受到军法处治。

杨景贤杂剧《西游记》第五本第十八出《迷路问仙》中也有鞭挞酒是祸根险苗的描写:

[南吕·玉交枝]贪杯无厌,每日价泛流霞潋滟。子云嘲谑防微渐,托鸱夷彩笔拈。季鹰好饮豪兴添,忆莼鲈只为葡萄酽。倒玉山恁般瑕玷,又不是周晏相沾。糟腌着葛仙翁,曲埋那张孝廉。恣狂情,谁与砭?英雄尽你夸,富贵饶他占,则这黄垆畔有祸殃,玉缸边多危险,酒呵,播声名天下嫌。

汉扬雄,字子云,以文章著称于世。因扬雄写过《酒赋》,对纵酒有微讽之意。鸱夷,古时的盛酒器。鸱本传说中的怪鸟,以其腹大而状酒器。彩笔,借用南朝江淹夜梦郭璞索五彩笔事。酒虽能添人豪兴,但耽酒过甚也会带来危险,如周凯、葛玄、张翰非同寻常之辈,其饮酒尚非出于无端,况常人饮酒是不能与他们相提并论的。因此,恣纵任情,贪杯恋盏,狂饮无度,是不足取的,应受到指责和针砭。

尤其是刘时中小令[双调·殿前欢]将酒醉者的穷凶极之恶态摹写得淋漓尽致:

醉颜酡,太翁庄上走如梭。门前几个官人坐,有虎皮驮驮。呼王留唤伴哥,无一个,空叫得喉咙破。人踏了瓜果,马践了田禾。

一群喝得醉醺醺,满脸通红的胥吏,在太翁庄子里横冲直撞,穿行如梭,几个神气十足的长官坐在太翁门前,旁边放着一堆装满财物的沉甸甸的虎皮袋子;他们指挥着那群喝醉了酒的爪牙,挨家挨户吆喝村民们赶快缴纳钱粮好供他们挥霍;村民们早已惊恐躲藏起来,爪牙们声嘶力竭咋呼了半天,喉咙都吼破了,也无一人出来响应。于是他们气急败坏地将村民田地里的瓜果、庄稼等践踏得一塌糊涂,给百姓留下深重的灾难。此曲以酒文化为背景客观描述官吏的贪暴、爪牙的凶横、百姓的惊恐藏匿及田园的惨遭暴殄尤其珍贵。

如果我们把在数千年中国历史洗礼下的中国古典文学发展的脉络比作一条幽深的时光小巷，那么元曲便是平铺在小巷里那些泛着历史印迹的青石板。沿着这条承载着时间、让我们清晰地看到历史的青石板一路前行，从兵戎相接、战乱频频的宋末瓦砾中，登上轻歌曼舞、灯红酒绿的元代酒楼；从芳醇洒遍的酒令、酒宴中，走入反复高歌人间真情、真性、真味的文人群落；从沁人心脾的酒品、多姿多彩的酒具里，走入拙陋简朴但欢快热闹、令人欣羡的民间酒会，我们仿佛嗅到弥漫在整条小巷里的浓郁酒香，看到闪烁在整条小巷里的一杯杯热热烈烈的酒。这是文字里的酒香，散发着元代特有的芬芳和香醇，飞溅着元代特有的旷达与潇洒的时代精神。

三、元曲里的茶俗

元代蒙古人入主中原，标志着中华民族全面融合。经过千年烘焙的茶、茶文化、茶精神也被裹挟进大融合的潮流，并成为这个舞台上不可或缺的"名角"。在这个舞台上，元代的茶生机绚烂，呈现出以下特点：一是在继承唐宋饮茶习俗的基础上形成了自己的特色，是一个"上承唐宋、下启明清"充满变革的历史时期。北方少数民族出于生活的需要，在选择、吸收中原茶文化的过程中，依据自身的客观条件和生活习惯，糅和了自己民族的习惯、爱好、审美要求，赋予了茶文化精神一种新的特质和形态。具体到茶艺上，就是"煮茶芽"即用沸水直接冲泡散茶的饮用方法日益流行。散茶的加工工艺在元代得到了发展，元代人喝到了茶的真味。二是唐宋盛行的分茶、点茶和斗茶等茶艺并没有消失，仍然盛行。在蒙古贵族高压下，郁郁不得志的文人雅士，试图用茶汤浇开心中的块垒，借茶的那份怡人的清香，些许提神的清爽，以及几分从容的韵味，表现超尘脱俗的风骨清节。需要说明的是，无论是点茶、斗茶，还是分茶，这些繁琐、细腻的宋代茶艺，元代虽然存在，但仅是余绪，之后就失传了。三是加速了各民族乃至域外的茶文化交流，元代人在继承前代饮茶传统的同时，还根据本民族的饮食习惯对饮茶进行了许多创新,制造出许多新的带有游牧民族饮食色彩的茶叶种类。茶叶加工更加系统完善,茶饮品在元代有了初步的分类,已经出现茶、汤、渴水、熟水、浆水五大类饮品。明代茶叶的由紧压茶向叶茶发展以及明代的花茶、茶果、茶菜等在这一时期就有很多的展现。从总体上说,元代茶文化体现了中原汉民族文化与少数民族文化的交流与融合。四是民间品茶之风更盛。经过唐宋时期的高度发展,以及宋末元初的战乱和草原文化的冲击,元代茶饮更加简约化、日常化,从以前的"文人七件事,琴棋书画诗酒茶"演变为"开门七件事,柴米油盐酱醋茶",喝茶不再是文人的专利,茶由风雅之事扩大为平常日用,普通百姓、山村野姥也以饮茶为乐。这是元代茶文化的一个重要特点。尽管元朝未曾出现专门的茶学著作,但元曲中满纸茶香,纳入了大量的茶事内容,包括茶品、茶具、茶肆、茶艺和茶礼等各个方面,其中一些记载,充满生活情趣,反映元代人饮茶的习俗和意境,体现了厚重的多民族文化融合的人文精神,是研究元代茶文化的珍贵资料。通过元曲,我们不仅可以见证当时社会茶文化的发展情况,更可以感受到茶与元曲相结合的文学之美。

(一) 茶 品

一个时代的茶风,体现着一个时代的社会风骨。元朝是空前强盛的庞大帝国,作为统治民族的蒙古族以及色目人,由于以奶制品、肉类为主要食物,需要饮茶以助消化、解油腻、提神,故对茶叶的生产比较重视,同时,他们又将游牧地区的茶文化带入中原地区,加之中外交通发达,外来茶品的引进使元代的茶文化呈现异彩纷呈的局面。因此,元代茶的生产和饮用虽然基本沿袭宋制,即前代的"点茶"、"煎茶"之风依然盛行,但饮茶方式和文化内容却出现了一些前所未有的新景象,即"煮茶芽"的方法日益流行开来。元曲记录的大量茶品,就是这种景象的真实反映。

1.以制作工艺命名的茶

从宋代在福建建安北苑造团茶开始,团饼茶便名冠天下。宋代张舜民《画墁录》:"丁晋公为福建转运使,始制为凤团,后又为龙团。"①这类团饼

---

① (宋)张舜民撰:《画墁录》,中华书局1991年版,第13页。

茶用上等茶末制成,上印有龙凤的图案,不仅可以饮用,还是一种赏心悦目的艺术品,价值不菲。宋王禹偁的《龙凤茶》诗云:"样标龙凤号题新,赐得还因作近臣。烹处岂期商岭外,碾时空想建溪春。香于九畹芳兰气,圆似三秋皓月轮。"①写尽了这类茶的质地形态之美。虽然来自北方游牧地区的元朝统治者对这种精细的茶没有兴趣,但时人仍以这种茶为"天下第一茶",文人们更是对这样的茶中珍品情有独钟。元曲中有许多描写,就反映了这种心态。如陈德和小令[双调·落梅风]《陶谷烹茶》:

> 龙团细,蟹眼肥,竹炉红小窗清致。试烹来是觉风韵美,比羊羔较争些滋味!

李德载小令[中吕·阳春曲]《赠茶肆》,全曲十首,都是夸耀茶的香味和煎茶技巧的。其第四首:

> 龙团香满三江水,石鼎诗成七步才,襄王无梦到阳台。归去来,随处是蓬莱。

汤舜民套数[南吕·一枝花]《送车文卿归隐》:

> [尾声]落红阶砌胭脂烂,新绿门墙翡翠寒,安乐窝随缘度昏旦。伴几个知交撒顽,寻一会渔樵调侃,终日家龙凤团香兔毫蘸。

无名氏小令[双调·沉醉东风]:

> 羊羔酒香浮玉杯,凤团香冷彻金猊。锦儿掌上珍,红袖楼前立。画堂深醉生春意,一任门前雪片飞,飘不到销金帐里。

上例描写说明,团饼茶在元代依然盛行。制作团饼茶程序十分复杂,拣茶、蒸茶、榨茶、研茶,特别是研制极为讲究,有的达十余次,最后制成饼,再经过黄焙干,使色泽光莹,然后精心包装。这样精研细磨十几道工序,加上富丽堂皇的龙凤纹、腊面、锦袱、金盒、朱封,连茶的模样都找不到了。过分的精益求精,太多的人为造作,反失茶的真香、真趣、真味。考古资料中,常有研制茶叶的工具模型出现在壁画中,如河南安阳新庄宋墓的壁画《进茶图》中有研茶钵和杵。在河北宣化辽墓十号墓的壁画《备茶图》中有一个双髻男童,汉人装束,侧身盘坐于一只带座茶碾旁的平地上,右手握碾轮在碾

---

① 钱时霖选注:《中国古代茶诗选》,浙江古籍出版社 1989 年版,第 18 页。

槽中研磨茶叶①,形象非常生动逼真。又如内蒙古赤峰市元宝山区元代1号墓在其东壁画一长方形高桌,四足细长,桌沿下镶有曲线牙板,足间连有木枨。桌上一端倒扣三件大碗,桌正中放一黑花执壶,旁有一黑花盖罐。桌旁站立一人,头戴有花饰的硬脚幞头,身穿圆领紧袖蓝长袍,中单红色,外加短护腰,左手捧一碗,右手握一研杵,在碗中研磨②。这些壁画图给我们两方面的信息,一是形象地反映了宋辽及元代研茶的情况,为我们"复原"了元代社会里人们茶艺生活的真实场景,一是说明唐宋时流行的团饼茶在元代并没有被淘汰,而且还很流行。

但是团饼茶的制作工艺和煮饮方式毕竟繁琐,一般的饮用者只有心怀向往之情,而来自北方游牧地区的元朝统治者,对这种精细的茶又没有兴趣,他们喜爱价值低廉且煮饮方便的茶。于是,宋代出现的蒸而不碎、碎而不折的"蒸青散茶",在这时风行了起来。元曲中对这种新工艺制作的条形散茶的描写很多,如马致远杂剧《江州司马青衫泪》第四折京师名妓裴兴奴唱词中的"他有数百块名高月峡,两三船玉屑金芽",他的另一杂剧《马丹阳三度任风子》第三折屠夫任风子唱词中的"石鼎内烹茶芽",张可久小令[越调·天净沙]《赤松道宫》中的"松边香煮雷芽",李德载小令[中吕·阳春曲]《赠茶肆》第九首中的"金樽满劝羊羔酒,不似灵芽泛玉瓯"等。这里说的金芽、茶芽、雷芽和灵芽,都不是饼茶,而是散茶。这说明,尽管团饼茶在元代依然存在,但已经不是主流茶,团饼茶开始衰落,元曲里对茶的这些描写可以与《农书》、《草木子》中对元朝茶的评价互相参照。王祯在《农书》卷十《茶》中共提到"茗茶"、"末茶"和"腊茶"三种茶。"茗茶"或称"草茶"、芽茶或叶茶,其形态属于散条形茶,与现代茶叶基本相似,其采制工艺,王祯介绍说:"采之宜早,率以清明、谷雨前者为佳。……采讫,以甑微蒸,生熟得所。蒸已,用筐箔薄摊,乘湿略揉之,入焙,匀布,火焙令干,勿使焦。编竹为焙,裹箬覆之,以收火气。"③简单而言,即摘取嫩叶,锅炒杀青而

---

① 河北省文物研究所:《宣化辽墓——1974—1993年考古发掘报告》,文物出版社2001年版,第30—34页。

② 项春松:《内蒙古赤峰市元宝山元代壁画墓》,《文物》1983年第4期。

③ (元)王祯:《农书》,中华书局1956年版,第112—113页。

成。"末茶"是将茶叶采摘以后,蒸过捣碎而成;"腊茶"即蜡茶,也称"蜡面茶",是建安一带对团茶、饼茶的俗称。"蜡茶最贵,而制作亦不凡。择上等嫩芽,细碾入罗,杂脑子诸香膏油,调剂如法,印作饼子,制样精巧。候干,仍以香膏油润饰之。其制有大小龙团带胯之异。此品惟充贡献,民间罕见之。"①故《农书》将其排在最后。比《农书》成书晚的《草木子》在"御茶条"中也记载:元朝的贡茶仍是团状、饼状一类的紧压茶,但"民间止用江西末茶,各处叶茶"②。从王祯和叶子奇所记,我们清楚地看出,散茶压倒团饼茶已成为当时主要的流行茶品。这是元代茶文化的一个特点。

需要说明的是,团饼和散茶生产的消长演变,从表面来看,只是制茶工艺或茶品生产上的一种变革,但实际涉及我国茶叶文化的各个方面,是我国茶叶文化的一次深刻改革。茶品生产的变革,必然影响到饮茶的风俗和习惯;饮茶风习的变革,又直接影响茶具的革新等。从这一角度来说,元代是我国茶业和茶叶文化发展史上的一个承前启后的阶段。

2.以产地命名的茶

茶叶是一种地域性很强的植物,它汲山水之灵气,沐雨露之精华,所以,不同的水土便生长出不同的茶叶。中国悠久的文明历史和丰富的地域特征,积淀形成了成百上千种具有典型原产地域特征的茶品。如"蒙山茶"因产于四川雅安市名山县蒙山而得名。蒙山,又称蒙顶山。其山有五岭,中顶曰上青峰,山顶受全阳之气,所产茶紧卷多毫、色泽翠绿、鲜嫩油润、香气清雅、味醇而甘,在唐朝作为贡茶而享誉中外。元曲中有对蒙山茶的描写,李德载小令[中吕·阳春曲]《赠茶肆》第三首:

　　蒙山顶上春光早,扬子江心水味高。陶家学士更风骚,应笑倒,销金帐饮羊羔。

马致远杂剧《江州司马青衫泪》第三折裴兴奴唱词:

我则道蒙山茶有价例,金山寺里说交易。

元曲对蒙山茶的描写,反映了元代对蒙山茶的崇尚。

①　(元)王祯:《农书》,中华书局1956年版,第113页。
②　(明)叶子奇:《草木子》,中华书局1959年版,第67页。

"双井茶"也是一种以产地名称命名的茶。"双井茶",又名洪州双井、双井白芽等,因产于江西省洪州分宁县(今江西修水)杭口乡双井村而得名。双井茶自古闻名,南宋叶梦得在《避暑录话》中载:"草茶极品,惟双井顾渚,亦不过各有数亩。双井在分宁县……顾渚在长兴县。"①显然双井茶是散茶无疑。此茶形如凤爪,汤色碧绿,滋味醇和。在宋代散茶中已极负盛名,宋代著名诗人黄庭坚非常喜爱双井茶,常常将双井茶分赠给好友欧阳修、苏东坡、司马光等,并赋诗赞赏。欧阳修在《归田录》中评价此茶:"两浙之品,日注为第一。自景祐以后,洪州双井白芽渐盛,近岁制作尤精,囊以红纱,不过一二两,以常茶十数斤养之,用辟暑湿之气,其品远出日注上,遂为草茶第一。"②元代人对双井茶也十分喜爱。张可久有三首咏诵"双井茶"之曲:

> 双井先春采茶,孤山带月锄花。

> ——[双调·折桂令]《湖上道院》

> 孤山花已老,双井水犹香,记神仙诗句响。

> ——[中吕·红绣鞋]《怀古》

> 绿波亭下小红桥。老梅盘鹤膝,新柳舞蛮腰,嫩茶舒凤爪。

> ——[中吕·红绣鞋]《山中》

张可久的茶曲,将双井茶的色、香、味、形和功能描绘得淋漓尽致,透露出作者对它的喜爱和高度评价。

元曲还常写到建溪茶。建溪茶又称建安茶。建安在今福建的建瓯县,其境内建溪两岸和凤凰山麓都是盛产优质茶叶的地方。建溪茶也属茶中极品,宋代时是贡茶的主体。马致远杂剧《吕洞宾三醉岳阳楼》第二折岳阳楼下茶坊店主郭马儿上场诗:

> 龙团凤饼不寻常,百草前头早占芳。采处未消峰顶雪,烹时犹带建溪香。

马致远杂剧《江州司马青衫泪》第三折裴兴奴唱词:

---

① (宋)叶梦得:《避暑录话》,中华书局1985年版,第80页。

② (宋)欧阳修:《归田录》,中华书局1981年版,第8页。

咱两个离愁虽似茶烟湿,归心更比江流急。离江州谢天地,出烟波渔父国。遮莫他耳听春雷,茶吐枪旗。着那厮直赶到五岭三湘建溪,干相思九公里。

金末元初诗人耶律楚材酷爱建溪茶,他在随元太祖西征时,作《西域从王君玉乞茶因其韵七首》,十分明白地唱出了自己的饮茶审美观。

其一:

积年不啜建溪茶,心窍黄尘塞五车。碧玉瓯中思雪浪,黄金碾畔忆雷芽。

卢仝七碗诗难得,谂老三瓯梦亦赊。敢乞君侯分数饼,暂教清兴绕烟霞。

其二:

厚意江洪绝品茶,先生分出蒲轮车。雪花滟滟浮金蕊,玉屑纷纷碎白芽。

破梦一杯非易得,搜肠三碗不能赊。琼浆啜罢酬平昔,饱看西山插翠霞。

其三:

长笑刘伶不识茶,胡为买锸谩随车。萧萧暮雨云千顷,隐隐春雷玉一芽。

建郡深瓯吴地远,金山佳水楚江赊。红炉石鼎烹团月,一碗和香吸碧霞。①

将耶律楚材的诗同元曲中描写的建溪茶对读,更可看出建溪茶在元代受欢迎的程度。

3.以色形命名的茶

我国许多名茶,都以形美、色艳、香浓、味醇闻名于中外。如紫笋茶,从唐代作为贡茶后,一直是中国传统名茶。紫笋茶简称"紫茶",有时也称"紫茗"、"紫芽"、"紫英"。紫笋茶或芽叶相抱,或芽挺叶稍展,形如兰花。冲泡后,茶汤清澈明亮,色泽翠绿带紫,味道甘鲜清爽,隐隐有兰花香气。其产地

---

① 蔡镇楚:《中国品茶诗话》,湖南师范大学出版社2004年版,第109页。

主要有三:常州(今江苏宜兴,古称"阳羡")义兴之紫笋、湖州(今浙江)长兴顾渚之紫笋、四川雅安蒙顶之紫笋。元曲中有许多描述紫笋茶的作品。冯子振小令[正宫·鹦鹉曲]《顾渚紫笋》:

> 春风阳羡微暄住,顾渚问茗叟吴父。一枪旗紫笋灵芽,摘得和烟和雨。[幺]焙香时碾落云飞,纸上凤鸾衔去。玉皇前宝鼎亲尝,味恰到才情写处。

张可久小令[双调·水仙子]《山斋小集》:

> 玉笙吹老碧桃花,石鼎烹来紫笋芽。山斋看了黄筌画,茶蘼香满把,自然不尚奢华。醉李白名千载,富陶朱能几家? 贫不了诗酒生涯。

柴野愚小令[双调·枳郎儿]:

> 访仙家,访仙家远远入烟霞。汲水新烹阳羡茶,瑶琴弹罢,看满园金粉落松花。

乔吉小令[双调·水仙子]《廉香林南园即事》:

> 山中富贵相公衙,江左风流学士家。壁间水墨名人画,六一泉阳羡茶。书斋打簇得繁华,玉龙笔架,铜雀砚瓦,金凤笺花。

以上描写给了读者很多的信息,容纳了元代茶习俗的丰富内容。第一,阳羡茶、顾渚紫笋,都是当时名贵高雅的茶品。唐陆羽《茶经》论茶芽:紫色的要比绿色的好,形状如笋的要如牙的好,叶子蜷缩的要比舒展的好。紫笋茶芽色泽带紫,芽叶相抱似笋,其形、其色、其味牵动了元代茶人的心。第二,在元代,阳羡茶、顾渚紫笋茶仍是龙团饼茶。"纸上凤鸾衔去",说的就是这种茶。第三,元代碾煎饮茶法依然时尚,"焙香时碾落云飞",说的就是用茶碾碾茶的情景。第四,紫笋茶是元代上自宫廷大臣下至民间世人都爱的茶,"玉皇前宝鼎亲尝"即是明证。

枪旗,亦名"旗枪",是一种比喻,形容茶叶的外部形态如枪如旗者。马致远杂剧《西华山陈抟高卧》第四折:

> 这茶呵采得一旗半枪,来从五岭三湘,泛一瓯瑞雪香,生两腋松风响,润不得七碗枯肠。

茶芽如不采摘,就会舒展开来成为嫩叶,而树梢中心又会继续萌发出芽笋,形状有点像古代的枪头尖部,因而古人就将此芽笋称为"枪",将舒展开来的嫩叶称为"旗"。"一旗半枪"由春茶早期的幼嫩芽叶经精细加工而成。茶中全是一枚小芽者,列上品,以下依次为一枪一旗,一枪二旗等。

元曲中提到的名茶还有龙须、凤髓、雷芽、云腴、黄茶等,李德载小令[中吕·阳春曲]《赠茶肆》第八首:

> 龙须喷雪浮瓯面,凤髓和云泛盏弦,劝君休惜杖头钱。学玉川,平地便升仙。

张可久小令[双调·折桂令]《春晚有感》:

> 燕莺春歌舞排场,几点吴霜,压定疏狂。曲补《霓裳》,茶分凤髓,墨染龙香。千钟酒百年醉乡,十分愁三月韶光。

张鸣善小令[中吕·普天乐]:

> 雨才收,花初谢。茶温凤髓,香冷鸡舌。半帘杨柳风,一枕梨花月。

乔吉杂剧《杜牧之诗酒扬州梦》第一折杜牧之唱词:

> 茶房内,泛松风,香酥凤髓。

贾仲明杂剧《铁拐李度金童玉女》第三折[逍遥乐]:

> 兰汤试浴,纳水阁微凉,避风亭倦午。乘竹阴槐影桐疏,叠冰山素羽青奴。剪彩仙人悬艾虎,开南轩奇峰云布。瓜分金子,鲙切银丝,茶煮云腴。

马致远套数[双调·新水令]《题西湖》:

> 竹引山泉,鼎试雷芽。但得孤山寻梅处,苫间草夏,有林和靖是邻家,喝口水西湖上快活煞。

童童学士套数[双调·新水令]《念远》:

> 十字为媒,又不图红定黄茶。

龙须茶又名"束茶",系以彩色丝线将条形茶叶捆扎成一束一束的茶,它的外形壮直墨绿,很像神话中的"龙须",因此而得名。凤髓是一种名贵的茶。凤是中华民族的原始图腾,以凤为图腾命名茶,是中国龙文化、凤文化与茶文化的有机结合。清代黄葆真在《增补事类统编·饮食部·茶》中说:"蝉膏、凤髓,分八饼之浓香。"①雷芽是用惊蛰节后萌发的茶芽炒制的

---

① 李莫森:《咏茶诗词曲赋鉴》,上海社会科学院出版社 2006 年版,第 150 页。

茶。黄茶,亦称"闷堆"或"初包"、"复包"、"渥堆"。茶芽自然发黄及人工炒制过程中经过"闷黄",冲泡后形成黄叶黄汤的均称黄茶。黄茶起源较早,据史料推测,公元7世纪即已出现,当时是由一自然发黄的黄芽茶树的芽叶制成的。《寿州志》记载,产于霍山县(古称寿州)的霍山黄芽茶,唐初时已闻名遐迩,中唐时已远销西藏。大历十四年(779),淮西节度使李希烈赠宦官邵光超黄茗200斤,说明安徽在唐朝时就大量出产黄茶①。上述茶曲中提到的茶,或为名茶,或名茶美称,俱为茶之上品、极品。

另外,在关汉卿杂剧《钱大尹智勘绯衣梦》和无名氏杂剧《朱太守风雪渔樵记》中均有"疙疸茶"之说,无名氏杂剧《瘸李岳诗酒玩江亭》中有"粗茶"之说,无名氏杂剧《包待制陈州粜米》中有"苦茶"之说。"疙疸茶"是一种以形而名的廉价茶,用较大的芽叶制成,茶味涩而没有香气,仅可冲洗肠胃而已。"粗茶"是采集各种树木的叶子,如竹叶、柳叶、枣叶、柿叶、苹果叶、梨叶等经过加工而成的茶。"苦茶"是一种地方土产茶,产于福建莆田,有清火的作用。元代乡土诗人洪希文曾写有《煮土茶歌》赞莆田苦茶:"论茶自古称壑源,品水无出钟瀼泉。莆中苦茶出土产,乡味自汲井水煎。器新火活清味永,且从平地休登仙。王侯第宅斗绝品,揣分不到山翁前。临风一啜心自省,此意莫与他人传。"②洪希文是福建莆田人,在这首歌里,诗人极力赞赏家乡的土产苦茶,虽然不是什么名茶,也没有名泉相煎煮,但却清香永驻,每天在辛勤劳作之后,带着劳累和溽热,泡上一杯苦茶,去去心火,可达到"登仙"的境界,反映了民间茶人的茶趣。今天苦茶依然有市场,在台北士林夜市上有苦茶老店,其制苦茶采用36种中药材费时炼制而成,苦味分为一般苦、特级苦、超级苦,苦味纯正道地。

4.以采摘时令命名的茶

以时令来说,清明至小满为春茶,小满至小暑为夏茶,小暑至寒露为秋茶。元曲以描写春茶为多。如张可久[双调·折桂令]《湖上道院》:

> 先春采茶,孤山带月锄花。

---

① 余孚:《中国茶变概述》,《古今农业》1999年第3期。
② (元)洪希文:《续轩渠集》,景印文渊阁四库全书(第1205册),台湾商务印书馆1986年版,第85页。

无名氏小令［双调·十棒鼓］：

邵平多种瓜，闷采茶芽。

种瓜的最好时间是清明前后，民间有谚语：清明前后，种瓜点豆。这时采的茶，当然是春茶。又如杨朝英小令［双调·水仙子］《自足》：

客到家常饭，僧来谷雨茶，闲时节自炼丹砂。

谷雨茶，是谷雨时节采制的茶，又叫二春茶。春季温度适中，雨量充沛，加上茶树经半年冬季的休养生息，春梢芽叶肥硕，色泽翠绿，叶质柔软，富含多种维生素和氨基酸，使春茶滋味鲜活，香气怡人。明代许次纾在《茶疏》中谈到采茶时节时说："清明太早，立夏太迟，谷雨前后，其时适中。"[1]谷雨茶讲究在清晨太阳尚未出来之前采摘。中国古代一直认为清晨的露水可以滋润茶芽，在日出之前采茶，附着在茶叶表面的夜露所富含的"膏腴"便能得以保存，日出之后，夜露散发，茶叶之"膏腴"亦会随之而流失，茶芽的品质就会降低。采茶时还讲究不用手指，只用指甲，以免茶芽被手温所熏染，为汗水所污。

无名氏小令［双调·沉醉东风］：

闻晓露藤摘紫花，听春雷茶采萌芽。

"听春雷茶采萌芽"，说是的在惊蛰这天采茶的习俗。元代诗人刘仁本目睹过建宁北苑喊山造茶壮观场面，他的《建宁北苑喊山造茶，是日大雷雨，高奉御至》诗形象地记写了北苑皇家茶园喊山造茶的全过程，让我们较明确地了解了元代采茶仪式的壮观、隆重以及制茶工序的精细和完备，同时也是对"听春雷茶采萌芽"这一采茶习俗的诠释：

建溪三十里，北苑擅茶名。地耸岩峦秀，川洄泷濑萦。

溪山元蕴瑞，草木亦敷荣。远土修职贡，官曹任榷征。

君恩濡泽降，天助振雷轰。鼓噪千军勇，喧啸万蛰惊。

仙灵烦酒礼，使者引旗胜。白玉堂前客，红云岛内行。

灵根连夜发，凡草感春生。渐觉龙芽吐，先期凤嘴萌。

逻巡分堠卒，掇拾课山丁。紫笋和烟采，金筐带露盛。

---

① （明）许次纾：《茶疏》，中华书局1985年版，第2页。

枪旗俄错落，粟粒逆轻盈。散乱碧涛影，玲珑玉杵声。

雪香金碾碎，云冷石泉泓。轩翥鸾凰瑞，参差圭璧呈。

团团明月起，隐隐翠蛟嵘。包瓯殊科第，封函致洁精。

荐新夸绝品，驰贡入神京。上为君王寿，下摅民物情。

武夷同普牒，属贡孰稽程。陆羽千年梦，卢仝两腋轻。

庙堂真变理，黍稷享精诚。赋美无遗物，科征念远氓。

彤云满山谷，绚日隔蓬瀛。愿以阳春德，千秋奉圣明。

武夷茶叶自唐以来名闻天下，封建统治者为了满足自己的奢侈需求，特在武夷山北苑设置皇家御园，造茶专供皇家消费，每当谷雨时节采制御茶时，地方官特别重视，因而有北苑喊山造茶的仪式，以隆重庆祝皇家茶叶的采摘。元代武夷山的御茶园在九曲溪之四曲溪畔的平畈处。茶园的正面有仁风门，迎面是发殿，亦名第一春殿，旁有精舍三十余间。园内有一井，称通仙井，井之畔有高台，称喊山台。每年惊蛰之日，御茶园的官吏偕县丞等登台喊山、祭礼茶神。祭毕，鸣金击鼓，鞭炮齐鸣，红烛高烧，茶农拥集台下，齐声高喊："茶发芽！茶发芽！"声彻山谷，场面极为雄伟壮观。①

元代北苑茶基本上因袭宋代的造茶程序，大体分为采茶、拣茶、蒸茶、榨茶、研茶、造茶、过黄等七道程序。该诗第一部分描写北苑周围的风光，突出好山好水出好茶，地方官因而以茶作贡；第二部分写天降雷雨之际，北苑举行喊山造茶仪式，宫廷督制御茶之使者也在此时到来，北苑春茶在雷雨中怒发；第三部分写御茶的采摘、加工与包装的全过程；第四部分作者抒发感想，北苑茶供皇帝享用，皇帝应想到远方老百姓的辛苦。

元曲中对采茶的描写更加栩栩如生。如王仲元套数[中吕·粉蝶儿]《道情》：

向篱边去打勤劳，摘藤花挑竹笋采茶苗。

乔吉小令[南吕·玉交枝]《闲适二曲》：

自种瓜，自采茶，炉内炼丹砂。

无名氏小令[不知宫调·甜水令]：

① 甘满堂、朱正业：《元代建宁北苑喊山造茶诗赏析》，《农业考古》1999 年第 12 期。

炉中炼出灵丹药,雷震采茶苗。

无名氏小令[南吕·骂玉郎过感皇恩采茶歌]《道情》:

闲时节摘藤花,掘竹笋,采茶苗。

徐再思小令[双调·水仙子]《惠山泉》:

湿云亭上,涵碧洞前,自采茶煎。

采茶与摘藤花、掘竹笋、青烟、松梢、龙涎、翠岩、股泉、丹砂等清幽词语结合,勾勒出了一幅幅清净幽野的画面,又以湿云亭、涵碧洞和闲时节等为时为地,将茶的生长环境写得幽远出尘,展现了一种超凡脱俗的境界。

采茶歌是一边采茶一边唱山歌以鼓舞劳动热情的山歌,它也飘荡在元曲中,如张可久小令[中吕·喜春来]《永康驿中》以灵性十足的文字为我们描绘了一幅茶乡环境美、采茶姑娘美、劳动场面美的采茶图:

荷盘敲雨珠千颗,山背披云玉一蓑。半篇诗景费吟哦,芳草坡,松外采茶歌。

在芳草如茵的山坡上,苍翠的茶树下,一群美丽的姑娘采茶忙,轻快的茶歌从松林那边飞来。一片自然风景就是一种心情,一首茶歌就是对生活憧憬的一种表达。该小令不仅是由于作者用淡淡笔墨表达忘情山水、轻快自如的心境而成功,还因为是作者耳闻目睹的采茶情景的实录,而更显弥足珍贵。

在我国历代文献中,都有"以春茶为贵"的记载。夏季由于天气炎热,茶树新梢芽生长迅速,使得能溶解于茶汤的水浸出物含量相对减少,特别是氨基酸及全氮量的减少,使得茶汤滋味不及春茶鲜爽,香气不如春茶浓烈;相反,由于苦涩的花青素、咖啡碱、茶多酚含量比春茶高,而使紫色芽叶增加,成茶色泽不一,滋味也较为苦涩。秋季气候条件介于春夏之间,茶树经春夏两季生长、采摘,新梢内含物质相对减少,叶张大小不一,叶底发脆,叶色泛黄,茶叶滋味、香气显得比较平和。从元曲看,元代人对于采茶要求并不太高,只要求是新茶、嫩茶,如钟嗣成小令[南吕·骂玉郎过感皇恩采茶歌]《四时佳兴·夏》:"近深林,烹嫩笋,煮新茶。"张可久小令[双调·折桂令]《浮石许氏山园小集》:"凉浆老蔗,活水新茶。"吴仁卿小令[双调·拨不断]《闲乐》:"稚子和烟煮嫩茶,老妻带月包新鲊。"张可久小令[中吕·

红绣鞋]《山中》："新柳舞蛮腰,嫩茶舒凤爪。"孙周卿小令［双调·水仙子］《山居自乐》："宾朋来煮嫩茶,富贵休夸。"无名氏小令［中吕·迎仙客]《六月》："庭院雅,闹蜂衙,开尽海榴无数花。剖甘瓜,点嫩茶。笋指韶华,又过了今年夏。"李德载小令［中吕·阳春曲]《赠茶肆》："金芽嫩采枝头露。"由此可见,元代茶以新为贵、以细嫩者为上的观念已经形成。

5.配酥乳制成的茶

蒙古族入主中原后,受到藏族酥油茶,即所谓"西番茶"的启发①,吸收中原原有的一些饮茶方式,结合本民族饮食习惯对饮茶进行了许多创新,制造出许多新的茶种类。如忽思慧《饮膳正要》所记的别具风味的"炒茶",其制作过程"用铁锅烧赤,以马思哥油、牛奶子、茶芽同炒成"②。马思哥油是一种纯净而白的酥油,加白酥油加牛奶炒出的茶,再行煮、泡,自然就有了酥油的味道。元曲描写的具有北方民族特色的茶品有酥签和兰膏茶。"酥签"亦作"酥金",用酥油搅拌茶叶末做成。马致远杂剧《吕洞宾三醉岳阳楼》第二折中对酥签茶的描写:

> 郭马儿云："我依着你,依旧打个稽首,师父要吃个甚茶?"吕洞宾云："我吃个酥金。"郭马儿云："好紧唇也。我说道师父吃个甚茶?他说道吃个酥金。头一盏吃了个木瓜,第二盏吃了个酥金。这师父从来一口大一口小。"吕洞宾云："郭马儿,我是一口大一口小。"郭马儿云："一口大一口小,不是个吕字?傍边再一个口,我这茶绝品高茶。罢、罢,大嫂,造个酥金来与师父吃。"吕洞宾接茶云："郭马儿,你这茶里面无有真酥。"郭马儿云："无有真酥,都是什么?"吕洞宾云："都是羊脂。"

李寿卿杂剧《月明和尚度柳翠》中也有对酥签茶的描写,第二折柳翠和显孝寺的月明和尚到茶房里说话,月明和尚要茶博士"造个酥签来"。无名氏《居家必用事类全集》"酥签茶"条载："将好酥于银石器内溶化。倾入江茶末搅匀。旋旋添汤搅,成稀膏子。散在盏内,却着汤侵(浸)供之。茶与酥看客多少用。但酥多于茶些为佳。此法至简且易,尤珍美。四季看用汤

---

① 陈高华:《元代饮茶习俗》,《历史研究》1994 年第 1 期。
② (元)忽思慧:《饮膳正要》,李春方译注,中国商业出版社 1988 年版,第 137 页。

造。冬间造,在风炉子上。"①忽思慧《饮膳正要》卷二《诸般汤煎·酥签》载:"金字末茶两匙头,入酥油同搅,沸汤点之。"②"金字茶"指产自湖州的末茶。王晔在〔双调·水仙子〕中也以诙谐的口吻描述了"酥签茶"的制法:"黄金铸就劈闲刀,茶引糊成划怪锹。庐山凤髓三千号,陪酥油尽力搅。"酥油是动物乳品中提取的油脂,加入酥油后的茶,具有特殊的香味,营养价值极高,有消食、消火、助消化、开胃的作用。"兰膏"即"兰膏茶",是一种由高等茶叶末、小麦面和酥油一起拌均匀后而成糊状茶汤。用"兰"是为了形容其气味香美。忽思慧《饮膳正要》卷二《诸般汤煎·兰膏》载:"玉磨末茶三匙头,面、酥油同搅成膏,沸汤点之。"③无名氏《居家必用事类全集》"兰膏茶"条载:"以上号高茶研细,一两为率。先将好酥一两半溶化,倾入茶末内,不住手搅。夏月渐渐添水搅。水不可多添,但一二匙尖足矣。频添无妨,务要搅匀。直至雪白为度。冬月渐渐添滚汤搅,春秋添温汤搅。加入些少盐尤妙。"④《居家必用事类全集》与《饮膳正要》两书记载同一名称的饮品,说明此种茶品在元代饮用的普遍。

加入酥油后的茶,对习惯酥油气味的民族和人群,显然是一种很受欢迎的新型茶类。尽管这类茶恐怕已经很难品味到茶叶的真香灵味,但这些茶品,的确不同于一般茶的清神爽意,既可饮用,又可食用,不仅受到游牧民族的欢迎,而且还流传到汉族和其他民族中,极大地丰富和发展了元代茶文化。李德载小令〔中吕·阳春曲〕《赠茶肆》中提到兰膏茶,说明这类茶在元代大都的茶肆里已是主打茶品。

第一首:

　　茶烟一缕轻轻飏,搅动兰膏四座香,烹煎妙手赛维扬。非是谎,下马试来尝。

第十首:

---

① (元)无名氏:《居家必用事类全集·饮食类》,邱庞同注释,中国商业出版社1986年版,第7页。

② (元)忽思慧:《饮膳正要》,李春方译注,中国商业出版社1988年版,第137页。

③ (元)忽思慧:《饮膳正要》,李春方译注,中国商业出版社1988年版,第137页。

④ (元)无名氏:《居家必用事类全集·饮食类》,邱庞同注释,中国商业出版社1986年版,第7页。

金芽嫩采枝头露,雪乳香浮塞上酥。我家奇品世间无。君听取,声价彻皇都。

"金芽嫩采枝头露",清晨采下茶树枝头尚带露水的嫩芽;"雪乳",塞外民族所喝的奶茶。这家小茶店,既供应江南的露珠绿茶,又供应塞外牧民爱喝的奶茶,反映了元代京都的饮茶习俗,也反映了汉族与少数民族风俗文化交流与融合的广泛深入性。

以上事实说明,北方游牧民族从中原汉族那里学会了饮茶,又把自己民族特有的饮茶习俗传给了中原的汉族。这种各民族间风俗习惯的相互影响、相互学习,是元代茶俗的一大特色。

6.加花果制成的茶

元曲还描写了以香花、果品等入茶的饮茶习俗。以香花、果品等入茶的习俗,在唐宋已不乏其例。如蔡襄《茶录》所记在贡茶中放入龙脑等名贵香料;黄庭坚《煎茶赋》中提到"佐以草石之良"。所谓"草石之良",他具体举出的是"胡桃、松实、庵摩、鸭脚、勃贺、蘼芜、水苏、甘菊"①。胡桃即核桃,去壳用其仁;松实即松子,去壳去皮,有清香气;庵摩即罗汉果,今南方人用以煮茶,称作罗汉茶;鸭脚即银杏,果可食;勃贺即薄荷;蘼芜,香草名;水苏即苏桂;甘菊,单叶菊,味甘可入药。这八种东西,为植物的果、叶、子、蕊,或清凉辛辣,或甘甜馨香,择一二种适量用之,"既加嗅味,亦厚宾客"。此外还有陆游《冬夜与溥庵主说川食戏作》诗中提到的菊花茶、《荆州歌》诗中提到的茱萸茶、《西窗》诗中提到的姜茶、《夏初湖村杂题》(之一)诗中提到的橄榄茶等。这些都说明花茶果茶在宋代已很是普遍。元代花茶果茶依然是深受人们喜爱的饮品之一。利用茶叶的亲异味性,使茶叶吸收花、果品等的清芬芳香而加工制作的茶,不断被普及饮用,是元代茶文化的又一特点。无名氏《居家必用事类全集》中提到的蒙顶新茶、脑麝香茶、百花香茶、法煎香茶均属于以香花、果品等入茶的茶品。如介绍脑麝香茶的制法:"脑子随多少、用薄藤纸裹。置茶合上,密盖定。点供自然带脑香。其脑又可移别用。取麝香壳安罐底。自然香透。尤妙。"法煎香茶的制法:"上春嫩茶芽,每五

---

① (宋)黄庭坚:《黄庭坚全集》第 1 册,四川大学出版社 2001 年版,第 303 页。

百钱重。以绿豆一升,去壳蒸焙,山药十两,一处处细磨,别以脑麝各半钱重入盘同研约二千杵,罐内密封,窨三日后可以烹点,愈久香味愈佳。"①元曲中对花茶果茶也多有描写,这些描写说明元代香花、果品等入茶已经相当普遍。如张可久套数[仙吕·点绛唇]《翻〈归去来辞〉》中提到的"菊花茶"("采菊浮杯稳坐榻,对南山山色稀奇"),乔吉小令[双调·卖花声]《香茶》中提到的"梅花粉"("细研片脑梅花粉,新剥珍珠豆蔻仁"),即是以香花入茶。以果品入茶的记载,则有孛罗御史套数[南吕·一枝花]《辞官》中提到的茶中放乌梅煎制而成的"梅茶"("秋天禾黍,冬月梅茶"),马致远杂剧《马丹阳三醉岳阳楼》描写的岳阳楼茶店加了杏仁等果干的"杏汤",加了木瓜等果品的"木瓜"茶;关汉卿杂剧《钱大尹智勘绯衣梦》第三折中赞美的以橙子的果肉调制的"金橙"("汤浇玉蕊,茶点金橙")茶汤;汤舜民小令[双调·天香引]《友人客寄南闽情缘婘恋代书此适意云·其三》中描绘的"荔枝膏茶"("茉莉粉香浮醽醁,荔枝膏茶搅琼酥");无名氏小令[双调·庆宣和]中描写的如蔷薇菜一样甜的"枸杞茶"("枸杞茶甜如蔷薇菜")等等。可见元代香花、果品等入茶已经相当普遍,应该是当时的社会风尚。目前,在我国汉族地区,这种果品泡茶的风俗几乎濒临绝迹,唯有江浙有些地区新年春节期间接待客人,在茶中放置两枚青橄榄和金橘,叫作"元宝茶",以取吉利之意。但在少数民族地区,此种遗风流韵仍相当普遍。如藏族和云南纳西族同胞吃"酥油茶",就要放核桃肉、花生米、盐巴或糖,湘西、黔东地区汉、瑶、壮、苗族的"擂茶"、"打油茶",要放花生、芝麻、豆类、葱以及其他副食品。云南白族同胞的"三道茶"中,则放红糖、核桃仁、花椒、蜂蜜等物。湖北鄂西土族同胞的"油茶汤",也放姜、盐、大蒜、胡椒等。宁夏回族同胞习惯于喝糖茶,就是用砖茶、红糖、枸杞、桂圆、红枣、胡桃肉合在一起熬成的,据说这对高寒地区吃惯牛羊肉的人身体有益。② 总之,各地根据不同情况,这种以果品点茶的风俗习惯可能是此种茶俗的遗风。

需要补充说明的是,即使是以花果制成的元代茶也可见北方游牧民族

────────────

① （元）无名氏:《居家必用事类全集·饮食类》,邱庞同注释,中国商业出版社1986年版,第5—6页。

② 陈诏:《〈金瓶梅〉里的饮茶风俗》,《农业考古》1996年第2期。

的饮食色彩,如无名氏小令[双调·庆宣和]中提到的枸杞茶,《居家必用事类全集》中的制法是:"于深秋摘红熟枸杞子,同干面拌和成剂,排作饼样,晒干,研为细末。每江茶一两,枸杞末二两,同和匀,入炼化酥油三两,或香油亦可。旋添汤,搅成稠膏子。用盐少许入锅,煎熟。饮之,甚有益及明目。"①《饮膳正要》中的制法是:"枸杞五斗,水淘洗净,去浮麦,焙干,用白布筒净,去蒂萼、黑色,选拣红熟者。先用雀舌茶展溲碾子,茶芽不用,次碾枸杞为细末。每日空心用□匙头,入酥油搅匀,温酒调下,白汤亦可。忌与酪同食。"②枸杞叶可以代茶,宋代已有,如蒙顶白茶中就用了枸杞,但使用的是其花,而且是配合绿豆和米制成。这是典型的汉族茶法。枸杞茶则不然,它用的是枸杞子与茶配合,再加上酥油、面粉。可见是一种具有北方民族特色的保健茶品。

还有一茶值得一提,这就是乔吉在小令[双调·卖花声]《香茶》中描写的孩儿香茶:"细研片脑梅花粉,新剥珍珠豆蔻仁,依方修合凤团春。醉魂清爽,舌尖香嫩,这孩儿那些风韵。"香茶,顾名思义,因其味香乃名。香茶的香味区别于一般茶叶,因为香茶是加入了其他佐料的茶。乔吉小令里的香茶加入的香料是"梅花粉"和药材"珍珠豆蔻仁",形状是龙凤团饼形。"孩儿茶"称谓多样,如乌爹泥、孩儿香、孩儿土等,产自于印度西南沿海、苏门答腊至中南半岛一带,同时也是榜葛刺、满刺加、爪哇、暹罗等国的朝贡物品之一。它主要是作为药用,但还可入茶、做香料、咀嚼槟榔等。"孩儿茶"在宋代已广为人知,元代常以此物和其他香料碾细混合加工成块状,用来含嚼,有生津醒酒的功效,深受人们的喜爱③。可见,孩儿茶不是茶,但却非常值得一提。无名氏《居家必用事类全集》中有"制孩儿香茶法"的详细记载:孩儿茶一斤,研极细,罗过用。白豆蔻仁四钱,研为细末。粉草炙,三钱,碾为细末。沉香半两,劈成三锭子,插入鹅梨内,用纸裹了,水湿过,灰火内煨梨熟为度。取出沉香,晒干,为细末。用三钱和之。留梨汁,制麝香用。寒

① (元)无名氏:《居家必用事类全集·饮食类》,邱庞同注释,中国商业出版社1986年版,第6页。

② (元)忽思慧:《饮膳正要》,李春方译注,中国商业出版社1988年版,第133页。

③ 李峻杰:《孩儿茶考辨》,《海交史研究》2010年第1期。

水石半斤。炭火内煅红。先将薄荷叶四两水浸湿透,铺在纸上,将煅过寒水石放在叶上,裹了,放冷取出。秤五钱与脑子同研。余者待后次用之。叶弃去不用。此脑子法也。无此则脑子气味去矣。荜澄茄三钱。研为细末。麝香二钱,捡去毛,令净,研开,用元制沉香梨汁和为泥,摊在磁盏内或银器内,上用纸糊口,用针透十数孔,慢火焙干,研为末。再于盏内焙热,合和前料,其香满室。此其法也。川百药煎半两,为末。将以上四件和匀,磁器收贮,勿泄味。梅花片脑三钱,米脑亦可用。制过寒水石同研,和拌入料。将洁净高糯米一升,煮极烂稠粥,擂细,冷定,用绢绞取浓汁和剂。须要硬。干净捶帛石上捶三五千下,捶多愈好。故名千捶膏。却用白檀煎油,抹印脱造成。放于透风处悬吊三日。刷光磁器贮①。比较无名氏《居家必用事类全集》和乔吉小令的香茶里加入的香料和药材有些是相同的,可以说无名氏《居家必用事类全集》中的"制孩儿香茶法"就是对乔吉小令的详注,说明孩儿香茶在元代是颇为流行的。另外许多元代诗人在自己作品中提到孩儿茶也是孩儿茶在元代流行的例证。如宋褧《送赵伯常淮西宪副六首》第四首:"常日相陪散马蹄,官曹同事凤城西。别来应忆太禧白,醉后仍须乌迭泥。"作者自注:"乌迭泥去疾,即孩儿茶,酒后嗜含之。"陆厚《刘仁卿求孩儿茶诗》:"不意蛮獠有别种,名味迥然异中国。方今泰和通输时,风俗土物信不齐。有茶磊硙类璺玉,其名译曰乌爹泥。海贾载归不识用,岂知知者谋必中,精研熟和匀脑麝,团团印出云间凤。含者嚼雪通心胸,时复唾地如血红。解愁醒酒有佳趣,生津止咳有奇功。"②杜本《真州贾生索赋孩儿茶》:"吾闻孩儿茶,始来自殊方。古人译其名,和以龙麝香。贾生得妙诀,品制非寻常。清晨持遗我,令我试与尝。……能令齿颊生玉液,却回曲蘖升明光。"③乔吉的小令、元代诗作和无名氏的"制孩儿香茶法",说明孩儿茶是元代人喜爱的且制法很成熟的一种茶品,一种外延有所延伸的茶品。

---

① (元)无名氏:《居家必用事类全集·饮食类》,邱庞同注释,中国商业出版社1986年版,第8—9页。
② 陈高华:《孩儿茶小考》,《西北第二民族学院学报》1999年第2期。
③ 陈高华:《孩儿茶小考》,《西北第二民族学院学报》1999年第2期。

（二）茶　具

除了茶叶品类及其饮用方式外,元曲还提到不少茶具。元代的茶具也体现着元代茶文化承上启下的特色。由于元代统治时间的短暂,特别是蒙古人在征服扩张的过程中,曾以极其野蛮的方式对南宋的政治、经济和文化等方面造成破坏,这使得元代初期的茶文化一度陷于衰退状态,加上晚期农民运动又使得各地战事风起云涌,社会局面稳定的发展期较短,反映在茶文化发展的历史上,没有形成独具时代特色的饮茶方法,因此其茶具除了晚期出现几种新的瓷器品种外,基本延续宋代。但同时,又由于蒙古人的豪放、粗犷,不习惯精致而繁琐的饮茶方式,遂催生了一种更为简便的饮茶方法。这种饮茶方法又直接影响了元代的茶具,部分点茶、煎茶的器具渐次消失。在内蒙古赤峰出土的元代墓穴中的烹茶图中已经见不到茶碾。从制瓷的历史来看,元代茶具以瓷器为主,尤其是白瓷茶具把茶饮文化及茶具艺术的发展推向了全新的历史阶段。元代的茶具脱离了宋代人崇金贵银、夸豪斗富的误区,进入了一种崇尚自然、返璞归真的艺术境界,这也极大地影响了明代茶具的整体风格。元代的茶具和茶文化也显示出过渡性和多样性的特点。

1.沿袭唐宋茶艺的茶具

元代倡饮散茶,唐宋以来的炙、碾、罗等造茶器具已逐渐退出历史舞台。但是,由于朝廷贡茶未废团饼,末茶法在上层社会仍有一定的存在空间,因此,茶具依然有前朝韵味,如煮茶仍用火炉,李德载小令[中吕·阳春曲]《赠茶肆》第五首中描写的"七碗清香胜碧筒,竹炉汤沸火初红",无名氏小令[双调·雁儿落过得胜令]中记述的"茶药倚炉煎"等,就是对这种习俗的珍贵记载。唐代以来煮茶的炉通称"茶灶",元代仍沿用此称,如高茂卿杂剧《翠红乡儿女两团圆》第一折中有"供陶学士的茶灶",张可久小令[南吕·骂玉郎过感皇恩采茶歌]《杨驹儿墓园》中有"茶灶尘凝,墨水冰生"等。元代文人还常以"笔床茶灶"相伴,如刘时中小令[双调·折桂令]《渔》中的"蒻笠蓑衣,笔床茶灶,小作生涯",吴西逸小令[双调·殿前欢]中的"笔床茶灶添香篆,尽意留连",张可久小令[南吕·金字经]《湖上书事》中的

"六月芭蕉雨,两湖杨柳风,茶灶诗瓢随老翁",以及他的另一首小令[双调·湘妃怨]《瑞安道中》中的"挂渔网茶灶整诗担"等。元代的文人墨客无论是作诗还是题画,都不忘将"茶灶"与笔床并列,说明茶灶仍是日常必备之物。

除了火炉之外,煮茶还需用茶铛、茶鼎。如乔吉小令[正宫·醉太平]《乐闲》中的"煮晴雪茶铛",汪元亨小令[双调·雁儿落过得胜令]中的"茶烹铛内云,酒泛杯中月",张可久小令[双调·清江引]《张子坚席上》中的"诗床竹雨凉,茶鼎松风细"等等,这些日常必备之品,别致地反映了诗人饮茶吟诗的现实生活,也是元代人承袭前代饮茶习俗的具体表现。

另外,用来注汤的茶瓯、茶碗等依然备受钟爱。如张可久小令[双调·水仙子]《山庄即事》中的"清泉翠碗茯苓香",李德载小令[中吕·阳春曲]《赠茶肆》第七首中的"兔毫盏内新尝罢,留得余香在齿牙,一瓶雪水最清佳",马致远杂剧《马丹阳三醉岳阳楼》第二折吕洞宾唱的"我看你怎发付松风兔毛盏",张可久小令[双调·水仙子]《青衣洞天》中的"兔毫浮雪煮茶香",白朴杂剧《唐明皇秋夜梧桐雨》第二折[叫声]唱的"酒注嫩鹅黄,茶点鹧鸪斑"。"兔毫盏"、"兔毛盏"、"鹧鸪斑",都是指茶盏表面的细纹。茶盏在烧制的过程中,盏体上形成一种美丽异常的花纹,有的细密如兔毛,银光闪现,被称为"兔毫斑";有的如鹧鸪颈项上的云状、椭圆状花斑,被称作"鹧鸪斑"。这些花纹在光线的照射下,会闪烁出点点光辉,五彩纷呈。"兔毫盏"、"兔毛盏"名重宋代。宋代盛行斗茶,以此盏点茶,深颜色的茶具更能衬托斗茶所呈现的白色茶纹和泡沫,因此深受斗茶人的钟爱。此盏在元曲中多次出现,说明元代仍有斗茶习俗,斗茶的茶艺仍受到元代人的垂青。这在出土的文物和一些文献中也可得到证实。赤峰博物馆收藏的一件元代兔毫盏,黑釉上透出铁锈色流纹①。

2.去繁从简的创新茶具

随着用沸水直接冲泡散形条茶饮用方法的出现,用来煮水、存汤的"汤瓶"在元代日益普遍。这不仅能在元曲中找到依据,如关汉卿杂剧《钱大尹

---

① 刘冰:《内蒙古赤峰市沙子山元代壁画墓》,《文物》1992年第2期。

智勘绯衣梦》第三折茶博士云"今日清早晨起来,烧的汤瓶儿热。开开这茶铺儿,看有什么人来",同折茶三婆云"茶局子提两个茶瓶,一个要凉蜜水,搭着味转胜,客来要两般茶名。南阁子里啜盏会钱,东阁子里卖煎提瓶",也可从考古文物中找到佐证。内蒙古赤峰博物馆于1982年和1987年在沙子山分别发现了两座元代墓葬,编号为沙子山1号元墓和2号元墓。两墓墓内绘满壁画。壁画中均有饮茶的场面,在2号元墓东壁壁画的烹茶图中,有人在烧水,有人持壶向装有茶末的碗中注入开水,有人搅匀茶末,有人则持茶盏在一旁静等,其中长匙则是将茶徐徐注入茶盏的用具。从使用的茶具和它们放置的顺序以及人物的动作来看,元代饮茶采用了和唐宋煎煮茶不同的办法——开水冲茶。男子手中的大执壶,显然是烧水的器具,而女子手持的大碗,是用来冲茶的,加之不停地搅拌,更说明是开水冲茶。过去认为开水冲茶的历史始于明代,这幅烹茶图把这个观点提前到了元代①。使用"汤瓶"瀹茶煮水成为普遍与元蒙的生活方式有关。南宋使臣说:蒙古族人"其骑射,则孩时绳束以板,络之马上,随母出入,三岁以索维之鞍,俾手有所执射,从众驰骋。四五岁,挟小弓短矢。及其长也,四时业田猎。"②由此可见蒙古族不但成年男子而且妇女和儿童都以弓马为生,这种马背上的生活使他们迫切需要可以随身携带的日用器具。尽管建都之后开始了定居生活,但骑马的习惯一直保留。在辽金时代就已出现的皮囊壶造型,此时开始演变。1963年北京崇文区元墓出土的一件元青白釉多棱壶,壶体完全仿制草原民族常用的皮革制奶茶壶造型,就连皮箍上的铆钉状装饰也都仿制出来了。与此壶造型基本相似的器物,在菲律宾伊梅尔达博物馆藏有一件③。可见,蒙古族人特殊的生活需要是促进元代汤瓶儿或称壶在元代普及流行的主要因素。

3. 多元文化融合的茶具

从元曲中可以看到元代的瓷质茶具,其造型深受宋代茶具的影响,但却

---

① 项春松:《内蒙古赤峰市元宝山元代壁画墓》,《文物》1983年第4期。
② 彭大雅:《黑鞑事略》,中华书局1985年版,第10页。
③ 周明:《元代社会生活对元瓷造型及装饰的影响》,《景德镇陶瓷》2006年第3期。

以白瓷为尚,彰显了北方游牧民族尚白的风俗,如"野菜炊香饭,云腴涨雪瓯"①,"玉乳茶浮玉杯,金盘露滴金罍"②,"凤髓茶温白玉碗"③,"龙涎香喷紫铜炉,凤髓茶温白玉壶"④。"雪瓯"、"玉杯"、"白玉碗"、"白玉壶"当是当时名贵的白瓷。这既不同于宋代"斗茶"用以黑釉盏为主的茶具,也与陆羽的"陶重青品"观点相异。元代是我国饮茶方式的一个重要转变时期,前代的"点茶"和"煎茶"之风依然盛行,但"煮茶芽"的方法日益流行开来。而这种"茶芽"与现代炒青绿茶相似。芽茶泡出的绿色茶汤,以白瓷盛之,显得更为赏心悦目,人们因此逐渐看重白瓷茶具,认为"洁白如玉,可试茶色"⑤。同时白瓷茶具的盛行,又与北方游牧民族崇白尚白的审美观念相契合。也可以说,这是北方游牧民族审美观念在茶具上的表现,也是元代饮茶方法变化的一个反映⑥。

（三）茶　馆

经过晋代的茶摊、唐代的茶铺、宋的茶坊⑦,中国茶馆文化渐趋成熟,并走向兴盛。到了元代,虽然茶馆的形制与唐宋时期没有大的变化,但茶坊、茶房、茶楼、茶肆、茶亭遍布大街小巷,能够反映元代茶坊普遍化的"贴子"等代金券在茶坊已经出现。延祐元年(1314)九月,中书省下令禁断:"街下构栏、酒肆、茶房、浴室之家,往往自置造竹木牌子及写贴子,折当宝钞,贴水使用"⑧。茶坊酒肆私自制造茶贴酒牌代替小钞流通,可见元代茶馆之盛。元代茶店、茶坊、茶肆之所以普及,一是因为元朝统治者对茶的生产和贸易采取支持和倡导的态度。元代统治者推行过一些有利于农业生产的措施。成书于元代的《农书》和《农桑辑要》中,都把茶树栽培和茶叶制造作为重要

---

① 孙周卿［双调·水仙子］《山居自乐》。
② 汤舜民［双调·湘妃引］《山中乐四阕赠友人》。
③ 汤舜民［双调·新水令］《春日闺思》。
④ 汤舜民［双调·湘妃引］《自述》。
⑤ 民俗文化编写组:《饮食物语》,华龄出版社2004年版,第120页。
⑥ 冯先铭:《从文献看唐宋以来饮茶风尚及陶瓷茶具的演变》,《文物》1963年第1期。
⑦ 陈文华:《从茶馆到茶艺馆》,《农业考古》2009年第3期。
⑧ 方龄贵校注:《通制条格校注》,中华书局2001年版,第437页。

内容来介绍,从而推动了元代茶文化的发展。二是因为茶的化食健体功效,逐渐为元代人,尤其是以乳肉为主食的北方游牧人民所全面认识,成为元代人的主要饮料。三是随着农业的恢复、社会的安定,手工业与商业逐步繁荣,使得许多城市的规模日益扩大。如当时的大都,《马可波罗游记》描述说:"新都的整体是正方形……四围的城墙公开十二个城门……各城门外都有一个城郊,范围广大,和左右两边城门的近城,连成一片,所以它的长度延伸六七公里之远,因而近城居民的人数超过了都城的居民数。在近郊,距都城也许有一点六公里远的地方,建有许多旅馆或招待骆驼商队的大客栈,为来自各地的商人提供住宿。"①从马可·波罗记述可以看出元朝大都的政治与商业中心的地位。这么庞大的城市与繁荣的商业,市民阶层的壮大是显而易见的。再如杭州原是南宋的首都,又是商业的中心。元时期,城中的商业,在南北统一,运河开通的有利环境下,恢复和发展都很快。著名的戏剧家关汉卿,在元朝灭宋后不久,自大都来到杭州。杭州城市的繁华和山水的奇秀,令他震惊。他作套数赞颂杭州:"这答儿忒富贵,满城中绣幕风帘,一哄地人烟辏集","百十里街衢整齐,万余家楼阁参差,并无半答儿闲田地","家家掩映渠流水,楼阁峥嵘出翠微","看了这壁,觑了那壁,纵有丹青下不得笔"。即在此前后,马可·波罗也从大都来游杭州。他记述杭州的大街,"用石块和砖块铺砌成。街道两边各宽十步,中间铺沙砾,并且有拱型的排水沟设备,便于将雨水导入邻近的运河里去";记述杭州城人口极多,"全城共有一百六十万家"②。另外,随着商业的发展和水陆交通的发达,东南沿海、运河两岸以至北方草原上都出现了一批新兴的城镇。如上海在元代成为新兴的商埠。运河畔的临清会通镇,运河通航后迅速发展起来。北方蒙古草原也出现了规模甚大的城市,如上都、应昌等。城市繁荣发展是元代茶馆业繁荣发展的前提。四是,元代在科举制度上的变革也在某种程度上影响到元代的茶馆。其中最显著的就是书生士子生活模式的变化以及

---

① [意大利]马可·波罗:《马可波罗游记》,陈开俊等译,福建科学技术出版社 1981 年版,第 96—97 页。

② [意大利]马可·波罗:《马可波罗游记》,陈开俊等译,福建科学技术出版社 1981 年版,第 81、186 页。

由此引起的茶馆的雅与俗的共存。更为重要的是元代散茶流行开始成为非常普遍的趋势，这一趋势直接导致的后果是饮茶程序的简化、饮茶的普及和茶馆业的大规模发展。元曲描绘了元代的茶店，记载了元代茶店的经营，再现了元代茶人的百态生活。归纳元曲中有关茶店的记载，主要反映的是元代茶馆的三大特点：茶馆更为普及；茶消费的雅俗界限渐趋消泯；茶馆的社会功能进一步扩大。

1.茶馆趋于普及化

元曲中描写的茶店，既有私人的茶室、茶寮，也有公共的茶坊、茶店，还有各种唤作"茶店"而实际与茶关系不大的酒店、面食店等。如乔吉杂剧《杜牧之诗酒扬州梦》第一折："茶房内，泛松风，香酥凤髓。"商衟套数[南吕·梁州第七]《戏三英》："王厨家食店里饭罢，张胡家茗肆里分茶。"无名氏杂剧《瘸李岳诗酒玩江亭》第二折牛员外云："我要吃饭呵，走到那饭店门前……要吃酒呵，走到那酒店门前……要吃茶呵，走到那茶坊里，打个稽首，粗茶细茶，冷茶热茶，吃了便拿。"李直夫杂剧《便宜行事虎头牌》第二折："伴着火泼男也那泼女，茶房也那酒肆，在那瓦市里穿。"秦简夫杂剧《东堂老劝破家子弟》第一折丑扮卖茶上，诗云："茶迎三岛客，汤送五湖宾。不将可口味，难近使钱人。小可是卖茶的。今日烧得这旋锅儿热了，看有什么人来。"马致远杂剧《吕洞宾三醉岳阳楼》第二折郭马儿白："我听得老的曾说来，三十年前，这岳阳楼上卖酒，如今轮着俺这一辈卖茶。"关汉卿杂剧《钱大尹智勘绯衣梦》第三折茶三婆唱词："[紫花儿序]俺这里千军聚首，万国来朝，五马攒营。好茶也，汤浇玉蕊，茶点金橙。茶局子提两个茶瓶，一个要凉蜜水，搭着味转胜，客来要两般茶名。南阁子里啜盏会钱，东阁子里卖煎提瓶。"在这里，各类茶店生意兴旺，从早到晚，茶客川流不息，有闲来无事打发时光"会茶"聊天的，有偶尔相聚专找茶坊说话的，吏、卒、工、商，各色人等，皆以茶坊为聚会之地。

2.经营趋于多样化

随着各民族文化交流融合的日益深入，城镇商业的日益兴隆，城市人口的遽增，使得元代茶店经营种类、经营方式呈现出多样化。秦简夫杂剧《东堂老劝破家子弟》第三折茶店小二说："我算一算账。少下我茶钱五钱，酒钱三两,饭钱一两二钱,打发唱的耿妙莲五两,打双陆输的银八钱。"说明这是一个引入了说唱艺术与游戏娱乐的茶店。说唱艺术与游戏娱乐进入茶店,既可增加茶店的艺术氛围,也能吸引不少茶客,是茶店功能多样化、茶店文化走向大众化的一个标志。在马致远杂剧《马丹阳三醉岳阳楼》的茶坊中供应各种佐茶果品、点心,第二折茶店老板郭马儿问:"师父要吃个甚茶?"吕洞宾说:"我吃个杏汤。"郭马儿说:"这师父倒会吃,头一盏吃了个木瓜,第二盏吃了个酥金,第三盏吃个杏汤,再着上些干粮,倒饱了半日。"郭马儿这个茶店老板既出售汉族人爱吃的木瓜茶、杏茶,也出售少数民族喜吃的酥油茶,说明这个茶店兼营小吃之类,也体现了元代茶店业商业文化的特色。"木瓜"或许就是木瓜汤。木瓜汤又称"木瓜煎",是一种有木瓜(汁)熬成的甜味饮料,具体制法"木瓜十个,去皮、瓤,取汁,熬水尽;白沙糖十斤,炼净。一同再熬成煎"①。木瓜汤在元代很流行,李德载小令[中吕·阳春曲]《赠茶肆》第六首中曰"木瓜香带千林杏,金橘寒生万壑冰,一瓯甘露更驰名"。"杏汤"是一种果汁饮料,其制作方法:"杏仁不拘多少,煮去皮尖浸水中一宿,如磨绿豆粉法,挂去水。或加姜汁少许,酥蜜点。又,杏仁三两,生姜四两,炒盐一两,甘草为末一两,同捣"②。由此可知元代茶店除了卖茶,也卖其他各种汤水或饮料小吃是无可置疑的。我们从元代的一些文献中可找出元代茶馆从事多样化经营的佐证,在无名氏《居家必用事类全集》中记载了元代流行的大量汤饮、渴水、熟水、浆水等。所谓汤水,与早时通常食肴中的肉汤、菜汤有根本的区别,这些以饮料为主要用途的汤水,类似今天冲剂一类的饮品,如天香汤、暗香汤、杏酪汤、凤髓汤、醍醐汤、茉莉汤、香橙汤、橄榄汤、荳蔻汤、干木瓜汤、无尘汤、熟梅汤、绿云汤、檀香汤、丁香汤、胡椒汤、茴香汤、荔枝汤、温枣汤、香苏汤等。所谓渴水是把一些水果,或附加一些药料、香料,加糖熬制而成,类似今天果子露一类的饮料,如御方渴水、林檎渴水、杨梅渴水、木瓜渴水、五味渴水、蒲萄渴水、香糖渴水等;所谓熟水是把香料或花草植物原料在沸水中冲泡而饮用,如粱秆熟水、紫苏熟

---

① (元)忽思慧:《饮膳正要》,李春方译注,中国商业出版社1988年版,第125页。
② 汪茂和:《中国养生宝典》下,中国医药科技出版社1998年版,第2512页。

水、豆蔻熟水、沉香熟水、香花熟水、丁香熟水等。这类饮料，原料易取，价廉实际，制作简单，类似今天中草药清凉茶饮料。所谓浆水就是米饮发酵后的酸汁，如桂浆法、荔枝浆、木瓜浆、浆水法、齑水法等，主要作用是解渴，也可以帮助消化，当今的豆汁属于这类的饮品。总之，元代市场上的茶品种类是十分丰富的，既有人工加工的，也有天然的；既有汉民族的传统，也有蒙古族的特色，更有引进外域的。参考这些记载，有助于帮助我们理解元曲中对茶店的描写和元代茶店的经营内容、经营规模和经营模式。

3.消费趋于大众化

茶店的消费群体也在扩大，茶消费的阶层呈现下移趋势，特别是劳动群众出入茶店更扩大了茶店的民众文化意蕴。关汉卿杂剧《钱大尹智勘绯衣梦》第三折茶博士白："茶迎三岛客，汤送五湖宾……自家茶博士的便是。在此棋盘街井底巷开着座茶房，但是那经商客旅、做买做卖的，都来俺这里吃茶。"马致远杂剧《吕洞宾三醉岳阳楼》第二折茶店老板郭马儿云："在这岳阳楼下开着一座茶坊，但是南来北往经商客旅，都来我茶坊中吃茶。"关汉卿杂剧《杜蕊娘智赏金线池》第一折杜蕊娘的唱词："闲茶房里那一火老业人，酒杯间有多少闲议论。"李行甫杂剧《包待制智赚灰阑记》楔子张海棠妈妈白："如今别无甚事，寻俺旧时姑姊妹们，到茶房中吃茶去来。"无名氏杂剧《逞风流王焕百花亭》中的贺妈妈也有"无事到隔壁家吃茶"的话。这些记载说明元代各层次茶客都有自己消闲饮茶的茶店，茶店茶坊成了市民社会交往的场所，在市廛茶坊与路旁茶寮之中，不同的雅俗谈吐，形成了茶的雅文化和俗文化并存的格局。如秦简夫杂剧《东堂老劝破家子弟》第三折柳隆卿、胡子传上云："'今日且到茶房里去闲坐一坐，有造化再寻的一个主儿也好。"这里的柳隆卿、胡子传是剧中两个帮闲无赖人物，他们所说的"再寻的一个主儿"即寻找有钱人家的子弟，怂恿其挥霍，自己从中捞钱的意思。两个无赖对话表明茶馆是当时人们议事的场所，同时也表明社会各阶层都能在茶馆这个空间进行活动。元代茶馆不仅是社会各阶层往来办事、歇脚的地方，而且还是信息交流场所。李寿卿杂剧《月明和尚度柳翠》第二折柳翠说："师父，长街市上不是说话去处，我和你茶房里说话去来。"普通市民到茶店接洽商谈日渐成为工作习惯和社会风尚，说明八九百年前的茶店,其经济功能、职业功能都得到长足发展。茶店不仅是富商洽谈生意之地,也是文人雅士叙谈、会旧、吟咏、品茗赏景的场所,甚至是他们最为主要的生活舞台。李德载小令[中吕·阳春曲]《赠茶肆》第四首便记载了文人在茶店中饮茶吟诗的场面:"龙团香满三江水,石鼎诗成七步才,襄王无梦到阳台。归去来,随处是蓬莱。"在茶店的茶香中,不仅荡漾着浓浓的茶韵,而且还飘散着社会的一些信息。更值得注意的是在关汉卿杂剧《钱大尹智勘绯衣梦》中描写了发生在茶店里作案、破案的故事,反映当时的茶店文化已达到较为成熟的阶段。

4.服务趋于专业化

元曲中也描写和盛赞了"茶博士"、"茶三婆"、"店小二"等茶店工作人员精妙高超的冲茶技艺和服务水平。如关汉卿杂剧《钱大尹智勘绯衣梦》第三折:"(窦鉴、张弘云)自家窦鉴、张弘的便是。这里前后可也无人,俺二人奉大人的言语,着俺缉访杀人贼。来到这棋盘街井底巷。兄弟,咱去那茶房里吃茶去来。(张弘云)去来,去来。(二人入茶房科,窦鉴云)茶博士,茶三婆有么?(茶博士云)有。(窦鉴云)你与我唤出茶三婆来。"李德载小令[中吕·阳春曲]《赠茶肆》第九首:"金樽满劝羊羔酒,不似灵芽泛玉瓯,声名喧满岳阳楼。夸妙手,博士便风流。"茶博士是宋元时杭州等地对茶坊侍从人员的尊称。博士,本是战国时开始设立的学官。西晋时,也称专精一种技艺的职官为博士。至宋代废除了职官中的博士称谓,却称市井中茶坊、酒肆里倒茶端酒的伙计为"茶博士"、"酒博士"。对手艺侍应人员尊称,是当时商业经济发达的一个特征。

元曲还有颂扬茶店店小二的描写,如秦简夫杂剧《东堂老劝破家子弟》中的卖茶者。扬州奴穷困落魄,又被柳隆卿、胡子传两个无赖算计,将他们那远年近日欠茶店的银子,都赖在扬州奴身上。扬州奴无力还钱,只好请求茶店小二:"我宁可与你家担水运浆,扫田刮地,做个佣工,准还你罢"。店小二非常善良:"你当初也是做人的来,你也曾照顾我来,我便下的要你做佣工还旧账!我如今把那项银子都不问你要,饶了你可何如"。茶店小二如此知恩图报、仗义疏财,相比两个嘴上称兄道弟暗地里却在算计人的柳隆卿、胡子传而言,在人情淡漠人人看重金钱的社会中是非常难得的。

　　元曲中还有一些间接描述茶商的记载。如王实甫的《苏小卿月夜贩茶船》、纪君祥的《信安王断复贩茶船》、庾吉甫的《苏小卿丽春园》等杂剧。这些杂剧今天虽已不存，但从题目、残存的内容和后人的考证得知，剧中的冯魁是贩茶客。马致远根据白居易《琵琶行》敷衍而成的杂剧《江州司马青衫泪》，剧中茶客刘一郎用三千引茶带走妓女裴兴奴，反映了茶商与文人争夺妓女的故事。无名氏杂剧《郑月莲秋夜云窗梦》主要是描写茶商李多与秀才张均卿争夺妓女郑月莲的故事。另外，元散曲中多有提到"贩茶船"、"茶引"等字样的作品，如关汉卿小令［双调·碧玉箫］中的"员外心坚，使了贩茶船"，乔吉小令［双调·水仙子］《嘲人爱姬为人所夺》中的"豫章城锦片凤凰交，临川县花枝翡翠巢，贩茶船铁板鸦青钞"，刘庭信小令［越调·寨儿令］《戒嫖荡》中的"又无三四只贩茶船。俏冤家暗约虚传，狠虔婆实插昏拳"，汤舜民套数［商调·集贤宾］中的"阵马咆哮，比贩茶船煞是粗豪"，兰楚芳小令［南吕·四块玉］《风情》中的"双渐贫，冯魁富。这两个争风做姨夫，呆黄肇不把佳期误。一个有万引茶，一个是一块酥，搅的来无是处"等。这些杂剧、散曲虽然主要是写书生、妓女和茶商间的爱情、婚姻纠葛或相思恋情，描绘的是宋元时期的茶商经济活动以外的社会现实，不是直接以"茶"为题材而敷衍的故事，但却从另一个侧面反映了元代茶业的一些情况，一是折射出元代茶业的发达。虽然由于战乱等，某些地区茶产有所衰落，但总的来看，元代茶叶产区相比宋时有所扩展，遍及秦淮以南的广阔区域，很多地方"诸县皆出"。据王祯《农书》记载，茶"上而王公贵族之所尚，下而小夫贱隶之所不可缺，诚生民日用之所资，国家课利之一助也"①。可见当时茶不仅与人民的生活息息相关，而且成为国家财政税收的重要组成部分。元代茶法继承了宋代商专卖的基本原则，除官营贡茶、官茶征课以及卖引法的发展之外，一个突出的特征是宋代十分流行的茶马互市的场景在元代已经不复存在，这是由于其空前的统一，疆域辽阔，广大西北地区也纳入其版图。元代统治者还设立了专门管理茶叶的机构——榷茶都转运司等司理茶政，由此可见当时统治者对于茶的重视。这给茶商提供了十分可靠

---

① 　（元）王祯：《农书》，中华书局1956年版，第113页。

的牟利条件。有些商人就靠贩茶成为巨富。二是反映出元代茶商地位的提高。元代茶法主要承袭了宋代的"茶引法"。元代"茶引法"的实际情况是:茶商向茶司纳钱为茶课,领取买茶公据,凭公据到指定山场向农户买茶,然后向茶司缴回公据,换取茶引,凭茶引运销。茶商运茶到江淮地区以北发卖,还须向商税机构缴纳茶税。元代茶课至元十三年(1276)定长引、短引之法,长引每引茶一百二十斤,收钞五钱四分二厘八毫;短引每引茶九十斤,收钱四钱二分八毫。至元十七年(1280),废长引,专用短引,每引收钞二两四钱五分。此后,茶课不断提高。延祐五年(1318)竟增至每引收钞十二两五钱。与上述情况相应,茶课总额不断增长,至元三十年仅一千二百茶锭,到延祐五年已剧增至十二万锭。如此高的茶税,而茶商却不以为困,仍"朝朝寒食春,夜夜元宵暮","一个个烹羊挟妓夸风度"①,反映了元代茶商获利之厚。富有的茶商凭借经济实力,或经常出入秦楼楚馆,或为名妓脱籍从良,元曲真实地反映了这个社会问题。三是,茶商多腰缠万贯,财大气粗,但文化水平较低,受到书生、妓女的鄙视责骂,最终在情场角逐中败北,这是儒家思想中"重文轻商"的思想在起作用,也是作为贫寒士子的元剧作家的爱情理想和补偿心理的表现,在现实生活中未必如此,恐怕大多数穷书生的心上人是会被富商抢走的。元杂剧中商人败北的结局,并非完全真实地反映元代商人的现实,而多数是穷书生理想的反映。②

(四) 茶　艺

元代是中国茶文化、茶俗脱胎换骨走向带有简约风骨的时代。当时的茶人钟情于"活水新茶"③,追求茶的"本味"、"清饮",融入大自然,与自然契合,与山水、天地、宇宙交融的茶道风靡一时,元代的茶艺由此而纯熟为一种自然、淳朴、洒脱的生活方式。元曲深刻地反映了这方面的内容。

1.茶境界

元代人在饮茶中,有意识地追求一种自然美和环境美。唐宋时期,茶的

---

① 刘时中套数[正宫·端正好]。

② 罗斯宁:《元代商业文化和儒家文化对元杂剧的影响——元杂剧商人形象新解》,《戏剧艺术》2002 年第 6 期。

③ 张可久小令[双调·折桂令]《浮石许氏山园小集》。

自然形态被扭曲了。龙团凤饼精研细磨,加上茶中还杂有各种香料,茶饼的表面涂饰金银重彩。朝仪用茶,不是喝茶,是"喝礼儿";贵族喝茶,不是喝茶,是"喝气派";文人喝茶,也不是喝茶,是"玩茶"。尽管在一些高人隐士和禅宗寺院中还保留着茶道古风要义,但在整个社会上,在文学作品中,朴实自然的精神越来越少。与唐宋时期的茶文化比较,元曲少了专门描写饮茶过程和上层茶文化的精细、优雅、风韵的作品,却多了反映日常生活中的茶俗、茶德、茶情、茶意,以及饮茶的豪放、热烈、欢畅、率真。如吴仁卿小令〔双调·拨不断〕《闲乐》:

> 泛浮槎,寄生涯,长江万里秋风驾。稚子和烟煮嫩茶,老妻带月包新鲜。醉时闲话。

一幅伴着茶烟的水上闲乐图,反映的是老幼妇孺也善于烹茶、饮茶。人与茶、与江水、与天地融为一体,形成一种开阔的意境,一种天人合一的意境,反映了元代人回归自然、亲近自然的渴望。

乔吉小令〔双调·折桂令〕《自叙》以醇朴自然、音清婉谐的笔调写出了茶的沁人心脾:

> 斗牛边缆住仙槎,酒瓮诗瓢,小隐烟霞。厌行李程途,虚花世态,潦草生涯。酒肠渴柳阴中拣云头剖瓜,诗句香梅梢上扫雪片烹茶。万事从他,虽是无田,胜似无家。

这里选取了冬季一个生活场景:从梅梢上扫下雪片烹茶。瓜的清甜,茶的清香,似乎使吟出的诗句也沾染上清雅香甜的味道。也许,这就是茶的使命,茶的归宿。

元代人饮茶,不仅仅是为了解渴,也是一个审美的过程,更是一个忘却俗世,洗尽尘心,熏陶德化的过程。冯子振小令〔正宫·鹦鹉曲〕《南城赠丹砂道伴》就是这样一首曲:

> 长松苍鹤相依住,骨老健称褐衣父。坐烧丹忘记春秋,自在溪风山雨。〔幺〕有人来不问亲疏,淡饭一杯茶去。要茅檐卧看闲云,梅影转幽窗雅处。

长松、苍鹤、溪风、山雨、淡饭、杯茶、茅檐、闲云、梅影、幽窗,这些意象摆脱了形质的物质性束缚,神理超越,飘洒脱俗,构成一幅令人神往的茶、人、自然和美和融和谐的"生态美"画面,美化、净化着我们的心灵。

其实,更多的时候,元代的茶表现为生活中那纯朴的微笑,恭恭敬敬地把茶,传递着浓浓的亲情、友情以及酽酽的乡情。卢挚小令[双调·蟾宫曲]《田家》就用简洁之笔勾勒出这样一幅茶韵醇厚的农村风俗画:

> 奴耕婢织生涯,门前栽柳,院后桑麻。有客来,汲清泉,自煮茶芽。稚子谦和礼法,山妻软弱贤达。守着些实善邻家,无是无非,问什么富贵荣华。

曲中欣赏农家的来客待茶,童幼谦和而明礼,山妻温顺贤达,邻里相处融洽,便是所谓"无是无非",民风淳厚,把祖祖辈辈传下来的"仁义礼智信"浓缩在一杯普通的茶水里,这样的生活环境,即便贫贱,也如啜的茗汁一样清甘、清馥。曲写得清新自然,极饶泥土气息,表现了对人类原生态生活方式和淳厚民风的无限向往。

与此曲同调的,还有杨朝英小令[双调·水仙子]《自足》,该曲突出了"以茶交友"的主题,突出了中华民族与人为善、看重友谊、热爱和平恬静生活的精神:

> 杏花村里旧生涯,瘦竹疏梅处士家。深耕浅种收成罢,酒新篘鱼旋打,有鸡豚竹笋藤花。客到家常饭,僧来谷雨茶,闲时节自炼丹砂。

一桌蕴含着至清、至醇、至真、至美韵味的茶宴,分不出是友情叫人陶醉,还是好茶令人心怡,一切凡俗的东西都在茶中净化了,人与人之间的交往坦诚而美好。

2.择水观

茶的品质好坏,即溶解在茶汤中对人体有益物质的含量多少和茶汤的滋味、香气、色泽是否适合茶人的需要,必须通过用水冲泡或煮渍后来品尝、鉴定,因此,水之于茶,关系至为密切。我国饮茶历史悠久,历代不仅注重品茶,也重视品水。历代研究饮用水的专著,唐代有张又新的《煎茶水记》,宋代有欧阳修的《大明水记》、叶清臣的《述煮茶小品》,明代有徐献忠的《水品》、田艺衡的《煮泉小品》,清代有汤蠹仙的《泉谱》等。元代没有用水专著,但元曲中反映元代人追求茶与水最佳组合的描写,让我们大体了解元代人饮茶用水十分讲究的情况。如李德载小令[中吕·阳春曲]《赠茶肆》第三首：

　　蒙山顶上春光早，扬子江心水味高。

马致远杂剧《吕洞宾三醉岳阳楼》第二折：

　　也不索采蒙顶山头雪，也不索茶点鹧鸪斑。比及你吸引扬子江心水，可强似汤生螃蟹眼。

　　这是描写元代茶肆用扬子江中的泉水煮茶。扬子江心水，指的是万里长江中独一无二泉眼——中泠泉，也名中零泉、中濡泉。此泉位于江苏镇江金山寺以西，扬子江心的石弹山下，由于水位较低，扬子江水一涨便被淹没，江落方能泉出，所以取纯中泠水不易；且泉附近江水浩荡，山寺悠远，景色清丽，故为茶人和诗人所重。据说唐代名士刘伯刍品尝了全国各地沏茶的水质后，将水分为七等，中泠泉为第一等。中泠泉水绿如翡翠，浓似琼浆，盈杯不溢出。用扬子江心水煮茶，反映了元代人的一种审美取向。

　　以泉水煮茶的描写，如孙周卿小令［双调·蟾宫曲］《山中乐》：

　　山竹炊粳，山水煎茶。

马致远杂剧《半夜雷轰荐福碑》第三折：

　　涧水煎茶烧竹枝，裂裳零落任风吹。

徐再思小令［双调·水仙子］《惠山泉》：

　　自天飞下九龙涎，走地流为一股泉，带风吹作千寻练。问山僧不记年，任松梢鹤避青烟。湿云亭上，涵碧洞前，自采茶煎。

徐再思小令［中吕·普天乐］《吴江八景·龙庙甘泉》：

　　源通虎跑，味胜蜂糖。可煮茶，堪供酿。

汪元亨小令［正宫·醉太平］《警世》：

　　清泉沁齿颊，佳茗润喉舌。

卢挚小令［双调·蟾宫曲］《田家》：

　　有客来，汲清泉，自煮茶芽。

　　这些描写，犹如一幅幅清冷空灵的煮茶、品茶图，清洌的泉水与茶相和，相得益彰，不仅表现了元代人崇尚"天趣"的饮茶生活，而且反映了元代人追求名茶名泉、讲求品饮环境的精神境界。惠山泉，位于江苏无锡西郊惠山山麓锡惠公园内。相传唐代陆羽评定了天下水品二十等，惠山泉被列为天下第二泉。该泉因经陆羽品评，又叫陆子泉。随后，刘伯刍、张又新等唐代著名茶人又均推惠山泉为天下第二泉，所以人们也称它为二泉。宋徽宗时，此泉水成为宫廷贡品。元代翰林学士、大书法家赵孟頫专为惠山泉书写了"天下第二泉"五个大字，至今仍完好地保存在泉亭后壁上。惠山的得名是因为晋代西域僧人慧照曾在附近结庐修行，古代"慧"、"惠"二字通用，便称惠山。惠山泉水源于若冰洞，伏流而出成泉。泉池先围砌成上、中两池。上池呈八角形，由八根小巧的方柱嵌八块条石以为栏，池深三尺余。池中泉水水质很好，水色透明，甘洌可口。中池紧挨上池，呈四方形，水体清淡，别有风味。至宋代，又在下方开一大池，呈长方形，实为鱼池。惠山泉地，山清水秀，林木繁茂，环境优雅。近年来经多次化验，发现惠山泉水所含矿物质有钙、镁、碳酸盐等及微量氡气，表面张力大，水高出杯口数毫米而不溢，水质清澈透明而无任何有害物质，与美、日等国家的饮用水水质相比较，确系当今世界饮用水中之佼佼者。

"虎跑泉"有二：一是位于西湖西南大慈山下。相传虎跑泉得名始于佛教传说。唐代高僧寰中（亦名性空）居此，见此处风景优美，欲在此建寺，却苦于无水。一天，他梦见二虎跑地作穴，清泉涌出。次晨醒来后，果然出现甘泉，此泉即被称为"虎跑"。虎跑泉周围幽雅清秀，泉水甘洌醇厚，被誉为"天下第三泉。"另一在今江苏吴县市藏书乡天池山的东部。

其实，不论是山川名泉抑或山间流水，只要是清活甘甜，必能催发茶性，诱发茶香。山涧泉水大多出自岩石重叠的山峦，山上植被繁茂，从山岩断层细流汇集而成的山泉，富含各种对人体有益的微量元素；而经过地层或砂石反复过滤的泉水，水质清净晶莹，含氯、铁等化合物极少，用这种泉水泡茶，能使茶的色香味形得到最大发挥。

除了泉水、江水外，元曲中写雨雪入茶的篇什还有许多。如白朴小令[双调·得胜乐]《冬》：

> 密布云，初交腊。偏宜去扫雪烹茶，羊羔酒添价。胆瓶内温水浸梅花。

周德清小令[中吕·红绣鞋]《赏雪偶成》：

> 共妻围炉说话，呼童扫雪烹茶，休说羊羔味偏佳。调情须酒兴，压

逆索茶芽,酒和茶都俊煞!

雪水和雨水,古人誉为"天水",尤其是雪水,清凉冷冽,沁人心脾,更为茶人所推崇。唐代白居易的"扫雪煎香茗",宋代辛弃疾的"细写茶经煮香雪",元代谢宗可的"夜扫寒英煮绿尘",都是赞美用雪水沏茶的。近代科学分析证明,自然界中的水只有雨水、雪水为纯软水,硬度一般在0.1毫克当量/升左右,含盐量不超过50毫克/升,用软水泡茶其汤色清明,香气高雅,滋味鲜爽,是与科学分析的结果相符合的。

只要提到收集花枝上的雪泡茶,人们想到曹雪芹《红楼梦》中的描写,妙玉在栊翠庵用五年前收的梅花上的雪水泡茶,而实际上比它早得多的乔吉小令[双调·钱丝泫]中就有收集梅花上的雪煮茶的雅事:

避豪杰,隐岩穴,煮茶香扫梅梢雪。中酒酣迷纸帐蝶,枕书睡足松窗月,一灯蜗舍。

采梅花上的雪煮茶,为品饮平添了几分幽香雅韵,无疑是诸多煎茶之"水"中的"极品"。

3.饮茶法

大致说来元代的饮茶法分为两大类,一是前代的点茶、分茶、斗茶等茶艺仍然盛行,二是南宋后期已经初见端倪的"泡饮法"逐渐成为用茶形式上的主流。

第一,点茶、分茶、斗茶等茶艺在元代依然盛行。在蒙古贵族高压下,郁郁不得志的文人雅士,试图用茶汤浇开心中的块垒,借茶的那份怡人的清香,些许提神的清爽,以及几分从容的韵味,表现超尘脱俗的风骨清节。如伟大的戏剧家关汉卿声称自己是分茶能手,他在套数[南吕·一枝花]《不伏老》中说:"愿朱颜不改常依旧,花中消遣,酒内忘忧。分茶㩧竹,打马藏阄。"无名氏杂剧《逞风流王焕百花亭》中也将"分茶"与"写字吟诗,蹴鞠打诨,作画分茶,拈花摘叶,达律知音"①等并列,被视为文人雅士们的技艺。所谓分茶是在茶汤浮之茶末中运茶匙作画。宋陶谷《清异录·荈茗录·茶百戏》:"近世有下汤运匕,别施妙诀,使汤纹水脉成物象者,禽兽虫鱼草花

---

① 无名氏杂剧《逞风流王焕百花亭》第一折。

之属,纤巧如画,但须臾即就散灭。此茶之变也,时人谓之'茶百戏'。"①南宋杨万里的《澹庵座上观显上人分茶》诗,就较为详细地描写了分茶的场景和过程:

> 分茶何似煎茶好,煎茶不似分茶巧。
>
> 蒸水老禅弄泉手,隆兴元春新玉爪。
>
> 二者相遭兔瓯面,怪怪奇奇真善幻。
>
> 纷如擘絮行太空,影落寒江能万变。
>
> 银瓶首下仍尻高,注汤作字势嫖姚。
>
> 不须更师屋漏法,只问此瓶当响答。
>
> 紫微仙人乌角巾,唤我起看清风生。
>
> 京尘满袖思一洗,病眼生花得再明。
>
> 汉鼎难调要公理,策勋茗椀非公事。
>
> 不如回施与寒儒,归续《茶经》傅衲子。②

这位上人分茶的技巧很是了得,将热水倒入盏中使之与茶末相遇时,能变幻出种种景象,或如悠远的水墨,或似劲疾的草书,让人叹为观止。

宋代的分茶元代依然流行。张可久小令[双调·折桂令]《村庵即事》中就描写了分茶游戏在民间流行的情景:"掩柴门啸傲烟霞,隐隐林峦,小小仙家。楼外白云,窗前翠竹,井底朱砂。五亩宅无人种瓜,一村庵有客分茶。春色无多,开到蔷薇,落尽梨花。"这段灵性十足的文字为我们活脱脱描绘了一幅伴着茶烟的乡间生活小景。人、茶、环境浑然一体,没有嘈杂的喧哗、没有人世的纷争,在环回击拂茶汤把盏品茗中,在茶香茶韵里,一种宽容,一份豁达,一番关怀,一点优裕充溢其间,茶之味滋润着元代人的性灵,充分反映了元代人希望少一些争戈,多一些宁静;少一些虚华,多一些真诚的心境。

"斗茶"是一种竞技性与娱乐性极强的评茶活动,是古代文人雅士各携带茶与水,通过比茶面汤花和品尝鉴赏茶汤以定优劣的一种品茶艺术。斗

---

① （宋）陶谷:《清异录》(饮食部分),李益民等注释,中国商业出版社1985年版,第125页。

② 傅璇琮等:《全宋诗》(第42册),北京大学出版社1998年版,第26085页。

茶所展呈的是一种富有力度的动态美,讲究茶质、茶色、茶香、茶味,甚至所用的茶盏,所用的泉水。即使是斗茶的每道工序,也要求呈现出一种富于艺术的韵味。如碾茶,听之则声声锵然,看之则绿尘纷飞;如点茶,能在一杯小小茶盏里幻化出各种妙形丽色:一会儿白乳凝结,如疏星朗月;一会儿色泽渐开,如珠玑磊落;一会儿粟文蟹眼,乳雾汹涌;一会儿白雪静凝,紧咬茶盏。最后决定斗茶胜负的是茶汤的颜色与汤花。汤色主要由茶质决定,也与水质有关,"点茶之色,以纯白为上真,青白为次,灰白次之,黄白又次之"①。汤花主要由点茶的技艺决定,以白者为上,其次看茶沫与水离散的痕迹出现的早晚,以水痕先退者为负,持久者为胜。这种茶艺在考古资料中也能够看到。如河北宣化辽代一号墓的点茶图壁画:画面正中绘一红色高桌,桌上有黑色托子、白色盏碗、黑白相间的圆盒和白色深腹盆。桌前放一五足火炉,炉上置有一白色执壶。桌后有两位老者,左边的一位左手端盏碗,右手持细匙,一边小心翼翼地接对面老者用执壶向盏内冲注的汤,一边搅动盏内茶汤。右边的一位左手撑住桌面,右手执壶正向盏中倾倒②。整个画面生动地再现了当时流行的点茶的情景。收藏在台北故宫博物院的元代著名书画家赵孟𫗧的《斗茶图》也形象地记录了宋元民间的茶艺生活。赵孟𫗧的《斗茶图》中共有四个人物,旁边放有几副盛放茶具的茶担,左前一人一手持茶杯,一手提茶桶,袒胸露臂,显出满脸得意的样子。他的身后有一人一手持杯,一手提壶,正将壶中茶水倾入杯中。旁边两人双目注视对方,由衣着和形态来看,似在听介绍,或似准备把自己研制的茶叶拿来评比。四人均斗志激昂,姿态认真。图画生动地展现了元代民间茶叶买卖和斗茶的情景。斗茶源于唐,盛于宋,元朝时斗茶之风虽趋式微,但余韵依然隽永,元曲仍有讴歌元代斗茶的篇章。无名氏小令[中吕·满庭芳]:"转首便绝了情分,点茶汤也犯本。"张可久小令[双调·沉醉东风]《客维扬》:"第一泉边试茶,无双亭上看花。"汤舜民小令[双调·湘妃引]《山中乐四阕赠友人》:"玉乳茶

---

① 赵佶:《大观茶论·色》,载陈祖椝、朱自振编:《中国茶叶历史资料选辑》,农业出版社1981年版,第47页。
② 河北省文物研究所:《宣化辽墓——1974—1993年考古发掘报告》,文物出版社2001年版,第211页。

浮玉杯,金盘露滴金罍。"白朴杂剧《唐明皇秋夜梧桐雨》第二折:"茶点鹧鸪斑。"点茶、试茶都是斗茶过程中的环节。"乳"是用茶筅打茶水生成的泡沫。点茶的"点"是斗茶过程中重要一关。所谓点茶法是将团茶碾碎,置于碗中,用沸水边冲泡边搅拌,直至茶汤表面形成厚厚的泡沫为止,然后连茶带汤一起喝。这种饮茶方式传至日本,经日本茶人的吸收创新,发扬光大,形成了日本的"茶道"。宋代茶艺的纤细和刻意,把自己引上了末路,但它凭借深厚的底蕴和广泛的影响,依然保持了强大的惯性。元代的"点茶"、"试茶",正是沿袭了宋代的茶艺。

第二,泡饮法在元代逐渐流行。随着元代用茶形式的粗放化,南宋后期已经初见端倪的"泡饮法"逐渐成为用茶形式上的主流,这可在元曲中找到依据,卢挚小令[双调·沉醉东风]《闲居》:"高竖起茶蘼架,闷来时石鼎烹茶。"王仲元套数[越调·斗鹌鹑]《咏雪》:"读书舍烹茶的淡薄多。"王大学士套数[仙吕·点绛唇]:"桔槔闲挂,呼童汲水旋烹茶。"王举之小令[越调·天净沙]《过长春宫》:"客来闲话,呼童扫叶烹茶。"贯石屏套数[仙吕·村里迓鼓]《隐逸》:"睡起时节旋去烹茶。"汪元亨套数[南吕·一枝花]《闲乐》:"主人素得林泉趣。烹茶扫叶,引水通渠。"朱庭玉套数[大石调·青杏子]《归隐》:"自去携鱼换酒,客来汲水烹茶。"还可从山西大同西郊冯道真元墓壁画中有《童子侍茶图》找到佐证。壁画描绘一个头梳双髻、身着袍服的童子在庭院中奉盏(带盏托)侍茶的场景。童子身后左侧的桌上是备茶的一应茶具,有成叠扣放的瓷盏、叠放的盏托、冲泡茶汤的大碗、贮放散茶的盖罐等。这一场景与宋辽壁画墓中的备茶图明显有别,往日习见于宋、辽人茶室中的加工、烹点饼茶的器具如碾、罗、风炉、汤瓶等均不见踪迹。而放在方桌上的茶具里面有一个贴着"茶末"标签的陶罐,应是"泡饮茶"的最好注脚。

需要说明的是,元代的散茶仍需要煮煎。但这种"煮煎"已与唐宋时期的不同,开始较为普遍用直接焙干的茶叶煎煮,不加或少加其他香料调料。煎嫩芽"先以汤泡去熏气,以汤煎饮之"[①]。即以嫩芽制茶,饮用时先用热水

---

① (元)王祯:《农书》,中华书局1956年版,第113页。

泡过滤净,然后再加水煎煮。在《饮膳正要》中记述当时饮茶法,其中"清茶","先用水滚过,滤净,下茶芽,少时煎成"①。而且开始出现了泡茶方式,即用沸水直接冲泡茶叶,如"建汤","玉磨末茶一匙,入碗内研匀,百沸汤点之"②。煮煎之饮的描写在元曲中亦颇多见,乔吉小令[双调·水仙子]《瑞安东安寺夏日清思》中的"煮茶芽旋撮黄金",孙周卿小令[双调·水仙子]《山居自乐》中的"亲眷至煨香芋,宾朋来煮嫩茶",李致远小令[中吕·喜春来]《秋夜》中的"月将花影移帘幕,风怒松声卷翠涛,呼童涤器煮茶苗",李德载小令[中吕·阳春曲]《赠茶肆》中的"金樽满劝羊羔酒,不似灵芽泛玉瓯",张可久小令[越调·天净沙]《赤松道宫》中的"松边香煮雷芽",都说明当时的"茶苗"、"茶芽"、"嫩茶"、"灵芽"、"雷芽"都是用煮煎之法的。元代是我国饮茶方式的一个转变时期,"点茶"仍然盛行,但采取"烹茶芽"的"煎茶"方式愈来愈多,而这种烹茶芽的方式可以说是日后冲泡散条形茶的先声③。

(五) 茶 礼

元曲中有大量反映元代茶情茶礼的社会交往活动的描写,虽杂芜琐碎,但正是在这些活动的下面,掩着一股踏实、健康、自尊自足的劲头。它们从各种细节中流露出来,绘作出各种各样的市井风景。

1.以茶待客

客来敬茶,一是洗尘,二是致敬,三是叙旧,四是同乐,五是互爱,六是祝愿④。这是中华民族古已有之的传统礼仪和习俗,至元代更为普遍化和礼仪化。如王实甫杂剧《崔莺莺待月西厢记》第一本第一折中普救寺长老的弟子用茶招待张生"俺师父不在寺中,贫僧弟子法聪的便是,请先生方丈拜茶",描写的是寺中僧人以茶待客的礼节。郑光祖杂剧《㑳梅香骗翰林风月》中裴夫人用茶款待白敏中,"秀才不远千里而来,则说偺大一个相国家,

---

① (元)忽思慧:《饮膳正要》,李春方译注,中国商业出版社1988年版,第136页。
② (元)忽思慧:《饮膳正要》,李春方译注,中国商业出版社1988年版,第137页。
③ 陈高华:《元代饮茶习俗》,《历史研究》1994年第1期。
④ 张富森等:《客来敬茶的文化现象寻觅》,《农业考古》1997年第4期。

没一盏酒,却与一盏茶吃? 秀才不知,自从相国辞世后,老身和这家下的人,都戒绝这酒,秀才休要见责",反映的是贵族阶层日常以茶招待宾客的礼节。孙周卿小令[双调·水仙子]《山居自乐》中"亲眷至煨香芋,宾朋来煮嫩茶",说的是民间乡村待客的礼节。朱庭玉套数[大石调·青杏子]《归隐》中"自去携鱼换酒,客来汲水烹茶",说的是隐居乡村文人待客的礼节。张可久在小令[双调·清江引]《草堂夜坐》中说"客来不须茶当酒",这"不须",是正当、一定,是待客中不可少的礼仪习俗。元曲中大量的各式"客来敬茶"的描写,俨然一幅幅元代人殷勤好客的民风剪影,反映出当时人们的心态、伦理、道德、情操和风尚,反映了茶在元代社会生活礼仪中所扮演的重要角色,更反映了中国茶文化所蕴涵的"和谐精神"在元代社会生活中的张扬。

客走点汤,也是宋元时期的习俗。"点汤"的本义是指茶、汤的调制,即茶汤煎煮沏泡技艺。据宋代朱彧《萍洲可谈》卷一:"世俗客至则啜茶,去则啜汤……此俗遍天下。""客至则设茶,欲去则设汤",是宋代"上自官府,下至闾里,莫之或废"①的习俗。汤充满芳香,或甘或苦,主要用来送客。这在宋人笔记中也有体现,可资对照。孟元老《东京梦华录》卷五"民俗"云:"或有从外新来,邻左居住,则相借借动使,献遗汤茶,指引买卖之类。"②这种习俗,元代依然盛行,元曲中有形象的描述。秦简夫杂剧《东堂老劝破家子弟》第一折茶店小二上场诗云:"茶迎三岛客,汤送五湖宾。不将可口味,难近使钱人。"郑光祖杂剧《醉思乡王粲登楼》第二折王粲云:"点汤,呼遣客,某只索回去。"王粲遭到六次"点汤"的冷遇。看来,此送客之俗已成了一种约定俗成的"客礼",为元代人在日常生活中自觉奉行。"点汤"还有逐客的意思。无名氏杂剧《冻苏秦衣锦还乡》苏秦受到张仪冷遇,第三折张千云:"点汤!"苏秦唱:"哎,你敢也走将来喝点汤、喝点汤!"云:"点汤是逐客,我则索起身。"此剧中仆人张千前后共吆喝了十三次"点汤"。这种蕴藉含蓄、彬彬有礼的背后,表示的是主人的种种"不便"、"不堪"、"不快"或者"不

---

① (宋)朱彧:《萍洲可谈》,中华书局1985年版,第2页。
② (宋)孟元老:《东京梦华录》(外四种),中国商业出版社1982年版,第34页。

屑"。从秦简夫《东堂老》、郑光祖《王粲登楼》、罗贯中《龙虎风云会》和无名氏《衣锦还乡》来看,点汤送客、逐客之俗,已遍及市廛的勾栏茶肆之中,成为市井黎庶所熟知的习俗。

需要指出的是,文中提及的苏秦为战国时纵横家,王粲为东汉文学家,其时断无"点汤"逐客的茶俗,剧情显系挪移借用之笔。这种将后代社会生活中物事挪移至前朝的舛错之举,在中外文艺作品中称"时代错误"或"时代错乱"。钱钟书谓:后世词章时代错乱,贻人口实,元曲为尤。所谓时代错乱最明显的例子,是《水浒》第七回林冲"手中执一把折叠纸西川扇子",《金瓶梅》第二回西门庆"摇着洒金川扇儿"。两例俱犯了北宋人用了明中叶方盛行的"折叠纸西川扇子"和"洒金川扇儿"的时代错误。钱钟书指出:"时代错乱,亦有明知故为,以文游戏,弄笔增趣者。"①由此可见,将元明之际的"点汤"送客、逐客的茶俗,写入战国和汉代历史题材的元杂剧中,显然是为了"弄笔增趣"。然而,正是这种"弄笔增趣",将已成元代规制的"点汤"送客、逐客茶俗无意间一同记载了下来,成为了茶文化珍贵的资料。

2.以茶为名

元曲还记载了当时女子以茶为名的民风民俗的社会现实。在中国的起名习俗中,有好名会带来好运、姓名影响人的一生的理念。因此父母们把为孩子起名视作大事。女孩的名字,往往富有"女性意味"和"柔情色彩"。这些意味和色彩,比较明显地表现在名字的音、义、形上,多给人清爽、温柔、艳丽、姣美的感觉。它或者直接与女性及女性的性格有关,或者与华美的风景、鲜艳的色彩、珍贵的事物相联系。以茶为女子美称,源自唐代。元好问《德华小女五岁能诵余诗数首以此诗为赠》写道:"牙牙娇语总堪夸,学念新诗似小茶。"自注:"唐人以茶为小女美称。"②日日呼唤着清纯如茶的女子的名字,用以寄托美好的人生,为古往今来的茶事增添了迷人色彩。以"茶"称女子名在元曲中屡见不鲜。如马致远套数〔仙吕·赏花时〕《掬水月在手》:"紧相催,闲笃磨,快道与茶茶嬷嬷。"周德清小令〔越调·天净沙〕

---

① 舒展:《钱钟书论学文选》第四卷,花城出版社1990年版,第101—103页。
② 《景印文渊阁四库全书》第1191册,台湾商务印书馆1986年版,第148页。

《嘲歌者茶茶》:"根窠生长灵芽,旗枪搠立烟花,不许冯魁串瓦。休抬高价,小舟来贩茶茶。"无名氏小令[双调·一锭银过大德乐]《双姬》:"绣袄儿齐腰撒跨,小名儿唤做茶茶。"直呼女子为"茶茶",让人觉得更加委婉、俏丽,这种以"茶"寄托温馨祝愿、美好情愫的称呼,也得到少数民族的认同和喜尚。李直夫杂剧《便宜行事虎头牌》第一折便有"自家完颜女直人氏,名茶茶者是也"的科白。剧中女主角即名"茶茶"。"金、元代人多呼女为'茶茶'"①。"茶"成了元代人对少女的昵称,既是元代民间茶文化中的一道独特靓丽的风景,也是民族文化的交流融会的一种反映。

3.以茶聘礼

古人不仅把茶作为女子别致的美称,还以茶为聘礼,以茶象征坚贞的爱情。茶与婚俗结缘,取自古人对"茶不移本,植必子生,古人结婚必以茶为礼,取其不移志之意"②的认识。由于茶具有"茶性最洁"可表爱情"冰清玉洁"、"茶不移本"可示爱情"坚贞不移"、茶树多籽可象征子孙"绵延繁盛"、茶树四季常青可寓意爱情"永世常青"、祝福新人"白头偕老"的"吉祥寓意"而广泛流行,历代兴盛不衰。元代也承袭了这种茶礼,并在元曲中有生动的反映。如王实甫杂剧《崔莺莺待月西厢记》第四本第三折中将结婚的筵席称作"做亲的茶饭",郑光祖杂剧《㑇梅香骗翰林风月》第四折中婚宴上有"交茶换酒"之礼,杨景贤杂剧《西游记》第四本第十五出《导女还裴》中有吃"会亲茶饭"之俗,贾仲明杂剧《萧淑兰情寄菩萨蛮》第四折中有婚礼中筹办的"羔雁茶礼"。茶在结婚大典上是宴客的必需品,说明茶在当时不仅仅是上上下下人人爱喝的饮品,已渗透到元代社会的各个领域、层次、角落,而且反映出茶在元代婚姻中的重要地位。元中期蒙古族散曲家童童学士有一首曲也对元代以茶传情、吃茶定亲习俗作了真切的描写:"好姻缘两意相答,你本是秋水无尘,我本是美玉无瑕。十字为媒,又不图红定黄茶。"③此曲当是元时市井社会生活状态的一种真实记录。因为,如果说元杂剧对茶文化的描写尚有时代错乱现象的话,那么,元代散曲家对茶文化现象的记

---

① (清)焦循:《剧说》,中国戏剧出版社1959年版,第97页。
② (明)许次纾:《茶疏》,中华书局1985年版,第12页。
③ 童童学士套数[双调·新水令]《念远》。

述,则应该是与时代同步的,也是真实的。

4.以茶祭祀

红事用茶,白事亦少不了用茶。如岳伯川杂剧《吕洞宾度铁拐李岳》第二折李岳唱词:"我和你十七八共枕同眠,二十载儿女姻缘,一脚地停尸在眼前,则落的酒茶浇奠。"郑廷玉杂剧《崔府君断冤家债主》第三折张善友唱词:"我死后谁浇茶、谁奠酒、谁啼哭?"高茂卿杂剧《翠红乡儿女两团圆》第四折王兽医云:"百年之后,着这两口儿浇茶奠酒,坟前拜扫,舆后拖麻。""以茶祭祀"的风俗古已有之。据考证,至晚在魏晋南北朝时期,就出现了"以茶祭祀"的记载。《南齐书·武帝本纪》载,南齐武帝萧赜永明十一年(493)七月诏:"我灵上慎勿以牲为祭,唯设饼、茶饮、干饭、酒脯而已。天上贵贱,咸同此制。"[1]后人沿袭此俗。元曲对这一风俗的记载,反映了以茶祭奠的民风民俗在元代的普遍和深入。

打开中华民族的文明史,几乎每一页都飘拂着茶香。元曲中丰富多彩、绚丽多姿的茶事描写,犹如一脉时宽时窄、时急时缓的元代茶历史的流程。虽然它不可能像茶史专著那样做详细的记录,但是,假若没有这些茶曲,元曲定然减色;假若没有这些茶曲,我们也很难想象到元代人尤其是文人的实际生存状态,很难理解元代文人在人格精神饱受重压的境遇中,竟然创造了堪称高峰的一代文化。正是由于元曲,才使中国茶文化久远的传统得以持续向前发展,构成中国茶文化丰富的形态;也才能让我们从这些似乎信手拈来的独特别致、清新鲜活的茶风茶俗描写中,找到元代社会的兴衰隆替与其经济、政治、文化嬗变的朦胧身影,以及身在其中的元代人的心理:一种时代的心理,一种民族的心理,一种文化的心理。

---

[1]　(南朝梁)萧子显:《南齐书》,中华书局1997年影印本,第62页。

第二章　元曲里的服饰

在中国服饰史上具有承前启后作用的元代服饰,在作为一种中国文学样式的元曲中被反映得美轮美奂。首先,元曲淋漓尽致地展示了元代服饰民俗在审美内涵全面升级状态下的美学图景。

打开元曲,一个身穿短打的货郎,手提货篮,伴着美的节律,带着利落、英气,在元代的街间巷陌摇鼓走卖:

> 木瓜心小帽儿齐抹着卧蚕眉,查梨条花篮在我手上提。细麻鞋紧绷轻护膝,白苎衫花手巾宽系着腰围。①

虽然如刚刚采撷下来的一束清鲜,但却是元代服饰园地里商业者的不凡风采。这种风采,通俗而不掩雅地展示了元代市井中坚硬刚强的底色,以及元代市井生活常有的人间鲜活气息和勃勃生趣。

像精灵一样的少女少男们从元曲中活泼泼地拥来,他们或是飞身秋千上,“钩索响,时听韵伊哑。翠带舞低风外柳,绛裙惊落雨前霞,拂绽树头花”②;或是游戏于花丛之中,“贪折海棠枝。支,抓破绣裙儿”③;或是春日梳妆与花比美,“笑捻花枝比较春,输与海棠三四分。再偷匀,一半儿胭脂一半儿粉”④;或是刚刚采莲归来,“红妆女儿十二三,采莲归小舟轻缆”⑤;或是在雨中放牧,“青箬笠西风渡口,绿蓑衣暮雨沧州”⑥。一如德国美学家

---

① 无名氏杂剧《逞风流王焕百花亭》第三折。
② 朱庭玉套数［大石调·青杏子］《秋千》。
③ 无名氏小令［仙吕·游四门］。
④ 查德卿小令［仙吕·一半儿］《拟美人八咏·春妆》。
⑤ 张可久小令［双调·落梅风］《书所见》。
⑥ 赵显宏小令［中吕·满庭芳］《牧》。

叔本华所说,"优美就在于:每一举动与姿势都是最轻便,最适度,最自然地做成的,从而是它的意向或意志行为的纯粹的、合适的表现"①。秋千少女的钏儿、游园少女的绣裙、晨妆少女的胭脂、采莲少女的红妆、牧童的蓑衣,这些跃动着鲜活生命力的服饰、妆饰和佩饰,犹如细草晨露,让元曲的服饰世界,晶莹着欢快、清秀和纯朴。

明月下,一位香闺小姐,手"掬水月",带着一份永恒的美丽,从元曲中娉婷而来:

古镜当天秋正磨,玉露瀼瀼寒渐多,星斗灿银河。泉澄潦尽,仙桂影婆娑。

[幺]不觉楼头二鼓过,慢撒金莲鸣玉珂。离香阁近花科,丫环唤我,渴睡也去来呵。

[赚煞]紧相催,闲笃磨,快道与茶茶嬷嬷。宝鉴妆奁准备着,就这月华明乘兴梳裹,喜无那,非是咱风魔,伸玉指盆池内蘸绿波。刚绰起半撮,小梅香也歇和,分明掌上见嫦娥。②

有情,有景,有对话,更有心理描述。"艺术家与普通人相比,其真正的优越性就在于:他不仅能够得到丰富的经验,而且有能力通过某种特定的媒介去捕捉和体现这些经验的本质和意义,从而把它们变成一种可触知的东西"③。该曲正是把"掬水月在手"的"本质和意义","变成一种可触知的东西",将元代女子大胆追求美丽的努力,哪怕是"掌上见嫦娥"的一瞬,展现得淋漓尽致。美,更多的是一种心态!元曲中,女子的生命之美是一处令人陶醉的景致。

在"野花路畔",一位满头插黄花的老者,带着那蓝天般的深湛、远山般的凝重、泉水一样的清澈和山花似的芬芳,"欠欠答答"行走在元曲中:

恰离了绿水青山那答,早来到竹篱茅舍人家。野花路畔开,村酒槽

---

① 缪灵珠:《缪灵珠美学译文集》第 2 卷,章安祺编订,中国人民大学出版社 1987 年版,第372 页。

② 马致远套数[仙吕·赏花时]《掬水月在手》。

③ [美]鲁道夫·阿恩海姆:《艺术与视知觉》,滕守尧、朱疆源译,中国社会科学出版社 1984年版,第228 页。

头榨,直吃的欠欠答答,醉了山翁不劝咱,白发上黄花乱插。①

原来簪花这个柔性的行为,在元曲中竟然是一种旷达意味的表达。

民间女子也会把花枝当作头饰插到发髻上,光彩烨烨。卢挚小令[双调·蟾宫曲]《寒食新野道中》描写乡村农家女:"桑柘外秋千女儿,髻双鸦斜插花枝。"张可久小令[越调·寨儿令]《嘉禾道中》描绘民间浣纱女:"斜插花枝。"这是贫家女子最朴素的打扮,也是最美的打扮。正是她们率真自然的打扮,让元曲中的世俗味更趋浓厚。

插簪的女子带着春天的清新,夏季的清凉,秋天的风情,冬季的晶莹,"一笑一春风"②闪闪烁烁、明明灭灭在历史的烟云里:

露玉纤,捧金瓯,云髻巧簪金凤头。③

缕金妆七宝环,玉簪挑双珠凤,比西施宜淡宜浓。④

玉搔头掩鬓梳,喜相逢蝉对舞。⑤

摇曳婀娜,像一幅幅水墨画,如旋转的乐拍,回味悠长……这是今天几尽绝迹的一种美!然而也就是这种"美",成为一种无形的引力,让生的欢乐消逝了元代人的烦闷愁绪,也消逝了他们对人生苦短的恐慌。她让我们知道,有一种服饰,可以历久弥新,不因时光的逝去而被遗忘,她曾经带给我们的耀眼光芒,已经抵达我们的内心深处。

飘逸的裙装,带着元代女子的俏丽、多情、活泼、娇艳和求新、求异、求美的心理从元曲款款而来:

红袖霞飘彩,翠裙香散霭。⑥

唐裙轻荡,绣带斜飘,舞袖低垂。⑦

采莲湖上棹船回,风约湘裙翠。⑧

---

① 卢挚小令[双调·沉醉东风]《闲居》。
② 于伯渊套数[仙吕·点绛唇]《忆美人》。
③ 王仲诚套数[中吕·粉蝶儿]。
④ 于伯渊套数[仙吕·点绛唇]《忆美人》。
⑤ 贾仲明杂剧《铁拐李度金童玉女》第三折。
⑥ 荆干臣套数[中吕·醉春风]。
⑦ 关汉卿套数[越调·斗鹌鹑]《蹴鞠》。
⑧ 杨果小令[越调·小桃红]《采莲女》。

这些被赋予了或悲或喜、或欢乐或哀怨的情感色彩的裙,每一个裥褶里都演绎着一个感情丰富、命运多变的主人公的生活情景,甚至是社会环境!沿着这些言有尽而意无穷的描写轨迹,解读每一件裙的寓意,我们能够穿越时空,追寻那"翠裙剪剪琼肌嫩"①的美丽,感受她们华丽的裙下流动的强烈的生命意识,见识元代人的风采、朝代的迁移和历史的兴衰。

特别值得一提的是那位身穿裘袍的少数民族游客,带着民族融合的音符从元曲自信而来:

> 毳袍宽两袖风烟,来自西州,游遍中原。锦句诗余,彩云花下,璧月樽前。今乐府知音状元,古词林饱记神仙。名不虚传,三峡飞泉,万籁号天。②

俄国著名作家果戈里说:"真正的民族性不在于描写农妇的无袖长衣,而在于具有民族的精神。诗人甚至在描写异邦的世界时,也可能有民族性,只要他是以自己民族气质的眼睛,以全民族的眼睛去观察它。"③这位生于草原文化的沃土里,长于北方雄阔草原上的曲家,不仅用"自己民族气质的眼睛",将一个来自西域的穿着宽敞的裘袍的远方客人游历中原山川的风貌,记写得栩栩如生,还"以全民族的眼睛",将他与中原汉族曲家的友好交流写真般记录下来。小令保留了一份真实的艺术记录,对于国内各民族文化的交流融合提供了一份生动的例证。正如郭沫若所说:由服饰"可以考见民族文化发展的轨迹和各兄弟民族间的相互影响,历代生产方式、阶级关系、风俗习惯、文物制度等,大可一目了然,是绝好的史料"④。

和历朝历代一样,元代劳动人民对于美的追求一刻也没有停止过。为了让服饰服务生活,美化生活,元代劳动人民不仅注重服饰实用性,千方百计追求美,创造美,对服饰不断革新、创造。元曲热烈欢快地歌唱了劳动人民的劳动美,创造美。

---

① 李致远小令[越调·小桃红]《碧桃》。
② 任昱小令[双调·折桂令]《咏西域吉诚甫》。
③ [苏]别林斯基:《别林斯基论文学》,梁真译,新文艺出版社1958年版,第97页。
④ 沈从文:《中国古代服饰研究》,上海书店出版社2005年版,郭沫若序言。

在元曲的田园里,"缫车响蝉声相应,妻蚕女茧,婢织奴耕"①,"趁时将黍豆割,养春蚕桑叶忙到,着山妻上布织梭。秃厮姑紧紧的将绵花纺,村伴姐慌将麻线搓,一弄儿农器家活"②。元曲以生动的语言,描绘了养蚕采桑、搓麻纺线等生产的全过程,描绘了当时民间家庭纺织劳动场面,反映了元代纺织生产过程和织妇的劳动生活,谱写了一曲以制作女红来抵御生存压力的歌。在这平实的歌里,拼力挣出一股劲儿:劳动的美,质朴的美,真实而不浮华的生活美。它的朴,朴里面的华,让我们看到了元代现实生活中真实的劳动女性的形象。

在元曲的水域里,一群可爱的形象在淘气地忙碌:"小玉移莲棹,阿琼横玉箫,贪看荷花过断桥。摇,柳枝学弄瓢。人争笑,翠丝抓凤翘。"③只见她在船上摇摇晃晃地学习着弄瓢采莲的技巧,结果,惹得岸边游人驻足欢笑,而拂摆的柳丝,又多情地牵住了她头上的凤翘。这是多么清新无瑕而又顽皮、率真、泼辣的小青春啊! 也许,更应该让人感慨的是,元代人,对于生命的感受也始终是那么灿烂和新鲜!

在元曲的庭院里,一幅幅秋夜捣衣图,也给元代服饰民俗背景上增添了一幅幅"逸笔草草"的水墨小品:

谁家练杵动秋庭,那岸窗纱闪夜灯,异乡丝鬓明朝镜。④

雨乍晴,月笼明,秋香院落砧杵鸣。二三更,千万声,捣碎离情,不管愁人听。⑤

尽管是小品,但却是切切实实的百姓日常生活描写,让我们一次次细腻地触摸元代的民风民情,再现了元代的市井文化景观,元代劳动人民的勤劳之美。

在元曲的纱窗下,织女、绣女们沉湎于刺绣缝纫的无限的针脚与编织的无休止的缠与绕,虽重复、单调,与社会无缘,但却"穿针刺绣床,时闻金钏

---

① 曾瑞套数［般涉调·哨遍］《村居》。
② 薛昂夫套数［正宫·端正好］《高隐》。
③ 张可久小令［南吕·金字经］《采莲女》。
④ 乔吉小令［双调·水仙子］《若川秋夕闻砧》。
⑤ 张可久小令［中吕·迎仙客］《秋夜》。

响"①。这柔和、清脆、悦耳的金钏歌,伴着织女、绣女们编织的韧性与执着,每每撑起生活细节的腴丽和丰满,绣出一派生趣盎然的景致,将元代的审美追求蔚成中国服饰史上颇具特色的服饰风光。

在元曲的田野里,农人久旱得喜雨后的欢乐喜悦场景,传达出元代人生命之春里的祈愿和祝福:

> 万象欲焦枯,一雨足沾濡。天地回生意,风云起壮图。农夫,舞破蓑衣绿。和余,欢喜的无是处!②

这是元代服饰中最贴近人心的一幅画面:因久旱而枯黄,因喜雨而返绿的蓑衣,被农夫们狂舞而破。"舞破绿蓑衣",舞出了蓑衣在风景和生活中的分量;绿蓑衣漫天飞舞,是农民的希望在飞舞。他们的出场,使元曲中的生活场景,元代的服饰风情,元代的民间求雨仪式,更加真实而生动。

元曲或直接或间接地传达了元代政治、经济、文化诸方面变迁在服饰民俗里的折光。

一是元代服饰的传承性。从唐宋风行而来的服饰风情,在元代更为摇曳多姿:不论是那"鹧鸪飞起"③的罗袖,那"轻风剪剪"④的罗衣,还是那"底儿钻钉紫丁香,帮侧微粘蜜腊黄"⑤的防雨又防滑的钉鞋,那"襟袖清凉不沾尘"⑥的竹衫儿;不论是那质地华美、造型丰富的钗燕、鸾钗、鱼尾钗、鸳鸯钗、凤钗、花钗等千姿百态的"像生"钗以及质地不同的金钗、银钗、铜钗、玉钗、宝钗、荆钗,还是那"针脚儿细似虮子"⑦的衬衫、裹肚、袜儿,以及与蒙古贵族浓重的装饰面貌不同的"满池娇"⑧紫香绣囊等,都是对前代服饰风尚既有继承又有革新,而且对后世尤其是明代服饰无论在形式上还是观念上,都产生极其深刻的影响。

---

① 无名氏小令[双调·一锭银过大德乐]。
② 张养浩小令[双调·得胜令]《四月一日喜雨》。
③ 白朴小令[双调·驻马听]《舞》。
④ 高文秀套数[南吕·一枝花]《咏惜花春起早》。
⑤ 乔吉小令[双调·水仙子]《钉鞋儿》。
⑥ 乔吉小令[中吕·红绣鞋]《竹衫儿》。
⑦ 王实甫杂剧《崔莺莺待月西厢记》第五本第二折。
⑧ 郑光祖杂剧《㑳梅香骗翰林风月》第一折。

二是元代服饰的融合性。在元代,南北文化之间的碰撞和融合一刻也没有停止过。元朝统治者虽然保留了一部分游牧民族的风俗习惯,但"以暴力冲突取胜而进入农耕世界并在那里定居下来的游牧民族……到头来几乎没有一个入主农耕世界的游牧民族能抵挡和抗拒先进农业文明的吸引力、诱惑力"[1]。蒙古民族作为统治民族也是一样,进入中原之后也一直处在被同化的进程中。在这个过程中,契丹、女真、蒙古等民族的优秀服饰文化,不但给以汉族为主体的古代中华民族的服饰文化,注入了新的血液,激起新的活力,增添了新的光彩,而且更为重要的是他们的民族服饰文化与中原各族的服饰文化在不断交融、撞击中,又孕育、升华出新的服饰文明。比如蒙古族衣服中具有代表性的搭护,是在汉族半袖基础上的一种创新。在元代服制中颇具特点的质孙服、辫线袍,是受深衣影响的服装。深受蒙古族妇女喜爱的团衫也是在吸收了兄弟民族服饰优点的基础上发明创造的款式。甚至一枚小小的纽扣,也是在继承辽金以来使用的简单的盘扣形制的基础上又编织出更加精美的盘扣形制,突破了辽金以来一直使用的比较简单的盘扣形制,使对襟服饰上的盘扣更加精美,更加富于装饰性。在服饰文化的领域里,人类的文明从来都是交融和重叠的。

三是元代服饰的多元性。元代在社会生活方面的主要特征是商人的足迹延伸到世界各地,市民阶层也更为壮大。贯云石在套数[双调·新水令]《皇都元日》中写到:"江山富,天下总欣伏。忠孝宽仁,雄文壮武。功业振乾坤……赛唐虞,大元至大古今无。"同时这个世纪还是中国人与欧洲人乃至世界各族人民直接接触的时期。尤其是丝绸之路的再度复通"引进来的不只是'胡商会集',还带来了异国的礼俗、服装、音乐、美术以及各种宗教"[2]。"对于外族异文化,不论精神方面如宗教信仰、或物质方面如美术工艺等,中国人的心胸是一样开放而热忱的"[3]。这种民族融合和文化思想交流,缩短了欧亚大陆区域之间因发展不平衡以及由于地理空间封闭和人为因素造成的文明进程的差距,使得元代服饰的发展呈现出多种文化跨地域

---

① 孙机:《中国古舆服论丛》,文物出版社 2001 年版,第 224 页。
② 李泽厚:《美学三书》,安徽文艺出版社 1999 年版,第 130 页。
③ 钱穆:《中国文化史导论》,商务印书馆 2000 年版,第 206 页。

交流的形态①。这些特点和发展趋势,在元曲服饰风尚方面,得以较为充分地展示和体现,集中呈现出两个特点:其一是各民族服饰交错互用,虽无定式,但鲜明独特,形成了胡汉相杂相融的服饰文化。体现了元代服装既保留汉民族服饰,又有多民族性的特色。其二是官民服饰的界限日趋模糊,不仅文人隐士甚至官员都喜穿道服,成为一种潮流,体现出对等级服饰制度的一种挑战。

四是元代服饰的抑女性。元曲集中深刻地展示了元代女性服饰的三个特点。其一是不管是贵为命妇还是贱为民女,都是妻以夫为荣,母以子为贵。元曲中多处提及的"凤冠霞帔",就是这种倾向的写照。其二是团衫、长裙等宽大、平面的女性代表性服饰,使女性形体没有半点显露,即便是男子特别钟爱的三寸金莲,也"微露金莲唐裙下"②,充分体现了传统社会服饰的抑女性。③ 其三是元曲中女子愿意在自己喜欢的人面前表现出最美的一面的心态和行为,如在妆台前的"半含羞翠钿轻帖"④、在绣帘下的"呼侍婢将绣帘低放,把重门深闭,怕莺花笑人憔悴"⑤、在团扇后的"春风面半掩桃花扇"⑥等,也委婉、细腻地增添了这种表达力。这种做法最极端的体现在缠足上。也许女子的缠足,在元代尚没有达到真正的三寸金莲,但元曲中的描写,反映了一种审美的倾向。这种残酷的美丽风俗,是中国女性依附性的最好说明。

五是元代服饰的礼仪性。元曲围绕可能充分展现世态诸相的服饰礼俗作了惟妙惟肖的描述。如生育仪式中的弄璋、洗儿、祝满月、剃胎发等;生日庆典活动中的赠献寿衣、寿幛、手帕等;婚俗中的团衫、绣手巾财礼,婚仪中的拖地锦、花冠、盖头、传席、催妆、结发等;丧葬中的挂孝、赙礼等,节日中的戴春燕,戴柳圈,戴长命缕,戴艾虎,戴灵符,佩香囊,簪菊,插茱萸等,这些反

---

① 徐文静:《元代墓室壁画人物服饰形制探析元代墓室壁画人物服饰形制探析》,《内蒙古大学艺术学院学报》2010 年第 1 期。

② 吕止庵套数[双调·夜行船]《咏金莲》。

③ 王晓南:《试论中国传统服饰的抑女性》,《绵阳师范学院学报》2008 年第 4 期。

④ 无名氏套数[双调·珍珠马南]《情》。

⑤ 关汉卿套数[中吕·古调石榴花]《闺思》。

⑥ 石君宝杂剧《李亚仙花酒曲江池》第一折。

复出现在元曲中的服饰民俗事象,揭示了元代各阶层人物不同的服饰情态,流溢着乡土情韵、人伦情感。尽管它们仅仅是元代服饰的一个缩影,但这一切都是元代人"按照美的规律来建造"①的,有着特殊的审美价值,在一定程度上反映了元代社会生活的真实面貌。因而,在一定程度上是历史变迁的写照,是元代的"一种审美精神,一种集体无意识的审美原型心理"②的"正确,真切,而且活跃"的"记录"③。

　　总之,正如黑格尔所说,"艺术的任务首先就见于凭精微的敏感,从既特殊而又符合显现外貌的普遍规律的那种具体生动的现实世界里,窥探到它的实际存在中的一瞬间的变幻莫测的一些特色,并且很忠实地把这种最流转无常的东西凝定成为持久的东西"④。作为统治者的蒙古族并没有完全把草原文化搬到中原汉地,也没有全盘吸收中原传统文化,而是在"近取金、宋,远法汉、唐"的基础上,"各依本俗","兼存国制"⑤,融合了契丹人、女真人、党项人、蒙古人、色目人和地域内的汉族等各民族的风情风貌,并在贯通亚欧文化的交流与冲突中,形成了独具蒙元时代特色的服饰文化。文学艺术反映现实生活的广阔性,使元曲在描写元代服饰时,游刃有余,忠实而直观,充分显示了元代服饰的现实,反映了社会发展、风俗变迁以及各个阶层的文化素养、审美取向和我国服饰文化在元代的多民族性发展。系统地研究了元曲中大量的服饰质料、服饰款式、服饰配饰、服饰风尚的描写,不仅可以深入了解元代社会整体风貌,考见当时社会物质文明和精神文明发展演变的轨迹,了解元代人民的生产生活状况,得到较真实的民生资料,还可以洞察元代人的审美意识、政治观念、风俗时尚、各民族文化相互间影响与交融以及中外服饰交流的实际,看到在《舆服志》、《会典》等官方典章里不可能有的活生生的服饰图画,并为进一步研究元代的历史、文学、时代精神等提供更为真实充足的旁证史料。

---

　　① 中共中央马克思恩格斯列宁斯大林著作编译局编译:《马克思恩格斯全集》(第42卷),人民出版社1979年版,第97页。
　　② 古风:《丝织锦绣与文学审美关系初探》,《文学评论》2007年第2期。
　　③ 吕薇芬:《名家解读元曲》,山东人民出版社1999年版,第71页。
　　④ [德]黑格尔:《美学》第2卷,朱光潜译,商务印书馆1979年版,第370页。
　　⑤ (明)宋濂等撰:《元史》,中华书局1997年影印本,第2068、1930页。

一、元曲描写的服饰质料

元代,随着统治区域的扩大,交流的频繁,加上在战争中从各地掠夺来的工匠,纺织业在前代的基础上得到了进一步的发展,统治者对其也十分重视,专门设立了诸多的工局,组织了专门的匠户来负责纺织品的生产。纺织业的发展,促进了服饰质料品种的增多,丝织品、皮毛品、棉织品、麻织品,尤其是丝织品中光泽艳丽的织金锦的风靡,客观上改善了人们的衣着服饰状况。元曲对棉、毛、丝、麻和一些外来织品都有详实的描写。这些描写反映了服饰质料作为一种物质状态,在元代人生活中的存在情况。通过对元曲中记载的服饰质料的梳理研究,可对元代服饰形制、用途,以及当时人们的审美观、风俗、时尚、等级关系等诸多方面有一个较明晰的了解。

（一）丝　织　品

元代的丝织技术与品种,在继承前朝各代的基础上,无论是在生产流通、技术创新还是吸收外来技术、对外交流都形成了新的规模,主要表现在三个方面:一是元代的丝织业规模庞大,前所未有。马可·波罗对当时汗八里城(今北京)采运丝织品的盛况描述说:"用马车和驮马载运生丝到京城的,每日不下一千辆次。丝织物和各种丝线,都在这里大量生产。"①记写江南的苏州:"方圆有三十二公里。居民生产大量的生丝制成的绸缎,不仅供给自己消费……而且还行销其他市场。"②游记中还对杭州、湖州、镇江、南京、成都等城市丝织业的盛况都有记载。说明元代各种丝织品,尤其是金丝织品被大量生产和运用。二是元代大统一的局面,保证了丝绸之路畅通,促进了中西经济和文化交流,在中国传统的丝绸、瓷器等大量销往国外的同

---

①　[意大利]马可·波罗:《马可波罗游记》,陈开俊等译,福建科学技术出版社1981年版,第111页。

②　[意大利]马可·波罗:《马可波罗游记》,陈开俊等译,福建科学技术出版社1981年版,第174页。

时,大量精美的服饰原料等国外商品也源源不断地输入中国,极大地丰富了元代人的服饰原料。三是蒙古贵族掠夺来的西域和汉地工匠大大提高了元代的丝织工艺,尤其是织金技术在前代的基础上又有所发展,应用极广,可谓达到了历史上登峰造极的阶段。元曲是我们了解元代丝织品的一扇窗口,通过对其价如金的锦、光洁如冰的绫、采茸柔拂的绒,尤其是对织锦金无孔不入的渲染,不仅深刻地反映了这种滑润光亮的织物在元代扮演的经济角色和在民族融合、文化碰撞中的显著作用,而且揭示了其所承载的思想、观念、风尚等文化信息,直接或间接传递了元代社会风尚、精神文明乃至时代特征的丰富内涵。

丝绸在汉代以前称为"帛",又称"缯",是丝织品的统称。其质地紧密,手感柔软,多用于士庶阶层的男女巾帽衣裙。丝绸在元代甚为流行的事实也深深印烙在元曲中。如无名氏杂剧《海门张仲村乐堂》第一折:"我无福穿轻罗衣锦,有分着垒绢粗绸。"高文秀杂剧《好酒赵元遇上皇》第四折:"这纱幞头直紫襕,怎如白缠带旧绸衫。"马致远杂剧《西华山陈抟高卧》第三折:"不要紫罗袍,只乞黄绸被。"关汉卿杂剧《赵盼儿风月救风尘》第三折:"我在客火里,你弹着一架筝,我不与了你个褐色绸缎儿?"无名氏杂剧《朱太守风雪渔樵记》第四折:"往常我破绸衫粗布袄煞曾穿,今日个紫罗襕恕咱生面。"滕斌小令〔中吕·普天乐〕《四季道情》:"暖炕明窗绵绸被,尽前村开彻江梅。"黑老五套数〔中吕·粉蝶儿〕《集中州韵》:"盘桓疃畔峦端路,见一个绕倒忉骚老夫。穿一领袖头露肘旧绸服,骑一匹便鞭搧塞嫣驴。"可见丝绸织品在元代生活中为人们所认知的程度之高之普遍。

帛是丝织品的总称。元曲对"帛"的描写很有意蕴,如关汉卿杂剧《感天动地窦娥冤》第二折:"割舍的一具棺材,停置几件布帛,收拾出了咱家门里,送入他家坟地。"无名氏杂剧《神奴儿大闹开封府》第一折:"俺两口儿穿的都是旧衣旧袄,他每将那好绫罗绢帛,整匹价拿出来做衣服穿。"杨景贤杂剧《西游记》第二本第六出《村姑演说》村姑云:"一个人儿将几扇门儿,做一个小小的人家儿,一片绸帛儿,妆着一个人,线儿提着木头雕的小人儿。"张国宾杂剧《相国寺公孙合汗衫》第三折:"我与你这块绢帛儿,你见了那老两口儿,只与他这绢帛儿,他便认的咱是老亲。"无名氏套数〔正宫·端正好]《豪放不羁》:"都将着玉与帛,换做酒共色。"这些描写流露出元代人用帛的广泛和深入以及对帛的偏好和赞美。"帛"除了作为丝织品的名称之外,还被用作财富的标志,所以元曲中的"帛"常常与"金"并称,如宫天挺杂剧《死生交范张鸡黍》第一折:"有钱的将着金帛干谒那官人每,暗暗的衙门中分付了,到举场中各自去省试殿试,岂论那文才高低?"无名氏小令[双调·秋江送]:"不索置田宅,何须趱金帛?"王实甫杂剧《崔莺莺待月西厢记》第二本第四折夫人云:"先生纵有活我之恩,奈小姐先相国在日,曾许下老身侄儿郑恒。即日有书赴京唤去了,未见来。如若此子至,其事将如之何?莫若多以金帛相酬,先生拣豪门贵宅之女,别为之求,先生台意若何?"帛绸被用于送礼、应酬、储藏等社会经济活动中,体现了元代人对帛绸的价值认识,以及将其用以交换物质上或精神上的满足。

绢在元代是很受人们珍视的一类织物。元曲中对绢织品的描写大致是三个方面:一是绢是一般平纹类素织品的通称,如杨景贤杂剧《西游记》第一本第三出《江流认亲》:"有做袈裟的绸绢,供佛像的斋粮,御严寒的衲裙。"王伯成杂剧《李太白贬夜郎》第二折:"犀澄离水,裙织绫绢。"二是绢是质地比较粗疏的丝织品的称谓,如王晔杂剧《桃花女破法嫁周公》第一折:"您穿的是轻纱异锦,俺穿的是垄绢的这粗绸。"三是记写了绢的品种,如黄丝绢,宫天挺杂剧《死生交范张鸡黍》第一折:"山阳淮楚之地,别无异物。新鲊数包,新橙百枚,黄丝绢一匹,荆妇亲手自造,万望老母笑纳为幸。"这些描写,细致地表述了元代绢织品的特征及用途。

纱以轻薄透明的突出特点,成为元曲丝织品中出现最频繁的字眼。在丝织品中,纱是较为早出并被人们广泛应用于生活中的经纬稀疏的网状织品,具有纤细、孔眼细密均匀、轻盈、透气散热等特点。在元曲的纱描写中,就品种讲,有轻纱、金缕纱,"颤巍巍的插着翠花,宽绰绰的穿着轻纱,兀的不风韵煞人也嗏"①,"翠裙金缕纱"②等。就颜色言,有红纱,"金莲灯匀排

① 张可久小令[仙吕·锦橙梅]。
② 张可久小令[南吕·金字经]《湖上书事》。

艳葩,栀子灯碎剪红纱"①;绛纱,"挑绛纱红烛,对皓月遥天"②,皂纱,"皂纱片深深的裹着额楼"③;碧纱,"竹槛敲苍玉,蕉窗映绿纱,笑语间琵琶"④;翡翠纱,"莎草带霜滑,掠湿湘裙翡翠纱"⑤;翠纹纱,"冰蓝袖卷翠纹纱,春笋纤舒红玉甲"⑥;青纱,"宜舞东风斗虾蟆,巾帻是青纱"⑦,绚丽如霞的纱织品,现出元代纺织工艺的精巧。就质地而言,又常常被元代人做成纱巾等服饰。张可久小令[中吕·上小楼]《九日山中》:"笑脱纱巾,卧品琼箫,醉解金鱼。"童童学士套数[双调·新水令]《念远》:"花下低头,风吹帽纱。"刘时中套数[南吕·一枝花]《罗帕传情》:"这手帕则好遮笼纱帽。"质地半透明的纱,以其飘逸、虚幻、神秘的美感,更是受到元代女子的喜爱,如曾瑞小令[南吕·四块玉]《美足小》:"香风飐,款步金莲蹴裙纱。"无名氏小令[双调·沉醉东风]:"妙舞裙拖绛纱,轻敲板撒红牙。"杜仁杰套数[商调·集贤宾北]《七夕》:"彩衣轻纱织翠。"无名氏小令[南吕·骂玉郎过感皇恩采茶歌]《春行即事》:"彩绳款拈,画板轻踏。微着力,身慢举,拽裙纱。"正所谓"香风飐,款步金莲蹴裙纱",轻薄剔透的纱织品再加上摇曳飘动的姿态,给人们的视觉带来极大的审美感受。

　　轻薄透亮的纱还常常被元代人做成床帐,如汤舜民小令[双调·湘妃游月宫]《夏闺情》:"藕花风轻翻纱帐,杨柳月微笼绣窗,梧桐露响滴银床。"马致远小令[双调·寿阳曲]:"青纱帐,白象床,晚凉生月轮初上,谁家玉箫吹凤凰。"用纱做成床帐,既透风,又美观,置于室内,与其说是起到遮挡的作用,不如说是为了装饰的需要;又因其具有若隐若无的视觉效果,很容易引发人的遐想。

　　纱也常被制成纱灯窗幔之类的物品,如"纱灯",商衟套数[南吕·梁州第七]《戏三英》:"过街灯照映纱灯、戏灯机关妙,滚灯、转罐瓦灯耍。"贾仲

---

①　商衟套数[南吕·梁州第七]《戏三英》。

②　贾仲明杂剧《李素兰风月玉壶春》第一折。

③　高安道套数[般涉调·哨遍]《嗓淡行院》。

④　张可久小令[商调·梧叶儿]《即事》。

⑤　郑光祖杂剧《迷青琐倩女离魂》第二折。

⑥　乔吉小令[双调·水仙子]《红指甲赠孙莲哥时客吴江》。

⑦　马致远杂剧《江州司马青衫泪》第四折。

明杂剧《铁拐李度金童玉女》第二折：“茶褐罗伞云也似绕,绛蜡纱灯月也似皎。”白朴杂剧《唐明皇秋夜梧桐雨》第一折：“侍女齐扶碧玉辇,宫娥双挑绛纱灯。”张可久小令［双调·清江引］《秋思》：“孤眠夜寒魂梦怯,月暗纱灯灭。”或灯影绰绰,或匆匆的挑灯而过,只要有夜,就会有这亮夜的纱灯,那束迷离朦胧而入魂的光,是元曲中一道令人难忘的风景。

　　窗在古代建筑中有通风和采光的作用,以纱蒙窗,既可透气,使光线从中透进,又不阻碍空气流通,还能防虫。具有其他丝绸产品所无法取代的特点。如白朴套数［仙吕·点绛唇］：“败叶纷纷拥砌石,修竹珊珊扫窗纱。”侯正卿套数［黄钟·醉花阴］：“痛恨西风太薄幸,透窗纱吹来残灯。”无名氏小令［商调·梧叶儿］《十二月·十一月》：“沉烟细,袅碧丝,断肠时,纱窗印梅花月儿。”张可久小令［仙吕·一半儿］《梅边》：“枝横翠竹暮寒生,花淡纱窗残月明,人倚画楼羌笛声。”元曲中的“纱窗”描写,充满了丰富的人文和情感意蕴。不仅如此,元曲中的“纱窗”还是思妇或游人的独居之地：

　　　　风风雨雨梨花,窄索帘栊,巧小窗纱。甚情绪灯前,客怀枕畔,心事天涯。三千丈清愁鬓发,五十年春梦繁华。蓦见人家,杨柳分烟,扶上檐牙。①

　　　　带月披星担惊怕,久立纱窗下。等候他,蓦听得门外地皮儿踏。则道是冤家,原来风动荼蘼架。②

　　　　碧纱窗外风弄雨昔留昔零打芭蕉,恼碎芳心近砌下啾啾唧唧寒蛩闹。③

　　　　思思想想愁无尽,纱窗月转移花影,把我二字姻缘不得成。④

　　元曲中的“纱窗”,让我们深深地解读了“思思想想愁无尽”的闺怨怀人,“三千丈清愁鬓发”的窗内孤客,“纱窗”以它特有的隐隐透出感,特殊的旖旎温柔境,“唤起思量,待不思量,怎不思量”⑤。于是,几乎元曲中的每一

---

①　乔吉小令［双调·折桂令］《客窗清明》。
②　商挺小令［双调·潘妃曲］。
③　王和卿小令［商调·百字知秋令］。
④　高文秀套数［黄钟·啄木儿］。
⑤　郑光祖小令［双调·蟾宫曲］。

扇纱窗之下,都站立着一个孤独怀人的女性形象。

　　缟织品在元曲中大致表达出如下内容:第一,缟是未经染色的生绢。如"见佳人缟素一身穿,阁着泪汪汪在坟墓前,哭着痛人天"①,"穿一套缟素衣,尽都是依宫样"②,"众将缟素,俺哭的那无情草木改色,青山天地无颜"③。这些例句说明缟是颜色洁白的丝织品。第二,缟的质地细薄。如"仙客舞玄裳缟衣,小蛮歌翠袖蛾眉"④,"欺风弄缟衣,妒月扷纨扇"⑤,"轻柔缟淡妆,缥渺瑶华动"⑥等,都形象地写出了缟织品细薄的特点。第三,缟是地方丝织品中有影响的丝绸服饰质料中的佳品。以山东临淄为中心的齐鲁地区,自春秋以来便以生产丝织品著称,至元时依然非常有名,故元曲中常将"鲁缟""齐纨"并提,如汤舜民套数[南吕·一枝花]《赠美人号展香绵,杨铁笛为着此号》:"价重如齐纨鲁缟。"无名氏套数[南吕·一枝花]《香绵》:"轻盈怜鲁缟,皎洁胜齐纨。"说明山东地方传统与特色的丝织品在元代社会生活中产生了跨地域的影响。

　　绡是一种质地与纱相仿,略比纱重,经纬丝均加强捻,且捻向相反,织品外观呈细鳞状的织品。由于绡织品质地轻薄,呈现透孔,人们常用来制作夏天的衣物。也因此,绡织品走入了元曲中。元曲描写的绡织品主要是两方面的内容。其一是品种色彩十分丰富。关于品种,有龙绡,如乔吉小令[双调·折桂令]《雨窗寄刘梦鸾赴宴以侑樽云》:"梨花梦龙绡泪今春瘦了,海棠魂羯鼓声昨夜惊着。"带龙纹的绡,称为龙绡。冰绡,如郑光祖杂剧《迷青琐倩女离魂》第三折:"俺娘把冰绡剪破鸳鸯只,不忍别远送出阳关数里。"冰绡是一种薄而洁白的绡织品。之所以称"冰",是希望面料能带给人如冰之凉爽的舒适。虽可能是一种概念,但反映元代人对美的追求。而正是这种对美的追求又直接促进了美的发展,创造出灿若繁星、绚丽如霞的丝织品。关于色彩,有霞绡,周文质小令[双调·折桂令]《二色鞋儿》:"花柳些

① 无名氏小令[仙吕·一半儿]。
② 无名氏套数[正宫·汲沙尾南]《四景》。
③ 关汉卿杂剧《邓夫人苦痛哭存孝》第四折。
④ 张可久小令[双调·沉醉东风]《胡容斋使君寿》。
⑤ 汤舜民套数[双调·夜行船]《赠玉莲王氏》。
⑥ 汤舜民套数[南吕·一枝花]《赠素云》。

些,霞绡点点,锦翠弓弓。"红绡,如曾瑞小令[南吕·骂玉郎过感皇恩采茶歌]《四时闺怨·冬》:"严凝寒透红绡帐。"李唐宾残曲[仙吕·赏花时]:"红绡巧剪,灯火内家传。"绛绡,如李好古杂剧《沙门岛张生煮海》第一折:"风飘仙袂绛绡红。"无名氏套数[越调·斗鹌鹑]《元宵》:"翠袖琼簪两行立,捧金杯,绛绡楼上笙歌沸。"翠绡,如杨果小令[越调·小桃红]:"凉露沾衣翠绡重,月明中,画船不载凌波梦。"紫绡,如汤舜民套数[南吕·一枝花]:"紫绡裳红锦腰围,银股钏珍珠臂鞲。"隔着衣衫,犹能看到银钏发出的光芒,可见元代的绡类织品的轻薄透亮。繁多的绡织品描写,充分显示了元代纺织业的高超技艺。其二是传说中由潜居海底的鲛人所织成的"鲛绡",在元代已经作为一个常用语,频频出现在元曲中,从而使元代的绡具有了更深的民俗内涵。如王实甫杂剧《崔莺莺待月西厢记》第二本第一折:"红娘呵! 我则索搭伏定鲛绡枕头儿盹。"汤舜民小令[中吕·谒金门]《落花》:"爱他,爱他,擎托在鲛绡帕。"因"鲛绡"是鲛人在"泉室潜织"的,特别纯净精美,故元曲常以"鲛绡"和男女之间纯洁的爱情联系在一起。如赵雍小令[黄钟·人月圆]:"最伤情处,鲛绡遗恨,翠靥留香。故人何在?"高栻套数[商调·集贤宾]《怨别》:"绛绡裙松了素体,揾鲛绡湇枕席。"张可久小令[双调·水仙子]《别怀》:"象牙床上,鲛绡枕头,梦到并州。"贾仲明杂剧《萧淑兰情寄菩萨蛮》第四折:"嵌玲珑香球挂金缕,团梅红罗鲛绡帐舞凤飞鸾。"无名氏小令[仙吕·寄生草]《冬》:"害的是鲛绡帐里成憔悴。"白贲套数[双调·新水令]:"急煎煎愁滴相思泪,意悬悬慵拥鲛绡被。"以"鲛绡"作为手帕的代称意味深长,尤其是在描写拭泪时更有情韵。元曲中刻画了很多这样的场景:"鲛绡蓻素云,揾啼妆旧痕"①,"见一个宿鸟乌忔楞楞腾出出律律忽忽闪闪串过花梢,不觉的泪珠儿浸淋淋漉漉扑扑簌簌揾湿鲛绡"②,"鲛绡帕,泪痕满把,人似雨中花"③。点点泪滴,斑斑泪痕,诉说着对于往昔欢娱生活的眷恋,浸染着物是人非的浓浓哀愁。这种对于感情的无助与守候,使得这方充满神秘瑰丽色彩的鲛绡帕,具有了更深的民俗意蕴。

---

① 李唐宾杂剧《李云英风送梧桐叶》第一折。
② 王挺秀套数[中吕·粉蝶儿]《怨别》。
③ 张可久小令[中吕·满庭芳]《春思》。

罗是一种采用绞经组织的罗纹透孔丝织品,素以质地轻薄,孔眼匀称,牢固耐用为特色。汉代以来一直被认为是丝织品中的上品,用做富贵者的服装衣料。元代罗织品以其巨大的产量、丰富的品种,充斥于社会生活的各个方面,元曲从品种、颜色,到罗织品制成各种生活用品、服装均有生动的描绘。如罗品种的描写,有砑罗,赵善庆小令[越调·寨儿令]《美妓》:"记沉香火里调笙,忆砑罗裙上弹筝。"张可久小令[越调·小桃红]《夜宴》:"砑金罗扇当花笺,醉草湘妃怨。"砑罗是经过碾磨加工而坚实有光泽的罗丝织品。罗颜色的描写,有白罗,汤舜民小令[正宫·醉太平]《风浪士子》:"白罗袍绣一道开山额。"关汉卿小令[双调·碧玉箫]:"一搦腰围,宽褪素罗衣。"王实甫杂剧《崔莺莺待月西厢记》第四本第三折:"我见他阁泪汪汪不敢垂,恐怕人知。猛然见了把头低,长吁气,推整素罗衣。"无名氏小令[双调·沽美酒过太平令]:"灯直下靠定壁衣,忙簌下素罗帏。"素罗是白色的罗。皂罗,如无名氏杂剧《狄青复夺衣袄车》第一折:"那领袍,用皂罗做就。"尚仲贤杂剧《尉迟恭三夺槊》第二折:"来日你若见那铁幞头,红抹额,乌油甲,皂罗袍,敢交你就鞍心里惊倒。"皂罗是一种色黑质薄的丝织品。绛罗,如无名氏小令[双调·庆东原]《奇遇》:"眉攒翠蛾,裙拖绛罗。"绛罗是一种深红色的丝织品。紫罗,如郑廷玉杂剧《宋上皇御断金凤钗》第一折:"恰脱下紫罗衣,又穿上旧罗衣。"徐再思小令[双调·卖花声]《春》:"紫罗佩吐狮头玉,碧珥香衔凤口珠,风流相遇恨须臾。"紫罗是深红色的罗。红罗,如无名氏小令[中吕·红绣鞋]:"手约开红罗帐,款抬身擦下牙床,低欢会共你着银缸。"红罗是一种红色轻软的丝织品,多用做妇女的衣裙。绿罗,如无名氏杂剧《玉清庵错送鸳鸯被》第四折:"我与你搭起绿罗衣,铺开紫藤席。"商衟套数[正宫·月照庭]《问花》:"绿罗裳,红锦帔,貌胜西施。"孟昉小令[越调·天净沙]《十二月乐词·五月》:"翠罗香润,鸳鸯扇织回文。"绿罗、翠罗都是绿色的丝织品,也多用做女子的衣裳。五彩缤纷的罗织品,从一个侧面反映了元代罗织品花色上的美轮美奂和质地上的巧夺天工。

以罗织品制成各种生活用品,在元曲中也有详细的反映。关于罗帐的描写,如李行甫杂剧《包待制智赚灰阑记》第一折:"月户云窗,绣帏罗帐。"

关汉卿杂剧《温太真玉镜台》第一折："眼见得人倚绿窗。又则怕灯昏罗帐。"关于罗幌的描写,如关汉卿杂剧《钱大尹智宠谢天香》第二折："我见他严容端坐挨着罗幌,可甚么和气春风满画堂!"曾瑞套数[南吕·一枝花]《买笑》："昏惨惨孤灯罗幌,淡蒙蒙斜月窗纱。"关于罗帘的描写,如王实甫杂剧《崔莺莺待月西厢记》第三本第二折："绛台高,金荷小,银釭犹灿。比及将暖帐轻弹,先揭起这梅红罗软帘偷看。"关于罗帷的描写,如蒲察善长套数[双调·新水令]:"从别后不见影,闪得人亡了魂灵。罗帷中愁怎禁,则为他挂心情。"关于罗幕的描写,如汤舜民套数[双调·新水令]《秋夜梦回有感》:"低垂罗幕,团弄粉香娇。"朱庭玉套数[般涉调·哨遍]《风情》:"喜罗幕今宵效双鸳,纵相逢却似孤眠。"无名氏套数[中吕·粉蝶儿]:"两间罗幕碧纱幮,收拾着睡处。"罗及用罗织品制成的帐、帷、帘等物的描写,是闪烁在元曲这枝芬芳花枝上的一滴滴清露,晶莹地反射出元代人生活中罗织品应用的广泛和元代人对舒适风雅的生活方式的追求。

用罗织品制成的服装在元曲中的描写更多,如王实甫杂剧《崔莺莺待月西厢记》第四本第四折："听说罢将香罗袖儿拽,却原来是姐姐、姐姐。"张可久小令[越调·寨儿令]《春思》:"喜又惊,笑相迎,倚湖山露华罗袖冷。"从某种意义上来说,袖是手的延伸,人们常以袖作出各种动作以表达感情,故元曲中多见卷袖、掩袖、拂袖等的描写,如关汉卿杂剧《望江亭中秋切鲙》第三折："小娘子,我出一对与你对:罗袖半翻鹦鹉盏。"乔吉杂剧《玉箫女两世姻缘》第一折："将罗袖卷,香醪劝,请学士官人稳便。"汤舜民小令[双调·对玉环带清江引]《闺怨》:"罗袖偷掩,泪珠凝粉腮。"张可久小令[双调·庆东原]《春日》:"莺啼昼,人倚楼,酒痕淹透香罗袖。"郑廷玉杂剧《崔府君断冤家债主》第二折："满腹文章七步才,绮罗衫袖拂香埃。"元代人仍有在袖中藏物的习惯,如关汉卿杂剧《诈妮子调风月》第二折："见那厮手慌脚乱紧收拾,被我先藏在香罗袖儿里。"衣袖里收纳起手帕,所起的作用跟口袋一样。除实用的功能外,罗袖还具有审美的意义,如任昱小令[越调·小桃红]《宴席》:"络臂珍珠翠罗袖。"郑光祖杂剧《醉思乡王粲登楼》第三折："罗袖长长长绕腕,轻轻播播播风飘。"张可久小令[中吕·普天乐]《湖上废圃》:"蜂黄点绣屏,蝶粉沾罗袖。"以曲家们的审美情趣、美学理想和对生活的理解,罗袖还有令人赏心的歌舞功用,如白朴小令[双调·驻马听]《舞》:"谩催鼍鼓品梁州,鹧鸪飞起春罗袖。"乔吉小令[双调·水仙子]《歌者睥睨潦倒故赋此咎焉》:"绣屏春暖茜氍毹,罗袖香番锦鹧鸪。"以轻柔的罗袖作出各种各样的姿态传情达意,是元曲中最为动人的描写,如范康杂剧《陈季卿误上竹叶舟》第三折:"这一个袅金鞭遥拂酒家楼,那一个泣阳关暗滴香罗袖。"杨果小令[越调·小桃红]:"玉箫声断凤凰楼,憔悴人别后。留得啼痕满罗袖。"白朴小令[越调·小桃红]:"伤心留得,软金罗袖,犹带贾充香。"用罗袖上泪痕,生动地衬托出女子终日以泪洗面,思念长久深切的情形,比直接描写流泪时的样子更能突出相思之苦。李泽厚先生在《美的历程》中指出:"人的审美感受之所以不同于动物性的感官愉快,正在于其中包含有观念、想象的成分在内,美之所以不是一般的形式,而是所谓'有意味的形式',正在于它是积淀了社会内容的自然形式。所以,美在形式而不即是形式。离开形式(自然形体)固然没有美,而只有形式(自然形体)也不成其为美。"①元曲描写的罗袖应该就是这种"有意味的形式"。

罗衣是元曲中经常伴随着女性形象而出现的一个审美意象。如任昱小令[中吕·满庭芳]《春暮》:"云肩睡起,香销宝鼎,暖试罗衣。"由于丝织品轻薄的特点,当它穿在身上时,会清晰地显露出人体曲线。对于那些纤弱苗条的女性而言,尤为显得楚楚动人,这极大地符合了人们自古以来对女性"柔弱"的审美取向。王实甫杂剧《崔莺莺待月西厢记》第二本第一折:"恹恹瘦损,早是伤神,那值残春。罗衣宽褪,能消几度黄昏?"无名氏杂剧《王月英元夜留鞋记》第一折:"慵梳洗,湿透罗衣,总是愁人泪。"张可久小令[双调·湘妃怨]《春情》:"香销玉簪,泪满罗衫。"李唐宾套数[双调·风入松]:"罗衣乍经春瘦,蛾眉慵扫残妆。"关汉卿套数[中吕·古调石榴花]《闺思》:"恹恹为他成病也,松金钏,褪罗衣。"罗衣或宽,或湿,都是对女子或孤单,或相思之情的一种表达。元曲中还常写罗衣的动态美,以动态之美来衬托出女性的飘逸。如无名氏小令[仙吕·一半儿]:"拭罗裳,一半儿斜披一半儿敞。"赵善庆小令[中吕·普天乐]《秋江忆别》:"犹记当年兰舟

---

① 李泽厚:《美的历程》,中国社会科学出版社1984年版,第29—30页。

上,洒西风泪湿罗裳。"元好问小令[仙吕·后庭花破子]:"贵人三阁上,罗衣拂绣茵。"元代人追求的不仅仅是形体天然的美,衣服本身的美,更主要的是服饰赋予人的那种灵动的姿态。因此,元代人描写罗衣时还经常将其与"风"一起描写,以表现身着罗衣的飘逸,如石君宝杂剧《鲁大夫秋胡戏妻》第三折:"罗衣挂枝上,风动满园香。"杨显之杂剧《临江驿潇湘秋夜雨》第二折:"我看了些洒红尘秋雨的这丝丝,更和这透罗衣金风飀飀。"柴野愚小令[双调·河西六娘子]:"风透绣罗衣,袅吟鞭月下归。"高文秀套数[南吕·一枝花]《咏惜花春起早》:"怕的是罩花丛玉露蒙蒙,愁的是透罗衣轻风剪剪。"这些好像是在写罗衣的美,但细品会发现,薄罗下蕴藏着一种鲜活的气息,即女子临风站立,衣袂飘动的潇洒飘逸的美。

罗裙更是把女子的形象衬托得千娇百媚,如王和卿残曲[黄钟·文如锦]:"宝钗松,罗裙掩。翠淡柳眉,红销杏脸。"无名氏小令[仙吕·寄生草]《春》:"彩绳高挂垂杨树,罗裙低拂柳梢露。"贾仲明杂剧《铁拐李度金童玉女》第一折:"罗裙轻拂湘纹动,侬半札凤头弓。"白朴小令[双调·得胜乐]:"六幅罗裙宽褪,玉腕上钏儿松。"卢挚小令[双调·蟾宫曲]《赠歌者刘氏》:"宝靥罗裙,浅笑轻颦,不枉留春。"正所谓"罗裙轻拂湘纹动",轻薄剔透的丝织品再加上摇曳飘动的姿态,给人们的视觉带来极大的审美感受。一如英国思想家弗兰西斯·培根所说:"在美的方面,相貌的美,高于色泽的美,而秀雅合适的动作之美,又高于相貌之美,这是美的精华,是绘画所表现不出来的。"①

元曲中对罗鞋的描写,也为元代的罗织品增添了几多风韵:"红罗鞋宽掩过多三指,翠当头横揳了少年围"②,"上花台,落红沾满绿罗鞋。谁家庭院秋千外,兰麝裙钗"③,"绣弯弯湿透罗鞋,绮陌踏青回去"④,"步苍苔冰透绣罗鞋,畅好是冷、冷、冷"⑤,等等。在元代,女鞋一般是用丝织品做成,故称

① 北京大学哲学系美学教研室:《西方美学家论美和美感》,商务印书馆1980年版,第77页。
② 曾瑞套数[般涉调·哨遍]《麈腰》。
③ 张可久小令[双调·殿前欢]《春游》。
④ 冯子振小令[正宫·鹦鹉曲]《燕南百五》。
⑤ 无名氏杂剧《郑月莲秋夜云窗梦》第三折。

作"罗鞋"。用"湿透"、"冰透"罗鞋衬托出女子凄凉的心境,表现出她们浓浓的思念。可见元代的生活或多或少都与罗纱发生着联系。

元曲中罗袜的描写也令人念念不忘,如乔吉小令[双调·水仙子]《钉鞍儿》:"步苍苔砖甃儿响,衬凌波罗袜生凉。"吕止庵小令[仙吕·后庭花]《冷泉亭四时景》:"罗袜移芳径,华裙生暗尘。"张可久小令[中吕·齐天乐过红衫儿]《湖上书所见》:"玉骨冰肌,年纪儿二八。六幅湘裙,半折罗袜。"黑格尔在《美学》中说:"艺术的显现通过它本身而指引到它本身之外。"①元曲中的服饰描写也是如此,我们可以说,服饰,尤其是进入了审美状态的服饰,其本质上是一种物化了的人的意志和精神,它积淀着元代人的情感与意识,具有一种折射时代风气和社会心理的意义与功能。

绫是较晚出的丝织品。从史籍记载来看,绫出现在汉代。经过三国两晋南北朝与隋的发展,唐时官服采用不同花纹和规格的绫来制作,以区别等级,致使唐成为绫织品的全盛时期。宋沿袭唐制,仍将绫作为官服之用。元时,绫仍颇受推崇,是丝绸中的珍品。如无名氏杂剧《小张屠焚儿救母》第一折:"带头面插金装,穿绫罗好衣裳。"从元曲描写看,绫已不仅仅用作官服,而是使用范围更加广泛,品种更加丰富的织物。就颜色言,有青绫,如无名氏小令[商调·梧叶儿]《十二月·十二月》:"香满了青绫被儿。"有绿绫,如周文质小令[双调·折桂令]《二色鞋儿》:"绿绫扇轻拈落红,茜萝尖微印苔踪。"就产地言,有吴绫,如汤舜民小令[双调·沉醉东风]《和陆进之韵》:"象牙床蜀锦裀,鲛绡帐吴绫被。"吕止庵套数[双调·夜行船]《咏金莲》:"缠得上十分紧恰,怕松时重套上吴绫袜。"吴绫是一种精致的花绫,质地细密,手感柔软,表面富有光泽,很适宜作衣袜裤裙。因著名产地为吴江而得名,唐代是用作贡品,宋元时,随着产量的提高,民间男女也逐渐选用。元曲描写的就是这种情况。就品种言,有细绫,如杨景贤杂剧《西游记》第四本第十四出《海棠传耗》:"不恋恁,身穿着细绫锦,好佳配甚不思寻。"从这些描写中可以看到各色绫在元代的盛行。

锦是一种重经或重纬组织的多彩丝织物,又称"织文",以外观富丽,手

---

① [德]黑格尔:《美学》第3卷下册,朱光潜译,商务印书馆1979年版,第97页。

感厚重为特色。因是古代丝织品中最为贵重的品种，其价如金，故名为"锦"。锦以产地、花色、纹样相标记，古往今来可达上百种。如以产地相称的蜀锦、云锦、壮锦；以时代为标记的汉锦、唐锦、宋锦等；以纹样为标记的明光锦、方胜锦、添花锦、万寿锦等。锦是元代丝绸织品里最美丽的一片云霞，在元代丝织品中最具代表性。元曲浓墨重彩地描绘了锦织品，如蜀锦、云锦等。不仅多角度地描写了锦在元代衣、帽、鞋、被、巾、带、帐、旗、车、室等日常生活方面起着重要的装饰和美化作用，而且表达了从事锦织品生产的劳动者的审美智慧和审美趣味，充分地反映了上层社会的审美追求。

蜀锦是我国名锦之一。起源于春秋战国，秦灭巴蜀后，即在织锦发达的成都设立"锦官"，专司织锦事宜。故成都以"锦城"，"锦官城"著称全国。西汉时，成都的蜀锦，被诗人杨雄称为"自造奇锦""阿丽纤靡"①。三国时期，把蜀锦生产作为统一战争的经费来源之一。唐时，其生产规模和生产工艺都有较大发展，各种新品不断涌现，色彩更加艳丽，以花鸟图案为主，达到了空前的繁荣。宋元时，在传承唐代风格和技艺的基础上，又有了新的创意和新的发展，生产规模增大，品种花样创新繁多，织锦技艺也有了新的突破。元曲中有不少关于蜀锦的描写，如汤舜民套数［南吕·一枝花］《赠美人号展香绵，杨铁笛为着此号》："名高似蜀锦吴绫。"赵明道套数［双调·夜行船］《寄香罗帕》："挑成祝寿词，织成蟠桃会，吴绫蜀锦难及。"曾瑞套数［般涉调·哨遍］《麈腰》："剪行时蜀锦分花萼。"高安道套数［般涉调·哨遍］《嗓淡行院》："四翩儿乔弯纽，甚实曾官梅点额，谁肯将蜀锦缠头。"无名氏套数［双调·新水令］："再不缠头戴蜀锦，沽酒典春衫。"这些描写，真实地反映出蜀锦仍是元代著名的丝绸产品。

蜀锦的品种繁多。元曲中描写的主要有花锦、日照锦、孩儿锦。花锦，王实甫杂剧《四丞相高会丽春堂》第一折："赢的这千花锦段，万金宝带，拚却醉颜红。"郑光祖杂剧《立成汤伊尹耕莘》第三折："袍染猩红砌锦花，剑含秋水出寒匣。"花锦又称浣花锦，它是由古代名锦"落花流水锦"发展而来，传说唐代卜居成都浣花溪的女子观察溪水荡漾的变化而设计的花纹，而且

---

① （汉）扬雄：《扬雄集校注》，张震泽校注，上海古籍出版社1993年版，第28页。

在锦织成后,多数在锦江上游溪水潭内洗涤而名。其特点是地组织采用平纹或缎纹以曲水纹、浪花纹与落花组合图案,纹样图案简练古朴,典雅大方。日照锦,如白朴杂剧《董秀英花月东墙记》第五折:"风吹乌帽整,日照锦袍鲜。"日照锦又名"天花锦",其特点是锦纹富丽丰满、光彩眩目,变化无穷,韵味十足,具有浓郁的地方色彩和民族风格。孩儿锦,如关汉卿杂剧《状元堂陈母教子》第三折三末陈良佐云:"母亲,您孩儿往西川绵州过,那里父老送与我一段孩儿锦,将来与母亲做衣服穿。"孩儿锦一种名贵的彩锦。据《元史》载:元时,弘州等地"得西域织金绮纹工三百余户"①,弘州、荨麻林纳失失局又"招收析居放良等户,教习人匠织造纳失失。"②使当时的四川成都成为彩锦生产区,有诸多名锦流行,孩儿锦可能是当时比较名贵的一种彩色丝织品。花锦,日照锦、孩儿锦,相映成趣,都赞美了蜀地出产的丝织品,其质地和花式均为时人眼中的上品。

云锦是一种织金锦,因其面色彩绚丽、图案多姿,美若天上的云霞而得名。云锦诞生于六朝古都南京,始于元而盛于明清,已有八百多年的历史。南宋以降,江南丝织业的刻意经营,使丝织业的重心留在了江南,世代累积的织造经验,为云锦的生产奠定了技术基础。刘庭信套数[正宫·端正好]《金钱问卜》中生动地描绘了云锦:"穿一套藕丝衣云锦仙裳,带一副珠珞索玉项牌。"反映了元代云锦织品色彩绚丽,又多采用金线,十分高贵华丽的艺术特点和时人对云锦的审美需求。

用锦制作的生活用品如锦褥、锦被、锦衾、锦茵等,在元曲中很常见。如刘庭信套数[双调·新水令]《春恨》:"慵把这鸾凰锦褥铺,愁将这翡翠鲛绡盖。"李唐宾杂剧《李云英风送梧桐叶》楔子:"雨泪流红翠袖斑,锦被分香凤枕闲。"乔吉杂剧《杜牧之诗酒扬州梦》第三折:"锦衾绣榻,弓鞋罗袜,玉软香温受用煞。"王实甫杂剧《四丞相高会丽春堂》第三折:"想老丞相在京时,那般书画阁兰堂,锦茵绣褥,香车宝马,歌儿舞女,那般受用快活。"张可久套数[南吕·一枝花]《冬景》:"兰堂画阁多妆点。锦茵绣榻,翠幕毡帘。"

---

① (明)宋濂等:《元史》,中华书局1997年影印本,第2964页。
② (明)宋濂等:《元史》,中华书局1997年影印本,第2263页。

丝绸质感温软柔和,再加上丰富的色彩与层次,元代人室内装饰的美是可想而知的。

锦衣是元代人追求的服饰,元曲中描写很多,徐琰小令[双调·沉醉东风]《赠歌者吹箫》:"锦衣穿翠袖梳头。"薛昂夫小令[双调·庆东原]《西皋亭适兴》:"青镜看勋业,黄金买笑谈,锦衣荣休笑明珠暗。"张可久小令[南吕·金字经]《观九副使小打》:"静院春三月,锦衣来众官,试我花张董四揸。"无名氏套数[黄钟·愿成双]:"锦衣宽褪瘦岩岩,残粉泪香消玉减。"张弘范小令[双调·殿前欢]《襄阳战》:"锦衣绣袄兵十万,枝剑摇环,定输赢此阵间。"元曲中锦衣描写反映了锦衣服饰的深刻意味:一是再现了元代人穿锦的真实情景,尤其是元曲提到的士兵服饰,可作为元代士兵服饰的一个例证,关于元代士兵的服饰,《元史·舆服志》中记载:"士卒袍,制以绢绌,绘宝相花。"①由此可知,这里士兵的锦衣是实写。二是对锦之美推崇备至。甚至成为帝王将相、后妃佳人和大吏巨富的特权。由于锦在上层社会生活中的广泛使用,其功能便由物质层面向精神层面逐渐提升,反映了元代人的价值观。

此外,元曲还记写了元朝的重要产品——织金锦(元代称为纳石矢)。所谓织金锦是以金线显示花的纹样的丝织品。其外观金光闪烁、华贵而绚丽,其质料较厚实且质感颇为硬挺,以织金锦制作的服饰给人以庄严挺括的感受,无论着装者如何运动,都不会破坏服饰的整体感。织金锦最早由波斯传入,隋时开始仿效,唐宋时织造精美的程度已胜过波斯。元代织品加金的技术达到鼎盛。马可·波罗在他的游记里记述了元旦日金锦使用情况:皇帝选出一万二千名男爵,赏赐他们每人十三套金袍,每一套都不相同。"这一天,皇帝的象队达五千头,全部披上用金线绣成鸟兽图案的富丽堂皇的象衣"②。他还记写了一些金锦生产地和金锦使用情况。在南京,他看到"出

---

① （明)宋濂等:《元史》,中华书局1997年影印本,第1940页。
② ［意大利]马可·波罗:《马可波罗游记》,陈开俊等译,福建科学技术出版社1981年版,第103、102页。

产生丝,并织成金银线的织品,数量很大,花色繁多"①。在杭州,他看到"由于杭州出产大量的丝绸,加上商人从外省运来的绸缎,所以,当地居民中大多数的人,总是浑身绫罗,遍体锦绣"②。元曲中关于加金服饰的描写也是相当丰富的。曲家用他们富于变化的笔调营造出一个流光溢彩的金色世界,华美而精妙,为元代服饰美增添了许多新的展现方式。其中描写最多的是缕金和泥金。所谓缕金,即是将金线织进织品中,由于方法简易和直接,故织金服饰很是流行,因而元曲中也比比皆是。如无名氏杂剧《狄青复夺衣袄车》第二折:"他款把雕弓搭,我顿断金缕绦,紫金钮搭上弦,捻转凤翎稍。"张可久小令[南吕·金字经]《湖上书事》:"玉手银丝鲙,翠裙金缕纱,席上相逢可喜煞。"王和卿小令[仙吕·一半儿]《题情》:"别来宽褪缕金衣,粉悴烟憔减玉肌,泪点儿只除衫袖知。"马致远杂剧《西华山陈抟高卧》第四折:"粉白黛绿装宫样,茜裙罗袜缕金裳。"缕缕金线化成的纹饰将元代人的衣袍裙装点缀得华丽而耀眼,在金线闪闪烁烁间,男子的富贵和骄奢、女子的妖媚和娇柔尽展无遗。

所谓泥金,是将金粉与胶混合以染画衣裙,这种用金方法不是线条式的游走,而是整片的绘制,因而更显富丽。泥金服饰元曲描写也多,如白朴杂剧《唐明皇秋夜梧桐雨》第二折:"双撮得泥金衫袖挽,把月殿里霓裳按。"曾瑞套数[双调·蝶恋花]《闺怨》:"别后身属新恨管,泥金翠袖啼痕满。"景元启套数[双调·新水令]《春情》:"他撮着泥金袖绣彻红绒线。"不仅元代人衣饰上喜用泥金,元代人房中的帘帷也多泥金,如吴西逸小令[双调·雁儿落过得胜令]《春游》:"酒瓮浸玻璃,睡帐揭金泥。"和金缕织品一样,泥金织品同样在元曲中留下了一系列亮丽的身影,令人着迷,引人遐想。

除了缕金和泥金,元曲中描写的服饰用金,还有销金和圈金等。销金的大致加工方法是将金块加工成粉末,作颜料印染或描绘衣服。如张可久小令[中吕·卖花声]《冬》:"阴风四野彤云密,缭绕长空瑞雪飞,销金帐里笑

① [意大利]马可·波罗:《马可波罗游记》,陈开俊等译,福建科学技术出版社1981年版,第168页。

② [意大利]马可·波罗:《马可波罗游记》,陈开俊等译,福建科学技术出版社1981年版,第178页。

相偎。"吴西逸小令［商调·梧叶儿］《春夜》："别院漏声迟,扶醉入销金帐里。"圈金是用特制的金线圈定纹样轮廓的加金工艺。如关汉卿杂剧《闺怨佳人拜月亭》第四折："见他那鸭子绿衣服上圈金线。"乔吉套数［仙吕·赏花时］《睡鞋儿》："双凤衔花宫样弯,窄玉圈金三寸悭。"高安道套数［般涉调·哨遍］《皮匠说谎》："又不是三垂云银线分花样,又不是一抹圈金沿宝里。"这些描写,让我们看到了作为统治者的元帝国贵族对于服饰以及金银珠宝的不加吝啬的消费情状。

在这些明确提到的用金法之外,还有笼统地以金形容的服饰,如汤舜民小令［双调·湘妃游月宫］《春闺情》："靠银床倦眼乜斜,湿金衣清泪淋漓。"织金锦在出土的元代文物中也可以看到。如故宫博物院收藏一件红地龟背团龙凤纹纳石失佛衣披肩就是元代织金锦的代表。这件披肩由织金灵鹫纹锦、织金团花龙凤龟子纹锦和织金缠枝宝相花锦三种不同的织金锦拼缝而成。披肩上的织金花纹金线粗,花纹覆盖面积大,红、绿、蓝等丝线底显露较少,显得金光闪闪,华贵雍容。直观地体现出当时精致的加金工艺。

通过元曲织锦金的描写,我们对元代的织金锦可获得如下认识:一是织锦金是元代人生活中的常见物。虽然从工艺美术的角度看,没有充分地反映出元代织金锦发达的现实和当时精湛的工艺水平,甚至没有一篇专门的诵吟织锦金的作品。但我们仍能从中对元代的织锦金有一个大致的了解。人们或以其制衣,或以其饰物,织锦金确实融入了元代人的生活中。二是织锦金是繁华生活的物质载体,也是市井文化尚华氛围的"营造者"。元曲中织锦金的描写,表面上表现的是曲家对官能彩色的捕捉与感受,而在深层心理上,则反映出元代人对舒适奢华的生活方式的崇尚与追求。从这个意义上说,元曲中所出现的繁多的织锦金织品也是元时期社会心理和审美趣味的映照与投射。

绒是织品表面有耸立或平排的紧密绒圈或绒毛的丝织品,织时除织入纬丝外,还要织入用细竹竿或铜丝做的起绒竿,当经丝跨过起绒竿时,便在织品表面形成凸起的绒圈,如将凸起的绒圈割断,就变成耸立于织品表面的绒丝,外观既含蓄厚实又光艳富丽。元曲中描写的丝绒品种种类很多,主要有"绒毛毡"、"绒锦"、"五色绒"、"翠绒"、"香绒"等。绒毛毡,如吴昌龄杂剧《花间四友东坡梦》第二折:"他那厮向绒毛毡里扑绵被,尽强如俺入龙华会。"绒锦,如无名氏杂剧《瘸李岳诗酒玩江亭》第一折:"穿的是云绣双肩绒锦袄,更和那冰丝六幅荡湘裙。"五色绒,如李文蔚杂剧《同乐院燕青博鱼》第四折:"百炼钢打就的长朴刀,五色绒刺下的香绵袄。"翠绒,如于伯渊套数[仙吕·点绛唇]《忆美人》:"整花枝翠丛,插金钗玉虫,褪罗衣翠绒。"汤舜民小令[双调·湘妃引]《赠美色》:"舞裙低窄翠绒纱,云鬟松盘青绀发,玉纤赖护冰绡帕。"香绒,如乔吉小令[双调·折桂令]《西嵓所见》:"金缕香绒,倦绣屏床,误却春工。"张可久小令[越调·寨儿令]《感旧》:"唾痕犹点香绒。"五彩缤纷的绒织品,也为元代的丝织品多样化增添了亮色。

(二) 皮 毛 品

元曲提及的皮毛品大致包括皮制品和毛织品两类。由于朔漠严寒的气候环境,决定了生活在那里的游牧民族会较多地使用皮毛品。"在冬季,他们总是至少做两件毛皮长袍,一件毛向里,另一件毛向外,以御风雪"①。进入元代,皮毛品生产规模更为超前,技术不断进步,皮制品的使用更为讲究。从《元史·百官志》可以看出,中央管理牧业产品的机构、官员特别多,加工牧业产品的手工业机构也远比前代多。如利用监的熟皮局、软皮局、染局;有貂鼠局、貂鼠提举司局等②,进行系统的管理和生产。元代的毛织品主要用于制毡,其产品不仅品种多,色彩也多样。马可·波罗在其游记中就记述了在天德州(今内蒙古乌拉特旗西北)州人"用骆驼毛织成纺织品",即制毡,各色皆有。还记述了哈剌善城(今宁夏银川)城中的人"用骆驼毛和白羊毛,制成一种美丽的驼毛布,白色,因为他们用白骆驼的毛织成"③。元曲从各种角度充分地反映了当时皮毛品生产和使用的情景。

第一,元代是皮制品大发展的时代。元曲中有关元代皮制品的描写很多,如无名氏杂剧《雁门关存孝打虎》第二折:"我这里将皮裘紧拴,大踏步

---

① [英]道森:《出使蒙古记》,吕浦译,中国社会科学出版社1983年版,第119页。
② (明)宋濂等:《元史》,中华书局1997年影印本,第2293—2294页。
③ [意大利]马可·波罗:《马可波罗游记》,陈开俊等译,福建科学技术出版社1981年版,第71—72页。

望前舍死的赶。"裘，毛在外的兽皮皮衣。曹德小令［正宫·小梁州］《侍马昂夫相公游柯山》："紫霞仙侣翠云裘，文彩风流。""翠云裘"，或说是用羽毛织成的裘，穿上后轻如浮云，或说是绣有翠云图案的皮裘。朱庭玉套数［双调·行香子］《寄情》："金鞍玉勒，矮帽轻裘。"郑廷玉杂剧《包待制智勘后庭花》第三折："衣轻裘乘骏马，列祇候摆头踏。"汤舜民小令［正宫·脱布衫带小梁州］《四景为储公子赋凤阳人·冬》："问冬来何处从容？千金裘五彩蒙茸。"无名氏套数［双调·新水令］《思情》："宽褪了联诗宫锦裘，酒社天香袖。"乔吉杂剧《杜牧之诗酒扬州梦》第一折："乐陶陶倩春风散客愁，湿浸浸锦橙浆润紫裘。"翠云裘、轻裘、千金裘、锦裘、紫裘、皮裘等，元曲对它们的描写，虽有夸张的手法，以显示皮毛织品的珍贵，但也反映了元代皮毛织品的发达，凸显了元代蒙古游牧民族生活特点，凸显出了珍贵皮毛所给予人的华美、高贵的视觉感受以及野性意味十足的心理感受。

再如元曲描写的貂皮品，就有锦貂皮制成的裘，如王恽小令［越调·平湖乐］《寿府僚》："锦貂千骑朔方豪，瀚海渊波浩。"马致远杂剧《破幽梦孤雁汉宫秋》第三折："锦貂裘生改尽汉宫妆。"金貂皮制成的裘，如汤舜民套数［商调·集贤宾］："这儿郎悬宝剑佩金貂。"王伯成杂剧《李太白贬夜郎》第二折："也下宜幞头象笏，玉带金鱼，金貂绣袄，真紫朝服。"紫貂皮制成的裘，如张国宾杂剧《薛仁贵荣归故里》第一折："少年锦带紫貂裘，铁马西风衰草秋。"吕止庵小令［仙吕·后庭花］《酒兴》："风满紫貂裘，霜合白玉楼。"黑貂皮制成的裘，如吴昌龄杂剧《唐三藏西天取经·饯送郊关开觉路》（《升平宝筏》第十六出）："净扮尉迟恭，戴黑貂、穿蟒、束带，从上场门上。""锦貂"、"金貂""紫貂"、"黑貂"，都是最能体现身份地位的服饰，不仅轻便暖和，御风抗雪功效强，而且十分美观。其中，黑貂在诸多珍贵皮毛之中属极品。据《元朝秘史》载：成吉思汗结婚时，其妻学儿帖带来"黑貂鼠袄子"作为献给公婆的礼物。成吉思汗将袄子献给克烈部首领王罕，王罕大为高兴。① 马可·波罗在他的游记中也记载道："貂皮和黑貂皮，这是所有

---

① 佚名：《元朝秘史》卷二，刘坚编著：《近代汉语读本》，上海教育出版社 2005 年版，第271 页。

皮货中最为贵重的。用黑貂皮做一件衣服,如做全身的,要花二千金币,做半身的,也要值一千金币。鞑靼人把它看成毛皮之王。"①可见其贵重。

皮毛服饰不仅珍贵,其所具有的自然、生态、灵动的特点,扣动了游牧民族生活的脉搏,是元代服饰中最有民族特色的服饰。如汤舜民套数[南吕·一枝花]《题白梅深处》:"但则觉花气氤氲袭毳袍,白茫茫万树千条。"乔吉小令[双调·水仙子]《和化成甫番马扇头》:"狐帽西风袒,穹庐红日晚。"任昱小令[双调·折桂令]《咏西域吉诚甫》:"毳袍宽两袖风烟,来自西州,游遍中原。"张可久小令[南吕·金字经]《观猎》:"袍,织成金翠毛。随军乐,绣旗双皂雕。"绒毛随着人体的活动或外在力量的牵引而摆动,毛皮的色泽也会随之千变万化、动感十足。这种具象的动态感,使得皮类的服饰散发一种自然原生、野性奔放、跃动不止的感受。从这个意义上说,皮毛服饰也是一种真正的"为生活造福的艺术"②。

第二,毛织品在元代得到了特殊发展。元曲描写了大量的用毛织品制作的日常生活用品。如无名氏杂剧《雁门关存孝打虎》第一折:"地寒毡帐暖,杀气阵云昏。"马致远杂剧《破幽梦孤雁汉宫秋》楔子:"毡帐秋风迷宿草,穹庐夜月听悲笳。"赵善庆小令[双调·沉醉东风]《昭君出塞留》:"毡帐冷柔情挽挽,黑河秋塞草斑斑。"刘唐卿杂剧《降桑椹蔡顺奉母》第一折夏德闰云:"众长者,似这等寒冬雪降,那富豪之家,暖阁内簌毡帘,围炉中烧兽炭……富贵任其所愿。"无名氏杂剧《朱太守风雪渔樵记》第一折:"门外又雪飘飘,耳边厢风飒飒,把那毡帘来低簌。"王仲元套数[越调·斗鹌鹑]《咏雪》:"唤家童且把毡帘下,教侍妾高烧绛蜡。"张可久小令[中吕·卖花声]《冬》:"毡帘低放,满斝琼液,乐陶陶醉了还醉。"汤舜民小令[正宫·脱布衫带小梁州]《四景为储公子赋凤阳人·冬》:"鱼游锦重衾密拥,驼绒毡软帘低控。"刘伯亨套数[双调·朝元乐]:"毡帘荡荡穿风力,纱窗闪闪透寒威。"无名氏小令[双调·水仙子]《冬》:"彤云密布雪花飞,暖阁毡帘簌地垂。"范康杂剧《陈季卿误上竹叶舟》第一折:"坐破寒毡,磨穿铁砚,自夸经

---

① [意大利]马可·波罗:《马可波罗游记》,陈开俊等译,福建科学技术出版社1981年版,第108页。

② 张道一:《织绣》,上海人民美术出版社1997年版,第90页。

史如流。"云龛子小令［中吕·迎仙客］："一顿饥,一顿饱,毡毯羊皮破衲袄。"宫天挺杂剧《严子陵垂钓七里滩》第二折："俺是酒徒,醉余,睡处,又无甚花毡绣褥。"汤舜民套数［双调·新水令］《秋怀》："成就了我紫罗襕犀角带虎头牌,受用你翡翠衾象牙床凤毛毯。"白贲套数［双调·新水令］："绣塌空闲枕犀,篆烟消香冷金猊。"毡是用毛纤维直接热压成型的服饰材料。"帐"、"幕"、"帏"、"帘"、"幌"、"毯"、"褥"等室内装饰、家居用品大量地用毡毛材料制作,说明元代的毡制品非常普及,突出地反映了北方民族的生活习俗。

除了满足铺设障蔽之需,毛织品还被用于织造毡帽、毡衫、毡袜等衣着服饰。如无名氏杂剧《苏子瞻醉写赤壁赋》第二折："风掀毡帽,雪压寒裘。"杨景贤杂剧《马丹阳度脱刘行首》第一折王重阳云："有正阳祖师纯阳真人,他化作二道人,披着毡来俺店中饮酒。"曾瑞套数［般涉调·哨遍］《羊诉冤》："待生擒我毛裔铺毡袜。"毛料的特点是厚重、挺括,制成的服装和用品不易受外界影响而摆动,总体上给人以稳定、坚实的视觉感受。毛毡类织品频繁地出现在元曲中,是元代毛织品应用的一个缩影。

元代的毛织品不仅制作精细,工艺别致,色彩也斑斓。无名氏杂剧《张公艺九世同居》第二折："想如今故友稀,叹鬓边白发新,喜榻上青毡旧。"无名氏杂剧《孟德耀举案齐眉》第一折："他是个守青毡一腐儒。"无名氏杂剧《狄青复夺衣袄车》第二折："我与你拽扎了我红纳袄,牢拴住白毡帽。"汤舜民套数［南吕·一枝花］《题友田老窝》："柳绵铺白羁毡,苔线展紫绒毼。"高文秀杂剧《黑旋风双献功》第一折："我将烟毡帽遮了眼睛,粗布帛缚了腿脡,着谁人识破我乔行径?"沈禧套数［南吕·一枝花］："转毵毹红铺锦褥。"青毡、白毡、烟毡、红毡等,多样化的毛毡织品展示了元代毛织品服饰文化的内涵和风采,不仅表现出一种奢华与精美,更是时代特征的体现,具有独树一帜的内涵与张力。

第三,虽然皮毛品使用普遍广泛,但贫富贵贱之分也明显,富者使用貂、鼠、狐狸等珍贵皮毛做冬装,穷人则使用山羊等家畜皮毛做冬装。刘唐卿杂剧《降桑椹蔡顺奉母》第一折："有钱人最好,锦貂裘暖帽;无钱人困遭,穿补衣衲袄;绕人家乞讨,忍饥寒冻倒。"大量使用名贵裘皮,说明有权、有势、有

来路,对外展示高贵品味,同时,也产生了彰显财富的攀比之风。而且将
"锦貂裘"与"补衣衲袄"相比,凸显了服饰民俗的差异性。这种差异性在无
名氏杂剧《雁门关存孝打虎》和无名氏杂剧《玎玎珰珰盆儿鬼》两剧中反映
的更为鲜明。杂剧《雁门关存孝打虎》一剧虽以五代为背景,实则是写元代
蒙古人。第二折描述李存孝穿虎皮袍:"(李克用云)既然与我作义儿,改名
唤做李存孝。你用甚么衣袍铠甲,我送与你。(正末云)父亲,您孩儿不用
衣袍铠甲,就用这死虎皮做一个虎皮磕脑、虎皮袍、虎筋绦。孩儿自有两般
兵器,浑铁枪,铁飞挝。"生在北方的人们冬天都喜欢穿长袍,但衣服的质地
是有明显的差别,富贵者的皮袍,"通常是用狼皮或狐狸皮或猴皮做成的,
穷人则用狗皮和山羊皮来做"[①]。李存孝做了沙陀突厥部酋长李克用的义
子,自然属于富人阶层,穿虎皮袍是他身份的反映。杂剧《盆儿鬼》写杨国
用因为相信算卦人说的"百日内"有"血光之灾","只有离家千里之外,或者
可躲"的话,远出经商。投宿瓦窑村客店时,店主盆罐赵夫妇见杨包裹沉
重,就谋财害命,将杨杀死焚化;为毁灭踪迹,又将杨的尸灰烧制成一只瓦
盆。从此,瓦盆就成为杨国用魂儿的附着物。一位吃朝廷俸禄的老差吏张
憋古得了这个盆,带回家。一路杨国用的魂儿和张憋古打闹。经过一番打
闹,张憋古得知了魂儿的冤情。张憋古便带盆到开封府伸冤,惩罚了凶手。
故事虽奇诞而又不失其真,其中第三折张老汉与魂儿打闹的一段精彩描写
中通过对张憋古的一领旧羊皮袄的描写,深刻地揭示了元代存在的贫富阶
层差距:

　　　　(魂子将羊皮在正末头上转科)(正末云)拿住贼也。(唱)一只手
　　揪住这厮泼毛衣,使拳捶,和脚踢,呸! 原来是一领旧羊皮。

　　这里有骇人的想象力,在幽默、调侃之下,在一个更深的层次上为我们
展示了一个真实而又活态的民间世界:在衙门办事多年,依然穷到一领旧羊
皮袄既要白天当衣穿,又要晚上当被盖,由此可见元代民间百姓贫苦的
生活。

---

　　① [英]道森:《出使蒙古记》,吕浦译,中国社会科学出版社1983年版,第119页。

（三）棉　织　品

元时，由于元世祖忽必烈采取了积极鼓励农桑，大力提倡种棉等一系列重农政策，元代种棉技术有了质的飞跃并带动了纺织业的发展，纺织业的迅速发展和棉布的普遍使用，广泛地影响着元代人的生活，一方面将部分地区的生产者带入了商品生产和商品流通的领域，元代的商品经济更加发展，改变了人们过去故步自封的生活方式；另一方面，逐渐成为民间服装的主要衣料，使元代服饰质料的种类式样空前丰富。

元时棉花种植技术之所以有了质的飞跃并带动了纺织业发展，从元曲中我们归纳为以下三个方面。

第一，元朝统一全国，打破了宋蒙南北对峙的局面，棉花以自身的特点，在南方与北方的经济文化交流中赢得了广大人民群众的认可和喜爱。从种植过程看，棉花是一年生草本植物，《农书》中对木棉的种植介绍说："木绵，一名吉贝，谷雨前后种之，立秋时随获所收。"而且"木绵为物，种植不夺于农时，滋培易为于人力，接续开花而成实"①。从这一段文字可知，棉花种植较早，收摘较迟，刚好避开其他农作物的种植，人们又不用花太多力气去栽培，又可就地取材，较为方便。从纺织加工过程中看，"可谓不蚕而绵，不麻而布，又兼代毡毯之用，以补衣褐之费，可谓兼南北之利也"②。纺棉线技术也比较简单，"以竹小弓弹之，卷为筒，就车纺之。自然抽绪，织以为布。"③劳动量与劳动强度都较小，只需依靠妇女们闲余时间的劳动就可以纺织成布，而且成本低，制作简便。从实际用途看，棉布比麻布细致，比绢帛粗糙，却兼有麻布和绢帛的功用。关于棉布的特点，无名氏套数［南吕·一枝花］《香绵》中作了细致的描绘：

梨云梦渺漫，柳絮春零乱。轻盈怜鲁缟，皎洁胜齐纨。雾霭雕盘，韩寿衣沾囊，风流引俊潘。蜘蛛丝晓挂雕檐，胡蝶粉时飘谢馆。

［梁州第七］捻纤缕络成绸段，擘轻绒织做丝鞋。温柔堪作飞琼

① （元）王祯：《农书》，中华书局1956年版，第111页。
② （元）王祯：《农书》，中华书局1956年版，第111页。
③ 吴淑生、田自秉：《中国染织史》，上海人民出版社1986年版，第10页。

伴。枝牵连理,扣扭合欢。明如雪块,静似酥团。纳儒衣蔽尽寒酸,做道袍睡煞陈抟。逐歌尘微飐珠帘,题彩扇轻粘翠管,傍妆台乱拂青鸾。顿觉,放短。丝来线去相萦绊,捋不开,挽不断。若比芦花一例观,人眼难瞒。

[尾]揭鹅脂铺锦被鸳鸯交颈三千段,分茧套办妆奁翡翠笼欢一万端。遮莫黑雪乌风夜将半,将着这几般,床儿上垛满,用意温存正睡得暖。

在元代人看来,棉花轻盈似鲁地所产的缟,颜色洁白如齐地出产的纨,用可以胜过绸缎,超过图案精美的缂丝。可见棉布优良的特点,受到了元代人的欢迎。

第二,棉花的广泛种植,棉布逐步取代了绢帛和麻布,成为服饰的主要材料来源。如卢挚小令[商调·梧叶儿]《席间戏作》:"低檐屋,粗布裾,黎禾熟。"汪元亨小令[双调·沉醉东风]《归田》:"纱帽短妆些样子,布袍宽尽着材儿。"纪君祥残剧《陈文图悟道松阴梦》:"做一床乾坤黄绸被,穿一领傲风霜粗布袍。"是元曲中对布袍的描写。无名氏杂剧《小张屠焚儿救母》第一折:"常则是荆钗布袄守寒窗。"萧德祥杂剧《杨氏女杀狗劝夫》第二折:"将这领希留合剌的布衫儿扯得来乱纷纷碎,将这双乞量曲律的胳膝儿罚他去直僵僵跪。"无名氏杂剧《孟德耀举案齐眉》第三折:"老相公暗暗的赍发他绵团袄一领,白银两锭,鞍马一副,则当是老身的,赠与他做盘缠,着他去求官。"是元曲中布袄、布衫的描写。元曲中描写的布裙、布裤、布背子、布裹肚、布袜、布背褡也很多,如郑光祖杂剧《迷青琐倩女离魂》第二折:"你若不中呵,妾身荆钗裙布,愿同甘苦。"石君宝杂剧《李亚仙花酒曲江池》第二折:"则是个闷番子弟粗桑棍。(云)系着这条舞旋旋的裙儿,也不是裙儿,(唱)则是个缠杀郎君湿布裩。"关汉卿杂剧《刘夫人庆赏五侯宴》第一折:"你穿着些布背子,排门儿告些故疏。"杨显之杂剧《临江驿潇湘秋夜雨》第三折:"好着我急难移步,淋的来无是处。我吃饭时晒干了旧衣服,上路时又淋湿我这布裹肚。"张可久小令[中吕·上小楼]《题钓台》:"罢念荣华,间别官家,泥布袜。"白朴残剧《李克用箭射双雕》:"恰晒的布背褡褉儿干,又淹的旧留丢前襟湿。"这些用棉布制作的服饰在元曲中频繁地出现,是元代棉花和棉布产量快速发展、普通老百姓使用棉布制作衣服已很普遍的反映。

不仅服装,使用棉布原料制成的生活用品也越来越丰富。如马致远杂剧《西华山陈抟高卧》第二折:"又不是纸窗明觉晓,布被暖知春。"无名氏小令[仙吕·醉扶归]:"良夜迢迢玉漏迟,闷把帏屏倚。我又索先暖下纯绵被儿,来后教他睡。"高文秀杂剧《黑旋风双献功》第二折:"墙角畔滴溜溜草秸儿挑,茅檐外疏刺刺布帘儿斜。"棉布广泛地用在生活用品上,可见元代棉织业的发达。

普通百姓的衣被、鞋袜以及生活中的一些用品用棉布做成也成为常景,甚至元朝军队和狱中囚犯的衣被也用棉布制成。大德六年(1302)江西行省规定,对没有依靠的囚犯,每人"支粗布二丈六尺,或造絮袄一领"①。杨梓杂剧《功臣宴敬德不伏老》第四折写高丽国向唐朝挑战,大将铁肋金牙出战时号令三军摆七层回子手阵:"第一层,金盔金甲金裹头将军;第二层,银盔银甲银裹头将军;第三层,铁盔铁甲铁裹头将军;第四层,铜盔铜甲铜裹头将军;第五层,布盔布甲布裹头将军;第六层,纸盔纸甲纸裹头将军;第七层,皮盔皮甲皮裹头将军。"由于一些较为复杂的社会原因和文学原因,诸如文禁的严酷、某些故事长期流传所产生的社会影响等,元曲中有相当一部分作品取材于历史故事和历史流传故事。其中一些比较严格的历史故事,虽然基本上不违背历史真实,但也不再是历史事实的如实再现,而是更多地渗透了作家对它们的重新认识,因而也更多地反映了作家当时的社会现实生活。该剧虽然依据史书,但有所发展,渗透了作家的艺术加工,②其中"布盔布甲布裹头将军"的戏服,应为社会生活中物事挪移至前朝的舛错之举,是一种"明知故为,以文游戏,弄笔增趣"的"时代错乱"③。但由此也说明,棉布已是元朝军队的军服原料。

第三,随着棉花生产的迅速扩展和棉纺织业的蒸蒸日上,棉商异军突起。如贾仲明杂剧《荆楚臣重对玉梳记》第一折:"自家柳茂英,东平府人。

---

①　《元典章》,中国书店 1990 年《海王邨古籍丛刊》影印本,第 583 页。

②　邵曾祺:《元明北杂剧总目考略》,中州古籍出版社 1985 年版,第 244 页。

③　舒展:《钱钟书论学文选》第四卷,花城出版社 1990 年版,第 101—103 页。

装了二十载绵花,来此松江府货卖。"棉商柳茂英随身带有二十载棉花,商人甚舍也有三十车羊绒潞绸。茶、棉、丝织品等都属于元代重要的商业贸易物资,大多由官府、买办经营,并非一般的小商人可以涉足。刘一郎等人贩卖重要物资,足见其势力之大,数量之多,堪称巨富。

元代棉织业的极大发展推动了服饰文明前行的步伐,为中国传统的纺织业增添了新鲜血液和活力。元曲对元代人棉织品服饰细致生动的描绘,让我们真切地看到了元代人的纺织业与服装业的发展,了解到元代丰富物质文明的一个侧面,同时元曲中对它的实用价值和美学价值的描摹,体现了元代人自信的心理素质和人们对精神文明的追求。对美的追求,意味着人类文明的进步。

（四）麻 织 品

尽管元时,棉纺技术在中原得到推广,棉织品的保温性、吸湿性、透气性以及易染色等特点使其很快取代麻织品成为人们衣着的主要材料。但麻仍是元代重要的服饰原料。元曲详细地记载了用麻织品做衣服的情况。如岳伯川杂剧《吕洞宾度铁拐李岳》第四折:"拄着拐,穿草鞋,麻袍宽袂。"卢挚小令[双调·沉醉东风]《叹世》:"拂尘土麻绦布袍,助江山酒圣诗豪。"汤舜民套数[南吕·一枝花]《赠会稽吕周臣》:"全胜他归山拂破麻袍袖,能彀护会消受。"宫天挺杂剧《死生交范张鸡黍》第四折:"忙换了麻衣布裳,便穿上束带朝章。"高文秀杂剧《黑旋风双献功》第一折宋江评论李逵服饰说:"你这般茜红巾,腥衲袄,干红褡膊,腿绷护膝,八答麻鞋,恰便似那烟熏的子路,墨染的金刚。"张可久小令[双调·燕引雏]《桐江即事》:"花掩云巢,乌纱绛袍。"汪元亨小令[正宫·醉太平]:"裹乌纱帽短,罩白苎袍宽。"钟嗣成小令[正宫·醉太平]:"裹一顶半新不旧乌纱帽,穿一领半长不短黄麻罩,系一条半联不断皂环绦,做一个穷风月训导。"元代人之所以在元代棉布作为衣着原料已很普遍的背景下,仍不放弃服麻,原因很多,主要有以下五点:一是麻织品自身有其独特的优越特性。如被用来制衣的苎麻是重要的纺织纤维物,也称白叶苎麻,其单纤维长、强度最大,吸湿和散湿快,热传导性能好,脱胶后洁白有丝光,可以纯纺,也可和棉、丝、毛等混纺。又如黄麻,韧皮纤维作物,一年生草本,又名络麻、绿麻。黄麻纤维具有吸湿性能好、散失水分快等特点。二是麻织品的种类繁多,且用途广泛,给人的选择很多。以葛为例,葛是一种蔓生植物,长达二三丈。用葛的茎皮纤维织成的就是葛布。由于葛布的透气性能高于麻布,常被用来缝制夏衣或蚊帐,因此葛布又叫做夏布。葛布的纺织方法与麻布大体相同,可根据纺织粗细程度的不同分为两种。《诗经·周南·葛覃》:"葛之覃兮,施于中谷,维叶莫莫。是刈是濩,为絺为绤,服之无斁。"孔疏:"精曰絺,粗曰绤。"①可知絺为细葛纤维织成的布。绤为粗葛纤维织成的布。元曲对葛布的描写充满了赞赏,如范康杂剧《陈季卿误上竹叶舟》第四折:"你将这鹤氅乌巾手自摩,葛履环绦整顿过。"费唐臣杂剧《苏子瞻风雪贬黄州》第二折:"今日葛巾野服,似觉快乐也呵。"顾德润小令[南吕·骂玉郎过感皇恩采茶歌]《夏日》:"扇影罗,巾岸葛,花盈座。"无名氏小令[双调·雁儿落过得胜令]:"避暑画楼间,纨扇葛巾单。"可见在元代的生活当中,葛布仍是人们喜爱的纺织品。三是麻织业是民间最古老的家庭纺织业,且元代麻织品的质量也不错。如毛施布、帖里布,都是麻织品,高丽所产。做工精细、质地优良,元朝时大量输入,其受欢迎的程度,元曲中有反映,无名氏杂剧《朱太守风雪渔樵记》第二折玉天仙道:"你将来波,有甚么大绫大罗、洗白复生、高丽毯丝布、大红通袖襕、仙鹤狮子的胸背,你将来我可不会裁、不会剪?我可是不会做?"高丽毯丝布就是高丽毛施布。从上例句看,曲家眼中的高丽布并没有严格对应历史学范畴的高丽时期。剧中写毛高丽布置于朱买臣生活的汉代背景,作家没有太多地顾忌时代背景,而是艺术化、虚拟地摄入了现实生活中渗入的、也是他们所观察到的高丽文化因素。一个民间女子脱口而出高丽的毛施布,可见此布的流行和普及,也从一个侧面透示了高丽与中原地区贸易往来十分兴盛的历史影像,以及元与高丽政治、文化的活跃交流在服饰上的反映②。四是麻的种植生产广泛普遍。如卢挚小令[双调·沉醉东风]《闲居》:"雨过分畦种瓜,旱时引水浇麻。"马致远套数[双调·新水令]《题西

---

① 李学勤:《毛诗正义》上,北京大学出版社 1999 年版,第 32 页。
② 郑锡元:《高丽对蒙古文化的"受容"与排斥——以"蒙古风"在高丽兴衰为例》,《贵州民族学院学报》(哲学社会科学版)2011 年第 3 期。

湖》:"山上栽桑麻,湖内寻生涯。"张养浩小令[中吕·十二月兼尧民歌]《归田乐》:"见斜川鸡犬乐升平,绕屋桑麻翠烟生。"马谦斋小令[越调·柳营曲]《太平即事》:"庄前栽果木,山下种桑麻。"汤舜民小令[越调·天净沙]《闲居杂兴》:"近山近水人家,带烟带雨桑麻。"一帧帧桑麻景,真实地反映了元代的麻种植现实。五是对于大多数下层劳动人民而言,丝织品是可望而不可及的奢侈品,而棉织品比起麻织品尚未普及到贫民百姓,所以养蚕织布的妇女一年到头辛辛苦苦,而其服装却并非丝绸和棉布,只能穿廉价易得粗疏的葛麻织品,如不忽木套数[仙吕·点绛唇]《辞朝》中所说的"则要窗明炕暖蒲团厚,问甚身寒腹饱麻衣旧",反映的就是当时穿衣的实际和心态。再如高文秀杂剧《黑旋风双献功》写宋江好友、郓城县衙把笔司吏孙荣欲携继室郭念儿赴泰安神州烧香还愿,怕沿途不安全,特地到梁山请宋公明派人保护。李逵主动承担重任,并以自己的人头作保,当场立下军令状。谁知郭念儿早与白衙内勾搭成奸,两人定计于赴泰安途中双双逃走。孙孔目告到泰安府衙,反被白衙内串通官府问成死罪。第三折李逵扮作庄家后生前去探监,牢子乘机勒索钱财,否则不让他们见面。身穿破衣烂衫、浑身臊臭、化名王重义的李逵就唱了一支曲,作为对敲诈者的答复:

> [得胜令]呀!便问我要东西。叔待则你那没梁桶儿便休提。不比你财主们多周济,量俺这穷庄家有甚的?俺真个堪嗤,俺孩儿每卧土坑披麻被,你可也争知?(带云)还有精着腿,无个袴儿穿的。(唱)谁有那闲钱补笊篱?

"俺孩儿每卧土坑披麻被"、"还有精着腿,无个袴儿穿的",用生动的民间口语揭示出元代衣不遮体、食不果腹的真实现状。不仅说明主人公李逵来自农村,熟悉贫困农民的生活,而且从字里行间所透露的忿忿不平中,还说明了李逵和梁山好汉们之所以揭竿而起,正是为了解民于倒悬,使那些无被盖的有被盖、无裤穿的有裤穿、冤屈入狱的获自由。从表面上看本曲与孙孔目具体事件似无关,可谓是"题外发挥",然而正是这题外的用"讲述老百姓的故事作为认知世界的出发点,表达原先难以表述的对时代的认识"①的

---

① 陈思和、何清:《理想主义与民间立场》,《中山大学学报》1999年第5期。

描写,向我们展示的是一幅惟妙惟肖的世俗生活的风习画廊。这也正是元曲"为民间所爱好,也在民间自我成长,其精神和传统长存在民间"[1]的重要原因之一。

　　总之,元曲不仅记载了丰富的服饰质料名称、质地、功能,而且以大量的笔墨记录和描绘了服饰质料对元代人审美观与价值观的影响,以及经过元代社会文化风气的浸染,对元代以后历史文化发展中留下了深远的影响。从描写看,元代的服饰用料主要有如下特点:一是随着手工业中丝织业和棉纺织业的发展,生产的纺织产品更为丰富,仅以丝绸而言,其品种就有绢、罗、纱、绸、绒、绫和锦类等,其中每一类又分为若干种。名目繁多的纺织品为消费者提供了丰富的服饰来源,使各种不同需求和审美的群体,可以按照自己的意愿选择和裁制喜欢的服饰式样和穿着五颜六色的服饰。尤其织金锦的风靡,使元代丝织品具有了不同于其他历史时期的艺术特色,显示出独特的文化面貌。二是元时,植棉和棉纺织技术在我国长江流域和黄河流域广泛传播发展,棉布成为元代人常用衣料,使元代服装衣料的种类式样空前丰富。三是皮毛服装始终是北方游牧民族不离不弃的重要服饰面料。进入元代,元统治者加强对牧区牧业产品加工业的管理和官营手工业中专门管理和加工皮货的局院的设置,从一个侧面反映元代手工业的发达。四是外来纺织品的大量引进,如高丽个体商贩带入元的苎布,总量也不小。其中主要是用苎麻织成的毻丝布(毛施布),亦称苎麻布、木丝布、漂白布等,经久耐用,在中国很流行[2]。多元化的服饰质料,为元代人设计和裁制形式多样的服饰在客观上提供了坚实的物质基础。

二、元曲描写的女红

　　"女红"与"女工"谐音,"红"为"工"的异体,又名"女工"、"妇功"。它

---

① 唐文标:《中国古代戏剧史》,中国戏剧出版社 1985 年版,第 138 页。
② 古风:《丝织锦绣与文学审美关系初探》,《文学评论》2007 年第 2 期。

包括纺织、缝纫、刺绣等女性所从事的制作活动。"女红"一词最早见于《汉书·景帝纪》："雕文刻镂，伤农事者也；锦绣纂组，害女红者也。"颜师古注："红读曰功。"①关于女红，在传世的史料及笔记小说中屡有记载，在元曲的世界中，女红是一个美丽的意象。元曲中大量清晰、明朗的元代女子所做的纺织、缝纫、刺绣等家庭手工劳作和这些劳作成品以及元代女性通过女红表达内心情感与对未来生活美好期望的描写，为我们牵回那零散的、模糊的、感性的女红认识，提供了鲜活的图景。

（一）捣　衣

捣衣是古代女性所从事的一项重要劳动。关于捣衣说法诸多，主要的是五说：一是捣洗衣服，使之干净，就像江南农家女子那样，在河边拿棒槌敲洗衣服；二是裁缝衣料前对布帛做处理，使之软化或者坚实耐用；三是捣洗缝好之衣，使之平整；四是捣衣即缝衣；五是指对布帛或成衣进行染色所需的步骤。概而言之，捣衣就是制作衣服的一个步骤。古代丝织品一般较粗，在裁衣之前，需要上浆，并用木杵在石砧上反复捶打，以使其匀透柔和，然后熨平，再裁剪成衣。具体地说，布料上浆捶捣，称"捣练"；成衣上浆捶捣，称"捣衣"。对于古人来说，捣练的作用，是在于增加衣服的御寒性能。古人所说的"捣练"实际包含两个工序：精练和上浆。所谓精练，就是生练经灰汤煮，再加以洗涤之后，就是"熟练"。关于丝帛，一向就有"生"、"熟"之分，如明人宋应星《天工开物》就传授"熟练"工艺："凡帛织就，犹是生丝，煮练功熟。练用稻稿灰入水煮，以猪胰脂陈宿一晚，入汤浣之，宝色烨然。或用乌梅者，宝色略减。凡早丝为经，晚丝为纬者，练熟之时，每十两轻去三两。经纬皆美好早丝，轻化只二两。练后日干张急，以大蚌壳磨使乖钝，通身极力刮过，以成宝色。"②"熟练"或说"精练"的目的在于去除织品中的"天然杂质、沾污物以及残存浆料"，因此，这一工艺实际包括两个方面：一是"脱胶"，一是上浆。所谓脱胶，是指"蚕丝周围被覆着一层由多种氨基酸

① （汉）班固：《汉书》，中华书局1997年影印本，第151页。
② （明）宋应星：《天工开物》，钟广言注释，中华书局1978年版，第92页。

组成的丝胶"，在织成生帛后，需要通过煮练来进一步去除残存的丝胶；①所谓上浆，就是把"精练"之后的练帛均匀上浆，然后，"晾微润，迭襞齐整，袭砧间，捣"——晾到潮润的程度，叠迭整齐，放在砧石上，用力捣击。元代棉布增多，但由于古代的织品，不论是丝织品还是棉布，在精练之后，都要上浆，因此，捣衣仍然是女性的一项重要工作。王祯《农书》卷二十一在介绍"砧、杵"云："砧杵，捣练具也……盖古之女子对立，各执一杵，上下捣练于砧，其丁东之声，互相应答。今易作卧杵，对坐捣之，又便且速，易成帛也。"②可见元时，"捣练"已由站立捣改为坐捣，由立杵改为"卧杵"，辛苦程度降低，而工作效率却提高了。

纵览元曲，虽然"捣衣""砧"和"杵"等是元曲中经常出现的意象，但直观摹写"家家捶帛捣练"③的"捣衣"劳动场景已很少，而大多是为了表达一种情感。如郑光祖杂剧《醉思乡王粲登楼》第三折中许达的《捣练歌》：

忽闻帘外杵声摇，声上声低声转高。罗袖长长长绕腕，轻轻播播播凤飘。看看看是谁家女，巧巧巧手弄砧杵。停停听是两娉婷，玉腕双双双擎举。湾湾湾月在眉峰，花花花向脸边红。星眼眼长长出泪，多多多滴捣衣中。袿开袿入袿纺波，叠叠重重重数多。相相相唤邻家女，欲裁未裁裁绮罗。秋天秋月秋夜长，秋日秋风秋渐凉。秋景秋声秋雁度，秋光秋色秋叶黄。中秋秋月旅情伤。月中砧杵响当当。当当响被秋风送，送到征人思故乡。故乡何在归途远，途远难归应断肠。断肠只在纱窗下，纱窗曾不忆彷徨。休玩休玩中秋月，月到中秋偏皎洁。此夜家家家捣衣，添入离愁愁更切。寒露初寒寒草边，夜夜孤眠孤月前。促织促织叫复叫，叫出深秋砧杵天。谁能秋夜闻秋砧，切切悲悲悲不禁。况是思归归未得，声声捶碎故乡心。

如果将这首《捣练歌》与唐代画家张萱的《捣练图》描绘的捣帛、络线、熨平等劳动情景对照，我们可过滤出如下信息：第一，"捣练"还是元时普通女性必须掌握的"女红"。尽管元代已经有了专门的洗浆铺，如无名氏杂剧

---

① 《中国大百科全书·纺织》，中国大百科全书出版社1984年版，第137、272—274、272页。
② （元）王祯：《农书》，中华书局1956年版，第501页。
③ 郑光祖杂剧《醉思乡王粲登楼》第三折。

《朱砂担滴水浮沤记》第三折就记写有一个信誉不佳的洗浆铺："这一宗是个开洗糨铺的,把人的好衣服或是洗白,或是高丽复生缣丝,他着那铁熨斗都熨破了。"由此可知,元代已经随处可见代人洗衣、浆衣的洗浆铺等服务性的行业,但元曲中遍布角角落落此起彼落的砧杵声,说明捣衣依然是女性的一项主要劳动。第二,捣衣是缝衣之前的一个劳作过程,是"欲裁未裁裁绮罗""前的(一道)工序"①,目的是使衣料平整、变软,便于缝制。② 第三,在捣练时,"相唤邻家女",如《捣练图》所示,很可能是邻居、闺友们汇聚起来,采用合作互助的形式,轮流击杵,以速成帛。③ 第四,"捣"的过程是"叠叠重重重数多"。即民间为了将衣料各处都捣到,且不出褶子,衣料要反复折叠、敲打。捣好的衣料才会平整、光滑、柔软,颜色亮丽。④ 第五,与其他文学作品一样,元曲中的"捣练",也是在"秋日秋风秋渐凉"的秋夜。《汉书·食货志》有云:"冬,民既入,妇人同巷,相从夜绩,女工一月得四十五日。必相从者,所以省费燎火,同巧拙而合习俗也。"服虔注:"一月之中,又得夜半为十五日,凡四十五日也。"⑤元代的"捣练"显然也在实践着这样的原则:一是秋天正是夏天和冬天之间寒暑交替的季节,无论是从我国的地理气候环境还是历史风俗习惯来看,广大女性们要在季秋为全家人赶制冬衣。至今在我国北方的一些地方还保留着类似捣衣的习俗:在做冬衣时,先于布上撒面粉,用棒槌打,使面粉嵌入布缕,用这样处理过的布做棉袍,冬天不透风,保暖性能好。二是广大女性白天为了家里家外、大人孩子的事情忙个不停,入夜之后,孩子睡了,鸡鸭入笼,牛羊入圈,万物都安歇了,她们才有了完整的"空闲"时间,于是,或者婆婆、儿媳一起,或邻近女伴一起,甚至独自一个,借着月光,为一家人捣练,预备寒衣。而月夜更是最佳选择,可以借助月光捶捣衣物,节省烛火之资。于是,在入秋日子内,每一个夜色中,都是"家家庭院秋砧响"⑥:

① 张天健:《唐诗答客难》,学苑出版社 1980 年版,第 118 页。
② 李晖:《唐代"捣衣"风俗考略》,《广西民族学院学报》(哲学社会科学版)2000 年第 2 期。
③ (元)王祯:《农书》,中华书局 1956 年版,第 501 页。
④ 车锡伦:《寒夜捣衣》,《寻根》2003 年第 2 期。
⑤ (汉)班固:《汉书》,中华书局 1997 年影印本,第 1121—1122 页。
⑥ 胡用和套数[中吕·粉蝶儿]《题金陵景》。

雨乍晴,月笼明,秋香院落砧杵鸣。二三更,千万声,捣碎离情,不管愁人听。①

谁家练杵动秋庭,那岸窗纱闪夜灯。异乡丝鬓明朝镜,又多添几处星。露华零梧叶无声。金谷园中梦,玉门关外情,凉月三更。②

月光,桂香,趁着风飘荡。砧声催动一天霜,过雁声嘹亮。③

梧桐一叶弄秋晴,砧杵千家捣月明,关山万里增归兴。④

无论是在雨霁天晴,月光笼罩大地时,还是在桂花飘香、秋意正浓时,抑或是在秋露零零、梧叶无声落时,那弥漫秋草秋花气息的院落捣衣声,那直捣到二更三更的杵敲石砧,千声万声,不仅"捣碎离情",也"捣碎人心"⑤,把妇人们对远行不归的男人的思念和幽恨,客旅在外对家园的怀念,对远方亲人的怀念,劳动人民冀求过和平生活的善良愿望,都灌注在捣衣声中。

(二) 织　　染

元时期是我国纺织史上重要的时期。植棉和棉纺织技术在全国得到广泛传播,纺织工具得到很大的改进。棉织业与麻织业成为社会支柱。女之"织"与男之"耕"相得益彰,呈现出一派"桑麻富田野生涯"⑥,"妻蚕女茧,婢织奴耕"⑦的景象。元曲中描绘了这种繁盛的局面:无名氏套数[南吕·一枝花]《道情》:"流水绕一村桑柘,乱山围四壁烟岚。"杨景贤杂剧《西游记》第四本第十四出《海棠传耗》:"俺门前两行槐杨影,院后一丛桑柘阴。"吴仁卿小令[南吕·金字经]《颂升平》:"万村桑柘烟,便是风调雨顺年。"张养浩小令[中吕·普天乐]:"桑柘田,相襟带。锦里风光春常在,看循环四季花开。"桑、柘、麻,或遍布村前村后,或长满院内院外,或城里城外,如襟似带,互相环绕,展现了一幅幅充满欢乐景致的耕织图。

---

① 张可久小令[中吕·迎仙客]《秋夜》。
② 乔吉小令[双调·水仙子]《若川秋夕闻砧》。
③ 周德清小令[中吕·朝天子]《秋夜客怀》。
④ 赵善庆小令[双调·落梅风]《客乡秋夜》。
⑤ 曾瑞小令[双调·折桂令]《闺怨》。
⑥ 吴西逸小令[中吕·红绣鞋]《山居》。
⑦ 曾瑞套数[般涉调·哨遍]《村居》。

　　"采桑"的描写,在元曲中虽很少,但却风光旖旎、景色如画:"放下我这采桑篮,我拣着这鲜桑树。只见那浓阴冉冉,翠锦哎模糊。冲开他这叶底烟,荡散了些梢头露"①。这里虽然没有具体的采桑劳作过程描写,但却是妇女们在桑间劳作的写实场面,反映出在广大农村家庭中,采桑纺绩是妇女的主要任务。

　　元曲对元代纺织场景描写鲜活逼真,如字罗御史套数[南吕·一枝花]《辞官》:"奴耕婢织足生涯,随分村疃人情,赛强如宪台风化。"陈草庵小令[中吕·山坡羊]:"江山如画,茅檐低厦,妇蚕缫婢织红奴耕稼,务桑麻捕鱼虾。"曾瑞套数[般涉调·哨遍]《村居》:"缫车响蝉声相应,妻蚕女茧,婢织奴耕。"薛昂夫套数[正宫·端正好]《高隐》:"趁时将黍豆割,养春蚕桑叶忙剶,着山妻上布织梭。秃厮姑紧紧的将绵花纺,村伴姐慌将麻线搓,一弄儿农器家活。"汪元亨小令[双调·折桂令]《归隐》:"桑绕宅供山妻织纴。"石君宝杂剧《鲁大夫秋胡戏妻》第三折:"我本是摘茧缫丝庄家妇,倒做了个拈花弄柳的人物。我只怕淹的蚕饥,那里管采的叶败,攀的枝枯?"描绘了养蚕采桑、搓麻纺线等生产的全过程,当时民间家庭纺织劳动场面,反映了元代纺织生产过程、织妇的劳动生活,甚至当时家庭副业和民营纺织业的繁荣,更重要的是传达出女性以制作女红来抵御生存压力的一种态度。"缉麻织布,养蚕缫丝"这一本来需要"辛苦的做下人家,非容易也"②的劳动,被描绘得美轮美奂,反映了元代人以达观和坚忍忍受生活中的苦难的乐观精神。

　　纺织离不开纺织工具,故"机"、"杼"、"梭"等词汇也在元曲中经常出现。需要说明的是,元曲虽然描写了"机"、"杼"、"梭",但它的目的并不是记录"机"、"杼"、"梭"工具的使用及功能。这些"机"、"杼"、"梭"出现在元曲中时,是为了意境的创造和诗意的表达。如郑光祖杂剧《㑳梅香骗翰林风月》第一折:"此景翰林才吟难尽,丹青笔画不成。觑海棠风锦机摇动鲛绡冷,芳草烟翠纱笼罩玻璃净,垂杨露绿丝穿透珍珠迸。池中星有如那玉

---

① 石君宝杂剧《鲁大夫秋胡戏妻》第三折。
② 王仲文杂剧《救孝子贤母不认尸》第一折。

盘乱撒水晶丸,松梢月恰便似苍龙捧出轩辕镜。"是用锦机织就的鲛绡来比喻海棠,翠纱笼罩的玻璃来比喻芳草,绿丝穿透的珍珠来比喻杨柳,以玉盘喻水池,水晶喻星星,苍龙喻松枝,轩辕镜喻月亮,勾画出一幅幽静的春夜美景,同时也寄寓了樊素、小蛮的愉悦心情。兰楚芳小令[双调·沉醉东风]:"金机响空闻玉梭,粉墙高似隔银河。闲绣床,纱窗下过,伴咳嗽喷绒香唾。频唤梅香为甚么? 则要他认的那声音儿是我。"是用织机、玉梭的响引起少女心上人的注意。李好古杂剧《沙门岛张生煮海》第一折:"咿呀呀,偏似那织金梭摔断锦机声。"是龙女用"机"、"梭"比喻张生的琴声。在这些充满了丰富的人文意蕴的描写中,我们推知,富家妇或士大夫的妻妾在家中也从事纺织工作,而且所用织机是很讲究的。

元曲还将纺织品的印染织绣等装饰技法也描绘得异彩纷呈。如刘时中套数[南吕·一枝花]《罗帕传情》:"丝缕细织造的匀如江纸,粉糨轻出制的腻似鹅脂,温柔玉玺无瑕疵,恰便似半江秋水,一片冰丝。"张可久小令[南吕·金字经]《观猎》:"袍,织成金翠毛。"刘庭信套数[中吕·粉蝶儿]《美色》:"舞衣飘兰麝香温,冰丝细织帕罗新。"无名氏套数[南吕·一枝花]《香绵》:"捻纤缕络成绸段,擘轻绒织做丝罄。"形容纺织品"匀如江纸","腻似鹅脂",洁白如"冰丝",生动形象地反映了元代纺织品的质量。

元曲还描写了丰富的纺织品图案纹样,呈现出元代纺织图案纹样多彩的发展态势和元代人不拘一格的创新。元曲描写的纺织纹样图案大致是两大类,一类是植物花卉纹样,如王仲元套数[中吕·粉蝶儿]《道情》中的"补云衣翻槲叶",是指衣衫袍服上织的形大如荷叶的槲树叶子纹样;张可久小令[双调·折桂令]《次白真人韵》中的"葛花袍纸扇芭蕉",是指袍服上织的葛花纹样;李直夫杂剧《便宜行事虎头牌》第二折中的"头巾上砌的粉花儿现",是指头巾上的粉色花纹样。这些纹样图案,透视着元代人对大自然满地锦绣、遍野鲜花的内在追求。此外,还有借助联想各种自然物的特征以求吉祥的纹样。如乔吉杂剧《杜牧之诗酒扬州梦》第二折:"冷清清褥隐芙蓉。"李唐宾杂剧《李云英风送梧桐叶》第三折:"雀屏银烛相辉耀,隐芙蓉绣褥光摇。""芙蓉"纹样是通过"富荣"的谐音衬托福态的心理。孙仲章杂剧《河南府张鼎勘头巾》楔子:"我要两件信物:芝麻罗头巾,减银环子。"在头巾的图案织造中运用芝麻花纹表达了元代人对美好生活的期许。一类是鸟禽瑞兽纹样。如乔吉小令[正宫·醉太平]《题情》中的"瘦来裙掩鸳鸯锦,愁多梦冷芙蓉枕",无名氏杂剧《鲁智深喜赏黄花峪》第三折中的"锦鹤袖砌的双鱼",白朴小令[双调·驻马听]《舞》中的"鹧鸪飞起春罗袖",王实甫杂剧《四丞相高会丽春堂》第二折中的"金彩凤玲珑翡翠",刘庭信套数[中吕·粉蝶儿]《美色》中的"翠裙鹦鹉绿,绣带凤凰纹",无名氏小令[正宫·塞鸿秋]中的"一对紫燕儿雕梁上肩相并,一对粉蝶儿花丛上偏相趁,一对鸳鸯儿水面上相交颈,一对儿虎猫儿绣凳上相偎定"等。这些或野花簇簇,或水波潋滟,或鹧鸪翻飞,或鸳鸯交颈,或彩蝶翻飞,或紫燕呢喃,春水秋云,鸟语花鲜,表现出元代人深厚的生活底蕴,传达出生命之春里的祈愿和祝福。

元曲中描写闺中织妇机下织就的"回文"是元代纺织品图案纹样的一个特点:"织就回文停玉梭,独宁银灯思念他"[1],"锦回文织就别离谱,碧云笺写遍伤心句"[2],"翠罗香润,鸳鸯扇织回文"[3],"思,掷梭双泪时。回文字,织成肠断诗"[4],"织锦回文,带草连真"[5],"信手的联成肠断词,抵多少织就回文锦"[6],"空织回文锦字成,奈远水遥山隔万层,鱼雁也难凭"[7],等等。回文织锦是用五色丝织成的回文诗图。《晋书·列女传·窦滔妻苏氏》:"窦滔妻苏氏,始平人也,名蕙,字若兰。善属文。滔,苻坚时为秦州刺史,被徙流沙,苏氏思之,织锦为回文旋图诗以赠滔。宛转循环以读之,词甚凄惋。"[8]相传其锦纵横八寸,题诗二百余首,计八百四十言,纵横反复,皆成章句。元曲中"回文"典故的运用,加深了元曲中纺织劳作的情感意蕴。

织锦更是凸显了元代纺织品图案纹样的特点而成为解读元代服饰文化特殊的"文化语码"。元曲中织锦和织锦品的描写充分展示了元代纺织的

---

① 姚燧小令[越调·凭阑人]。
② 萧德润套数[双调·夜行船]《秋怀》。
③ 孟昉小令[越调·天净沙]《十二月乐词并序》。
④ 乔吉小令[南吕·阅金经]《闺情》。
⑤ 钟嗣成小令[南吕·骂玉郎过感皇恩采茶歌]《四别·寄别》。
⑥ 贾仲明杂剧《萧淑兰情寄菩萨蛮》第三折。
⑦ 薛昂夫套数[正宫·端正好]《闺怨》。
⑧ (唐)房玄龄等:《晋书》,中华书局1997年影印本,第2523页。

特点。如乔吉套数[双调·新水令]《闺丽》："空揣着题诗玉版笺,织锦香罗帕。"汤舜民小令[双调·湘妃游月宫]《冬闺情》："擎着泪织锦题红。"李唐宾套数[双调·风入松]："挑灯织锦空劳攘,须跳出愁罗怨网。"无名氏杂剧《金水桥陈琳抱妆盒》第二折："一划的织锦绣翡翠帘栊,朱红漆虬楼高槅,碧琉璃碾玉亭台。"这些曲句不仅在一定程度上反映了元代织金锦的织造技术水平,也反映了元代丝织工艺的精美。出土的文物也印证了元曲描写的确实性。1978 年在内蒙古包头乌盟达茂旗大苏吉乡明水村出土一件蒙古汗国时期的人面狮身织金锦辫线袍。该织金锦辫线袍呈黄褐色,右衽交领,袍的袖口及领、肩部等处用织金锦做边饰,至今仍可见金线光泽。袍面面料为方胜连珠宝花织金锦,在右衽底襟和左下摆夹层处及两个袖口采用团窠头戴王冠的人面狮身织金锦,其图案具有浓郁的中亚风格,狮身似在跳跃,后足蹬地,前足腾空,面如孩童,圆脸,双眸有神,生动可爱①,象征着吉祥富贵,体现了中华民族崇尚祥和的传统观念,反映着中国传统文化和西方文化相互融合的多元化关系及中西文化的交流。

手工印染在元代流行也广泛。白朴套数[双调·乔木查]《对景》："胡葵开满院,碎剪宫缬。"曾瑞小令[南吕·骂玉郎过感皇恩采茶歌]《惜花春起早》："木香洞薰兰麝,荼蘼架飘玉雪,苍苔径绣纹缬。"无名氏套数[黄钟·愿成双]："恨东君不管人情淡,绽芳丛缬锦争搀。"就是对元代手工印染艺术的描写。所谓"缬",在古代专指"绞缬"。唐代《一切经音》云:"以丝缚缯染之,解丝成文曰'缬'。"缬,指扎染。是以绳线系、扎、捆、绑而后染成花纹的一种工艺方法。它有着其他工艺方法无法达到的特殊的色晕、肌理效果之美。"染缬"的技法很多,据《碎金》记载,元代"彩色"名目有"檀缬、蜀缬、撮缬、锦缬、茧儿缬、浆水缬、三套缬、哲缬、鹿胎斑"②等单色染和多色染九种之多。与山西平定东回村元墓壁画图的厨房部分中,三位厨师,有二位衣染缬围裙等资料印证,可知曲家所言,的确反映了当时的风尚。

植物纤维须经染色才显出它的装饰作用,所以染料生产也是服饰文化

---

① 夏荷秀、赵丰:《达茂旗大苏吉乡明水墓地出土的丝织品》,《内蒙古文物考古》1992 年第 Z1 期。

② 沈从文:《中国古代服饰研究》,上海书店 2005 年版,第 532 页。

不可或缺的部分。元时期,各种手工印染技术在工具、材料和技术上也有了很大的改革。尤其是传统的草木染,以其自然随意的特点,受到元代人的青睐。如尚仲贤杂剧《汉高皇濯足气英布》第四折:

衬一领摄下魂、耀人目、染猩红、夺天巧,西川新十样无缝锦征袍。

马致远杂剧《江州司马青衫泪》第四折:

那厮每贩的是紫草红花,蜜蜡香茶。

王大学士套数[仙吕·点绛唇]:

一个把嫩草叶拾将来把布衫儿染。

王实甫杂剧《崔莺莺待月西厢记》第五本第一折:

裙染榴花,睡损胭脂皱。

乔吉小令[越调·小桃红]《赠朱阿娇》:

郁金香染海棠丝,云腻宫鸦翅。

猩红是鲜艳的红色。因古人认为,猩猩血可做红颜料,所以将鲜艳的红称为猩红。红花,又名红蓝草,系菊科植物。自汉代种植红花和用于染色以来,至魏晋时期,已经普遍应用,染色工艺技术也逐渐成熟。北魏贾思勰在《齐民要术》卷五中记载,民间泡制红花染料的“杀花法”,“摘取即碓捣使熟,以水淘,布袋绞去黄汁;更捣,以粟饭浆清而醋者淘之,又以布袋绞去汁,即收取染红勿弃也。绞讫,著瓮器中,以布盖上,鸡鸣更捣,令均,于席上摊而曝干。胜作饼。”①紫草,是多年生草本,八九月茎叶枯萎时,采掘紫草根,根断面紫红色,含乙酰紫草宁。紫草宁和茜素相似,不加媒染剂,丝毛麻纤维均不着色,它与椿木灰、明矾媒染得紫红色。郁金香以根部的香味而闻名,可以作薰香,也可制成染料,用作染料色彩鲜明,又带有郁金本身的香气。可见天然植物染色在元代的色彩文化中,一直扮演着极为精彩的角色。天然植物染色的色彩朴实无华,是一种简朴的美、自然的美。孔齐在《至正直记》中记载松江出产一种青花布:“宛如一轴院画,或芦雁花草尤妙。此出于海外倭国,而吴人巧而效之,以木棉布染,盖印也。青久浣亦不脱。”②

① (北魏)贾思勰:《齐民要术》,中华书局1956年版,第72页。
② (元)孔齐:《至正直记》,上海古籍出版社1987年版,第23页。

由此可证,元曲中草木染描写的写真性。应该说,这种运用天然植物充当服饰染料的方法和技术,体现了人与自然的和谐发展、协调统一,符合中国传统的"天人合一"思想观,因而受到元代人的欢迎。从这方面看,元曲对传统的草木染的记写,是对中国印染发展的一个贡献。

（三）缝　　制

元曲中对元代女子缝制的描写,大致反映了如下内容:

一是女红是女子应具有的基本美德。班昭《女诫·妇行》中指出女有四行:"一曰妇德,二曰妇言,三曰妇容,四曰妇功。"[1]"专心纺织,不好戏笑,洁齐酒食,以奉宾客,是谓妇功。"[2]古代的服饰主要是手工缝制,从选择面料构思剪裁到完成制作,每一步都由女性来完成。可以说,对于女性而言,缝制劳动不仅是最适合她们特点的一种劳动,同时也是在客观上最能起到塑造自身以达到社会道德要求的一种劳动。因而出现在女性题材中的"缝制"意象常常带有一种道德审美的因素。元曲歌颂了元代女子的勤劳朴实。石君宝杂剧《鲁大夫秋胡戏妻》第二折秋胡母亲云:"多亏了我那媳妇儿,与人家缝联补绽,洗衣刮裳,养蚕择茧,养活着老身。"秦简夫杂剧《晋陶母剪发待宾》第一折陶侃云:"争奈家贫,母亲与人家缝联补绽,洗衣刮裳,觅来钱物,与小生做学课钱。"武汉臣杂剧《散家财天赐老生儿》楔子:"与人家缝破补绽,洗衣刮裳,觅的些东西来与这孩儿做学课钱。"这些描写应是对元代现实生活的直接摹写。有人说:"中国美感心态的深层结构的基本特色其实又可以称之为一种女性情结。说得更形象一些,在中国美感心态的深层结构中,我们不难体味到一种充满女性魅力的'永恒的微笑'。"[3]元曲中活跃着的一大批从事劳作的妇女形象,她们的存在,她们的勤劳,使元曲中的生活场景,变得更加真实生动。

二是赞颂了元代女子的心灵手巧。元曲中那密密麻麻的针脚,飞针走线纤巧灵盈的游走,揭示着流传几千年的红颜技巧,让我们不仅品读了巧手

---

[1]　包东坡选注:《中国历代名人家训精萃》,安徽文艺出版社1991年版,第6页。
[2]　包东坡选注:《中国历代名人家训精萃》,安徽文艺出版社1991年版,第6页。
[3]　潘知常:《众妙之门——中国美感的深层结构》,黄河文艺出版社1989年版,第126页。

缝制的精美的服饰,更领略了女红文化的壮美与深邃。如孟汉卿杂剧《张孔目智勘魔合罗》第四折:"不强似你教幼女演裁缝,劝佳人学绣刺?"贾仲明杂剧《荆楚臣重对玉梳记》第四折:"俺如今福禄双全,稳拍拍的绿窗下做针线。"曾瑞套数[般涉调·哨遍]《麈腰》:"袿痕儿似剪云,针脚儿如布虮,缝成倒凤颠鸾翼。"王实甫杂剧《崔莺莺待月西厢记》第五本第一折崔莺莺寄给张生:"瑶琴一张,玉簪一枝,斑管一枝,里肚一条,汗衫一领,袜儿一双,权表妾之真诚。"张生收到后赞叹曰:"这裹肚,手中一叶绵,灯下几回丝。表出腹中愁,果称心间事。这鞋袜儿针脚儿细似虮子,绢帛儿腻似鹅脂。既知礼不胡行,愿足下当如此。"无名氏杂剧《朱太守风雪渔樵记》第一折中的玉天仙也说自己什么都会做,"你将来波,有甚么大绫大罗,洗白复生、高丽毡丝布、大红通袖襕、仙鹤狮子的胸背,你将来我可不会裁、不会剪?我可是不会做?"都从不同的角度记写了元代女子的巧慧。

三是女红制作和制品是女性释放情感、表达爱意的工具。李唐宾杂剧《李云英风送梧桐叶》第四折:"当日正女功,手持着绣绒,画楼中,忽闻听远院琴三弄。离鸾别凤恨匆匆,泪双垂把不住乡心动。"商衜套数[双调·新水令]:"这些时针线慵拈懒绣作,愁闷的人颠倒。想着燕尔新婚那一宵,怎下得把奴抛调。"陈克明套数[中吕·粉蝶儿]《怨别》:"愁寂寞萦牵肠肚,病恹恹瘦损了身躯,则我这鬓云松意懒甚时梳。茶饭上无些滋味,针指上减了些工夫,尘蒙了七弦琴冷了雁足。"虽字字是针线,字字写女红,但字字里却映照着元代女子为家人、为戍边的亲人、为情人们缝制衣装而忙忙碌碌的身影,弥漫着她们浓浓的温情、宽大而柔情的爱。而忙了一秋又一秋,一件件亲人身上衣缝制好后,又该怎样寄达呢?姚燧著名小令[越调·凭栏人]《寄征衣》,通过女主人公对寒衣寄不寄选择的复杂心情,传神地再现了元代妇女紧锁深闺、爱得深沉、爱得无奈的复杂心理:

> 欲寄君衣君不还,不寄君衣君又寒。寄与不寄间,妾身千万难。

这里没有写女子"灯下缝制寒衣"、针针线线蕴含多少情,而是集中在思妇"寄与不寄""征衣"的选择上。曲曲折折此曲一波三折,将思妇细腻微妙的心理刻画得惟妙惟肖,活灵活现。其实,女主人公明白,无论"寄与不寄",女主人公实际上都面临着"君不还"的冷酷结局。这样的结局在元曲

中是随处可见的,如在吕止庵小令[仙吕·后庭花]《酒兴》中也是这样的一个"君不还"天涯游子:

　　　　西风黄叶稀,南楼北雁飞。揾妾灯前泪,缝君身上衣。约归期,清明相会,雁还也人未归。

　　秋风里树上的黄叶已经稀疏,南楼上望见大雁从北向南飞,在灯前缝着郎君的衣服,擦不干我愁苦的眼泪,本来说好清明时节要回家的,可到了秋雁南飞,还不见你归。世上有一种日子最长,那就是等待;世上有一种路途最遥远,那就是守候。最令人痛心的就是对远方人的思念。在元代社会,无论是因为频繁的战争,还是由于谋生等所导致的妻离子散,离乡背井,都要饱尝分离的痛苦。尤其是古代交通不便,信息不畅,一旦外出,就可能三年两载音讯杳无,生死未卜。不管是飘泊的游子,还是望归的思妇,身处异地,情发一心,无限思念与感伤,这种情愫,长久以来一直在困扰着又激励着人们,成为千古咏叹的主题。

　　四是元曲除了淋漓尽致地描绘元代妇女的女红技艺外,缝纫作为一项手工艺已进入了元代市场。元曲对手工艺的市场化描写,从一个侧面反映了元代商业经济的繁荣。如无名氏杂剧《海门张仲村乐堂》第三折:"(牢子做拿起笠子看科,云)坏了笠子了。(正末云)着个补笠子的补了者。"说的是专门经营制笠帽的手工业者。典型的例子如高安道套数[般涉调·哨遍]《皮匠说谎》,写"混尘器日日衔杯"的顾客,在闲聊中听说有一个极有名气的鞋靴专门作坊,"南街小王皮。快做能裁,着脚中穿,在城第一",于是慕名去订做靴子。他在"铺中选就对新材式"后,又反反复复地对鞋匠说自己靴子的样式,要求的质量,"裁缝时用意下工夫,一桩桩听命休违。细锥粗线禁登陟,厚底团根教壮实。线脚儿深深勒,勒子齐上下相趁,翰口宽脱着容易"。并说好三日内取靴。结果是鞋店皮匠一推再推,甚至还多次发誓,"骷髅卦几番自说,猫狗砌数遍亲题"说做不好这靴子自己该死、连猫狗也不如。然而顾客每次来,靴子依旧没有做好。顾客禁不住自问,自己的靴子"又不是凤麒麟钩绊着缝,又不是鹿衔花窟嵌着刺,又不是倒钩针背衬上加些功绩,又不是三垂云银线分花样,又不是一抹圈金沿宝里",不过是双普通的靴子,怎么会如此难做呢?"初言定正月终,调发到十月一"。从春到秋,新靴子竟然拖了八个多月的时间。顾客拿到鞋子后调侃说:"新靴子投至能够完备,旧兀剌先磨了半截底。"该套数讥讽了不守商品质量和信誉的行为,揭示了这种行为在元代的普遍性,反映了元代市民社会生活的一个侧面,给元代服饰民俗背景上增添了一幅珍贵的反映元代商业民俗的写实画。

元代的家庭缝织业也很活跃,据熊梦祥《析津志》记载:"西山人多做麻鞋出城货卖。"①妇女们的家庭女红除了满足家庭成员的穿衣需要外,也是女性贴补家用的重要方式。无名氏杂剧《海门张仲村乐堂》第三折张鼎与自己孩子的对话就是这一现象的实际录写:"你娘家里做什么来?(倈儿云)俺娘家里扎麻鞋哩。(正末云)一腿子麻鞋是什么哩?卖二百文小钞,三口子老小盘缠。"它反映出元代女性的生存能力和对家庭经济的贡献。当然,随着女红劳动成果日益成为家庭赖以养家糊口的倚仗,女性在家庭中的地位在提升,拥有了越来越大的发言权。但这并不意味着她们在社会上也获得了相应的地位。

(四) 刺 绣

刺绣是元曲中经常被描写到的一种工艺。如白朴杂剧《董秀英花月东墙记》第一折:"老身姓刘名节贞,乃刘太守之女,董府尹之妻。不幸府尹告殂,止生得一个女孩儿,唤做秀英。年长一十九岁,生的性质沉重,言口语真;诗词书算,描鸾刺绣,无所不通。"王实甫杂剧《崔莺莺待月西厢记》第四本第二折:"一个通彻三教九流,一个晓尽描鸾刺绣。"刘庭信套数[南吕·一枝花]《咏别》:"兰堂失却风流伴,倦刺绣懒描鸾,金钗不整乌云乱。"李子昌套数[正宫·梁州令南]:"空闲了刺绣窗纱,香消宝鸭。"郑光祖杂剧《倚梅香骗翰林风月》第二折:"悠悠的声揭谯楼画角,玎玎的水滴铜壶玉漏敲,刷刷的风飐芭蕉风尾摇,厌厌的月上花梢树影高,悄悄的私出兰房离绣幕。"可见刺绣在元代风气之浓,特别是闺阁绣成为元代女子的一种生活

---

① (元)熊梦祥:《析津志辑佚》,北京图书馆善本组辑,北京古籍出版社 1983 年版,第202 页。

方式。

刺绣离不开一定的工具。元曲中经常提到的刺绣工具有"绣床",如王实甫杂剧《崔莺莺待月西厢记》第五本第一折红娘说:"姐姐往常针尖不倒,其实不曾闲了一个绣床。"贾仲明杂剧《萧淑兰情寄菩萨蛮》第一折:"绣床无意闲攀占,懒把彩绒捋。"于伯渊套数[仙吕·点绛唇]《忆美人》:"绣床铺绿剪绒,花房深红守宫。"所谓绣床,就是用于刺绣,类似于后世所说绷、架等设备。在唐代画家周昉的《挥扇仕女图》画面上"围绣图"一段,可以看到唐代用于刺绣的"绣床"情况。图中三仕女围坐绣床,一女倚坐绣床,执扇托颐,神态庸赖,似有倦意;一女低首在绣床旁里料,床下有针线筐;一女飞针走线,凝望绣幅,若有所思。从形制上看,唐代这种用于刺绣的绷架面积十分宽大,类似于寝卧的"床",故人们将其称为"绣床"。

对于刺绣工艺而言,绣针十分关键,元曲屡提刺绣的"针",如贾仲明杂剧《萧淑兰情寄菩萨蛮》第一折:"我如今纫得金针却倒拈,牙尖,抵玉纤,罗帕上泪痕千万点。"赵明道套数[双调·夜行船]《寄香罗帕》:"用工夫度线金针刺,无包弹捻锹银丝细。"锹,是一种缝纫法,把布帛的边向里卷,然后缝之,不露针脚。无名氏套数[中吕·粉蝶儿]《思情》:"金针绣作皆疏懒,方胜同心倦挽。"王晔杂剧《桃花女破法嫁周公》第一折楔子:"妾身任二公家桃花女是也。我待绣几朵花儿,可没针使,急切里等不得货郎担儿来买。你想石婆婆家小大哥是贩南商的,常有江西好针在家里。我如今到石婆婆处,与他讨一两根咱。"吕止庵小令[越调·天净沙]《为董针姑作》:"玉纤屈损春葱,远山压损眉峰,早是闲愁万种。忽听得卖花声送,绣针儿不待穿绒。"针姑是对针线女子的称呼。展示一名飞针走线年轻女子一边擢弄着纤纤素手做针线活,一边愁眉紧蹙、似有无限心事的形象。

元曲中还展示了"绣房"、"绣阁"的图景:白朴杂剧《董秀英花月东墙记》第一折董秀英云:"终日在绣房中描鸾刺绣,针黹女工,十分闷倦。"贾仲明杂剧《荆楚臣重对玉梳记》第二折:"有甚心浓梳艳裹,每日懒出门桯绣房里坐。"乔吉杂剧《李太白匹配金钱记》第一折:"妾身是王府尹的女儿,小字柳眉,正在绣房中做女工。"关汉卿杂剧《钱大尹智勘绯衣梦》第一折王半州的女孩儿王闰香来到这后花园中唱:"消宝篆,冷沉檀;珠帘卷,玉钩弯;纱窗静,绣闺闲。则我这倦身躯暂把绣针停,绕着这后花园独步雕栏看。"马致远套数[仙吕·赏花时]《弄花香满衣》:"闲绣阁冷妆台,兜鞋信步,后园里遣闷怀。"在这里,"绣房"、"绣阁"均指代女性的居处,用"绣"形容,来说明这些居住之地装饰得非常精致华美。"绣"同时也是富丽和华贵的象征。在古人的观念中,刺绣是贵重奢侈品,是为统治阶级的奢侈生活服务的。元代,刺绣虽已"飞入寻常百姓家",但贫穷人家食不果腹,无从谈刺绣。还有少数民族女子多数也是不屑于刺绣的,绣房也是与她们无缘的。正如关汉卿杂剧《邓夫人苦痛哭存孝》第三折中刘夫人所说:"描鸾刺绣不曾习,劣马弯弓敢战敌。围场队里能射虎,临军对阵兵机识。"

如果从历史学的角度看,蒙元统一中国,带来了巨大的民族冲突和文化冲突,这一点在刺绣上表现并不明显。元代的刺绣纹样大部分仍保持了中国传统文化风格。如团花纹样,郑光祖杂剧《虎牢关三战吕布》第一折:

> 剑戟横空密似麻,战袍五彩绣团花。震天锣鼓冲银汉,映日旗幡荡碧霞。

刘时中小令[中吕·朝天子]《邸万户席上》:

> 夜月铙歌,春风牙蠹,看团花锦战袍。

团花是四周呈放射状或旋转式的圆形装饰纹样,通常由一种或多种图形元素按一定的结构模式和排列方式组合而成,运用对称、重复、均衡等形式美的法则构成一种欢快饱满的图案。因此团花给人以规整中有变化,散射中又有聚拢的总体审美感受。粗看起来是团花似锦,细看是花中有花,花中有意。团花的美不仅体现在它浓郁的装饰味道,它更是一种"有意味的形式"。英国艺术家克莱夫·贝尔在他的《艺术》一书中说:"在各个不同的作品中,线条色彩以及某种特殊方式组成某种形式或形式的关系,激发我们的审美感情。这种线、色的关系的组合,这些审美地感人的形式,称之为'有意味的形式'。"①团花纹样虽然前代固有,但有继承,也有创新发展,传达出来的"意味",更加明确、丰盈,更具有文化传承的意味。

鸳鸯纹样具有鲜明的汉族文化内涵,寓意祥瑞美好,绣鸳鸯在元曲中也

---

① [英]克莱夫·贝尔:《艺术》,中国文联出版公司1984年版,第41页。

是频繁普通。如被褥上绣的鸳鸯,乔吉套数[双调·行香子]《题情》:"衾闲绣被鸳,钗擘金花凤。"徐再思小令[商调·梧叶儿]《春思》:"被面绣鸳鸯,是几等儿眠思梦想?"贾仲明《荆楚臣重对玉梳记》第一折:"翠袖红裙,绣被鸳裯,玉软温。"绣有鸳鸯的被褥,暗含渴望像鸳鸯一样亲密和美地生活在一起。枕上绣的鸳鸯,汤舜民小令[双调·对玉环带清江引]《闺怨》:"枕剩绣鸳鸯,钗闲金凤凰。"鸳鸯纹样不仅被褥、睡枕等生活用品上多见,衣裙上更是多见。如裙上绣的鸳鸯,王实甫杂剧《崔莺莺待月西厢记》第一本第二折:"翠裙鸳绣金莲小,红袖鸾销玉笋长。"袜上绣的鸳鸯,王实甫杂剧《崔莺莺待月西厢记》第二本第二折:"觑他云鬟低坠,星眼微朦,被翻翡翠,袜绣鸳鸯。"鞋上绣的鸳鸯,张可久小令[双调·落梅风]《睡起》:"拢钗燕,靸绣鸳,卷朱帘绿阴庭院。"帕上绣的鸳鸯纹样,无名氏套数[商调·集贤宾]《欢偶》:"鲛绡半幅,上有那鸳鸯双绣。"佩带上的鸳鸯,张养浩小令[中吕·朝天子]《携美姬湖上》:"鸳鸯罗带几多愁,系不定春风瘦。"香囊上的鸳鸯,郑光祖杂剧《㑇梅香骗翰林风月》第一折:"这香囊儿上绣着一把莲满池娇,更有两个交颈鸳鸯儿。"在这些用爱心密密绣制的鸳被、鸳枕、鸳裙、鸳袜、鸳帕上至少积淀了两方面的内涵,一是元代的织绣纹样不仅是传统纹样原汁原味的传承,在一定程度上个别纹样还有相当的发展。如在元中期以后一度风靡的颇具南国情怀的"池塘小景"——"莲满池"、"满池娇",有莲,有鸳,其纹样清新柔秀,寓意丰富,与一般蒙古贵族浓重的装饰面貌有很大不同。正是由于"满池娇"纹样的特殊情致,即使在竭力清除蒙古族影响的明代仍风靡,被各类工艺品大量使用并发展。二是这些织绣纹样寄托着绣女们的心愿,成为朴素的表达亲情爱意的承载物。从这个意义上说,无论是表达不幸,还是传递真情,刺绣对于女子来说就是生活。

元曲中其他刺绣纹样,也都蕴涵了大量的中国传统文化的因子。如无名氏小令[中吕·普天乐]《秋夜闺思》:

珠帘鹦鹉,绣枕胡蝶。

姚燧套数[双调·新水令]《冬怨》:

篆消金睡鸭,帘卷绣蟠龙。

周德清套数[越调·斗鹌鹑]《赠小玉带》:

却是红如鹤顶,赤若鸡冠,白似羊脂。是望月犀牛独自,是穿花鸾凤雄雌。是兔儿灵芝,是蝘虎是翎毛是鹭鸶。是海青拿大鹅不是?

曾瑞套数[黄钟·醉花阴]《怀离》:

在绣房中把岁月耽。描不成映花梢孔雀翠相挽,剪不出扑柳絮胡蝶粉乱糁,刺不就啄谷穗鹌鹑嘴细喃。

查德卿小令[仙吕·一半儿]《春绣》:

绣到凤凰心自嫌,按春纤,一半儿端相一半儿掩。

黑格尔在他的《美学》中说,17世纪荷兰小画派对现实生活中的各种场景和细节——例如一些很普通的房间、器皿、人物等等作那样津津玩味的精心描述,表现了荷兰人民对自己日常生活的热情和爱恋,对自己征服自然(海洋)的斗争的肯定和歌颂,因之在平凡中有伟大。[1] "托物言志"、"借物抒情",从元代女子绣出的这些图形纹样中,可见出元绣品中的"时样",几乎全部来自于生活和自然中的真实对象,既普通平凡又亲切熟悉,它们"汇集了生活的希望,生活的热情,生活的情趣,同时又是生活的过程"[2]。绣女们对它们的认真塑造刻画,着意夸扬,反射出了一种积极的对世间生活的全面关注和肯定,表达了民间最普通的对富裕安康幸福生活的向往和追求的世俗理想,涌动着元代女性的创造力和生命的热情。

在刺绣工艺上,元曲也为我们提供可资借鉴的描写。如蹙金绣,张氏套数[南吕·青衲袄南]《偷期》:"蹙金连双凤头。"白朴杂剧《裴少俊墙头马上》第一折:"蹙金莲红绣鞋。"所谓蹙金,是用捻紧的金线以制成皱纹状织品的一种刺绣工艺,蹙金绣是质地最密、形态最美的一种绣品[3]。由于元代盛行加金织物,故元曲中涉及"金"的名物颇多,如白朴小令[中吕·阳春曲]《题情》:"慵拈粉线闲金缕,懒酌琼浆冷玉壶。"这说明元代刺绣中金线的应用是一种普遍现象。总之,元代刺绣已达到一个很高的水准,正如曾瑞套数[般涉调·哨遍]《麈腰》中所描绘的"倒钩着金针刺,刺得丝丝密密,裁

---

① 李泽厚:《美的历程》,中国社会科学出版社1984年版,第96页。
② 唐家路、潘鲁生:《中国民间美术学导论》,黑龙江美术出版社2000年版,第116页。
③ 胡可先,武晓红:《"蹙金"考:一个唐五代诗词名物的文化史解读》,《浙江大学学报》(人文社会科学版)2011年第4期。

得那整整齐齐"。

在元代人的日常生活用品上，也常常可以看到令人心仪的绣迹。如贾仲明杂剧《铁拐李度金童玉女》第一折中的绣幕："绣幕张翠霭蒙，锦堂晃晓云笼。"李行甫杂剧《包待制智赚灰阑记》第一折中的绣帏："月户云窗，绣帏罗帐。"王实甫杂剧《崔莺莺待月西厢记》第二本第一折中的绣衾："翠被生寒压绣衾。"贾仲明杂剧《李素兰风月玉壶春》第二折中的绣袋："从今后高卷起莫张，做一个绣袋儿谨藏。"范居中套数［正宫·金殿喜重重南］《秋思》中的绣褥："他时难算风流帐，怎辜负银屏绣褥朱幌。"元代人在室内装饰、家居用品中运用刺绣已成为较为普遍的现象。

特别是绣帘，作为元代人居室中的布置，不仅典型地反映了刺绣成为元代一种相当普及的装饰各种生活用品的艺术形式，重要的还在于通过绣帘，深刻地表现了元代人特别是闺阁中女子的真实的生活状态：

绣闺深培养出牡丹芽，控银钩绣帘不挂。①

绣帘开语燕呢喃，柳眼青娇，杏脸红酣。②

昨夜西风揭绣帘，恹恹，恹恹恨魇损眉尖。③

绣帘彩结香车稳，玉勒金鞍宝马嘶。骋豪富夸荣贵，恣艳冶王孙士女，逞风流翠绕珠围。④

银烛高烧，画楼中月儿才照，绣帘前花影轻摇。⑤

院宇深严，人寂静门初掩，控金钩垂绣帘。⑥

当元曲中的绣帘卷起时，女子便凸显于帘子留出的空白中。绣帘外的世界，是丰富多彩的，帘内人看外边，帘外人也会专注细腻地端详她们。而当绣帘垂下，就如一张屏障，分隔里外。绣帘，一方面可以用来遮风、挡雨，免受外界的侵扰。另一方面，低垂的绣帘，也可以让外面的人看不到里面，为自己不想为人所知的心绪竖起一道屏障。也就是说："它能阻隔旁人窥

①　乔吉套数［双调·新水令］《闺丽》。

②　张可久小令［双调·折桂令］《崔闲斋元帅席上》。

③　赵显宏小令［黄钟·昼夜乐］《秋》。

④　睢玄明套数［般涉调·耍孩儿］《咏西湖》。

⑤　王挺秀套数［中吕·粉蝶儿］《怨别》。

⑥　奥敦周卿套数［南吕·一枝花］。

探的视线。既然帘外人不能非常清晰地见到帘内之景,那么,帘内人的'隐私权'便得到了保障。"①在元曲中,亦是如此。高文秀套数[南吕·一枝花]《咏惜花春起早》:

　　　　画阁内绣幕犹垂,锦堂上珠帘未卷。

　　杨朝英小令[双调·得胜令]:

　　　　花影下重檐,沉烟袅绣帘。

　　关汉卿套数[中吕·古调石榴花]《闺思》:

　　　　呼侍婢将绣帘低放,把重门深闭,怕莺花笑人憔悴。

　　张可久小令[仙吕·一半儿]《情》:

　　　　几缕夜香穿绣帘,等潜潜,一半儿门开一半儿掩。

　　一道道垂帘,以其隔中有透、实中有虚、静中有动的婉约之美,不仅增加了刺绣织品飘扬飞动的美,也营造了意境,增添了情趣。这种意境,用德国哲学家恩斯特·卡西尔的话解释:"这个图景被'蒸馏'到只剩下一点,而只有通过这一蒸馏过程才能找到特殊的本质,才能把它提取出来,特殊的本质才会承带上'意蕴'的特定音符。全部的光都被聚集在'意义'的一个焦点上。"②对于绣女们来说,日复一日、年复一年的单调枯燥的刺绣劳作,是寄托情感、平衡心态的一种方式:

　　兰楚芳套数[中吕·粉蝶儿]《思情》:

　　　　闲近窗纱,倚怖屏绣帘直下。

　　查德卿小令[仙吕·一半儿]《春愁》:

　　　　厌听野鹊语雕檐,怕见杨花扑绣帘,拈起绣针还倒拈。

　　商衟套数[双调·夜行船]:

　　　　锁闲愁朱扉半掩,约西风绣帘低簌。

　　通过元曲中频繁卷起垂下的绣帘,我们看到了绣女们在绣帘之后或厌烦鸟啼花落或乱眉不展的丰富情态和微妙心理,这是元曲表现刺绣题材的

---

　　①　赵梅:《重帘复幕下的唐宋词——唐宋词中的"帘"意象及其道具功能》,《文学遗产》1997年第4期。

　　②　[德]恩斯特·卡西尔:《语言与神话》,于晓等译,生活·读书·新知三联书店1988年版,第108页。

一大特征。

元曲中绣衣的描写更是屡见不鲜,如关汉卿杂剧《诈妮子调风月》第四折:"夫人每是依时按序,细挼绒全套绣衣服。"谷子敬套数[商调·集贤宾]《闺情》:"骨揌揌削了玉肌。瘦恹恹宽了绣衣。"无名氏杂剧《孟德耀举案齐眉》第二折:"我收了这珠翠衣、锦绣裙,怕待饰蛾眉绿鬓。"无名氏套数[正宫·端正好]《相忆》:"妙舞清歌近绣幨,不由人一笑掀髯,惜香怜玉那情忺。"可见,服饰加绣是元代的时尚。元代服饰加绣的特点,从出土的元代刺绣品中也可得到证实。如内蒙古集宁故城窖藏出土一批元代衣物,花纹活泼,绣工精巧。其中一件"棕色罗绣花鸟纹夹衫",满身绣了几十种不同形式的花鸟、虫鱼。特别是两肩刺绣了云鹤花卉纹,一只仙鹤立于水中抬头仰望,另一只俯身飞来,似在对鸣,下有水波,上有朵云,周围环以荷花、菊花、芦苇、灵芝,各种小草以及飞蝶相陪衬,虽然是绣衣,却俨然是一幅写生花鸟画。其高超的技艺令人叹为观止。这些出土的绣衣为我们了解元代服饰刺绣以及理解元曲中元代服饰描写提供了证据。[①]

如此多样的绣品自然离不开女性的辛劳。在元曲中,我们可以看到,女性在日常生活中总是处于与刺绣相关的状态。元曲中绣女在绣窗下的描写就是一种动人情景。张可久小令[双调·落梅风]《春情》:

> 鬓云偏翠斜金凤钗,碧痕香绣窗茸唾。

孙周卿小令[双调·蟾宫曲]《题恨》:

> 封泪锦丝丝恨添,唾窗绒缕缕情粘。

贯云石套数[南吕·一枝花]《离闷》:

> 绿窗绒缕淡,粉脸泪珠弹,洒竹成斑。

查德卿小令[仙吕·一半儿]《拟美人八咏·春绣》:

> 绿窗时有唾茸粘,银甲频将彩线捎。

"茸"是刺绣专用的丝线,因其茸散可以分擘而得名。"唾茸"是刺绣时从丝面上吹起来的丝绒毛,或云为口中咬断而吐出来的绒线尾子。闺房绿窗上时常粘上刺绣时吐出的线头,是闺中刺绣的特有生活场景,反映了女性

---

①　潘行荣:《元集宁路故城出土的窖藏丝织品及其他》,《文物》1979 年第 8 期。

刺绣的辛劳。

元曲中描写的刺绣习俗,也如实地反映了元代女子劳作的辛苦。如无名氏小令[中吕·迎仙客]《十二月·十一月》:"暖律通,应黄钟,刺绣暗添一线功。"钟嗣成小令[南吕·骂玉郎过感皇恩采茶歌]《四时佳兴·冬》:"律应黄钟,绣线添红。日迎长,云纪瑞,岁成功。"宋陈元靓《岁时广记》卷三十八引《唐杂录》云:"宫中以女功揆日之长短,冬至后日晷渐长,比常日增一线之功。"①此风俗在元代很盛,元代宫廷设有刺绣亭,"刺绣亭,冬至则候日于此。亭边有一线竿,竿下为缉衮堂。至日,命宫人把剌以验一线之功。"②女红与女性形影相随,日日夜夜。

整日辛劳的绣工,难免有疲劳和厌倦的时候,女性慵懒的神情在元曲中尤其显出娇柔。元曲中倦绣情景的描写,如刘庭信套数[南吕·一枝花]《咏别》:"兰堂失却风流伴,倦刺绣懒描鸾,金钗不整乌云乱。"杨果套数[仙吕·翠裙腰]:"减容姿,瘦腰肢,绣床尘满慵针指。"张可久小令[双调·折桂令]《春伯》:"托香腮微困春纤,绣线慵拈,宝篆羞添。"常常是伴着无限的春愁和对恋人绵绵的思念,或是迟迟不得下针,或是直接抛却针线。这些描写,虽然没有一字一句是细细的写实描绘,但我们仍然能想见出这些绣女们将自己的情思、灵性、激情、虔诚寄托在针下的神态。

最具代表性的是在才子佳人恋爱故事中别具一格的无名氏杂剧《玉清庵错送鸳鸯被》中的李玉英,她手中的绣品率直、坦诚,情深意挚地表达着她对幸福的憧憬和真挚的情感,在第一折中她与前来看望她的道姑有一段对话:

> 甚风儿吹你个姑姑来到此?(道姑云)贫姑一径的来望小姐。(正旦云)姑姑请坐。(唱)慌忙将礼数施。(道姑云)小姐,老相公去后,你每日做甚么功课?(正旦云)我绣着一床锦被哩。(唱)自从我绣鸳鸯,几曾离了绣床时?我着这金线儿妆出鸳鸯字,我着这绿绒儿分作鸳鸯翅。你看那枝缠着花,花缠着枝。(道姑云)小姐,这是甚么主意?(正

---

① (宋)陈元靓:《岁时广记》,中华书局 1985 年版,第 415 页。
② 车吉心:《中华野史·辽夏金元卷》,泰山出版社 2000 年版,第 874 页。

旦唱）直等的俺成就了百岁姻缘事,怎时节才添上两个眼睛儿。

这段对话表达了如下含义:一是李玉英每天的"功课",是"熬永夜闲描那花样子,捱长日频拈我这绣针儿"①。这是元代女子女红生活的真实写照。二是"枝缠着花,花缠着枝"既说的是绣被的图案,也是对情爱企慕的隐隐透露。刺绣作为女子的一种必备技能,是女性情感的一种寄托和精神追求,乃至交流的一种手段。三是"直等的俺成就了百岁姻缘事",这青春的苏醒情爱的潮汐,时时在她心中鼓动澎湃。她正是把她全身心的理想、企冀和憧憬,绣进了鸳鸯被里。"怎时节才添上两个眼睛儿",没有眼睛的鸳鸯还只是图案,有了眼睛,鸳鸯就活了,成为有生命的爱情的象征。传统画论说,人的神情、灵魂全在阿堵之中。元代的绣女们日夜用她们手中的针,添着她们生活中的传神阿堵,绣着她们不朽的灵魂。今天我们不禁要追问:这样绣品该是怎样的飞翔姿态呢!

三、元曲描写的服饰形制

元代是中国服饰演变史上一个颇具特色的时期。契丹、女真、蒙古等民族的优秀服饰文化,不但给以汉族为主体的古代中华民族服饰文化,注入了新的血液,而且更为重要的是他们的民族服饰文化与中原各族的服饰文化在不断交流与冲突中,又孕育、升华出新的服饰文明。元曲对时人服饰形制的描写,蔚为大观,体现和反映出了当时的社会发展、风俗变迁以及各个阶层的文化素养、审美取向和我国服饰文化在元代的多民族性、多元性发展。使我们看到了在《舆服志》、《会典》等官方典章里不可能有的活生生的服装画面,是研究中国传统服饰变迁的历史和服饰文化传承的重要参考资料。

（一）头 衣

头衣,也称"首服"②,即着于头部的服饰,包括巾、冠、帽等。扎巾是为

---

① 无名氏杂剧《玉清庵错送鸳鸯被》第一折。
② 张光直:《考古学专题六讲》,文物出版社1986年版,第72页。

了敛发,戴冠是为了装饰和显示身份,戴帽是为了遮阳、挡风、保暖和装饰。头衣被认为是戴在头上的文化符号,向人们传达着丰富的人文信息。头衣佩戴的恰到好处,能艺术地表现戴佩者的容貌、性格及身份地位。元代的头衣名目较多,有些是唐宋传留下来的,有些是游牧民族流传到中原的,还有一些是元代新创的。各民族头衣服饰交错互用,虽无有定式,但鲜明独特,形成了中原农业民族与北方游牧民族相杂相融的头衣文化。元曲中对或高贵、或艳丽、或清新、或朴素的适合不同人群需求的头衣的描写,为我们解读元代头衣,以及由之解读元代的服饰文化、习俗以及精神状态提供了一把不可多得的钥匙。

1.巾

巾,即"头巾",就是裹头布。汉以前本为庶民所戴,东汉末年士族开始戴巾。元代汉族平民百姓多用巾裹头依然常见。且巾的品种繁多,如葛巾、纶巾、茜红巾、唐巾、抹额等流行式样,但无一定规格,巾裹的方法很多,各随其好。赵孟頫的《斗茶图》中四个卖茶汤的小商贩的裹巾子,就反映了这一特征。元曲记述的头巾,不仅式样较多,质料样式各具特色,并且以大量的笔墨描写了这些巾丰富的人文和情感意蕴。

葛巾是用葛布缝制的头巾,在元曲中最常见。杨朝英小令[正宫·叨叨令]《叹世》:"他待学欺君罔上曹丞相,不如俺葛巾漉酒陶元亮。"可见戴葛巾在元代是一种十分普遍的现象。并且由于葛布质料细密,除宜戴用外,还可滤物。《宋书·陶潜传》载:这位东晋隐逸,每"值其酒熟,取头上葛巾漉酒,毕,还复着之。"①所以葛巾也常常被元代人作为滤酒的布巾。如陈草庵小令[中吕·山坡羊]:"黄花恰正开时候,篱下自教巾漉酒。"景元启小令[双调·殿前欢]《自乐》:"葛巾漉酒从吾愿,富贵由天。"乔吉杂剧《杜牧之诗酒扬州梦》第四折:"摆着一对种花手似河阳县令,裹着一顶漉酒巾学五柳先生。"均是用巾滤酒这种习俗的写照。

纶巾亦名诸葛巾,是一种用较粗的丝带盘制而成的头巾,颜色以白为贵,取其高雅洁净之意。由于纶巾质地厚实,适于头部保暖,故多用于冬季。

---

① (南朝梁)沈约:《宋书》,中华书局1997年影印本,第2288页。

张养浩小令［中吕·普天乐］:"布袍穿,纶巾戴。傍人休做,隐士疑猜。"东汉以后较为流行,隋唐时期因幞头的盛行而用者渐少,入宋以后开始恢复,元代仍流行。纪君祥残剧《陈文图悟道松阴梦》:"每日价醉醄醄,纶巾颠倒。"张可久小令［双调·清江引］《老王将军》:"纶巾紫髯风满把,老向辕门下。"乔吉小令［中吕·满庭芳］《渔父词》:"扁舟最小,纶巾蒲扇,酒瓮诗瓢。"马致远杂剧《西华山陈抟高卧》第一折:"倒不如我这拂黄尘的布袍,漉浑酒的纶巾。"以上描写虽然简单,但也大致勾勒出了元代戴纶巾的情形。

帻,是头巾式样的一种。原是用来覆盖发髻,不使蓬乱的巾。汉杨雄撰《方言》卷四云:"覆髻谓之帻巾。"[1]帻,开始时在百姓中流行,贵者贱者均可戴用。戴冠者衬冠下,平民戴帻不戴冠。于发髻上覆以布帕,一直盖到前额,即是帻。其形似便帽,平顶的,称"平巾帻",屋顶状的,叫"介帻"。元曲中有多处写到帻。如高文秀杂剧《须贾大夫谇范叔》第三折:"你看我这巾帻旧雪冰透我脑门,衣衫破遮不着我这项筋。"马致远杂剧《江州司马青衫泪》第四折:"宜舞东风斗虾蟆,巾帻是青纱。"白朴残剧《韩翠苹御水流红叶》:"听了些绛帻鸡人报晓筹。"绛帻,红色头巾。鸡人,戴红色头巾的卫士。天将明时,传唱报晓,因称鸡人。《元史·舆服志》载:"司辰郎二人,一人立左楼上,服视六品,候时,北面而鸡唱;一人立楼下,服视八品,候时,捧牙牌趋丹墀跪报。"[2]从元曲描写看,帻应是元代很常见的一种包发之巾。

唐巾,亦称"软巾"、"唐帽",以乌纱制成的头巾。形制与唐代的幞头相似,区别在于其后下垂二脚,里面纳有藤篾,向两旁分开,呈八字形。元代将硬脚改为软脚。《元史·舆服志》:"唐巾,制如幞头,而椭其角,两角上曲作云头。"[3]元曲中唐巾时有出现,如无名氏杂剧《玎玎珰珰盆儿鬼》第二折窑神唱:"行行里云雾笼合,来、来、来,先着这冷飕飕渗人风过,按唐巾将俺这角带频挪。"无名氏杂剧《朱砂担滴水浮沤记》第三折东岳太尉唱:"我将这带鞓来搋,我把这唐巾按。"无名氏杂剧《汉钟离度脱蓝采和》第三折蓝采和唱:"头上把唐巾裹,舞绿衫拍板高歌。"无名氏杂剧《冻苏秦衣锦还乡》第二

①　浙江古籍出版社:《百子全书》,浙江古籍出版社1998年版,第232页。
②　(明)宋濂等:《元史》,中华书局1997年影印本,第1999页。
③　(明)宋濂等:《元史》,中华书局1997年影印本,第1940页。

折苏秦的哥哥苏大云："你不曾为官呵，着我做甚么大官人？干着我买了个唐帽在家，安了许多时。"这些描写说明唐巾在元代是一种在各阶层人士中均流行的头饰。元代唐巾还有一种独特的作用，即起到篮筐兜包的作用。如宫天挺杂剧《死生交范张鸡黍》第一折王仲略云："我们饮不多几钟，早天色明了也。行人贪道路，哥哥慢行，您兄弟先行。哥哥，您兄弟无伴当，于道路上自做饭吃，这些果子下饭，您兄弟将去，路上噻他耍子。（做取按酒放唐巾内，戴上，揭衣服取竹筒装酒科，下）"摘下唐巾，将水果等物一一装下，方便潇洒，体现了元代人实惠、节俭的审美特征。

抹额，也称额带、额子、头箍、发箍、眉勒、脑包等，是将布帛等物折叠或裁制成条状围勒在额上的头巾。"抹"是动词，含有系扎、紧勒之意，可以防止鬓发的松散和垂落，特别方便妇女劳作。戴抹额的习俗我们从河南安阳殷墟妇好墓出土的石人造型中，可以得知当时人们已经开始使用。宋代时由于民间男子多用头巾裹头，少用抹额，抹额就逐渐成了妇女专用的头饰，并在制作上也较之以前讲究和精细，有的甚至在额面装缀珠宝，向女子首饰靠拢，时常与簪钗、巾帽配套。元代抹额依然流行，且是男女均用的头饰，一般以各色纱绢为巾。元曲中有一定的记述，郑光祖杂剧《虎牢关三战吕布》第三折："紫金冠，分三叉；红抹额，茜红霞；绛袍似烈火，雾锁绣团花。"无名氏杂剧《小尉迟将斗将认父归朝》第二折："我与你忙带上铁幞头，紧拴了红抹额。"无名氏杂剧《狄青复夺衣袄车》第一折："这红抹额似火霞飘，金面具威风赳。"这里描写的多为红色抹额，且多为元代男人中武士所戴。估计在额间系扎一道布帛，可防止鬓发的松散和发髻的垂落，便于行动，所以受到士卒的青睐。元代永乐宫纯阳殿第二大殿中壁画以连环画形式，描绘了吕洞宾的一生。从吕洞宾降生咸阳画起，一直画到他赴考、得道、辞家、超度凡人和游戏红尘等，共五十二幅画面。画中人物繁多，身份各不相同，所穿服装也各有特色。应是以当时社会上的人为原型的。对了解元代的社会风尚、生活习俗，特别是平民百姓的衣冠服饰有较大参考价值，故有"元代《清明上河图》"之称。其中有五个裹各式巾子、交领衣、奏乐道童。其中击云锣的道童头上除细碎花冠外，额间还横勒一道抹额，可作为元曲抹额描写的释证。抹额不仅是元代男人中官员或武士的头饰，也是女子的头饰，吴昌龄残剧《唐三藏西天取经·饯送郊关开觉路》(《升平宝筏》第十六出):"杂随意扮众男女乡民;丑扮王留儿,戴脑包穿喜鹊衣系腰裙;旦扮胖姑儿,穿衫背心系汗巾;同从上场门上。"其中"脑包"就是抹额。元代永乐宫纯阳殿壁画上所绘的妇女额间扎着布帛,系扎时先将布帛折成条状,由后绕前,于前额系结,可防止鬓发的松散和发髻的垂落,显得整洁美观,这可能是元代女子戴抹额的主要原因之一。

缠头,古时歌舞艺人表演时,以锦缠头,演毕,客以罗锦为赠,称缠头,后作为赠歌舞者丝绸等财物的通称。孙周卿小令[双调·水仙子]《赠舞女赵杨花》:"霓裳一曲锦缠头,杨柳楼心月半钩。"张可久小令[双调·殿前欢]《客中》:"锦缠头,粉筝低按舞[凉州]。"曹德小令[双调·折桂令]《西湖早春》:"金络脑堤边骏马,锦缠头船上娇娃。"徐再思小令[中吕·满庭芳]《赠歌者》:"风流消得缠头锦,一笑千金。"任昱小令[双调·水仙子]《友人席上》:"红锦缠头罢,金钗剪烛明。"无名氏套数[越调·斗鹌鹑]《自省》:"燕侣莺俦,百匹酬歌,红锦缠头。"这些精彩的曲句,真实地记录了元代"缠头"或作束额之巾,或是赠赏之物,陪伴元代艺女在舞场、在勾栏、在船头演出的场景。构成了元代巾冠服饰园地颇有特色的一角。

幞头是巾的另一种式样,亦名折上巾、软裹,是在幅巾基础上演变而来。起初多以缣帛裁制而成,使用时由前抄后,包裹发髻,于颅后作结。北周武帝时对其做了改进,将布帛的四角接长,形如阔带,裹发时将巾帕覆盖于顶,后面两脚朝前包抄,自下而上,系结于额;前面两脚则包过额颡,绕至颅后,缚结下垂。唐时称为幞头。至宋,幞头以藤织草巾子做里,用纱做表,再涂以漆,称为"幞头帽子",可以随意脱戴。其式样有直脚、局脚、交脚、朝天、顺风等。身份不同,式样也不同。皇帝或官僚的展脚幞头,两脚向两侧平直伸长,身份低的公差、仆役则多戴无脚幞头。在元代,幞头不仅官吏贵族所戴,也是士庶及平民百姓的头饰。但质料与形制方面有所不同。平民百姓幞头质料,以粗布青纱为主,官员所戴幞头形制与宋代长脚幞头相似,只是展角较偏后,也有用交角幞头。从河北宣化辽墓出土的壁画上反映出来的制式看,元代幞头有直脚幞头、牛耳幞头、交脚幞头等多种。元曲中幞头的描写屡见不鲜,如李文蔚杂剧《同乐院燕青博鱼》第二折:"我这里抢起折支巾,拽起夜叉裙。"杨显之杂剧《临江驿潇湘秋夜雨》第二折:"只为你人材是整齐,将经史温习。联诗猜字尽都知,因此上将女孩儿配你。这幞头呵除下来与你戴只。"高文秀杂剧《好酒赵元遇上皇》:"这纱幞头直紫襕,怎如白缠带旧绸衫。"马致远杂剧《西华山陈抟高卧》第一折:"我其实戴不的幞头紧,穿不的朝衣坌。"无名氏杂剧《小尉迟将斗将认父归朝》第二折:"我与你忙带上铁幞头,紧拴了红抹额。"这些描写中虽然看不出幞头的形制,但例句中的"戴"字透露给我们这样的信息:一是幞头依然是元代的一种时冠;二是已经完全脱离了巾帕的形式,成为了一种帽冠。

此外,元曲中还描写了多式多样的巾。如杜善甫套数[般涉调·耍孩儿]《庄家不识构阑》中提到的皂头巾:"不多时引出一伙。中间里一个央人货。裹着枚皂头巾顶门上插一管笔,满脸石灰更着些黑道儿抹。"马致远杂剧《邯郸道省悟黄粱梦》第一折中提到的九阳巾:"你有那出世超凡神仙分,击一条一抹绦,带一顶九阳巾。"王子一杂剧《刘晨阮肇误入桃源》第二折中提到的乌巾:"风力紧羽衣轻,露华湿乌巾重。"无名氏杂剧《争报恩三虎下山》楔子中提到的茜红巾:"绣衲袄千重花艳,茜红巾万缕霞生。"乔吉小令[双调·折桂令]《自述》中提到的华阳巾:"华阳巾鹤氅蹁跹,铁笛吹云,竹杖撑天。"张可久小令[南吕·金字经]《湖上书事》中提到的荷叶巾:"竹枕芦花被,草衣荷叶巾,一棹烟波湖上春。"汤舜民套数[南吕·一枝花]《赠儒医任先生归隐先生善写竹》中提到的逍遥巾:"逍遥巾帻,懒散襟裾。"孙仲章杂剧《河南府张鼎勘头巾》第二折楔子中提到的芝麻罗头巾:"芝麻罗头巾,减银环子。"无名氏杂剧《都孔目风雨还牢末》第四折中提到的青巾:"涧水潺潺绕寨门,野花斜插渗青巾。"杨立斋套数[般涉调·哨遍]中提到的纱巾:"一个是纱巾蕉扇睁睁道,一个是翠厴金毛俏鼻凹。"王实甫杂剧《四丞相高会丽春堂》第一折中提到的彩绣巾:"万草千花御苑东,欸翠偎红彩绣巾,满地绿茸茸。"无名氏小令[正宫·醉太平]中提到的红巾:"开河变钞祸根源,惹红巾万千。"这些描写说明元代以巾为头饰十分普遍,式样也繁多,有的以巾的颜色而名,有的以巾的质地取名,有的以人命名,有的以名山命名,有的以朝代命名,有的以巾的形状取名,还有的以戴巾人的身份取名等。头巾本是无情物,但在这些曲句里,头巾似乎染上了浓郁的情感色彩,或喜乐,或感伤,或闲逸,使元代的巾文化具有了深厚的意蕴。尤其是无名氏小令[正宫·醉太平]中提到的红巾,为我们真切地认识到了服饰在当时社会中的作用。"开河"是指至正十一年开黄河故道,修治堤防之事。当时修治河道征集百万民夫,辛苦劳作,所得工粮却被层层盘剥,以致群情激愤。"变钞"是钞法的更定。改革钞法造成物价上涨,民不聊生。严酷的官法刑法,引起民众的强烈不满,人吃人、钞买钞的事情以前哪里见过?各级官员和强盗没有什么区别,这是多么让人义愤、悲哀的事情啊!基本生活得不到保障,激起人民反抗,爆发了红巾起义。因起义军人人头戴红色头巾,所以,作者说"惹红巾万千",而红巾起义也由此得名。人们常说服饰是社会的一面镜子,这"惹红巾万千"正是元末社会现实的反映。

网巾是古代一种系束发髻的网罩,多用黑色细绳、马尾、棕丝编织而成。形状貌似一张微型的渔网,网口以帛做边,边上缀有金属制成的小环,称为巾环。环内贯以细绳,收紧即可约发。这样用网巾包裹住发髻之后,只要把穿在金属环里的细绳一收,然后挽成活结,便可牢牢罩住发髻。网巾的作用,除了束发外,还是男子成年的标志。一般衬在冠帽之内,也可直接露在外面。宋元时网巾已经流行,赵孟頫的《浴马图》中的马夫头上裹的就是网巾。谢宗可《咏网巾》诗云:"乌纱未解涤尘袢,一网清风两鬓寒。筛影细分云缕滑,棋纹斜界雪丝干。"①诗中把网巾的方格纹组织说得十分清楚,网丝的轻盈描写得很生动。在传世与出土的元遗存中,多有与此相合的实物可见。如河北隆化鸽子洞元代窖藏,发现网巾一件,丝质纤维织成,菱形网格,收口处用黄色丝线穿结。像一张方形的渔网,周边穿线可以收缩,以便紧裹头发。鸽子洞网子是女子使用之物。② 元曲中也有网巾的踪迹,如关汉卿杂剧《状元堂陈母教子》楔子三末云:"下次小的每,将那金银都埋了者。有金元宝留下四个,我要打一副网巾环儿戴。"秦简夫杂剧《东堂老劝破家子弟》第一折胡子传云:"哥,则我老婆的裤子也是他的,哥的网儿也是他的。"从以上文物实物和文献所载,我们推知:一、在元代网巾是成年男子不分贵

① 缪良云主编:《中国衣经》,上海文化出版社 2000 年版,第 617 页。
② 隆化县博物馆:《河北隆化鸽子洞元代窖藏》,《文物》2004 年第 5 期。

贱都常用之物。二、网巾的材料与制作也有奢俭之别,用四个金元宝"打一副网巾环儿",小小的网巾价值,由此可曲折见意。

　　2.冠

　　冠是我国古代的一种束发用具,汉刘熙《释名·释首饰》云:"冠,贯也。所以贯韬发也。"①冠又是头上的装饰品,古代男子到了二十岁,就要束发加冠,举行冠礼。因此戴冠又是男子成年的标志。后来冠又变成了弁冕的总名。元朝时,各阶层人士都有戴冠习惯,而且采用各种质料,故冠饰不仅名目繁多,而且特色鲜明。元曲不仅记载了各式多样的冠,而且描写了各民族戴冠的风格、戴冠的风情,冠在多民族互相影响、彼此交融的元代,焕发出了勃勃生命力。

　　冕冠,也称旒冠,俗称"平天冠",是帝王、王公、卿大夫参加祭祀典礼时所戴的等级最高的礼冠,由冕綖、冠、冕旒、笄、纮、充耳等组成。始于周代,历经汉、唐、宋、元诸代,明代以后,冕冠被废,代之以朝冠。元曲描写的冕冠,仍然沿袭传统,如无名氏杂剧《锦云堂暗定连环计》第一折董卓问杨彪云:"杨太尉,俺问你,从古以来,也有将平天冠让人戴的么?"宫天挺杂剧《死生交范张鸡黍》第三折:"来岁到神州,将高节清修,向白玉阶前拜冕旒。"乔吉小令[双调·折桂令]《感兴》:"成时节衣冠冕旒,败时节笤杖徒流。"汤舜民套数[仙吕·赏花时]《送人应聘》:"虎豹关深肃剑矛,鹓鹭班趋拜冕旒。"无名氏杂剧《阀阅舞射柳蕤丸记》第一折:"剿除胡虏干戈定,朝见天颜拜冕旒。"从元曲描写看,冕冠在元代人的观念里和生活中仍然占有重要的地位。

　　凤冠是古代妇女的礼冠,因冠上饰有凤鸟形象而名。贾仲明杂剧《荆楚臣重对玉梳记》第三折:"逗一会儿凤冠霞帔夫人相,谎一程儿高髻云鬟仕女图,显一捻儿风流处。"杨显之杂剧《临江驿潇湘秋夜雨》第四折:"我戴凤冠霞帔的夫人是好锁的? 待我来。"曾瑞套数[双调·蝶恋花]《闺怨》:"云堆髻盘,钗横凤冠。"以凤为饰的风气,早在汉代已经形成,其制历代多有变更,至宋代被正式定为礼服,并列入冠服制度,规定除皇后、妃嫔、命妇

---

　　①　(汉)刘熙:《释名》,中华书局1985年版,第71页。

之外,其他人不得私戴。元曲中的描写说明,元代沿袭了宋代的冠服制度。

武冠,即"武弁"。古代武官之冠,亦称武弁大冠、繁冠。汉侍中、中常侍加黄金珰,附蝉为文,貂尾为饰,名赵惠文冠。或加插双鹖尾,竖左右,称"鹖冠"。相传战国赵武灵王效胡服时始用。秦汉因袭不变,为武士之冠。至元代仍沿用,是元代武官戴的冠帽。张养浩小令[双调·雁儿落兼得胜令]:"自高悬神武冠,身无事心无患。"便是这种习俗的写照。

獬豸冠,又名法冠。《后汉书·舆服志下》云:"法冠,一曰柱后。高五寸,以纚展筩,铁柱卷,执法者服之……或谓之獬豸冠。獬豸神羊,能别曲直,楚王尝获之,故以为冠。"①古人认为这种神兽能辨善恶,别曲直,故将它的形象用在法官身上,希望法官为民请命,秉公执法,既标明身份,也提醒着装者,带有鲜明的职业特征。元曲记载了这种冠服。张可久小令[南吕·金字经]《鸿山杨氏南园》:"白玉狮蛮带,紫金獬豸冠,偃月堂深愁万端。"无名氏杂剧《谢金吾诈拆清风府》第二折:"冠簪金獬豸,甲挂锦猱狨。"郑光祖杂剧《虎牢关三战吕布》第四折:"杀的他冠斜獬豸将军败,血染征袍马带伤。"关汉卿杂剧《温太真玉镜台》第一折:"生前不惧獬豸冠,死来图画麒麟像。"孛罗御史套数[南吕·一枝花]《辞官》:"懒簪獬豸冠,不入麒麟画。"孛罗御史是蒙古人,作过御史。御史是属御史台的官员。御史台掌纠察官邪,肃正纲纪。其中的监察御史是专管各部官员纪律检查的:掌分察六曹及百司之事,纠其谬误,大事则奏劾,小事则举正。可知御史这个职务是出于统治集团政治矛盾斗争的前列位置。很可能孛罗御史在这个位置上感到为难和危险,终于辞官了。由此可知,此冠式仍是元朝执法官员的常服冠戴。

罟罟冠,又称故故、固罟、顾姑、固姑、罟罛、罟冠等,是元代蒙古族贵妇所佩带的很有民族风情的"花瓶冠"。因其造型式样特殊,引起了当时人的关注,不仅屡见于当时文人的诗词吟咏、笔记杂录,又因元朝疆域之广,驿路相通,亦见于其他民族使节、国外旅行家和西来传教士等的游记。中外大量史料对罟罟冠的详细记载,为我们研究当年的历史、人文、服饰等提供了难得的资料。如在法国传教士鲁不鲁乞的《东游记》中详尽描述了带有淳朴

---

① (南朝宋)范晔:《后汉书》,中华书局 1997 年影印本,第 3667 页。

的游牧民族风味的罟罟冠：

> 妇女们也有一种头饰，他们称之字哈，这是用树皮或她们能找到的任何其他相当的材料制成的。这种头饰很大，是圆的，有两只手能围过来那样粗，有一腕尺多高，其顶端呈四方形，像建筑物的一根圆柱的柱头那样。这种字哈外面裹以贵重的丝织品，它里面是空的。在头饰顶端的正中或旁边插着一束羽毛或细长的棒，同样也有一腕尺多高；这一束羽毛或细棒的顶端，饰以孔雀的羽毛，在它的周围，则全部饰以野鸭尾部的小羽毛，并饰以宝石。富有的贵妇们在头上戴这种头饰，并把它向下牢牢地系在一个兜帽上，这种帽子的顶端有一个洞，是专作此用的。她们把头发从后面挽到头顶上，束成一种发髻，把兜帽戴在头上，把发髻塞在兜帽里面，再把头饰戴在兜帽上，然后把兜帽牢牢地系在下巴上。因此当几位贵妇骑马同行，从远处看时，她们仿佛是头戴钢盔手执长矛的兵士；因为头饰看来像是一顶钢盔，而头饰顶上的一束羽毛或细棒则像一枝长矛。①

据此看来，罟罟冠的外形上宽下窄，像一个倒过来的瓷花瓶。通常用桦树皮或柳枝、铁丝制成骨架，中空，外面用皮、纸、绒、绢等裱糊，再加上金箔珠花各种饰物。地位高的人还要在冠顶插野鸡毛，使之飞动。今天我们可从台北故宫博物院收藏的《元代帝后半身像》、敦煌莫高窟元代窟壁画和安西榆林窟元代壁画中领略到这种冠的风采。另外，内蒙古博物馆还有一件罟罟冠的出土文物，也提供了可供参考的实物资料。

罟罟冠作为蒙古族典型的服饰品，在我国服装发展史中占有一席之地，具有很深的文化内涵，一是罟罟冠是蒙古族妇女已婚的标志。在元时期蒙古人的婚礼上，新郎为新娘戴罟罟冠是一项重要的仪程。波斯人拉施特在《史集》中写阿八哈登上汗位后收娶父旭烈兀的妃子秃乞台哈敦，"他给（秃乞台）头上戴上字黑塔黑（罟罟冠）以代替脱忽思哈敦，立她为皇后。"同一卷中又记述阿合马在"取了勤疏的女儿、秃合察的母亲——忽都鲁"为妻

---

① ［英］道森：《出使蒙古记》，吕浦译，中国社会科学出版社1983年版，第103页。

时,也曾给她"戴上了孛黑塔黑(罟罟冠)"①。从这两段记载中可以清楚地看出,再婚女性在婚礼上同样也是以戴上罟罟冠为标志的,可见,罟罟冠对于女性婚姻具有十分重要的意义②。这种风俗至少到了明代仍风行。明万历二十二年(1594)成书的《北虏风俗》中记载娶亲"归时妇披长红衣,戴高帽"③的习俗,这里所说的"高帽"是新妇所戴的罟罟冠。作为已婚女性的象征,罟罟冠成为最具代表性的饰品,因此,在许多记载中"罟罟"成为已婚妇女的代称。如在陶宗仪《南村辍耕录》中就用"罟罟娘子"④来形容已婚妇女。《元史·郭宝玉传》记述元军南下情景时,引用当时的童谣:"摇摇罟罟,至河南,拜阏氏。"⑤二是罟罟冠在元时期装饰极尽华丽,非常流行。表现为两种情况,其一是受中原和江南文化的影响,北方女性所戴罟罟冠在取材和制作越来越精致考究,传播越来越广泛。熊梦祥在《析津志》中记载罟罟冠的讲究:"用大珠穿结龙凤楼台之属,饰于其前后。复以珠缀长条,褠饰方弦,掩络其缝。又以小小花朵插带,又以金累事件装嵌,极贵。宝石塔形,在其上。顶有金十字,用安翎筒以带鸡冠尾。出五台山,今真定人家养此鸡,以取其尾,甚贵。罟罟后,上插朵朵翎儿,染以五色,如飞扇样。先带上紫罗,脱木华以大珠穿成九珠方胜,或叠胜葵花之类,妆饰于上。与耳相联处安一小纽,以大珠环盖之,以掩其耳在内。自耳至颐下,光彩眩人。环多是大塔形葫芦环。或是天生葫芦,或四珠,或天生茄儿,或一珠。又有速霞真,以等西蕃纳失今为之。夏则单红梅花罗,冬以银鼠表纳失,今取暖而贵重。然后以大长帛御罗手帕重系于额,像之以红罗束发,莪莪然者名罟罟。"⑥由于罟罟冠形制特殊,制作工艺复杂,而且所需的材料都是只有富贵人家才可获得的珍贵物品,而且在罟罟的冠体之上还要遍缀宝石珠玉,甚至

①　[波斯]拉施特主编:《史集》第3卷,余大钧译,商务印书馆1983年版,第100页。
②　李莉莎:《罟罟冠的演变与形制》,《内蒙古大学学报》(人文社会科学版)2007年第1期。
③　(明)萧大亨:《北虏风俗》,内蒙古地方志编纂委员会总编辑室:《内蒙古史志资料选编》第3辑,第110页。
④　(元)陶宗仪:《南村辍耕录》,中华书局1959年版,第275页。
⑤　(明)宋濂等:《元史》,中华书局1997年影印本,第3520页。
⑥　(元)熊梦祥:《析津志辑佚》,北京图书馆善本组辑,北京古籍出版社1983年版,第205—206页。

连原本是穷人用来点缀冠顶的野鸡毛,也要用当时真定(今河北正定)的品牌,不言而喻这样的冠饰只有那些有权有势人家的妇人才有能力戴,所以罟罟冠应该是象征财富和地位的冠饰。同时,熊梦祥还记载了罟罟冠在元大都流行的情况:"于十五日蚤,自庆寿寺启行入隆福宫绕旋,皇后三宫诸王妃戚畹夫人俱集内廷,垂挂珠帘。……从历大明殿下,仍回廷春阁前萧墙内交集。自东华门内,经十一室皇后斡耳朵前,转首清宁殿后,出厚载门外。宫墙内嫔妃嫱罟罟皮帽者,又岂三千之数也哉? 可谓伟观宫廷,具瞻京国,混一华夷,至此为盛!"①这段描写生动地展现了元朝罟罟冠流行的气势。二是以文人为代表的中原和江南人,对蒙古族女性的别样服饰,仍然难以接受。元曲中关于罟罟冠的描写就说明这个问题。搜检元曲中关于罟罟冠的描写仅有两则:刘庭信小令[越调·寨儿令]《戒嫖荡》:"柳隆卿引着火穷兵,俊撅丁劫着座空营,达达搜没半星,罟罟翅赤零丁,舍性命把风月担儿争。"无名氏小令[越调·柳营曲]《风月担》:"达达搜无四两,罟罟翅赤零丁,舍性命将风月担儿争。"两则几乎相同的文字让我们得出一个结论,此种具有浓厚民族色彩的冠饰,在中原和南方地区并没有流行。

此外,我们在元曲中还可看到竹冠、藤冠、翠羽冠、翠冠、云冠、珠冠、芙蓉冠、金冠、进士冠、儒冠等各种形质的冠。如王仲元小令[双调·江儿水]《叹世》:

> 竹冠草鞋粗布衣,晦迹韬光计。

张养浩小令[双调·水仙子]:

> 黄金带缠着忧患,紫罗襕裹着祸端,怎如俺藜仗藤冠?

马致远杂剧《破幽梦孤雁汉宫秋》第二折:

> 翠羽冠,香罗绶,都做了锦蒙头暖帽,珠络缝貂裘。

白朴杂剧《裴少俊墙头马上》第二折李千金唱:

> 我忙忙扯的鸳鸯被儿盖,翠冠儿懒摘,画屏儿紧挨。

无名氏套数[越调·斗鹌鹑]《离恨》:

---

① (元)熊梦祥:《析津志辑佚》,北京图书馆善本组辑,北京古籍出版社1983年版,第215—216页。

　　　　莫不是金华字减消了官诰,芙蓉翠低小了云冠。

　　关汉卿杂剧《望江亭中秋切鲙》第三折:

　　　　珠冠儿怎戴者? 霞帔儿怎挂者?

　　无名氏套数[南吕·一枝花]《妓名张道姑》:

　　　　碧玉簪芙蓉冠新入个名流,青霞帔逍遥服新裁个样子。

　　郑光祖杂剧《虎牢关三战吕布》第一折:

　　　　画戟金冠战马犇,征袍铠甲带狮蛮。

　　无名氏杂剧《包龙图智赚合同文字》第四折:

　　　　刘安住力行孝道,赐进士冠带荣身。

　　吕止庵小令[仙吕·后庭花]《怀古》:

　　　　儒冠两鬓皤,青衫老泪多。

　　相信,在元代的实际生活中,冠的款式和名目远不止于此,但就是这些或突出材质,或突出颜色;或是实写,或是虚记的冠帽,无论是材质低劣的,还是高雅的,都承载着元代人对生活的爱,对美的追求,承载着人类的智慧和才能。

　　3.帽

　　"帽"是一种历史悠久的头衣。元代虽扎巾习俗不衰,但戴帽毕竟比扎巾方便省事,因此帽的使用越来越普遍。尖顶帽、平顶帽、圆顶帽、笠子帽、四方瓦楞帽、乌纱帽、暖帽、毡帽、风帽等元代常见的帽式,不仅能从出土的壁画中看到,而且在元曲中也可以得到生动而鲜活的解读。

　　乌纱帽通常有两指,一是指用黑色纱罗制作的软帽。通常制成桶状,戴时高竖于顶,魏晋以来较为流行,文人多戴。隋代以乌纱为礼冠,隋朝末年,因折上巾的流行其制渐衰。唐初恢复,至元代依然流行。二是专指官帽,又称"乌纱",由唐宋时期的幞头演变而来,以铁丝为框,外蒙乌纱,帽身前高后低,左右各插一翅,文武百官上朝和宴请宾客时均可戴,入清以后被顶子花翎所取代。其实,乌纱帽早先并非官帽,而是上至天子、百官,下至一般士庶都可通用的纱制帽。宋元时代,乌纱帽仍是民间常见的一种便帽。不分尊卑,不仅官员能戴,平民百姓甚至妓女均能戴。元曲中记述了这种风行的帽。如李唐宾杂剧《李云英风送梧桐叶》第三折:"宫花斜插乌纱帽,紫袍称体,金带垂腰。"张可久小令［双调·湘妃怨］《德清观梅》:"泠泠仙曲紫鸾箫,树树寒梅白玉条,飘飘野客乌纱帽。"汤舜民小令［双调·风入松］《钱唐即景》:"江南舳舻随风至,乌纱润白苎滋滋。"无名氏套数［南吕·一枝花］《春雪》:"寒凝冷透乌纱帽,料峭寒侵粗布袍。"无名氏杂剧《赵匡义智娶符金锭》第一折:"我见他乌纱小帽晃人明,久以后必然金榜题名讳。"纪君祥残剧《陈文图悟道松阴梦》:"见带着乌纱帽,又想挂紫锦袍。"这些描写可作为研究元代乌纱帽的一个间证。

具有御寒功能的帽子统称为"暖帽"。元代人冬季多戴暖帽,好的暖帽一般由珍贵皮毛或金锦缝制而成,前额檐较窄,后檐较宽,可以覆耳,有的还加有帔。元曲记载的暖帽多为这种形制。如武汉臣杂剧《包待制智赚生金阁》第一折:"一群价飞鹰走犬相随逐,都是些貂裘暖帽锦衣服。"关汉卿杂剧《邓夫人苦痛哭存孝》第三折刘夫人云:"阿的好小番也!暖帽貂裘最堪宜,小番平步走如飞。"曾瑞套数［般涉调·哨遍］《羊诉冤》:"待准折舞裙歌扇,要打摸暖帽春衣。"这些暖帽,材料珍贵,制作精美,颜色上乘。轻便灵活,非常随意,是贵族和高层人士佩带的暖帽。成吉思汗画像和忽必烈画像中所戴的帽子就是这种暖帽。普通百姓是戴不起如此贵重的帽子的。普通百姓所戴多为一般皮毛或毡制的暖帽。但是由于蒙古民族地处寒冷的北方,为了御寒,无论身份贵贱皆戴暖帽,只是制作的材料和颜色上有所区别。

暖帽中最常见的形制之一是风帽。风帽也称"风兜"、"兜儿帽",源于北方少数民族,因戴在头上能御挡风寒而名。面多用呢、绒、绸、缎,里多用棉和皮,中间纳入棉絮,也有用皮毛制成,帽扇较长,可护颈项,近似现代流行的棉皮帽子。风帽男女均可戴,不属于礼服之类,因此见客时必须除去,否则会被视为失礼。元曲中提到了风帽,张可久小令［越调·小桃红］《忆疏斋学士郊行》:"尘衣风帽。"董君瑞套数［般涉调·哨遍］《硬谒》:"风帽与尘寰,遍朱门白眼相看。"从描写看,风帽在元代是很流行的。

毡帽是以毛毡制成的帽子的通称。材料取自毛纤维,通过热压,成为片状的毛毡。毡帽形制多样,可以防寒、防雨、防晒,还具有很好的回弹、吸尘、保温性能,不仅牢固耐用,一般可戴用八年至十年,甚至更久,破了打上补丁还可以再用。还可做安全帽、坐垫。常见的颜色有白色、深灰、淡黄、褐色、酱色等。如李文蔚杂剧《同乐院燕青博鱼》楔子燕青唱:"则我这白毡帽半抢风,则我这破搭膊落可的权遮雨,谁曾住半霎儿程途?"同剧第四折:"石榴色茜红巾,柳叶砌乌油甲,荷叶样烟毡帽。"无名氏杂剧《争报恩三虎下山》第一折正旦云:"你道他是贼呵!(唱)他头顶又不、又不曾戴着红茜巾、白毡帽。"关汉卿杂剧《刘夫人庆赏五侯宴》第三折李从珂生母向李从珂述说他儿子被人抱走时的情景:"那官人系着条玉兔鹘连珠儿石碾,戴着顶白毡笠前檐儿慢卷。"元曲中这些毡帽的描写,说明毡帽是元时期北方寒冷地区常见的帽子。

元曲还记写了一种比较特别的帽式——磕脑。北方地区气候寒冷,男子外出经常戴磕脑。磕脑亦作搕脑,多用锦、兽皮等质料制作,中纳棉絮。磕脑的两侧及脑后都缀有较长的帽裙,使用时套在头上连项部遮覆,仅露脸面。无名氏杂剧《雁门关存孝打虎》第二折李存孝对李克用说:"父亲,您孩儿不用衣袍铠甲,就用这死虎皮做一个虎皮磕脑、虎皮袍、虎筋绦。孩儿自有两般兵器:浑铁枪,铁飞挝。"关汉卿杂剧《邓夫人苦痛哭存孝》第四折:"戴一顶虎磕脑,马跨着黄骠,箭插着钢凿,弓控着花梢。"由此可知,武士所戴磕脑多用兽皮制成。

此外,在元曲中还描写了元代十分流行的各种男女便帽,如小帽、绣帽、胡帽以及山翁帽等。王实甫杂剧《四丞相高会丽春堂》第一折:

小帽虬头裹绛纱,征袍砌就雁衔花。

乔吉杂剧《玉箫女两世姻缘》第三折:

门下士锦带吴钩,坐上客绣帽宫花。

无名氏杂剧《朱太守风雪渔樵记》第二折:

朱买臣,巧言不如直道,买马也索籴料,耳檐儿当不的胡帽。

曹德小令[中吕·喜春来]《和则明韵》:

春云巧似山翁帽,古柳横为独木桥。风微尘软落红飘,沙岸好,草色上罗袍。

山翁帽,指晋襄阳太守山简(山涛幼子),好游冶醉酒,每出游,常大醉而归,戴白头头巾,称白接䍠,人称"山翁帽"。可见,一顶小小的帽子,也是包孕着元代的社会形态、审美观念、技艺水平和生活状况等信息的。

总之,元时期的帽,不仅造型丰富,所用材料多样,而且讲求造型、款式和名贵,再加上精工细作,充分展现了当时经济发展、艺术多元的文化底蕴。元曲中描写的冠帽展示了元代人戴帽的风尚,反映了帽文化中积淀的游牧民族崇拜苍穹的信仰,是草原游牧文化、中原农业文化与中亚文化相交相融的反映。

4.笠

笠帽是一种用细藤、竹篾、棕皮或毡、牛尾、马尾等材料编制的遮阳挡雨的敞檐帽,其外观常呈尖顶和圆顶两种形式。笠帽多被广大劳动人民戴用,如农夫与渔夫便喜用此帽。元曲多角度地记写了这种帽。如鲜于必仁小令[双调·折桂令]《西山晴雪》:

> 醉眼空惊,樵子归来,蓑笠青青。

张养浩小令[双调·殿前欢]《村居》:

> 便有些斜风细雨,也近不得这蒲笠蓑衣。

王仲诚套数[越调·半鹌鹑]《避纷》:

> 带一顶嵌肩慢笠,穿一领麻衫。

赵彦晖套数[仙吕·点绛唇]《省悟》:

> 深缦笠紧遮肩,粗布衫宽裁袖。

张可久套数[正宫·端正好]《渔乐》:

> 钓艇小苫寒波,蓑笠软遮风雨,打鱼人活计萧疏。

秦简夫杂剧《宜秋山赵礼让肥》第一折:

> 他蓬松着头发,歪篡笠头上搭。

无名氏套数[中吕·粉蝶儿]:

> 一个白罗帕兜映遮尘笠,一个乌云髻斜簪梳。

王和卿小令[越调·天净沙]《咏秃》:

> 笠儿深掩过双肩,头巾牢抹到眉边。款款的把笠檐儿试掀。

高文秀杂剧《黑旋风双献功》第二折:

> 他戴着个玉顶子新棕笠,穿着对锦沿边干皂靴。

费唐臣杂剧《苏子瞻风雪贬黄州》第二折:

> 紫袍金带无心恋,两笠烟蓑有意穿。

杨景贤杂剧《西游记》第一本第三出《江流认亲》渔人云：

　　　青箬笠前无限事，绿蓑衣底一时休。

从上例看，元代的笠帽形式多样，有遮尘笠，遮阳笠；有挡雨笠，防风笠；有箬笠，有蒲笠，有竹笠；有笠檐卷起的软笠，有笠顶镶玉的棕笠，有加帔的缦笠。笠帽之所以成为元代人突出的服饰，一是因为一些休致官僚、文人隐士，或为消遣，或为寻觅雅兴、意境，也故意效仿渔夫，身着蓑衣，头戴笠帽，垂钓于雪江、溪流之上，借此作为寻求自然野趣的一种独特文化生活享受。二是由于元代蒙古族男子有冬天戴帽夏天用笠的习俗，特别是元代蒙古民族使用最为普遍的钹笠帽，为元代的笠帽增添了文化风韵。所谓钹笠帽因该帽体与铜钹形状相似而名。帽檐"或圆，或前圆后方，或楼子，盖兜鍪之遗制也"①，与一般草帽、竹笠的区别：竹笠、草帽，边较宽；元代的钹笠冠帽檐较窄，冠较浅。甘肃安西榆林窟的元代壁画，画有戴着钹笠帽的男子。这种钹笠冠，冠顶的有缨，有的有羽饰，而且大多与穿元代官服和骑马的官员相配。在元代上自皇帝下至平民都戴此帽，皇帝戴的钹笠帽最为华贵，《元史·舆服志》中就记载了"宝冠顶金凤钹笠"、"珠缘边钹笠"、"金冠凤顶笠"②等诸多样式。在传世的元代帝王肖像画中能看到其形制。元代平民所戴的钹笠帽要简朴很多，在我国各地元代墓葬考古发掘中都有出土。

（二）身　衣

身衣，指身上所穿的服装，包括上衣、下衣及上衣和下裳连成一体的。元时期的身衣名目繁多，从元曲中所描写的身衣式样看，元代身衣基本沿袭宋代身衣，仍然以袍、衫、袄、襦、裙子等为主要装扮元素。但无论是在身衣的取材、身衣形制的创制以及身衣的装饰方面，都超过了前代。独具特色的质孙服、辫线袍，即是这一时期的代表性服饰。体现了元代服装既保留汉民族服装的风格，又有多民族性的特色。

1.袍服

袍，是一种长度通常在膝盖以下的长衣。最初多被用作内衣，穿时在外

---

① （明）叶子奇：《草木子》，中华书局1959年版，第61页。
② （明）宋濂等：《元史》，中华书局1997年影印本，第1938页。

另加罩衣。其制多作两层,中纳棉絮。东汉之后,袍由内衣变为外衣,不论有无棉絮,统称为袍。男女仕庶皆可穿着。① 元代时,袍服是最主要的服饰。元曲描写的袍服,主要有深衣、质孙服、辫线袍、上盖、搭护、团衫等。元曲对袍服的描写显示了元代文化的多元化特质,元代社会的经济生活状况,元代人的审美风貌,以及各种文化形态的全方位交流和多种文明的兼容并蓄。

深衣出现在春秋战国之际,是将上衣下裳分裁而又缝合为一体的连体式服装。因穿着时能拥蔽全身,将人体掩蔽严实而名。其特点:一是上下连属,使身体深藏不露,雍容典雅。从马山楚墓出土实物发现,深衣在制作时,是把以前各自独立的上衣、下裳合二为一,却又保持一分为二的界线,故上下不通缝、不通幅。二是衣式采用矩领。三是衣长至踝。四是续衽钩边。衽,就是衣襟。续衽,就是将衣襟接长。钩边,就是指衣裾,即衣服后身的下摆。宋代时,深衣被朱熹定为士大夫家冠婚、祭祀、宴居、交际的服装,但实际上已经没有人穿。甚至连司马光、朱熹本人也都是在深居时才穿,元代穿这种服制的人就更少,已经是不常见的服饰,所以张可久在小令[越调·天净沙]《晚步》中云:"吟诗人老天涯,闭门春在谁家? 破帽深衣瘦马。晚来堪画,小桥风雪梅花。"但由于深衣穿着舒适便利,裁制简便省工,对后代服装的影响极大。元代的质孙服、辫线袍就深受其影响。

质孙服,汉语译作一色服,因以红色为主,又有"绛衣"之称,是一种特殊而独具蒙古族特色的袍服。其形制上衣连下裳,形如"深衣",但衣袖较紧窄,下裳较短,腰间多细褶,并用纻丝金线或红紫帛捻线组成束腰围在胸下至腰间。南宋使者彭大雅对其形制、原料、服色、纹样有过详细的描述:"其服,右衽而方领,旧以毡毳革,新以纻丝金线,色以红紫、绀绿,纹以日月龙凤,无贵贱等差。"南宋人徐霆也有描述:"正如古深衣之制,本只是下领,一如我朝道服领,所以谓之方领。若四方上领,则亦是汉人为之。鞑主及中书向上等人不曾着。腰间密密打作细褶,不计其数,若深衣止十二幅,鞑人

---

① 周汛、高春明:《中国衣冠服饰大辞典》,上海辞书出版社1996年版,第193页。

折多耳。又用红紫帛捻成线,横在腰,谓之腰线,盖马上腰围紧束突出,采艳好看。"①元世祖后,被定为元朝官员的礼服。《元史·舆服志》曰:"质孙,汉言一色服也,内庭大宴则服之。冬夏之服不同,然无定制。凡勋戚大臣近侍,赐则服之。"②马可·波罗在其游记中曾详细描述了忽必烈万寿日,皇帝、百官及侍卫军所衣质孙服的盛况:"这一天,大汗穿上华丽无比的金袍,同时有整整二千的贵族和武官由他赐给同样颜色和样式的衣服……那些衣服也是金黄色的丝织品。贵族和武官除衣服外,每人还领到一条用金银线绣成的皮带和一双靴子。"③由上可以看出:一、质孙服是当时社会"达官显贵"身份的象征。二、质孙服服用面很广,大臣在内宫大宴中可以穿着,乐工和卫士也同样服用。其区别主要体现在质地粗细上。三、质孙服是承袭汉族又兼有蒙古民族特点的服制。四、质孙服是帽、袍、带、靴子配套的。元曲中虽没有直接质孙服名称的描写,但元曲中有这种服饰描绘,如孟汉卿杂剧《张孔目智勘魔合罗》第四折:"我与你曲湾湾画翠眉,宽绰绰穿绛衣,明晃晃凤冠霞帔,妆严的你这样何为?"白朴杂剧《董秀英花月东墙记》第五折:"列头搭在马前,把香车帘半卷。只见官诰新鲜,翠袖花钿,宝髻云偏,疑是天仙。只见他喜孜孜俏脸儿笑拈,敢见我紫罗袍体间穿。"关汉卿杂剧《山神庙裴度还带》第二折员外云:"我为何不留裴度在我家里住? 我则怕此人堕落了功名。胸中志气吐虹霓,争奈文齐福不齐! 一朝云路飞腾远,脱却白襕换紫衣。"这里的"绛衣"、"紫罗袍"、"紫衣",即指红色的质孙服。

　　辫线袍,俗称"腰线袄",省称"腰线",因形得名。始于金代,流行于元明时期。是元时期北方十分常见的袍服,与天子、百官质孙"精粗之制,上下之别,虽不同,总谓之质孙"④。辫线袍不仅是军队将校、宫廷侍卫等穿着的袍服,元代的妇女也穿着。郝经《怀来醉歌》中有"胡姬蟠头脸如玉,一撒青金腰线绿"⑤的描写,可见其流行广度。辫线袍由毡革、彩锦或艺丝制成,

---

①　车吉心:《中华野史·辽夏金元卷》,泰山出版社 2000 年版,第 502 页。

②　(明)宋濂等:《元史》,中华书局 1997 年影印本,第 1938 页。

③　[意大利]马可·波罗:《马可波罗游记》,陈开俊等译,福建科学技术出版社 1981 年版,第100—101 页。

④　(明)宋濂等:《元史》,中华书局 1997 年影印本,第 1938 页。

⑤　(元)郝经:《郝文忠公陵川文集》,秦雪清点校,山西人民出版社 2006 年版,第 130 页。

交领窄袖,袖长有长短之分,下摆长过膝,腰部以下宽大有裥。另在腰部以辫线缝制成宽阔围腰,有的还钉有钮扣,形成明显的收缩,既可借此束腰,又可作为装饰。元末明初人叶子奇撰写的《草木子》中记载:"北人华靡之服,帽则金其顶,袄则线其腰。"①《元史·舆服志》也载:"辫线袄,制如窄袖衫,腰作辫线细褶。"②辫线袍的款式和造型与北方游牧民族的生产生活方式非常适应,袍服上身、下摆及腰带在整体结构上呈现出松紧有致的节奏感和疏密相间的活跃感。上紧的款式使得骑乘于马上的上半身自由灵活,宽松的下摆则使骑乘时上下自如、毫无约束,勒紧的腰线使腰部自然挺直,使骑乘者姿态优美备显精神抖擞、充满活力,显示了蒙古族对于生活的草原自然规律的深刻感悟与适度把握。辫线袍在元代文献中被记载很多,如元代的通俗读物《事林广记》马射图和步射图中头戴笠子帽的蒙古射箭教头、元刻本《元代人射雁图》中手托海东青的骑马打猎者,他们所穿的均是这种在元代北方十分流行的服饰。元曲也记载了元代最时尚的辫线袍,李直夫的《便宜行事虎头牌》是以女真族人为主要人物形象的杂剧。剧中女真作家以热情洋溢的笔触歌颂了女真民族的英勇善战,进而扩展到整个民族的民族精神和生活风貌,向世人展示了女真社会末期的民族生活图景。剧本的创作从内容到形式都融入了民族特点,而不像其他的杂剧一味地汉化。在第二折老千户银住马的哥哥金住马在回忆当年"快活了万千"的情景时所穿的衣服,首先提到的就是辫线袍:"那一领家夹袄子是蓝腰线。"说明辫线袍是元代一种主要的外衣,十分流行。同时,根据质孙服一色的特点,我们可知这里提到的蓝腰线是蓝色的辫线袍。又根据蓝色是蒙古族特别偏爱的颜色,可知蓝辫线袍是辫线袍中最时尚的一种。辫线袍在出土的元遗存中也多有发现,如1970年新疆乌鲁木齐南郊盐湖1号古墓出土一件黄色油绢面料的窄袖辫线袍,腰部钉有30道辫线③。出土的辫线袍为我们认识这种袍服提供了实物。由于这种窄袖、腰间紧束的袍服,穿起来便于骑射,方便骑马驰骋,也深受以汉文化为统治地位并排斥异族文化的明代人的喜欢,成为

---

①　(明)叶子奇:《草木子》,中华书局1959年版,第61页。
②　(明)宋濂等:《元史》,中华书局1997年影印本,第1941页。
③　王炳华:《盐湖古墓》,《文物》1973年第10期。

上自帝王,下及百姓出外骑乘时常穿的服装。清朝也以辫线袍为吉服袍。可见元代辫线袄对后世汉服的影响至深。

上盖,可以是袄子,又可以是袍子。"俗谓男子布衫曰布袍,则凡上盖之服或可概曰袍。"①无名氏杂剧《神奴儿大闹开封府》第一折中神奴儿对父母说:"一般学生每都笑话我无花花袄子穿哩。"他的父亲便立即表示要他母亲赶快去为他做一件有颜色的花花袄子,他对妇人说道:"大嫂,拣个有颜色的段子,与孩儿做领上盖穿。"表现出对孩子的爱护之情。无名氏杂剧《包待制陈州粜米》第三折中王粉莲对包待制说:"好老儿,你跟我家去,我打扮你起来,与你做一领硬挣挣的上盖。"无名氏杂剧《逞风流王焕百花亭》第一折王焕对卖查梨条的王小二说:"小二哥,你也知道我妆孤爱女,你肯与我做个落花的媒人,与那贺家姐姐做一程儿伴,我便与你换上盖也。"武汉臣杂剧《散家财天赐老生儿》第一折:写刘员外在庄儿中想起当初小梅向自己透露已有半年身孕的消息时,他惊喜若狂地连忙教人请来接生婆,为小梅诊脉。诊脉毕,接生婆一边道喜,一边讨价还价地要求刘员外给她换新服:"老的,你索与我换上盖咱。"这些记载说明:第一,上盖是元代人喜爱的衣服,男女老幼都能穿。第二,上盖是穿着较正式的服装;是好衣服,上等衣服,就当时而言,不是每个人都穿得起的,是家境比较好的才有能力备置。第三,在当时,上盖是有钱与无钱的分水岭,也是身份的象征,无论是冬天还是夏天,一般都要穿着上盖,否则会被人看不起。与亲朋好友会面也必须穿上盖,以显示礼貌和尊重。第四,上盖常被用来作为礼物赠送。

搭护是元代蒙古族服饰中具有代表性的一种衣饰。搭护,源于中国古代的短袖衣。秦汉时期,中原汉族男女的服装并非全长袖,为了劳作方便,也有短袖衣。因衣袖之长为长袖的一半,故称谓"半袖"。汉刘熙《释名·释衣服》:"半袖,其袂半,襦而施袖也。"②汉代半袖的具体样式一般是大襟交领,衣长至胯,袖长至肘;袖口宽博,并加以缘饰。隋唐时期,半袖衣又称"半臂",成为一种时尚的服饰。宋时,"半臂"更为流行。据宋高承《事物纪

---

① (元)陶宗仪:《南村辍耕录》,中华书局1959年版,第140页。
② (汉)刘熙:《释名》,中华书局1985年版,第81页。

原》记载:"实录又曰:'隋大业中,内官多服半臂,除即长袖也。唐高祖减其袖,谓之半臂,今背子也。江、淮之间或曰绰子,士人竞服。隋始制之也,今俗名搭护。"①可知,半臂在宋代又有背子之称。元时,在汉族半袖衣基础上创新为半袖开衩长袍——搭护。据史料分析,搭护有两种式样。一种如《元史·舆服志》中记载的"天子质孙,冬之服凡十有一等"中的第十一等:"服银鼠,则冠银鼠暖帽,其上并加银鼠比肩。俗称襻子答忽。"②"襻子答忽"、"比肩"是搭护衣的不同叫法,属于半臂一类的衣服。"襻子答忽",即有扣襻的搭护,有表有里,较马褂长,类似半袖衫。另一种是由各种皮毛制成的袍子。一般为对襟无领,后下摆处开叉,款式肥大,分为直开襟、大开襟两种,大开襟答忽与蒙古袍相似,只不过更为肥大,而直开襟的答忽大部分有后开衩,主要是为了便于骑射。无论哪一种答忽都是毛朝外的,是冬季套穿在蒙古袍外面的保暖服。③据清翟灏《通俗编·服饰·搭护条》记载:"郑思肖诗:'鬃笠毡靴搭护衣,金牌骏马走如飞。'自注:'搭护,元衣名'。"④这种搭护具有实用保暖、轻便干练和装饰性的特点。武汉臣杂剧《包待制智赚生金阁》第三折:"孩儿吃下这杯酒去,又与你添了一件绵搭褙么?"用"绵搭褙"比喻酒的作用,可见搭护衣在元代是深受平民百姓喜爱的一种衣饰。从元代石窟画像、墓室壁画与草原石人中可目睹到元代搭护的形制。伯孜克里克石窟壁画中有一组蒙古族女供养人像,她们双手合十作供养状,头戴红色绒球形帽,身后披红色帔巾,身穿窄袖袍服,紧身合体,外罩一件与袍长短相差寸许的半袖袍⑤。内蒙古赤峰三眼井元代壁画墓中绘有一幅宴饮图,画面正中画三间歇山顶建筑,室内正中置一长方形桌,上摆各种食品,男女主人正平坐宴饮。男主人头戴尖顶帽,上饰朱红帽缨,脑后垂巾,身着盘领紧袖长袍,外罩半袖长袍,腰似有偏带⑥。内蒙古锡林郭勒盟正蓝旗羊群庙元代祭祀遗址出土了三座汉白玉石雕人像,石人像端坐于

① (宋)高承:《事物纪原》,金圆、许沛藻点校,中华书局1989年版,第148页。
② (明)宋濂等:《元史》,中华书局1997年影印本,第1938页。
③ 乌云巴图、格根莎日:《蒙古族服饰文化》,内蒙古人民出版社2003年版,第25页。
④ 《古代汉语词典》编写组编:《古代汉语词典大字本》,商务印书馆2002年版,第269页。
⑤ 李肖冰:《中国西域民族服饰研究》,新疆人民出版社1995年版,第248页。
⑥ 项春松、王建国:《内蒙昭盟赤峰三眼井元代壁画墓》,《文物》1982年第1期。

靠背圈椅上,内穿紧袖长袍,外穿右衽半袖式长袍①。上述石窟画像、墓室壁画与草原石人所着半袖长袍形制皆相似,是元代流行的搭护真实写照。

团衫,本是蒙古、女真传统服饰,在元代成为富裕家庭女子的通服。据陶宗仪《南村辍耕录》载:"国朝妇人礼服,鞑靼曰袍,汉人曰团衫,南人曰大衣,无贵贱皆如之。"②南宋人赵珙《蒙鞑备录》中记载:"又有大袖衣,如中国鹤氅,宽长曳地,行则两女奴拽之。"③熊梦祥对蒙古族贵妇的礼服记载更为详细:"袍多是用大红织金缠身云龙,袍间有珠翠云龙者,有浑然纳石失者,有金翠描绣者,有想其春夏秋冬绣轻重单夹不等。其制极宽阔,袖口窄,以紫织金爪,袖口才五寸许,窄即大,其袖两腋折下,有紫罗带拴于背,腰上有紫纵系,但行时有女提袍,此袍谓之礼服。"④《金史·舆服志下》记女真妇人:"上衣谓之团衫,用黑紫或皂及绀,直领,左衽,掖缝,两傍复为双襞积,前拂地,后曳地尺余。"⑤汉族女子的长衣,大体和宋、金相同,没有多少变化。蒙古贵族女子的袍服,宽大,袖身肥大,袖口收窄,衣长拖地,行走时常需婢女提袍。常用织金锦、丝绒或毛织品制作,喜欢用红、黄、绿、茶、胭脂红、鸡冠紫、泥金等色。团衫在元曲中也有描写,如杨景贤杂剧《西游记》第四本第十三出《妖猪幻惑》裴女唱:"我按不住风流俏胆,连理枝头谁下砍,对菱花接上瑶簪,过得南山,则少个包髻团衫。"李茂之套数[双调·行香子]《寄情》:"团衫是纸,系腰是麻,包髻是瓦。"无名氏小令[中吕·喜春来]:"冠儿褙子多风韵,包髻团衫也不村,画堂歌管两般春。"另外,李直夫杂剧《便宜行事虎头牌》第一折山寿马的妻子茶茶要换了"大衣服"才与前来探亲的老千户银住马叔叔婶婶相见。这里所说的"大衣服",也可能是与团衫形制相同的一种服装。

此外,根据四季气候选择厚薄不同的质料缝制的绣袍、绵袍、布袍、锦袍等,在元曲中记载更多。如无名氏杂剧《张公艺九世同居》第四折:"天路迢

---

① 陈永志:《羊群庙元代石雕人像装饰考》,《内蒙古大学学报》1997年第5期。

② (元)陶宗仪:《南村辍耕录》,中华书局1959年版,第140页。

③ [英]道森:《出使蒙古记》,吕浦译,中国社会科学出版社1983年版,第118—119页。

④ (元)熊梦祥:《析津志辑佚》,北京图书馆善本组辑,北京古籍出版社1983年版,第206页。

⑤ (元)脱脱等:《金史》,中华书局1997年影印本,第985页。

遥,万里春风拂绣袍。"高文秀杂剧《须贾大夫谇范叔》第三折须贾云:"这绨袍穿着,倒也可体。"杨景贤杂剧《马丹阳度脱刘行首》第二折:"嗞、嗞、嗞,扯碎布袍,支、支、支,顿断麻绳。"不忽木套数[仙吕·点绛唇]《辞朝》:"布袍宽袖,乐然何处谒王侯。但樽中有酒,身外无愁。"王实甫套数[商调·集贤宾]《退隐》:"住一间蔽风霜茅草丘,穿一领卧苔莎粗布裘。"关汉卿杂剧《邓夫人苦痛哭存孝》第二折李存孝领番卒子上云:"铁铠辉光紧束身,虎皮妆就锦袍新。"这些描写,反映了当时袍服的真实风尚。出土的元墓壁画也为元曲中袍服描写增加了可靠的实物证据。如内蒙古赤峰宁家营子沙子山墓室壁画,墓室北壁在宽阔的帐幕下,男女墓主人左右相对而坐,男主人头戴圆顶帽,帽缨垂肩,耳后宽扁带上有缀饰,身穿右衽窄袖蓝色长袍,腰围玉带,足蹬高靴。女主人盘髻插簪,耳垂翠环,身穿左衽紫色长袍,外罩深蓝色开襟短衫,腰间系带垂至膝下,脚穿靴,袖手端坐。男女主人身后立男女仆人各一。男仆头戴圆顶帽,扁圆状帽缨,耳后亦有垂带饰。身着窄袖右衽红长袍,腰间围带,右侧挂一扁圆形荷包。女仆梳双丫髻,髻上扎红带,身着窄袖左衽粉红袍,外罩开襟短衫,脚穿浅口平底鞋。与此相对的南壁墓门东侧绘有三人,第一人穿圆领窄袖红色长袍;第二人穿圆领窄袖绿长袍;第三人穿紫色长袍。① 可见,元代袍服样式是很丰富的。

2.衫服

衫服是衣袖宽大、对襟,男女皆可穿,下摆有较长开气的单衣,多用罗、纱、縠、绫、缣等制成,以轻、薄、软为主要特点,有的极透明。衫比袍穿用方便,散热性好,适合春夏穿用。元代的衫服多种多样,且经常成为身份的象征。元曲中关于衫的描写主要有紫衫、凉衫、青衫等。从中可粗略地看到元代人穿衫的特点:追求宽松、质朴,既穿着方便又不失礼仪。

紫衫,在唐代,只有三品以上官员才能穿紫衣,南宋时,取消了紫色之禁,允许士兵百姓穿紫衣。紫衫成为军校之服。因是军校之服,式样比较短瘦,袖子窄小,前后开衩,所以十分灵便、自如,便于活动。其形制与缺胯袍差不多,但比一般的缺胯袍短,而前后"缺胯",又名"缺胯衫"。元曲中可见

---

① 董新林:《幽冥色彩——中国古代墓葬壁饰》,四川人民出版社 2001 年版,第 62 页。

此类衫的描写,如无名氏杂剧《冻苏秦衣锦还乡》第四折:"他是一个紫衫银带的祗候人,他倒肯怜咱困窘,赍发与雪花银。"关汉卿杂剧《山神庙裴度还带》第一折:"列紫衫银带,摆绣帽宫花,簇朱幢皂盖,拥黄钺白旄,那其间酬心愿遂功名还故里。"可见,元代紫衫依然是官员的衣服。

凉衫的形制与紫衫相同,因是由白色纻罗制作而成,故又称"白衫"。此衫由于外形美观大方、服用方便,是元代民间日常活动中广为穿用的服饰。杨显之杂剧《临江驿潇湘秋夜雨》第一折翠鸾初次见到崔通的评价:"单只是白凉衫稳缀着鸳鸯扣,上下无半点儿不风流。"由此可知,凉衫在元代依然是一种深受民间百姓喜爱的常服。

青衫是古代学子或官位卑微者所穿的服装。上古时,青衫是天子春季所穿的衣服;汉以后,青衫成为地位低下者的服装。因为唐时八品九品的官衣是青衫,如"座中泣下谁最多,江州司马青衫湿"[1]。诗人于元和九年被贬到九江任司马,官位九品,故以"青衫"自称。青衫在元代文人中非常流行。元曲中有大量青衫的记载,如鲜于必仁小令[中吕·普天乐]《江天暮雪》:"浩浩汀洲船着缆,玉蓑衣不换青衫。"汤舜民套数[双调·新水令]《秋怀》:"碧天风露怯青衫,客窗寒月斜灯暗。"王实甫套数[商调·集贤宾]《退隐》:"想着那红尘黄阁昔年羞,到如今白发青衫此地游。"石子章套数[仙吕·八声甘州]:"水远山长憔悴也,满青衫两泪交流。"曲家对青衫的大量吟诵,大约出于以下两个文化背景:一是元代文人受到唐宋诗词文献的影响,借"司马青衫"情结表现失落、怅惘、悲苦的怨愤之情。二是社会现实风貌的再现。元曲中青衫的描写很多。可能不是一种偶合,而相反,是一种时代风尚的反映。元代尚白尚青,在元代的典籍中、画中都可看到。如在元本《清明上河图》中穿青白二色衣裤的很多。尤其值得注意的是元本中画了一个染坊,晒布竿上,竟只晾晒了青色和白色的两种布,左段,还画了一个卖布的商店,虽然多了几种颜色,但顾客抻开的全部是白布,这绝不是偶合。相反,在明本和清本《清明上河图》中,虽然也有染坊和布店,但却没有以青、白为主的感觉。

---

① 谢孟选:《中国古代文学作品选》二,北京大学出版社 1984 年版,第 225 页。

元曲记写的衫服还有春衫、白苎衫、罗衫、竹衫、麻衫、绸衫、黑布衫、红衫、杏花衫、蓝衫、翠衫、绿衫等,如无名氏杂剧《包待制陈州粜米》第一折:

穷民百补破衣裳,污吏春衫拂地长。

无名氏小令[商调·梧叶儿]《题情》:

泪滴湿香罗袖,泪溲透白苎衫,娇士女俊儿男。

郑廷玉杂剧《崔府君断冤家债主》第二折:

满腹文章七步才,绮罗衫袖拂香埃。

王仲诚套数[越调·半鹌鹑]《避纷》:

穿一领麻衫,妆一座栽梅结草庵。

睢景臣套数[般涉调·哨遍]《高祖还乡》:

新刷来的头巾,恰糨来的绸衫,畅好是妆么大户。

杨景贤杂剧《西游记》第四本第十三出《妖猪幻惑》裴太公佺女海棠唱:

见一人光纱帽,黑布衫。

王仲元套数[中吕·粉蝶儿]《集曲名题秋怨》:

红衫儿宽褪,翠裙腰难系。

乔吉小令[越调·小桃红]《春闺怨》:

玉楼风飐杏花衫,娇怯春寒赚。

王伯成套数[般涉调·哨遍]《赠长春宫雪庵学士》:

青钱拍板,乌帽蓝衫。

乔吉小令[中吕·朝天子]《赋所感》:

翠衫,玉簪,脂唇小樱桃淡。

乔吉小令[中吕·红绣鞋]《竹衫儿》:

并刀剪龙须为寸,玉丝穿龟背成文,襟袖清凉不沾尘。汗香晴带雨,肩瘦冷搜云,是玲珑剔透人。

浃背全无暑汗,曲肱时印新瘢,衬荷花落魄壮怀宽。把风香双袖细,披野色一襟团,满身儿窥豹管。

无名氏杂剧《孟德耀举案齐眉》第二折:

和他那破襕衫怎生随趁?

杏花衫是指杏红色的春衫,竹衫又叫竹衣,因为是用极细的小竹篾编制而成,竹篾细如丝线,又称"竹丝衣"。竹衫多采用产于江苏、浙江、安徽等地高山上的野生小竹,将竹截成小段制成细小竹篾,而后用丝线串编而成。夏天穿上竹衫,十分凉爽。但竹衫的制作工艺比较复杂,而且制作成本亦高,因此一般人很少穿。襴衫,"以白细布为之,圆领大袖,下施横襴为裳,腰间有辟积。进士及国子生、州县生服之。"①此衫是在深衣的基础上在下摆处加上襴和裾,"襴衫"之名即由此而来。襴衫因符合礼制而又不失儒雅之风,为世人所喜爱,并成为儒生的礼服,是元代儒服的主要样式。形形色色的衫服,将元代的衫文化记述得丰富多彩。

3.襦袄

襦是与袄相似的衣式,造型短小,《说文解字》云:"短衣也"②。一般长度仅至腰部,能够充分显示女子的身体线条。多采用对襟,衣袖以窄袖为主,袖长大多至腕;穿时将衣襟敞开,不用钮和带,下摆部分束于裙内,方便劳作。襦是一种历史悠久的服装款式,早在战国时期河北平山中山国王陵墓出土的小玉人,上穿紧身窄袖衣,下穿方格花纹裙。这种上衣下裳形制的女服,在当时具有代表性,是我国女服史上最早也是最基本的服装形制之一。西汉乐府诗《陌上桑》里,秦罗敷"缃绮为下裙,紫绮为上襦"③,东汉辛延年《羽林郎》又有"长裾连理带,广袖合欢襦"④等,都是这一服式的写照。唐代时一度成为妇女的主要服饰。周昉《纨扇仕女图》、顾闳中《韩熙载夜宴图》等传世名画中,都绘有窄袖短襦的女子形象。宋代因背子出现,穿襦的妇女一度减少,但元代又重新流行,元曲反映了这种流行,如"暮秋深天气肃,寒浸罗襦"⑤,"宝屧香,罗襦素"⑥,"绣罗襦,锦笺书"⑦,"嫩寒犹怯透罗襦"⑧,等等。从这些例句中,可以看出元代女子穿的襦衣,大多以纱罗为面料,绣绘图案或缀以珠玉,都是很精美的。短襦在考古发掘中也较多发

---

① (元)脱脱等:《宋史》,中华书局 1997 年影印本,第 3579 页。
② (汉)许慎:《说文解字》,中华书局 1963 年版,第 170 页。
③ 孙绿怡等:《中国古代文学作品选》(一),北京大学出版社 1983 年版,第 203 页。
④ 林庚、冯沅君:《中国历代诗歌选》上编,人民文学出版社 1964 年版,第 114 页。
⑤ 刘庭信套数[南吕·一枝花]《秋景怨别》。
⑥ 孙周卿小令[双调·沉醉东风]《宫词》。
⑦ 孙周卿小令[南吕·骂玉郎过感皇恩采茶歌]《闺情》。
⑧ 朱庭玉套数[双调·夜行船]《春晓》。

现,正可以和元曲的描写互为诠释。如山东嘉祥元墓、邹县元母、江苏无锡元墓、苏州元墓等,都有完整的短襦出土。说明襦是元代妇女在各种场合都可能穿着的服装。

袄是在襦的基础上衍变而来的一种短至胯、长至膝的服式,多用作秋冬之服。用皮制的称"皮袄",内缀衬里的称"夹袄",中间絮棉的称"棉袄"。款式以大襟为多,袖以窄式为主,以利保暖。唐宋以来,不分男女均可穿着。元曲中有大量袄的描写。如李直夫杂剧《便宜行事虎头牌》第二折:"你则看俺一双父母的颜面,怕到那冷时节有甚么替换下的旧袄子儿,你便与我一领儿穿也波穿。(老千户云)哥哥若不说呵,你兄弟怎生知道? 我就着人打开驼垛,将一领绵团袄子来,与哥哥御寒。"关汉卿杂剧《刘夫人庆赏五侯宴》第二折:"(正旦云)官人,这孩儿是八月十五日半夜子时生,小名唤做王阿三。(李嗣源云)左右那里,好生抱着孩儿! 这围场中那里着那纸笔,翻过那袄子上襟,写着孩儿的小名、生时年月。"无名氏杂剧《刘千病打独角牛》第四折:"父亲,俺刘千哥哥赢了也。我将着这锦袄子银碗花红,父亲跟前来报喜信来也。"萧德祥杂剧《杨氏女杀狗劝夫》第三折:"(旦云)小叔叔,辛苦了也! 将一领袄子来与小叔叔穿。(孙大怒云)是领甚么袄子?(旦云)是一领旧袄子。(孙大云)将领新袄子来与兄弟穿。"在困难的时候,袄子还要典当出去,解生活上的燃眉之急。无名氏杂剧《小张屠焚儿救母》楔子写张屠的母亲十五日看灯回来得病,想一口米汤吃。张屠对妻子说:"大嫂,家中无米,将棉袄我去王员外家当去。(外旦云)这袄子是故衣,只值二升米。你将去如珍珠一般,休要作贱了。"无名氏杂剧《孟德耀举案齐眉》第二折梁鸿云:"依着我呵,去了衣服头面,穿戴布袄荆钗,那其间方才与你成其夫妇也。"高文秀杂剧《黑旋风双献功》第一折李逵唱词:"他见我风吹的醍醐是这鼻凹里黑,他见我血渍的腌臜是这衲袄腥,审问个叮咛。"关汉卿杂剧《闺怨佳人拜月亭》第一折:"你心里把褐衲袄脊梁上披,强似着紫朝衣。"可见,袄是元代男女老幼均穿的一款服装,且多为庶民所穿用。其中提到的"衲袄",多为梁山好汉标志性的衣服。

4.内衣

元曲中记写的内衣,主要有衬衫、肚兜和主腰。衬衫,在元代译作"合汗衫",亦称汗替、汗塌、汗衫,是男女皆可穿着的一种内衣。也是元曲中笔墨较多的服饰。刘时中套数[南吕·一枝花]《罗帕传情》:"用一张助才情研粉泥金纸,写就那诉离情拨云撩雨词,和我这助吟怀贴肉汗衫儿,一答儿里收拾。封裹的丁一确二,和包袱锁入箱子。"无名氏杂剧《海门张仲村乐堂》第二折:"请同知自向跟前望,夫人为甚么汗塌湿残妆?"元曲的描写反映了元代很多地方男女老少都有穿汗衫的习俗。

在元代,汗衫不仅是一种服饰,还是一种寄情的信物。元曲描写了这种风俗,如王实甫杂剧《崔莺莺待月西厢记》第五本第一折崔莺莺寄给中举的张生:"汗衫一领,裹肚一条,袜儿一双,瑶琴一张,玉簪一枚,斑管一枝。"红娘问:"姐夫得了官,岂无这几件东西,寄与他有甚缘故?"莺莺解释说:汗衫儿"他若是和衣卧,便是和我一处宿;但黏着他皮肉,不信不想我温柔。"裹肚"常则不要离了前后,守着他左右,紧紧的系在心头。"袜儿"拘管他胡行乱走。"崔莺莺通过三件衣物表达了心中的愿望,让张生睹物思人,莫忘旧情,从而细腻真实地反映了莺莺对张生深深的思念之情。

张国宾杂剧《相国寺公孙合汗衫》是以汗衫为道具的一部社会剧。在剧中汗衫从内容到形式都自觉地扮演了一个独特的价值实体,承担了服饰在民俗生活传承中的社会功能和价值功能。剧写开封张员外一家救了被冻倒的陈虎、周济被流放的赵兴孙。陈虎恩将仇报,谋害员外之子,霸占员外的财产和儿媳。十八年后,张员外孙子陈豹在赵兴孙的协助下,捉拿陈虎,恩仇得报,骨肉团圆。该剧从社会意义上看,"反映了中国人疑惧外来者的心态"①。有宋一代,边患不断,南宋就更不消说。两宋王朝始终处于防御状态,终于半壁亦不能保,被金元"闯入者"所摧毁,于是民族的心理,时代的脉搏,在防御中悸动,惊恐中颤抖。《相国寺公孙合汗衫》以家喻国,展示了人们对于闯入家庭的外来者的否定。② 从服饰文化上看,汗衫在元曲中频频出现,是社会风尚日趋世俗化的表现。

贴身的肚兜、束腰的主腰是元曲中能够深刻反映元代人的审美理念和

---

① 刘大杰:《中国文学发展史》下册,上海古籍出版社1982年版,第863页。
② 梁换林:《元杂剧〈合汗衫〉多元意蕴初探》,《太原师范学院学报》(社会科学版)2007年第2期。

文化风情的内衣。裹肚,亦称抹胸、兜肚、诃子等。清代徐珂《清稗类钞·服饰类》记载:"抹胸,胸间小衣也。一名袜腹,又名袜肚,以方尺之布为之,紧束前胸,以防风之内侵者,俗谓之兜肚。男女皆有之。"①可见抹胸其实就是现在的肚兜。裹肚在元曲中多次出现,郑廷玉杂剧《包待制智勘后庭花》第二折:

> 你与我置一顶纱皂头巾,截一幅大红裹肚。

关汉卿杂剧《闺怨佳人拜月亭》第一折:

> 把两付藤缠儿轻轻得按的搊批,和我那压钏通三对,都绷在我那睡裹肚薄绵套里,我紧紧的着身系。

关汉卿小令[中吕·普天乐]《崔张十六事·远寄寒衣》:

> 寄去衣服牢收授,三般儿都有个因由:这袜儿管束你胡行乱走,这衫儿穿的着皮肉,这裹肚常系在心头。

杨显之杂剧《临江驿潇湘秋夜雨》第三折:

> 好着我急难移步,淋的来无是处。我吃饭时晒干了旧衣服,上路时又淋湿我这布裹肚。

刘时中小令[双调·折桂令]《疏斋同赋木犀》:

> 贴体衫儿淡黄,掩胸诃子金装。

从描写看,元代的裹肚主要有五个特点:第一,裹肚分里外两种,且不分贵贱,男女都用,只是质地不同而已。第二,系在衣服外面的裹肚,用绸、绫、布等料做成,多绣有各种图案。而系在里边的,一般都用布料做成。第三,元代女子无论平民还是贵妇都喜欢内穿抹胸。第四,裹肚多颜色对比强烈,特别是红色裹肚还有消灾驱邪的心灵寄托。第五,元代裹肚具有礼俗寄情的功能,借"胸间小衣"这块独特的身体装饰平台,来应对道德礼仪与生活习俗所规范的视听言行及仪式节文,维护宗教礼法,传承世态民俗,追求与向往美好的生活,是元代追求真挚情爱的人文精神在服饰上的表现。同时,表现了"技为美","情至上"的裹肚造物理念,充分体现出元代女性的心灵手巧与才情广博。总之,元代的裹肚从穿着动机到穿着效应与其他服饰一

---

① 徐珂:《清稗类钞·舟车服饰》,商务印书馆 1916 年版,第 92 页。

样,均形象地反映了这个特定历史的社会风尚和社会形态。

　　麈腰通常写作"主腰",旧时妇女束于腋下脐上的无肩袖内衣。麈腰与裹肚的区别是,裹肚一般是单的,较长,可连胸部带腹部都盖上,上端缀带子,挂在脖子上,男女均可用。而麈腰是一种妇女用品,或棉布或绸缎缝制,有夹有棉,宽约半尺,长短视使用者腰围而定,无带,围系于妇女腰胸间,主要用来束腰,也可遮挡部分乳房、小腹。讲究一点的上面还要绣花。元曲中麈腰的记载,就反映了这些特点。如贾仲明杂剧《荆楚臣重对玉梳记》第四折:"白日里垫鬏髻儿权衬着青丝,到晚来贴主腰儿紧搂在胸前。"马致远小令[双调·寿阳曲]:"害时节有谁曾见来,瞒不过主腰胸带。"曾瑞套数[般涉调·哨遍]《麈腰》是元曲服饰描写中一道别致的风景,让我们真切地"凝视"到了元代女子外衣底下的风光:

　　　千古风流旖旎,束纤腰偏称君王意。翠盘中妃后逞妖娆,舞春风杨柳依依。喜则喜,深兜玉腹,浅露酥胸,拘束得宫腰细。一幅锦或挑或绣,金妆锦砌,翠绕珠围。卧铺绣褥酿春光,睡展香衾暗花溪。粉汗香袭,被底无双,怀中第一。

　　　[耍孩儿]帐中偏惹情郎瘿,特遣人劳心费力。选二色青红相配,拣四时锦绣希奇。剪行时蜀锦分花萼,针过处吴绫聚绣堆。倒钩着金针刺,刺得丝丝密密,裁得那整整齐齐。

　　　[六煞]袨痕儿似剪云,针脚儿如布虮,缝成倒凤颠鸾翼。穿花鸂鶒偏斜落,出水鸳鸯颠倒飞,浑绣得繁华异。高低中不剩,宽窄里元肥。

　　　[五]青连红晚霞照楚山,红边青春云射渭水,玉纤款款当胸系。带儿绖十二白蝶舞,牙子对一双碧翠飞。望得些风流意,拘铃寂寞,抑勒孤凄。

　　　[四]常常得靠柳腰,紧紧得贴素体。同行同坐同鸳被。本待遮藏秋水冰肌瘦,包弄春风玉一围,先泄漏春消息,纵不是你是惚开罗叩,多应是我瘦损香肌。

　　　[三]你不肯遮盖咱,咱须当遮盖你。划地褪酥胸落着相思讳,不堪锦帐怀君子,好向鬼坡衬马蹄。你不比别衣被,有法度针线,无那偿轻衣。

　　〔二〕也不索托香腮转转猜,伸纤腰细细比,不索觑搂带裉衫儿梢裙儿褪。则这红罗鞋宽掩过多三指,翠当头横搇了少年围。若见俺风流婿,便知消减,不索先题。

　　〔尾〕为你知心腹倚仗着伊,可便半腰里无主戚。似这般无恩情不管人憔悴,我则向心坎上单单系着你。

　　该曲充满着"诗""情""画""意",是情和艺的完美结合,含蓄地表达着元代女性的人生理想、精神借托、审美情趣和情爱诉求。从工艺上看:"裉痕儿似剪云,针脚儿如布虮",缝制、刺绣的精巧功夫,一针一线都浓缩了女子青春的精华,也展现了中国妇女代代传承的聪明智慧与温柔婉约的浪漫情怀。从功能上看:"深兜玉腹,浅露酥胸,拘束得宫腰细",保暖、美胸、收腰,饱含了无限的香艳柔情。从款式上看:是"或挑或绣"的"一幅锦"。一块锦中遮胸,掩起千般风情,万种妩媚。从色彩配置上看:"青红相配",明快艳丽,营造了一种对比力度。从图案纹样上看:"穿花鸂鶒偏斜落,出水鸳鸯颠倒飞,浑绣得繁华异",鸂鶒亦称"紫鸳鸯",是一种长有漂亮的彩色毛羽的水鸟,经常雌雄相随,喜欢共宿,也爱同飞并游。其好看的毛色给人以美感,其成双作对活动的习性,使人产生美好的联想。穿花鸂鶒、出水鸳鸯表示欢情、恋情,纹样中寄寓着丝丝缕缕的儿女情长。小小的一个鏖腰,尽展女儿的柔情,女儿的妩媚,女儿的芬芳,更写就了女儿的聪颖。英国民俗学家博尔尼说:"引起民俗学家注意的,不是耕犁的形状,而是耕田者推犁入土时所举行的礼式;不是渔网和渔叉的构造,而是渔夫入海时所遵守的禁忌;不是桥梁或房屋的建筑术,而是施工时的祭祀以及建筑使用者的社会生活。"①这也正是元代人的观察角度。鏖腰从外形设计到具体的细节,均明晰地折射了当时的社会与文化,经济与政治,时尚与流行,鲜活地记录和展现了元代内衣的魅力,给中华服饰文化增添了不少的生动与潇洒。

　　5.裙装

　　裙即古之裳,东汉以后多称裙。元代妇女的裙装沿袭前代,但又形超神越,以求新、求异、求美为时尚,元曲中关于裙装的描写,大致反映了元代裙

---

　　①　〔英〕查·索·博尔尼:《民俗学手册》,程德祺等译,上海文艺出版社1995年版,第1页。

制的特点：

第一，元代女裙色彩艳丽，红、紫、黄、绿争妍斗艳，尤以红裙为时尚。秦简夫杂剧《东堂老劝破家子弟》第四折："我则见两个乔人，引定个红裙，蓦入堂门。"乔吉杂剧《杜牧之诗酒扬州梦》第一折："端的是一醉能消万古愁，醒来时三杯扶起头，我向那红裙队里夺了一筹。"孙仲章杂剧《河南府张鼎勘头巾》第一折："他是个腰系红裙一妇人。"关汉卿杂剧《山神庙裴度还带》第四折："今官媒挑丝鞭，挂影神，左右红裙翠袖，捧小女于楼中，抛绣球招状元为婿。"姚燧小令［双调·拨不断］《四景》："岸上谁家白面郎，舟中越女红裙唱，逞娇羞模样。"赵善庆小令［越调·寨儿令］《早春湖游》："画舫红裙，紫陌游人，香软马蹄尘。"兰楚芳套数［中吕·粉蝶儿］《思情》："映日红裙衬晓霞。但行处人惊讶，端的是沉鱼落雁，闭月羞花。"可见，红裙是元代女子最喜爱的一种常服。红裙之所以受到如此的喜爱，从色彩心理学上来说，与红色所具有的在可见光谱中光波最长、最易引人注目，是一种热烈奔放的色彩，不会令人产生悲伤感，能带出快乐激昂的情绪等因素有关，更与历史积淀的民俗心理有关。人类从取火、用火中得到光明，得到熟食美味，得到防寒取暖，驱赶猛兽袭击的实际经历中感受到的，是一种永远抹不掉的记忆。红色在逐渐成为人们威武、崇高、力量的象征的同时，也成为人们美好、富丽、生动、活泼、健康、自由、欢乐的象征。

以石榴比红裙的描写也常常出现在元曲中，如王实甫杂剧《崔莺莺待月西厢记》第五本第一折："裙染榴花，睡损胭脂皱。"程景初套数［双调·新水令］《春情》："榴裙折皱香罗软。"王晔套数［双调·新水令］《闺情》："海棠困琴闲玉轸，石榴皱睡损罗裙。"萨都剌套数［南吕·一枝花］《妓女蹴鞠》："拂花露榴裙佳荸，滚香尘绣带蹁跹。"谢应芳小令［中吕·满庭芳］："榴花也学红裙舞，燕雀喧呼。"可见石榴裙是元代女子最喜欢的衣着。以石榴比红裙，一般认为，染裙子的颜料主要从石榴花中提取而来，其实，备受古人尊崇的红石榴裙并不是用石榴花染成的，虽然石榴花看起来是红颜色的，然而石榴花汁的颜色却不是鲜红的，所以用石榴花汁染不出鲜艳的红布来。据赵匡华在其《中国古代化学》中说："我国古代的染色法主要分为瓮染和媒染两种：所谓瓮染就是用植物染料，如靛蓝，它本身不溶于水，但可以转化成无色水溶性的靛白,然后经空气氧化变色;所谓媒染,就是像茜草等植物染料,可借助于明矾等媒染剂染成红色。"①染石榴裙使用的正是这种媒染技术,使用的植物原料是一种叫做红花菜的植物。在古代农业的书籍中,有许多关于这种红花菜用途的记载,红花菜除了可以吃之外,还是制作红色染料的植物。如明代徐光启《农政全书》卷四十六"荒政"条记载云:"红花菜,《本草》名红蓝花,一名黄蓝。出梁、汉及西域,沧、魏亦种之,今处处有之。苗高二尺许。茎叶有刺,似刺蓟叶而润泽,窊面。稍结梂汇,亦多刺。开红花,蕊出梂上。圃人采之,采已复出,至尽而罢。梂中结实,白颗如小豆大。其花暴干。以染真红及作胭脂。"②红花菜最初是张骞从西域带回到中原地区,西汉时就有种植,后繁衍成处处可以种植的普通植物。红花菜籽染成的裙子色泽鲜艳,堪与石榴花媲美。但红花菜染成的布料特别怕碱,一遇到碱水立即脱色,故石榴裙不能用碱水洗涤。③ 曹雪芹在《红楼梦》第六十二回《憨湘云醉眠芍药裀,呆香菱情解石榴裙》中说:"宝玉方低头一瞧,便嗳呀了一声,说:'怎么就拖在泥里了? 可惜这石榴红绫最不经染。'"④在这段文字里提到的石榴红绫就是石榴裙,而且宝玉知道这"石榴红绫最不经染",说得就是石榴裙不能用碱水洗涤的特点。之所以以石榴比红裙,一是由于石榴花为红色,红的鲜艳美丽,所以红裙就有了石榴裙的雅称。石榴裙是一种单色的裙子,穿着这种醒目的石榴裙的女子非常俏丽动人,所以"石榴裙"就成了美丽女性的代称。二是由于石榴多子,在东西方文化中都寓意"多子多孙",两河流域中的母神、希腊神话中天后赫拉的标志都是石榴,而中国的传统吉祥寓意则是"榴开百子"。这是入唐以后,"石榴裙"三字入诗频率激增⑤的一个原因。

　　"茜裙"是大红色的裙子。染茜裙的染料是茜草,又名破血草、染蛋草、红根草、地血等,茜草能制作染料的是其根部。茜草染出的裙料不如红花那

---

① 田荷珍:《中国古代化学》,北京科学技术出版社1995年版,第92页。
② (明)徐光启:《农政全书》下,岳麓书社2002年版,第777页。
③ 周吉国:《石榴裙考》,《兰台世界》2010年第19期。
④ (清)曹雪芹:《红楼梦》,人民文学出版社1992年版,第521页。
⑤ 高婧:《说说石榴裙》,《文史知识》2007年第9期。

样鲜艳,呈现比较暗的土红色,因此,茜草染出来的只能是质地较粗的棉布和鸟羽之类。元曲中一般用作青春少女的裙服。如王实甫杂剧《崔莺莺待月西厢记》第五本第一折:"这些时神思不快,妆镜懒抬,腰肢瘦损。茜裙宽褪,好烦恼人也呵!"徐再思小令[双调·蟾宫曲]《红梅》:"茜裙香冷,粉面春回。"美轮美奂的茜裙,衬托出元代年轻女子的俏丽、多情。

"绛裙",也是大红色的裙子。在元曲中是一种多见的备受女子喜爱的裙装。如朱庭玉套数[大石调·青杏子]《秋千》:"翠带舞低风外柳,绛裙惊落雨前霞,拂绽树头花。"李子昌套数[正宫·梁州令南]:"瘦伶仃宽褪了绛裙,病恹恹泪湿罗帕。"石君宝杂剧《李亚仙花酒曲江池》第一折:"仕女秋千,画鞦踏残红杏雨,绛裙拂散绿杨烟。"商衢套数[双调·新水令]《闺怨十段锦》:"绛绡裙褪小蛮腰。"关汉卿小令[仙吕·一半儿]《题情》:"云鬟雾鬓胜堆鸦,浅露金莲簌绛纱。"长长的绛纱裙下不时微露出金莲小脚,走动时衣裙发出簌簌的声音,轻盈动人。可见绛裙在元时不但是时尚,而且在元代女子服饰中带有普遍性。

元曲中习惯以翡翠和绿柳比喻绿裙的明艳色彩。如关汉卿杂剧《温太真玉镜台》第二折:"藕丝翡翠裙,玉腻蜻蜓颈。"谷子敬套数[商调·集贤宾]《闺情》:"翠裙腰掩过半尺,搂胸带趱了一围。"李致远小令[越调·小桃红]《碧桃》:"汉阙佳人足风韵,唾成痕,翠裙剪剪琼肌嫩。"无名氏套数[正宫·端正好]《相忆》:"翠裙宽腰更纤,绿云松鬓乱鬖。"汤舜民套数[南吕·一枝花]《赠美人》:"腰束素裙拖暖翠,眼涵秋水点星瞳。"徐再思小令[中吕·满庭芳]《赠歌者》:"歌裙翠浅,舞袖红深。"张可久小令[越调·凭阑人]《暮春即事》:"凭阑愁玉人,对花宽翠裙。"张寿卿杂剧《谢金莲诗酒红梨花》第一折:"我裙拖翡翠,鞋蹙鸳鸯,行过低矮矮这个荼蘼架。"杨果小令[越调·小桃红]《采莲女》:"采莲湖上棹船回,风约湘裙翠。"从各自不同的角度写出了"绿裙"的种种美感,折射出当时人们健康、平和的服装审美趣味和风貌。

"黄裙"在元曲中也有描写。如张可久小令[双调·清江引]《酒边题扇》:"鹅黄淡舞裙,蝶粉香歌扇,闲搊玉筝罗袖卷。"吴昌龄套数[正宫·端正好]《美妓》:"衬缃裙玉钩三寸,露春葱十指如银。"曾瑞小令[中吕·喜春来]《遣兴·春》:"云鬟雾鬓秋千院,翠袖缃裙鼓吹船。"孙周卿小令[双调·殿前欢]《楚云》:"心常欠,怕笑我缃裙掩。愁堆眼底,恨压眉尖。"孟昉小令[越调·天净沙]《十二月乐词·二月》:"暖云如困,不堪起舞缃裙。"曾瑞小令[南吕·骂玉郎过感皇恩采茶歌]《四时闺怨·夏》:"云髻蓬松愁病染,缃裙宽掩舞腰纤。"缃裙是浅黄色的裙。黄色明朗而欢快,俄国抽象主义画家瓦西里·康定斯基说:"黄色使我们回想起耀眼的秋叶在夏末的阳光中与蓝色融为一色的那种灿烂景色。"①灿烂的黄色,向人们展示出的既有青春的活力和纯洁,又有热切的欲望和追求。元曲将黄裙铺陈得流光溢彩,反映了元代女子追求快乐、轻松、幸福的心理时尚。

第二,元代裙装不仅美在艳丽的色彩上,还美在千姿百态的款式上。元曲描写的裙服有长裙、湘裙、唐裙、腰裙等多种。如王实甫杂剧《崔莺莺待月西厢记》第一本第一折张生初见莺莺时说:

休说那模样儿,则那一对小脚儿,价值百镒之金。(聪云)偌远地,他在那壁,你在这壁,系着长裙儿,你便怎知他脚儿小?

张可久小令[中吕·齐天乐过红衫儿]《湖上书所见》:

六幅湘裙,半折罗袜。闲游杨柳边,因倚秋千下,更不御铅华。

尚仲贤杂剧《洞庭湖柳毅传书》第三折:

则我这凌波袜小上阶痕,手提着沥水湘裙与你入殿门。

关汉卿套数[越调·斗鹌鹑]《蹴踘》:

唐裙轻荡,绣带斜飘,舞袖低垂。

商挺小令[双调·潘妃曲]:

金缕唐裙鸳鸯结,偏趁些娘撇。

冯子振小令[正宫·鹦鹉曲]《忆西湖》:

草萋萋一道腰裙,软绿断桥斜去。

"长裙"是下长及地的裙,长裙的特点是裙腰系得较高,一般都在腰部以上,有的甚至系在腋下,给人一种俏丽修长的感觉。长裙的另一特点是打褶,褶多的可称为"百褶长裙"。裙子的褶打得多,就不会紧裹在身上,走动

---

① [俄]瓦西里·康定斯基:《论艺术的精神》,中国社会科学出版社1987年版,第52页。

起来有飘逸之态，显得婀娜多姿。"湘裙""常用两色绫罗拼合，形成间道裥褶效果"①，是古代妇女穿用的褶裥裙，又称湘纹裙。由于古代纺织品幅面窄，所以一条裙子往往要用好几幅织品连接在一起。一般的裙子用六幅丝帛缝制，华贵的裙子要用八幅、十二幅不等的丝帛制成。"幅"为"福"的谐音，妇女穿多幅裙，象征"多福多寿"。在裙摆处施绣，作为压脚。褶裥裙宽大曳地，行动时，随着步态之起伏，褶裥开合变化，款款如水纹，形成"荡湘裙鸣环佩"②的风尚，将湘裙的美化功能、展示功能，体现得淋漓尽致。唐裙是一种宽大飘逸的裙装。因其款式仿唐制而名，其特点是轻、软、薄。"金缕唐裙鸳鸯结"，是元代的流行装束。它华贵、艳丽，是元代尚金习俗在裙制上的具体反映。腰裙，一种样式较为简单方便的裙，是元代劳动妇女的常服。在贫民百姓诸多富有劳动生活气息的场景里，腰裙、布裙等裙装随处可见：高克礼小令［越调·黄蔷薇过庆元贞］："燕燕别无甚孝顺，哥哥行在意殷勤。三纳子藤箱儿问肯，便待要锦帐罗帏就亲。唬得我惊急列蓦出卧房门，他措支剌扯住我皂腰裙。"马致远杂剧《半夜雷轰荐福碑》第一折："一个撮着那布裙踏竹马。"高安道套数［般涉调·哨遍］《嗓淡行院》："一个个青布裙紧紧的兜着奄老。"布裙和腰裙是以葛或麻织品制成的裙服。为贫苦的劳动妇女的裙装，虽然粗糙，但却呈现出健康自然的劳动女性美。正如法国作家法朗士所说："妇女装束之能告诉我未来的人文，胜过于一切哲学家、小说家、预言家，及学者。"③元曲对裙装的描写同样能告诉我们当时的人文思想和审美情趣。"那些相互达到平衡的形状、色彩、线条和体积等等，看上去也都是情感本身，甚至可以从中感受到生命力的张弛"④。

第三，元代女性在喜欢穿裙装的同时，也存在另一种风尚，这就是唐代风气的穿袒胸装在元朝仍流行。此装束一般领口开得很大，女子裙腰之上半露酥胸，充分显示了女子的形体之美。对这一现象，元曲有动人的描写。

① 沈从文：《中国古代服饰研究》，上海书店 2005 年版，第 31 页。
② 白朴杂剧《裴少俊墙头马上》第一折。
③ 张昌华、汪修荣：《世界文豪同题散文经典·社会之窗》，贵州人民出版社 1995 年版，第 250 页。
④ 奕昌大：《中外文艺家论文艺主体》，吉林大学出版社 1988 年版，第 775 页。

关汉卿套数［双调·新水令］:"粉腻酥胸,脸衬红霞。"刘庭信小令［越调·寨儿令］《戒嫖荡》:"弹乌云斜坠金簪,露酥胸半袒春衫。"汤舜民套数［南吕·一枝花］《赠明时秀》:"袒春衫似梅花雪捏就酥胸。"景元启套数［双调·新水令］《春情》:"酥胸兰麝香,檀口丁香煎。"都是对此装束的精描细刻。这些优美的描写,塑造了皮肤白皙、貌美如花、温柔多情的女子形象,反映了元代女子的自然、时尚和活力,表现出元代人健康的审美观。

6.蓑衣

蓑衣曾经是我国古代民间广泛使用的一种防雨挡雪工具,相当于今天的雨衣。蓑衣多用竹片、竹箬和茅草编制,具有经久耐磨、不易破损、透气性好等特点。农夫在田间劳作,特别是在插秧多雨季节,蓑衣是最为实用的雨具。尤其是在多雨的江南农村更是经常见到。春天正是农业生产繁忙的播种季节,耕田、耙田、拔秧、插秧等农活一定要抓住季节进行。所谓"人误地一时,天误地一年",所以,不论是细雨纷纷还是大雨如注的天气,农民大多是头戴笠帽、身披蓑衣在忙碌着耕田、插秧或在田间进行其他的农业劳动。即使是在今天,我们仍可见到在南方偏远地区的农村,在雨天农民头戴笠帽、身披蓑衣在田间劳作的情景。蓑衣也常见于诗人的笔下,著名的有唐朝张志和的《渔父歌》:"西塞山前白鹭飞,桃花流水鳜鱼肥。青箬笠,绿蓑衣,斜风细雨不须归。"①在这首极富生活情趣和时代气息的诗中真实地描写了我国古代劳动人民穿雨衣劳作的生动情景。诗中"青箬笠"系由竹片和竹箬编制而成,"绿蓑衣"则是由茅草或棕皮制成的,二者都是由植物的叶片制作而成的。而柳宗元《江雪》中的那位"独钓寒江雪"②的蓑笠翁,让蓑衣与雪牢固地印在我们的脑海中。也许,蓑笠翁钓的不是鱼,而是一种无拘无束的生活,是古老东方的一种生存哲学和生活境界。

在元曲中出没的穿蓑衣的人,渔翁最多。元曲对披蓑戴笠的渔翁主要从两个方面进行描写:一是渔民穿蓑衣的形象,如无名氏小令［不知宫调·甜水令］:"蓑笠纶竿钓鱼钩,绿水东流。"范康杂剧《陈季卿误上竹叶舟》第

---

① 谢孟选:《中国古代文学作品选》二,北京大学出版社 1984 年版,第 184 页。
② 谢孟选:《中国古代文学作品选》二,北京大学出版社 1984 年版,第 230 页。

三折:"江上撑开一叶舟,竿头收起钓鱼钩。箬笠蓑衣随意有,斜风细雨不须忧。俺这打渔人,好不快活也呵。"一叶孤舟,一蓑风雨,在斜风细雨之中,尽情垂钓,乐而不疲。曾瑞套数[正宫·端正好]《自序》:"整丝纶独钓垂钩坐,铺苔茵展绿张云幕,披渔蓑带雨和烟卧。"当看惯了秋月春风、花开花落、云卷云舒之后,垂钓者在淡然与坦然之间品味人生的意趣,体验生命的大度,独享了一份生活的从容自得。二是借蓑衣铺写渔民的生活,如冯子振小令[正宫·鹦鹉曲]:"觉来时满眼青山,抖擞绿蓑归去。"陈德和小令[双调·落梅风]《雪中十事·寒江钓叟》:"寒江暮,独钓归,玉蓑披满身祥瑞。"蓑衣为渔民遮挡着烟雨,抵御着风雪,甚至当渔民的衣被,清晨起来,抖抖蓑衣上的雨珠又踏上归程。许多人的一生就是默默地从蓑衣中走过的。乔吉小令[中吕·山坡羊]《冬日写怀》:"钓鳌舟,缆汀洲,绿蓑不耐风霜透,投至有鱼来上钩。风,吹破头;霜,皴破手。"将"风"、"霜"两个凄凉悲寒的意象并置在一起,活画出渔夫的肖像,揭示了渔夫劳动之艰辛,生活之凄苦。这是元代渔夫真正的生活景。而鲜于枢套数[仙吕·八声甘州]中的蓑衣"浪滂滂,水茫茫,小舟斜缆坏桥桩。纶竿蓑笠,落梅风里钓寒江",张养浩小令[双调·殿前欢]《村居》中的蓑衣"对着这落花村,流水堤,柴门闭柳外山横翠。便有些斜风细雨,也近不得这蒲笠蓑衣",则让元代的蓑衣不再是单纯意义上的自然之物,蓑衣多了一份深沉,多了一份诗意。一袭蓑衣穿行在时空,犹如达摩的一苇渡江,把无限的禅机融入空蒙和苍茫之中。

由于蓑衣制作工艺简单,原料低廉,因而常为下层民众衣着,多为农人所用,是传统农耕家庭之必备。披蓑戴笠成为从事农耕的标志,蓑衣也往往作为农人的代称。张养浩小令[双调·得胜令]《四月一日喜雨》借助"蓑衣",表达了自古至今,与大地最近的农人久旱得喜雨后的欢乐喜悦场景——"万象欲焦枯,一雨足沾濡。天地回生意,风云起壮图。农夫,舞破蓑衣绿。和余,欢喜的无是处!"蓑衣显得极富生命力,因干旱而枯,因雨而绿,表现的完全是纯朴的人与自然的关系;表达了作者慨叹中的一种迷茫,怀想里的一种真切。"舞破蓑衣绿",舞出了蓑衣在风景和生活中的分量,使蓑衣的形象更为鲜活。

在元曲的蓑衣风景中,不仅有渔人、农夫,还有牧童。如赵显宏小令

[中吕·满庭芳]《牧》生动记录了农村蓑衣风俗:"闲中放牛,天连野草,水接平芜。终朝饱玩江山秀,乐以忘忧。青箬笠西风渡口,绿蓑衣暮雨沧州。黄昏后,长笛在手,吹破楚天秋。"写一个头戴青箬笠、身披绿蓑衣的牧童吹着长笛在雨中放牧的情景,虽无深意,但却跃动着鲜活的生命力,表现出对大自然与自由生活的由衷赞美和向往。

在元代,平平常常的蓑衣还被赋予了特殊的意趣——高远、悠然、脱俗。选择了蓑衣,便意味着选择了世俗的生活。吕侍中套数[正宫·六幺令]:"长篙短棹一蓑衣,终日向船头上稳坐。"孙周卿小令[双调·蟾宫曲]《渔父》:"青蒻笠白蘋渡口,绿蓑衣红蓼滩头。"滕斌小令[中吕·普天乐]《四季道情》:"喜驾孤舟潇湘内,伴纶竿箬笠蓑衣。"费唐臣杂剧《苏子瞻风雪贬黄州》第二折:"紫袍金带无心恋,雨笠烟蓑有意穿。"一蓑风雨,一叶孤舟,一片兰桨,潇洒逍遥,不仅把蓑衣写得生趣灵动,而且写出了元代人的蓑衣情结以及蓑衣文化的价值。在元代,文人们彻底放弃了入仕的幻想,隐风大炽,整个社会出现了整体性退避的局面。但隐居深山太过局促,隐于大海行走风雨,只需轻舟一只就拥有了一片广阔的天地,蓑衣作为挡风御雨之具,是舟中必备的。因此,想到蓑衣,便联想起万丈烟波、四海为家的生活。蓑衣,也成了元代人的一个具有深厚意蕴的哲学符号。

(三) 足 衣

足衣是古人对鞋和袜的总称。古代鞋履名目繁多,形制丰富,分类庞杂。以质地而论,有丝帛制成的罗鞋、软履,草葛制成的芒鞋、屦,皮革制成的革履、皮靴等;以款式而论,有低帮之鞋、高靿之靴、无跟之屣、高齿之屐等;以穿着季节而论,有夏季穿的麻鞋、草履,春秋穿的革履、丝鞋,冬季穿的靴;以用途而论,有贵族官僚穿的朝靴、御雨穿的雨靴、防滑穿的钉鞋等。和礼服一样,古代鞋履也受封建礼教的制约,不同的场合、不同的身份穿不同形制和颜色的鞋履,要求非常严格。同样,元代靴、履、鞋、袜,不但名类繁多,质料各异,款式千变万化,色彩也多彩多姿。元曲对元代的靴、履、鞋、袜的描写,既蕴涵着大量传统文化的因子,又折射出时代气息,真切地反映了元代人的穿着习惯和风格样式,给人以美的享受。

1.靴

从历史演变看,靴,首先为北方草原游牧民族所用。《隋书·礼仪志》云:"靴,胡履也,取便于事,施于戎服。"①多为皮革制成,靴筒高度在踝骨以上,保暖性好,可以防止骑马奔驰时磨坏小腿肚以及在草丛中步行防止潮湿和蛇虫叮咬;还要"拢揎得腮帮儿省可里肥。要着脚随人意,休教脑窄,莫得跌低"②。有些靴子里面很宽松,骑者一旦从马上摔下来靴子被马镫夹住,脚很容易从靴里脱出,免得奔马把人拖伤。靴在元代穿着相当普遍,根据沈从文先生的研究,元代靴子的名目颇多,有如朝靴、花靴、旱靴、钉靴、蜡靴、球头直尖靴、鞒靴、勒靴等等。③ 靴子有皮、毡等不同材质,讲究的靴子上还缝制各色纹样。元曲记写了元代穿靴的实况,如无名氏杂剧《雁门关存孝打虎》第三折:"也不索征鞍轻压,征靴微抹,征骔紧跨,不剌剌直赶到海角天涯。"无名氏杂剧《包待制陈州粜米》第三折:"我打扮你起来……再与你做一顶新帽儿,一条茶褐绦儿,一对干净凉皮靴儿。"李直夫杂剧《便宜行事虎头牌》第二折:"干皂靴鹿皮绵团也似软。"尚仲贤杂剧《汉高皇濯足气英布》第四折:"系一条拆不开、纽不断、裹香绵、攒彩线、紧紧妆束的八实狮蛮带,穿一对上杀场、踢宝蹬、刺犀皮、攒兽面,吊根墩子制吞云抹绿靴。"高文秀杂剧《黑旋风双献功》第二折:"穿着对锦沿边干皂靴。"贾仲明杂剧《铁拐李度金童玉女》第三折:"卷云靴跟抹绿,银盆面腻粉团酥。"宫天挺杂剧《严子陵垂钓七里滩》第二折:"回奏与您汉銮舆,休着俺闲人受苦。皂朝靴紧行拘我二足,纱幞头带着揸我额颅。我手执的是斑竹纶竿,谁秉得你花纹象笏?"贾仲明杂剧《李素兰风月玉壶春》第二折楔子:"穿宫锦着朝靴,封官爵享豪奢。"张可久小令[中吕·朝天子]《山中杂书》:"东华听漏满靴霜,却笑渊明强。"钟嗣成套数[南吕·一枝花]《自序丑斋》:"有时节软乌纱抓扎起钻天髻,干皂靴出落着籁地衣。"周文质小令[双调·落梅风]:"乌靴上半痕鞋下土,忍轻将袖梢儿挪去。"关汉卿杂剧《山神庙裴度还带》第三折:"水头巾供桌上控着,泥脚靴土墙边晾着。"贾仲明杂剧《铁拐

① (唐)魏徵等:《隋书》,中华书局 1997 年影印本,第 276 页。
② 高安道套数[般涉调·哨遍]《皮匠说谎》。
③ 沈从文:《中国古代服饰研究》,上海书店 2005 年版,第 499 页。

李度金童玉女》第二折：“紫丝缰金鞍骏马骄，葵花镫靴尖斜款挑。”征靴、乌靴、抹绿靴、锦沿边干皂靴、云头靴、鹿皮靴……可见，这种式样肥阔端庄、美观大方的靴子，是备受元代官吏和士人喜爱的。靴，在元代人的生活中发挥着它应有的作用，满足了各个阶层、各个年龄段人们的生理和心理需求。

兀剌靴是北方少数民族百姓穿的一种充有乌拉草以御寒的防寒皮靴。乌拉草纤细若线，三棱形微有刺。经过捶打，柔软如絮，保温隔凉。填塞在兀剌靴中，即使在冬夜雪地里站上一宿，也不会把脚冻坏。故民谚称赞：“关东外三件宝，人参、貂皮、乌拉草。”兀剌靴后传至内地，渐渐汉族人民也习惯于穿这种靴，成为一种时髦的靴，流传至今。无名氏杂剧《朱太守风雪渔樵记》第二折：“直等的蛇叫三声狗拽车，蚊子穿着兀剌靴，蚁子戴着烟毡帽，王母娘娘卖饼料！投到你做官，直等的炕点头。”这一番话是主人公朱买臣的妻子玉天仙讽刺他不能发迹说的。剧中的朱买臣与玉天仙很明显都是汉族人，证实了元代穿兀剌靴已经没有民族界限。高安道[般涉调·哨遍]《皮匠说谎》：“新靴子投至能够完备，旧兀剌先磨了半截底。”说明汉族人已习惯穿兀剌靴，并认为是一种时髦的靴。此记载也可佐证，元代的汉民族服装确实受到北方少数民族的影响而发生了变化，体现了元代衣饰多元文化的特色。

2.履

履是“鞋”的通称，其形制平底、浅帮，适于室内活动，也可在较正式隆重的场合穿着。履的质料多样，主体多用麻布制作，或用蒲、芒、草等结实轻便的植物纤维编织而成，成本低廉，功能完备，既是平民百姓的，也是富贵人家的足衣。只是富贵人家为了彰显富贵，会把履做得十分豪华，比如以丝帛作鞋面，以珠宝作装饰的“丝履”、“珠履”等。元曲中记述的履，不仅有皂履、绣履、星履和革履，还有贵妇人穿的“软履”等。革履，如梁寅小令[黄钟·人月圆]《春夜》：“三春月胜三秋月，花下惜清阴，锦围绣阵，香生革履，光动兰襟。”无名氏杂剧《随何赚风魔蒯通》第二折：“餐松啖柏，革履麻绦，受这等苦来！”革履是皮革制成的鞋。《汉书·郑崇传》：“哀帝擢为尚书仆射，数求见谏争，上初纳用之，每见曳革履，上笑曰：‘我识郑尚书履声。’”颜师古注："孰(熟)曰韦,生曰革。"①草履,如贾仲明杂剧《铁拐李度金童玉女》第二折:"俺出家的藤冠衲袄,草履麻绦,长生不老。"高文秀套数[双调·行香子]:"丫髻环绦,草履麻袍,翠岩前盖座团标。"贯云石小令[双调·水仙子]《田家》:"布袍草履耐风寒,茅舍疏斋三两间,荣华富贵皆虚幻。"邓玉宾套数[正宫·端正好]:"几卷儿丹经药方,草履藤冠布懒长。"无名氏小令[不知宫调·甜水令]:"麻绦草履风袍袖,名利不刚求。"以上描写虽大多另有寄寓,但说明草履已成为元代人装束的一个显著民俗特点。珠履,如贾仲明杂剧《李素兰风月玉壶春》第一折:"摆列着玉簪珠履,准备着宝马银鞭。"王伯成杂剧《李太白贬夜郎》第四折:"玉簪珠履客三千。"无名氏套数[越调·斗鹌鹑]《元宵》:"偏宜,凤烛高张照珠履。果然豪贵,只疑是洞府神仙,闲游在阆苑瑶池。"从上述描写看,珠履有两意:一是指用珍珠点缀的鞋,在鞋上镶珠宝的珠履虽然奢靡太过,但也是确实存在的。一是借用战国时春申君"三千珠履客"的典故,"珠履客"是社会某一阶层的代名。皂履,如关汉卿杂剧《状元堂陈母教子》第一折陈母的两个儿子对话:"(三末云)我做了官,系一条羊脂玉茅山石透金犀玛瑙嵌八宝荔枝金带。你脚下穿甚么?(大末云)干皂履。"皂履即是古时官员穿的黑色厚粉底靴。元曲中还见剑履,如朱凯杂剧《刘玄德醉走黄鹤楼》第三折:"赞拜不名,入朝不趋,剑履上殿,自立为魏公,加九锡,纳其三女为贵人,进位于诸侯之上。"在秦代官制中有一项规矩,是位高权重、深受信任的大臣,可以在觐见天子时身佩宝剑,是称为"剑履上殿",因此"剑履"是重臣的代名词。星履,如无名氏杂剧《两军师隔江斗智》第二折:"觑他这道貌非常仙家气,稳称了星履霞衣。"绣履,如高文秀杂剧《须贾大夫谇范叔》第四折:"俺只见众公卿摆列齐,在紫阁黄扉,捧玉液金杯,一周遭绣履珠衣。"无名氏套数[中吕·粉蝶儿]:"一个红吊䘍绣履十分瘦。"高文秀杂剧《须贾大夫谇范叔》第四折:"捧玉液金杯,一周遭绣履珠衣。""绣履"就是绣鞋。吊䘍是在裤脚下口踝骨处,缝有一条横套带,穿时将套带蹬于足心,这种着装便于骑马打猎时,双腿穿套外裤或双足穿入靴鞴中,裤腿不至于被卷带起。这种形制类似于我

①　(汉)班固:《汉书》,中华书局1997年影印本,第3255页。

们现代的脚蹬裤,是当时适应马上生活习俗而形成的一种穿着方式。钉履,如徐再思小令[双调·水仙子]《佳人钉履》:“金莲脱瓣载云轻,红叶浮香带雨行,渍春泥印在苍苔径。三寸中数点星,玉玲珑环佩交鸣。溅越女红裙湿,沁湘妃罗袜冷,点寒波小小蜻蜓。”“钉履”就是鞋底部加钉子的鞋。据文献所载,最晚至汉代,鞋底加有半寸铁锥的钉鞋已应用于日常生活。魏晋至唐宋时期,钉鞋广泛使用于军事征战、礼仪宿卫、登城、爬山之时。据《资治通鉴》载唐德宗贞元三年:“(德宗)入骆谷,值霖雨,道途险滑,卫士多亡归朱泚,叔明之子昪及郭子仪之子曙、令狐彰之子建等六人,恐有奸人危乘舆,相与啮臂为盟,著行幐、钉鞵,更鞚上马以至梁州。”胡三省注:“钉鞵,以皮为之,外施油蜡,底著铁钉。”①又《太平御览》卷六九八引《晋书》载:“石勒击刘曜,使人着铁屐施钉登城。”②钉鞋形制有两种,一种铁制,下部施钉;另一种皮制,外施油蜡,防水加固,底部加钉。从徐再思小令描写看,元代已有女子钉鞋,且这种是一种外施油蜡可防水、底部加钉的皮制钉鞋。软履,如汤舜民小令[双调·寿阳曲]《蹴踘》:“软履香泥润,轻衫香雾湿,几追陪五陵豪贵。脚到处春风步步随,占人间一团和气。”元曲中各式履的描写,构成了一个五彩缤纷的履世界,反映了当时履的盛行和用履的广度与深度。

3.鞋

元代的鞋,名类繁多,而且用料也不尽相同,大致有皮革、绸缎、布、麻、草。元曲描写有绣花鞋、罗鞋、绣鞋、草鞋、布鞋、麻鞋等。这些鞋的式样与履相差不大,但鞋比履浅,样式和规格均比履简单,所费材料也最少。穿着比履方便,易于行事,所以深受民间欢迎。特别是广大劳动者,多穿用草鞋,而常年在外奔波者多穿用麻鞋。

麻鞋,是用麻线制成的鞋,在元曲中随处可以见到。如王实甫杂剧《吕蒙正风雪破窑记》第四折:“麻鞋破脚难抬,布衫破手难揣。”无名氏小令[双调·折桂令]:“不如俺绝利名麻鞋布袄,少忧愁鬔髻镮绦。”都是对麻鞋的描写。从这些描写中,我们可知,麻鞋坚固耐穿,适合长途跋涉或劳作,多为

① (宋)司马光:《资治通鉴》,中华书局1956年版,第7491页。
② (宋)李昉等:《太平御览》,中华书局1960年版,第3114页。

百姓庶民或隐士穿着。

八答麻鞋,亦称八答鞋、八踏鞋,是一种有耳穿孔的麻鞋。因穿这种鞋走路着地时发出"八答、八答"声音而名。无名氏杂剧《朱砂担滴水浮沤记》第二折:"一领布衫我与你刚刚的扣,八答麻鞋款款的兜。"高文秀杂剧《黑旋风双献功》第一折:"你这般茜红巾,腥衲袄、干红褡膊、腿绷护膝、八答麻鞋,恰便似烟熏的子路,墨染的金刚。"这些描写,证明八答麻鞋在元代是贫民百姓的足衣。

草鞋,即草履,是中国流行最久最广的鞋。草鞋编织材料各种各样,常见的是稻草、麦秸、玉米秸、芒草等,所以又称"芒鞋"、"秆草鞋"等。其具体编法,有以竹为经,麻丝为纬;有以大麻为经,稻草为纬;有用丝线和布混合编织,下为底,上编成网络,状如凉鞋。因穿上走路轻快,旧时常为重体力劳动者和远行者所穿。草鞋没有鞋面,一面穿旧了之后,还可以反底再穿。对于面朝黄土背朝天,靠体力、靠血汗为生的农民来说,草鞋是最经济、简便的足衣。几天一双或一天一双,穿坏之后弃之路旁也不觉可惜,故草鞋又有"不惜"之名。旧时,草鞋不仅用于出行,还用于服丧,它是古代丧服中的重要组成部分。由于它可用做丧履,所以古代有一个规矩:草鞋既不能向人借,也不可借给人。时间一长,"不借"就成了草鞋的别名。穿草鞋在元代相当普遍,如王仲元小令[双调·江儿水]《叹世》:"竹冠草鞋粗布衣,晦迹韬光计。灰残风月心,参得烟霞味,寻一个稳便处闲坐地。"无名氏杂剧《瘸李岳诗酒玩江亭》第二折:"穿的是麻袍和这草鞋,更强似着绿穿白。"无名氏杂剧《鲠直张千替杀妻》第二折:"我往常时草鞋兜不住脚根,到如今旧头巾遮不了顶门。"不忽木套数[仙吕·点绛唇]《辞朝》:"竹杖芒鞋任意留,拣溪山好处追游。"王子一杂剧《刘晨阮肇误入桃源》第一折:"早难道江上踏青罢,眼见得路迢遥芒鞋邋遢。"这些描写,一是说明元代草鞋是民间百姓穿着最多的鞋,二是元代的隐士似乎以穿草鞋为时尚,同时通过对"竹杖芒鞋"服饰的描写,表现了元代人希望畅游大好河山的美好愿望。

屐是一种有齿之履。从造型看,最大特点是底部有双齿,前后各一,呈直竖状,比普通鞋底更高,多以木、藤等硬质而且不畏泥污水渍、易于清洁的材料制成,多在室外穿着,尤其适宜在泥泞湿滑、苔藓丛生的道路上行走。

屐在中国已有数千年的历史。据《太平御览》卷六九八引《论语隐义注》载："孔子至蔡,解于客舍,入夜,有取孔子一只屐去,盗者置屐于受盗家。孔子屐长一尺四寸,与凡人异。"①又载《异苑》曰:"介子推逃禄隐迹,抱树烧死,文公拊木哀嗟,伐而制屐,每怀割股之功,俯视其屐曰:悲乎足下。足下之称,将起于此。"②直到今天,人们还把好朋友称做"足下",就是出于这个典故。汉代男女曾以穿木屐为时尚。特别是在东汉首都洛阳流行一种习俗:新娘出嫁,嫁妆中必备有木屐,讲究者还要在木屐上施以彩画,并以五彩丝绳为系。《后汉书·五行一》中说:"延熹中,京师长者皆着木屐。妇女始嫁,至作漆画五色彩为系。"③这种漆画木屐在安徽马鞍山东吴名将朱然及其妻妾合葬墓中曾有出土。朱然墓出土漆画木屐体量小巧精致,前有一孔,用作栓绳子,后有两孔作成木屐的形态,周身施以漆绘,屐底装有两个木齿,当为朱然女眷之物。在朱然墓漆木屐没有出土以前,一般认为漆木屐是日本人最早发明的,通过朱然墓漆画木屐的发现,证实木屐是由中国传到日本的。《后汉书·戴良传》曰:汝南慎阳人戴良有"五女并贤,每有求姻,辄便许嫁,疏裳布被,竹笥木屐以遣之。五女能遵其训,皆有隐者之风焉"④。戴良在为女儿筹办的嫁妆中,尽管十分简朴,但仍少不了穿上一双彩色系带的木屐,可见当时木屐为人们喜爱的习俗。穿木屐的习俗在魏晋隋唐时期随时可见。唐代江南女子以木屐为常用鞋履。宋元以后,因汉族女子崇尚缠足,故多已不穿木屐。但男子仍在穿用。元曲中描写的穿屐场合与草长莺飞、林深苔青、波浪卷沙、山高蔽日的风景相连,别有韵致。如汤舜民套数[双调·风入松]《题马氏吴山景卷》:"登山屐时时旋整,买山钱日日牢揣。"是当时穿屐的实录。"登山屐"是一种双齿可以拆卸的屐,适用于山路等有坡度的地方,上坡时拆去前齿,下坡时卸掉后齿,以便人体保持重心平衡,所以有传说这种形制为南朝谢灵运所创,故又名"谢公屐"。

"靸鞋"是一种无跟的类似于拖鞋的鞋子。汉刘熙《释名·释衣服》曰:

---

① (宋)李昉等:《太平御览》,中华书局 1960 年版,第 3115 页。
② (宋)李昉等:《太平御览》,中华书局 1960 年版,第 3116 页。
③ (南朝宋)范晔:《后汉书》,中华书局 1997 年影印本,第 3271 页。
④ (南朝宋)范晔:《后汉书》,中华书局 1997 年影印本,第 2773 页。

"靸,韦履深头者之名也。靸,袭也,以其深袭覆足也。"[1]在唐代称为"跣子"。此名沿用至元明。"拖鞋"名字的出现,应是明代以后的事情。无论名称如何更变,这类鞋制,因穿脱便利,在生活起居中男女均喜穿用。吴西逸小令[商调·梧叶儿]《京城访友》:"趿履谒侯门,吟眼乱难寻故人。"景元启小令[双调·得胜令]:"力困下秋千,缓步趿金莲。"费唐臣杂剧《苏子瞻风雪贬黄州》第一折:"下珠帘处处凉,靸金莲步步响,月明下吹箫引凤凰。"秦简夫杂剧《宜秋山赵礼让肥》第一折:"粗棍子手内拿,破麻鞋脚下靸。"张可久小令[双调·落梅风]《睡起》:"拢钗燕,靸绣鸳,卷朱帘绿阴庭院。"靸,鞋子没有后跟或不提后跟,行路时用脚拖着走。绣鸳,绣有鸳鸯花样的鞋,是不缠足的元代女子穿的鞋。可见靸鞋是元代人生活中离不了的一种鞋。

屦是鞋类的总名。战国以后,"屦"被"履"所替代,"履"成了鞋子的通称。大约到了隋唐时期,本来专指"生革之鞋"的"鞋"字,又代替了"履",而成了各种鞋子的通称,并一直延续至今。元曲中也有屦,如曾瑞小令[中吕·喜春来]《遣兴·寻乐》:"湖山遣兴还诗债,杖屦寻芳释闷怀,村醪满酌劝吾侪。"张可久小令[商调·秦楼月]:"寻芳屦,出门便是西湖路。"汪元亨小令[中吕·朝天子]《归隐》:"杖屦梅边,琴樽松下,锁心猿拴意马。"无名氏小令[中吕·快活三过朝天子四换头]《叹四美》:"西园杖屦,望眼无穷恨有馀。""杖屦"代指郊游的装束。这些描写字里行间洋溢着元代人高雅的情调,反映了元代人穿屦的心态。

女子缠足之俗起于何时,说法不一,但多数人认同于女子缠足之俗滥觞于南唐,成俗于南宋,蒙古贵族入主中原建元之后,对缠足持赞赏的态度,从而推动元代缠足之风继续发展。据陶宗仪《南村辍耕录》记载,元代妇女的缠足已发展到"人人相效,以不为者为耻"[2]的地步。社会上皆以足小、瘦、弓为美,元曲里有许多赞美"金莲"的描写,正是这种残酷的美丽风俗在文学作品中的如实再现。如曾瑞小令[南吕·四块玉]《美足小》:

---

① (汉)刘熙:《释名》,中华书局1985年版,第83页。
② (元)陶宗仪:《南村辍耕录》,中华书局1959年版,第127页。

地锦踏,香风飒,款步金莲趿裙纱,纤柔娇衬凌波袜。软玉钩,新月牙,可喜杀。

吕止庵套数[双调·夜行船]《咏金莲》:

微露金莲唐裙下,端的是些娘大,刚半札。

王实甫杂剧《崔莺莺待月西厢记》第三本第三折:

淡黄杨柳带栖鸦,金莲趿损牡丹芽。

睢玄明套数[般涉调·耍孩儿]《咏西湖》:

乍步行恨杀金莲小,浅印香尘款款移。

无名氏套数[商调·集贤宾]《忆佳人》:

趿金莲三寸弓,启樱桃半点红。

在元代,金莲还有其他的称谓。一个称谓是"弓鞋"。如商挺小令[双调·潘妃曲]:

小小鞋儿连根绣,缠得帮儿瘦。腰似柳,款撒金莲懒抬头。

无名氏小令[双调·快活年]:

款撒金莲懒抬头,直恁么害羞。小小鞋儿四季花头,缠得尖尖瘦。推把衫扣,把衫扣。

王实甫杂剧《崔莺莺待月西厢记》第四本第一折:

下香阶,懒步苍苔,动人处弓鞋凤头窄。

刘时中小令[中吕·红绣鞋]《鞋杯》:

帮儿瘦弓弓地娇小,底儿尖恰恰地妖娆。

仇州判小令[中吕·阳春曲]《和酸斋〈金莲〉》:

窄弓弓怕立苍苔冷,小颗颗宜踏软地儿行。

还有"凤头鞋"之称,如张可久小令[中吕·迎仙客]《春思》:

鱼尾钗,凤头鞋,花边美人安在哉?

"玉钩"也是对女子缠足的美称。王仲诚套数[中吕·粉蝶儿]:

荡绡裙,掩玉钩,百倍风流。

无名氏小令[双调·步步娇]:

金莲藏玉钩,杨柳腰肢忒温柔。

以上文字传达了元代女子鞋饰的大量信息:第一,呈现出元代女子鞋饰

的两个显著特点:瘦小和弓尖。"小小鞋儿连根绣,缠得帮儿瘦","小小鞋
儿四季花头,缠得尖尖瘦",说的是女鞋的瘦小;"帮儿瘦弓弓地娇小,底儿
尖恰恰地妖娆","窄弓弓怕立苍苔冷,小颗颗宜踏软地儿行",说的是穿女
鞋的脚儿弓尖。第二,元代女子小脚受到了前所未有的关注。元曲对"弓
鞋"、"凤头鞋"、"玉钩"等"金莲"的反复描绘和赞叹,表明自五代以来的缠
足恶俗,在元代颇为盛行。缠足作为大众审美的习俗已经非常强盛,小脚观
念已经完全普及。小脚女鞋实物也有出土,如江苏无锡元墓就有发现。河
北隆化鸽子洞元代窖藏有元代的两双女鞋,一双是茶绿绢绣花尖翘头女鞋,
另一双是白绫绣花尖翘头女鞋。与江苏无锡元墓中出土的实物等资料印
证,可知曲家所言的确反映了当时的风尚。第三,反映了当时的审美观。穿
着弓鞋走路,腰肢轻转,臀部随之摆动,元代女性足下的这道风光,已成为文
人描写女人的一种典型的美态。正如于伯渊套数[仙吕·点绛唇]《忆美
人》所赞美的那样"一步一金莲,一笑一春风"。金莲和莲步,淋漓尽致地展
现了元代女性的美,甚至是一种极致的美。

　　为了不使双足放弛,初缠足的妇女在就寝时也要穿着鞋子,这种鞋子叫
"睡鞋"或"眠鞋"或"卧履"。缠足妇女睡觉时所穿之鞋,形状与弓鞋一样,
只是底是软的,一般多为软缎所制,又以红色为艳。鞋帮绣细花,有的还嵌
春宫图,做工精致,比平日穿的弓鞋还显纤秀。徐珂在《清稗类钞·服饰
类》中说:"睡鞋,缠足妇女所著以就寝者。盖非此,则行缠必弛,且借以使
恶臭不外泄也。"①元曲对睡鞋的描写有多处,其中乔吉套数[仙吕·赏花
时]《睡鞋儿》很典型:

　　　　双凤衔花宫样弯,窄玉圈金三寸硁。绿窗静翠帘闲,似锦鸳日晚,
　　并宿向雕阑。

　　　　[幺]多管是露冷苍苔夜气寒,暖透凌波罗袜单。听宝钏响珊珊,
　　藕建儿般冰腕,用纤指将绣帮儿弹。

　　　　[赚煞]鬓绾倚风鬟,脸衬秋莲瓣,险花晕了懵腾醉眼,见非雾非烟
　　帘影间。映秋波两叶春山,几时配玉连环? 看他些绿慁红俦,殢煞春娇

---

　　① 徐珂:《清稗类钞·舟车服饰》,商务印书馆1916年版,第173页。

夜未阑。投至香消烛残,比及雨收云散,我向怀儿中直揣得那对底儿干。

山东邹县的一座元代女墓中,就有这种鞋子出土①。出土鞋子与描写是相同的,可帮助我们了解这种鞋子。

缠足之风,促进了元代恋脚恋鞋的风气,归纳元曲中对这种风气的描写,主要有以下三个方面:第一,反映了男子恋鞋之癖。王实甫杂剧《崔莺莺待月西厢记》第一本第一折聪云:"偌远地,他在那壁,你在这壁,系着长裙儿,你便怎知他脚儿小?"张生见到崔莺莺首先惊羡的是莺莺的小脚和她的鞋,脚和鞋是崔莺莺迷人魅力的重要组成部分。对崔莺莺鞋的描写照应了莺莺的小脚,对鞋的描写是对躯体的联想与置换。第二,由男子恋鞋生出女子以鞋媚夫的习俗,即女子以送给男人鞋来表示女子对男子的诚心,鞋又成为男女情爱信物的习俗。如无名氏杂剧《王月英元夜留鞋记》中王月英与郭华相爱,通过绣鞋证明他们的恋情,"我把这香罗帕包着一只绣鞋儿,放在他怀中,以为表记"②。在"更漏深,田地滑,游人稠杂,鳌山畔把他来撇下"③的这一只"端端正正,窄窄弓弓"的绣鞋儿④,催燃了一段爱情故事。鞋成为了一种吉祥物,一种民俗象征。第三,元代民间送鞋罢亲悔亲的习俗。若女方意欲罢亲,则做一双"罢亲鞋"送给男方,待磨断了鞋底之线,便意味着断了姻缘。关汉卿杂剧《钱大尹智勘绯衣梦》第一折写王闰香和李庆安曾由双方父母指腹为婚,后来李家败落,王员外悔婚,遣嬷嬷送李家十两银、一双鞋到李家退婚。王嬷嬷对李员外说:"这双鞋儿是罢亲的鞋儿,着庆安踏断线脚儿,便罢了这门亲事也。"说鞋底线断了就悔婚。《钱大尹智勘绯衣梦》中"罢亲鞋"描写,一方面形象生动地勾勒出女家嫌贫爱富的心态;另一方面揭示了当时一个约定俗成的习俗。正如西方艺术史学家马克斯·J·弗里德兰所讲:说到文明,一只鞋子透露给我们的信息,和一座大

---

① 周汛、高春明:《中国古代服饰大观》,重庆出版社 1994 年版,第 406 页。
② 无名氏杂剧《王月英元夜留鞋记》第二折。
③ 无名氏杂剧《王月英元夜留鞋记》第三折。
④ 无名氏杂剧《王月英元夜留鞋记》第二折。

教学堂所蕴含的内容一样丰富。①这话尽管有夸张的成分，但也确实让我们从鞋风俗的描写中体现到了"时代精神"，寻求到了当时的时代风貌。

绣花鞋也是元曲反复描写和赞叹的鞋，如王实甫杂剧《崔莺莺待月西厢记》第四本第二折："立苍苔将绣鞋儿冰透。"贯云石小令[双调·殿前欢]："夜啼乌，柳枝和月翠扶疏。绣鞋香染莓苔路，搔首踟蹰。"王仲元套数[中吕·粉蝶儿]《集曲名题情》："红绣鞋轻移莲步小，柳眉颦一半儿娇。"冯子振小令[正宫·鹦鹉曲]《燕南百五》："绣弯弯湿透罗鞋，绮陌踏青回去。"吕止庵小令[越调·天净沙]《为董针姑作》："夜深时独绣罗鞋。"在鞋上加绣，应该说在元代是非常盛行的。元代女子在不盈尺的鞋材上一针一线地述说着自己的审美观念、文化传统、伦理道德与时尚价值。正是因为女性为了增添足下风姿的不懈努力，才有了曲家笔下婀娜多姿的女子，尤其莲步挪移间，裙摆下不经意露出的鞋尖，上头可能是一朵娇艳欲滴的牡丹、一只顾盼生姿的美丽孔雀，千娇百媚尽在足下绽放，既惹人怜爱，也引人遐想。

总之，元曲中的足衣描写，从靴到履，从草鞋、布鞋，到金莲、弓鞋、凤头鞋、绣花鞋，各式各样的鞋，将元代的足衣文化展示得摇曳多姿。鞋，陪伴我们走过生命的坦途，也走过生命的泥泞；走过希望的田野，也走过失败的荒漠。各式各样的鞋负载着我们的生命，把我们送抵一个又一个人生的渡口。"不争镜里添白雪，上床与鞋履相别"②。鞋履在元曲中，充当了生存的象征，想一想，若上床一梦不醒，就无法再穿上明日的鞋履了，是不是永远地告别了游走的鲜活生命呢？元代人的这天长地久般的警世名句，似深沉的叹息，提醒着人们长久地思索，认真地选择好自己的人生之路。

4.袜

元曲中吟咏的"袜"也很精彩。如关汉卿杂剧《钱大尹智勘绯衣梦》第二折："可怎生血浸湿我这白那个袜头。"季子安套数[中吕·粉蝶儿]《题情》："鞋弓袜小步轻盈。"吴西逸小令[越调·柳营曲]《避暑偶成》："扇停

① 顾丞峰：《艺术中的女性》，吉林美术出版社2006年版，第39页。
② 马致远套数[双调·夜行船]《百岁光阴》。

风几缕柔歌,袜凌波一掬香罗。"杨维桢小令[中吕·普天乐]:"斜簪剃髻花,紧嵌凌波袜。"曾瑞套数[般涉调·哨遍]《羊诉冤》:"待生揩我毛裔铺毡袜。"乔吉小令[双调·折桂令]《晋云山中奇遇》:"尘随鸳袜,酒污猩裙。"萨都剌套数[南昌·一枝花]《妓女蹴鞠》:"锦鞘袜衬乌靴款蹴金莲。"吕止庵套数[双调·夜行船]《咏金莲》:"怕松时重套上吴绫袜,从缠上几时撇下。"张可久小令[双调·折桂令]《观〈天宝遗事〉》:"锦袜羞看,翠辇重过。"刘庭信套数[中吕·粉蝶儿]《美色》:"步锦袜蹙金莲,拭罗衫舒玉笋。"任昱小令[双调·沉醉东风]《会稽怀古》:"鉴水边,云门外,有谁人布袜青鞋?"关汉卿套数[越调·斗鹌鹑]《蹴鞠》:"喷鼻,异香吹,罗袜长粘见色泥。"刘庭信小令[越调·寨儿令]:"身子纤,话儿甜,曲躬躬半弯罗袜尖。"汤舜民套数[南昌·一枝花]《赠明时秀》:"金闪闪袜钩舒凤嘴,玉摇摇钗燕袅鸡翘。"宋方壶小令[中吕·山坡羊]《道情》:"布袍粗袜,山间林下,功名二字皆勾罢。"无名氏小令[仙吕·寄生草]《情叙》:"恰才个读书罢,窗儿外谁唤咱?原来是娇娃独立花阴下,露苍苔湿透凌波袜,靠前来叙说昨宵话。我与你金杯打就凤凰钗,你与我银丝捻做香罗帕。"这些适用于不同季节、不同场合的"凌波袜"、"毡袜"、"鸳袜"、"锦鞘袜"、"吴绫袜"、"锦袜"、"布袜"、"罗袜"、"粗袜"、"白袜"等,将元朝的袜文化描绘得多姿多彩。

四、元曲描写的妆饰

妆饰是指通过各种方式和方法来装饰和打扮自己的风俗习惯,主要包括面部的化妆、头发的样式和各种配饰。俗话说爱美之心人皆有之,元代人也是如此。整个元朝,既有清秀淡雅的柔和美之妆饰,也有胭香脂红的娇艳色之妆饰;既有中原民族美容的风格,也不乏游牧民族的化妆技法,这从元曲妆饰描写中可得到观照。

(一) 发　式

元时期,蒙古族作为统治者,一直保留着本民族的髡发习俗,元统治者虽然曾下令其他民族实行髡发，但最终没能推行下去，汉民族依然保留着唐宋以来的传统，特别是女子的发式，虽不如唐宋时代的丰富，但也缤纷多姿。发式仍以梳髻为主，基本为唐宋时的样式。仅元曲记载的常见式样就有"云髻"、"峨髻"、"螺髻"、"宝髻"、"凤髻"、"盘龙髻"、"鬏髻"、"花髻"等。这些传统发髻所显示出的造型视觉符号，在各个时代展现出迥然不同的风格，但就艺术的精神层面而言，它们又是那样的和谐有序，一脉相承，流传和延伸着时代的美学观。

"云髻"是六朝以来非常常见的一种发式。其髻式卷曲而高耸，似朵朵云霞而得名。这种发髻的式样，在唐代画家阎立本所绘的《步辇图》中反映得典型具体。此画绘的是唐太宗李世民乘步辇接见吐蕃使者的真实故事。画中九个宫女的发髻完全相同，都作成朵云之状，连额发的处理也作成云朵形，可视为云髻的典型样式。云髻在元代仍以为风尚，元曲中有许多对云髻的形象描写，如姚燧小令［越调·凭阑人］中的"博带峨冠年少郎，高髻云鬟窈窕娘"，无名氏杂剧《施仁义刘弘嫁婢》第二折中的"你看他那绀发齐，绿鬓堆，高盘云髻"，关汉卿小令［仙吕·一半儿］《题情》中的"云鬟雾鬓胜堆鸦"，高文秀套数［南吕·一枝花］《咏惜花春起早》中的"露湿残妆面，风吹云髻偏"，李子中套数［仙吕·赏花时］中的"情泪流香淡脸桃，高髻松云辫凤翘"。如春云一般高耸的云髻在元代女子的头上或高盘，或偏，或松，述说着元代女子的无限心事！

"峨髻"亦作"蛾髻"，是元代女性的主要发髻式样。因髻式高耸，形似嵯峨陡峭之山峰，故而得名。乔吉杂剧《李太白匹配金钱记》第一折中的"你看那指纤长铺玉甲，髻嵯峨堆绀发"，孟昉小令［越调·天净沙］《十二月乐词·二月》中的"劳劳胡燕酣春，逗烟薇帐生尘，蛾髻佳人瘦损"等，就是对这种发型的吟诵。

"螺髻"又称"螺狮髻"，简称"螺"，即先用丝绦将头发束缚起来，再盘卷成"螺壳"形状，因髻式形似螺壳而得名。最初为孩童所梳的一种发式。晋崔豹《古今注》记载："童子结发，亦谓螺结，亦谓其形似螺壳。"[1]到了唐

---

① （晋）崔豹：《古今注》，中华书局1985年版，第15页。

代，因为这种发髻梳起来清纯别致，许多成年女子开始采用。在永泰公主墓中出土的壁画，其中一位体态纤秀，手捧高足玻璃杯的宫娥，头上所盘的就是这种螺髻。此发型传至元代，仍十分流行。我们从元曲的描写中，可见到当时螺髻发式的风貌，如汤舜民小令［双调·寿阳曲］《梅女吹箫图》："髻鬌青螺小，钗横玉燕低。"张可久小令［越调·凭阑人］《席上分题》："妆淡亭亭堆髻螺，歌缓盈盈停眼波。"螺髻之美，美在它的俏丽和秀雅。

"凤髻"取其髻式似凤而得名。无名氏套数［越调·斗鹌鹑］："凤髻浓梳，蛾眉淡扫。"程景初套数［双调·新水令］《春情》："鸾钗断，凤髻偏，腻残妆泪痕满面。"白朴小令［双调·驻马听］《舞》："凤髻蟠空，袅娜腰肢温更柔。"即是对清秀娇美的凤髻发式的描写和赞美。

"盘龙髻"也写作"蟠龙髻"，指妇女盘绕卷曲如龙的发髻。无名氏小令［正宫·脱布衫过小梁州］《美妓》："犀梳斜坠鬓云松，黄金凤、高插翠盘龙。"汤舜民套数［南吕·一枝花］《莲卿王氏者》："蟠龙髻扫翠娥，全胜巫山窈窕娘。"汤舜民的另一套数［南吕·一枝花］《赠王善才》："衣垂舞凤珍珠颗，髻挽蟠龙翡翠螺，粉脸生香衬莲萼。"描写的就是盘龙发式，说明该发式在元代很流行。

"宝髻"是在发髻上戴金银珠翠等饰物而梳挽成的发式。关汉卿套数［越调·斗鹌鹑］《蹴鞠》："粉汗湿珍珠乱滴，宝髻偏鸦玉斜堆。"王晔套数［双调·新水令］《闺情》："齐臻臻光消宝髻云，宽绰绰瘦掩罗衫褙。"朱庭玉套数［大石调·青杏子］《秋千》："有似飞仙骖云驾，金翘弹宝髻偏鸦。"无名氏小令［双调·沽美酒过太平令］："翠盘中采袖低垂，宝髻上金钗斜坠，霞绶底珍珠珞臂。"无名氏套数［双调·新水令］："宝髻高盘堆云雾，钗插荆山玉。"无名氏套数［仙吕·八声甘州］："宝髻高梳楚岫云，莲脸施朱粉。"卢挚小令［双调·蟾宫曲］《醉赠乐府珠帘秀》："宝髻堆云，冰弦散雨，总是才情。"对宝髻发式的描写，体现出元代女子率真自然的爱美心态。

包髻是辽金时代在北方妇女中就盛行的一种发式。据《金史·舆服志》载："妇人……年老者以皂纱笼髻如巾状，散缀玉钿于上，谓之玉逍遥。

此皆辽服也,金亦袭之。"①可见,包髻是当时社会流行的一种发式。这种以头巾为饰的习俗,在元曲中描述得生动形象。关汉卿杂剧《诈妮子调风月》第四折:"他是不曾惯傅粉施朱,包髻不仰不合,堪画堪图。"贾仲明杂剧《铁拐李度金童玉女》第三折:"团衫缨络缀珍珠,绣包髻鸂鶒袄,翠鸾翘内妆束。"无名氏小令[双调·一锭银过大德乐]《双姬》:"珍珠包髻翡翠花,一似现世的菩萨。"商挺小令[双调·潘妃曲]:"包髻金钗翠荷叶,玉梳斜,似云吐初生月。"这些描写,反映了包髻在元代流行的情况。

"鬏髻"是把头发盘成螺旋状,然后再戴上网罩的一种发型。元曲中有许多处记载这种髻式,如关汉卿杂剧《诈妮子调风月》第二折:"见我这般气丝丝偏斜了鬏髻,汗浸浸折皱了罗衣。"李文蔚杂剧《同乐院燕青博鱼》第二折:"你看这鬏髻上扭的出那棘针油,面皮上刮的下那桃花粉。"王和卿小令[仙吕·醉扶归]《风情》:"我嘴搵着他油鬏髻,他背靠着我胸皮。"由于这种发髻不分贵贱尊卑均可戴用,故在元代很流行。

此外,在元代城乡各地还有丫髻、花篮髻和鬟等发型流行。这些发型也反映在元曲中。

丫髻,也作"丫环",又作"鸦鬟"。古时候,女孩子到了15岁,如果还没有出阁,就要在头顶上高高梳起两个尖尖的、左右对称的发髻,因为像树枝的丫杈,所以就被称为"丫髻"或"丫头",后来流传下来,就成了对年轻女孩亲昵的称呼。吴西逸小令[中吕·红绣鞋]《春景》:

　　杨柳岸秋千高架,梨花院仕女双丫,玉纤轻按小琵琶。

卢挚小令[双调·蟾宫曲]《寒食新野道中》:

　　田家翁媪,鬓发如丝。桑柘外秋千女儿,髻双鸦斜插花枝。

张可久小令[双调·水仙子]《清明小集》:

　　香尘随去马,小帘栊绿水人家。弹[仙吕·六幺]遍,笑女童双髻丫,纤手琵琶。

孟昉小令[越调·天净沙]《十二月乐词·八月》:

　　吴姬鬓拥双鸦,玉人梦里归家,风弄虚檐铁马。

----

① (元)脱脱等:《金史》,中华书局1997年影印本,第985页。

由此可知,这种髻式,一般为侍婢、童仆或男女儿童常梳的发式;同时,也是未婚女子的标志,但多为贫家女。元曲描绘的丫髻式样,在元代传世绘画、出土的墓葬壁画中也能找到生机勃勃的对应形象。如唐棣《松荫聚饮图》图中就画有结丫髻的男童,永乐宫纯阳殿元代壁画案前站的一位专供使唤的小道童头上作双丫髻。

花篮髻,是一种把头发盘曲如花篮形的发髻。元曲对这一发髻的描绘形象而生动。如徐再思小令[越调·小桃红]《花篮髽髻》:

> 东风攒簇一筐春,吹在秋蝉鬓,玉露凝香宝钗润。绿无尘,同心双挽蜂蝶阵。群芳顶上,连环枝下,分断楚山云。

乔吉小令[越调·小桃红]《花篮髻》:

> 小鬟新样斗奇绝,学绾同心结。翠织香穿逞娇劣,巧堆叠。锦筐露湿琼梳月,盛春倦也,和云低过;忙煞梦中蝶。

花团锦簇的发髻,引得"蜂蝶阵"、"忙煞梦中蝶",形象地展现了这种奇特的发髻之美。

鬟是一种盘绕空心的环状发式。形式有高低不等,大小不一,既有梳在头顶上,也有垂于脑后的多种样式。白朴杂剧《董秀英花月东墙记》第一折:"睡起金炉香烬寒,宝钗斜插碧云鬟。"尚仲贤杂剧《洞庭湖柳毅传书》第一折:"往常时凌波相助,则我这翠鬟高插水晶梳。"乔吉杂剧《李太白匹配金钱记》第一折:"则见他整云鬟掩映在荼蘼架,荡湘裙微显出凌波袜。"白朴小令[越调·小桃红]:"云鬟凤鬓浅梳妆,取次樽前唱。"吴昌龄套数[正宫·端正好]《美妓》:"颤巍巍雾鬟云鬓。"张鸣善套数[中吕·粉蝶儿]《思情》:"雾鬓云鬟,楚宫腰素妆打扮。"张可久小令[双调·沉醉东风]《夜宴即事》:"花影蝉蛾翠鬟,柳阴骢马金鞍。"这些描写表现出鬟这种发式俏丽、活泼的特点。

元代妇女在注重发髻造型美的同时,对面颊两侧的鬓发也十分重视并加以修饰,最流行的式样就是薄如蝉翼的所谓"蝉鬓",也称云鬓、薄鬓。曲家对此的咏叹也充满了激情和夸张。如白朴杂剧《董秀英花月东墙记》第三折:"轻蝉鬓婵乌云乱,宝髻偏斜溜凤钗。"贾仲明杂剧《荆楚臣重对玉梳记》第三折:"对鸾台画娥眉月一弯,铺蝉鬓插犀梳云半吐。"关汉卿套数[双调·新水令]："髻挽乌云,蝉鬓堆鸦。"于伯渊套数［仙吕·点绛唇］《忆美人》："鬓蝉低娇怯香云重,端的是占断绮罗丛。"徐再思小令［商调·梧叶儿］《春思》："鸦鬓春云軃,象梳秋月敧,鸾镜晓妆迟。"钟嗣成小令［双调·沉醉东风］："听不厌鸾笙象板,看不足凤髻蝉鬓。"关汉卿杂剧《赵盼儿风月救风尘》第二折："我索合再做个机谋。把这云鬓蝉鬓妆梳就。"盍西村套数［正宫·脱布衫］《春宴》："鸳鸯衫束麒麟带,芙蓉髻軃凤凰钗。"杨朝英小令［双调·水仙子］《东湖所见》："东风深处有娇娃,杏脸桃腮鬓似鸦。"王和卿小令［仙吕·一半儿］《题情》："鸦翎般水鬓似刀裁,水颗颗芙蓉花额儿窄。"这些发式和鬓饰,虽具有一定的历史承袭性,但也表现了元代女子对美丽青春的追求精神和蓬勃生命力,以及这种蓬勃生命力下的美感意识的充分自觉。

元曲中还有元代人剃头理发的珍贵记载。如汤舜民套数［南吕·一枝花］《赠钱塘镊者》:

> 打荡着临闹市数橡屋小,滴溜着皱微波八尺帘低。自古道善其事者先其器。雪锭刀揩磨得铦利,花镔镊抟弄得轻疾,乌犀篦雕锼得纤密,白象梳出落得新奇。虽然道事清修一艺相随,却也曾播芳名四远相知。剃得些小沙弥三花顶翠翠青青,摘得些俊女流两叶眉娇娇媚媚,镊得些恍郎君一字额整整齐齐。

写了理发店的位置,理发的器具,理发的顾客,发式、发型,理发的方式等。清晰地反映了元代人理发的一些习俗,元代的理发行已是城市中具备一定经济实力的独立行业。

（二）化　妆

化妆,特别是女子化妆,能够比较直接地反映出具体时代和特定人群的精神风貌,是社会风俗的重要内容。元代化妆形式多样,点红唇、涂粉脂、描黛眉、贴花钿、点面靥、染指甲等。在元曲中均有描绘,元曲中对出身、等级、命运千差万别的元代妇女化妆的描写,突出了服饰审美的装饰性和多样性,显示出元代妇女的妆饰审美、妆饰情趣和妆饰风尚,折射了元代的社会面貌和社会心理。

1.粉妆

元时期妇女粉脂妆,大部分继承了前代传统,但又与前代有所不同。总体说来,元代粉脂妆风俗倾向于艳丽。其原因主要是由于化妆品胭脂广泛流行。胭脂又名"焉支"。关于胭脂,有两种说法:一说胭脂起自商时期,是燕地妇女采用一种名叫"红蓝"的花朵,它的花瓣中含有红、黄两种色素,花开时整朵摘下,然后放在石钵中反复杵捶,滤去黄汁,即成鲜艳的红色染料。因是燕国所产而得名。大约南北朝时,人们又在这种红色颜料中加入了牛髓、猪胰等物,使其成为一种稠密润滑的脂膏,由此,燕支被写成"胭脂","脂"有了真正的意义。曹雪芹《红楼梦》第四十四回《变生不测凤姐泼醋,喜出望外平儿理妆》中有一段关于胭脂的描写,说得非常形象。平儿看见"一个小小的白玉盒子,里面盛着一盒,如玫瑰膏子一样。宝玉笑道:'那市卖的胭脂都不干净,颜色也薄。这是上好的胭脂拧出汁子来,淘澄净了渣滓,配了花露蒸叠成的,只要细簪子挑一点儿抹在手心里,用一点水化开抹在唇上;手心里就够打颊腮了。'平儿依言妆饰,果然鲜艳异常,且又甜香满颊。"①一说原产于中国西北匈奴地区的焉支山,匈奴贵族妇女常以"阏氏"(胭脂)妆饰脸面。西汉时,汉武帝为了加强汉朝与西域各国的联系派张骞出使西域。张骞此行,带回了大量的异国文化,胭脂也被引进。汉代以后,红颜成为人们所追求的一种美,妇女作红妆者与日俱增,至元代经久不衰。元曲有大量胭脂的描写,如关汉卿杂剧《温太真玉镜台》第一折:"则见脂粉馨香,环佩丁当。"姚燧小令[越调·凭阑人]:"粉香罗帕新,未曾淹泪痕。"乔吉小令[双调·清江引]《笑靥儿》:"凤酥不将腮斗儿匀,巧倩含娇俊。"无名氏杂剧《逞风流王焕百花亭》第一折:"端的是腻胭脂红处红如血,润琼酥白处白如雪。"无名氏杂剧《孟德耀举案齐眉》第一折:"懒设设梳云掠月,意迟迟傅粉施朱。"查德卿小令[仙吕·一半儿]《春妆》:"一半儿胭脂一半儿粉。"汤舜民套数[南吕·一枝花]《赠教坊殊丽》:"肌雪莹匀匀粉腻,脸霞酡淡淡红潮。"曾瑞套数[黄钟·愿成双]《赠老妓》:"恰初春又早残春至,只愁吹破胭脂。"于伯渊套数[仙吕·点绛唇]《忆美人》:"胭脂蜡红腻

---

① (清)曹雪芹:《红楼梦》,人民文学出版社1992年版,第364页。

锦犀盒。"都是胭脂在面额间的化妆。其中提到的"脂粉"、"粉香"、"凤酥"、"胭脂"、"胭脂蜡"等,都是化妆品。从元曲描写反映的妇女妆容来看,这个时期妇女的脸上,或敷有铅粉,或抹以胭脂,比唐宋时代并没有太大的减退。元代妇女化妆的实例,也发现不少,如青浦任氏墓中亦发现有漆小圆盒数件,有粉脂痕迹。① 无锡钱裕墓出土粉扑一件,背素绸底,面缝丝绵作粉扑。② 这些可证元曲中所描写的妆粉画面与元代妇女在真实生活中的形象是大体吻合的。

"红妆"是一种妆饰的习俗,也是元曲中最常见的一种描写元代妇女面部妆式。如王仲文杂剧《救孝子贤母不认尸》第二折:"俺媳妇儿呵,脸搽红粉偏生嫩,眉画青山不惯颦,瑞雪般肌肤,晓花般丰韵,杨柳般腰枝,秋水般精神,白森森的皓齿,小颗颗的朱唇,黑鬓鬓的乌云。"贾仲明杂剧《李素兰风月玉壶春》第二折:"玉螳螂,翠珠囊。高烧银烛照红妆。"张养浩小令〔双调·折桂令〕《凿池》:"看镜里红妆弄色,引沙头白鸟飞来。"李唐宾杂剧《李云英风送梧桐叶》第一折:"流泪眼桃花脸瘦,锁愁肠杨柳眉颦。"赵明道套数〔越调·斗鹌鹑〕《名姬》:"红妆,忒旖旎忒风流忒四行,堪写在宣和图上。"张可久小令〔中吕·红绣鞋〕《春日湖上》:"绿树当门酒肆,红妆映水鬟儿,眼底殷勤座间诗。"这些描写均以颂美的口吻展现了元代女子妆扮上的特殊风采。

桃花在绿叶陪衬下那种娇憨的样态,极易使人想到服饰形象,想到人的生命与灵性。关汉卿套数〔仙吕·桂枝香〕:"粉褪了雨后桃花,带宽了风前杨柳。"无名氏套数〔越调·斗鹌鹑〕:"杏脸红娇,桃腮粉浅。"珠帘秀套数〔正宫·醉西施〕:"似桃花带雨胭脂透,绿肥红瘦,正是愁时候。"钟嗣成小令〔南吕·骂玉郎过感皇恩采茶歌〕《四情·欢》:"春风尽日闲庭院,人美丽正芳年。时常笑显桃花面。"其中"粉褪了雨后桃花"中的"粉",是指女子化妆用的脂粉,"时常笑显桃花面"中的"花面",是指面庞的红润,艳如桃花。总之元曲中的女子无论是妆的美,还是自然的美,都有"桃花带雨胭脂透"

---

① 沈令昕、许勇翔:《上海市青浦县元代任氏墓葬记述》,《文物》1982 年第 7 期。
② 钱宗奎:《江苏无锡市元墓中出土一批文物》,《文物》1964 年第 12 期。

的效果,显示出元代女子自然健康的爱美心态。

元曲有关胭脂店的记载,也说明胭脂在元代已是生活中必不可少的部分。无名氏杂剧《王月英元夜留鞋记》楔子:"老身姓李,嫁的夫主姓王。自夫主亡化过了,俺两口儿守着胭脂铺,过其日月。"王月英和母亲在开封城中开一座胭脂铺儿,出卖胭脂和粉。说明城市中有专门出售胭脂的商店。石君宝杂剧《鲁大夫秋胡戏妻》第二折秋胡母亲说:"虽然秋胡不在家,你是个年小的女娘家,你可梳一梳头,等那货郎儿过来,你买些胭脂粉搽搽脸。"无名氏杂剧《鲁智深喜赏黄花峪》第三折写李逵奉宋江之令,来到水南寨打听被蔡衙内抢走的刘庆甫之妻李幼奴的下落。他扮货郎叫卖:"买来,买来,卖的是调搽宫粉,麝香胭脂,柏油灯草,破铁也换。"以上描写至少透露出三点信息:一是元代女性傅粉施朱已很普遍,城市中已经有了出售胭脂等化妆品的专门商店。专门化妆品商店的普遍出现,一方面反映了元代胭脂需求量的增多,一方面也说明在胭脂制造出售上,已是市场化、商品化。二是农村妇女的胭脂等化妆用品一般是从活跃在农村中的货郎那里购买。三是元代劳动妇女平时一般不涂脂抹粉。不爱红妆的,不仅仅是劳动女子,少数民族的女子也很难对红妆钟爱起来,如女真作家李直夫杂剧《便宜行事虎头牌》第一折,茶茶一上场便自报家门:"自小便能骑马,何曾肯上妆台,虽然脂粉不施来,别有天然娇态。"就是北方民族"花木兰"式的巾帼英雄驰骋于茫茫草原的艺术形象和她爱好天然之美气质的呈现。

元曲中还记写了从域外传入的名贵香料如龙涎香、蔷薇水、苏合香等。龙涎香,如汤舜民套数[双调·新水令]《春日闺思》:"龙涎香袅紫金盘。"刘唐卿杂剧《降桑椹蔡顺奉母》第一折:"宝鼎龙涎香未消,则他这银台上蜡烧。"刘庭信小令[双调·水仙子]《相思》:"凤髓茶闲碧玉瓯,龙涎香冷泥金兽。"谷子敬套数[商调·集贤宾]《闺情》:"这些时龙涎香爇冷了金猊。"龙涎香是抹香鲸体内分泌物的干燥品。据《中国印度见闻录》载:"在这里(库勒祖姆,相当于现今的苏伊士)海岸上,可以找到的龙涎香,都是海浪冲来的。……人们只知道,最好的龙涎香,都流散在伯贝拉(即今索马里一带)或僧祇与席赫尔,或与这两地相临近的地方。这种龙涎香呈卵形,绿莹莹、圆溜溜的。……这个地区的居民都有驯养得很顺从的骆驼。他们在明净的月夜,骑着骆驼去到海边。骆驼经过驯化,能在海滨寻找龙涎香。每当发现龙涎香,骆驼就会跪在地上,让骑在背上的主人,把龙涎香拾起来。龙涎香也有漂浮在海面上的,而且往往是很有分量的庞然大物,它的体形大到可以同牛相比。"①龙涎香具有令人喜爱的麝香香味。据《游宦纪闻》卷七载:"诸香中,'龙涎'最贵重,广州市直,每两不下百千,次等亦五六十千,系蕃中禁榷之物,出大食国……'龙涎'入香,能收敛脑麝气,虽经数十年,香味仍在。"②使用其配制的香水香精,不仅香气柔和,而且透发有力,留香持久,美妙动人,所以深受人们的喜爱。

蔷薇水是蒸馏蔷薇花所得的香水,香味浓烈,原产于波斯和阿拉伯诸国,至迟五代时,已进入中国,深受上层社会女性欢迎。元曲中也常见"蔷薇露"或"蔷薇水"的描写。如"露冷蔷薇晓初试,淡匀脂,金篦腻点兰烟纸"③,"茉莉堆云懒髻妆,蔷薇洒水轻绡上,染一天风露香"④,"蔷薇露羞和腻粉,兰蕊膏倦揽琼酥"⑤,"洒蔷薇,香透衣"⑥等。元曲中对蔷薇水的描写,反映了元代崇尚妆饰的程度。

苏合香是西域的一种树脂,来自拂林和安息,在唐以前就传入中国。唐代时一般流行用法,是把苏合香片带在身上,比如挂在腰带上。这样,往往是人还未到,而香气已悄然袭人。元代时更加受人青睐,如关汉卿杂剧《钱大尹智宠谢天香》第四折:"送的那水护衣为头,先使了熬麸浆细香澡豆,暖的那温沑清手面轻揉;打底干南定粉,把蔷薇露和就;破开那苏合香油,我嫌棘针梢燎的来油臭。"显然,龙涎香、蔷薇水、苏合香,都是元代人尤其是女性钟爱之物。珍贵的异香不仅安抚了元代人烦闷的心,也为元曲添加了缕缕甜香。

元曲中还提到一种龙脑香,如汤舜民套数[南吕·一枝花]《莲卿王氏

①　[阿拉伯]阿布·赛义德等:《中国印度见闻录》,穆根来等译,中华书局1983年版,第132页。

②　(宋)张世南:《游宦纪闻》,中华书局1981年版,第61页。

③　乔吉小令[越调·小桃红]《晓妆》。

④　乔吉小令[双调·水仙子]《吴姬》。

⑤　汤舜民套数[南吕·一枝花]《夏闺怨》。

⑥　无名氏小令[中吕·迎仙客]《十二月·四月》。

者》："龙脑香生瑞霭,虾须帘卷斜阳。"龙脑香是龙脑香科植物中的龙脑香树的树脂凝结形成的一种近于白色的结晶体。唐宋时期,出产龙脑的波斯、大食国的使臣还专门把龙脑作为"国礼"送给中国的皇帝。在佛教里,龙脑既是礼佛的上等供品,也是"浴佛"的主要香料之一,还被列入密宗"五香"(沉香、檀香、丁香、郁金香、龙脑香)之一。在盛产龙脑的地区,龙脑树的树膏也被用作佛灯的灯油。龙脑在中医里成为冰片,归于"芳香开窍类"药材。中医学认为龙脑为"芳香走窜"之品,内服有开窍醒神之效,适用于神昏、惊厥诸症;外用有清热止痛、防腐止痒之功效,可治疗溃疡、肿痛、口疮等疾患。在安宫牛黄丸、冰硼散等成药中,龙脑都是主要成分之一。李时珍在《本草纲目》中,不仅记载了龙脑的一些形状特征,如"以白莹如冰,及作梅花片者为良。故俗呼为冰片脑,或云梅花脑";还专门指出,用纸卷捻起龙脑,"烧烟熏鼻,吐出痰涎",可治愈头痛病。①

自古以来即被尊为众香之首的沉香在元曲中也馨香缕缕,如无名氏小令[双调·春闺怨]："沉香火暖翠帘低,樽前冷落藏阄戏。"贾仲明杂剧《李素兰风月玉壶春》第四折："元来素兰香也有逢春日,沉香串依然共素手携,翠珠囊似合浦重回。"沉香本是一种土生在东南亚一带的树名,在我国,只有南方可以生长,其中海南的产量质量最佳。而作为香料的沉香,是指沉香木中有病害的部分,这部分颜色深暗,却香气馥郁,且比重大于水,故名"沉香"。在元代沉香除了生活中的用途外,还被用于亭台等建筑物。元曲中也有反映,如乔吉杂剧《李太白匹配金钱记》第四折："长安市上酒为狂,沉香亭畔作文章。"杨梓杂剧《忠义士豫让吞炭》第三折："转过牡丹槛荼蘼洞木香架,早来到沉香亭直下。"张可久小令[双调·折桂令]《秋日海棠》："沉香亭上幽欢,甚陶令篱边,月惨风酸。"沈禧套数[南吕·一枝花]《咏白牡丹》："沉香亭馆,碧玉台阶,黄蜂难觅,粉蝶难猜。"张养浩小令[双调·清江引]《咏秋日海棠》："为着沉香迷,梦见嵬坡怕,且潜身在居士家。"被用于建筑中的还有木香,如张可久小令[双调·折桂令]《溪月王真人开元道院》："木香亭蕉影窗纱,路入桃源,门掩仙家。"无名氏套数[南吕·一枝花]

---

① (明)李时珍:《本草纲目》,校点本,人民卫生出版社1977年版,第1965、1967页。

《夏景》："荼蘼架阴稀日转，木香棚影密风搔。"木香，也叫"青木香"、"五木香"或"五香"，也主要来自于西域，是一种姜属植物的根茎，从中可以提炼出浓郁的香味。木香香味浓郁，很受元代人喜爱。元曲中的描写，从一个侧面，反映了元代人生活的情趣和当时奢华的风貌。

外来名香的流行，鼓励着人们憧憬和推崇浪漫的异国情调，而摒弃吸收、消化融合外来文化，正是元代健康的社会风气。

2.钿妆

"钿"是元代女性常用的一种饰品，通常以金银、珠翠或宝石制成。因常取星、月、花、鸟、扇、蝶等图形，又有"花钿"之称。钿大体分为两种，一种用作头饰，一种用作面饰。用作头饰的钿，通常以金制成，有两种形式：一种是制成薄片状，背面没有短柄，在花心部位或花瓣周围留有小孔，使用时另以簪、钗之类的饰物固定在发髻上；另一种则在花钿背面装有一短柄，如簪、钗之股，使用时可以直接插于发髻。花钿在发饰上的位置一般都在正面和头顶，为使其达到对称和均齐的效果，在纹饰的设计上有一个共同的特点：较大的花钿戴在头部的中心部位，十分显眼；较小的花钿一般以多个数量均匀地插在发饰的前面。李好古杂剧《沙门岛张生煮海》第一折中"云鬟高挽金钗重，蛾眉轻展花钿动"，说的就是此类花钿的使用方法和效果。作为面饰的钿，是用金、银、珠、翠等材料经过加工成薄片，然后剪成圆、花卉、鸟、蝶等形状，贴在眉心、额头、鬓边或两颊。贴眉心的，如乔吉小令［越调·小桃红］《赠朱阿娇》："翠靥眉儿画心字，喜孜孜。"贴鬓边的，如关汉卿套数（二十换头）［双调·新水令］："腕松着金钏，鬓贴着翠钿。"张可久小令［双调·清江引］《情》："描金翠钿侵鬓贴，满口儿喷兰麝。"贴两颊的，如王实甫杂剧《崔莺莺待月西厢记》第二本第三折："恰才向碧纱窗下画了双蛾，拂拭了罗衣上粉香浮污。则将指尖儿轻轻的贴了钿窝。"钿窝即靥钿。贯云石套数［南吕·一枝花］《离闷》："花钿坠懒贴香腮，衫袖湿镇淹泪眼。"于伯渊套数［仙吕·点绛唇］《忆美人》："钿窝儿里粘晓翠，腮斗儿上晕春红。"贴额头的，如马致远杂剧《破幽梦孤雁汉宫秋》第一折："额角香钿贴翠花，一笑有倾城价。"刘伯亨套数［双调·朝元乐］："可意的花钿，何曾贴翠眉？"

贴花钿有两种方法：描绘法和粘贴法。描绘法是用笔蘸上胭脂或颜料，在眉心间染图案。粘贴法,古时多采用呵胶。这种胶出之于辽水间,由鱼鳔制成,粘性极佳,可以粘合羽箭。《畿辅通志》第九册引明胡侍《真珠船》曰:"呵胶,出北中,可以羽箭,又宜妇人贴花钿。呵嘘随融,故谓之呵胶。刘贡父有《和陆子履诗》云:此胶出从辽水鱼,白羽补缀随呵嘘。"①女子用它来粘贴花钿时,只需对其呵气,就可以溶解粘贴。贯云石套数[南吕·一枝花]《离闷》中的"花钿坠懒贴香腮",无名氏套数[双调·珍珠马南]《情》:"一团娇香肌瘦怯,半含羞翠钿轻帖。"就是对用呵胶贴在面部方法的一种描写。

花钿形状多样,有"珠钿"、"金钿"、"双蛾花钿"、"晓翠花钿"、"宝钿"等。翠钿是在花钿的基础上加贴一层翠绿色的鸟羽,整体花钿呈翠绿色或湖蓝色,晶点闪闪,清新别致。这样的花钿,不仅质地轻盈妙曼,在阳光照射下还会闪耀出别样的光彩,深受元代女子的喜爱。乔吉杂剧《李太白匹配金钱记》第三折:"你本是寻芳误见女婵娟,推向花园拾翠钿。"查德卿小令[南吕·醉太平]《春情》:"汗溶粉面翠花钿,倚阑人未眠。"王实甫杂剧《崔莺莺待月西厢记》第一本第一折:"我见他宜嗔宜喜春风面,偏宜贴翠花钿。"关汉卿小令[双调·碧玉箫]:"额残了翡翠钿,髻松了荷叶偏。"李爱山套数[商调·集贤宾]《春日伤别》:"盼佳期甚日何年,近香奁理妆贴翠钿。"兰楚芳套数[中吕·粉蝶儿]《赠妓》:"云髻金钗,英花翠钿。"张可久小令[商调·梧叶儿]《席上有赠》:"芙蓉面,杨柳腰,无物比妖娆。粉纸鸳鸯字,花钿翡翠毛,绣阁凤凰巢,良夜永春风玉箫。"吴昌龄套数[正宫·端正好]《美妓》:"轻拈翠靥花生晕。"翠花钿、翡翠钿即翠钿的省称。可见"翠钿"是元代妇女常用的一种。

金钿,由金箔制成,多是富家女子的钟爱之物。无名氏杂剧《瘸李岳诗酒玩江亭》第一折:"金钿笑靥,翠点眉颦。"乔吉小令[越调·小桃红]《纸雁儿》:"补妆羞对双金钿,清愁一点,有谁曾见,和影过远山前。"因为金钿薄如蝉翼,或者有的被制成蝉形,所以也被称为"金蝉"、"钿蝉"。于伯渊套数[仙吕·点绛唇]《忆美人》:"鸦翅袒金蝉半妥,翠云偏朱凤斜松。"张可

---

① 《畿辅通志》第九册,河北人民出版社1989年版,第454页。

久小令［商调·梧叶儿］《夜坐》："云鬓横珠凤,花寒怯绣鸳,露冷湿金蝉,爱月佳人未眠。"这些描写都说明了金钿被女性们所喜爱的程度。但金钿由于质地昂贵,是非普通布衣女子能够消费得起的妆饰物,因此也有用金黄色的薄纸剪成花朵的形状来代替金钿的。所以,"金钿"其实是指两种花钿:一种是黄金、金箔等材质做成的花钿,另一种是各种材料剪制的金黄颜色的花钿。在古代,黄金和黄色都是富贵的象征,因此,"金钿"也是被妇女广泛推崇的花钿饰物。

除此之外,还有珠钿,如乔吉小令［双调·折桂令］《赠罗真真》："双锁螺鬟,九晕珠钿。"宝钿,如汤舜民套数［南吕·一枝花］《赠王观音奴》:"拟将缨络千金串,结就珍珠七宝钿,世世生生作姻眷。"彩钿,如于伯渊套数［仙吕·点绛唇］《忆美人》:"七宝妆奁明彩钿,一帘香雾袅熏笼。"这样的花钿贴在额头上,宛如奇葩般绚丽鲜艳,女子的华丽雍容便赫然于面上了。

对于花钿的由来说法不一,主要为两说。一说起自寿阳公主。传说宋武帝的幼女寿阳公主人日与侍女在庭园玩耍,"卧于含章殿檐下,梅花落公主额上,成五出花,拂之不去,皇后留之,看得几时,经三日洗之乃落"[①],于是宫女们纷纷效仿,从此用人工剪贴花瓣的妆式便传播开来。还有一说起自上官婉儿。唐代女官上官婉儿因事触怒了武则天,面受黥刑以后,留下了黑色的刀痕,为掩盖刀痕而贴梅花。久而久之,原初的功利性装饰和象征性寓意,逐渐演变为纯装饰,这种推测是符合形式美产生发展的历程的[②]。元代时这种妆饰还在流行,如乔吉小令［双调·水仙子］《赠孙梅哥》:"寿阳宫额试新妆,葶绿仙音整旧腔。"杨朝英小令［双调·水仙子］:"寿阳宫额得魁名。"这些描写反映出元代女子喜欢既清丽、幽远,又高洁、典雅,近乎天然的梅花妆的情景。

花钿本身就是漂亮精致的饰物,用来装饰女子的容颜,则更显得女子娇俏秀丽。商挺小令［双调·潘妃曲］:"可意娘庞儿谁曾见,脸衬桃花片。贴金钿,似月里嫦娥坠云轩。"于伯渊套数［仙吕·点绛唇］《忆美人》:"半点

---

① （宋）李昉等:《太平御览》,中华书局1960年版,第140页。
② 苏童:《武则天》,上海文艺出版社2004年版,第151页。

儿花钿笑靥中,娇红,酒晕浓,天生下没褒弹的可意种。"萨都剌套数[南吕·一枝花]《妓女蹴鞠》:"罗帕香匀粉汗妍,拂落花钿。"张鸣善套数[中吕·粉蝶儿]《思情》:"花钿额上贴,赤绳足下拴。"无名氏小令[仙吕·寄生草]《闲评》:"想着他罗裙窄地宫腰细,花钿渍粉秋波媚,金钗敲枕乌云坠。"无名氏小令[中吕·喜春来]《四节》:"湘裙半露金莲嫩,翠袖轻舒玉笋纤,花钿宜点黛眉尖。"花钿是样式繁缛多彩的妆物,不同的图案、颜色皆会带来不一般的视觉感受,因此,除了置于眉间的妩媚作用之外,女子在贴绘花钿的过程中,也能感受到创造力所带来的独特的欣慰和美感。这是古代女性热衷于花钿的一个重要原因。

花钿作为女性重要的化妆饰物,不仅增添了美丽,也会像朋友般陪伴着女子们的寂寞和惆怅,默默地细数那些不尽人意的忧伤。关汉卿杂剧《闺怨佳人拜月亭》第三折:"几时教我腹内无烦恼,心上无萦惹? 似这般青铜对面妆,翠钿侵鬓贴。"乔吉杂剧《玉箫女两世姻缘》第一折:"云鬓花钿,舞裙歌扇,我却也无心恋。"关汉卿套数[黄钟·侍香金童]:"泪痕淹破,胭脂双颊。宝鉴愁临,翠钿羞贴。"曾瑞套数[般涉调·哨遍]《古镜》:"桃腮怎对施朱粉,宫额难临贴翠钿,不称风流愿。"乔吉小令[双调·水仙子]《客楼即事石氏所居》:"花钿小金毛褪,柳腰纤罗带松,寂寞春风。"程景初套数[双调·新水令]《春情》:"细将往事思量遍,越无心整翠钿。"可见花钿虽小,却"装饰"了更多的元代女性忧郁愁闷的情怀。

花钿这小小的妆品,曾经用精致点缀着时代的风尚,用浪漫演绎着佳人的温柔,透过花钿我们可以了解到元代女子的智慧和情趣,以及她们对于装饰、审美的情趣和追求;透过花钿也让我们从不同的角度了解了当时社会的物质与精神文明的状况。虽然今天我们已经不再见那"额角香钿贴翠花,一笑有倾城价"①的动人风景,女性的梳妆台上已经没有了花钿梅妆,但这并不意味着花钿已经从我们的生活中消失。在我国许多的家庭中,至今还保留着在孩童额上点吉祥的习俗。我国民间有一种习俗:七岁以下的儿童魂魄不全,能看见各种恶魔怪样。家长们为了孩子们健康成长,在逢年过节

---

① 马致远杂剧《破幽梦孤雁汉宫秋》第一折。

时,在孩子的额头涂上一个红点,企图避妖除邪,久而久之,就形成点红的习俗。这种习俗应该是花钿的一种遗风。

3.额黄

额涂黄粉称为额黄,是古代妇女额部的一种妆饰,又称花黄、鹅黄或鸦黄,兴起于南北朝,经隋唐五代,至宋元仍流行。有的学者认为此俗产生与佛教有关。六朝时期,佛教盛行,涂金的佛像,典雅高贵,妇女受其启发,将额头涂黄,形成一种新的妆饰。① 后世,甚至将整个面部都染成黄色,谓之"佛妆"。古代妇女饰额黄主要有两种方法:一种是粘贴法。即用金黄色的纸或金箔剪成星、月、花等形状,贴在额上。这种方法既快捷又效果鲜明,北朝乐府民歌《木兰辞》"对镜贴花黄"即属于这一种。另一种是染绘法。即用毛笔蘸上黄颜料,直接在额上染绘。具体又分两种画法:一是平涂法,即将额部全都用黄色涂满。二是晕染法。仅涂额的上部或下部,然后,用清水将黄色渲染开,呈晕染状。唐代吴融诗"眉边全失翠,额畔半留黄"②,描写的就是染绘法。元曲中以黄粉涂额的描写很多,如"仙裙翡翠薄,宫额鹅黄嫩"③,"拂冰弦慢燃轻拢,一种天姿,占断芳丛。额点宫黄,眉横晚翠,脸晕春红"④,"蛾眉频扫黛,宫额淡涂黄"⑤,"海棠颜色红霞韵,宫额芙蓉印"⑥,"想犀梳似新月牙,忆宫额似芙蓉瓣"⑦,"兰蕊檀心仙袂香,蝶粉蜂黄宫样妆"⑧等。从这些描述中,可知元代妇女依然保存了这种化妆方式。关于元代妇女喜爱额涂黄粉的风尚,我们还可从元代诗作中得到印证。如马祖常在《明日在罗中官园池自次韵》诗中云:"帝里春光媚,花前可独行。额黄团带小,眉绿画痕轻。"⑨张翥在《题王蕺隐画水仙》诗中也云:"额黄销尽玉婵

---

① 高春明:《中国服饰名物考》,上海文化出版社 2001 年版,第 382 页。
② 唐吴融:《赋得欲晓看妆面》,《全唐诗》卷六百八十七卷,中华书局 1960 年版,第 7902 页。
③ 乔吉小令[双调·沉醉东风]《情人扶观琼华》。
④ 张可久小令[双调·折桂令]《梅友元帅席间》。
⑤ 无名氏套数[仙吕·点绛唇]。
⑥ 吴昌龄套数[正宫·端正好]《美妓》。
⑦ 乔吉套数[双调·乔牌儿]《别情》。
⑧ 吴仁卿套数[越调·梅花引]。
⑨ (元)马祖常:《石田先生文集》,李叔毅点校,中州古籍出版社 1991 年版,第 36 页。

娟,翠袖凝愁倚暮烟。"①说明元代妇女用黄色粉末涂面或只涂额部的现象很普遍。当然,当时蒙古族妇女所用的粉比不上中原地区妇女使用的粉。据熊梦祥《析津志》载,当时从中原向蒙古宫廷进贡的化妆品中也有香粉、胭脂等物②,但是这些物品仅供王公贵族妇女使用,况且当时的漠北远离中原,如通过商贩得到此物,肯定价格昂贵,所以当时蒙古族妇女使用中原的饰粉不是很普及,大多可能是就地取材。清代钱良择诗《出塞纪略》云:"有花,色深红而叶如豌豆,簇叶成穗,名长十八。"③迺贤在《塞上曲》诗中也云:"双鬟小女玉娟娟,自卷毡帘出帐前。忽见一枝长十八,摘来簪在帽檐边。"④说明当时草原人民在巧妙地利用当地的资源妆扮自己。

4.眉饰

拥有一副漂亮娟秀的眉毛,是美丽女子面妆中不可缺少的一环。自古以来人们便对妇女的眉目之美备加崇尚。《诗经·卫风·硕人》中已有"螓首蛾眉,巧笑倩兮,美目盼兮"⑤的吟诵。元代的画眉之风仍然风靡,元曲中对妇女眉样的描绘形象而全面。归纳描写中出现的眉形,主要有"染青石谓之点黛"⑥的黛眉,端庄娟秀的蛾眉,形如柳叶的柳眉,状似新月的月眉,像青山一样秀丽的远山眉,以及粗阔的八字眉、愁眉等。它们是当时妇女眉饰形象的真实记录。

黛眉在元曲中最为常见,如无名氏套数[越调·斗鹌鹑]《风情》中的"曲弯弯蛾眉扫黛,慢松松凤髻高盘,高耸耸蝉鬓堆云",王实甫杂剧《崔莺莺待月西厢记》第四本第一折中的"春意透酥胸,春色横眉黛",乔吉杂剧《李太白匹配金钱记》第四折中的"越显得风流京兆,将眉黛好重描",蒲察善长套数[双调·新水令]中的"担不得翠弯眉黛远山青,红馥馥桃脸褪朱

① (元)顾瑛:《草堂雅集》中,中华书局 2008 年版,第 541 页。
② (元)熊梦祥:《析津志辑佚》,北京图书馆善本组辑,北京古籍出版社 1983 年版,第 218 页。
③ 内蒙古地方史志编纂委员会总编室:《内蒙古史志资料选编》第 3 辑,1985 年版,第 187 页。
④ 邓绍基:《金元诗选》,人民文学出版社 2005 年版,第 312 页。
⑤ 孔一:《诗经楚辞》,上海古籍出版社 1998 年版,第 20 页。
⑥ (宋)李昉等:《太平御览》,中华书局 1960 年版,第 3185 页。

唇"，卢挚小令［商调·梧叶儿］《席间戏作》中的"花间坐，竹外歌，颦翠黛转秋波"，王晔套数［双调·新水令］《闺情》中的"气吁鸾影宝奁昏，愁蹙蛾眉翠黛攒"，无名氏套数［南吕·一枝花］中的"蛾眉颦翠黛，粉脸堕珍珠"等。"黛"是用一种叫石黛的青黑色矿石，加入麝香等香料加工制成的。许慎《说文解字》对"黛"的定义是"画眉也"①；《释名·释名卷》中刘熙又补充曰："黛，代也，灭眉毛去之，以此画代其处也。"②即剃去不成形的眉毛，重新描出自己喜欢的眉形，以此作为追求美的方法。元曲对黛眉的描写，反映了黛眉在元代风靡的风尚。

　　元曲中翠眉描写更是秀美生动，如"香添索笑梅花韵，娇俹传杯竹叶春，歌珠圆转翠眉攒"③，"人间好处，诗筹酒令，不管翠眉攒"④，"翠眉长是锁离愁，玉容憔悴煞"⑤，"恁时绿暗红嫣，兀谁管春山翠眉浅"⑥，"翠眉弯，樱唇小，堪描堪画"⑦，"一点芳心碎，两叶翠眉低"⑧等。翠眉作为一种眉饰，或是作为眉之美称，或是强调眉部之鲜明，甚或是指画眉的颜色，均是元代妇女对眉崇尚的一种反映。

　　青蛾是一种端庄娟秀的眉饰，汤舜民小令［双调·对玉环带清江引］《四景题诗》："眉黛扫青蛾，鬓云松翠螺。"卢挚小令［中吕·朱履曲］："但相邀老子婆娑，似台榭杨花点青蛾。"任昱小令［双调·水仙子］《泛舟》："牙樯锦缆过沙汀，皓齿青蛾捧玉觥，银塘绿水磨铜镜。"青蛾有时也借指美女，顾德润小令［南吕·骂玉郎过感皇恩采茶歌］《夏日》："笑拥青蛾娇无那，年来放我且婆娑。"可见，与翠眉一样，青蛾也是深受元代女性青睐的眉饰。

　　一般来说，古人画眉均不以眉粗为美，而是离眼睛稍远一点的弯眉为美，如蛾眉、柳叶眉等。另外，民间认为，色明而润，眼盖光滑丰满，眉不压

---

① （汉）许慎：《说文解字》，中华书局1963年版，第211页。
② （汉）刘熙：《释名》，中华书局1985年版，第76页。
③ 卢挚小令［中吕·喜春来］《赠伶妇杨氏娇娇》。
④ 杨果小令［越调·小桃红］《采莲女》。
⑤ 白朴套数［仙吕·点绛唇］。
⑥ 李致远套数［双调·新水令］《离别》。
⑦ 兰楚芳套数［中吕·粉蝶儿］《思情》。
⑧ 无名氏小令［仙吕·醉扶归］。

目,关系一个人的家运吉凶,表示遗产、家族关系、田地等的"田宅宫"才会显得丰满。所以长而细,形似柳叶的柳叶眉,是元代女性日常基本的眉妆之一,在元代极为盛行。无名氏杂剧《王月英元夜留鞋记》第二折:"我这里一双柳叶眉儿皱,他那里两朵桃花上脸来。"张可久小令[双调·落梅风]《春情》:"桃花面,柳叶眉,小亭台锁红关翠。"关汉卿小令[双调·沉醉东风]:"面比花枝解语,眉横柳叶长疏。"王仲元小令[中吕·普天乐]《赠美人》:"柳眉新,桃腮嫩,酥凝琼腻,花艳芳温。"李唐宾杂剧《李云英风送梧桐叶》第三折:"曲弯弯柳眉青浅,香馥馥桃脸红娇。"从曲家对柳叶眉形象而生动的描绘中,我们不难感受到曲家对"堪描堪画"的柳叶眉的爱戴。

月眉,又名"却月眉",是一种比柳叶眉宽阔、比长眉略短的眉式。因其形如一轮弯月,故名。无名氏杂剧《锦云堂暗定连环计》第三折:"油掠的鬓髻儿光,粉搽的脸道儿香,画的来月眉新样,穿的是藕丝嫩新织仙裳。"顾德润小令[仙吕·点绛唇]《四友争春》:"锦心绣腹亲陪奉,月眉星眼情搬弄。"咏的都是这种眉妆。月眉除了弯,还很纤细,因此又用"新月"来形容,如贾仲明杂剧《李素兰风月玉壶春》第一折:"他生的身躯袅娜真堪羡,更那堪眉弯新月,步蹙金莲。"李爱山套数[商调·集贤宾]《春日伤别》:"粉脸淡蛾眉皱,妆残新月偃,愁压远山偏。"兰楚芳套数[中吕·粉蝶儿]《赠妓》:"螺髻绀云偏,蛾眉新月偃。"将美丽的眉毛比作弯弯的月亮,曲而细长,妩媚小巧,极富美感。这样看来,元代妇女的眉妆是以秀雅为主的。

宫样眉儿,应是宫廷的眉样。但元代宫廷中以蒙古女子为主,从元代《后妃像》中所绘元世祖皇后察必的眉式和吐鲁番伯孜克里克石窟壁画中的蒙古族女供养人像的眉式来看,元代的宫样眉儿应是细长平齐的"一"字眉。而元曲中提到的宫样眉儿,多是细长而弯弯的眉式,如王实甫杂剧《崔莺莺待月西厢记》第一本第一折:"则见他宫样眉儿新月偃,斜侵入鬓云边。"马致远杂剧《破幽梦孤雁汉宫秋》第一折:"将两叶赛宫样眉儿画,把一个宜梳裹脸儿搽。"张弘范小令[越调·天净沙]《梅梢月》:"弯弯何以?浑如宫样眉儿。"可见眉形是有区别的。由此推知,元曲中的宫样眉儿,似不是蒙古族妇女喜爱的"一字眉",而是沿袭前代的"宫样"。但无论是宫廷流行的"一字眉",还是承袭前代的"宫样眉儿",都说明元代细长形的眉饰是当时的风尚。

　　远山眉,是汉代司马相如的爱妻卓文君所创。其特点是眉形细长,眉峰向上挑,给人以远山缥缈之感。王实甫杂剧《崔莺莺待月西厢记》第三本第四折:"眉弯远山铺翠,眼横秋水无尘。"无名氏杂剧《郑月莲秋夜云窗梦》第四折:"从来到这里,绿窗前学画远山眉。"贯云石套数[双调·醉春风]:"羞画远山眉,不忺宫样妆。"刘庭信套数[正宫·端正好]《金钱问卜》:"俊庞儿浅淡妆,扫蛾眉远山新样。"王仲元小令[中吕·普天乐]《离情》:"远山攒,乌云乱,分钗破鉴,单枕孤鸾。""春山"是顺着"远山"的思路而来的女子双眉的代名词。王实甫杂剧《崔莺莺待月西厢记》第三本第二折:"望穿他盈盈秋水,蹙损了淡淡春山。"白朴杂剧《董秀英花月东墙记》第四折:"眉蹙损春山闷萦,显的凄凉一弄。"关汉卿套数(二十换头)[双调·新水令]:"眼去眉来相思恋,春山摇,秋波转。"姚燧小令[越调·凭阑人]:"羞对鸾台梳绿云,两叶春山眉黛颦。"高安道套数[仙吕·赏花时]:"畅心烦,盼杀人也秋水春山!"从上所举例句中,我们不难看出远山眉在元时期是多么地流行。

　　纤细如蚕蛾触细、若有若无的蛾眉也是元时流行的一种眉样。张可久小令[双调·湘妃怨]《怀古》:"红妆肯为苍生计,女妖娆能有几?两蛾眉千古光辉。"马谦斋小令[双调·水仙子]《赠刘圣奴挡筝》:"蛾眉扫黛鬓堆蝉,凤髻盘鸦脸衬莲。"白朴杂剧《董秀英花月东墙记》第二折:"婚姻配偶迟,难挨更漏永,画蛾眉懒去临妆镜。"咏唱的就是这种眉式。

　　八字眉,又称为"鸳鸯眉",因形似八字而得名。八字眉是汉武帝时出现的眉式,唐时普及到民间,元代仍然风行。元曲中多处记载这种眉式,如张寿卿杂剧《谢金莲诗酒红梨花》第三折:"他妆梳的异样儿新,眉分八字真。"吴昌龄套数[正宫·端正好]《美妓》:"秋波两点真,春山八字分。"贯云石小令[南吕·金字经]:"人憔悴,愁堆八字眉。"无名氏小令[中吕·喜春来]《四节》:"眼横秋水双波溜,眉耸春山八字愁。"无名氏套数[仙吕·八声甘州]:"一点朱唇嫩,八字柳眉颦。"无名氏套数[越调·斗鹌鹑]《忆别》:"一思量一番憔悴,离愁断九曲柔肠,蹙损了八字蛾眉。"咏的都是这种眉妆。今天我们从唐周昉所绘《挥扇仕女图》中可以见到这种眉妆。

脱胎于八字眉的愁眉,为桓帝大将军梁冀的妻子孙寿所创。据《后汉书·梁冀传》记载,孙寿十分精于梳妆打扮,其妆束在东汉中期曾一度独领风骚,令京师妇女竞相效仿。其中最有特色的便是"作愁眉"①,她将眉毛描画的细而曲折,眉梢上翘,色彩浓重,与自然眉形相差较大,因此需要剃去眉毛,再另描画。元代仍流行这种眉,如陈子厚套数[黄钟·醉花阴]《孤另》:"这一双业眼敛秋波,两叶愁眉蹙翠蛾,泪滴胭脂添玉颗。"朱庭玉套数[仙吕·翠裙腰]《闺思》:"秋水摇光凝泪眼,远山无色淡愁眉。"就是对愁眉的描写。

画眉的典故,来自于张敞画眉,据《汉书·张敞传》记载:京兆尹张敞和妻子情深,妻子化妆时,他就为妻子把笔画眉,被长安人笑为"张京兆眉忙",后来汉宣帝亲自过问这件事,张敞对曰:"臣闻闺房之内,夫妇之私,有过于画眉者。上爱其能,弗备责也。"②张敞的回答既巧妙又在情理之中,宣帝爱才,当然不会难为张京兆,而且自此又多了一段流传千古的佳话。张京兆画眉实际上是画情,正因为如此,才为后人追慕。元代追慕"画情"的极多,如徐再思小令[商调·梧叶儿]《春思》:"香渍青螺黛,盒开红水犀,钗点紫玻璃,只等待风流画眉。"张可久小令[双调·水仙子]《春晚》:"学晓雾轻宠鬓,妒晴山浅画眉。"张鸣善套数[越调·金蕉叶]《怨别》:"楚仪,美人兮,薄注樱唇浅画眉。"画眉在古代也叫扫眉。于伯渊套数[仙吕·点绛唇]《忆美人》:"露春纤玉葱,扫眉尖翠峰,清香含玉容。"无名氏杂剧《王月英元夜留鞋记》第二折:"浅浅的匀粉腮,淡淡的扫眉黛,不梳妆又则怕母亲疑怪,没奈何云鬓上斜插金钗。"或等待心上人为自己画眉,或画眉在自己喜欢的人面前表现出最美的一面,均都反映了元代女性的一种心态:"女为悦己者容"。"美所体现的自由,也是在满足基本功利的基础上所实现的自由。因此,审美不可能完全无关于功利,它只能在功利的基础上以自由的方式超越功利"③男性乃至整个社会对女性的注意、赞美,使她们得到心灵和物质上的满足,也就促使她们多方面地去寻找美、创造美。妆饰则成了女

---

①　(南朝宋)范晔:《后汉书》,中华书局 1997 年影印本,第 1180 页。

②　(汉)班固:《汉书》,中华书局 1997 年影印本,第 3222 页。

③　徐放鸣:《审美文化新视野》,中国社会科学出版社 2008 年版,第 156 页。

性展示美、创造美的一个领域。

妆饰中的眉饰,是一定历史时期文化风格嬗变中最为活跃的内容之一,它往往率先而直观地反映出当时社会独特的审美心态、时尚爱好,乃至思想意识潮流,它对于研究我国妆饰文化发展演变的历史有珍贵的参考价值。以上描写形象地刻画出元代各种身份的妇女以不同的心态精心修饰的种种眉毛,既丰富了元曲的内容,也为我们今天的化妆艺术留下了许多可资借鉴的资料。

5.靥妆

古代女性用胭脂或颜料点画面部,或用金翠珠玉、色纸等材料制成带有花、鸟、兽等图案的薄片粘贴于面颊两侧酒窝间,称之为"妆靥",亦称"面靥"、"笑靥"、"靥饰"。汉代已经出现。刘熙《释名·释首饰》云:"以丹注面曰的,的,灼也。此本天子诸侯群妾当以次进御,其有月事者止而不御,重以口说,故注此于面,灼然为识。女史见之,则不书其名于第录也。"①据说原并不是为了妆饰,而是宫廷生活中的一种特殊标记。当某一后妃处于经期,不能接受帝王"御幸",而又难于启齿时,只要在脸上点上两个小点,女史见之,即不列其名。这种做法传到民间后,逐渐变成为一种妆饰,一直延续了下来,风行到元代仍很普遍。从元曲中就可窥见时人对面靥习俗的追求。如周文质小令[双调·清江引]《咏笑靥儿》:

一窝粉香堪爱惜,近眼花将坠。添他百媚生,动我千金费。春风小桃初破蕊。

徐再思小令[双调·清江引]《笑靥儿》:

东风不知何处来?吹动胭脂色。旋成一点春,添上十分态,有千金俏人儿谁共买。

王仲元小令[双调·江儿水]《妇人脸上笑靥》:

一团儿可人衡是娇,妆点如花貌。抬叠起脸上秋,出落腮边俏,千金这窠里消费了。

王实甫杂剧《崔莺莺待月西厢记》第四本第三折:

---

① （汉）刘熙:《释名》,中华书局1985年版,第76页。

有甚么心情花儿、靥儿,打扮的娇娇滴滴的媚?

无名氏套数［正宫·端正好］《相忆》:

脸晕桃花铺笑靥,口唾丁香揾舌尖。

汤舜民套数［双调·新水令］《送王姬往钱塘》:

蛾眉浅黛颦,花靥啼红渍,向樽前留下些相思。

孙周卿小令［双调·蟾宫曲］《题恨》:

香消宝靥,翠淡眉尖。

周德清小令［中吕·阳春曲］《春晚》:

粘翠靥,消息露眉尖。

李爱山小令［商调·集贤宾］《春日伤别》:

闲情侵翠靥,春意近花钿。

乔吉小令［双调·折桂令］《毗陵张师明席上赠歌妓周士宜者》:

粉靥堆春,金盘捧露,翠袖笼香。

汤舜民套数［南吕·一枝花］《赠明时秀》:

星靥靥花钿簇翠圆,黑冀冀云髻盘鸦小。

张可久小令［双调·折桂令］《开元馆石上红梅》:

秀靥凝脂,明妆晕酒,暖信烘霞。

靥就是面颊上的微窝儿,笑靥指的是美人娇笑时,腮边的酒窝儿如同花朵一样迷人。古代女子以笑窝儿为美,但并不是人人天生都有酒窝儿的,没有酒窝儿的女子,便用"面靥"或"花钿"来代替酒窝儿;有酒窝儿的,则贴上"花钿"来凸显一下。所谓"花靥",是在原来面靥周围,饰以花卉形图案。所谓"星靥",有两种理解:一是用金黄色的材料制成的,又被称为"黄星靥";二是制成星状的面靥。唐段成式《酉阳杂俎》前集卷八记载:"近代妆尚靥,如射月曰黄星靥。"①即效果如星光渐微渐隐的样子。"宝靥",是把金纸剪成小圆点贴在脸颊两边的酒窝上。"翠靥"、"玉靥"、"粉靥",是指面靥的材料、色彩或形状。元代靥妆式样的丰富和讲究,反映了当时的思想文化、审美观念。

---

① (唐)段成式:《酉阳杂俎》,方南生点校,中华书局 1981 年版,第 76 页。

6.唇妆

妇女涂脂以唇的习俗流传已久。所谓唇妆,就是以唇脂涂抹在嘴唇上。由于唇脂颜色有较强的覆盖作用,所以可用来改变嘴形。嘴形大的,可改画成小的,嘴唇厚的,可改画成薄的。这样,就产生了饰唇的艺术。唇妆艺术的历史源远流长,其模式变幻莫测。元代唇妆名目较少,女子口唇以薄小为美。其中最时尚的唇妆就是"樱桃口"。樱桃口唇妆的方法是:嘴唇以人中作中线,上唇涂得少些,下唇涂得多些;要地盖天,但都是猩红一点,比黄豆粒稍大一些。元代妇女涂脂以唇的习俗,在元曲中别有一番生动气韵的,如张可久小令[中吕·满庭芳]《樊氏素云》:"樱桃口脂,提君雅号,索我新词。"李爱山套数[商调·集贤宾]《春日伤别》:"托香腮不语转凄然,淡注珠唇弹翠蝉。"赵彦晖套数[仙吕·点绛唇]《席上咏妓》:"他若是含情一笑,朱唇一颗嵌樱桃。"吴昌龄套数[正宫·端正好]《美妓》:"墨点柳眉新,酒晕桃腮嫩,破春娇半颗朱唇。"王仲元套数[中吕·粉蝶儿]《集曲名题情》:"樱桃般点绛唇,杨柳般翠裙腰。"于伯渊套数[仙吕·点绛唇]《忆美人》:"眉儿扫杨柳双弯浅碧,口儿点樱桃一颗娇红。"无名氏小令[中吕·喜春来]《赠妓》:"杨柳腰肢瘦怯风,樱唇一点吐微红。"或笑或嗔,或张或闭,那一点殷红比其他部位更易撩动男性的心弦。元曲的描写,形象地反映了元代唇型以"樱桃小口"为时尚,以及口唇圆小、唇线均匀,厚薄适中,上色艳红等特点,直观地反映了当时社会独特的审美心态、时尚爱好。对于研究我国妆饰文化发展演变的历史有珍贵的参考价值。

7.染甲

染指甲是妇女对指甲表面的一种装饰。据有关古籍记载,中国妇女染指甲的习俗最迟在唐代已经出现,经过五代及宋代的传播,至元代更为普及。元代妇女对纤纤十指有着独特的审美时尚,既注重修饰保护,又有染甲的习俗。有的甚至将细长修美的纤手比作"春笋"而加以赞美,如周文质小令[双调·水仙子]《赋妇人染红指甲》:

凤华香染水晶寒,碎系珊瑚玉笋间,想别离拄齿应长叹,污檀脂数点斑,记归期刻损朱阑,锦瑟弦重按,杨家花未残,为何人血泪偷弹?

柔荑春笋蘸丹砂,腻骨凝脂贴绛纱,多应泣血淹罗帕。酒筹笾颓素甲，抹胭脂误染冰楂，横象管跳红玉，理筝弦点落花，轻掐碎残霞。

丹枫软玉笋梢扶，猩血春葱指上涂，偷研点易朱砂露，蘸冰痕书绛符，摘蟾宫丹桂扶疏，潮醉甲霞生晕，碾秋碟琼素举，夹竹桃香浮。

乔吉小令［双调·水仙子］《红指甲赠孙莲哥时客吴江》：

冰蓝袖卷翠纹纱，春笋纤舒红玉甲，水晶寒浓染胭脂蜡，剖吴橙吃喜煞，锦鱼鳞冷渍朱砂，数归期阑干上画，印开元宫额上掐，托香腮似几瓣桃花。

张可久小令［双调·水仙子］《红指甲》：

玉纤弹泪血痕封，丹髓调酥鹤顶浓。金炉拨火香云动，风流千万种，捻胭脂娇晕重重。拂海棠梢头露，按桃花扇底风，托香腮数点残红。

徐再思小令［双调·水仙子］《红指甲》：

落花飞上笋牙尖，宫叶犹将冰箸粘，抵牙关越显得樱唇艳，怕伤春不卷帘，捧菱花香印妆奁，雪藕丝霞十缕，镂枣班血半点，掐刘郎春在纤纤。

古代妇女染指甲的材料，大多是自己制造的。制作染料的原料，主要是凤仙花。凤仙花又名金凤，菊婢、指甲草等，是一种一年生草本植物，于夏季开花，花色有白、粉、红等。红色花朵是制作染料的上品。具体制作方法是将花瓣加明矾捣碎直至呈汁液，敷于指甲表面，用布或树叶缠扎包裹过夜，次日指甲就可呈红色，如若连续两三次，指甲之红就会似胭脂之色，且洗涤不去，清顾禄《清嘉录》卷七染红指甲条云："捣凤仙花汁，染无名指尖及小指尖，谓之红指甲。相传留护至明春元旦，老年人阅之，令目不昏。"[1]宋周密在《癸辛杂志续集》也中有大同小异的记载："凤仙花红者用叶捣碎，入明矾少许在内，先洗净指甲，然后以此付甲上，用片帛缠定过夜，初染色淡，连染三五次，其色若胭脂，洗涤不去，可经旬，直至退甲，方渐去之。"[2]例句中的"猩血春葱指上涂"，"托香腮似几瓣桃花"，"抵牙关越显得樱唇艳"，将红唇和红颊和谐呼应，使女子的艳丽，更加风姿绰约。

---

① （清）顾禄：《清嘉录》，王湜华、王文修注释，中国商业出版社 1989 年版，第 174 页。
② 金沛霖主编：《四库全书子部精要》下，天津古籍出版社、中国世界语出版社 1998 年版，第 850 页。

从上可知,元代女子的化妆比今天的女人有过之而无不及,多彩多姿的不仅仅是形式,她们"凤髻蝉鬟","红妆弄色","熬麸浆细香澡豆","巧画蛾眉","粘翠靥","薄注樱唇","额角香钿贴翠花","宫额淡涂黄",甚至"托香腮几瓣桃花"染甲,或时尚或标新,还有风行前代,多式多样的化妆美,增添美丽的效果。更风情的是她们对化妆的精细以及端坐在铜镜前的从容淡定,分外得悠闲美好。

（三）佩　　饰

佩饰是指佩戴在人体各个部位的装饰品。古往今来一直受到人们的青睐,由于各个时期不同的文化传统和风俗习惯,佩饰在不同时期有着不同的表现形式和含义。但总的来说,佩饰在一定程度上是当时艺术风格和潮流的缩影。佩饰对元代人来说,既是增添韵致的饰物,又是财富等级的体现,因而也就成为元代文人十分细微的关注、体察社会生活的重要内容之一。元曲中提到的佩饰有头饰、项饰、手饰及身上的簪花、肩佩、腰带、香囊、扣饰以及手中的帕巾等,每一种都有详尽的描写。有的佩饰是单纯为了装饰,使着装更加艳丽、奢华,体现人物的地位和脱俗的气质,而有些则不仅仅是反映了元代人的审美情趣,同时也积淀着某种宗教观念、思想意识和文化习俗。虽然在今天高度发展的服饰文化中,佩饰的运用已经发生了巨大变革,但不可否认的是,元代佩饰的运用对现代服饰仍具有深远影响,比如头饰、手饰、扣饰等饰品一直沿用至今。

1.头饰

头饰是戴在头上的装饰品,主要包括簪、钗、珠花、步摇、头面等。头饰作为一种民俗文化现象,在不同的社会生活中占有十分重要的地位。不同民族的人们都会按照其社会的规矩、习惯、审美情趣、价值取向去选择生境中的自然物来修饰自己的头面。元曲记载了元时期千姿百态的头部饰物,如笄簪、发钗、步摇、梳篦、头面等。虽然元曲的头饰描写不能等同于具体的服饰实物和严谨的史料记载,但它在一定程度上反映了元代女性妆饰的时代性及时代风尚的审美情趣,头饰上的图形纹饰体现出的浓郁的中国文化情结,也是元代社会生活真实面貌的反映。

（1）笄簪

"笄"是古时用以贯发或者固定冠冕的头饰。汉刘熙《释名·释首饰》云："笄,系也。所以系冠,使不坠也。"①在古代,小孩头发多作小丫角,称"总角"。男子满20岁,父母便要为他们举行成年的仪式,以示他们到了可以谈婚论嫁的年龄。其中男性为冠礼,所带弁冠,用簪与缨带固定。弁冠的佩带,意味着从此要接受诸多社会规范,成为温恭贤良的君子,跻身诗礼簪缨一族。与男子的冠礼相对,古代女性15而笄,即把头发盘到头顶用笄固定,以示成年。因此,笄又是女性成年的象征。元曲中对此种风俗作了介绍,如顾德润小令[越调·黄蔷薇过庆元贞]《御水流红叶》："凤城春色醉玻璃,龙香墨迹璨珠玑,鸾交天配选簪笄。"郑光祖杂剧《㑇梅香骗翰林风月》第二折："俺小姐幼小,妾身常侍从左右,深知其详。幼从慈母所训,贞慎自保,年方及笄,割不正不食,席不正不坐,不启偏行,不循私欲,虽尊上不可以非礼相干,下人之言,安敢犯乎? 枉变了脸。我委实做不的。"白朴杂剧《董秀英花月东墙记》第三折董秀英母亲得知自己的女儿与马文辅的私情后,训斥董秀英说："你如今年方及笄,不遵母训,不修妇德,与这等不才丑生私约,兀的不辱么杀人也!"及笄是指女子15岁,也称"笄年",就是到了可以许嫁的年龄。如果是已经定亲的女子,还要在发髻上缠缚一根五彩缨线,表示已是待嫁,此后,她要深居闺房,不得与外界接触,恪守同已嫁女性一样的妇道。发髻上的缨线要一直到成亲之日,方能由她的丈夫亲自解下,表示婚后对丈夫的尊重与依从。②

簪,先秦时期多称笄,两汉以后改称簪③,是古人用来绾定发髻或连冠于发的一种长针。一般由簪头和簪身两部分构成,男女通用。女性用来固定发髻,男性用之固定冕、冠。汪元亨小令[中吕·朝天子]中"萧萧白发不胜簪",任昱小令[中吕·普天乐]《暮春即事》中"人生易感,青铜似月,白发盈簪"的"簪",说得就是男性固冠的用途。

簪最早出现在新石器时代距今六七千年以前的仰韶文化中,当时的簪

---

① （汉）刘熙:《释名》,中华书局1985年版,第71页。

② 李学伟:《中国古代"簪饰"文化研究》,《南宁职业技术学院学报》2006年第2期。

③ 高春明:《中国服饰名物考》,上海文化出版社2001年版,第82页。

是用兽骨做的,呈扁长体,顶部稍宽,一端磨制成圆形。商代,仍是用骨簪,但形式已经很丰富,开始在簪头上雕刻各种装饰,如兽头、鸟头等。在甘肃鸳鸯池遗址出土的文物中就有锥状骨笄,现藏甘肃省博物馆。笄表面嵌埋着 36 枚白色骨珠,环头有 5 圈同心圆刻纹,鲜明悦目,颇具观赏性。① 汉代,簪的名称被正式确定,其制作的材料、规模逐渐扩大、改进,簪上缀上了珠宝花饰,骨簪已不限于普通的兽骨,也包括珍贵的象牙,铜簪、银簪、金簪、玉簪,装饰性更强。这一时期还流行文官簪笔风俗。古人外出都有手持锡板的习惯,有事需记载,立刻用笔写在板上,以免遗忘。于是将笔簪于头上,后来朝廷文官纷纷效仿,簪笔冠饰便成为汉代文官的一种代名词,叫做"簪白笔",这一风俗一直沿袭至魏晋隋唐各代,盛行不衰。乔吉小令[南吕·玉交枝]《失题》中"运筹帷幄簪笔坐",反映的就是这种习俗在元代的沿袭。秦汉以后,簪和钗、环、镯等相互搭配使用,并且制作工艺也不断创新,嵌镶宝石的黄金首饰成为魏晋达官、六朝粉黛的奢华追求。唐代簪的形状、制作工艺更见高度繁荣。宋元时,簪则渐演成尚,姑妇老妪皆戴发簪,形制庞博。②元曲对元代形制繁多的簪进行了浓笔的记述和描写,其中金簪的描写,很好地体现了元代女性首饰文化的发展。无名氏套数[黄钟·愿成双]:

　　如病弱,似醉酣,鬓鬅松髻軃金簪。

王仲诚套数[中吕·粉蝶儿]:

　　露玉纤,捧金瓯,云鬓巧簪金凤头。

徐琰小令[双调·沉醉东风]《赠歌者吹箫》:

　　金凤小斜簪髻云,似樱桃一点朱唇。

曾瑞套数[黄钟·醉花阴]《怀离》:

　　行色匆匆易伤感,陡恁般香消玉减,无暇理金簪。

□爱山小令[南吕·四块玉]《美色》:

　　扫春山浅淡描,斜簪着金凤翘。

无名氏套数[越调·斗鹌鹑]:

---

① 《趣话发式品骨笄》,《甘肃日报》2004 年 11 月 5 日。
② 李学伟:《中国古代"簪饰"文化研究》,《南宁职业技术学院学报》2006 年第 2 期。

> 金凤斜簪,云鬓半偏。插玉梳,贴翠钿。

这些都生动地描写了女性佩戴金簪的动人形象,既反映出金簪是元代人常用的饰物,又衬托出簪文化的高度发达。

玉制的簪子更是元代妇女的主要头饰。王实甫杂剧《崔莺莺待月西厢记》第五本第二折:

> 这玉簪纤长如竹笋,细白似葱枝。温润有清香,莹洁无瑕玼。

郑光祖杂剧《㑇梅香骗翰林风月》第三折:

> 小姐赠与足下玉簪一枝,金凤钗一只,你知道其意么?

于伯渊套数[仙吕·点绛唇]《忆美人》:

> 缕金妆七宝环,玉簪挑双珠凤,比西施宜淡宜浓。

无名氏套数[正宫·端正好]《豪放不羁》:

> 玉簪斜插鬓云歪,是风流腻色。

汤舜民套数[双调·新水令]《秋夜梦回有感》:

> 乌云髻斜簪玉翘,芙蓉额檀口似樱桃。

贯云石套数[南吕·一枝花]《离闷》:

> 衫袖湿镇淹泪眼,玉簪斜倦整云鬟。

无名氏小令[仙吕·寄生草]《秋》;

> 玉簪香惹胡蝶翅,长空雁写斜行字,御沟红叶题传示。

吕止庵套数[双调·风入松]:

> 巧盘云髻插琼簪,穿一套素衣恁般甜淡。

贾仲明杂剧《萧淑兰情寄菩萨蛮》第二折:

> 几时配上金钗,接上琼簪。

白朴套数[仙吕·点绛唇]:

> 数归期空画短琼簪,揾啼痕频温香罗帕。

张可久小令[双调·燕引雏]《别情》:

> 香寒茉莉簪,坐冷芙蓉枕,泪淡胭脂添。

贾仲明杂剧《李素兰风月玉壶春》第一折:

> 小生有掠鬓角的玉螳螂一枚,白罗春扇一把,送姐姐权且收留,亦为信物。

　　以上描写，表达了元代玉簪的如下信息：一是元代人对玉簪的喜爱之情。元代人认为"诸石之器莫贵于玉"[①]。"美玉与金同，亦有成色可比对。其十成者极品，白润无纤毫瑕玷也。九成难辨，非高眼不能别。八成则次之。以至七成、六成又次之。古玉惟取古意，或水银渍血渍之类不必问成色也，绝难得佳品"[②]，正如张养浩小令[中吕·最高歌兼喜春水]《咏玉簪》中吟诵的"想人间是有花开，谁似他幽闲洁白？"元曲中对玉簪的描写，或喻坚贞、深情，或代表美丽、动人，或代表高雅、富贵。无论从哪方面讲，都生动地描写了女性佩戴玉簪的动人气质形象，反映了元代人对玉簪的特别敬意。正如美学大师宗白华先生所言："中国向来把玉作为美的理想。玉的美，即'绚烂之极归于平淡'的美。可以说，一切艺术的美，以至于人格的美，都趋向玉的美：内部有光彩，但是含蓄的光彩，这种光彩是极绚烂，又极平淡。"[③]这种美与儒家人格美的标准相吻合，故几千年来玉文化趣尚相沿至今，成为中国文化特色中最重要的组成部分。二是反映了玉簪在元代特有的传情达意功能。如王实甫杂剧《崔莺莺待月西厢记》第四本第四折："想人生最苦离别，可怜见千里关山，独自跋涉。似这般割肚牵肠，倒不如义断恩绝。虽然是一时间花残月缺，休猜做瓶坠簪折。"白朴杂剧《裴少俊墙头马上》第三折尚书云："夫人，将你头上玉簪来。你若天赐的姻缘，问天买卦，将玉簪向石上磨做了针儿一般细。不折了，便是天赐姻缘；若折了，便归家去也！"蒲察善长套数[双调·新水令]："没来由簪折瓶沉井，将鸳鸯两下里分。"陈克明套数[中吕·粉蝶儿]《怨别》："玉簪折何时再接，冰弦断甚日重续？"在这些描写中簪都充当着导火索的角色。三是体现了元代精湛的首饰工艺。琼簪、植物造型茉莉簪、玉螳螂等像生簪，虽是头面中的小品，却最是浓淡随意，而特别以一个"俏"字取胜。不仅酣畅淋漓地反映了元代女子的审美情趣，体现了一种健康美学追求，更细致入微地展示了元代玉簪的精巧工艺。

　　簪，又称作钗，或作锦和镘。钗原指一种广长而薄的箭镞，大约是由于簪脚的样子与它有相似点，移来作了簪的名称。白贲套数[仙吕·袄神

①　（元）孔齐：《至正直记》，上海古籍出版社1987年版，第109页。
②　（元）孔齐：《至正直记》，上海古籍出版社1987年版，第110页。
③　宗白华：《美学散步》，上海人民出版社1981年版，第37页。

急]："画苔墙划短金钿,尚未得回归。"张国宾杂剧《薛仁贵荣归故里》第三折："可不的失掉了镴钗锛,歪斜着油鬏髻。"这些记写既丰富了元代的簪饰,也加深了元曲簪文化的深度。

簪,还有"搔头"之称。据汉刘歆《西京杂记》载："汉武帝过李夫人,就取玉簪搔头,自此后宫人搔头皆用玉,玉价倍贵焉。"①汉武帝宠爱李夫人,有一次取下李夫人的玉簪搔头,搔头之名由此而来。贾仲明杂剧《铁拐李度金童玉女》第三折:

> 玉搔头掩鬓梳,喜相逢蝉对舞。

孙周卿小令[南吕·骂玉郎过感皇恩采茶歌]《闺情》:

> 香罗带束春风瘦,金缕袖玉搔头。

乔吉杂剧《李太白匹配金钱记》第三折:

> 稳称身玉压腰,高梳髻玉搔头。

由上描写足可以看出元代妇女饰簪的风气也盛。簪,这种传统饰物,在元代人鬓边、髻上,或弹,如无名氏套数[黄钟·愿成双]："鬓髯松髻弹金簪。"或歪插,如无名氏套数[正宫·端正好]《豪放不羁》："玉簪斜插鬓云歪。"或高插,如吕止庵套数[双调·风入松]："巧盘云髻插琼簪。"均是对"风流腻色"②的"美人花月妖,比花人更娇"③着装心理的表达。

（2）发钗

发钗是发饰中最常见常用的一种首饰,其基本形制是上端为连在一起的钗头,下端为分作两股的钗脚,钗脚插于发中而钗头留于发外。钗的出彩部分主要是钗头,分别采用金、银、铜、玉等做装饰。各种材料制作的发钗,在元曲中都有不同程度的记录和描述。如用金制成的钗,沈禧套数[南吕·一枝花]《赠妓桂香秀马氏》："舞霓裳步撒香钩,整金钗指露纤柔。"张可久小令[中吕·普天乐]《秋怀》："会真诗,相思债,花笺象管,钿盒金钗。"乔吉小令[双调·水仙子]《赠常凤哥》："紫金钗影落芳樽,白玉箫声隔暮云,碧梧枝冷惊秋信。"周文质套数[大石调·青杏子]《元宵》："一个

---

① （宋）李昉:《太平广记》(2),团结出版社 1994 年版,第 1054 页。
② 无名氏套数[正宫·端正好]《豪放不羁》。
③ 吴西逸小令[越调·凭阑人]《题情》。

多俊多娇好似他,堪描画,笑吟吟重把金钗插。"元曲还描写了金钗在日常
生活中的功用,尚仲贤杂剧《洞庭湖柳毅传书》第一折:"到庙前将定金钗
股,香案边击响金橙树,觑水中闪出金沙路,走将那巡海的夜叉来,敢背将你
个寄信的先生去。"虽是一则神话的描写,但也反映出金钗在当时女性生活
中的地位。银钗次于金钗,是普通人家女子佩戴的钗。亢文苑套数[南
吕·一枝花]《为玉梅作》:"银钗半露,粉颈微妆。"铜钗又次之,为家境贫
寒的女子使用。郑廷玉杂剧《包待制智勘后庭花》第二折李顺唱:"你买
取一副蜡打成的铜钗子,更和那金描来的枣木梳。"无名氏杂剧《鲁智深
喜赏黄花峪》第三折中李逵假扮货郎儿的叫卖表演:"铜钗儿是鹦鹉。"看
来铜钗于贫女也是弥足珍贵的。而玉钗在元代是极为流行的。汤舜民小
令[双调·对玉环带清江引]《闺怨》:"宝镜羞看,鬓云松玉钗。"关汉卿
杂剧《钱大尹智勘绯衣梦》第一折:"我这睡起来云髻儿微偏弹,插不定秋
色玉钗环。"杜仁杰小令[双调·雁儿落过得胜令]《美色》:"粉腕黄金
钏,乌云白玉钗。"张可久小令[南吕·金字经]《梅友元帅席上》:"堪人
爱,翠云簪玉钗。"这一枚枚造型别致的玉钗,让元代女子享受着变化多
姿的美。

　　元代的钗不仅质地华美,造型也百态千姿,且多为像生钗。如元曲中提
到的鱼尾式样为钗首的鱼尾钗:"鱼尾钗,凤头鞋,花边美人安在哉?"①像翠
鸟尾上的长羽式样为钗首的翠翘,吴西逸小令[越调·凭阑人]《题情》:"鬓
弹乌云簪翠翘,衣淡红绡惚玉腰。"郑光祖杂剧《㑇梅香骗翰林风月》第一折
白敏中夸赞小蛮诗云:"半似明珠半似花,翠翘云鬓总堪夸。"以燕子式样为
钗首的钗燕,倪瓒小令[双调·水仙子]《因观〈花间集〉作》:"香腮玉腻鬓
蝉轻,翡翠钗梁碧燕横。"萨都剌套数[南吕·一枝花]《妓女蹴鞠》:"红香
脸衬霞,玉润钗横燕。"张可久小令[中吕·上小楼]《感旧》:"燕弹金钗,翠
冷罗鞋,凤去瑶台。"以鸾式样为钗首的鸾钗,乔吉杂剧《杜牧之诗酒扬州
梦》第二折:"高插鸾钗云髻耸,巧画蛾眉翠黛浓。"贯云石套数[仙吕·点绛
唇]《闺愁》:"玉杯慵举几番温,鸾钗半弹惚蝉鬓。"鸳鸯交颈式样为钗首的

----
① 张可久小令[中吕·迎仙客]《春思》。

鸳鸯钗,刘庭信[双调·新水令]《春恨》:"懒插这鸳鸯交颈钗,羞系这鹨鹚合欢带。"用黄金制成雀式样为钗首的金雀钗,乔吉套数[南吕·一枝花]《私情》:"云鬟金雀翘,山隐青鸾鉴,藕丝轻织粉,湘水细揉蓝。"金雀钗后世又称"金凤钗"。元曲中的凤凰钗更是以其独特的纹饰和精湛工艺,演绎着元代女子发髻上的美丽:张鸣善套数[中吕·粉蝶儿]《思情》:"翡翠裙低,凤凰钗重,麝兰香散。"王和卿小令[仙吕·醉中天]《咏俊妓》:"裙系鸳鸯锦,钗插凤凰金。"徐再思小令[商调·梧叶儿]《春思》:"花底春莺燕,钗头金凤凰。"孙季昌套数[正宫·端正好]《集杂剧名咏情》:"金凤钗斜簪在鬓影,抱妆盒寒侵倦整。"白朴小令[中吕·阳春曲]《题情》:"鬓云懒理松金凤。"一件件雕镂精美、精巧玲珑的像生钗,或高贵,或淡雅,或清新,或朴醇,用它们脱俗的风格,超凡的形态,汇成一片喜盈盈的斑斓之色,让人目不暇接、爱不释手。它说明元代的首饰制作不仅品类繁多,而且做工精良,大多依照自然物象的形状,溶进了元代匠艺们的聪明智慧、技艺能力、质朴天然的情愫和非凡的创造力。

花钗是经过历史沉淀的一种钗。它出现在宋代,其制作方法是在两枚银片上分别锤鍱花样,然后各卷作喇叭筒,继而将两个圆喇叭筒于合口处对接,另外再取一枚银片,四面留边,中间锤鍱一朵大花,留边的部分剪出均匀的裂口,之后把银片扣在已经合拢的两个花筒上,再把剪开的裂口一一翻折,银片成为紧扣在两个花筒上的花帽。[①] 花钗在元代称做花筒钗。元曲有摹绘,乔吉小令[双调·水仙子]《花筒儿》:

> 玲珑高插楚云岑,轻巧全胜碧玉簪,红绵水暖春香沁,是惜花人一寸心。净瓶儿般手捻着沉吟。滴点点蔷薇露,袅丝丝杨柳金,是个画出来的观音。

"玲珑高插楚云岑,轻巧全胜碧玉簪",是说花筒儿的插戴和它的轻盈秀巧。"袅丝丝杨柳金",是把物与人两相应。"惜花人一寸心",是借来说花筒钗的匠心设计。出土于南京太平门外王家湾一座宋代墓葬中的花钗,现藏于南京市博物馆。这件花钗长13.3厘米,宽11.2厘米,以锤鍱工艺将

---

① 扬之水:《宋元金银首饰的样式与工艺》上,《收藏家》2007年第3期。

一根粗金丝弯成连续的 13 股花枝,构成一个弧形的扇面形钗首,在纤细的花枝上,工匠还锻造出大小不一的浮雕状花蕾,使整体造型更具立体感。两边花枝延伸成双股钗脚,钗脚根部微微张开,便于固定在头发上。① 与此花钗相对照,可知,元代的花钗,既继承了前代风格,又在形制、花样、创意和制作工艺上有了不少的创新。

金玉之上再以珠宝镶嵌称宝钗,如王举之小令[南吕·金字经]《春日湖上》:"宝钗轻翠娥,花阴过,暖香吹绮罗。"刘庭信套数[中吕·粉蝶儿]《美色》:"宝钗横,金凤小,绿铺云鬓,眉月斜痕,眼横波不禁春困。"汤舜民套数[南吕·一枝花]《客中奇遇寄情》:"金佩解麝兰馥馥,宝钗横雅髻鬖鬖。"兰楚芳套数[中吕·粉蝶儿]《思情》:"荡湘裙一钩罗袜,宝钗横云鬓堆鸦。"贾仲明杂剧《铁拐李度金童玉女》第一折:"纤纤十指露春葱,宝钗横螺髻耸。"佩戴上花头宝钗,金色凤凰点缀于黑发之中,举手投足间,钗动凤飞花枝闪烁,更显女子的妩媚妖娆。

与这些价值昂贵的金钗、玉钗、宝钗以及像生钗等形成对比的是平民妇女所用的"荆钗"。荆钗因用荆条制作而得名,后来逐渐成为铜、铁之类低廉发钗的统称。汪元亨小令[双调·沉醉东风]《归田》:"妻从俭荆钗布袄,于甘贫陋巷箪瓢。"无名氏套数[仙吕·点绛唇]《赠妓》:"盈斟着酒杯,则不如桑麻纺织;轻罗细丝,则不如荆钗布衣。"郑光祖杂剧《迷青琐倩女离魂》第二折:"我情愿举案齐眉傍书榻,任粗粝,淡薄生涯,遮莫戴荆钗、穿布麻。"美不在于繁复、不在于华贵,更不在于艳丽色彩艳浓。天然是美,朴素是美,贫贱中也存在美。每个人都有自己生活的理由和价值取向,荆钗布衣,贫贱而又娇美,草本一样的自然,在元代女子的追求中,执拗地向着天空漏下一抹抹的光——只有衣服与身体、时尚与气质相宜,得内外双修,才会有清雅向上之美,和谐愉悦之美,生机勃勃之美,不尘不染之美。这应该是元代钗的一个重要的担当。

折股钗是元时一种实心的金银首饰。其形制是把一根粗金丝或粗银丝对折为两股。钗梁通常再做些打造,或成方圆式,或成扁圆式,或者錾刻两

① 朱凯、徐馨儿:《宋代"抹胸内衣"尽显婉约之美》,《南京日报》2010 年 12 月 30 日。

溜儿简单的几何纹,也有光素无纹者。其作用接近于今天的"发卡",对于收拢发束、绾固青丝、塑定髻型,尤其起着重要的作用。折股钗主要用作挽发,时称"关头"。如孟汉卿杂剧《张孔目智勘魔合罗》第一折描写高山的挑担里有"那关头的蜡钗子,压鬓的骨头梳"。"蜡钗子"之"蜡",当作"镴",指的是白铅。折股钗在使用的时候常常一支在侧,一支在前,挽住头顶的高髻;或者前面一枚梳子把头发拢紧,侧面一支折股钗挽髻,如汤舜民套数[南吕·一枝花]《赠教坊殊丽》中描写的:"缕金环嵌八颗蝾珠,交股钗袅双头凤翘。"由于钗是由两股簪子交叉组合而成的一种首饰,故钗不仅是一种饰物,还是一种寄情的表物。在恋人或夫妇别离时,往往分钗各执一股,以表别离相思之情,待到他日重见再合在一起。"钗分"即比喻夫妻或恋人分离。元曲中表现这种赠别习俗的描写很多,如张可久小令[中吕·普天乐]《赠别》:"凤钗分,鸳衾另,轻轻别离,小小前程。"萧德润套数[双调·夜行船]《秋怀》:"到如今镜破青铜,钗分金凤,箫闲碧玉,无语自踌躇。"赵善庆小令[中吕·普天乐]《秋江忆别》:"钗分凤凰,杯斟鹦鹉,人拆鸳鸯。"钟嗣成小令[南吕·骂玉郎过感皇恩采茶歌]《四别·恨别》:"没揣地钗股折,厮琅地宝镜亏,扑通地银瓶坠。"读这些曲,我们不禁会想,把钗分成两股的是谁呢? 是情人,还是社会环境? 由此可见,元代的钗,既具有艺术性,又满载着文化内涵!

更值得一提的是,虽然元曲的描写不等同于具体的实物和严谨的史料记载,但它在一定程度上反映了元代社会生活的真实面貌。郑廷玉杂剧《宋上皇御断金凤钗》剧写郑州穷秀才赵鹗与妻子李氏及儿子福童困居旅店,欠下房钱。赵鹗应举,得中头名状元,但却在谢恩时失仪落简被贬为庶民百姓。为维持生计,他到周桥卖诗,得二百钱。恰遇谏议大夫张商英微服私访时被无赖李虎讹诈,赵鹗以二百钱为其解围。张商英为报恩,派人送赵鹗十支金凤钗。赵鹗将一支偿还店家房钱,其余九支埋在门后,被李虎发现,李虎将从杨衙内手下六儿偷来的十只银匙换走了另九只金钗。杨衙内捉拿凶手,在赵鹗处搜出银匙,断其杀人劫财。店小儿拿金钗到银铺换钱,恰遇李虎也来换钱,便将李虎捉拿送官。于是真相大白,赵鹗得官,封妻荫子。剧中赵鹗,与张商英素不相识,且又穷途潦倒,却能救人急难。其否极泰来、封妻荫子的结局,正是受恩者知恩图报的结果,也是作者肯定这类人际关系的期盼。

（3）插梳

饰梳之风古已有之。妇女在发髻上插小梳子,当成装饰,讲究的用金、银、犀、玉等材料制成的梳,露出半月形梳背,以增添华美之感。在发鬟上插梳,依然是元代时髦的妆饰。元曲对这种风俗做了摹写,如李唐宾杂剧《李云英风送梧桐叶》第一折:"琼梳插绿云,显青天月痕。"乔吉套数[双调·乔牌儿]《别情》:"想犀梳似新月牙,忆宫额似芙蓉瓣。"关汉卿杂剧《诈妮子调风月》第四折:"则道是烟雾内初生月兔,原来是云鬟后半露琼梳。"王实甫杂剧《崔莺莺待月西厢记》第四本第四折:"铺云鬟玉梳斜,恰便似半吐初生月。"刘秉忠小令[南吕·干荷叶]:"脚儿尖,手儿纤,云髻梳儿露半边。"张养浩小令[中吕·朝天子]《咏美》:"云堆玉梳,多情眉宇。"吴昌龄套数[正宫·端正好]《美妓》:"斜插犀梳月破云。"孙周卿小令[双调·沉醉东风]《宫词》:"双拂黛停分翠羽,一窝云半吐犀梳。""双拂黛",是用螺黛画双眉。"停分",平分。翠羽,翠绿的羽毛,这里比喻黛眉。"一窝云",形容女子松软头发如云。特别是"半吐犀梳"中那个"吐"字,恰到好处地描绘出乌发上饰犀梳的服饰艺术效果。

元代还有一种头饰是梳子常常和冠子一起出现在头上,相互映衬,称为"冠梳"。这种在女子冠上安插梳子为饰的风尚,南朝时已流行,至唐宋时极为风行,承袭前代而来的冠梳,元曲里描写也很多,如无名氏杂剧《孟德耀举案齐眉》第一折:"再提掇绮罗衣袂,重整顿珠翠冠梳。"睢玄明套数[般涉调·耍孩儿]《咏西湖》:"见些踏青的薄媚娘,穿着轻罗锦绣衣,翠冠梳玉项牌金霞佩。"杨景贤杂剧《马丹阳度脱刘行首》第二折:"则要你穿背子,戴冠梳,急煎煎,闹炒炒,柳陌花街将罪业招。"高安道套数[般涉调·哨遍]《嗓淡行院》:"带冠梳硬挺着粗脖项,恰掌记光舒着黑指头。"头上插着梳子,冠子上簪满了珠翠宝钗,可谓是珠环翠绕,风情万种。

（4）步摇

步摇,亦称珠滴,是我国古代女性除了簪钗之外的另一种既贵重又华美的首饰。一般附在簪钗上,上饰金玉花兽,并有五彩珠玉垂下,行走随之摇动而名。汉刘熙《释名》曰："步摇,上有垂珠,步则摇也。"①湖南长沙马王堆1号汉墓出土的帛画,画中的一名贵妇,头上插有一树杈状饰物,饰物下部垂有多粒圆珠,应是我们见到的最早的步摇形象。文献中最早出现步摇之名的是宋玉的《风赋》,其称:"主人之女,翳承日之华,披翠云之裘,更被白縠之单衫,垂珠步摇。"②可见战国时期,已开始用步摇为首饰。汉代时,步摇与假发合为一体,成为假髻的组成部分,一般不单独使用。魏晋南北朝时期,步摇作单件首饰使用。东晋顾恺之所绘《女史箴图》中的班姬,头上就插着两支步摇。步摇插在发髻的底部,伸出弯曲的枝条,枝条上栖有鸟雀。在《簪花仕女图》中也可见一贵妇髻上簪有步摇花钗,下缀穗状摇叶。可以想象,人在走动时,随着步履的疾缓起伏,头上的枝条与枝条上的鸟雀就会不停地摇曳。唐代的步摇形制,较之汉魏时有很大的变化。鸟雀之形多用美玉制成,坠珠垂自雀口之中,人一走动,珠串就会不停摇摆,极富动感。元时期,插戴步摇之风仍盛行。元曲充分反映了这一时尚。张可久小令[越调·凭阑人]《湖上醉余》:"暖香绣玉腰,小花金步摇。"徐再思小令[南吕·阅金经]:"贪欢笑,倒插了金步摇。"汤舜民套数[南吕·一枝花]《夏闺怨》:"金步摇花残蹀躞,玉搔头线脱珍珠。"乔吉小令[双调·沉醉东风]《倩人扶观琼华》:"珠滴沥寒凝碧粉,玉珑璁暖簇香云。"栩栩如生地描绘出了元代女子头戴步摇的风姿绰约。不仅如此,元曲还形象地摹写了元代步摇的特点,如王实甫杂剧《崔莺莺待月西厢记》第二本第四折写崔莺莺听张生抚琴,唱[天净沙]:"莫不是步摇得宝髻玲珑? 莫不是裙拖得环佩玎玲?"以形容张生的琴声,说明步摇在摇动时还会发出悦耳的声音。

(5)头面

头面,泛指妇女头上带的装饰品,常用金银玉等贵重材料制成。宋孟元老《东京梦华录》卷三《相国寺内万姓交易》:"占定两廊,皆诸寺师姑卖绣作、领抹、花朵、珠翠头面、生色销金花样袄头帽子、特髻冠子、绦线之类。"③可见宋时已有头面。元代,富家女子多戴头面。李行甫杂剧《包待制智赚

---

① (汉)刘熙:《释名》,中华书局1985年版,第74页。
② 杨金鼎:《楚辞研究论文选》,王从仁、曹旭编选,湖北人民出版社1985年版,第662页。
③ (宋)孟元老:《东京梦华录》(外四种),中国商业出版社1982年版,第20页。

灰阑记》中,财主马均卿娶妾张海棠,张海棠哥哥张林落魄归来求助。海棠未得丈夫允许,不敢给予。她对哥哥说:"哥哥不知,俺这衣服头面,都是马员外与姐姐的,我怎做的主好与人?"岳伯川杂剧《吕洞宾度铁拐李岳》第二折李岳临终前与妻子对话曰:"有那等厮图谋的贼汉心专……与你些打眼目的衣服头面,(云)你见了好衣服,好头面,那里还想我哩!"杨景贤杂剧《马丹阳度脱刘行首》第三折:"他将那头面揪,衣服扯。"王实甫杂剧《吕蒙正风雪破窑记》第一折刘员外:"梅香,将他的衣服头面,都与我取下来,也无那厱房断送。"秦简夫杂剧《晋陶母剪发待宾》第一折陶母云:"我将些衣服头面,都做了文房四宝束修钱。"关汉卿杂剧《赵盼儿风月救风尘》第一折宋引章对赵盼儿说:她之所以要嫁周舍,是因为周舍知重她,能让宋引章"穿的那一套衣服,戴的那一副头面……出门去,提领系,整衣袂,戴插头面整梳篦。"从元曲中可知,元代的头面包含如下内涵:一是对许多元代女子来说,头面与衣服同样重要。二是首饰、头面是身份的象征。三是首饰、头面是元代妇女重要的个人私藏。四是元代女儿出嫁时,头面是必不可少的。其中有夫家送来的,也有女家添置的。无名氏杂剧《施仁义刘弘嫁婢》第二折中,财主刘弘买裴兰孙为婢,后来知道裴兰孙是官宦人家的女儿,便将她许配给李春郎为妻,并说:"陪与小姐三千贯厱房,断送金银玉头面三付,春夏秋冬四季衣服。"可知富贵人家出嫁女儿,除了钱钞、衣服之外,头面要有金、银、玉三套,费用是很可观的。头面包括多种物品,无名氏杂剧《瘸李岳诗酒玩江亭》第一折,财主牛璘与赵江梅做生日时对她说:"我无甚么与大姐,金银玉头面三副,每一副二十八件,每一件儿重五十四两。怕大姐爱逛时都戴在头上,压破头,可不干我事。"说"每一件儿重五十四两",虽是夸张的说法,但"每一副二十八件",应不是谬语。表明头面种类之多,分量之重。

尽管元代头面的种类多和分量重,但没有固定的标准。关汉卿杂剧《包待制智斩鲁斋郎》第一折:"逼的人卖了银头面,我戴着金头面。"郑廷玉杂剧《包待制智勘后庭花》第一折,皇帝将王翠鸾母女赐给廉访使赵忠,赵忠夫人妒忌,命管家王庆将翠鸾母女杀死。王庆让仆人杀翠鸾母女。李顺杀二人时,李顺妻张氏对李顺说:"那里不是积福处? 咱如今把他首饰头面都拿了,放的他走了,有谁知道? 这些东西咱一世儿盘缠不了。"当翠鸾母女将首饰头面交李顺夫妻后,李顺问:"这钗钏委的是金子委的是银?"李顺妻云:"是金子的。""一世儿盘缠不了",钱物一生都用不完,可见其头面之贵重。无名氏杂剧《逞风流王焕百花亭》第三折,妓女贺怜怜与书生王焕相恋,被卜儿拆散,在卖查梨条小二的指导下扮作小贩的王焕,一路叫卖吆喝,到移住承天寺里的贺怜怜相会。贺怜怜用首饰资助王焕,让他去西延边关从军立功:"解元,妾身止有这付金头面,钏镯俱全,与你做盘缠去。"在贾仲明杂剧《荆楚臣重对玉梳记》第二折楔子中,妓女顾玉香与秀才荆楚臣相恋,荆楚臣上京应科举,顾玉香"解下钗环,以为路费",并对荆楚臣说:"全副头面钏镯,俱是金珠,助君之用。"从上几例可知,头面有金质的,银质的,也有玉质的,主要包括簪、钗、钏、镯等物,有多有少,并没有统一的规格。应该指出的是,头面虽是女性的必备物品,但平民女子的头面,没有金、银、珠、玉、翠,只有"买取一副蜡打成的铜钗子,更和那金描来的枣木梳"①,可见元代服饰的阶级差异性。

2.项饰

与头饰交相辉映的还有繁多而质贵的各式项饰。项饰一般指挂在脖子上的装饰,有璎珞、项圈等,其造型和图案多有保平安、吉祥如意的寓意。

璎珞也称"缨络",是集项圈、项链、串珠及长命锁为一体的项饰。因人们所见到的璎珞颈饰,多见于佛像上,故也有人认为璎珞之饰起源于佛教传入中国之后。汉族妇女佩挂这种颈饰,大约在南北朝以后,多用于宫廷妇女,尤以宫廷舞伎为常用。据说唐代最著名的《霓裳羽衣曲》就必须佩挂璎珞而舞。佩挂璎珞的舞伎形象,在敦煌莫高窟唐代壁画中就有较多描绘。唐代以后,佩戴璎珞的风习,仍然在延续。如王实甫杂剧《四丞相高会丽春堂》第二折:"绣蟠龙璎珞珠玑。"张可久小令[双调·沉醉东风]《琼花》:"衣冠后土祠,璎珞神仙佩。"汤舜民套数[南吕·一枝花]《赠王善才》:"多持七宝香璎珞,既相承怎空过。"刘庭信套数[正宫·端正好]《金钱问卜》:"穿一套藕丝衣云锦仙裳,带一副珠珞索玉项牌。翠靥钿宝串香,打扮的一桩桩停当。""蟠龙"的纹样,是地地道道的中华产物。项牌,就是璎珞,俗称

---

① 郑廷玉杂剧《包待制智勘后庭花》第二折。

为"络索儿"。通常以"一副"为称,是由珠子、珊瑚之类材料系坠成串。从元曲描写看,元代的璎珞,与佛教造像中的满身璎珞已相去甚远。

3.手饰

手饰即指佩戴在手和手臂上的饰物。主要有手镯、手链、臂钏、戒指、义甲等名目。在元曲中出现的主要是臂钏、手镯和戒指。

手镯在古代称为"腕环",简称"环",主要根据其形状和装饰部位而定名的。另还有"腕钏"、"约腕"等名称。"手镯"之名的出现目前可见最早文献是宋代洪迈《夷坚志》:"我藏小儿手镯一双,妇人金耳环一对。"[1]现在能见到的实物,以北京门头沟东胡林村古墓出土者年代为早,时间在距今一万年的旧新石器时代,出土时位于女性遗骸的腕部,材料为牛的肋骨截成长短不等的小段后磨制而成。[2]新石器时代,手镯的使用已十分普遍。这个时期的手镯实物在全国各地的诸多墓葬中都有发现。商周至战国时期,手镯的材料多用玉石。无论是手镯造型还是玉石色彩,都显得格外丰富。除了玉石以外,这个时期还出现了金属手镯。西汉以后,由于受西域文化与风俗的影响,佩戴臂环之风盛行。隋唐至宋朝,妇女用镯子装饰手臂已很普遍,称之为臂钏。臂钏所戴位置,多在手臂,即手腕以上部位。唐代画家阎立本《步辇图》中,共绘有九名宫女,除一名为背影外,其余八人均戴有臂钏饰物。另,唐周昉的《簪花仕女图》对这一饰物描绘得也真实清晰。元代女子也有戴臂钏的习惯,元曲中有真切的记载:

无名氏小令[正宫·脱布衫过小梁州]《美妓》:

冰肌莹宝钏玲珑,藕丝轻环佩玎琭。

刘时中小令[越调·小桃红]《辛尚书座上赠合弹琵琶何氏》:

斜抱琵琶半遮面,立当筵,分明微露黄金钏。

关汉卿小令[双调·碧玉箫]:

花径边,笑捻春罗扇。搧,玉腕鸣黄金钏。

无名氏小令[双调·一锭银过大德乐]:

---

① (宋)洪迈:《夷坚志》,何卓点校,中华书局1981年版,第1398页。
② 高春明:《中国服饰》,上海外语教育出版社2002年版,第213页。

穿针刺绣床,时闻金钏响。

刘庭信小令[越调·寨儿令]:

钏玲珑摇响黄金,髻髯松斜坠琼簪。

李爱山套数[商调·集贤宾]《春日伤别》:

顿不开连环金钏,不由人终日恨绵绵。

查德卿小令[南吕·醉太平]《春情》:

香消玉腕黄金钏,歌残素手白罗扇。

无名氏杂剧《王月英元夜留鞋记》第一折:

长则是苦恹恹不遂我相思意,到如今钏松了玉腕,衣褪了香肌。

贯云石套数[南吕·一枝花]《离闷》:

宝钏松冰腕,蛾眉淡远山。

陈子厚套数[黄钟·醉花阴]《孤另》:

宝钏松金髻云鬅,甚试曾浓梳艳裹。

张可久小令[越调·寨儿令]《秋千》:

翠髻微偏,锦袖轻揎,罗带起翩翩。钏玲珑响亚红绵,汗模糊湿褪花钿。

关汉卿杂剧《温太真玉镜台》第二折:

他兀自未揎起金衫袖。我又早先听的玉钏鸣。

以上描写反映了元代女子佩戴臂钏的大致情形:一是元代女性普遍喜爱佩戴臂钏。元代女子的钏不仅有金质的,有银质的和玉质的,还有"连环金钏"样式的。所谓连环金钏,是说钏所盘圈数是没有固定数字的,普通的多是三至八圈,也有十二三圈的,全凭个人喜好。二是反映了元代女子爱美崇贵的心理。黄金有独特的光灿。古时女子着装不会露出手臂,而装饰手臂的钏当然希望被别人看见,所以,"分明微露黄金钏",多选择光灿灿的黄金制作,罗衣里就更能隐约透出金钏的影子。三是表现了女子健康迷人美。一般来说,我们回忆一种动态比回忆一种单纯的形状或颜色,要容易得多,也生动得多。① 所以,无论是在绣床边,还是在花径边,元代女子的"玉腕鸣

---

① 伍蠡甫:《西方古今文论选》,复旦大学出版社1984年版,第91—92页。

黄金钏"、"玉钏鸣",都能活灵活现地显现一种令人难忘的动态美,产生强烈的效果。四是表现了元代女子钏在臂上越来越"松",一方面反映了元代女子的痴情。这就是元代人所体验的一种爱情,永远地弥漫着入骨的爱的情。为曾经在元代女性腕上"玲珑摇响"的一点景致,作了留影。另一方面也是当时以弱以柔为美的审美观的反映。而女人这种娇弱温柔,可以说是这一时期男人眼中的理想形象,是比较稳定的普遍模式,是"男权"眼光中关于女人的"集体无意识"。

指镯也是元代妇女常用的妆饰品。乔吉小令［越调·小桃红］《指镯》:"紫金铢钿巧镯儿,悭称无名指。花信今春几番至? 见郎时,窗前携手知心事。行云拘束,暖香消瘦,璁褪玉愁枝。"关汉卿杂剧《望江亭中秋切鲙》第三折谭记儿假扮渔妇,骗取杨衙内的势剑金牌,她说:"这个是金牌,衙内见爱我,与我打戒指儿罢。"张可久套数［南吕·一枝花］《牵挂》:"猫眼嵌双转轴乌金戒指。"从这些描写中,我们也可知元代指镯一些具体的信息:一是元代女子有戴指镯的习惯;二是指镯多为金材质的,且非常精美;三是指镯一般戴在无名指上;四是指镯已经有"戒指"之称,具有"拘束"行为和作为婚姻信物的功能,这一功能一直延用至今。五是指镯工艺非常精美。乔吉的"紫金铢钿巧镯儿",张可久的"猫眼嵌双转轴乌金戒指",是对元代精美的手工艺品的夸赞。元代指环出土实物颇多,且颇为精致,如元代末年,一度割据姑苏而称吴王的张士诚,埋葬他母亲所随葬的一对金镯,九五成色,重达九百六十多克。金镯的两端做成两个龙头,其中一个龙头的嘴上连着一颗金珠。龙头接环,环以圆珠联成,仿佛是龙身,而两首相对,又形成双龙夺珠,造型纯朴,制作也不太复杂,但使人感到和谐、自然、别具一格。[①]可与元曲的描写互证。

总之,元曲对镯钏习俗记载,不仅反映了元代妇女以戴镯钏为美的心理,更重要的是反映了元代手工艺行业的发展。元代无论是手工业还是商业都有过强劲的势头。元朝的大一统结束了北宋以来长期积弱不振的局面,为经济的恢复、发展和各民族的文化交流奠定了基础。马克思在《剩余

---

① 　陈茂同:《中国历代衣冠服饰制》,百花文艺出版社 2005 年版,第 186 页。

价值学说史》中说:"亚洲城市的兴旺,或者说得更好些,亚洲城市的存在,完全与政府的消费有连带关系。"①为了满足自己挥霍无度生活的需要,元统治者在恢复农业的基础上,采取掠夺性政策,使手工业和商业急剧发展起来。至元十二年(1275),忽必烈"籍江南民为工匠凡三十万户"②,"至元十六年(1279),在北方括匠达 42 万人,立局院 70 余所"③。短短四年,元政府工匠竟达七十多万。元代的手工业得到空前发展,分工更细,工艺更精,规模更大,产品更丰富,诸如冶炼、铸钱、兵器制作、伐木、造船、建筑、纺织、丝织、染色、制衣、农产品加工、制瓷、雕漆、金银器打造都是手工业中突出的行业。元曲描写了一批元代的手工业者,有皮匠、银匠、铁匠、画匠等。关汉卿杂剧《包待制智斩鲁斋郎》第一折楔子中借"权豪势要"的鲁斋郎之口,夸赞银匠的高超手艺:

> (鲁斋郎云)我有把银壶瓶跌漏了,你与我整理一整理,与你十两银子。(李四云)不打紧,小人不敢要偌多银子。(鲁斋郎云)你是个小百姓,我怎么肯亏你? 与我整理的好,着银子与你买酒吃。(李四接壶科,云)整理的复旧如初。好了也,大人试看咱。(鲁斋郎云)这厮真个好手段,便似新的一般。

郑廷玉杂剧《宋上皇御断金凤钗》第四折:

> (净扮银匠上,云)自家是个银匠,打生活别生巧样。有人送来的银,半停把红铜掺上。

这些描写反映了当时社会生活的现实情况。法国著名启蒙思想家、哲学家、教育家、文学家卢梭在《爱弥儿》中曾说,在人类所有的职业中,工艺是一门最古老最正直的手艺。早在原始社会中,氏族部落就已经有了专门从事手工艺生产的群体,并运用其聪明智慧创造出令人惊奇的原始工艺品。在重农抑商的中国封建社会,手工艺群体特别是金工手工艺群体被视为上层阶级的从属者,成为他们用装饰的外衣塑造社会等级意识与文化观念的工具。可以说,他们是统治阶层重器尊道的牺牲品,也是反映时代生活、投

---

① [德]马克思:《剩余价值学说史》第三卷,三联书店 1951 年版,第 448 页。
② (明)宋濂等:《元史》,中华书局 1997 年影印本,第 3924 页。
③ 翦伯赞:《中国史纲要》第三册,人民出版社 1979 年版,第 124 页。

射社会意识的文化创造者。元时期，银器制作逐渐开始商业化，并开始在民间流行，平民百姓家女子在自己的梳妆台上放几件银饰甚至是金饰，已经司空见惯。首饰是社会的一面镜子，它可以从一个特殊的侧面折射出当时社会的状态，对我们今天能较准确地了解元代的社会生活和民风民情以及我国古代人们在器物制作上的一些传统工艺，了解元代工商业的发展情况，以及他们当时在商业活动中所处的相互关系等，均具有很大的参考价值。

4.簪花

簪花又称插花、戴花，是在鬓发或冠帽上插戴花朵。这种妆饰形式，秦汉时期已有。唐代时，开始盛行，在当时不仅是一种妆饰，还是一种习俗。在元代，无论在朝在野，都很流行。元曲准确地反映了这一时俗。

一是簪花是全社会的一种时尚。如陆登善套数［南吕·一枝花］《悔悟》："终日寻芳饮，奇花选拣簪。"乔吉杂剧《李太白匹配金钱记》第四折："簪花宫帽侧，挽辔骢骁。"张可久小令［商调·梧叶儿］《春日简鉴湖诸友》："簪花帽，载酒船，急管间繁弦。"李唐宾杂剧《李云英风送梧桐叶》第四折："这状元簪花在玉殿前，那状元折桂在月宫中。"无名氏小令［双调·阿纳忽］："逢好花簪带，遇美酒开杯。"谷子敬套数［黄钟·醉花阴］《豪侠》："始酒簪花异乡客，花酒内淹留数载。"无名氏小令［双调·水仙子过折桂令］《行乐》："喜春来百花都开遍，任簪花压帽偏。"簪花之俗不受季节限制，无论单衫风透之夏，还是貂帽裘装之冬。喜庆时，大臣们要簪花戴花，而在一般的民间日常聚会和宴饮之时，人们同样也会戴花簪花，利用鲜花的艳丽色彩与清新香气来增添宴饮的气氛和欢愉的快感。簪花虽是一种妆饰，但它反映了当时妆饰的时代性及时代风尚的审美情趣。

二是元代簪花较之前代突出两个特点，其一是以色彩鲜艳者为尚。元代人所簪之花的品种主要有桃花、石榴花、茉莉花、茱萸、菊花、忘忧草等。如无名氏小令［商调·梧叶儿］《十二月·正月》："年时节，元夜时，云鬓插小桃枝。"周文质小令［越调·小桃红］《咏碧桃》："群芳争艳斗开时，公子王孙至。邀我名园赏春思，探花枝，任君各自簪红紫。诸公肯许，老夫头上，插朵粉团儿。"来园中赏花的人都随着自己的心愿，选择各种颜色鲜亮的花朵戴，而作者自己的头上却插了一朵粉嘟嘟的桃花，体现了作者自我独立个性的风流潇洒精神。石榴花,如关汉卿小令[双调·大德歌]《夏》:"蛾眉淡了教谁画?瘦岩岩羞带石榴花。"茉莉花,如张可久小令[中吕·迎仙客]《歌姬程心玉有"帘卷新凉"之语,遂足成之》:"窈窕娘,淡梳妆,夫容鬓边茉莉香。"中国古代有插茉莉花的习俗,如华北一带不分贫富人家,都爱在发髻或上衣前襟处簪几朵茉莉花,其效果,一是在黑发上,白色的茉莉花显得明快醒目,一是茉莉花清香怡人,确实能给人带来一种淡雅的馨香。① 茱萸,如张可久小令[越调·柳营曲]《湖上》:"山翁醉插茱萸,仙姬笑拈芙蕖。"菊花,如张可久小令[南吕·金字经]《菊边》:"细切银丝鲙,笑簪金凤毛。"金凤毛,菊花的别称。元代人头上的花,随着季节变化呈现不同的风姿:春天的桃花,夏天的石榴花、茉莉花,秋天的茱萸、菊花,四季之花就这样在元代人鬓边鲜明地流转着。对遍生的野花,元代人更是不放过:"白酒磁杯咽,野花头上插,兴来时笑呷呷"②,"带野花,携村酒,烦恼如何到心头"③,"眼舒随意花,鬓插忘忧草"④。忘忧草是一种美容价值、药用价值和营养价值都很高的花卉食品,民间又称疗愁花、萱草、宜男草、黄花菜、金针等。在我国栽培历史悠久。最早文字记载见之于《诗经·卫风·伯兮》:"焉得谖草,言树之背。"毛传:"谖草令人善忘,背北堂也。"《说文》作'蕙',云'令人忘忧也'。"⑤古时有一种风俗:游子远行,常于北堂之前种萱草,以期减轻母亲和亲人的思念,从此世人称之为"忘忧草"。其实,从科学的角度看,一棵区区无名小花,本身并不含有任何解忧的元素,只不过在观赏之际,助人转移情感,稍散一时之闷,略忘片刻之忧而已。我们现在有一种比较时髦的话,是有一种智慧叫放下,而元代人用戴上的智慧和美丽,排遣着忧和虑,不更是一种大智慧吗! 其二是以花插满头为美。如柴野愚小令[双调·河西六娘子]:"花压帽檐低,风透绣罗衣。"汪元亨小令[中吕·朝天子]《归隐》:"好花插乌纱重。"吴西逸小令[商调·梧叶儿]《京城访友》:

---

① 华梅:《服饰文化全览》,天津古籍出版社 2007 年版,第 6 页。

② 贯石屏套数[仙吕·村里迓鼓]《隐逸》。

③ 马致远小令[南吕·四块玉]《叹世》。

④ 汤舜民套数[南吕·一枝花]《赠教坊殊丽》。

⑤ 李学勤:《毛诗正义》上,北京大学出版社 1999 年版,第 244 页。

"貂帽簪花重,鸳帏倚玉香。"周德清小令[中吕·阳春曲]《春晚》:"镫挑斜月明金鞴,花压春风短帽檐,谁家帘影玉纤纤?"一朵朵花把帽檐都压塌了,足见插花之多。花插满头是元代的一种风景,有时候也体现着服饰的审美观。

三是簪花这道风景中最动人之处,还在女子头上。在元代女子梳妆打扮的琐细程序里,簪花是绝对重要的一步。女子头上簪花从魏晋南北朝就已经成为风气,唐代更得到发扬光大,在周昉的《簪花仕女图》里,贵妇们头上大朵鲜艳明丽的花儿异常惹眼。元代女子簪花是更为普遍的现象。元代女子通常是在发髻顶部簪戴一朵大花,如关汉卿杂剧《钱大尹智勘绯衣梦》第一折:"拣的那大黄菊簪戴将时来按,拣的他这玉簪花直插学宫扮。"也有将花朵簪戴在鬓角,或簪一边,或簪两边,俗谓"鬓边花"。如郑廷玉杂剧《包待制智勘后庭花》第三折:"碧桃花,鬓边斜插。"高文秀[南吕·一枝花]《咏惜花春起早》:"将花枝笑捻,斜插在鬓边。"张可久小令[中吕·齐天乐过红衫儿]《湖上书所见》:"小桃花,鬓边插,即世儿风流俊煞。"李子昌套数[正宫·梁州令南]:"黛眉懒画,鬓宫鸦鬓边斜插小桃花。"把花斜插进柔软的头发里,娇艳的花朵,更令娇美的女子风韵万千。

四是元代男子簪花蔚然成俗。首先是元代男子不分年龄、身份和地位,都风行簪花。如张可久小令[双调·燕引雏]《分水道中》:"山翁两鬓花。"白朴小令[双调·庆东原]:"朱颜渐老,白发凋骚。则待强簪花,又恐傍人笑。"卢挚小令[双调·蟾宫曲]《乐隐》:"碧波中范蠡乘舟,殢酒簪花,乐以忘忧。"鲜花与女子相得益彰,是和谐,是美;鲜花与士大夫,特别是与老夫对比,视觉上会有不和谐之感,但在这种不和谐的背后,跃动着精神世界的丰盈和鲜花一样有充沛的活力。其次是人们纷纷以簪花这种不合时宜、背离传统和世俗的方式表现自己不受约束、与众不同、狂放不羁的胸襟,显示自身的清高傲世情怀和俊爽绝俗之志。如白朴小令[双调·得胜乐]《春》:"丽日迟,和风习,共王孙公子游戏。醉酒淹衫袖湿,簪花压帽檐低。"无名氏小令[中吕·红绣鞋]:"黄花簪两鬓,白酒晕双腮,直吃得醉颜红叶色。"曾瑞小令[中吕·喜春来]《阅世》:"《白雪》、《阳春》醉后歌,簪花饮酒且婆娑。"汤舜民套数[双调·新水令]《秋怀》:"浊醪和泪饮,黄菊带愁簪。"吕

止庵套数［商调·集贤宾］《叹世》:"酒逢知契,把黄花乱插满头归。"卢挚
小令［双调·沉醉东风］《闲居》:"恰离了绿水青山那答,早来到竹篱茅舍人
家。野花路畔开,村酒槽头榨,直吃的欠欠答答,醉了山翁不劝咱,白发上黄
花乱插。"绿水、青山、竹篱、茅舍、酒槽、野花,在这些普通的山乡景物中,一
个黄花满头的老人,向我们摇摇晃晃走来。这里所写的狂欢不仅忘情而且
具有滑稽的意味,醉到将黄花在白发上不合年龄地乱插,一个"乱"字,将狂
醉之态和盘托出,也将元代人诙谐自适的洒脱、文人的轻松与放纵写了出
来。簪花,这个柔性的行为在元曲中还有这样一种旷达的意味。

五是簪花还是一种礼仪。有时候,这头上的风景,还成为一些典礼的礼
仪。杨梓杂剧《功臣宴敬德不伏老》第一折:"今日圣天子设一宴,乃是功臣
筵宴,有功者上首而坐,簪花饮酒;功少者下位而次之,只饮酒,不簪花。"王
仲文杂剧《救孝子贤母不认尸》第一折:"得志呵,你上金銮斟玉斝,赐宫花
簪鬓发。"所谓"宫花"是指以罗、绢、绒、纱、纸、通草等为原料制成的假花。
赐宫花作为一种朝廷恩典和荣耀,在社会上产生了一种普遍的祈求心理,成
为世人共同渴望的一种个人殊荣,在社会形成了一种可夸耀的自豪感。

总之,元曲中的簪花,是极具美感的画面和意境:不管是女子还是男子,
不管是山中草寇还是宫中官吏;不管是用簪花赏功还是戴花庆高升;不管是
良时佳节戴花还是酒中戴花;不管是戴真花,还是戴仿真花、插宫花,虽然身
份、簪花方式、目的各不相同,但对于簪花的喜爱是共通的。它是元代人用
大自然美丽的精髓装饰自己的心理折射,一种日常对美的自觉追求。这种
追求带有典型的娱乐性、时尚性、节令性和市场消费性。今人虽不再以花簪
首,但爱花的那份情却没有褪去,把鲜花买回家,插在花瓶中,让花香弥漫,
用花打理生活,提神醒脑,还是常常见到的一种习惯。

5.肩佩

有了华美的衣裳,如果再配上其他美丽的装饰作为点缀,更可谓锦上添
花,元代人不会忽视这种细节。肩佩就是这样的细节装饰。元曲描写的肩
佩主要有霞帔和云肩。

霞帔是古代妇女的帔服。南北朝时就已出现,隋唐盛行。因用鲜艳的
五彩锦绣质料制成而得名。形状通常是双层,上绣纹样,有前无后,像两条

彩练由领后绕至胸前,披搭而下,下端垂有金坠或玉坠。如杨显之杂剧《临江驿潇湘秋夜雨》第四折搽旦在脱下霞帔时唱的"解下了这云霞五彩帔肩儿",徐再思小令[双调·寿阳曲]《醉姬》中的"绯霞佩,金缕衣,枕东风美人深醉"。可见元代的霞帔多为红色,且上面有图案。此点与流传下来的图案相符。宋代以后定为妇女的正式礼服,和凤冠配套使用,随品级高低有不同的装饰,非恩赐不得穿着。如王实甫杂剧《吕蒙正风雪破窑记》中吕蒙正的妻子相国千金刘月娥唱道:"你本是凤冠霞帔千金体,到今日紫诰金花万岁封。"由此可知吕蒙正妻子身份很高,所以才可以穿着"霞帔"。元曲中得到霞帔的不外两种女性,一种是丈夫得官,得以成为命妇,如郑廷玉杂剧《宋上皇御断金凤钗》中赵鹗之妻李氏、无名氏杂剧《孟德耀举案齐眉》中梁鸿之妻孟光、郑光祖杂剧《㑇梅香骗翰林风月》中白敏中之妻小蛮等,另一种是具有贤德之妇人,由皇上赐给霞帔,如萧德祥杂剧《杨氏女杀狗劝夫》中的杨氏,因为具有智慧与贤德,使得丈夫和其兄弟合好,也使丈夫看清楚酒肉朋友的真面目而获得了霞帔。秦简夫杂剧《晋陶母剪发待宾》中陶侃之母湛氏,"与人家缝联补绽,洗衣刮裳,觅来钱物"作儿子的"学课钱"。儿子得中状元后而得霞帔。可见元曲中获得霞帔的角色,都是具有贤德的妻子或是母亲。这里可以看出妇女在元代大多还是处于毫无权利、人身附属的地位,受到封建法律和封建道德的束缚,此时社会还是重于维护夫权的封建社会,还是处于男尊女卑的封建伦理规范下,加上元代妇女大多没有经济自主权,而是依附于父亲、丈夫或是儿子,所以元曲中能够得到霞帔的妇女,都是因丈夫、儿子。霞帔,除了作为妇女的礼服,还是道家的一种贵重服装,无名氏套数[南吕·一枝花]《妓名张道姑》中"青霞帔逍遥服新裁个样子"的描写,说的就是道服。

　　云肩是在沿用披肩、霞帔的共性特征中,渐渐孕育而成的一种特殊装饰物。从现存文物来看,在战国时期民间已有披肩。河南洛阳金村战国墓出土的铜人塑像中,肩部就搭以刻绘几何图纹,四周镶以饰条的披肩,裁制形态为方形、圆形,中间挖一领口,套于颈项,领口的正前部位再开以直襟,使之围系于颈,披及肩背。到了汉代披肩的名称应礼制规章的出现,而有"裙"、"摆"、"帔"、"绕领"等名称。隋唐时期,披肩仅作为乐伎舞女的专用服饰品,在现实生活中未形成装饰习俗①。金代不仅贵族妇女服用云肩,男子常服中也服用云肩。黑龙江阿城巨源金代齐国王墓出土的一件男式酱色地织金绢绵袍,盘领,窄袖,两袖通肩有织金袖襕两行,两行图案间为织金圆珠纹②,说明金代云肩已发展成为具有很强装饰作用的服饰。金人张瑀所画《文姬归汉图》中的人物是按女真人的形象画的,图中文姬头戴貂皮冠,身穿窄袖服,足蹬高筒靴,完全为塞北民族妇女的装束。围于她颈项周围的云肩的形制为四合如意云头式,且与袍服不是一体。元代的云肩无论从形制和用途来看,都和金代云肩非常相似③。《元史·舆服志一》记载:"云肩,制如四垂云,青缘,黄罗五色,嵌金为之。"④从记载可知,元代云肩虽承袭金代,但制作"嵌金为之","青缘,黄罗五色",十分华丽精美,面料比金代更加多样化,更趋豪华。抛开严肃的史书,走进元曲,我们发现,元曲中云肩描写更多,邓玉宾套数[仙吕·村里迓古]《仕女圆社气球双关》:"辫云肩轻摇动小蛮腰,海棠化风外袅。"贾仲明杂剧《铁拐李度金童玉女》第四折:"佩云肩,玉项牌,凤头鞋。羞花闭月天然态,香串结同心带。"无名氏杂剧《瘸李岳诗酒玩江亭》第一折:"穿的是云绣双肩绒锦袄,更和那冰丝六幅荡湘裙,端的是梳妆的仪态天然俊。"可见当时穿用云肩者虽以舞女和宫人为多,但民间也很普及。且云肩的佩戴已不再仅仅是围在颈项间,将其形制织入织物衣料中也成为常见。元代穿用云肩的风俗,在元代画中反映得更为具体。元初宫廷画家刘贯道绘制《元世祖出猎图》,画中皇后所服的白色海青衣上装饰有云肩四盘龙纹,说明元代云肩已形成了一定的程式。又据《元史》载:"时帝怠于政事,荒于游宴,以宫女三圣奴、妙乐奴、文殊奴等一十六人按舞,名为十六天魔,首垂发数辫,戴象牙佛冠,身被璎络、大红绡金长短裙、金杂袄、云肩、合袖天衣、绶带鞋袜,各执加巴剌般之器,内一人执铃杵奏乐。"⑤在天寿节、朝会之时,寿星队、礼乐队中的舞女也穿戴云肩:"寿

---

① 潘健华:《中国云肩考析》,《戏剧艺术》2007 年第 6 期。
② 黑龙江省文物考古研究所:《黑龙江阿城巨源金代齐国王墓发掘简报》,《文物》1989 年第10 期。
③ 董晓荣:《敦煌壁画中的蒙古族供养人云肩研究》,《敦煌研究》2011 年第 3 期。
④ (明)宋濂等:《元史》,中华书局 1997 年影印本,第 1940 页。
⑤ (明)宋濂等:《元史》,中华书局 1997 年影印本,第 918—919 页。

星队……次九队,妇女三十人,冠玉女冠,翠花钿,服黄销金宽袖衣,加云肩、霞绶、玉佩,各执棕毛日月扇,舞唱前曲,与前队相和。礼乐队……次九队,妇女二十人,冠车髻冠,服销金蓝衣,云肩,佩绶,执孔雀幢,舞唱与前队相和。"①文图对证,由此可知,元代云肩的服用范围虽然已经扩大,但主要还是宫廷和宫廷中歌女、舞女的常规配饰。

6.系腰

系腰是元代服饰中尤其是蒙古族服饰中必不可少的一种饰物,一般用丝、绸、缎、皮等材料制作。腰部是人体上下通气的中枢区,系紧的腰带可保护腰部在干体力活时不受损伤,有利于使劲;系腰还能减轻骑马时马的颠簸对人体内脏的伤害。故系腰是蒙古族男子服饰非常重要的组成部分。直到现代,关于蒙古族男子腰带的禁忌还是很多。例如:忌讳在腰带上踩过,禁忌曳着腰带走或将腰带随意乱放等等。系带在礼仪中的作用也举足轻重。成吉思汗去世两年后,窝阔台在弟弟托雷的帮助下,登上了大汗的宝座,成为蒙古帝国的第二位大汗。在即位仪式上,"托雷献上酒盏,在场的人都脱去帽子,将腰带解下置于肩上,以表示服从"②。可见蒙古族的系腰作为象征物所起到的作用。元曲记载了元代的系腰习俗,如马致远杂剧《马丹阳三度任风子》第二折任风子唱词:"我到那里一只手揪住系腰,一只手搦住道服,把那厮轻轻抬举,滴溜扑掸下街衢。"无名氏杂剧《冻苏秦衣锦还乡》第三折苏秦云:"男子汉顶天立地,几曾受这般耻辱来! 罢、罢、罢,不如就这仪门底下,解下我系腰带儿,觅一个死处。"无名氏杂剧《鲠直张千替杀妻》第三折:"母亲第一来残疾多,第二来年纪老。常有些不快长安乐,怕有些时截取匹整布绢,无钱时打我条孝系腰。"系腰,即腰带。叶子奇《草木子》称:"帽子系腰,元服也。"③系腰是元代服饰中标志性的佩饰。

元曲中的系腰不仅数量多,而且名目繁多,形制复杂,但从总体上看,主要分为以皮革为原料制成的革带和丝帛制成的丝带或称布带两大类。

---

① (明)宋濂等:《元史》,中华书局 1997 年影印本,第 1775—1776 页。
② [法]雷纳·格鲁塞:《蒙古帝国史》,龚钺译,翁独健校,商务印书馆 1989 年版,第 297 页。
③ (明)叶子奇:《草木子》,中华书局 1959 年版,第 61 页。

（1）革带

在元代服饰制度中，革带上依等级不同缀有玉、犀、金、银等。据《元史·舆服志一》记载："偏带，正从一品以玉，或花，或素。二品以花犀。三品、四品以黄金为荔枝。五品以下以乌犀。"①元曲中的革带描写，充分反映了这种服饰制度。如金带，是指革带上的牌饰是用金的腰带。郑光祖杂剧《立成汤伊尹耕莘》第二折："贤士，你穿用紫袍金带，骑坐着那白马红缨，端的是显威严也！"关汉卿杂剧《状元堂陈母教子》第一折："我做了官，系一条羊脂玉茅山石透金犀玛瑙嵌八宝荔枝金带。"宋方壶小令［中吕·山坡羊］《道情》："紫罗袍共黄金带。"王恽小令［越调·平湖乐］《寿府僚》："玉鱼金带，新宠照朝袍。"均是元代官吏用金带制度的典型写照。

"兔鹘"是金代的一种束带。最好的是用玉做装饰的，称为玉兔鹘；其次用金；再次用犀象骨角。王季思云："兔鹘原是一种白色的猎鹰，因为它的贵重，也用以称玉带。"②王实甫杂剧《四丞相高会丽春堂》第一折："衲袄子绣挽绒，兔鹘碾玉玲珑。"贾仲明杂剧《铁拐李度金童玉女》第二折："头巾上珍珠砌成文藻，玉兔鹘金厢系绣袍。"李直夫杂剧《便宜行事虎头牌》第二折："我系的那一条玉兔鹘是金厢面。"关汉卿杂剧《诈妮子调风月》第四折："官人石碾连珠，满腰背无瑕玉兔鹘。"无名氏杂剧《阀阅舞射柳蕤丸记》第四折："绣袄子绒铺，闹妆带兔鹘。"从描写看，兔鹘腰带是富贵者所系的腰带。

革带中最为珍贵的是玉带。郑光祖杂剧《㑇梅香骗翰林风月》第四折："晋国公开勋臣，遗玉带许结婚姻。"白朴杂剧《裴少俊墙头马上》第一折："他把乌靴挑宝镫，玉带束腰围，真乃是能骑高价马，会着及时衣。"武汉臣杂剧《包待制智赚生金阁》第一折："你觑那金牌上悬铜虎，玉带上挂银鱼。"无名氏杂剧《阀阅舞射柳蕤丸记》第四折："赐与他黄金千两、香酒百瓶、锦袍一领、玉带一条。"无名氏杂剧《玉清庵错送鸳鸯被》第三折："去日刚携一束书，归来玉带挂金鱼。"从记载中可知，玉带在元代服装饰物中不仅是拥

① （明）宋濂等：《元史》，中华书局1997年影印本，第1939页。
② 顾学颉、王学奇：《元曲释词》三，中国社会科学出版社1988年版，第515页。

有者身份等级的象征、富贵之中的凭证,而且还是信物和朝廷赏赐的礼品。

在元代服装饰物中表示地位的还有银带、犀带、角带、鞓带等。银带是指革带上的牌饰是用银的腰带,顾鉴中小令[中吕·普天乐]《赠朱昭信升千户》:"紫泥封昨宵到也,花银带今朝系也,褐罗伞明日来也。"贾仲明杂剧《李素兰风月玉壶春》第一折:"列紫衫银带,听玉管冰弦。"关汉卿杂剧《关大王独赴单刀会》第二折:"我则见紫袍银带公人列,晚天凉风冷芦花谢,我心中喜悦。"犀带是饰以犀角的腰带,汤舜民套数[正宫·端正好]《元日朝贺》:"象牙牌犀角带,龟背铠雁翎刀。"马致远杂剧《江州司马青衫泪》第一折:"俺娘八分里又看上他那条乌犀带。"姚守中套数[中吕·粉蝶儿]《牛诉冤》:"骨头儿卖与钗环铺,黑角儿做就乌犀带。"马致远杂剧《江州司马青衫泪》第四折:"见他每带系乌犀,衣着白襕,帽里乌纱。"角带是以角为饰的腰带,王实甫杂剧《崔莺莺待月西厢记》第二本第二折:"白襕净,角带傲黄鞓。"鞓带是皮革制的腰带,关汉卿杂剧《状元堂陈母教子》第二折:"问甚么红漆通鞓带,花插皂幞头!"白朴杂剧《唐明皇秋夜梧桐雨》第一折:"松开了龙袍罗扣,偏斜了凤带红鞓。"贾仲明杂剧《铁拐李度金童玉女》第三折:"缕金鞓玉兔鹘,七宝嵌紫珊瑚。""红鞓",是带外裹红绫绢,"缕金鞓"是带外裹的丝织品加金。可见元代的革带从材料、装饰到色彩都是十分讲究的。

蹀躞带是我国古代北方各民族的传统服饰,大约在两晋南北朝时期传入中原,也为汉族人民所接受。尤其是一些武士,更喜欢作这种装束。唐以后还形成了一种制度,不论文武官员,都要系束这种腰带,腰带上的什物多达七种,名为"蹀躞七事"。《旧唐书·舆服志》称:"武官五品以上佩鞢鞢七事。七谓佩刀、刀子、砺石、契苾真、哕厥、针筒、火石袋等也。"[①]其中的刀剑兵器有避邪压胜的寓意,针筒、火石袋、镊子、牙剔则有实际的功用。辽宋时仍在武吏腰间系束这种腰带。元曲对这种腰带作了生动的描绘:沈禧套数[南吕·一枝花]:"锦琶毵人跨凤侣,金蹀躞马骤龙驹。"汤舜民小令[双调·天香引]《赠友》:"金环压辔玲珑,宝带攒花蹀躞,华裾织翠葳蕤。"郑光祖杂剧《虎牢关三战吕布》第一折:"跨下雕鞍金蹀躞,匣中宝剑玉连环。"从

---

① (后晋)刘昫等:《旧唐书》,中华书局1997年影印本,第1953页。

描写看,蹀躞带仍是元代武士的腰带。

有花纹的腰带在元曲描写中也是举不胜举,如荔枝纹的腰带,郑光祖杂剧《虎牢关三战吕布》第一折:"每日家仰天长叹,看别人荔枝金带紫罗襕。"汤舜民套数[南吕·一枝花]:"匣中剑冰涵秋水芙蓉,腰间带银钑盘花荔枝。"荔枝金带是最受重视的腰带,江西遂川北宋郭知章墓与江苏吴县元吕师孟墓均出土了一套完整的荔枝金带具。① 狮蛮带,如无名氏杂剧《二郎神醉射锁魔镜》第一折:"凤翅盔斜兜护顶,狮蛮带紧扣当胸。"张可久小令[南吕·金字经]《鸿山杨氏南园》:"白玉狮蛮带,紫金獬豸冠。"狮蛮带是高级武官用的腰带。玉螭龙带,如汤舜民套数[南吕·一枝花]:"金麒麟绣蒙锁甲,玉螭龙带束宫衣。"关于螭龙有两种说法:一说是传说中的龙的来源之一。也称蚩尾,是一种海兽;一说是龙之九子中的二子,又称"螭吻",是一种没有角的龙。玉螭龙带是指螭龙纹的玉带。

(2)帛带

以丝帛制成的腰带,有锦带、编带、麻绦等。锦带,是用彩锦制的带子。关汉卿杂剧《尉迟恭单鞭夺槊》楔子:"少年锦带挂吴钩,铁马西风塞草秋。"不忽木套数[仙吕·点绛唇]《辞朝》:"臣向这仕路上为官倦首,枉尘埋了锦带吴钩。"张可久小令[南吕·骂玉郎带感皇恩采茶歌]《富山元宵赏灯》:"朱衣锦带黄金镫,前后羽林兵。"编带,是用白色生绢为之的带子。无名氏杂剧《汉钟离度脱蓝采和》第三折:"唐巾歪裹,板撒云阳,腰系编带。"麻绦,即用麻编织的带子,范康杂剧《陈季卿误上竹叶舟》第三折:"则我这麻绦草履,不傲杀你肥马轻裘。"云龛子小令[中吕·迎仙客]:"穿草履,系麻条,披片蓑衣挂个瓢。"朱庭玉套数[大石调·青杏子]《归隐》:"拖藜杖芒鞋刺塔,穿布袍麻绦搭撒。"绦是如绳索形普通的圆腰带,用以束腰而下垂。从元曲的描写看,秀才、乡绅、隐士,甚至士卒,都用一根绦儿来系腰。郑光祖杂剧《虎牢关三战吕布》第三折:"元帅你那虎筋绦你勒来也那不曾勒?(孙坚云)我系着来。"无名氏杂剧《风雨像生货郎旦》第四折:"此时向前,将贼汉扯住丝绦,连叫道:'地方! 有杀人贼,杀人贼!'"马致远杂剧《邯郸道省

---

① 孙机:《中国古舆服论丛》,文物出版社 2001 年版,第 278 页。

悟黄粱梦》第一折:"你有那出世超凡神仙分,系一条一抹绦,带一顶九阳巾。……你出家人草履麻绦,餐松啖柏,有甚么好处?"无名氏杂剧《随何赚风魔蒯通》第三折:"穿上这沙鱼皮袄子,系着这白象牙绦儿,提着这缚甸子包合。"无名氏杂剧《瘸李岳诗酒玩江亭》第二折:"头挽双髽髻,身穿着粗布袍,腰系杂彩绦。"可见绦在元代使用的范围很广,不仅秀才、乡绅、隐士、士卒离不开绦,道服上也用绦,以至它还有"吕公绦"的别名。"吕公",吕洞宾也。如无名氏小令[南吕·骂玉郎过感皇恩采茶歌]《道情》:"系一抹吕公绦,挂一个许由瓢,不强如乌靴象简紫罗袍!"无名氏小令[中吕·满庭芳]:"吕公绦已换了朱云剑,一笑掀髯。"除了道士之外也用于道姑,如石子章杂剧《秦翛然竹坞听琴》第四折中老道姑云:"我丢了冠子,脱了布衫,解了环绦。"即是一例。此外,还有青穗条等形制特别的腰带,如乔吉小令[南吕·玉交枝]:"这一条青穗条,傲煞你黄金带。""青穗条"饰有穗子的青(黑)色衣带,大抵也是平民百姓所用的腰带。

　　罗带是用轻薄大纱罗制的带。元曲中罗带的描写很常见,如张可久小令[越调·寨儿令]《秋千》:"翠髻微偏,锦袖轻揎,罗带起翩翩。"杜仁杰小令[双调·雁儿落过得胜令]《美色》:"欢谐,笑解香罗带。"汤舜民套数[双调·风入松]《题马氏吴山景卷》:"玲珑碧玉簪,缥缈古罗带,抵多少翠袖金钗。"郑光祖杂剧《佋梅香骗翰林风月》第四折:"着何时重解香罗带。"陈子厚套数[黄钟·醉花阴]《孤闷》:"宽绣带掩香罗,鬼病厌厌,除见他家可。"无名氏套数[越调·斗鹌鹑]:"松却香罗带,慵整短金钗,无语无言闷答孩。"元曲中频频出现的"罗带",是一道令人着迷的风景。

　　元曲中女性裙带的描写更是一幅动人的画卷,如朱庭玉套数[大石调·青杏子]《秋千》:"钩索响,时听韵伊哑,翠带舞低风外柳。"无名氏小令[仙吕·寄生草]:"宽了他罗裙带,淡了他桃杏腮。"王实甫杂剧《崔莺莺待月西厢记》第四本第二折:"试把你裙带儿拴,纽门儿扣,比着你旧时肥瘦,出落得精神,别样的风流。"张可久小令[南吕·四块玉]《春情》:"杏脸香销玉妆台,柳腰宽褪罗裙带。春已归,花又开,人未来。"无名氏套数[越调·斗鹌鹑]《风情》:"我罗衫褙儿宽,你唐裙带儿尽。"元代女子的衣裙上常常有长长的带子垂下,行动处平添几分婀娜窈窕之态。飘逸的裙带,除了衬托出腰肢的纤细外,裙带"宽"和"松",也是女性腰肢的一个看点。如王实甫小令[中吕·十二月过尧民歌]《别情》:"香肌瘦几分,搂带宽三寸。"陈克明套数[中吕·粉蝶儿]《怨别》:"这些时缕带尽了三分,罗裙掩过半幅。""搂带"即腰带。说明人的消瘦,表达相思忧伤之苦。但在更多的时候,元代女子的绣带更突出地表达了女性的美:"金钩光错落,绣带舞蹁跹"①,"宝钏松金髻云弹,甚试曾浓梳艳裹,宽绣带掩香罗"②,"穿着对窄窄弓鞋,刚行出绣带外"③。绣带飘飘,随着女子的心情飞舞。

吉祥纹样图案的腰带在元曲中也处处可见。如鸳鸯带,吴仁卿套数[越调·梅花引]:"分破金钗凤凰,拆开绣带鸳鸯,离怀扰扰愁闷广。"张养浩小令[中吕·朝天子]《携美姬湖上》:"鸳鸯罗带几多愁,系不定春风瘦。"如凤带,刘庭信套数[中吕·粉蝶儿]《美色》:"翠裙鹦鹉绿,绣带凤凰纹。"可见元代女子在她们喜爱的腰带、裙带上,或挑花刺绣,或配有带扣、环、流苏等各种相应饰物,以美化自己,使自己的服饰更加妩媚动人。

寓"永结同心"之意的同心带是元曲中最浪漫的带饰,如白朴杂剧《董秀英花月东墙记》第三折:"俺两个少欠下相思债,自裁自改,何日得共挽同心带?"王子一杂剧《刘晨阮肇误入桃源》第二折:"结煞同心心已同,绾就合欢欢正浓。"贾仲明杂剧《萧淑兰情寄菩萨蛮》第四折:"同心带扣双挽结交欢。"白朴杂剧《董秀英花月东墙记》第三折:"好教人撇不下恩和爱,几时得再把同心带儿解。"无名氏套数[双调·新水令]:"闲愁闲闷,将柳带结同心。"柳者,留也。以柳条编打一个同心结,送给心上人,这正是情侣间一种心灵的诉说,无言的承诺。小小一条腰带,寄托着爱心,具有浓郁的浪漫色彩。

7.香囊

香囊或称香袋,是一种盛香料的小囊,又名容臭、香包、香缨、香袋、香球、花囊等。形状有扁平形、圆形、椭圆形、长方形和石榴、葫芦、寿桃、竹节、花瓶、长命锁等形状。有用五色丝线缠成,也有用碎布缝制,内装朱砂、雄

---

① 关汉卿套数[南吕·一枝花]《赠朱帘秀》。
② 陈子厚套数[黄钟·醉花阴]《孤另》。
③ 刘庭信套数[双调·新水令]《春恨》。

黄、香药等物。或系腰间,或挽手臂,或挂扇上,或悬于帐中,香气扑鼻,既可清爽神志,祛虫辟邪,又可作为装饰物。元曲对香囊的多种用途进行了描写,如徐琰小令［双调·蟾宫曲］《青楼十咏·三沐浴》:"旋摘花枝,轻除蹀躞,慢解香囊。移兰步行出画堂,浣冰肌初试兰汤。"白朴残剧《韩翠苹御水流红叶》:"做一个香囊儿盛了揣着肉。"描写香囊是元代人的随身之物。张可久小令［双调·水仙子］《春深》:"香寒锦帐,尘蒙绣床,佩冷珠囊。"是香囊悬于帐的描写。张可久另一小令［商调·梧叶儿］《春日感怀》:"闲罗扇,坠锦囊,尘满碧纱窗。"是香囊挂扇上的描写。刘庭信套数［正宫·端正好］《金钱问卜》:"下工夫想绣个锦香囊,则在这香盒儿里供养。"这里所言的锦香囊,已不单纯是盛香料的囊袋,而是盛载着佛家认为可以避邪的疫药和符咒的容器。记写的是元代人用香囊祛恶气、避邪秽的习俗。这种佩戴香囊可以"避邪"习俗一直流传至今。

值得注意的是,元曲的描写中对香囊和荷包进行了区分。荷包是人们随身佩戴的一种装零星物品的小包,造型多样,图案有繁有简,花卉、鸟、兽、草虫、山水、人物以及吉祥语、诗词文字都有,装饰意味很浓。荷包与香囊最初并无多大区别,均为纺织面料绣上各种图案制成袋状物。荷包略大,是用以装钱和其他零星物品的小囊。香囊略小,是用以盛放香料的小囊。但从后来发展的艺术形式上看,荷包重图案,绣工精细,精雕细琢,形的变化少。香囊重造型,千姿百态,生动活泼,绣工较粗犷。荷包的使用受服装结构、着装形态的影响很大,如无名氏杂剧《摩利支飞刀对箭》第二折插入讽刺败将的《针儿线》:"当日个将军和我奈相持,不曾打话就征战。我使的是方天画杆戟,那厮使的是双刀剑。两个不曾交过马,把我左臂厢砍了一大片。着我慌忙下的马,荷包里取出针和线。我使双线缝个住,上的马去又征战。"驰骋疆场的武士身边佩带一个用来装针线的荷包,除了诙谐打诨,使戏剧场面生动有趣,烘托了演出的气氛外,也反映了荷包的特点和元代人佩带的民俗习惯。而香囊除与服饰有关之外,还与民俗活动的关系密切。如张可久小令［越调·寨儿令］《闺思》:"隔粉墙,付香囊,一团儿志诚谁信道谎。"乔吉小令［双调·水仙子］《楚仪赠香囊赋以报之》:"玉丝寒皱雪纱囊,金剪裁成冰笋凉,梅魂不许春摇荡。和清愁一处装,芳心偷付檀郎。怀儿里放,枕袋里藏,梦绕龙香。"孙季昌套数[正宫·端正好]《集杂剧名咏情》:"鸳鸯被半床闲,胡蝶梦孤帏静,常则是哭香囊两泪盈盈。"方伯成套数[正宫·端正好北]《忆别》:"他将那锦回文合欢带皆揪绽,绣香囊同心结都拆散。"无名氏套数[越调·斗鹌鹑]:"常记得锦字偷传,香囊暗解。"汤舜民小令[双调·对玉环带清江引]《闺怨》:"扯破紫香囊,摔碎青铜镜,西厢下再不和月等。"王嘉甫套数[仙吕·八声甘州]:"香笺寄恨红锦囊,声断传情《碧玉箫》。"赵君祥套数[双调·新水令]《闺情》:"金花诰七香车前程未稳,紫香囊五言诗旧物空存。"都是将自己的情感寄托在精巧可爱香囊上,使香囊渗透出一种含蓄的韵味,成了他们吐露心声的载体。

小小的香囊不仅是元代女子吐露心声的载体,还是情爱的信物。如贾仲明杂剧《李素兰风月玉壶春》楔子:"妾身有随身的翠珠囊一枚,更有二十五轮香串一腕,与秀才权为信物。"再如郑光祖杂剧《㑳梅香骗翰林风月》第一折中对香囊的描写:

> (小蛮云)我瞒着樊素,将这香囊儿撇下,撇在那生书房门首。那生若出来呵,他自然看见也。(诗云)乱落桃花流水去,引将刘阮入天台。(撇香囊下)(白敏中出门见科,云)这月明之下,是甚对象?(拾起看科,云)呀!原来是个香囊儿。这个是小姐故意遗下的,我拿去书房中,仔细看咱。我剔的这灯明亮。上下是两个合欢同心结子,这香囊儿上绣着一把莲满池娇,更有两个交颈鸳鸯儿。这上面有一首诗,我看咱。(诗云)寂寂深闺里,南容苦夜长。粉郎休易别,遗赠紫香囊。原来这香囊儿是小姐故意遗下与小生的。我仔细详解一遍咱:上面这同心结子,他道与我同心合意;中间是一把莲,莲心为藕,他要与小生成其配偶;下面有两个交颈鸳鸯儿,他意中与小生同衾共枕,遂成交颈。这一首诗中,说道"寂寂深闺里",他道在深闺,无人知道的去处。"南容苦夜长",南容者,古之美妇也;为甚比他做为南容?为他小字小蛮,故比南容也。"粉郎休易别",为小生姓白,故说粉郎。休易别,为我累次要辞夫人回家去,他教我休便去了,遗赠紫香囊,故意留与小生为信物。

美国哲学家苏珊·朗格在《艺术问题》中精辟论述情感符号的表现性时说:"任何作品,如果它是美丽,就必须富有表现性的,它所表现的东西不是关于另外一些事物的概念,而是某种情感的概念。"①小小的紫香囊,通过"两个合欢同心结"的造型,"莲满池"、"交颈鸳鸯"的图案,吐露了小蛮"情感"的心声——永结同心。

8.扣饰

纽扣辽代已经产生,普通用于服饰在元代。有研究认为,在我国服饰发展史上,元代是把唐宋已经普及的对襟服饰和辽代产生的盘扣首次结合起来的朝代,是把传统盘扣与金属球状扣结合起来的朝代,还是首次在对襟服饰上使用与我们现代衣服上十分相似圆纽扣的一个朝代②。元曲中屡见不鲜的纽扣记载,也证实了这一点。王实甫杂剧《崔莺莺待月西厢记》第五本第一折:

> 纽结丁香,掩过芙蓉扣。

汤舜民小令[双调·湘妃游月宫]《春闺即事》:

> 鹤袖儿金松扣,凤头儿珠褪结。

关汉卿套数[大石调·青杏子]《离情》

> 对着盏半明不灭的孤灯双眉皱,冷清清没个人瞅,谁解春衫纽儿扣?

张可久小令[中吕·山坡羊]《别怀》:

> 衣松罗扣,尘生鸳瓮,芳容更比年时瘦。

杨显之杂剧《临江驿潇湘秋夜雨》第一折:

> 单只是白凉衫稳缀着鸳鸯扣,上下无半点儿不风流。

白朴杂剧《唐明皇秋夜梧桐雨》第一折:

> 一襟爽气酒初醒,松开了龙袍罗扣。

关汉卿杂剧《赵盼儿风月救风尘》第二折:

> 珊瑚钩、芙蓉扣,扭捏的身子儿别样娇柔。

归纳以上例句可对元代扣饰作出如下证明和诠释:一是元代扣饰种类多样化。"纽结丁香"、"衫纽儿扣"、"罗扣"、"珊瑚钩"、"鸳鸯扣"等,繁多

---

① [美]苏珊·朗格:《艺术问题》,滕守尧、朱疆源译,中国社会科学出版社 1983 年版,第120 页。
② 杨启梅:《中国对襟纽扣服饰源流探析》,苏州大学 2007 年硕士论文。

的纽扣种类,反映了纽扣在元代的发展状况。二是元代纽扣造型多样化。盘扣式样如"鸳鸯扣",圆形纽扣如"衫纽儿扣"、"纽扣儿松"、"罗扣",球状扣式样如"纽结丁香",还有用金属材料制成的纽扣扣头如"珊瑚钩"等。有的简约,有的繁复,多姿多样造型,通过象征、借喻、谐音等手法传达着元代人对美好生活的向往,满足着元代人的审美需要,反映了元代人实用和装饰兼备的服饰审美观。三是元代纽扣形制的多样化。元代人仿照植物花卉或动物形态制成的纽扣,如仿照莲荷花制成的"芙蓉扣",仿照松花制成的"金松扣",仿照鸳鸯交颈制成的"鸳鸯扣",精美的花朵形和鸣禽盘扣运用在元代的服饰上,反映了当时中国传统结艺技术的成熟,体现了时代的进步。而这种进步依然不衰地利益于今天,并且还将久远地利益于未来。

9.帕巾

在元代社会风俗中,帕巾既有实用价值,又具有丰富的文化意味。或用于贺礼、寿礼,或用于表达爱慕之情,或用于生活之用。帕巾是元代社会生活中的重要内容。其原因,除了继承汉地固有习俗之外,还可能与草原游牧生活旧俗有关。据《析津志》载,每年冬月"宰相于至日,亲率百辟恭贺,上位根前递手帕、随贡方物"①。元曲中关于手帕的记载主要反映了元代社会生活中以下实际和象征性的用途:

一是手帕是元代人生活中必备之物。如王举之小令［仙吕·一半儿］《手帕》:

藕丝纤腻织春愁,粉线轻盈惹暮秋,银叶拭残香脸羞。玉温柔,一半儿啼痕一半儿酒。

乔吉小令［双调·水仙子］《手帕呈贾伯坚》:

对裁湘水縠波纹,揶皱梨花雪片云。束纤腰舞得春风困。衬琼杯蒙玉笋,赚人娇笑揾脂唇。宫额上匀香汗,银筝上拂暗尘,休染上啼痕。

帕巾作为人们日常生活中不可缺少的生活用品和饰品,成为元代服饰

①　(元)熊梦祥:《析津志辑佚》,北京图书馆善本组辑,北京古籍出版社1983年版,第223页。

文化中不可或缺的角色。

二是用于包头，作用类似于帽。如孟汉卿杂剧《张孔目智勘魔合罗》第一折：

> 老汉与你坐一坐。你勒着手帕做甚么？

"勒着手帕"生病时的标志符号。可见帕首之服饰习俗在元代已是常制。

三是作为爱情的礼物相互赠送，成为爱情的使者。如张可久小令［双调·殿前欢］《离思》：

> 情寄鸳鸯帕，香冷茶蘼架。

赵明道套数［双调·夜行船］《寄香罗帕》：

> 一幅香罗他亲寄，寄与咱别无意。他教咱行坐里，行坐里和他不相离。

刘时中套数［南吕·一枝花］《罗帕传情》：

> 偷传袖里情，暗表心间事。一方织恨锦，千缕断肠丝。

徐再思小令［中吕·朝天子］《手帕》：

> 酒痕，泪痕，半带着胭脂润。鲛绡一片玉霄云，缕缕东风恨。待写回文，敷陈方寸，怕莺花说与春。使人，赠君，寄风月平安信。

张养浩小令［中吕·朝天子］《咏美》：

> 多情眉宇，有离人愁万缕。若还，寄取，罗帕上题诗去。

马致远杂剧《马丹阳三度任风子》第三折：

> 这手帕中做布捻，好做铺尺，菜园中无纸笔，将手帕铺在田地，就着这水渠中插手在青泥内，打与你个泥手模便当休离。咱两个恩断义绝，花残月缺，再谁恋锦帐罗帏。

关汉卿杂剧《诈妮子调风月》第一折：

> 直到个天昏地黑，不肯更换衣袂。把兔鹘解开，纽扣相离；把袄子疏剌剌松开上折，将手帕撇漾在田地。

燕燕是贵族家的婢女，她爱上了与自己身份极不相称的贵公子小千户。寒食那天，燕燕外出玩了一整天，回来时意犹未尽，道："年例寒食，邻姬每斗来邀会，去年时没人将我拘管收拾，打秋千，闲斗草，直到昏天黑地。"回忆了往年时她们节日里放纵游乐的情景。但是今年,她不敢这等放肆了,因为,"今年个不敢来迟,有一个未拿着性儿女婿"。指她刚刚爱上的小千户,对他的性格还有点拿不准。她回来时小千户已经在家,不理不睬冷着脸,她以为是自己贪玩所致,所以格外殷勤,不料这时从小千户衣服里掉出一块女用手帕来,原来这一天小千户郊外游春,邂逅一位贵族小姐莺莺,两人相见恨晚,刚相识已经交换了情物。燕燕看到这个手帕,对眼前这位"魔合罗小舍人"由爱而转恨。用帕示情,以帕传情,借帕演情。手帕在此成为了最具感染力的释情工具,就连李好古杂剧《沙门岛张生煮海》中龙王之女琼莲和张生也是以鲛绡帕做信物,不脱世俗,"(张生云)既然许了小生为妻,小娘子可留些信物么?(正旦云)妾有水蚕织就鲛绡帕,权为信物"。可见手帕充当传递男女爱慕之情的信物,已成为他们生活中的习俗。以罗帕传递男女爱慕之情,在元代以前就有此俗。人所习知的宋人陆游《钗头凤》中就有"春如旧,人空瘦,泪痕红浥鲛绡透"①之句,此处的"鲛绡"就是手帕的代称。元以后以帕传递爱慕之情的习俗仍沿袭不辍。读过《红楼梦》的人,应该不会忘记林黛玉的《题帕三绝》。在第三十四回:"情中情因情感妹妹,错里错以错劝哥哥"中,宝玉差晴雯将两条旧手帕送与黛玉,以表自己的心意。黛玉看到帕子,体会到宝玉的一片苦情,不由地神魂驰荡,激动之际在手帕上提笔写下"眼空蓄泪泪空垂"等三首绝句②。宝玉以帕传情,黛玉题帕会意。至此,宝黛爱情进一步深化,发展到一个新的高度。送两条家常的旧手帕在晴雯眼中觉得莫名其妙,在时常拭泪的黛玉眼中却胜过千言万语,是宝玉的体贴和深情表露。一方小小的手帕为美丽的爱情故事增添了独特的韵致。

四是用作婚礼的服饰。如关汉卿杂剧《感天动地窦娥冤》第一折:

> 梳着个霜雪般白鬏髻,怎将这云霞般锦帕兜?

王晔杂剧《桃花女破法嫁周公》第三折:

> 我这袖中有个手帕儿,待我取出来,兜在头上。

---

① 李汉秋:《古典诗歌精华:历代名词千首》上,燕山出版社 2000 年版,第 262 页。
② (清)曹雪芹:《红楼梦》,人民文学出版社 1992 年版,第 280—281 页。

五是充当新婚之夜房事验红的拭巾。如王实甫杂剧《崔莺莺待月西厢记》第四本第一折：

> 春罗原莹白，早见红香点嫩色。……畅奇哉，浑身通泰，不知春从何处来？

白朴杂剧《董秀英花月东墙记》第三折：

> 灯前试把香罗看，点点猩红映莹白。则见他羞无奈，困腾腾倚墙靠壁，急忙忙重整金钗。

汤舜民套数[南吕·一枝花]《客中奇遇寄情代友人作》：

> 瞒不过纱窗下半篝残夜孤灯，喜的是罗帕上数点芳春嫩红。

这些描写，如果用正统的眼光去审视，是难以让人理解的，然而在元代这一切是真实存在的。这既是一种风气，也是一种观念，从一个侧面真切地反映了元代社会生活风俗的一些心理：一是新郎以获得新娘为处女的证据为荣耀。张生与崔莺莺初行房事后，看着落红斑斑的手帕，知道自己获得了莺莺的初夜权，"浑身通泰"，反映了男子强烈追求女子元红的心理。二是新婚之夜的拭巾主要的功能不仅是为了避免沾污新床被褥，更重要的是向男方展示自己是把一个完整的、贞操上无任何瑕疵的身体交给了男方。如同崔莺莺对张生所说："妾千金之躯，一旦弃之。此身皆托与足下，勿以他日见弃，使妾有白头之叹。"[1]表现了女子对男子处女嗜好的认同，将处女之贞看作是自己的全部价值所在。此种风俗在一些地方一直延续到民国，如金受甲《北京通》"汉人婚礼"条述民国时的北京婚俗云："汉俗在婚礼次日黎明，有新郎报告贞操，即派仆役往女家报喜，时尚未明，'报喜来了'之声，由巷外直达女家门首，不但女家知晓，巷内外各邻居都已知道了该家小姐有贞操，在那时代确是一种无上荣耀。也有不报喜的，只以男家门前结彩否为证，若接回门的母家人，见男家门前撤了彩子，便不敢再进门了。"[2]到了20世纪80年代，一些地方仍留存此俗，如王献忠在《中国民俗文化与现代文明》中记载："（江西某地）婚俗，母家在嫁妆里要送女儿一块洁白的白布"，

---

① 王实甫杂剧《崔莺莺待月西厢记》第四本第一折。
② 金受甲：《北京通》，大众文艺出版社1999年版，第109页。

一位高中毕业的漂亮女生嫁给了一个有钱的个体户,"婚后第二天男家气汹汹地将人和白布退回母家,说她不'贞',不要她了。"最后该女子被逼自杀。①

六是充当寿礼。如舒頔小令[双调·折桂令]《寿张德中时三月三日》:

> 帕递香罗,寿祝张郎。

关汉卿杂剧《状元堂陈母教子》第三折陈婆婆生辰之日,在状元堂设宴庆贺,三儿子陈良佐云:

> 母亲,您孩儿和媳妇没有手帕,拜母亲几拜。

乔吉杂剧《玉箫女两世姻缘》第一折玉箫的母亲云:

> 今日是对门王妈妈生辰,我着孩儿去送手帕。

无名氏杂剧《瘸李岳诗酒玩江亭》第一折牛员外在玩江亭给妻子赵江梅过生日:

> 再将来纱罗纻丝三十匹,权为手帕,休嫌轻微也。

帕是丝线众多的纺织品,故而可以像仁丝一样象征益寿延年,其象征意义取其形状之绵长,象征寿命之久远。孔齐《至正直记》载:"尝见北方官长称朋友亲戚寿日,或远不能亲往,则先寄使者或托亲友转寄,必拜而授手帕一方,或仁丝一端,使及亲友,亦拜而受之,到其所,则代某人拜献寿者,此礼亦好,南方反不及也。本朝凡遇生辰及岁旦冬至朝,咸以手帕奉贺,更相交易云:一丝当一岁,祝其长年也。蒙古之地则以皮条相贺,然大者遇小者则不回易。回易之礼出于平交也。"②以帕充当重要的贺寿礼物之俗,在出土文物中也有发现,如山东邹县元代李裕庵墓出土物中的一丝帕上除"福山寿海,金玉满堂"铭文外,还有《喜春来》词一首,其文为:"右词寄喜春来,敬愿祝南山之寿。绞绡色,胜秋霜,莹祥质光。凝皎月明,金童玉女,称纤擎香。又整宜献老人星。"③以帕贺寿之俗,是元代社会生活中的一个特色。

---

① 王献忠:《中国民俗文化与现代文明》,中国书店1991年版,第128—129页。
② (元)孔齐:《至正直记》,上海古籍出版社1987年版,第153页。
③ 张晓霞:《古汉字在传统服饰纹样中的作用》,《苏州大学学报》(工科版)2003年第3期。

五、元曲描写的服饰风尚

风尚是指在一定时期中社会上普遍流行的风气和习惯。元曲中对当时服饰风尚的描写,至繁至细,无论是移风易俗的时尚风俗、因俗制礼的时尚风俗还是自然流变的时尚风俗,都各具姿态,蔚为大观,充分显示了元代服饰的现实。系统地研究元曲中服饰风尚的描写,不仅可以深入了解元代社会整体风貌,考见当时社会物质文明和精神文明发展演变的轨迹,了解元代人民的生产生活状况,得到较真实的民生资料,还可以洞察元代人的审美意识、政治观念以及各民族文化相互影响与交融的实际,为进一步研究元代的历史、文学、时代精神等提供更为真实充足的旁证史料。

(一) 服 饰 规 制

元代之前,北方游牧民族,大都采取辽代规定的服饰制度,崇尚简单,朴素,适用于马上生活习惯。元初建国时,衣冠服饰沿袭前代,忽必烈时,开始定官服制度。《元史·舆服志》云:"元初立国,庶事草创,冠服车舆,并从旧俗。世祖混一天下,近取金、宋,远法汉、唐。"①随着纺织技术的日趋发展,各民族服饰文化交流和融合的日益深入、完备和成熟,最终形成了颇能体现元代社会政治、经济、伦理、宗教信仰、生活习俗精髓的服饰规制。元曲反映了这套服饰制度下的一些服饰习俗。

1.官服

袍服是元代应用最广泛的官服之一。元曲中描写的官袍,主要有龙袍和蟒袍。龙袍是天威和皇权的象征,只有皇帝、皇太子方可使用。马致远套数[南吕·一枝花]《咏庄宗行乐》中的"天子龙袍扇面儿也待团圞,贯金线细沿伴",说的就是这种服制。其他如无名氏杂剧《金水桥陈琳抱妆盒》楔子:"小官姓陈名琳,现为宋朝一个穿宫内使。一生近贵,半世随朝。谢圣

① (明)宋濂等:《元史》,中华书局1997年影印本,第1929页。

恩可怜,赐一套蟒衣海马,系一条玉带纹犀,戴一顶金丝织成帽子,嵌的是鸦鹘石。"范康杂剧《陈季卿误上竹叶舟》第一折陈季卿称:"我做官的,身上穿的是紫罗襕,头上戴的是乌纱帽,手里拿的是白象笏。何等荣耀!"从上描写可知:一、元代服饰在多方面都是蒙汉兼备、混合使用,没有十分严格的区别。如代表中原传统的乌纱帽与颇具民族传统的质孙服(紫罗襕)同时使用,具有鲜明民族特色的嵌着鸦鹘石的金丝帽与象征天威和皇权的蟒衣同时使用。双轨制,使元代服饰呈现出多元的、南北文化融合的局面。二、元代的袍服虽在款式结构上没有贫富等差,但是通过其服饰面料、色彩的运用、装饰纹样,尤其是服饰用金是了解穿者的社会地位等级的标志,因而元代的袍服也是具有身份等级象征意义功能的。三、受中原文化的影响,蒙元统治者在服饰制度中采用了龙凤纹饰。龙凤的图案是汉族人民创造的,长期以来它都代表着华夏民族,是中华民族的广义图腾、精神象征、文化标志和情感纽带。晚唐五代以后,虽然北方少数民族相继建立政权,但无一例外地沿用了这一图案。到了元代更加突出,除大量出现在蒙元统治者的服饰中外,在其他生活器具中也广泛使用。一方面说明龙凤文化的普适性,另一方面也说明中原许多先进思想在少数民族中的逐步深入。

元代文官的靴帽穿戴等衣饰礼仪在元曲中也有具体的描写,如关汉卿杂剧《状元堂陈母教子》第一折陈母的两个儿子对话:

> (三末云)你做了官戴甚么?(大末云)乌纱帽。(三末云)我做了官,戴一顶前漏尘羊肝漆一定墨乌纱帽。你身穿甚么?(大末云)紫罗襕。(三末云)我得了官,穿一领通袖膝襕闪色罩青暗花麻布上盖紫罗襕。你腰系甚么?(大末云)通犀带。(三末云)我做了官,系一条羊脂玉茅山石透金犀玛瑙嵌八宝荔枝金带。你脚下穿甚么?(大末云)干皂履。(三末云)我做了官,把我这靴则一丢则一换。(大末云)换甚么?(三末云)我皮匠家换了头底来。

虽然有调侃的意味,但却反映了元代官服的一些情况。又如杨景贤杂剧《西游记》第二本第六出《村姑演说》中村民眼里的文官形象:

> 一个个手执白木植,身穿着紫搭背。白石头黄铜片去腰间系,一对脚似踏在黑瓮里。(张云)那是个皂靴。

白木植,高级官员上朝所执之象笏,用以记事备忘。搭背,又作"背答""背褡",一种无袖的短衣。白石头黄铜片,官员玉带上的金玉饰物。这些描写活灵活现地展示了没有见过大世面的乡民眼中颇具时代特色的服制形式。

元曲还有元代武官服饰的描写。如伯颜小令[中吕·喜春来]是对元朝开国大将的服饰描写:

> 金鱼玉带罗襕扣,皂盖朱幡列五侯,山河判断在俺笔尖头。得意秋,分破帝王忧。

金鱼,形状如鲤鱼的金符,是标志官阶的一种佩饰。玉带,用玉装饰的官服腰带。罗襕,即罗袍,《元史·舆服志》:"公服,制以罗,大袖,盘领,俱右衽。一品紫。"①皂盖,黑色的车盖;朱幡,红色旗帜。古代高官出行时所用仪仗。"列五侯",指位列五侯之内。史载,元代无封侯之制,此处仅借指其权高位尊而已。小令虽然很短,且没有写出武官标志性的服饰,但却是元代官服非常有气势而真实的写照。身穿紫色罗袍上系着美玉装饰的腰带,还佩着表示官级的金鱼形符牌,黑色车盖的车,行走在红旗漫卷之下,仪仗华美,显示出地位的尊贵,权势的赫赫。写出了作为五侯之尊的伯颜雍容雄迈气派,"分破帝王忧"的独特形象,"山河判断在俺笔尖头","在俺"两个衬字是句子重点所在,给人以骄横感和掌控感,似蒙古民族骑马弯弓狩猎一般,纵意驰骋,尽在掌握。写出了伯颜面对新朝的得意心情,以及整个蒙古王朝一统中原后的得意与欢腾。

军职的服饰在元曲中也可见到,如无名氏杂剧《风雨像生货郎旦》第四折中描述千户的服饰形象:"据一表仪容非俗,打扮的诸余里俏簇,绣云胸背雁衔芦。他系一条兔鹘、兔鹘,海斜皮偏宜衬连珠,都是那无瑕的荆山玉。整身躯么哥,缯髭须么哥,打着鬌胡。走犬飞鹰驾着鸦鹘。"千户在金元时期是世袭的军职,为"千夫之长"。用"兔鹘"、"海斜皮"、"荆山玉"等名贵材料来描绘元代武官的服饰形象,显示出古朴的历史风韵和浓烈的草原气息,是研究元时期文化交往服饰风格的珍贵资料。

---

① 　(明)宋濂等:《元史》,中华书局1997年影印本,第1939页。

元曲里对"衙内"服饰的描写,浸透了元代风俗的色彩,独特而鲜活。所谓"衙内"并不是具体的官职名称,而是泛指贵家子弟。宋周密《齐东野语》卷十《牙》条记载:"《东京赋》:'竿上以牙饰之,所以自表识也。太守出有门旗,其遗法也。'后人遂以'牙'为'衙',早晚衙,亦太守出则建旗之义。或以衙为廨舍,儿子为衙内'。"①衙内是元代社会特定条件下出现的特权阶层,既有皇帝的近臣、亲信、大官僚、恶霸地主、地痞流氓、皇亲国戚,又有民族败类、高级军人以及其他贵家子弟等。他们以强凌弱,以众害寡,妄兴横事,夺占妻女,甚至伤害性命,是元代社会恶势力的代表。他们的服饰代表了他们的形象。如高文秀杂剧《黑旋风双献功》第二折写郓城县衙把笔司吏孙荣的继室郭念儿与权豪势要的白衙内逃走,孙荣向店小二询问携郭念儿逃走的人是谁的一段对话:

> (孙孔目云)店小二哥,你只听我兄弟说他穿的衣服,和你两个对着,可是他么?(店小二云)哥,你说将来,看是也不是。(正末唱)

> [后庭花]那厮绿罗衫绦是玉结,皂头巾环是减铁。(店小二云)正是!正是!(正末唱)他戴着个玉顶子新棕笠,穿着对锦沿边干皂靴。

> (店小二云)这个一发是了,他叫做甚么衙内?

绿罗衫,是低级官员的官服,由于白衙内没有官品,故腰带只能系"绦",但"玉结"又透出富贵;头巾环是"减铁"。元代有沿袭宋代使用巾环的风气。巾环是钉在头巾上的扣环,两个一对,成对使用。所谓减铁,是自宋以来直到明清始终流行着的对金属加工方法的一种称谓。宋佚名《百宝总珍集》卷六有"减铁"一则,前面一首小诗曰:"减铁元本北地有,头巾环子与腰条。马鞍作子并刀靶,如今不作半分毫。"下云:"减铁北地造作漏尘碎、草蛋虎、牙鱼之属,如突镂作生活,多用渗金结裹,腰条皮束带之类老旧官员多爱,今时作军官者多有。"②减铁,就是在铁器上镶嵌铁、铜之类作为装饰。据孔齐考证:"近世尚减铁为佩戴刀靶之饰,而余干及钱塘、松江竞市之,非美玩也。此乃女真遗制,惟刀靶及鞍辔或施之可也,若置之佩戴,既

---

① (宋)周密:《齐东野语》,高心露、高虎子校点,齐鲁书社 2007 年版,第 124 页。
② 扬之水:《减铁·减银·减金》,《中国典籍与文化》2004 年第 1 期。

重且易生绣。"①从这段话里推测,所谓"减铁"应是女真遗制,是他们马上文化的一部分。"锦沿边干皂靴",在服饰上镶花边,尤其是镶滚加金装饰是元代服饰的一个显著特点。对话描写了衙内的衣饰,用衣饰揭示了衙内这个阶层富而俗的地位。

2.民服

元代社会贫富悬殊,是一个突出的社会问题。元曲中平民服饰的描写,为我们全面认识元代社会提供了丰富资料。

第一,元曲通过对布衣、苍头、鹑衣、褐衣等服饰的描写,揭示了元代贫民百姓服饰的特色。尽管元代服饰在质料上发生了较大变化,由于棉花的广泛种植,棉布成为服饰材料的主要品种,但元代平民百姓穿粗麻布制成的服装仍是多数。如郑光祖杂剧《立成汤伊尹耕莘》第一折:"绀发荆钗一布衣,平心贤淑自能齐。"白朴杂剧《董秀英花月东墙记》第五折:"谁想你入科场艺在先,金榜上名堪羡。脱却了旧布衣,直走上金銮殿。"无名氏杂剧《冻苏秦衣锦还乡》第一折王长者云:"久闻先生学成满腹文章,只合早早立身显姓,秉政临民,却还在此布衣之中,不图进取,当是为何?"高文秀杂剧《须贾大夫谇范叔》第三折:"我如今卸下冠带,仍旧打扮布衣,到客馆中看须贾去,看他可还认得我么?"费唐臣杂剧《苏子瞻风雪贬黄州》第三折:"住的是小窗茅屋疏篱,吃的是粗羹淡饭黄齑,穿的是破帽歪靴布衣,一身褴褛。"卢挚小令[双调·沉醉东风]《举子》:"脱布衣,披罗绶,跳龙门独占鳌头。"马彦良套数[南吕·一枝花]《春雨》:"留待晴明好天气,穿一领布衣,着一对草履,访柳寻春万事喜。"汪元亨小令[中吕·朝天子]《归隐》:"住茅舍竹篱,穿芒鞋布衣,啖藿食藜羹味。"这里,布衣虽有代指,但多为实写。反映出广大劳动者平日劳作与生活的艰辛、贫苦,也显示出他们在衣着服饰上务实而又顺乎自然的乐观精神,而这种务实与顺乎自然让他们每时每刻都散发着一种别样的光彩:粗野、质朴、自然。

苍头,原指战国时主人战旗下的军队,多以乡党的青年组成,因以青巾裹头,故名。汉代,战事减少,逐渐沦为奴隶,操持贵族邸宅的杂务。元代沿

---

① (元)孔齐:《至正直记》,上海古籍出版社1987年版,第158期。

袭。如李洞套数〔双调·夜行船〕《送友归吴》："束装预喜苍头办，分襟无奈骊驹趱。"张可久小令〔双调·庆东原〕《次马致远先辈韵九篇》："苍头哨，骢马骄，放箸头也只到长安道。"高文秀杂剧《保成公径赴渑池会》第四折楔子："将我这驷马高车前后拥，你看那虞候苍头左右冲，寻闹炒显威风。"可见，在元代"苍头"仍指百姓和差役。

元曲中提到另一种平民服装，就是穷苦人所穿的褐衣。褐衣是兽毛或粗麻制成的短衣。元曲中"褐衣"出现频率很高，如冯子振小令〔正宫·鹦鹉曲〕《南城赠丹砂道伴》："长松苍鹤相依住，骨老健称褐衣父。"褐衣借指贫贱者。乔吉小令〔中吕·满庭芳〕《渔父词》："包古今不宜时短褐。"关汉卿杂剧《包待制三勘蝴蝶梦》第三折："（正旦云）我与三个孩儿送饭来。（张千云）灯油钱也无，冤苦钱也无；俺吃着死囚的衣饭，有钞将些来使！……（正旦唱）有这个旧褐袖，与哥哥且做些冤苦钱。""褐"的称法，在先秦时期就有。据《诗经·豳风·七月》记载："无衣无褐，何以卒岁。"《史记·平原君虞卿列传》："邯郸之民，炊骨易子而食，可谓急矣，而君之后宫以百数，婢妾被绮縠，馀粱肉，而民褐衣不完，糟糠不厌。"[1]描写当时人民衣不遮体的贫困生活。古代诗歌古籍中的"毛褐"、"短褐"、"被褐"指的都是当时农夫、平民的衣服。这种衣服，质地粗糙，重且不暖，与贵族穿的轻暖华丽的狐皮裘衣恰成鲜明对比。元曲中的褐衣记录元代百姓的生活，传递着元代社会特有的时代信息和浓郁的文化气息。

鹑衣也是元代穷人的常服。汤舜民小令〔中吕·山坡羊〕《书怀示友人》："田园荒废，箕裘陵替，桃源有路难寻觅。典鹑衣，举螺杯，酕醄醉了囫囵睡，啼鸟一声惊觉起。悲，也未知；喜，也未知。""鹑衣"本是破破烂烂的衣服，还要典掉，可见其贫穷。

第二，元曲对文人服饰作了最真实的描绘，反映了元代文人极度贫困的生活境遇，如马致远杂剧《半夜雷轰荐福碑》第一折穷秀才张镐是七尺身躯无安身处，半间草舍无人顾："穿着些百衲衣服，半露皮肤。"王实甫杂剧《吕蒙正风雪破窑记》中，吕蒙正"一贫如洗，在此少阳城外破瓦窑中居止"，夫

---

① （汉）司马迁：《史记》，中华书局 1997 年影印本，第 2369 页。

妻俩"寻不的一升儿米,觅不的半根柴,兀的不误了斋。麻鞋破脚难抬,布衫破手难揣,牙关挫口难开,面皮冷泪难揩。"无名氏杂剧《冻苏秦衣锦还乡》第一折写苏秦穿的"领破蓝衫刚有那一条囫囵领",住的是"那通也波厅,通厅土坑冷,兀的不着我翻来覆去直到明,且休说冰断我肚肠,争些儿冻出我眼睛。"尽管这些文人大多取材于历史人物,但由于元曲中对历史人物和历史事件借用和"随意"修改,使之具有"当下现实"的色彩是很常见的现象。所以,对他们生活境况的描摹,应是元代社会生活实际的反映,具有一定的民俗学价值。沈从文说:"元代阶级压迫极残酷,统治者早期出于恐惧知识分子反抗,有意把读书人贬得极低,特别是对于南方读书人。"①元曲通过对文人服饰的描写,直观地深刻地揭示了这种现象。

第三,元曲对隐士服饰的描写,反映了元代隐士生活。隐士的生活一般都很清苦,有的甚至连布袍也没有,平时只能"露顶短褐,布袜草履"②。即使家境较好的,服装用具也很简单,"衣服惟尚绸绢、木棉,若毳衣、苎丝、绫罗,不过各一二件而已。白绸祆一着三十年"③。元曲中隐士服饰多反映渴望退隐山林后的闲适、安逸、自由的生活。如胡祗遹小令[双调·沉醉东风]:"蓑笠纶竿钓今古,一任他斜风细雨。"不忽木套数[仙吕·点绛唇]《辞朝》:"布袍宽褪拿云手,玉箫占断谈天口。"王伯成套数[般涉调·哨遍]《赠长春宫雪庵学士》:"布袍独驾九天风,玩无穷绿水青岚。"张可久小令[南吕·金字经]《湖上书事》:"竹枕芦花被,草衣荷叶巾,一棹烟波湖上春。"无名氏小令[双调·折桂令]:"你便禄重官高,是非海万顷风涛。不如俺绝利名麻鞋布祆,少忧愁鬈髻镮绦。"邓玉宾套数[中吕·粉蝶儿]:"丫髻环条,急流中弃官修道,鹿皮囊草履麻袍。"纪君祥残剧《陈文图悟道松阴梦》:"情愿鬅髻、鬅髻环绦,醉归来一任傍人笑。"无名氏小令[双调·十棒鼓]:"将簪冠截了,麻袍宽超。"无名氏小令[双调·快活年]:"紫袍不恋恋麻袍。"冯子振小令[正宫·鹦鹉曲]《野渡新晴》:"便芒鞋竹杖行春,问底是青帘舞处。"刘敏中小令[正宫·黑漆弩]《村居遣兴》:"长巾阔领深村

---

① 沈从文:《中国古代服饰研究》,上海书店 2005 年版,第 505 页。
② (元)陶宗仪:《南村辍耕录》,中华书局 1959 年版,第 98 页。
③ (元)孔齐:《至正直记》,上海古籍出版社 1987 年版,第 88 页。

住,不识我唤作伧父。"邓学可套数[正宫·端正好]《乐道》:"舞西风两叶宽袍袖,看日月搬昏昼。[滚绣球]千家饭足可周,百结衣不害羞。问甚么破设设歇着皮肉,傲人间伯子公侯。"这些描写,表现了元代隐士服饰的特点:一是质性自然,无绘饰之功,反映了取法自然、返璞归真的审美追求。从质地上看:竹为冠、葛为巾、布为袍、草为履。从色彩上看:皂布袍、皂绦、乌履,黑与白占据了主导地位。这些服饰的突出特点,就是它们无不具有浓郁的野逸、休闲气息,是飘然、淡然、自在、遗俗、简朴的装束,代表着冠带袍笏、拘束刻板的官府生活以外的另外一种人生。二是款式宽松,无拘束之迹,借助服饰这一外在载体和形式,表达内心对淡泊生活的向往和追求,映衬出对安贫乐道以及对散淡无忧的生活方式的向往。"任何一种时髦都离不开时代的思想和愿望"①,戴长巾,穿宽衣大袖,呈飘逸自然之风,蹬芒鞋,挂竹杖,随意所之,信步而行,让惯常的踏青拾翠,观景游春,多一份诗意,是一种聊以自慰的表面旷达的表现。服饰展现了隐士们摆脱痛苦与怨愤,转移失意心理,以达到心理平衡、满足自尊,追求心灵自由的精神状况,也反映了当时社会的思想文化背景,更为重要的是对等级服饰制度的一种挑战。

3.僧服

元时期,由于元政府对各种宗教采取兼容并蓄的态度,使得蒙古传统的萨满教以及佛道等宗教都走向隆盛②。这种现象反映在元曲中是以宗教为题材的作品成为一个突出的部类,其中僧服描写大多细腻而有趣,对僧衣和禅衣的描写如吴昌龄残剧《唐三藏西天取经·饯送郊关开觉路》(《升平宝筏》第十六出):"杂扮二侍者:各戴僧帽,穿僧衣,系丝绦,带数珠,挑经担;引生扮唐僧:戴毗卢帽,穿道袍,披祖衣,带数珠,骑马,从上场门上。"张可久小令[中吕·红绣鞋]《题惠山寺》:"舌底朝朝茶味,眼前处处诗题,旧刻漫漶看新碑。林莺传梵语,岩翠点禅衣,石龙喷净水。"另外,元曲还有对偏衫和方袍的描写,如王实甫杂剧《崔莺莺待月西厢记》第二本第二折楔子:

---

① [美]弗龙格:《穿着的艺术——服饰心理揭秘》,陈大孝译,广西人民出版社1989年版,第104—105页。

② 蔡凤林:《古代蒙古族传统宗教文化心理对元朝政治的影响》,《中央民族大学学报》(哲学社会科学版)2006年第5期。

"不念《法华经》,不礼梁皇忏,彪了僧伽帽,袒下我这偏衫。"无名氏杂剧《鲁智深喜赏黄花峪》第四折:"将偏衫袖乱扯胡揪。"偏衫是开脊接领,斜披在左肩上的法衣。杨景贤杂剧《西游记》第三本第十出《收孙演咒》:"圆顶金花灿,方袍紫焰飞,塑来的罗汉容仪。"同剧第六本第二十四出《三藏朝元》:"众飞仙齐打手,合着金字经迎,引着个员顶方袍得道僧、僧。三更道已其身正,心如秋月明。"偏衫制有两肩双袖,但穿着时却如袈裟一样开脊接领,斜披于左肩,袒露右臂,故又称"一肩衣"。方袍是僧人、道士之服,因展开时呈方型,故名。

元曲对袈裟的描写更是生动而丰富,马致远杂剧《半夜雷轰荐福碑》第三折荐福寺长老云:"涧水煎茶烧竹枝,袈裟零落任风吹。看经只在明窗下,花开花落总不知。"孔文卿杂剧《地藏王证东窗事犯》第三折楔子:"弃了袈裟别了参,不来尘世住心庵。"郑廷玉杂剧《布袋和尚忍字记》第三折汴梁岳林寺首座定慧和尚诗云:"出言解长神天福,见性能传祖佛灯。自从一挂袈裟后,万结人缘不断僧。"杨景贤杂剧《西游记》第六本第二十四出《三藏朝元》:"紫袈裟金缕轻,白锡杖银光净。"袈裟是僧侣法衣的总称,由梵文音译而来,原意为"不正色"、"坏色",也做"迦沙"、"迦沙曳",另有"掩衣"、"污垢衣"、"无尘衣"、"稻畦帔"、"忍辱衣"、"福田衣"、"离尘衣"等称谓。因佛教戒律规定,僧人法衣不得用青、黄、赤、白、黑五种正色,只许用若青、若黑、若木兰(赤而带黑)等三色,以其色不正,故称袈裟。

百衲衣是僧衣的另一名称。衲,谓补缀。百衲,极言其补缀之多,即撷取被舍弃于粪尘中之破衣碎布,洗涤后缝纳而成的僧尼法衣。元曲里对百衲衣的描写虽然不是细微生动,但耐人寻味。如范康杂剧《陈季卿误上竹叶舟》第四折列御寇唱:"我吃的是千家饭化半瓢,我穿的是百衲衣化一套。"杨景贤杂剧《马丹阳度脱刘行首》第二折马丹阳唱:"我身穿着百衲袍,腰缠着磠嶻绦,头直上丫髻三角。"马致远杂剧《半夜雷轰荐福碑》第一折张镐唱:"我伴着伙士大夫,穿着些百衲衣服,半露皮肤。"关汉卿杂剧《包待制智斩鲁斋郎》第四折出家后的张珪唱:"身穿羊皮百衲衣,饥时化饭饱时归。虽然不得神仙做,且躲人间闲是非。想俺出家人,好是清闲也呵。"刘庭信小令[双调·雁儿落过得胜令]:"化一钵千家饭,穿一领百衲衣。枕一块顽石,落一觉安然题。对一派清溪,悟一生玄妙理。"吴昌龄残剧《唐三藏西天取经·饯送郊关开觉路》(《升平宝筏》第十六出)唐僧云:"一钵千家饭,孤身百衲衣。"引起我们注意的是,有些描写亦僧亦道,似乎反映的是三教合一的现象。

元曲对直裰的描写,也体现着浓郁的中国文化的情结。直裰是僧侣所穿的袍。宋赵彦卫《云麓漫钞》卷四载:"古之中衣即今僧寺行者直裰,亦古逢掖之衣。"①直裰在宋代以后较为流行,所以又指宋元明代退休的官员或士庶男子所穿之袍,是一种家居常服,以素布为料,大襟交领,上下相连,衣长过膝,衣缘四周镶以黑边,因无横襕、襞积,直通上下,而得名。杜善甫套数[般涉调·耍孩儿]《庄家不识构阑》:"一个女孩儿转了几遭,不多时引出一伙。中间里一个央人货。裹着枚皂头巾顶门上插一管笔,满脸石灰更着些黑道儿抹。知它待是如何过,浑身上下,则穿领花布直裰。"这位"满脸石灰更着些黑道儿抹"的角色所穿的"花布直裰"就是僧服。杨景贤杂剧《西游记》中孙悟空穿的也是直裰,第三本第十出《收孙演咒》观音上,云:

> 玄奘,见老僧么?我特地寻这个徒弟,与你沿途护法去。(看行者科)通天大圣,你本是毁形灭性的,老僧救了你,今次休起凡心。我与你一个法名,是孙悟空。与你个铁戒箍、皂直裰、戒刀。铁戒箍戒你凡性,皂直裰遮你兽身,戒刀豁你之恩爱,好生跟师父去,便唤作孙行者。疾便取经,着你也求正果。玄奘,你近前来。这畜生凡心不退,但欲伤你,你念紧箍儿咒,他头上便紧。若不告饶,须臾之间,便刺死这厮。你记者。

这一出与第九出《神佛降孙》,是杨景贤根据《取经诗话》的粗略描写留下的艺术空白而进行的创造,铁戒箍和皂直裰的服饰装扮成了孙悟空固定的服饰形象。吴承恩小说《西游记》中孙悟空的服饰形象就沿用了杨景贤的塑造,在第十四回中:"行者去解开包袱,在那包裹中间见有几个粗面烧饼,拿出来递与师父。又见那光艳艳的一领绵布直裰,一顶嵌金花帽,行者道:'这衣帽是东土带来的?'三藏就顺口儿答应道:'是我小时穿戴的。这

---

① (宋)赵彦卫:《云麓漫钞》,辽宁教育出版社1998年版,第36期。

帽子若戴了,不用教经,就会念经;这衣服若穿了,不用演礼,就会行礼.'行者道:'好师父,把与我穿戴了罢.'三藏道:'只怕长短不一,你若穿得,就穿了罢.'行者遂脱下旧白布直裰,将绵布直裰穿上,也就是比量着身体裁的一般,把帽儿戴上.三藏见他戴上帽子,就不吃干粮,却默默的念那《紧箍咒》一遍.行者叫道:'头痛,头痛!'那师父不住的又念了几遍,把个行者痛得打滚,抓破了嵌金的花帽."①孙悟空形象,绵布直裰和暗藏紧箍咒玄机的嵌金花帽正是杨景贤杂剧《西游记》中观音密授唐僧的.从这里可以看出杂剧孙悟空形象服饰对小说孙悟空形象服饰的影响.

4.道服

道服,即道教服饰,是道士身份的标志.元曲中道教服饰描写主要涉及逍遥巾、华阳巾、荷叶巾、星冠、道衣、道袍、霞衣、鹤氅等.

华阳巾,亦称"乐天巾"、"纯阳巾"、"紫阳巾"、"九阳巾"或"九梁巾".帽底圆形,顶坡而平.帽顶向后上方高起,以示超脱.帽前上方有九道梁垂下,"九"为纯阳之数,代表道教"九转还丹"之意.帽前正中镶有帽正.如乔吉小令[双调·折桂令]《自述》:"华阳巾鹤氅蹁跹,铁笛吹云,竹杖撑天."现在的正一派道士多戴此巾.

逍遥巾,如汤舜民套数[南吕·一枝花]《赠儒医任先生归隐先生善写竹》:"逍遥巾帻,懒散襟裾."逍遥巾是一块方形或圆形巾料,包于发髻之上,系上两根长长的剑头飘带的道帽.

荷叶巾,外形类似逍遥巾,帽底圆形,顶坡而平.帽顶向后上方高起,以示超脱.帽前正中镶有帽正.帽子有褶如同荷叶,故名.张可久小令[南吕·金字经]《湖上书事》:"竹枕芦花被,草衣荷叶巾,一棹烟波湖上春."描绘的就是这种道巾.

道冠是道士在参加宗教活动等正式场合时戴用的,非正式场合则须摘下.可以分为黄冠、五岳冠、星冠、莲花冠、五老冠等五种.元曲对其中的黄冠、星冠进行了描写,如马致远杂剧《西华山陈抟高卧》第二折:"则这黄冠野服一道士,伴着清风明月两闲人."石子章杂剧《秦翛然竹坞听琴》第四折

① (明)吴承恩:《西游记》,人民出版社1990年版,第101页.

郑彩鸾讽刺老道姑:"为甚么也丢了星冠,脱了道服,解了环绦,直恁般戒行坚牢?"无名氏杂剧《萨真人夜断碧桃花》第三折:"十二童子传诏些,星冠云冕一齐回。"星冠本指通晓星象之人的帽式,后来也通指道士戴的帽子。

道袍为道士所穿之服,对襟或大襟,两袖宽博,衣长至膝,所用材料以麻棉为主,颜色主要有灰、褐、青、白等多种,领、袖、襟镶以缘边。马致远杂剧《马丹阳三度任风子》第二折:"将你俗衣都尽去了,身穿着道袍,腰系着杂彩绦,每日在菜园中修行办道。"石子章杂剧《秦翛然竹坞听琴》第二折:"这些时懒诵《南华》,将一串数珠来壁间闲挂,念一首断肠词颠倒熟滑。不免的唤道姑添净水,我刚刚的把圣贤来参罢。若不是会首人家,几番将这道袍脱下。"张养浩小令[双调·沉醉东风]《寄阅世道人侯和卿》:"披一领熬日月耐风霜道袍,系一条锁心猿拴意马环绦。穿一对圣僧鞋,带一顶温公帽,一心敬奉三教。休指望做神仙上九霄,只落得无是非清闲到老。"这些描写应是元代道士穿道袍的实录。

鹤氅,在道教中又称羽毛衣,原本是指用鹤等鸟类的羽毛做成之衣,以袖式宽松,直领对襟样式为多,后来就将这种大袖宽博且长至曳地的衣式称为鹤氅。鹤氅为道士衣称,除了鹤代表长寿、是道教常用的图案外,还有鹤与鹿组合寓"鹿鹤同春"意,"鹿"取"六"之音,"鹤"取"合"之音,古时称天地四方为六合,隐喻六合同春,浏览元曲中身穿鹤氅者,均属于通晓天文地理之人。如范康杂剧《陈季卿误上竹叶舟》中的吕洞宾,在第四折唱:"你将这鹤氅乌巾手自摩,葛履环绦整顿过,音色骡儿便撒和驾一片祥云俺同坐。"杨景贤杂剧《马丹阳度脱刘行首》中的马丹阳,在第二折马丹阳唱:"若得俺山中鹤氅壶中药,免了你那脚上驴蹄面上毛,怕甚么地网天牢。"马致远杂剧《西华山陈抟高卧》中的陈抟,在第三折陈抟云:"俺便是那闲云自在飞,心情与世违。可又不贪名利,怎生来教天子闻知?是未发迹,卦铺里,那时节相识,曾算着他南面登基……因此上将龙庭御宝皇宣诏,赐与我鹤氅金冠碧玉圭,道号希夷。"无名氏杂剧《诸葛亮博望烧屯》中的诸葛亮,第三折:"今日个领三军坐金顶莲花帐,披七星锦绣云鹤氅。"诸葛亮身披鹤氅,眉聚江山之秀,胸藏天地之机,飘飘然当世之神仙也。正是"鹤氅"在诸葛亮身上的嫁接,让诸葛亮的风度具有了潇洒飘逸的神韵。从这个意义上说,鹤氅在塑造诸葛亮形象上充分张扬了"美"和"力"。

"鹤氅"又名羽衣。羽衣,本指仙人之衣。由于道家供奉神仙并以得道成仙为修炼的最高境界,因此也以"羽衣"称道士之服。《汉书·郊祀志》:"五利将军亦衣羽衣。"颜师古注:"羽衣,以鸟羽为衣,取其神仙飞翔之意也。"①元曲中羽衣的描写,就透着这样的意蕴:"露下天高夜气清,风掠得羽衣轻,香惹丁东环佩声"②,"羽衣轻,霓旌迅,有十二金童接引"③,"镜水边,巾山顶,两袖松风羽衣轻,一夜梅月冰壶净"④。宽袍大袖,羽衣飘飘,虽然没有一字一句细致的写实描绘,然而轻描淡写之间,那羽衣美的感受已经真真切切了。

道衣虽为道家之法服,但并不是仅道士所穿,一般文人士人也穿此类服饰。元曲中就描写了士庶文人穿道服的现象。如高文秀杂剧《须贾大夫谇范叔》第一折:"则俺这无忧愁青衲袄,索强如你耽惊怕紫罗袍。"无名氏小令[正宫·醉太平]《叹子弟》:"戴一顶十花九裂遮尘帽,穿一领千补百衲藏形袄,系一条七断八续勒身绦。"无名氏小令[双调·沉醉东风]:"俺三竿日身披衲甲,恁五更寒帽裹乌纱。"士庶文人穿道服的现象在隋唐时期已出现,至五代而形成社会风气,北宋蔚为大观,元代承袭。这一社会文化现象是道教世俗化对士庶文人影响在服饰方面的重要表现,其背后有着深刻的文化意蕴:一是把道服与官服对比,表现出士庶文人对道服及其蕴含的悠闲、自适、逍遥生活的向往。二是代表了一种与世俗礼仪相对的处世态度,一种与儒家入世思想格格不入的出世态度。三是反映了元代文人蔑视权贵,向往道门、渴望道隐的心态,甚至可以通过它向世人宣布对儒家思想的偏离,来表达脱离官场的决心。

元曲里的宗教服饰成就了元代服饰的另一种美,也让元曲充满了无尽的风姿,正如美籍人类学家罗伯特·路威所说:文明是一件东拼西凑的百衲

---

① （汉）班固:《汉书》,中华书局1997年影印本,第1124—1125页。

② 白朴杂剧《唐明皇秋夜梧桐雨》第一折。

③ 马致远杂剧《邯郸道省悟黄粱梦》第一折。

④ 张可久小令[南吕·四块玉]《东浙旧游》。

衣,谁也不能夸口是他"独家制造";"转借"实为文化史上的重要因子①。元代服饰其实就是这样的一件深刻体现元代服饰多元性、兼容并蓄时代特色的"百衲衣"。

(二) 服 饰 色 彩

色彩作为一种视知觉的感性形式,民众对它的最初认识来源于大自然。后来经过历代人的阐释,色彩具有了明显的象征比附意义,"五色(黑、赤、青、白、黑)与五行(水、木、金、火、土)五方(北、南、东、西、中)五时(冬、夏、春、秋、长夏)五性(智、礼、仁、义、信)五声(呻、笑、呼、哭、歌)五态(望、喜、怒、忧、思)五气(寒、热、风、燥、湿)成为一个相互转换、相互比附的感性体系。"②成为我国历朝历代尊卑等级的重要标志,虽然各朝代之间色彩代表的意义不尽相同,但在用色合"礼"这一点上历朝历代无一例外,越礼就是大逆不道。浏览元曲作品中的"色彩"意象,就会发现无论是在服饰描写本身的细致工笔上,还是诠释元代人的情感思绪、审美情趣和审美方式上,色彩都焕发出独特的光芒,丰富的服饰颜色——黄色、红色、紫色、绿色、蓝色、白色——每种感性的色彩,都以它们各自不同的文化容量和审美意味构筑着美丽深邃的色彩世界,传达着深隐在色彩背后特殊的情感意蕴和文化观念。

1.黄色系服饰

中国服饰虽然在不同的时代都有各自的崇尚之色,但大多时候以黄色为贵,元代也是如此。如吴仁卿套数[越调·斗鹌鹑]:"愿吾皇永穿着飞凤赭黄袍。"宫天挺杂剧《严子陵垂钓七里滩》第三折:"他往常穿一领粗布袍被我常扯的偏襟袒领,他如今穿着领柘黄袍,我若是轻抹着该多大来罪名。"王恽小令[正宫·双鸳鸯]《乐府合欢曲》:"无复一生私语事,柘黄袍袖泪潸然。"黄袍本是一种普通的袍服,它被视为贵色的时间并不久远,隋代以前,它还只是一种常见的袍服,上自皇帝、文武百官,下至普通的庶民百

① 吕叔湘:《书太多了》,东方出版中心 2009 年版,第 5 页。
② 潘鲁生、唐家路:《民意学概论》,山东教育出版社 2002 年版,第 152 页。

姓都可以穿用。帝王袍服只不过在腰带上加一些环带,除此则没有过多的区别了。据《隋书·礼仪志》记载:"百官常服,同于匹庶,皆着黄袍,出入殿省;高祖朝服亦如之,唯带加十三环,以为差异。"①可见在隋文帝时期,黄色还未被视为独尊之贵色。至唐高祖武德年间,才被视为独尊的贵色,并且只准帝王专享,士庶当然也就不得服用了。从此,黄色成了象征皇权之物。不过,尽管元朝就规定庶人禁止穿着赭黄,元代服饰还是有黄色的,如僧服,钟嗣成小令[正宫·醉太平]:"裹一顶半新不旧乌纱帽,穿一领半长不短黄麻罩,系一条半联半断皂环绦,做一个穷风月训导。"民间也可见黄色的服饰,如乔吉小令[双调·水仙子]《钉鞋儿》:"底儿钻钉紫丁香,帮侧微粘蜜腊黄,宜行云行雨阳台上。步苍苔砖甃儿响,衬凌波罗袜生凉。惊回衔泥乳燕,溅湿穿花凤凰,羞煞戏水鸳鸯。"张可久小令[双调·清江引]《酒边题扇》:"鹅黄淡舞裙,蝶粉香歌扇。"服饰也跟着元代人喜爱欢乐、跃动、活泼的黄色的心理在元曲里飞扬。

2.紫色系服饰

紫色没有像黄色那样被统治阶级赋予天生高贵的等级。大约在春秋时期,紫色还只是以其鲜艳悦目而受到上层贵族的青睐。到春秋晚期,紫衣成了君王专服。汉代时,紫色提升到了尊贵的地位,民间不但禁穿紫,而且禁用紫。南北朝以后,紫衣也一直是贵官公服。到唐代时,紫衣超越红色而居众色之首。宋代不仅承袭了唐代的旧制,而且紫色还曾一度成了高官权贵的象征。元代时,紫色依然受到尊崇。如郑光祖杂剧《㑇梅香骗翰林风月》第四折中形容的紫之尊贵:"你穿的是朝君王紫袍金带。"无名氏小令[双调·清江引]《酸斋降笔作[清江引]一阕赠铁笛道人》:"金带紫罗袍,象简乌纱帽,谁不说玉堂春事好?"赵彦晖套数[仙吕·点绛唇]《省悟》:"若是柳耆卿剥得个紫袍新,你便是谢天香不避黄虀臭。"钟嗣成小令[南吕·骂玉郎过感皇恩采茶歌]《四福·贵》:"紫袍像简黄金带,算都是命安排。"无名氏杂剧《冻苏秦衣锦还乡》第二折:"我则今番到朝内,脱白襕换紫衣,两行公人左右随,一部笙歌出入围。"紫襕袍,即紫罗服加云袖带襕,为元代一

―――――――――

① （唐）魏徵等:《隋书》,中华书局 1997 年影印本,第 262 页。

至五品官的官服。"紫袍"指紫色的官服,也是显官要职的代称。元曲中紫衣描写很多,反映了当时民众对最高位阶的憧憬。

在日常生活中,紫色又常被称为雪青色、藕荷色,也代表了普通百姓对生活寄予的美好愿望。郑光祖杂剧《㑇梅香骗翰林风月》第一折中小蛮选择紫色香囊作为爱情信物:"粉郎休易别,遗赠紫香囊。"郑光祖杂剧《虎牢关三战吕布》第一折:"骏马雕鞍紫锦袍,临军能识阵云高。"关汉卿套数[南吕·一枝花]《赠朱帘秀》:"富贵似侯家紫帐。"吕止庵小令[仙吕·后庭花]《酒兴》:"风满紫貂裘,霜合白玉楼。"张可久小令[正宫·汉东山]:"黄沙白橐驼,玉勒紫金珂。"乔吉小令[双调·卖花声]《太平吴氏楼会集》:"花月楼台富贵仙,新调骏马紫藤鞭。"在服用紫色受到严格控制的元代,紫色依然出现在生活中的时时处处,角角落落,可见元代人的"怜红爱紫无限心"①。

3.红色系服饰

尚红,在华夏民族中有悠久的传统,原始社会的山顶洞人就爱红色。这一习俗流传后世形成了中华民族的传统心理共识:红色是生命、吉祥和欢乐的象征。岁月如梭,在时光的隧道中,中华民族已走过了五千年的风风雨雨。千年的风霜雪雨却没有抵过那一抹抹的红。今天,每逢喜庆之事,活动场所的布置和装饰,都还以红色为主。在元代,红色被尊为上色。元曲中对红色系列服饰的描写最多,计有朱红,绯红,大红,石榴红,茜红,绛红,再加上猩红等多种。

"朱"是朱砂的颜色,比绛色浅,比赤色深,古代视为五色中红的正色。元曲里的朱衣指大红色的衣服。如郑光祖杂剧《迷青琐倩女离魂》第三折:"不甫能挨得到今日,头直上打一轮皂盖,马头前列两行朱衣。"秦简夫杂剧《晋陶母剪发待宾》第一折陶母云:"儿也,你几时能勾两行朱衣列马前?"张可久小令[南吕·骂玉郎带感皇恩采茶歌]《富山元宵赏灯》:"朱衣锦带黄金镫,前后羽林兵。"贾仲明杂剧《李素兰风月玉壶春》第一折:"醉醺醺红妆扶策下瑶阶,气昂昂朱衣迎接离金殿。"这里的"朱衣"指"朱衣吏"。"朱衣

---

① 朱庭玉套数[双调·夜行船]《春晓》。

吏"为古代大臣、贵戚外出的前导之吏。

"绯"为大红色。《说文·系部》："绯，帛赤色也。"①元曲里的绯袍，指红袍。张国宾杂剧《薛仁贵荣归故里》第四折："则俺个苍颜皓首一庄家，也会绯袍象简带乌纱。"王实甫杂剧《吕蒙正风雪破窑记》第四折："女受了金花官诰，女婿可便绯袍玉带，也是我苦尽甘来。"绯袍在元代又被称为"绯衣"或"绯衫"，云龛子小令［中吕·迎仙客］："谁羡他，做高官，一任穿绯挂绿襕。"郑廷玉杂剧《宋上皇御断金凤钗》第一折："我如今脱白换绿，挂紫穿绯。"这里的绯衣泛指中级官员。

各式红衣在元曲中描绘更多，如高文秀杂剧《保成公径赴渑池会》第二折："高牙乘驷马，大纛列红衣，我这里便谢深恩感至德。"这里是代指穿红色的仪仗士兵。郑廷玉杂剧《看钱奴买冤家债主》第二折贾仁买了周荣祖的儿子后，贾仁妻哄劝说："好儿也，明日与你做花花袄子穿。（俫儿云）便大红袍与我穿，我也则姓周。"这里的"花花袄子"和"大红袍"均实指红色的袍袄。王恽小令［越调·平湖乐］《乙亥三月七日宴湖上赋》："春风吹水涨平湖，翠拥秋千柱。两叶兰桡斗来去，万人呼，红衣出没波深处。"描述三月七日平湖边的欢乐景象，一派春意盎然的景色，春风吹动湖水，湖边岸上的绿树成阴，郁郁葱葱，还有秋千荡来荡去，两叶兰舟在湖面上穿梭往来进行竞赛，成百上千的人在为他们欢呼，划船人穿的红衣在湖面远处若隐若现。红衣的介入，使湖边的热闹场面更加火爆。更为难得的是，元曲中还描写了"红袄绿裙"所表现的"淡妆浓抹总相宜"的色彩匹配观，如王实甫杂剧《崔莺莺待月西厢记》第一本第二折："翠裙鸳绣金莲小，红袖鸾销玉笋长。"荆干臣套数［中吕·醉春风］："红袖霞飘彩，翠裙香散霭。"用"红"、"翠"这种代表热情、喜悦的色彩描绘女子服饰，虽然严重打破了元代制定的有关服饰制度，但强调的是鲜明跳跃，不俗气，别具美感，让人很容易陶醉在女子活泼、娇艳的美态中。

石榴红，是指像石榴花一般的朱红色。元曲里的榴红系服饰主要是描写裙装，如李文蔚杂剧《同乐院燕青博鱼》第四折："石榴色茜红巾。"王仲元

①　（汉）许慎：《说文解字》，中华书局1963年版，第278页。

套数[中吕·粉蝶儿]《集曲名题情》:"石榴花裙儿,绵答絮睡着。"萨都剌套数[南吕·一枝花]《妓女蹴鞠》:"甚天风吹落的神仙,拂花露榴裙莦苒。"张可久小令[双调·水仙子]《湖上晚归》:"桃花马上石榴裙,竹叶樽前玉树春,荔枝香里江梅韵。"程景初套数[双调·新水令]《春情》:"榴裙折皱香罗软,这相思教人怎遣?"犹如初夏的和风吹开一树树鲜红的榴花,这些纯正的各式红色服饰,以其艳丽的暖色调延展了元代人心灵中的夏季。

红色系列服饰中的茜红色服饰和绛红色服饰,也是元曲里最缤纷的风景线。如乔吉小令[双调·水仙子]《歌者睥睨潦倒故赋此咎焉》:"绣屏春暖茜氍毹,罗袖香番锦鹧鸪。"徐再思小令[双调·蟾宫曲]《红梅》:"茜裙香冷,粉面春回。桃杏色十分可喜,冰霜心一片难移。"王实甫杂剧《崔莺莺待月西厢记》第五本第一折:"妆镜懒抬,腰肢瘦损,茜裙宽褪,好烦恼人也呵!"关于绛红服饰,如郑廷玉杂剧《包待制智勘后庭花》第三折:"云鬟堆绿鸦,罗裙蔌绛纱。巧锁眉犟柳,轻匀脸衬霞。"关汉卿小令[双调·碧玉箫]:"媚孜孜整绛纱,颤巍巍插翠花。"卢挚小令[双调·沉醉东风]《适兴》:"舞低簇春风绛纱,歌轻敲夜月红牙。"张可久小令[中吕·迎仙客]《春日湖上》:"舞绛纱,扣红牙,耳边玉人催上马。"任昱小令[双调·水仙子]《友人席上》:"绛罗为帐护寒轻,银甲弹筝带醉听。"高栻套数[商调·集贤宾]《怨别》:"绛绡裙松了素体,揾鲛绡湿枕席。"徐再思小令[南吕·阅金经]:"歌扇泥[金缕],舞裙裁绛绡。"无名氏小令[双调·沉醉东风]:"妙舞裙拖绛纱,轻敲板撒红牙。"无名氏套数[越调·斗鹌鹑]:"绛衣缥缈,麝兰琼树,花里遇神仙。"这些深深浅浅不同色阶的红系列服饰描写,给元代人喜爱的红,添注了更多的文化内涵。

4.绿色系服饰

绿色是由青与黄两种原色混合而成的间色。在服饰的历史上,绿色与青色都是以卑色品面目出现的。如《汉书·成帝纪》中记载,永始四年汉成帝下诏特别指出"青绿民所常服,且勿止。"①《诗经·邶风·绿衣》说"绿兮

---

① (汉)班固:《汉书》,中华书局 1997 年影印本,第 325 页。

衣兮,绿衣黄里。"①把窃取正位的小妾比作绿色,说明绿色在人们眼中原本像妾一样地位低下,不能做衣服正面的颜色。汉代时,绿色开始被用于服制之中。唐代时青、绿用作官品服色被强化,元代承袭唐制,元曲中提到的"绿袍"、"绿衣",多指代低级官员的官服,如吴仁卿小令[南吕·金字经]《咏蓝采和》:"紫檀敲寒玉,绿袍飘败荷,好个春风蓝采和。"乔吉小令[南吕·玉交枝]《失题》:"黄尘黑海万丈波,绿袍槐简千家货。"关汉卿杂剧《闺怨佳人拜月亭》第四折:见他那鸭子绿衣服上圈金线,这打扮早难坐琼林宴。俺这新状元,早难道花压得乌纱帽檐偏。"鸭子绿,泛指进士服装。金代进士分上、中、下三甲,后二甲的进士穿鸭子绿衣服。绿衫在元曲中也指绿色上衣。无名氏套数[黄钟·醉花阴]《怨恨》:"恹恹的绿云松𩭞坠琼簪,瘦怯怯玉体香消褪绿衫,薄设设翠被生寒侵卧毯。"无名氏杂剧《汉钟离度脱蓝采和》第三折:"腰间将百钱拖,头上把唐巾裹,舞绿衫拍板高歌,逐朝走向街头过。"此两处中的"绿衫"都是实指。

5.青色系服饰

青色是一种使用久远的传统色。在印染业不够发达的古代,颜色种类还不是很多,再加上青色染料直接出自蓝草——一种比较容易获得的植物,这两个因素就足以使青色成为人们,尤其是下层百姓喜欢选择的色彩。元曲中描写的青袍,多指低级官吏的服饰。如汤舜民套数[南吕·一枝花]《言志》:"十载青袍,况值烟尘闹,事无成人半老。"汤舜民,浙江象山县人,一说宁波人,曾补本县吏,而非其志,后落魄江湖之间。此处的"青袍",当指汤舜民所穿的官服。由于穿青袍的低官越入服绯袍的高官不容易,所以滞于仕途的官员常有"三千丈萧萧白发生,七十岁楚楚青衫旧"②的感慨。

不仅官服如此,民服中青衣也多为地位低下者所用服色,如"青衣"多指婢女侍童之服。王子一杂剧《刘晨阮肇误入桃源》第一折冲末扮太白星官引青衣童子上,云:"吾乃上界太白金星是也。"贾仲明杂剧《吕洞宾桃柳升仙梦》第一折吕岩云:"今日上仙呼唤,须索走一遭去。早来到也。青衣

---

① 孔一:《诗经楚辞》,上海古籍出版社1998年版,第9页。
② 汤舜民套数[南吕·一枝花]《赠会稽吕周臣》。

童子报复去。道吕岩来了也。"这里的"青衣"是侍童和差役。

需要指出的是,虽然元代只规定了五品之上服紫,但在元曲中,人们依然以服色象征人物身份,如钟嗣成小令《南吕·骂玉郎过感皇恩采茶歌》:"紫袍象简黄金带,算都是命安排。"张可久小令〔双调·庆东原〕《次马致远先辈韵九篇》:"繁华梦,贫贱交,唐尧不改巢由调。纷纷紫袍,区区绿袍,恋恋绨袍。他得志笑闲人,他失脚闲人笑。"这里的"绿袍",就代表处于卑微的官位,"紫袍"象征高位。无论是"紫袍"还是"绿袍""青袍",当这些服饰超越了它作为一件实物的个体存在范围,在文学作品中得到了稳定的延续,并带有丰富的文化意蕴时,它就成为了一个符号,具有了成为文学意象上的意义。绿袍、青袍在元曲中就成为了这样意象的符号。

6.白色系服饰

白色是红绿蓝三种色光的混合,在元曲服饰描写中被赋予多重的文化意义。

一是白色的官服。元时官服主要是紫、绯、绿、青等颜色,但也有以官服为白色者。如马致远杂剧《西华山陈抟高卧》第四折陈抟唱词:

> 你待要加官赐赏,教俺头顶紫金冠,手执碧玉简,身着白鹤氅。

张国宾杂剧《薛仁贵荣归故里》第三折:

> 敢则是一簇簇踏青拾翠,一攒攒傍垅寻畦。俺只见一道儿红尘荡起,(薛仁贵骤马儿领卒子上,云)某乃薛仁贵是也。摆开头踏慢慢的行。(正末唱)元来的一骑马闪电奔驰。一从使都是浑身绣织,一将军怎倒着缟素裳衣?

在一片绿野青翠之中,一骑人马飞驰而来,锦团簇拥之下,身穿白袍的薛仁贵显得那么与众不同,引人注目。六个"一"字的联用,恰到好处地烘托出这队人马迅速由远而近,气势非凡,令伴哥惊奇不已,暗示着薛仁贵与伴哥两人在精神上和社会地位上已存在着不可逾越的鸿沟。

二是文人的衣服。作为官服为白色者在元代不多见,但在文人中却很常见。如马致远杂剧《吕洞宾三醉岳阳楼》第二折:"吕岩,当初是个白衣秀士,未遇书生,上朝求官。""白衣秀士"指未进仕的秀才。王实甫杂剧《吕蒙正风雪破窑记》第一折:"我辈乃白衣卿相,时间不遇,俺且乐道甘贫。""白衣卿相"代指安贫乐道的读书人。罗贯中杂剧《宋太祖龙虎风云会》第二折："用白襕两袖遮,将乌纱小帽荡。""白襕",指当时秀才穿的白衣,是一种用白细布做成上衣下裳相互连着的服装。元代文士流行着白衣,可能与佛教中的善"白"思想观念有着某种必然的联系。白在佛教中是圣洁的象征,而被认为很能代表文人风采和人格,故深受文士的喜爱。

三是净白肃穆,是孝服的标志性色彩。如王实甫杂剧《崔莺莺待月西厢记》第一本第二折张生眼里的红娘:"可喜娘的庞儿浅淡妆,穿一套缟素衣裳;胡伶渌老不寻常,偷睛望,眼挫里抹张郎。""缟素衣裳",即白色衣裙,符合当时交代红娘正在服丧的故事背景。透过这素净淡雅的服色,一个美艳绝伦、卓尔不群的红娘形象楚楚动人地站立在张生和我们的面前。

四是草原文化崇尚"白",以"白"为吉,致使出现许多白色丝织品,如白绫、白罗、白纨、白麻、白毡等。而且往往在重大节庆穿白衣,以纯净的白色暗喻新的开始,祈求新的一年平安幸福。在新年节庆时"大汗和他的疆土上的所有的臣民,都依照惯例穿上白衣。按他们的观念,这是吉祥的象征。他们这种做法,是希望求得一年到头在生活中都能够万事如意,快乐安康。……贵族、王子和各阶层的人,也在各自的家中互相赠送白色的礼物,并且欢天喜地地互相祝贺:'敬祝一年中万事如意,百福骈臻。'在这个节日里,还有大批漂亮的白马,敬献给大汗。如果不是纯白的话,至少也要大部分是白的"①。元曲反映了这一崇尚,乔吉小令[双调·沉醉东风]《泛湖写景》:"一片晴云雪色秋,白罗衬丹青扇头。"查德卿小令[南吕·醉太平]《春情》:"香消玉腕黄金钏,歌残素手白罗扇。"汤舜民套数[南吕·一枝花]《夏闺怨》:"白纨扇空题诗句,锦回文枉费工夫。"张可久小令[南吕·金字经]《菊边》:"笑簪金凤毛,酒污仙人白锦袍。"无名氏杂剧《逞风流王焕百花亭》第三折:"细麻鞋紧绷轻护膝,白苎衫花手巾宽系着腰围。"无名氏杂剧《狄青复夺衣袄车》第二折:"我与你拽扎了我红纳袄,牢拴住白毡帽。"由此可知,白色在元代是推崇的颜色。

---

① [意大利]马可·波罗:《马可波罗游记》,陈开俊等译,福建科学技术出版社1981年版,第102页。

7.褐色系服饰

元代由于规定不得穿赭黄、柳芳绿、红白闪色等颜色的服饰,所以一般民众大都转而喜爱褐色。褐色也就成为元代所崇尚的颜色,上自天子,下至群臣、百姓,均喜服褐色,褐色丝绸成为元代官府作坊生产最多的产品之一,其色深浅浓淡,变化多端,有砖褐、荆褐、艾褐、鹰背褐、银褐、珠子褐、藕丝褐、露褐、茶褐、麝香褐、檀褐、山谷褐、枯竹褐、湖水褐、葱白褐、棠梨褐、秋茶褐、鼠毛褐、葡萄褐、丁香褐等二十余种。① 元曲提及的服装颜色也反映了这种现状,如无名氏杂剧《包待制陈州粜米》第三折:"我打扮你起来……再与你做一顶新帽儿,一条茶褐绦儿。"无名氏杂剧《风雨像生货郎旦》第二折:"三姑,将这褐袖来晒一晒。"无名氏杂剧《随何赚风魔蒯通》第三折:"铁单袴倒做墨褐。"曾瑞套数〔正宫·端正好〕《自序》:"巢由洗耳、河老腾云、许子衣褐。"关汉卿杂剧《山神庙裴度还带》第四折:"状元稳坐紫骅骝,褐罗伞下逞风流。""衣褐"、"茶褐"、"墨褐"、"褐罗"等,是当时社会服饰色彩的真实反映。

著名诗人闻一多曾写过一首题名为《色彩》的诗:"生命是张没有价值的白纸,自从绿给了我发展,红赐给了我热情,黄教我以忠义,蓝教我以高洁,粉红赐给我以希望,灰白赠我以悲哀;再完成这帧彩图,黑还要加我以死。从此以后,我便溺爱于我的生命,因为我爱它的色彩。"② 这是对色彩象征意义的诗的表述。还有人说:"色彩是能直接对心灵发生影响的手段。色彩是琴上的黑白键,眼睛是打键的锤。心灵是一架具有许多琴弦的钢琴。艺术家是手,它通过这一或那一琴键把心灵带进颤动里去。"③ 尽管元代的服饰色彩运用不可避免地打着等级的烙印,具有一定的局限性。但元代服饰的色彩具有深厚的文化底蕴,能够给现代人带来不一样的视觉心理感受,对于我们今天服饰色彩的运用还是具有宝贵的借鉴意义的。

---

① (元)陶宗仪:《南村辍耕录》,中华书局 1959 年版,第 133 页。

② 闻一多:《闻一多诗精选》,北岳文艺出版社 2000 年版,第 112 页。

③ 瓦西里·康定斯基语。见宗白华:《美学文学译文选》,北京大学出版社 1982 年版,第 300 页。

（三）服 饰 礼 仪

从出生之日起,就开始奏响积极向上的生活乐章。诞生礼、命名礼的庄重,满月礼、百日礼、抓岁礼的喜悦,割礼、婚礼的隆重,丧礼的肃穆,陆续而来的每一次礼仪都向世人、向自己郑重地宣布着生之步伐的迈进,传达着珍视、善待生命的理念。元曲有大量的寿礼、婚礼、葬礼、祭祀礼等各种礼节的描写,事无巨细地写出参加什么场合应该遵循什么礼仪,应该穿什么衣服,戴什么饰物,这些都是那个时代社会礼仪的缩影。也许,这些描写反映的元代礼俗服饰是不完整的,但却是真实的。正是这些以其生命的本真与丰富的描写,展示的元代服饰礼仪画卷,让我们看到了元时代的部分社会习俗和服饰礼仪的特点。

1.寿诞服饰

寿诞之俗,从古至今都是人们生活中的一件大事。诞生是生命状态发生转变的重要标志,它意味着一个幼小的个体开始加入社会,有了其相应的社会角色;庆寿实际上既是对过去诞生的一种纪念,也是对未来生活的一种祝福,它意味着个体步入老年阶段之后已赢得社会的认可与尊重,其社会角色已经固定下来。中原民俗文化一向有尊老爱幼的传统美德,无论是诞辰还是祝寿的仪式性活动都十分隆重,这些在元曲都有所反映。其中庆祝生育仪式的描写中涉及服饰习俗的主要有弄璋、洗儿、祝满月、剃胎发等。如弄璋习俗的描写,高克礼小令［越调·黄蔷薇过庆元贞］:"唤奶奶酪子里赐赏,撮醋醋孩儿弄璋。"在中国古代传统生育习俗中,生男孩称为"弄璋"之喜,而生女孩称为"弄瓦"之喜。弄璋、弄瓦,典出《诗经·小雅·斯干》:"乃生男子,载寝之床,载衣之裳,载弄之璋。……乃生女子,载寝之地,载衣之裼,载弄之瓦。"[①]古人认为,让满月后的小孩把玩一些对象,能增加其在此方面的品德和能力。璋是美玉,把璋给男孩玩,是希望他将来有玉一样的品德;瓦是古代妇女用来纺织的一种纺锤形器具,把瓦给女孩玩,就是希望她将来能胜任女红和家务工作。男孩弄璋、女孩弄瓦,因袭了一个时代共同的

---

① 孔一:《诗经楚辞》,上海古籍出版社1998年版,第67页。

思想观念,即重男轻女的观念。此观念在元代民间很浓。元曲很生活化地记录了这种风气,如高茂卿杂剧《翠红乡儿女两团圆》第二折财主俞循礼云:"我如今泼天也似家私,无边际的田产物业。争奈寸男尺女皆无。谢天地可怜,如今我这大嫂腹怀有孕,十个月满足,将次分娩。城中有几主钱钞,下次小的每取不将来,我如今自要亲身的去。大嫂,我嘱付你,则怕我一头的去后,你分娩呵若得一个小厮儿,就槽头上选那风也似的快马,着小的每到城中来报我。我若到的家中,杀羊造酒,做个庆喜的大筵席。若得一个女儿,便打灭休题着。"同剧第四折:"抵多少断肠人寄断肠词,今日个弄璋人说与弄璋的诗,都是那老天不绝俺宗支。这一家儿恰似,恰似早苗甘雨得来时。"

　　婴儿出生三天,古代叫"三朝礼"。这一天,要由大人给其洗澡,名曰"洗三",又叫"洗儿会",也叫"过三天"。"洗三"做法源于佛教的轮回之说,目的是把上世的罪孽洗涤干净,使新生命的一生都平安吉祥。主持这个仪式的通常是稳婆,用艾叶、花椒等草药熬好热汤给婴儿洗澡,边洗边念祝辞。关于"洗三"描写,元曲中仅有两则。一则是王伯成杂剧《李太白贬夜郎》第一折:"瑞云重绕金鸡帐,麝烟浓喷洗儿汤。"一则是白朴杂剧《唐明皇秋夜梧桐雨》楔子正末唐玄宗云:"不知后宫中为什么这般喧笑,左右,可去看来回话。(宫娥云)是贵妃娘娘与安禄山做洗儿会哩。(正末云)既做洗儿会,取金钱百文,赐他做贺礼。"两则均以唐玄宗李隆基为讨好杨贵妃而"洗儿"为背景:异族军阀安禄山,为实现自己篡取天下的政治野心,极力谄媚于唐玄宗和杨贵妃,以换取对他的信任,他拜贵妃为母,自己为儿。天宝十载(751)"正月二十日,禄山生日,玄宗及太真(杨贵妃)赐禄山器皿、衣服,件目甚多。后三日,(贵妃)召禄山入内,贵妃以锦绣绷缚禄山,合内人以彩舆昇之,宫中欢呼动地。玄宗使人问之,报云:贵妃与禄儿作三日洗儿。玄宗就观之,大悦。因赐贵妃洗儿金银钱物,极欢而罢。自是宫皆呼禄山为禄儿,不禁其出入。"①虽然元曲提到的"洗儿",是围绕唐玄宗李隆基为讨好杨贵妃而"洗儿"的描写,但也反映出当时这确实是一种兴盛的习俗。

---

① (宋)司马光:《资治通鉴·唐纪》,中华书局1956年版。

"洗三"之后，一般还要举行"做满月"的庆祝仪式。元曲中也有对这个习俗的描写，如马致远杂剧《马丹阳三度任风子》第一折："浑家李氏，近新来生了一个小厮儿。今日是我生辰之日，又是孩儿满月，众兄弟送些礼物来。"吴昌龄杂剧《花间四友东坡梦》第一折："向年间为师父娘做满月，赊了一副猪脏，没钱还他，把我褊衫都当没了，至今穿着皂直裰哩。"两则描写，前一则应是实写，后一则是打诨，但都说明做满月在元代仍然是一个重要的习俗。满月对于新生儿是一个相当重要的日子。这是新生儿可以走出暗房（产房），正式与外界接触的第一天，因此古人非常重视这一天，一般无论穷富，都要举行一定规模的庆典，特别是头生男孩，其庆典更是隆重。亲朋好友来参加新生儿的这个重要的人生仪式，新生儿的父母亲亦要设宴款待来宾。一般由孩子的父母向亲友发出请贴宴客。亲友们前来祝贺时往往要送礼物。最多见的礼品是一顶帽子，帽上缀有银饰，绣上"金玉满堂"、"长命富贵"等吉祥字样。

贺宴结束后，要举行"剃头礼"。满月剃头仪式在生育礼仪中比较隆重。民间认为，小孩子只有剃过胎发后，头发才能长得好。如果不剃胎发会压运。宋孟元老《东京梦华录》卷五《育子》记有"浴儿毕，落胎发"[1]之俗。元曲记写了这一风俗。如李行甫杂剧《包待制智赚灰阑记》第二折张海棠云："这孩儿原是我养的。相公，你只唤那收生的刘四姐，剃胎头的张大嫂，并邻里街坊问时，便有分晓。""剃胎头"，就是"剃头礼"，也叫剃胎发，"铰头毛"、"落胎发"。给婴儿剃头发的仪式是隆重的，婴儿的"胎发"又称为"血发"，受之父母，因此，不得将头发全部剃去，在婴儿的额顶上要留"聪明发"，在脑后要留"撑根发"，眉毛则全部剃光，意思是孩子将来会步步走上光明的前途。剃下的胎发也不能随便丢弃，人们认为胎发有灵气会影响孩子的成长，因此剃下的胎发必须慎重收藏，有的将胎发搓成团并用红绿彩线穿起并系一枚古钱挂在屋内的高处，也有的用红布包起别在孩子的衣服上或缝进棉衣夹层中妥善保存，以免受妖魔鸟兽的侵害，平平安安地长大。

元曲中对庆寿活动的描写中也涉及到服饰。如舒頔小令［双调·折桂

---

[1]　（宋）孟元老：《东京梦华录》（外四种），中国商业出版社1982年版，第35页。

令]《寿张德中时三月三日》：

> 问仙娥何处称觞？帕递香罗，寿祝张郎。整整杯盘，低低歌舞，淡淡韶光。想无愧乾坤俯仰，且随缘诗酒徜徉，乐意何长。人醉西池，月上东墙。

张养浩小令[越调·寨儿令]《寿日燕饮》：

> 一雨晴，百花明，谢诸公不辞郊外行。尽是簪缨，充塞门庭，车马闹纵横。递香罗争祝长生，捧金杯斗和歌声。彻青霄仙乐响，扶翠袖玉山倾。眼睁睁，险踏碎绰然亭。

张可久小令[双调·沉醉东风]《胡容斋使君寿》：

> 仙客舞玄裳缟衣，小蛮歌翠袖蛾眉。戏彩堂，蟠桃会。锦云深月明风细，桂子香中品玉笛，人醉倚蓬瀛画里。

王恽小令[越调·平湖乐]《寿府僚》：

> 锦貂千骑朔方豪，瀚海渊波浩。画戟清香看倾倒，醉仙桃，秋光虽晚人难老。烟花紫禁，玉鱼金带，新宠照朝袍。

"簪缨"，指前来贺寿的人地位高；"递香罗争祝长生"，是香罗、纱罗的美称，指前来贺寿的人赠献的寿衣、寿幛；"仙客舞玄裳缟衣，小蛮歌翠袖蛾眉"，指祝寿的人，形容庆寿场面欢乐异常。"玉鱼金带，新宠照朝袍"，是对同僚高升的祝愿。这些寿曲，利用服饰，真切地描绘了世俗社会淳朴自然的人伦亲情。从中，我们可以看到元代人对生命意识的一份豁达，对生命价值的一种追求。

2.婚嫁服饰

婚嫁是人生最重要的时刻之一，其社会意义、个人意义都不言而喻。而婚礼服则是婚嫁中必不可少的重要组成部分。婚礼服是指新郎新娘在婚礼上穿着的服装，包括衣服、服饰品及配饰，属于礼服的一种。婚礼服以其统一风格的样式、特定的色彩、特殊的涵义成为在婚礼上扮靓新人与表达寓意的主要手段。元曲对此作了形象的刻录：

"红定"、"肯酒"是宋元时一种定婚的习俗。宋吴自牧《梦粱录》记载："议定礼，往女家报定。若丰富之家，以珠翠、首饰、金器、销金裙褶，及缎匹茶饼，加以双羊牵送，以金瓶酒四樽或八樽，装以大花银方胜，红绿销金酒衣簌盖酒上,或以罗帛贴套花为酒衣,酒担以红彩缴之。"①因所送的礼物一般是红绢之类,故称为"花红"。除"花红"外,还必须牵羊送酒,即羊酒。如果女方接受了这些花红和羊酒,就意味着女方同意了婚事,这门亲事就是"定"了"肯"了。所以这些花红酒礼,又称"红定""肯酒"。元曲中多处描写到这种定亲习俗,如关汉卿杂剧《感天动地窦娥冤》第二折,蔡婆见张驴儿的父亲死后,放声痛哭,招来了窦娥的讥讽,说二人"又无羊酒段匹,又无花红财礼",即她们并无夫妻之名分,婆婆根本就不该哭。王晔杂剧《桃花女破法嫁周公》中彭大公受周公之托,送给桃花女一缎红绢,又请桃花女之父吃了酒,这种红绢就称作"红定"。女方接了"红定",吃了"肯酒",就等于同意了婚事。康进之杂剧《梁山伯李逵负荆》第一折中冒名鲁智深的鲁智恩对杏花庄王林说:"才此这杯酒是肯酒,这褡膊是红定,把你这女孩儿与俺宋公明哥哥做压寨夫人。"

接了"红定",吃了"肯酒"以后,男方要向女方送财礼。贾仲明杂剧《李素兰风月玉壶春》第二折中甚舍看上了李素兰,便对鸨母说:"奶奶,我与你二十两银子做茶钱。你若肯将女孩儿嫁与俺,我三十车羊绒潞绸,都与奶奶做财礼钱。"石君宝杂剧《鲁大夫秋胡戏妻》第二折写家中有些钱财的李大户垂涎罗梅英的美色,想要霸占罗梅英为妻。恰巧梅英家尚欠李大户四十石粮食未还。李大户便对梅英父母说:"你把你那女儿改嫁了我罢。""你若不肯,你少我四十石粮食,我官府中告下来,我就追杀你!你若把女儿与了我呵,我的四十石粮食,都也饶了,我再下些花红羊酒财礼钱。你意下如何?"武汉臣杂剧《散家财天赐老生儿》第三折刘从善之妻说:"你还不晓得?我当初是刘家三媒六证,花红羊酒,行财纳礼,要到你这刘家门里做媳妇来。"白朴杂剧《裴少俊墙头马上》第三折院公云:"相公不合烦恼合欢喜!这的是不曾使一分财礼,得这等花枝般媳妇儿,一双好儿女,合做一个大筵席。"就是对这种习俗的描写。"花红羊酒财礼"是女方家庭向男方索要财物的主要手段,在元代定婚仪式中占有相当重要的位置。据《元典章》卷十八《婚礼》"嫁娶写立婚书"条云:"至元六年三月十一日,中书省户部契

---

① 　(宋)吴自牧:《梦粱录》(外四种),中国商业出版社1982年版,第172页。

勘……婚姻议定,写立婚书,文约明白,该写原议聘财钱物。……其主婚、保亲、媒妁人等画字,依理成亲,庶免争讼。"①财礼的数量不仅展示了男方的实力与财富,而且也是女方地位高低的标志。富裕的商人还可以通过丰厚的财礼买女。而女方一旦收下财礼,即使没有写婚约证书,人们也会认为婚事已定,不能悔亲别嫁。

送包髻、团衫、绣手巾是金元时期娶妾订婚的财礼。关汉卿杂剧《望江亭中秋切鲙》第三折杨衙内对他的侍从李稍云:"你和张二嫂说:大夫人不许他,许他做第二个夫人,包髻、团衫、绣手巾,都是他受用的。"关汉卿在另一部杂剧《诈妮子调风月》第一折燕燕云:"许下我包髻、团衫、绣手巾。专等你世袭千户的小夫人。"关汉卿杂剧《钱大尹智宠谢天香》第二折钱大尹对张千说:"张千,你近前来,你做个落花的媒人,我好生赏你。你对谢天香说:'大夫人不与你,与你做个小夫人咱。'则今日乐籍里除了名字,与他包髻、团衫、绣手巾。"所谓包髻,指当时妇女用以包裹发髻的各色头巾;团衫,原为女真族或蒙古族妇女常穿的一种上身罩衣,为金元常见之侍妾服装。"包髻团衫绣手巾"是金元时期大户人家小妾的标准着装。相比于迎娶正妻,纳妾的过程显得要自由得多,不需要经过父母的允许,仪式也简单得多。

相亲满意后要订亲。订亲一般都有信物互送,如无名氏杂剧《玉清庵错送鸳鸯被》写李玉英赠送给张瑞卿鸳鸯被就是订亲信物。第二折张瑞卿云:"小生如今取应去也。小姐,你有甚么信物,与我一件,权为定礼。(正旦云)你也说的是。秀才你晓得这鸳鸯被儿么?是我亲手绣的,绣着两个交颈鸳鸯儿。你如今收了去,久后见这鸳鸯被呵,便是俺夫妻每团圆也。"关汉卿杂剧《温太真玉镜台》第二折:"今日是吉日良辰,将这玉镜台权为定物。"写温峤巧设计谋,将玉镜台作为订亲信物交给刘夫人,说的就是这个婚俗。

订亲以后,准新娘还要自己操起针线、剪刀,精心赶制全副婚装,还有幔帐、枕套等相关床上用品。做完之后,随娘家赠送的其他嫁妆一起装箱,在喜事前一二天派人送到男方家。路上燃放鞭炮,驱赶外神。车子抵达目的

---

① 《元典章》,中国书店 1990 年《海王邨古籍丛刊》影印本,第 279 页。

地后,男方家举行郑重的"接嫁妆"仪式,由一女性打开箱柜,当众出示嫁妆,任由男家评说。白朴小令[中吕·阳春曲]《题情》中的"百忙里铰甚鞋儿样,寂寞帏冷篆香。向前搂定可赠娘,止不过赶嫁妆,误了又何妨",说的就是这一婚俗。

"催妆"婚俗是"亲迎"婚礼的组成部分,元曲也作了记写,如关汉卿杂剧《闺怨佳人拜月亭》第四折:"恰才投至我贴上这缕金钿,一霎儿向镜台傍边,媒人每催逼了我两三遍。"描写的就是这种婚俗。"催妆"是旧时婚礼的一种仪节,由结婚六礼之一请期演变而来,其礼较为隆重。临近婚期,男家以嫁衣脂粉为新娘添妆,另置备酒果两席,致送女家。先派女宾二人为先客,至黄昏,新郎亲赴女家敦促,新娘经多方催促,才肯理妆,又故意拖延时间,才上轿随新郎至男家。据唐段成式《酉阳杂俎》卷一记载:"北朝婚礼,青布幔为屋,在门内外,谓之青庐,于此交拜。迎妇,夫家领百余人或十数人,随其奢俭挟车,俱呼'新妇子催出来',至新妇登车乃止。"[1]宋孟元老《东京梦华录》卷五《娶妇》记宋时风俗:"至迎娶日,儿家以车子或花檐子发迎客引至女家门,女家管待迎客,与之彩缎,作乐催妆上车檐,从人未肯起,炒咬利市,谓之'起檐子',与了然后行。迎客先回至儿家门,从人及儿家人乞觅利市钱物花红等,谓之'栏门'。"[2]伴随着六礼婚制中"亲迎"而出现和形成的"催妆",至迟西周已有,经过秦、汉、魏、晋的传播,至南北朝时,已有相当长时间的发展。尤其是北朝地域,在少数民族为主体的政权下,"催妆"成为多民族共同遵循的一种婚姻风俗。唐代出现"催妆诗"为"催妆"形式的展示开拓了新天地。宋、元、明、清"催妆"风俗绵延不断,至今仍在部分地区风行。一个普通婚俗,能在历史长河中绵绵不断地传承几千年,说明它有着强大的生命力。这种生命力则来源于共同的心理愿望、一致的情感要求,那就是:夫妻恩爱、幸福美满。

迎亲既是新婿往女家迎娶新娘的仪式,也是婚礼的高潮与核心。王晔杂剧《桃花女破法嫁周公》第三折中描写了在娶亲过程中的戴花冠、持筛

<hr />

① (唐)段成式:《酉阳杂俎》,方南生点校,中华书局1981年版,第7页。

② (宋)孟元老:《东京梦华录》(外四种),中国商业出版社1982年版,第33页。

子、盖红头巾、下车铺席、跨马鞍等一系列习俗：

　　（媒婆做扶行科，正旦云）且慢者，这出门的时辰，正犯着日游神，又犯着金神七杀。有这两重恶煞，争些的着他道儿也。石小大哥，取我那花冠来，待我带上；再取那筛子来，你拿着在我前面先行咱。（石留住云）理会的。（取冠与正旦戴，持筛子先行科）（正旦唱）

　　[迎仙客]他道是日游神为祸祟，我桃花女受灾危，怎知有千只眼先驱能辟鬼？（媒婆做扶出门科）（正旦唱）我行出宅门前，离得这闺阁里。我呵若不是妆束巍巍，险些儿被金神打的天灵碎。

　　媒婆扶新人上车者！（正旦云）住，住，住！这时辰正冲着太岁。我想太岁最是一个凶神，若不避着他，那里得我这性命来？石小大哥，你等我上了车，分付拽车的人先把车儿倒拽三步，不许他便往前走。（媒婆扶旦上车科）（石留住云）推车的听着！新人分付，先把车倒拽三步，方向前走！（众应，做倒拽三步科）（正旦云）我这袖中有个手帕儿，待我取出来，兜在头上。（做兜帕科，唱）

　　[醉高歌]坐车儿倒背我这身奇，手帕儿遮蒙了我面皮。（彭大云）怎么这新人车儿不向前走，倒往后褪那？（正旦唱）大公也，你可怎生不解其中意，我则怕撞着那凶神的这太岁。

　　媒婆，请新人下车儿咱。（媒婆做扶正旦科）（正旦云）且慢者！今日是黑道日，新人蹈着地皮，无不立死，则除是恁的。石小大哥，与我取两领净席来，铺在车儿前面。我行一领倒一领。（石留住云）理会的。（取席铺地科）

上述描写，写到了三个与婚礼服饰有关的习俗：一是戴花冠：桃花女让人取来花冠戴上，戴花冠是为了对付"日游神"和"金神七煞"，说新娘戴花冠是为了"装得像天帝一般"，这样，"金神七煞倒要避她了也"。二是红盖头：上车时，为了避太岁神，桃花女让石留住吩咐拽车的人把车先"倒拽三步"再前行，自己则用"手帕"兜在头上，"手帕儿遮蒙了我面皮……我则怕撞着那凶神的这太岁"，因为这样"盖煞了脸"，太岁凶神就认不出来了。这是民间流传的新娘用红布遮盖头脸以解煞避邪的婚娶习俗。红盖头是我国传统婚礼中传承久远的仪式用品。因时代和地区不同，其叫法不同，有羞巾、障面、兜纱、面红、红巾、戴头帕、褡头袱、盖头布、蒙头红子、蒙脸红子等。一般用五尺见方的红色绸缎制成,四角缀以铜钱或其他饰物,结婚时罩在新娘头上,四角自然下垂,罩住整个面部。入洞房坐帐后由新郎或伴娘揭去。宋吴自牧《梦粱录》载:两新人"并立堂前,遂请男家双全女亲,以秤或用机杼挑盖头,方露花容。"①"挑盖头"用秤杆,寓意"称心如意",还"因为旧秤一斤为十六两,十六颗星,接南斗六星,北斗七星,再加福、禄、寿三星,共十六个数。取'吉星合利,大吉大利'之意。""机杼",即织布之梭,向有"长寿"之喻;"双全女亲",则寓新娘生男又生女。② 关汉卿杂剧《感天动地窦娥冤》第一折窦娥唱词也涉及这种习俗:"避凶神要择好日头,拜家堂要将香火修。梳着个霜雪般白鬏髻,怎将这云霞般锦帕兜?"拜家堂,设有祖先遗像或牌位的堂屋,每逢年节和婚嫁时都要在此行拜。"云霞般锦帕兜",指的就是盖头。三是铺席:到了周家下车时,因那天是"黑道日","新人踏着地皮,无不立死",桃花女让石留住取两领净席铺在车前,她下车足不沾地,踩在席子上,"行一领倒一领",将黑道换了黄道,从而化凶为吉。当时的这些习俗在元代人笔记小品中也有反映,如陶宗仪《南村辍耕录》记载说:"今人家娶妇,舆轿迎至大门则传席以入,弗令履地。"③新娘下轿,脚不沾地,"传席"前行。此俗始自唐代,当时用毡,至宋元时期改用席。当时本意为新妇进夫门,忌讳双脚沾地,为避免触动鬼神、邪魔,含避邪求吉之意。至于传袋祈子之意,是清以后,民间改用麻布袋,才转化为"传代",成为表示子孙接代的象征事象。④

　　元代婚礼场面也被描写得绚丽多姿、繁富灿烂。如贾仲明杂剧《萧淑兰情寄菩萨蛮》第四折萧淑兰描述兄嫂为自己办的婚礼场面十分排场:"纳币帛绫段,不断头花担盒盘堪观。披挂的遍身红满,来往官媒一划地锦绣攒。人乱撺,亲属交错,罗绮弥漫。"一如今天的婚礼场面,一片喜气,处处挂红披彩。婚礼上宾客的服饰也都体面富贵,如关汉卿杂剧《诈妮子调风

---

① (宋)吴自牧:《梦粱录》(外四种),中国商业出版社 1982 年版,第 174 页。
② 李晖:《掩扇·却扇·盖头——婚仪民俗文化研究之二》,《民俗研究》2001 年第 4 期。
③ (元)陶宗仪:《南村辍耕录》,中华书局 1959 年版,第 207 页。
④ 辛灵美、孙士银:《略论象征在婚俗中的表现及其意》,《中国集体经济》2010 年第 12 期。

月》第四折中写小千户与莺莺结婚时男女宾客的穿戴:"官人石碾连珠,满腰背无瑕玉兔鹘;夫人每是依时按序,细挼绒全套绣衣服。包髻是缨络大真珠,额花是秋色玲珑玉。悠悠的品着鹧鸪,雁行般但举手都能舞。"来参加婚礼的男男女女都将自己打扮得风光出众,为整个婚礼添雅助兴,营造着喜庆红火热闹的气氛。

元曲中描写的婚礼,整个过程从头到尾都充满喜庆,如果我们留心的话,就不难发现:引燃这种喜庆气氛的是新人全身披挂的婚礼装。如王实甫杂剧《崔莺莺待月西厢记》第三本第四折红娘唱:"不图你甚白璧黄金,则要你满头花,拖地锦。"白朴杂剧《裴少俊墙头马上》第三折中唱道:"也强如带满头花,向午门左右把状元接;也强如挂拖地红,两头来交媒谢。"这里的"满头花",指女子结婚时头上的华饰;"拖地锦",指女子结婚时所披的红色外衣。看来,"满头花"、"拖地锦"是元代新娘所穿的喜服。带着草原气息的新娘同样也是红光闪闪,娇媚多姿,如关汉卿杂剧《诈妮子调风月》第四折中小千户与莺莺结婚时莺莺的打扮:"他是不曾惯傅粉施朱,包髻不仰不合,堪画堪图。你看三插花枝,颤巍巍稳当扶疏。则道是烟雾内初生月兔,原来是云鬓后半露琼梳。百般的观觑,一划的全无市井尘俗,压尽其余。"无论是汉代婚服还是少数民族婚服都如此繁杂、标新立异、绚丽多姿,让我们感到元代婚服是多样的,婚服中蕴含着深深的文化。

结发仪式,这是婚礼中最具有社会意义的环节。所谓结发,就是入洞房后,新婚夫妇要行"合髻"礼,各剪下一缕头发用彩色丝线系在一起,表示结合。据《东京梦华录》载,男女"对拜毕,就床……男左女右,留少头发……谓之'合髻'"①,也就是"结发"。后来,"结发"又引申为夫妻,特别是指原配夫妻。此意元曲中记载很多。如石君宝杂剧《鲁大夫秋胡戏妻》第一折:"想着俺昨宵结发谐秦晋,向鸳鸯被不曾温,今日个亲、亲送出旧柴门。"无名氏杂剧《鲠直张千替杀妻》第一折:"同衾结发,情深义重,夫乃妇之天。"无名氏杂剧《王月英元夜留鞋记》第四折:"怎能勾夫妻结发,依旧得人月团圆。"童童学士套数[双调·新水令]《念远》:"案举齐眉,带绾同心,钗留结

_____

① (宋)孟元老:《东京梦华录》(外四种),中国商业出版社1982年版,第33—34页。

发。"这种以剪下少许头发作为婚姻信物的婚俗,到明代仍未绝迹,直到近世才不见结发礼。但是,结发夫妻象征夫妇永不分离的美好含义,如同合卺之礼一样,仍然得到多数人的肯定。中国人在心理情感上,从古至今尤重结发夫妻。结发除了含意"庄严"之外,还有"神圣"、"天意"、"缘分"之意,表明男女之间的第一次感情,特别珍贵。在此基础上男女双方产生了对婚姻的责任感、义务感,这对婚姻、家庭、社会起着一种稳定作用,对"婚外恋"也有一定程度的制约。

3.丧葬服饰

按照民俗学说法,丧葬礼仪既是人生最后一项"通过礼仪",也是最后一项"脱离仪式",它表示一个人完成了他或她一生的全部行程,最终脱离了社会。所以,在中国古代社会,人们历来对之重视有加。《论语·学而》说:"慎终追远,民德归厚矣。"[1]《孟子·离娄下》云:"养生者不足以当大事,惟送死可以当大事。"[2]说明先人都把送终作为人生的一件"大事"来处理。记载先秦礼仪制度的《仪礼》记录了一整套丧葬礼仪,从始死到小殓、大殓、启殡、朝祖、下葬,共计有四十多项。元时期的丧葬礼仪,在继承先秦以来丧葬礼仪制度的基础上,更趋系统、完整和隆重。元曲按照丧葬礼仪,描写了元代丧葬中的一些服饰习俗。

以布帛、衣服装殓尸体,元时称作"装裹"。如岳伯川杂剧《吕洞宾度铁拐李岳》第二折:

> (正末云)这一会觉昏沉上来,你扶着我者。(正末发昏科。旦悲科,云)孔目,你苏醒者。张千,拿衣服来,教孔目穿了者。(张千做穿衣科,正末醒科,云)大嫂,怎生大惊小怪的做甚么?(旦云)你才发昏来,与你穿上衣服了也。(正末云)怪道这等热燥! 快脱了者,我身上衣服尽勾了也。(旦云)孔目,你平生吃辛受苦,阛阓下平日爱穿的几件衣服,你不穿了去,留下做甚么?(正末云)快脱了,我不穿去,且留着。(唱)[正宫·端正好]你装裹我二十重,或是三十件。(旦云)你

---

① (明)张居正:《四书直解》,九州出版社 2010 年版,第 64 页。
② 杨伯峻:《孟子译注》下,中华书局 1960 年版,第 189 页。

置下的合该你穿。(正末唱)你道是我置下我死合穿,知他土坑中埋我多深浅,装裹杀也无人见。

这里写了两个习俗,一是趁病人未咽气,首先要将预先特制的寿衣穿好,否则就被认为是赤身裸体地到阴间报到。所以剧中孔目妻在孔目发昏时,就叫张千拿衣服给孔目穿。二是寿衣讲究单、夹、棉四季衣裳齐全。为避免重丧,寿衣的件数讲究穿单不穿双,取祸事单行之意,件数有三件、五件甚至七件、九件的。一般是里单外棉,即内衣内裤,外套棉衣棉裤,外面再罩一件长袍,共五件,称"五福"。也有的上五件,下三件,称"五领三腰"。总之,要四季衣服棉单夹搭配,即贴身小衣、单衣、夹衣、棉衣、长衫样样齐全。故剧中提到的装裹"二十重","三十件",不是诳语,应是当时的习俗。

另外,还有将钱放在死者口中、身下的风俗,称为"口含钱"、"垫背钱"。这一风俗,在元曲中有描述,郑廷玉杂剧《看钱奴买冤家债主》第四折:"笑则笑贾员外一文不使,单为这口衔垫背几文钱,险送了拽布拖麻孝顺子。"死者口中含珠、玉、制钱的礼俗古已有之,即古礼中的"饭含"。民间习俗,为了不让死者空口离开人世,在死者咽气时往其嘴里放一枚系红线绳的珍珠或铜钱,谓"口含钱",也有的叫"紧口钱"或"噙口钱",也有的地方直接往死者嘴里塞些饭团,称作"含饭"。拴铜钱的红绳的两端系到死者的两耳上。有些地区要在死者口中放一枚中间有方孔的古铜钱。还有的地方在死者口中放点银质或玉质的东西。含饭要视死者的身份地位而不同。

古代丧礼中,亲友对死者的哀悼有吊、奠、赙三种形式。吊唁,是指亲友接到讣告后来吊丧,并慰问死者家属。吊祭的人要穿着素服,民间叫挂孝、带纸麻花等。元曲中记载了这个习俗,如关汉卿杂剧《邓夫人苦痛哭存孝》第四折李克下令祭奠李存孝:"颇奈存信、康君立,五裂存孝一身亡。大小儿郎都挂孝,家将番官痛悲伤。"杨显之杂剧《郑孔目风雪酷寒亭》第一折:"这婆娘忒奸猾,不贤达,走将来泪不住行儿下。则你这无端弟子,恰便似恶那吒。他夫妻每才厮守,子母每恰欢洽。你不脱了丧孝服,戴甚么纸麻花?"贾仲明杂剧《荆楚臣重对玉梳记》第一折:"那里怕千人骂万人嗔? 则愿的臭死尸骸蛆乱蚡,遮莫便狼拖狗拽,鸦嗛鹊啄,休想我系一条麻布孝腰裙!"无名氏杂剧《包龙图智赚合同文字》第一折:"妻也,知他是你命难逃我命蹇，我想从也波前，也是宿世缘，将重孝不披轻孝来穿。"纸麻花，用白麻结成的戴孝标志。挂孝，也称披孝，是指在人死后当日或次日，死者的至亲换上各种等级的白颜色丧服，以便从事丧礼中的各种仪式。人死，亲眷依礼俗披麻挂孝，以示哀悼的习俗，元代官方文件中也有记载，《元典章》卷三十《丧礼》"禁治居丧饮宴"条云："以父母之丧三年，天下之通丧也。"在"丧服各从本俗"条中又云："夫丧礼，斩衰、齐衰以至缌功，自有官服之制辨，有轻重之差。"①足见元代朝廷对汉族传统服丁忧之制的承袭和继承。马可·波罗在游记中也记写了这些风俗："达官显宦和富豪绅商死后的仪式，必须遵照下面的仪式办理，这也是他们的风俗。凡是死者的亲属和亲友必须戴孝，伴送死者到指定的殡葬地点。送葬队伍中有鼓乐队，一路上吹吹打打，僧侣一类的人高声念诵经文，到达葬地后，就把许多纸扎的男女仆人、马、骆驼、金线织成的绸缎以及金银货币投入火中。"②可见，吊丧之礼在元代民间是非常盛行的。

助丧也是古代丧礼中的重要环节，助丧活动包括禭、赗、赠、赙、奠等名目。宫天挺杂剧《死生交范张鸡黍》中第二折范巨卿在梦中梦到好友张劭亡故后，立即嘱咐家僮："怕少盘缠立文书问隔壁邻家借，怕无布绢将现钱去长街上铺内截。"范巨卿让家僮"去长街上铺内截"的"布绢"，指的就是吊丧之时，给丧家带去助丧的"赙礼"。

守孝期间要穿丧服，又称孝服、衰服。穿丧服的规定是十分严格而复杂的，我国古代丧服制度的核心是"五服"，即斩衰、齐衰、大功、小功、缌麻五种服制。这五种等次丧服的区别主要在形制和质料以及穿着时间的长短上。五服之中以斩衰为重，其服以极粗的生麻制成，边际散开，不缝制，三年的丧期。齐衰是第二等丧服，熟麻制成，边缘缝缉整齐，有别于斩衰的毛边，故名"齐衰"。齐衰分为四个等级：齐衰三年（丧期也是三年）、齐衰杖期、齐衰不杖期（两者丧期均为一年）、齐衰三月（丧期三个月）。大功是次于齐衰的丧服，是为一般亲戚关系的人服丧的等级，因以"大功布"制成，故名。大

---

① 《元典章》，中国书店 1990 年《海王邨古籍丛刊》影印本，第 462 页。
② ［意大利］马可·波罗：《马可波罗游记》，陈开俊等译，福建科学技术出版社 1981 年版，第182 页。

功布是一种经过锻冶的熟麻布,其色微白,麻布的质地也比齐衰为细。丧期为九个月。小功是次于大功的丧服,细白布制成,五个月的丧期。缌麻,更细的白布制成,三个月的丧期,是服丧中最轻的。① 宫天挺杂剧《死生交范张鸡黍》第三折:"身穿的丝麻三月服,心怀着今古一天愁。"就是对这种丧服的描写。贾仲明杂剧《荆楚臣重对玉梳记》第二折:"你便守熬呵刚捱到服满三年。你嫁个知心可意新家长。"是对五服中最重的丧服斩衰的描写。

守孝期满,脱去丧服,称之为"除丧"。宫天挺杂剧《死生交范张鸡黍》第四折:"(第五伦云)快脱了丧服。(正末唱)脱丧服手脚张狂。"就是对此种习俗的描写。

应该说,元曲中对丧葬礼俗服饰的描写是周到而细致的,从历时的角度考虑,这些服饰礼俗是历史发展的必然,是当时"灵魂不死"、"人死为鬼"观念召唤下的一种反映,而且又影响了我们今天的服饰礼俗,是服饰民俗研究的"活化石"。尤其是描写中融进的一些多种艺术手法,如讽刺、调侃、让"挂孝"风俗发挥了特殊的作用等,特别是将一些与丧葬服饰有关的氛围和意象加以渲染,使元曲中的丧葬多了一些可感可观的生活气息。

---

① 高春明:《传统服饰形制考》,《上海艺术家》1996 年第 3 期。

元曲与民俗

下

Yuan Drama and Folklore

陈旭霞　著

人民出版社

目　录

·下　卷·

第三章　元曲里的节俗

元代的节日习俗,作为元代社会的生活相、文化遗产的生活场、文化模式的生活流,①以气魄恢宏的历史内蕴,海纳百川的文化包容,灌溉了元代文学之花的盛开。作为在元代成熟并且走向繁荣的元曲,在元代节日民俗的涵茹浸润之中,更是呈现出独具的时代风采。

走进这个风采奕奕的再现着元代民众生活真情、真趣的节日世界——

"年"带着元代人"烧残爆竹一年终"②的欢快跑来;土牛在元代人的鞭打下,将"木杪生春叶,水塘春始波"③的春载来;燕子在"语喃喃,忙劫劫"④中,将春搬来;元代人在"燕语喧喧,蝉声历历,蝶翅翩翩"的清明艳丽天里"把春留恋"⑤。元代的春天,伴着人与自然、人与环境、人与生存融合的顺应天地四时的自然生命节律向你走来;走进这个世界,射柳打球,龙舟竞渡,元代缤纷灿烂、生机勃勃的"端午景",连同元代特有的夏至养生之道,还有赏荷风俗图里荡漾的爱荷情,采莲游乐图里飘泛出的夹杂着荷香的欢声笑语,都会让你感到,元代的夏是那样的多彩多姿,那样的闲适清爽,甚至是那样的潇洒和快乐、欣欣向荣。走进这个如火如荼的世界,"一川红叶"的秋"飘飘"⑥

---

① 陈勤建:《保护非物质文化遗产要防止文化碎片式的保护性撕裂》,《文艺报》2006 年 3 月 12 日。

② 钟嗣成小令[南吕·骂玉郎过感皇恩采茶歌]《四时佳兴·冬》。

③ 贯云石小令[双调·清江引]《立春》。

④ 鲜于必仁小令[中吕·普天乐]《平沙落雁》。

⑤ 无名氏杂剧《鲠直张千替杀妻》第一折。

⑥ 刘秉忠小令[双调·蟾宫曲]。

而至。元代的秋天,不仅有"稻粱收,菰莆秀"①、"黄云罢亚卷秋风"②的景,而且有"青山绿水,白草红叶黄花"③的色,更有"采黄花摘红叶戏庄上儿孙"④的情。虽是秋景,却难掩春的情怀,透着夏的气息。走进这个世界,那"冻成片梨花拂不开"⑤的雪世界,那"探梅的心噤难捱"⑥的梅情结,那冬至里"绣线添红"⑦景,那"金盏酒羊羔满泛,红炉中兽炭频添"⑧的拥炉饮,那大年日"供养了馓子茶食"⑨的帖门神,那"庆时丰"的"烧残爆竹"⑩,那"腊月三十日晚夕"⑪"酒儿笃鱼儿胘旋旋开樽"⑫的年夜饭,还有那顺天乐生的节俗心态,共同谱写了"四时佳兴"⑬的旋律。旋律悠扬在元代人构筑的元曲世界里,也昂扬在中国节日文化史上。

走进这个鲜活地跳动着元代人灵魂的节日世界,我们清晰地体验到整个时代的精神气质!

元朝是中国历史上第一个由少数民族统治的朝代,尽管对汉族的传统有诸多摒弃,但在岁时节日方面却沿袭颇多并有更丰富的发展。1264 年,元世祖忽必烈颁布圣旨:"京府州县官员……如遇天寿、冬至,各给假一日;元正、寒日,各三日;七月十五日、十月一日、立春、重午、立秋、重九、每旬,各给假一日。"⑭在这些假日中,元正、寒食、立春、重午、重九等都是传统的节日。这些节日独特地尽着一种文化功能⑮:满足着元代人一定的生活要求,调节着元代百姓的生活节律,推进和巩固着元代的社会秩序。而且经过元

① 赵善庆小令[中吕·普天乐]《江头秋行》。
② 王恽小令[越调·平湖乐]。
③ 白朴小令[越调·天净沙]《秋》。
④ 汪元亨小令[双调·折桂令]《归隐》。
⑤ 乔吉小令[双调·水仙子]《咏雪》。
⑥ 乔吉小令[双调·水仙子]《咏雪》。
⑦ 钟嗣成小令[南吕·骂玉郎过感皇恩采茶歌]《四时佳兴·冬》。
⑧ 张可久套数[南吕·一枝花]《冬景》。
⑨ 无名氏杂剧《玎玎珰珰盆儿鬼》第三折。
⑩ 钟嗣成小令[南吕·骂玉郎过感皇恩采茶歌]《四时佳兴·冬》。
⑪ 刘君锡杂剧《庞居士误放来生债》第一折。
⑫ 汤舜民小令[中吕·满庭芳]《除夕》。
⑬ 钟嗣成小令[南吕·骂玉郎过感皇恩采茶歌]《四时佳兴·冬》。
⑭ 李修生:《全元文》第三册,江苏古籍出版社 1998 年版,第 292 页。
⑮ 钟敬文:《话说民间文化》,人民日报出版社 1990 年版,第 57 页。

代的演绎,其节日习俗的历史与文化的积淀更加深厚,更加深入人心。如历来被中国人视为一年中最隆重最喜庆的年节,在元朝,也受到上自皇帝百官,下至黎民百姓的重视。其间的民俗活动神秘而温馨,丰富又多彩,既包括严肃的国家礼仪——大臣向皇帝贺正、皇帝赐宴、大臣互拜,也包括大量的民间民俗活动。时间从腊月初八的"腊八节"、腊月二十三或二十四的祭灶节、除夕的守岁、初一的拜年,一直延续到正月十五的"闹元宵"。数量众多、仪式繁富的节日活动,将元代的世俗生活装扮得多姿多彩。甚至到了二月二的龙抬头,年的气息仍在四处奔跑,年的味道仍然浓浓郁郁。其间的年节民俗活动,以及涵盖的"辞旧迎新"寓意、"期盼与祝福"心愿等许多传统的文化符号,都在元曲中有描写。元曲通过民间的视角、民间的意识、民间的逻辑,记录了逝去的元代节日的文化内涵,具体而生动地展示了元代人真实的心路历程,最真实的生存状态和鲜活的生活风貌。

　　走进这个"字字本色"地展示着元代岁时节俗鲜明时代特点的节日世界,我们深刻地感受到一种穿透心旌的多元文化交流的震撼!

　　在有元一代中华民族大家庭中,各民族大融合、大学习,不同地区、国家和地区间的经济文化双向交流加速。因此,在"征尘缭乱马蹄横"①中,元代的节日在保留中原习俗的基础上,也多了"蕃曲"和"胡乐"等各民族的节日习俗。如元日,即现在的春节。古人十分重视元日作为一年开端的意义。每逢这一天,大臣都要向皇帝拜贺,即在夜漏到七刻时,文武百官要入宫给皇帝贺年,叫元日朝会。元代沿袭了这一习俗。据《马可波罗游记》记载:"鞑靼人是以西历二月份作为新年的伊始。这一日,大汗和他的疆土上的所有的臣民,都依照惯例穿上白衣。按他们的观念,这是吉祥的象征。他们这种做法,是希望求得一年到头在生活中都能够万事如意,快乐安康。"②游记激起了欧洲人对东方的热烈向往,对大航海时代的到来产生了至关重要的影响。在元曲中也可以看到与《马可波罗游记》记述相一致的习俗描写。吴仁卿套数[越调·斗鹌鹑]中对元旦宫廷朝贺的描绘隆重繁盛,铺张扬

---

　　① 李文蔚杂剧《破苻坚蒋神灵应》楔子。
　　② [意大利]马可·波罗:《马可波罗游记》,陈开俊等译,福建科学技术出版社1981年版,第102页。

厉,多姿多彩。汤舜民套数[正宫·端正好]《元日朝贺》中记述了元代元旦庆贺的风俗,尤其是维吾尔族散曲大家贯云石套数[双调·新水令]《皇都元日》描写了1312年改元以后元大都春节的情况,在这些充满祝颂、吉祥之语和直接表现元日朝贺风光,肆意表达欢畅场面的套数中,也流露出了元代宫廷新春的一些习俗和信息,为我们多视角地了解元代新年的皇家风俗提供了如画般的资料。又比如元代端午节是一个全国范围内的、各个阶层都参与的大众化节日。它作为日常生活的融化剂,一系列节日习俗活动的开展,起到了与日常平静节奏相异的欢庆狂欢气氛,其中元曲对节日打球射柳风俗的描写,如无名氏杂剧《阀阅舞射柳蕤丸记》描写端午于御园设筵打球射柳以贺佳节,王实甫杂剧《四丞相高会丽春堂》第一折蕤宾节文武官员在御园射柳,吴昌龄残剧《唐三藏西天取经·饯送郊关开觉路》(《升平宝筏》第十六出)五月五日做蹴柳会,热烈而别致。几个剧虽然说的不是元代的事,但从中可以看出元代射柳的习俗:程序井然,规则严密,隆重普及,习以为常,展示了元代文化星空的包容、博大、深邃,也反映了元代人开放、大度的胸襟,以及他们对快乐和闲适的追求。

这个深刻地展示着元代人达观通透的节序文化观的世界,还让我们体验到元代人的神情风貌!

元代的每一个节日都被元代人进行了娱乐性的改造,原有的巫术、禁忌、信仰、祓禊、禳除的神秘气氛在元曲里逐渐消失,娱乐性的色彩迅速增长,游乐性的风俗持续发展。如上巳节,在元曲中里已经没有了巫术的意味,而成为一个"家家无火桃喷火,处处无烟柳吐烟。金勒马嘶芳草地,玉楼人醉杏花天"①的节日;寒食清明节,在元曲里也找不到凝重悲凉的感觉,而是呈现出或"三四株溪边杏桃,一两处墙里秋千"②,或"香车游上苑,宝马满东郊"③,或"彩绳悬画板秋千戏,遍郊园幕天席地。动笙歌一派音韵美,列山灵水陆筵席"④的景象。端午节,在元曲中也不再是一个让人充满

---

① 石君宝杂剧《李亚仙花酒曲江池》第一折。
② 张养浩小令[中昌·十二月兼尧民歌]《寒食道中》。
③ 贾仲明杂剧《铁拐李度金童玉女》第二折。
④ 宋方壶套数[越调·斗鹌鹑]《踏青》。

了畏惧的恶月恶日,也成为一个"榴花葵花争笑","江津戏兰桡,船儿闹"①的佳节。本为免灾的重阳节,在元曲中亦是一派"笑语声喧……仕女佳人相携。登高处,郊原内……管弦声里……胜似春光明媚"②的娱乐景象。这些曾经处于凝重、诡秘、禁忌多多的宗教信仰氛围中的节日,这些人们身处其中曾经不得不谨小慎微、精神处于高度紧张状态、生怕动辄得咎惹祸上身的节日,在元曲里已全部成为放歌纵酒、郊游野宴、游戏玩乐、尽情享受的休闲娱乐时间和狂欢时间。还有"人世千家乞巧忙"③的七夕节,"明月万家欢笑声"④的中秋节,也都带有鲜明的娱乐狂欢色彩。至于"金吾不禁,良宵欢洽"⑤、"千朵金莲五夜开"⑥的元宵节,更是"明月镜无瑕,三五夜人物喧哗,水晶台榭烧银蜡。笙歌杳杳,金珠簇簇,灯火家家"⑦,添加了太多的娱乐狂欢色彩。即使是在社日里,也见"牧笛,酒旗,社鼓喧天擂","醉舞头巾坠"⑧、鼓乐喧天、狂吃豪饮,既娱乐神明,更娱乐自己。所有这些,都清晰地传达出元代节日的娱乐和狂欢,突出地表现了"交替与变更的精神、死亡与新生的精神"⑨,表现了"心灵的欢乐和生命的激情"⑩。正如巴赫金在论述民间节日狂欢时所说:"各种民间节日形式瞻望的是未来,并表演着这个未来,即'黄金时代'对过去的胜利:这是物质幸福、自由、平等、博爱了全民丰裕的胜利。未来的这种胜利是由人民不朽所保证的。正像旧事物的灭亡是必然的、不可避免的一样,新的、大的、更好的事物的诞生也是必然的、不可避免的。"⑪也正因为如此,元代节日还是中华节日史中承上启下的重要一环,这突出地表现在三个节日上:元代以降,上巳节退出了节日系统;寒食节

---

① 马致远小令[仙吕·青哥儿]《十二月·五月》。

② 贾仲明杂剧《吕洞宾桃柳升仙梦》第二折。

③ 无名氏小令[中吕·喜春来]《四节》。

④ 无名氏小令[中吕·迎仙客]《八月》。

⑤ 商衟套数[南吕·梁州第七]《戏三英》。

⑥ 无名氏杂剧《王月英元夜留鞋记》第二折。

⑦ 周文质套数[大石调·青杏子]《元宵》。

⑧ 张养浩小令[中吕·朝天曲]《村乐》。

⑨ [俄]巴赫金:《陀思妥耶夫斯基诗学问题》,白春仁、顾亚铃译,上海三联书店1988年版,第178页。

⑩ 程正民:《巴赫金的文化诗学》,北京师范大学出版社2001年版,第180页。

⑪ [俄]巴赫金:《拉伯雷研究》,河北教育出版社1998年版,第296页。

在元代基本消亡;二月二龙头节在元朝正式形成民俗节日。三个节日的或消失,或消亡,或兴起,是元代人尊重自然,尊重自然生命节律,顺应天地之道、四时之序的结果,也是由于民族的融合、因战乱频繁所衍生的独特社会心态等因素为元代节日风俗承上启下和创新发展带来了新的元素,使元朝成为中国整个节日发展链条上不可或缺的一环。正如恩格斯曾对欧洲民族大迁移评论时所说的,"凡德意志人给罗马世界注入的一切有生命力的和带来生命的东西,都是野蛮时代的东西。的确,只有野蛮人才能使一个在垂死的文明中挣扎的世界年轻起来"①。而且还由于它让元朝的生活——习惯的,物质的,精神的,特别是原生态的朴素与雄浑之美的草原民俗,及元代人的伟大发明,没有成为一段消失的历史。

虽然元代已渐行渐远,但元曲中流漾的当时世态风俗仍然活跃着。元代人站在"美学高原上"②记录的节日风姿,至今仍有巨大的艺术感染力和艺术冲击力。如元曲中或显得清新丰润、趣味盎然,或富有机趣和活力,轻灵可爱、活脱明快的"四季歌",为我们展示了各具风貌的"四季景物图",使我们在具体欣赏情境中,领略大自然在周而复始的季节推移中呈现出来的那种生意盎然的美,那种随处生春的美,感受元代人那种充分实现自己生命的美好的心境和真实做人、积极用世,但不以功名利禄为念的旷远胸襟,具有其他文学形式的写景之作难以替代的审美特征和审美价值:

春山暖日和风,阑干楼阁帘栊,杨柳秋千院中。啼莺舞燕,小桥流水飞红。③

云收雨过波添,楼高水冷瓜甜,绿树阴垂画檐。纱幮藤簟,玉人罗扇轻缣。④

孤村落日残霞,轻烟老树寒鸦,一点飞鸿影下。青山绿水,白草红叶黄花。⑤

---

① 中共中央马克思恩格斯列宁斯大林著作编译局编译:《马克思恩格斯全集》(第21卷),人民出版社1965年版,第178页。

② 袁鼎生:《生态艺术哲学》,商务印书馆2007年版,第11页。

③ 白朴小令[越调·天净沙]《春》。

④ 白朴小令[越调·天净沙]《夏》。

⑤ 白朴小令[越调·天净沙]《秋》。

一声画角樵门，半庭新月黄昏，雪里山前水滨。竹篱茅舍，淡烟衰草孤村。①

这是白朴的四首小令。小令俊爽秀美，鲜明生动地描绘出了大自然在季节变迁中呈现出来的各具特色的美的形态，如同四幅笔墨清淡却凸现季节特征和情趣的水墨画，典雅闲远，意在境中。

特别是马致远小令［越调·天净沙］《秋思》：

枯藤老树昏鸦，小桥流水人家，古道西风瘦马。夕阳西下，断肠人在天涯。

扬鞭追风，八百余年的遥远了，而这短短的二十八个字，仍把持着描摹苍凉秋景与漂泊思乡心境的高度，尚无一人扬鞭策马而过。

正是这样的以生命美学、生活美学和生态美学为基调的本真描写，才深刻地揭示了元曲厚重质实的节日文化内涵：一是元曲节俗描写展现了元代人诗意的甚至是神圣的节日感，以及元代人健康乐观的生活观和节日感促成的人生幸福感、成就感，从而使元曲具有了一种自然、鲜活，充满生活情趣之美；二是元曲节日描写展现了元代文人的洒脱、旷达、豪放，以及从未停止过的对顽强而又执着的生命意义的深层思索，从而使元曲具有了一种饱经沧桑后哲学意义上的超脱平和之美；三是元曲节日描写展现了在少数民族入主中原的特殊时代，汉族人民对自己的传统文化，怀着一份特别的留恋与格外珍惜之情②，以及在他们恣意流露的节日心态的背后，涌动着的浓郁的家国情怀，从而使元曲具有了一种浓得难以化开的追怀与思念故国家园的伤神之美，以及即使是在消极描写的层面也清晰可见的那芒锋四射的"青山正补墙头缺"③的担当之美；四是元曲节日描写里并非都是"佳兴"之日，在元曲节日中，元代百姓受压迫、受欺凌的描写比比皆是。如武汉臣杂剧《包待制智赚生金阁》中郭成在万民同乐的元宵节，被权势豪要欺骗陷害，致使妻离子散，自己也冤死成鬼；关汉卿杂剧《包待制智斩鲁斋郎》中张珪的妻子在清明节被富豪恶霸鲁斋郎强行霸占，自己也被迫出家等

---

① 白朴小令［越调·天净沙］《冬》。
② 王星琦：《元曲与人生》，上海古籍出版社 2004 年版，第 301 页。
③ 马致远套数［双调·夜行船］《百岁光阴》。

等。这些描写形象而生动地描绘了平民百姓的痛苦遭遇,倾诉了他们的怨愤情绪,认真而公正地揭示了元朝的弊端,特别是种族歧视和压迫,让我们看到了元曲中"那极为先锋的一面,这里有骇人的想象力,依托着更加结实的民间根底,调侃、幽默和正义藏于其间"①。即使是那些描绘天下太平、君圣臣勤、岁稔年丰、百姓安居的承平景象或节日的作品,也是封建士大夫孜孜以求的太平盛世,是广大哀哀无告的下层百姓们的最高希冀。所以,这类作品不仅仅表现出曲作者对社会短暂繁荣与太平的欣喜,更抒写出了任何朝代各阶层人民渴望政治清明、国泰民安的共同心声,同样闪耀着社会亮色和积极健康的精神风貌。正如日本著名作家三岛由纪夫每次翻阅日本《古今集》面对其中季节姿态描写的感受一样,"正是在那样的文化、那样的文明大放异彩的时代里,才是抚触可能抚触的人的姿态。就是在甚少叙景的缕缕不绝的心理历程里,也强烈地渗透出季节的色调。行文的字里行间,蓬勃的无数歌中,也飘溢出季节的芳香,有时候从对季节的震撼中浮现出来"②。也因此,元曲才如一颗璀璨的明珠,辉映千古。

不同的时代,中华文明都在以不同的绚丽形式,传递着一种伟大精神的薪火。元曲展现了在元代时而高压时而粗疏的政治统治下,各类民俗活动中所展现出的底层人民的狂欢精神和其后面隐约闪烁的关爱人生,热爱生活,珍惜生命,和谐意识和天人合一的精神。一个又一个的岁时节日,是对日常生活一次又一次的超越,是生产、祭祀、纪念、社交、娱乐等民俗事象集中展示的舞台,也是民众精神的聚焦和民众愿望的表达,不仅在当时为人们诠释出了一定的精神寄托和生活向往,并且在中华民俗文化发展史上,也是一笔丰富的资料。透视元曲对岁时节令风俗的描写,有助于我们从一个视角去认识我们民族的传统文化,启发我们去思考传统文化与现代化的关系,唤起在极端物质化的现代社会人们对传统文化和民族习俗的追怀热情。正如著名民俗学家钟敬文所指出的那样,"把传统民间节日活动中那些确实

---

① 铁凝:《桥的翅膀——在巴黎首届中法论坛的演讲》,《人民文学》2010 年第 4 期。
② [日]三岛由纪夫:《残酷之美》,唐月梅译,中国文联出版社 2000 年版,第 176 页。

带有生活情趣的一些活动,认真加以挑选和运用。这样做,不但丰富了我们的新文化,也将使这种新文化确实地有较多的民族色彩和感情,而这点是很宝贵的"①。

需要补充说明两方面的内容,一是"作品的产生取决于时代精神和周围的风俗"②,阅读元曲中的岁时节令风俗描写,可以具体生动地了解元代各个节令的不同风俗以及它的特点,并见出元代人在节令期间的种种心态,从中可以抽绎出元代普遍的社会文化心理:倡扬人本精神,关注现实人生,向往安宁幸福,乞求康健长寿,重视家庭伦理和亲情、友情,追求人与自然的和谐相处等,犹如一幅七彩斑斓的画卷,可以抵得上元时期的节俗史,超越地域限界、超越国界界限、超越民族界限,对历史具有一定的穿透力。正如法国文艺理论家丹纳在其名著《艺术哲学》中所说:"倘若浏览一下伟大的文学作品,就会发现它们都表现了一个深刻而经久的特征,特征越经久越深刻,作品占的地位越高。那种作品是历史的摘要,用生动的形象表现一个历史时期的主要性格,或者一个民族的原始的本能与才具,或者普遍的人性中的某个片段和一些单纯的心理作用,那是人事演变的最后原因。"③二是文学作品不等同于史籍,元曲中的节日描写是文学作品而不是纯粹的史学,文学作品的基本性质,决定了元曲中的节日描写的总体特征是轻事实而重感受,淡背景而浓思绪,略叙述而详咏叹,具有补史、证史的局限和不足。同时,在具体创作中渗透和表现的当时社会心理氛围和时人崇尚的生活方式,淡化了元代节日描写的文献学意义,凸现了其文学价值。这是元曲在13、14世纪站在了世界文学艺术巅峰的一个重要原因。

一、元曲里的春季节俗

当我们闻到了春天的花香,听到了春天的鸟语,感受到春天款款而来的

---

① 钟敬文:《话说民间文化》,人民日报出版社1990年版,第60页。
② [法]丹纳:《艺术哲学》,傅雷译,安徽文艺出版社1998年版,第70页。
③ [法]丹纳:《艺术哲学》,傅雷译,安徽文艺出版社1998年版,第394—395页。

脚步时,元曲里的闹春也开始了。闹元日,"梅花枝上春光露,椒盘杯里香风度"①;闹立春,"春盘宜剪三生菜,春燕斜簪七宝钗,春风春酝透人怀。春宴排,齐唱[喜春来]"②;闹元宵,"万家灯火闹春桥,十里光相照。舞凤翔鸾势绝妙,可怜宵,波间涌出蓬莱岛。香烟乱飘,笙歌喧闹,飞上玉楼腰"③;闹社日,"牧笛,酒旗,社鼓喧天擂"④;闹上巳,"王孙蹴鞠,仕女秋千,画鞴踏残红杏雨,绛裙拂散绿杨烟"⑤;闹清明,"遇清明赏禁烟,艳阳天丽日迟,倾城士庶同游戏"⑥。即使在东岳庙会上,也是"人稠物穰,社火喧哗"⑦,闹的春回大地,闹的万物复苏,闹的鸟语花香。一路的喧闹,一路的美景,一路的芬芳,一路的辉煌。站在闹意浓浓的春的阳光下,呼吸春风剪剪的空气,感受春雨滋润后的春花绿柳;感受元代人最本真的生存状态、最原始的心理机制和精神生活,以及他们在这些春风春景中的歌哭悲欢和他们恣意流露的节日心态。

(一) 元 日

元旦为一岁之首,元者始也,旦者晨也。在岁时节令中,最重要的也是活动最为隆重、最为喜庆的当属元日。元日又被称为正旦、旦日或元旦,即今天的春节,俗称年节、新年。古人十分重视元日作为一年开端的意义,认为,一年的时日月岁皆从元日开始,是一年之始,一季之始,一月之始,故而又被称为"三元"或"三始"⑧。元日的一些节俗是从除夕延续下来的,但更多的是有着独立寓意的新的习俗,比如饮椒酒、拜年贺节等。其中,拜年贺节是最重要的习俗,分为官府和民间两种。官府的拜年贺节又分为宫廷大朝会和官员间的相互拜贺。每逢这一天,历代皇宫都会举行正旦朝会,即在

---

① 贯云石套数[双调·新水令]《皇都元日》。
② 元好问小令[中吕·喜春来]《春宴》。
③ 盍西村小令[越调·小桃红]《临川八景·江岸水灯》。
④ 张养浩小令[中吕·朝天曲]《村乐》。
⑤ 石君宝杂剧《李亚仙花酒曲江池》第一折。
⑥ 睢玄明套数[般涉调·耍孩儿]《咏西湖》。
⑦ 无名氏杂剧《刘千病打独角牛》第三折。
⑧ 常建华:《岁时节日里的中国》,中华书局 2006 年版,第 1 页。

夜漏到七刻时,文武百官都要入宫给皇帝贺年,叫元日朝会。据《左传·文公四年》记载:"昔诸侯朝正于王,王宴乐之,于是乎赋《湛露》,则天子当阳,诸侯用命也。"①四方诸侯会聚一堂,向周天子朝贺新年。天子安排乐舞招待他们。诸侯们赋诗言志,将天子比作太阳加以颂扬,一派其乐融融的景象。《论语·乡党》云:"吉月,必朝服而朝。"杨伯峻《论语译注》翻译为:"正月初一,一定穿着上朝的礼服去朝贺。"②以汉朝为例,元旦朝会基本程序是:在夜色未明时,文武百官就按等级依次手持各种象征性礼物如璧、羔等向皇帝奉献。远方属国派使节向皇帝祝贺新年,各郡县也派使节向皇帝汇报本地的年成、税收等情况。行礼如仪,山呼拜舞之后,皇帝赐宴,然后进行称为"鱼龙漫衍"的歌舞杂技表演。元旦朝会是封建国家显示与强调统治秩序的绝好机会,元代天下一统,经济昌盛,文化繁荣,元旦朝会也显得更加隆重气派。元曲中有多篇记述这一习俗的散曲。如元末散曲家汤舜民套数〔正宫·端正好〕《元日朝贺》记写了元帝都宫廷中带有浓厚草原特色的元旦朝会盛况:

一声莺报上林春,五更鸡唱扶桑晓。贺三阳万国来朝,践天街车马知多少,端的便塞满东华道。

〔滚绣球〕赤羽旗疏刺刺风尚高,丹墀陛湿浸浸雪未消,金銮殿淡氤氲瑞烟缭绕,玉狮炉香馥馥兰麝风飘。银酥蜡明灿灿金莲护绛绡,采鸾扇微影影青鸾矗翠翘,氍毹锦软茸茸平铺着宝街复道,珊瑚钩滴溜溜高簇起绣幕珠箔。九龙车霞光闪闪明芝盖,五凤楼日色瞳瞳映赭袍,隐隐鸣鞘。

〔倘秀才〕鸳鹭班文僚武僚,熊虎队龙韬豹韬,八府三司共六曹。象牙牌犀角带,龟背铠雁翎刀,有丹青怎描?

〔脱布衫〕椒花颂万代歌谣,柏叶杯九酝葡萄。茵陈簇雕盘翠缕,金花插玳筵宫帽。

〔小梁州〕一派仙音奏九韶,端的是锦瑟鸾箫。红牙象板紫檀槽,

① 杨伯峻:《春秋左传注》,中华书局 1990 年版,第 535 页。
② 杨伯峻:《论语译注》,中华书局 1980 年版,第 100 页。

中和调,天上乐逍遥。

　　[幺篇]瑶池青岛传音耗,说神仙飞下丹霄。一个个跨紫鸾,一个个骑黄鹤,齐歌齐笑,共王母宴蟠桃。

　　[尾声]麒麟鸑鷟来三岛,蛮貊貔貅静四郊。刁斗无惊夜不敲,露布无文送青鸟。弼辅移承尽所学,虹气夔龙不惮劳。端拱无为记舜尧,祝寿年年拜天表。

正月初一,五更鸡唱时,官员便准备上朝向皇帝拜贺,各国常驻大都的使臣也纷纷到皇宫拜谒元朝皇帝,祝贺新年。万国来朝,车水马龙,以至于通向宫廷的东华道拥塞。元旦大朝会的壮观场面跃然纸上。[滚绣球]和[倘秀才]两曲,刻画皇宫的金碧辉煌、气象恢宏和两旁文武的庄严肃穆、威武唐皇,大元帝国新年元旦的隆盛场面。[脱布衫]和[小梁州]两曲是对朝贺形式的描写,其中《椒花颂》是节日饮酒前的祝辞。椒就是我们今天熟悉的花椒。花椒在古代有很多含义:一是定情物。在《诗经·陈风·东门之枌》里像锦葵花一样美丽的子仲家的姑娘,"贻我握椒",送给他心上人的就是一束花椒。二是因花椒籽多,含有婚后多子之意。《诗经·唐风·椒聊》:"椒聊之实,藩衍盈升。彼其之子,硕大无朋。椒聊且,远条且。"粗大虬曲的花椒树,枝叶繁茂,碧绿的枝头,结着一串串鲜红的花椒子,采摘下来,足有满满的一升。以椒喻人,形容人丁兴旺,子孙像花椒树上结满的果实那样众多。三是古人相信花椒的香味有助于神灵的胃口,《诗经·周颂·载芟》描述周成王时期垦荒、耕种、收获、祭祖祈福情景时说:"有飶其香,邦家之光。有椒其馨,胡考之宁。"放了花椒的饭菜香喷喷,神灵吃得高高兴兴,这样就能帮助我们国家光大,保佑人民平安长寿。四是花椒也被巫师用来招待神灵,屈原《离骚》说:"怀椒糈而要之。"五是古人认为花椒是神通广大、法力无边的玉衡星之精,气味芬香,服之令人身轻耐老。东汉崔寔《四民月令》记载:"过腊一日,谓之小岁,拜贺君亲,进椒酒,从小起。椒是玉衡星精,服之令人身轻能(耐)老。"①晋代刘臻妻子陈氏曾在正月初一为其夫唱新年祝词。据《晋书·列女传》:"刘臻妻陈氏者,亦聪辩能属文。尝

---

　　① (汉)崔寔:《四民月令校注》,石声汉校注,中华书局1965年版,第5页。

正旦献《椒花颂》,其词曰:'旋穹周回,三朝肇建。青阳散辉,澄景载焕。标美灵葩,爰采爰献。圣容映之,永寿于万。'"①后遂用为典实,指新年祝词,代代相沿,元蒙统治者的宫廷朝会中也无有例外。"柏叶杯九酝葡萄",是说庆贺佳节的美酒是柏叶杯中盛满的葡萄美酒。柏树是耐久植物,芳气宜人,古人视为仙药,可免百病。在民俗观念中,柏的谐音"百"是极数,诸事以百盖其全部:百事、百鸟、百川等。故吉祥图案常见有:柏与"如意"图物合为"百事如意",柏与橘子合成"百事大吉"(橘、吉音近)。民间习俗也喜用柏木"避邪"。《风俗通》载:"魍魉喜食死人肝脑,惧于虎、柏。故阴宅陵墓多植柏立石虎。"②用其叶浸酒,并在元旦之日大家共饮,以祝长寿,这种酒又称为柏酒。柏叶、椒花代了古人春节时饮春酒的习俗,先秦以来,年年如此,岁月流逝、朝代更迭,此风至元朝也未改。《九韶》乐是每年元旦必定要演奏的。传说舜制九韶之乐,以明帝德。后代帝王便承袭此礼,用来表示天之骄子的功德,让天下臣民服膺他的统治。红牙板、紫檀槽、锦瑟、鸾箫奏出的乐曲,旋律稳重、节拍舒缓,给人以一种庄重气派的感觉。

北方重要曲家吴仁卿在他的套数[越调·斗鹌鹑]中描绘元旦朝贺的场面更为生动具体,更为多姿多彩,铺张扬厉:

天气融融,和风习习。花发南枝,冰消岸北。庆贺新春,满斟玉液。朝禁阙,施拜礼。舞蹈扬尘,山呼万岁。

[紫花儿序]托赖着一人有庆,五谷丰登,四海无敌③。寒来暑往,兔走乌飞。节令相催,答贺新正圣节日。愿我皇又添一岁,丰稔年华,太平时世。

[小桃红]官清法正古今稀,百姓安无差役。户口增添盗贼息,路不拾遗,托赖着万万岁当今帝。狼烟不起,干戈永退,齐和凯歌回。

[庆元贞]先收了大理,后取了高丽。都收了偏邦小国,一统了江山社稷。

[幺]太平无事罢征旗,祝延圣寿做筵席,百官文武两班齐。欢喜

① (唐)房玄龄等:《晋书》,中华书局1997年影印本,第2517页。
② 夏冰等:《民族植物学和药用植物》,东南大学出版社2006年版,第192页。
③ 梁归智:《元曲的人文精神与文化启示》,《江苏大学学报(社会科学版)》2009年第1期。

无尽期,都吃得醉如泥。

[秃厮儿]光禄寺琼浆玉液,尚食局御膳堂食,朝臣一发呼万岁。祝圣寿,庆官里,进金杯。

[圣药王]大殿里,设宴会,教坊司承应在丹墀。有舞的,有唱的,有凤箫象板共龙笛,奏一派乐声齐。

[尾]愿吾皇永坐在皇宫内,愿吾皇永掌着江山社稷。愿吾皇永穿着飞凤赭黄袍,愿吾皇永坐着万万载盘龙亢金椅。

这首用祝颂、吉祥之语和直接表现元日朝贺风光,肆意表达欢畅场面的套数,虽然充满歌颂溢美之词,但也流露出了宫廷新春的一些习俗,写出了元日朝会的隆盛场面和热烈气氛,向我们隐约透露出这样两种信息:一是元朝最高统治者借元日朝会向"四海"显示其无上尊严,炫耀其强大国力;二是曲家对社会太平的期盼,老百姓对和平的渴望,对风调雨顺、五谷丰登、国泰民安的渴望。

维吾尔族散曲大家贯云石套数[双调·新水令]《皇都元日》,描写了1312年改元以后元大都春节的情况,为我们多视角地了解元代新年的皇家风俗提供了如画般的资料:

郁葱佳气蔼寰区,庆丰年太平时序。民有感,国无虞。瞻仰皇都,圣天子有百灵助。

[搅筝琶]江山富,天下总欣伏。忠孝宽仁,雄文壮武。功业振乾坤,军尽欢娱,民亦安居。军民都托赖着我天子福,同乐蓬壶。

[殿前欢]赛唐虞,大元至大古今无。架海梁对着擎天柱,玉带金符。庆风云会龙虎,万户侯千钟禄,播四海光千古。三阳交泰,五谷时熟。

[鸳鸯煞]梅花枝上春光露,椒盘杯里香风度。帐设鲛绡,帘卷虾须。唱道天赐长生,人皆赞祝。道德巍巍,众臣等蒙恩露。拜舞嵩呼,万万岁当今圣明主。

从上描写看,元代的元旦朝会似乎是沿袭前代开辟的道路继续前行,但仔细分析,会发现元旦朝会和元日在元代也发生了不少变化。

首先,鲜明地反映了元代拜年贺节中的蒙汉风俗和蒙汉年节习俗的融合:"一声莺报上林春,五更鸡唱扶桑晓",描写了元日朝会的早。蒙汉元旦都有纳福的习俗。大年初一,蒙汉都有争"早"的习俗。初一早晨,汉族人们讲究早放鞭炮吉利;蒙古游牧民族习俗大年初一早出门"踩福路"能带来吉祥和好运。蒙汉风俗争"早"的习俗,不仅反映了时人的节日观念和心理认同,也反映了有元一代多民族文化相互吸收和融合的实际。"庆贺新春,满斟玉液。朝禁阙,施拜礼",说明蒙汉都有拜年的习俗。"椒花颂万代歌谣,柏叶杯九酝葡萄",反映了元代从上至下趋吉避凶、趋利避害的心理。元旦喝椒花酒的习俗在元代依然盛行,反映了元朝统治者接受了中原的传统习俗。

其次,表现了元朝人的自豪感。"赛唐虞,大元至大古今无"。这种自豪感主要来自于疆域之空前广大。元朝是中国历史上疆域最广阔、国力最强盛的王朝之一。国力强盛,没有边患,与它前面的宋朝和它后面的明朝都不同。宋朝总处于外民族侵略的威胁下,所以才有杨家将、岳家军抗击侵略的故事。明朝也是边患不断,最后被后金即清王朝所灭亡。元代社会经济繁荣,百姓生活安逸,很少服兵役,各国都来朝贡。由于不需要庞大的军队戍边,军费开支减少,人民的赋税负担相应减轻,"五谷丰登,四海无敌"。特别是元代的城市,作为政治中心和军事据点的地位比宋代有所减退,而作为经济文化中心的地位比以前有了空前增长。如关汉卿笔下的杭州,"满城中绣幕风帘,一哄地人烟凑集","百十里街衢整齐,万余家楼阁参差,并无半答儿闲田地。""看了这壁,觑了那壁,纵有丹青下不得笔"①。元代的乡村,也是"酒旗斜插,茅檐下,小桥流水人家,一带山如画……柴扉吠犬,鼓吹鸣蛙。侬家鹦鹉洲,不入麒麟画。百姓每讴歌鼓腹,一弄儿笑语喧哗"②,"尧民堪讶,朱陈婚嫁,柴门斜塔葫芦架。沸池蛙,噪林鸦,牧笛声里牛羊下,茅舍竹篱三两家。民,田种多;官,差税寡"③。到处呈现一派"辏集人烟,骈阗市井;年稔时丰,太平光景。四海宁,乐业声"④,"郁葱佳气蔼寰

---

① 关汉卿套数[南吕·一枝花]《杭州景》。
② 王大学士套数[仙吕·点绛唇]。
③ 陈草庵小令[中吕·山坡羊]。
④ 关汉卿杂剧《钱大尹智勘绯衣梦》第三折。

区,庆丰年太平时序,民有感,国无虞"的局面。正如魏源《元史新编》所说:
"元有天下,其疆域之袤,海漕之富,兵力物力之雄廓,过于汉唐。"①马致远
在套数[中吕·粉蝶儿]里反映了元代人的自豪感:"寰海清夷,扇祥风太平
朝世,赞尧仁洪福天齐。乐时丰,逢岁稔,天开祥瑞。""凤凰池暖风光丽,日
月袍新扇影低,雕阑玉砌彩云飞,才万里,锦绣簇华夷。"他在另一首[中
吕·粉蝶儿](残曲)中也讴歌道:"至治华夷,正堂堂大元朝世,应乾元九五
龙飞。"这是丰年时节的衷心祷祝,并非应景之作。他对元朝盛世的感受
是:"喜,喜,五谷丰登,万民乐业,四方宁治。"因此衷心祝福:"大元洪福与
天齐。"这些描写,一般认为是为统治阶级歌功颂德、粉饰太平之词,但作品
中所描绘的天下太平、君圣臣勤、岁稔年丰、百姓安居的承平景象,不仅是封
建士大夫孜孜以求的太平盛世,也是广大下层百姓的最高希冀。所以,这类
作品既反映了元代民族自信心和自豪感的提升,也表现出了作者对社会短
暂繁荣和太平的欣喜,更抒写出了任何朝代各阶层人民渴望政治清明、国泰
民安的共同心声。特别是他提到"锦绣簇华夷"、"至治华夷"等,表明他已
经看到了当时多民族交往这一事实。花坛锦簇的一统大元,生活着"华"、
"夷"等不同民族。其中"华"当指汉民族,"夷"当指其他众多的少数民族。
而且出现了"至治华夷"的局面。他们在一起学习、借鉴、交融,当然也时有
冲突、磨合,共同建设创造着富有多民族特色的大元经济与文化。另外,吴
仁卿套数[越调·斗鹌鹑]中对当时社会现实和大元历史功绩的描述:"先
收了大理,后取了高丽。都收了偏邦小国,一统了江山社稷。"收大理,取高
丽,一统江山社稷等都是历史事实。其中收大理、统一中华等在中国历史上
是值得大书特书之事。汤舜民套数[正宫·端正好]《元日朝贺》中的"一声
莺报上林春,五更鸡唱扶桑晓。贺三阳万国来朝,践天街车马知多少。端的
便塞满东华道。"描述万国来朝,塞满东华道的情形,也反映了元代中外交
往空前活跃的事实。②

　　再次,描写祝贺的礼仪,其中"万岁"的描写,应该是当时真实生活的摹

---

①　魏源全集编辑委员会:《魏源全集》第 12 册,岳麓书社 2004 年版,第 204 页。
②　云峰:《论民族文化交融与元散曲叹世归隐类作品产生的社会文化背景》,《中央民族大学
学报》(哲学社会科学版)2009 年第 6 期。

写。这种描摹元曲中有很多，如关汉卿杂剧《包待制三勘蝴蝶梦》第四折：

> 今日的加官赐赏，一家门望阙沾恩。[正旦同三儿拜谢科，云]万
> 岁！万岁！万万岁！

无名氏小令[中吕·普天乐]《大德天寿贺词》：

> 凤凰朝，麒麟见。明君天下，大德元年。万乘尊，诸王宴。四海安
> 然朝金殿，五云楼瑞霭祥烟。群臣顿首，山呼万岁，洪福齐天。

"万岁"的观念源于原始人类对长生不老的巫术崇拜。用于皇权后，作用是培养子民对皇上的敬畏之心，宣传教育百姓服从皇权。以上几处"万岁"，都是元曲中人物的口语道白，应该是当时场景的正常记写。

（二）立　春

立春，又称打春，是一个很重要的农事节日，位居二十四节气之首。由于它标志着一年之中春天的开始，因此朝廷官府民间都把立春作为节日来过，民间在此日有打春牛、喝春酒、吃春饼、戴春胜等一系列风俗。北方一些地方还有"咬春"即生食萝卜消食防病的习俗，表现的主要是欢庆春天到来、劝励农耕、祈求一年丰稔的主题。立春在蒙古游牧民族建立的元朝也是一个重大节日。元代人对立春的重视，生动地体现了元代岁时文化的农耕文明特征。元曲中对立春风俗的描写很多，其中最为绘形绘色的是贯云石小令[双调·清江引]《立春》。该曲描写了立春时节，万物更新，春意盎然和元代民间的习俗：

> 金钗影摇春燕斜，木杪生春叶。水塘春始波，火候春初热，土牛儿载将春到也。

短短的五句三十个字，从妇女们头上摇动的金钗，到村边萌发新叶的树梢；从冰雪已融化的水塘解冻，到衙门口的鞭打土牛儿，土牛儿将春天载来；像一支迎春曲，将元代立春日民间迎春的活动描绘成一幅风俗画，让我们对元代"立春"特有的民俗风情和丰富的文化内涵有了一个聚像的认识。尤其是曲中巧妙地将金木水火土五个字冠于每句之首，成为一首金木水火土的藏头诗，用象征五行的祝祷形式来祈求新的一年风调雨顺，农业丰收。并且每句中都有一个"春"字，将立春时节天地间一片生机盎然、春光明媚的

阳春景色描绘得自然流畅。

1.鞭春牛

打春牛的风俗,源于远古先民的牛崇拜。古人认为,牛为水神、雷兽。犀牛能行于水。犀牛行水时,其巨大的身躯能劈开水面,划起水波,古人便幻想犀牛有辟水神功。野牛发出的怪叫,在山谷中回荡,使人联想到雷的轰鸣。牛作为水神、雷兽,被赋予了辟水、镇水、司雷、降雨、止雨等神性。为了消除水旱之灾,求得风调雨顺、五谷丰收,人们创造了种种以牛神为主体的祭祀仪式与巫术仪式。后来,由于农耕经济的发展,牛的农耕作用越来越突出,同时,也由于龙神影响的扩大及其对司水神职的渐趋垄断,牛神崇拜的内涵便逐渐发生转移,牛神由水神、雷兽演变成了耕神或耕牛的保护神——牛王神。元曲中关于牛崇拜的描写非常多,如王子一杂剧《刘晨阮肇误入桃源》第三折:"时当春社,轮着我做牛王社会首。今日请得当村父老沙三、王留等,都在我家赛社。猪羊已都宰下,与众人烧一陌平安纸,就于瓜棚下散福,受胙饮酒。"石君宝杂剧《鲁大夫秋胡戏妻》第二折罗梅英云:"奶奶,门首吹打响,敢是赛牛王社的,待你媳妇看一看咱。"李寿卿杂剧《说鱄诸伍员吹箫》第三折老人、里正云:"我这丹阳县中有个牛王庙儿,秋收之后,这一村疃人家轮流着祭赛这牛王社。"薛昂夫套数[正宫·端正好]:"时雨降天公贺,庆新春齐敲社鼓,赛牛王共击铜锣。"王大学士套数[仙吕·点绛唇]:"一个赛牛王香纸方烧罢。"这些描写说明元代祭祀牛神的赛牛王社是非常普遍和频繁的活动。

元代人爱牛、敬牛的心情和言行,在元曲中描写得更集中更深刻。如孛罗御史套数[南吕·一枝花]《辞官》:"趁一溪流水浮鸥鸭,小桥掩映蒹葭。芦花千顷雪,红树一川霞,长江落日牛羊下。"陈草庵小令[中吕·山坡羊]:"沸池蛙,噪林鸦,牧笛声里牛羊下,茅舍竹篱三两家。"徐再思小令[中吕·普天乐]《吴江八景·西山夕照》:"晚云收,夕阳挂。一川枫叶,两岸芦花。鸥鹭栖,牛羊下。"是对元代牛羊成群的美丽景象的描摹,这些描写让我们看到了元代农村生活的景象。高茂卿杂剧《翠红乡儿女两团圆》楔子韩弘道云:"庄农人家,止不过有些田产物业、牛羊孳畜、金银钱物,分做两分,我与两个侄儿各得一半。"刘唐卿杂剧《降桑椹蔡顺奉母》第一折:"老夫幼习儒业,颇看诗书。田园数处,家道丰盈。牛羊孳畜成群,地方广阔千顷。"马致远小令[南吕·四块玉]《叹世》:"带野花,携村酒,烦恼如何到心头。谁能跃马常食肉? 二顷田,一具牛,饱后休。"滕斌小令[中吕·普天乐]:"良田数顷,黄牛二只,归去来兮。"是把牛视为重要财产的描写,这些描写让我们了解了元人的生活观。冯子振小令[正宫·鹦鹉曲]《农夫渴雨》:"年年牛背扶犁住。"薛昂夫套数[正宫·端正好]《高隐》"则不如种山田一二亩,栽桑麻数百棵,驱家人使牛耕播,住几间无忧愁草苫庄坡。"是歌咏牛耕用牛役牛的描写。姚守中套数[中吕·粉蝶儿]《牛诉冤》:"疏林外红日西晡,载吹笛牧童归去。"曾瑞套数[般涉调·哨遍]《村居》:"陇头残月荷锄歌,牛背夕阳短笛横,听农家野调山声。"薛昂夫套数[正宫·端正好]《高隐》:"守着俺山妻稚子,喂养些牛畜驴骡。"无名氏套数[仙吕·村里迓鼓]《四季乐情》:"暮雨收,牧童儿归去倒骑牛。"赵显宏小令[中吕·满庭芳]《牧》:"闲中放牛,天连野草,水接平芜。终朝饱玩江山秀,乐以忘忧。青蒻笠西风渡口,绿蓑衣暮雨沧州。黄昏后,长笛在手,吹破楚天秋。"是养牛牧牛的描写。这些描写都是元人崇牛、敬牛社会风习在元曲中的投影。

立春日是冬去春来的交接点和寒暖交替的关口,为了响应季节转换的进程,人们在虔诚地崇牛、敬牛的同时,还举行鞭打春牛等迎春的仪式和活动,以促进春天代替冬天,祈求一年风调雨顺。据《事物纪原》记载,先秦时期就有"出土牛以示农耕之早晚"[①]的制度。到了汉代,随着天人感应观念的出现,在打春牛以应天、以求祥,与自然的变动步调一致等观念的影响下,鞭打春牛的风俗更为流行。《后汉书·祭祀志》说:"立春之日,迎春于东郊,祭青帝句芒。车旗服饰皆青。歌《青阳》,八佾舞《云翘》之舞。"[②]《礼仪志》也说:"立春之日,夜漏未尽五刻,京师百官皆衣青衣,郡国县道官下至斗食令史皆服青帻,立青幡,施土牛耕人于门外,以示兆民。"[③]仪俗中之所以"车旗服饰皆青",是因为当时的观念中春属东方,东方为青色,故春神称作"青帝"。句芒神本为木神,因为树木盛于春天,故也被当成了春神。唐

---

①　(宋)高承、(明)李果撰:《事物纪原》,金圆、许沛藻点校,中华书局 1989 年版,第 425 页。
②　(南朝宋)范晔:《后汉书》,中华书局 1997 年影印本,第 3181 页。
③　(南朝宋)范晔:《后汉书》,中华书局 1997 年影印本,第 3101 页。

代以后,巫术行为渗透到节俗之中,出现了"执杖鞭牛"之举①,并土牛、句芒神的颜色要"各随其方",即一座城中,东南西北四门各造一土牛、芒神,其颜色必须与城门所在的方位相对应,如城东青色、城南赤色、城西白色、城北黑色。宋代打春牛更加活跃普遍,鞭春之举由皇帝、官吏或句芒神执行。②据孟元老《东京梦华录》记北宋开封府的鞭春习俗说:立春前一日,开封府进春牛于禁中鞭春。"开封、祥符两县,置春牛于府前。至日绝早,府僚打春。如方州仪。府前左右,百姓卖小春牛,往往花妆栏坐,上列百戏人物,春幡雪柳,各相献遗。"③吴自牧《梦粱录》也记临安府于立春日"侵晨,郡守率僚佐以彩杖鞭春"④。受汉地风俗的影响,元代宫廷中亦有迎春牛、鞭春牛等活动。每年立春前,太史院先要奏报立春具体日期,并移文宛平县或大兴县,准备春牛、句芒神等。立春前三天,太史院、司农司请中书省宰辅等官员一同在大都齐政楼南迎接太岁神牛。立春当天清晨,"司农守土正官率赤县属官,具公服拜长官,以彩杖击牛三匝而退。土官大使,送勾芒神入祀。"⑤鞭春礼有催耕之意,春牛打碎,人们纷纷争抢春牛土和春牛肚内的五谷,然后撒进自家的田地和牲畜圈,谓之抢春,据说能保证人畜两旺和农业丰收。中华民族敬牛神的习俗,充分体现了农耕社会人们祈求丰收的美好理想。

在一些岁时典籍文献中所记的,大都是宫廷迎春的程序和景象,尽管打春牛是民间老百姓的一种迎春信仰方式,却缺少翔实的第一手材料。到底民间打春牛的情形是怎样的呢?乔吉的小令[越调·小桃红]《立春遣兴》"土牛泥软润滋滋,香写宜春字。散作芳尘满街市,洒吟髭,老天也管闲公事,春风告示",曾瑞套数[黄钟·醉花阴]《元宵忆旧》"冻雪才消腊梅谢,却早击碎泥牛应节,柳眼吐些些",从侧面证明了"送土牛"的风俗在元代民

---

① 佟辉:《天时·物候·节道——中国古代节令智道透析》,广西教育出版社 1995 年版,第145 页。

② 大乔:《图说中国节》,中国社会科学出版社 2009 年版,第 5—6 页。

③ (宋)孟元老:《东京梦华录》(外四种),中国商业出版社 1982 年版,第 37 页。

④ (宋)吴自牧:《梦粱录》(外四种),中国商业出版社 1982 年版,第 2 页。

⑤ (元)熊梦祥:《析津志辑佚》,北京图书馆善本组辑,北京古籍出版社 1983 年版,第202 页。

间的广泛流行。汤舜民小令[双调·对玉环带清江引]《四景题诗》中"不趁雨云期,只待风雷信,急回来土牛儿鞭罢春",所记述的"送土牛"仪式,表达了元代百姓祈求风调雨顺、五谷丰登、国泰民安的心理。另外,苏彦文套数[越调·斗鹌鹑]《冬景》里说的"最怕的是檐前头倒把冰锥挂,喜端午愁逢腊八。巧手匠雪狮儿一千般成,我盼的是泥牛儿四九里打",姚守中套数[中吕·粉蝶儿]《牛诉冤》中的"泥牛能报春,石牛能致雨"等诗句,也多少反映了当时送土牛习俗的流行情况。送土牛的仪式,在 20 世纪前半叶,民间还很流行,且相当普遍,如开封及其周边地区,每年都举行①。随着时间的推移,完整的送土牛的仪式,在近 60 年已渐渐式微,但在一些少数民族中尚有余绪。如广西龙胜侗乡在立春那天,姑娘小伙子们都要舞春牛。"春牛"是用竹片扎架,糊以纸张,彩绘而成,由人操纵做出各种牛的动作,扮演耕作的演员们跟随春牛表演春耕的劳动动作。表演后,一个穿长衫卖春历的人唱道:"春牛来得早,阳春赛过草,要想地生宝,耕牛保护好。"舞春牛的青年男女即接唱:"多少代啰多少年,我和耕牛命相连,哪颗白米不粘汗,耕牛吃的是草,耕的是田……"舞罢春牛要给各家送春牛,祝福今年收成好。②这说明"土牛"作为中国农耕文明的一个文化象征符号,在中华文化传统中的印记是无法磨灭的。

2.吃春盘

活活泼泼的民间立春风情还有吃春盘的习俗。元好问小令[中吕·喜春来]《春宴》就是这些习俗的生动写照:

> 春盘宜剪三生菜,春燕斜簪七宝钗,春风春酝透人怀。春宴排,齐唱[喜春来]。

在这首曲子中,将古代立春的习俗盎然呈现在我们的面前。在立春日,取生菜、果品、饼、糖等,置于盘中为食,或馈赠亲友,或邻里互送,称作春盘。"三生菜"指三种生菜,取其"生"字之意,透露万物生长之意,又取迎新之意。此风俗很古老,早在汉时即已有之。据宋代陈元靓《岁时广记》卷五引

---

① 刘锡诚:《迎春簸杖鞭土牛》,《光明日报》2003 年 1 月 22 日。
② 何健安:《中国民间舞蹈》,浙江教育出版社 1995 年版,第 51 页。

《风土记》记载:"正元日,俗人拜寿,上五辛盘、松柏颂、椒花酒,五熏炼形。五辛者,所以发五脏气也。"①明代李时珍《本草纲目·菜一·五辛菜》:"五辛菜,乃元旦立春,以葱、蒜、韭、蓼蒿、芥等辛嫩之菜,杂和食之,取迎新之义,谓之五辛盘。"②可见,五辛盘是用葱、蒜、椒、姜、芥等五种有辛辣气味的蔬菜组成的拼盘,食之可散五脏之陈气,助体内阳气之回升,兼取迎新纳吉之意。元曲中立春吃"三生菜"的描写,说明元代吃春饼的风俗还是非常浓郁的,也是非常时尚的。其中的"剪"字,虽说是唐宋时期流行的"剪彩"风俗的一种延伸。但在这里,却恰当地既表吃时的方式,也表心情,将一冬的寒气剪除,反映了元代人追求健康的心态。

3.戴春燕

最有巫术意义的还是人体节日装饰——春燕。立春日,闺中女子用金色绢、纸或金银铂剪成小幡,或燕、蝶、金钱等形状,戴在头上,或系在花枝上,或插在物品上,表示迎春。南朝梁宗懔《荆楚岁时记》载:"立春之日,悉剪彩为燕形戴之。"③可见自南朝以来,春燕就是立春日的主要饰物。立春日佩戴春燕,一是以燕寓春。燕子是候鸟,冬去春来,古代人的原始思维把这种关联神秘化,将燕子视为"司春之官",认为正是燕子的归来,才唤醒了久违的春天,燕子由此成为春天的使者和象征,并表现在迎春等多种民俗活动中。二是标志着春天的到来,万物复始,也具有"生"的意味。立春的性质决定了在该节中佩戴的春燕有生命符号的意义,是一种祈子求嗣,解决人口、劳力不足和"祀宗庙"、"继后世"的心理习俗。日本正仓院收藏有唐代的二枚剪纸:一枚人胜,一枚春胜。人胜一枚,其中一小儿戏犬竹下,边缘金箔镂刻花纹为网状,刀法致密、精细,造型准确、精美。春胜一枚,为节日贺辞,寓意吉祥、喜庆。两枚剪纸表达了立春节日戴胜"生"的含义。傅芸子在《正仓院考古记》中对这两件作品描述说:

> 据齐衡三年(公元856年)《杂财务实录》称:"人胜二枚,一枚有金箔字十六;一枚押彩绘形等,缘边有金箔裁物,纳斑蕑箱一合,天平宝字

---

① (宋)陈元靓:《岁时广记》,中华书局1985年版,第54页。
② (明)李时珍:《本草纲目》,校点本,人民卫生出版社1977年版,第1602页。
③ (南朝梁)宗懔:《荆楚岁时记》,宋金龙校注,山西人民出版社1987年版,第7页。

元年闰八月二十四日献物。"今品则以二残片粘合为一者。一片系于浅碧罗上,粘有金箔剪成十六字云:"令节佳辰,福庆惟新,变(燮)和万载,寿保千春。"《杂财务实录》所称有金箔字者即此。今金箔字已变黝黑,罗色亦暗矣。又一片较大约四分之三,粘于其下,边缘图案以金箔剪成,上粘红绿罗之花叶。缘内左下端有彩绘剪成之竹林,一小儿戏犬其下。金箔边缘及彩绘人物,色彩如新,惟犬形已残耳,此当即《实录》后称之物。①

更能说明问题的是20世纪60年代新疆出土文物中的一件唐代人胜剪纸,七个女子发髻高耸,双手收拢于胸前,并排而立,此"人胜"用于围饰发髻,②是古代女子立春戴春幡、春胜,帖宜春帖活动的生动展现。宋代,幡胜扩大到了男性的头上。"春日,宰执亲王百官,皆赐金银幡胜。入贺讫,戴归私第"③。可以说,立春这天,春幡春胜飘摇在所有人的头上。到了元代,春幡春胜已淡化了"人日"、立春"生"和"生人"的意义,而更多的是反映"胜"造型二菱叠压相交的连绵不断、同心相结、吉祥福瑞的蕴含,以及在逐渐流变中具有审美意义的妆饰物的文化信息。如无名氏小令[双调·沉醉东风]:

　　罗绮散香风玉街,管弦喧夜月楼台。春鹅鬓上飞,春燕钗头带。约黄昏月圆人在,何处闻灯不看来,多则为盟山誓海。

无名氏小令[商调·梧叶儿]《十二月·正月》:

　　年时节,元夜时,云鬓插小桃枝。

张可久小令[双调·折桂令]《庚午腊月二十日立春次日大雪卢彦远使君索赋》:

　　冰丝翠柳,彩胜金钗。

亢文苑套数[南吕·一枝花]《寄简》:

　　断肠词写就龙蛇字,叠做个同心方胜儿。

① 王连海:《镂金作胜传荆俗　剪彩为人记晋风——唐代剪纸略述》,《装饰》1998年第6期。
② 田茂军:《锉刀下的风景:湘西苗族剪纸的文化探寻》,贵州民族出版社2002年版,第263页。
③ (宋)孟元老:《东京梦华录》(外四种),中国商业出版社1982年版,第37页。

王实甫杂剧《崔莺莺待月西厢记》第三本第一折：

> 不移时,把花笺锦字,叠做个同心方胜儿。

以上五例,前三例中的春鹅、春燕、小桃枝和彩胜,是指彩结,是"花胜"习俗在妆饰上的反映,彩胜,又称华胜、花胜,以五色绸剪制花朵样子,古代女子常常在迎春的节气里佩戴。花虽还未开,草虽还没绿,春天的气息却已在美人佩戴的春幡上袅袅飘动了,这种习俗表达了人们对于美好生活的希望和祝愿,昭示着元人敏感的生命意识和对新生活的热烈期盼。另外,头戴小桃枝,还有禳凶邪、求吉利的目的。后两例是指叠成方胜样式的信笺。所谓方胜样式就是两菱形相交的造型。因其造型为两菱相交,人们就赋予它连绵不断、同心相结等吉祥寓意,故视为象征吉祥连绵、同心、昌盛,亦暗喻双鱼相交,有生命不息的内涵①,是以"人胜"彼此馈赠习俗的反映。"在人类活动中,也许没有比选择穿着更鲜明地反映我们的价值观念和生活方式了。个人穿着是一种传递一系列复杂信息的'符号语言',并且也常常是给人以即刻印象的基础"②。元代女子立春、元日戴"春胜"的习俗,无论是从社会的角度,还是从心理的角度来看,都体现了一种物化了的个人心态,从侧面展示了元代的道德伦理、价值观念、风俗信仰等。

从我们对元曲中立春描写的分析中可以推知,元代虽然处于乱世,社会变化较大,但民间风俗照例不变。风俗的力量,其实就是人们心灵的好尚。元曲中立春风俗的描写,以无可争辩的事实告诉我们,即使处于中国历史上农耕文化与游牧文化进行空前剧烈融合的元时期,延续数千年的传统农耕民俗活动也是照例进行的。元曲中对立春活动的描写,无疑是中国风俗史话的材料,值得我们珍惜。

（三）元 宵 节

源于先秦庭燎祭天仪式,残留有自然崇拜和远古巫祭痕迹的正月十五元宵节,到了元代,经过大漠之风的挤压、冲刷,节日的宗教意味、神秘气氛

---

① 缪良云:《中国衣经》,上海文化出版社 2000 年版,第 339 页。
② ［美］玛里琳·霍恩:《服饰:人的第二皮肤》,乐竞私等译,上海人民出版社 1991 年版,第 1 页。

越来越淡薄,节日的乡土气息、娱乐功能越来越浓郁。据熊梦祥《析津志·岁纪》记载:元代大都的元宵节"于草屋外悬挂琉璃蒲萄灯、奇巧纸灯、谐谑灯与烟火爆杖之属。自朝起鼓方静,如是者至十五、十六日方止。宫中有世皇所穿珍珠垂结灯,殿上有七宝漏灯。三宫灯夕,自有常制,非中外可详。世皇建都之时,问于刘太保秉忠定大内方向。秉忠以今丽正门外第三桥南一树为向以对,上制可,遂封为独树将军,赐以金牌。每元会圣节及元宵三夕,于树身悬挂诸色花灯于上,高低照耀,远望若火龙下降。树旁诸市人数,发卖诸般米甜食、饼馇、枣面糕之属,酒肉茶汤无不精备,游人至此忘返。"①这条材料反映了元大都元宵灯节的盛况,也说明蒙古游牧民族是无条件地接受了汉族的元宵节。元曲多方位地描述了元宵节通宵张灯、观灯游赏等习俗,文采斐然地展现了元代元宵节的热闹风貌,以及热闹的节日中深刻的民俗蕴含。

1.元宵之灯

灯是元宵夜中的重要景致,也是元宵夜中必不可缺的一个组成部分。元曲所描写的元宵节俗中,有关"灯"和"观灯"的描绘也是最多的。如武汉臣杂剧《包待制智赚生金阁》第三折借老人、里正的科白反映了观灯、看灯是元宵节的主要活动:

（社火鼓乐摆开科）（外扮老人、里正同上,云）老汉王老人,这个是刘老人。时遇元宵节令,预赏丰年。城里城外,不论官家民户,都要点放花灯,与民同乐。老的,咱每做火儿看灯,走一遭去来。"（做看灯科）（衙内领随从上,云）今日是元宵节令,小的每,随俺看灯耍子去。

花灯如海的元夕之夜,各种各样的人走出原有的生活,涌到通衢闹市去观灯游玩,释放自己的心绪,从而构成了一幅幅多姿多彩的画面:

列银烛荧煌家家斗骋奢华。玉帘灯细捻琼丝,金莲灯匀排艳葩,栀子灯碎剪红纱。壁灯儿,巧画。过街灯照映纱灯、戏灯机关妙,滚灯、转罐灯耍。月灯高悬水灯戏,将天地酬答。②

---

① （元）熊梦祥:《析津志辑佚》,北京图书馆善本组辑,北京古籍出版社 1983 年版,第 213 页。

② 商衢套数[南吕·梁州第七]《戏三英》。

　　金莲万炬花开,玉海千树香来,灯市东风暮霭。彩云天外,紫箫人倚瑶台。①

　　赏灯风俗之所以吸引人,并不仅仅在于花灯的光辉美丽带给人视觉上的享受,也在于借助赏灯人们可以暂时脱离原有的生活轨迹,走向一个全新的、更广阔更热闹的活动空间。无名氏杂剧《王月英元夜留鞋记》描写了卖胭脂女子王月英和秀才郭华的爱情故事,他们的约会就在热闹的元宵节。第二折王月英去和意中人郭华相会的路上,只见街市上"车马践尘埃,罗绮笼烟霭,灯球儿月下高抬","似万盏琉璃世界,则见那千朵金莲五夜开,笙歌归院落,灯火映楼台"。"天澄澄恰二更,人纷纷闹九垓。……你看那月轮呵光满天,灯轮呵红满街,沸春风管弦一派,趁游人拥出蓬莱,莫不是六鳌海上扶山下? 莫不是双凤云中驾辇来? 直恁的人马相挨。"此种盛况,此种景致,犹如我们今天"黄金周"公园内游人摩肩接踵的情形。

　　"火树银花"的灯,在元曲中描写也很多。如关汉卿残曲[大石调·六国朝]中列了各色的灯,向我们展现了元代流光溢彩的元宵节:

　　向晚来碧天外,万里无云,月明风渺,画竿相照。青红碧绿,刻玉雕金,像生灯儿,排门儿吊。转灯儿巧,壁灯儿笑,最□□京,水灯纱窗、灯衮灯闹,六街上绮罗香飘。

　　沈禧套数[南吕·一枝花]《寿人八十》让我们看到灯树在元代元宵节可能比宋代更为普及的景况:

　　我则见碧天边一点孤星现,陆地上千枝火树明。正生甲却值元宵景。欢声涌沸,弦管铿锵。

　　元宵节灯火辉煌:"灯球儿"、"六鳌"、"金莲",以及形状如南极星的老人星灯,画有人物故事的像生灯,扎成巨鳌形状的灯山,转灯儿,壁灯儿,玉帘灯,栀子灯,过街灯,纱灯,戏灯,滚灯,转罐瓦灯,月灯,水灯,其形如树的灯……万灯竞妍斗胜。元宵节燃灯放火的习俗经过历朝历代的传承,到元代场景越来越愉悦热烈,灯的样式也越来越华丽丰富,我们仅从以上列出的这些别具一格的灯品中,可以看出元代人细巧的心思和灵活的天性以及创

---

　　①　张可久小令[越调·天净沙]《元夕》。

造精神。栩栩如生的花灯点缀了元宵节的夜空,也将元代元宵五花八门、式样繁多的灯世界、民俗意蕴深厚的灯内涵投映在我们面前。

元曲里还有不少"鳌山"的描写。李唐宾残曲[仙吕·赏花时]就描绘了元代元宵灯会中最为壮观、最为精美的灯景:

> 百尺鳌山簇翠烟,万丈虹光散锦川,箫鼓庆华年。

鳌山,是唐宋时代开始的元宵节俗,又名山棚、灯山、彩山、山车等,是一种形状如巨鳌的灯景,以彩绸结为山形,上悬彩灯为饰,下面是车轮,可以巡回展示。据《元史》记载,元英宗时,"欲于内庭张灯为鳌山"[①]。当时的元宵节真正可谓"火树银花"。据说当时大都丽正门外有棵大树,让忽必烈封为"独树将军",每年元正、元宵,树上挂满各色花灯,高下错落,远远看去像一条冲天的火龙。[②] 鳌山是元宵节观灯的一个看点,也是元曲描写中的一个亮点。商衟套数[南吕·梁州第七]《戏三英》里有"彩结鳌山对耸",马致远小令[仙吕·青哥儿]《十二月·正月》里有"春城春宵无价,照星桥火树银花。妙舞清歌最是他,翡翠坡前那人家,鳌山下。"周文质套数[大石调·青杏子]《元宵》里有"行至侵云鳌峰下",可见所结鳌山之高。曾瑞套数[黄钟·醉花阴]《元宵忆旧》里有"时序相催,斗把鳌山结"。一个"斗"字告诉我们:当时的鳌山制作还互相比赛,争奇斗艳。可见,灯树在元代元宵节并不罕见,制作比前代更为奢华,在民间甚至比前代更为普及。

2.元宵之乐

如果说元宵的灯是元宵夜视觉上的一大盛宴,那么音乐便是元宵夜听觉上的另一大盛宴。音乐是娱乐大众的一种形式,节日之时必不可少,而在众节日之中,元宵这一团圆之夜又尤为重视音乐的作用,因此,在元曲元宵节俗的描写中人们不吝笔墨极力渲染佳节的声乐享乐之状。如张可久小令[南吕·骂玉郎过感皇恩采茶歌]《富山元宵赏灯》中将人情百态、市井民俗升腾、迷漫在氤氲的灯火、悠扬的歌声乐声之中:

> 朱衣锦带黄金镫,前后羽林兵。当空皓月悬秋镜,兰麝馨。箫鼓

---

① (明)宋濂等撰:《元史》,中华书局 1997 年影印本,第 4091 页。
② (元)熊梦祥:《析津志辑佚》,北京图书馆善本组辑,北京古籍出版社 1983 年版,第213 页。

鸣,天街净。灯界珠绳,春蔼花屏。御辇上翠逍遥,宫林传金错落,歌女
□玉婷婷。赏良夜好景,听乐府新声。庆元正,□队伍,乐升平。待天
明,未收灯,宝筝前殿引长生。铁瓮千年富山城,西台一点老人星。

小令反映出富山一地在元宵节夜晚的狂欢,百姓张灯结彩,布置各种各
样的花灯,歌女演奏乐曲口唱"乐府新声",游人彻夜不眠地进行狂欢直至
天明。

盍西村小令[越调·小桃红]《临川八景·江岸水灯》以丰富的内容,旖
旎的风情,向我们展示了笙歌喧闹的元代元宵节,多角度地向我们展示出一
幅江南水乡灯会的风俗画:

> 万家灯火闹春桥,十里光相照。舞凤翔鸾势绝妙,可怜宵,波间涌
> 出蓬莱岛。香烟乱飘,笙歌喧闹,飞上玉楼腰。

灿若群星的万家灯火,翩翩舞动的凤凰灯,悠悠飞翔的鸾鸟灯,水波间
壮观美丽、若隐若现的灯船,以及伴着喧闹的音乐、歌声腾空而起的焰火,共
同组成江南水乡灯节,传递着元代灯节习俗和民众欢庆的场面,让我们体会
到了元代节日文化中的狂欢意识和元代民间力与美的穿越与和谐。

3.元宵之舞

元宵节历来歌舞文艺活动十分集中、十分活跃。元代也不例外。元曲
有许多反映这种习俗的描写。无名氏套数[越调·斗鹌鹑]《元宵》描写了
元宵歌舞的情和景:

> 圣主宽仁,尧民尽喜。一统华夷,诸邦进礼。雨顺风调,时丰岁丽。
> 元夜值,风景奇。闹穰穰的迓鼓喧天,明晃晃金莲遍地。

> [紫花儿序]香馥馥绮罗还往,密匝匝车马喧阗,光灼灼灯月交辉。
> 满街上王孙公子,相携着越女吴姬。偏宜,凤烛高张照珠履。果然豪
> 贵,只疑是洞府神仙,闲游在阆苑瑶池。

> [小桃红]归来梅影小窗移,兰麝香风细。翠袖琼簪两行立,捧金
> 杯,绛绡楼上笙歌沸。冰轮表里,通宵不寐,是爱月夜眠迟。

> [金蕉叶]挣沉醉频斟绿蚁,恣赏玩朱帘挂起。歌舞动欢声笑喜,
> 一任铜壶漏滴。

> [尾]须将酩酊酬佳致,乐意开怀庆喜。但愿岁岁赏元宵,则这的

是人生落得的。

曲里"歌舞动欢声笑喜,一任铜壶漏滴",说明王孙贵族,翩翩公子,盈盈佳人,窈窕淑女,是一夜狂舞到翌晨的。尤其是"闹穰穰的迓鼓喧天"的曲句告诉我们,元代的元宵歌舞,是有"迓鼓"伴奏的。"迓鼓"是宋元时民间乐曲名。迓鼓虽因鼓而名,但它不仅仅表现民间锣鼓艺术,还与舞蹈、音乐、说唱紧密融合,是一项古老的综合艺术品种。其形成,有学者认为与民间傩舞有关系;有学者认为,官府有衙鼓,民间效其节奏,讹作迓鼓。① 关于迓鼓,有关史料中也记作"讶鼓"、"砑鼓"。"迓","迎接"之意,"迓鼓"意为"迎接仪式中演奏的鼓乐"。迓鼓之名有两种含义:一是这种鼓乐主要用于迎送仪式。在古代军队中,用于迎送贵宾及凯旋庆典;在民间则用于迎神、送神、求雨等风俗仪式及节日庆典活动。二是有"行进中演奏"之意。由于迓鼓中用的大扁鼓是用布带挎在肩上或绑在腰前演奏的,因此可以在行进中演奏,民间称之为"走街鼓"。迓鼓与其他民间鼓乐的主要区别也在于此。② 1974 年,在河北磁县发掘的东魏、北齐时期的墓葬中,出土了一批古代军士打扮的击鼓俑,它们的系鼓方法、击奏形态和鼓的形制,与今天磁县流行的讶鼓极为相似。③ 这说明早在一千四百年前的北魏时期,我国北方地区的军队中就有了迓鼓。宋代时,迓鼓是广场艺术中扮演各色人物的半情节性舞蹈的总名,在民间舞蹈中已有非常重要的地位,出现了《迓鼓儿熙州》、《迓鼓孤》等杂剧剧目。④ 元代时进入宫廷和勾栏瓦舍,元曲中有[村里迓鼓]曲牌。随着戏剧的兴起,元明之际便流入民间,演变成元宵节百姓娱乐的民间社火艺术形态。迓鼓的演奏不限人数。演奏时,排列成面对面的两横排,每人将一面直径约一尺半、高约六七寸的扁圆鼓系在腰前,两排中间由一人持小马锣指挥,舞"迓鼓"者在统一的指挥下时而击打鼓面,时而击打鼓边,时而击打鼓槌,变换着各种不同的节奏和套数。同时和着节奏进退起舞,齐中求变,变中求齐。持小马锣的指挥者钻、闪、腾、跃,不时将小

---

① 费秉勋:《中国舞蹈奇观》,华岳文艺出版社 1988 年版,第 289 页。
② 马振林:《开封盘鼓及其音乐特征》,《中国音乐学》(季刊)1996 年增刊。
③ 张浩玲:《磁县讶鼓》,《中国音乐》1988 年第 1 期。
④ 费秉勋:《中国舞蹈奇观》,华岳文艺出版社 1988 年版,第 288—290 页。

马锣出手,异常活跃。鼓声隆隆如雷,舞姿矫健洒脱。"迓鼓"的鼓点雄壮逼人。从河北磁县现存的"迓鼓"鼓点套路"大得胜"、"小得胜"、"出征"、"刘备过江"等名称来看,多和战争生活有关。有些套路如"捶布鼓"、"狗嘶咬"、"鸡上架"、"杜鹃打乌鸦"、"二龙戏珠"等则和劳动人民的日常生活有关。① 张可久小令[双调·折桂令]《幽居次韵》中也描写了元宵节中这一民间载歌载舞的风俗:

> 石帆山下吾庐,秋水纶竿,落日巾车。长啸归欤,梅惊花谢,柳笑眉舒。撺断著小丫鬟舞元宵迓鼓,摸索著大肚皮装村酒葫芦。冷落琴书,结好樵渔,是有红尘,不到幽居。

该曲具体记载了元宵节中的两项表演:女孩子跳"迓鼓舞"和丑角装酒醉的滑稽表演。"小丫鬟",表明跳迓鼓舞者是年轻女性。"元宵迓鼓",是专在元宵节演出的,其特点是说唱较突出。"摸索著大肚皮装村酒葫芦",是扮演喝醉酒的滑稽模拟表演,属于"笑谑"文化。在元宵节里,扮一个丑怪的角色,乐一乐,幽默滑稽,载歌载舞,通宵达旦,体现了一种平等的精神,一种无忧无虑的精神。②

元宵节社火演出的风俗,在曾瑞套数[般涉调·哨遍]《羊诉冤》中也有描写:"待赁与老火者残岁里呈高戏,要雇与小子弟新年中扮社直。"无名氏杂剧《王月英元夜留鞋记》中王月英去和意中人郭华相会的路上,也是"被社火游人拦当",才耽误了相会的时间。"社火"又叫"耍红火",取红红火火过新年之意,是中国年节的民间文艺活动,就是现今仍然存活在中国汉民族乡村社会的一项大型民间文艺娱乐活动。"社火"在中国有着数千年的历史,它来源于古老的土地与火的崇拜,是远古时期巫术和图腾崇拜的产物,是古时候人们用来祭祀拜神进行的宗教活动。"社"为土地之神;"火",即火祖,是传说中的火神,能驱邪避难。崇拜社神,歌舞祭祀,意在祈求风调雨顺,五谷丰登,国泰民安,万事如意。在以农业文化著称的中国,土地是人们的立身之本,它为人类的生存发展奠定了物质基础。火是人们熟食和取暖

---

① 黄济世、王月玲:《舞魂》,花山文艺出版社1989年版,第60页。
② 翁敏华:《呼唤元宵狂欢精神的回归》,《文汇报》2008年2月21日。

之源,也是人类生存发展必不可少的条件,远古人凭借原始思维认为火也有"灵",并视之为具有特殊含义的神物,加以崇拜,于是形成了崇尚火的观念。从古老的土地与火的崇拜中,产生了祭祀社与火的风俗。随着社会的发展和人们认识能力的提高,祭祀社火的仪式逐渐增加了娱人的成分,成为规模盛大、内容繁复的民间娱乐活动。元曲中关于社火的描写说明元代社火很盛行,几乎村村都有社火组织,逢年过节都要举行盛大的、热闹非凡的社火活动。元代的这种风俗,我们在出土文物和历史文献中可以找到佐证。1973年,焦作市中站区西冯封村出土了一座元代古墓,从墓中出土了一批乐舞、杂剧、侍吏等雕砖俑共26块。上面分别雕塑有侍吏俑、男女童俑、乐俑、舞蹈俑、说唱俑等,是元代杂剧表演形象。乐俑分别手执排箫、三弦、横笛、腰鼓、节板等。有吹口哨吹笛子的,有吹排箫弹三弦的,有打节板击腰鼓的,有说唱表演的,有跳舞的,有边歌边舞的,有扛着伞打着旗边走边唱的,有戴着大头面具、面部表情丰富且舞姿优美的。其造型乖巧,姿态优美,栩栩如生,别有情趣,妙趣横生。其中弹三弦手中的三弦大约是目前发现最早的三弦实物,印证了明代杨慎在其《升庵外集》中所言:"今之三弦,始于元代。"据文献记载,早在宋代就有了庞大的民间业余舞队,各村、各城镇行会组织都有自己的舞队,每逢节日就组织起来穿街走巷进行表演,舞队中便有戴面具者,表演节目有《耍和尚》、《瞎判官》等。到了元代,这种群众性的街头文艺演出更加发展,在舞队中出现戴假大头扮成"山神童子"和"和尚"的艺术形象。在这批雕砖俑中有八个砖俑为儿童模样,头戴假大头,分别吹笛、持节板、击腰鼓、扛牌、扛伞、边奏边舞,另外还有一个和尚俑。这组砖俑表现的是元代民间流行的街头游行舞队,进行文艺表演的生动形象,应该就是社火表演的情景。① 这种街头游行表演一直在民间流行。清人吴锡麟《新年杂咏抄》中提到元代的《月明(和尚)度柳翠》节目。每逢灯节,便在街头表演,"兼扮山神童子跳舞而来,皆戴彩绘假大头",在灯词中还有"大头和尚满街游"的语句。② 直到今天,每年春节各地街头群众文艺表演中差

---

① 王学敏:《河南博物院展品知识问答》,河南大学出版社2002年版,第55—64页。
② 孙传贤:《焦作市西冯封村雕砖墓几个有关问题》,《中原文物》1983年第1期。

不多都有"大头和尚戏柳翠",其滑稽有趣,最招孩子们喜欢,为节日增添着欢乐和喜悦。该节目还曾被搬上舞台和银幕,如将这种舞蹈形式编演为儿童舞蹈《大头娃娃舞》等。舞剧《宝莲灯》中,有一场儿童群舞,就是巧妙地采用了这种形式,并深受广大观众的欢迎。

4.元宵之闹

闹元宵是元宵节的一大特点。在新春伊始的元宵佳节,各种各样的人走出原有的生活轨迹,来到辉煌的灯火之下,用各种狂欢的活动,制造气氛,从中获得无穷乐趣。尤其是妇女们在这一天穿上自己最好的衣服,化上自己最满意的彩妆,从深宅大院里走出来,加入到元宵狂欢中来,让元宵节有了多姿多彩的味道。这在元曲中有不少记载。如张可久小令[商调·梧叶儿]《湖上晚兴》中记写了元代女子游乐游赏的情形:

> 频频醉,浩浩歌,明月涌沧波。岸草嘶骢马,山花压翠螺,雪柳闹银蛾,灯下佳人看我。

这些仪态端庄的淑女们,平日里深居闺阁,好不容易得到这样一个可以抛头露面的合法途径,自然是格外珍惜,尽情享乐。但是,当这些女子流连忘返于自然美景时,殊不知她们自身也是节日里的一道道亮丽养眼的风景线。无名氏小令[中吕·迎仙客]《正月》以客观的描写也向我们展示了元代女子闹元宵的情景:

> 春气早,斗回杓,灯焰月明三五宵。绮罗人,兰麝飘。柳嫩梅娇,斗合鹅儿闹。

《湖上晚兴》和《正月》两曲中提到的"柳"、"鹅"、"梅",均是女子元宵出游佩戴的饰物。"雪柳",是用捻金线制成的柳丝状饰物。雪柳饰以金钱,称"捻金雪柳"。"银蛾",即"闹蛾",亦称"鹅儿闹"、"夜蛾"、"蛾儿",是用绫绮等织物剪成。在剪好的蛾形上,还要用色彩画上须子、翅纹;正月十五元夕,妇女戴之,以应时节,取蛾儿戏火之意。"闹蛾"、"夜蛾"、"蛾儿"、"银蛾"习俗,至明代,仍很流行,"闹嚷嚷"是其遗制。"梅娇",是以白绢或白纸制成状如梅花的头饰。宋金盈之《醉翁谈录》云:"凡雪梅皆缯楮为之。"①宋代元

---

① (宋)金盈之:《新编醉翁谈录》,江苏广陵古籍刻印社 1981 年版,第 23 页。

宵节,节物尚白色,每年正月十四、十五、十六日夜,青年妇女盛行戴玉梅,以为应时的头饰。届时街头巷陌,皆有售卖。孟元老《东京梦华录》卷六:"市人卖玉梅、夜蛾、蜂儿、雪柳、菩提叶。"①此风习延续至元以后。在元代的节日里,欢闹"斗合",人在闹,鹅也在闹,呈现一派祥和欢快的气氛。

彻夜狂欢也是元曲中描写最多的。商衢套数[南吕·梁州第七]《戏三英》描写夜晚狂欢,场景人物历历在目:

> 暖律回春过腊,融和布满天涯。禁城元夜生和气,况金吾不禁,良宵欢洽。九衢三市,万户千门。重重绣帘高挂,列银烛荧煌家家斗骋奢华。玉帘灯细捻琼丝,金莲灯匀排艳葩,栀子灯碎剪红纱。壁灯儿,巧画。过街灯照映纱灯、戏灯机关妙,滚灯、转罐灯耍。月灯高悬水灯戏,将天地酬答。

> [幺]彩结鳌山对耸,箫韶鼓吹喧哗。仕女王孙知多少。宝鞍锦轿,来往交叉。酒豪诗俊,谢馆秦楼。会传杯笑饮流霞,见游女行歌尽[落梅花]。向杜郎家酒馆里开樽,王厨家食店里饭罢,张胡家茗肆里分茶。玉人,娇姹。爱云英辨利绛英天然俊,共联臂同把。偶过平康赏茗妭,越女吴姬。

> [赚煞]绮罗珠翠金钗插,兰麝风生异香撒,弦管相煎声咿哑。民物熙熙,谁道太平无象?听歌舞见风化,酩酊归来,控玉骢不记得还家。唱道玉漏沉沉,楼头仿佛三更打。灯影伴月明下,醉醺醺婉英扶下马。

暖律,指正月。古代用音乐十二律配一年十二月,故正月为暖律。金吾,秦汉时执掌京城卫戍的地方官。金吾不禁,本指古时元宵及前后各一日,终夜观灯,地方官取消夜禁。夜禁就是禁止夜间的活动。中国古代城市夜禁一直严厉实行,元代实行也严。据《马可波罗游记》记载:"新都的中央,耸立着一座高楼,上面悬着一口大钟,每夜鸣钟报时。第三次钟响后,任何人都不得在街上行走。除非遇有紧急事务,如孕妇分娩或有人生病,非出外请医生不可者可以例外。但是如果遇到这种情况,外出的人必须提灯。……夜间,有三四十人一队的巡逻兵,在街头不断巡逻,随时查看有没

---

① (宋)孟元老:《东京梦华录》(外四种),中国商业出版社1982年版,第41页。

有人在宵禁时间——即第三次钟响后——离家外出。被查获者立即逮捕监禁。"①元宵日取消夜禁,打破日夜之差、城乡之隔、男女之防与贵贱之别,举国皆闹,点亮了狂欢的主旋律:"万户千门,重重绣帘高挂,列银烛荧煌家家斗骋奢华",无论是"杜郎家酒馆"、"王厨家食店",还是"张胡家茗肆",都"密匝匝车马喧阗"。原本在封建社会里,讲究男女有别,青年妇女平时很少有自由活动的机会,而在"金吾不禁,良宵欢洽"的佳节里,仕女王孙"传杯笑饮流霞",在"灯月交辉"时,"共联臂",共同品味着愉悦,共同游乐于"九衢三市",共同"闲游在阆苑瑶池"。这些行为如果放在平日也许会被看作"荒唐",但正是这一幕幕看似荒唐的场景把元宵景色和人们的喜悦心情概括殆尽,真实地记录了当时真正的平民化的、形而下的节日风情、世俗生活、人情世态,真实地展现了元代人另一世界的精神生活,或者说元代人生存方式的另一面:夜出曙归,颠覆了惯常的时间概念;金吾弛禁,颠覆了惯常的管理体制;万人行乐,又颠覆了惯常的清规戒律。打破了熟悉的日常生活,人们呼吸到了一种新鲜的空气,体验到了一种美妙的感觉。这种感觉就是自由,它来自于心灵深处长期被压抑着的对自由的渴望终于有了释放的机会。在这个夜晚,人们不仅暂时忘却了现实生活中的一切,而且沉浸在狂欢之中,颠覆一切日常生活的规律,将平时为理性所抑制的激情与粗俗的一面尽情展现。从这个意义上讲,元宵节的真正魅力不是月,不是灯,不是歌舞,甚至不是游人,而是自由。元宵节真正成为了张扬个性、体验人性伟大的精神时空。

元宵节还是一年中有情男女"相约灯下"的浪漫节日,俗称中国"情人节"。在古代,男女日常交往极度受限,女子不能随便迈出家门,只有在正月十五元宵节这天,女子可以走上街头赏花灯、猜灯谜。趁着美好月色,许多青年男女借观灯相识、相悦、相爱,颇有一见钟情的感觉。宋代以前的"情人节"大抵由三月三的上巳节承担。而在元代,也是元宵节的内容之一。元曲中"爱在元宵"的描写甚多。如周文质套数[大石调·青杏子]《元宵》写了灯前月下见情人,令夜更精彩:

---

① [意大利]马可·波罗:《马可波罗游记》,陈开俊等译,福建科学技术出版社 1981 年版,第96—97 页。

明月镜无瑕,三五夜人物喧哗,水晶台榭烧银蜡。笙歌杳杳,金珠
簇簇,灯火家家。

[幺]命文友步京华,看天涯往来车马,对景伤情诉说别离话。一
番提起,数年往事,几度嗟呀。

[好观音]见一簇神仙香风飒,春娥舞绛烛笼纱。一个多俊多娇好
似他,堪描画,笑吟吟重把金钗插。

[幺]行至侵云鳌峰下,却原来正是俺那娇娃。怕不待根前动问
咱?人奸诈,拘钤得无半点儿风流暇。

[尾]刚道了个安置都别无话,意迟迟手捻梅花,比梦中只争在月
明下。

天仙般一群舞蹈着的"春娥"中,竟然有"俺那娇娃"。但她已完全没有
了去年相会时的"风流"样子,"意迟迟"与我"刚道了个安置都别无话"。
绘声绘色地描画了相逢开口笑,过后不思量式的元宵相逢经历。

张可久有四首小令与周文质套数[大石调·青杏子]《元宵》咏写为同
调,都是描写在元宵节或与美人邂逅,或彼此一见钟情,或饮酒作乐沉醉温
柔之乡的散曲:

红妆邂逅花前,眼挫秋波转,相怜。天愿长夜如年。看鳌山尽意儿
留连,俄延。翠袖相扶,朱帘尽卷。妙舞清歌,鞓袖垂肩。香尘暗绮罗,
小径闲庭院,回步金莲。半掩芙蓉面,慢捻桃花扇。月团圆,共婵娟,无
计相留恋。遇神仙,短因缘,回首蓬莱路远。①

绿窗纱银烛梅花,有美人兮,不御铅华。妆镜羞鸾,娇眉敛翠,巧髻
盘鸦。可喜娘春纤过茶,风流煞真字续麻。共饮流霞,月转西楼,不记
还家。②

胡洞窄,弟兄猜,十朝半旬不上街。灯火楼台,罗绮裙钗,谁想见多
才?倚朱帘红映香腮,步金莲尘污弓鞋。眉尖上空受用,心事里巧安
排。来,同话小书斋。③

---

① [中吕·齐天乐过红衫儿]《元夜书所见》。
② [双调·折桂令]《元夜宴集》。
③ [越调·寨儿令]《元夜即事》。

停杯献曲紫云娘,走笔成章白面郎。移宫换羽青楼上,招邀入醉乡,彩云深灯月交光。琉璃界笙歌闹,水晶宫罗绮香,一曲《霓裳》。①

在元宵之夜,许许多多青年男女在闪闪的彩灯下,手拉着手,肩并着肩,逗乐调情。火树银花的热闹场景为男男女女们浪漫的爱情营造了温馨的氛围。尽管这些描写中有一见钟情的喜悦,也有失之交臂的悲伤,但是代表了元代男女对于美好感情的追求和向往,表现了老百姓过这个节日的开心愉快,反映了元代人"对有血有肉的人间现实的肯定和感受,憧憬和执着"②的时代精神。

元宵节充满了世俗的欢愉,也渗透着人生的忧伤。新年过后,对自己前途未卜,生死难料的忧愁之情,离别之情。这些描写虽为元宵节闹乐中的别音,但也是元宵节主旋律中的音符。如曾瑞套数[黄钟·醉花阴]《元宵忆旧》:

冻雪才消腊梅谢,却早击碎泥牛应节,柳眼吐些些。时序相催,斗把鳌山结。

[喜迁莺]畅豪奢,听鼓吹喧天那欢悦。好教我心如刀切,泪珠儿揾不迭,哭的似痴呆。自从别后,这满腹相思何处说。流痛血,瑶琴怎续,玉簪难接。

[出队子]想当初时节,那浓欢怎弃舍。新愁装满太平车,旧恨常堆几万叠,若负德辜恩天地折。

[神仗儿]这些时情诗倦写,和音书断绝。斜月笼明,残灯半灭。恨檐马玎当,怨塞鸿凄切。猛然间想起多娇,那愁闷,怎拦截。

[挂金索]业缘心肠,那烦恼何时彻。对景伤情,怎捱如年夜。灯火阑珊,似万朵金莲谢。车马阗阗,赛一火鸳鸯社。

[随尾]见他人两口儿家携着手看灯夜,教俺怎生不感叹伤嗟。尚想俺去年的那人何处也。

节日来临,人们的情感总是突然间变得格外脆弱。鼓乐喧天本是热闹

---

① [双调·水仙子]《元夜小集》。
② 李泽厚:《美的历程》,中国社会科学出版社1984年版,第159页。

非凡，但对于主人公而言，此时想到的恰恰是离别的伤痛。主人公与"去年的那人"分隔两地，音书断绝，"新愁""旧恨"一起涌上心头。把主人公身处元宵佳节复杂心情淋漓尽致地表现出来，而在这以前的有关元宵诗词是很少有如此"满腹相思"之作的。

从民俗的角度来看，元宵节赏灯，男女皆出游，这使得赏灯活动带来了男女交往的契机。这在传统社会礼法习俗禁欲和禁止男女自由交往的背景下，元宵节时偶而出现的男女幽会显示出了积极的意义，它是对日常生活中人们被压抑了的情感和欲望的调节，释放出了人们对异性的美好情感与欲望，在节日欢乐的氛围里带给人们全身心的快乐。然而这种欢乐和狂欢之中又常常蕴含着深刻的悲凉和危机。无名氏杂剧《王月英元夜留鞋记》就反映了这种现象。剧写进京赶考的书生郭华与开封府相国寺旁一家胭脂铺里的王月英一见钟情，相约借着热闹的游赏观灯机会在相国寺观音殿会面。郭华赴约前多喝了几杯酒，在相国寺等王月英时睡着了。王月英来到后，推不醒郭华，又不宜长久逗留，只得将自己的一只绣鞋、一条手帕留在郭华的怀里，以通情愫。然而郭华醒后，却因自己酒醉沉睡而未得谋面，又愧又急，竟吞手帕自杀。在热闹、温馨、浪漫的元宵之夜，两情相悦的一对恋人没能成功约会，一喜一悲，看似偶然的个案里实在还有一层苍凉的意境在。借助节日文化元素，展现元代生存的焦虑，从而曲折而强烈地批判和控诉了元代社会的现实。从民俗的深层角度看，这元宵节热闹的习俗，恰是文化习俗基因在遗传绵延中，赋予人们逃避死亡、远离鬼邪时唯恐不及心态的真实反映。也正由于此，该剧历代影响不小，其故事从南朝刘义庆的《幽冥录·买粉儿》脱胎，并将情节宽展，从买粉儿（胭脂）到留鞋表记，成为后世此类故事的框架，现在还有许多地方戏有《郭华买胭脂》等剧目。

更为触目的是，武汉臣杂剧《包待制智赚生金阁》中的郭成为了躲避血光之灾，离开父母、家乡，携妻上京，途中祖传宝物"生金阁"被衙内庞绩骗走，抢走妻子，自己也冤死在庞衙内的铡刀之下，成为无头鬼。郭成被铡死的次日正好是元宵节，这天晚上，已成鬼魂的郭成，提头冲上，大闹元宵：

（魂子提头冲上打科）（衙内做慌云）那里这个鬼魂打将来？好怕人也。走！走！走！（下）（魂子追赶，老人、里正，社火鼓乐同众慌下）

(衙内再上,云)……(魂子再上,赶科)(衙内云)这鬼魂又赶将来了。吓杀我也! 小的每扶着我回去罢,这灯也看不成了。

郭成的死及死后鬼魂在元宵节晚上出来"闹事",让人深切地感受到,这实在是一个表面繁华,却潜伏着无数危险的时代。如著名的俄国哲学家和文艺批评家杜勃罗留夫所言:"任何真正艺术中的悲剧又绝不只是向我们展示黑暗、苦难、恐怖和死亡,而是要通过悲反射出美,通过苦难显示出崇高……这才是悲剧美的灵魂。"①这些把节日背景、驱鬼辟邪习俗、复仇习俗等多重的民俗文化因子熔炼、交织在一起,展开的一幕幕或是生命尊严受到严重践踏,或是爱情等理想遭到残忍扼杀,或是对生命的备加珍惜和敬畏的悲剧,衬照出当时社会普通民众生活的严酷和命运的凄凉,有力地解剖了当时黑暗的社会现实,让我们看到了元曲中"那极为先锋的一面,这里有骇人的想象力,依托着更加结实的民间根底,调侃、幽默和正义藏于其间"。②

尽管许多研究者认为,元代元宵节特别是元宵节的灯,无论从规模还是质量上,都不能与唐宋时代相比,但由于"从远古时代存留下来的习俗,在一个民族的大多数人中具有普遍性和重复性。这种习俗的具体内容、涵义和人们对它的认识与阐释,在各个时代会有所不同,会这样那样地折射出那个时代的某些特征,但其形式的基本方式却一般不会随着经济和政治的变动而有大的变动,往往是根深蒂固地保留下去"③,并在不断的重复中,民俗会形成自觉维护习俗惯制的力量。这种力量即民间力量,并不会因朝代更替,异族人主中原而发生根本的变化。透视元曲中对元宵节的描写,我们看到一幅幅多彩的民俗画卷:元宵的明月、元宵的团聚、元宵的灯火、元宵的游人共同编织着元宵之夕的良辰美景,构成了元代元宵节俗的独特景观,生动地映射出元代元宵节俗活跃的追求人性自由平等、追求幸福光明的文化精神。虽说元曲中元宵节令描写中也有生世浮沉、命运坎坷的慨叹,也有对世事艰难的忧虑,但更多的是人潮涌动,车马喧阗,欢歌笑语,纵情娱乐,这是元代元宵节的主旋律。元曲对元宵节日风俗的记录,保存了岁时生活的基

---

① 张学松等:《唐宋文学探微》,吉林人民出版社 2007 年版,第 56—57 页。
② 铁凝:《桥的翅膀——在巴黎首届中法论坛的演讲》,《人民文学》2010 年第 4 期。
③ 程嗇、董乃斌:《唐帝国的精神文明》,中国社会科学出版社 1996 年版,第 120—121 页。

本风貌，真实地反映了元代特有的时代精神与社会风貌。从这个意义上讲，谁又能说，元曲中描写的元宵文化，不是中国传统年文化建设工程的一个环节，而且是独具特色的一个环节呢！

（四）龙 头 节

龙头节在二月二，又名二月二。据丁世良、赵放等编纂的《中国地方志民俗资料汇编》记载①，除新疆、西藏和青海之外，各省区、直辖市都有这个节日存在，足见其流播范围之广。

二月二作为节日，文献记载中最早见于盛唐时期。李林甫等修《唐六典》（撰成于739年）卷二十二提到中尚署令每年二月二日向皇上提供"镂牙尺及木画紫檀尺"②，因为唐代朝廷在每年二月二日中和节要以镂刻十分精美的牙尺或木画紫檀尺赏赐身边的王公大臣。仲春二月是日夜平分的月份，古人顺应天时，选择在二月份校正度量衡器具，认为这样可使度量衡器公平准确。皇帝给臣下赏赐尺子，是希望臣子们办事公正，权衡协调好各种关系。唐代有关二月二这天民俗活动的记载甚多。如白居易《二月二日》诗："二月二日新雨晴，草芽菜甲一时生。轻衫细马春年少，十字津头一字行。"③李商隐《二月二日》："二月二日江上行，东风日暖闻吹笙。花须柳眼各无赖，紫蝶黄蜂俱有情。万里忆归元亮井，三年从事亚夫营。新滩莫悟游人意，更作风檐夜雨声。"④郑谷《蜀中春雨》诗："和暖又逢挑菜日，寂寥未是探花人。"⑤刘禹锡《淮阴行》诗："无奈挑菜时，清淮春浪软。"⑥这些记载表明，当时民间有二月二寻花觅草、踏青游乐的习俗，还有在郊外踏青的同时，顺带挑挖野菜回家的活动。宋代二月二沿袭唐代风俗，气氛更加隆重。据陈元靓《岁时广记》云："蜀中风俗，旧以二月二日为踏青节，都人士女络绎游赏，缇幕歌酒，散在四郊。历政郡守虑有强暴之虞，乃分遣戍兵于冈阜

① 丁世良、赵放主编：《中国地方志民俗资料汇编》全六册，书目文献出版社1989年版。
② 齐涛：《节日志》，山东教育出版社2007年版，第99页。
③ （唐）白居易：《白居易全集》，丁如明、聂世美校点，上海古籍出版社1999年版，第503页。
④ （唐）李商隐：《李商隐诗选》，刘学锴、余恕诚选注，人民文学出版社1986年版，第207页。
⑤ 高建中：《唐宋词》，广东人民出版社2001年版，第606页。
⑥ （清）王士禛：《唐人万首绝句选》，史礼心等注，插图本，华夏出版社2006年版，第55页。

坡冢之上,立马张旗望之。后乖崖公帅蜀,乃曰:'虑有他虞,不若聚之为乐。'乃于是日自万里桥以锦绣器皿结彩舫十数只,与郡僚属官分乘之,妓乐数船,歌吹前导,名曰游江。于是都人士女骈于八九里间,纵观如堵,抵宝历寺桥,出宴于寺内。寺前创一蚕市,纵民交易,嬉游乐饮,倍于往岁,薄暮方回。"①蜀地的二月二游人如蚁,非常热闹,致使地方政府派兵维持秩序。宫廷也很重视二月二,这一天还要举办挑菜御宴。据周密《武林旧事》记:"二日宫中排办挑菜御宴。先是,内苑预备朱绿花斛,下以罗帛作小卷,书品目于上,系以红丝,上植生菜、荠花诸品,俟宴酬乐作,自中殿以次,各以金篦挑之。后妃、皇子、贵主、婕妤及都知等,皆有赏无罚。以次每斛十号,五红字为赏,五黑字为罚。上赏则成号真珠、玉杯、金器、北珠、篦环、珠翠、领抹,次亦铤银、酒器……官窑、定器之类,罚则舞唱、吟诗、念佛、饮冷水、吃生姜之类,用此以资戏笑。王宫贵邸,亦多效之。"②看来宫中的挑菜不是真正的去挑采野菜,而是将民间的挑野菜习俗艺术化、游戏化。

从元代开始二月二为"龙抬头"的日子,民间流行着"二月二,龙抬头"的谚语。这一观念使二月二变成了以引龙祭龙为主的节日,人们因此还把二月二称为"青龙节"、"春龙节"、祭龙节、龙兴节等。二月二,正是人间万物复苏,大地返青的时节。春耕是关系到国计民生的大事,所以古代上上下下都很重视,由此形成了一系列的民俗活动,据熊梦祥《析津志·岁纪》记载:"二月二日,谓之龙抬头。五更时,各家以石灰于井畔周遭掺引白道,直入家中房内,男子妇人不用扫地,恐惊了龙眼睛。"③这是"龙抬头"风俗现今所存文献的最早记载。这一记载写到了当时龙头节的两种民俗:其一是引龙。引龙,也称引钱龙。引龙又分为汲水引龙和撒灰引龙两种。汲水引龙是人们认为二月二日是龙神始动之时,于是纷纷到河边或井边挑水回家,以期请回龙神,保证全年风调雨顺。这种习俗主要流行于北方大部分地区。在山西、河北等地,这天早晨家家户户要打着灯笼到井边或河边挑水,回到

① (宋)陈元靓:《岁时广记》,中华书局1985年版,第11页。
② (宋)周密:《武林旧事》(外四种),中国商业出版社1982年版,第40页。
③ (元)熊梦祥:《析津志辑佚》,北京图书馆善本组辑,北京古籍出版社1983年版,第214页。

家里要烧香上供,人们把这种仪式叫做"引田龙";或放古钱在水桶中,叫"引钱龙"。撒灰引龙的习俗由来已久。其方法是撒灰作龙蛇状,从门外蜿蜒布入宅厨,旋绕水缸,叫"引龙回";或者再用红丝线系一枚铜钱,从门外拖入室中,也叫"引钱龙"。无论是"引田龙"、"引钱龙",还是"引龙回",目的只有两种:一是请龙回来,兴云播雨,祈求农业丰收;二是龙为百虫之精,请龙来,百虫必然会躲起来,这对人体健康、农作物生长都是有益的。[①] 此外,大人们要用五色布剪出方形或圆形小块,中间夹以细秫秸秆,用线穿起来,作长虫状,戴在孩童衣帽上,俗称"戴龙尾",驱灾辟邪。其二是民间有许多禁忌避讳,诸如此日家中忌动针线,怕伤到龙眼,招灾惹祸;忌担水,认为这天晚上龙要出来活动,禁止到河边或井边担水,以免惊扰龙的行动,招致旱灾之年;忌讳盖房打夯,以防伤"龙头";忌讳磨面,认为磨面会碾或压到龙头,不吉利。俗话说"磨为虎,碾为龙",有石磨的人家,这天要将磨支起上扇,方便"龙抬头升天"。俗话说"龙不抬头天不雨"。龙抬头就意味着风调雨顺,粮食丰收。"二月初二日,焚香水畔,以祭龙神。"[②]反映了古人期望"天龙"及时出现,以保护庄稼旺势丰收的美好愿望。这一天人们通过各种方式,祈龙赐福、保佑风调雨顺、五谷丰登。这一天的食品也多以龙命名:吃面条称"挑龙头"、吃油炸糕称"吃龙胆"、食煎饼称"揭龙皮"、吃麻花称"啃龙骨",以示吉庆。二月二的食品主要有三大类,一是爆响类,二是煎煮类,三是发芽类。爆响类的食品如爆米花、炒黄豆、炒蚕豆等,目的是用爆裂的声响把龙惊醒。煎煮类的食品如烙饼、炒鸡蛋、煮面条等,烙饼称为"龙鳞饼",面条叫做"龙须面"。煎煮类食品的目的是用煎煮的火热让龙苏醒。龙经受不住人间的惊吓煎熬的折腾,只好回到天上去。发芽类的食品如豆芽菜、韭菜、大葱等,这些蔬菜冬天也能生长,吃这些蔬菜目的在于催生,促使大地早日返青。可见,二月二期间的许多节俗活动,的确寄寓了民众与龙有关的许多朴素意识,可以说是"龙的节日"。

关于二月二日"龙抬头"元曲中也有反映。无名氏杂剧《朱太守风雪渔

① 宋兆麟、李露露:《中国古代节日文化》,文物出版社 1991 年版,第 51 页。
② 胡朴安:《中华全国风俗志》下,河北人民出版社 1986 年版,第 283 页。

樵记》第三折货郎张懒古形容他见到发迹后的朱买臣的情景时白："元来那相公宽洪大量,他着我抬起头来,我道:'老汉不敢抬头。'他道:'你为甚么不抬头?'我道:'我直到二月二那时,可是龙抬头,我也不敢抬头!'"无名氏杂剧《孟德耀举案齐眉》第四折张小员外、马舍上,张云:"自家张小员外,这个是马良甫。县里差俺两个接新官,谁想是孟老相公家女婿梁鸿做了本处县令。想着咱在皋大公庄儿上调戏他浑家,若与俺算起旧帐来,怎生是了?(马云)不妨事,他那里记的起? 咱每大着胆见他去。(做见跪科)(梁鸿云)这厮如何不抬头?(张云)直等到二月二哩。"这里虽是打诨语,但能说明二月二龙头节的文化记忆和民族感情,已经渗入每一个元代人的血液,成为一种集体意识或集体无意识。

关于"二月二,龙抬头",民间有诸多的传说。其中一则传说解释说:东海龙王有一个如花似玉的女儿,生于二月初二。有一天,小龙女悄悄溜出龙宫来到人间,正赶上人间大旱,草木都干枯了。龙女见此情景,顿生怜悯之心。于是她从随身带的锦囊里取出一把红豆,向田里一撒,天空中立刻浓云密布,电闪雷鸣,下起了大雨。雨后,方圆几百里的庄稼全都长得绿油油的。龙王得知此事后非常恼怒,认为龙女私自降雨,大逆不道,便将龙女逐出龙宫,永不相认。龙母非常思念她的女儿,每到小龙女生日二月初二这一天,她总要浮出水面,抬头眺望,痛哭一场。她的哭声变成了雷声,她的眼泪变成了大雨,春雨给大地带来了生机,于是就有了庆贺二月二龙抬头的习俗。

传说表达了民间的一种希望,一份情愫。实际上,二月初二之所以称为"龙抬头",从观念上说,龙头节起源于古人祈雨的观念。以龙祈雨,在中国历史上早已有之。秦汉时期,它被看作是象征祥瑞的四灵(龙、凤、龟、麒麟)之首。汉朝民间祈雨多祭祀土龙。汉以后,随着佛教的传入和道教的创立,龙不但在名称上被冠以"王"的封号,而且形象上出现了拟人化的倾向,以人的面目出现在公众面前,且常被人们说成是兄弟五人,即青龙、白龙、赤龙、黑龙、黄龙,民间称其为"五龙王"。青龙居东海,白龙居西海,赤龙居南海,黑龙居北海,黄龙居中央。各大龙王无不行云布雨,具有超凡的神力。道教极力提倡有水则封一方龙王,历代统治者也不断封龙神为王。这样,在皇权势力的影响下,龙王终于统一了中国民间信仰中的雨神系统,成为中国雨神的正宗,成为农业社会民众祭祀的主要对象。① 这是龙头节诞生的思想基础。从节气上说,二月初正处在"雨水"、"惊蛰"、"春分"之间,这是个既需要雨水,又可能有降雨的时期。然而这个时候又恰恰是最容易发生干旱的时候,所以古人要祭拜专司春雷和雨水的龙王,以求得此时风调雨顺。从天文学的角度来说,古人以为地球是不动的,是太阳在运动。早在春秋时期甚至更早,人们就把太阳在恒星之间的周年运动轨迹视为一个圆,称为黄道。再将黄道附近的星象划分为二十八组,表示日月星辰在天空中的位置,俗称"二十八宿"。"宿"表示居住。如果观察月亮的运行,它基本上是每天入住一宿,待二十八宿轮流住完,大约一个月,所以称"宿"。"二十八宿"按照东西南北四个方向划分为四大组,并按照它们的形象附会为四种动物,产生"四象":东方苍龙,西方白虎,南方朱雀,北方玄武。由于地球围绕太阳公转,天空的星象也随着季节转换。每到冬春之交的傍晚,苍龙显现;春夏之交,玄武升起;夏秋之交,白虎露头;秋冬之交,朱雀上升。东方苍龙由角、亢、氐、房、心、尾、箕七宿组成一个完整的龙形星座,其中角宿恰似龙之双角。在农历二月二这天,大约夜晚九时半左右,"龙"的两只"犄角"(即角宿一星和角宿二星)从东方地平线上慢慢升起,这时整个"龙"的身子尚隐没在地平线以下,故称"龙抬头"。从节令物候的角度来看,二月二在惊蛰前后,正是春回大地、万物复苏的时节。随着土地解冻,冬眠的昆虫、动物日渐活跃,龙是百虫之长,"龙抬头"就成为一种象征②。此后雨水多起来,大地开始返青,春耕从南到北陆续开始。由此产生了"二月二,龙抬头"的说法。

二月二具体化为龙抬头的节日,是龙崇拜在节日民俗中的集中反映。从远古起中国人对龙的崇拜信仰一直延续不辍,闻一多先生曾说:"龙是中华民族在长期民族融合过程中形成的图腾,在中国历史与文化中意义重大。"③中华儿女在"炎黄子孙"之外,又有"龙的子孙"、"龙的传人"之称。

---

① 谢永栋:《近代华北庙会与乡村社会精神生活——以山西平鲁为个案》,《史林》2008 年第2 期。

② 《民俗专家解读:二月二,为何龙抬头》,《齐鲁晚报》2011 年 3 月 5 日。

③ 闻一多:《神话与诗·伏羲考》,华东师范大学出版社 1997 年版,第 48 页。

在民间,普通百姓视龙为吉祥、喜庆、振奋、腾飞的象征;而历代封建帝王则以龙纹作为独有的装饰,穿"龙袍"、坐"龙椅",以"真龙天子"自居。二月二龙抬头;正式形成民俗节日在元朝,《析津志》载"二月二,谓之龙抬头"①,典型地反映了元代人龙崇拜的信仰。元代人龙崇拜非常突出,反映在元代社会的方方面面。这在元曲中也能得到印证。马致远杂剧《半夜雷轰荐福碑》中的龙神,是神灵形象中不多见的有性格的人物,它像人一样有报复心理,因为张镐在龙神庙里题诗惹怒了它,就用雷电击碎了颜真卿的真迹碑,使得张镐进京赶考的盘费无着、功名无望,险些自求死路触阶身亡。郑廷玉杂剧《楚昭公疏者下船》中龙神与鬼力的上场虽然是很简单的一笔带过,但却是全剧大团圆结局得以实现的关键点。剧中楚昭王在逃亡途中舟不能多载的情况下,把妻子和儿子赶下船,留下兄弟,龙神奉上帝的命令将楚昭王下水的亲人救护上岸,最终兄弟、妻子完聚。尚仲贤杂剧《洞庭湖柳毅传书》中洞庭老龙的知恩图报,龙女三娘的善良深情,钱塘火龙的率真刚烈,泾河小龙的骄纵粗鲁。李好古杂剧《沙门岛张生煮海》中张羽战胜了"摧山岳"、"卷江淮"的东海龙王,神圣的龙王向凡人告输求饶。这些描写,反映了龙崇拜在元代的流传。

元曲对生活的描述也处处可见龙的踪迹。如关汉卿杂剧《包待制三勘蝴蝶梦》第四折:"你本是龙袖娇民,堪可为报国贤臣。"郑廷玉杂剧《包待制智勘后庭花》第二折:"遮莫去大虫口中夺脆骨,骊龙额下取明珠。"白朴杂剧《唐明皇秋夜梧桐雨》第一折:"松开了龙袍罗扣,偏斜了凤带红鞓。"马致远套数[南吕·一枝花]《咏庄宗行乐》:"天子龙袍扇面儿也待团圞,贯金线细沿伴。"徐再思小令[双调·蟾宫曲]《钱子云赴都》:"鹏翼风云,龙门波浪,马足尘埃。"张可久小令[双调·水仙子]《可侍郎奉使日南》:"波澄太液泛龙舟,帘卷披香出凤楼。"胡用和套数[中吕·粉蝶儿]《题金陵景》:"秦淮河急水龙舟渡,马公洞薰风菡萏香,翠微亭绿阴深处炎威爽。"无名氏小令[中吕·满庭芳]《风月》:"龙泉剑结末了子胥,犊鼻裈蹭蹬杀相如。"

---

① (元)熊梦祥:《析津志辑佚》,北京图书馆善本组辑,北京古籍出版社 1983 年版,第214 页。

杨梓杂剧《承明殿霍光鬼谏》第一折："似这般坏家邦,损忠良,疾忙分付江山,递纳龙床。"姚燧小令［双调·拨不断］："楚天秋,好追游,龙山风物全依旧。"这些例句说明,龙崇拜渗透在元代社会文化生活的各个层面。龙珠、龙袍、龙门、龙泉、龙山、龙床、龙舟等,都是龙崇拜在元代社会生活中的反映。

　　"二月二"节不是一个孤立的节日,龙头节的前一天是中和节,二者时间上非常接近,因此后世也有二月二为中和节的说法。中和节是人为设立的旨在劝农的节日。中唐德宗年间,大臣李泌以二月无大节为由,上书"请废正月晦,以二月朔为中和节"①,取"致中和、育万物"之义。《礼记·中庸》云："致中和,天地位焉,万物育焉。"②让"百官进农书,以示务本",公元789年德宗下诏设节,这就是中和节的由来。在官府的倡导下,中和节在唐宋时期也兴盛了一段时间,还传播了一些节俗活动,例如:祭祀神农炎帝,祭祀主管植物初长的勾芒神,"献生子"即互相馈赠五谷瓜果的种子等。从元曲看,元代仍有中和节的概念,但劝农的节俗活动不明显。如钟嗣成小令［南吕·骂玉郎过感皇恩采茶歌］《四时佳兴·春》：

　　　梅花漏泄阳和信,才残腊又新春。东风北岸冰消尽。元夜过,社日临,中和近。

　　无名氏小令［商调·梧叶儿］《十二月·二月》：

　　　踏青去,二月时,则不肯上车儿,强那步,困又止,脱鞋儿,要人兜凌波袜儿。

　　马致远小令［仙吕·青哥儿］《十二月·二月》：

　　　前村梅花开尽,看东风桃李争春。宝马香车陌上尘,两两三三见游人,清明近。

　　这些描写说明中和节在元代是存在的。至少中和节的观念在元代是普遍存在的。但节日的内涵被简化,节日的地位下降了,成为了一个寻花觅草,踏青游乐的民间佳节。

---

① （宋）欧阳修、宋祁:《新唐书》,中华书局1997年影印本,第4637页。
② （战国）曾参、子思:《大学·中庸》,王媛、徐阳鸿译注,广州出版社2004年版,第128页。

总之,无论是"中和节",还是"龙抬头",都是仲春二月的重要节日,它承接着冬春二季,预示农事活动的即将开展,是农耕文化的反映,也是"天人合一"观念的反映。从取"致中和、育万物"之义的中和节到二月二的龙头节,都是顺应天地四时的自然生命节律的反映,是人与自然交流与和谐的结果。特别是龙头节,蕴含着中华民族龙崇拜的文化内涵,作为一种精神愿望,它象征的是元代人渴望新年新运、除去晦气、重新开始美好生活的一年一度生生不息的"龙抬头"精神。尽管我国众多传统节日均与龙崇拜有着或多或少的联系,但在演变中大多被淡化,融合进其他的文化主题,而二月二则自始至终坚守着龙崇拜的主题,在经历数百甚至上千年的演变过程中逐渐成为一种专门的龙崇拜的节日,传承至今。

(五) 社 日 节

社日节起源于远古先民对土地神的崇拜,是传统佳节中起源最早的节日之一。中国有几千年历史的农耕文明,据考证,距今七千多年在黄河、长江流域就已经存在早期原始的农业活动痕迹。随着农耕文化的不断发展,人们对生长出万物的土地的依赖日益深厚,逐渐将土地神化,产生了土地崇拜。最早的土地神是封土为丘,还有以石、树为社神的象征。宋代以后,在乡村无论贫富一进门就有土地神龛,尺余大小,慈眉善目,鹤发童颜的老翁,和蔼可亲。刘唐卿杂剧《降桑椹蔡顺奉母》第二折描写了元代土地神形象、人们对土地的心态以及在"悉把吾尊"的背后,那由圣及俗、步向生活的足音:

(土地云)吾乃土地神,秉性纯和福自臻。常居正道,永镇家庭。晨昏香火,悉把吾尊。招财进宝臻佳瑞,合家无虑保安存。

说明土地神信仰在元代民间有深厚的基础,也说明元代土地神已被人格化、世俗化。

祭祀社神的活动至迟在夏代已有了。先秦至汉代只有春社,唐代时固定以立春、立秋后的第五个戊日为春社和秋社。春社和秋社两个节日的出现,春社按立春后第五个戊日推算,一般在二月初二前后,而二月二相传又是土地神的诞辰,所以春社比秋社的享祀隆重。

在春社这天，乡邻们既要举行隆重的祭祀和庆祝仪式，还要开展各种各样的娱乐活动。李致远小令［中吕·红绣鞋］《晚春》就是这种特定节俗的生动写照：

> 杨柳深深小院，夕阳淡淡啼鹃，巷陌东风卖饧天。才社日停针线，又寒食戏秋千，一春幽恨远。

从"巷陌东风卖饧天"可知，宋元时寒食禁火造饧大麦粥，已不是一家一户做了，而是可以在巷陌间买到，已见出其商品经济相对发达起来的情况；从"停针线"可知，民间妇女在社日这天有停止针线缝补活动的"忌针"习俗。每逢社日，勤劳的妇女便有了难得的闲暇，她们可以停下手中的活计，抛开一切劳作，也参与到热闹的社日活动中来。由此可知，元代的社日，还是妇女们的节日。

社日是妇女的节日，更是男人的节日。在春社这一天，男人们共祭社神，分享社酒、社肉，笑语欢歌。尤其是社日醉酒，成为乡村社会的一道独特的风景。张养浩小令［中吕·朝天曲］《村乐》生动地展现了这一习俗，为我们完整地认识元代的节日习俗提供了难得的细节：

> 牧笛，酒旗，社鼓喧天擂。田翁对客喜可知，醉舞头巾坠。老子年来，逢场作戏，趁欢娱饮数杯。醉归，月黑，尽踏得云烟碎。

小令以白描的手法，生动地再现了元代社日神圣的祭祀仪式：锣鼓喧天，震耳欲聋，酒旗招展，牧笛悠扬。社鼓、社酒，是元时社日的两道最具魅力的风景，它们共同营造了社日狂欢的气氛。鼓乐是古代社会的重要器乐，它用于祭祀和战争，鼓乐不仅具有易于调动公众情绪的鼓动功能，而且鼓还是召唤春天的法器。《周易·说卦传》："动万物者，莫疾乎雷。"[1]社鼓犹如春雷，唤醒大地，催生万物。在社日的公共娱乐中，鼓是必不可少的娱乐工具，鼓乐营造了社日狂欢的气氛。祭社用鼓至少在先秦即已成为定制，《周礼·地官》："以雷鼓鼓神祠，以灵鼓鼓社祭。"[2]关于在祭祀时击鼓奏乐的描写，元曲有很多，如姚守中套数［中吕·粉蝶儿］《牛诉冤》："受用的是村

---

[1]　韩永贤：《周易解源》，中国华侨出版社1991年版，第200页。

[2]　梁泉、高思远：《腰鼓》，中国文联出版社2008年版，第32页。

歌社鼓。"刘时中小令［双调·折桂令］《农》："瓦钵瓷瓯,村箫社鼓。"薛昂夫套数［正宫·端正好］《高隐》："庆新春齐敲社鼓。"宇罗御史套数［南吕·一枝花］《辞官》："王大户相邀请,赵乡司扶下马,则听得扑冬冬社鼓频挝。"社鼓声声撼天动地,唤醒遥远的神灵,它也能从人体的外部通过听觉视觉激发人们的情感,使人们从激奋中获得高亢雄壮的感觉。社酒既是享神的祭品,也是社日必备的饮料;它能从人体的内部通过化学反应松弛人们的精神,使人们在麻醉中获得昂奋激扬的感觉,让鼓敲得更加欢快。竹笛的演奏,细腻、文静,其旋律虚无飘渺、潇洒温馨,象征着神的灵光普照大地,而大鼓雄壮、震撼,奏出翻天覆地的磅礴气概,象征着人们的英勇奋进。这一文一武的轮奏,奏出了天地合一的祥和,把人们带到了天下太平的景象中。除了喧闹的社鼓外,醉人的社酒,集体分享社肉、社饭亦是社日公共娱乐的重要内容。以美味食品献祭神灵是原始祭祀的传统,人们在祭神之后均分社肉,享用社饭,表示人们已获得了神福,然后"醉归,月黑,尽踏得云烟碎"。可见春社是一个真正的纵欲与狂欢的节日。

社祭备置酒肉,祭祀完后众人饮社酒食肉以庆,赵显宏小令［中吕·满庭芳］《耕》中也对这一习俗做了描述:

> 耕田看书,一川禾黍,四壁桑榆。庄家也有欢娱处,莫说其余。赛社处王留宰猪,劝农回牛表牵驴,还家去,蓬窗睡足,一品待何如?

社猪是社祀的主要祭品。在祭祀社神之后,村社百姓分吃社肉,是一项郑重的巫术仪式活动。英国人类学家弗雷泽在其《金枝》中曾列举了许多世界各地原始部落中有关杀死神兽然后在祭祀仪式中分食神兽之肉的习俗,称之为"神体圣餐",这种被杀死的动物代表的就是神的本身。这种交感巫术认为,祭祀仪式上吃了该神兽的肉,可以获得像神兽那样巨大的生命力。著名人类学家马林诺夫斯基也说:"所以用献祭的方法与一切神祇分享丰富的食物,便等于与一切神祇分享这天意底嘉惠了。"[1]在文化大发展、民族大融合的元代,社日节逐渐发展成为以祈求风调雨顺为目的,辅以乡间

---

[1] ［英］马林诺夫斯基:《巫术科学宗教与神话》,李安宅译,中国民间文艺出版社1986年版,第26页。

邻里互相宴请的狂欢性质的民俗节日。它虽然少了神秘的色彩，但也没有近世庙会的商业气息，仍是一种纯粹的农业社会的公共性娱乐。它给了人实现和谐生活的希望，调剂了农民日复一日单调的田间生活，是农民的"狂欢节"，尽管历经上千年的传承演变，这一内核仍一直延续到今日。

春华秋实，这是大自然的规律，也是大自然的"恩赐"。所以社日祭拜土地之神，"春祭社以祈膏雨，望五谷丰熟；秋祭社者，以百谷丰稔，所以报功"①。即使到了今天，这种春祈求风调雨顺、五谷丰登和秋报喜庆丰收、感恩大自然的活动，其中的天人合一、敬畏自然的精神理念，其中的人际和谐、身心和谐、增强凝聚力的精神理念，对于我们今天关爱自然、保护生存环境仍然有一定的警醒意义。

（六）上　巳　节

上巳节，系指农历三月的第一个巳日。其源起可以追溯到抟土造人的传说时代。在六七千年前甚至更远的远古社会，人类社会的婚姻形态应该已经由群婚进入到对偶婚阶段，两个或更多相邻友好氏族的男女间相互通婚，集体欢会，谈情说爱，有情人自由结合。但这种欢会结合并不是随时都可以进行的，而是有规定时间的，这个时间就应该是每年三月的第一个巳日。这是万物复苏、生长化育的季节。阳春三月，大地回暖，草木抽枝开花，飞禽走兽爬虫都活跃起来，开始进入交配繁殖期。远古人有很强的天人合一观念，春华秋实，春种秋收不仅仅是自然界的规律，也是人类应该遵循的规则。所以在春天这个万物化生的季节，人们顺天应时，祭祀祖先，洗浴去垢，踏青欢会，谈情说爱。而将这一天放在三月第一个巳日，应与上古时的蛇图腾崇拜有关，古人用天干地支计时，巳为十二地支中的第六位，对应十二属相中的蛇。汉代王充《论衡·物势》云："巳，蛇也。"②巳即蛇，巳日就是蛇日。蛇在每年农历九月进入冬眠，次年春二月复苏，三月开始出来活动，并寻偶交配。民间有"三月三，蛇出洞"的俗谚。位居三皇的伏羲和女

---

① （清）鄂尔泰等：《授时通考》上下，中华书局1956年版，第992页。
② （东汉）王充：《论衡》，上海人民出版社1974年版，第49页。

娲其形象造型即为人首蛇身,后人奉为蛇神,应是以蛇为图腾的两个部族的首领。所以他们把男女欢会交合的日期,选在蛇类开始活跃的春三月第一个蛇日。周时,三月上巳成为一个盛大的节日,每年的这一天,上自天子诸侯,下至庶民百姓,家家户户,男男女女,都要停下劳作,穿上新衣,沐浴祭祖,然后踏青赏春,结伴游乐;未有婚嫁的青年男女成为节日的主角,他们载歌载舞,自由寻找或约会情人,甚至行夫妇之事。[①] 两汉时,除了祭高禖、祓禊、会男女等传统节俗得到不断发展充实外,又增加了临水宴饮等新的娱乐内容,宴饮中最重要的活动即为流觞赋诗。魏晋时正式成节,节期为每年三月三日。在唐代,上巳节俗的宗教色彩已基本褪去,生命意识极强的唐人对上巳节又倾注了极大的热情,不仅娱乐代替了祓禊成为民间上巳节的主要活动,还专门以政令的形式把上巳节的娱乐饮宴活动纳入政府预算。当时除了举国进行宴饮之外,国家还给予百官节日费用方面的赏赐。在统治者的重视下,上巳宴赏习俗成为了一种制度。进入宋代,由于理学压制等原因,自由不羁的上巳活动受到极大的限制,上巳节不再作为主要节日进入人们的生活,在记载北宋都城开封风俗的《东京梦华录》里有对元旦、端午、七夕、重阳等众多传统节日的描述,但却未提及任何关于"三月三"上巳节的风俗;而在记载南宋都城临安风俗的《梦粱录》中虽有关于三月三上巳节的记载,但却是对宋以前古人三月三上巳节活动的追思与爱慕。特别是在上流社会,几乎消失殆尽。[②] 元承宋风,三月三上巳节也不彰显。如无名氏有一组[中吕·喜春来]《四节》小令,分别写三月三、五月五、七月七、九月九,写到三月三,只是写了春天的盛景:"海棠过雨红初淡,杨柳无风睡正酣。杏烧红桃剪锦草揉蓝。三月三,和气盛东南。"写春雨,写海棠花,写杨柳,写杏花桃花,写春天的草,写和煦的春风,用清新的笔触描绘了一幅江南春景图。三月三上巳节的一些习俗如会男女、祈子求福等似乎没有了踪迹。但仔细从元曲对三月三上巳节的描写中寻找,仍能找到反映三月三上巳节

---

① 朱淑君:《三月三——中国的情人节的倡导与考释》,《河南教育学院学报》(哲学社会科学版)2007 年第 5 期。

② 王剑:《上巳节的民俗审美内涵与生命美学》,《中南民族大学学报》(人文社会科学版)2010 年第 2 期。

节俗的描写:一是三月三的酒。三月三上巳节饮酒作乐,是自汉代起就有的节俗。乔吉杂剧《李太白匹配金钱记》第一折:三月三这天,韩翃和贺知章饮酒之间,听的九龙池上有赏杨家一捻红活动,便逃席往九龙池赏玩去了。石君宝杂剧《李亚仙花酒曲江池》第一折:三月三日赵牛觔在曲江池设宴,开怀畅饮。无名氏小令[中吕·迎仙客]《三月》:"修禊潭,水如蓝,车马胜游三月三。晚归来,酒半酣。笑指西南,月影蛾眉淡。"邓学可套数[正宫·端正好]《乐道》:"正修禊传觞流曲,不觉击鼍鼓竞渡龙舟。"修禊又称祓禊,在中国古代是一项郑重的巫术仪式活动。祓,是古人为了除凶避疾而举行的一种祭祀仪式,带有明显的宗教色彩。古人进行祓除的方式很多,俞平伯在其《与绍原论祓》一文中列举了五种方术,即水祓、火祓、声祓、臭祓、器具祓。水祓主要指用水洗除不祥的方术;火祓是指送丧回吉时从火上跨过之类凭借火力或光力驱除不祥的方术;声祓是指年关爆竹、锣鼓等用大声响驱除不祥的方术;臭祓是指端午日用艾草、菖蒲等物的气味驱走不祥的方术;器具祓是指用桃、柳等自身具有避邪功能的物体把不祥驱走的方术①。禊是祓的一种,比祓的范围窄很多,只在春秋两季临水进行。春季的称为春禊,多在夏历三月上旬巳日,以后又定在三月三日,主要目的是清除经冬积累的秽气。《晋书·礼志》载:"汉仪,季春上巳,官及百姓俱禊于东流水上,洗濯,祓除去宿垢。而自魏以后,但用三日,不以上巳也。"②秋季的称为秋禊,在夏历七月十四日。祓禊的主要形式是祓濯和禊饮。祓濯,即在水滨洗浴,《周礼》叫做"衅浴",是用香薰草药来洗澡,周代之后,只是纯粹的洗澡。《后汉书·礼仪志》说:"是月上巳,官民皆絜于东流水上,曰洗濯祓除去宿垢疢为大絜。絜者,言阳气布畅,万物迄出,始絜之矣。"③《论语·先进》中曾晳所说的"暮春者,春服既成,冠者五六人,童子六七人,浴乎沂,风乎舞雩,咏而归"④,指的就是春禊中的祓濯。

　　水是圣洁之物,可以驱除体内的种种邪气,因此水便成了消灾治病的神

---

① 俞平伯:《人生不过如此》,李大宽选编,湖南文艺出版社1993年版,第126页。
② (唐)房玄龄等:《晋书》,中华书局1997年影印本,第671页。
③ (南朝宋)范晔:《后汉书》,中华书局1997年影印本,第3110—3111页。
④ 孙绿怡等:《中国古代文学作品选》,北京大学出版社1983年版,第52页。

物。李时珍的《本草纲目·水部》中记载各种水的药用功效。流水"外动而性静,其质柔而性刚",主治"病后虚弱,扬之万遍,煮药禁神最验。主五劳七伤,肾虚脾弱,阳盛阴虚,目不能瞑,及霍乱吐利,伤寒后欲作奔豚";"井水新汲,疗病利人"①。不同时节的雨水也有不同的治疗作用。立春雨水,"夫妻各饮一杯,还房,当获时有子"。梅雨水可"洗疮疥,灭瘢痕"②。可见,水的确具有驱疾的作用。春天在水边沐浴洗濯,去除身上的积垢和秽气,祈禳一年之中病魔不侵,平安无恙,是人类对生存世界的一种基本祈望和要求。因此,春季祓除被人们所接受,一直传承延续下去。直到民国时代,我国各地还留有三月三消灾除凶的风俗。如北京一带"三月三日,病创者多以长流水洗之"。安徽寿春地区:"三月初三日,士女多携酒饮于水滨,以祓被不祥。妇女小孩,头插荠菜花,俗谓可免一岁头痛头晕之病。"③这是古代上巳节的遗风。上巳节祓濯习俗,日本也有。日本的三月三日是由中国传去的。古代日本人为了消灾,让泥偶着红色纸表,同祭品一起放在稻草筏子上,令其顺水漂走,意谓人们身上的污垢一同带走了。后来形成定例。上巳前一日,宫中的阴阳师在天皇枕边置一个穿着女官服装的偶人,叫"流雏",翌日一早,天皇即用此偶轻轻拍抚身体,再吹一口气,意谓此偶吸走了天皇身上的灾厄,然后由侍臣把她带到贺茂川河边去,行"祓除"仪式后扔进河里让她流走。在一般百姓家也每每用一个偶人作为自家孩子的替身,行扔到河水里让她流走的"祓除"仪式。④ 祓濯后,即开始禊饮。禊饮就是在水边野餐,方式是一群人围坐在一起称觞举箸,饮宴取乐,称"曲水流觞"。觞,是古代酒杯,通常为木制,小而体轻,底部有托,可浮于水中。另外也有陶制的杯,两边有耳,又称"羽觞",因体积比木杯重,玩时放在荷叶之上,使其沿流而行。周王时,已有流杯泛波的记载。方法是将盛着酒的杯子放入蜿蜒环曲的水渠中,凭借水流的冲力,将酒杯送至沿流坐等行令饮酒者的面前。杯停在谁的面前,谁即取饮。如此循环往复,直到尽兴为止。

---

① (明)李时珍:《本草纲目》,校点本,人民卫生出版社 1977 年版,第 396、398 页。
② (明)李时珍:《本草纲目》,校点本,人民卫生出版社 1977 年版,第 397、398 页。
③ 胡朴安:《中华全国风俗志》上篇,河北人民出版社 1986 年版,第 6、156—157、283 页。
④ 翁敏华:《三月三、五月五、七月七、九月九》,《社会科学报》2006 年 7 月 27 日。

关于"曲水流觞"习俗的形成有诸多说法,一说始于周代。《晋书·束皙传》载:武帝尝问挚虞三日曲水之义,皙进曰:"昔周公成洛邑,因流水以泛酒,故逸《诗》云'羽觞随波'。"①战国时,秦昭王循此古俗,于三月上巳置酒河曲,其时忽有金人自东而来,向其献"水心剑",并曰:"令君制有西夏。"后秦国称霸诸侯,于是在遇金人之处立"曲水祠"②。汉武帝时承袭秦制,凿建了一个周长六里、水流曲折的曲江池,专门供皇家贵戚流水曲觞用。隋改名芙蓉苑,唐代又名曲江,并整修扩建,池面方圆达七里,池畔亭台楼苑,鳞次相接,成为京都长安的一大风景区。唐代诗文中有许多"曲水飞觞"的描写,就是以此为背景。一说源起东汉。《后汉书·礼仪志》"是月上巳"刘昭注:"一说云,后汉有郭虞者,三月上巳产二女,二日中并不育,俗以为大忌,至此月日讳止家,皆于东流水上为祈禳自絜濯,谓之禊祠。引流行觞,遂成曲水。"刘昭引述此传说后曾驳斥:"郭虞之说,良为虚诞。假有庶民旬内夭其二女,何足惊彼风俗,称为世忌乎?"③又《宋书·礼志》、南朝梁吴均《续齐谐记》等书中也有类似的故事,略谓东汉章帝时,平原人徐肇于三月初得了三胞胎女婴,至三月三日俱亡。一村人引以为怪,从此每逢此日,都相携去水边盥洗,"遂因水以滥觞,曲水之意起于此"。由此可见,类似的故事至少在东晋南朝时已流传甚广。有人认为它反映了古人视三月初三为"恶日",乃至将孪生女婴看作"不祥"的迷信观念,因之曲水流觞的本义是祓除邪祟④。另外还有以期生子的浮卵、浮枣等说。不管哪一种说法正确,到魏晋六朝以至唐代,风气大盛,曲水流觞不仅是帝王百官游乐宴饮的盛举,也成为文士"一觞一咏"、"畅叙幽情"的雅趣。如宋濂《桃花涧修禊诗序》详细记写了元至正十六年(1356)文人三月三日上巳节在浙江浦江东桃花涧禊饮游览的情形:

> 还至石潭上,各敷茵席,夹水而坐。呼童拾断樵,取壶中酒温之,实髹觞中。觞有舟,随波沉浮,雁行下。稍前,有中断者,有属联者,方次第

---

① (唐)房玄龄等:《晋书》,中华书局 1997 年影印本,第 1433 页。
② (唐)房玄龄等:《晋书》,中华书局 1997 年影印本,第 1433 页。
③ (南朝宋)范晔:《后汉书》,中华书局 1997 年影印本,第 3111 页。
④ 完颜绍元:《中国风俗之谜》,上海辞书出版社 2002 年版,第 53 页。

取饮。其时轻飔东来，觞盘旋不进，甚至逆流而上，若相献酬状。酒三行，年最高者命列舰翰，人皆赋诗二首，即有不成，罚酒三巨觥。众欣然如约。或闭目潜思；或挂颊上视霄汉；或与连席者耳语不休；或运笔如风雨，且书且歌；或按纸伏崖石下，欲写复止；或句有未当，搔首蹙额向人；或口吻作秋虫吟；或群聚兰坡，夺觚争先；或持卷授邻坐者观，曲肱看云而卧：皆一一可画。已而，诗尽成，杯行无算。迨罢归，日已在青松下。①

禊饮活动在石潭水流小溪两旁举行，众人把茵席放在溪边坐下，童仆拾柴将酒温热，然后倒进底有木盘配漆制酒杯中，并将它们一一放进上游的溪水中漂浮下来，众人按位置先后取杯饮酒，每人喝够三杯。禊饮之后还要赋诗作记，由年高望重者发号施令，童仆摆上笔墨纸砚，文人墨客每人作诗两首，完不成罚酒三大杯，最后大家诗作写成，还要结集成书。可见元代文人禊饮，全无东汉修禊事那种祈福消灾的神秘色彩，只有游览春景、饮酒取乐、赋诗助兴而已。如果除去三月三上巳节这一特定的时间因素，活脱就是现在的文人春游踏青野餐或野外笔会活动。

"曲水流觞"本是一种野外的娱乐性饮宴方式，至今仍被人津津乐道，这要归功于东晋穆帝永和九年(353)著名文人王羲之、谢安、孙绰等相聚于会稽山阴之兰亭，流连光景，宴饮赋诗。王羲之作《临河叙》："此地有崇山峻岭，茂林修竹；又有清流激湍，映带左右，引以为流觞曲水，列坐其次。是日也，天朗气清，惠风和畅，娱目骋怀，信可乐也。虽无丝竹管弦之盛，一觞一咏，亦足以畅叙幽情。"以仲春之约的风雅形式成就了被后人赞誉为"天下第一行书"的《兰亭集序》，流传至今，影响极大。今存清代流杯之处很多，如北京故宫乾隆花园、中南海、潭柘寺、香山等地都有微型亭子或微型水渠。水渠是在石基上凿成迂回曲折的沟槽，皇帝题写匾额"禊赏亭"、"流水音"等，一般通称流水亭。这些建筑虽然是用来点缀风景的，也说明清代还保留了"曲水流觞"的游戏，但已没有上巳流觞的神韵了。"曲水流觞"还传到了朝鲜和日本。如朝鲜景福宫的曲水池、新罗王朝首都东京(庆州)鲍石亭的曲水迹等。又如日本平城京三条二坊六坪的宫迹庭园

---

① 赵伯陶选注：《明文选》，人民文学出版社 2005 年版，第 8 页。

中,贯通南北的细长的开放式建筑,面对着西侧呈 S 形弯曲的苑池,池作斜坡,池水由北向南,明显而又舒缓地流淌,南端的取水口处,设有相当于调节排水量的水闸的简单木制装置,是仿效王羲之兰亭"曲水流觞"故事而兴办曲水宴的庭园遗址。苑池中还设有培植草木的木箱,汀岸堆积大石,随处点缀花木,水面极浅,池底用五彩卵石混合铺就,以追求景致的多姿多变。

　　二是三月三的花。三月三还是赏花的好时节。乔吉杂剧《李太白匹配金钱记》第一折王辅白:"今奉圣人的命,明日三月初三,但是在京城里外官员,市户军民,百姓人家,或妻或妾或女,都要赴九龙池赏杨家一捻红。"可见,元代人上巳节赏花游乐的热情,还得到了政府的鼓励和支持。石君宝杂剧《李亚仙花酒曲江池》第一折郑元和上场诗:"家家无火桃喷火,处处无烟柳吐烟。金勒马嘶芳草地,玉楼人醉杏花天。"白朴杂剧《裴少卿墙头马上》第一折三月上巳节李千金在后花园游园,"猛听的玉骢嘶。便好道杏花一色红千里,和花掩映美容仪。他把乌靴挑宝镫,玉带束腰围,真乃是能骑高价马,会着及时衣。"张可久小令[双调·水仙子]《春行即事》:"绿笺香露洒蕉花,翠线晴风绽柳芽,游人三月湖山下。"无名氏套数[南吕·一枝花]《四景·春》:"衮香绵柳絮飞,飘白雪梨花淡。怨东风墙杏色,醉晓日海棠酣。"三月三,花飞草长,浅草泛绿,"翠线晴风绽柳芽",丝丝嫩柳传神地向元代人标注着春的自然行程和足迹。"杏花一色红千里",最早向元代人传达春意。"醉晓日海棠酣",以它的花姿潇洒,花开似锦向元代人献上自己的妩媚。今天在元大都遗址土城公园,有个地方叫"海棠花溪",每年春天的海棠花节,西府海棠、垂丝海棠争相斗艳,殷勤地向今人展现着它当时的美。"飘白雪梨花淡",清幽的香气沁人心脾,素洁中更有一番清丽,一如素面朝天的女子令元代人陶醉。"家家无火桃喷火",以色彩艳丽,花姿优美,逗引着元代人的心。更具有象征意义的是:桃花是美貌女子的象征,而桃木又是避邪的象征物,桃正是在情爱与被除驱邪的双重层面上,与三月上巳的主题吻合。① 三月三节俗中的花,就是这样,被展现在特定的"语境和场景"

---

① 翁敏华:《论三部元杂剧的上巳节俗意象》,《中华戏曲》2005 年第 2 期。

中,成为元代上巳节"内在的象征符号"和表现元代人"深层底蕴"①的民俗意象。

三是三月三的赏春游春活动。三月三日阳光明媚,春暖花开,莺歌燕舞,正是出游的好日子,上自帝王、官宦之家的千金、贵妇,下至草野百姓家的村姑农妇均外出踏青、赏春、搞各种活动。张可久小令[越调·寨儿令]《三月三日书所见》中就有所反映:"牡丹亭畔秋千,蕊珠宫里神仙。三月三日曲水边,一步一朵小金莲。穿,芳径坠花钿。"白朴杂剧《裴少卿墙头马上》第一折裴少俊云:"今日乃三月初八日上巳节令,洛阳王孙士女,倾城玩赏。"李千金也云:"今日是三月上巳,良辰佳节,是好春景也呵!"李千金的侍女梅香说:"今日上巳,王孙士女,宝马香车,都去郊外玩赏了;咱两个去后花园内看一看来。"石君宝杂剧《李亚仙花酒曲江池》第一折李亚仙白:"今日在曲江池上,安排席面,请我赏玩。时遇三月三日,果然是好景致也呵!(唱)[仙吕·点绛唇]朝来个雨过郊原,早荡出晴光一片。东风软,万卉争妍,山色青螺浅。"马致远小令[仙吕·青哥儿]《十二月·三月》:"风流城南修禊,曲江头丽人天气。红雪飘香翠雾迷,御柳宫花几曾知,春归未?"除了踏青赏春外,还进行打秋千、戏蹴鞠、斗百草等娱乐活动:"三月三,花满枝,秋千惹绿杨丝";"东君堪羡,买春光满地撒榆钱。你看那王孙蹴鞠,仕女秋千,画展踏残红杏雨,绛裙拂散绿杨烟"。这些都是元代上巳节繁华的生动写照。元代上巳节在三月上旬,因按天干地支计,日期不定,有时在三月三日,有时在三月八日。应该说元代的上巳节是一个热闹喜庆的日子。

可见,上巳节在元代依然存在是不争的事实,但元代上巳节俗的重心已实现了由巫术向娱乐的质的飞跃也是不争的事实。虽然有些曲子也提到了临水祓禊,如张可久小令[越调·寨儿令]《三月三日书所见》,但只轻轻一笔带过。它说明,"新的民间习俗的形成不是创立,而是在原有的其他习俗的基础上的发展,民间习俗的消亡也不是通过行政命令的禁止而实现的,而

---

① 陈勤建:《文艺民俗学导论》,上海文艺出版社1991年版,第283期。

是通过代偿机制完成"①。事实上,元代的上巳节,无论在元曲里还是在实际生活里,都不过是踏青游乐的引子。三月三上巳节的踏青游玩等活动,与清明节节俗已经相同了,完全没有了上巳节水边被除的虔诚态度,没有了修禊巫术那种祈福消灾的神秘色彩。元曲里关于三月三上巳节俗的描写至少告诉我们,上巳节的消亡是在元代以后。元代是这一节令民俗流变的总过程中"名存实亡"的一环。元曲对上巳节俗的描写为元代上巳节的民俗史提供了丰富的参考资料。

（七）清　明　节

　　清明节,元代称之"清明寒食"节,是元代与中秋、重阳并重于世的时令节日之一。时在农历三月初、阳历四月五日前后。此时,气温回升,小草青青,杨柳绽芽,桃花开放,天地一片清新明朗,万物欣欣向荣。元政府规定放假三天,并举行各种民俗娱乐活动。据熊梦祥《析津志·岁纪》中记载:"三月京师寒食早,苑墙柳色摇宫草,太室荐新皇祖考。培街道,元勋衔命歌天保。紫燕游丝穿翠葆,桃花和饣清明到,追远松楸和泪扫。"大都城内"上至内苑,中至宰执,下至士庶,俱立秋千架,日以嬉游为乐"②。张可久小令[双调·水仙子]《清明小集》也提到清明放假及假中游春等各种娱乐的活动:"红香缭绕柳围花,翠柏殷勤酒当茶,游春三月清明假。香尘随去马,小帘栊绿水人家。弹仙百六幺遍,笑女童双髻丫,纤手琵琶。"可见,在清明寒食节里,元人们上坟祭祖、怀念离世亲人,踏青嬉游、亲近大自然,其民俗活动丰富有趣,蔚为大观。元曲对此有大量的描写。这些描写犹如一幅幅色彩斑斓的风景图、风情画,生动地记述了元代清明节上坟扫墓、插柳戴柳、踏青游春、游戏娱乐以及求爱择偶等风俗,万象纷呈地再现了13、14世纪中国清明时期的真实风貌。通过这些描写,我们能够体会到元代肃穆端庄的祭祖文化,感觉到元代万千百姓豪迈乐观、热爱生活,渴望亲近自然的心态,也能够触摸到他们感悟生命、催护新生的心脉。

---

①　简涛:《立春风俗考》,上海文艺出版社1998年版,第259页。

②　(元)熊梦祥:《析津志辑佚》,北京图书馆善本组辑,北京古籍出版社1983年版,第216—217页。

1.寒食禁火

有关清明节的时间,历来有两种说法,一说在冬至后一百零五日,一说一百零三日。元代采用一百零五日说。如武汉臣杂剧《散家财天赐老生儿》第三折:"清明节令,寒食一百五,家家上坟祭祖。"萧德祥杂剧《杨氏女杀狗劝夫》第一折:"今日是一百五日清明节令,上坟去咱。"这一方面说明,在元代,清明节与寒食节已经合而为一,成为一个节日。清明与寒食已是同义词,互相替换,已不会让人有时序颠倒的感觉。一方面也说明,寒食节已不"寒食",禁火赐火也成"遗俗"①,成为了一个快乐远远胜过哀伤的公众假日。元曲本真地描述了元代的清明寒食节,如无名氏杂剧《鲠直张千替杀妻》第一折:

到寒食不禁烟,正清明三月天。和风习习乍晴暄,罗衣初试穿。

关汉卿杂剧《包待制智斩鲁斋郎》第一折张珪唱:

我今朝遇禁烟,到先茔来祭奠,饮金杯语笑喧。

贾仲明杂剧《李素兰风月玉壶春》第一折李斌唱:

则见那仕女王孙游上苑,人人可便赏禁烟。则见那桃花散锦柳飞绵,语关关枝上流莺啭,舞翩翩波面鸳鸯恋。

张养浩小令[中吕·十二月兼尧民歌]《寒食道中》:

清明禁烟,雨过郊原。三四株溪边杏桃,一两处墙里秋千。隐隐的如闻管弦,却原来是流水溅溅。人家浑似武陵源,烟霭蒙蒙淡春天。游人马上袅金鞭,野老田间话丰年。山川,都来杖屦边,早子称了闲居愿。

张碧山套数[双调·锦上花]《春游》:

燕语莺啼,和风迟日。郊外踏青,禁烟寒食。拜扫人家,这壁共那壁。悲喜交杂,哭的共笑的。坟前列子孙,冢上卧狐狸。几处荒坟,半全共半毁。几陌银钱,半灰共半泥。几个相知,半人共半鬼。

张可久小令[南吕·金字经]《湖上寒食》:

火冷尝仙饭,酒香撒鬼钱,细雨家家杨柳烟。园,断桥西堠边。秋

① 据明代杨慎说:"火禁迨今则绝不知,而四时亦不改火,自元人入中国卤莽之政也。然寒食不必复。改火乃先圣节宣天道者,可因元人而废之乎?"见《升庵集》卷六八。

千倦,玉人争画船。

乔吉小令[双调·折桂令]《富子明寿》:

> 梨花院羯鼓挝晴,恰暮雨黄昏,新火清明。歌倚缑笙,香温汉鼎,酒暖吴橙。贺绿鬓朱颜寿星,是轻衫矮帽书生。趁取鹏程,快意风云,唾手功名。

赵善庆小令[双调·落梅风]《暮春》:

> 寻芳宴,拾翠游,杏花寒禁烟时候。叫春山杜鹃何太愁,直啼得绿肥红瘦。

杨果套数[仙吕·赏花时]《春情》:

> 丽人春风三月天,准备西园赏禁烟。院宇立秋千。桃花喷火,杨柳绿如烟。

以上曲中均有"烟"字或"火"字。"清明禁烟,雨过郊原"、"郊外踏青,禁烟寒食"、"寻芳宴,拾翠游,杏花寒禁烟时候",描述的是寒食禁烟的习俗;"火冷尝仙饭,酒香撒鬼钱",描述的是寒食冷食的习俗;"恰暮雨黄昏,新火清明",描述的是清明赐火的习俗;"准备西园赏禁烟,院宇立秋千",描述的是清明节游乐踏青的习俗。这些描写,反映了当时清明寒食的特殊气氛和扫墓时的情景:人们或"郊外踏青"、"争画船"、荡"秋千",纵情游乐;或饮酒游乐,"游人马上裊金鞭,野老田间话丰年",或"拜扫人家"、"坟前列子孙"、"几陌银钱,半灰共半泥"。既有祭扫上坟生别死离的悲凉泪,又有踏青游玩的欢笑声,清晰地说明了元代的清明寒食节不再仅仅是一个禁火冷食的"苦日子",在面对先灵的同时,也享受现世的欢乐,这是元代人精神世界里的一道风景。正如钟敬文所指出的:"由于各种节日是适应人们的生活和心理的需要而产生、存在的,它除了有着理智的、实用的成分之外,也自然要带着一定的诗意的生活情趣。这两者往往是有机地融合在一起的。"①但寒食还是一个重要的概念,元代人尚存禁烟的理念。寒食灭去旧火,清明生起新火,依然是元代人的节日心理。

2.上墓祭祖

墓祭拜扫,是寒食清明重要的节俗活动,也是元代寒食清明最重要的社

---

① 钟敬文:《话说民间文化》,人民日报出版社1990年版,第58页。

会风尚。每年农历三月寒食清明这一天,无论官员士庶、男女老幼都忙着提盒挑担出郊上坟祭扫,一时间车如流水马如龙,四野如市,香烟缭绕、纸蝶片片翻飞,是元代清明节的一道风景。元曲的寒食清明描写中随处可见这种风景。关汉卿杂剧《包待制智斩鲁斋郎》第一折白:"自家张珪。时遇寒食,家家上坟。我今领着妻子上坟走一遭去。"郑廷玉杂剧《布袋和尚忍字记》第四折刘荣祖白:"时遇着清明节令,我带着这手巾去那祖宗坟上,烧纸走一遭去。"白朴杂剧《裴少俊墙头马上》第三折裴少俊云:"今日清明节令,父亲畏风寒,我与母亲郊外坟茔中祭奠去。"武汉臣杂剧《散家财天赐老生儿》第三折刘从善的女婿曰:"时遇清明节令,寒食一百五,家家上坟祭祖。我将着这春盛担子,红干腊肉,同着社长上坟去来。"这些描写,说明清明上坟祭奠,已成为元代人"生活的一部分"①,是元代必不能少的习俗。

扫墓也称为祭祖、祭墓。华夏民族历来有祖先崇拜之风,殷商时代,祖先崇拜的祭祀相当频繁,祖庙建筑名目甚多。自西周时已有"哭墓"、"展墓"、"式墓"等祭祖先、悼亡灵的仪式。春秋战国以后,儒家文化给原始的祖先崇拜增添了新的动力。"事死如事生"、"慎终追远",遂成为中国民众社会生活的伦理原则。西汉年间,形成了一部文化经典——《礼记》,它后来成为儒家的十三经之一。其中《祭法》、《祭义》、《祭统》三篇专谈祭祀,祭祖文化成为其中重要内容。魏晋南北朝时期虽然战事频仍,长期分裂割据,但人们对于扫墓大事仍十分重视。由隋入唐,民间逐渐形成了寒食扫墓的习俗。在烟雨迷蒙、万象更新的清明时节,人们备具酒馔,祭扫坟墓,怀念先人,寄托国人对生命的敬畏,对往昔的尊重,感激先人赐予生命,缅怀先人的道德风范。于是,奠献洒扫、纸钱挂树、展省拜泣等一系列墓仪和游宦远方者望墓而祭、北面长号的仪式基本确定。公元732年,唐玄宗正式下诏将寒食扫墓列入礼典之中:"寒食上墓,礼经无文,近世相传,浸以成俗,士庶有不合庙享,何以用展孝思?宜许上墓,用拜埽礼,于茔南门外奠祭撤馔讫,泣辞,食余于他所,不得作乐。仍编入礼典,永为常式。"②朝廷的推崇,使扫

---

① 钟敬文:《民俗学概论》,上海文艺出版社1998年版,第17页。
② (宋)王溥:《唐会要》上,中华书局1955年版,第439页。

墓之风越演越炽。到了元代,扫墓祭祖的内容更加丰富,形式更加多样。元曲描绘了一幅幅拜扫的生动画面。如武汉臣杂剧《散家财天赐老生儿》第三折生动地记述了元代扫墓的风俗。刘从善的侄子刘引孙,按照儒家礼仪,尽本分地拜扫坟墓。请看他的道白:

> 今日清明节令,大家儿小家儿都去上坟拜扫。我伯伯说道:"引孙,勤勤的祖坟上去,多无一二年,着你做个大大的财主。"莫非我那伯伯有银子埋在坟上那?我想祖坟是我祖上,连我父亲母亲也葬在那里。难道伯伯说,我便上坟,伯伯不说,我便不上坟?引孙我虽贫,是一个读书的人,怎肯差了这个道理。我往纸马铺门首唱了个肥喏,讨了这些纸钱,酒店门首又讨了这半瓶儿酒,食店里又讨了一个馒头。我则不忘了伯伯的言语。引孙如今在邻舍家借了这一把儿铁锹,到祖坟上去浇奠一浇奠,烈些纸儿,添些土儿,也当做拜扫,尽我那人子之道。……刘引孙别无甚么孝顺,我向祖坟上添些儿新土。……我添了土也,可行祭祀的礼。则一个馒头,供养了公公、婆婆,我的父亲、母亲没有。倘若争这馒头闹将起来,可怎么了?这也容易,劈做两半个:一半儿供养公公、婆婆,这一半儿供养父亲、母亲。奠了酒,烈了纸钱,祭祀已毕,我可破盘咱。

这段曲文,展现了祭祀者对逝去亲人的亲情、哀思和对祖宗的敬畏之情,大体勾勒出了元代清明寒食祭扫活动的目的和基本程序:

一是追怀亡人,继承遗愿是拜扫的目的。刘从善让侄子刘引孙:"勤勤的祖坟上去,多无一二年,着你做个大大的财主。"清明节携带酒食、纸钱等物品到墓地祭拜祖先,悼念已逝亲人,以达尽哀、报恩、不以死伤生、教孝的目的。无名氏杂剧《包龙图智赚合同文字》第二折反映的也是这种观念:"安住孩儿长成十八岁了也。人都唤做张安住,他却那里知道原不是我的孩儿。我自小教他读书,他如今教着几个村童。时遇清明节届,我到这坟上烈纸,就今日和孩儿说这个缘故。想他父亲遗言,休迷失了孩儿本姓。""休迷失了孩儿本姓",道出了清明节祭祖扫墓对希望安住不忘自己的父母。这说明元代清明节祭祖扫墓的活动,是中国文化深层的祖先崇拜、孝文化的组成部分,而这种文化正是中国社会几千年来得以和谐稳定发展的一大文化支柱,有助于促进人与人、人与自然之间的和谐关系,这也是清明节具有强大生命力的民间根基。

二是清除墓地及四周的杂草,为坟墓培添新土,是清明的主要活动。墓穴被认为是死者生活的场所,用土堆积的这个场所,经一年的风吹雨淋,不但坟头上的土会流失,而且会长满荒草,甚至会被鼠兔等野生动物打洞作为巢穴。到了第二年春暖花开,草木萌茂,清新明洁之时,为祖坟墓地除草植树,填培新土,清扫修整一番,使死者灵魂免受外界骚扰,得到安逸,已成为元代人的共识。在元代人看来,生命是永恒的,"生"和"死"似乎没有一条严格区别的界线。所谓人死,不过是换了个房子住而已。因此,祖先的坟墓和子孙后代的兴衰福祸有莫大的关系,如果不祭扫,就会被认为是"断后"。因此无论多穷困,无论在哪里,无论是出于礼,出于发财致富的目的,还是表追思之意,这天都要到祖坟上去祭祀祖先,谒坟扫墓,已成为一种约定俗成的理念。这种理念在元曲中反映的非常充分。如无名氏杂剧《十探子大闹延安府》第一折刘荣祖道:

> 时遇着清明一百五,家家上坟祭祖,拜扫坟茔。婆婆,俺准备些肥草鸡儿、黄米酒儿,俺去那祖坟里烧一陌纸去。若要富,敬上祖。

武汉臣杂剧《散家财天赐老生儿》第二折刘从善唱词:

> 在生呵奉养父母何须道,死后呵祭奠那先灵你索去学。缺少儿孙我无靠,拜扫坟茔是你的孝。他处求人沽酒浇,乡内寻钱买纸烧,一日坟头与我走一遭。

萧德祥杂剧《杨氏女杀狗劝夫》第一折孙虫儿的道白:

> 小生孙虫儿,将着这一分纸,一瓶儿酒,今日是一百五日清明节令,上坟去咱。可早来到坟前也。(放下酒科,云)俺烧一陌纸与祖宗,愿你都好处托生去咱。古人有云:生事之以礼;死葬之以礼,祭之以礼。

马致远杂剧《江州司马青衫泪》第二折裴兴奴云:

> 罢、罢、罢,刘员外既成亲,容我与侍郎溲一碗浆水,烧一陌纸钱咱。(净云)这也使得。(正旦烧纸浇酒科,云)侍郎活时为人,死后为神。

可见墓祭在当时已深入民间,连寻常女子甚至是与死者生前不合的,都觉得若不"祭","于礼不宜",此"礼"即民间生活的一种"俗规"。祭祖扫墓与其说是对祖先的怀念,还不如说它的更大作用是强调家庭、宗族内的血缘联系,巩固团结,以利家族的发展,因为中国是封建宗族制极为发达的国家。

三是在祭奠时,多向"灵"祈祐。如在第三折刘从善妻子拜祖坟时云:"太公太婆,保佑俺家门兴旺;太公太婆,早升天界。"祭祀就是古人把人与人之间的求索酬报关系推广到人与神之间而产生的活动。元代民间颇重墓祭,是元代人除灾得福朴素心理的反映。

四是祭者对"灵"说话,即祭者向"灵"告事或述怀,并要求"灵"听,所言多为"真话",有时竟推心置腹。如刘从善妻子祭坟云:"兀那刘二家两口儿,你在那坟墓里听者,想你在生时,倚仗着公公婆婆欺负俺两口儿,不想你也拔着短筹都死了,又丢下个业种引孙,常时来缠门缠户的。"这种"告"于"灵"的呈辞,是古祭的惯用语气:似乎"灵"就在面前,"灵"在听他的倾诉。再如关汉卿杂剧《邓夫人苦痛哭存孝》第四折正旦邓夫人拿引魂幡哭上云:"闪杀我也,存孝也! 痛杀我也,存孝也! (唱)[双调·新水令]我将这引魂幡招飐到两三遭,存孝也,则你这一灵儿休忘了阳关大道。我扑簌簌泪似倾,急穰穰意如烧;我避不得水远山遥,须有一个日头走到。"唱词中"我"与"你"的对话声口,似乎"灵"真的能够听到一般。这种向"灵"祈祐的习俗,表面上与其说是祭者向"灵"告事或述怀,不如说是"灵"——祖先对后人的鞭策激励和安慰,也是人类最终寻求到的精神慰藉和归宿。

五是挂纸烧钱。纸钱作为沟通两个世间的信物,作为人们思念、祝福的载体,反映了人们对死后世界的笃信和希望通过取悦祖先神灵,求得祖宗庇护、保祐的心理。元代以前,由于寒食节期间要禁火,纸钱不能焚烧,只能将纸钱抛撒或压于坟顶墓边或插、挂在墓地或墓地的树上、竹竿上,表示后辈给先人送了钱。这样,凡是祭扫过的坟墓就纸幡飘飘,构成清明前后的特有景观。元代,已不禁火,所以,刘引孙就把纸钱烧掉了。此例说明,元代以焚烧纸钱致祭的方式是很普遍的。关汉卿杂剧《包待制智斩鲁斋郎》第一折张珪的唱词:"觑郊原,正晴暄,古坟新土都添遍,家家化钱烈纸痛难言。一壁厢黄鹂声恰恰,一壁厢血泪滴涟涟。正是莺啼新柳畔,人哭古坟前。"也是焚烧纸钱致祭习俗的反映。元曲中焚烧纸钱致祭的描写很多,如无名氏杂剧《风雨像生货郎旦》第三折:"见一个旋风儿在这榆柳园,古道边,足律律往来打转,刮的些纸钱灰飞到跟前。"郑廷玉杂剧《看钱奴买冤家债主》第一折:"你爷娘在生时耽饥饿,死了也奠甚茶? 则您那泪珠儿滴尽空潇洒,漉了些浆水饭那里肯道停时霎,巴的那纸钱灰烧过无牵挂。"王子一杂剧《刘晨阮肇误入桃源》第三折:"则见这野风吹起纸钱灰,冬冬的挝鼓响如雷。原来是当村父老众相知,赛牛王社日,摆列着尊罍。"无名氏杂剧《随何赚风魔蒯通》第二折:"我为甚的漉一碗浆饭水,烧一陌纸钱灰? 则为咱行军数载不相离,曾与你刎颈为交契。"阿鲁威小令〔双调·寿阳曲〕:"千年调,一旦空,惟有纸钱灰晚风吹送。"无名氏杂剧《罗李郎大闹相国寺》第二折:"我安了灵位,排了果桌,向大门外将纸钱忙烧。"元曲中还有反映挂纸钱致祭方式的描写,如无名氏杂剧《鲠直张千替杀妻》第一折:"祖宗坟院",处处"挂着纸钱",对先祖"躬身拜从头参见"。这些描写说明,纸钱的悬挂、抛撒、压坟头、焚烧在元代是并存的。

另外,元曲中描写元代祭祀的形式也很丰富。其中焚烧纸马描写是一例。无名氏杂剧《冯玉兰月夜泣江舟》第二折:"只等那船头上烧了利市纸马,分些神福,吃得醉饱了,便撑动篙来,开起船来。"纸马是绘有神像等供祭祀焚烧用的冥纸。冥纸在元曲中是常见的,无名氏杂剧《玎玎珰珰盆儿鬼》第四折包待制云:"大家小户有个门神户尉,那屈死的冤魂,被他当住,所以进来不得。张千,你去取将金钱银纸来者。(诗云)老夫心下自裁划,金钱银纸速安排,邪魔外道当拦住,单把屈死冤魂放过来。(张千做烧纸科,云)我烧了一陌儿纸钱。你看,好阵冷风也。(魂子随风入,跪科)(正末唱)〔幺篇〕俺只见金钱银纸刚烧罢,见一阵旋风儿逐定咱家。"杨显之杂剧《临江驿潇湘秋夜雨》楔子排岸司云:"大人,这淮河神灵,比别处神灵不同。祭礼要三牲、金银钱纸,烧了神符,若欢喜,方可开船;若不欢喜,狂风乱起,浪滚波翻,那一个敢开?"金钱银纸、金银钱纸就是冥纸。元代的一些文献中提到冥纸的也甚多。如安南人黎尚在元为官,元世祖遣使安南(今越南),有《挽安南国王》诗句:"当时侍坐谈玄客,今日到门灯照灵。重对画眉魂或返,每看遗稿泪交零。西门旧路花应白,南国新阡草易青。无限越吟招不得，纸钱风急树冥冥。"①说明在元代，冥纸习俗已传至越南②。《马可波罗游记》记载敦煌一带殡葬过程中的风俗："用某种树皮制作的纸，为死者绘制大批的男女马匹骆驼、钱币和衣服的图形，和尸体一起火化。"③可见元代纸钱的使用范围是很广泛的。

由于人们在祭祀时大量使用纸马纸钱等冥纸，所以出现了专售纸马、纸钱等冥器的商店。《老生儿》剧中提到的刘引孙在"纸马铺门首唱了个肥喏，讨了这些纸钱"的描写，就是这种现象的真实反映。杜仁杰套数［般涉调·耍孩儿］《庄家不识构阑》："当村许下还心愿，来到城中买些纸火。"说明当时冥纸与香烛等多在城市中有出售。

元曲还记写了元代庙宇中焚化冥纸的炉盆。无名氏杂剧《小张屠焚儿救母》第四折："望东岳神祠一郡，格幼子喜孙儿，火焚在焦盆。"焦盆，即炉盆、纸炉或火池。还有以"血食"祭祀的习俗描写。如无名氏杂剧《施仁义刘弘嫁婢》第三折裴使君云："小圣生前正直无私曲，死后复承上帝宣。典祀城隍西蜀郡，血食香火至心虔。"古代祭祀用牲，谓血食。宋吴自牧《梦粱录》卷一"八日祠山圣诞"条："自梁至宋，血食已一千三百余年矣。"④足见血食之俗的久远。以"神羊"祭神鬼的习俗在元曲中也有反映。如无名氏杂剧《小张屠焚儿救母》第一折："仰告穹苍，许下明香，儿做神羊。"无名氏［正宫·汲沙尾南］《四景》："捧瑶觞赛神羊，将往时苦都撇漾。"王实甫套数［南吕·四块玉北］："每日家病恹恹懒去傍妆台，得团圆便把神羊赛。"用神羊祭祀时，要把羊的两条前腿在杀死后弄成向后弯曲作跪状，关汉卿杂剧《望江亭中秋切鲙》第二折谭记儿唱词："我着那厮磕着头见一番，恰便似神羊儿忙跪膝。"说明这种习俗在元代是很盛行的。

六是在墓前摆放祭品，燃香奠酒。刘引孙上坟拜扫的最后一道程序是"破盘"，反映了元代在墓地吃祭后酒食的习俗。元曲中有多处提到"破盘"

---

① ［越］黎崱：《安南志略》，武尚清点校，中华书局1995年版，第425页。
② 肖安富：《冥钱及其所反映的外部世界》，《四川文史杂志》1995年第3期。
③ ［意大利］马可·波罗：《马可波罗游记》，陈开俊等译，福建科学技术出版社1981年版，第50—51页。
④ （宋）吴自牧：《梦粱录》（外四种），中国商业出版社1982年版，第6页。

的习俗。如武汉臣杂剧《散家财天赐老生儿》第三折刘从善的夫人说："这早晚搭下棚,宰下羊,漏下粉,蒸下馒头,春盛担子,红干腊肉,盪下酒,六神亲眷都在那里,则等俺老两口儿烧罢纸要破盘哩。"萧德祥杂剧《杨氏女杀狗劝夫》第一折孙大云:"咱祭过了祖宗也,两个兄弟把盏破盘。"这些描写都准确地反映了元代人与祖宗分享福气的心理习俗。

以上诸例表现出元代人清明祭祖扫墓的种种心理,或因礼而去或因发财致富而去,或表追思之意而为之,无不透示着中国历史文化的特性,中国人的血亲观念与尊亲意识浓厚执着。应当指出的是,尽管清明节祭墓的风俗含有鬼神迷信的色彩,但其活动风俗深深地打着儒家孝道的烙印,以孝道为中心的观念通过扫墓祭拜活动深深地内化为一代代中国人的道德意识、行为和习惯。这也正是清明节何以能一代一代传承下来的原因所在。在清明时节对祖先"祭之以礼",以舒人情,用展孝思,渗透着中国历史文化的特性、中国人的血亲观念和尊亲意识,是繁衍后代以保香火一代一代传下去的一种庄重仪式,是将寒食清明报天地之恩、感祖宗之德的孝意识深深地内化为元代人的道德意识、行为和习惯的重要形式,也是将社会性、文化性及道义性诸部分的生命即文化的永生观得以延续的体现。这种神圣的生命交流仪式,年年轮回,代代传承,构成了元代人顽强生存和追求幸福的重要动力,古老的中华民族也就在这种年复一年的代际传递中新陈代谢,亘古弥新。

3.插柳戴柳

清明活动中古来少变的习俗除去扫墓,就是插柳戴柳了。所谓插柳是人们在特定的日子将柳枝插于门户、房檐等处的一种习俗;所谓戴柳是指人们在特定的日子里将柳叶或用柳枝做成的柳圈等佩戴于头上或身上的一种习俗。清明插柳戴柳的民俗心理大致有五:一是柳树发芽返青的时间比一般树木早,是最先将勃勃生机带到人间的春的使者。二是柳树具有顽强的生命力、生殖力,戴上它可以感染其生殖力而增强自身的生殖力。三是由于柳树具有旺盛的生殖力和顽强的生命力,所以柳树的茂盛也能代表家族的兴旺。四是柳是避虫求祥之物,春暖时节细菌开始繁殖,而柳叶乃常用的一味中药,具有清热、解毒等功效,人们自然乐意在门前闻到它那缕缕幽香,以求祛病健身。故在清明扫墓、踏青归来之时,采些花草、柳枝插于门上之风隆盛不衰。五是柳不仅可以通达神灵、传达人们的意愿，而且具有法力，可驱魔避邪、消灾致福、护育幼童。

关于清明插柳戴柳的起源说法诸多，主要有"为介子推招魂说"。即春秋时，晋文公感念流亡生涯中曾割肉给自己充饥的介子推，便以烧山逼其现身受封。但介子推为明志守节竟在烈焰中抱柳树而死。第二年，晋文公亲率群臣爬上山来祭拜介子推时，发现当年被烧毁的那棵柳树居然死而复生。晋文公当下便将老柳树赐名为"清明柳"，并且当场折下几枝柳条戴在头上，以示怀念。从此以后，群臣百姓纷纷效仿，遂相衍成风。有"插柳避邪说"。北魏贾思勰的《齐民要术》说："取柳枝著户上，百鬼不入家。"①清明被视为"冥节"，杨柳正逢此时绽绿，素有"鬼怖木"之称，人们便用柳枝驱鬼蜮。有"禁烟取榆柳之火"说，即春季的柳枝湿润柔弱，不易燃烧，为了保证改火仪式的顺利进行，就必须提前折一些柳枝放在门前檐下晒干备用。以后相衍成习，就演变成为一种习俗②等。元曲中对元代人清明时节插柳习俗的描写，仍可见这一节俗原始文化意义，但已经脱去了神秘的色彩。归纳元曲中插柳习俗的记述主要是以下三方面：一是把柳条插于门楣上的描写，如张可久小令［中吕·满庭芳］《三衢道中》："一百五日节人家插柳。"邓学可套数［正宫·端正好］《乐道》："恰见元宵灯挑在手，又早清明至门插柳。"无名氏小令［越调·凭阑人］："簇簇攒攒圈柳葩，草稕斜签门外插。五七枝桃杏花，柳阴中三四家。"二是像插花一般插在头发上的描写，如卢挚小令［双调·蟾宫曲］《寒食新野道中》："桑柘外秋千女儿，髻双鸦斜插花枝。"三是妇女在鬓间贴柳叶的描写，如关汉卿小令［双调·碧玉箫］（十首之八）："红袖轻揎，玉笋挽秋千。画板高悬，仙子坠云轩。额残了翡翠钿，髻松了柳叶偏。花径边，笑捻春罗扇。搧，玉腕鸣黄金钏。"插柳既祈吉祈福，又显生机，成为一种时尚。

戴柳之俗，大约与插柳习俗相偕而起。最早的记载见于唐代段成式的《酉阳杂俎》："三月三日，赐侍臣细柳圈，言带之免虿毒。"③这里明确地说

---

① （北魏）贾思勰：《齐民要术》，中华书局1956年版，第69页。
② 李锋军：《寒食节插柳节俗探源》，《青海师范大学民族师范学院学报》2007年第1期。
③ （唐）段成式：《酉阳杂俎》，方南生点校，中华书局1981年版，第2页。

赐的是柳圈。柳圈是用细柳条弯曲编成的,也叫柳冠、柳条帽。民间认为,在清明节插柳戴柳,不仅具有驱鬼辟邪的作用,还具有驱疫明目、免毒防病、护生延年等功能。因此,用柳条编圈戴在头上,再投入水中,以求去毒避邪,也是传统风俗。王恽六首小令〔正宫·双鸳鸯〕《柳圈辞》完整地描绘了元代折柳条编成柳圈抛入水中以祓除不祥的活动:

> 暖烟飘,绿杨桥,旋结柔圈折细条。
>
> 都把发春闲懊恼,碧波深处一时抛。
>
> 野溪边,丽人天,金缕歌声碧玉圈。
>
> 解袚不祥随水去,尽回春色到樽前。
>
> 问春工,二分空,流水桃花飔晓风。
>
> 欲送春愁何处去? 一环清影到湘东。
>
> 步春溪,喜追陪,相与临流酹一杯。
>
> 说似碧茵罗袜客,远将愁去莫徘徊。
>
> 秉兰芳,俯银塘,迎致新祥袚旧殃。
>
> 不似汉皋空解珮,归时襟袖有余香。
>
> 醉留连,赏春妍,一曲清歌酒十千。
>
> 说与琵琶红袖客,好将新事曲中传。

一、二首写柳圈被禊活动时结柳圈,并将之抛于河的情形,点明这种活动能够抛"懊恼",解"不祥";三、四首借水神写送柳圈和人们的祝寿活动,点明这种活动具有"送春愁","将愁去"的功能;五、六首写归宴时的欢情,点出"袚旧殃"后的心态,以及"赏春妍"的场面。表达了春禊的人们祈福去忧的迫切心理和珍惜春光、追求美好生活的心愿。据熊梦祥《析津志·岁纪》记载:"竞以菽秀秸纽圆圈,自以此圈套其首自足,掷之水中,云脱穷以讫。"①元大都人认为,三月三可脱贫困,居民以菽黍秸编成环、做成圈套头套脚,然后掷水中,表示脱穷。其记载的习俗与王恽《柳圈辞》柳圈被禊描写大致相同。

---

① (元)熊梦祥:《析津志辑佚》,北京图书馆善本组辑,北京古籍出版社 1983 年版,第217 页。

不仅插柳、戴柳,还要赠柳,元曲没有遗漏对这一习俗的描写。张可久小令［双调·水仙子］《湖上》:"金鞭袅醉动花梢,翠袖揎香赠柳条。玉波流暖迎兰棹,西湖春事好。"春光明媚的日子,出门踏青赏春,骑马的人手中挥动着金色的马鞭,细长柔软,轻轻拂过树下的花朵,美丽女子翠绿的衣袖随风飘动,散发着清香。人们互相赠送杨柳枝条,享受着冬去春来的喜悦:湖中的水波渐渐回暖,绿得像碧玉一样,迎接泛舟游玩的客人。多么美好的西湖春日景象啊!

4.踏青赏春

踏青是清明扫墓的伴生活动,是清明这一时间节点上的必不可少的习俗。中国文化传统认为,生与死之间不是断裂的,而是有着内在的连续性。人的肉体生命的结束,恰是其精神生命的开端。阴间乃是阳世的延长或补充。从这个意义说,清明节恰是沟通生与死、阳与阴的一个平台。在这个平台上,人们除了要祭奠亡人,以通阴间,同时也需迎春活动,以顺阳气,包含有一冬蜷宿、春动出外、舒展身手、振奋精神的意思。人类户外活动的原始意义在于顺应天时,以主动的姿态去顺应和促进时气的运行,有助于吸纳大自然的纯阳之气,驱散积郁的寒气和抑郁的心情,催动生命的流转。这些活动有益于人们的身心健康。寒食清明节令当春,正是草长莺飞、花香鸟语之际,桃红柳绿、山水秀美之时,欢畅纵情地游赏之俗由来已久。最早的源头应是古之游春习俗。《论语·先进》中记载了孔子与其弟子子路、曾皙、冉有、公西华众弟子讨论人生志向,曾皙说:暮春时节,穿着刚做好的春服,与朋友们到沂水沐浴吹风,然后唱着歌踏上归途。曾皙的话,说明上古之民就有季春三月野浴、踏青的习俗。到了唐代更为盛行。从杜甫的"江边踏青罢,回首见旌旗"[1],孟浩然的"岁岁春草生,踏青二三月"[2]等诗句中,可见当时踏青之风。至宋代,踏青之风更盛。著名画家张择端的风俗画《清明上河图》生动地再现了宋都汴京以汴河为中心的清明时节盛况。此俗元代也盛,并呈现出扩大化、普遍化和全民性的特点。元曲从五个方面记述了元

---

① 夏于全:《唐诗宋词全集》第1部,华艺出版社1997年版,第473页。
② 夏于全:《唐诗宋词全集》第1部,华艺出版社1997年版,第269页。

代清明踏青赏春的习俗：

第一，刻画了浩大声势的户外郊游活动的场面。在清明节千骑万众，轻车飞盖，汇成一条滚滚的洪流，流向亭榭池塘，流向花木盛开的郊外：

管弦拖拽，王孙仕女斗豪奢。梨花院秋千蹴鞠，牡丹亭宝马香车。唤游人芳树啼残锦鹧鸪，采香蕊粉墙飞困玉蝴蝶。杨柳映，杏花遮，东风外，酒旗斜。四时中惟有春三月，光阴富贵，景物重叠。①

花溪音乐喧，竹坞人家小。香车游上苑，宝马满东郊。杂杂嘈嘈，一程程锦绣似花枝绕，一处处管弦般鸟语调。垂杨院卖花人一声声叫过红楼，杏花村题诗客一个个醉眠芳草。②

娇滴滴三春佳景，翠巍巍一带青山，锦重重满目芳菲。端的是宜晴宜雨，堪咏堪题。畅好是幽微，嫩柳天桃傍小溪。时遇着春光明媚，人贺丰年，民乐雍熙。③

遇清明赏禁烟，艳阳天丽日迟，倾城士庶同游戏。绣帘彩结香车稳，玉勒金鞍宝马嘶。骋豪富夸荣贵，恣艳冶王孙士女，逞风流翠绕珠围。④

这些用或浓艳或清淡的笔法，构画成的一幅幅在春光明媚、草木吐绿的时节，人们邀朋引伴，踏青春游的行乐图，将大自然的无限生机和热烈奔放的游乐气氛展现得淋漓尽致，彰显了元代人亲近自然的生活态度、纵情狂欢的娱乐精神。

第二，游春宴饮的描写。游春宴饮之风自唐代开始，人们在清明行祭之余，便兴致勃勃地进行郊游宴饮活动了。宋元时期，清明游春宴饮之风更盛。元曲中也有民间踏青时举行饮宴热闹场面的记录，如无名氏套数［正宫·汲沙尾南］《四景》：

到春来和风荡。喷火天桃，正宜玩赏，闲游戏拾翠寻芳，正春光艳阳。雕梁乳燕呢喃两，游蜂趁蝶舞飞扬，正清和气爽。踏青载酒

---

① 无名氏杂剧《逞风流王焕百花亭》第一折。
② 贾仲明杂剧《铁拐李度金童玉女》第二折。
③ 宋方壶套数［越调·斗鹌鹑］《踏青》。
④ 睢玄明套数［般涉调·耍孩儿］《咏西湖》。

吟诗赋,斗草藏阄云锦乡。添情况,满斟着玉觞,遇韶华休负了好时光。

无名氏小令[中吕·四换头]《一年景》:

> 清明时候,才子佳人醉玉楼。纷纷花柳,飘飘襟袖。行歌载酒,花老人依旧。

张碧山套数[双调·锦上花]《春游》:

> 摆一个齐整欢筵会,做一段笑乐新杂剧。杂剧要旦末双全,筵席要水陆俱备。唱道趁着这美景良辰,请几个达时务英雄辈,劝你这知己的相识,知知不知在于你。

到郊外大摆筵席,还要请戏班子来演戏的情景,热闹程度不仅不输元宵节,还凸现出元代戏剧活动繁荣之后对民间习俗的影响。

第三,赏花的描写。出游赏花也是元曲寒食清明踏青描写的一个亮点。元曲寒食清明中的"花"描写分为"春花"和"落花"两种,各自传达着不同的精神和意蕴。贯云石小令[正宫·小梁州]《春》:

> 春风花草满园香,马系在垂杨。桃红柳绿映池塘,堪游赏,沙暖睡鸳鸯。

邓玉宾套数[正宫·端正好]:

> 厌厌厌三月火桃花浪,纷纷纷千顷雪松花放。

无名氏杂剧《鲠直张千替杀妻》第一折:

> 莎针柳线,凤城春色满娇园。红馥馥天桃喷火,绿茸茸芳草堆烟。桃杏枝边斗蹴踘,绿杨楼外打秋千。猛听的莺声恰恰,燕语喧喧,蝉声历历,蝶翅翩翩。不由人待把春留恋,绮罗交错,车马骈阗。

无名氏小令[黄钟·贺圣朝]:

> 春夏间,遍郊原桃杏繁,用尽丹青图画难。道童将驴鞴上鞍,忍不住只恁般顽,将一个酒葫芦杨柳上拴。

胡祗遹小令[中吕·阳春曲]《春景》:

> 几枝红雪墙头杏,数点青山屋上屏,一春能得几晴明。三月景,宜醉不宜醒。

寒食清明时节,万物复苏,百花争艳,洁白如梨花,绚丽如桃花,芬馥如海棠,娇艳如杏花,五颜六色千姿百态的花朵给倾城而出游赏的人们以强烈的感官刺激,将美丽蓬勃的春光点缀得花团锦簇,这样醉人的环境再衬以"一个酒葫芦杨柳上拴",一幅幅生机勃勃的春游图,抒写了游春的勃勃兴致和欢悦心情,也表现了元代人的惜春心态:春天是美好的,但春天也是短暂的,应该珍惜青春,不要虚度年华。

于是,与美丽的春花占相同比重的落花画面也层层叠叠在元曲中:王爱山小令[双调·水仙子]《怨别离》:"春恨春愁何日彻?桃花零落胭脂谢。"查德卿小令[中吕·普天乐]《别情》:"梨花坠雪,海棠散锦,满院东风。"石子章残剧《黄桂娘秋夜竹窗雨》第一折:"红雨纷纷,落花成真东风紧。空忙煞蝶使蜂神,却又早零落芳菲尽。"白朴杂剧《裴少俊墙头马上》第一折:"怎肯道负花期,惜芳菲。粉悴胭憔,他绿暗红稀。九十日春光如过隙,怕春归又早春归。"刘时中小令[双调·清江引]:"春光荏苒如梦蝶,春去繁华歇。风雨两无情,庭院三更夜,明日落红多去也。"钱霖小令[双调·清江引]:"梦回昼长帘半卷,门掩荼蘼院。蛛丝挂柳棉,燕嘴粘花片,啼莺一声春去远。"汤舜民小令[中吕·谒金门]《落花》:"落花,落花,红雨似纷纷下。东风吹傍小窗纱,撒满秋千架。忙唤梅香,休教践踏,步苍苔选瓣儿拿。爱他,爱他,擎托在鲛绡帕。"乔吉小令[双调·清江引]《即景》:"垂杨翠丝千万缕,惹住闲情绪,和泪送春归,倩水将愁去,是溪边落红昨夜雨。"美丽的春花总是容易凋落,人们游兴方起,一转眼,却已经是落花满地。元代人对美好逝去的无限惋惜和春光短暂的感慨,就是通过落花这一意象一丝不走地传达了出来!

卖花是又一种赏花的形式。寒食清明前后卖花是宋元的风俗。据宋孟元老《东京梦华录》载:"是月季春,万花烂漫,牡丹、芍药、棣棠、木香,种种上市。卖花者以马头竹篮铺排,歌叫之声,清奇可听。"①在如图似画的清明节里,卖花人的叫卖声与踏青游人的欢声笑语交织在一起,洋溢着迎春接福的喜庆气氛。同时清明节鲜花的上市,可见出当时商业化已经影响到民俗

---

① (宋)孟元老:《东京梦华录》(外四种),中国商业出版社1982年版,第51页。

活动。其实卖花的风习,并非始于元代。唐代白居易和吴融各有《卖花》①、《卖花翁》②诗传世,而鲜花的沿街叫卖,到商品经济比较发达的宋代已蔚然成风。吴自牧《梦粱录》卷二载:暮春之月,"卖花者以马头竹篮盛之,歌叫于市,买者纷然。当此之时,雕梁燕语,绮栏莺啼,静院明轩,溶溶泄泄,对景行乐,未易以一言尽也。"③每逢年节,"城内外家家供养,都插菖蒲、石榴、蜀葵花、栀子花之类,一早卖一万贯花钱不啻"④。花的消费量大,使种花、养花、卖花成了很大的产业,叫卖这种简便快捷的经营手段便被商贩们广泛地采用。《梦粱录》中有多处记载卖花人沿街叫卖的情景,如"四时有扑带朵花,亦有卖成窠时花,插瓶把花、柏桂、罗汉叶、春扑带朵桃花、四香、瑞香、木香等花,夏扑金灯花、茉莉、葵花、榴花、栀子花,秋则扑茉莉、兰花、木樨、秋茶花,冬则扑木春花、梅花、瑞香、兰花、水仙花、腊梅花,更有罗帛脱蜡像生四时小枝花朵,沿街市吟叫扑卖"⑤。不仅花的品种繁多,而且一年四季都有供应。节日期间,更是满街都是卖花声,如端午节时,"家家买桃、柳、葵、榴、蒲叶、伏道……自隔宿及五更,沿门唱卖声,满街不绝"⑥。宋人诗词中,也常有写卖花的,如陆游的《临安春雨初霁》中就有"小楼一夜听春雨,深巷明朝卖杏花"⑦的诗句,陈著的《夜梦在旧京忽闻卖花声有感至于恸哭觉而泪流满枕上因趁笔记之》中也有"卖花声,卖花声,识得万紫千红名。与花结习夙有分,宛转说出花平生。低发缓引晨气软,此断彼续春风萦。九街儿女方睡醒,争先买新开门迎"⑧的描述。"可见卖花声是临安的本地风

① 白居易《卖花》:"帝城春欲暮,喧喧车马度。共道牡丹时,相随买花去。贵贱无常价,酬直看花数。灼灼百朵红,戋戋五束素。上张幄幕庇,旁织巴篱护,水洒复泥封,移来色如故。家家习为俗,人人迷不悟。有一田舍翁,偶来买花处。低头独长叹,此叹无人喻。一丛深色花,十户中人赋。"见(清)彭定求等编:《全唐诗》卷425,中华书局1960年版,第4676页。
② 吴融《卖花翁》:"和烟和露一丛花,担入宫城许史家。"见(清)彭定求等编:《全唐诗》卷685,中华书局1960年版,第7873页。
③ (宋)吴自牧:《梦粱录》(外四种),中国商业出版社1982年版,第13页。
④ (宋)西湖老人:《西湖老人繁胜录》(外四种),中国商业出版社1982年版,第10页。
⑤ (宋)吴自牧:《梦粱录》(外四种),中国商业出版社1982年版,第111页。
⑥ (宋)吴自牧:《梦粱录》(外四种),中国商业出版社1982年版,第19页。
⑦ 吴开晋,耿建华:《唐宋诗词常用名句300》,山东文艺出版社2003年版,第110页。
⑧ 徐吉军:《南宋临安工商业》,人民出版社2009年版,第287页。

光"①。这一风光传递到元代仍然旖旎。元曲中描写卖花的颇多。如王元鼎小令[正宫·醉太平]《寒食》:"觉来红日上窗纱,听街头卖杏花。"贯云石小令[双调·殿前欢]:"隔帘听,几番风送卖花声。"马致远小令[双调·寿阳曲]:"日长也小窗前睡着,卖花声把人惊觉。"薛昂夫套数[正宫·端正好]《闺怨》:"猛听的卖花声过天街应,惊谢芙蓉兴。"吕止庵小令[越调·天净沙]《为董针姑作》:"忽听得卖花声送,绣针儿不待穿绒。"元曲中描写的卖花人多是妇女儿童,如张寿卿杂剧《谢金莲诗酒红梨花》第三折:"老身是卖花的三婆是也。今日去太守家里花园中去采几朵花儿,长街市上货卖的些钱物,养赡老身。""牡丹枝,蔷薇刺,将我这袖梢儿抓尽","采几朵桃花,采几朵海棠,采几枝竹叶,采几枝嫩柳,都放在这花篮里。"牡丹花、蔷薇花、杏花、桃花、海棠花,甚至竹叶、柳条,与画楼和卖花人的叫卖声和谐地融合在一起,构成一幅特有的元代生活场景和风情。元曲中清明卖花的描写,也或多或少承担了元代清明风俗的当下叙事。

第四,春雨描写。元曲中雨描写甚多:春雨、夏雨、秋雨、冬雨、喜雨、骤雨、细雨、冷雨、梅雨、雷雨等,难以遍举。雨中有欢欣,雨中有怨哀,雨中有苦味,雨中有风雅。雨虽为一种自然现象,但却承载了元人对宇宙自然的情怀,体现了元人那一份天然的敏感。特别是对清明时节绵绵春雨的描写,虽然少出新意,但注入了元人太多的生命意识。如盍西村小令[越调·小桃红]《杂咏》:

杏花开候不曾晴,败尽游人兴。红雪飞来满芳径,问春莺,春莺无语风方定。小蛮有情,夜凉人静,唱彻[醉翁亭]。

马彦良套数[南吕·一枝花]《春雨》:

润夭桃灼灼红,洗芳草茸茸翠。蝶愁搧香粉翅,莺怕展缕金衣。堪恨堪宜,耽阁酿蜂儿蜜,喜调和燕子泥。游春客怎把芳寻? 斗巧女难将翠拾。

[梁州]看一阵阵锁层峦行云岭北,一片片泛桃花流水桥西。我醉来时怎卧莎茵地? 难登紫陌,怎着罗衣? 乾坤惨淡,园苑岑寂。每日家

---

① 见钱钟书选注:《宋诗选注》,人民文学出版社 1958 年版,第 205—206 页。

阴雨霏霏,几曾见丽日迟迟! 辛苦杀老树头憎妇鸣鸠,凄凉也古墓上催春子规,阑散了绿阴中巧舌黄鹂。酒杯,食榼。可怜不见春明媚,正合着襄阳小儿辈。笑杀山翁醉似泥,四野云迷。

　　[尾]叮咛这雨声莫打梨花坠,风力休吹柳絮飞。留待晴明好天气,穿一领布衣,着一对草履,访柳寻春万事喜。

　　飘落,浸润,朦胧,坚持不懈的春雨,是心照不宣的心灵感应,是叩响内心深处的心灵交汇。在"杏花开候不曾晴"的春雨里,桃花飘飞着红色的花瓣,竟把春天的小路铺满;在"阴雨霏霏"里,如酥的小雨,把元人的心冲洗得清清爽爽。虽然,春雨,飞花,春莺,春风,本为无情物,但人有情。元人用心用情营造了浓重生命意识的氛围,含蓄地糅进了惜春意义上的生命价值企盼,传达出了元人尽情享受大自然所赐的乐观情怀。宛如那位多情的歌女,在夜凉人静时分,唱起的美妙清甜的歌,歌声与濛濛的春雨交织在一起,响彻了醉翁亭。这歌,是惜春之歌,也是珍重人生之歌。这些春雨的描写,有声有色,有景有情。情景交织,声色并茂。淅淅沥沥的春雨,播下了元代人一年的希望。

　　第五,悲春情结。元曲对这种情结的渲染与描摹,不仅丰富了元代寒食清明的内涵,使清明的踏青游乐活动更具可感性,而且还因此提炼了节日文化的时代性。如关汉卿杂剧《包待制智斩鲁斋郎》第一折鲁斋郎上场云:"时遇清明节令,家家上坟祭扫,必有生得好的女人,我领着张龙一行步从,直到郊野外踏青走一遭去来。"结果在坟地碰上张珪的美妇,强行霸占了去,张珪恼得出了家。无名氏杂剧《十探子大闹延安府》中刘荣祖一家清明上坟祭祖,"今日清明寒食一百五,家家户户上坟祭祖,烧钱烈纸。媳妇儿,俺先行,你公公随后便来也。咱慢慢的行。你公公随后便来也。咱慢慢的行。(净扮葛彪领张千上)(葛彪云)……我是权豪势要之家,累代簪缨之子。我打死人不偿命……时遇春间天道,万花绽锦,柳绿如烟。我去踏青赏玩,我多领些伴当,但是人家好女孩儿,我拖着便走。"正言语间,遇见刘氏婆媳。豪门权贵之子葛彪调戏刘荣祖儿媳彦芳,彦芳不从,婆媳遭打惨死,悲剧由此展开。另外,岳伯川杂剧《吕洞宾度铁拐李岳》第二折,郑州六案都孔目岳寿,因触怒奉旨微服私访的韩琦,惊吓而死,临死前将妻托付孙福,并让她严守妇道。妻云:"我一车骨头半车肉,我一马不鞁两鞍,双轮不碾四辙,守着福童孩儿,直到老死也不嫁人",也不出门。岳寿道:"你道你不出门去……到那冬年时节,月一十五,孩儿又小,上坟呵,大嫂,你可出去见人?"妻云:"我不去,着张千引着孩儿坟上烧纸便了。"岳寿担心妻子出门上坟,是惧怕坟间碰到类似鲁斋郎这样的歹人。这些描写为我们提供了这样的思考方向,即元曲充分利用了节日有公共场合的方式、时间和场所的机会,以及节日可以把日常生活秩序逆向的行为在特定的节日中变为合理的现实的特点,艺术地揭示了元代社会最普遍、最丑恶的现象:统治者的嚣张,民族压迫的惨重,形象地暴露了元代社会的黑暗和不平。这种分析还可在相关历史文献的辨证中得到印证,《元典章》中有对这一"鬼魅"横行,"人鬼"相杂社会状貌的真实记载:"一等权富豪霸之家内有曾充官吏者,亦有曾充军役杂职者,亦有泼皮凶顽,皆非良善,以强凌弱,以众害寡,妄兴横事,罗撍平民,骗其家赀,夺占妻女,甚则害伤性命,不可胜言。交结官府,视同一家。小民既受其欺,有司亦为所侮,非理害民,纵其奸恶,亦由有司贪猥,驯致其然。"①应该说,历史有两种,一种用文字写成,一种是感受,而感受的历史往往比文字写成的历史更真实。因此,我们说,元曲中流露出的作者对当时社会的感受,体现了一个时代之心跳动的多重节律,应是最宝贵的史料。

5.爱在清明

踏青之风的盛行,给人们带来了节日的欢乐,也为青年男女创造了相爱的机会。这种青年男女在春意盎然的节日里自由交往的欢愉情景,元曲从两方面作了透示。

第一,节日择偶是传统节日风俗的延续流传。元代各族人民都喜欢在节日择偶,首先是因为古代汉族的一些节日本来就具有自由择偶的功能。典型的如唐代书生崔护在清明节与"人面桃花"少女的恋爱。杏花春雨,杨柳和风,总是浪漫爱情理想的演绎背景。虽然自汉代独尊儒学,至宋代程朱理学盛行,自由择偶变为"淫奔"之举。但节日文化的延续性,使节日择偶

---

① 《元典章》,中国书店 1990 年《海王邨古籍丛刊》影印本,第 572 页。

仍为文学作品所津津乐道。其次,春天活泼的生命气息和大自然的生机勃勃,让人感受到乐感和强烈的生命意识,这些促使人们求爱①。更重要的是,青年男女盛装游玩,在欢乐轻松的节日气氛中,自由地寻觅自己的意中人,比"父母之命、媒妁之言"的择偶方式,更浪漫,更温馨,体现了一定的美学价值和深厚的文化底蕴。②再次,青年人平常分散劳动生活,往往在节日期间才有相聚的机会,而汉族青年还要受封建礼教的约束,只有在节日中才能得到一定程度的自由,因而节日择偶的成功率较高。如张可久小令[双调·落梅风]《春情》:

> 秋千院,拜扫天,柳阴中躲莺藏燕。掩霜纨递将诗半篇,怕帘外卖花人见。

张可久是元代数量不多的专门从事散曲创作的作家。他善于通过对生活中习见的细微观察,写出自己独特的感受。这支小曲,就有这个特点。小曲描写闺中少女与情郎幽期密约的紧张情状和微妙心理。在全家出城扫墓祭祀的清明"拜扫天",她和恋人幽会在"秋千院"柳荫下。此时正值阳春三月,院中绿柳荫荫,红花灼灼,莺歌呖呖,彩蝶双双,诱人的春色,撩拨开情窦初开的少女心。她投入了情人的怀抱,莺燕因此受惊,在柳荫中穿梭躲避他们,而这对情人也像莺燕一样,为避人耳目在柳丛中躲躲藏藏。正当他们于柳荫下卿卿我我时,门外卖花人的叫卖声提醒他们已到了分手的时候。临分手时,少女想要送给心上人一篇情诗,但又怕被门外的卖花人看见,遂用手帕掩盖了情诗,掀开门帘递给情郎。半首情诗,一块绢帕,再加上卖花人,巧妙而生动地展现了情窦初开的少女的娇怯之态和对于爱情的渴望心理,真实再现了当时男女大胆而又谨慎追求爱情的场面。

冯子振小令[正宫·鹦鹉曲]《燕南百五》也是一篇用墨独到的写情小品:

> 东风留得轻寒住,百五闹蝶母蜂父。好花枝半出墙头,几点清明微

---

① ［俄］马林诺夫斯基:《两性社会学》,李安宅译,中国民间文艺出版社1986年版,第184页。

② 罗斯宁:《元杂剧的爱情剧和元代的节日择偶习俗》,《东南大学学报》(哲学社会科学版)2006年第1期。

雨。[幺]绣弯弯湿透罗鞋,绮陌踏青回去。约明朝后日重来,靠浅紫深红暖处。

以元大都一带寒食节前后的景象为背景,围绕一对青年恋人幽会前后的境况展开。作者首先给这对青年恋人铺垫了一个寓意深刻的季节——春寒料峭、群蝶纷飞、万物萌动的清明季节。[幺]篇描写少女赴约见情人的情景。前两句写这位怀春少女按捺不住欢愉之情匆匆赴约,全然不顾露水打湿了绣鞋。末两句写这对情人约会完毕,又定好下次约会时间和地点,把热恋中青年情人的缠绵依恋之情表露无遗。

第二,节日择偶也是游牧民族自由婚配风俗在元代节日中的反映。在元代,尽管汉族传统的正统婚姻采用"父母之命、媒妁之言"的方式,以及法律规定结婚需有婚书、媒人、聘礼,并规定不同等级的人的聘礼数目及婚书写法,自由择偶被视为非法①等约束仍很严格。但盛行在北方游牧民族青年男女中的可以在节日中自由聚会、节日中窃室女而不责罚等节日自由择偶风俗,强有力地冲击了中国传统的择偶观,为中原汉族婚恋文化注入了一股新鲜的血液,元代节日自由择偶成为普遍的现象,元曲对元代节日"受到当时时代条件的总和所造成的某种共同影响"②的自由择偶习俗多有记载。如乔吉杂剧《李太白匹配金钱记》开场就展示了一幅在春意盎然节日里自由恋爱的风俗画:阳春三月三,京城长安官员市户、军民百姓都去九龙池观赏牡丹花。书生韩飞卿于九龙池赏花时偶遇官家小姐柳眉儿,自此他便魂不附体,不顾自己身份低微,"色胆包天"地在"香车载楚娃,各刺刺雕轮碾落花;王孙乘骏马,扑腾腾金鞭袅落花;游人指酒家,虚飘飘青旗扬落花。宽绰绰翠亭边蹴鞠场,笑呵呵粉墙外秋千架,香馥馥麝兰熏罗绮交加"的环境里,在"闹炒炒嫩绿草聒鸣蛙,轻丝丝淡黄柳带栖鸦,碧茸茸杜若芳洲,暖溶溶流水人家。子规声好教人恨,他只待送春归几树铅华"的氛围中,尾随柳眉儿至王家后花园,结果被王府尹当作贼人吊打,幸亏贺知章及时赶到方才解围,但韩飞卿不达目的誓不罢休,为了接近心上人,他继而又不顾体面,屈

---

① 《元典章》,中国书店 1990 年《海王邨古籍丛刊》影印本,第 278 页。
② [英]雪莱:《伊斯兰的起义》,王科一译,上海译文出版社 1978 年版,第 6 页。

身在王家做教书先生，"我若见小姐一面呵，便不做那状元郎我可也不曾眉皱"，韩飞卿因为对柳眉儿朝思暮想，叹气啼哭而日益消瘦，结果引起了王府尹的猜疑，即使再次遭受吊打也毫无惧色，痴情所至，韩飞卿终于获得了美满的爱情。再如白朴杂剧《裴少卿墙头马上》中裴少俊与李千金私定终身秘密的暴露也是在清明节，第三折裴舍引院公上云："自离洛阳，同小姐到长安七年也。得了一双儿女，小厮儿叫做端端，女儿唤做重阳。……只在后花园中隐藏，不曾参见父母，皆是院公伏侍，连宅里人也不知道。今日清明节令，父亲畏风寒，我与母亲郊外坟茔中祭奠去。院公在意照顾，怕老相公撞见。（院公云）哥哥，一岁使长百岁奴。这宅中谁敢题起个李字！若有一些差失，如同那赵盾便有灾难，老汉就是灵辄扶轮……休道老相公不来，便来呵，老汉凭四方口，调三寸舌，也说将回去……哥哥，你放心。"裴少俊与李千金私定终身，生下了端端与重阳，藏在后花园中。一应由院公遮盖伏侍，老相公一点不知，还以为"少俊颇有大志，每日只在后花园中看书"。少俊上坟去时本不放心，还交代院公一番，结果端端、重阳溜出花园被老相公撞见，事发东窗，老相公令少俊写休书，李千金被撵走，一时间母与子离、妻与夫分。还有贾仲明杂剧《萧淑兰情寄菩萨蛮》中少女萧淑兰趁清明家人出外祭祖的机会，主动向家中教书先生张世英表达爱慕之情。第一折："今日清明节令，满门家眷都去上坟。妾托病不去，欲引梅香往后花园中亲与那生相见，别有话说。暗想情是人间何物也呵！"他的另一杂剧《李素兰风月玉壶春》与《菩萨蛮》中所写如出一辙，也是清明节踏青时歌伎李素兰与书生李斌相识相恋的描写。第一折李素兰的母亲说："老身是李素兰的母亲。自从去年清明时，俺那女孩儿领将一个秀才来家，他两个过的绸缪，不离寸步。"第二折书生李斌也说："我与素兰作伴岁余，两意绸缪，因此不能割舍。"无名氏杂剧《逞风流王焕百花亭》中书生王焕与歌伎贺怜怜在清明游百花亭巧遇，两情相悦，一见钟情。第一折王焕云："时遇清明节令，不免到城外陈家园百花亭上游玩一遭。（做行科，云）你看这郊外，果然是好景致。只见香车宝马，仕女王孙，蹴鞠秋千，管弦鼓乐，好不富贵也呵！"当王焕在"人丛里"看到贺怜怜时说："他把我先勾拽，引的人似痴呆，我和他四目相窥两意协。"而贺怜怜看到"百花亭畔那个秀才"后也说："貌赛潘安，才过子

—— 519 ——

建,举止风流,不知是谁家公子？怎生能勾和他说句话儿也好？"清明祭扫时的美景为男女主人公的相识、相遇营造了浪漫的氛围；关汉卿杂剧《诈妮子调风月》写金元时期女真贵族小千户在寒食节郊外踏青邂逅贵族小姐莺莺,于是移情别恋,抛弃了婢女燕燕,等等。这些在清明节期间发生的爱情故事是元代风俗的真实写照,尽管这些杂剧原本不是以清明为背景的,如《墙头马上》、《金钱记》,是后来添加进去的,应算是一种"弄笔增趣"①。但正是这种"弄笔增趣",增重了元代清明节爱的意蕴,使清明节的内涵更加丰厚。

以上虽然是元曲中有关寒食清明节俗描写的一部分,但已真实地再现了元代清明节丰富多彩的节俗活动、许多现代社会已难觅其踪的习俗,鲜明地体现元代人特有的人文环境、思维状态及生活理念,给我们很多关于生活场景的真诚感动,让我们深切且肯定地认识到元代清明节曾是元朝一个很隆重、很普遍的全国性节日,是一个珍爱生命,节日内涵包容了生命的老死消失和青春勃发双重内容的节日。为我们今天捡拾起被日益冲淡的民族文化习俗,深入探索重新聆听那个已经逝去的时代的声音,把握传统节日的内涵及价值意义,提供了丰富的民俗学资料。

二、元曲里的夏季节俗

忙乱而生机勃然的夏,在元代也是"闹"意攘攘:射柳场上闹,"穿杨射柳定赢输";打马场上闹,"过球门一点透明珠,见文武将尽欢娱"②；龙舟竞渡闹,"夺锦标擢画桨似飞凫"③。甚至"角黍"、"艾虎"也在闹,"黍新包似裹黄金,蒲细剉如攒白玉"④、"垂门艾挂狰狰虎"⑤。闹得"榴花葵花争笑"⑥,

---

① 舒展:《钱钟书论学文选》(第四卷),花城出版社1990年版,第101—103页。
② 无名氏杂剧《阀阅舞射柳蕤丸记》第四折。
③ 贾仲明杂剧《铁拐李度金童玉女》第三折。
④ 贾仲明杂剧《铁拐李度金童玉女》第三折。
⑤ 无名氏小令[中吕·喜春来]《四节》。
⑥ 马致远小令[仙吕·青哥儿]《十二月·五月》。

闹得"采莲人和采莲腔,声嘹亮,惊起宿鸳鸯"①,闹得元代人"笑":"笑屈原独醒"②。在闹中,在笑中,一个活泼明快的季节,一个生长的季节,一个绽放生命、爱护生命、等待收获的季节,在"骤雨过,珍珠乱糁,打遍新荷"③中,在"稻分畦,蚕入簇、麦初熟"④中,在"齐声高和,唱彻[采莲歌]"⑤中,"翠盖红莲放"⑥。走进元曲,阅读元曲,你会感到元曲中夏习俗的描写,处处体现了元曲的生命之本——"时代精神和周围风俗"⑦。元曲让你走进元代"真实"的夏季,享受元代的夏季,让你发现元代夏季的美丽,感受元代夏季的欣欣向荣,多姿多彩。元曲中描写的夏习俗,不仅具有珍贵的认识意义,更重要的是它丰富了元曲,也丰富了本身。

(一) 端 午 节

端午节,时在五月五日,是仲夏五月的第一个五日。古时"五"、"午"通用,所以,又称"端阳节"、"重五节"、"天中节"、"蒲节"、"蕤宾节"、"浴兰节"、"女儿节"、"小儿节"等。道教称"地腊节",是中国古代民俗文化内涵最为丰富的节日。其始源由来,说法甚多,有夏至节庆的演变说,恶月恶日驱避说,古越人对"龙图腾"的祭俗说,纪念屈原说,纪念春秋时的伍子胥被夫差赐死抛江说,纪念东汉时著名孝女曹娥投江寻父说等。其中纪念屈原之说,影响最广最深。在民俗文化领域,中国民众把端午节的龙舟竞渡和吃粽子等,都与纪念屈原联系在一起。屈原说虽占据主流地位,但其他纪念说仍有保留,如并州地区的人认为端午节是纪念介子推。浙江地区人认为端午节是纪念越王勾践。江浙一带吴国故地的人认为端午节是纪念伍子胥。元曲中就有"曹娥江主婆娑住,五月五水面迎父"⑧的描写,说明元代时端午

---

① 贯云石小令[正宫·小梁州]《夏》。
② 无名氏小令[中吕·齐天乐过红衫儿]《幽居》。
③ 元好问小令[双调·小圣乐]《骤雨打新荷》。
④ 无名氏套数[仙吕·村里迓鼓]《四季乐情》。
⑤ 盍西村小令[越调·小桃红]《莲塘雨声》。
⑥ 商挺小令[双调·潘妃曲]。
⑦ [法]丹纳:《艺术哲学》,傅雷译,安徽文艺出版社1998年版,第70页。
⑧ 冯子振小令[正宫·鹦鹉曲]《泣江妇》。

节的起源已是多说并存。但这并没有减损元代人对端午节的热情,反而使他们获得了自由发挥的余地。在元代,端午节是一个全国范围内的、各个阶层都参与的大众化节日,尤其在普通民众的节日风俗中扮演重要的角色。其民俗内容既沿袭前代,如龙舟竞渡、系朱丝辟兵、吃粽子、饮菖蒲酒、挂艾叶、浴兰汤、采药等,又在前代的基础上有所发展,增添了一些特有的项目,如射柳、打马等。孕育于当时文化土壤之中的元曲,有大量关于端午节的描写,这些描写为我们触摸那个逝去时代的节日风俗和感受生活的部分真相提供了图画般的资料。

1.射柳打球

射柳,是以柳为靶的射柳活动。在古代又称"蹛柳"、"斮柳"、"扎柳"等,是契丹、女真、蒙古等北方民族皆喜爱的体育游戏活动。发源于古代鲜卑、匈奴等北方少数民族的祭天活动。他们认为柳树之神有调节雨旱的神力,诚恳的祈求和以射警示,会感动或震慑柳神为人们降雨。到辽金两代,发展成为一种制度化、程式化的专用于祭祀活动的礼仪,称为"射柳仪"或"瑟瑟礼"。《辽史·礼志》记载:"若旱,择吉日行瑟瑟仪以祈雨。前期,置百柱天棚。及期,皇帝致奠于先帝御容,乃射柳。皇帝再射,亲王、宰执以次各一射。中柳者质志柳者冠服,不中者以冠服质之。不胜者进饮于胜者,然后各归其冠服。又翼日,植柳天棚之东南,巫以酒醴,黍稗荐植柳,祝之。皇帝、皇后祭东方毕,子弟射柳。"①金代建国后承袭了辽代射柳的传统。《金史·礼志十六》说:"金因辽旧俗,以重五、中元、重九日行拜天之礼。……行射柳、击球之戏,亦辽俗也,金因尚之。凡重五日,拜天礼毕,插柳球场为两行。当射者以尊卑序,各以帕识其枝,去地约数寸,削其皮而白之。先以一人驰马前导,后驰马以无羽横镞箭射之,既断柳,又以手接而驰去者,为上。断而不能接去者,次之。或断其青处,及中而不能断,与不能中者,为负。每射必伐鼓以助其气。"②从这段文字可以推知:射柳已不再是附属于祈雨活动的一个程式,而成为金代端午节的一项常规游戏。对射柳也有了

① (元)脱脱等:《辽史》,中华书局1997年影印本,第835页。
② (元)脱脱等:《金史》,中华书局1997年影印本,第826—827页。

严格的规定:一是射技上的规定:箭要射在柳枝刮掉皮的白色部分;二是骑术上的规定:能在马上捡拾起射断的柳枝;三是环境上的规定:在射柳的时候,要擂鼓助威,以造成紧张的气氛,增强实战感。宋代时,统治者出于军事的需要,高度重视射柳活动。在他们看来,射柳虽有娱乐性质,但演习骑技与射艺的目标显然比娱乐的功用更重要。到了元代,作为以骑射定天下的元军,射柳既是武将耀武的重要方式,又是节日的主要活动。在端午这一天,元朝统治者往往要宴请贵戚和百官,骑马射柳,竞技表演,以一种豪放、开阔的方式,庆贺端阳,表达节日的欢快和喜悦,为枯燥的军旅生活增添乐趣。据熊梦祥《析津志·风俗》记述:元军射柳时,三军"旗帜森然。武职者咸令斫柳,以柳条去青一尺,插入土中五寸,仍各以手帕系于柳上,自记其仪。有引马者先走,万户引弓随之,乃开弓斫柳。断其白者,则击锣鼓为胜。"①元曲也较为详细地描写了这一习俗。无名氏杂剧《阀阅舞射柳蕤丸记》描写的是契丹(辽)耶律万户率兵进犯延州,北宋兵部尚书范仲淹与众官商议,一致推选女直猛将完颜延寿马为先锋,出雁门关迎敌,射死耶律万户,大胜还朝,宋将葛监军贪天之功,说杀死耶律的是自己。时当五月蕤宾节,范仲淹命两人到御园中参加太平蕤宾宴,暗中考察两人的射柳打球技艺,结果葛监军败在延寿马之下。宋帝遣宰相韩琦加封完颜延寿马为"兵马大元帅"。在第四折:"奉圣人的命,今日是五月端午蕤宾节令,御园中一来犒劳三军,二来设一太平筵会,众官庆贺蕤宾节令,都要打球射柳。"在这个射柳会上,驱寇凯旋的女真人完颜延寿马"上雕鞍骤马当先去","取胜如神助",轻松地"柳中这金镞"。"穿杨射柳定赢输",延寿马射中柳,获得圣人赐予的"金银玉带共香醑",葛监军射柳未中,受到"摘了牌印,罢了监军"的惩处。王实甫杂剧《四丞相高会丽春堂》中对射柳的描写也鲜活生动,第一折描写在蕤宾节上,文武官员奉上之命,到御园中赴射柳会,人们"一个个跃马扬鞭,插箭弯弓",神采飞扬。其中久经沙场的完颜乐善最为优秀。他在押宴官的引导下跃马射柳:"不剌剌引马儿先将箭道通,伸猿臂揽银

<hr />

① (元)熊梦祥:《析津志辑佚》,北京图书馆善本组辑,北京古籍出版社 1983 年版,第204 页。

鬃,靶内先知箭有功。忽的呵开秋月,扑的呵飞金电,脱的呵马过似飞熊。"一箭射中,"一缕垂杨落晓风"。箭中杨柳后,众人呐喊擂鼓,乐善受奖痛饮。正是:"人列绣芙蓉,翠袖殷勤捧玉钟,赢的这千花锦段,万金宝带,拼却醉颜红"。人声鼎沸,气氛热烈。吴昌龄残剧《唐三藏西天取经·饯送郊关开觉路》(《升平宝筏》第十六出)中也有射柳的描写:"五月五日,蕤宾节届,借那南御园改作御科园,他弟兄三人(即建成、元吉、世民)做一个蹴柳会。"以上三剧虽然说的都不是元代的事,但从中可以看出元代射柳的习俗:程序井然,规则严密,隆重普及,习以为常。

打球,又称"击鞠"、"击球"、"马球",是一种骑在马上以杖击球的游戏。元代时球用皮制作,中间塞绒毛,以草原、旷野为场地。游戏者乘马分两队,手持球杖,共击一球,以打入对方球门为胜。马球运动在唐代已经比较流行。陕西乾县唐代章怀太子李贤墓道西壁上有一幅保存完好的"马球图"。图中绘骏马20余匹,骑马的人,均着各色窄袖袍、穿黑靴、戴幞头,打球者左手执缰,右手执偃月形球杖,最南面飞驰的马上坐一人,做回身反手击球状,另一人回头看球,后面两人作驱马向前抢球之态。整幅画面动感极强。这是目前所能见到的最早最完整的马球形象资料。[①] 马球运动有益于参与者的身心、骑术和技艺的锻炼。宋辽金元时期,统治者出于军训目的,提倡此项运动。《宋史·礼志》载:"打球,本军中戏。太宗令有司详定其仪。"[②]不但以打球为经常练兵手段,而且列击球为取士的考试科目之一。每逢节日、庆典,行击球射柳之戏。在辽代,马球堪称是"国球",上自皇族大臣,下至普通百姓,打马球成为一项主要的娱乐与军事体育项目。马球高手的记载在有限的辽史资料中也不鲜见,仅据《辽史》记载,萧撒八"善球马,驰射",道宗朝的耶律塔不也"以善击鞠,幸于上,凡驰骋,鞠不离杖",兴宗朝的萧乐音奴"善骑射击鞠"[③]。在内蒙古敖汉旗近年先后在多座辽代契丹人墓室中,发现有描绘墓主人生前打马球情况的"马球图"。金灭辽后,金承辽俗,也喜爱打马球运动。《金史·礼志》载:"已而击鞠,各乘所常习

---

① 迟双明:《商戒》,时代文艺出版社 1999 年版,第 74 页。
② (元)脱脱等:《宋史》,中华书局 1997 年影印本,第 2841 页。
③ (元)脱脱等:《辽史》,中华书局 1997 年影印本,第 1333、1494、1402 页。

马,持鞠杖。杖长数尺,其端如偃月,分其众为两队,共争击一球。"①金元马球比赛的规则是,球场设球门(即在木板墙下开一小孔,加网为囊),两队骑马持鞠杖,相争逐,以杖击球,入网者胜。骑马打球称"大打",骑驴骡打球称"小打",人数无定额,可多至百余人②。金元统治者重视骑射,每逢重大节日,多举行各种骑射活动。打球就是他们热衷的一项活动。元代的打马球运动相比宋代,更为推进。在元朝尚未建国之时,打马球已深为蒙古人喜爱并广泛流行。南宋宁宗嘉定十四年(1221)曾遣使臣赵珙到河北蒙古军前议事。赵珙返回后写了一份报告,这就是著名的《蒙鞑备录》。据这份报告记载:"如彼击鞠,止是二十来骑,不肯多用马者,亦恶其哄闹也。击罢,遣介来请我使人至彼,乃曰:'今日打球,如何不来?'答曰:'不闻钧旨相请,故不敢来。'国王乃曰:'你来我国中,便是一家人,凡有宴聚打球,或打围出猎,你便来同戏,如何又要人来请唤。'因大笑而罚大杯,终日必大醉而罢。"③将马球与宴饮、围猎等同重视,足见这项运动是深为蒙古人喜爱并广泛流行的。建国后打马球运动仍很兴盛,据熊梦祥《析津志·风俗》中记述:"击球者,今(金)之故典。而我朝演武亦自不废。常于五月五日、九月九日,太子、诸王于西华门内宽广地位,上召集各衙万户、千户,但怯薛能击球者,咸用上等骏马,系以雉尾、缨珞、繁缀镜铃、狼尾、安答海,装饰如画。玄其障泥,以两肚带拴束其鞍。先以一马前驰,掷大皮缝软球子于地,群马争骤,各以长藤柄球杖争接之,而球子忽绰在球棒上,随马走如电,而球子终不坠地。力捷而熟娴者,以球子挑剔跳掷于虚空中,而终不离于球杖。马走如飞,然后打入球门中者为胜。当其击球之时,盘屈旋转,倏如流电之过目,观者动心骇志,英锐之气奋然。"④对元宫廷击球活动描绘得活灵活现,使人产生身临其境之感。无名氏杂剧《阀阅舞射柳蕤丸记》第四折中也有关于打球游戏的描写:

---

① (元)脱脱等:《金史》,中华书局1997年影印本,第827页。

② 中国大百科全书《体育》编辑委员会、中国大百科全书出版社编辑部:《中国大百科全书·体育》,中国大百科全书出版社1982年版,第328页。

③ 陈高华:《宋元和明初的马球》,《历史研究》1984年第4期。

④ (元)熊梦祥:《析津志辑佚》,北京图书馆善本组辑,北京古籍出版社1983年版,第203页。

[七弟兄]明晃晃摆着利物,齐臻臻列着这士卒。武将每一个个有机谋,施逞那武艺高强处。我恰才穿杨射柳定输赢,上雕鞍骤马当先去。

[梅花酒]呀,你可便看我结束头巾砌珍珠,绣袄子绒铺,闹妆带兔鹘。扑冬冬鼍鼓凯,骨剌剌锦旗舒。您可也众称许,款款的骤龙驹,轻轻的探身躯,杓棒起月轮孤,彩球落晓星疏。

[喜江南]呀,我则见过球门一点透明珠,见文武将尽欢娱。金银玉带共香醑,圣人便赐与,则愿的万年千载永皇图。

这些扣人心弦的描绘,使我们今天仍能身历其境般地感受到元代打马球的精彩和激烈。"款款的骤龙驹,轻轻的探身躯,杓棒起月轮孤,彩球落晓星疏",描写充溢着寓武于乐的豪情。主人公延寿马手执一柄头部弯曲如钩的棍子,在马的奔跑中将球击入球门。其运动速度之快,技艺之高超精湛,展示了他非常娴熟的骑术和打球的技艺及在打球赛场上飒爽的英姿,十分具体地反映了蒙古民族崇拜英雄的情结。

2.龙舟竞渡

竞渡是端午节最具特色的习俗。其文字记载最早见于晋代葛洪《抱朴子》,至今有一千六百年的历史。其习俗由来,民间有多种说法。一为拯救楚国的诗人屈原投汨罗江说,即"屈原殁汨罗之日,人并命舟楫以迎之,至今以为竞渡"①;二为越王勾践操练水军说,即"竞渡之事,起于勾践,今龙船是也"②;三为纪念浙江会稽14岁孝女曹娥为寻求其父尸骸而投江自尽说等。其中纪念屈原说影响最广。民俗流淌于民族的血脉。端午文化中所蕴含的屈原、曹娥等传说,特别是由此而来的投食竞渡等活动,唱响的是龙舟竞渡拯救生命、崇拜生命的礼赞。其实,我国龙舟竞渡的习俗,要早于这些传说。龙船在西周穆王时就已出现,因为江南水乡河湖交叉,舟是常见的交通工具。又因为原始先民常年受到蛇虫、疾病的侵害和水患威胁,为了抵抗这些天灾,他们尊奉想象中的具有威力的龙作为自己的祖先兼保护神,并把

---

① 高丙中:《端午节的源流与意义》,《民间文化论坛》2004年第5期。
② 秦永洲:《中国社会风俗史》,山东人民出版社2000年版,第189页。

船建成龙形,在急鼓声中划着刻成龙形的独木舟,做竞渡游戏,以娱神,渐渐形成厌胜性或祭祀性仪式,以达祈求平安、风调雨顺和驱除瘟疫的目的。龙舟竞渡本来也是一种禳灾避邪的方式,龙舟是送灾的工具,载着灾邪(通常以垃圾等秽物作为象征性的代表)的船只竞相驶向远方,此即龙舟竞渡的起源。在承传过程中,被襖、禳除的神秘气氛逐渐淡化,而成为竞技性的娱乐活动。元代是岁时节日的仪式性、祭祀性分量淡化,竞技性、娱乐性分量增加的一个承上启下的时代,这在元曲中就可以看出。如张可久小令[双调·折桂令]《重午席间》:

> 浴兰芳荆楚风流,艾掩门眉,符映钗头。雪卷鸥波,雷轰鼍鼓,电闪龙舟。骄马骤雕弓翠柳,小蛾讴宝髻红榴。醉倚江楼,笑煞湘累,不葬糟丘。

邓学可套数[正宫·端正好]《乐道》:

> 正修褉传觞流曲,不觉击鼍鼓竞渡龙舟。

马致远小令[仙吕·青哥儿]《十二月·五月》:

> 榴花葵花争笑,先生醉读《离骚》。卧看风檐燕垒巢,忽听得江津戏兰桡,船儿闹。

贾仲明杂剧《铁拐李度金童玉女》第三折:

> 咏《离骚》歌楚些谁吊古? 夺锦标擢画桨似飞凫。

壮观的场面,宏放的气势,激烈的争战,欢快的夺标,不仅荡漾起了人们久藏于心的呐喊和欢笑,展现了龙舟文化的博大声威,张扬了节日的力量和魅力,而且展示了平民百姓万众一心、争分夺秒的竞渡精神,尤其是萦绕于文人灵魂深处的那道风景、几多情愫:

一是反映了元代奋勇争先的精神。竞渡之美源于一个"竞"字,元曲在给我们生动形象地描绘竞渡场面的同时,烘托出紧张的气氛,表现出竞渡者奋勇争先的精神。四曲均描绘了元代端午节龙舟竞渡的盛景:"雪卷鸥波,雷轰鼍鼓,电闪龙舟",如雷的鼓声,如雪的浪花,风驰电掣般的速度,将龙舟之快速,竞赛之激烈,跃然纸上。"电闪"二字,用的生动形象,仿佛可以看到群舟竞发的实况:龙舟启动之迅速,如离弦之箭,飞射而出,十分生动形象。"夺锦标",又称"抢标"或称"夺标",是江南一带龙舟竞渡中的一项活动,即在划到终点的时候,各船抢夺浮标以定胜负。标有鱼标、鸭标、铁标等之分,因其上系有红锦缎,也叫"锦标"。大量动词的运用,既写出了气氛的紧张热烈,又有声有色,形象逼真地凸显了竞渡者奋勇拼搏的精神,令人有如见其人如闻其声如临其境之感。

二是展示了竞渡的狂欢之美。竞渡这种群体行为是最能体现与民同乐全民狂欢的。竞者勇,赏者乐;竞渡者的拼搏,旁观者的呼喊,都使平日里内敛的人们获得了一种情绪的宣泄。这个狂欢的节日对民众而言,是在非同寻常的节点上激荡出的生命浪花,"江津戏兰桡,船儿闹",一个"闹"字,一个"戏"字,将端午节日的娱乐氛围凸现了出来。而在凌波光影间闪烁着一道高髻红裙的靓丽风景,"小蛾讴宝髻红榴,醉倚江楼",又展示了民间女子借此良辰盛景,淡妆浓抹,簇拥江岸的别一番风情。在元代人一年又一年的"击鼍鼓竞渡龙舟"中,在这种壮观的充分体现着中华民族所具有的健康向上精神的乐人场面里,龙舟赛这个传统的民俗仪式,已经成为元代人的一种行动惯性。而潜藏在这种行动惯性背后的,是元代人对于生活的执着追求。

三是龙舟的神圣性在逐渐削弱。在中国历史上有很长一段时期"龙舟"与"竞渡"两词是不可并列使用的。龙舟是专指皇帝所乘的船,有特别的规制,诸侯列王若有擅自建造还会被追究责任。汉刘安撰《淮南子》曰:"龙舟鹢首,天子之乘。"①魏晋六朝时期,在《宋书·礼志五》中还记有对龙舟使用的规定,"诸王子继体为王者……平乘舫皆平两头作露平形,不得拟像龙舟,悉不得朱油。"②至隋代,龙舟还是皇帝专属用船。《隋书·帝纪第三·炀帝杨广纪上》记有"八月壬寅,上御龙舟,幸江都"③。至宋代,《宋史·本纪第四》记有"戊辰,幸金明池,御龙舟观习水战。"④到这时,正史中,龙舟和水战等活动之间才有所联系。元曲中不仅频繁地将龙舟竞渡连用,其他时候龙舟也常见,如张可久小令[中吕·山坡羊]《客高邮》:"危台凝伫,苍苍烟村,夕阳曾送龙舟去。映菰芦,捕鱼图,一竿风旆桥西路,人物

---

① (梁)萧统:《文选》,上海古籍出版社 1986 年版,第 2396 页。
② (南朝梁)沈约:《宋书》,中华书局 1997 年影印本,第 522 页。
③ (唐)魏徵等:《隋书》,中华书局 1997 年影印本,第 65 页。
④ (元)脱脱等:《宋史》,中华书局 1997 年影印本,第 69 页。

风流闻上古。儒，秦太虚。湖，明月珠。"汤舜民小令[双调·天香引]《忆维扬》："羡江都自古神州，天上人间，楚尾吴头。十万家画栋朱帘，百数曲红桥绿沼，三千里锦缆龙舟。柳招摇花掩映春风紫骝，玉玎珰珠络索夜月香兜。歌舞都休，光景难留。富贵随落日西沉，繁华逐逝水东流。"胡用和套数[中吕·粉蝶儿]《题金陵景》："到夏来清凉寺暑气无，赏心亭夏日长，石头城烟雨风生浪。秦淮河急水龙舟渡，马公洞薰风菡萏香，翠微亭绿阴深处炎威爽。"表明元代龙舟的神圣性已经被消解。

四是对屈原的评价描写。历来文人对屈原的殉国和爱国主义情怀，都抱有一种崇敬和仰视的态度，希望能有更多屈原那样的正义直臣，也希望他们所处的时代不要再发生这种无忠臣立足的悲剧。而在元代，屈原的精神及其遭遇，被配制成各种不同的精神食粮，给养着不同境况中的文人墨客①。反映在元曲中，对屈原的评价大致分为三类：

第一类是赞美。如马致远小令[仙吕·青哥儿]《十二月·五月》："榴花葵花争笑，先生醉读《离骚》。"沈和套数[仙吕·赏花时北]《潇湘八景》："每日家相伴陶朱，吊问三闾。我将这《离骚》和这《楚辞》，来便收续。"刘时中小令[双调·殿前欢]《道情》："醉颜酡，前贤不醉我今何，古来已错今尤错。世事从他。楚三闾葬汨罗，名犹播。"虽然作者的本意是在说明人应该及时行乐，但对屈原的众人皆醉我独醒，并没有全然持否定的态度，所以他说三闾大夫虽身葬汨罗，但仍然"名犹播"。屈原用死告诉人们，只有把个人的命运与民族命运、国家的命运以及中华文明命运联系在一起时才能产生崇高与伟大。用死给时空注释新的含义，给生与死赋予新的内容。这是元代人钦羡、尊崇他的重要原因。

第二类是叹惋。如钟嗣成小令[双调·清江引]："采薇首阳空忍饥，枉了争闲气。试问屈原醒，争似渊明醉？早寻个稳便处闲坐地。"张鸣善小令[正宫·脱布衫过小梁州]："山林本是终焉计，用之行舍之藏兮。悼后世追前辈，对五月五日，歌楚些吊湘累。"用则行，不用则隐。屈原被疏却不甘心离去，执意顾国，终成湘累。可惋，可叹。从这些曲作中，可以看出他们在内

---

① 孙巧云：《试论元曲中屈原形象的多层次性》，《唐山学院学报》2010 年第 5 期。

心深处对屈原人格与精神基本上是肯定的,但是他们并不欣赏屈原的处世态度和行为方式,因此对屈原与浊世抗争失败后自赴汨罗结束生命,他们也认为"枉了争闲气"。举世皆浊,众人皆醉,你何事要独醒?又何苦要独醒?因为清醒的人注定痛苦。说明元代人不是在内心深处真正否定屈原,他们对屈原的调侃,表达了他们的价值取向,一种醉心诗酒,不问世事的生活方式,是想以此来证明他们高蹈出世的人生选择的正确性。

第三类是嘲笑。如马致远小令[双调·拨不断]:"酒杯深,故人心,相逢且莫推辞饮。君若歌时我慢斟,屈原清死由他恁,醉和醒争甚?""屈原清死",是指屈原在流放洞庭湖时,由于忧思沉重,面容憔悴,身体枯槁。一天遇见一个渔夫,问他为什么这样,他回答说:"举世皆浊我独清,众人皆醉我独醒,是以见放。"渔夫劝他应与世推移,他又回答说,"自己宁愿葬于鱼腹之中,也矢志不改。"晚年不满时政、隐居田园、以衔杯击缶自娱的马致远认为屈原甘心情愿葬身鱼腹,由他自己去吧。尽管元代人钦羡屈原,或在内心深处没有真正否定过屈原,但在元朝,抱屈原式的人生态度者,是不可能的,或者说简直没法做人。所以屈原积极追求美政的思想,与许多元代人避世的心态正好相背而驰,故而引发元代文人对为国怀石投江的屈原进行否定。王爱山小令[中吕·上小楼]《自适》甚至讥讽屈原是以自沉来博得高名:"思古来屈正则,直恁地禀性僻。受之父母,身体发肤。跳入江里,舍残生,博得个,名垂百世,没来由管他甚满朝皆醉!"曲中虽流露出作者道家思想的消极人生观,但也切中了当时的现实——"满朝皆醉",既然君王昏庸,不重国家,只重佞幸,还有必要自沉汨罗吗?难道是为"博得""名垂百世"吗?借非议屈原,反映元代士人进退失据的无奈与彷徨。陈草庵在小令[中吕·山坡羊]中认为,屈原不仅遭我辈嘲笑,九泉之下,也会遭那些通达时务、功成身退的人讥笑:"三闾当日,一身辞世,此心倒大无索系。淈其泥,啜其醨,何须自苦风波际?泉下子房和范蠡,清,也笑你;醒,也笑你。"

元代文人这种思想观念的出现,是有其独特的、深厚的文化意蕴的:其一是元代文人生存哲学的体现。异族的统治给广大汉族知识分子文人心中留下了难以弥合的创伤。除了在思想观念上,不入仕、不合作,实际上也是仕进无门。中国科举源自隋唐,至元时已有七百余年历史,是历代统治者笼络人才的重要方式,也成为知识分子,尤其是贫寒的下层读书人仕进的重要甚至是唯一途径。由于生产方式的差异,游牧民族自古就有尚武的习俗,元朝蒙古族以武力打天下,因而不理解科举取士对治理国家的重要作用,所以在元朝开国之初没有推行科举制,直至延祐时才举行第一次科考,前后共举行九次,但其对延揽人才所起到的作用,相较前朝而言,也已是大打折扣,尤其对于汉族下层的读书人来说,"元代的科举,就仕途的开辟而言,对于汉族书生的仕进几乎是无足称道的。与两宋相比,能通过这条道路入仕的人少得可怜。宋代每届进士及诸科往往少则三四百人,多则逾千人。元朝则汉人、南人总计不超过五十人"①。元代实行的官吏选举和铨选制度,虽标榜"仕进有多歧,铨衡无定制"②,看似开放和多渠道,却也是始终贯穿着严重的民族歧视和民族压迫,对普通的汉族下层读书人实惠不多,因此也改变不了他们的命运。残酷的社会现实,让元代知识分子"修身、齐家、治国、平天下"的理想不能实现,只好以放诞逍遥、及时行乐、放荡不羁的行为来反抗惨淡的人生。而当他们选择了诗酒风流的生活的时候,总会不自觉地以调侃屈原,掩饰他们的无奈。其二是元朝的民族大融合与唐代的不同,唐代各民族间的交流是在平等、和谐的基础上进行的,文化气氛充满着浪漫的诗意,而元代的融合过程却大多是在民族压迫的形式下完成的,其中充斥着野蛮、欺凌、冲突,甚至血污,它是一个痛苦的过程。蒙古铁骑踏上中原土地之初,杀戮随时都在发生。待地位巩固后,元代社会实行的一系列特殊而又腐朽的政策,又破坏着社会的和谐稳定,纵容了罪恶的滋生蔓延。当时,"蒙古贵族、上层色目人、地主豪商、流氓地痞相互勾结,形成了一个庞大的黑暗势力,使得整个社会处于混乱状态,杀人越货,伤天害理之事层出不穷,人民生命财产安全毫无保障。加上当时商业经济的发展,异族入主对传统道德伦理的冲击,见利忘义、谋财害命之事屡有发生,连家庭内部也出现了争夺财产的你死我活的斗争。"③又由于吏治的腐败,上述矛盾不但不能有效化解,还导致冤狱的连连不断。陶宗仪在《南村辍耕录》中描写当时官场黑

---

① 周良霄、顾菊英:《元代史》,上海人民出版社 1993 年版,第 398 页。
② (明)宋濂等撰:《元史》,中华书局 1997 年影印本,第 2016 页。
③ 李正民、曹凌燕:《完整的梦幻系统:杂剧鬼魂戏新论》,《艺术百家》1997 年第 4 期。

暗:"今之鞫狱者,不欲研穷磨究,务在广陈刑具,以张施厥威。或有以衷曲告诉者,辄便呵喝震怒,略不之恤。从而吏隶辈奉承上意,拷掠锻炼,靡所不至,其不置人以冤枉者鲜矣。"①官场的黑暗,激化和加剧了整个社会的混乱,形成恶性循环:一边是官吏贪腐,一边是权势豪要的怙恶不悛。以元世祖时"理财"权臣回回人阿合马为例。据《元史·奸臣传》载,世祖忽必烈至元年间(1264—1294)的平章政事阿合马,"内通货贿,外示威刑,廷中相识,无敢论列"②,奸淫掳掠,无恶不作。他死后,皇帝派人抄其家,竟然"得二熟人皮于柜中,两耳俱存"③。如此残酷的吏治环境,使元代士子愤怒难消,他们运用曲笔勾勒出一张张元代社会的"百丑图":权豪势要、皇亲国戚、贪官污吏、土豪劣绅、衙内公子、商贾市侩、帮闲无赖、鸨母嫖客、流氓地痞……从上到下,由这些人织成的那张大黑网,正在捕掠着一个个弱小无辜的生命,使他们失去了生存依据——高度腐败、目无法律、"嫌官小不为,嫌马瘦不骑,动不动挑人眼、剔人骨、剥人皮、动不动挑人眼"④的鲁斋郎;草菅人命、"打死一个人,如同捏杀个苍蝇相似"⑤的恶霸庞衙内;横行乡里、色胆包天"花花太岁为第一,浪子丧门世无对"⑥的蔡衙内;仰借父亲权柄、玩弄女性的官僚子弟周舍;十恶不赦、逼女为娼的老虔婆李氏……官场凶险,社会黑暗,无可救药,所以他们不再去为它卖命了。他们对屈原的嘲笑,实质上反映了元代人强烈的叛逆性。此种叛逆体现为对现存秩序的不屈和反抗,也体现为对整个封建伦理观念的嘲笑和否定。其三是表达了真正看破红尘之后的超脱一切和与世无争的态度。以维吾尔族散曲家贯云石为例。贯云石属于色目人,其祖父阿里海涯是元朝开国元勋之一,其父贯只哥也身居要职,官宦家庭出身的贯云石的仕途必然比汉族文人的要平坦得多,但贯云石却将世袭的官职让给了弟弟忽都海涯,"北从姚燧学"⑦汉族文化,成为畏兀

---

① (元)陶宗仪:《南村辍耕录》,中华书局1959年版,第286页。
② (明)宋濂等撰:《元史》,中华书局1997年影印本,第4562页。
③ (明)宋濂等撰:《元史》,中华书局1997年影印本,第4564页。
④ 关汉卿杂剧《包待制智斩鲁斋郎》第二折。
⑤ 武汉臣杂剧《包待制智赚生金阁》第一折。
⑥ 无名氏杂剧《鲁智深喜赏黄花峪》第一折。
⑦ (明)宋濂等撰:《元史》,中华书局1997年影印本,第3422页。

儿人中第一个翰林学士。因喜爱钱塘景物而定居杭州，又与张可久、徐再思、杨朝英等文人亲密交往，谈文说理，这些生活阅历使他对汉族文化全面接受吸收，并融合本民族文化而呈现出鲜明特色。他在小令［双调·殿前欢］中也对屈原的自沉汨罗而死不以为然："楚怀王，忠臣跳入汨罗江。《离骚》读罢空惆怅，日月同光。伤心来笑一场，笑你个三闾强，为甚不身心放？沧浪污你，你污沧浪。"是他对屈原的看法，也代表了元代一部分人的"屈原观"①。在他看来，屈原的精神品格可与日月争辉，但屈原对政治的执着以及他的社会责任感、使命感，是不通达，不超脱，不识时务、自讨苦吃的，因而也是可悲可笑的。也就是说屈原为了保持节操而投水自杀是大可不必的。生命多可贵，既然不愿蝇营狗苟地活着，何不像《渔父》那样"沧浪之水清兮，可以濯我缨；沧浪之水浊兮，可以濯我足"。作者"笑"屈原过于认真，过于执著，近乎迂腐，结果只能无谓牺牲。"笑"屈原为什么只能被"沧浪污"，而不能去"污沧浪"。这种调侃，在元代赵孟頫画的屈原像中，也可找到同例。赵孟頫画的屈原像个头不高，束头巾，短腰带，舒长眉，细慈目，衣冠楚楚，文质彬彬，绝似一位唯君命是从的乖巧官吏。置之"群儒像"中，观者十有八九想不到会是那位愤世嫉俗、"虽九死其犹未悔"的屈原，而倒像赵的自画像。赵孟頫是宋太祖子秦王德芳的十一世孙，宋亡后归顺元朝，丧失了气节，弄得其兄其子和诸多亲友皆斥之负祖弃义。赵孟頫六十三岁时，痛惜以往，写"齿豁头童六十三，一生事事总堪惭。唯余笔砚情犹在，留与人间作笑谈"②的自警诗。元曲对屈原进行的善意淡淡的嘲笑，或说是凝重的、含泪的苦笑，正是元代人以浊还浊，"沧浪污"我，我"污沧浪"的人生态度的写实，也因此让这个不屈的灵魂，永远地站在了云端。这个两千多年前的楚国臣子，这个写下了流传千古的《离骚》、《天问》、《九歌》等不朽诗篇的屈原，在宋时期被封为公侯："屈原庙，在归州者封清烈公，在潭州者封忠洁侯"③。元时代，仁宗皇帝把宋代时两个不规范状态的封号结合起来，"加

---

① 翁敏华：《重阳节的民间习俗与文艺表现——以杂剧《东篱赏菊》和陶渊明为重点》，《文化遗产》2008 年第 4 期。

② 陈云琴：《松雪斋主——赵孟頫传》，浙江人民出版社 2006 年版，第 238 页。

③ （元）脱脱等：《宋史》，中华书局 1997 年影印本，第 2561 页。

封楚三闾大夫屈原为忠节清烈公"①。屈原享受到他生前没有的殊荣,这诚然是因为屈原精神和其崇高的文学地位,但也与端午节千千万万的人民参与纪念屈原的伟大民俗力量分不开。

除此,元曲还描写有别样的端午景,贾仲明杂剧《铁拐李度金童玉女》第三折:

> 兰汤试浴,纳水阁微凉,避风亭倦午。乘竹阴槐影桐疏,叠冰山素羽青奴。剪彩仙人悬艾虎,开南轩奇峰云布。瓜分金子,鲙切银丝,茶煮云腴。

这可以称得上是另一种竞渡,没有了"江津戏兰桡,船儿闹"的竞技场面,有的只是"纳水阁"、"避风亭"里温馨的端午气氛。端午走出竞渡而被完全休闲娱乐化了,也是元代的一种元宵心态的表现。

3.辟邪节物

五月五日端午节,在其产生之初并非一个欢乐祥和的良辰佳日,而是一个让人充满了畏惧的恶月恶日,不仅禁忌繁杂,诸事不宜,就连五月五日所生之子也被视为不祥之兆。据《史记·孟尝君列传》记载,孟尝君田文就是五月五日所生,当其呱呱坠地之时,其父田婴就欲弃而不养,后来其母亲私下抚养才得以成人。所以这一天就要避忌,在民间逐渐形成了躲端午的习俗,端午这天年轻的夫妇带着未满周岁的孩子去外婆家躲一躲,以避不吉。这种避忌避恶的风俗,不仅是中国的风俗,整个东亚地区都有这种风俗。日本鹿儿岛在五月五日母亲背着不到一岁的小女孩在外跳被称为"幼女祭"的圆圈舞;朝鲜称五月五日为女儿节,出嫁的女儿这一天都会回娘家,男女儿童用菖蒲汤洗脸,脸上涂上胭脂,还削菖蒲根作簪,遍插头髻以避瘟疫。朝鲜小儿的这种打扮称作端午妆。由于端午的禁忌,人们都希望这一天家庭、亲友平安幸福,就形成了吃粽子、插艾叶、挂菖蒲、饮菖蒲酒、戴长命缕、沐兰汤、捉蛤蟆配药等许多以辟邪、消灾、防病之举的节日习俗。对灾难的恐惧源自于对自然的陌生,辟邪是希望借助于一些外部的力量减少这种恐惧感,这些民俗活动,从某种程度上来说,正是寄希望于民俗活动中,通过

---

① (明)宋濂等撰:《元史》,中华书局 1997 年影印本,第 585 页。

饮、戴、洗等来宽慰内心，祈求平安吉祥，延年益寿。可以说，这是一种"被动"的珍爱生命，是为了让生命之花开得更加健康、灿烂。这也是端午节的最根本使命。元曲描写了元代缤纷灿烂、生机勃勃的"端午景"。

（1）食粽

粽，又叫"角黍"，是中国历史上迄今为止文化积淀最深厚的传统节日食品。粽子最早出现在春秋时期，据北魏贾思勰《齐民要术》卷九《粽䭔法》第八十三引《风土记》注云："俗先以二节日，用菰叶裹黍米，以淳浓灰汁煮之，令烂熟，于五月五日、夏至啖之。黏黍一名粽，一曰角黍，盖取阴阳尚相裹未分散之时象也。"①到晋代，端午食粽子成为全国性风俗。南北朝以后，民间开始有粽子源自百姓祭奠屈原的说法。据南朝梁吴均《续齐谐记》记载，五月五日楚人原以竹筒贮米，投水以祭屈原，后因避蛟龙窃食，便以楝叶塞于竹筒之上，并用彩丝缠绕。此后，悼屈原，成为端午食粽的主要内容之一。古代的粽子曾有两种：一种是用菰叶包黍米成牛角状的，称"角黍"，即今天常见的包裹粽子；另一类则是用竹筒盛米注水密封煮熟或烤熟，称"筒粽"。此种风俗至今还保存在某些少数民族习俗中。虽然两者都被统称为"粽子"，但从造食方法来说却具有完全不同的文化渊源。

关于角黍，学界的研究大致为两种趋向：一是有人曾根据"角黍"这个名称，认为它最初是祭祖祀神、祛病辟邪的食品。理由有三：其一是角黍之形与动物角有关。古人以角为贵，凡有角之动物都受到人们的推崇，如羊、牛、鹿、犀牛等，就连想象中的龙也给安上两只角，角是沟通人神的灵物。把粽子制成角形，正是对动物角的模仿，角形的粽子就与神兽獬豸和动物角一样成了沟通人神的灵物，用它来祭祀带角的神兽，特别是人们心目中至高无上、无所不能的龙，那是肯定能得到带角神兽特别是龙的青睐和庇佑的。我们的祖先，一直把已故的先人当作神供奉，祠堂是一个家族祭祖的地方，各户堂屋正上方安在墙上的神龛是家庭祭祖的处所，在仲夏用角黍来祭祖，也是将粽子作为与先祖沟通的工具，这就是粽子最初的功能——为寄托希望，

---

① （北魏）贾思勰：《齐民要术》，中华书局1956年版，第152页。

祈求幸福而举行的祭神和祭祖必不可少的祭祀品。① 其二是由于古人以菰叶包粽子,所谓菰芦,菰指菌类植物,芦即芦苇。菰可药用,用菰叶做食物,有药用效果无疑。古人认为芦叶也能祛病辟邪。《本草纲目》载芦:"毛苌诗疏云:'苇之初生曰葭,未秀曰芦,长成曰苇'。"②其根可入药,性寒味甘,有清热生津,除烦止呕,止渴利尿等功效。五月是芦苇"未秀"之时,其叶自当有一定的药效,用来包粽是最理想的。其三是"角黍"的名称本身已说明它是用黍米做成的食品,黍在远古至上古时代一直是北方人民的主要粮食之一,曾位列"五谷"之首,夏至日有以新麦、新黍祭祀祖神之俗。

二是有人曾根据"角黍"这个名称,推断粽子起源于中原,认为黍米南方地区很少出产,因此这种食品自然是起源于北方地区。也有的从生态环境上看,端午吃粽子在北方远不如南方地区那样普遍,有的地方甚至并不食粽子,是因为缺少大叶植物,更无处可取装米用的大竹筒。端午食粽习俗具有显著的地区性,对所在区域有着强烈的依存关系。③

无论角黍是用来祭祖,还是平衡阴阳、祛病辟邪,也无论角黍起源于哪里,自从粽子与屈原相关联的传说出现以后,原本以辟邪保健为唯一目的的端午食粽习俗开始出现纪念古代圣贤的因素。端午节原本只是体现人与自然节律之间的关系,但从此以后,也开始体现出人与人的关系,渗透了社会道德思想,由于其浓郁的浪漫主义色彩,影响着一代又一代的文人墨客,也在元曲中留下了深深的痕印。元曲中有关角黍的记载,让我们领略到这一古老食品独特的文化意义。如汤舜民小令[正宫·脱布衫带小梁州]《四景为储公子赋凤阳人·夏》:

> 《离骚》读罢空惆怅,叹独醒谁吊罗江? 角黍盘,菖蒲酿。榴花亭上,来日庆端阳。

无名氏小令[中吕·迎仙客]《五月》:

---

① 孙永义:《"端午"食粽祭屈原说源流考》,《西南师范大学学报》(哲学社会科学版)1996 年第 3 期。

② (明)李时珍:《本草纲目》,校点本,人民卫生出版社 1977 年版,第 1001 页。

③ 王利华:《端午风俗中的人与环境》,《南开大学学报》(哲学社会科学版),2008 年第 2 期。

彩丝缠,角粽新。楚些招魂,细写怀沙恨。

贾仲明杂剧《铁拐李度金童玉女》第三折:

黍新包似裹黄金,蒲细剉如攒白玉。咏《离骚》歌楚些谁吊古?

无名氏杂剧《阀阅舞射柳蕤丸记》第四折:

彩索灵符,酒泛菖蒲。丹漆盘包金角黍,巧结成香艾虎。

元曲中角黍描写至少有四方面的含义:第一,粽子是元代人的节日美味。"角黍盘,菖蒲酿",端午节最具代表性的食品是粽子、菖蒲酒,一吃一饮,满足了元代人节日生活中对饮食的需求。第二,以米为主料的食材,杂以其他辅料,生成五味杂陈的美味粽食,是"和而不同"的和谐思想在美食文化中的体现。元代的粽子,从色、形、味各方面都比前代有了很大进展。"黍新包似裹黄金,蒲细剉如攒白玉",黍米的粽子为黄色,菖蒲挺如碧剑,根若白玉,从颜色上看,一为金色,一为白色,放在一起,别具美感。盛放的器皿也很精美,"丹漆盘包金角黍",红色,金色,显示出元代节日饮食的审美内涵。"彩丝缠,角粽新",粽子外面缠有五色丝线,一是辟蛟龙,让水下的屈原能够吃到粽子;一是为美观,使粽子更为赏心悦目。粽子成了节日娱乐的装饰。第三,由粽子引发的对屈原的怀念:"楚些招魂,细写怀沙恨",提升节日食品的文化内涵。"怀沙",是指公元前278年,楚顷襄王二十一年,63岁的屈原,写下了他的绝命诗《怀沙》。诗的最后一节是这样写的:"浩浩沅湘,分流汩兮。修路幽蔽,道远忽兮。怀质抱情,独无正兮。伯乐既没,骥焉程兮!民生禀命,各有所错兮。定心广志,余何所畏惧兮!曾伤爰哀,永叹喟兮。世浑浊莫吾知,人心不可谓兮。知死不可让,愿勿爱兮。明告君子,吾将以为类兮。"[1]这是一个羸弱文人的绝笔,但这无疑也是中华民族的正气呼啸,视死如归的屈原在这段感慨万分的诗句中,显现的光辉人格,永远地定格在有志气的中国人心中,这是民族良知的印记。视死如归的屈原,在这一年的初夏,农历五月初五,以死来实践了他的誓言,自沉于汨罗江,构成了中国文化史上至为厚重的一页,在随后的岁月里,成为他脚下的土地和后来子孙回望历史的重要凭依。节日习俗,是一个民族有别于其他

---

① 陆侃如等:《楚辞选》,中华书局1962年版,第69页。

民族的印记,更是一个民族的重要特征,小小的粽子在此承载了中华民族深厚的文化底蕴。第四,以角黍投江,其实是一种巫术作法,为祭鬼之举动①,说明粽子仍是元代人向神灵及祖先传达自己所思、所想,祈望在这不安的日子里得到神灵和祖先的庇佑,能够顺利度过这恶月恶日的侵袭,保佑五谷丰登、平平安安的媒介物。

(2)佩饰

端午节佩戴精心绣制的香囊、系彩丝、符牌儿等佩饰,是延续至今的习俗。香囊又称香袋、香包、荷包等,古代亦名"容臭"。民间认为,香囊是一种吉祥物,在胸前挂上香包,一可以驱邪避凶、祈福求好运。香囊香包有用五色丝线缠成,有用棉织品和丝线绣成,有用碎布缝成,囊内除了装有雄黄、苍术外,还要装芳香浓郁的香草配成的香料,香气扑鼻,戴在身上起驱虫除秽的作用。二具有襟头点缀之美。在端午节佩戴的香袋香包,有的用五色丝线缠成,有的用碎布缝成,香包上的纹样也很讲究,用于老人的一般多梅兰竹菊、双莲并蒂等,象征鸟语花香,家庭和睦。用于小孩的,一般多飞禽走兽,狮子、老虎、公鸡等,形象生动有趣。用于青年人特别是热恋中姑娘的,制作更加精美。

长命缕是一种把五色丝线系在臂腕上以辟邪的民俗活动。五色丝有多种别名,有长命缕、长寿线、辟兵缯、五色缕、百索、朱索、合欢索等,这些名称的由来,有的是就它的色彩、质地而言,有的是就它的形状、功用而言。如有的小孩手臂上,缠上一股五色丝线,就叫做"百索";有的小孩在胸前挂着用五色丝线系着的小锁片,就叫"长命缕";小孩喜欢,青年男女也喜欢,恋爱时送上精心挑选的"百索"给对方,就叫做"合欢索"。五色丝线源于我国古代的五行观念,以五色象征五方鬼神齐来保佑之意,五色线是以代表五行阴阳的黄、青、白、黑、红五种颜色的丝线合并成的缕索,黄色为土,青色为木,白色为金,黑色为水,红色为火;同时五色丝又代表了五方:黄为中央,青为东方,白为西方,黑为北方,红为南方,故古人认为五色丝有驱八方瘟病、除四季邪气、避五毒侵害的神奇。所以,缕索有拴住人的魂魄,或圈住人的居

---

① 张紫晨:《中国民俗与民俗学》,浙江人民出版社 1985 年版,第 163 页。

处,以防止邪气侵害的作用。直到今天北方许多农村里依然有给小孩戴五彩丝的习惯。认为端午节戴五彩丝可躲过虫蛇的叮咬,雨后如果将其扔到水里,还可带走瘟疫,使小孩健康成长。据东汉应劭《风俗通义·佚文》载:"五月五日以五彩丝系臂,名长命缕,一名续命缕,一名辟兵缯,一名五色缕,一名朱索。""以五彩丝系臂者,辟兵及鬼,令人不病瘟。"①佩戴五彩丝避灾祸是世界性的俗信,泰国的鲁阿人就相信,腕部系上纱线能把人的32个灵魂牢牢缚在人体内。假如牛太累了,也要拴线以确保灵魂不走失。②后来缕索逐渐向装饰性方面发展,索上做各种不同形状,如折成方胜或结为人像,或丝线绣绘日月星辰鸟兽等,在五月初五日这一天,或系于手臂,或挂在床帐、摇篮等处,或敬献尊长,以辟灾除病、保佑安康、益寿延年。唐代段成式《酉阳杂俎》云:北朝妇女习于五月五日"进长命缕、宛转绳,皆结为人像带之。"③

符牌儿也是端午节特色佩饰,符牌儿之所以称符,是因为其材料中的五色丝和彩帛具有的驱鬼镇邪以及辟兵的功用与道教的符箓是相同的。元曲中有许多关于端午节佩香囊、系彩丝、符牌儿等节物的描写,如无名氏小令[商调·梧叶儿]《十二月·五月》:

曾齐唱,端午词,香艾插交枝。琼酥腕,系彩丝,酒浓时,压匾了黄金钏儿。

白朴残剧《韩翠蘋御水流红叶》:

做一个符牌儿挑在鬓边,绣一个面花儿贴在额头,做一个香囊儿盛了揣着肉。

贾仲明杂剧《铁拐李度金童玉女》第三折:

系同心长命缕,佩辟恶赤灵符。

无名氏小令[中吕·喜春来]《端阳》:

家家艾虎悬朱户,处处菖蒲泛绿醑,浴兰汤缠彩索佩灵符。五月五,谁吊楚三闾?

① 高占祥等:《中国文化大百科全书综合》卷下,长春出版社1994年版,第470页。
② 阴法鲁、许树安:《中国古代文化史》,北京大学出版社1991年版,第518页。
③ (唐)段成式:《酉阳杂俎》,方南生点校,中华书局1981年版,第8页。

元曲中关于端午节节物配饰的描写,除了表现元代人辟邪求吉的俗信外,还向我们透露出如下信息:一是元代更加重视端午节物的美观。"琼酥腕,系彩丝",五彩缤纷的端午索配上红粉佳人的冰肌玉腕,实不逊色于时下的姿态纷呈的各式手链,真可谓爱美显美之心,古今同辙。二是更加重视表现女性劳动美。"彩索灵符"将"符牌儿"插在鬓边,将"面花儿"贴在额头,将"香囊儿"缀在胸前,表示了妇女在女性劳作方面的功绩。三是更加重视节物的祝贺含义。"缠彩索佩灵符"、"做一个香囊儿盛了揣着肉",这些习俗已经与避兵鬼、除病瘟关联不多,更多的是从正面祝福祝寿,从心理上给人以安慰和鼓舞。这正是端午节在驱邪避瘟的同时所具有的祝贺祈寿的积极主题,形象地展示出丰富多彩的民情风俗,再现了端午节独具的特点。

（3）插艾

俗话说,"清明插柳,端午插艾"。在端午节,插艾叶是我国重要的民俗活动之一。艾,又名家艾、艾蒿,是菊科多年生草本植物,主要分布于亚洲东部,如朝鲜半岛、日本、蒙古。我国的东北、华北、华东、西南以及陕西和甘肃等地均有分布。其适应性强,普遍生长于路旁荒野、草地,只要是向阳而排水顺畅的地方都生长,但以湿润肥沃的土壤生长较好。特别是在乡村,艾是一种极平常的植物,每到春夏季节,路旁溪畔,田头地角,荒野土丘,密密麻麻,都生长着许多艾草。风吹过,散发着悠悠清香,沁人心脾。与低矮的草房、烟熏的柴扉、高高的草垛、矮矮的粪丘、虫蛀的房梁、檐下的燕巢、吱扭作响的板车、袅袅升起的炊烟一起组成了乡村不可或缺的村景。五月是艾的季节,充沛的雨水,温暖的阳光,使它疯疯癫癫地成长,转眼间,爬满山坡、洼地,潜入河岸、堤坝。早在战国时代,人们已经认识到艾的药用价值,《孟子·离娄上》说:"今之欲王者,犹七年之病求三年之艾也。苟为不畜,终生不得。"①艾叶很早就被用于灸法中,除了艾叶的辛散芳香气味与医疗作用有关系外,还因艾叶可燃性好,燃烧彻底,是理想的引燃物。此外,有研究表明艾叶燃烧产生的烟对人体的疾病也有一定的治疗作用。古代民间认为艾叶燃烧产

---

① 杨伯峻:《孟子译注》上,中华书局 1960 年版,第 161 页。

生的烟有防病、避瘟疫的作用,因为艾烟对引起不同传染性、流行性疾病的多种致病菌、真菌和病毒都有抑制作用。艾叶是很有疗效的中药,性温,味苦辛,归肝、脾、肾经,有温经止血、散寒止痛的功效,常用于虚寒性的月经不调、经血过多、崩漏、妊娠下血及腹部疼痛等症。随着现代科学对医学领域的不断拓宽,又发现艾叶还有很多的新用途,如治疗各种炎症,慢性支气管炎、菌痢、黄水疮、鼻炎,艾条可治面瘫、减肥,还有用于艾叶浴、室内消毒等等。明代李时珍对艾叶的医药功能更给予极高的评价:"艾叶生则微苦太辛,熟则微辛太苦,生温熟热,纯阳也。可以取太阳真火,可以回垂绝元阳,服之则走三阴,而逐一切寒湿,转肃杀之气为融和。灸之则透诸经,而治百种病邪,起沉疴之人为康泰,其功大矣。"①每年五月正是艾草生长的旺期,此时药性最佳。因它具备医药的功能,古人赋予它驱邪的巫术功能。在端午这一天,人们争相采摘艾草,编织成人形,悬挂在自家门口,祈祷消除毒灾。南朝梁宗懔《荆楚岁时记》记载曰:"鸡未鸣时采艾,似人形者揽而取之,收以灸病,甚验。是日采艾为人形,悬于户上,可禳毒气。"②艾除了扎作人形以外,也扎艾虎。这些习俗在元曲中均有反映。无名氏小令[中吕·喜春来]《四节》:

> 垂门艾挂狰狰虎,竞水舟飞两两兔,浴兰汤斟绿醑泛香蒲。五月五,谁吊楚三闾?

张可久小令[双调·折桂令]《重午席间》:

> 浴兰芳荆楚风流,艾掩门眉,符映钗头。

无名氏小令[中吕·迎仙客]《五月》:

> 结艾人,赏蕤宾,菖蒲酒香开玉樽。

贾仲明杂剧《铁拐李度金童玉女》第三折:

> 剪彩仙人悬艾虎,开南轩奇峰云布。瓜分金子,鲙切银丝,茶煮云腴。

由端午节采艾插门到扎艾人、艾虎,这是一个节俗中的植物艾由"以禳

---

① (明)李时珍:《本草纲目》,校点本,人民卫生出版社 1977 年版,第 936—937 页。
② (南朝梁)宗懔:《荆楚岁时记》,宋金龙校注,山西人民出版社 1987 年版,第 105 页。

毒气"向"以禳不祥"意义扩大的过程,是一个艾习俗的巫术性质逐渐削减,审美功能逐渐融入的过程。元代人从审美的角度描摹节日民俗事象,使元曲既流动着生活的真趣,又避免了日常生活的平庸与琐碎。所谓"艾人",就是把艾草扎成人形。门饰以艾草所束人形是为了禳除毒气,实际上在利用艾的药用价值。所谓"艾虎",是将艾草扎成虎形。其方式有的用艾枝艾叶编成,有的则是布帛剪成的老虎上粘艾叶。在人们心目中,兴风狂啸的老虎为百兽之王,可以镇祟辟邪、保佑安宁。将艾与虎两种辟邪物相加,辟邪功能更强。这些将端午之俗写得很全面的曲,让我们看到当时家家户户过端午的隆重和讲究,感受到元代无论是城乡,还是村寨,节庆活动都是丰富多彩的。还告诉我们,虽然元代人还保持着对艾的传统热情,但已不再迷信其特殊功效,转而追求更为实际的现实意义。艾草成为元代社会一种流行的物质文化符号。

(4)挂蒲

菖蒲,是一种普通的多年生草本植物,广布于我国的南北各地。常见的有水菖蒲、石菖蒲,以及石菖蒲的变种金钱菖蒲等,在我国除了被人们用来祛毒避瘟之外,还一直被人们视为一种长寿吉祥物。菖蒲被视为辟邪吉祥之物,原因大致有三:一是菖蒲具有实际的药用价值。菖蒲全株芳香,有提神通窍、健骨消滞、杀虫灭菌、作香料或驱蚊虫、烧水洗澡,消除病毒的作用,是中国传统文化中可防疫驱邪的灵草。现代医学研究表明,菖蒲的根茎和叶中均含有比较丰富的挥发油,主要成分为细辛醚和丁香油酚,内用能镇痛,促进消化液分泌,缓解平滑肌痉挛,外用则对常见的致病性皮肤真菌有抑制作用。中医学也认为,菖蒲性味辛、微温,入心、肝、脾经,有豁痰开窍、解毒辟秽、理气活血、散风除湿之功,可以治疗癫痫、痰厥、热病神昏、健忘、气闭耳聋、心胸烦闷、胃痛、腹痛、风寒湿痹、痈疽肿毒跌打损伤等疾病。《本草纲目》载:菖蒲"(气味)辛,温,无毒。(主治)风寒湿痹,咳逆上气,开心孔,补五脏,通九窍,明耳目,出音声……久服轻身,不忘不迷惑,延年。"[①]所以我国人民才在端午节将菖蒲捆扎成束,悬挂于门窗之上,以祛禳"五

---

① (明)李时珍:《本草纲目》,校点本,人民卫生出版社 1977 年版,第 1357 页。

毒",或将其煮水给孩子洗澡,可保孩子无疮无病,平安成长。尤其是饮菖蒲酒具有开窍、豁痰、理气、活血、去湿气和散风等功用,久服不仅可以耳聪目明、延年益寿,而且还可以驱除邪毒。现在的医学实践也证明,菖蒲具有性温味辛的特点,能开心窍,祛痰湿,对治风寒伤肺、胃病均有较好疗效。饮用菖蒲浸泡的酒,"治三十六风,一十二痹,通血脉,治骨痿"①,延年益寿。二是菖蒲之美可使人"益心智,高志不老"②。菖蒲叶狭长,排列有序,主茎顶端有黄花,有香气,其中石菖蒲还颇有水仙的风采。菖蒲叶丛翠绿,端庄秀丽,叶片呈剑型,又旧历五月,雨水下透,百草蔓生,大多中药根深叶茂,进入成药期,这是采药最佳季节。正如赵善庆小令[中吕·朝天子]《送春》所描写的:"剑蒲,翠芜,雨过添新绿。"故在端午节,家家户户剪其叶为蒲剑,悬于门楣或床头,被认为可以斩千邪。三是菖蒲不仅可以辟邪,可以入药,还可以指示物候,预告农时。农谚说:"人不知春草知春。"菖蒲便是这样一种感觉敏锐的植物。《吕氏春秋·任地》篇云:"冬至后五旬七日,菖始生。菖者,百草之先生者也,于是始耕。"③菖蒲是报早春的一种植物。四是菖蒲是一种"不假日色,不资寸土,不计春秋"④的植物,其叶"愈久则愈密,愈瘠则愈细"⑤,能够"忍寒淡泊,不待泥土而生"⑥。所以,自古以来就深受我国人民的喜爱。宋代大文学家苏轼,就很欣赏石菖蒲,他在《石菖蒲赞(并叙)》中说:"凡草木之生石上者,必须微土以附其根,如石韦、石斛之类。虽不待土,然去其本处,辄槁死。惟石菖蒲并石取之,濯去泥土,渍以清水,置盆中,可数十年不枯。虽不甚茂,而节叶坚瘦,根须连络,苍然于几案间,久而益可喜也。"⑦元曲中也有对菖蒲的赞颂,无名氏杂剧《阀阅舞射柳蕤丸记》第四折延寿马唱词:

---

① (明)李时珍:《本草纲目》,校点本,人民卫生出版社1977年版,第1563页。
② (明)李时珍:《本草纲目》,校点本,人民卫生出版社1977年版,第1358页。
③ (秦)吕不韦:《吕氏春秋》,张双棣译注,吉林文史出版社1986年版,第923页。
④ (明)王象晋纂辑:《群芳谱诠释》,伊钦恒诠释、增补订正,农业出版社1985年版,第296页。
⑤ (明)王象晋纂辑:《群芳谱诠释》,伊钦恒诠释、增补订正,农业出版社1985年版,第296页。
⑥ (明)李时珍:《本草纲目》,校点本,人民卫生出版社1977年版,第1359页。
⑦ (北宋)苏轼:《苏轼文集》,孔凡礼点校,中华书局1986年版,第617页。

见花柳似锦模糊,贺蕤宾如画图。彩索灵符,酒泛菖蒲。丹漆盘包金角黍,巧结成香艾虎。

短短的篇幅之内,几乎将端午节的节日饰物、节日食品都写到了:浴兰汤,饮菖蒲酒,戴艾叶,食角粽、五色丝缠臂。从中可见,元代人与自然的和谐共处相互依存和元代人对自然界物事的那种如数家珍的熟稔,以及菖蒲于元代端午节也是一种离不开、也少不了的重要植物,一种流行的物质文化符号。值得一写得是,近年来端午悬挂菖蒲的越来越多,仅仅从一种芳草的价值,就可以看出一种文明传承的惊人力量。

(5)沐兰

古代积极对付恶月恶日的办法还有沐浴。此俗起源甚早,战国时代已有明确记载。《大戴礼记》卷二《小正篇》说:"五月五日,蓄兰为沐。"①《楚辞·九歌·云中君》也有"浴兰汤兮沐芳蕙"的记载。所谓"兰",最早指菊科的佩兰,别名兰草、水香、都梁香、大泽兰、燕尾香等,有香气,是一种常用的中草药。《本草纲目》中说兰草"五味入口,藏于脾胃,以行其精气。津液在脾,令人口甘,此肥美所发也。其气上溢,转为消渴。治之以兰,除陈气也。"②后来还包括鲜艾草、菖蒲、银花藤、野菊花、麻柳树叶、九节枫、荨麻、柳树枝、野薄荷、桑叶等。由此可见,浴兰就是一种药浴。中医认为:艾叶浴对毛囊炎、湿疹有一定疗效。菖蒲叶及根芳香化湿可治恶疮疥癣。水浸剂对皮肤真菌有抑制作用。外用能改善局部血液循环,对消除老年斑、汗斑有一定作用。新鲜的桑叶性味苦、甘、寒,具有疏风清热、清肝明目等功能,用它煮水洗澡,可使皮肤变细变嫩。薄荷挥发油有发汗、解热及兴奋中枢的作用,外感风热、咽喉肿痛的病人洗浴特别有用,还能麻痹神经末梢,可消炎、止痛、止痒,并有清凉之感。夏季常用此沐浴,可防治湿疹、痱子等皮肤病。野菊花有散风、清热、解毒、明目、醒脑的作用;黄菊花清热解暑、美容肌肤,最宜脑力劳动者洗浴。银花藤有清热解毒、通经络的作用,沐浴后,凉爽舒畅,可败毒除燥,治痱效果最理想。用桉树叶、麻柳叶、九节枫、柳叶、荨麻等

---

① 门岿、张燕瑾:《中华国粹大辞典》,国际文化出版公司1997年版,第998页。
② (明)李时珍:《本草纲目》,校点本,人民卫生出版社1977年版,第905页。

草药沐浴时,具有祛风除湿、活血消肿、杀虫止痛,止痒嫩肤等功效。在端午这个百病复苏、阴阳相搏、人多患病的日子,用菊科的佩兰煎水沐浴或煎蒲、艾等香草洗澡,更增强了"袚除不祥"的净化功能,这是人们对于强大命运的抗争,是带有避邪意义的民俗事象,表示人们的一种美好愿望。元曲中对兰汤浴的描写,如贾仲明杂剧《铁拐李度金童玉女》第三折:"兰汤试浴,纳水阁微凉,避风亭倦午。"无名氏小令[中吕·喜春来]《四节》:"垂门艾挂狰狰虎,竞水舟飞两两凫,浴兰汤斟绿醑泛香蒲。五月五,谁吊楚三闾?"兰汤沐浴习俗,既是元代人浓厚淳朴的水崇拜观念的表现,又是元代抗御自然界和人世间邪恶势力的端午精神的具体体现。

（6）馈扇

端午节古有互赠扇子的风俗。民间认为,扇子有辟邪祈福的功效。唐宋以后,赠扇之风盛。相传唐太宗曾于端午日送绢扇两把给他的"爱卿"长孙无忌和杨师道,上有他的"飞白书"亲笔题词。据《唐会要》卷三十五记载:"十八年五月,太宗为飞白书,作鸾凤蟠龙等字,笔势惊绝,谓司徒长孙无忌、吏部尚书杨师道曰:'五日旧俗,必用服玩相贺,朕今各赐君飞白扇二枚,庶动清风,以增美德。'"①宋代人把"花巧画扇"列为"端午节物"②。元代此风也大行,元曲中以扇防热解暑的描写,是对这种习俗的记写。如孟昉小令[越调·天净沙]《十二月乐词并序》:

沿华水汲清樽,含风轻縠虚门,舞困腮融汗粉。翠罗香润,鸳鸯扇织回文。五月

无名氏套数[南吕·一枝花]《四景·夏》:

摇羽扇纳凉避暑,卸纱巾散发披襟。

乔吉小令[越调·小桃红]《扇儿》:

一方谁剪楚江云,秋色轻罗衬。休写班姬六宫恨,泪成痕。半枝汗湿香生晕,蒲葵箑勋,桃花风韵,凉渗小乌巾。

端午节之际正值盛夏到来之时,扇子具有招风纳凉、驱赶虫蚊、掸拂灰

---

① （宋）王溥:《唐会要》,中华书局 1955 年版,第 647 页。
② （宋）孟元老:《东京梦华录》（外四种）,中国商业出版社 1982 年版,第 52 页。

尘等功用,赠扇满足了民众在炎炎夏日纳凉的实际需要。而且据学者考证,端午送扇,其本意可能是端午日的避瘟祈福。① 早期的扇子大多以蒲叶制成,由于菖蒲具有禳毒的功效,所以也把这种扇子称为"避瘟扇"。另据明陆容《菽园杂记》卷一载:"奉天门常朝御座后内官持一小扇,金黄绢以裹之。尝闻一老将军云:'非扇也,其名卓影辟邪,永乐年间外国所进。但闻其名,不知为何物也。'"②扇子称"卓影辟邪",这也与端午节辟邪的宗旨是一致的。端午日,人们互赠扇子,同时还传达着一种美好的祝愿,希望亲朋好友顺利躲过恶月恶日的灾难,平平安安度过酷暑难耐的夏日。随着扇子的种类越来越多,用途也越来越广泛。许多文人墨客也多以扇子寄情抒怀,扇子的文化意义越来越深刻,它不仅仅是扇风纳凉的工具,还是一种工艺品,体现了持扇人的身份、地位、审美、情趣、性格、爱好等,被称为"手中雅物"。因此,端午送扇除了禳灾避祸原始意义外,人们还以赠扇为手段,互致节日祝福。至今,甘肃等地过端午仍保留着"蒸面扇"之俗;在福建,儿媳妇要送扇给公婆;浙江一些地区,学生给老师送粽子、馒头,作为还礼,老师以扇子回赠,故那里的端午又名"敬师节"。③

(7)蟾墨

端午节还有捉蟾蜍之俗,这是端午以药克毒对付恶日的活动。蟾蜍能成为端午的节物,是中国由来已久的蟾蜍崇拜的结果。中国蟾蜍崇拜的根源主要有以下三点:一是蟾蜍属于蛙类,蟾蜍和蛙都是产子很多的动物,一次可产两万多枚,一年产卵两次,是古人生殖信仰的崇敬对象。中国上古考古发掘出来的器皿,很多带有蛙文,足以为此证明。二是蟾蜍具有冬眠的习性。冬眠时如死去,但来年又复活,如此循环往复。对于我们人类,生命只有一次,可这满身癞瘢的蟾蜍,却可以生而后死,死而后生。这实在令古代的先民倾慕不已,由倾羡而生出了崇拜之心。三是蟾蜍和蜈蚣、蛇、蝎、蜥蜴共属"五毒"。蟾蜍有毒,而中医讲究"以毒攻毒",蟾蜍自然成为中药之一种。蟾蜍身上多癞疣却活的浑然无事,所以,作为中药材,蟾蜍毒被认为对

---

① 孙正国:《端午节》,中国社会出版社 2008 年版,第 33 页。
② (明)陆容:《菽园杂记》卷一,中华书局 1985 年版,第 1 页。
③ 翁敏华:《盼"端午景"与"世博景"交融》,《文汇报》2010 年 6 月 10 日。

于皮肤病最为有效。所以直到现在端午捉蟾蜍之俗依然风行。不少地区如江苏于端午日收蛤蟆,刺取其耳后腺和皮肤腺的白色分泌物,制作中药蟾酥。中医使用蟾蜍,最多的也是使用"蟾酥",即蟾蜍所分泌的特殊毒液。杭州人还给小孩子吃蛤蟆,说是可以消火清凉、夏无疮疖。还有在端午这天,到河边、水塘捕捉青蛙、蟾蜍,制作"蟾蜍墨"。其制法是,捕捉蟾蜍一只,用水洗净其身,取长方型块墨一根,塞入蟾蜍腹中,末端不露口外,用丝线将蟾蜍腹内墨块两端扎紧,放背阴处阴干,作为外用药物,可以清毒、清热,治无名红肿,有奇效。元代有五月提取蟾蜍的习俗,元曲对此习俗有记录,如张鸣善小令[双调·水仙子]《富乐》:

> 草堂中无事小神仙,垂杨柳丝丝长翠捻。碧琅玕掩映梨花面,似丹青图画展,被芳尘清景留连。蟾蜍滴墨磨雀砚,鹧鸪词香飘凤笺,狻猊炉烟袅龙涎。

此曲亦为一首描写隐者闲适生活的曲子。曲作一开篇主人公就以春日里的"无事小神仙"自诩,接着展示了草堂周遭美丽如画、一尘不染的美景,最后,在紫茶炉袅袅的轻烟中,主人公研墨作词,其闲适自如之情状令人欣羡。这里的"蟾蜍滴墨磨雀砚",反映的就是端午蟾蜍墨的习俗。

以上通过对"端午射柳打球"、"端午龙舟竞渡"、"端午辟邪节物"风俗的分析,我们敞开了元曲学研究的民俗维度与义涵,沿着张开的思致得出如下结论:元代的端午节是一个祛病驱瘟、辟邪去毒的节日,更是一个全民崇尚娱乐的节日。元曲深刻地反映了元代原汁原味的端午文化形态,展示了元代人对天、地、人和身心融和的感悟、调和、调适的精神文脉,以及面对自然界中不可避免的不利变化,不惧怕、不畏缩的大无畏精神,顺其自然、利用自然、团结一致、迎难而上、共渡难关的中华民族精神。

(二) 夏 至 日

夏至是我国最古老的节日之一,时间在阳历6月22日前后,是北半球一年中白天最长的日子,其后白昼渐短。古人认为这时阳气至极,阴气始至。"至"即"到",还有"极"的意思。夏至的至,取的是极义。夏至这一天太阳几乎直射北回归线,故气温继续升高,作物生长旺盛,《礼记》中记载了自然界有关夏至节气的明显现象:"夏至到,鹿角解,蝉始鸣,半夏生,木槿荣。"①说明一年的这一时节鹿角开始脱落,蝉儿开始鸣叫,半夏、木槿两种植物逐渐繁盛开花。夏至来临之时,长江中下游地区一般已进入梅雨季节,而梅雨天气温高、湿度大、日照少,正是农作物病虫害的高发季节。南朝梁宗懔《荆楚岁时记》说:"是日,取菊为灰,以止小麦蠹。"②夏至这天,把用菊叶烧成的灰撒在农作物上,作物就不会遭受病虫害。华中地区也有"夏至棉田草,胜似毒蛇咬的"农谚。

夏至正值小麦收获的时节,自古以来有在此时庆祝丰收祭祀祖先的习俗。《周礼·春官·神仕》说:"以夏日至,致地示物魅。"③即在夏至那天,召致地示物魅来祭祀他们,认为如此可消除国中的疫疠、荒年与人民的饥饿死亡。此俗也见于汉朝的制度,《史记·封禅书》说:"夏日至,祭地祇。皆用乐舞,而神乃可得而礼也。"④汉以后历朝多有夏至实行土地祭典礼的制度。民间土地祭祀多在土地庙、田间等地进行。祭祀供品以面食为主,用新小麦做成面条供奉,一来有让土地神尝新之意,表达对今年丰收的感谢,二来祈求来年消灾解难、再获丰收。所以夏至这天各地普遍要吃凉面条,俗称过水面的习俗。元代的夏至是怎样的?元代人在元曲中作了记写。

1.夏景

元曲里的夏是多彩的,如无名氏小令[南吕·七贤过关]《四时思情》:

> 欲抚相思调,叶满池塘夏至时。

关汉卿杂剧《刘夫人庆赏五侯宴》第四折:

> 桃暗柳明终夏至,菊凋梅褪又春回。

白朴套数[双调·乔木查]《对景》:

> 恰春光也,梅子黄时节,映日榴花红似血。胡葵开满院,碎剪宫缬。

元好问小令[双调·小圣乐]《骤雨打新荷》:

> 绿叶阴浓,遍池塘水阁,偏趁凉多。海榴初绽,妖艳喷香罗。老燕

---

① (明)徐光启:《农政全书》上,岳麓书社 2002 年版,第 146 页。
② (南朝梁)宗懔:《荆楚岁时记》,宋金龙校注,山西人民出版社 1987 年版,第 52 页。
③ 王云五主编:《周礼今注今译》一册,台湾商务印书馆股份有限公司 1972 年版,第 287 页。
④ (汉)司马迁:《史记》,中华书局 1997 年影印本,第 1357 页。

携雏弄语,有高柳鸣蝉相和。骤雨过,珍珠乱糁,打遍新荷。人生有几?念良辰美景,一梦初过。穷通前定,何用苦张罗?命友邀宾玩赏,对芳樽浅酌低歌。且酩酊,任他两轮日月,来往如梭。

无名氏套数[仙吕·村里迓鼓]《四季乐情》:

锦模糊江景幽,翠巉嵲远山秀。正值着稻分畦蚕入簇麦初熟,太平人闲袖手。趁着这古堤沙岸绿阴稠,缆船儿执着钓钩,缆船儿执着钓钩。

商挺小令[双调·潘妃曲]:

闷向危楼凝眸望,翠盖红莲放。夏日长,萱草榴花竞芬芳。碧纱窗,堪画在帏屏上。

顾德润小令[南吕·骂玉郎过感皇恩采茶歌]《夏日》:

衔泥燕子穿帘幕,早池塘贴新荷,庭槐堤柳鸣蝉和。

写夏景,选取绿阴、石榴、胡葵、新荷、红莲、庭槐、堤柳、双燕、蝉鸣、稻分畦,蚕入簇、麦初熟等极富盛夏特征的景物;写夏雨,我国大部分地区气温较高,日照充足,作物生长很快,生理和生态需水均较多。此时的降水对农业产量影响很大,有"夏至雨点值千金"之说。元曲写夏季的骤雨,骤雨是一种有骨气的雨,是最能反映夏季生活特点的自然现象的雨,来得猛,来得快,"骤雨过,珍珠乱糁,打遍新荷",雨点打在刚出水面的荷叶上,宛如珍珠落盘,飞溅跳脱。以视觉听觉的交织描写渲染夏日景色;写夏情,是请好友宾朋一起游乐玩赏,面对芳香的酒杯,浅浅的喝酒,低声的唱歌。"命友邀宾玩赏,对芳樽浅酌低歌",表面上看是有些感伤的描写,实际上充满充沛的生命力量。诸事顺其自然,不忙碌于追名逐利,只邀朋请友,浅酌低歌,是一种旷达潇洒的人生态度。生机盎然的夏令境界,以及其中流露出的浓厚的生活情趣,反映了元代人对夏至的重视,元代人融自然、化山水的胸襟与性情,为元代的夏增添了多姿多彩的风貌。

2.消暑

大致而言,元代人消暑的方法,不外乎摇扇、静心、散步纳凉、吃瓜果饮品等。如刘秉忠小令[双调·蟾宫曲]:

炎天地,热如烧,散发披襟,纨扇轻摇。积雪敲冰,沉李浮瓜,不用百尺楼高。避暑凉亭静扫,树阴稠绿波池沼。流水溪桥,右军观鹅,散诞逍遥。

无名氏套数[南吕·一枝花]《夏景》:

荼蘼架阴稀日转,木香棚影密风搧。消磨暑气把香醪劝。冰沉果木,香熏龙涎。风骚朋友,歌舞蝉娟。尽开怀语笑声喧,任披襟散发掀髯。引蜻蜓菡萏初开,隐游鱼浮萍乍展,托青蛙荷叶才圆。登临,画船。趁薰风撑近垂杨院,对此景果堪美。慢酌金樽浅浅斟,盖盖垂莲。

一弯新月添诗卷,十里香风助酒筵。向晚归来小庭院,簟纹铺水渊。纱幮挂雾烟,一枕珊瑚梦魂远。

钟嗣成小令[南吕·骂玉郎过感皇恩采茶歌]《四时佳兴·夏》:

清和天气逢初夏,更何处觅韶华! 端阳过了炎威乍。藤枕敧,翠簟铺,纱幮挂。 住处清佳,绝去喧哗。近深林,烹嫩笋,煮新茶。披襟散发,沉李浮瓜。引莲筒,斟竹叶,看荷花。 羡归鸦,趁残霞,暮云呈巧月如牙。静夜凉生深院宇,熏风吹透碧窗纱。

无名氏套数[南吕·一枝花]《四景·夏》:

摇羽扇纳凉避暑,卸纱巾散发披襟。冰山雪槛忘杯饮。盘盛橄榄,水浸林檎。黄金盏大,白玉瓯深。会佳宾酒阵诗林,设华筵竹影松阴。白莲藕爽口香甜,锦鳞鲙着牙味深,水晶瓜荐齿寒侵。满斟,醉吟。今朝酩酊明朝恁,不吃后待图甚? 日月无情恋古今,休负光阴。

王实甫套数[商调·集贤宾]《退隐》:

到夏来锁松阴竹坞亭,载荷香柳岸舟。有鲜鱼鲜藕客堪留,放白鹤远邀云外叟。展楸枰消磨长昼,较亏成一笑两奁收。

刘时中小令[双调·水仙操]:

虾须帘卷水亭儿,玉枕桃笙梦觉时,荷香勾引薰风至。掬清涟雪藕丝,嫩凉生璧月琼枝。鸾刀切银丝脍,蚁香浮碧玉卮,受用煞避暑的西施。

张可久小令[商调·梧叶儿]《夏夜即席》:

溯月兰舟便,歌云翠袖勤,湖上绝纤尘。瓜剖玻璃瓮,酒倾白玉盆,鲙切水晶鳞,醉倒羲皇上人。

无名氏小令［双调·雁儿落过得胜令］：

> 正炎天暑气暄，近石枕藤床簟。喜浮瓜沉李香，堪散发摇纨扇。

马谦斋小令［中吕·快活三过朝天子四边静］《夏》：

> 亭台潇洒近池塘，睡足思新酿。竹影横斜，荷香飘荡，一襟满意凉。

卢挚小令［双调·沉醉东风］《避暑》：

> 避炎君频移竹榻，趁新凉懒裹乌纱。柳影中，槐阴下，旋敲冰沉李浮瓜。

这些描写都可算得上是元代人生动的夏至养生记写：在起居调养上，他们或"藤枕敧，翠簟铺，纱幮挂"，"摇羽扇纳凉避暑，卸纱巾散发披襟"，或"向晚归来小庭院，簟纹铺水渊。纱幮挂雾烟，一枕珊瑚梦魂远"；在饮食调养上，他们或"烹嫩笋，煮新茶"，或"掬清涟雪藕丝，嫩凉生璧月琼枝。鸾刀切银丝脍，蚁香浮碧玉卮"，或"瓜剖玻璃瓮，酒倾白玉盆，鲙切水晶鳞"，"柳影中，槐阴下，旋敲冰沉李浮瓜"；在运动调养上，他们或"登临，画船。趁薰风撑近垂杨院"，或"流水溪桥，右军观鹅，散诞逍遥"；在精神调养上，他们或"尽开怀语笑声喧，任披襟散发掀髯"，或"会佳宾酒阵诗林，设华筵竹影松阴"，或"放白鹤远邀云外叟，展楸枰消磨长昼"。从中可以想见一幅幅夏季时节消暑活动的生活文化图像。

夏至是太阳运行周期中重要的转折点。在中国人心目中，夏至是"阴阳争，死生分、血气散"的时节。[①] 从中医理论讲，夏至是阳气最旺的时节，养生要顺应夏季阳盛于外的特点，注意保护阳气。夏季炎热，要保持神清气和，快乐欢畅，心胸宽阔，精神饱满，如万物生长需要阳光那样，对外界事物要有浓厚的兴趣，培养乐观外向的性格，以利于气机的通泄。从元曲看，元代人夏至养生的习俗，顺应了夏季的特点。在他们那里，我们感受不到夏日那熟悉的燥热、躁动，那炎气的熏蒸，有的只是清洁与和谐。到处是一处处静谧、清爽的情景，是令人油然生出神清气爽的感觉。尤其是元曲中对夏至饮食的描写，是对我国节令饮食的一种阐释：节令食品、美味佳肴不仅给人口腹之快，又能给人以视觉的美感享受和审美情趣，在潜移默化中吸引人们

---

① 阴法鲁、许树安：《中国古代文化史》，北京大学出版社1991年版，第516页。

欣赏、理解、创造美。从另外一个角度上讲,民间的、原生态的传统节会文化与饮食文化之间,又有相辅相成、互相促进和发展的关系。节会文化催生饮食文化,饮食文化丰富节会文化。我们的节会活动永远需要五彩缤纷的饮食文化来点缀。

3.辟恶

三伏天是一年中最热的日子,也是讲究吃补以辟恶求安的日子。搜检元曲,没有发现有关三伏天避暑辟恶的具体描写,但关汉卿杂剧《感天动地窦娥冤》第三折窦娥临行前的一段描写,颇应引起我们的注意:

> (刽子云)你还有甚的说话?此时不对监斩大人说,几时说那!(正旦再跪科,云)大人,如今是三伏天道,若窦娥委实冤枉,身死之后,天降三尺瑞雪,遮掩了窦娥尸首。(监斩官云)这等三伏天道,你便有冲天的怨气,也召不得一片雪来,可不胡说!(正旦唱)

> [二煞]你道是暑气暄,不是那下雪天;岂不闻飞霜六月因邹衍?若果有一腔怨气喷如火,定要感的六出冰花滚似绵,免着我尸骸现;要什么素车白马,断送出古陌荒阡!

用三伏天、六月飞雪形容窦娥的冤,给我们如下信息:一是三伏天是元代人重视的一个节日。在诸多的节日和节气中,仅仅用三伏天证窦娥的冤,说明伏日在元代人心目中有着极其重要的位置。二是以反季节的天气写窦娥的冤,不仅是文学上的一种渲染,而且可引起更多人的震撼。后来《感天动地窦娥冤》的各种改编本都以其所独具的浪漫格调凸现出它不同凡响的品位,充分说明了这一点。这种手法至今还可见到。张艺谋执导的电影《十面埋伏》是根据李冯的同名小说改编的,小说中有这样一段描写:"我的记忆没有错乱。在那个本不该下雪的季节里,确实下了一场大雪。很静,无声,霎时间天地便银白一片,像一个纯洁的梦境。而一团团羽绒般的雪花仍漫天飘落着。"[①]电影《十面埋伏》中,张艺谋仍保留并大肆渲染了这一场景,以反季节的大雪来营造一种残酷而悲壮的意境,以冬天象征死亡、结局,以死亡的安宁来反衬厮杀的残酷,以雪的洁白来反衬血的鲜艳,烘托小妹人

---

① 李冯:《十面埋伏》,上海文艺出版社 2004 年版,第 216 页。

格的纯贞、爱情的圣洁。关汉卿这反季节的描写,告诉我们什么呢? 仅仅是为了证明窦娥的冤吗? 以雪的洁白来反衬血的鲜艳而烘托窦娥的圣洁吗? 是,但不完全是,恐怕最关键的,还是元代天地崇拜依然长盛不衰,且体现在生活的方方面面的一个显例。三是暗藏了元代人伏日辟恶的习俗。伏,是避暑之意。从夏至开始,昼短夜长,热的中间潜伏着寒冷的因素。《汉书·郊祀志》称:"伏者,谓阴气将起,迫于残阳而未得升,故为臧伏,因名伏日也。"[①]六月下雪,虽真的不符合天道,但符合人道。一则天人感应,是对民众潜意识中天地神灵信仰的呼应;二则白雪葬身,表示窦娥的纯贞高洁;三则暗藏"冬天来了,春天还会远吗?"的寓意,晶莹的白雪,清爽的白雪,给人们的是一种幻想,一种希望。这样看来,元曲中窦娥的三伏天飞雪,看似是为了证明其冤,实则是在张扬一种在下层百姓丧失话语权的时代,依靠超现实的力量赋形,以壮大自我、摧残官吏、为下层百姓伸冤昭雪的反抗精神,同时也是调动人们对未来的无限期许和向往。所以,当我们面对窦娥时,"会突然感到格外酣畅淋漓,像欣喜若狂,像被排山倒海的力量席卷向前。在这种时刻,我们不再是个人,而是人类;全人类的声音都在我们心中共鸣"。而这就是"伟大艺术的秘密,也是艺术感染力的秘密"[②],而这也是《感天动地窦娥冤》经过八百年的传播历程仍然闪烁着耀眼光芒的一个重要原因。

（三）观 莲 节

观莲节,又名荷花生日、莲花生日、莲诞节,是汉民族最优美浪漫的节日之一,时在夏历每年六月二十四。每逢此日,水乡泽国的江南一带,民间便至荷塘泛舟赏荷、消夏纳凉。荡舟轻波,采莲弄藕,吟咏游戏,流连忘返,尽情饱览莲荷的秀色。

莲花,又称荷花、芙蓉、芙蕖、菡萏等,是一种多年生宿根水生花卉,也是被子植物中起源最早并经受了亿万年前地壳变动而保留下来的少数野生植物之一。在我国从南到北的湖荡、池塘、河滨和水田里,处处可见其生长。

①　(汉)班固:《汉书》,中华书局 1997 年影印本,第 1196 页。
②　张隆溪:《二十世纪西方文论述评》,三联书店 1986 年版,第 61 页。

其地下茎为藕,种子为莲子,为食用佳品,叶则是食品包装的上等材料。在漫长的历史发展过程中,荷花的出淤泥而不染,濯清涟而不妖,中通外直,不蔓不枝,香远溢清,亭亭净植的品质,独特的生长习性和功用价值,一直受到我国人民的喜爱,进入到人们生活的各个领域。观莲节,正是在这深厚的中国荷莲文化的土壤中发展起来的。元曲中虽不见对荷花节日活动的描写,说明此节在元代并不普及,尚不是盛大的民俗节日。但随处可见荷莲的芳踪,尤其是赏荷风俗和采莲游乐描写,社会文化生活中的荷花描写以及采莲和采莲曲的描写更是异彩纷呈。这些描写应是对元代荷莲文化的真实记录。

1.赏荷

赏荷风俗在春秋时代已经形成,当时越国美女西施,表现她最美的画面便是采莲和浣纱。吴王夫差在离宫修"玩花池"供西施赏荷,可见当时已有赏莲习俗。汉代采莲出现了男女相和唱民歌的习俗。汉乐府《相和曲·江南》:"江南可采莲,莲叶何田田。鱼戏莲叶间,鱼戏莲叶东,鱼戏莲叶西,鱼戏莲叶南,鱼戏莲叶北。"①便是流传下来最早的描述采莲活动的民歌。魏晋南北朝时,以采莲为游乐活动的风气更加盛行。如南朝民歌《西洲曲》:"开门郎不至,出门采红莲。采莲南塘秋,莲花过人头。低头弄莲子,莲子清如水。置莲怀袖中,莲心彻底红。"②揭示了荷莲对时人乃至整个社会的影响。隋唐时期,荷莲更加受人青睐,这一时期诞生了大量咏荷诵莲的作品,其中王维、王勃、李白、王昌龄等的采莲诗尤为著名。宋代采莲游乐的活动有了新的形式,兴起了以表现采莲活动的游艺表演"采莲船"和"荷花灯舞"。元代时,赏荷采莲之风也盛,元曲从两个方面生动地反映了这种风气。

一是赏荷莲活动。荷花盛开在农历六月,正当中国大江南北最热的时节,江南民间旧俗以农历六月为"荷月",以六月二十四日作为"荷花生日"。在这天,人们往往结伴前往种荷景点观荷,称"观莲节"。元曲中没有观莲

---

① （宋)郭茂倩:《乐府诗集》卷二十六,上海古籍出版社 1993 年版,第 246 页。
② （宋)郭茂倩:《乐府诗集》卷二十六,上海古籍出版社 1993 年版,第 403 页。

节的具体描写,但盛夏赏莲花、看荷花的描写铺天盖地,生动地反映了元代人爱莲、宠莲的心态。钟嗣成小令[南吕·骂玉郎过感皇恩采茶歌]《四时佳兴·夏》:

> 引莲筒,斟竹叶,看荷花。

无名氏小令[双调·雁儿落过得胜令]:

> 避暑赏荷莲,时遇太平年。

薛昂夫套数[正宫·端正好]《高隐》:

> 到夏来玩池塘十里长,赏荷花百步阔,青铺翠盖穿红破。

王实甫杂剧《四丞相高会丽春堂》第三折:

> 撑到这芦花密处,款款将船儿缆住。见垂柳风摇翠缕,荡的这几朵儿荷花似舞。

白朴小令[双调·得胜乐]《夏》:

> 酷暑天,葵榴发。喷鼻香十里荷花,兰舟斜缆垂杨下。

张养浩小令[越调·寨儿令]《辞参议还家,连次乡会十余日,故赋此》:

> 离省堂,到家乡,正荷花烂开云锦香。游玩秋光,朋友相将,日日大筵张。会波楼醉墨淋浪,历下亭[金缕]悠扬。大明湖摇画舫,华不注倒壶觞。

薛昂夫小令[双调·殿前欢]《夏》:

> 柳扶疏,玻璃万顷浸冰壶,流莺声里笙歌度。士女相呼,有丹青画不如。迷归路,又撑入荷深处。

张可久小令[正宫·小梁州]《避暑即事》:

> 莲舟撑入荷花荡,拂天风两袖清香。酒醉归,月明上,棹歌齐唱,惊起锦鸳鸯。

朱庭玉套数[般涉调·哨遍]《莲船》:

> 炽日人皆可畏,火云削出奇峰样。梅雨凌晨乍晴时,堪游水国江乡。挈艳妆,轻摇彩棹,缓拨兰舟,稳载清波漾。正是蕖花开也,荷张翠盖,莲竖红幢。系兰舟聊复叙沙汀,停彩棹须臾歌横塘。低奏笙篁,浅酌芳醪,恣情共赏。
>
> [幺]媚景芳年,莫教两事成虚妄。赏玩兴无穷,只疑身在潇湘。

向晚来,残霞散绮,落日沉金,迤逦银蟾上。莫放酒空金榼,玉山低偃,又且何妨。朱唇齐唱《采莲歌》,惊起双双宿鸳鸯,难道是断我愁肠?

[随煞]归去也,夜未央。棹行时拨散浮萍浪,船过处冲开菡萏香。

盍西村小令[越调·小桃红]《杂咏》:

> 淡烟微雨锁横塘,且看无风浪。一叶轻舟任飘荡,芰荷香,渔歌虽美休高唱。

或在荷塘边,边宴饮边观荷;或沿着荷塘,步行赏荷,去领略"青铺翠盖穿红破"的美景。更多的是撑一叶扁舟穿行于"荷张翠盖,莲竖红幢"之中,"任飘荡,芰荷香","朱唇齐唱《采莲歌》,惊起双双宿鸳鸯"。观荷是一种情趣,看着"喷鼻香十里荷花"那艳丽的花朵高高地开于荷叶之上,以它冰清玉洁的靓丽身姿傲视所有夏天的绿叶红花的神。观荷是一种消遣,感受在不知不觉中"莲舟撑入荷花荡,拂天风两袖清香",清香远溢,渗透到五脏六腑的趣。荷莲带给元代人的不仅是一份清香,更是一种恬淡从容的生活意境、生活情调。

二是赞颂荷莲。荷莲花艳而不俗,迎骄阳而不惧。每当盛夏时节,荷叶田田,清气袭人;朵朵莲花,像凌波仙子,在绿水碧波之上亭亭玉立,于清风吹拂之时摇曳多姿,给人以超凡脱俗、韵意高雅之印象。在元代人笔下,白莲,素洁、淡雅、清逸,如张可久小令[中吕·红绣鞋]《偕周子荣游湖》:"绿柳暗金沙佛地,白莲开云锦天池,摇曳歌声棹轻移。"吕天用套数[南吕·一枝花]《白莲》:"瑶池施素妆,洛浦夸清景。庐山传绝艳,太华擅高名。秋水澄澄,洗得胭脂净,淡梳妆百媚生。裁剪下雪腻香柔,包含尽风清露冷。"红莲,鲜艳、俏丽、可爱,如刘时中小令[双调·殿前欢]:"鸥鹭清波,映水红莲五六科。"商挺小令[双调·潘妃曲]:"闷向危楼凝眸望,翠盖红莲放。"刘伯亨套数[双调·朝元乐]:"强步上凉亭,晚风清似水。好景宜多欢会,藕花荡红香,荷叶摇青翠。"贯云石套数[中吕·粉蝶儿北]:"绿依依杨柳千株,红馥馥芙蕖万朵。"荷叶,青翠、碧绿、纯净,如关汉卿杂剧《闺怨佳人拜月亭》第三折:"浮着个钱来大绿鬼鬼荷叶。荷叶似花子般团圞,陂塘似镜面般莹洁。"尚仲贤杂剧《洞庭湖柳毅传书》第二折:"红莲映日,翠盖迎风。"白朴杂剧《唐明皇秋夜梧桐雨》第四折:"荷花雨翠盖翩翻。"荷香,沁人心脾,幽远而绵长,如赵显宏小令[黄钟·昼夜乐]《夏》:"有十里香风芰荷。"汤舜民小令[双调·对玉环带清江引]:"香透帘栊,藕花风渐生。"李致远小令[中吕·喜春来]《秋夜》:"藕花香气小亭多。"刘时中[双调·水仙操并引]:"荷香勾引薰风至。"张养浩小令[双调·水仙子]《咏江南》:"一江烟水照晴岚,两岸人家接画檐。芰荷丛一段秋光淡,看沙鸥舞再三,卷香风十里珠帘。画船儿天边至,酒旗儿风外飐,爱杀江南!"元曲对荷莲的揭示、阐发,表达了元代人爱荷莲,重荷莲的心态。反映了元代人不仅爱荷莲外形的美丽、娇艳,更崇荷莲风尚与品格的情怀。荷莲的柔软生态,且不蔓不枝;荷莲的淡定超拔,不折腰、不谄媚,从容而立,以及洁身自爱性格中体现的生命价值和文化价值,其实就是元代人心目中葳蕤的精神之花!

元曲中对西湖荷花的描写,更是把我们带进了西湖荷花摇曳多姿的季节。如薛昂夫小令[双调·殿前欢]《夏》:

柳扶疏,玻璃万顷浸冰壶,流莺声里笙歌度。士女相呼,有丹青画不如。迷归路,又撑入荷深处。知他是西湖恋我,我恋西湖?

荷花无言,它捧着清香的呓语,将深碧的绿意,送进我们的凝望,即使在炎炎的夏日,只要你画船"撑入荷深处",便进入一个忘忧弃躁的环境,浑身上下便会流淌着潺潺的凉气。正如马可·波罗游西湖后的感觉一样:"许多游艇和画舫,长十五至二十步,可乘坐十人、十五人或二十人。船底宽阔平坦,船行时不会左右倾斜摇晃。那些爱好泛舟游览的人,或是携家带眷,或是邀请一些朋友,雇上一条画舫,荡漾在水平如镜的湖面上。画舫上桌椅板凳,宴客的设备,无不布置得整齐清洁,舒适雅观。……整只画舫,油彩斑斓,五光十色。还绘上无数的图形,越加美丽。船身的两侧均有窗户,可以随意开关,便于游人坐在桌旁,倚窗眺望,饱览沿途绮丽的湖光山色。这样驾上一叶轻舟,荡漾在湖上那种乐趣,确实胜过陆地上的任何行乐。因为湖面宽阔广大,相当于全城的长度,假如伫立在离岸一定距离的船上,不仅整个宏伟、瑰丽的城市,它的宫殿、庙宇、寺院、花园,以及长在小道的参天大树,尽收眼底,同时又可以观赏其它画舫载着游湖行乐的男女,轻轻地在湖上穿梭似地来来往往,此情此景,怎不令人心旷神怡,熏熏欲醉。事实上,这地方的居民,颇有闲情逸致。在他们一天工作之余,或是一次商业交易了结之后,除了希望带上自己的妻子或情人,租一条画舫或是雇一辆街车,借以消磨闲暇的时光,从中取乐之外,还能有什么东西能吸引他们呢?"①是的,面对西湖的湖光山色,聆听远处采莲女的歌声互答,闻着阵阵香荷,还能有比这西湖的美,西湖的惬意更吸引我们的吗?

马致远小令[双调·湘妃怨]《和卢疏斋〈西湖〉》摹写了连丹青妙手王维都难画出的西湖之美:

> 采莲湖上画船儿,垂钓滩头白鹭鸶。雨中楼阁烟中寺,笑王维作画师。蓬莱倒影参差,薰风来至,荷香净时。清洁煞避暑的西施。

西湖上,一些构造讲究、雕饰精美的画舫在莲花丛中来往穿梭;西湖边,几只细脚伶仃的白鹭在滩头浅水中捕食鱼虾,它们显得是那么悠闲自得;这时天上正飘着细雨,一片濛濛,岸上的楼阁和寺院在烟笼雨罩之中是那样的迷离神奇。一阵微风吹拂,湖中的荷花清香远播,沁人心脾。

奥敦周卿小令[双调·蟾宫曲]《咏西湖》也写出了西湖景致之美,同时写出了人们对这种美的接受认同:

> 西湖烟水茫茫,百顷风潭,十里荷香。宜雨宜晴,宜西施淡抹浓妆。尾尾相衔画舫,尽欢声无日不笙簧。春暖花香,岁稔时康。真乃上有天堂,下有苏杭。

杭州西湖的美,首先是风景的美,在不同的季节,不论是阴晴,还是雨雪,西湖都会以不同的姿态展现迷人的魅力所在。"十里荷香",就是西湖的一道美景。春暖花开时候,游人如织,游船往来其间,"尽欢"句写出了杭州人出游西湖、享乐生活的盛况,歌舞喧天,日日如此,这是描写民情风俗,也是对"岁稔时康"的很好说明。风物华美,民俗喜乐,一派和谐安康的景象,作者不禁发出了"上有天堂,下有苏杭"的感叹。

元曲里还有一种代表着元代荷莲文化特点的荷描写,令人震撼而不能忘怀,这就是刘秉忠小令[南吕·干荷叶]:

> 干荷叶,色苍苍,老柄风摇荡。减了清香,越添黄。都因昨夜一场

---

① [意大利]马可·波罗:《马可波罗游记》,陈开俊等译,福建科学技术出版社1981年版,第180页。

霜,寂寞在秋江上。

　　干荷叶,映着枯蒲,折柄难擎露。藕丝无,倩风扶。待擎无力不乘珠,难宿滩头鹭。

　　根摧折,柄欹斜,翠减清香谢。恁时节,万丝绝。红鸳白鹭不能遮,憔悴损干荷叶。

　　干荷叶,色无多,不奈风霜剉。贴秋波,倒枝柯。宫娃齐唱《采莲歌》,梦里繁华过。

　　这些小令表露的虽是作者的思想感情和兴旺感叹,但将秋色中的荷也描绘得栩栩如生:"干荷叶,色苍苍,老柄风摇荡",颜色虽然青苍,但是干枯的老茎杆却在风里摇摇荡荡,衰老已是不可避免。果然,"减了清香,越添黄"。荷叶的清香渐渐地减退了,青苍的颜色也一点点变得枯黄。最后,因一场霜,荷叶基本失去了生机,寂寞地站立在秋天的江面。这是水中的一种挣扎。从颜色青苍到翠色所剩无多,已至垂老,不能再经受凛冽的寒风和清冷的严霜。不用说"婷婷玉立",连"立"也不能,只有无力地贴在秋天的水面上,枝茎也折断倒下。这是消逝中的一种挣扎。

　　贯云石小令[正宫·小梁州]《秋》也写到干荷叶:

　　芙蓉映水菊花黄,满目秋光。枯荷叶底鹭鸶藏。

　　风光一夏的荷花虽已干枯,还是引得白鹭在叶下躲藏,赋予枯荷新的风景。这里写出了大自然中各类生物相互制约、和谐相处的内在规则。

　　2.采莲

　　观莲节有许多习俗。除泛舟赏荷、纳凉外,还有乘船采莲之俗。莲子是一种美味的营养佳品,而荷莲的花期与其他花不同,整体花期很长,有的果实成熟了,花还在开放,形成一种花实同时存在的景观,因此采莲时,莲仍然红花朵朵,十分美观。采莲少女入湖采莲,摇着轻舟,唱着活泼的采莲歌,欢快地穿梭于红花绿叶间。莲叶田田如盖,荷花亭亭临风,轻盈窈窕的身姿,温婉曼妙的歌声,常惹得桥头岸边许多人观看,其中不乏多情少年的目光,香花、美女、俏语、娇音,让他们踯躅留连,乐而忘返。因此,江南的采莲活动又同时是一种浪漫、甜蜜、热闹、欢快的活动,许多采莲女在收获莲子的同时,也收获了爱情。张可久小令[越调·小桃红]《寄鉴湖诸友》:

一城秋雨豆花凉,闲倚平山望。不似年时鉴湖上,锦云香,采莲人语荷花荡。

秋天是莲花收获的季节,鉴湖上到处飘散着迷人的清香,采莲姑娘们荡着莲舟,在鉴湖上一边说笑,一边采莲,这种景象本身就是一种生活美。

张可久的另一首小令[南吕·金字经]《采莲女》也是对采莲女子富有诗意的劳动的描写:

小玉移莲棹,阿琼横玉箫,贪看荷花过断桥。摇,柳枝学弄瓢。人争笑,翠丝抓凤翘。

小玉荡起莲舟,阿琼横吹玉箫,她们沉醉在荷塘的美景中,不知不觉已过了断桥。最有趣的是可爱的柳枝姑娘,她在船上摇摇晃晃地学习着弄瓢采莲的技巧,惹得岸边游人驻足欢笑,而摇摆的柳丝,又多情地牵住了她头上的凤翘。将一位美丽、活泼、稚气的采莲姑娘生动地浮现在我们的面前。

杨果小令[越调·小桃红]一套八首,虽然大多是对离愁别绪的描写,但也活泼泼跳动着采莲女生活的点点滴滴:

采莲湖上棹船回,风约湘裙翠。一曲琵琶数行泪,望君归,芙蓉开尽无消息。晚凉多少,红鸳白鹭,何处不双飞!

碧湖湖上采芙蓉,人影随波动。凉露沾衣翠绡重,月明中,画船不载凌波梦。都来一段,红幢翠盖,香尽满城风。

满城烟水月微茫,人倚兰舟唱。常记相逢若耶上,隔三湘,碧云望断空惆怅。美人笑道:莲花相似,情短藕丝长。

"若耶",若耶溪,源出于若耶山,相传西施曾在溪边浣纱。江城夜晚,烟水冥迷,月色朦胧,"棹船"、"湘裙"、"翠盖"、"兰舟"、"藕丝"、"采莲歌",水乡风情,灵秀清逸。在这水乡景色中,采莲女明艳、活泼、生活的形象,为水乡景象增添了秀气、灵气与生气。英国杰克·特里锡德在《象征之旅——符号及其意义》中讲到莲花在民间地位重要,一是因为它的美丽花冠,二是它的花冠似象征生育的外阴形象①。他的这种说法很符合中国民

---

① [英]杰克·特里锡德《象征之旅——符号及其意义》,中央编译出版社 2001 年版,第 92 页。

俗文化。纵观中国莲花文化,可以明显地发现,莲花的文化内涵,基本是取民间的以莲花为情爱、相连合的象征含义;又取文人以莲花为高尚、纯洁的含义(还有佛教与传统的道教均视莲花为神圣的花)。其中,以莲花为情爱象征,是源于古代男女情侣,自由地在水滨相会之俗。此俗在民间很多见。如甘肃一带的剪纸"莲生娃娃",描绘胖娃娃坐于莲花之中;广西一带的元宵送灯求子,灯是白莲花与鱼形。均以莲花象征生殖、生育。民间很多人会在结婚的鞋垫上绣上莲花,结婚时床上撒上莲子,象征多子多福,来祈求旺盛的生殖能力。生殖意义最终得以实现要通过男女情爱的表达,元曲也正是同时包含了这两个主题:采莲的过程是爱情的过程,也是生殖力得以实现的过程。

采莲歌是指采莲女在采莲时唱的歌曲。在农业社会中,采摘是妇女最经常从事的劳动,而在采摘的过程中,为了缓解劳动的单调、重复,配合劳动的节奏,产生了异彩纷呈的采摘民歌。以荷莲为题材的《采莲歌》,历朝人几乎没有不留下佳作的。元曲里也时时荡起采莲歌:"画船深入小桥西,红翠乡中列玳席。南熏动处清香递,采莲歌腔韵宜,效红鸳白鹭忘机"①,"采莲人和采莲歌,柳外兰舟过。不管鸳鸯梦惊破,夜如何? 有人独上江楼卧。伤心莫唱,南朝旧曲,司马泪痕多"②,"忽闻疏雨打新荷,有梦都惊破。头上闲云片时过,泛清波,兰舟饱载风流货。诸般小可,齐声高和,唱彻[采莲歌]"③,"香风瑞锦窠,凉月素银波。兰舟夜如何? 晚凉也末哥,万顷湖光镜新磨。小玉娥,隔翠荷,采莲歌"④,"我则见采莲人和采莲歌,端的是胜景胜其他"⑤,"朱唇齐唱采莲歌,惊起双双宿鸳鸯,难道是断我愁肠?"⑥采莲歌吟唱出劳动美之景,吟唱出泛舟湖面采莲之趣,也吟唱出采莲女思怨之情,反映了元代社会生活的一个侧面。

---

① 无名氏小令[双调·水仙子]《夏》。
② 杨果小令[越调·小桃红]。
③ 盍志学小令[越调·小桃红]《莲塘雨声》。
④ 张可久小令[正宫·汉东山]。
⑤ 贯云石套数[中吕·粉蝶儿北]。
⑥ 朱庭玉套数[般涉调·哨遍]《莲船》。

3.咏莲

荷莲不仅对一般民众的民间习俗产生了重要的影响,而且在整个传统社会文化中也占有独特的位置。我们可以在汗牛充栋的传统文学作品中经常看到大量关于荷莲的描写。荷莲的美丽使人们惊诧,人们用她来比喻美人,《诗经·泽陂》中就有非常好的描述:"彼泽之陂,有蒲菡萏,有美一人,硕大且俨。"菡萏即荷花,便是将荷花比作美人。屈原《离骚》中也有"制芰荷以为衣兮,集芙蓉以为裳。"芙蓉是莲花的别称,也是将荷莲作为高洁、美好的象征。曹植将他爱慕的美人洛神比作莲花,并作《洛神赋》赞美她的美丽。过去我国女子以脚小为美,人为地将脚缠得窄小并美其名曰"金莲",有"步步生莲"之说。人们形容爱情、生育、仕途、人品时月也会经常提到荷莲。荷花中有花并蒂即植物中双胞胎的现象,俗成"并蒂莲"。传说并蒂莲是由一对为追求爱情而跳河自尽的青年男女幻化而成,所以,并蒂莲常誉为男女忠贞不渝的爱情,夫妻百年好合,相亲相爱,永结同心。荷莲象征婚姻和合和多子富贵。"荷"与"和""合"谐音,暗含"和合"之意。民间常见的吉祥画"和合二仙",便是一人手中持荷,一人手中捧盒,取其音表示和合。又由于鸳鸯总是雌雄一起成双,恩爱无比,所以荷花和鸳鸯也常常连在一起,组成"荷花鸳鸯",寓意夫妻和合,成为民间最普遍的吉祥词语和常见的吉祥图案。佛教以莲为喻的词语更是数不胜数,如将佛座称为"莲花座"或"莲台"。这些在元曲中均可见。

如以并蒂莲象征爱情的描写。无名氏杂剧《逞风流王焕百花亭》楔子:"俺和你命儿乖,时儿蹇,生拆散美满的姻缘。恨天公怎不与人方便?铲连理树,攦并头莲,拮比翼鸟,打交颈鸳。"关汉卿套数(二十换头)〔双调·新水令〕:"天配合俏姻眷,分拆开并头莲。"汤舜民套数〔南吕·一枝花〕《自省》:"并头莲忙折,连理树勤栽。"乔吉杂剧《玉箫女两世姻缘》第一折:"藕池中锯折并头莲,泥窝里掐杀双飞燕。"

元曲中用"藕丝"、"藕断丝连"表情思的描写也非常多,如王举之小令〔仙吕·一半儿〕《手帕》:"藕丝纤腻织春愁,粉线轻盈惹暮秋,银叶拭残香脸羞。"尚仲贤杂剧《洞庭湖柳毅传书》第四折:"谁想并头莲情断藕丝长,搬调的俺趁波逐浪。正是相逢没话说,不见却思量。"石子章杂剧《秦翛然竹坞听琴》第二折:"我如今将草索儿系住心猿,又将藕丝儿缚定意马。"石君宝杂剧《诸宫调风月紫云亭》第四折:"则为这情缘千尺藕丝长,误尽禹门三月桃花浪。"乔吉小令[越调·小桃红]《赠郭莲儿》:"藕丝情重,粉瘦怯西风。"刘时中小令[双调·水仙操并引]:"掬清涟雪藕丝,嫩凉生璧月琼枝。"荷莲是典型的水生植物,藕是其地下茎,荷就是依靠茎杆中的导管输送养分供其生长。导管壁上附有特殊的木质纤维素。其中一种螺旋形花纹的木质纤维素具有一定的弹性,当导管被折断时,许多藕丝便像弹簧似的被拉出。有的植物也有螺旋形木质纤维,但不及藕丝粗,弹性大,是故藕丝能抽很长,且不容易断。① 藕丝的这一特性,成为人们歌咏生活中绵绵情思的代名词。由藕及情、意蕴深远,或是在传达一种绵长凄迷的离情与怀念,或是在透露一种等待离人归来、恐惧生命摇落变衰的哀愁,或是在传达迷蒙怅惘、拂之不去的眷恋之情。"藕丝情重",元曲里的情思描写健康而朴素。

在元曲中以艳丽的荷莲花色比喻女子的描写也屡见不鲜。郑光祖杂剧《㑳梅香骗翰林风月》第一折:

摇玎玲玉声,蹴金莲步轻。蹴金莲步轻,踏苍苔月明。踏苍苔月明,浸凌波袜冷。

王实甫杂剧《崔莺莺待月西厢记》第二本第一折:

近知先相国崔钰之女莺莺,眉黛青颦,莲脸生春,有倾国倾城之容,西子太真之颜,见在河中府普救寺借居。

关汉卿套数(二十换头)[双调·新水令]:

腕松着金钏,鬓贴着翠钿,脸朵着秋莲。

刘时中小令[中吕·朝天子]:

荷花人面两婵娟,花不如人面。锦绣千堆,繁华一片,是西湖六月天。

李子昌套数[正宫·梁州令南]:

多娇姹,风流俊雅,倚栏干猛思容貌胜荷花。

---

① 王其超、张行言:《荷花》,中国建筑工业出版社1982年版,第25页。

杜仁杰小令[双调·雁儿落过得胜令]《美色》：

　　他生得柳似眉莲似腮,樱桃口芙蓉额。

周文质小令[不知宫调]《时新乐》：

　　霎时相见便留恋,俊俏庞儿少曾见。一朵白玉莲,端端正正在湖边。细看,可怜,香风拂面,真乃是前缘。

杨果小令[越调·小桃红]《采莲女》：

　　采莲湖上采莲娇,新月凌波小。记得相逢对花酌,那妖娆,嫌人一笑千金少。羞花闭月,沉鱼落雁,不恁也魂消。

　　采莲人唱采莲词,洛浦神仙似。若比莲花更强似,那些儿,多情解怕风流事。淡妆浓抹,轻颦微笑,端的胜西施。

　　采莲湖上采莲人,闷倚兰舟问。此去长安路相近,恨刘晨,自从别后无音信。人间好处,诗筹酒令,不管翠眉颦。

　　水中莲荷柔媚可人的娇艳之态击中了元代人心中最温柔的一角。于是,元代人用"芙蓉面"形容女子容貌清秀美丽,以莲步轻移描摹女子步履轻盈美妙,姿态窈窕。元曲中以荷莲比喻女子或以美人比拟荷莲的描写都充满了浓郁的芳菲和不尽的韵味。

　　元曲对宗教信仰中的莲描写,让那些希望能从佛国得到一丝冀求和寄托,企图借助佛家的消解来达到暂时安慰的人,获取些许心理的平衡。如郑廷玉杂剧《布袋和尚忍字记》楔子：

　　发慈悲如来点化,功行满同赴莲台。

刘君锡杂剧《庞居士误放来生债》第四折庞居士唱：

　　[雁儿落]兀的不明明的在这门额上显,分朗朗在这牌面上见。牌面上青书篆着的是兜率宫,门额上金字镌着的是灵虚殿。

　　[得胜令]这里可敢别是一重天,俺又不曾高驾五云轩。(云)婆婆,世间则有红莲花、白莲花,那得这青莲花、金莲花?(唱)这的是太液莲如锦,可则抵多少青山花欲燃。

张可久小令[商调·梧叶儿]《灵隐寺》：

　　僧居胜,俗客稀,山色四周回。香树生金地,青莲出宝池,贝叶渍银泥,明月冷双猿弄水。

荷莲不择地理，不挑方位，只要有水，有土，有烈日的沐浴，就会"荷花云锦满池塘"。茫茫水域，荷莲"香风冉冉，翠盖昂昂"，浩瀚的绿，艳丽的红，把燠热的夏翻新为一个气象万千的惬意天地，一如火凤凰在酷暑中涅槃，冲决淤泥，砥砺污水，肆意燃烧激情，尽情释放美丽，披霓裳，踏莲步，轻盈翩跹，带来一夏的风靡，漫天的清逸！这是荷莲在佛、道、儒信仰体系中都拥有位置的原因。

需要说明的是，佛教中的莲花与中国传统意义上的荷花本不是一种植物，佛教的莲花是睡莲，叶子圆形，平贴水面。我国传统意义上的荷花的颈部挺出于水面，叶面较莲叶粗糙有绒毛，莲花小而精致，荷花大而丰满。当佛教传入我国时，印度奉为圣物的睡莲不如中国本土的荷种植普遍，由于皆属同科植物，差别微小，荷花便代替睡莲成为中国佛教的圣物。中国佛寺中常常种植的是中国的荷花。

总之，荷花载着高贵的品质，载着诗意的生活，行走在元曲中。元曲对荷莲的吟诵带动了荷莲文化的提升，使元代荷莲的象征功能比前代更为丰富，更具鲜活的民间本色。采莲的意蕴更为深厚，更具生活之美。采莲歌更为成熟发展，更具特征性、代表性。但由于元朝特殊的经济、政治、文化、社会背景，元曲中的荷莲文化又呈现出与前代不同的地方。一是元曲中的荷莲描写反映了元代汉族文人的心态。元曲中用莲荷来描绘或象征妓女，对她们虽然美丽却沦落风尘的悲惨命运表示同情，反映了元代士人失去进身之阶后的苦闷和压抑。二是元曲中干荷叶、枯荷、败荷、残荷的描写较之前代更多，这也是元代汉族士人苦闷和压抑心态的体现。他们慨叹岁月如歌、人生无常。三是元曲中以莲荷描绘西湖景致较多。元曲中的荷莲描写之所以多与西湖相联，一方面是因为西湖深厚的荷莲文化底蕴。自古以来，西湖就是我国赏荷胜地。曲院风荷是著名的西湖八景之一，每到炎夏酷暑，这里是赏荷消夏的最好去处。元以前就有不少赞美西湖荷莲的名作，元代人折枝西湖当属自然。另一方面是由于元代中后期文化中心南移杭州，西湖便成了文人们聚会、结社、题咏的最好去处。

三、元曲里的秋季节俗

秋季是收获的季节。收获的喜悦,繁忙劳作后的轻松恬适,伴随着日渐降低但却让人心旷神怡的适宜气候而产生的遐想和期盼:美好的爱情、合家团圆的幸福、祈求长寿、渴望生命等千古不变的心声和呼唤,在元曲中也呈现出跳动不止、流光溢彩的音符。七夕是谱写在节日音符上最浪漫,也最具有情趣最为优雅的韵律;中秋是标在节日韵律上以月之晴朗且神秘为最的音符;重阳是飘动在节日旋律中既洒脱又凝重的乐符。聆听元代人乞巧时"争妍斗巧"①的笑声,元代人对月发出"任嫦娥笑我淹留"②的浩叹声,元代人拜月时"频频祷祝"③"愿天下有情底都似你者"④的心声,元代人观钱塘江潮时的"鼓声",元代人登高时的"笑语声"……这爽朗朗的笑语声、浩叹声……犹如脆灵灵的音符,穿透年轮,和着秋韵,旋转、跳荡在元曲丰富多彩、灵动飞扬、端庄秀丽的秋色里。元曲对它们的嘹亮赞歌,异彩纷呈,殊调竞美,让我们聆听到了元代秋之神韵,看到了秋色之绝美,也体会到了元代人对自然崇高的爱和元代人秋天的乐观——乐观地对待生命,乐观地看待生活,乐观地展望未来的心态。

（一）七 夕 节

农历七月初七的七夕,是秋季的第一个节日,天气温和,草木飘香,姑娘和少妇们在这一天有"乞巧"的风俗,故名"乞巧节"。又因节日的主要活动者是女性,亦称"女儿节"。因与自古及今几千年来的神话爱情传说息息相关,七夕成为中国传统节日中最具浪漫色彩的一个节日。其实,七夕原本是一个星辰的时点。古人从星座位置的变化中,通过人格化的奇妙联想,演绎

---

① 杜仁杰套数［商调·集贤宾北］《七夕》。
② 汤舜民小令［双调·天香引］《中秋戏题》。
③ 关汉卿套数［黄钟·侍香金童］。
④ 宋方壶小令［双调·清江引］《托咏》。

出牛郎织女的神话故事。在《诗经·小雅·大东》中牛郎织女还是银河两岸各置东西的两个星座:"维天有汉,监亦有光。跂彼织女,终日七襄。虽则七襄,不成报章。睆彼牵牛,不以服箱。"织女星由三颗星组成,构成三角形,被人们想象为织女织布的梭子。在银河西与河东牵牛星相对。牵牛星一大二小,大者明亮,小者暗淡,好像牛郎用扁担挑着两个孩童。三颗星变成了父子三人,有了人间家庭的味道。织女星七次更移,奔忙于来回移动,却难以织出华丽的花样;牛郎星虽灿灿发光,却不能驾驭车辆。歌者借牛郎织女抒发自己的愁绪哀怨。可见,远在西周时期,人们已有织女星、牵牛星的信仰,并把牛郎织女两星同人间的耕织生活联系在一起,但两颗星并没有产生"爱情"。两汉时期,在《淮南子》、《风俗通义》中出现了"乌鸦填河成桥而渡织女"和"织女七夕当渡河,使鹊为桥"①的传说。同时,牛郎织女星的传说也被注入到节日中。七夕夜晚,妇女们要观看"鹊桥之会",欣赏"乌鹊填河成桥而渡织女"的动人情节,还要"设酒脯时果,散香粉于筵上,以祈河鼓、织女"②。宫廷于此夜还有"穿七孔针"、跳于阖舞的习俗。生于乙酉年(公元前156年)七月七日的汉武帝是一个相信神仙方术的皇帝,由他又产生了"七夕会王母"的神话故事,加上这一神话传说的渲染,汉以后,牛郎织女两星被人格化,演绎成牛郎织女"七夕"相会的神话故事。牛郎织女悲欢离合的爱情神话,以哀婉的情节,深厚的意蕴,极具生发蔓延的构造框架,让七月七这一天变得格外温馨。古人为祝贺他们的相逢,开始在七夕举行拜星、乞愿等活动。由此形成了七夕节。随着牛郎织女爱情故事的日趋完善,到了魏晋南北朝时期,乞巧习俗更与牛郎织女的爱情故事联系在一起,七夕已成为普遍的节日,形成了乞巧、祈子、曝晒衣物等习俗。据南朝梁宗懔《荆楚岁时记》记载:"是夕,人家妇女结彩缕,穿七孔针,或以金、银、鍮石为针,陈几筵、酒、脯、瓜果、菜于庭中以乞巧。"③又据《太平御览》卷三十一引东晋周处《风土记》记载:"七月初七日,其夜洒扫于庭,露施几筵,设酒脯时果,散香粉于筵上,以祈河鼓、织女,言此二星辰当会。守夜者咸怀私愿。

① (宋)陈元靓:《岁时广记》,中华书局1985年版,第297页。
② (宋)李昉等:《太平御览》,中华书局1960年版,第149页。
③ (南朝梁)宗懔:《荆楚岁时记》,宋金龙校注,山西人民出版社1987年版,第55页。

咸云见天汉中有弈弈白气,有光耀五色,以此为征应。见着便拜,而愿乞富、乞寿,无子乞子。唯得乞一,不得兼求,三年乃得。言之颇有受其祚者。"①《世说新语·任诞篇》记载:"七月七日北阮盛晒衣,皆纱罗锦绮。"②唐宋以来,乞巧的习俗更加丰富多彩。据五代王仁裕《开元天宝遗事》记载,唐太宗与妃子每逢七夕在夜宫夜宴,宫女各自求乞巧。当时已经有了穿针乞巧、蛛丝卜巧等形式。除乞巧外,更有拜祀牛女双星、卖巧果、丢巧针、种五生等民俗活动。京城中还设有专卖乞巧物品的市场,世人称为乞巧市。金盈之《醉翁谈录》说:"七夕,潘楼前买卖乞巧物。自七月一日,车马嗔咽,至七夕前三日,车马不通行,相次壅遏,不复得出,至夜方散。"③人们从七月初一就开始办置乞巧物品,乞巧市上车水马龙、人流如潮,到了临近七夕的时日,乞巧市上简直成了人的海洋,车马难行,观其风情,似乎不亚于最盛大的节日——春节,说明乞巧节是古人最为喜欢的节日之一。元代基本承袭历代形成的习俗,但无论是表层的节日习俗还是深层的文化内涵,都发生了不同程度的变化,呈现出了鲜明的时代特色。明初朱有燉在《元宫词一百首》曰:"鹿顶殿中逢七夕,遥瞻牛女列珍羞。明朝看巧开金盒,喜得蛛丝笑未羞。"④这首宫词是在朱有燉从 70 岁老姬那里听到的元宫中生活的基础上创作出来的。朱有燉《元宫词一百首并序》:"元代宫廷事迹无足观,然纪其事实,亦可备史氏之采择焉。永乐元年(1403),钦赐予家一老姬,年七十矣,乃元后乳姆女,知元宫中事最悉。闲尝细访,一一备知其事。故予诗百篇,皆元宫中实事,亦有史未曾载,外人不得而知者,遗之后人,以广多闻焉。"⑤老姬讲述了元宫庭中的蛛丝斗巧,朱有燉备感新鲜,根据她的描述创作了这首宫词。从朱有燉的诗中我们可以看到元代宫廷七夕节日的繁华。熊梦祥在《析津志》中也描写元大都七夕这一天,宫廷中和士庶之家一样都架起大棚,张挂七夕牵牛织女图,备盛瓜、果、酒、饼、蔬菜、肉脯,邀请亲戚中

---

① (宋)李昉等:《太平御览》,中华书局 1960 年版,第 149 页。

② (南朝宋)刘义庆:《世说新语》,杨牧之、胡友明选译,浙江古籍出版社 1986 年版,第 308 页。

③ (宋)金盈之:《新编醉翁谈录》,江苏广陵古籍刻印社 1981 年版,第 34 页。

④ (元)柯九思等:《辽金元宫词》,北京古籍出版社 1988 年版,第 19 页。

⑤ (元)柯九思等:《辽金元宫词》,北京古籍出版社 1988 年版,第 25 页。

的在室女、出嫁妇等共同宴饮占卜,尽情欢度七巧夜,直至第二天再礼送亲眷们还家的情景。其中描写元宫廷及大都七夕节风俗的一首词中有"堪怜惜,星前月下遥相忆"、"年光掷,长生殿里空尘迹"①语,说明在元代七夕节,牵牛星和织女星在鹊桥相会和唐明皇与杨贵妃在长生殿里盟誓的传说非常盛行,乞巧民俗事象更加丰富。这些神奇瑰丽的神话传说和多姿多彩的乞巧民俗活动也进入到元曲中。元曲中以牛女故事和七夕为题材的杂剧、散曲,或再现七夕场景,或替牛女哀伤,或对照人间聚散,意蕴丰富,文辞隽永,不仅为我们详尽地描述了八百年前的七夕节情形,同时也让我们感受到了元曲诗意生存的美好,体会到元曲家们对人间生活题旨的着意描写在今天的价值。

1.乞巧

七夕最重要的活动便是妇女乞巧,故七夕又有"女儿节"之称。这是与其他节日不同之处,也是唯一以女性活动为中心的节日。乞巧的方法各地并不相同,如穿七孔针、水上漂针、生巧芽、擀巧饼、做巧果、用小盒盛蜘蛛等等,但其目的都是希望乞得心灵手巧。女子对于心灵手巧的渴望来自于婚姻的压力。一般情况下,女子注定要成为人妻,在我国许多地方,女子嫁后三日,就要把自己的针线活拿给公婆过目,还要向公婆出示自己做饭的技能。在这样的婚姻压力下,心灵手巧已不仅是获取别人好评的资本,更成了维持家庭生活的一种手段,成为妇女在传统复杂家庭关系中提高家庭地位、少受些苦累的一种途径。元曲中有祭拜织女祈求以赐巧,于月下彩线穿针以斗巧,观蛛丝结网以卜巧,种五生以验巧,设摩诃罗以求巧等各种乞巧仪式活动的描绘。如白朴杂剧《唐明皇秋夜梧桐雨》第一折:"小小金盆种五生,供养着鹊桥会丹青帧,把一个米来大蜘蛛儿抱定。"杜仁杰套数[商调·集贤宾北]《七夕》:"今宵两星相会期,正乞巧投机。"王举之小令[双调·折桂令]《七夕》:"鹊桥横低蘸银河,鸾帐飞香,凤辇凌波。两意绸缪,一宵恩爱,万古蹉跎。剖犬牙瓜分玉果,吐蛛丝巧在银盒。良夜无多,今夜欢娱,

---

① (元)熊梦祥:《析津志辑佚》,北京图书馆善本组辑,北京古籍出版社1983年版,第220页。

明夜如何?"卢挚小令[双调·沉醉东风]《七夕》:"银烛冷秋光画屏,碧天晴夜静闲亭。蛛丝度绣针,龙麝焚金鼎,庆人间七夕佳令。卧看牵牛织女星,月转过梧桐树影。"从以上描写中可知,七夕乞巧仍是元代妇女很普遍的节日活动。元代妇女乞巧是为了能够精于女红,这是封建时代妇女最重要的技能。在中国人的观念中,"女子之擅长女红与男子之富文才,几乎同等重要"①。于是她们在七月七日夜,满怀希望,虔诚地向神话中的织布能手织女乞巧。这种活动和意识正是出于古人对技艺的崇拜和渴望,也表现了人们对幸福生活的向往和追求。这些以"巧"为中心的各种极富女性色彩的乞巧活动的记述,形象地展现了乞巧的场景和情态,使我们依稀看到乞巧节被元代人当成一种赏心乐事来进行的,而且进行得那样热闹、喜庆与隆重,那样井井有条,那样生动,那样入情入理。

(1)卧看双星

坐看牵牛织女星,是七夕习俗。相传,在每年的农历七月初七夜晚,是天上织女与牛郎在鹊桥相会之时。在这个夜晚,人们抬头可以看到牛郎织女在银河相会,或在瓜果架下可以听见牛郎与织女在天上相会时的脉脉情话。俗信偷听了牛郎织女的悄悄话,出嫁后夫妻更加恩爱。卢挚小令[双调·沉醉东风]《七夕》:"卧看牵牛织女星,月转过梧桐树影。"乔吉小令[双调·折桂令]《七夕赠歌者》:"今夜新凉,卧看双星。"就是对这一习俗的描写。在七夕之夜,姑娘们来到花前月下,抬头仰望星空,寻找银河两边的牛郎星和织女星,拜祭星空,向象征着爱情忠贞的织女星、牵牛星祈祷,乞求上天能让自己像织女那样心灵手巧,希望牛女双星能给他们美满的婚姻和幸福的家庭。这是民众最为朴实的祈愿。

(2)挂牛女图

元曲记录了元代乞巧前在拜巧的堂上张挂牵牛和织女图的风俗。白朴杂剧《唐明皇秋夜梧桐雨》第一折:"供养着鹊桥会丹青帧。"杜仁杰套数[商调·集贤宾北]《七夕》:"鹊桥图高挂偏宜。"都是对这一习俗的清晰记写。

---

① 程蔷、董乃斌:《唐帝国的精神文明:民俗与文学》,中国社会科学出版社1996年版,第77页。

所谓"鹊桥",不仅有鸟崇拜的遗留,事实上"桥"还带有生殖繁衍的内容。先说鹊。第一,鹊具有高超的建筑本领,这是人们社会实践中的直觉感受和认识。鹊是一种留鸟,分布很广,几乎各地都有,它在树上筑巢而居,其所筑之巢又大又好,且可耐得过冬天强风而不被吹落。一只鹊巢悬在树上,令木叶殆尽的榆树、杨柳顿时鲜活起来,生动了乡村,活泼了田野,引人注目。古人对喜鹊的建筑技巧是十分钦佩的,这在古籍中的记载很多,《淮南子》也有"鹊识岁之多风,去乔木,而巢扶枝"的记载。①《本草纲目》也云:鹊"季冬始巢,开户背太岁向太乙,知来岁风多,巢必卑下。"②这一切都说明,鹊巢在方向、位置的选择上是符合建筑科学的,是鸟类中的佼佼者。而且鹊筑巢极为精心,唐代段成式《酉阳杂俎·羽篇》中对此有过详尽的描述:"鹊巢中必有梁。崔圆相公妻在家时,与姊妹戏于后园,见二鹊构巢,共衔一木如笔管,长尺余,安巢中。"③这种巢,不管建筑得是不是富丽堂皇,不管住得是不是舒适安逸,毕竟是自己筑的,很符合民间"金窝银窝不如自己的土窝"的观念。鹊又是群飞的,且有极强的"责任心",正好适于架天桥这一集体性的工作。在古人的直观感受和认识中,认为只有鸟才是自由的,而众鸟中只有鹊能胜任架桥的工作,出于直观经验,我们的古人选定喜鹊来架设天桥。第二,"鹊巢"实际是家庭的象征。④在鸟类繁衍季节,营巢往往是雌雄鸟配合中的典型内容。雄鹊向雌鹊求爱时送的礼物居然是衔一枝树枝,一旦婚配成功,匹鸟就开始齐心合力共筑爱巢。所以《诗经》时代人们就已把鸟之巢穴与"美满婚姻"联系起来,寄托温馨之家的情思。《诗经·召南·鹊巢》中则反复叠唱:"维鹊有巢,维鸠居之,之子于归,百两御之。"这是写女子出嫁时迎送的热烈场面,诗中以鹊巢作比兴,联想到女子出嫁,妇归夫室。在古人看来,夫妻团聚、合家欢乐是他们最大的愿望,从《诗经》开始的历代征夫、思妇的吟咏之辞都是这一愿望的极好反映。由于鹊巢在古代有象征家庭的意义,后代,鹊和鹊巢逐渐神化,使之成为家庭的保护神,并且由此形成

---

① （汉）刘安:《淮南子》,艺文印书馆1974年版,第254页。
② （明）李时珍:《本草纲目》,校点本,人民卫生出版社1977年版,第2663页。
③ （唐）段成式:《酉阳杂俎》,方南生点校,中华书局1981年版,第153页。
④ 李炳海:《从雀巢到鹊桥——中国古代文学中的喜鹊形象》,《求索》1990年第2期。

了不少烧鹊、鹊巢以辟盗、辟邪的方术。《太平御览·五行书》云:"烧鹊置酒中,令家无盗贼。"①《本草纲目》也云:雄鹊"冬至埋于圊前,辟时疾温气。"②《初学记》还云:"埋鹊一枚沟中,辟盗贼奸邪。"③鹊和鹊巢成了家庭的保护神,人们也就自然赋予了它整合家庭的功能。第三,在古人看来,鹊是美好的象征,俗称为"喜鹊"。鹊的体态娇小,鹊类中大多数属羽毛黑白两色的灰鹊,也有羽毛是蓝白两色的喜鹊。其黑色在阳光下反射出油亮紫色光泽,非常雅致,行动时身体一颤一翘,非常活泼可爱,再加上它那长长的尾羽,显现优雅之资。喜鹊往往在早春二月就开始不停地用"喳喳"声向人们报告春的消息。这些是人们喜爱鹊的原因之一。五代王仁裕《开元天宝遗事》说:"时人之家,闻鹊声皆以为喜兆,故谓灵鹊报喜。"④第四,喜鹊是一夫一妻制的鸟类,一旦情定终身,就非常恩爱,和睦相处,互相梳理对方的羽毛,互相喂食,常常双栖双飞,栖则交颈,行则相随。鸟类学专家称这种生活特点为"维系行为"。所以中国人用喜鹊的匹鸟之情象征夫妇情感意象。第五,鹊在古代被视作相思之鸟。《太平御览》卷九二一引《淮南万毕术》:"鹊脑令人相思。"注:"取鹊一雄一雌头中脑,烧之于道中,以与入酒中饮,则相思。"⑤即本不爱他(她),吃了鹊脑后就会变不爱为爱。把鹊和鹊巢比作男女之间的爱情,在《诗经》中已初露端倪,《鄘风》有"鹑之奔奔,鹊之彊彊"之语,鹑,即鹌鹑。鹊,喜鹊。奔奔、彊彊,形容鹑鹊居有常匹,飞则相随的样子。以鹌鹑、喜鹊尚有固定的配偶,来衬写自己得不到真正的爱情。《陈风》:"防鹊有巢,邛有旨苕。谁侜予美?心焉忉忉!"防,水坝,一说堤岸;一说枋,常绿乔木,可为红色染料。邛,山丘。旨:味美的,鲜嫩的。苕,紫云英,豆科植物,嫩叶可食。一说凌霄花,一说翘摇,一说苇花。侜,谎言欺骗。美,美人儿,心上人,指作者所爱的人。忉忉,忧虑状。这里,以之作比兴,表达实在谁也不能横刀夺爱,真正的爱情是坚贞不移的。第六,古代

---

① (宋)李昉等:《太平御览》,中华书局 1960 年版,第 4086 页。

② (明)李时珍:《本草纲目》,校点本,人民卫生出版社 1977 年版,第 2663 页。

③ 徐学初、吴炎编:《中国历史文化要略》,西南交通大学出版社 2006 年版,第 225 页。

④ (五代)王仁裕:《开元天宝遗事》,中华书局 1985 年版,第 27 页。

⑤ (宋)李昉等:《太平御览》,中华书局 1960 年版,第 4086 页。

人发现许多鸟类的出现与消失和季节的变化有密切的关系,各种"候鸟"的出现反应了四季的交替变化,在科学尚未发达之时,人类因而对候鸟有相当的依赖。由于春夏之交,候鸟由南飞北,似乎是把阳光与温暖由南方带到北方;而秋冬之际阳光微弱,候鸟由北飞南,似乎把太阳带到南方,所以整个农业生产也可说与鸟息息相关。《水经注》卷四十说鸟能"春拔草根,秋啄其秽"①,鸟类是除害虫的能手,尤其是鹊喜欢栖息在人类居住地的树上,人类与鹊接触的比较多,且外形美观、体态轻捷、声音响亮,所食食物中95%是危害农业、林业的害虫。先民早知其对农业生产的益处,因此蓄意加以保护,甚至产生信仰崇拜。七千年前的河姆渡文化遗址大量发掘的出土器物,便可知人类认为鸟与稻作有关,进而萌生鸟神守护稻禾成长的信仰意识。民间习俗对鸟的崇敬之情也反映在生活上,如吴越地区不少地方流行"百鸟灯会",以求风调雨顺,五谷丰登,②故受到喜爱和崇拜。第七,鸟特别是鹊作为能够超越障碍的自由使者,给分离中的人们以希望。离人幻想通过它,接受到对方的信息,或把自己的信息传递给对方,或凭其双翼,获取自由。③ 这些特性构成了人们让它除了充当人与神相通的媒介外,还充当了两性结合的媒介——鹊桥。④

二说桥。桥是超越自然障碍的建筑,变阻隔为通途,促使人际交往,当然也为男女之爱创造了方便,正因为这样,古代爱情故事常和桥联系在一起。《庄子·盗跖》有这样一则故事:"尾生与女子期于梁下,女子不来,水至不去,抱梁柱而死。"⑤这则故事虽没有赋予桥以象征爱情的意义,但后代却从中得到一些启示,把相爱的男女一方失约,而另一方殉情叫做"魂断蓝桥"。唐人小说《传奇·裴航》的男女主人公裴航、云英就在蓝桥上相遇,最后双双成仙而去。蓝桥相会的故事,也被改编成了多种戏曲流传,如黄梅戏

---

① (北魏)郦道元:《水经注》,谭属春、陈爱平点校,岳麓书社1995年版,第548页。

② 参姜彬:《稻作文化与江南民俗》,上海文艺出版社1996年版,第531—534、539—542页。

③ 刘毓庆:《从河洲雎鸠到银河鹊桥——关于中国文学中鸟意象意义内核的探讨》,《文艺研究》2002年第3期。

④ 付湘虹:《同是借鹊情各异——"鹊"的文化意蕴探究》,《北京科技大学学报》(社会科学版)2006年第3期。

⑤ 李变:《庄子》下,学苑音像出版社2004年版,第147页。

《蓝桥会》等。因此，人们在填砌牛女间的鸿沟——天河时自然想到了桥，让这一对分离的伉俪在桥头相会。"桥"还带有生殖繁衍的内容。如东南水乡一带，迎亲时一般不用轿子，而是船行水路，途中要经过三座桥，新娘才能进男方家门。河南、陕西的一些农村，新娘进门，男方要在院中用板凳搭一座"桥"，新娘要在上面爬过去。还有大部分地区都有的"跨马鞍"、"踩麻袋"，谐音"平平安安"、"一代接一代"，以至今日最常见的步上红毯走入礼堂，均是此种民俗含义的反映。鹊和桥都有象征爱情的意义，二者的结合，使牛郎织女的故事更具世俗气息和人情味。正因为人们常见的喜鹊进入了故事中，这一浪漫的故事更加亲切真实，飘渺的天河似乎离人间更近了。一年一度的鹊桥相会使恩爱夫妻摆脱了时空的限制，感染了千万颗真诚善良的心，沟通了现实生活中人们的思想情感和牛郎织女的体验。而且二者的相映成趣在一定程度上也反映了古代中国重农贵织的社会特点。

三说张挂鹊桥图。乞巧前在拜巧的堂上张挂牵牛和织女图，在元代很流行。据熊梦祥《析津志·岁纪》载，大都的"宫廷宰辅、士庶之家咸作大棚，张挂七夕牵牛织女图，盛陈瓜、果、酒、饼、蔬菜、肉脯，邀请亲眷、小姐、女流，作巧节会，称曰女孩儿节。"[①]可与之互证。尽管挂鹊桥图的直接用途仅仅是作为拜巧堂上的挂图，但它透露给我们的信息是，元代的七夕更有节日的氛围和喜庆，元代人对乞巧有更多的渴盼与激情。同时它让我们由此得知，正是这一习俗为后来牛女故事在民间越来越繁盛以及由此而起的民间艺术，如鹊桥相会的剪纸、年画，甚至版画、木刻等的盛行提供了土壤和条件。使人更进一步打开思路的是，大量流传至今的鹊桥相会的剪纸、年画甚至板画、木刻等艺术，也具有类似的用途和历史身份，只是它们的本质的历史作用在经历了太多的风风雨雨后，已发生了太多的变化，更需要我们去认真地呵护，正确地理解和仔细地"高挂"。

（3）穿针求巧

以针穿线是七夕节流行最为普遍的乞巧方式。方法通常为两种：一是

---

① （元）熊梦祥：《析津志辑佚》，北京图书馆善本组辑，北京古籍出版社1983年版，第220页。

女子们于月下穿针。选在辨物尚且困难的月夜穿针乞巧,是因为如能在月下穿针,意味着更加手巧。同时,月亮作为玉兔与蟾蜍的组合体,其实也是生殖崇拜的组合。"母兔怀孕 28 天生小兔,也是妇女月经周期的天数,将兔子安置在月亮上并给予崇拜,无疑是古人女阴崇拜的象征。蟾蜍生殖能力强,是生殖母体的象征"①。因此,每当七夕之夜,一群妇女在月下穿针引线,祈求家族满堂、子孙繁衍的含义非常明显。一是在七月初六的晚上,放一碗水于花下,等到初七中午,妇女们将平日缝衣或绣花用的针投入碗中,针便会浮在水面上,如果水下有花朵、鸟兽、云彩之影,或细直如针形者,便得"巧",谓之"乞得巧"。这些影子象征织女赐给她一根灵巧的绣花针,用这根针可以绣出美丽的图案,如果水底针影既粗且糙,或弯曲不成形者,就表示丢针的妇女是个"拙妇",象征织女给她的是一根石杵,绣不出花来。民间穿针引线赛巧等习俗,在元曲中都有记写,如乔吉杂剧《李太白匹配金钱记》第二折:"秋乞巧穿针会玉仙。"杜仁杰套数[商调·集贤宾北]《七夕》:"月色辉,夜将阑银汉低,斗穿针逞艳质。"是民间穿针引线求巧赛巧习俗的记录。而高明套数[商调·二郎神]《秋怀》:"从别后,正七夕穿针在画楼,暮雨过纱窗凉已透。夕阳影里,见一簇寒蝉哀柳。水绿蘋香人自愁,况轻拆鸾交凤友。(合)得成就,真个胜似腰缠跨鹤扬州。"则侧重表现了元代穿针引线中生殖崇拜的习俗。

(4)蛛丝卜巧

用蜘蛛结网以卜巧的习俗,是七夕节一项具有代表性的民俗活动。喜蛛,即蟏蛸,"蜘蛛的一种,身体细长,暗褐色,脚细长,多在室内墙壁间结网。通称喜蛛或蟢子,民间认为是喜庆的预兆。"②用喜蛛乞巧的做法由来已久。南朝梁宗懔《荆楚岁时记》中记载,七夕时妇女"陈几筵、酒、脯、瓜果、菜于庭中以乞巧。有喜子网于瓜上,则以为符应。"③五代王仁裕《开元天宝遗事》亦载:"帝与贵妃每至七月七日夜,在华清宫游宴。时宫女辈陈

---

① 殷文:《中国民俗文化中的性爱色彩》,《中国产经新闻报》2004 年 9 月 3 日。
② 中国社会科学院语言研究所词典编辑室编:《现代汉语词典》,商务印书馆 1978 年版,第 1253 页。
③ (南朝梁)宗懔:《荆楚岁时记》,宋金龙校注,山西人民出版社 1987 年版,第 55 页。

瓜花酒馔列于庭中,求恩于牵牛、织女星也。又各捉蜘蛛闭于小合中,至晓,开视蛛网稀密,以为得巧之候。密者言巧多,稀者言巧少,民间亦效之。"①宋孟元老《东京梦华录》卷八《七夕》也云:"妇女望月穿针,或以小蜘蛛安合子内,次日看之,若网圆正,谓之'得巧'。"②至元代,此习俗仍然在妇女中广为流传,熊梦祥《析津志》:"七月皇朝祠巧夕,化生庭院罗金璧,彩线金针心咫尺,堪怜惜。星前月下遥相望,钿盒蛛丝觇顺逆。"③元曲中也描写了这一习俗,如王举之小令[双调·折桂令]《七夕》:"剖犬牙瓜分玉果,吐蛛丝巧在银盒。良夜无多,今夜欢娱,明夜如何?"卢挚小令[双调·沉醉东风]《七夕》:"蛛丝度绣针,龙麝焚金鼎,庆人间七夕佳令。"说明七夕蛛丝卜巧依然是元时较为盛行的风俗。

2.巧果

元曲中记载的元代七夕的食俗主要有"剖犬牙瓜分玉果"④。玉果,即巧果,又名"乞巧果子"。巧果的款式极多,主要的材料是油、面、糖、蜜。宋代时,街市上已有七夕巧果出售,巧果的做法是:先将白糖放在锅中熔为糖浆,然后和入面粉、芝麻,拌匀后摊在案上擀薄,晾凉后用刀切为长方块,最后折为梭形巧果胚,入油炸至金黄即成。手巧的女子,还会捏塑出各种与七夕传说有关的花样。其中有模拟织女与牛郎相会时脸上泛起微涡的"笑靥儿"巧果;有模拟织女织布梭的梭形巧果等。这些巧果供奉于庭院的几案之上,请天上的织女来品评人间巧女的杰作,并乞求织女传授女红的天工之巧。乞巧时用的时鲜瓜果也是多种多样的:有将瓜果雕成奇花异鸟的,有在瓜皮表面浮雕图案的,此种瓜果又被称为"花瓜"。织女主丰,七夕节时要让织女欣赏、品尝瓜果,以求她保佑来年瓜果丰收,在乞巧的同时,又在乞丰。另外,在节日里,摆放如芋头、柚子、石榴等"剖犬牙瓜"类瓜果供品,绝不仅仅是一种时令鲜品,仅表达敬畏之意,七夕仪式上摆放的果实,更多是

① (五代)王仁裕:《开元天宝遗事》,中华书局1985年版,第16页。
② (宋)孟元老:《东京梦华录》(外四种),中国商业出版社1982年版,第54页。
③ (元)熊梦祥:《析津志辑佚》,北京图书馆善本组辑,北京古籍出版社1983年版,第220页。
④ 王举之小令[双调·折桂令]《七夕》。

象征多子,是为了祈愿多生子女①。《诗经·大雅·绵》写道:"绵绵瓜瓞,民之初生。"在中国文化中,"瓜瓞绵绵"一直被用作称颂或祝福别人子孙昌盛的吉辞,民间更是流传着这种古老的表达传统,如民间剪纸中的"莲(连)花送子"、"年年有鱼(余)"等。看来,女人们不仅乞巧,还乞丰、乞子、乞寿、乞美、乞爱情。

古时在七夕还有宴饮之风,在庭中设香案果酒,令女郎瞻斗列拜,乞巧于牛郎织女,找到如意郎君。配合这种活动,产生了七月七夕吃乞巧果子的风俗。杜仁杰套数[商调·集贤宾北]《七夕》以客观的眼光描绘脱尽了神性的光环,还原为世俗的元代人七夕节宴饮的风俗:

暑才消大火即渐西,斗柄往坎宫移。一叶梧桐飘坠,万方秋意皆知。暮云闲聒聒蝉鸣,晚风轻点点萤飞。天阶夜凉清似水,鹊桥图高挂偏宜。金盆内种五生,琼楼上设筵席。

[集贤宾南]今宵两星相会期,正乞巧投机。沉李浮瓜肴馔美,把几个摩诃罗儿摆起。齐拜礼,端的是塑得来可嬉。

[凤鸾吟北]月色辉,夜将阑银汉低,斗穿针逞艳质。喜蛛儿奇,一丝丝往下垂,结罗成巧样势。酒斟着绿蚁,香焚着麝脐,引杯筯大家沉醉。樱桃妒水底红,葱指剖冰瓜脆,更胜似爱月夜眠迟。

[斗双鸡南]金钗坠、金钗坠玳瑁整齐,蟠桃宴、蟠桃宴众仙聚会。彩衣、彩衣轻纱织翠,禁步摇绣带垂,但愿得同欢宴团圆到底。

[节节高北]玉葱纤细,粉腮娇腻。争妍斗巧,笑声举,欢天喜地。我则见管弦齐动,商音夷则。遥天外斗渐移,喜阴晴今宵七夕。

[耍鲍老南]团圞笑令心尽喜,食品愈稀奇。新摘的葡萄紫,旋剥的鸡头美,珍珠般嫩实。欢坐间夜凉人静已,笑声接青霄内。风淅淅,雨霏霏,露湿了弓鞋底。纱笼罩仕女随,灯影下人扶起,尚留恋懒心回。

[四门子北]画堂深寂寂重门团,照金荷红蜡辉。斗柄又横,月色又西,醉乡中不知更漏迟。士庶每安,烽燧又息,愿吾皇万岁。

---

① 在福建,七夕节时要让织女欣赏、品尝瓜果,以求她保佑来年瓜果丰收。供品包括茶、酒、新鲜水果、五子(桂圆、红枣、榛子、花生、瓜子)、鲜花和妇女化妆用的花粉以及香炉。一般是斋戒沐浴后,大家轮流在供桌前焚香祭拜,默祷心愿。

[尾]人生愿得同欢会,把四季良辰须记,乞巧年年庆七夕。

杜仁杰的《七夕》套数,让我们依稀看到了元代人过乞巧节的热闹和喜庆。曲从天象开始,写一叶知秋,烘托出七夕夜凉如水、晚风习习和蝉鸣萤飞的美好氛围。"大火",星座名,即心宿。此星有多种称谓,如"心"、"心星"、"鹑火"、"心火"等,为东方苍龙七宿之第五宿。有星三颗,在天蝎座,中星极大而红亮,为夏夜之标志。《石氏星经》:"心名鹑火,心星见于东方,为夏令之首月,故名之大火。"①六月以后,心宿渐向西下行,暑气也随之渐消。"坎宫",也称叶垫宫,《易》纬家所说的"九宫"之一,居中北方。斗柄北移,即夏日将尽。"绿蚁"是新酿的米酒,酒面浮有一层酒渣,状如蚁蛆,色微绿,称为"绿蚁";"麝脐"即中药麝香,除用作香料外,药用价值也很高,有辟秽开窍,疗痰厥、昏迷、中风、惊病、痈疽疮毒、跌打损伤等功能;"鸡头"即芡实,亦为中药,功能补中益气,疗慢性泄泻、小便频数、梦遗滑精等。"樱桃"、"葡萄",药食同源,均味美可口、营养丰富。樱桃有益气血的功效,按现代的说法是樱桃富含铁,是补血的佳品,气血足了,气色自然也就好了,调中益脾,核可为婴儿麻疹透发药;葡萄能疗贫血及头晕心慌,根能治风痹、筋骨痛等。在高挂着鹊桥图下的案几上,摆着"沉李"、"飘瓜"、佳"肴"、"修馔"等各种美味食品,暗含各自心愿的女子们,虔诚地织女牛郎图和"齐拜礼"。当银钩高挂,月色泻辉的时候,你穿针,我引线,看谁能"结罗成巧样势"。得巧获胜者手持满斟"绿蚁"的酒杯,站在"麝脐"作的焚香前,引觞谢织女。得巧获胜者还会得到让她首先享用案几上诱人的红樱桃、经冰过的爽脆甜瓜等供献果品的奖励。然后大家团坐在宴席上,相互祝愿,希望全家"团圆到底"。宴后是欢娱的时刻,你往我来,互不相让,"笑声举"天,"欢天喜地"。只听见"管弦齐动","商音夷则",音乐缥缈,歌声嘹绕,直到"遥天外"星"斗渐移",夜凉人静,大家尝过新摘的紫葡萄、"旋剖的""美""鸡头"后,才叫侍女们提灯扶着回家。从元曲对乞巧饮宴节俗的描绘,我们发现,元代的七夕节,无论在其内容和表现形式上均比元以前甚至元代以后的要全面、丰富和新鲜、粗犷、原始自然、生动。

---

① 叶叔华主编:《简明天文学词典》,上海辞书出版社1986年版,第161页。

3.乞子

乞子是七夕节俗活动的一项重要内容。这从当日的节俗用品上可以窥见。七夕仪式上的供品虽多,但各地几乎都离不开瓜果。其中"果"含"生子结果"之意,瓜中籽实繁多而又藤蔓相继,被视为民间乞子的传统性吉物和传宗接代的象征意义。南朝梁宗懔《荆楚岁时记》中说:"牵牛星,荆州呼为河鼓,主关梁;织女星则主瓜果。"①七夕之际,女子以瓜果来祭织女,除了向织女表达对农作物的保护和丰产的感谢之外,更重要的是向其祈求子孙的繁盛。元曲中描写了七夕多种乞子的活动。如杜仁杰套数[商调·集贤宾北]《七夕》中的"沉李浮瓜肴馔美",是瓜果乞子描写。又如白朴杂剧《唐明皇秋夜梧桐雨》第一折:"把一个米来大蜘蛛儿抱定。"杜仁杰套数[商调·集贤宾北]《七夕》:"喜蛛儿奇,一丝丝往下垂,结罗成巧样势。"蜘蛛有"喜子"的别名,在中国扮演非常奇特的地位,在民间蜘蛛是吉祥的象征,往往用来观察乞子是否灵验。同时,它又能"结思"(结丝),既能祈祝与相思喜结良缘,又能祈祝喜得贵子。

元曲中描写的"种生"也是乞子的活动。即七夕节前,将绿豆、小豆(赤豆)、豌豆、小麦等浸在器皿里,待其生芽后,用红蓝彩线束起,七夕供祀牵牛星,谓之"种生"。因彩线有五色,故又称"五生"。种生表达的是得子得福的生殖崇拜观念。杜仁杰套数[商调·集贤宾北]《七夕》"金盆内种五生"即是这种观念的反映。陶宗仪《南村辍耕录》卷十三《绿窗遗稿》引元代人孙蕙兰诗:"乞巧楼前雨乍晴,弯弯新月伴双星。邻家小女都相学,斗取金盆看五生。"②诗意与杜曲景同,说明此风元代很盛行。这种风俗至近世在民间仍广泛流传,如今陇东地区在乞巧节到来的前一个月,即六月初六,姑娘们就把一粒粒精选出来的豌豆浸泡在清水碗里,待豆芽长到两三寸,用五彩丝线拦腰束起,长到七寸左右,便束了三道五道彩线,叫做"巧芽芽"。七月七日这天,姑娘们便在弯月当空的夜晚,开始"占影测巧",即在"巧娘娘"面前放置一盆清水,姑娘们依次将自己的"巧芽芽"掐下寸许投入水中,

① (南朝梁)宗懔:《荆楚岁时记》,宋金龙校注,山西人民出版社1987年版,第118页。
② (元)陶宗仪:《南村辍耕录》,中华书局1959年版,第159—160页。

借月光看盆底的影子,如盆底的影子像纺线车子、织布机子、花朵,则象征姑娘们能纺织、会绣花,是纺织刺绣能手;如盆底映出的影子像刀、水瓢、锅碗等,则象征姑娘们能蒸会擀,能煎会炒,是做茶饭的能手;如盆底映出的影子像凤冠、霞帔,则预示姑娘将来大富大贵。掐完"巧芽芽"后,姑娘们用手挽成"花花桥",两人相抬,其余相跟,把巧娘娘送往水潭或潦池畔,送"过天河"会"牛郎"①。

七夕摆设"魔合罗",也是一种乞子的习俗。"魔合罗",又写作"磨睺罗"、"磨合罗"、"摩合乐"、"磨喝乐"等。本是佛教中的神名,传自西域。在宋元时代已演变成为民俗节日"七夕"的儿童玩具,即小泥偶,其形象多为穿荷叶半臂衣裙,手持荷叶。每年七月七日,在开封的"潘楼街东宋门外瓦子、州西梁门外瓦子、北门外、南朱雀门外街及马行街内,皆卖磨喝乐"②。宋代的魔合罗制作精美,魔合罗的大小、姿态不一,最大的高至三尺,与真的小孩不相上下。制作材料有以象牙雕镂或用龙延佛手香雕成的,价值不菲,往往"土偶长尺余,买之珠一囊"③。宫廷内的更加奢华:"七夕前,修内司例进摩睺罗十卓,每卓三十枚,大者至高三尺,或用象牙雕镂,或用龙涎佛手香制造,悉用镂金珠翠。衣帽、金钱、钗鋜、佩环、真珠、头须及手中所执戏具,皆七宝为之,各护以五色镂金纱厨,制阃贵臣及京府等处,至有铸金为贡者。"④宋元时期的魔合罗玩具很有节庆性和时令性。在东京,每逢初六日、七日晚,市民多结彩楼于庭,唤作"乞巧楼",为的是放置"魔合罗""至初六日七日晚,贵家多结彩楼于庭,谓之'乞巧楼'。铺陈磨喝乐、花瓜、酒炙、笔砚、针线,或儿童裁诗,女郎呈巧,焚香列拜,谓之'乞巧'"⑤。如杜仁杰套数[商调·集贤宾北]《七夕》中所说"今宵两星相会期,正乞巧投机。沉李浮瓜肴馔美,把几个摩诃罗儿摆起。齐拜礼,端的是塑得来可嬉。"20世纪80年代初,在江苏镇江市区出土了一批宋代苏州陶捏像,其中最引人注目

---

① 王长生:《正宁民俗》,甘肃人民出版社2001年版,第134—136页。

② (宋)孟元老:《东京梦华录》(外四种),中国商业出版社1982年版,第54页。

③ 杨洪杰、吴麦黄:《司马光传》,山西人民出版社1997年版,第69页。

④ (宋)周密:《武林旧事》(外四种),中国商业出版社1982年版,第48—49页。

⑤ (宋)孟元老:《东京梦华录》(外四种),中国商业出版社1982年版,第54页。

的便是儿童捏像。这些儿童捏像就是宋代极受宠爱的"泥孩儿摩罗"实物。可贵的是,像的底部,还塑有"吴郡包成祖"、"平江包成祖"、"平江孙荣"的戳记。据文献记载,南宋时,苏州所塑的摩罗非常有名。① 宋祝穆《方舆胜览》卷二:"平江府土人,工于泥塑,所造摩睺罗尤为精巧。"②当时平江府辖吴县(今苏州市)、长洲、昆山、常熟、吴江、嘉定六县。又,陈元靓《岁时广记》也说:"今行在中瓦子后市街众安桥,卖磨喝乐最为旺盛,惟苏州极巧,为天下第一。"③将文献与文物相对照,可知这些儿童捏像正是宋代魔合罗的实物,这"体现了人们对后嗣的渴望"④。

元代承接宋代的风俗,魔合罗制作更为精美。《析津志》载:"市中小经纪者,仍以芦苇夹棚,卖摩诃罗巧神泥塑,人物大小不等,买者纷然。"孟汉卿杂剧《张孔目智勘魔合罗》第一折称"魔合罗"是"乞巧的泥新妇",在第二折描写了专门制作和叫卖魔合罗的手工艺人高山,在给李家送口信时,顺手送给刘玉娘之子一个魔合罗,在它的底下还刻有"高山塑"三字,后来成了河南府张鼎破案的主要线索。可见当时魔合罗的制作已有铭刻制作者姓名的习惯,有了"品牌"和"产权"的意识。第四折通过张鼎唱词,较为详尽地描摹了魔合罗的形象与使命:

[叫声]你曾把愚痴的小孩提,教诲、教诲的心聪慧,若把这冤屈事说与勘官知。

[醉春风]不强似你教幼女演裁缝,劝佳人学绣刺! 要分别那不明白的重刑名,魔合罗全在你。你若出脱了这妇衔冤,我教人将你享祭,煞强如小儿博戏。

[滚绣球]我与你曲湾湾画翠眉,宽绰绰穿绛衣,明晃晃凤冠霞帔,妆严的你这样何为? 你若是到七月七,那其间乞巧的,将你做一家儿燕喜,你可便显神通百事依随。比及你露十指玉笋穿针线,你怎不起一点

① 刘峻:《民俗文化与宗教融合之产物"磨喝乐"探讨》,《西北农林科技大学学报》(社会科学版)2010 年第 1 期。

② 顾学颉、王学奇:《元曲释词》二,中国社会科学出版社 1984 年版,第 480 页。

③ (宋)陈元靓:《岁时广记》,中华书局 1985 年版,第 303 页。

④ 阴法鲁、许树安:《中国古代文化史》,北京大学出版社 1991 年版,第 526 页。

朱唇说是非,教万代人知?

[倘秀才]枉塑你似观音像仪,怎无那半点儿慈悲面皮?

依曲可知,第一,当时魔合罗玩具的教育意义。它可以把"愚痴"的小孩"教诲"得"心聪慧",教女孩"裁缝"和"绣刺";第二,借魔合罗赞美活泼可爱的小孩。在元曲中,将魔合罗塑造成儿童模样的描写很多。如关汉卿杂剧《诈妮子调风月》第一折:"和哥哥外名,燕燕也记得真,唤做魔合罗小舍人。"岳伯川杂剧《吕洞宾度铁拐李岳》第二折:"花朵般浑家不能勾恋,魔合罗孩儿不能勾见。"马致远杂剧《马丹阳三度任风子》第一折任屠唱词:"则我这家缘,不少了你吃共穿,生下这魔合罗般好儿天可怜。"刘时中小令[中吕·红绣鞋]《吴人以美女为娃,北俗小儿不论男女,皆以娃呼之,有名娃娃者,戏赠》:"亲不亲心肝儿上摘下,惜不惜气命儿似看他,打健健及擎著手心儿里夸。闲则剧怀抱儿里引,娇□可喜被窝儿里爬,只是将个磨合罗儿迤逗著耍。"这些记载均以魔合罗比喻可爱的孩子,可见当时社会对魔合罗的"宠爱"程度。模仿儿童清秀娇美、天真活泼,讨人喜欢的形象,"妆严"魔合罗,给人心中种下深深的喜悦和期望。第三,它是儿童玩具,被化了妆,穿上漂亮的衣服,像一尊观音,在七夕时显神通。元代的魔合罗儿童玩具,衣着打扮如同元代贵妇:"曲湾湾画翠眉,宽绰绰穿绛衣,明晃晃凤冠霞帔。"这是当时流行的样式,可能就是当时人们心目中织女的形象。七夕节临近,城中小商贩,以芦苇等架棚,出售魔合罗,人物形状大小不等,人们抢着买。互相馈赠,以此祝对方人丁兴旺、子孙绵绵。孟汉卿杂剧《张孔目智勘魔合罗》第一折:"老汉高山是也,龙门镇人氏,嫡亲的两口儿,有个婆婆。每年家赶这七月七,入城来卖一担魔合罗。"说的就是这个背景。这说明,在 13 世纪,织女不仅仅是巧女的形象,还是具有主掌生育的神性,只是后世将祈子的神性给了观音(送子娘娘)罢了。

总之,元曲中吟唱的那一首首或欢快或凄婉的乞巧曲、爱情歌、求子调,无论是对节日习俗的拓展,还是人物形象内蕴的深化,抑或艺术表现手法的传承,都以其独特的视角,展现了一个缤纷多姿的元代妇女生活世界,让我们仿佛看到了元代乞巧节的闹热与喜庆,看到了元代女性不堪的社会地位与情感遭际,以及她们在这种境遇中的幻梦、希望和追求,感受到元代妇女的生命律动和青春魅力，也感动元代妇女这种持之以恒的求巧活动，以及对中国传统文化弘扬的韧性。

（二）中　秋　节

每年的农历八月十五，是我国传统的中秋佳节。为月亮设节日，唯有中国，表达了中华先人崇月、敬月、亲月的美好情怀。中秋节的别称众多，因节期在八月十五，正是八月的二分之一，所以俗称八月节、八月半、八月会。因中秋节的主要活动都是围绕"月"进行的，所以又俗称月节、追月节、玩月节、拜月节。又因为传说唐明皇在这一天夜游月宫，于是便称中秋为月夕。由于此夜月亮圆满，象征团圆，因此回娘家的媳妇在这一天必须返回夫家，以寓圆满、吉庆之意，故又称为女儿节或团圆节。

关于中秋节的形成，主要有二说：一是秋报遗俗说。《说文解字》释"秋"为"禾谷熟也"①。古人播种时，要祀土地神以求丰收。收获后，须祀社稷神以谢佑护，即"春祈"与"秋报"。农历八月十五，正值作物成熟季节，各家都拜土地神。中秋可能就是秋报的遗俗。一是秋天祭月礼制说。据《周礼·春官》记载，周代就有"秋分夕月"的活动，晋时已有中秋赏月之举，登台观月、泛舟赏月、对月饮酒已十分盛行。唐代时，中秋与嫦娥奔月、吴刚伐桂、玉兔捣药、杨贵妃变月神、唐明皇游月宫等富有传奇色彩的神话故事结合起来，给这个节日笼罩上迷人的瑰丽光环。宋代，中秋节成为深入民间的民俗节日②。孟元老《东京梦华录》卷八《中秋》中描写北宋京都赏月盛况时说："中秋夜，贵家结饰台榭，民家争占酒楼玩月。丝篁鼎沸，近内庭居民，夜深遥闻笙竽之声，宛若云外。闾里儿童，连宵嬉戏。夜市骈阗，至于通晓。"③富贵之家有富贵之家的玩法，平民百姓有平民百姓的过法，穷人也不会放过佳节。节日，总是人们最平等的日子，阶级平等，男女平等，老少平等。蒙古游牧民族原无中秋节，元朝建立后，接受汉人风俗，也大过中秋节，虽然月下游乐的节庆内容不像宋代那样浓盛，但设宴赏月的风俗更加盛行，

---

① 苏宝荣：《说文解字》今注，陕西人民出版社 2000 年版，第 252 页。
② 王颖：《中秋节的起源与中秋月的文化意象》，《中国青年政治学院学报》2008 年第 1 期。
③ （宋）孟元老：《东京梦华录》（外四种），中国商业出版社 1982 年版，第 56 页。

更加普及,形式也更为奢靡。① 据陶宗仪《元掖庭记》载,"己酉仲秋之夜,武宗与诸妃嫔泛舟于禁苑太液池。月色射波,池光映天,绿荷含香,鱼鸟群集。于是画鹢中流,莲舟夹持,往来便捷。帝乃开宴张乐,令宫女披罗曳縠,前为八展舞,歌《贺新凉》一曲。银罂连朝赐贵嫔,羊酥马潼腻沾唇。煎熬都在沙糖局,鲜果南州又贡珍。"② 又有彩帛装饰华丽之小舟,在池上采摘菱、莲蓬,轻快便捷,往来如飞。可见起于朔漠本不善弄舟的元统治者,其奢华排场较以往汉族皇帝,有过之无不及。在元代人多姿多彩的物态文化和活动文化中,中秋节得到丰富并传承,使较之其他民俗节日形成稍晚的中秋节,到明清时上升为与春节、清明、端午比肩的民俗大节。元曲中有十余篇歌咏中秋节的作品。这些作品不仅向我们提供了一幅幅色彩鲜亮、诗情浓重的节日风情画,记录了元代中秋节俗的形态,记录了元代人节日的心态,而且更深入地揭示了中秋节的文化精华和真谛,向我们提供了进入元代人精神世界的钥匙。

1.崇月

自古以来没有哪一个国家的人民像中国人一样怀有如此深厚的月亮情结,月亮在中国已形成了一种与中华民族的伦理、审美、哲学等密切相关的文化,它可以入诗、入文、入歌、入画,可倾听、诉说、吟之、唱之。天上月圆,象征人间团圆,家家亲人团聚赏月,享受天伦之乐,是古人雅俗同好的一件快事。其赏月的形式,或自搭彩楼,或携友酒楼,或登山泛水,备齐瓜果酒浆,赋诗讲古,通宵达旦。元曲中描写了元代人沿袭赏月的古风。

一是把月亮视作光明、美好的象征描写。钟嗣成小令[南吕·骂玉郎过感皇恩采茶歌]《四时佳兴·秋》:"玉露泠,银汉明,金飙透。大火西流,明月中秋。气萧条,光皎洁,景清幽。"马致远小令[仙吕·青哥儿]《十二月·八月》:"铜壶半分更漏,散秋香桂娥将就。天远云归月满楼,这清兴谁教庾江州,能消受。"月亮莹澈姣好,月下的山河万物别具一种风姿神韵,较之朗日高照之时,更能诱人神思,启人雅兴,抒人情怀,也许这就是我们今天常说的朦胧美吧。

---

① 韩养民、郭兴文:《中国古代节日风俗》,陕西人民出版社 2002 年版,第 261—263 页。
② (元)柯九思等:《辽金元宫词》,北京古籍出版社 1988 年版,第 94—95 页。

在元曲中,月亮不仅美丽,而且多情,能给人们带来无限情趣,无限欢快。刘时中小令[双调·水仙操]:"西风逗入耍窗儿,一扇新凉暑退时,白蘋红蓼多情思。写秋光无限诗,占平湖一抹胭脂。荷缺翠青摇柄,桂飘香金缀枝,快活煞玩月的西施。"无名氏小令[中吕·迎仙客]《八月》:"风露清,月华明,明月万家欢笑声。洗金觥,拂玉筝,月也多情,唤起南楼兴。"可见,元代人对月投入太多的审美注意和审美实践。

唯一专题吟诵中秋的套数是朱庭玉[仙吕·点绛唇]《中秋月》,该曲生动地描述了观赏中秋月色的美好感受,表达了元代人的爱月之情:

可爱中秋,雨余天净,西风送。晚云归洞,凉露沾衣重。

[混江龙]庾楼高望,桂华初上海涯东。秋光宇宙,夜色帘栊。谁使银蟾吞暮霞,放教玉兔步晴空。人多在,管弦声里,诗酒乡中。

[六幺遍]烂银盘涌,冰轮动。辗玻璃万顷,无辙无踪。今宵最好,来夜怎同? 留恋婵娥相陪奉,天公,莫教清影转梧桐。

[后庭花]直须胜赏,想人生如转蓬。此夕休虚废,幽欢不易逢。快吟胸,虹吞鲸吸,长川流不供。

[赚煞]听江楼,笛三弄,一曲悠然未终。裂石凌空声嘹喨,似波心夜吼苍龙。唱道醉里诗成,谁为击金陵半夜钟。我今欲从嫦娥归去,盼青鸾飞上广寒宫。

"管弦声里,诗酒乡中",中秋之夜,真是令人陶醉呀,既写了皎洁的中秋之月,更突出了元代人尽享佳节的欢乐场面。美学家宗白华说:"一切美的光是来自心灵的源泉,没有心灵的映射,是无所谓美的。"①曲家青睐于中秋,一方面是因为月色的高爽与明净,夜空的寥廓与澄澈,最能与曲家豪迈的气质、高洁的品性、开阔的胸襟产生共鸣;另一方面,也与生产水平的提高和月亮神性的逐渐淡薄以及审美意识的增强有关。

以中秋节为时空背景的杂剧,自然、朴野、宁馨、神秘,展现了元代人朴素、本真的个性,对美好、幸福生活的憧憬。如李好古杂剧《沙门岛张生煮海》中的东海龙女琼莲被书生张羽的"弦中语""指下功"吸引,"蹑足潜

①　宗白华:《艺境》,北京大学出版社1997年版,第159页。

踪","偷窥方丈","不守房栊",来到书生门前,一见倾心,相约中秋节在海滨相见,龙女走后,张羽到海边寻找龙女,遇到毛女仙姑,仙姑授之以煮海工具和方法。为了追求幸福,张羽煮海、闯海,终于赢得了爱情的胜利,龙王同意婚事。再如吴昌龄杂剧《张天师断风花雪月》中,书生陈世英与桂花仙子的恋爱,即发生在中秋佳节。陈世英中秋赋诗弹琴,引动了月中桂花仙子下凡。陈世英爱上了桂花仙子,他因相思成疾而卧床不起,尽管百般医治无效,陈世英仍然挣扎病体到后花园中等候桂花仙子的到来。后来张天师设法让他进入仙界,但陈世英仍然不思自己的凡人身份,他精神焕发,甚至无视封姨、雪神的喝斥阻拦,拉起桂花仙子便要同走,陈世英的真诚执着使天条的执行者长眉仙也深受感染,不但对桂花仙子的"越礼"行为从轻发落,还成就了他们的仙人之缘。其中不仅故事发生在中秋节赏月时,他的意中人也是中秋节故事中的形象:桂花仙子是根据民间传说中的桂花女神创作出来的形象。桂花也本是中秋节的节令物品;而且出现的封姨、花仙、雪神,再加上月色,正好组成"风花雪月"。无名氏杂剧《郑月莲秋夜云窗梦》表现妓女郑月莲中秋相思心上人张均卿的故事;李文蔚杂剧《同乐院燕青博鱼》里有梁山好汉燕青中秋节与兄弟一起捉杨衙内和王腊梅奸的描写。尤其是关汉卿杂剧《望江亭中秋切鲙》中那位多情而勇敢的谭记儿。她虽身为诰命夫人,其感情方式和行为方式却带有市井民间妇女的豪爽、率直、泼辣的特征。她长于庖厨刀俎,像"薄批细切"等较大难度的"切鲙"活儿,对驾舟、撒网这类一般妇女少做或不做的事,她都挥洒自如。她利用杨衙内好色贪杯的性格,假扮渔妇,以献鱼为名,混上杨衙内的官船,与杨衙内一行人眉来眼去,打情骂俏,骗取了势剑、金牌和朝廷文书,使杨衙内沦为阶下囚,不仅挽救了自己一家,也为社会除了一大公害。有学者认为,谭记儿中秋夜"智取"势剑金牌,是中秋"摸秋"节俗的渗透。中国有很多地域都有"摸秋"的习俗。如贵州的"偷瓜送子"习俗,湖南怀化地区的"偷吃"风俗,浙江山区流行"抢瓜"习俗,长沙的"偷南瓜送子"风俗,大别山地区见什么摸什么的偷吃习俗,布依族人的"偷瓜祭月"习俗等。摸秋祈子、摸秋祝子、摸秋祈情、摸秋祈运,都张扬着中秋节最核心的文化内涵——祝愿社会和谐和家庭团圆幸福。谭记儿借助的正是这样的民俗文化底蕴,她智"偷"的成功,揭示了中秋摸秋的意义所在:渴望从岁月里"偷"出好时光,从丰收季节里"偷"出好记忆,从劳碌中"偷"出悠闲、温馨和情趣,"偷"出夫妻恩爱,"百年喜悦"①,从智慧中,"偷"出平安,惩恶扬善。习俗是一种沉淀,有些已经随着时代的发展逝去,有些则随着时代不断成熟发展,元曲中的中秋剧,用艺术的、感人的形式,对传承节日文化传统作出了特殊的贡献。

　　二是对元代人赏月活动和心态的描摹。无名氏小令[双调·殿前欢]:"夜如何? 正梨花枝上月明多? 谁家见月明多? 谁家见月能闲坐? 我正婆娑,对清光发浩歌,无人和,和影儿三个。姮娥共我,我共姮娥。"是且歌且舞,自得独处之乐的描写。杨果小令[越调·小桃红]:"碧湖湖上采芙蓉,人影随波动,凉露沾衣翠绡重。月明中,画船不载凌波梦。"是对采莲女们在湖上赏月的描写。王修甫套数[仙吕·八声甘州]:"无心绣作,空闲却金剪刀。眉蹙吴山翠,眼横秋水娇。"为盼赏月,连深闺里的小姐们也坐不住了,派去打探月消息的婢女怎么还不来禀报呢? "正心焦,梅香低报,报道晚妆楼外月儿高"。与王修甫套数情节大致相类的还有马致远套数[仙吕·赏花时]《掬水月在手》:"古镜当天秋正磨,玉露瀼瀼寒渐多,星斗灿银河。泉澄潦尽,仙桂影婆娑。……宝鉴妆奁准备着,就这月华明乘兴梳裹,喜无那,非是咱风魔,伸玉指盆池内蘸绿波。刚绰起半撮,小梅香也歌和,分明掌上见嫦娥。"月亮像一面古镜悬挂中天,在秋空中显得更加明妍。满地露水浓重,使人不胜寒。银河中星光灿灿,地面上的泉流和积水那样地澄净,把桂树摇曳得倒影映现。在这样美的月色里,爱美的小姐吩咐使女们:"准备好镜子妆奁,乘着这样好的月色,我要美美地梳妆打扮。"我欣喜无限。不是我轻狂,伸出手指往小池里把水戏蘸。刚捧起一掬清波,小丫鬟也惊喜地大喊。手掌中映现着我的容颜,真的美如嫦娥天仙。欢快之景,绘形绘色。元代的隐士们更是钟情于月:"数声柔橹江湾,一钩香饵波寒。"今夜月色明,渔翁摇着船驶过江湾去垂钓,但因为"回头贪兔魄,失意放渔竿。看,流下蓼花滩"②;月亮也偏爱他们,或观他们垂钓:"月底花间酒壶,水边

---

　　① 翁敏华:《中秋节俗主题及其戏曲演绎》,《上海师范大学学报》(哲学社会科学版)2010年第4期。

　　② 查德卿小令[越调·柳营曲]《江上》。

林下茅庐。避虎狼,盟鸥鹭,是个识字的渔夫。蓑笠纶竿钓今古,一任他斜风细雨"①;或助他们酒兴:"但樽中有酒,身外无愁,数着残棋江月晓,一声长啸海门秋","但得个月满舟,酒满瓯,则待雄饮醉时休。紫箫吹断三更后,畅好是休,孤鹤唳一声秋","饮遍金山月满舟"②;或共与他们共度余年:"十年种木,一年种谷,都付儿童。老夫惟有,醒来明月,醉后清风"③。月亮照着山河万物,照着碧湖上的采莲女,照着花间酒壶,也照着深闺里的小姐们,照着种木、种谷的劳动者。元代的月,是元代人生活中的密友;是沟通每一个元代人心中理想世界与现实人生的小舟。有了月,才有了"快活煞玩月的西施";有了月,才有那"明月万家欢笑声";有了月,才能"饮遍金山月满舟";有了月,才能"对清光发浩歌",才有了那"愿天下有情底都似你者"④境界。元代人的月亮,是美的缩写,是心的寄托,是爱的使者,是梦的归宿。元代是一个爱月的时代。

三是对中秋饮宴的描写。中秋正值收获季节,故无论是在家宴上还是在供月的案头上,当令食品如瓜果,柿、榴、梨、枣、栗、藕、菱、葡萄、苹果等很丰富。在祭月之后,家家铺陈中秋酒宴,一边欣赏明月,一边享用中秋美酒美食。祭月的水果,虽然是应节时果,但有些也有它的讲究,尤其是西瓜是绝对不能少的,西瓜切开后是红色,它代表生命的起源,有着多子多福的用意。如宋褧小令[黄钟·人月圆]《中秋小酌》:

红螺香滟金茎露,清兴溢璇霄。玉盘光冷,云鬟雾湿,丹阙烟销。□□此夜,明年明月,何似今宵。西风唤我,瑶阶折桂,绮槛吹箫。

汤舜民小令[正宫·脱布衫带小梁州]《四景为储公子赋凤阳人·秋》:

问秋来何处盘游?醉乡中罗列珍羞。巨口鲈红姜素藕,团脐蟹锦橙黄柚。丹桂开花满树头,金粟娇柔。玎珰帘幕不垂钩,天香透,无地不风流。[幺]亭台净扫无纤垢,胜当年庾亮南楼。传画烛,焚金兽。碧天如昼,今夜赏中秋。

---

① 胡祗遹小令[双调·沉醉东风]。
② 不忽木套数[仙吕·点绛唇]《辞朝》。
③ 元好问小令[黄钟·人月圆]《卜居外家东园》。
④ 宋方壶小令[双调·清江引]《托咏》。

无名氏小令［商调·梧叶儿］［十二月·八月］：

中秋夜,饮玉卮,满酌不须辞。沉醉后,仰望时,月明儿,便似个青铜镜儿。

吴昌龄杂剧《张天师断风花雪月》第一折：

早安排异品奇珍,与侄儿权且拂尘。值中秋正当玩月,休辜负美景良辰。

关汉卿杂剧《望江亭中秋切鲙》第三折：

则这今晚开筵,正是中秋令节,只合低唱浅斟,莫待他花残月缺。

这些描写反映了元代人中秋对月欢宴歌舞浅斟的民间习俗,与今天是极相似的。元代的节物风俗重在赏新,饮新酒等习俗都具有"秋尝"的意味。品尝这些时令美味同样成为了中秋的一项节俗活动。其实在中秋节品尝食饮,并不仅仅是为了满足口腹之欲,而是重在感受节日、享受生活。这些饮食,推动了元代人思乡、思亲的情感,把元代的中秋节闹得红红火火。

同时,元代人也没有忘记记写"贪欲"的饮食带给元代人的烦恼,这或许就像中国人历来追求却永远达不到的中秋"圆满"一样,美好,却总有遗憾。如李直夫杂剧《便宜行事虎头牌》记述了因贪酒山马寿的叔父老千户在节日里忘记了平时自己的承诺,与夫人吃酒玩月,丢失了镇守的夹山口事件。李文蔚杂剧《同乐院燕青博鱼》第三折记写了在中秋节,燕大的妻子王腊梅和燕大、燕青在前厅上饮酒玩月。王腊梅用"酒冷一钟、热一钟,冷一碗、热一碗",将燕大、燕青灌的烂醉后,与自己情夫私会的情节。关汉卿杂剧《望江亭中秋切鲙》利用中秋节饮宴的习俗,将官高势显的杨衙内制服。这些例证生动地体现了节日民俗规范、调控和教育的功能。

2.拜月

拜月与赏月不同,赏月是娱乐,拜月是信仰,拜月是从赏月发展而来的民间信仰仪式。中华民族自上古便有敬天礼地的习俗,对月神的崇拜古已有之。早在周代,每逢中秋夜都要举行迎寒和祭月仪式。宋时中秋拜月已成习俗,元时拜月习俗更浓。① 在中秋月下,设香案,摆放西瓜、苹果、红枣、

_____

① 吴国钦:《关汉卿杂剧中的民俗文化遗存》,《戏剧艺术》1999 年第 3 期。

李子、葡萄等象征丰收的圆形蔬果,高燃香烛,全家人依次向月叩拜,祈求祥瑞,是元代中秋时节通行的习俗。拜月求前程、求容颜、求团聚等,作为一种生活愿望的表达,"中国人那根极轻妙、极高雅而又极为敏感的心弦,每每被温润晶莹、流光迷离的月色轻轻地拨响。一切的烦恼郁闷、一切的欢欣愉快、一切的人世忧患、一切的生死别离,仿佛统统是被月亮无端招惹出来的。而人们的种种飘渺幽约的心境,不但能够假月相证,而且能够在温婉宜人的月世界中有响斯应"①,从中获得一种心理满足。拜月增添了元代人的生活情趣,成为元代人生活中重要的一部分。元曲中虽关于中秋拜月的描写很少,但拜月习俗描写处处可见,反映出元代人虔诚的拜月心态。梳理元曲中拜月描写,大致表达了如下内容:

一是拜月已成为元代人生活中必不可少的、最自然的习俗的描写。徐再思小令[越调·柳营曲]《春情》:"投木桃。报琼瑶。风流为听紫凤箫。云挽金翘。香沁鲛绡。春在两眉梢。带明月门扇低敲。近秋千花影轻摇。奶娘还问着。小玉会搬挑。教。推道把夜香烧。"从互送礼物——"木桃"与"琼瑶",到互相爱恋——"春在两眉梢",再到月下私会——"待明月门扇低敲",再到再次约会——"推道把夜香烧"。不仅活脱地刻画出一个大胆追求爱情且聪明活泼的少女形象,也自自然然地道出了元代女子拜月香夜烧,已是司空见惯、习以为常的生活习俗。

二是月下吐心语。情人们每每对月盟誓,源于人类的自然神崇拜;人们对满月表达自己希望团圆的心愿,体现了交感共鸣的思维形式。月之圆满美丽,寄托着人事美丽圆满的理想。王实甫杂剧《崔莺莺待月西厢记》第一本第三折莺莺对月发愿:

（旦笑云）红娘……天色晚也,安排香案,咱花园内烧香去来。

（旦云）取香来!（末云）听小姐祝告甚么?（旦云）此一炷香,愿化去先人早生天界!此一炷香,愿中堂老母,身安无事!此一炷香……

（做不语科）（红云）姐姐不祝这一炷香,我替姐姐祝告:愿俺姐姐早寻

---

① 潘知常:《众妙之门——中国美感心态的深层结构》,黄河文艺出版社 1989 年版,第267 页。

一个姐夫,拖带红娘咱!(旦再拜云)心中无限伤心事,尽在深深两拜中。

红娘说了莺莺不好意思出口的话。这为红娘以后为崔张二人传书作了铺垫,也证实了莺莺追求爱情的一颗炽热的心,并将这位少女渴望爱情的情怀公然敞开在人们面前,也为之后追求自由恋爱而作出大胆泼辣的行为作好了准备。

关汉卿杂剧《闺怨佳人拜月亭》第三折王瑞兰焚香拜月:

　　(正旦云)梅香,安排香桌儿去,我待烧炷夜香咱。

　　[伴读书]你靠栏槛临台榭,我准备名香爇。心事悠悠凭谁说?只除向金鼎焚龙麝,与你殷勤参拜遥天月,此意也无别。

　　[笑和尚]韵悠悠比及把角品绝,碧荧荧投至那灯儿灭,薄设设衾共枕空舒设。冷清清不恁迭,闲遥遥身枝节,闷恹恹怎捱他如年夜!

　　(梅香云了)(正旦做烧香科,唱)

　　[倘秀才]天哪!这一炷香,则愿削减了俺尊君狠切,这一炷香,则愿俺那抛闪下的男儿较些。那一个爷娘不间叠?不似俺、忒咥嗻,劣缺!

　　(做拜月科,云)愿天下心廝爱的夫妇永无分离,教俺两口儿早得团圆。

拜月已成为元代人以月寄情,渴望团聚、幸福的精神寄托。

无名氏杂剧《锦云堂暗定连环计》第二折也有类似情节:

　　(旦儿扮貂蝉领梅香上,云)妾身貂蝉是也。自从与吕布失散,不想流落于此,幸遇司徒老爷看待如亲女一般。只是这桩心事,难以剖露。如今月明人静,不免领着梅香,后花园中烧香走一遭去……(旦儿云)池畔分开并蒂莲,可堪间阻又经年。鹣鹣比翼难成就,一炷清香祷告天。妾身貂蝉,本吕布之妻,自从临洮府与夫主失散,妾身流落司徒府中,幸得老爷将我如亲女相待。争奈夫主吕布不知下落。如今在后花园中烧一炷夜香,对天祷告,愿俺夫妻每早早的完聚咱。柳影花阴月半空,兽炉香袅散清风。心间多少伤情事,尽在深深两拜中。

貂蝉因与吕布失散而伤情,故拜月祷祈,以求团圆"完聚"。

　　三是月下情誓的描写。月色下的花园宁静、安谧,一切事物都给人以温馨绰约、淡泊朦胧的感觉。在一片妙景的花园月夜,没有了日间的喧哗拘禁,男女主人公显得自然而坦诚。如郑光祖杂剧《㑳梅香骗翰林风月》第一折樊素与小蛮月夜闲步后花园,樊素唱道:"池中星有如那玉盘乱撒水晶丸。松梢月恰更似苍龙捧出轩辕镜。"在这样美丽的月下,他们听到白敏中的琴声,引得小蛮撇下香囊,一段情缘由此开始。"月亮"在这里具有关键的意义,从某种意义上说,它起的是月下老人的作用。

　　王实甫杂剧《崔莺莺待月西厢记》中的"酬韵"一折也是在月色下展开的,张生打听到莺莺每夜都要到花园烧香,于是在月下翘首等待。莺莺前来烧香拜月,为自己孤身飘零全无归宿而百般惆怅,"心中无限伤心事,尽在深深两拜中。"隔墙的张生则借月吟诗:"月色溶溶夜,花阴寂寞春;如何临皓魄,不见月中人?"莺莺听后不禁为之动容,依韵和诗一首:"兰闺久寂寞,无事度芳春。料得行吟者,应怜长叹人。"二人的月夜酬韵充满了诗情画意,这里的月色为构筑特定的戏剧情境发挥了重要作用。

　　四是向月祈团圆的描写。元曲中这类"拜银蟾"①问"行藏"②的描写极多,均是含蓄蕴藉的吟唱。如景元启套数[双调·新水令]:

　　　　我这里告天:可怜,教我永团圆! 愿天公与我行方便,地连枝产朵并头莲,天比翼生对双飞燕。

关汉卿套数[黄钟·侍香金童]:

　　　　[幺]铜壶玉漏催凄切,正更阑人静也。金闺潇洒转伤嗟,莲步轻移呼侍妾:"把香桌儿安排打快些!"

　　　　[神仗儿煞]深沉院舍,蟾光皎洁。整顿了霓裳,把名香谨爇。伽伽拜罢,频频祷祝:不求富贵豪奢,只愿得夫妻每早早圆备者!

宋方壶小令[双调·清江引]《托咏》:

　　　　剔秃圞一轮天外月,拜了低低说:是必常团圆,休着些儿缺,愿天下有情底都似你者!

---

①　吴西逸小令[越调·柳营曲]《秋闺》。
②　刘庭信套数[正宫·端正好]《金钱问卜》。

贯云石小令［正宫·小梁州］《冬》：

> 巴到黄昏祷告天，焚起香烟。自从他去泪涟涟，关山远，抛闪的奴家孤枕独眠。［幺］盼才郎早早成姻眷，知他是甚日何年？何年见可怜？可怜见俺成姻眷，天地下团圆，带累的俺团圆。

在清幽皎洁的月光下，恭恭敬敬地焚香，深深地拜了又拜，不停地向圆月祈祷，务必常常团圆吧，少些缺憾，愿天下有情的都像你一样！充分表达了元代女子对爱情的诚挚和忠贞，张扬了青年男女追求自由爱情婚姻的个性，是对"父母之命"、"媒妁之言"、"男女授受不亲"等"三纲"、"五常"封建礼教的一种反叛。尤其是"不求富贵豪华，只愿得夫妻每早早圆备"、"愿天下有情底都似你者"、"天地下团圆，带累的俺团圆"的美好愿望，由求夫妻团圆到推己及人，境界大大提高，显示了深广的胸怀，为元代人高唱的"愿天下有情人都成了眷属"增添着博大的内涵。

五是月下风雅情事的描写。詹时雨残剧《对弈》中莺莺云：

> 昨夜妾身焚香拜月之时，他到墙角边吟诗，我也依著他韵脚儿和了一首。我想著那秀才诗意，好生关妾之情，使我绣房中身心俱倦。

莺莺的"情"，就是在拜月时被"那秀才"的吟诗及诗中"意"撩起的。

再看戴善甫杂剧《陶学士醉写风光好》第二折秦弱兰月下烧香遇陶毂的描写：

> （正旦云）梅香，将香烛来，我烧夜香。（梅掇桌科。陶毂便衣上，云）……去这花园内，乘月色观桂花释闷咱……（正旦云）梅香，我烧罢香回去，对此月色，口占一诗。（念科云）隔窗疏雨送秋声，夜夜愁人睡不成。遇此良宵多感慨，清风明月又关情。（陶毂云）原来有人在柳阴深处吟诗。我过去看咱。

一段风流事，由此牵就。两人会媾于书房，陶毂在秦弱兰汗巾上写下《风光好》词作信物，遂约他年聘娶。

拜月为男女的接触与情会，提供一个可行或可靠的机缘，一种有可能性的特殊场境。它和古文学作品中常见的让红男绿女于观灯、庙会、扫墓、踏青等活动中邂逅生情一样，成为元代曲家描写男女爱情发生的一种特别模式。

六是节外生枝的描写。杨景贤杂剧《西游记》第四本第十三出《妖猪幻惑》裴太公之女云:妾身"自幼许配朱太公之子为妻。他家贫了,俺家父亲,待悔了亲事,因此俺两情未已。梅香,你与我将这一封书去,对那生言道:我为他夜夜烧香花园里,等着他来厮见……(梅香上,云)小姐着我寄书与朱郎,朱郎今夜来赴期也,我已回过小姐了。安排下香桌儿,月儿上时,请小姐烧夜香。(裴女上,云)朱生回话来,今夜必来也。烧夜香,待和他说一句话。深秋天气,好一轮月色也呵。"如果朱郎来赴约,两人月夜会媾,生米熟饭,裴太公想"悔亲"也不行了。结果不敢越雷池半步的朱郎不敢来,而让猪八戒钻了空子,"得天地之精神,秉山川之秀丽"而生长的猪八戒幻化成朱郎,把裴太公之女弄走了。① 猪八戒之所以能骗婚成功,除了是遇上了被封建婚姻意识捆住了手脚的朱郎外,还因为裴小姐对爱情迫不及待的渴求。猪八戒化作朱郎与裴小姐月下相会,提出与其私奔。裴小姐唱道:"填满起闷怀坑,担干起相思担。我按不住风流俏胆。连理枝头谁下砍? 对菱花接上瑶簪,过得南山,则少个包髻团衫。俺爹便知道呵,也不妨,元定下的夫妻怎断? 咱茶浓酒酽,趁着风轻云淡,省得着我倚门终日盼停骖。"裴小姐的大胆与朱郎的胆怯形成强烈反差,正是这种反差给猪八戒造成可乘之机。也可以说,正是猪八戒与裴小姐干柴烈火般的青春激情促成了这桩人与妖之间的婚姻。

元曲反映节俗拜月最典型的是无名氏杂剧《张公艺九世同居》于八月十五举行阖家共赏圆月祭祀之礼,为我们提供了图景般的元代中秋拜月俗场景。在八月十五日月旦之日,中堂上设祭祀之礼,先由一家之主张公艺拈香,虔诚告祝,以求"一家儿上下无虞",然后"序长幼之礼"。这种仪式,实际是利用中秋节祭月之礼,体现元代人的孝道理念,亲情理念,祈求团圆的文化情愫,和一种敬畏自然、渴望近月、亲月的心理。

需要说明的是上述中秋拜月活动场景的描写很个案,这一方面反映出元代节日行为的日常化;另一方面也说明这一节日仪式化的活动到了元代基本消失了。

3.尚圆

圆是中秋民俗的中心意义。月亮时圆时缺,周而复始,循环无穷,古人

---

① 王政:《元代戏曲中的拜月古俗考》,《戏曲研究》2008 年第 1 期。

对此种现象不知所以,因此有不少民族视月亮为团圆之神。因为家族生活的关系,中国人有很强的家族伦理观念,重视亲族情谊与血亲联系,并较早形成了和睦团圆的民俗心理。家庭成员的团聚成为家族生活中的大事,而中秋节就为民众的定期聚会提供了时机。从民俗的角度透视,元曲对中秋团圆的描写可做如下概括:

一是月圆人圆民间信仰越来越突出。团圆几乎贯穿在中秋各种节物和节俗活动中。面对经久不停、盈亏有序的月亮,古人不知所以,因此有不少民族视月亮为团圆之神。因为家族生活的关系,中国人有很强的家族伦理观念,重视亲族情谊与血亲联系,并较早形成了和睦团圆的民俗心理。家庭成员的团聚成为家族生活中的大事,而中秋节就为民众的定期聚会提供了时机。元曲中常常把中秋节作为相聚的日子来记写,如无名氏杂剧《郑月莲秋夜云窗梦》第三折中,郑月莲为相爱的秀才张均卿上朝取应,于中秋夜感伤月圆人未圆:

[中吕·粉蝶儿]皓月澄澄,快袁宏泛舟乘兴,便宫鸦啼尽残更。九霄中,千里外,无片云遮映。是谁家妆罢娉婷,挂长空不收冰镜?

[醉春风]按不住情脉脉喟然声,又添个骨岩岩清瘦影。(云)好月色也!闲庭中步月散心咱。(唱)步苍苔冰透绣罗鞋,畅好是冷、冷、冷。一点离情,半年别恨,满怀愁病。

李好古杂剧《沙门岛张生煮海》中,龙女琼莲让张羽八月十五日中秋节到她家。第四折描写中秋琼莲与张羽相会的情境:

趁着那绿水清波,良辰美景,轻云薄雾,霜气浸冰壶。可则是玉露泠泠,金风渐渐,中秋节序,正值着冷清清,人静更初。

中秋节当夜,灿如玉壁的明月高悬苍穹,清辉洒满大地,人们渴望团圆、美满的心情会油然而生。对于月亮的崇拜、对于团圆的强烈向往蕴涵着一种深沉的本能力量,使得月亮成为一个独特的意象在中华民族的内心深处沉淀下来,外化为一种总是企盼团圆的民族性格和追求完美的思维方式。

这种尚"圆"意识在元曲中还突出地表现为一幅幅和谐圆满的生活图景的描写,如李行甫杂剧《包待制智赚灰阑记》,武汉臣杂剧《包待制智赚生金阁》,关汉卿杂剧《包待制三勘蝴蝶梦》和《钱大尹智勘绯衣梦》、《感天动地窦娥冤》、《包待制智斩鲁斋郎》,孟汉卿杂剧《张孔目智勘魔合罗》,无名氏杂剧《包待制陈州粜米》,乔吉杂剧《李太白匹配金钱记》、《玉箫女两世姻缘》等,反映在皇帝、清官的帮助下平冤昭雪的描写;如石君宝杂剧《李亚仙花酒曲江池》,关汉卿杂剧《闺怨佳人拜月亭》、《钱大尹智宠谢天香》,王实甫杂剧《崔莺莺待月西厢记》,石子章杂剧《秦翛然竹坞听琴》,张寿卿杂剧《谢金莲诗酒红梨花》,白朴杂剧《裴少卿墙头马上》、郑光祖杂剧《㑇梅香骗翰林风月》,无名氏杂剧《逞风流王焕百花亭》、《郑月莲秋夜云窗梦》等,反映克服重重障碍,考中状元,"金榜题名"才子佳人得以团圆的描写;又如纪君祥杂剧《赵氏孤儿大报仇》,关汉卿杂剧《杜蕊娘智赏金线池》、《温太真玉镜台》、《赵盼儿风月救风尘》、《望江亭中秋切鲙》,杨显之杂剧《临江驿潇湘秋夜雨》,马致远杂剧《半夜雷轰荐福碑》,李寿卿杂剧《说鱄诸伍员吹箫》,尚仲贤杂剧《洞庭湖柳毅传书》,郑廷玉杂剧《宋上皇御断金凤钗》,张国宾杂剧《相国寺公孙合汗衫》,费唐臣杂剧《苏子瞻风雪贬黄州》,石君宝杂剧《鲁大夫秋胡戏妻》等,反映在家族成员的解救和朋友的帮助实现团圆的描写;还有依靠神、仙、佛、鬼的帮助得以团圆的描写,如无名氏杂剧《萨真人夜断碧桃花》,李好古杂剧《沙门岛张生煮海》,孔文卿杂剧《地藏王证东窗事犯》,郑廷玉杂剧《布袋和尚忍字记》,李寿卿杂剧《月明和尚度柳翠》,无名氏杂剧《小张屠焚儿救母》、《施仁义刘弘嫁婢》等。虽然有些团圆显得牵强而不合理,甚至是生拉硬套,但却是那个特定时代的折射。一方面它折射了"中国人底心里是很喜欢团圆的"[①]审美心理。在原始初民的意识里,天是至高无上的,天主宰着人类的一切。《易经》载:"乾为天,为圜。"[②]"天圆地方"是古人在认识世界中所形成的思维模式。加之,四季的轮替变化,春种夏长、秋收冬藏,日月的更迭,自然界的一切都是在进行着周而复始的循环性的圆形变化,人们只有严格按照自然规律才能获得丰收,满足自己的生存需求。这些也就顺理成章地使我们的祖先对于周而复始的宇宙万物变化产生了"崇圆"的认识。"圆"成了深藏在华夏民族集体记忆的审美心

---

① 鲁迅:《中国小说史略》,人民文学出版社 1973 年版,第 283 页。
② 徐志锐:《周易大传新注》,齐鲁书社 1986 年版,第 500 页。

理。元曲中大团圆描写,体现的正是这种深藏在民间的对"圆"崇拜的审美心理。尽管这种"团圆结局总有一种缺憾,并反映民众一相情愿的'天理'力量,是一种苦涩的大团圆"①。但它们是中国团圆文化的一部分,体现了中华民族"有情人终成眷属","善有善报,恶有恶报"的价值观和"以和为贵、以和为美"的审美观。另一方面是多民族文化交融的反映。蒙古游牧民族也是一个崇尚圆形的民族,其尚圆习俗体现在生活的各个方面。首先,对天的崇拜,崇拜太阳和月亮。其次,生活中圆形物品很常见,如居住圆形的毡帐,"蒙古包是适应游牧经济而出现的一种独特的具有鲜明的民族风格的建筑"②。毡帐,又称穹庐,是用柳树枝扎成骨架,上面覆以厚厚的毡子,然后再用绳子紧紧地将毡子捆住,绳子的另一头固定在地上。这种毡帐不仅构造简便,而且可以随时迁移。《马可波罗游记》描述说:"他们没有固定的住房,住的是用木竿和毡子搭起来的帐棚,圆形,不用时可以随时折叠起来,卷成一团,当作包裹。当他们必须迁徙时,把它们一起带走。他们在张搭帐幕时,常常把出入口的门朝着南方。"③此外,日常用具如圆桌、圆火炉等,最典型的是蒙古游牧民族女子所戴的罟罟冠,"元朝后妃及大臣之正室,皆带姑姑衣大袍……姑姑高圆二尺许,用红色罗盖,唐金步摇冠之遗制也"④;钹笠帽是元代蒙古游牧民族使用最为普遍的帽式之一,其帽体呈圆形,帽檐伸出且倾斜向下,有顶,因与铜钹形状相似而得名。上自皇帝下至平民男子都戴此帽,所谓"官民皆带帽,其簷或圆,或前圆后方,或楼子,盖兜鍪之遗制也"⑤。还有蒙古游牧民族生活中随处可见的食器、盛器、祭器和装饰物,宗教习俗祭敖包,他们最喜欢的"跳乐"圆舞等。圆是蒙古民族独特的思维方式。元朝是中国第一个由少数民族建立的大一统政权。元朝的建立,最终结束了在这以前中国境内宋、辽、夏、金以及吐蕃、大理等长期

---

① 李建明:《关汉卿与元杂剧中的包公戏》,《南昌大学学报》(人文社会科学版)2010年第1期。

② 张秀华:《蒙古族生活掠影》,沈阳出版社2002年版,第28页。

③ [意大利]马可·波罗:《马可波罗游记》,陈开俊等译,福建科学技术出版社1981年版,第102页。

④ (明)叶子奇:《草木子》,中华书局1959年版,第63页。

⑤ (明)叶子奇:《草木子》,中华书局1959年版,第61页。

并立的局面。元朝幅员辽阔,"北逾阴山、西极流沙、东尽辽左,南越海表"①,一扫各民族之间交往的地域障碍。随着北方游牧民族文化和中原农耕文化交流的日益深入,各民族的尚圆传统便逐渐融合成了元代世人的一种共识,而元曲中的"大团圆之歌"是整个民族文化交流的"大合唱"②。

二是由于月亮有圆有缺,圆月十分难得又非常美丽,故很多民族又把它想像为"团圆之神",进一步,又由这"团圆之神"派生出"姻缘之神"。人们把夫妻家人团聚的希望寄托在圆月身上,盼望它能给人类的美好姻缘以某种启示和象征。月亮又是爱的使者。在古代,青年男女都会随身携带由红线串成的两枚铜钱或心形饰物,放在口袋,到庙宇祭拜、祈求月下老人天赐良缘,元曲中处处可见对月老的描写。无名氏杂剧《王月英元夜留鞋记》第一折:"何须寻月老,则你是良媒。"王实甫杂剧《崔莺莺待月西厢记》第二本第二折:"休傅幸,不要你半丝儿红线,成就了一世儿前程。"乔吉杂剧《杜牧之诗酒扬州梦》第三折:"俊雅长安美少年,风流一对好姻缘。还须月老牵红线,才得鸾胶续断弦。"贾仲明杂剧《萧淑兰情寄菩萨蛮》第二折嬷嬷对张世英云:"何不求一门亲事,老身当为月老,聘结良姻。先生尊意如何?"无名氏套数[正宫·端正好]《相忆》:"也是你安分福花台上注,以此上月老姻缘玉簿上金,任违了父教师严。"在元曲中虽然不见月下老人在中秋日牵红线的描写,但这些描写,也足以说明,民间传说中专管婚姻的红喜神,也就是媒神的月老,在元代地位是很突出的。

三是嫦娥承载了厚重的月文化。元曲对嫦娥这个浓缩了民族集体意识的神话的唱诵,从心灵的深处,从日常生活中,从感觉中,赋予了月亮一种永恒不朽的意蕴。如张养浩小令[双调·折桂令]《中秋》:"一轮飞镜谁磨?照彻乾坤,印透山河。玉露泠泠,洗秋空银汉无波。比常夜清光更多,尽无碍桂影婆娑。老子高歌,为问嫦娥,良夜恹恹,不醉如何?"在秋光清澈、桂影婆娑的美好时刻,人间欢声高歌,嫦娥独自在广寒,一定很寂寞孤独吧?何不像我们一样,饮酒高歌,以排遣烦闷和忧愁呢!"嫦娥"神话,像一条巨

---

① (明)宋濂等撰:《元史》,中华书局1997年影印本,第1345页。

② 郭小转、胡海燕:《从蒙古族习俗及文化心理看元杂剧大团圆结局》,《青海民族大学学报》(社会科学版)2011年第1期。

大的历史琴弦,为低回在元代人心中凝重而沉郁的心曲汇入了达观、豁朗而健康的旋律。又如宋方壶小令[双调·水仙子]《居庸关中秋对月》:"一天蟾影映婆娑,万古谁将此镜磨? 年年到今宵,不缺些儿个;广寒宫好快活。""问姮娥":"月儿,你团圆我却如何?"将中华民族文化心理中"月圆"与"人圆"的关系演绎得透彻精妙。正如黑格尔所说:"东方人在运用意象比譬方面特别大胆,他们常把彼此各自独立的事物结合成为错综复杂的意象。"[①]在元代人眼里,月球是与人间世界雷同的一个所在。那里有巍峨的建筑——广寒宫,那里有砍不倒的桂树,有捣药的玉兔,有从人间飞到天上、升格为神的嫦娥,那里是人间的缩影、人间的美化。因此,曲家们常常对月感慨,汤舜民在小令[双调·天香引]《中秋戏题》中发出"去年旅邸中秋","今年旅邸中秋","任嫦娥笑我淹留"的浩叹;高明在套数[商调·二郎神]《秋怀》中有"西风桂子香韵幽,奈虚度中秋"的哀叹;张可久在小令[黄钟·人月圆]《中秋书事》中发出"琼台夜永,谁驾青鸾"的感叹;王爱山小令[双调·水仙子]《怨别离》中发出"人美满中秋月,月婵娟良夜天,人月团圆"的兴叹。

　　求善求圆的民族心理,就是在这样一声声的浩叹、哀叹、感叹、兴叹里,展开、烘托和放大。圆满是人们希冀的生活目标,团圆是中国人特别追求的一种人伦境界。也正是团圆主题的出现,使中秋赏月具有了庄严的伦理内涵,丰富了元代的中秋文化内涵,并对明、清以至今天的中秋民俗,产生着某种看得见或看不见的影响。

　　4.赏桂

　　八月中秋,正是丹桂飘香、鲜花盛开的季节。此时荷花已尽而菊花尚未开,更没有春天的百花争艳。在萧瑟寂寥的秋色里,桂花争相开放,花香四溢,一秋开两三遍,从入秋能开到重阳节前,可谓占尽秋光。因此,中秋除了赏月、拜月之外,还有赏桂之俗。对月遥想月中桂,纵目欣赏人间桂,再联想一个苦情的传说吴刚伐桂,月中桂子落入人间的传说,更能激发起元代人的灵感,增添节日情趣。元曲中秋描写中经常提到"桂",其表述的涵义,大致

---

①　[德]黑格尔:《美学》第 2 卷,朱光潜译,上海商务印书馆 1979 年版,第 134 页。

两种：一种是人间桂花，另一种是人文桂花。

（1）人间桂花

所谓人间桂花，即自然界桂花描写。元曲自然界桂花描写主要有桂花色彩美的描写、桂花香味美的描写、桂花姿态美的描写。桂花色彩美在元曲中描写很多，如乔吉小令［双调·折桂令］《宴支园桂轩》："碧云窗户推开，便敲竹催茶，扫叶供柴。如此风流，许多标致，无点尘埃。堆金粟西方世界，散天香夜月亭台。酒令诗牌，烂醉高秋，宋玉多才。"张可久小令［中吕·迎仙客］《黄桂》："近玉阶，映瑶台，婆娑小丛岩畔栽。雁初飞，花正开，金粟如来，望月佳人拜。"卢挚小令［双调·蟾宫曲］《丹桂》："说秋英媚妩嫦娥，共金粟如来，示现维摩。月下幽丛，淮南胜韵，《招隐》谁呵？ 管因为清香太多，这些时学我婆娑。纵览岩阿，抚节高歌，时到无何。"汤舜民小令［正宫·脱布衫带小梁州］《四景为储公子赋凤阳人·秋》："丹桂开花满树头，金粟娇柔。玎珰帘幕不垂钩，天香透，无地不风流。"乔吉小令［越调·小桃红］《桂花》："一枝丹桂倚西风，扇影天香动。"桂树的品种很多，有丹桂、金桂、银桂等。尤以黄色的金桂最普遍。丹桂花盛开时，点点橙红，一粟粟，一簇簇，点缀于碧绿的枝间，仿佛美丽的朝霞。金桂开放时，细碎的花瓣，一簇簇点染于枝头，好像染过鹅黄色。又由于桂花细小，形如"粟谷"，所以又被称为"金粟"。

桂花香味美的描写，在元曲中更多见。如张可久小令［双调·落梅风］《月明归兴》："松梢月，桂子香，又诗成冷泉亭上。"徐琰小令［双调·蟾宫曲］《青楼十咏·四·纳凉》："纳新凉纨扇轻摇，金井梧桐，丹桂香飘。"吕止庵小令［仙吕·后庭花］："香飘桂子楼，凉生莲叶舟。"高明套数［商调·二郎神］《秋怀》："西风桂子香韵幽，奈虚度中秋。"朱庭玉套数［双调·夜行船］《秋夜》："桂子散清香，梧桐并碎影。"胡用和套数［中吕·粉蝶儿］《题金陵景》："普照庵中桂子香，家家庭院秋砧响。"周德清小令［中吕·朝天子］《秋夜客怀》："月光，桂香，趁着风飘荡。"李好古杂剧《沙门岛张生煮海》第一折："他一字字情无限，一声声曲未终。恰便似颤巍巍金菊秋风动，香馥馥丹桂秋风送，响珊珊翠竹秋风弄。"吴昌龄杂剧《张天师断风花雪月》第一折："夜色溶溶，桂花风动，天香送。万里长空，是谁把银盘捧？"乔吉小令［双调·水仙子］《中秋后一日山亭赏桂花时雨稍晴》："坐金色三千界，倚天香十二阑，不是人间。"无名氏小令［双调·一机锦］《离思》："景凄凉阶下寒蛩唧，桂子飘香拂鼻。""桂子散清香"，写出了桂香之清，正是它的清气，使得桂花的香同其他植物的香味区别开来。"香馥馥丹桂秋风送"，写出了桂香之浓；桂香浓可致远，清可入骨。"天香送"，揭示了桂花香味的独特性。淡淡的月光，"拂鼻"的桂香，随着夜风一起飘荡，沁人心脾。

桂花姿态美的描写，让元代的中秋节更加显得温馨和谐。如张寿卿杂剧《谢金莲诗酒红梨花》第四折："堪宜桂影圆，可爱丹青面。清风随手生，皓月当胸现。"王举之小令［双调·折桂令］《三茅山行》："古桂寒香，枯梅瘦影。"孟昉小令［越调·天净沙］《十二月乐词并序》："吴姬鬓拥双鸦，玉人梦里归家，风弄虚檐铁马。天高露下，月明丹桂生华。"吕天用套数［南吕·一枝花］《秋蝶》："数声孤雁哀，几点昏鸦噪。桂花随雨落，梧叶带霜凋。"张可久小令［黄钟·人月圆］《中秋书事》："西风吹得闲云去，飞出烂银盘。桐阴淡淡，荷香冉冉，桂影团团。"当或清冽，或浓郁的桂花香，飘荡在大街小巷、山村田野时，人们坐在桂花树下，呼吸着氤氲醉人的香气，赏桂花、饮桂花酒、吟桂花诗，千姿百态的桂花，娇羞的，妩媚的，生动的，清新的，每一种都有自己的特色，鲜明传神地丰富着桂花。

西湖的桂花，在唐朝时已闻名，当时主要种植在灵隐寺一带。"桂子月中落"的传说自唐朝已广为流传，也主要指杭州灵隐和天竺一带。唐朝陈藏器《本草拾遗》云："江东诸处，每至四五月后，尝于衢路拾得桂子，大如狸豆，破之辛香。故老相传，是月中下也。"[1]《新唐书·五行志》也有"垂拱四年三月，雨桂子于台州，旬余乃止"[2]。宋朝钱易的《南部新书》也云："杭州灵隐山多桂，寺僧曰：'此月中种也。'至今中秋望夜，往往子坠，寺僧亦尝拾得。"[3]而且，据说从天上落下来的桂子，"其繁如雨，其大如豆；其圆如珠，其色白者、黄者、黑者，壳如芡实，味辛"[4]。关于"桂子月中落"的描写，唐宋

---

［1］ 贾祖璋：《花与文学》，上海古籍出版社 2001 年版，第 157 页。

［2］ （宋）欧阳修、宋祁：《新唐书》，中华书局 1997 年影印本，第 874 页。

［3］ （宋）钱易：《南部新书》，中华书局 1958 年版，第 71 页。

［4］ 田汝成：《西湖游览志余》，中华书局 1958 年版，第 428 页。

时很多,如宋之问的《灵隐寺》中有"桂子月中落,天香云外飘"①语,皮日休的《天竺寺八月十五日夜桂子》中有"玉颗珊珊下月轮,殿前拾得露华新。至今不会天中事,应是嫦娥掷与人"②语,白居易的《忆江南》中有"山寺月中寻桂子,郡亭枕上看潮头"③语等。元代人很实际,认为月中落桂子不可能,但西湖附近的桂花栽培确实很多,爱桂的元代人们还是用他们的笔,彩绘出一幅幅西湖桂花图,如卢挚小令[双调·湘妃怨]《西湖》:

> 苏堤鞭影半痕儿,常记吴山月上时。闲寻灵鹫西岩寺,冷泉亭偏费诗,看烟鬟尘外丰姿。染绛绡裁霜叶,酿清香飘桂子,是个百巧的西施。

刘时中小令[双调·水仙操]:

> 荷缺翠青摇柄,桂飘香金缀枝,快活煞玩月的西施。

张可久小令[越调·寨儿令]《西湖秋夜》:

> 九里松,二高峰,破白云一声烟寺钟。花外嘶骢,柳下吟篷,笑语散西东。举头夜色濛濛,赏心归兴匆匆。青山衔好月,丹桂吐香风。中,人在广寒宫。

贯云石小令[正宫·小梁州]《秋》:

> 金风荡,飘动桂枝香。[幺]雷峰塔畔登高望,见钱塘一派长江。湖水清,江潮漾,天边斜月,新雁两三行。

西湖上,亭亭的芙蓉倒映水中,菊花怒放,满目秋光;金风习习,桂香送爽。登上雷峰塔畔远望,又见钱塘波涌,一派长江大河气象。湖水清澈,江湖滚动,天边已挂出一弯斜月,两三行新雁飞过天空。这些描写都使西湖周围的桂花更加充满了诗情画意。

(2)人文桂花

所谓人文桂花,即桂花人文含义的描写。元曲中以桂代月或月中之桂的例子也数不胜数。如侯正卿套数[黄钟·醉花阴]:

> 天如悬罄,月如明镜。桂影浮,素魄辉,玉盘光静。澄澄万里晴,一缕云生。

---

① 徐培均:《唐诗名句300》,汉语大词典出版社2000年版,第58页。
② 夏于全:《唐诗宋词全集》第2部,华艺出版社1997年版,第1263页。
③ 夏于全:《唐诗宋词全集》第2部,华艺出版社1997年版,第1895页。

乔吉小令［双调·水仙子］《凉夜清兴》：

> 是清风明月我，问桂花良夜如何。

姚燧小令［正宫·黑漆弩］《吴子寿席上赋》：

> 青冥风露乘鸾女，似怪我白发如许。问姮娥不嫁空留，好在朱颜千古。［幺］笑停云老子人豪，过信少陵诗语。更何消斫桂婆娑，早已有吴刚挥斧。

这些描写反映了元代人浓厚的"月亮情结"。关于"月中桂树"的传说在汉以前已经流传。四川新都出土的汉代画像砖中就有桂树和蟾蜍在月亮中的形象，后来也有以玉兔代蟾蜍的说法。南朝梁代庾肩吾的《咏桂树》就将桂花与月亮联系起来，"新丛入望苑，旧干别层城。情视今移处，何如月里生"①。而陈后主则按照这一神话，专为爱妃张丽华造桂宫，"于光昭殿后，作圆门如月，障以水晶，后庭设素粉罘罳，庭中空洞无他物，惟植一桂树，树下置药杵臼，使丽华恒驯一白兔。丽华被素桂裳，梳凌云髻，插白通草、苏孕子，跣玉华飞头履，独步于中，谓之月宫。帝每入宴，呼丽华为张嫦娥"②。从此，清冷的月亮增添了勃勃生机，桂花也成为月宫的一大象征。"吴刚伐桂"的故事来自唐代段成式《酉阳杂俎·天咫》的一段记载："旧言月中有桂，有蟾蜍，故异书言月桂高五百丈，下有一人常斫之，树创随合，人姓吴名刚，西河人，学仙有过，谪令伐树。"③这株桂树永远也砍不倒，它总是那么枝叶葱笼。民间流传的故事，其详细年代已不可考。至迟中唐时已流行开来，桂"树创随合"，即砍树的创伤很快愈合，隐喻着月亮的阴晴圆缺，意味着月亮的再生和永生。因此，在这个传说中，月亮和桂树是一体的，桂树与月亮一样象征长生。

正是基于这个美好动人的神话传说，人们赋予了这株月中桂树以美好的想象。在吴昌龄杂剧《张天师断风花雪月》中，月宫桂花仙子为了报书生陈世英用琴声解救罗睺、计都缠搅她之恩，来到人间与陈世英欢会，别时约定明年相见。通过陈世英与桂花仙子突破仙凡的爱情故事，颂扬了他们的

---

① 逯钦立辑校：《先秦汉魏晋南北朝诗》，中华书局 1983 年版，第 2003 页。
② （清）虫天子编：《中国香艳全书》第 3 册，团结出版社 2005 年版，第 1557 页。
③ （唐）段成式：《酉阳杂俎》，方南生点校，中华书局 1981 年版，第 9 页。

真挚爱情和桂花仙子知恩报恩的品德。想象新奇别致,出人意表,为元曲中的桂文化增添了趣味性。

也正是月宫中桂树的传说,衍生出"蟾宫折桂"的说法,折桂成了中举的象征。据《晋书·郤诜传》记载:"(诜)以对策上第,拜议郎……累迁雍州刺史。武帝于东堂会送,问诜曰:卿自以为何如?诜对曰:臣举贤良对策,今为天下第一,犹桂林之一枝,昆山之片玉。帝笑。"①此后,"桂林一枝"成为出类拔萃、独领风骚的同义词,而且人们将科举考试称为"桂科",将科考高中称为"折桂",登第人员的名籍则称为"桂籍",再联系到月宫中的桂树,便又有了"蟾宫折桂"一说。五代后周时,窦禹钧五子俱登科,宰相冯道与禹钧有旧,赠诗曰"灵椿一株老,丹桂五枝芳"②,时人对此艳羡不已。宋代僧人仲殊在《金菊对芙蓉》中写道,"花则一名,种分三色,嫩红、妖白、娇黄。映清秋佳景,雨霁风凉。郊墟十里飘兰麝,潇洒处旖旎非常。自然风韵,开时不惹蝶乱蜂忙。携酒独泡蟾光。问花神何属?离兑中央。引骚人乘兴、广赋诗章。许多才子争攀折,嫦娥道:三种清香:状元红是,黄为榜眼,白探花郎"③。将桂花的花色——红(丹桂)、黄(金桂)、白(银桂)与科举中殿试的头三名联系起来,巧妙绝伦。在元代文人与科举无缘,但元曲中"蟾宫折桂"的描写却铺天盖地,如范康杂剧《陈季卿误上竹叶舟》第二折:"俺也曾凤阙跻攀,龙门踊跃,马蹄驰骤,高折桂枝秋。"王实甫杂剧《崔莺莺待月西厢记》第三本第一折:"你将那偷香手,准备着折桂枝。"李唐宾杂剧《李云英风送梧桐叶》第四折:"这状元簪花在玉殿前,那状元折桂在月宫中。孔雀屏风,今日个已高中。"杨显之杂剧《临江驿潇湘秋夜雨》第一折张翠鸾见到崔甸士唱:"则见他抄定攀蟾折桂手。"乔吉杂剧《玉箫女两世姻缘》第一折:"学成折桂手,闲作惜花人。"王伯成杂剧《李太白贬夜郎》第四折:"见冰轮皎洁洁,手张狂脚列趄,探身躯将丹桂折。"谷子敬杂剧《吕洞宾三度城南柳》第四折:"和那瑶草为邻,灵椿共茂,丹桂同芳。"白朴杂剧《裴少卿墙头马上》第二折:"他折一枝丹桂群儒骇,怎肯十谒朱门九不开。"荆幹臣套数

---

① (唐)房玄龄等:《晋书》,中华书局1997年影印本,第1443页。

② (元)脱脱等:《宋史》,中华书局1997年影印本,第9094页。

③ 王国平主编:《西湖文献集成》第28册,杭州出版社2004年版,第288页。

［黄钟·醉花阴北］:"攀蟾折桂为卿相,成就了风流情况,永远团圆昼锦堂。"这些或准备"折桂",或已是"折桂手"的描绘,都是"蟾宫折桂"这一喻义字面表层上的引用,基本没有进一步的发挥,反映了元代文人的一种梦想,一种渴望,或是一种追求。

　　5.观潮

　　中秋时节,浙江钱塘江潮水大涨,十分壮观,是观潮的较好时间,浙江杭州人便在玩月之余,观潮弄潮助兴。中秋观潮的风俗由来已久,早在汉代枚乘的《七发》中就有了相当详尽的记述,"将以八月之望,与诸侯交游兄弟,并往观涛乎广陵之曲江"①。此后,《南齐书·州郡志》也记载过扬州观潮。但后来由于地势的变化,曲江(指流经广陵城下的长江)潮信不再,杭州钱塘江遂成为观潮的胜地。据唐《元和郡县志·江南道钱塘县》记载:浙江东流入海处的钱塘江口,每年八月十八日,"浪涛涌至数丈,数百里士女,共观舟人渔子,溯涛逐浪,谓之'弄潮'。"②宋代时,中秋观潮弄潮之风更盛。《梦粱录》、《武林旧事》、《西湖游览志余》等书中对此风都有记载。据吴自牧《梦粱录》记载:"临安风俗……西有湖光可爱,东有江潮堪观,皆绝景也。每岁八月内,潮怒胜于常时,都人自十一日起,便有观者,至十六、十八日倾城而出,车马纷纷,十八日最为繁盛。"弄潮者"以大彩旗,或小清凉伞、红绿小伞儿,各系绣色缎子满竿,伺潮出海门,百十为群,执旗泅水上,以迓子胥弄潮之戏,或有手脚执五小旗浮潮头而戏弄"③。周密《武林旧事》卷三《观潮》云:"浙江之潮,天下之伟观也,自既望以至十八日为最盛。"④《武林旧事》还详细记述了弄潮的奇观场面:"吴儿善泅者数百,皆披发文身,手持十幅大彩旗,争先鼓勇,溯迎而上,出没于鲸波万仞中,腾身百变,而旗尾略不沾湿,以此夸能。"⑤"弄潮儿"的男性伟力,在与自然的争斗中一览无余,这不仅需要高超的游泳技术,也需要大无畏的勇敢精神。宋代游泳弄潮活动

---

　　① 东北师范大学中文系《中国古代文学作品选讲》编写组:《中国古代文学作品选讲》上,吉林文史出版社1986年版,第239页。

　　② 徐连达:《唐朝文化史》,复旦大学出版社2003年版,第483页。

　　③ (宋)吴自牧:《梦粱录》(外四种),中国商业出版社1982年版,第25—26页。

　　④ (宋)周密:《武林旧事》(外四种),中国商业出版社1982年版,第49页。

　　⑤ (宋)周密:《武林旧事》(外四种),中国商业出版社1982年版,第49—50页。

的壮观,曾使宋代许多词人感动,留下不朽的名句。辛弃疾在《摸鱼儿·观潮上叶丞相》词中写道:"消惯得,吴儿不怕蛟龙怒,风波平步,看红旆惊飞,跳鱼直上,蹙踏浪花舞。"①助弄潮英雄藐视困难,征服自然的无畏精神,跃然于纸上。潘阆在《酒泉子》词中写到:"弄潮儿向涛头立,手把红旗旗不湿,别来几回梦中看,梦觉尚心寒。"②弄潮惊险的场面,使人看后久久难忘。钱塘江口是喇叭形,向里越缩越狭越浅,所以海潮涌来,潮头壁立,巨浪如奔腾的千军万马,十分壮观。此举在元时期仍然十分盛行。元代杭州市民的弄潮活动,是市民体育中一项难得的水上竞技项目,数百健儿手执彩旗,踏浪翻涛,腾跃百变,彩旗不湿。每年观潮都达到了万人空巷的程度。元曲反映了这一习俗。张可久小令[双调·折桂令]《钱塘即事》淋漓尽致地描绘了八月十八日钱塘江潮水的壮观景象:

> 倚苍云拱北城高,地胜东吴,树老南朝。翠袖联歌,金鞭争道,画舫平桥。楼上楼直浸九霄,人拥人长似元宵。灯火笙箫,春月游湖,秋日观潮。

贯云石小令[双调·寿阳曲]中写出了杭州人民在中秋观潮时的场景。

> 鱼吹浪,雁落沙,倚吴山翠屏高挂,看江潮鼓声千万家,卷朱帘玉人如画。

"鱼吹浪,雁落沙,"鱼在江中嬉戏、游玩,大雁在沙滩上憩息、觅食,"倚吴山翠屏高挂",是指靠着吴山搭起的一座座绿色的用以观潮的"翠屏"。南宋周密在《武林旧事·观潮》记载,每年观潮时,沿着江岸,搭有许多用以观潮的"看幕"。这些临江靠山的"看幕"相连成片,就像一块巨大的画屏,青翠葱绿,与钱塘江水相映成趣。"看江潮鼓声千万家",状写潮水涨起时的场面。钱塘潮的壮观、宏大,历来多有记载。《钱塘候潮图》曾写涨潮时的情景曰:"常潮远观数百里,若素练横江;稍近见潮头高数丈,卷云拥雪,混混沌沌,声如雷鼓。"③宋代潘阆的《酒泉子》写钱塘潮时说:"来疑沧海尽

---

① 林俊荣:《稼轩词新探与选译》,书目文献出版社1986年版,第96页。
② 周潮生、钱旭中:《天下奇观钱江潮》,水利电力出版社1993年版,第82页。
③ 斯尔螽:《西湖诗话》,上海文化出版社1982年版,第70页。

成空,万面鼓声中。"①江潮涌动之时,声音轰响,像四面战鼓同时敲打。每当江潮起时,千家万户倾城而出,车水马龙,彩旗飞舞,盛极一时。"卷朱帘玉人如画",动地而来的江潮也吸引了闺中女子,她们也卷起珠帘,向江上眺望。连闺中的美女也抵挡不住观潮的诱惑,卷帘眺望,可见钱塘江潮之声。这些描写把人带到了气势宏大的钱塘江边,在恬静与雄浑的对比中,让人领略到大自然的崇高与壮美,从而使灵魂得到荡涤与升华。

总之,元曲中秋描写以其丰富的内容,旖旎的风情,淋漓尽致地展示了元代"祈愿、祝福"和"赏心、乐事"的节日民俗的主题,为我们窥视元代人的民俗心理、文化性格、情感取向开启了一扇独特的窗口。

（三）重　阳　节

重阳节,是我国重要的传统节日,节期为农历九月初九。在中国传统文化中,"九"为"阳数",又为"极数",指天之高为"九重",指地之极为"九泉",九为至阳之数。九月初九,日月并阳,故称"重阳"。这一节日起源甚早,汉代时重阳节已成了固定的节日。至南北朝时期,各种习俗活动已基本形成,并出现了佩戴茱萸、饮菊花酒、登高避邪等风俗内容。隋唐以后,重阳登高由实际的远足郊野登高演变为登台榭宴会等象征性地仪式表演登高,由全民共享的避灾登高转变为主要是文士、市民的娱乐登高。佛教寺庙兴盛以后,重阳节俗与宗教信仰交汇,重阳节人们往往游览古刹名胜、登宝塔作为登高。宋代,宫廷中提早一天就开始各种节俗活动。宋人每年都要"以菊花、茱萸,浮于酒饮之",并且"禁中与贵家皆此日赏菊,士庶之家,也市一二株玩赏"②。到了元代,这些习俗更普遍,更兴盛。在这一天,人们或聚朋登高,或会友饮酒,或赏菊赋诗,或避邪延寿。元曲真切、鲜活生动地反映了元代的重阳节以及元代人对重阳节的特殊情感。笔者统计,以重阳节为背景的杂剧就有杨景贤的《马丹阳度脱刘行首》、关汉卿的《关张双赴西蜀梦》、无名氏的《鲁智深喜赏黄花峪》、李文蔚的《同乐院燕青博鱼》、郑光

---

① 周潮生、钱旭中:《天下奇观钱江潮》,水利电力出版社1993年版,第82页。
② (宋)吴自牧:《梦粱录》(外四种),中国商业出版社1982年版,第27页。

祖的《醉思乡王粲登楼》、康进之的《梁山泊李逵负荆》等。元散曲有关重阳日的描写更是异彩纷呈、殊调竞美。元曲对元代人在重阳避恶、被禊和欣赏大自然美丽风光等习俗的描写,将重阳这个符号化了的节序文化以及在元代发展流变的过程,放大化、艺术化和诗意化地呈现在我们的面前。让我们仿佛看到了元代人在节日里或欢快、或伤感的真实姿态,感受到了元代人对诗意一般的重阳日的追求,体会到元代人以人为本的思想、对自然崇高爱的真髓,更唤起我们对它们的一种亲切的留恋感。

1.登高

如果说中秋节习俗的关键词是崇圆,那么重阳节习俗的关键词就是崇高。登高是重阳节习俗的核心。重阳节登高的由来历史文献没有明确的记载,但民俗传说很多。民俗传说往往晚于民俗事象,民众常用传说的形式对既有民俗进行神秘主义的溯源性解释,其中较普遍的、最能反映重阳节俗实质的一例是南朝梁吴均在《续齐谐记》中的记载:

> 汝南桓景,随费长房游学累年。长房谓之曰:"九月九日汝家当有灾厄,宜急去。令家人各作绛囊,盛茱萸以系臂,登高饮菊酒,此祸可消。"景如言,举家登山。夕还家,见鸡狗牛羊,一时暴死。长房闻之曰:"代之矣。"今世人每至九日,登高饮菊酒,妇人带茱萸囊是也。①

这就是有名的"桓景避难"传说,传说渲染了重阳登高的神秘色彩,不仅强调了登高习俗的巫术功能,而且饮菊花酒、系茱萸,都被认为与避难有关。宋吴自牧《梦粱录》也云:"今世人以菊花、茱萸,浮于酒饮之,盖茱萸名'辟邪翁',菊花为'延寿客',故假此两物服之,以消阳九之厄。"②可见重阳节登高这一禁忌文化意味一直被传承着。元代人继承了重阳登高的传统,但节俗活动的重心已转向世俗娱乐。从元曲表现重阳节登高的篇章看,人们走出家门,远足登高,除了避难避邪外,更多的是描写农历九月九日正值深秋,天高气清,金风送爽,丹桂飘香,触目皆景,人们不忍舍弃这个寒冬到来之前最后的游乐机会,纷纷秋游,或上山,或郊游,心旷神怡,畅达着元代

---

① (唐)欧阳询:《艺文类聚》,上海古籍出版社1982年版,第81页。
② (宋)吴自牧:《梦粱录》(外四种),中国商业出版社1982年版,第27页。

人的"秋志"。

我们知道,传统节日文化的内涵总是有吉的一面、凶的一面,庆贺的一面、禁忌的一面,抒情的一面、言志的一面。元曲对重阳节文化内涵的表达,偏重的是吉的一面,庆贺的一面,言志的一面,即阐发了元代重阳节登高的民俗内涵、情感内涵和诗意内涵。

第一,元代重阳节的登高可以在各种条件下进行,登临之处既可以是山峦、城墙,也可以是楼阁、台榭,或者是一些特殊的建筑。元代的建筑业已经相当发达,人工园林建筑进入鼎盛时期,形态各异的建筑物耸立于风景名胜之处,也是九日登高的好去处,因此元曲中登楼登亭登台的描写也比比皆是。如钟嗣成小令[南吕·骂玉郎过感皇恩采茶歌]《四时佳兴·秋》:"且登楼,试凝眸,眼前景物堪追游。远水长天同一色,白蘋红叶满汀洲。"写的是登楼;无名氏套数[正宫·汲沙尾南]《四景》:"玩中秋明月朗,登高在楼台上。东篱下菊蕊含金,正消磨暑气秋光。捧玉觞。葡萄酿,酒友诗朋齐歌唱,玉山颓沉醉何妨。朱扉绿窗,任风吹落帽龙山赏重阳。"写的是登台;刘伯亨套数[双调·朝元乐]:"强步上凉亭,晚风清似水。"写的是登亭。可以说高处皆可登,登之皆畅神尽兴。登高的形式,可山、可楼、可台、可亭,甚至原野,更加自由。

第二,登高是百姓观乐或健身的活动,也是历代文人重九登高赋诗骋怀的雅事。元曲记载了元代文人对重阳节既有交织着爽朗的笑声又有沉重的叹息的歌咏,反映了他们的喜怒哀乐,反映了他们对元代重阳精神的打造。如张可久小令[双调·折桂令]《九月八日谜社会于文昌宫》是一首记述文人在重阳节的一些基本活动的作品:"试登高先做重阳,篱落黄花,蘸白橙香。隐语诗工,清樽酒美,胜地文昌。喜今日湖山共赏,怕明朝风雨相妨。归路倘佯,一片秋声,两袖岚光。"谜社即诗社,其成员要在重阳节设谜猜诗,登高赋诗。其气氛之雅,决非一般庶民的登高赏秋。张可久、乔吉、朱凯、王晔等人曾共同制作谜语集《包罗天地》,或曾结为谜社。社址在杭城文昌宫。元代重阳日文人们的笔会活动,说明文人们对重阳节的重视。而正由于此,重阳节的地位在元代得到飙升。

第三,重阳节登高采集,是元代重阳节的重要习俗。无名氏小令[中

吕·迎仙客]《九月》就反映了重阳日采集的习俗:

> 湘水长,楚山苍,染透满林红叶霜。采秋香,糁玉觞。好个重阳,落帽龙山上。

杨果小令[越调·小桃红]:

> 帘卷南楼日初上,采秋香,画船稳去无风浪。

"采秋香",是重阳登高的一种习俗,即将秋季采集经济活动与九九登高结合的习俗。重阳时节,秋收已经完毕,农事比较空闲。这时山野里的野果、药材之类,又正是成熟的季节,农民纷纷上山采集野果、药材和供副业用的植物原料,正是好时机,农民们向来管这种上山采集叫"小秋收"。

第四,携友登高,把盏临风是一种时尚。这种时尚通常是以不同层面呈现的。在文人的层面,重阳节登高饮宴常常被描绘的洒脱、闲适、自由和雅致。马致远在套数[双调·夜行船]里细列了重阳饮宴的习俗:"和露摘黄花,带霜烹紫蟹,煮酒烧红叶",采摘带露的菊花,分擘当令的熟蟹,点燃一堆红叶,把美酒煮暖,"黄花"、"紫蟹"、"红叶",颜色鲜润,令人赏心悦目,让人自然而然会由露珠之晶莹而联想到黄花之鲜嫩,由秋霜之洁而联想到紫蟹之肥美,由红叶之耀眼而联想到酒味之香醇。张可久在小令[双调·折桂令]《九日》里描写了聚宴的欢乐场面:"翠袖殷勤,金杯错落,玉手琵琶。"无名氏套数[正宫·汲沙尾南]《四景》中将饮宴的欢乐场景描摹得淋漓尽致:"登高在楼台上。东篱下菊蕊含金,正消磨暑气秋光。捧玉觞。葡萄酿,酒友诗朋齐歌唱,玉山颓沉醉何妨。朱扉绿窗,任风吹落帽龙山赏重阳。"

在富人的层面,登高饮宴则反映登高辟邪、及时行乐之意。贾仲明杂剧《吕洞宾桃柳升仙梦》第二折中描写财主柳景阳,在重阳节令,请众街坊们"郊外秀野园,安排酒果,登高赏玩",他的几首唱词反映了元代富人在重阳节的心态:

> [北中吕·粉蝶儿]昨日个秋雨淋漓,舞丹枫萧萧叶坠,听砧声别院凄凄。荡金风冷玉露池荷减翠。节令相催,今日个赏重阳登高乐意。

> [北上小楼]众街坊齐来到巳,赏重阳秋光佳致。我安排果桌杯盘,品物希奇,水陆俱备。今日笑吟吟畅开怀都教沉醉,乐人间洞天

福地。

〔南千秋岁〕捧金杯摘取黄花香,散朵朵节令相宜。笑语声喧,笑语声喧,见这仕女佳人相携。登高处,郊原内,我则见管弦声里,胜似春光明媚。端的是三秋美景,还家再整筵席。

该剧至少传达出三个信息:一是元代在重阳节有"馈遗"的习俗①。被邀请中的李大户说"既然柳景阳相请,咱再安排茶饭果盒酒肴,回敬与他",就是对这种习俗的描写;二是对元代人来说,重阳佳节聚在一起饮酒赋诗、尽兴玩乐是最重要的,是否登高并不在意,因此,郊野燕饮和携酒登高这两种重阳娱乐方式在元代人心目中几乎是等量齐观的。但有两点仍是值得我们注意的:其时间也在九日;其地点在台阁,亭台楼阁的宴会是少不了一定程度的"登高"之举的。三是在重阳节饮宴之时,如有"不期而遇"的人,即使是"撞将去"的,也要邀来并酌。这是民间习俗,进餐时若遇上不速之客,亦来者不拒,农家认为多请一个客,多添一双筷,下半年一定多收一担谷。重阳节最早是庆祝秋粮丰收、喜尝新粮的用意,在重阳佳节的登高饮宴时,"不期而遇"的人应是重阳节之俗,这一习俗,体现了民间崇高的行善之德行。

在民间的层面,重阳节登高饮宴的表现是洒脱、豁达、大气的。曹德小令〔双调·沉醉东风〕《村居》绘出乡村重阳节的情趣:

新分下庭前竹栽,旋斲得缸面茅柴。蠘弹鸡,和根菜,小杯盘曾惯留客。活泼剌鲜鱼米换来,则除了茶都是买。

茅舍宽如钓舟,老夫闲似沙鸥。江清白发明,霜早黄花瘦,但开樽沉醉方休。江糯吹香满穗秋,又打够重阳酿酒。

枫林晚家家步锦,菊篱秋处处分金。羞将宝剑看,醉把瑶琴枕,没三杯著甚消任。若论到机深祸亦深,却不是渊明好饮。

这组小令,从为重阳节准备食品,到酿酒,再到醉酒,为我们记述了民俗活动的一个过程,是十分难得的记载乡村重阳节的珍贵资料。

---

① 《析津志辑佚·岁纪》有"以面为糕馈遗"的记载。(元)熊梦祥:《析津志辑佚》,北京图书馆善本组辑,北京古籍出版社 1983 年版,第 223 页。

　　需要指出的是,重阳食糕,如同插茱萸和赏菊花一样,是必不可少的节俗活动。因"糕"与"高"谐音,古人相信"百事皆高",重阳食糕,象征步步登高。如此重要的民俗事象,在元曲中却不见描写,可见文学的记载与节日生活的实际之间有时是有差距的。

　　第五,敬老是重阳习俗。九九重阳,因为与"久久"同音,九在数字中又是最大数,有长久长寿的含意,所以,尊老敬老也是重阳节的主要内容。如在壮族,人们就将农历九月九日称为"祝寿节",壮族老人在满六十岁生日那天,子孙都来庆贺,并且为老人添置一个寿粮缸,此后,每到九月九日,晚辈都要给寿缸添粮,直到添满为止。这缸粮米,称为"寿米"。平时不能食用,只有老人生病时才煮给老人吃,说此米能帮助恢复健康、延年益寿。缸里的米不能吃完,否则老人不长寿,所以晚辈要在重九这天给老人添满米粮。出嫁的女儿也在这天拎着新米回来"补粮缸"。① 元代,虽然是少数民族作为统治者,但民间尊老敬老的社会风气依然很浓。我们在元曲中也可以感受到这种风气。郑光祖杂剧《醉思乡王粲登楼》第三折许达云:"仲宣不登楼便罢,但登楼便思其老母,想其乡间。"可以说重阳节是一个以生命为主题的节日。虽然经过数百年的发展,到元代时其生命主题已经淡化,娱乐功能发展强化,但民俗深层心理意识的稳定性使它的生命主题仍然通过各种方式体现出来。元曲重阳节敬老思想的展示,其实就是重阳节生命主题的体现,也是一个体现元代重阳节新的活力和质的升华的最为生动美丽、最能打动人心的方式。1989 年,我国把农历九月九定为老人节,倡导全社会树立尊老、敬老、爱老、助老的风气,重阳节焕发出了新的生命力。

　　第六,思乡念远,更是元代文人在重阳节浓得化不开的情结。每逢佳节倍思亲,是中华民族的传统古风。看透了富贵浮云,功利蜗争、穷达天命的元代文人,每逢失意,仕途叵测的元代文人,需要一个充满人伦亲情的故乡,需要家庭的温暖,因此,十分注重家族的完整,内部成员的亲和力,就成了元曲中重阳节俗描写里怀人、怀乡、怀家情绪十分浓烈的主要原因,也成了恒久不变的生命姿态。元曲中的思乡描写,其中张可久的三首登高小令,均是

---

　　① 　唐祈、彭维金:《中华民族风俗辞典》,江西教育出版社 1988 年版,第 82 页。

情景交融,意境悲怆,深情感人,表现他浓烈的思念故乡之情的作品:

> 落帽风,登高酒,人远天涯碧云秋,雨荒篱下黄花瘦。愁又愁,楼上楼,九月九。①

> 对青山强整乌纱,归雁横秋,倦客思家。翠袖殷勤,金杯错落,玉手琵琶。人老去西风白发,蝶愁来明日黄花。回首天涯,一抹斜阳,数点寒鸦。②

> 乾坤俯仰,贤愚醉醒,今古兴亡。剑花寒夜坐归心壮,又是他乡。九日明朝酒香,一年好景橙黄。龙山上,西风树响,吹老鬓毛霜。③

"落帽风",典出《晋书·孟嘉传》:"九月九日,温燕龙山,僚佐毕集。时佐吏并著戎服,有风至,吹嘉帽堕落,嘉不之觉。温使左右勿言,欲观其举止。嘉良久如厕,温令取还之,命孙盛作文嘲嘉,著嘉坐处。嘉还见,即答之,其文甚美,四坐磋叹。"④三曲以至真至纯的诗意抒发了作者的思乡思亲之情;也表达重九日登高而倦游思乡之情。在阵阵秋风中,在归雁寒鸦、西风夕照的凄清景物中,登高饮酒。这是扰人心绪的九月九,联想到家中篱下无人照管的菊花,自己归期无日的境况,牵惹出无穷尽的乡思乡愁。这种重阳登高乡愁文化心理,在一派人人熟稔的民俗风光之中表现得既细致入微又入情入理。

无名氏小令[双调·水仙子]也把异乡游子在重阳节怀乡思亲之情,抒发得淋漓尽致,反映了元代人渴望合家团圆的一片至诚:

> 青山隐隐水茫茫,时节登高却异乡。孤城孤客孤舟上,铁石人也断肠,泪涟涟断送了秋光。黄花梦,一夜香,过了重阳。

满眼是青山隐隐碧水茫茫。孤城外孤独的旅客独自在孤舟上,就是铁石的人也会愁苦断肠,泪水涟涟,哪里还有心情去观赏秋光。菊花伴着我凄清的睡梦,枉自一夜里散发着幽香,就这样一来度过了今年的重阳。登高也看不见自己的家乡,她在哪里呢? 浓浓的乡愁使重阳节变得更为深沉,更为

---

① ［南吕·四块玉］《客中九日》。
② ［双调·折桂令］《九日》。
③ ［中吕·满庭芳］《客中九日》。
④ （唐)房玄龄等:《晋书》,中华书局1997年影印本,第2581页。

含蓄。

"乡愁是一种家国双双失落而不知道往哪儿走之时产生的一种愁绪。"①细细寻绎,尽管元曲中有大量的思乡念亲的描写,但重阳乡愁的描写,多是对故乡怀恋的表述。且也不尽是悲秋思乡的调,更多的是异彩纷呈的秋歌。如"碧天雁几行,黄花儿开数朵,满川红叶似胭脂抹"②,是重阳的气象歌;"挂绝壁松枯倒倚,落残霞孤鹜齐飞。四围不尽山,一望无穷水,散西风满天秋意。夜静云帆月影低,载我在潇湘画里"③,是秋韵的曲;"稻粱肥,兼葭秀。黄添篱落,绿淡汀洲"④,是金秋重阳的交响合奏等。其中马致远套数[双调·行香子]中的蝶,舞的是元代重阳节的主旋律:

过了重阳九月九,叶落归秋,残菊胡蝶强风流。

蝶是恋花的,它忘记了自己的翅膀和秋天的叶子是相同的颜色。不同的是,叶子舞的是秋风,舞的是一份凄凉,而蝶,舞的是春风,舞的是一种豪壮,一份情调,还有一种生动,一声礼赞。这应该是我们对元曲中登高曲的一种理解和诠释。

2.咏菊

菊花,是我国名花,也是长寿名花。在"霜降之时,唯此草盛茂",由于菊的独特品性,菊成为生命力的象征。菊,是重阳的节物。重阳时节,秋风萧瑟,百草相继凋零,唯有菊花纷纷凌霜怒开于房前篱后、山野路边,或漫山遍野或一枝独秀,一团团,一簇簇,形成一幅幅赏心悦目的独特景致。这些幽香佳色很容易引发文人雅士敏感的思绪,并从不同的角度表达自己的不同心境。故历代文人无不赏菊、咏菊、赞菊。元曲中也处处可见赏菊、簪菊、食菊、饮菊花酒等的描写。如贯云石套数[南吕·一枝花]《丽情》:

缀黄金菊露瀼瀼,碎绿锦荷花瑟瑟。

无名氏小令[双调·雁儿落过得胜令]:

绿柳倚门栽,金菊映篱开。

---

① 张法:《中国文化与悲剧意识》,中国人民大学出版社 1989 年版,第 11 页。

② 薛昂夫套数[正宫·端正好]《高隐》。

③ 卢挚小令[双调·沉醉东风]《秋景》。

④ 赵善庆小令[中吕·普天乐]《江头秋行》。

李唐宾杂剧《李云英风送梧桐叶》第二折：

　　破黄金菊蕊开，坠胭脂枫叶舞，向深山落花满路。

张可久小令［正宫·醉太平］《金华山中》：

　　数枝黄菊勾诗兴，一川红叶迷仙径，四山白月共秋声，诗翁醉醒。

汤舜民套数［双调·新水令］《秋怀》：

　　浊醪和泪饮，黄菊带愁簪。

孙周卿小令［双调·水仙子］《山居自乐》：

　　西风篱菊灿秋花，落日枫林噪晚鸦。

无名氏小令［双调·水仙子］《秋》：

　　萧萧红叶带霜飞，黄菊东篱雨后肥。

无名氏小令［双调·一锭银］：

　　渊明篱下饮菊杯，全不想彭泽。每日醺醺沉醉，无是非快活了便宜。

无名氏小令［双调·雁儿落过得胜令］：

　　时遇晓霜天，黄菊绽金钱。

张养浩小令［中吕·朝天曲］《咏四景·秋·就咏水仙妆白菊花》：

　　此花，甚佳，淡秋色东篱下。人间凡卉不似他，倒傲得风霜怕。玉蕊珑葱，琼枝低压，雪香春何足夸。美煞，爱煞，端的是觑一觑千金价。

盍西村小令［越调·小桃红］《西园秋暮》：

　　玉簪金菊露凝秋，酿出西园秀。

贾仲明杂剧《吕洞宾桃柳升仙梦》第二折：

　　你看那北苑柳添黄，东篱菊放蕊。橙黄橘绿蟹初肥，端的美，美。

刘秉忠小令［双调·蟾宫曲］：

　　梧桐一叶初凋，菊绽东篱，佳节登高。金风飒飒，寒雁呀呀，促织叨叨。满目黄花衰草，一川红叶飘飘。秋景萧萧，赏菊陶潜，散诞逍遥。

商挺小令［双调·潘妃曲］：

　　菊金黄，堪画在帏屏上。

王仲元套数［中吕·粉蝶儿］《道情》：

　　玉露润菊花肥，金风催梧叶老。黄花红叶满秋山，此景畅是好、好、好。野水横桥,淡烟衰草,晚峰残照。

胡祗遹小令［仙吕·一半儿］《四景》:

> 荷盘减翠菊花黄,枫叶飘红梧干苍,鸳被不禁昨夜凉。酿秋光,一半儿西风一半儿霜。

或低吟浅唱,或高歌抒情,不仅写出了菊花与众不同的形和神,"萧萧红叶带霜飞,黄菊东篱雨后肥","玉簪金菊露凝秋,酿出西园秀";也表达了赏菊时的心情,"羡煞,爱煞,端的是觑一觑千金价","数枝黄菊勾诗兴,一川红叶迷仙径,四山白月共秋声,诗翁醉醒";又交代了在古代被看作是重阳必饮、祛灾祈福的菊花酒。"渊明篱下饮菊杯,全不想彭泽。每日醺醺沉醉,无是非快活了便宜"。菊花之咏,不仅是一种生活的赞美,也是一种品格的欣赏,充分反映了元代人对菊花的格外厚爱之情。

元代人在咏菊时,大多会自然而然地与"采菊东篱下,悠然见南山"的陶渊明人格精神相联系,歌咏他的人生轨迹、人格力量,他的清高,他的淡泊名利,他的勤劳执著,他的土地情结,他的亲民和蔼,他不屈不饶的意志精神,菊品与人品合二为一,在自然中留连光景,怡养性情,保持高雅洁趣的品行道德,特别是自他开始,"菊被赋予一种新的审美文化意蕴——隐士标格"[①],成为元代文士们喜爱、心仪的人文意象,以及在重阳描写中构筑精神家园的的话语系统。曾瑞小令［中吕·喜春来］《遣兴·秋》:

> 青霄霜降枫林醉,白雁风来木叶飞,登临欢酌菊花杯。图画里,何必醉东篱。

关汉卿小令［双调·碧玉箫］:

> 松径偏宜,黄菊绕东篱。正清樽斟泼醅,有白衣劝酒杯。官品极,到底成何济! 归,学取他渊明醉。

张可久小令［中吕·普天乐］《次韵〈归去来〉》:

> 草堂空,柴门闭,放闲柳枝,伴老山妻。谁传红锦词,自说白云偈。照下渊明休官例,和一篇归去来兮。瓜田后溪,梅泉下竺,菊圃东篱。

薛昂夫小令［双调·庆东原］《西皋亭适兴》:

---

① 刘中文:《唐代陶渊明接受研究》,中国社会科学出版社 2006 年版,第 299 页。

晓雨登高骤，西风落帽羞，蟹肥时管甚黄花瘦。红裙谩讴，青樽有酒，白发无愁。晚节傲清霜，老圃香初透。

元曲中反复吟唱的"菊径"、"菊圃"、"东篱"以及"菊花酒"等意象，反映了元代人赏菊、怜菊、醉菊、遗世独立的超脱情怀。而这种情怀正好与陶渊明当时的心境吻合，故而陶渊明意象被元曲作家反复袭用。

需要说明的是，在几千年的隐逸文化史上，自孔子与老子以来，就有两种颇为不同的隐逸观念，如两脉蜿蜒澄澈的溪流，时分时合，潺潺不息，浸润着中国士人的心灵。诚如许建平先生所言："孔老思想的差异犹如日夜一样分明。一个倾向于自然玄妙的领悟，一个倾向于对人际关系、社会秩序的思考；一个道法自然，移自然法则于社会之治理，一个道法于人事，以'仁'治世，拨乱反正，维系社会之久安。"[1]孔子所谓"隐居以求其志"[2]，其实质是告诫读书人在邦无道时，暂且退避，静以修身，向时而动，不过是权宜之计而已。而老子的"返朴归真，回归自然"，则是彻底放弃事功，其关注的中心是养生长寿，强调对生命主体的重视，这不啻为人类自我意识的一次觉醒。事实上，这两种隐逸观念在中国士人的命运流程中都起过重要作用，并经过一代代士人的人生实践和体悟，衍生出所谓山林之隐、市朝之隐、形隐、心隐、中隐等诸多形式，且都表现为儒道之隐不同程度的融合。时序推进至元代，可以说各种隐逸文化形态都已臻成熟。朱光潜先生在《谈美》中曾谈到"关于一棵古松的三种态度"："假如你是一位木商，我是一位植物学家，另外一位朋友是画家，三人同时来看这棵古松。我们三人可以说同时都'知觉'到这一棵树，可是三人所'知觉'到的却是三种不同的东西。你脱离不了你的木商的心习，你所知觉到的只是一棵做某事用值几多钱的木材。我也脱离不了我的植物学家的心习，我所知觉到的只是一棵叶为针状、果为球状四季常青的显花植物。我们的朋友——画家——什么事都不管，只管审美，他所知觉到的只是一棵苍翠劲拔的古树。我们三人的反应态度也不一致。你心里盘算它是宜于架屋或是制器，思量怎样去买它，砍它，运它。我

---

[1]　许建平：《山情逸魂——中国隐士心态史》，东方出版社1999年版，第29页。
[2]　（春秋）孔丘：《论语全译》，阎韬、马智强译注，江苏古籍出版社2000年版，第139页。

把它归到某类某科里去,注意它和其他松树的异点,思量它何以活得这样老,我们的朋友却不这样东想西想,他只在聚精会神地观赏它的苍翠的颜色,它的盘屈如龙蛇的线纹以及它的昂然高举、不受屈挠的气概。"①这里的"三种态度"对我们认识陶渊明意象被元曲作家反复袭用具有重要的启示。尽管元曲中写思隐、乐隐、羡隐之作比比皆是,也尽管陶渊明成了这个时代的另一个偶像,朝野上下,江湖市井,"不达时皆笑屈原非,但知音尽说陶潜是"②。对屈原式人生道路的否定和对陶潜式生活方式的追慕是元曲中频繁出现的表述,但有一个现象应引起我们注意,这就是元曲作家中无人真正走上山林之隐的道路,元代人的"陶潜观",体现出的是一种潇洒超脱的精神状态,一种审美的生活情调:鲜于必仁小令[越调·寨儿令]《晋处士》:

> 羡柴桑处士高哉,绿柳新栽,黄菊初开。稚子牵衣,山妻举案,喜劝蒿莱。审容膝清幽故宅,倍怡颜潇洒书斋。隔断尘埃,一笑归来。

无名氏小令[双调·雁儿落过得胜令]:

> 绿柳倚门栽,金菊映篱开。爱的是流水清如玉,那里想侯门深似海。幽哉,袖指白云外。彭泽,清闲归去来。

卢挚小令[双调·沉醉东风]《重九》:

> 题红叶清流御沟,赏黄花人醉歌楼。天长雁影稀,月落山容瘦。冷清清暮秋时候,衰柳寒蝉一片愁,谁肯教白衣送酒?

"白衣送酒"典,表达的是两种意思:或要像陶渊明一样,没有白衣送酒就"空服九华",一样快活过节;或对陶渊明有白衣人送酒的羡慕。两意都是对陶渊明人格向往的表达。元代的文人们崇敬陶渊明不以做官为意,辞官归隐做了个真正的农人,他们艳羡他逍遥的生活、洒脱的风度。③ 在陶渊明开拓的精神家园里,他们找到了一些心灵的慰藉,找到了释放欲有为而不能的痛苦和愤懑的排遣方式,于是他们从"侯门深似海"的官场上"一笑归来",来的潇洒超脱,笑的开怀旷达。同时在对黑暗的现实认识与揭露、对

---

① 朱光潜:《朱光潜美学文集》第一卷,上海文艺出版社 1982 年版,第 448—449 页。

② 白朴小令[仙吕·寄生草]《饮》。

③ 翁敏华:《重阳节的民间习俗与文艺表现——以杂剧《东篱赏菊》和陶渊明为重点》,《文化遗产》2008 年第 4 期。

历史上英雄豪杰命运的思索中,也表现出对残酷现实的一种反抗。正如王瑶先生所认为的,传统的文人士大夫无论穷达,普遍有着隐逸的希求,隐逸不但可成为太平政治的点缀,同时隐逸的希企也成为了士大夫生活的点缀①。元代人歌颂陶渊明是带有浓郁的市井色彩的,元曲中陶渊明意象的频繁运用不管是本事意象,还是话语意象,抑或是文化意象,都是使陶渊明的人格精神与重阳节的文化传统融合无间,极大地提高重阳节的文化品格,使元代重阳节人文气息和高雅志趣更加浓郁的一种方式。

3.佩萸

茱萸是一种常绿小乔木,含辛烈香气,高约丈余。常见的有山茱萸、吴茱萸、食茱萸,一般皆在春季开花。山茱萸的花是黄色的,果实为核果,长椭圆形,枣红色;吴茱萸的花是绿黄色的,伞形花序,结红色的小干果;食茱萸的花是淡绿黄色的,果实珠形,成熟时红色。三种茱萸都是很好的观赏植物,花色细小,但累累成簇。由于生于枝梢,花开时一团一团,结实时也是一簇一簇。那果实从嫩到熟,颜色有变,如山茱萸,嫩时微黄,至熟则深紫,簇簇中有的早熟,有的迟熟,便见黄中露紫,紫中掺黄,色彩斑驳。那果味亦殊,有些辛香,味如花椒,置身其间,那淡淡的幽香沁人肺腑,使人爽心悦目。茱萸不仅可供观赏,而且是很好的药用植物。吴茱萸对腹痛、吐泻、便秘、消化不良等皆有疗效,山茱萸则是治阳痿遗精的好药品。据北魏贾思勰《齐民要术》记载:"井上宜种茱萸,茱萸叶落井中,有此水者,无瘟病。"②足见茱萸的药物价值之高。明药物学家李时珍《本草纲目》说茱萸气味辛辣芳香,性温热,可以治寒驱毒,抵御初寒③。茱萸跟菊花一样,被历代作为祭祀、佩饰、药用、辟邪之物。如晋周处《风土记》中记载:"俗上九月九日,谓为上九,茱萸到此日,气烈熟色赤,可折茱萸囊以插头,云辟恶,气御冬。"④唐王维名诗《九月九日忆山东兄弟》:"独在异乡为异客,每逢佳节倍思亲。

①　王瑶:《中古文学史论》,北京大学出版社 1998 年版,第 209 页。
②　(北魏)贾思勰:《齐民要术》,中华书局 1956 年版,第 60 页。
③　(明)李时珍:《本草纲目》,校点本,人民卫生出版社 1977 年版,第 2094 页。
④　(宋)李昉等:《太平御览》,中华书局 1960 年版,第 4386 页。

遥知兄弟登高处,遍插茱萸少一人。"①宋孟浩然《九日》说:"茱萸正可佩。"②宋洪皓《渔家傲》词:"臂上萸囊悬已满,杯中菊蕊浮无限。"③可见插茱萸之俗是比较普遍的一种祈福方式。元代重阳节插佩茱萸、饮茱萸酒的风俗也很普遍。元曲真切地反映了元代人对茱萸的喜爱。如张可久小令[越调·柳营曲]《湖上》描述了身插茱萸的重阳风俗:"歌念奴,和昂夫,西风画船同笑语。水竹幽居,金碧浮图,倒影浸冰壶。山翁醉插茱萸,仙姬笑捻芙蕖。舞阑双鹧鸪,饮尽一葫芦。都,分韵赋西湖。""山翁醉插茱萸",不仅展示出元时重阳节"插茱萸"风俗的普遍和盛行,更显示出元代人对茱萸的情愫独钟已经远远超出了巫术的范围,茱萸的文化内涵也因此变得更加丰富。

元曲中还描写了看茱萸的习俗,张可久小令[双调·风入松]《九日》:

琅琅新雨洗湖天,小景六桥边。西风泼眼山如画,有黄花休恨无钱。细看茱萸一笑,诗翁健似常年。

另外还有饮茱萸酒、赋紫萸等记录。如无名氏小令[中吕·喜春来]《重阳》:

紫萸荐酒人怀旧,红叶经霜蟹正秋,乐登高闲眺望醉风流。九月九,莫负少年游。

刘伯亨套数[双调·朝元乐]:

看芙蓉没况向南池,饮茱萸无分赏东篱。见如今老菊匆匆瘦,赤紧的新梅渐渐肥。

钟嗣成小令[南吕·骂玉郎过感皇恩采茶歌]《四时佳兴·秋》:

光皎洁,景清幽。重阳近也,佳节堪酬!菊初簪,萸旋插,酒新篘。

汤舜民小令[正宫·小梁州]《九日渡江二首》:

樽前醉把茱萸嗅,问相知几个白头?

徐再思小令[双调·水仙子]《重九》:

东篱重赋紫萸诗,北海深倾白玉卮,西风了却黄花事。是渊明酒醉

---

① 刘永生:《唐诗选》,天津古籍出版社1997年版,第491页。

② 夏于全:《唐诗宋词全集》,华艺出版社1997年版,第279页。

③ 李君等:《唐宋全词》,海天出版社1994年版,第817页。

时,笑人间名利孜孜。钻醢瓮,检故纸,再谁题归去来今?

"插茱萸"、"饮茱萸"、"看茱萸"、"笑茱萸"、"赋紫萸",小小的茱萸,承载了厚重的人文情怀。元曲中对"山翁醉插茱萸"、"细看茱萸一笑"、"樽前醉把茱萸嗅"和"东篱重赋紫萸诗"的热情歌咏,生动地反映了茱萸与重阳节的密切关系,显现了元代人对茱萸极其深切的爱,浓化和深化了重阳节茱萸习俗的氛围,丰富了重阳节俗的意义。

4.赏秋

红叶是重阳节的另一种美,也是赏秋的主要内容。秋天的手如鬼斧神工,将满山、满川、满地的树的叶涂染成殷殷胭脂红,秋风乍起,那绯红如霞的叶,像一片片轻纱薄绢迎风飞舞;那如火如荼的叶,时而轻轻飘旋,悄然落地,时而疾速飞扬,挂绊在经霜渐枯的枝头。红叶为重阳装缀了灿烂的秋色,引来了人们的赏,人们的诵,人们的乐,人们的情,形成了重阳看红叶的习俗。这种习俗在元曲中描写很多。如薛昂夫小令[正宫·甘草子]:"金凤发,飒飒秋香,冷落在阑干下。万柳稀,重阳暇,看红叶赏黄花。促织儿啾啾添潇洒,陶渊明欢乐煞。耐冷迎霜鼎内插,看雁落平沙。"无名氏套数[仙吕·村里迓鼓]《四季乐情》[胜葫芦]:"正值着浅碧的这粼粼露远洲,赏红叶一枝秋,我则见三径黄花景物幽。正值着丰年稔岁,太平箫鼓,酒醒时节再扶头。"在赏中,看中,元代人为这金秋的每一片红叶都绘了彩画:如无名氏小令[越调·天净沙]为我们勾勒了一幅鲜艳夺目的塞上清秋图:

> 平沙细草斑斑,曲溪流水潺潺,塞上清秋早寒。一声新雁,黄云红叶青山。

"黄云",指沙漠广阔,映着天空泛出黄色。秋叶红了,红色似火,正是旺盛的活力在燃烧;无边无际的黄沙,也正似一块黄色的云彩,在远处与青山相接。一抹青山,斜卧在无垠的黄沙平野之旁,丹枫与绿树相映,曲溪弯弯,小草丛生,一行大雁,在山前向南飞去。画面上黄、红、青、绿相间,浓墨、淡墨、空白,布置得宜,从自然美的角度写塞上原野早秋风光,红叶更显别样风采。

胡用和套数[南吕·一枝花]《隐居》中的红叶,也是一幅红叶"染秋光"的画:

> 染秋光红叶黄花,铺月色清风翠竹,起风声老树苍梧。有如,画图。

欣赏红叶,是为了去欣赏那种不同于春花的美。欣赏红叶,是为了去欣赏那种比那万紫千红的春色更有魅力的美。红叶之所以具有独特的美,是因为它被"染秋光"。历经风霜之后所呈现出的那种璀璨,那种斑斓,那种自在,那种自我,在关汉卿小令[双调·碧玉箫]中更加突出:

> 秋景堪题,红叶满山溪。松径偏宜,黄菊绕东篱。

漫山遍野和小溪两岸,红叶流丹,层林尽染状如云锦彩霞,宛如熊熊红火。这火红的叶,在万木飘零之时,拼尽生命全部的赤诚,点染了萧瑟的寒秋,昭示着生命成熟的烂漫、辉煌和力量。红叶给人的不仅仅是诗情画意的象征,同样也有令人不容忽视的威力。

徐再思小令[中吕·普天乐]《吴江八景·西山夕照》则活画出了一幅恬静的山村重阳生活画:

> 晚云收,夕阳挂,一川枫叶,两岸芦花。鸥鹭栖,牛羊下。万顷波光天图画,水晶宫冷浸红霞。凝烟暮景,转晕老树,背影昏鸦。

在这幅画中,那"一川枫叶","夕阳挂",如红海浪翻,喷薄如炽,再加上众多的被点染上色彩的物象,如"青山"、"白云"、"苍松"、"翠竹"、"清溪"、"明月"、"紫燕"、"白鸥"等的映衬,让我们深深感受着红叶带来的具有震撼力的美!

孛罗御史套数[南吕·一枝花]《辞官》也是一幅乡村秋景图:

> 奴耕婢织足生涯,随分村疃人情,赛强如宪台风化。趁一溪流水浮鸥鸭,小桥掩映蒹葭。芦花千顷雪,红树一川霞,长江落日牛羊下。

鸥鸭戏水,小桥掩映,芦花如雪,红树如霞,牛羊成群。原来这平凡、偏僻、普通的不值一提的农村,竟然蕴藏着真正的秋天,蕴藏着秋色之美的真髓!而汪元亨小令[双调·折桂令]《归隐》,又为其增添了戏红叶一笔,将秋天里田家重阳赏红叶习俗也展现得淋漓尽致:

> 看青山玩绿水醉田家瓦盆,采黄花摘红叶戏庄上儿孙。随分耕耘,过遣晨昏,竹几藤床,草舍柴门。

到香山看红叶习俗在元曲中也有记写。马谦斋小令[中吕·快活三过朝天子四边静]《秋》:

> 香山叠翠,红叶西风衬马蹄。重阳佳致,千金曾费。黄橙绿醅,烂

醉登高会。

香山层层叠叠的红叶,绽放出一幅一幅的美,如火如荼,如点缀在山间的精灵,给俊美的香山,平添了一份柔情。身处其中,也许愉悦,也许惆怅,也许激情,聆听这秋天的轻语,感受这火红的拥抱。北京香山红叶,带着美艳、精致、风韵,风风雨雨,来来去去,今天,已经成为象征香山赏秋文化的主流,成为香山公园的标志,红叶用它的色彩和情意展示着香山的历史……丰富着人们的生活,陶冶着人们的心境。

元曲中还有大量的红叶传情的描写,顾德润小令[越调·黄蔷薇过庆元贞]《御水流红叶》以宫女的身份讲述"红叶题诗"的缘由和此中情愫:

> 步秋香径晚,怨翠阁衾寒。笑把霜枫叶拣,写罢衷情兴懒。几年月冷倚阑干,半生花落盼天颜,九重云锁隔巫山。休看作等闲,好去到人间。

著名的"红叶题诗"典故,源于唐代范摅《云溪友议》,说的是唐宣宗时,中书舍人卢渥于应试之岁,偶然经过御沟,拾一片红叶,上题一绝句:"流水何太急,深宫尽日闲,殷勤谢红叶,好去到人间。"后来宫中有宫女放出择配,卢渥娶得一遣放宫女,正是题诗之人。关于"红叶题诗"的故事,唐宋间流传很多。有孟棨《本事诗》、孙光宪《北梦琐言》卷九、刘斧《青琐高议》卷五、宋人张实的《流红记》等均有记载,故事梗概大体相同,都是用红叶题诗句,靠流水来传送所题之诗。小小一枚红叶,带着思春的墨迹,让有情人终成眷属。在这首曲中,我们不但感受到宫女生活的寂落和百无聊赖,了解她不得恩宠,以至红颜空老的不幸,还能读出她们对于宫墙外的生活是抱着何等的憧憬与期待。要不然,这位在红叶上题诗的宫女怎么会在曲尾很认真地对你说:可不要等闲看待我放在流水里的这片红叶,那上面寄托着我想要回到人间的深深祝愿。

乔吉小令[双调·雁儿落过得胜令]《忆别》暗含着对红叶传情的期待:

> 殷勤红叶诗,冷淡黄花市。清江天水笺,白雁云烟字。游子去何之,无处寄新词。酒醒灯昏夜,窗寒梦觉时。寻思,谈笑十年事;嗟咨,风流两鬓丝。

秋天来了,看到漫山遍野的红叶,想起古代有红叶题诗传情的故事。看着清江的天和水,可以作信笺;看着茫茫云烟中飞行的白雁,就像写在云笺上的文字,我很想给他写信,希望云雁为自己传情。古人认为云雁是可以传情的。但"游子去何之? 无处寄新词",陡然一转,作者和朋友失去联系的惆怅跃然而出,让读者心生悲凉。

在朱庭玉小令[越调·天净沙]《秋》中红叶传来别样的情:

> 庭前落尽梧桐,水边开彻芙蓉,解与诗人意同。辞柯霜叶,飞来就我题红。

一片艳艳的红光,离开树茎,飞到诗人身边,请他题诗。小令写得空灵飘洒,意趣无穷。"辞柯霜叶,飞来就我题红",暗写红叶题诗之典。而此处用典意在说明花解人语,红叶仿佛知道诗人的心事,真可谓物我两相知。而作者视霜叶飞来为助我诗成,化无情之物为有情之举,这也正是作者热爱自然,身与境化,无我交融的一种表现。在万亩摇落之际,作者红叶题诗,诗兴正浓,情调爽朗,不作愁苦之音,表露出对生活的那种热爱与向往之情,借以反映出他强烈的生命意识和对精神自由的追求。

以红叶表秋怀的描写,在元曲里反映得也动人心魄。张可久小令[双调·清江引]《秋怀》婉曲表达出乡思之深、乡愁之浓和欲归不能的苦楚:

> 西风信来家万里,问我归期未? 雁啼红叶天,人醉黄花地,芭蕉雨声秋梦里。

"雁啼红叶天,人醉黄花地"是一种秋,"芭蕉雨声秋梦里"也是一种秋。作者将满腔愁怨融入到一幅幅秋景的描绘之中,从西风、北雁、红叶、黄花、芭蕉、夜雨等景物渲染出一幅萧瑟的秋景,也表达了作者的思乡之情。

孙梁小令[仙吕·后庭花破子]中的红叶,在高唱相思的歌:

> 柳叶黛眉愁,菱花妆镜羞。夜夜长门月,天寒独上楼。水东流,新诗谁寄,相思红叶秋。

王实甫杂剧《崔莺莺待月西厢记》第四本第三折中的红叶,淋漓尽致地表达了"用含有自己的民族要素的眼睛"①观察到的红叶:

> [正宫·端正好]碧云天,黄花地,西风紧,北雁南飞。晓来谁染霜

---

① [俄]果戈理等:《文学的战斗传统》,满涛辑译,新文艺出版社1953年版,第3页。

林醉？总是离人泪。

在送"上朝取考"的张生的路上，崔莺莺看到如丹的枫林，禁不住问：是谁在一夜之间将这大片大片的绿色的树林染的像吃醉了酒一样呢？原来是离别之人伤心的泪水呀！借霜林的红色抒情，以景融情，以人染景，形象地表现了崔莺莺心中的苦痛和离别之情。王实甫在套数〔商调·集贤宾〕《退隐》中也描写有"霜林醉"景：

> 到秋来醉丹霞树饱霜，绽金钱篱菊秋，半山残照挂城头，老菱香蟹肥堪佐酒。正值着登高时候，染霜毫乘醉赋归休。

显然，套数中"霜林醉"的描写与杂剧中的"霜林醉"不同。杂剧中的"霜林醉"表述的是情人的离愁别恨，而套数里描写的则是色彩斑斓而生机勃勃的秋色图。

杨朝英小令〔双调·清江引〕中，用红叶映出一幅美妙的秋景晚图：

> 秋深最好是枫树叶，染透猩猩血。风酿楚天秋，霜浸吴江月，明日落红多去也。

"秋深最好是枫树叶"，牵出了一个灵魂，一个经历过无数风雨历程、被染得"猩猩血"的灵魂，它懂得它的艳红自何而来，它懂得风霜和美是一种什么关系，它懂得在树枝上由人仰望时的那种美，那种神圣的、羡艳的美；也懂得飘落时的那种美，那种为了新生而放弃的美。美不是一种年龄，美不是一种时尚，美更不是一种妆扮。其实，美是一份自然，一种心境，一种由内而外的心的感铭。

四、元曲里的冬季节俗

冬季，元代人将积攒了一年的祝福，装进了他们的元曲里。冬至、腊八、祭灶、除夕，从古老的智慧里长出，从元曲中走来，从元代人"万物静观皆自得，四时佳兴与人同"[①]的情怀里成熟。元代的冬天是美丽的，"朔风寒，彤

---

① 钟嗣成小令〔南吕·骂玉郎过感皇恩采茶歌〕《四时佳兴·冬》。

云密。雪花飞处,落尽江梅"①,美在那一份透彻、圣洁与浩瀚;元代的冬天是迷人的,"早庭前疏影印窗纱。逃禅老笔应难画,别样清佳"②,迷人在那一份清远、含蓄与脱俗。元代的冬天是多情的,"律应黄钟,绣线添红。日迎长,云纪瑞,岁成功"③,多情在那一份从容、恬淡与真诚;元代的冬天是丰富的,"谢天公,庆时丰,烧残爆竹一年终"④,丰富在那一份浓烈、喧闹与潇洒。"冬至阳初动"⑤,冬天虽然寒冷,却是春天的摇篮,又是孕育春天的温床。冬天虽然苍凉,却是美丽的。冬天美得质朴,美得开阔。它激发我们去更好地拥抱自然,拥抱生活。

(一) 冬 至 节

冬至又称为冬节,时间在每年的阳历 12 月 22 日或 23 日之间,是我国二十四节气之一,也是中国的一个传统节日,至今仍有不少地方有过冬至节的习俗。冬至是北半球全年中白天最短、黑夜最长的一天,过了冬至,白天就会一天天变长。古人对冬至的说法是:阴极之至,阳气始生,日南至,日短之至,日影长之至,故曰"冬至"。冬至过后,各地气候都进入一个最寒冷的阶段,也就是人们常说的"进九",我国民间有"冷在三九,热在三伏"的说法。在我国古代对冬至很重视,冬至被当作一个较大节日,曾有"冬至大如年"的说法,而且有庆贺冬至的习俗。《后汉书》载:"冬至阳气起,君道长,故贺。"⑥官府要举行祝贺仪式,称为"贺冬",例行放假。又记载:"冬至前后,君子安身静体,百官绝事,不听政,择吉辰而后省事。"⑦所以这天朝廷上下要放假休息,军队待命,边塞闭关,商旅停业,亲朋各以美食相赠,相互拜访,欢乐地过一个"安身静体"的节日。《晋书》上记载有"魏晋则冬至日受

---

① 滕斌小令[中吕·普天乐]。
② 景元启小令[双调·殿前欢]《梅花》。
③ 钟嗣成小令[南吕·骂玉郎过感皇恩采茶歌]《四时佳兴·冬》。
④ 钟嗣成小令[南吕·骂玉郎过感皇恩采茶歌]《四时佳兴·冬》。
⑤ 王玠小令[商调·挂金索]。
⑥ (南朝宋)范晔:《后汉书》,中华书局 1997 年影印本,第 3126 页。
⑦ (南朝宋)范晔:《后汉书》,中华书局 1997 年影印本,第 3125 页。

方国及百僚称贺,因小会。其仪亚于献岁之旦。"①唐代时,冬至与年节、寒食并称为三大节,把冬至称为"小岁"或"亚岁"。每逢冬至,政府各部门都要放假7天,为欢度冬至,唐人往往还要举行酒宴,如白居易《小岁日对酒吟钱湖州所寄诗》云:"一杯新岁酒,两句故人诗。"②皎然《冬至日陪裴端公使君清水堂集》云:"亚岁崇佳宴,华轩照绿波。"③宋代时,达到顶峰。据孟元老《东京梦华录》载:"十一月冬至。京师最重此节。"④宫廷方面,"冬至天子受朝贺,俗谓之排冬仗,百官皆衣朝服如大礼祭祀,凡燕飨而朝服,唯冬至正会为然"⑤。皇帝要"驾乘玉辂……是夜宿太庙,喝探警严如宿殿仪,至三更,车驾行事。执事皆宗室。宫架乐作,主上在殿上东南隅西面立,有一朱漆金字牌曰'皇帝位'。然后奉神主出室,亦奏中严外办,逐室行礼毕"。于太庙祭祖之后,皇帝还要驾诣郊坛行礼祭天,"坛上设二黄褥,位北面南,曰'昊天上帝',东南面曰'太祖皇帝'。……坛前设宫架乐",待奏乐止"礼直官奏请驾登坛,前导官皆躬身,侧引至坛止,惟大礼使登之,先正北一位拜,跪酒……跪酒毕,中书舍人读册,左右两人举册而跪读。……去坛百余步,有燎炉,高丈许,诸物上台,一人点唱入炉焚之。坛三层,回踏道之间,有十二龛,祭十二宫神,内壝外祭百星。执事与陪祠官皆面北立班。宫架乐罢,鼓吹未作,外内数十万众肃然,惟闻轻风环佩之声,一赞者唱曰:'赞一拜',皆拜,礼毕"⑥。当时祭祀仪式之隆重,声势之浩大,由此可见一斑。"虽至贫者,一年之间,积累假借,至此日更易新衣,备办饮食,享祀先祖。官放关扑,庆贺往来,一如年节。"⑦元代的冬至沿袭前代,据熊梦祥《析津志》载:"士庶人家并行贺礼,馈遗填道。"⑧元曲中对冬至的描写,从两个方面为我们了解元代冬至节提供了参考。

---

① (唐)房玄龄等:《晋书》,中华书局1997年影印本,第652页。
② (唐)白居易:《白居易全集》,丁如明、聂世美校点,上海古籍出版社1999年版,第297页。
③ 夏于全:《唐诗宋词全集》,华艺出版社1997年版,第1685页。
④ (宋)孟元老:《东京梦华录》(外四种),中国商业出版社1982年版,第63页。
⑤ (宋)陈元靓:《岁时广记》,中华书局1985年版,第413页。
⑥ (宋)孟元老:《东京梦华录》(外四种),中国商业出版社1982年版,第65—67页。
⑦ (宋)孟元老:《东京梦华录》(外四种),中国商业出版社1982年版,第63页。
⑧ (元)熊梦祥:《析津志辑佚》,北京图书馆善本组辑,北京古籍出版社1983年版,第223页。

第一，可使我们更具体地了解冬至的习俗。如钟嗣成小令[南吕·骂玉郎过感皇恩采茶歌]《四时佳兴·冬》透出了尘封于历史的深层信息：

鸳鸯瓦冷霜华重，渐凛冽酿寒冬。重帘不卷金钩控。天气严，风力威，冰渐冻。

律应黄钟，绣线添红。日迎长，云纪瑞，岁成功。彤云遍野，瑞雪漫空。压寒梅，欺劲竹，秀孤松。谢天公，庆时丰，烧残爆竹一年终。万物静观皆自得，四时佳兴与人同。

该曲包含了冬至节的诸多风俗：

一是冬至日后，气候开始从寒转暖。黄钟，古代十二音律中的第一律。《礼记·月令》："仲冬之月……其音羽，律中黄钟。"汉·郑玄注："黄钟者，律之始，九寸，仲冬气至则黄钟之律应。"①暖律，即阳律，古代音律十二，称奇数六律为律，偶数六律为吕，并以十二律应十二月，十一月属律。进入冬至之后，天气出现明显变化，进入全年最寒冷的季节，也是由寒变暖的转折时期，故称为暖律。

二是冬至日后，天就一天比一天长。"绣线添红"，是说以女红冬至后，因日暑渐长，比常日增一线之功。"日迎长"，是指冬至日祭天的风俗。《礼记·郊特牲》："郊之祭也，迎长日之至也。"郑玄注："迎长日者，建卯而昼夜分，分而日长也。"②其实添线习俗还包含有数日子的意义在内，也算是一种数九的表现形式。说到数九，是因为进入冬至之后，天气出现明显变化，进入全年最寒冷的季节，也是由寒变暖的转折时期。所以过了冬至人们就开始数九个九天即八十一天，以此来消磨沉闷而寒冷的冬天，企盼大地回春。唐朝时已流行数九歌。在敦煌文献中有《咏九九诗》：

一九冰头万叶枯，北天鸿雁过南湖。

霜结草头敷碎玉，露凝条上撒珍珠。

二九严凌切骨寒，探人乡外觉衣单。

群鸟夜投高树宿，鲤鱼深向水中攒。

---

① 孙书安：《中国博物别名大辞典》，北京出版社 2000 年版，第 631 页。
② 丁福林：《宋书校议》，上海古籍出版社 2002 年版，第 58 页。

三九飕飕寒正交,朔风如箭雪难消。

南坡东地周荒坝,往来人使过冰桥。

四九寒风不掩身,乌栖犹自选高林。

参没未知过半夜,平明辰在中天心。

五九残冬日稍长,金乌□映渐近堂。

为报学生须在意,每人添诵两三行。

六九衣单敢出门,朝风庆贺得阳春。

南坡未有蓂荎动,犬来先向北阴存。

七九黄河以泮冰,鲤鱼惊散当头行。

喜鹊衔柴巢欲垒,去年秋雁却来声。

八九蓂荎应日生,阳气如云遍地青。

鸟向林间崔种谷,人于南亩已深耕。

九九东皋自合兴,农家在此乐轰轰。

楼中透下黄金籽,平原垄上玉苗生。①

这首敦煌民间的九九诗歌,反映了当地冬至以后气候、物候和人们心情的变化,是对冬至节候现象的一个验证。民间从冬至开始"数九九",从身体感受出发,将冬至作为冬天真正到来的标志。这是对冬季随着气候由冷到寒冷到还暖的变化,人体和其他一些动植物对自然的直观感受的生动而简要的描写。九九消寒歌,看起来似乎只是一种计算冬时的游戏,但其初兴的动机未尝没有巫术的意义。以九为时间单位,从传统的阴阳术数观念看,九是阳数,九字的叠加意味着阳气的增长。所以九九歌诀的初衷也许可以看作是人们在冬至节点,阳气初升之时一种顺应自然、助长阳气的方式,只是随着人们知识水平和生存能力的不断提高,其原始巫术的含义慢慢减退,而成为一种纯粹的游戏娱乐了。

三是吟雪。咏雪言志、借雪抒怀,雪的洁白,雪花的俏丽,雪景的壮观,以及观雪引起的遐想和情思,在元曲中出现的频率很高。如关汉卿小令[双调·大德歌]五:

---

① 徐俊纂辑:《敦煌诗集残卷辑考》,中华书局 2000 年版,第 828 页。

雪粉华,舞梨花,再不见烟村四五家。密洒堪图画,看疏林噪晚鸦。黄芦掩映清江下,斜缆着钓鱼艖。

雪密洒,风舞花,一片朦胧景象,整个世界被白色所笼罩。冬的象征是什么?是雪,而且这雪不是零星的小雪,是如关汉卿小令中所描述的"雪粉华,舞梨花,再不见烟村四五家。密洒堪图画"那样飘洒如随风舞动的梨花瑞雪,霎时间就能让大地穿上银装的雪。元曲里的雪大多都是这样的反映当时自然真实景象的雪。如张养浩小令[越调·寨儿令]《冬》中的鹅毛雪:

天欲明,觉寒生,打书窗只闻风有声。步出柴荆,遥望郊坰,滚滚势如倾。四围山岩壑都平,道途间无个人行。爱园林春浩荡,喜天地气澄清。巧丹青,怎画绰然亭?

天刚放亮,作者步出柴门一看,鹅毛大雪在寒风中漫天飞舞,放眼郊外原野,天空混混沌沌,皑皑茫茫。周围群山,千山万壑,似乎都被一夜大雪填平,浑然一片银色世界。所有的道路都被雪掩埋了,看不见一个行人的踪影。雪停了,村庄的园林所有的树枝杈丫上都缀满了洁白的雪花。这是在今天我们都非常熟悉的一幅雪景图。"爱园林春浩荡",似乎春风为园林吹开了埋怨的琼枝玉卉,使人顿生春风扑面、春色无边之感。一个"爱"字,一个"喜"字,洋溢着元代人对雪的无限赞美和喜悦之情。

再如贯云石小令[正宫·小梁州]《冬》中的西湖雪:

彤云密布锁高峰,凛冽寒风。银河片片洒长空,梅梢冻,雪压路难通。[幺]六桥顷刻如银洞,粉妆成九里寒松。酒满斝,笙歌送,玉船银棹,人在水晶宫。

"六桥",西湖苏堤上的六座桥:映波、锁澜、望山、压堤、东浦、跨虹。"银洞",指六座拱形桥洞好像是用白银砌成的一样。一场大雪朔风不期而至。作者乘兴出游,在苏堤踏雪寻梅,满目皆白,梅树枝梢也被雪片裹住,甚至积雪堵塞了道路。西湖六桥披上了银装,顿时变作几眼银白的洞穴,苍翠的轻松也被装点成琼枝玉树。大雪初霁,严寒砭骨,游人雅兴不减,湖畔丝竹悠悠,歌声轻柔,观赏雪景的人们频频举杯助兴,就像出席水晶宫的盛宴。一幅情景交织的画面。

冬季天气寒冷,人们大多足不出户,只有偶遇下雪,人们才会怀着喜悦

的心情出门赏雪,在雪中嬉戏。如张可久小令[黄钟·人月圆]《开吴淞江遇雪》:

一冬不见梅花面,天意可怜人。晓来如画,残枝缀粉,老树生春。山僧高卧,松炉细火,茅屋衡门。冻河堤上,玉龙战倒,百万愁鳞。

不仅描写了雪景,还抒发了春意,令人心觉暖意。还如马谦斋小令[双调·水仙子]《雪夜》:

一天云暗玉楼台,万顷光摇银世界。卷帘初见阑干外,似梅花满树开,想幽人冻守书斋。孙康朱颜变,袁安绿鬓改,看青山一夜头白。

沙正卿套数[南吕·一枝花]《安庆湖雪夜》:

荒陂寒雁鸣,远树昏鸦噪。断云淮甸阔,残照楚山高。古岸萧萧,败苇折芦罩,穿林荒径小。水村寒犬吠柴荆,梅岭冻猿啼树杪。

这些描写曲折地表达出元代人顽强不屈、凛然无畏、傲岸清高的精神面貌。与唐代柳宗元"独钓寒江雪"《江雪》诗中融摄的生命精神没有丝毫错位。即使是一些表面上看起来是有些感伤的描写,深层里生命的力量依然很充沛。如苏彦文套数[越调·斗鹌鹑]《冬景》:"脚又滑,手又麻,乱纷纷瑞雪舞梨花。情绪杂,囊箧乏。若老天全不可怜咱,冻钦钦怎行踏……最怕的是檐前头倒把冰锥挂,喜端午愁逢腊八。巧手匠雪狮儿一千般成,我盼的是泥牛儿四九里打。"

元曲中的雪还往往与冬天的风俗结合起来描写,如马致远小令[仙吕·青哥儿]《十二月》:

隆冬寒严时节,岁功来待将迁谢。爱惜梅花积下雪,分付与东君略添些,丰年也。

"岁功",指一年的农事收获。"迁谢",指岁尾祀神祈求来年能得好收成。"爱惜梅花积下雪",是说积雪消融时,土膏润泽,有助于农作物的生长。看看眼下积雪不厚,又祈春神再降瑞雪,以祝丰年。

写雪又写梅,雪与梅织成复合意象的描写,在元曲中也很多见。其中写得最热闹的是白朴套数[大石调·青杏子]《咏雪》中,不仅将雪写得多姿多彩,还提到了梅:

空外六花翻,被大风洒落千山。穷冬节物偏宜晚,冻凝沼沚,寒侵帐幕,冷湿阑干。

[归塞北]貂裘客,嘉庆卷帘看。好景画图收不尽,好题诗句咏尤难,疑在玉壶间。

[好观音]富贵人家应须惯,红炉暖不畏初寒。开宴邀宾列翠鬟,挤酡颜,畅饮休辞惮。

[幺篇]劝酒佳人擎金盏,当歌者款撒香檀。歌罢喧喧笑语繁,夜将阑,画烛银光灿。

[结音]似觉筵间香风散,香风散非麝非兰。醉眼朦腾问小蛮,多管是南轩蜡梅绽。

大雪飘飘洒洒,千山万壑一片银装素裹,而人在其中,给人一种极其难描、难画、难歌、难言的美感。尤其是结句的"梅绽",为这个晶莹剔透的玉壶世界,增添了温馨、欢悦的美。

乔吉小令[双调·水仙子]《咏雪》是"根据自己本性的需要"①,既写雪又写梅的佳作:

冷无香柳絮扑将来,冻成片梨花拂不开,大灰泥漫了三千界。银棱了东大海,探梅的心嗒难捱。面瓮儿里袁安舍,盐堆儿里党尉宅,粉缸儿里舞榭歌台。

虽咏雪,却不用一个"雪"字,把雪比作冷无香的柳絮、拂不开的冻梨花,大灰泥弥漫的大千世界,从各个方面着笔把雪景的壮观描绘得气势磅礴浩大。后三句的"袁安舍"、"党尉宅"等,本意是说雪停之后,大大小小的人家、高高低低的屋舍,都陷在厚厚的积雪之中;天地间同是白茫茫一片,但在雪封的表象下人们却依然继续着贫富可乐不均的生活。其中"探梅"句,由咏雪转到探梅,由雪到梅,雪因梅,透露出春的信息,梅因雪更显出高尚的品格。雪梅相连,见出作者高洁的志趣向往。全曲想象飞腾,表现了雪景的浩瀚奇丽,是咏雪杰作。

元曲中雪梅交织的描写多姿多彩,大体分为三个层面:

---

① [德]马克思、恩格斯:《马克思恩格斯论艺术》二,[苏]里夫希茨编,曹葆华译,人民文学出版社1960年版,第294页。

其一,寻梅。元曲中寻梅的描写很多,如乔吉小令[双调·水仙子]《寻梅》:

> 冬前冬后几村庄,溪北溪南两履霜,树头树底孤山上。冷风来何处香?忽相逢缟袂绡裳。酒醒寒惊梦,笛凄春断肠,淡月昏黄。

从村庄、小溪寻到树头树底,终于不负苦心,由"冷风"送来了梅花的消息。这里的"冷",不是寒冷,而是"冷不防"。"缟袂绡裳",用了托名柳宗元作的《龙城录》中的一则典故:隋代赵师雄游广东浮罗山时,夜里梦见与一位装束朴素的女子一起饮酒,这位女子芳香袭人,又有一位绿衣童子,在一旁欢歌笑舞。天将发亮时,赵师雄醒来,却发现自己睡在一棵大梅花树下,树上有翠鸟在欢唱。原来梦中的女子就是梅花树,绿衣童子就是翠鸟,这时,月亮已经落下,天上的星星也已横斜,赵师雄独自一人惆怅不已,后用为梅花的典故。① 曲中不明说梅花,而说"缟袂绡裳",一来体现出梅花的洁美,二来显示了诗人爱梅敬梅的深情。"淡月昏黄",化用宋代林逋"疏影横斜水清浅,暗香浮动月黄昏"的咏梅名句。全曲无一"梅"字,但句句虚中见实,暗映出梅花楚楚动人的情态,表达了作者孜孜不倦地寻觅、求索:寻求梅花内在的美,寻求人与梅花融合交契的永恒境界。记录了作者复杂的心曲,折射着当时复杂的社会现实。

与乔吉《寻梅》同出一辙的还有商衟小令[越调·天净沙],也是句句虚中见实的诵梅佳品:

> 剡溪媚压群芳,玉容偏称宫妆,暗惹诗人断肠。月明江上,一枝弄影飘香。

梅花之所以引起文人们的爱怜,一是疏密参差的形;二是沁人心脾的香;三是凌寒独自开的韵。诗人咏梅大都从这三个方面入手,展示梅花的风采。而此曲却另辟蹊径,也是不正面写梅,而是从侧面着笔,虚实结合,写出了梅花的神韵。与乔吉的《寻梅》小令异曲而同工。

元代还有两个爱梅不已的人,一个是号酸斋的贯云石;另一个是号甜斋的徐再思。两人都写有梅曲。贯云石小令[双调·清江引]《咏梅》:

---

① 徐续:《岭南古今录》,广东人民出版社1992年版,第33—34页。

南枝夜来先破蕊,泄漏春消息。偏宜雪月交,不惹蜂蝶戏,有时节暗香来梦里。

芳心对人娇欲说,不忍轻轻折。溪桥淡淡烟,茅舍澄澄月,包藏几多春意也。

曲写早春的梅花。此时冬雪尚铺盖大地,梅花初放,似报春,却不如桃、李、杏、樱那样争春,也不惹任何蜂蝶来嬉戏,到了夜晚,丝丝缕缕的幽香,进入人们的梦乡。这超凡脱俗的梅香的源头在哪里呢? 于是他独步在月色如水的郊外去追寻。翻过小桥溪水,隐约可听到冰下溪水的叮咚作响,远处还在冒着淡烟的茅舍,正当此时,一缕淡淡的梅香顺着微微的寒风溜过鼻尖,混合着农家烟火的味道,沁人心脾。作者笔下的梅,清幽而优美,叫人只敢远观而不敢近看。徐再思笔下的梅,也拥有同样的韵致。徐再思[越调·天净沙]《探梅》:

昨朝深雪前村,今宵淡月黄昏,春到南枝几分? 水香冰晕,唤回逋老诗魂。

徐再思的《探梅》与贯云石的《咏梅》同写在黄昏之后月下赏梅,情致却不同。贯云石是闻到香气而去寻梅,徐再思则是为寻梅而闻香。在冬末春初梅花开得不多的时节,需要仔细探寻。他已经寻了几天,在前村后村,村里村外,终于寻到了梅花。他看到的梅有着水般的清新和冰样的骨感。在黄昏之中,梅的姿态、香气、内涵均美到极致。短短五句虽无新创意,但自成画面,诗意盎然,深切地表达了作者对梅花的喜爱之情。

元曲中描写爱梅爱得痴狂的,应是景元启小令[双调·殿前欢]《梅花》:

月如牙,早庭前疏影印窗纱。逃禅老笔应难画,别样清佳。据胡床再看咱,山妻骂:为甚情牵挂? 大都来梅花是我,我是梅花。

"逃禅老笔",本指南宋画家扬无咎,他以善画梅著称,号"逃禅老人"。人居室内,梅立庭中,梅花投影在纱窗上,"别样清佳"。这印窗梅影,使安坐室内的作者深深陶醉。他觉得不仅自己在观赏梅影,那梅影似乎也在观赏自己。妻子看着丈夫这种痴迷沉醉之态,误解了,嗔怪责难道:是什么情人让你这样牵挂呢? 作者告诉妻子:"大都来梅花是我,我是梅花。""大都来",只不过的意思。此时,作者与梅融为了一体,物我两忘,既是对妻子的回答,也暗中以梅花自喻,同时是对梅花的歌颂。作者通过对梅花的人格化,获得了自身的价值。

西湖赏梅的描写,也是元曲中写得很多的题目。其中精彩的是杨朝英小令[双调·水仙子]:

> 雪晴天地一冰壶,竟往西湖探老逋。骑驴踏雪溪桥路,笑王维作画图,拣梅花多处提壶。对酒看花笑,无钱当剑沽,醉倒在西湖。

此曲的精彩处在于举杯赏梅,"对酒看花笑,无钱当剑沽",写出了作者的潇洒豁达超尘脱俗的胸襟,并且虚拟人花对笑的场景,赋予梅花活泼的性灵,使老题目有了新意。

其二,赞梅。写梅色,有白梅描写,如庾吉甫小令[双调·雁儿落过得胜令]:"冬雪白梅绽。"汤舜民套数[南吕·一枝花]《题白梅深处》:"但则觉花气氤氲袭毳袍,白茫茫万树千条。"关汉卿杂剧《山神庙裴度还带》第二折:"性格孤高幽谷栽,清香独不染纤埃。岁寒一点贞如许,待许春回向暖开。"有红梅描写,如卢挚小令[双调·蟾宫曲]《红梅》:"缀冰痕数点胭脂,莫猜做人间,繁杏枯枝。天竺丹成,山茶茜染,照映参差。"张可久小令[双调·折桂令]《开元馆石上红梅》:"秀靥凝脂,明妆晕酒,暖信烘霞。"徐再思小令[双调·蟾宫曲]《红梅》:"蕊珠宫内琼姬,醉倚东风,谁与更衣?血泪痕深,茜裙香冷,粉面春回。桃杏色十分可喜,冰霜心一片难移。何处长笛,吹散胭脂,分付春归?"梅花色彩众多,看起来元代人们偏爱白、红色。红梅艳丽夺目、春意盎然,颇具"红装素裹"的美;白梅清丽淡雅、纯洁如雪。如云,如锦;如歌,如诗,形象地刻画了梅的神韵。

写梅香。有香透骨的描写,如汤舜民[仙吕·赏花时]《冬景题情》:"有一千树梅花香透骨。"有雪里放香的描写,如商挺小令[双调·潘妃曲]:"暖阁偏宜低低唱,共饮羊羔酿。宜醉赏,宜醉赏蜡梅香。雪飞扬,堪画在帏屏上。"张可久小令[双调·落梅风]《冬夜》:"更阑后,雁过也,梦不成小窗寒夜。伴离人落梅香带雪,半帘风一钩新月。"有"清香"的描写,如马谦斋小令[中吕·快活三过朝天子四边静]《冬》:"梅开寒玉,清香时度。"马致远套数[仙吕·赏花时]《孤馆雨留人》:"浓云渐消,月明斜照,送清香梅绽灞陵桥。"张可久小令［双调·落梅风］《梅边》："枝横翠竹暮寒生，花淡纱窗残月明，人倚画楼羌笛声。恼诗情，一半儿清香一半儿影。"孔文升小令［越调·天净沙］："寒梅清秀谁知？霜禽翠羽同期，潇洒寒塘月淡。暗香幽意，一枝雪里偏宜。"任昱小令［中吕·普天乐］《花园改道院》："锦江滨，红尘外，王孙去后，仙子归来。寒梅不改香，舞榭今何在？"有"寒香"的描写，如张可久小令［中吕·朝天子］《歌者诉梅》："水滨，探春，未得南枝信。一帘香梦卷梨云，渐觉寒香近。"有"暗香"的描写，如无名氏小令［仙吕·寄生草］《冬》："暗香浮动月黄昏，梅花漏泄春消息。"贯云石小令［双调·清江引］《咏梅》："南枝夜来先破蕊，泄漏春消息。偏宜雪月交，不惹蜂蝶戏，有时暗香来梦里。"张可久小令［中吕·满庭芳］《山中杂兴二首》："桥上，东风暗香，浮动月昏黄。"透骨香、雪里放香、清香、寒香、暗香，这些描写形象地描述了梅香沁人肺腑、催人欲醉却又让人难以捕捉的特点。

写梅姿。有梅花风韵美的描写，如张可久小令［正宫·塞鸿秋］《湖上即事》："断桥流水西林渡，暗香疏影梅花路。"徐再思小令［中吕·红绣鞋］《半月泉》："沁梅疏影缺。"商衟小令［越调·天净沙］："雪飞柳絮梨花，梅开玉蕊琼葩，云淡帘筛月华。玲珑堪画，一枝瘦影窗纱。"杨朝英小令［双调·水仙子］："寿阳宫额得魁名，南浦西湖分外清。横斜疏影窗间印。"曾瑞套数［般涉调·哨遍］《思乡》："竹疏梅淡轻盈，竹穿坏壁凉阴浅，梅枕寒流瘦影清。"马致远小令［双调·寿阳曲］："人初静，月正明，纱窗外玉梅斜映。梅花笑人休弄影，月沉时一般孤另。"吴仁卿小令［商调·梧叶儿］《湖上》："舟中句，湖上景，芳酒泛金橙。云初退，月正明，雪初晴，几树梅花弄影。"无名氏小令［中吕·十二月过尧民歌］："香拂拂几株梅树傍疏篱。"王举之小令［双调·折桂令］《三茅山行》："古桂寒香，枯梅瘦影。"乔吉小令［中吕·山坡羊］《冬日写怀》："冬寒前后，雪晴时候，谁人相伴梅花瘦？"有梅花形态美的描写，如张可久小令［中吕·红绣鞋］《山中》："老梅盘鹤膝，新柳舞蛮腰。"周文质小令［双调·折桂令］《咏蟠梅》："梨云旋绕东风，谁屈冰梢，怪压苍松？绿萼含香，枯根层结，春信重封。清味远嫌蝶妒蜂，老枝寒舞凤蟠龙。夜月朦胧，疏蕊纵横；瘦影交加，碎玉玲珑。"横斜疏瘦，疏朗错落，清癯俏丽，色彩和谐。元代人根据梅花的自然属性抒写吟咏，揭示、阐发出梅花独有的美感风神,丰富、深化了对梅花的审美体验。

写梅花报春,如元好问小令[中吕·喜春来]:"梅残玉屑香犹在,柳破金梢眼未开,东风和气满楼台。桃杏折,宜唱[喜春来]。"姚燧套数[双调·新水令]《冬怨》:"梅花一夜漏春工,隔纱窗暗香时送。"汪元亨小令[双调·雁儿落过得胜令]《归隐》:"梅开,一年春又来。"朱庭玉小令[越调·天净沙]《冬》:"门前六出狂飞,樽前万事休提,为问东君信息。急教人探,小梅江上先知。"马致远小令[双调·拨不断]:"就鹅毛瑞雪初成腊,见蝶翅寒梅正有花。"商衟小令[越调·天净沙]:"野桥当日谁栽?前村昨夜先开,雪散珍珠乱筛。多情娇态,一枝风送香来。"朱庭玉套数[大石调·青杏子]《咏梅》:"果为斯花堪珍重,时复暗香浮动。萧然鼻观通,依约罗浮旧时梦。"写出了梅花不畏严寒,花开在群芳之先、凌霜雪而盛开的精神,写出了斗雪吐艳、凌寒留香、铁骨冰心的美好形象。

其三,梅品。元曲中借雪的"寒"与"洁"来衬托梅花的孤傲、斗寒精神,从中翻出元代人心底对生命追求意识的描写,在元曲中也俯拾即得。如冯子振小令[正宫·鹦鹉曲]《荣华短梦》:"待霜前雪后梅开,傍几曲寒潭浅处。"薛昂夫套数[正宫·端正好]《高隐》:"冬景堪酬和,草庵前寒梅雪压,短窗边瘦影频磨。"贯云石小令[南吕·金字经]:"游仙梦,一帘梅雪风。"孙周卿小令[双调·水仙子]《舟中》:"朔风吹老梅花片,推开篷雪满天,诗豪与风雪争先。雪片与风鏖战,诗和雪缴缠,一笑琅然。"梅花的浓而不艳、冷而不淡,那疏影横斜的风韵和清雅宜人的幽香,是其他花卉不能相比的。然而,更为重要的是,梅品就是人品的复现。"艺术起始于一个人在自己心里重新唤起他在周围现实的影响下所体验过的感情和思想",也就是说,"艺术既表现人们的感情,也表现人们的思想,但是并非抽象的表现,而是用生动的形象来表现"①。梅的铮铮铁骨、浩然正气,傲雪凌霜、独步早春而不争春的精神,梅的"高标独秀"的气质,梅的倜傥超拔的形象,正是元代人"冬前冬后几村庄,溪北溪南两履霜,树头树底孤山上"追寻和探求的。元代人

———
①　[俄]普列汉诺夫:《普列汉诺夫美学论文集》,曹葆华译,人民出版社1983年版,第308页。

对梅的认同:"故人应与,梅同态。梅虽雅淡,人更清白。人之风彩,梅之调格。人与梅花俱可爱"①,丝毫不差地反映到元曲的创作中。元曲对梅的咏颂,不仅给后人留下了数量众多的梅花佳作,更把梅文化提升到新的境界,为中国梅文化增添了浓墨重彩的一章。

元代人冬至节插梅的习俗,元曲中也有多处反映。如乔吉小令[中吕·山坡羊]《冬日写怀》:

> 离家一月,闲居客舍,孟尝君不费黄齑社,世情别,故交绝,床头金尽谁行借? 今日又逢冬至节。酒,何处赊? 梅,何处折?

白朴[双调·得胜乐]《冬》:

> 密布云,初交腊。偏宜去扫雪烹茶,羊羔酒添价。胆瓶内温水浸梅花。

刘时中小令[双调·水仙操]:

> 梅花初试胆瓶儿,正是逋郎得句时,彤云把断山中寺。软香尘不到此,怯清寒林下风姿。侵素体添肌粟,妨云鬟老鬓丝,清绝煞赏雪的西施。

李子昌套数[正宫·梁州令南]:

> 渐迤逦寒侵绣帏,早顷刻雪迷了鸳瓦。自恨今生分缘寡,红炉畔共谁人闲话? 唗题罢,托香腮闷加,胆瓶中懒添温水浸梅花。

"梅,何处折","胆瓶内温水浸梅花","梅花初试胆瓶儿","胆瓶中懒添温水浸梅花",均是对元代人冬至节插花习俗的描写。中国人在传统的民族节日中,有使用花卉,构成美妙节日的习俗。如在元日人们总爱在花瓶中插上红艳牡丹,象征花开富贵;或是插几枝金艳腊梅,一串天竺果,金红相辅,喜气洋洋。文人最喜用梅花插放于瓶里,因为梅枝劲挺,梅蕊舒眉,象征着文人的气节,报告着春的消息。此外,清雅洁净的水仙花,也是新春佳节时家居必备的花卉。水仙金蕊银葩,分外秀逸,迎候着春的到来。每年的农历二月初二(或二月十二,或二月十五,随地域而不同),是传统的花朝节,相传是百花生日,这一天人们都喜爱种花、赏花,把初开的桃李花折下来供

---

① 朱庭玉套数[仙吕·点绛唇]《咏梅》。

养于瓶，欢度花朝；苏州等地，过去还在未曾开放的花树上系结红绿丝绸，把花树打扮得花枝招展，叫做“赏红”。清明节人们常采下桃李花，与绿柳枝共束成花束，献于先人坟墓前。五月初五端午节时，人们喜插红艳的石榴花及栀子、葵花等，陈设于室中，使人宛如见到夏天花园中的景象。早在宋代皇宫中就有此风俗，清代皇宫中亦然：将瓶中所插的榴花、栀子、葵花与盛满红樱桃、桑椹、李子、杏子等果品的盘子共设，旁置粽子等，称为“端午景”。在冬至节，花木凋零，用常绿的松柏枝与腊梅、山茶等共插一瓶，象征冬至已来，人们盼望严冬早些过去的心态。

另外，还有“拥炉饮”的习俗。如张可久套数[南吕·一枝花]《冬景》：

青山失翠微，白玉无瑕玷。梨花和雨舞，柳絮带风掾。拨粉堆盐，祥瑞天无欠，丰年气象添。乱飘湿僧舍茶烟，密洒透歌楼酒帘。

[梁州第七]金盏酒羊羔满泛，红炉中兽炭频添。兰堂画阁多妆点。锦茵绣榻，翠幕毡帘。鸾箫谩品，鼍鼓轻掂。唱清音余韵淹淹，捧红牙玉指纤纤。绮罗间盏到休推，宝鸭内香残再拈，玉壶中酒尽重添。况兼，兴忺。金波潋滟霞光闪，接入手不辞厌。为爱琼瑶尽意瞻，赏玩休嫌。

[尾声]玄冥不出权独占，青女三白势转严，酩酊甘心醉躯欠。见冰锥满檐，琼珠满帘，全不把尘埃半星儿染。

无名氏小令[中吕·迎仙客]《十二月》：

春未回，雪成堆，新酿瓮头泼绿醅。恰传杯，人早催。赏罢红梅，准备藏阄会。唤玉蛾，捧金波，听遍四时行乐歌。得蹉跎，且快活。万事从他，醉倒和衣卧。

刘唐卿杂剧《降桑椹蔡顺奉母》第一折：

盛世丰年宇宙清，万民安乐尽康宁。天公幸际垂祥瑞，酒泛羊羔享太平。

“金盏酒羊羔满泛，红炉中兽炭频添”，“新酿瓮头泼绿醅”，反映了元代人“拥炉会饮”的习俗，称为“扶阳”。炉火和酒都属阳，围炉温酒，团聚共饮，既扶了阳，又庆贺了节日。冬天，原本就是万物休养生息的日子，草木静止，动物休眠，土地休整。劳碌了一年的人们，围炉而坐，既是为宴饮助兴，也带有暖身子的作用。

同时,可使我们更为深切地了解冬至节在元代的地位。如王玠小令[商调·挂金索]:

> 三更鸡叫,冬至阳初动。

张国宾杂剧《相国寺公孙合汗衫》第一折:

> 正遇着初寒时分。您言冬至我言春。

"冬至阳初动",《大戴礼记》曰:"日冬至,阳气至始动。"①《后汉书·律历志》则曰:"冬至,群物于是乎生。"②可见,古人观念中"冬至"所表示的节气,非但不是冬天的开始,且已孕育着春天的到来了。"您言冬至我言春",反映了元代人"去冬迎春"的心态。

在元代人的这些描述中,我们似乎远远地眺望到了元代冬至节节俗的大致轮廓,冬至节的尊贵与辉煌。直到今天,冬至节的很多习俗仍然被保留了下来。在大众的集体记忆中,过冬至仍是那么温馨,人们仍要拜贺走访,新衣美食,民间仍有"冷在三九,热在三伏"的说法,民间仍有"冬至馄饨(饺子)夏至面"之谚,仍有在冬至这天吃"捏冻耳朵"的食俗,仍有"吃了冬至夜饭长一岁"的说法,大江南北仍在唱数九歌,在历史性地淡化中仍保存着那感觉,那仪式或浓或淡地惯性地延续着。从中我们也不难看到冬至节俗强大的生命力,而这个生命力的支柱正是冬至节俗在协调人的关系,强调传统文化,强化家庭意识和尊卑次序,以稳定现有格局时的重大作用,在唤醒人们集体认同的同时,满足了人们在情感上、道德上的需求,满足了人们对彼此之间关系再确认的需求。

(二) 腊 八 节

腊八,指阴历十二月初八日。所谓腊,据考有三义:一曰"腊者,接也。取新故交接"③。二曰"腊者同猎",指田猎获取禽兽用以祭祖祭神,故"腊"

---

① (清)王聘珍:《大戴礼记解诂》,中华书局1983年版,第46页。
② (南朝宋)范晔:《后汉书》,中华书局1997年影印本,第3057页。
③ (唐)魏徵等:《隋书》,中华书局1997年影印本,第149页。

从"肉"旁,意在用肉冬祭;三曰"腊者,逐疫迎春"①。由此可见,"腊"是古代人们祭祀百神及祖先的一种活动。在商代,每年人们用猎获的禽兽举行春、夏、秋、冬四次大祀,祭祀祖先和天地神灵,其中冬祀的规模最大,也最隆重,后来称为"腊祭"。因此,人们就将农历十二月称为"腊月",将举行冬祭这天称为"腊日"。最初的腊日是不固定的。汉代按"干支纪日"的方法,明确冬至过后的第三个戌日为"腊日",南北朝时规定十二月初八为腊日。腊日被确定在十二月初八日,与我国盛行的巫术思想影响有着千丝万缕的联系。《易经·系辞上》云:"天一地二,天三地四,天五地六,天七地八,天九地十。"《周易正义》云:"此言天地阴阳,自然奇偶之数。"②人们赋数字以灵性,以奇数作为阳数,象征天、君、父、男;以偶数为阴数,象征地、母、女等;"八"为最高的单偶数,象征地数;古人认为地承载着世间万物,地中生长的各类物品使人能够享用,这种巫术思想掺糅在人们的祭祀活动中,在古人"报本反始"思想的支配下,非常重视腊祭仪礼中的祭社活动,因此,确定十二月初八日为腊日。

腊日除了"腊祭"之外,还有驱除病疫的意义。南朝梁宗懔《荆楚岁时记》说:"十二月八日为腊日,《史记·陈胜传》有'腊月'之言,是谓此也。谚云:'腊鼓鸣,春草生。'村人并击细腰鼓,戴胡公头,及作金刚力士以逐疫。"③在寒冬将尽、新春将临之际,击腊鼓以逐疫,是古人对春天易发疫疾,必须早作预防的经验和认识,给人们以有益的启迪。

腊八节,民间大都流行吃腊八粥的习俗。它的起源多认为是佛教信众感恩于牧羊女给释迦牟尼乳糜。佛教传说,佛祖释迦牟尼修行深山,静坐六年,饿得骨瘦如柴,曾欲弃此苦,恰遇一牧羊女,送他乳糜,他食罢盘腿坐于菩提树下,于十二月初八之日悟道成佛,由此形成了煮食腊八粥的习俗。据宋代孟元老《东京梦华录》说:"初八日,街巷中有僧尼三五人,作队念佛……杨枝洒浴,排门教化。诸大寺作浴佛会,并送七宝五味粥与门徒,谓

---

① 徐帮学:《民间祈福择吉通书》,气象出版社 2006 年版,第 122 页。
② 黄寿祺、张善文:《周易译注》下,上海古籍出版社 2007 年版,第 392—393 页。
③ (南朝梁)宗懔:《荆楚岁时记》,宋金龙校注,山西人民出版社 1987 年版,第 64 页。

之'腊八粥'。都人是日各家亦以果子杂料煮粥而食也。"①其实,煮腊八粥无一定之规,通常用八种粮食,即大米、小米、江米、花生米、核桃仁、红枣、红小豆、黄豆搀和在一起煮粥。这个习俗一直流传至今。北方沙河风俗,八样粮食必须从八处摊点购买。煮粥时往锅内放入针、线、顶针儿等物(用线穿在一起待煮好粥后,把针线等物捞出来),据说,孩子们吃了这种粥,男孩就会八方进宝,女孩就会心灵手巧。河北井陉民间有"腊八日不吃糜,孩子老婆乱杆捶"的谚语,糜即是用小米、黄豆、绿豆、红薯、地瓜、花生米、红枣、核桃仁等煮成的粥。人们吃了腊八粥,全家和睦团结,日子旺盛,否则就"乱杆捶"不和睦了。所以,穷人家庭的主妇们往往因陋就简,就仅有的原料顺手抓来,如苞米、高粱米等,也要做腊八粥。腊八粥的煮食争早,多在腊七夜或腊八凌晨煮,黎明时分食之。腊八粥忌迟食,有"不过午"的禁忌,俗信"今年早吃,明年早收"。河北固安有"谁家灶囱先冒烟,谁家高粱先红尖"的谣谚。冬天的早晨,天寒地冻,夜色凝重,寒气袭人。雄鸡在歌唱,炊烟袅袅升起,一家人还在沉睡,家庭主妇就把腊八粥煮熟了。这腊八粥里各样谷子彩色缤纷,有红、有黑、有黄、有白、有橙色,还有紫色,米粒谷粒晶莹,果仁飘香,红枣甜美,又浓又稠又热,吃起来暖胃暖身暖心,美味沁人心脾。熬好的粥除了自家食用,还要在邻里之间互相赠送。在塞外张北,人们还将腊八粥涂于墙壁、门环等处,以禳不祥。在京津廊坊、唐山等地吃腊八粥时,也要给家里的禽畜吃,连果树上也要抹上一点儿,光绪河北《涿州志》载:"以各样果实,去皮核,入诸色米、豆内,制粥食之。且遍置花木上,次年无虫,且茂艳。"②在冀南一带还有腊八粥祝子、催生的俗用。光绪十二年,河北《遵化通志》载:(腊八)"以粥抹在果树上,则多实,或戏贴妇人背上,以祝生子。"③这种风俗,当是因腊八粥多以种子、果子煮成,这些包孕着植物生命的谷种、果种,通过接触巫术的诱发,又选择蜡祭百神的期日,信能产生通

① (宋)孟元老:《东京梦华录》(外四种),中国商业出版社1982年版,第69页。
② 丁世良、赵放:《中国地方志民俗资料汇编:华北卷》,书目文献出版社1989年版,第312页。
③ 丁世良、赵放:《中国地方志民俗资料汇编:华北卷》,书目文献出版社1989年版,第312、253页。

感,使乞子妇女得孕生子。腊八粥能使庄稼早熟,果树多实,在巫术观念中当然也可使人早生早育,反映了自然崇拜的社会转向。

这种赋予腊八粥巫术功能的习俗,我们在欧洲的饮食习俗中也可以看到:如在瑞典的韦姆兰省,农妇用最后一捆谷穗上的谷粒烤出一个女孩形的面包,把这块面包分给全家人吃。这块面包便代表被当做闺女的谷精。在法国的拉帕利斯,收获时人们常用面做一个人形挂在枞树上,由最后一辆收获车辆运载。树和面人都送到镇长家里,保存到葡萄收获完毕以后,然后举行宴会庆祝,镇长把面人切成小块分给大家吃。在另外一些例子里,虽然不把新谷烤成人形的面包,但是吃新谷时举行的隆重仪式就足以表明,新谷是当圣餐吃的,也即是当谷精的躯体吃的。在印度的布鲁岛上,麦子收割完,各氏族的人都聚在一起吃圣餐,每个成员都要捐赠一点新米,这顿饭叫"吃米魂"。这个名称清楚地表明这顿饭的圣餐性质。把收获的最后一些谷物做成的食物当做圣餐吃掉的情况在日本、印度、巴西、英国等地过去的习俗中都存在。[①]

关于腊八粥的由来,民间也有诸多流传本。一说,西晋时有个极懒的青年人,平素游手好闲,坐吃山空,他的娘子屡劝无效,然而到了年末的十二月初八,家里断炊了,那小子饥肠辘辘、苦痛难熬,遍搜家里所有米缸、面袋和坛坛罐罐,将剩余颗粒连同一切可食之物加水入锅,才煮了一碗糊粥解饥。从此,他苦思悔恨,决心痛改前非。当地人们便借此教育子女,每逢腊八都煮粥喝,既表示不忘祖先勤俭之美德,又盼神灵带来丰衣足食的好年景。一说,岳飞遭奸臣陷害,被扣军粮,百姓闻讯,户户送去粥饭,岳军混合而食。这天正好是腊月初八,以后这个日子,百姓们都要煮腊八粥,怀念岳飞和岳家军。另一说,明太祖朱元璋小时给财主放羊,经常挨饿,一天他发现一个老鼠洞,想抓只老鼠烧熟充饥,便伸手去掏,掏到深处,发现里边有大米、玉米、豆子等老鼠的积粮,他把这些杂粮煮成一锅粥,吃起来十分香甜。后来他当了皇帝,山珍海味吃厌了,腊八这一天想起当年的一锅杂粮粥,就命御

---

① 夏维波:《中国古代蜡祭的民俗心理探析》,《东北师范大学学报》(哲学社会科学版)2002年第2期。

厨将五谷杂粮煮粥而食之,并赐名为"腊八粥"。无论哪种说法,都有祈福之意。古时的春节实际从这一天开始。民谣曰:"腊八,腊八,男孩要炮,姑娘要花。"从这天起,人们就开始置办年货,迎接一年一度的新春佳节了。腊八在元代是一个非常重要的节日。据熊梦祥《析津志·岁纪》载:"是月八日,禅家谓之腊八日,煮红糟粥,以供佛饭僧。"①说明每年阴历腊月初八日,元代佛教寺院都用香谷和干果熬成粥来供佛,进行洒净、驱邪的仪式活动,在宗教气氛中结束一年的生活。元曲也反映了腊八节。如苏彦文在其仅存于今的套数[越调·斗鹌鹑]《冬景》中说:"最怕的是檐前头倒把冰锥挂,喜端午愁逢腊八。巧手匠雪狮儿一千般成,我盼的是泥牛儿四九里打。"这位金华人写雪中寒士的贫苦生活,从年节难过的角度提到腊八节,更加说明,腊八在元代是一个不能忽视的节日。

(三) 祭 灶 节

旧俗农历腊月二十三日(有的地方为腊月二十四日)为祭灶时间,又曰"过小年"。到这一天各家各户都要祭祀灶神。灶神也叫灶王爷,是民间供奉于灶头的神,也是最贴近民俗生活的三大民俗神(灶王爷、土地爷、城隍爷)之一。传说它掌管全家的生死福祸,并随时录人功过,一年一度上天禀告玉皇。玉皇将根据人所犯罪行的大小定罚,大罪减寿三百日,小罪减寿一百日。祭灶之俗,由来已久,早在周代,灶神已经是"五祀"之一。《论语·八佾》亦云:"与其媚于奥,宁媚于灶。"②证明祭灶之俗很古久。晋代《抱朴子·内篇·微旨》中记:"月晦之夜,灶神亦上天白人罪状,大者夺纪,纪者三百日也;小者夺算,算者三日也。"③《太平御览》卷一八六引《淮南万毕术》曰:"灶神晦日归天白人罪。"④可见灶神把家事禀告天帝的职司,古已有之。最早的祭灶文字见于《后汉书·阴识传》:"宣帝时,阴子方者,至孝

---

① (元)熊梦祥:《析津志辑佚》,北京图书馆善本组辑,北京古籍出版社 1983 年版,第224 页。

② 阎韬、马智强译注:《论语全译》,江苏古籍出版社 2000 年版,第 17 页。

③ 冯国超主编:《抱朴子内篇》,吉林人民出版社 2005 年版,第 98 页。

④ (宋)李昉等:《太平御览》,中华书局 1960 年版,第 903 页。

有仁恩。腊日晨炊而灶神形见。子方再拜受庆。家有黄羊，因以祀之，自是已后，暴至巨富。"阴子方为祭灶神，倾其所有；而灶神也不负阴子方一番美意，投桃报李，赐福于阴家："田有七百余顷，舆马仆隶，比于邦君。"①

关于灶神历来说法不一，一说灶神即祝融，来源于对火神的崇拜，许慎《五经异义》云："颛顼有子曰黎；为祝融，火神也，祀以为灶神。"②一说灶神是美女，"灶神名隗，状如美女"③。又说灶神叫张子郭，《杂五行书》曰："灶神名禅，字子郭，衣黄衣，夜被发从灶中出，知其名呼之，可除凶恶。"④元曲中的灶神是个滑稽、诙谐的形象。刘唐卿杂剧《降桑椹蔡顺奉母》第二折以诙谐的语言描写了元代人心目中的灶神形象、灶神承担的任务及其在生活中的位置：

> 吾乃是灶神，一家之主我为尊。终朝火燎，每日烟熏。炭头般像貌，墨锭般法身。纵然荤素不离口，争奈终日缩灶门。

可见，在元代人心中，灶神是一家之主，是家家必供的神仙，是一个被烟熏火燎的黑神。黑格尔曾经说："上帝按照自己的形象创造了人类，但在某些时段，人类也回敬了上帝，按照人的形象把上帝创造出来了。"元曲中对这些家神体貌特征及性格特点准确把握，音容笑貌的全面表现，传递出其内在的神韵与外在的气质。这种形象实际上是对生活的反映、现实生活的写照。所以，在元曲中是以滑稽调笑的被揶揄的形象出现。由于"终朝""每日"，缩在"灶门"，一家之中事无巨细，家人的善恶，均在掌握之中。从这一方面看，灶神又是审判人类社会一切罪行的"黑脸包公"形象。传说他准备有两个罐子，一是恶事罐，专记家人所做恶事；一是好事罐，专放家人所做的善事。每到腊月二十三，它便要拿着一年的调查结果，向玉皇大帝汇报。因此，这一天各家各户都要为灶君送行，无非是希望灶君多说好话，少说坏话。故除夕灶神对联多为"上天言好事，回宫降吉祥"。祭灶时，所用供品糖是最主要的，有关东糖、南糖、糖瓜等，合称灶糖，所以用糖大致是因为糖一则

---

① （南朝宋）范晔：《后汉书》，中华书局 1997 年影印本，第 1133 页。
② （南朝梁）宗懔：《荆楚岁时记》，宋金龙校注，山西人民出版社 1987 年版，第 128 页。
③ （唐）段成式：《酉阳杂俎》，方南生点校，中华书局 1981 年版，第 128 页。
④ （南朝宋）范晔：《后汉书》，中华书局 1997 年影印本，第 1133 页。

以甜,二则以粘,吃了糖,粘住口,可以少说话,因此,祭灶时往往要在灶神的口中抹糖,或将一块糖放入灶神口中。除糖以外,这有烧饼之类,及茶、草料、皮豆等。烧饼是灶王途中的干粮,茶是供灶王途中润口,草料是灶王坐骑的食品,皮豆供灶王所养之鸡食用,另外备香蜡纸烛等等。祭时由家长跪拜,并只限于男人,不用女人,有"男不拜月,女不祭灶"之说。祭完后,揭下灶王神像焚化。北宋范成大的《祭灶诗》云:"古传腊月二十四,灶君朝天欲言事,云车风马小留连,家有杯盘丰典祀。猪头烂熟双鱼鲜,豆沙甘松粉饵团。男儿酌献女儿避,酹酒烧钱灶君喜。婢子斗争君莫闻,猫犬触秽君莫嗔,送君醉饱登天门,杓长杓短勿复云,乞取利市归来分。"①详细叙述了当时男人们用美酒佳肴款待灶神,希望它上天言好事,下地降吉祥的节日习俗。可见,旧时民间有祭灶的活动,其实就是为了避祸而贿赂、收买这位灶王爷。

二十四祭祀灶神也是元代祭神的一项主要内容。出身于公卿子弟,但常混迹于市井间,工于填词作曲的刘庭信,在其[双调·折桂令]《忆别》中写道:"才过了一百五日上坟的日月,早来到二十四夜祭灶的时节。"元代非常重视清明节,作者将祭灶与清明并列为一样重要的节日,可见,祭灶也是元代民间非常重要的民俗活动。

(四) 除 夕 日

除夕,又称"除日"、"除夜"、"岁除"、"岁暮"、"岁尽"、"暮岁",民间多俗称作"年三十"或"大年三十"。"除夕"中的"除"字是"去、易、交替"的意思,除夕的意思是"月穷岁尽",人们都要除旧布新,有旧岁至此而除,来年另换新岁的意思,指中国农历腊月最后一天的晚上,与春节(正月初一)首尾相连。除夕过后,即是元日。在辞旧迎新的临界点,人们在该日举行各种以除旧布新、消灾祈福为中心的活动,表达对过去的割断与未来的美好期待。宋吴自牧《梦粱录》云:"十二月尽,俗云:'月穷岁尽之日',谓之'除夜'。士庶家不论大小家,俱洒扫门闾,去尘秽,净庭户,换门神,挂钟馗,钉

---

① (宋)范成大:《范石湖集》,富寿荪标校,上海古籍出版社 2006 年版,第 411 页。

桃符,贴春牌,祭祀祖宗。遇夜则备迎神香花供物,以祈新岁之安。"①除夕的放爆竹、祭祖宗、祀神灵、吃团圆饭、守岁等,几乎是历朝历代经久不变的民间风俗。这些风俗亦见之于元曲中。

1.门神户尉

门神是我国民间普遍尊崇的神祇之一。最初只是一个抽象的神,并无具体的神形。原始人认为,人是灵魂和躯体的结合,人死是灵魂离体而去的结果。人虽死,但其魂魄不灭,组成与人世间相对应的鬼魂世界,且能对人世间产生影响。对于那些神通广大、无孔不入的鬼怪,人们充满畏惧,又由于门是人住所的出入必经之地,所以要防止鬼怪兴妖于人,把好门这一关口就显得异常重要,于是门神就应运而生。以文字记载下来的门神,最早见于《礼记》。《礼记·祭法》云:王为群姓立七祀,诸侯为国立五祀,大夫立三祀,适士立二祀(皆有"门"),庶人立一祀,或立户,或立灶。最初的门神只是抽象的神祇,并无具体形象。直到先秦才出现了有形象的第一对门神——神荼、郁垒。民间流传"神荼"、"郁垒"是鬼蜮桃山的看守人,因其具有除恶鬼的本领,而被民间宠幸,称为"降鬼大仙"。王充在《论衡·订鬼篇》中引《山海经》记载:"沧海之中,有度朔之山,上有大桃木,其屈蟠千里,共枝间东北,曰鬼门,万鬼所出入也,上有二神人,一曰神荼,一曰郁垒,主阅领万鬼,恶害之鬼,执以苇索而以食虎,于是黄帝乃作礼以时驱之。立大桃人,门户画神荼、郁垒与虎,悬苇索以御凶魅。"②传说在黄帝时,有"神荼"、"郁垒"能捉鬼,东海的度朔山上有一棵枝繁叶茂的大桃树,在大桃树东北树枝间有一座"鬼门",里面住着各式各样的大小鬼魅。黄帝怕他们祸乱人间,就派神荼、郁垒在鬼门两旁把守。如果发现到人间害人的恶鬼,他们就用苇索将其捆绑起来,扔到山后喂老虎。于是,神荼、郁垒为鬼怪邪恶所畏惧,也因其除鬼降怪的神力而为人们所崇拜。人们就用桃木将他俩雕成手拿芦索的神人,放在大门的两旁,成为门神户尉,专门用来驱鬼阻邪、守护家园。

最初,人们看重的是驱鬼安宅,是对家的护卫。所以最先出现的神荼与

---

① (宋)吴自牧:《梦粱录》(外四种),中国商业出版社 1982 年版,第 45—46 页。
② (东汉)王充:《论衡》,上海人民出版社 1974 年版,第 345 页。

郁垒等的首要功能就是保卫家宅平安。雕像上的神荼、郁垒相貌狰狞,足以威慑众鬼。《山海经》、《搜神记》等文献都记载了他们驱除鬼怪的英勇形象。随着历史的发展,人们需要一种能够与自己较亲近的神灵活在自己的信仰之中,再加上人们英雄观的变化,历代统治者对文官武将的重视与加封,这些都促使那些受到人们尊崇的文官武将成为人们造神的候选和原形,文官武将门神也就应运而生。如辅佐周武王伐纣的姜太公,传说他握有封神的大权。他也曾成为门神,至今在有些地区尚可见到年节时,还贴有"姜太公在此"的红帖。战国时,舍身刺秦王的燕赵壮士荆轲,被人们尊为除暴的英雄,也跻身于六神行列。大约因其壮志未酬的原由吧,其门神的地位极其短暂,也鲜为人知了。汉魏以降,勇猛武士门神形象增多,如汉广川惠王宫殿门上所画之战国著名勇士成庆像。自唐代起,秦叔宝、尉迟敬德和钟馗便成了门神的主要形象。门神形象始终与驱鬼紧密相连,最为人们熟知的门神形象是唐代开国大将秦叔宝与尉迟恭。相传,唐太宗李世民早年为打江山,杀人无数,后常夜梦恶鬼在宫中"呼号",心中害怕,夜不能眠,十分痛苦,大将秦叔宝、尉迟恭二人闻知后,手执兵器,守卫在门旁。这一夜唐太宗果然没有梦见鬼,病也好了许多,唐太宗爱惜大将,不忍二人日夜为他守卫,就令画师画了他俩的武像贴在宫门上,以驱鬼邪。以后人们贴的门神都画这两位大将的形象。后来,又出现了一位赫赫有名、流传至今的门神钟馗。据《历代神仙通鉴》记载:唐玄宗得了疟疾,夜间梦见一自称"虚耗"的小鬼偷走了杨贵妃的紫香囊和玄宗的玉笛。这时,来了一相貌狰狞可怕的大鬼,戴破帽,着蓝袍,束角带,捉小鬼啖之。这个大鬼即钟馗。他自称终南山进士,应举不第,触阶而死,被上天封为捉鬼大神,尽除天下虚耗妖孽。玄宗醒来病就好了,于是命吴道子画了钟馗捉鬼图,悬于后宰门。此后,钟馗的故事在民间流传开来,人们多仿此,贴钟馗像于门首以祛邪。后世以其有避邪的功用,遂取为人名,又虚构出一位捉鬼的神人,将其画像贴于门上,以护卫门户。宋代开始,门神的形象逐渐定格在披甲武士上,元代的门神,均为武士门神。一些历史上的将帅纷纷成了民间信奉的门神,像孙武、庞涓、赵云、秦琼、尉迟恭、岳飞等,随意性很大。其原因主要是大家对门神的护卫作用已不大关心,人们注重的是新年来临之际门上要换个新面孔,追求焕然一新的气氛,这种需求促成了门神花样的纷繁众多。刘唐卿杂剧《降桑椹蔡顺奉母》第二折门神云:"积善门阑瑞霭生,手执斧钺镇宅庭。刚强正直无邪僻,以此人间为正神。小圣乃蔡氏门中门神是也,此一位乃户尉之神。"说的就是这样的门神。"手执斧钺镇宅庭",证实了流传最广的秦琼、尉迟恭二位名将即是门神的说法开始形成于元代。

门神户尉驱鬼辟邪的习俗,作为元时期民俗生活的普遍状貌,在元曲中描写很多。如关汉卿杂剧《关张双赴西蜀梦》写张飞之魂在重阳节这天与其结义兄长关羽之魂一起见刘备,欲为刘备庆祝"天寿",往年的此时,兄弟三人在一起登高饮酒,十分热闹,今年却人鬼殊途。并且,由于门神户尉的阻拦,往日威风凛凛的英雄如今却成为鬼魂的弟兄俩,甚至连宫门都进不去,只能沦为游荡之鬼。第四折张飞魂唱:

[倘秀才]往常真户尉见咱当胸叉手,今日见纸判官趋前退后,元来这做鬼的比阳人不自由！立在丹墀内,不由我泪交流,不见一班儿故友。

张飞、关羽生前是何等的威风,他们和皇帝刘备的关系谁人不知,出入宫廷时门将又谁敢阻挡。然而死后的张、关二人之魂却被一纸门神的阻拦,竟然不能进宫门,可见门神之厉害。

武汉臣杂剧《包待制智赚生金阁》中,被人惨杀的小民郭成,提着头颅成了一个"无头鬼",他大闹元宵灯节,惊动了包公,于是包公让小吏娄青去勾拿。娄青勾来郭成之魂后,领着到包待制处伸冤,到了衙门,郭魂却被门神户尉阻拦,进不去衙门大堂。第四折:

(魂子云)我过去不得。(娄青云)你为什么过去不得?(魂子云)被那门神、户尉当住我,因此上过不去。……(正末云)是阿,大家小家,各有个门神、户尉。

最终,包拯让手下烧去银钱金纸,又对门神户尉嘱咐一番,让它们拦住邪魔恶祟,只放过冤魂。娄青烧了纸后,郭成之魂才进了大堂。

无名氏杂剧《玎玎珰珰盆儿鬼》中,当张憋古发现已化身夜瓦盆的杨国用之魂没有被门神户尉挡住,跟着他来到自己的家里时,很是生气。第三折张憋古唱:

（骂门神科，云）俺骂那门神户尉去。好门神户尉也，你怎生把鬼放进来了？俺要你做什么？（唱）

[麻郎儿]俺大年日将你帖起，供养了馓子茶食。指望你驱邪断祟，指望你看家守计。

[幺篇]呸！俺将你画的，这恶支杀样势。莫不是盹睡了门神也那户尉？两下里桃符定甚大腿！（做扯碎钟馗科，唱）手拐了这应梦的钟馗。

同剧第四折张憋古在包公衙门为盆儿鬼喊冤，向包公道：

上告你个待制爷爷俯鉴察，念小人怎敢调弄奸猾。只为你那门户尉一似狠那吒，将巨斧频频掐。（带云）大人，你则觑波。（唱）他是一个鬼魂儿，怎教他不就活惊杀。（包待制云）是、是、是，大家小户有个门神户尉。那屈死的冤魂，被他当住，所以进来不得。张千，你去取将金钱银纸来者。（诗云）老夫心下自裁划，金钱银纸速安排。邪魔外道当拦住，单把屈死冤魂放过来。（张千做烧纸科）

这里反映了元代门神习俗的特点：一是张憋古是一位吃朝廷俸禄的官吏，尚且主张贴门神，可见大年日贴门神的习俗在元代是非常普遍的。二是元代贴门神有约定俗成的规矩：时间是在农历除夕。三是门神在元代已远没有前代神圣了。张憋古骂门神、撕碎门神的行为，表明元代门神的神圣性越来越淡化，而更多的是大众化和观赏性。四是门神像，民居住宅贴，官府衙门贴。五是元代人有为门神户尉烧纸钱的。张憋古埋怨门神不尽职："俺大年日将你帖起，供养了馓子茶食。指望你驱邪断祟，指望你看家守计"；官衙里，为了让门神通融合作，包公吩咐"金纸银钱"一通烧。反映了元代礼奉门神的习俗。

千百年来，我国古代门神的含义不断衍化、发展，其功用也从最初的驱邪魔、卫家室，逐渐发展为保平安、助功利、降吉祥等。这些文化意蕴在一定程度上反映了我国社会发展的进程及古人思想观念的变化，其意义是深远的。贴门神的风俗延续至今仍为人们所习尚。20世纪抗日战争时期在延安解放区，过年的时候，老百姓中有在左右门上分别贴八路军、新四军形象的，歌剧《白毛女》里也有"大鬼小鬼莫进来"的歌词；如今，乡村人家过年还是有贴武士门神的风俗，都市人家过年虽然不一定再贴武士门神像，但也会贴一对童男童女的画像，或者贴副对联。① 在欢庆佳节的喜庆气氛中，门神作为一种富有文化意味的艺术品，装饰于家家户户的门庭之上，以其独特的方式为人们祝福着。

元曲中桃符的描写，也值得重视。其实，无论是门神还是桃符，都源于古人对"桃"的崇拜。桃树原产于我国，生长于我国大部分地区，易于栽种而子繁，开花、结实均早于其他果树，是我国夏令的主要水果之一，既能解渴，又可充饥。在人类童年时期，它曾是我们祖先的食物来源之一。人们发现桃子还具有滋润皮肤的作用，"桃实，味辛、酸、甘，热，微毒。作脯食，益颜色"②。由此产生了食桃可以长寿的联想。桃树还能治疗多种传染病，使原始人相信，桃树具有驱除疫鬼的神秘力。因此把桃木器具用于傩仪中，作为驱鬼除祟的灵物。这种崇拜至今依然存在。辽宁省朝阳地区的某些僻远山村至今仍有用"拦门棍"被除家鬼的习俗：村民在料理丧事时，当死者灵柩抬出房门后，立刻用一木棍横在门上，每年正月初二傍晚每家都要送"家谱"，当家谱捧出房门后，要在门上横放一桃木木棍，其用意都是阻止鬼魂重返家门。

桃木能镇鬼定魂、御凶辟邪的信仰，自春秋时期即成人们普遍认识以来，一直盛行不衰。古人认为，对于鬼魂来说，虽然它们可以来无影去无踪地自由活动，甚至还有比先前为活人时更高的本领，但一遇到桃木、桃符等物，也颇受镇伏。这种情况，元曲也作了描写。郑廷玉杂剧《包待制智勘后庭花》第三折，狮子店小二对已经遭受磨难且和母亲失散的王翠鸾生出歹念，强逼其为妻，遭拒后便斧杀翠鸾，但又怕鬼魂作怪，便用了镇鬼定魂之法：（小二云：）"这暴死的必定作怪。我门首定的桃符，拿一片来插在他鬓角头，将一个口袋装了，丢在这井里。"翠鸾含冤而死，又被桃符所定，十分凄惨。翠鸾之魂在和书生刘天义的酬达之词［后庭花］中叹道："无心度岁华，梦魂常到家。不见天边雁，相侵井底蛙。碧桃花，鬓边斜插，伴人憔悴

---

① 翁敏华：《门神信仰及戏曲舞台上的门神形象》，《中华戏曲》2007 年第 1 期。

② （元）李杲编辑：《食物本草》，（明）李时珍参订，（明）姚可成补辑，郑金生等校点，中国医药科技出版社 1990 年版，第 157 页。

杀。"在第四折包待制勘案时,也道出了这被镇之魂的痛苦,包唱道:"[倘秀才]我则道杀人贼不知在那壁,则他这翠鸾女却元来在这里。他门定桃符,辟邪祟,增福禄,画钟馗。知他甚娘报门神户尉。"谷子敬杂剧《吕洞宾三度城南柳》第一折:"(酒保云)天色昏黑,不知砍着甚么东西,只是各各的响。我试点火来照一照。(做照科,云)原来砍着门前那老柳树、墙边桃树。哦!元来就是这两件物成精作怪。明日把柳树截作系马桩,埋在门前,把桃树锯做桃符,钉在门上,着他两个替我管门户。"从以上桃符记载看,桃符压邪驱鬼、祓除不祥为目的的桃信仰还存在于元代。

元曲中还有对门挂"照妖镜"习俗的描述,无名氏杂剧《二郎神醉射锁魔镜》写了三种具有法力的神镜:照妖镜、锁魔镜和驱邪镜。

> 三面镜子,镇着数洞魔君。不知射破那一面镜子,走了那一洞妖魔,倘或驱邪院主见罪,如之奈何。

在我国民俗中,镜子不仅是照面与装饰的工具,它还具有镇魔驱邪的功用。人们赋予镜子种种神奇魔力,一方面表现了人们的镜崇拜心理;另一方面也表现了古代人们在自然环境恶劣、不能把握命运时代辟邪求吉的强烈愿望。在中国的民俗文化中,门主要起阻隔的作用。门内的空间是熟悉、亲密、安全的,门外是陌生、疏远、危险的。门很重要,几乎成了中国人的心灵关卡。保住了门就保住了一切。所以,才会有众多的门上宝贝。从古到今,在民宅上挂镜驱邪的现象非常普遍。例如在过去老北京四合院门前有许多老物件儿,如门槛儿、门首儿、门墩儿、门镜、门神、影壁、石敢当等等。其中少不了门镜,它与其他老物件儿共同起着辟邪驱鬼、镇宅守户的作用。广西一带的壮民至今保留着"新居挂镜"的民俗,即在新房建成入住之前,一般要先请巫婆或师公前往作法,驱走屋内可能有的鬼怪,称为"扫屋";"扫屋"后为了防止鬼魅的再次潜入,巫婆或师公把法术附到主人备好的镜子和剪刀上,由主人将它们挂在大门正上方的外墙上,辟邪免灾,保一家平安,之后主人方可入住。在云南一带,人们喜欢用植物辟邪,如艾叶、榕树枝叶、竹枝叶、山青麻(野生草)等;但作为门楣辟邪物,仍然少不了镜子。他们常在门楣上挂以镜子、扇子加上一枝"花旺"、榕树叶或竹叶,共同起着守卫门户、辟邪除灾的作用。科学发达的今天,人们早已理解了镜子的物理特性;但由于这一民俗传承已久，在人们心中仍冥冥有着某些威力，故一些镜崇拜事象在民间仍普遍存在。

元曲中门上画鸡习俗，反映了元代的鸡崇拜信仰。鸡是普通的家禽，旧日的居家生活中"犬守夜，鸡司晨"，与人的关系颇为密切，成为家庭普遍豢养的"六畜"之一。雄鸡有着火红的鸡冠，羽毛华美，鸣声高吭，能搏斗，气势昂扬，在人心目中更有着不凡的印象。也许正是这个原因，传统中将其视为德禽，赋予吉祥美好的观念。古人认为鸡有非凡的神力，可以辟除邪恶并给世上带来幸福和光明。《玄中记》亦云："东南有桃都山，上有大树，名曰桃都，枝相去三千里，上有天鸡，日初出，照此木，天鸡即鸣。天下鸡皆随之鸣。"①河南济源曾出土汉代的陶釉桃都树，树顶上即立一天鸡。在过去科学尚不够发达的时代，鸡成为人们战胜邪恶、驱除灾难的精神力量，因而每逢除旧迎新之际，便把其形象装饰于门户。汉代应劭《风俗通义》记：腊日"雄著门，雌著户，以和阴阳。"②，东晋王嘉《拾遗记》谓："每岁元日，或刻木铸金，或图画为鸡于牖上。"③都表明远在汉晋之世，在南北各地已普遍流行着以鸡的艺术形象迎春辟邪，一直到明清及近代此风不衰。又由于"鸡"谐音"吉"，含有吉祥如意的象征意义，民间更将其视为辟邪逐福的吉祥物，最早的门神除了神荼、郁垒外，鸡和虎也是门神年画的主要题材。鸡是司晨之灵，据说，神荼、郁垒要等到大桃树上的金鸡啼叫之时才开始提鬼，惯于夜间活动的众鬼对鸡都惧怕三分。因此，民间有"帖画鸡户上"④之俗，也有"斫鸡于户"⑤之俗，皇宫中也"磔鸡于宫及百寺门，以禳恶气"⑥，其目的均为驱鬼除怪。无名氏杂剧《罗李郎大闹相国寺》第三折："早来到物穰人稠土市子。好门面好铺席好库司，门画鸡儿，行行买卖忒如斯。"元代人喜鸡，除了取蛋、食肉及斗鸡游戏外，更重要的还在于它朝鸣司晨的习性，在没有钟表计时的古代乡村，其报晓的作用非同一般。画鸡在门上，是为避鬼祟。"雄

---

① （宋）李昉等：《太平御览》，中华书局1960年版，第4074页。
② （东汉）应劭：《风俗通义校注》，王利器校注，中华书局1981年版，第374页。
③ （晋）王嘉：《拾遗记译注》，孟庆祥、商微姝译注，黑龙江人民出版社1989年版，第29页。
④ （南朝梁）宗懔：《荆楚岁时记》，宋金龙校注，山西人民出版社1987年版，第73页。
⑤ 曹础基注说：《庄子》，河南大学出版社2008年版，第18页。
⑥ （南朝梁）沈约：《宋书》，中华书局1997年影印本，第342页。

鸡一唱天下白",鸡报晓,引出阳光,从而把一切魑魅魍魉吓跑,禳灾祛邪,平安无事。故古人视鸡为"积阳",具有与太阳同类相感的神能。

2.烧残爆竹

新年燃放爆竹,是代表新年到来时刻的民俗标志。岁尾年初,家家爆竹,户户焰火,不绝于耳,跳动着华夏大地喜庆的音符。钟嗣成小令[南吕·骂玉郎过感皇恩采茶歌]《四时佳兴·冬》就描写了这一习俗:

> 谢天公,庆时丰,烧残爆竹一年终。万物静观皆自得,四时佳兴与人同。

这是一幅充满生气和希望的民俗风情画。其中"烧残爆竹"是三项风俗:一是烧残习俗。烧残,即除夕夜烧榾柮、烧苍术、烧术草以助阳气的风俗。除夕烧残的目的,一说是驱邪避灾。宋陈元靓《岁时广记》云:"《岁华纪丽》:'除夜烧榾柮,为熙庭助阳气。'《四时纂要》也云:'除夜积柴于庭,燎火避灾。'"[①]二说是祭祀祖先和神灵,见明代田汝成《熙朝乐事》:"除夕人家祀先及百神,架松柴齐屋,举火焚之,谓之粎盆。烟焰烛天,烂若霞布,爆竹鼓吹之声,远近聒耳。"[②]三说是象征新年全家发达红火、六畜兴旺、五谷丰登、财源茂盛。俗信火暖热长为吉祥之兆,能起到祈谷的功效。[③] "烧残"习俗清代也有。1738 年,郎世宁画了一幅《弘历雪景行乐图》,表现的正是乾隆皇帝一家过年的情景。乾隆帝面前就放着一个火盆,一个小皇子正在向火盆中放松柏类的小枝,称为"烧松盆"。现代民间有的地方仍留存除夕夜以松柏桃杏诸柴生盆火,全家跨火而过,象征着烧去旧灾晦,迎来新气象。而燃苍术、柏叶、松柴,意为烧去一年内的秽气,含有讲究卫生、消除疾病的意思。当然,除夕夜有灯火通宵不熄的习俗。借烧残,也有借以照明的实用目的,这也是这一习俗在广大农村至今仍流传的原因之一。如甘肃,2002 年《光明日报》关于甘肃盐池举行燎干的现场报道,其中写道:

> 只见每堆火旁都围了许多人,男女老少都有。每堆火少则烧两捆沙蒿,多则要烧六七捆乃至更多。有的小伙子不等火势减弱就从熊熊

---

① (宋)陈元靓:《岁时广记》,中华书局 1985 年版,第 439 页。
② (明)田汝成撰:《西湖游览志余》,浙江人民出版社 1980 年版,第 322 页。
③ 陈顺宣:《除夕"松盆"习俗初探》,《东南文化》1993 年第 4 期。

大火上飞身越过,十二三岁的儿童觉得十分好玩,便排着队跳过来跳过去。他们还在父母或其他长辈的鼓励下,一遍接一遍地跳个不停,好像跳得次数越多越好。他们的家长也不是旁观者,这些大人是等到火势小时才去跨越。有些三四岁的小孩不敢跨越那么大的火堆,大人们就双手抱住他们的腋窝在火上甩来甩去。记者在现场看到,当火烧到一定的时候,有人就把成挂的鞭炮投向火中,火堆里顿时发出噼里啪啦的响声,有人还端着一碗大颗粒的盐,一把一把地往火里撒。记者忙问这是什么意思,有人告诉记者,这是为了把灾难压下去。这时,主人还热情地邀请记者也去"燎干"。有人拿来一把铁锹,将火灰高高扬起,口中随之高喊一声:"豌豆花!"扬第二锹时又喊:"荞麦花!"第三锹扬起时再喊:"玉米花!"……据说,喊什么花,就是祈求什么农作物丰收。铁锹扬起,火星满天,好似天女散花,与燃放焰火颇为相似,远远望去,颇为壮观。尚未烧透的沙蒿被撒了一地。这时又有人从中捡一些回家,说是拿给不能出屋的老人和躺在床上的婴儿去熏一熏,消灾驱邪。①

二是庭燎习俗。庭燎是一种祭天仪式。《周礼·春官·大宗伯》云:"以禋祀昊天上帝,以实柴祀日月星辰"。郑玄注曰:"禋之言烟。"②可见"禋"就是升烟以祀。"禋祀"是古代祭天仪式的一种,即烧柴升烟,同时以牺牲或玉帛放在柴上焚烧向上天献祭。这种祭祀方式具有明显的远古巫术的性质,烟可升天,具有沟通天人的功能。升烟于天以告,继以牺牲玉帛飨之,远古人以为,通过这种方式祭祀上天,就可以得到上天的庇佑和赐福。这种祭祀昊天上帝的禋祀由于要焚柴,故又名"燎祀",后来庭院建筑出现以后,在庭院中举行的禋祀就被称为"庭燎"。远古时期,古人凡遇大事,必求告于上帝,《周礼·秋官·司烜氏》:"凡邦之大事,共坟烛庭燎。"③从凡遇大事即举行庭燎这一点来看,其时间并不固定,不过它是在夜晚举行当无疑问,《诗经·小雅·庭燎》中"夜未央,庭燎之光"的诗句即可证明。

---

① 庄电一:《盐池县告别"燎干"旧俗》,《光明日报》2002年3月5日。
② 仓修良:《汉书辞典》,山东教育出版社1996年版,第841页。
③ 夏征农:《辞海》1999年缩印本,上海辞书出版社2000年版,第1032页。

三是"爆竹"习俗。"爆竹",又称"炮竹",即火烧竹竿产生爆裂声而得名。以竹竿爆裂之声驱逐瘟神鬼怪,同时爆竹本身的爆炸,也是极好的"辞旧迎新"的文化象征符号。由于在新年仪式中象征宇宙开辟是世界文化史上一个常见现象,燃放爆竹也象征着宇宙的开辟。南朝梁宗懔《荆楚岁时记》记载:"正月一日……鸡鸣而起。……先于庭前爆竹……以辟山臊恶鬼也。"①意思是说,人们在初一早上起床后,第一件事就是把竹子放在火里烧,竹子的爆裂声能够赶走怪兽恶鬼。燃放爆竹是为了驱逐"山臊恶鬼",这是爆竹的原始目的。到了元代,火药爆竹已很风行,成为节日里必不可少的声音语言。钟嗣成的小令,反映了爆竹带给元代人的热闹和欢乐,表现了元代人豪爽豁达、真挚热烈的思想情操,也表达了元代人达观通透的节序文化观,更为今天禁也禁不住的烟花爆竹作了一个有力的诠释。正如有学者指出的:"任何一个民族的民俗文化传统,其根基都十分深厚,它是一个民族赖以生存、延续、凝聚、发展和创造的悠久文化根脉。经过几千年的代代传承,它早已被锤炼成了一种文化法则,这种法则已经为亿万民众所掌握、所习惯,任何人的主观意志、臆断和想当然,任何政策的欠妥、失衡或失误,一旦触犯了它、扼制了它,甚至切断了它这条文化根脉,就会违背了民意、伤害了民情、失去了民心,就会付出巨大的代价,造成严重的后果,难以挽回。"②

3.祭神祀祖

在中国人的传统观念中,每逢大事或重要节日,都有祭祖活动。元代人也不例外。刘君锡杂剧《庞居士误放来生债》第一折中说:"到那腊月三十日晚夕,将那香灯花果祭赛。"元曲中没有祭祖行为习俗的直接描写,这说明,起源于殷商时期年头岁尾的祭神祭祖活动,具体的规矩和祭祀方式,随着时代的发展逐步发生了变化。年节习俗中的神圣内涵越来越弱化,世俗意义越来越得到强化。但"腊月三十日晚夕",元代人依然要"香灯花果祭赛",家家户户在堂屋中悬挂祖先画像,具香烛、茶果糕点等,家长整肃衣

---

① (南朝梁)宗懔:《荆楚岁时记》,宋金龙校注,山西人民出版社1987年版,第73—74页。
② 乌丙安:《烟花爆竹的文化震撼》,《人民日报》2006年2月9日。

冠,率全家老少依次祭拜,又说明在节日中祭祖仍然是元代一项重要的习俗。

节日中的祭祖习俗,一直贯穿了整个中国封建社会,作为一种民俗甚至以各种形式延续到今天,从而形成华夏民族的一种普遍而根深蒂固的文化心理,即"祖先崇拜"。人们通过对祖先的祭祀,以血亲关系的延续为纽带,把全体家族成员联系起来,维系和稳定家族、宗教,形成宗族内部的亲和力和凝聚力,给传统的岁时节日文化增添浓重的伦理色彩。元曲对它的记述,对于形成元代完整的民族记忆,具有民俗学上的价值意义。

4.吃年夜饭

吃年夜饭又称"团年饭"、"宿岁饭"、"守岁酒"、"辞岁酒"。是农历除夕(每年最后一天)的一餐。这一天人们准备除旧迎新,一家相聚,共进晚餐。年夜饭的名堂很多,南北各地不同,有饺子、年糕、馄饨、长面、元宵等,而且各有讲究。汤舜民小令[正宫·脱布衫带小梁州]《四景为储公子赋凤阳人·冬》:"问冬来何处从容? 千金裘五彩蒙茸。鱼游锦重衾密拥,驼绒毡软帘低控。搅碎银河战玉龙,鳞甲琼琮。楼台上下水晶宫,堪题咏,人在画图中。[幺]昏昏一枕梅花梦,觉来嘱咐山童:柏叶杯,椒花颂,管弦齐动,明日送残冬。"其中"柏叶杯,椒花颂"和他的另一首小令[中吕·满庭芳]《除夕》中"酒儿笃鱼儿脍旋旋开樽",描绘的应该就是年夜饭。吃团年饭时,北方人家的除夕夜不可没有饺子,而南方人家的年夜饭则必须要有整烧的大鱼。北方人家的饺子是在子时伴随着爆竹声吃的,而南方桌上的"鱼"不可随便取食。这是因为北方的饺子形同元宝,音似"交子",其形、音均与钱财相联系,具有新岁招财进宝的吉祥取义;饺子用面皮裹馅捏合而成,是交合起来的东西,在子时食之,又成为"更岁交子"的象征。旧岁与新年在除夕夜子时相交过渡,饺子乃以有形的食物作为无形的岁时交接的征物,是辞旧迎新的含义。更为重要的是饺子在汉代被称作"馄饨",馄饨是"混沌"的谐音。混沌是天地未分时的迷茫状态,是空间世界从无序到有序的生产变化,而馄饨乃是借助混沌神话的主题表现时间由无序到有序的生成。把时间与空间联系起来观察与思考,就形成了宇宙观。每到除夕子时,旧岁突然消失,一去不返,而在不知不觉中新的一年又突然来到了人间。这种无形的交接,通过有形的饺子得到昭示。而南方不食除夕宴上整烧的大鱼,除了象征"连年有余"的吉祥意义外,还有隐秘的镇邪意义。鱼作为辟邪消灾的镇物,在中古以前曾有广泛的运用。汉代画像石所绘门环上多有鱼饰,唐代的屋门、橱门、箱门、柜门上也常见鱼形拉手。鱼何以有此功能?唐人丁用晦《芝田录》说:"门钥必以鱼者,取其不瞑目守夜之义。"鱼因死不瞑目,双眼圆睁,故被视作可助主人看门守夜的神物。可见,除夕的鱼,有两种功能,一是招财;二是守岁镇宅①。

饮屠苏酒也是古人除夕守岁的一种普通风俗。屠苏酒最早出现在南北朝时期,关于屠苏酒,有诸种说法,一是屠苏酒即椒酒。二是来自于屋名。屠苏原是草庵之名。唐韩鄂《岁华纪丽·元日》"进屠苏"注:"俗说屠苏乃草庵之名,昔有人居草庵之中,每岁除夜遣闾里一药帖,令囊浸井中,至元日取水,置于酒樽,合家饮之,不病瘟疫,今人得其方而不知其人姓名,但曰屠苏而已。"②是说相传古时有一人住在屠苏庵中,每年除夕夜里,他总会给邻里送一包草药,让人们将药投入井中,到元旦时,再用这水兑酒,合家欢饮,使全家人一年中都不会染上瘟疫。人们不知道提供药方人的姓名,于是就以其居住的草庵之名作为酒名。元曲中没有屠苏酒的记载,但有屠苏是草房的记载。汤舜民套数[南吕·一枝花]《赠儒医任先生归隐》:"虽不曾指南阳卖却茅庐,少不得傍东湖苫个屠苏。"三是屠苏就是药材。韩鄂还在他的另一著作《四时纂要》中披露了这一预防瘟疫的屠苏酒方:"大黄、蜀椒、桔梗、桂心、防风各半两,白术、虎杖各一两,乌头半分。右八味,剉,以绛囊贮。岁除日薄晚,挂井中,令至泥。正旦出之,和囊浸于酒中,东向饮之,从少起至大,逐人各饮少许,则一家无病。"③将这八味药切细,装入深红色的口袋里,年三十的傍晚放入井中,初一早上,拿出来连口袋浸在酒里。全家从小到大,依次各喝一些,一年没病。韩鄂的记述虽秉承了民间传说的神秘色彩,但所列八味药材,其功效主要是清热、散风、健脾、除湿,可以说对身体有利无害。明李时珍也在《本草纲目》中谓屠苏酒"元旦饮之,辟疫疠一切

---

① 陶思炎:《风俗探幽》,东南大学出版社1995年版,第69—71页。
② (唐)韩鄂:《岁华纪丽》,中华书局1985年版,第13页。
③ (唐)韩鄂:《四时纂要校释》,农业出版社1981年版,第262—263页。

不正之气"①。并介绍了屠苏酒的配方,这种配方有如大黄、橘梗、蜀椒、乌头等。总之,屠苏酒属于节令专用的滋补酒,因为药物浸在酒中,所以人们认为其有辟邪作用。② 椒花酒是用椒花浸泡制成的酒。其饮用方法与屠苏酒一样。梁宗懔在《荆楚岁时记》中记载,"俗有岁首用椒酒。椒花芬香,故采花以贡樽。正月饮酒先小者,以小者得岁,先酒贺之;老者失岁,故后与酒。"③由此我们推论,这樽里无论是屠苏,还是椒酒,元代的除夕夜,家家都是要"开樽"的。由此可见,我国除夕风俗基本上形成格局,千百年来变化不大。

5.夜坐守岁

除夕守岁是最重要也是最有趣味的年俗活动之一。"守岁"习俗源于晋以前,至今犹然。西晋周处《风土记》:"至除夕,达旦不眠,谓之守岁。"④宋孟元老《东京梦华录》卷十亦载:"除夕……士庶之家,围炉而坐,达旦不寐,谓之'守岁'。"⑤除夕之夜,全家团聚,吃年夜饭,点起蜡烛或油灯,象征着把一切邪瘟病疫照跑驱走,通宵围坐,闲聊守夜,等着辞旧迎新的时刻。年长者守岁为"辞旧岁",有珍爱光阴的意思;年轻人守岁,是为延长父母寿命。古人歌咏守岁之诗很多。最早的有南北朝时梁人徐君倩《共内人夜坐守岁》诗:"欢多情未极,赏至莫停杯。酒中喜桃子,粽里觅杨梅。帘开风入帐,烛尽炭成灰。勿疑鬓钗重,为待晓光来。"⑥后如杜甫《杜位宅守岁》诗云:"守岁阿咸家,椒盘已颂花。"⑦骆宾王《西京守岁》诗曰:"夜将寒色去,年共晓光新。"⑧苏东坡诗:"儿童强不睡,相守夜欢哗。晨鸡且勿唱,更鼓畏添挝。坐久灯烬落,起看北斗斜。"⑨元曲里对除夕的描写,主要表现出古今共有的在旧的一年即将过去,新的一年将要到来之时,失望与希望共存的复

① （明）李时珍:《本草纲目》,校点本,人民卫生出版社 1977 年版,第 1561 页。
② 闫艳:《唐诗食品词语语言与文化之研究》,巴蜀书社 2004 年版,第 322 页。
③ （南朝梁）宗懔:《荆楚岁时记》,宋金龙校注,山西人民出版社 1987 年版,第 10 页。
④ 周笃文:《中外文化辞典》,南海出版公司 1991 年版,第 124 页。
⑤ （宋）孟元老:《东京梦华录》（外四种）,中国商业出版社 1982 年版,第 70 页。
⑥ （陈）徐陵:《玉台新咏笺注》上下,中华书局 1985 年版,第 6342 页。
⑦ （唐）杜甫:《杜工部集》,王学泰校点,辽宁教育出版社 1997 年版,第 166 页。
⑧ 倪木兴:《初唐四杰诗选》,人民文学出版社 2001 年版,第 247 页。
⑨ 刘乃昌:《苏轼选集》,齐鲁书社 2005 年版,第 10 页。

杂心态。如无名氏的[商调·挂金索]写出了韶光易逝的沧桑：

> 过了一年，又是添一岁。每日随缘，争甚闲和气？可怜韶华，奔走
> 如捻指。莫待临头，腊月三十日。

小令的目的似乎不在于表现除夕节日风俗，而是以此为着眼点，生发"添一岁老三分"时光飞逝的感慨。除夕的到来，使人们的时间感变得格外强烈。光阴的流转，在这一刻仿佛触手可及，人们的生命意识也因此显得格外敏感。叹老的行为，充分展示了元代人普遍的节日情怀和独特的心灵感悟。这种心态反映了元代人对生命的执着和珍视。汤舜民是跨越元明两代具有代表性和过渡性的重要散曲家。在由元入明的曲家中，明初朱权《太和正音谱》虽然记载了王子一、刘东生、谷子敬、兰楚芳、汤舜民、贾仲明、杨景言、唐以初等"国朝一十六人"，而存曲最多，能承前启后者只有汤舜民。他的两首[中吕·满庭芳]《除夕》小令中，直接而明白地表达了他对于生命消逝的焦虑和恐惧，充溢着无可奈何的叹息声：道出了他的人生短暂、光阴易逝的人生感悟。

其一曰：

> 荒芜旧隐，荡田破屋，流水柴门。儒生甘捱黄虀运，何病何贫？楮
> 先生管城子谁行证本？郑当时孔文举那里寻人？年将尽，梅花笑咱，添
> 一岁老三分。

其二曰：

> 休怀故人，难寻东道，谁念斯文？南枝昨夜传芳信，大地回春。雪
> 儿飘风儿刮深深闭门，酒儿笃鱼儿脍旋旋开樽。投至得黄昏近，黑喽喽
> 便眍，则敢是睡魔神。

二曲写出的应该是一幅画面：除夕之夜，最受人们重视的是节日守岁。全家人围炉把酒，叙旧话新，是中国民众必不可少的岁时景观。在这个家家户户"酒儿笃鱼儿脍旋旋开樽"，通宵不寝的日子里，无缘与亲人团聚，作者一人或独坐自饮，或"黑喽喽"酣睡，孤冷、伤感和忧郁。让我们感受到作者那种挥之不去的伤痛，也感受到作者那种对生命的深沉思考，那种永远的"众人皆醉我独醒"的胸怀。这种"表面看来似乎是如此颓废、悲观、消极的感叹中，深藏着的恰恰是它的反面，是对人生、生命、生活的强烈的欲求

和留恋"①。一年已尽,仍是"荡田破屋",作者通过不守岁来显示自己的"强作放旷"。这种特立独行,也恰恰说明他还是无法超然于节日习俗之外,除夕作为一种文化符号,已深深印入元代人的心中。

张雨小令[中吕·喜春来]《秦定三年丙寅岁除夜,玉山舟中赋》既凸显了传统岁时文化的家族伦理精神,也反映了除夕守岁习俗在元代的深入人心:

> 江梅的的依茅舍,石濑溅溅漱玉沙,瓦瓯篷底送年华。问暮鸦,何处阿戎家?

江岸的梅花红得耀眼,开放在岸上人家的茅屋边,即使在昏黄的暮色中,仍然送来一种温馨的诱惑。船停泊在山溪的入江处,湍急的溪流在岩石上冲激起阵阵水沫,藉着幽幽的反光,还能辨认出水底随流晃动的白色细沙。这两句的意境很优美,但却是客乡的风景,"送年华",是说除夕夜的时令,作者要在寒陋的船篷下除旧迎新,他满怀悲凉地问起暮鸦:不知家乡和亲人,它们在距离我多么遥远的地方?"送"字显示了漂泊的日久,又说明了时光的飞逝,包含着一种苍凉深沉而又无可奈何的感慨。

无情的时光带走了故人,带走了旧的岁月,带给了人们无尽的感伤。这种节日的时间忧患反映了这样几层意思:一是对生命美好的爱惜。二是善待生命的美好,充分发挥自己的聪明才智,不负此生,不虚此生。三是无论如何艰难困顿,人生永不舍弃。正如李泽厚所说:"中国哲学无论儒墨老庄以及佛教禅宗都极端重视感性心理和自然生命。儒家如所熟知,不必多说。庄子是道是无情却有情,要求'物物而不物于物',墨家重生殖,禅宗讲'担水砍柴',民间谚语说'留得青山在,不怕没柴烧',等等,各以不同方式呈现了对生命、生活、人生、感性、世界的肯定和执着。"②而元代人在节日中的时间慨叹,其内涵则更加浓郁,不仅仅是珍视生命,更是珍视人生的价值,希望拿出自己生命的美好,在有限的生命之中成就功名事业的企望之叹。

伴着元曲中那一幅幅流溢着浓浓的极具动感的农耕文化的风俗画,听

① 李泽厚:《李泽厚集思想·哲学·美学·人》,黑龙江教育出版社 1988 年版,第 366 页。
② 李泽厚:《李泽厚集思想·哲学·美学·人》,黑龙江教育出版社 1988 年版,第 103 页。

着元曲中那一曲曲流动着极其悠扬的市井小曲村野小令民间小调,我们走过了四季。走过阳春,看元代人"万家灯火闹春桥"①,"春风桃李参差吐"②,最是一年春好处,我们收获了"天气氤氲,花柳精神"③;走过盛夏,看"竹影横斜,荷香飘荡",当"红妆女儿十二三,采莲归小舟轻缆"④时,我们收获了激荡于我们心灵河床的"红馥馥芙渠万朵"⑤;走过金秋,在元代人"把酒观多稼"⑥庆丰收的喜悦中,我们也获得了沉甸甸的"稻粱肥,蒹葭秀"⑦的收获;走过隆冬,在元代人"冬前冬后几村庄,溪北溪南两履霜,树头树底孤山上"⑧执着的寻梅中,我们收获了"万物静观皆自得"⑨心境。尽管元代的佳节,随着远去的风云已断了歌音。但在元曲里,四时美景仍然郁郁葱葱,那种"锦里风光春常在,看循环四季花开,香风拂面,彩云随步,其乐无涯"⑩的春色,以及春色流淌的美,让你感到在风风雨雨中,在花开花落中,元代的四时永恒地往前生长,往前发展,任何东西都阻挡不了的生长;在元曲里,四季浩歌依然"聒耳如雷"⑪,那种"怎肯虚度了春秋"⑫,做人做事有担当,他们的时代并没有给他们什么,而他们的时代却因为他们的存在而伟大的精神,让你觉得生活的亮丽,生命是新鲜活泼有力。

---

① 盍西村小令[越调·小桃红]《江岸水灯》。
② 胡用和套数[中吕·粉蝶儿]《题金陵景》。
③ 钟嗣成小令[南昌·骂玉郎过感皇恩采茶歌]《四时佳兴·春》。
④ 张可久小令[双调·落梅风]《书所见》。
⑤ 贯云石套数[中吕·粉蝶儿北]。
⑥ 王恽小令[越调·平湖乐]《尧庙秋社》。
⑦ 赵善庆小令[中吕·普天乐]《江头秋行》。
⑧ 乔吉小令[双调·水仙子]《寻梅》。
⑨ 钟嗣成小令[南昌·骂玉郎过感皇恩采茶歌]《四时佳兴·冬》。
⑩ 张养浩小令[中吕·普天乐]。
⑪ 王伯成杂剧《李太白贬夜郎》第三折。
⑫ 关汉卿套数[南吕·一枝花]《不伏老》。

第四章　元曲里的游艺

元曲记录的丰富多彩的元代社会生活和歌之、咏之、舞之、蹈之的游艺民俗,也为我们留下了不可多得的元代游戏、演艺、旅游等风俗实录。

来到元曲实录的游艺场,仿佛徜徉在一个立体的游戏场中,"一攒攒蹴鞠场,一处处秋千院,一行行品竹调弦"①,有狂欢,有闲适,有喧嚣,有恬静……又仿佛徜徉在曲径通幽处,每一转角都会让心灵有一次流连忘返的游赏;在"宽绰绰翠亭边"②,贵族子弟们"脚到处春风步步随,占人间一团和气"③的蹴鞠;在"芳草绿铺茵"④的春日郊园,青年女子在无拘无束地斗草,在"深院那人家"⑤,"娇娃"们在"冲开红杏火"⑥的荡秋千,就连"穷薄了"⑦的李庆安也要"纵放由咱手内把"⑧的风筝,还有那"闲展楸枰"⑨的弈棋、蔚成风气的捶丸……在一幅幅流溢着浓浓的极具动感的游戏风俗画中,再现了按照元代人自己的审美要求和娱乐情趣,改造和创造出的丰富多彩的游戏生活。反映了如痴如狂地参与这些活动中的元代人追求的那种悠闲的境界,那种"甚至连身体都摆脱了世俗的负担,和着天堂之舞的节拍轻松摇动"的境界,反映了元代人在游戏活动中,"扮演着另一种完全不同的角

---

① 贾仲明杂剧《李素兰风月玉壶春》第一折。
② 乔吉杂剧《李太白匹配金钱记》第一折。
③ 汤舜民小令[双调·寿阳曲]《蹴鞠》。
④ 王和卿套数[南吕·一枝花]《为打球子作》。
⑤ 朱庭玉套数[大石调·青杏子]《秋千》。
⑥ 无名氏小令[商调·梧叶儿]《十二月·三月》。
⑦ 关汉卿杂剧《钱大尹智勘绯衣梦》第一折。
⑧ 无名氏小令[双调·水仙子]《喻纸鸢》。
⑨ 无名氏套数[南吕·一枝花]《棋》。

色,是对未来的预先占有,是对那些令人烦扰的现实世界的一种超越",反映了"快乐地、情绪高昂地表达自己的热情和精神气质"①后,获得的身心的愉悦,以及元代人对另一种生活的期望。尤其是王大学士套数[仙吕·点绛唇]对儿童游艺民俗的描绘,犹如一幅美妙的儿童百子图:一百个天真烂漫的孩子在追逐嬉戏,有的在擂鼓,有的在舞蹈,有的在歌唱,有的在跳百索……每个孩子神态形象都不相同,仿佛是在展玩一幅儿童嬉戏图的长卷,千姿百态,美不胜收。该曲不仅是一幅情趣盎然的百子游戏图,而且是一幅多姿多彩的农村风俗画。其中反映的乡村民俗也是多方面的:有"寻豆角"、"编蒲笠"、"鞭牛"、"种芝麻"的农事描写,有"揭龟儿卦"、"赛牛王香纸方烧罢"的占卜祭赛描写,有"将[尧民歌]乱唱"、"学舞[斗虾蟆]"、"学唱[搅筝琶]"、"舞乔捉蛇"的歌舞描写,有"跳百索擴背儿"杂技中的绳技描写,有"咽生瓜"、"烧黄鳝"、"不门清光滑辣"的饮食描写等。德国语言学家福斯勒说:"语言是精神的外观。语言史是一部精神外观的形式史。"②这套套数可以称得上是以语言描绘出来的"百子图",农村儿童游艺习俗的风俗画。一百个孩子,一个不漏地全部写到。一百个儿童都在"刁刁厥厥"的"耍",充满浓郁的元代乡村生活气息,具有非常珍贵的民俗学价值。

艺术是"认真的游戏",元代出现了相对固定的瓦舍勾栏游乐场所,歌舞杂剧空前兴盛,胡旋舞、柘枝舞、霓裳舞、天魔舞、舞鹧鸪、村田乐、回回舞、女真舞;傀儡表演、杂技表演、武打表演;社会戏、爱情戏、团圆戏、神道戏、公案戏、财经戏、历史戏,甚至是一出出优美的"难以说清的哲理境界和浓郁的文化意蕴,总是逗人遐想,令人沉思"③的鬼戏,都在元曲中有具体而生动的演绎。在一部部使人"不啻于在百鸟啼喧中听到鸾凤的引颈高鸣,又仿佛在万马齐喑的旷野听到大宛汗血的振鬣长嘶"④的杂剧中,在一场场各民族乐舞杂陈的演出中,甚至在"尽欢声无日不笙簧"⑤的乐器演奏里,或歌

---

① [美]托马斯·古德尔、杰弗瑞·戈比:《人类思想史中的休闲》,成素梅等译,云南人民出版社 2005 年版,第 179 页。
② 转引自何新:《艺术分析与美学思辩》,时事出版社 2001 年版,第 63 页。
③ 宁宗一:《心灵文本》,大象出版社 2008 年版,第 148 页。
④ 赵义山:《20 世纪元散曲研究综论》,上海古籍出版社 2002 年版,第 198 页。
⑤ 奥敦周卿小令[双调·蟾宫曲]。

颂,或疾恶,或感伤,或揶揄,或谴责,对元代人丰富的演艺文化生活,当时诸多文化艺术事象乃至文化心理作了"原汁原味"而有趣地描摹,艺术地再现了当时"流行的模式化的活世态生活相"①,以及各民族在演艺习俗上的相融相合的社会风貌。

　　行走在元曲描写的出游路上,那"晓来雨过山横秀"②的山景,那"一江烟水照晴岚"③的水景,那"百十里街衢整齐,万余家楼阁参差"④的街景,那"琪树暖青山鹧鸪"⑤的生态景观,那"凝翠霭亭台楼阁"⑥的建筑景观,都令元代人"信步闲行走"⑦,更令我们凝眸细赏。而元代人追随节气出游的脚步更是殷勤,"遇清明赏禁烟,艳阳天丽日迟,倾城士庶同游戏"⑧,"一丛丛香车翠辇,一队队雕鞍骏骑,一簇簇兰桡画船"⑨,韵律十足地展示着元代人多姿多彩的出游生活,彰显着那个时代特有的宇宙观念、主体意识和生命冲动。还有那响彻四季的长歌短调,或是"笙歌鼎沸南湖荡"⑩,或是"管弦声里游人醉"⑪,或是"采莲人和采莲腔"⑫,或是"芳草坡,松外采茶歌"⑬。闲适而充满韵味的景,恬淡而充满怡乐的情,就这样在那个朝代里流动着。

　　沿着元曲行旅的线路逶迤走去,扑面而来的是活泼清新、自然闲适的气息。卢挚小令[双调·蟾宫曲]《寒食新野道中》用清丽的笔法、温和的色彩,表现出曲中人陶然忘机的情怀和一片生机盎然的农家生活情趣:

　　　　柳濛烟梨雪参差,犬吠柴荆,燕语茅茨。老瓦盆边,田家翁媪,鬓发如丝。桑柘外秋千女儿,髻双鸦斜插花枝。转眄移时,应叹行人,马上

① 陈勤建:《文艺民俗学导论》,上海文艺出版社 1991 年版,第 2 页。
② 关汉卿套数[仙吕·翠裙腰]《闺怨》。
③ 张养浩小令[双调·水仙子]《咏江南》。
④ 关汉卿套数[南吕·一枝花]《杭州景》。
⑤ 张可久小令[双调·沉醉东风]《琼珠台》。
⑥ 睢玄明套数[般涉调·耍孩儿]《咏西湖》。
⑦ 关汉卿杂剧《杜蕊娘智赏金线池》第一折。
⑧ 睢玄明套数[般涉调·耍孩儿]《咏西湖》。
⑨ 贾仲明杂剧《李素兰风月玉壶春》楔子。
⑩ 薛昂夫小令[中吕·山坡羊]《西湖杂咏·夏》。
⑪ 无名氏小令[双调·水仙子]《春》。
⑫ 贯云石小令[正宫·小梁州]《夏》。
⑬ 张可久小令[中吕·喜春来]《永康驿中》。

哦诗。

柳树梨树,犬吠燕语,柴荆茅茨,白发翁媪,秋千少女,宛如一帧诗意的没有任何雕饰的水彩画,静静地述说着农家生活的美与和谐的人间之情的美;又仿佛是流动至今的有静、有动、有景、有情的田园小景,栩栩如生地表达着元代人热爱自然、热爱生活的情趣,表达着作者希冀融进乡野生活的恬淡心境。

站在元代的舞台上,我们能在元代人或颂或贬、或愤或怨、或悲或欢的演唱背后,发现元代人对生命的沉重拷问,对黑暗社会的恣意而激愤的宣泄,对元代人不同生活方式和态度的表述。如"生而倜傥,博学能文,滑稽多智,蕴藉风流,为一时之冠"①的关汉卿对自己的理想与喜好执著追求的宣言:"你便是落了我牙、歪了我嘴、瘸了我腿、折了我手,天赐与我这几般儿歹症候,尚兀自不肯休。"②洒脱不羁隐逸江湖的落拓才子乔吉自豪地讲述自己特殊的生活方式:"不占龙头选,不入名贤传。时时酒圣,处处诗禅。烟霞状元,江湖醉仙,笑谈便是编修院。留连,批风抹月四十年。"③然而更多的是对过着世俗化的、纵恣喜乐于市井之间的生活的唱诵。如"用尽我为民为国心"④以实现自己济世安民理想抱负的张养浩在罢官之后对清闲舒适的田园生活的惬意:"柳堤,竹溪,日影筛金翠。杖藜徐步近钓矶,看鸥鹭闲游戏。"⑤倾慕隐逸生活的滕斌更是对自己的乡居生活发自内心的满足:"柳丝柔,莎茵细。数枝红杏,闹出墙围。院宇深,秋千系。好雨初晴东郊媚,看儿孙月下扶犁。"⑥各种生活方式,虽然或逍遥或放任或诙谐,但都掩饰不住元代人对自由生活的热爱、追求与向往,而自然地、自由地、诗意地生存,也正是今天我们的休闲生活的本质所在。

游弋在元曲游乐园中,我们会感染到元代人"闲快活"⑦的心态。如冯

---

① (元)熊梦祥:《析津志辑佚》,北京图书馆善本组辑,北京古籍出版社1983年版,第147页。

② 关汉卿套数[南吕·一枝花]《不伏老》。

③ 乔吉小令[正宫·绿幺遍]《自述》。

④ 张养浩套数[南吕·一枝花]《咏喜雨》。

⑤ 张养浩小令[中吕·朝天曲]。

⑥ 滕斌小令[中吕·普天乐]。

⑦ 关汉卿小令[南吕·四块玉]《闲适》。

子振小令［正宫·鹦鹉曲］《溪山小景》：

> 长绳短系虚名住，倾浊酒劝邻父。草亭前矮树当门，画出轻烟疏雨。［幺］看燕南陌上红尘，马耳北风吹去。一年年月夜花朝，自占取溪山好处。

随便找一条溪水，带上自家酿制的米酒便可邀请邻居小聚；在野外采一把花草，就可以搞一次"斗百草"游戏。清明时节结伴踏青，荡秋千，斗蹴鞠，是一种休闲；荷塘采莲、赏月品菊、闲厅对弈、观灯猜谜，也是一种休闲的好方式；雪天或踏雪或寻梅，更是充满情趣。可见元代人的闲情逸致胜于今人，他们的休闲方式往往别出心裁，而且经济实在。也说明元代人的"闲快活"是自觉地、有意识地摆脱封建的束缚，远离争名夺利的官宦场合，更自由地为自身的存在而"适意地"存在的一种方式。

细细研磨这种以"闲快活"为美的生活观，元代人的旷达、豪放和从容，元代人回归自然和对生命意义不懈地探索与追求的精神，让我们懂得了生活的艺术不仅仅有忙碌，还要有忙里偷闲、闲情逸致。张养浩小令［双调·雁儿落兼得胜令］就是这种生活艺术的真实写照：

> 云来山更佳，云去山如画。出因云晦明，云共山高下。倚杖立云沙，回首见山家。野鹿眠山草，山猿戏野花。云霞，我爱山无价；看时行踏，云山也爱咱。

在自然山水之间表达热爱生命之意，云山是友朋，是知己。一如印度诗人泰戈尔所说，自然和人"二者不仅都具有生命，而且表现出一种韵律与和谐，就像同一首诗的两个小节、同一部交响乐的两个乐章一样，它们是谱了同一曲调的"①。把自然本身的纯净、清幽、空阔和蓬勃的生机同纯真的人性、高雅的人品融合为一，这是游艺精神孜孜以求的目标，也是元代人向往自然的一个深刻的社会、政治、心理的潜在依据。

也是这种以"闲快活"为美的生活观，我们体会到了元代文人对"天下关怀"的"文化自觉"。"中国人每每有怀旧的情结，实质上所有的'旧'都是'新'的参照物。怀旧也是一种追忆，它或为眼前景致所唤起，或为故国

---

① 刘文哲：《泰戈尔评传》，何文安译，重庆出版社 1985 年版，第 70 页。

家山之思所牵动,或为物是人非的感慨所动容,一句话:情而已"①。张养浩咏史小令[中吕·山坡羊]《潼关怀古》表达的就是这样的一种情:

> 峰峦如聚,波涛如怒,山河表里潼关路。望西都,意踟蹰,伤心秦汉经行处,宫阙万间都做了土。兴,百姓苦;亡,百姓苦!

"兴,百姓苦;亡,百姓苦",震古烁今。它深刻而冷峻地揭示了广大百姓遭受统治者残酷压迫,永远苦难的生存状态和悲剧命运,突出了等级专制制度下统治者与被统治者之间的根本对立以及在生活境遇方面的极不公平,表达了作者对下层民众不幸遭遇的热切关注和人道主义的悲悯情怀。"兴,百姓苦;亡,百姓苦",高标卓立。它是作者站在广大被压迫者的立场与角度上进行的换位思考,并且是对中国历史的发展演变规律作了本质的把握后得出的深刻结论,具有惊世骇俗的重大文化意义和可贵的精神关怀的价值。② 正是因为元曲中充溢着满满的"严肃的历史感和强烈的使命感"③,元曲才有一种内在的催人的力量,才有一种猎猎有声的美。元曲中的游艺才氤氲生动,充满无尽的风姿。

梳理元曲对游艺习俗的描写,引发着我们深刻的思索。一是元时期是我国游艺发展的新纪元和转折点,即游艺的繁荣从"上"到"下",由"雅"到"俗"。元代游艺盛行,在很大程度上是直接得益于宋代的积淀,但元代游艺的发展较之宋代不仅有量的增加,而且有质的飞跃。④ 随着商品经济的发展和商业城市的扩大,元时期形成了一个十分庞大的市民阶层,他们的文化显示了一种通俗化、娱乐化的取向,这是元时期游艺繁荣的一种显著特色。二是元代社会处于一个各民族文化大碰撞、大交流、大融合的环境。蒙古族、契丹族、女真族、维吾尔族、阿拉伯族、朝鲜族、汉族、南方其他少数民族,都在政治、经济、文化、宗教、民俗等方面相互融合取舍、择优取长补短地生活着,使得元代各民族人民的游艺习俗,虽然多承袭了各自固有的传统,但各民族人民的密切来往使很多本民族的游艺活动开始向简易化和大众化

---

① 王星琦:《元曲与人生》,上海古籍出版社 2004 年版,第 190 页。
② 窦春蕾:《张养浩散曲的文化意义》,《唐都学刊》2003 年第 3 期。
③ 李泽厚:《华夏美学》,插图本,天津社会科学院出版社 2001 年版,第 91 页。
④ 熊志冲:《元代市民体育初探》,《西安体育学院学报》1987 年第 3 期。

的方向发展，最后成为大众游艺在各民族中传开，如马球、摔跤、打猎等。尤其是忽必烈建立的元朝，带来了他们的政治主见，他们的生活习惯，也带来了他们的歌舞表演等娱乐方式。客观地说，元代的歌舞杂剧，吸收了蒙古族等少数民族大量的歌舞精华，但这种吸收，仅仅是加快了中华戏剧的成熟，而没有让戏剧变异为游牧歌舞。① 总之，元曲作为元时期游艺民俗的重要载体之一，其民俗价值主要体现为两个层面：一是居于表层的，从中可以探究游艺的具体规则和操作方式。一是深层面的，从中可以窥见元代人们的生活习俗、审美情趣和精神状态。

记得古希腊圣城德尔斐阿波罗神殿门前的石碑上镌刻着一句神谕："人，认识你自己。"所谓"认识你自己"，可以指认识作为一个独立个体的人的个性，也可以指认识一个民族与生俱有的文化特性。一个民族，只有当他充分认识并且发扬光大自身的文化特性时，才能脚踏实地、神凝气定地自立于世界民族之林。一个民族的文化特性既是历史的存在，也是现实的存在。人们关注历史，就是因为在历史长河中一直流淌着的滔滔汩汩的民族文化特性，仍然源源不断地注入现实的生命中，充实着、也激发着民族文化的"日日新，又日新"②。有元一代是中国古代游艺文化旺盛的时期，并以其鲜明的特征在中国古代游艺史上占有一席重要的地位。透过元曲游艺这扇"窗口"，极目远眺，虽然元曲中那些元代人曾经流连玩味的生之乐趣，正在一步步遁离我们的视野，但在今天我们的现实生活中仍能见到它影影绰绰的身影，有些甚至至今影响和规定着我们的生活和游艺。中华游艺文化如浩浩长河，源远流长地穿行在华夏历史的沃野田畴，元曲是其中的一只画船。通过元曲，寻绎元代游艺的发生发展，从中体会作为人之本能的游艺带给元代人的乐、元代人的歌、元代人的行，会让现代人多一个温情、宁静、休闲的港湾。

---

① 乔忠延：《元代戏台群》，《中关村》2003 年第 4 期。
② 郭英德：《小题目含蕴大境界——〈中国古典小说回目研究〉对中国文化民族特性的追索》，《中国文化报》2010 年 1 月 25 日。

一、元曲里的游戏习俗

　　游戏是游艺民俗中最常见、最普遍、最有趣味的娱乐活动,在元代民众生活中占有重要的位置。元曲中对游戏活动的描写,概括说来,主要是四种类型:一是竞技游戏,二是智能游戏,三是博弈游戏,四是节日游戏。这些描写,反映了如痴如狂地参与这些游戏活动中的元代人追求的那种"悠闲的境界",那种"甚至连身体都摆脱了世俗的负担,和着天堂之舞的节拍轻松摇动"的境界,反映了元代人在游戏活动中,"扮演着另一种完全不同的角色,是对未来的预先占有,是对那些令人烦扰的现实世界的一种超越",反映了元代人"快乐地、情绪高昂地表达自己的热情和精神气质"后,获得的身心的愉悦,以及元代人对另一种生活的期望①,具有浓烈的民族特色和时代烙印,是我们了解元时代社会精神面貌的一个鲜活窗口。

(一) 竞 技 游 戏

　　竞技游戏主要指各种形式的以赛体力、赛技巧、赛技艺为内容的娱乐活动。元曲中所能看到的竞技游戏主要有蹴鞠、捶丸、摔跤、打髀殖、打弹弓等等。从这类游戏中,我们不难领略到中华民族勤劳智慧、勇敢顽强、团结协作、敢于胜利的悠久传统,更不难领略到少数民族通过竞技游戏加强群体团结的精神风貌和崇尚勇力的习俗。

　　1.蹴鞠

　　蹴鞠,即古代足球,又称为踢鞠、蹋鞠、蹴球等。"蹴"即用脚踢,"鞠"系皮制的球,"蹴鞠"就是用脚踢球,是我国古代的一种"足球"游戏。关于蹴鞠的起源有众多说法,综括起来,主要是两种。一是起源于黄帝时代。据西汉刘向《别录》载:"蹴鞠者,传言黄帝所作。"②虽是传言,也见其历史的久

---

　　① ［美］托马斯·古德尔、杰弗瑞·戈比:《人类思想史中的休闲》,成素梅等译,云南人民出版社2005年版,第179页。

　　② (宋)李昉等:《太平御览》,中华书局1960年版,第2334页。

远。二是起源于殷商时代。蹴鞠直到商代,还是一种民间求雨的巫术舞蹈。至今刻在甲骨上的一段殷商卜辞,说的是人们在庚寅那一天占卜,预兆吉凶,国王呼唤众人跳蹴鞠舞,跳完舞后,就下了雨。史学界认为,蹴鞠是世界上有关足球运动最早的记载。黄帝与蚩尤大战以后到了殷商还是巫术,说明蹴鞠就是一种巫术而不是简单的游戏。① 蹴鞠在战国时期已经相当流行,据《史记·苏秦列传》记载,当时的政治家苏秦到齐国游说齐宣王联合抗秦,感叹齐国都城临淄居民生活富裕欢乐,人们都经常参加各种娱乐活动,而蹴鞠在当地是深受欢迎的项目之一。苏秦对齐宣王说:"临淄甚富而实,其民无不吹竽鼓瑟,弹琴击筑,斗鸡走狗,六博踏鞠者。临淄之涂,车毂击,人肩摩,连衽成帷,举袂成幕,挥汗成雨,家殷人足,志高气扬。"②汉代时,蹴鞠得到进一步流行和发展,活动群体广泛,形式多样,并初步形成了竞技规则。当时的蹴鞠,主要有两种形式:一种是以对抗性比赛为主的蹴鞠,多流行于军队;一种是以娱乐、表演为主的非对抗性的蹴鞠,主要流行于民间和宫廷,考古发现的汉代画像石中多次见到其图像。生活的锦缎,从来都是男人和女人共同编织的。蹴鞠,这一具有撼人心弦魅力的游戏,在汉代也出现在女子当中。如河南嵩山启母阙上的"蹴鞠图",蹴鞠女头挽高髻,两臂摆动,双足跳起,弯腰躬身正在踢球,舞动的长袖轻盈飘动,后片罗裙向上翻卷,形态优美,栩栩如生。女子两旁各站立一人,击鼓伴奏,③表现出其踢球的技巧之高。此类汉画像石多反映的是现实中人们的日常生活和休闲娱乐,蹴鞠女子在汉画像石出现,极值得注意,它对了解我国汉代女子的蹴鞠状况有着积极的作用。唐时,蹴鞠逐步走向民俗化、娱乐化、游戏化。当时的主要形式有两种,一种是无球门的蹴鞠活动,另一种是带球门的蹴鞠比赛。宋代,蹴鞠成为了一种带有浓厚商业气息的体育活动,更成为了一种普及性很强的社会娱乐活动,得到了上自帝王,下至庶民、士兵,甚至妇女的喜爱。蹴鞠成为了一种象征地位与风度的活动。蹴鞠的比赛风格、方法、人员都有了改进,女子蹴鞠也在这种历史背景下蓬勃发展起来。在城市中,出现

---

① 刘祝环、李永洪:《蹴鞠天地人》,中国社会出版社 2009 年版,第 4 页。
② (汉)司马迁:《史记》,中华书局 1997 年影印本,第 2257 页。
③ 刘祝环、李永洪:《蹴鞠天地人》,中国社会出版社 2009 年版,第 9 页。

了以表演蹴鞠为主的职业球手,他们或在朝廷宴会上表演,或在瓦舍勾栏中卖艺,使蹴鞠不仅可以自娱,而且可以观赏。有元一代,蹴鞠常常是"茶余饭饱邀故友,散闷消愁,唯蹴鞠最风流"①的一种娱乐活动。据熊梦祥《析津志·岁纪》载,每年二月的大都,"游玩无虚日。上自内苑,中至宰执,下至士庶……香风并架,花靴与绣鞋同蹴,锦带与珠褕共飘;纵河朔之娉婷,散闺闱之旖妮,此游赏之胜事也。"②元代人也将此习俗写进元曲里,元曲中有不少当时市井艺人及市民蹴鞠的描写,如石君宝杂剧《李亚仙诗酒曲江池》第一折李亚仙唱词:

> 你看那王孙蹴鞠,仕女秋千,画鞴踏残红杏雨,绿裙佛散绿杨烟。

贾仲明杂剧《李素兰风月玉壶春》第一折中李素兰清明节去郊外踏青赏玩,看到:

> 一攒攒蹴踘场,一处处秋千院,一行行品竹调弦。

乔吉杂剧《李太白匹配金钱记》第一折写三月三九龙池:

> 宽绰绰翠亭边蹴踘场,笑呷呷粉墙外秋千架,香馥馥麝兰薰罗绮交加。

无名氏杂剧《逞风流王焕百花亭》里的王焕擅长"蹴鞠打诨","靴染气球泥"。剧中描写清明时节的郊外景致时说:

> 你看这郊外,果然是好景致。只见香车宝马,仕女王孙,蹴鞠秋千,管弦鼓乐,好不富贵也呵!

汤舜民小令[双调·寿阳曲]《蹴踘》记录了贵族子弟踢球的情景:

> 软履香泥润,轻衫香雾湿,几追陪五陵豪贵。脚到处春风步步随,占人间一团和气。

这些描写让我们真切地了解到元代蹴鞠游戏的盛行:一是蹴鞠在元代仍然是男女老少都喜爱的一种球类活动。在春天里,竟然到了"一攒攒蹴鞠场,一处处秋千院"的地步。元代人们纷纷奔向园圃踢球,男女老少都成了蹴鞠的对手,你来我往,流星一点。身体强健的观念已深入到百姓市民中

---

① 关汉卿套数[越调·斗鹌鹑]《蹴鞠》。
② (元)熊梦祥:《析津志辑佚》,北京图书馆善本组辑,北京古籍出版社 1983 年版,第216 页。

间。汤舜民对此情此景的概括:"脚到处春风步步随,占人间一团和气。"

二是鞠的制作有了很大的改进,内胆充气式的足球越做越精良,球体内气足而富弹力,球皮柔和而舒适,更易踢玩。需要说明的是,关于鞠,唐时已有用八片尖皮缝成圆形的球壳,内用动物尿泡吹气的气球。吹气的球,在世界上我国也是第一个发明。据世界体育史记载,英国发明吹气的球是在 11 世纪,较我国唐代晚了三四百年。李寿卿杂剧《月明和尚度柳翠》第三折介绍了所踢的球为气球及其充气之法:

> (旦儿云)母亲,将过气球来,我和师父踢一抛儿咱。(卜儿云)下次小的每,将过气球来者。(做取气球科,正末云)柳翠,这个唤做什么?(旦儿云)师父,这个唤做难当的。(正末云)怎生唤做难当的?(旦儿云)师父,这里面有个表,这个为三添气。郎君子弟要难当作耍呵,吹一口气,添上些水润这表,倾了那水,再吹一口气,拴了这葱管儿,便难当作耍。去了抛索儿,褪了那口气,便难当作耍不的了也。

张可久小令[双调·沉醉东风]《气球》也写"鞠":

> 元气初包混饨,皮囊自喜团图。闲田地著此身,绝世虑萦方寸。圆满也不必烦人,一脚腾空上紫云,强似向红尘乱滚。

可见当时所用的鞠球柔软适宜,踢起来得心应手,灵活自如。制球工艺的改进,促进了技术的发展,同时它也反映了一种社会需求。

三是元代女子的蹴鞠运动向职业化发展。女子蹴鞠在如前所述汉代已有。再如 1954 年,河北邢台出土了一个金代瓷枕,枕上有一个蹴鞠图像,也是一个扎小辫的女孩,上身穿花布掩襟衫,系着腰带,下穿裙,正在踢球。从衣着和神态来看,也是普通的妇女。陶枕和瓷枕都是普通人家的日常生活用品,上面的图案自然也是普通百姓所熟悉的生活情景①。中国国家博物馆和湖南省博物馆各收藏一件宋代的《蹴鞠纹铜镜》,堪为充满生活气息的足球游戏图,描绘了年轻男女进行球赛的情景。湖南省博物馆的宋代《蹴鞠纹铜镜》呈圆形,镜背以浮雕的技法,表现了宋人蹴鞠的场景:场面中共有四人,两人在前,另两人在后。前面两人正在对踢,为一男一女,男子戴幞

---

① 刘秉国、赵明奇:《中国古代足球》,齐鲁书社 2008 年版,第 45 页。

头,着长服,蹲步前倾,作认真接鞠姿势。女子高髻,身着长衫,正在专心致志地踢球,鞠介于起落之间,鞠身隐约可见爪棱状痕迹。后侧一人手持铃状物,似为裁判。较远处站立另一双髻女子,似为婢女,又好像是观众。《铜镜》生动表现出春天市民们纷纷走出门户奔向园囿去踢球,男女老少你来我往的踢球情景,反映的蹴鞠比赛更多地充满了自娱自乐的气氛。这与现代足球比赛激烈、紧张,且多功利色彩的氛围有天壤之别。中国历史博物馆的宋代《蹴鞠纹铜镜》与湖南省博物馆的宋代《蹴鞠纹铜镜》图案基本一致:在一块草坪和一座高耸的太湖花石背景下,一对青年男女正在对踢足球,男的穿着长衫,戴幞头,女的梳着高高的发髻,穿着一个开衫长褂,身后的一男一女,像是侍婢。可见,女子蹴鞠在宋时的普及和兴盛。元曲中有很多关于女子蹴鞠的详细记载。邓玉宾套数[仙吕·村里迓古]《仕女圆社气球双关》生动地描绘了一位英姿勃勃、技巧高超的女校尉的精彩表演:

> 包藏着一团儿和气,踢弄出百般可妙。共子弟每轻臁痛膝,海将来怀儿中搂抱。你看那里勾外臁,虚挑实蹴,亚股剪刀。他来的你论道儿真,寻的你查头儿是,安排的科范儿牢。子弟呵知他踢疼了你多多少少。

> [元和令]露金莲些娘大小,掉臁强抢炮。蝉云肩轻摇动小蛮腰,海棠花风外袅。那踪换步,做弄出孙人娇,巧丹青难画描。

> [上马娇]身段儿直,披样儿娇,挺拖更妖娆。你看他拐儿搧尖儿挑舌儿哨。子弟敲,腾的将范儿挑。

> [胜葫芦]却便似孤凤求凰下九霄,臁儿靠手儿招,撒演的个庞儿慌张了。他划地穿臁抹膝,摩肩擦背,偷入步暗勾挑。

> [幺篇]抵多少对舞《霓裳》按《六幺》,惯摇摆会躯劳,支打猜拿直恁般巧。你看他行针走线,拈花摘叶,即世里带着虚嚣。

> [后庭花]你看他打揢拾云外飘,蹬圆光当面绕。玉女双飞燕,仙人大过桥。那丰标!勤将水哨。把闲家扎垫的饱,六老儿朘趁的早,脚步儿赶趁的巧。只休教细褪了,永团圆直到老。

> [青歌儿]呀!六踢儿收拾、收拾的稳到,科范儿掣荡、掣荡的坚牢,步步相随节节高。场户儿宽绰,步骤儿虚嚣,声誉儿蓬勃,解数儿崎

烧。一会家脚趿鲸鳌,背掣猿猱,乱下风雹,浪滚波涛。直踢的腮儿红脸儿热,眼儿涎腰儿软。那里管汗湿酥胸,香消粉脸,尘拂蛾眉。由古自抖搜着精神倒拖鞭,三跳涧。滴溜溜瑶台上,莺落架燕归巢。他铲地加觚节乘欢笑。

[寄生草]回避着鸳鸯拐,堤防着左右抄。跷跟儿掩映着真圈套,里勾儿藏掖着深窟窍,过肩儿撒放下虚笼罩。挑尖儿快似点钢枪,凿膝儿紧似连珠炮。

[幺篇]本是座风流社,翻做了莺燕巢。扳搂儿搂定肩儿靠,锁腰儿锁住膝儿掉,折跋儿跋住臁儿跷,俊庞儿压尽满园春,刀麻儿踢倒寰中俏。

[尾声]解卸了一团儿娇,稍遍起浑身儿俏。似这般女校尉从来较少。随圆社常将蹴踘抱抛,占场儿陪伴了些英豪。那丰标!体态妖娆。错认范的郎君他跟前入一脚,点着范轻轻的过了,打重他微微含笑。那姐姐见球来忙把脚儿跷。

鞠在她的脚下变化无穷,千姿百态,令人眼花缭乱;鸳鸯拐、左右抄、跷跟、里勾、过肩等动作,均是蹴鞠高难度的技巧动作,由此我们可以得知当时女子蹴鞠水平之高,技巧性之强。

关汉卿套数[越调·斗鹌鹑]《蹴鞠》描绘了蹴鞠场上女子蹴鞠的动态美和进行足球比赛的勃勃英姿:

蹴踘场中,鸣珂巷里,南北驰名,寰中可意。夹缝堪夸,抛声尽喜。那换活,煞整齐。款侧金莲,微那玉体。唐裙轻荡,绣带斜飘,舞袖低垂。

[紫花儿序]打得个桶子臁特硬,合扇拐偏疾。有一千来抢拾。上下泛匀匀的,论道儿直。使得个插肩来可喜,板搂巢杂,足窝儿零利。

[小桃红]装跷委实用心机,不枉了夸强会,女辈丛中最为贵。煞曾习,沾身那取着田地。赶起了白踢,诸余里快收拾。

[调笑令]喷鼻,异香吹,罗袜长粘见色泥,天生艺性诸般儿会。折末你转花枝勘臁当对,鸳鸯叩体样如画的,到喽赚得校尉每疑惑。

[秃厮儿]粉汗湿珍珠乱滴,宝髻偏鸦玉斜堆。虚蹬落实拾蹴起,

侧身动,柳腰脆,丸惜。

[圣药王]甚旖旎,解数儿希,左盘右折煞曾习。甚整齐,省气力,旁行侧脚步频移,来往似粉蝶儿飞。

[尾]不离了花前柳影闲田地,斗白打官场小踢。竿网下世无双,全场儿占了第一。

开始一段描写了整个蹴鞠场中的笑声快语,一个漂亮的女球员在球场上来回奔跑,用各种踢法把球传给其他队员。[紫花儿序]一曲说要踢好球的各种花样。踢球力量要恰到好处,球到的位置要不高不低,根据球来的位置,使用各种踢球动作也要十分恰当。"合扇拐",古代踢球的花样名称。"挡拾"、"插肩"、"抄杂",都是踢球动作。[小桃红]一曲说,假动作做得好才能表现出会用心思,才是女球员中最可贵的地方。只有经常练习,不让球着地,才能在临场时随机应变踢出各种巧妙的动作。[调笑令]的意思是这个女球员由于她经常踢球,球艺纯熟,在三人场中对踢得十分漂亮,使得有经验的老球员也感到惊奇。"折末",犹云不论或不问。"轻花枝",三人场踢法,又名转花枝。"勘牒",对踢。[秃厮儿]一曲夸赞这个女球员,尽管踢出了汗,衣饰也乱了,但动作仍很有架式。"虚蹬"、"拾蹴",都是踢球动作。[圣药王]的意思是说,各种成套动作都踢得十分漂亮,在球场上来往奔跑就像是粉蝶儿在花丛里穿飞。[尾]中总结说,踢球一般都选择风景美丽的地方,在球场上,这一位技艺超群的女球员,可以说算得上是举世无双的高手了。"竿网",指球门。"白打"是蹴鞠中一种不用球门的踢法,它以偶数对踢为特点,以踢出花样动作为输赢,可以两人对踢,也可以分成人数相等的两队对踢。白打的花样较多,除用足踢外,身体的各个部位,如头、肩、胸、腹、膝都可接球,女子娇弱的身体特点和灵巧的身段决定了元代女子蹴鞠多采取白打的方式。一人或几人轮流踢,强调了蹴鞠的技巧和变化性,当几个女子轮踢时,鞠的腾跃和下落具有特殊的韵律和节奏感,称为"井轮"。在另一首《女校尉》中关汉卿也以满腔热忱盛赞了踢球女艺人娴熟的技艺:

换步那踪,趋前退后,侧脚傍行,垂肩鞾袖。若说过论茶头,䐥答板搂,入来的掩,出去的兜。子要论道儿着人,不要无拽样顺纽。

[紫花儿序]打的个桶子䐥特顺,暗足窝妆腰,不揪拐回头。不要

那看的每侧面,子弟每凝眸。非是我胡诌,上下泛前后左右瞅,过论的
圆就。三鲍敲失落,五花气从头。

[天净沙]平生肥马轻裘,何须锦带吴钩?百岁光阴转首,休闲生
受,叹功名似水上浮沤。

[寨儿令]得自由,莫刚求。茶余饭饱邀故友,谢馆秦楼,散闷消
愁,惟蹴踘最风流。演习得踢打温柔,施逞得解数滑熟。引脚蹑龙斩
眼,担枪拐凤摇头。一左一右,折叠拐鹘胜游。

[尾]锦缠腕、叶底桃、鸳鸯叩,入脚面带黄河逆流。斗白打赛官
场,三场儿尽皆有。

"女校尉"、"茶头"、"子弟",是当时"三人场户"的女子蹴鞠运动员;
"换步那踪",蹴鞠的基本步法;"过论",传球;"赚答扳搂",蹴鞠的几种基
本踢法;"掩",隐蔽性的接球动作;"桶子赚",小腿平端的一种踢法;"暗足
窝",用脚掌处理球的一种踢法;"泛",球踢到了目标;"圆就",恰到好处;
"三鲍敲"、"五花气",指蹴鞠的成套踢法;"担枪拐"、"凤摇头"、"鹘胜游",
是当时球场中变衍出来的花样动作;"叶底桃"是鞠的名称。虽然元代人对
蹴鞠的赞美,多是从它的娱乐性和健身性出发,但见微知著,这些蹴鞠游戏
的名词术语,还是让我们不仅了解到元代社会市井艺人的一般生活风貌,还
是发掘整理、研究元代语言和体育的十分珍贵的重要文献资料。

萨都剌套数[南吕·一枝花]《妓女蹴鞠》描写女子踢蹴时的种种风情
和她们的优美身姿更是恣情纵色:

红香脸衬霞,玉润钗横燕。月弯眉敛翠,云軃鬓堆蝉,绝色婵娟。
毕罢了歌舞花前宴,习学成齐云天下圆。受用尽绿窗前饭饱茶余,拣择
下粉墙内花阴日转。

[梁州]素罗衫垂彩袖低笼玉笋,锦勒袜衬乌靴款蹴金莲。占官场
立站下人争美。似月殿里飞来的素女,甚天风吹落的神仙。拂花露榴
裙荏苒,滚香尘绣带蹁跹。打着对合扇拐全不斜偏,踢着对鸳鸯扣且是
轻便。对泛处使穿赚抹膝的揎搭。搋俊处使拂袖沾衣的搬演,妆翘处
使回身出鬖的披肩。猛然,笑喘。红尘两袖纤腰倦,越丰韵越娇软,罗
帕香匀粉汗妍,拂落花钿。

[尾声]若道是成就了洞房中惜玉怜香愿,媒合了翠馆内清风皓月筵,六片儿香皮做姻眷。荼蘼架边,蔷薇洞前,管教你到底团圆不离了半步儿远。

这些"占场儿陪伴了些英豪"的女子,大都是谢馆秦楼、鸣珂巷里的"绝色婵娟",可见在那个时代蹴鞠和歌舞一样,成为她们专门从事的一项供人欣赏的艺术表演项目。妓女将蹴鞠作为一门谋生的本领,成了元代商品经济较发达的城市街头卖艺的经济性节目之一。

四是元代女子蹴鞠已经有了专门聚集和训练的机构——仕女圆社。"齐云社",亦称"圆社"、"蹴鞠社",是宋代出现的专业的民间足球组织。"齐云"的意思是蹴鞠踢高上与云齐,也含有吉祥之意,祝愿蹴鞠艺人前途青云直上,高与云齐。"圆社"是因球是圆的,蹴鞠艺人处理人际关系也要"因圆情而识之"[①],面面俱到,所以称为圆社。随着社会娱乐的需求以及对女子蹴鞠的高标准要求,元代时出现了专门聚集和训练女子球技的专业机构"仕女圆社"。邓玉宾套数[仙吕·村里迓古]《仕女圆社气球双关》,"仕女圆社"可以看作是从"齐云圆社"中分离出来,专门培养女子踢球者的组织。在萨都剌套数[南吕·一枝花]《妓女蹴鞠》中可以看到当时女子蹴鞠者在圆社中的训练情况和生活特色:"毕罢了歌舞花前宴,习学成齐云天下圆。受用尽绿窗前饭饱茶余,拣择下粉墙内花阴日转。"可见元代在仕女圆社的训练是十分认真和艰苦的,甚至从早到晚都不能懈怠。也只有经过了这种严格的训练,她们才能向世人展示她们那优雅的身姿和超绝的球艺。

总之,元曲中大量的"蹴鞠"记录和描绘,构筑起元曲游戏中的"蹴鞠"文化。这一文化与元代文化其他组成部分一样,放射着经久不衰的奇光异彩。

2.捶丸

捶,即击打;丸,即球。通俗地讲,捶丸就是以棒击球入穴的游戏。捶丸所用的棒,有撺棒、杓棒、朴棒、单手、鹰嘴等多种类型。一套棒,根据数量不同分为全副、中副和小副,依次为10根、8根和8根以下,供人在不同条件

---

① 刘秉国、赵明奇:《中国古代足球》,齐鲁书社2008年版,第116页。

下选用。捶丸的场地一般设在野外,场地设球洞(穴、窝)、球基(发球台)、标志旗、障碍物等;球基和球洞的距离,近者一丈,远者50—60步,最远不超过100步。比赛分团体赛和个人赛。捶丸的产生与马球、步打球有着不可分割的渊源关系①。流行于唐代,成熟、普及、鼎盛于宋、金、元三代。传世的宋代陶枕中,有一件"童子捶丸图"陶枕,枕面图中一孩童手执球杖,正聚精会神地做击球游戏。2002年4月,山东泰山市博物馆专业人员在维修岱庙城墙遗址时,在地下发现了由14幅画面组成的宋代石刻图。其中一幅《捶丸图》尤其引人注目,图中一儿童右手拿着一个球,左手持棒上举。棒端呈弧状弯曲,棒柄自上而下逐渐变细,球棒整体呈"L"形,是迄今为止我国发现的最早有关捶丸游戏的图像记载。② 从这些文物看,捶丸的场地、器具与现代高尔夫球运动有着惊人的相似之处。有人据此认为,现代高尔夫运动的真正源头在中国。"源头"之说暂且不辨,可以肯定的是,中国古代的捶丸与现代高尔夫运动享有同样的精神:绿色、氧气、阳光和友谊。③ 岱庙宋石刻画中捶丸图的出现,是捶丸活动于宋元之际在我国北方民间流行的有力证据,它所体现的历史价值、史料价值,可谓弥足珍贵。

　　元朝是捶丸游戏成熟与辉煌的时期。首先,元代出现了关于打球的专著《丸经》。该书32章,不仅介绍了捶丸的起源、意义、内容和方法,也提出了捶丸的规则与道德品质要求。其中,因地章、择利章、正仪章介绍了捶丸游戏的场地标准;试艺章、权舆章、制器章、取材章介绍的是捶丸游戏所用的球棒和器材用具的制造;审视章、取友章、衍数章、运筹章、制财章讲述的是捶丸游戏的选时、分组及资金如何筹集;定基章、置序章、记止章、决胜章、出奇章、适宜章、处用章、观形章、集智章、举要章、知己章、守中章讲述了捶丸游戏的打法和活动规则;还有承式章、崇古章、善行章、宁志章、玩心章、贵和章、待傲章、知人章讲述了捶丸游戏对参与者道德作风的要求以及如何利用

---

① 张晓春、吴亚初:《现代高尔夫运动中国源流考》,《北京体育大学学报》2007年第9期。
② 柳萍:《穿越时空的印记》,山东画报出版社2008年版,第307页。
③ 孙俊:《〈丸经〉——中国古代捶丸运动的专著》,《人民日报海外版》2008年8月25日。

游戏达到修身养性的目的。① 《丸经》的出现从捶丸游戏的形式上结束了长达数百年没有统一游戏规则的历史,是一份不可多得的珍贵史料。

其次,除了《丸经》专著之外,刊印于公元 14 世纪中期的高丽国《朴通事谚解》一书,也有关于元大都民俗中"捶丸"的记载。《朴通事谚解》是一本专为高丽人来华使用的汉语教科书。该书对捶丸游戏的描述,说明捶丸游戏在元代相当广泛,相当普及。此外,现存山西省洪洞县广胜寺水神庙中的一幅刻有捶丸游戏场面的壁画,也是元代捶丸游戏流行的有力佐证。《捶丸图》向我们展示了一幅多人进行捶丸游戏的生动画面:在起伏的山峦之间,现出一块比较平整而又不大规则的球赛场地,天空彩云浮动,地下草木丛生,球场旁小溪潺潺,两个男子身着朱红色长袍,右手各握一短柄球杖。左一人正面俯身作击球姿势,右一人侧蹲注视前方地上的球穴,稍远处有两个身着青色长衣、手中持棒的侍从,其中一人正伸手向左侧击球人指点球穴位置。② 该图是元代民间捶丸游戏形象真实的写照,也是研究捶丸的珍贵文物。

再次,元代捶丸游戏广泛流行,在元曲中也有多处描述。如无名氏杂剧《逞风流王焕百花亭》第二折中王焕自夸什么游戏都会,包括捶丸、气球、围棋、双陆等等。关汉卿杂剧《赵盼儿风月救风尘》第三折、康进之杂剧《梁山泊李逵负荆》第二折也有捶丸场上的"术语":"打一棒快球子"、"打干净球儿"。王和卿套数[南吕·一枝花]《为打球子作》描绘了捶丸游戏:

> 天桃绽锦囊,嫩柳垂金线,梨花喷白雪,芳草绿铺茵,春日郊园。出凤城闲游玩。选高原胜地面,就华屋芳妍,将步蹰家风习演。

> [梁州]列俊逸五陵少年,簇豪家一代英贤。把人间得失踏遍。输赢胜败,则要敬爱相怜。忘机乘兴,花径斜穿。高场上触处盘旋,要高名天下人传。头棒急钻彻云烟,二六紧巧妙两全,高场中扶辊能眠。非是过口身不到,三斗声名显。论出远更休选,折抹待占。事画团栾莫施展,占镇中原。

---

① 王家仕:《从〈丸经〉的版本看中国古代捶丸的演变》,《西安体育学院学报》2005 年第 3 期。

② 柳斌杰:《灿烂中华文明》体育卷,贵州人民出版社 2006 年版,第 64 页。

［三煞］四周浓绿围屏甸，一簇深红罩短垣，习行打远乐霞川。据那义让廉和，有仁德高低无怨，要知左右识体面。担捧笼叫须奴趁圈，尽日连年。

［二］轻轮月杖惊花片，慢辊星丸荡柳线，一行步从紧相连。诸传戏都难，唯摇丸元无酩献，自古与流传。想常胜寻思意非浅，但犯着死处休言。

［一］旧作杖结束得都虬健，绒约手扎拴的彩色鲜。锦衣抛胜各争先，得胜的欣然，画方基荷茵庭院。安员王将袖梢先卷，觑上下，观高低，望远近，料得周正无偏。

［尾］畅道引臂员扇，棒过处飞星如箭，茂林中法头不善。指觑窝落在花柳场边，不吊上也无一步远。

张可久有二首同调小令［南吕·金字经］《观九副使小打》分别描写了捶丸游戏中的揎棒打法和捶丸远击飞行的比赛：

静院春三月，锦衣来众官，试我花张董四揎。搬，柳边田地宽。湖山畔，翠窝藏玉丸。

步款莎烟细，袖悭猿臂搧，一点神光落九天。穿，万丝杨柳烟。人争美，福星临庆元。

这些描写，从一个侧面，说明元代的捶丸游戏，由于受到唐宋时期社会发展积淀的影响，已经具有了广泛的社会基础，成为当时社会上颇具影响力的文化现象。表现在不仅其术语已成为当时社会非常熟悉的游戏概念，而且捶丸游戏的文化内涵："让廉和"即"以和为贵"、"和而不同"的胜负荣辱观，游戏中"有仁德高低无怨"行为观，"知左右识体面"的平和心态等等，已被当时的人们广泛接受。

3.摔跤

摔跤，在我国古籍中又做"角抵"、"角力"、"相搏"、"手搏"等，是一项较量臂力、演练搏斗技巧的体育娱乐活动。中国摔跤的历史极为悠久，一般认为，在原始社会时期，就已经产生了再现原始人战斗场面的武舞。这种武舞，具有娱乐、训练和交流经验、颂扬武功等多种功能。大约在春秋时期，在原始武舞的基础上形成了演练搏斗、摔跤、擒拿等技巧的"相搏"比赛。秦汉时，人们把黄帝大战蚩尤的传说引进摔跤，称为"蚩尤戏"。据南朝梁任昉《述异记》载："秦汉间说，蚩尤氏耳鬓如剑戟，头有角。与轩辕斗，以角觝人，人不能向。今冀州有乐名蚩尤戏，其民两两三三，头戴牛角而相觝。"①"蚩尤戏"是流行于我国古代北方农村的民间竞技，带有纪念和黄帝逐鹿中原的蚩尤氏的意义。秦始皇统一中国后，禁止民间私藏兵器，作为徒手相搏的角抵因此兴盛起来。《史记·李斯列传》记载秦二世在甘泉宫，"方作觳抵优俳之观"②，说明这时的角抵已不再是争斗相搏的手段，而演化为包括各种技艺的综合性竞技表演了。到了汉代，民间出现了一种由"蚩尤戏"发展而成的由两个人在公开场合表演的竞技活动，已经具有后来摔跤的基本特色，并有着特定的文化内涵。这一特色也已被考古发掘所证实。20世纪70年代，山东省临沂地区金雀山汉墓中出土的绢画上，一对健壮的摔跤手，挽袖对视，作跃跃欲扑之状。画面左侧一旁观者，拱袖而肃立，当为角抵者的裁判。③ 魏晋南北朝时期，由于北方少数民族大量南迁，游牧民族的强悍之风、争强斗勇的习俗，使角抵与百戏杂技逐渐分离，在吸收北方少数民族摔跤文化的基础上，角抵又出现了另一名称——"相扑"。《太平御览》引《晋书》记载说："襄城太守责功曹刘子笃曰：'卿郡人不如颍川人相扑。'笃曰：'相扑下技，不足以别两国优劣。'"④到了唐代，相扑、角抵二名称并行，其特点还是赛力性的竞技，且多在军中进行。相扑在民间盛行是到了宋代以后。宋金元时期的相扑大致可分为两类，一类是正式决胜负的比赛，有"打擂台"的性质。据吴自牧《梦粱录》卷二十《角觝》所载："若论护国寺南高峰露台争交，顺择诸道州郡膂力高强，天下无对者，方可夺其赏。"⑤宋代正式决胜负的相扑比赛情景，我们从施耐庵小说《水浒传》七十四回"燕青智扑擎天柱"中可见其概貌。从文字描写看，燕青还留有古代相扑遗风，"除了头巾，光光的梳着个角儿，脱下草鞋，赤了双脚"⑥。第八十回写到高

---

① 袁珂：《中国神话史》，插图珍藏本，重庆出版社2007年版，第170页。
② （汉）司马迁：《史记》，中华书局1997年影印本，第2559页。
③ 柳斌杰：《灿烂中华文明》体育卷，贵州人民出版社2006年版，第49页。
④ （宋）李昉等：《太平御览》，中华书局1960年版，第3352页。
⑤ （宋）吴自牧：《梦粱录》（外四种），中国商业出版社1982年版，第180页。
⑥ （明）施耐庵、罗贯中：《水浒传》，人民文学出版社1990年版，第563页。

太尉被捉到梁山，醉后狂言："自小学得一身相扑，天下无对。"①从《水浒传》描写的相扑看，其打扮、形式和宋代以前糅合加工而成。另一类相扑则是平日在瓦舍等场所里进行的表演性相扑，其竞争性不像前者那样激烈。每逢相扑比赛表演，观者如堵。摔跤在蒙古族中更为流行。蒙古族习俗重骑马、射箭和摔跤，称这三项为"男子三项竞技"。在部落联盟选举中，只有"男子三项竞技"超群者，才有资格被推为部落联盟首领。成吉思汗手下的名将合撒儿、别勒古台、木华黎、哲别、苏别额台等，都是"男子三项竞技"的能手。《蒙古秘史》记载，成吉思汗于 1218 年远征前，曾商议将汗位委托给皇子。于是拙赤和察哈台二子争汗位，"拙赤起，揪察哈台衣领曰：'……若远射败于汝，则敢断其拇指而弃之，若相搏败于汝，则自倒地勿起之，愿听汗父圣旨裁夺。'"②这表明在蒙古族中继承汗位的人射箭和摔跤是重要条件之一。在蒙古那达慕大会上，"男子三项竞技"是大会的重要内容，获得冠军的人能得到很多的奖品。③ 直到元朝入主中原之后，还经常进行这三项比赛。蒙古族的妇女也重骑马、射箭和摔跤。马可·波罗在他的游记中记述了我国元代一名杰出的摔跤女将角力征婚的故事。元世祖忽必烈的侄子海都王矫健而又勇敢的女儿艾吉阿姆，不但长得漂亮，性格倔强，而且有摔跤的硬功夫。其父为她择配的条件就是与她摔跤并且能够赢她的可做她的丈夫，结果她战胜了所有前来应征的男子，世无匹敌。④ 可见元朝摔跤游戏之盛。元代在建国之后，继承宋代旧俗，有了职业摔跤手，摔跤更为活跃。其中每年 3 月 28 日东岳庙会上，都有摔跤比赛。元曲生动地记录了这种活动。无名氏杂剧《刘千病打独角牛》写得就是东岳庙摔跤赛。剧演祖传三辈擂家出身的独角牛在东岳庙打擂所向无敌，他扬言："我在这泰安州东岳庙上，每年三月二十八日，东岳圣诞之辰，我在这露台上，跌打相搏，争交赌筹，二年无对手了，今年是第三年也。"独角牛自以为天下无敌，他到刘千家

---

① （明）施耐庵、罗贯中：《水浒传》，人民文学出版社 1990 年版，第 606 页。
② 向斯：《中国皇帝游乐生活》，新华出版社 1994 年版，第 105 页。
③ 刘秉果：《中国古代体育史话》，文物出版社 1987 年版，第 50 页。
④ ［意大利］马可·波罗：《马可波罗游记》，陈开俊等译，福建科学技术出版社 1981 年版，第255 页。

寻衅闹事,不仅调戏刘千的妻子,又打倒了刘千的父亲。刘千深州饶阳农户出身,自幼喜好舞枪弄棒,学拳摔跤,武艺出众,仁义助贫。第三年,刘千为报父、妻遭独角牛戏辱之仇,抱病来泰山与独角牛展开角斗,出奇制胜,三败独角牛。元人杨瑀《山居新话》:"应中甫"条记:"中甫⋯⋯有膂力,能手搏,无与敌者。所传乃刘千和尚之派。"据此推知,刘千实有其人,为金末元初之著名武师,东岳庙会打擂情节很可能是根据他的真实经历而搬演舞台的。① 剧中关于刘千与独角牛对打的情形、元代岳庙擂台打擂的场面和摔跤技艺的一些路数的描写十分生动逼真。如第三折刘千唱词:

〔倘秀才〕我恰才吐架子左闪来来右闪,我踢了个提过脚里臁也那外臁。嘴缝上直拳并塌那厮脸,着这厮头完擂,早着拳,打这厮自专。

该剧第四折刘千的兄弟出山彪向父亲报告刘千打败独角牛经过:

〔梅花酒〕呀!独角牛拽大拳,刘千见拳来到跟前,火似放过条蚕椽,出虚影到他胸前。刘千使脚去手腕上剪,他敢迤逗的到露台边,接住脚往上掀。胖身躯怎回转?膂力的是刘千!

〔喜江南〕滴溜扑人丛里腾的脚稍天,俺哥哥他将那浑锦袄子急忙穿,早笙歌引至庙门前。独角牛自专,则他那输了的脸儿可怜见。

铁塔似的金刚大力士独角牛,在一场厮打后,败在脸黄肌瘦的病刘千手下,反映了东方人体文化观中以巧胜强,以智驭力的思维特色,是我们研究元代摔跤技艺不可多得的参考资料。

4.打髀殖

打髀殖又名打髀石、玩石阿,满语称"喀什哈",是流行于契丹族、蒙古族等北方少数民族中的一种投掷类竞技活动。髀殖是羊、鹿、獐子等动物的内踝骨,其四周形状不尽相同,可为玩具。胡朴安《中华全国风俗志》下篇卷一"吉林"条云:"童子相戏,多剔獐、狍、麋、鹿前腿骨,以锡灌其窍,名'喀什哈'。或三或五堆地上,击之,中者尽取所堆;不中者与堆里一枚。多者千,少者十百,各盛于囊,岁时闲暇,虽壮者亦为之。"②从中不难看出打髀殖

---

① 邵曾祺:《元明北杂剧总目考略》,中州古籍出版社1985年版,第509—510页。

② 赵庆伟、朱华忠:《游戏风情》,湖北教育出版社2001年版,第144—145页。

明显是一种起源并流行于游猎、游牧民族中的游戏。初时人们剔除鹿、羊、獐子等的胫骨,将铜锡熔化后灌进骨窍,增加重量和硬度,制成髀殖,作为猎具,尔后逐步演变成游戏。打髀殖游戏渊源颇古,在内蒙古呼和浩特美岱村南宝贝梁山沟挖掘出的北魏砖墓中发现了一具长 3.1 厘米的铜制髀石。在内蒙古乌兰察布盟四子王旗红格尔之宫胡同等处金代墓葬中也发现了一枚羊髀石。① 元时期打髀殖游戏尤盛。据《元史·太祖本纪》载,成吉思汗祖先咩撚笃敦第七子纳真诣押剌伊而部,路逢童子数人,"方击髀石为戏,纳真熟视之,亦兄家物也。"②《元朝秘史》卷三载:"帖木真十一岁,于斡难河冰上打髀石时,札木合将一个狍子髀石与帖木真,帖木真却将一个铜灌的髀石回与札木合,做了安答。"③"安答"就是结义兄弟。可见,髀石不仅是蒙古成人或儿童喜欢玩的玩具,而且也是人们相互间赠送的礼品。元曲中有打髀殖的描写,关汉卿杂剧《邓夫人苦痛哭存孝》第一折中李存孝讽刺李存信、康君立二人:"你饿时节挝肉吃,渴时节喝酪水,闲时节打髀殖,醉时节歪唱起。"郑光祖杂剧《虎牢关三战吕布》第一折也有打髀殖的描写:(孙坚)"正在本处与小厮每打髀殖"。李寿卿杂剧《说鱄诸伍员吹箫》第一折楚国奸臣费无忌说其子费得雄:"常在教场中和小的们打髀殖耍子。"这些描写说明打髀石之戏,在元代流行较广,是令各阶层人士都兴趣盎然的一种游戏。打髀石游戏至今仍可见到。2010 年 11 月 16 日《新疆都市报》发文《游戏千年髀石传奇》介绍新疆髀石之戏。甘肃兰州、白银、靖远、榆中、景泰等地有一种名叫尕拉的游戏,应是元代打髀殖游戏的变种。游戏者主要是十多岁的女孩子。参加游戏的人数可多可少,一般是三四个。她们拿着羊或猪的蹄腕骨在地上玩耍。将蹄腕骨按形状分为耳朵、眼睛、心、背四面,并涂不同的颜色以区别。如果是四人参加游戏,则每人先拿出一个尕拉,再有一个小沙包就可以进行了。由四人轮流掷沙包翻尕拉,即在将沙包掷起尚未落地的时间内翻动尕拉,如果沙包已落地而尕拉仍未翻好就作罢,由下一人再翻。一般说来,第一回合是掷一次沙包,要把四个蹄腕骨全翻成耳朵,依

---

① 那木吉拉:《中国元代习俗史》,人民出版社 1994 年版,第 244 页。
② (明)宋濂等撰:《元史》,中华书局 1997 年影印本,第 5 页。
③ 车吉心:《中华野史》辽夏金元卷,泰山出版社 2000 年版,第 514 页。

次是眼睛、心和背。全翻过来,再全抓起,即算第一回合取胜。在第一回合的翻动中,规定允许碰动另外的蹄腕骨。第二回合难度较大,规定是掷一次沙包,必须把一个蹄腕骨的四面都要翻一遍,并且不能碰动另外的蹄腕骨,否则算输;如果把四个蹄腕骨的四面都成功地翻过,又能全抓起来,即算赢。①

5.打弹弓

打弹弓是一种射击类游戏,找一根呈"丫"字形的枝杈或将一根比较粗的铁丝弯成"丫"形,在"丫"形两端系上皮筋,皮筋中段系上一包裹弹丸的皮块。玩时,把弹子放在弹夹上用一手捏紧,另一手握住弹弓架,二手同时向相反方向拉,瞄准目标,射出弹子。只要弹夹够大,可以一发多弹。如果玩的比较熟练,可以做到瞄哪打哪。打弹弓几乎是所有的男孩子都经历过的百玩不厌的游戏。需要瞄准,具有极大的刺激性和需要高超的耐心和眼力。所以,最直接锻炼的就是眼神。同时,打弹弓时往往需要到处乱跑,对全身锻炼很有好处。古时,射弹多用于狩猎。古诗有"断竹,续竹,飞土,逐肉"②的记述,意即砍竹做弓以泥丸射杀鸟兽,后来发展成一种武术器械。发射弹丸有很多招数,如"苏秦背剑"、"张飞片马"等。元曲中也有打弹弓的记载。武汉臣杂剧《包待制智赚生金阁》第一折:"今日纷纷扬扬,下着这一天瑞雪。坐在家里吃酒,可也闷倦,直至郊野外,一来打猎,二来就赏雪。下次小的每,安排些红干腊肉,春盛担子,鵇儿小鹞,粘竿弹弓,花腿闲汉,多鞴几匹从马,郊外打猎走一遭去。"无名氏杂剧《金水桥陈琳抱妆盒》第一折:"(驾云)你看那酴醾架上,坐着一个锦鸠儿,待寡人一弹,打下这锦鸠来者。(做打弹科)(正末唱)[那吒令]恰才个弓开的不掀,觑酴醾架边;弦放的不偏,正芍药阑近前;弹去的不远,在牡丹丛里面。(驾云)陈琳,你与我寻这弹子去。"可见打弹弓在元代仍是很受人青睐的一种游戏。值得我们注意的是关汉卿杂剧《包待制智斩鲁斋郎》中的打弹弓一段的描写。剧中张珪,身为六案都孔目,是个炙手可热的吃衙门饭的人,动辄便称"谁不知

---

① 王人恩:《略说打髀殖》,《体育文史》1990年第2期。
② 周裕苍:《中国竹文化》,黄河出版社1992年版,第19页。

我张珪的名儿"。当有人用弹子打破他宝贝儿子的脑袋时,他摆出一付架势说:"这个村弟子孩儿无礼,我家坟院里打过弹子处。你敢是不知我的名儿! 我出去看波。"看架势是很想去教训教训这个"村弟子",拿他问罪。可是,就是这个酷吏,当看到打弹子的是鲁斋郎时,他就像乌龟似的顿时缩进了颈脖,"唬的我行行的往后偃","魂魄萧然,言语狂颠"。"只得破步撩衣走到跟前,少不的把屎做糕糜咽"。当鲁斋郎看中他老婆,限令他第二天五更前送过门时,他便乖乖地"妻嫁人夫做媒,自取些奁房断送陪随","急忙忙送你到他家内",并毫无骨气和廉耻地对他老婆说:"他便要我张珪的头,不怕我不就送去与他;如今只要你做个夫人,也还算是好的。"末了,他为了摆脱尘世间的纠缠,往华山出家去了。这里,作者利用一个弹弓道具,将元代社会中残酷、血腥、罪恶的一面鲜活地呈现在了我们的眼前:一是再现了元代新的社会环境中蒙古奴隶制时期的"抢婚"习俗。不同的是,鲁斋郎对李四、张珪妻子的霸占行为完全是出于对女性占有的欲望,已远远超出了婚俗的范畴,其行为在当时已构成犯罪,但却能逍遥法外,这是元代实行种族歧视政策的缩影;二是生动地再现了蒙古族多年来在马背上厮杀养成的强烈的征服和掠夺观念。蒙古人所要实现的终极目标是"人类最大的幸福在胜利之中:征服你的敌人,追逐他们,夺取他们的财产,使他们的爱人流泪,骑他们的马,拥抱他们的妻子和儿女"[1]。这种在游牧部落的征服与掠夺中形成的观念长时间支配着蒙古人的行为,到元代,"蒙古贵族原有的落后性和汉人权贵地主的腐朽性在民族特权温床上的结合与泛滥,使奢侈、贪婪和腐化的风气更加迅速地发展"[2]。他们在行为方式上保留着掠夺的特征,这样必然造成诸多的社会问题,加剧社会矛盾,自然也成为元曲中反映的内容。三是淋漓尽致地揭露了张珪这个代表元代一批对上级唯唯诺诺,对百姓颐指气使,平日里耀武扬威,一旦出了事就退避三舍,缺少操守和骨气,最不敢担当责任的"软骨头"官吏,活画出元代社会官场的昏聩。

---

① 孙铁:《影响世界历史 100 事件》,线装书局 2003 年版,第 150 页。
② 么书仪:《元人杂剧与元代社会》,北京大学出版社 1997 年版,第 197、132 页。

（二）智 能 游 戏

智能游戏是指那些通过智力上的竞赛、较量来获得愉悦、快乐的游戏方式，它是人类智能活动高度发展的产物。元曲中的智能游戏分为两种类别：一种是拆字猜谜游戏，包括拆白道字、顶真续麻等；另一种是隐语谐音游戏，主要指的是谜语等。这些文字游戏，反映出当时的社会风尚习俗，表现出时人特有的生活方式和行为方式，从而折射出文化的民族特色和时代特征。

1.谜语

谜语，又称廋辞、隐语、春灯、灯谜等。谜语在我国起源很早，如《周易·归妹·上六》载："女承筐，无实，士刲羊，无血。"[①]就是运用传统谜语常见的"矛盾法"，巧妙地表现了牧场上一对青年牧羊人夫妇剪羊毛的生活情景。战国后期出现了一种赋体隐语，其中以荀子的《成相篇》中的《蚕》赋最具代表性。此赋体已基本具备了民间谜语中赋体谜的特征。汉代时，出现了射覆活动。所谓射覆，是一种把东西放在器物下面让人猜的游戏。现在，我们有时候还把猜谜语叫做射覆或射，即源于此。魏晋南北朝时期，谜语有了重大发展。北朝刘勰《文心雕龙》中写道："谜也者，回互其辞，使昏迷也。"[②]这一定义一直沿用至今。宋代已出现了以设谜为职业的专门艺人和谜社组织，在瓦肆里摆摊卖艺。猜谜摊前，人头攒动，一般是摊主先奏［贺圣朝］曲，以此招徕围观者和竞猜者。[③] 元时谜语仍盛行不衰，元曲中有大量的谜语描写，反映的就是元代猜谜活动的兴盛。

第一，承前代谜社组织普遍而活跃。如张可久小令［双调·折桂令］《九月八日谜社会于文昌宫》：

> 试登高先做重阳，篱落黄花，蘸白橙香。隐语诗工，清樽酒美，胜地文昌。喜今日湖山共赏，怕明朝风雨相妨。归路倘佯，一片秋声，两袖岚光。

---

① 刘让言等：《中国古典诗歌选注》，甘肃人民出版社1981年版，第7页。

② （南朝）刘勰：《文心雕龙》，杨国斌英译，周振甫今译，外语教学与研究出版社2003年版，第194页。

③ （宋）耐得翁：《都城纪胜》（外四种），中国商业出版社1982年版，第11页。

谜社,猜谜结社。张可久与乔吉、朱凯、王晔等人曾共同制作谜语集《包罗天地》,或曾结为谜社。社址在杭城文昌宫。隐语诗,即谜语诗。由此可见,元代谜社组织还是很活跃的。又如王实甫杂剧《崔莺莺待月西厢记》第三本第二折,张生看到崔莺莺送来的药方后,一反病体沉重的样子,宣称:"俺是个猜诗谜的社家,风流隋何,浪子陆贾,我那里有差的勾当!"这里,不但写出了张生接到莺莺书简后的兴奋,也借机炫耀着自己的才华,同时也反映出了元代谜社组织的普遍。

第二,元曲描写了谜语内涵的丰富。谜语形式主要有歇后语、谐音、物谜、商谜等。元曲中运用歇后语形式的谜语很多,如石君宝杂剧《李亚仙诗酒曲江池》第一折:"酪子里揣与些柳青钱。""柳青"在这里代指"娘",即鸨母。因《柳青娘》是自唐以来流行的酒令歌词,为妓女们所谙熟,因而此处用"柳青"为隐语,暗示谜底为"娘"。类似的例子还有关汉卿杂剧《尉迟恭单鞭夺槊》第二折:"哥哥,那时节若是别个,也着他送了五星三。""五星三"即指命。关汉卿杂剧《状元堂陈母教子》第一折三末云:"大哥,你得了官也。我和你有个比喻:似那抢风扬谷,你这等秕者先行;瓶内酾茶,俺这浓者在后。"这里的"抢风",就是顶着风。"秕",同"秕",不饱满的谷子果实。"抢风扬谷——秕者先行"的原意是:扬场时,顶着风簸谷子,秕子先被扬簸出去。剧中陈良佐用这个歇后语讽刺他大哥水平低,所以先去应考。

谐音常常成为嘲讽的一大利器,如秦简夫杂剧《东堂老劝破家子弟》第一折:"我如今不比往日,把那家缘过活都做筛子喂驴——漏豆了。""漏豆"即"漏兜"、"漏透"的谐音。这是运用谐音的方法,比喻把财产都挥霍光了。再如关汉卿杂剧《赵盼儿风月救风尘》第一折宋引章自嘲道:"有什么早不早! 今日也大姐,明日也大姐,出了一包儿脓。我嫁了,做一个张郎家妇,李郎家妻,立个妇名,我做鬼也风流的。"旧时俗称妓女为"大姐",此处"姐"、"疖"谐音,所以说"出了一包儿脓"。宋引章用这句话自嘲,表示极端厌恶被人称作"大姐"的妓女生活。

物谜是谜语中比较常见的一种。元曲中物谜的运用也多见。如李寿卿杂剧《月明和尚度柳翠》第三折中月明和尚为开导柳翠而念了一句蕴涵佛理的偈语:

一把枯骸骨,东君掌上擎。自从有点污,抛掷到今生。

虽没有直接提到骰子,但从其描述不难推知其所言就是骰子。这条偈语其实就是一条蕴涵哲理的实物谜。这是因为表面说骰子的命运,实际是隐喻凡夫俗子像骰子那样被"六道轮回"所控制,在万丈红尘中颠沛流离,只有皈依佛门才达到一种高境界。

又如王实甫杂剧《崔莺莺待月西厢记》第三本第四折张生跳墙与莺莺相会未果,忧闷成病,莺莺叫红娘送去治病药方:

"桂花"摇影夜深沉,酸醋"当归"浸。(末云)桂花性温,当归活血,怎生制度?(红唱)面靠著湖山背阴里窨,这方儿最难寻。一服两服令人恁。(末云)忌甚么物?(红唱)忌的是"知母"未寝,怕的是"红娘"撒沁。吃了呵,稳情取"使君子"一星儿"参"。

此段唱词表面是莺莺叫红娘给张生送的治病药方,说到了六种中药名,实际上以巧妙的方式安慰了张生,表达了莺莺的心声,传递了重新幽会之期。

同剧第五本第二折张生收到崔莺莺寄来东西后,云:

小姐寄来这几件东西,都有缘故,一件件我都猜著。

[白鹤子]这琴他教我闭门学禁指,留意谱声诗。调养圣贤心,洗荡巢由耳。

[二煞]这玉簪纤长如竹笋,细白似葱枝。温润有清香,莹洁无瑕玭。

[三煞]这斑管霜枝曾栖凤凰,泪点渍胭脂。当时舜帝恸娥皇,今日淑女思君子。

[四煞]这裹肚手中一叶绵,灯下几回丝。表出腹中愁,果称心间事。

[五煞]这鞋袜儿针脚儿细似虮子,绢帛儿腻似鹅脂。既知礼不胡行,愿足下当如此。

这些看似简单的日常用品其实并不简单,它是莺莺一腔相思,满身牵挂,全部爱恋的最直接体现,是莺莺对张生的牵挂和担心的代言品,是"此时无声胜有声"的表达,更是一种时代的生活信息、风尚和心理的表达。而张生的一一猜透,说明两人心心相印,心有灵犀,刻画了两人相知相爱,表明他对莺莺的忠贞爱情。

商谜是以猜谜语形式进行的一种滑稽风趣的说唱技艺。商谜花样繁多，有道谜（来客念隐语说迷，又名打谜）、正猜（来客索谜）、下套（商者以物类相似者讥之，人名对智）、贴套（贴智思索）、走智（改物类以困猜者）、横下（允许别人猜）、向因（商问句头）、调爽（假作难猜）等。① 从中可以看出商谜是由"商者"、"来客"两方表演，至少要有两人。商者是出谜语的，来客是猜谜的。猜的时候，有各种方式，有问有答，是一种斗智游戏。参与的观众可能具有较高的文化修养。如戴善甫杂剧《陶学士醉写风光好》第二折：

（韩坐，宋看字科，云）太守，你解此意么？乃春秋战国之时，多有作者，号曰"隐语"。说他正大，则看这十二个字上，便见他平日所守。川中狗者，蜀犬也；蜀字着个犬字，是个"獨（独）"字。百姓眼者，民目也；民字着个目字，是个"眠"字。虎扑儿者，爪子也；爪字着个子字，是个"孤"字。公厨饭者，官食也；官字着个食字，是个"館（馆）"字。团句道"独眠孤馆"。此人客况动矣。陶毂，你如何瞒的过我？你来要说李主下江南，我直教他还不得乡土。太守你近前来。（做耳语科，云）待十数日后，依吾计行，此人必中吾计矣。陶学士！陶学士！（诗云）由你千般计较，枉自惹人谈笑。休夸伶俐精详，必定中吾圈套。

后周陶毂学士本奉命至南唐说降，南唐君臣知其来意，但苦于不知如何应付，因而只得一方面采取避而不见的策略，一方面将之优厚地安顿在馆驿中，以寻找机会让他无功而返。而剧中的陶毂平日里表现得一派正经，机会很难找到。没想到他醉后题于墙上的一句隐语泄漏了他"孤馆难眠"的心声。韩熙载、宋齐丘二人破译了这句隐语后，设定出了一条妙计，挫败了陶毂招降之谋。

2.拆白道字

拆白道字，也写作"拆牌道字"，是一种用拆字法说话表意的文字游戏。虽然从文献的角度考察，这一称呼在元代才有②，但其起源可追溯到春秋时

① 马念慈：《谜语知识手册》，中国青年出版社1989年版，第14页。
② 陆锡兴：《从拆字令到拆白道字》，《中国典籍与文化》2002年第3期。

代。它的产生是文字结构的特点决定的。字有六书:指事、象形、会意、形声、会意、转注、假借。一个汉字可以拆成许多字,许多字也可以组合成一个汉字,在拆与合的过程中,形、声、义会发生变化,构成新的字义。① 元曲中反复出现拆白道字的游戏,归纳元曲中描写的这项游戏,主要有三个特点。

一是具有极为浓郁的口语化、粗俗化、戏谑化色彩。如范康杂剧《陈季卿误上竹叶舟》楔子行童以拆白道字的形式向师傅汇报陈季卿的来访:"师父,外面有个故人,自称耳东禾子即夕,特来相访。(惠安云)这厮胡说! 世上那有这等姓名的人? ……(行童云)我说与你,这个叫做拆白道字:耳东是个陈字,禾子是个季字,即夕是个卿字,却不是你的故人陈季卿来了也。(惠安云)快请进来。"陈季卿造访故人,故意不直接报上名讳,而以拆白道字调侃,给不知情的一方造成理解上的困惑,从而产生喜剧效果。秦简夫杂剧《东堂老劝破家子弟》第一折中帮闲无赖柳隆卿上场诗云:"不养蚕桑不种田,全凭马扁度流年。"这里他自报家门好吃懒做全在一个"骗",拆"骗"字为"马扁"。一个"骗"字的拆离,让观众对柳隆卿这个丑角有了先期的认识,既符合诗体格式,也增添了幽默诙谐的氛围。马致远杂剧《吕洞宾三醉岳阳楼》第二折顾客吕洞宾与茶店店主郭马儿有一段对话,顾客吕洞宾云:"郭马儿,我是一口大一口小。""一口大一口小,不是个吕字? 旁边再一个口,我这茶绝品高茶。罢、罢,大嫂,造个酥佥来与师父吃。"顾客吕洞宾巧妙地用语言风趣的拆字游戏夸赞店主的茶;既达到了暗示自己身份的目的,又缓和了气氛,使得店主不得不拿出很有特色的"酥佥"来款待吕洞宾。利用看似简单的拆字游戏,一方面体现了顾客的修养和聪明,另一方面活跃了剧场氛围,调动了观众的观赏兴趣。在王实甫杂剧《崔莺莺待月西厢记》中也有这样的使简单的文字变成生动的语句,增强了语言表达能力的描写,第五本第三折郑恒打算抢亲,因而约见红娘作试探。红娘在[调笑令]曲中,用拆白道字的形式由衷地赞美张生,无情地讽刺、奚落郑恒:

> 你值一分,他值百十分,萤火焉能比月轮? 高低远近都休论,我拆
> 白道字辩与你个清浑。君瑞是个"肖"字这壁著个"立人",你是个"木

---

① 王仿:《中国谜语大全》,上海文艺出版社 1983 年版,第 15 页。

寸""马户""尸巾"。

"肖"字着个"立人",拆得是"俏"字;"木寸"拆得是"村","马户"拆的是"驴","尸巾"拆的是"屌"。红娘通过拆白道字,以"俏"赞美张君瑞,以"村驴屌"奚落郑恒。郑恒当时就明白了:"你道我是个'村驴屌'。"红娘用她的智慧,使简单的文字变成生动的语句,增强了语言表达能力。可见,拆白道字是一种充满了智慧的光辉,有着广泛的社会基础,从士大夫到粗识文字的普通平民都怀有很大热情的游戏。

二是成为全社会广泛参加的游戏活动。元代拆白道字的欣赏和游戏的主体既有文人雅士,也有文化修养不高的市民阶层,甚至风尘女子。如关汉卿杂剧《杜蕊娘智赏金线池》第三折,杜蕊娘因与韩辅臣被鸨母从中作梗而无法相厮守,喝酒行令之时为避免提及旧人而伤感,约定行令不许提到"韩辅臣"三字,当时大家故意表示什么酒令都不会,故而杜蕊娘感叹说:"拆白道字、顶针续麻、挡筝拨阮,你们都不省得,是不如韩辅臣。"无名氏杂剧《瘸李岳诗酒玩江亭》第一折:"小可人鄞州人氏,姓牛名璘,家中颇有些资财,人口顺都将我员外呼之。平日之间,好打双陆,下象棋,拆牌道字,顶真续麻,无所不通,无般不晓。"把拆白道字与"顶针续麻"、"走笔题诗、出口成章"相提并论,证明他们多才多艺,风流倜傥。关汉卿杂剧《赵盼儿风月救风尘》第一折:"老身汴梁人氏……止有这个女孩儿,叫做宋引章。俺孩儿拆白道字,顶真续麻,无般不晓,无般不会。"李寿卿杂剧《月明和尚度柳翠》楔子柳翠妈妈称赞柳翠:"我有这个女孩儿,叫做柳翠。不要说他容颜窈窕,且只道他心性聪明:拆白道字,顶针续麻,谈笑诙谐,吹弹歌舞,无不精通,尽皆妙解,现做上厅行首。"吴昌龄杂剧《花间四友东坡梦》第一折:"酒醋之次,出一歌妓,乃是白乐天之后,小字牡丹,不幸落在风尘之中。此女甚是聪慧,莫说顶真续麻,拆白道字,诙谐嘲谑,便是三教九流的说话,无所不通,无所不晓。"以上诸例说明,拆白道字这类文字游戏,在元代很流行,是一种风行于民间,为市民们所青睐的游戏活动,也是当时衡量人们修养才华的标准。

三是元曲丰富和发展了拆白道字。如郑廷玉杂剧《布袋和尚忍字记》第二折中利用拆白道字来阐明佛理云:

（布袋云）刘均佐，心上安刃呵，是个甚字？（正末想科，云）心上安刃呵，（唱）哦！他又寻着这忍字的根芽！

刘均佐误以为妻子有奸情而欲大动干戈的时候，布袋和尚拆解"忍"字，劝喻他，使他醒悟。

又如关汉卿杂剧《钱大尹智勘绯衣梦》第二折利用拆白道字侦破冤案：

"非衣两把火"，这名字则在这头一句里面。这"衣"字在上面，"非"字在下面，不成个字；"非"字在上，"衣"字在下，可不是个"裴"字！那"两把火"并着两个"火"字，可也不成个字；上下两个"火"字，不是炎热的"炎"字？这杀人贼不是姓炎名裴，便是姓裴名炎。

还如关汉卿杂剧《包待制智斩鲁斋郎》中包公借用"鱼齐即"之名，通过添加笔画变为"鲁斋郎"将恶贯满盈的鲁斋郎处斩。无名氏杂剧《谢金吾诈拆清风府》中王枢密通过将圣旨中"拆到杨家清风无佞楼止"中的"到"字，添上个立人，做个"倒"字，趁机拆倒杨家府清风无佞楼挑起事端。马致远杂剧《半夜雷轰荐福碑》中利用"张浩"与"张镐"同音而引出剧情发展。无名氏杂剧《神奴儿大闹开封府》第三折中的外郎云："自家姓宋名了人，表字赃皮，在这衙门里做着个令史。你道怎么唤作令史？只因官人要钱，得百姓们的使；外郎要钱，得官人的使，因此唤作令史。""宋了人"谐音"送了人"，用谐音拆字，勾勒出了其贪赃枉法的形象。这些例证运用隐语、谐音、双关、字形拆解等方法，虽然其用意不是为了文字游戏，但却运用拆白道字的手法引出了矛盾，拓展剧情，因而可以视为是拆白道字在元曲运用中的变式。

3.顶真续麻

顶真续麻，又称"顶针续麻"、"续麻针顶"，"咬字"，简称"续麻"，是宋元时期流行的一种文字游戏。顶真续麻，在修辞学上又称为"连珠格"、"顶针"、"蝉联"。顶真之"真"亦写作"针"。顶针是妇女做针线活儿时套在指头上的铜箍，用以抵针而不伤手。做这种文字游戏时，是用上一句的末一字，作下句的头一字，句句相衔，一句顶一句，如此接连不断，就像针箍顶针一样。"续麻"的意思和"顶针"差不多，搓麻绳时，一把麻缕搓完，就续上一把，连起来继续搓，也是首尾相接的，故与顶真并称。正如无名氏杂剧《瘸李岳诗酒玩江亭》第二折中赵江梅的唱词所表达的意思："连麻头，续麻尾。"当今十分流行的"文字接龙"游戏,即是顶真续麻的翻版。

顶真续麻起源甚早,周代民歌中,已看到顶真续麻的原始痕迹,如《诗经·召南·江有汜》:"江有汜,之子归,不我以;不我以,其后也悔。江有渚,之子归,不我与;不我与,其后也处。江有沱,之子归,不我过;不我过,其啸也歌。"[①]这是一首弃妇诗。每章的前三句叙事,后两句抒情。其中第三四句重出。重出的这一句中的关键字,各章不同。从第一章的"以",一转而为第二章的"与",再转而为第三章的"过",愈转愈深,丈夫如何的薄情,做妻子的又是多么的痛苦与不幸,都因了这一关键字的置换而得到一层深于一层的表现,已具有了顶真的形式。《诗经》中的其他一些篇章,如《王风·丘中有麻》、《王风·中谷有蓷》、《魏风·汾沮洳》等也有类似的形式。到了宋元时期,顶真续麻作为游戏已十分盛行,如无名氏杂剧《逞风流王焕百花亭》第二折王焕唱[上小楼]曲云:"折莫是捶丸气球,围棋双陆,顶针续麻,拆白道字,买快探阄。锦筝拶,[白芑]讴,清浊节奏,知音达律,磕牙声嗽。"已经将顶真续麻与其他游戏并到一处看待了。

元曲中还把能够顶真续麻视为有才情的表现,如吴昌龄杂剧《花间四友东坡梦》第一折苏东坡云:

> 如今来到这浔阳驿琵琶亭,有一故友乃是贺方回,在此为守,留俺饮宴。酒酣之次,出一歌妓,乃是白乐天之后,小字牡丹,不幸落在风尘之中。此女甚是聪慧,莫说顶真续麻,拆白道字,恢谐嘲谑,便是三教九流的说话,无所不通,无所不晓。

杨景贤杂剧《马丹阳度脱刘行首》第二折:

> 自家刘婆婆是也,人则唤我做虔婆。我在这汴梁城里居住,有个女孩儿,唤做刘行首。我这孩儿吹弹歌舞,吟诗对句,拆白道字,顶真续麻,件件通晓。

顶真续麻被广泛地用于元曲中。如无名氏小令[越调·小桃红]《情》,通过顶真续麻手法叙说情,句句首尾相接,累累如贯珠,产生回旋流转的效果,写尽一对情人的缠绵情思:

---

① 孔一:《诗经楚辞》,上海古籍出版社1998年版,第7页。

断肠人寄断肠词,词写心间事。事到头来不由自,自寻思,思量往日真诚志。志诚是有,有情谁似,似俺那人儿?

乔吉小令[越调·小桃红]《效联珠格》用联珠格修辞手法描绘的一幅静中有动的美人念远图:

落花飞絮隔朱帘,帘静重门掩。掩镜羞看脸儿瘦,瘦眉尖。尖尖指屈将归期念,念他抛闪。闪咱少欠,欠你病厌厌。

郑光祖杂剧《㑇梅香骗翰林风月》中白敏中到晋府问亲,遭裴夫人拒绝,丫环樊素欲撮合二位年轻人,于是劝小姐小蛮一同去后花园游玩。时值春日,后花园群花烂漫,月夜中二人来到了后花园:

[那吒令]摇玎玲玉声,蹴金莲步轻;蹴金莲步轻,踏苍苔月明;踏苍苔月明,浸凌波袜冷。

这段唱词五字一句,构成连环叠句,连用摇、蹴、踏、浸几个动词,把年轻女子轻盈的步态表现出来,衣服上的玉珮发出玎玲的声音,轻盈的脚步踏着月色,画面和声音和谐地统一在一起。两位小姑娘因为害怕被裴夫人发现,所以"蹴"行,声音是轻柔的;但是由于她们是春日赏景,而且樊素是抱着撮合一桩美事而来,所以行进时是"踏"月而行,节奏又是明快的。而且"蹴"、"踏"的叠用更强调了这种轻柔和明快,同时既把樊素害怕老夫人发现自己擅自带小姐出游的忐忑心情表现了出来,又把她热切期待小蛮和白敏中有情人终成眷属的美好欢快的心情表达了出来。

马致远杂剧《破幽梦孤雁汉宫秋》第三折中有一段汉元帝送别昭君后独自游宫的情节,这个旅游情节运用曲文顶针所形成的急促语言节奏,使得孤独、哀伤连绵不断,可谓声情并茂的绝唱:

我銮舆返咸阳。返咸阳,过宫墙;过宫墙,绕回廊;绕回廊,近椒房;近椒房,月黄昏;月黄昏,夜生凉;夜生凉,泣寒螿;泣寒螿,绿纱窗;绿纱窗,不思量!

这段唱词很著名,旋律优美,富于音乐感,运用短句顶针重复的手段,形成八组复叠回环的句式,节拍急促,造成迂回之势,音律凄婉悠扬,恰当地把汉元帝若失若觅,低回宛转的怆恻心理抒发得淋漓尽致。而且这忧郁之情在内心迂回盘旋,随着景物的流转愈结愈深,愈结愈浓,因此这段唱词音律上的回环往复更加强了作品的感染力和抒情效果。

石君宝杂剧《李亚仙诗酒曲江池》第一折以顶真续麻方法写曲,读来别有味道:

> 他将那花阴串,我将这柳径穿。少年人乍识春风面,春风面半掩桃花扇,桃花扇轻拂垂杨线,垂杨线怎系锦鸳鸯?锦鸳鸯不锁黄金殿。

该曲从第三句起,运用顶针续麻的修辞手法,以前一句的结尾三字做后一句的起头,使邻接的句子头尾蝉联而有上递下接的趣味,加上在音律上句句押韵,整首曲便像一支音调和谐、回旋反复的抒情歌曲,咏叹少男少女纯洁无邪的爱情。

类似的蝉联文字游戏,在元曲中是大量的。如二字蝉联,关汉卿套数[南吕·一枝花]《杭州景》:"浙江亭紧相对,相对着险岭高峰长怪石。"三字蝉联,于伯渊套数[仙吕·点绛唇]《忆美人》:"他生的倾城貌,绝代容,弄春情漏泄的秋波送,秋波送搬斗的春山纵,春山纵勾引的芳心动。"贯云石小令[中吕·红绣鞋]《欢情》:"挨着靠着云窗同坐,偎着抱着月枕双歌,听着数着愁着怕着早四更过。四更过情未足,情未足夜如梭,天哪,更闰一更儿妨什么!"关汉卿套数(二十换头)[双调·新水令]:"胡猜咱、胡猜咱居帝辇,和别人、和别人相留恋。上放着、上放着赐福天,你不知、你不知神明见。"由于三个字相互递承,上下句重复较多,增强读者对内容的理解,发挥作品的感染作用,又由于三个字首尾相符,较之蝉联一者更紧凑严密,可把景物描写得更为清晰,把感情抒发得更为深切。五字蝉联,无名氏小令[仙吕·那吒令过鹊踏枝寄生草]:"青芽芽柳条,接绿茸茸芳草。绿茸茸芳草,间碧森森竹梢。碧森森竹梢,接红馥馥小桃。"三、四、五字交错蝉联,如无名氏套数[双调·新水令]:"万万载户口增田畴辟民归善,民归善省刑罚薄税敛差徭免,差徭免日月同明,日月同明嵩岳齐肩。唱道、唱道虎据中原,虎据中原龙飞九天,龙飞九天雨顺风调合天意随人愿。随人愿照百二山川,照百二山川一点金星瑞云里现。"这些形式交错递承,不拘一格,灵活紧凑,读来有变化莫测、引人入胜之感。通过这些,可以看出这种复杂繁难的格式,在元时期已经为人们所接受,而且相当普遍,大家争相仿效。渐渐由文字作品演变为一种游戏性的文体,成为一种技艺活动。

总之,元曲中描写的这些娱乐身心的文字游戏活动,逼真地再现了元代社会生活的真实图景,渲染了时代气氛,既为人物活动提供了一个富有立体感的艺术世界,为人物性格的刻画作了环境上的铺垫和烘托,又为作品增添了情趣。

(三) 博 弈 游 戏

博弈即棋戏,是一种掷骰行棋的益智赛巧的娱乐游戏活动,主要包括双陆、围棋、象棋等。这类娱乐游戏灵活方便,启发智力,妙趣横生,深受人们的欢迎,无论是军事家、大臣和君主,或是文学家、诗人和哲学家,都乐于此道。他们或从中体悟出治国安邦之理,或从中体味人生真谛。这种活动也娱乐着世世代代的民众,使他们在枰声局影中忘却人间烦恼,神游于尘外。元代棋类娱乐游戏空前繁荣,元曲真实地反映了当时的棋风棋艺及其时人的弈棋之乐、弈棋之思。

1.象棋

象棋,古称"象戏"。相对于围棋,象棋棋理由浅入深,更适宜社会各阶层人士的入门对弈。象棋对场地器具的要求也较围棋简单,随便在地上画个棋盘,以石块或木块为棋即可开始游戏,对弈时间也较短,是一种平民化的游戏项目。象棋的历史也很悠久,战国时期,已经有了关于象棋的记载,如宋玉《楚辞·招魂》中就有"菎蔽象棋,有六簙些"①之语。有学者认为,这里的"象棋",是六博中用象牙做的棋子。真正与现代象棋接近的是唐代的"宝应象棋"。唐代宰相牛僧孺的《玄怪录》中有一段"宝应象棋"的记述,从记述象棋中出现的王、军师、马、象、车、兵六种棋子来看,与现代象棋已十分相似。直到今天,日本仍有人把中国象棋称为"宝应象棋"。宋元时期,象棋完全定型,成为雅俗共赏并广为普及的一种棋类活动。元曲描写了深受百姓喜爱的象棋游戏。无名氏南曲小令[南吕·七贤过关]《四时思情》:

> 炎天夏日长,渐觉熏风细。避暑凉亭,闷把阑干倚。游鱼顺水,鸳
> 鸯戏水,鸳鸯本是、本是飞禽性,养杀终须不到奴根底。好难消遣,闷下

① 孔一标点:《诗经楚辞》,上海古籍出版社1998年版,第154页。

几盘棋。强饮消愁酒数杯，一时饮得醺醺醉。尤恐灯昏郎未归，瑶琴再理，知音有几？欲抚相思调，叶满池塘夏至时。

在一个炎炎夏日，女主人公百无聊赖，只好用下棋解闷。可见象棋在元代的风靡。尤其是无名氏小令［双调·沉醉东风］《咏象棋》，更是典型地反映了处于乱世的人们特有的游戏精神：

　　两下里排开阵角，小军卒守定沟壕。他那里战马攻，俺架起襄阳炮。有士相来往虚嚣，定策安机紧守着，生把个将军困倒。

襄阳炮，炮名，为回回人亦思马因所造，重一百五十斤，有极大的杀伤力。元军南下攻打襄阳城时用的就是此种炮。此次战役中使用的巨炮给民众留下难以磨灭的印象，遂称棋子中的炮为"襄阳炮"。棋子的这个称谓，留有元代特殊生活的印记，从中可以看出象棋在元代民间也是相当普及的。如今，街头巷尾，河滨柳荫，茶馆棋室，随处可见捉对厮杀者和围观的人群，人们从紧张激烈的"争战"中，使身心得以休息和愉悦。

2.围棋

围棋，因下棋的双方是以棋子布局互相围杀，故称之"围棋"，亦称"坐隐"、"手谈"、"忘忧"、"方圆"、"烂柯"等，是我国传统的体育娱乐棋类游戏，在古代又被列为琴棋书画四艺之一。关于围棋的起源有"尧造围棋，以教丹朱"①说，《大英百科全书》根据这一传说认为围棋诞生于公元前2306年左右，《美国百科全书》则将围棋的诞生定在公元前2300年左右。有"舜作围棋，以教商均"②说，和夏人吴曹作围棋说等。几种说法，虽然不尽可信，但从中可知围棋的历史非常悠久。我们今天说的弈，包括围棋、象棋、军棋等一切棋类。最早弈，专指围棋。《左传·襄公二十五年》记载："今宁子视君，不如弈棋。"③可见春秋时代围棋已相当流行。两晋南北朝时，围棋发展出现一个高潮，并传入朝鲜、日本等周边国家。在国运昌盛的隋唐，围棋得到较大的普及和发展，成为知识分子和贵族阶层的一种主要的智力游

---

① 谭汝为：《民俗文化语汇通论》，天津古籍出版社2004年版，第372页。
② 中国体育博物馆、国家体委文史工作委员会：《中华民族传统体育志》，广西民族出版社1990年版，第634页。
③ 杨伯峻：《春秋左传注》，中华书局1990年版，第1109页。

戏。到宋代，围棋的制局基本定型并至今袭用。围棋在元代也很流行，各种游戏以围棋为首，是当时人心目中最为风流的技艺。关汉卿套数［南吕·一枝花］《不伏老》中自诩为"普天下郎君领袖，盖世界浪子班头"，那是因为他"会围棋，会蹴鞠，会打围，会插科，会歌舞，会吹弹，会咽作，会吟诗，会双陆。"无名氏杂剧《逞风流王焕百花亭》中的风流公子王焕"九流三教事都通，八万四千门尽晓"，该剧第一折云："他便是风流王焕。据此生世上聪明，今时独步。围棋递相，打马投壶。"围棋也是首先被提到的，这说明围棋在当时是十分习见的游戏。

元曲描写围棋很多，有的描写反映了元代知识分子的人生价值取向与心态。如孙叔顺套数［南吕·一枝花］《休官》典型地反映了元代文人被抛入民间后的"入乡随俗"心态和志趣：

> 向林泉选一答儿清幽地，闲时一曲，闷后三杯。柴门草户，茅舍疏篱。守着咱稚子山妻，伴着几个故友相识。每日价笑吟吟谈古论今，闲遥遥游山玩水，乐陶陶下象围棋。

有的描写反映了利用围棋消磨时光、怡养情性的闲散心态。如张可久小令［中吕·红绣鞋］《三衢山中》写出当时许多人向往的"一杯酒，一局棋"的闲散生活：

> 白酒黄柑山郡，短衣瘦马诗人。袖手观棋度青春。

而有的描写则将棋与世局相观连，如鲜于必仁小令［双调·折桂令］《棋》，突出了观棋者的感受：小小棋枰，关河皆现，虽无旌旗金鼓，但却关乎着万里江山的安危：

> 烂樵柯石室忘归，足智神谋，妙理仙机。险似隋唐，胜如楚汉，败若梁齐。消日月闲中是非，傲乾坤忙里轻肥。不曳旌旗，寸纸关河，万里安危。

还有的写出了棋趣，如无名氏套数［南吕·一枝花］《棋》：

> 黄金罢酒筹，彩笔停诗兴。青云盈座榻，红日满檐楹。闲展楸枰，初布势求全胜，后分途起战争。保无虞端可藏机，观有衅方堪入境。

> ［梁州］响铮铮交锋递子，密匝匝彼此排兵。王质斧烂腰间柄。机深脱骨，智浅逢征。坚牢正走，取败斜行。势将颓锐意侵陵，局已胜专

保求生。两家持各指鸿沟,几番诈宵奔马陵,数重围夜遁平城。猛听,一声。盘中子落将军令,黑白满势才定。紧紧收拾未见赢,怎敢消停。

[尾声]壮如霸王来扛鼎,险似韩侯出井陉。悬权岂敢轻相应,切勿食饵兵,更休图小成。细看来孙武权谋,其实的细相等。

描写二人对弈,从布局到中盘绞杀再到局终形势定,如兵家用兵,时而行棋舒缓,时而落子紧张,我攻你守,你围我杀,有静有动,生动传神。

在元代,围棋从理论到实践均得到了很大的发展和丰富。元曲对此有很好的反映。其中李文蔚杂剧《破苻坚蒋神灵应》第二折中的"谢安论棋",俨然一部精彩的棋经。该剧取材于东晋淝水之战,写秦国大军压境,谢安向王坦之举荐侄儿谢玄为帅,并同王坦之对弈,叫谢玄观战。谢安一边谈兵法,一边说棋理:一是阐述了围棋的设制和"棋势":围棋棋盘的四角,按四时春夏秋冬设制。上有方圆动静,方者为盘,圆者为子。动者为阳,静者为阴。棋有"一天、二地、三才、四时、五行、六律、七星、八方、九州、十干、十一冬、十二支、十三闰、十四相、十五望、十六松、十七生、十八却、十九朔"十九路。此外有"小巧势、小妙势、小角势、小机势、小屯势"五盘小棋势。棋盘有三百六十路,按一年三百六十日制订。又有"独飞天鹅势,大海求鱼势,蛟龙竞宝势,蝴蝶绕园势,锦鲤化龙势,双鹤朝圣势,黄河九曲势,华岳三峰势,寒灰发焰势,枯木重荣势,彩凤翻身势,游鱼脱网势,虎护山峪势,两狼斗虎势,七熊争霸势,六出岐山势,七擒七纵势,九败章邯势,对面千里势,兔守三穴势,野马跳涧势,批亢捣虚势,三战吕布势,十面埋伏势"二十四盘大棋势。二是论述了对弈时必须注意的十个方面:安详、布置、用机、舍弃、温习、究理、自见、知彼、从心、远意。但是远不可太疏,疏则易断,而近不可太促,促则势微。欲下一子,先观满盘。从初至末,着着当先。追杀,不可太过;妙算,恭心却战;认真,弃少就多。初间布置张罗,次后往来规措。攒三聚五死难移,角盘曲四休疑误,内外相连,周回四顾。三是提出了棋手应具备的心理素质和应有的棋风:首先棋手应气清意美,生智添机,须观紧慢,要见迟疾,外静内动,身定心逸,喜中隐怒,安里藏危。省语者高,强语者低,自强者败,本分者宜。赢了的似那无声之乐,无故生欢,讴歌小令,鼓腹忻然,巧言相戏,冷语相搀,精神抖擞,语话谦谦。而输了的似那无丧之疼,嗟叹哀怜,速速的胆战,紧紧的眉攒,双关里胡撞,死眼里胡填,打劫处胡纽,虎口里胡钻。这些都为下棋者戒。该剧的这些论述,深入浅出,富有哲理,分析精细,反映了当时人们对围棋的爱好和当时的围棋水平。

3.双陆

双陆,又称"握槊"、"长行"。由一长方形棋盘,黑、白棋子各 15 枚和 2 枚骰子组成。棋盘上刻有对等的 12 条竖线;骰子呈六面体,分别刻有从一到六的数值。由于双陆棋子为马头形,故玩双陆又称"打马"。行棋时,通过掷骰子决定棋子的行走。白马从右到左,黑马反之,以先出完马的一方为胜。双陆源于印度,流行于曹魏,盛于南北朝、隋、唐以迄宋、元。据《新唐书·狄仁杰传》载,唐代的武则天酷爱双陆,以致做梦都常梦见自己在与人下双陆。宋代双陆更为普及,酒楼茶馆往往设有双陆盘,可供人们边品茶,边玩双陆。宋末元初人陈元靓的《事林广记》中刻有当时流行的"打双陆图"。1974 年,辽宁法库县叶茂台辽墓出土了一副双陆棋具,其形制与"打双陆图"所绘几无二致。元代时双陆受到当时不同阶层,特别是士人的重视和爱好。据《元史·哈麻传》载:"帝(元顺帝)每即内殿与哈麻以双陆为戏。"[1]由于双陆游戏在元代的流行,因此在元曲中我们也能经常看到对这种游戏的描写。如关汉卿在套数[南吕·一枝花]《不伏老》中,把"会双陆"看成是一种值得炫耀的技艺:

我也会围棋,会蹴鞠,会打围,会插科,会歌舞,会吹弹,会咽作、会吟诗,会双陆。

无名氏杂剧《瘸李岳诗酒玩江亭》第一折牛员外也自诩:

平日之间,好打双陆,下象棋,折牌道字,顶真续麻,无所不通,无般不晓。

郑廷玉杂剧《崔府君断冤家债主》第一折福僧云:

我打了一日双陆,曲的腰节骨还是疼的。

王实甫杂剧《四丞相高会丽春堂》第一折李圭云:

他说道明早叫俺这几个管军的元帅都到香山赏玩,安排筵宴管待

---

[1] (明)宋濂等撰:《元史》,中华书局 1997 年影印本,第 4581 页。

俺。前人赐予我的一领八宝珠衣，明日穿到香山去。我与四丞相不射箭，和他打双陆，将我这八宝珠衣，赌他那锦袍玉带。他必然输与我也。我若赢了他呵，便是我平生之愿。（诗云）我一生好唱曲，弓马原不熟。明日到香山，只与他赌双陆。

可见，元时的双陆游戏，不仅在"管军元帅"、家中颇有资财者或"浪子风流"等人群中流行，在人们的心目中，双陆不仅是汉族文化的象征，而且"会双陆"已作为品评"天下"士人"风流"的标准之一，成了中国境内各民族士人应具备的文化素质和修养。

元曲还有利用双陆游戏的特点，反映社会生活中问题的描写。如张可久小令[越调·寨儿令]《观张氏玉卿双陆》，描写主人公张玉卿厌倦弹奏乐器，而喜欢以双陆消磨光阴的情景：

> 问锦笙，罢瑶筝，花阴半帘春昼永。斗草无情，睡又不成，佳配两相停。手初交弄玉拈冰，步轻挪望月瞻星。双敲象齿鸣，单走马蹄轻。赢，夜宴锦香亭。

无名氏小令[双调·水仙子]《喻双陆》以双陆指人事：

> 风流局面实堪夸，有色教人心爱煞，间深里谁肯轻抛下？等闲时须下马，试将门儿开咱。分付孩儿话，迟疾早到家，休想我半步那差。

"风流局面"、"有色"、"间深里"、"马"、"门儿"、"家"既是双陆中术语，又是男子对女子的口吻。以双陆的对局，比喻男女关系。贴切，口声毕肖，反映了元代市民中趣味低级的一面。

李寿卿杂剧《月明和尚度柳翠》中双陆成为和尚点化俗人的手段。月明和尚通过双陆，对柳翠进行人生的解悟：

> （正末云）柳翠，这个唤做什么？（旦儿云）这个唤做双陆。（正末云）这两块骨头唤做什么？（旦儿云）师父，这个不唤做骨头，这个唤做色数儿。（正末云）我试看咱。一对着六。（旦儿云）师父，不唤做一，叫做幺。（正末云）哦，一不唤做一，唤做幺。我记着，我记着。二对着五，二双属阴，五单属阳，上下是阴阳相对着。三对四，四双属阴，三单属阳，上下也是阴阳相对着。柳翠也，原来这两块骨头上有阴阳之数，岂不是比并着你娘儿两个？

虽然剧中佛门第十六尊罗汉月明和尚本意是借下围棋、打双陆之类游戏点化原为观音菩萨净瓶内的杨柳枝叶,偶污微尘而被罚往人间的杭州名妓柳翠返本还元,所以月明和尚的言语中充满了佛理禅机。但对双陆游戏知识所做的介绍,却让读者对双陆游戏所使用的戏具、游戏的规则等有了一个大致的了解。

关于双陆的玩法,周德清套数[越调·斗鹌鹑]《双陆》描写得比较详细生动:

四角盘中,三十骑里,多少机关,包藏见识。席上风前,花间树底。起斗刚,各论智。盘样新奇,声清韵美。

[紫花儿]月儿对浑如水照,夕儿花有若云生,点儿疏恰似星稀。马儿齐摆下,色儿大休掷。会捻色的便宜,更递马双行休倒提。虽凭色难同使力,递有高低,要识迟疾。

[天净沙]盘中排营寨城池,眼前无弓箭旌旗,心内有刀枪剑戟。局面儿几般形势,似英雄征战相持。

[小桃红]散二似萧何追韩信待回归,众军士傍观立。散三似敬德赶秦王不相离,有叔宝后跟随。百一局似关云长独赴单刀会,败到这其间有几? 赢了的百中无一,输了的似楚霸王刎江湄。

[三台印]两家局安营地,施谋智。似挑军对垒,等破绽用心机,色儿似飞沙走石。汉高皇对敌楚项籍,诸葛亮要擒司马懿。那两个地割鸿沟,这两个兵屯渭水。

[金蕉叶]撒底似孙膑伏兵未起,外划似孙武挑兵教习。五梁似吕望兵临盂水,六梁似吕布遭围下邳。

[含笑花]暗疾,函谷孟尝归,不下鸿门樊哙急。失家如误了吴元济,点颏如跳溪刘备。无梁如火烧曹孟德,撞门如拒水张飞。

[小拜门]把门似临潼会里,跐颏如细柳军围,看诸葛纵擒蜀孟获。两下里,马来回,堪题。

[圣药王]等一掷,心暗喜,并合梁恨不的马都回。恰四六十,又三四七,更幺三一二紧相随,心急马行迟。

[幺]贩了迟,却变疾,头颏卷尽可伤悲。色不随,梁不齐;不甫能

打的个马儿回,他一马走如飞。

[幺]幺五梁没气力,幺四梁终较得,幺三梁道吃了栈羊肥。鞴肚梁破到底,单单梁无用的;二梁谁道不空回,则不破怎支持?

[幺]若论迟,有甚奇,破着呵个打柱驱驰!怕两帖子救一,道两马可当十,巴到家不得马休题,更有截七带去的。

[麻郎儿]到此际人难强嘴,空打的马不停蹄。色不顺那堪性急,焦起来更加错递。

[幺]着的,可知,见疾,当局委实著迷。体惧怯睚他免回,如征战耍加神气。

[络丝娘]怕的是盖着门凳着额又起,村的是把着马揭着头盖底。采到后喝着的都应的,也随邪顺着人意。

[绵答絮]明皇当日,力士跟随,曾拈色数,殢杀杨妃。因呼得四,敕赐穿绯。以色娱人脱布衣,此物扬名出禁闱。疾变迟,迟变为疾;白转红,红转做黑。

[尾]翻云覆雨无碑记,则袖手旁观笑你。休把色儿嗔,宜将世情比。

这里用曲的形式生动形象地描绘了打双陆游戏。在双陆这一游戏失传的今天,使我们对这种已经失传的博戏获得多一点形象认识及对当时人们心态多一些了解,也因此该曲在中国民俗游艺史上是很宝贵的资料。

(四) 节 日 游 戏

1.斗百草

斗百草,简称斗草,也包括斗花,是一项历史悠久,深为妇女、儿童喜爱的以花草树叶之类为比赛对象的民间游戏。它源自古人的药草观念。有研究认为,斗草的起源与我国的中药事业发展有关,人们三五成群到深山老林采回各种草药以后,就总要互相比比:看谁采的花草多,谁的花草知识丰富,于是就出现了别开生面的斗草游戏。① 斗百草的时间,一般是在清明到端

---

① 小艺兵:《抚尘覆斗草尽日乐嘻嘻——漫话我国古代民间斗草游戏》,《中州古今》1998 年第 3 期。

午之间。其玩法大致有三种。第一种是斗草的韧性,多为儿童所喜爱。北京故宫博物院藏《群婴斗草图》就是这种玩法:比赛双方先各自采摘具有一定韧性的草(或花),如车前草等,然后相互交叉成"十"字状并各自用劲拉扯,以不断者为胜。第二种是比花草的质量,看谁采集的花草好,以少见、名贵、吉祥者为上。第三种是对花草名,多适合于有一定花草知识的上层社会文人阶层。曹雪芹《红楼梦》第六十二回《憨湘云醉眠芍药裀,呆香菱情解石榴裙》中有一段以对花草名来斗草的游戏描写,很是精彩:

> 外面小螺和香菱、芳官、蕊官、藕官、荳官等四五个人,都满园中顽了一回,大家采了些花草来兜着,坐在花草堆中斗草。这一个说:"我有观音柳。"那一个说:"我有罗汉松。"那一个又说:"我有君子竹。"这一个又说:"我有美人蕉。"这个又说:"我有星星翠。"那个又说:"我有月月红。"这个又说:"我有《牡丹亭》上的牡丹花。"那个又说:"我有《琵琶记》里的枇杷果。"荳官便说:"我有姐妹花。"众人没了,香菱便说:"我有夫妻蕙。"荳官说:"从没听见有个夫妻蕙。"香菱道:"一箭一花为兰,一箭数花为蕙。凡蕙有两枝,上下结花者为兄弟蕙,有并头结花者为夫妻蕙。我这枝并头的,怎么不是。"①

由此可见,斗草完全是寓教于乐,玩法虽然不算高深,但也很需要一点文化教养和花草知识,通过斗草,既可以增长人们的植物知识,增进人们对大自然的了解和热爱,同时,各类花草也丰富了人们的生活,可以达到娱乐消遣的目的,因而为历代人们所喜爱。更为重要的是斗草斗花,其实也是女子自己在比美。女人如花,自古皆然,百花的鲜奇和女子自身的美貌争妍斗艳,百草的柔韧和女子们的婀娜多姿相映成趣。借斗草斗花之名,女子向彼此传递着自己的美貌,传递着自己的聪慧,她们内心里也渴望过往的男子能够驻足,能够注意到自己,使自己能够在这短短几天逍遥自在的日子里找到可以终身停泊的港湾。在元代斗草仍然十分盛行。每年二月,大都的"官员、士庶妇人女子,多游南城,爱其风日清美而往之,名曰踏青斗草。"②元曲

---

① (清)曹雪芹:《红楼梦》,人民文学出版社1992年版,第521页。
② (元)熊梦祥:《析津志辑佚》,北京图书馆善本组辑,北京古籍出版社1983年版,第216页。

中斗草游戏的描写清新活泼,富有生活气息,如刘时中小令[双调·水仙操并引]:"浅绛雪缄桃萼,嫩黄金搓柳丝,风流煞斗草的西施。"张可久小令[越调·寨儿令]《失题》:"斗草踏青,语燕啼莺,引动俏魂灵。"马彦良套数[南吕·一枝花]《春雨》:"游春客怎把芳寻,斗巧女难将翠拾。"徐再思小令[南吕·阅金经]:"一捻瘦香杨柳腰。娇,殢人教斗草。"贾仲明杂剧《铁拐李度金童玉女》第二折:"佳人斗草,公子妆幺。"无名氏小令[仙吕·那吒令过鹊踏枝寄生草]:"喜孜孜寻芳斗草,笑吟吟南陌西郊。"无名氏小令[双调·雁儿落过得胜令]《指甲》:"宜将斗草寻,宜把花枝浸。"无名氏套数[南吕·一枝花]《春雪》:"担阁了闺院女西园斗草,误了你也富贵郎南陌东郊。"关汉卿杂剧《诈妮子调风月》第二折:"年例寒食,邻姬每斗来邀会,去年时没人将我拘管收拾。打秋千,闲斗草,直到个昏天黑地。"贾仲明杂剧《萧淑兰情寄菩萨蛮》第三折萧淑兰道:"嫂嫂待将咱病审,我无语似害淋。是前日打秋千斗草处无拘禁,脱衣时敢被风侵。"李唐宾杂剧《李云英风送梧桐叶》第三折:"九龙池玉环斗草。"岳伯川残剧《罗公远梦断杨贵妃》:"三月三龙池斗草。"无名氏套数[正宫·汲沙尾南]《四景》:"踏青载酒吟诗赋,斗草藏阄云锦乡。"明媚的春光中,少女们斗草的翩翩倩影,使这个节日充满了诗情画意。

2. 荡秋千

荡秋千,又称"伴仙之戏",是我国古代妇女、儿童喜爱的一项传统游戏。秋千的起源,众说不一。有说齐桓公征讨山戎(中国古代民族,生活在今河北北部一带)时,见山戎人手握树藤在林间悠来荡去,十分敏捷,于是便把这种活动带回了中原。有说起源于汉武帝时,后宫嫔妃为祝愿汉武帝有千秋之寿玩的一种游戏,原来叫千秋,后来被人们误传为秋千。由于秋千设备简单,两根树桩,一根绳索,就组成一个简易的秋千。有时自己荡,更多时有人在后面推。那秋千忽儿把你送上高高的蓝天,忽儿又把你带回到地面。坐在秋千上,仰望蓝天上的白云,自己仿佛变成了一只小鸟,在蓝天上自由地飞翔,在白云上随意地穿梭。那种飞翔起来的感觉、那份悠然自得和无拘无束的快乐,真的难于用语言来表达。故而深受人们的喜爱,很快在各地流行起来。汉代以后,秋千逐渐成为清明、端午等节日进行的民间体育游戏活动。在元代,城乡很多家庭的院子里都设有秋千架,元曲记写了这一情景,如白朴小令[越调·天净沙]《春》:"杨柳秋千院中。"吴仁卿小令[南吕·金字经]《道情》:"海棠秋千架,洛阳官宦家,燕子堂深竹映纱。"曾瑞小令[中吕·喜春来]《遣兴·春》:"云鬟雾鬓秋千院,翠袖绀裙鼓吹船,锦屏花帐六桥边。"滕斌小令[中吕·普天乐]:"院宇深,秋千系。"王伯成套数[越调·斗鹌鹑]:"竹坞人家傍小溪,彩绳高系。"秋千多架设于庭院,原因主要有三。一是元代打秋千极为盛行,成为春日几乎不可或缺的运动,民众的喜好导致秋千需求量的增加,而庭院场地平坦,空间较大,是架秋千比较理想的场地;二是与古代社会女性生活特点有关。妇女是打秋千的主要参与者,但在古代社会,上层社会女性外出活动受到较多的限制,她们的生活空间主要就是封闭性很强的家,秋千设在庭院是既不能让女子出门而又要满足她们打秋千愿望的必然选择。三是秋千成为城市居民家庭院落中的常备设施,是城市经济繁荣与发达的体现。当然在游乐场所设有秋千架,更是常见之事。如西湖曾在清明寒食节设有二百处的秋千架,"恰寒食有二百处秋千架,对人娇杏花,扑人飞柳花,迎人笑桃花。"①可见,秋千在元代的普及和元代人对秋千的喜爱程度。

元代盛行秋千运动,元曲中反映得更加生动。如关汉卿的两曲小令[双调·碧玉箫]活画出少女们打秋千的情景:

> 红袖轻揎,玉笋挽秋千。画板高悬,仙子坠云轩。额残了翡翠钿,鬘松了荷叶偏。花径边,笑捻春罗扇。搧,玉腕鸣黄金钏。

> 笑语喧哗,墙内甚人家?度柳穿花,院后那娇娃。媚孜孜整绛纱,颤巍巍插翠花。可喜煞,巧笔难描画。他,困倚在秋千架。

第一曲描写一个丽装少女荡秋千的风姿。脚踏画板荡起秋千,高耸入云,好像仙女在云雾中行走;停下后,在花径边,微笑着轻舞春罗扇,随着手臂的晃动,手腕上的黄金钏叮当作响,写出少女的活泼可爱。第二曲写了三个场景,第一场景:一群"度柳穿花"的少女一边跑着一边说说笑笑,喧哗不止。这是群像的概括描写;第二场景:一个小女在整理纱巾,头上插一支颤

---

① 白朴小令[双调·庆东原]。

巍巍的翠花,她那娇媚的姿态,使作者惊叹"巧笔难描画";第三场景:另一个少女,打秋千累了,"困倚在秋千架"。三个场景动态美与静态美结合,构成一幅令人喜爱的娇娃嬉戏图。

荡秋千之所以深受人们喜爱,因为它是一种情趣盎然的游戏,在明媚的春日里,年轻女子荡秋千的倩影元曲中随处可见:"闹花边,簇队仙。送起秋千,笑语如莺燕"①。"清明禁烟,雨过郊原,三四株溪边杏桃,一两处墙里秋千。隐隐的如闻管弦,却原来是流水溅溅"②。张可久的四首秋千曲宛如四幅荡秋千的风俗画,清新而迷人:

> 窥帘□语喧阗,避人体态婵娟,门外金铃吠犬。谁家宅院?杏花墙以秋千。③

> 蔷薇径,芍药阑,莺燕语间关。小雨红芳绽,新晴紫陌干,长日绣窗闲,人立秋千画板。④

> 住管弦,打秋千,花开美人图画展。翠鬟微偏,锦袖轻揎,罗带起翩翩。钏玲珑响亚红绵,汗模糊湿褪花钿。绿烟浓春树底,彩云散夕阳边。天,吹下肉飞仙。⑤

> 担春胜,问酒家,绿杨阴列仙图画。下秋千玉容强似花,汗溶溶借人罗帕。⑥

四曲既写出元代女子对打秋千的喜爱,又写出打秋千人的娇美。每逢寒食节,女子们放下女红,走出闺房,来到明媚的春景中,打起秋千,尽兴玩乐。春光是灿烂的,少女是轻盈的,秋千也是轻盈的。悠悠荡起的秋千衬出少女婀娜的身姿,载着她们银铃般的笑声,如一缕缕轻盈自由的风,在空中划出一道道带给她们整整一季明媚的优美弧线,为我们勾勒出一幅幅佳人荡秋千的风景画。

荡秋千,风情无限。秋千虽老少皆宜,但参与者主要是年轻人,秋千是

---

① 无名氏小令[中吕·迎仙客]《二月》。
② 张养浩小令[中吕·十二月兼尧民歌]《寒食道中》。
③ 张可久小令[越调·天净沙]《书所见》。
④ 张可久小令[商调·梧叶儿]《春日书所见》。
⑤ 张可久小令[越调·寨儿令]《秋千》。
⑥ 张可久小令[双调·落梅风]《春日湖上》。

青春的象征。特别是年轻女子:"深院那人家,戏秋千语笑喧哗。绮罗间簇人如画。玉纤高举,采绳轻掣,画板双踏"①,"四时唯有春无价,尊日月富年华,垂杨影里人如画。锦一攒,绣一堆,在秋千下。语笑忻恰,炒闹喧哗。软红乡,簇定个,小宫娃。彩绳款拈,画板轻踏。微着力,身慢举,拽裙纱。众矜夸,是交加,彩云飞上日边霞。体态轻盈那闲雅,精神羞落树头花"②。荡秋千之所以深受人们喜爱,不仅仅是因为它是一种情趣盎然的游戏,而且是一项强身健体的体育活动。古人认为,荡秋千既可摆疠,除掉疾病,也可"释闺门"③,使深闺妇女得到消遣。在古代社会,女子的理想形象是端庄雅洁的大家闺秀,她们整日躲在闺房,足不出户,娱乐活动少得可怜。只有在节日里,她们才有机会出去游玩,寒食节、清明节正好是春光明媚、杨柳堆烟的季节,在这样的季节里,飘曳多姿的秋千带给女子无尽的遐想,给她们一些难得的放松。她们在荡秋千的活动中放飞精神空间的浪漫,荡出一份绮丽,荡出一个梦想,荡起了一份属于自己的天空。

春风荡起秋千,秋千荡起春风,"惹绿了杨丝"④,冲开了闺门,飘飘荡荡,旋转飞荡到如今。直到现在,秋千仍然盛行不衰,在游乐场、在我国农村的许多地方,秋千还荡漾在孩子们童年的春天。秋千作为一种娱乐游戏,形式简便,运动量不大,时间可长可短,既有益于身体,又能派遣郁闷忧愁,增进身心健康,因而确实是一项寓健身于游戏之中的极好活动。

3.放风筝

风筝,是一种集观赏、娱乐、竞技、健身等多种功用于一身的民间游戏娱乐活动。北方称"纸鸢"、"风鸢",南方称"纸鹞"、"风鹞"。风筝起源于中国,这是目前世界风筝界一致公认的结论。在美国华盛顿国家航空航天博物馆的正厅里就挂着一只中国风筝,风筝的标牌上写着:"人类最早的飞行器是中国的风筝和火箭。"⑤相传早在两千多年前的春秋战国时期,能工巧

---

① 朱庭玉套数[大石调·青杏子]《秋千》。
② 无名氏小令[南吕·骂玉郎过感皇恩采茶歌]《春行即事》。
③ (清)陈梦雷:《古今图书集成·历象汇编·岁功典》卷39,中华书局1985年版,第2122页。
④ 无名氏小令[商调·梧叶儿]《十二月·三月》。
⑤ 梁燕君:《风筝古今谈》,《商品漫画》1995年第4期。

匠鲁班削竹为鹊,成而飞之,三日不下。这种风筝因是用木片制作的被称作"木鸢"。风筝诞生后较长的一段时间里,一直作为战争时通讯和侦探的重要工具,并能带上"火药"用作战争进攻的武器。隋唐时期,纸得到普及,改用纸糊在细竹或木制的骨架上,故有"纸鸢"之名。五代时,大臣李邺又在风筝上安置了一种类似竹笛的装置,放飞时,能发出筝的鸣声,始称为风筝。宋时风筝已经在民间广为流行,张择端的《清明上河图》里就有憨态可掬的孩童手牵风筝的情景。元时,民间放风筝习俗已很普及,风筝的式样逐渐增多,扎制技艺更趋成熟。无名氏小令[双调·水仙子]《喻纸鸢》反映了这种习俗:

> 丝纶长线寄天涯,纵放由咱手内把。纸糊披就里没牵挂。被狂风一任刮,线断在海角天涯。收又收不下,见又不见他,知他流落在谁家?

放风筝是兼有体育锻炼以及比赛技艺(制作技艺与放飞技巧)双重意义的竞技活动。其关键,如该曲所写到的,靠"手内把"的功夫。这首曲子的巧妙处,在于以放纸鸢比喻姻缘、比喻相思,比得贴切。"纸鸢"之所以可以用来比喻姻缘、比喻相思,关键在"线"上,而本曲的主要笔墨,正化在这"线"字上。线是能放飞的纸鸢的重要组成部分。线的一头缚在纸鸢的骨架上,另一头握在放飞者手中,迎风随放手中的线,使之天外高飞。也有为了牢靠起见,以两三股线绳系在鸢身上的。本曲描写的是一个放鸢行家自我夸耀:"丝纶长线"堪达天涯,无论怎样纵放,无论纸鸢飞得多高多远,都摆脱不了放风筝者的把握。由于自信,便对这一"纸糊披"无甚"牵挂"。但情势突然急转直下,一阵狂风,刮断了丝纶长线,由于放得过于遥远,故"收又收不下","见又不见他",最后只落得一声长叹:"知他流落在谁家?"纸鸢的"线"成了姻缘的"线"。线连姻缘在,线断姻缘绝,这正是一种富有民俗意味的比喻,一种流行于民间的婚姻信仰。这首小令表层描写一种民俗游艺,深层又蕴含有这样的一种民俗信仰,洋溢着丰富的民俗意趣。元曲中有很多以纸鸢的"线"比喻姻缘的"线"的描写,如关汉卿杂剧《杜蕊娘智赏金线池》第三折:"看破你传槽病,捆着手分开云雨,腾的似线断风筝。"刘庭信套数[南吕·一枝花]《咏别》:"情深似刀刃剜,愁来似乱箭攒,人去似风筝断",无名氏套数[双调·新水令]"恰似线断风筝,绝鱼雁杳音信"等,都是以风筝的"线"比喻姻缘的"线",相思的"线"。这与我国古代月下老人系红线于男女脚上的传说,"千里姻缘一线牵"的谚语,所表现是一致的。

放风筝在元代人们的观念里除了是一种春日里有益于身心健康的活动外,还有"放晦气"、放秽气的含义。古人认为,风筝一飞冲天预示着一年丰收、万事如意,而且风筝上的哨鸣可以震天地、慑妖魔、保平安。所以,人们多于花红柳绿的清明时节游春放风筝,久而久之,风筝便成为了春回大地、万象更新时不可少的一个风景。美丽的风筝高翔蓝天,给人带来新奇感,带来美的享受,能给人消除疲劳,忘记一切烦忧,使得心情愉快,情趣盎然。很多人放风筝时,还将自己知道的所有灾病都写在风筝上,当风筝放飞空中时,剪断风筝线,让风筝随风飘走,随之把晦气带走。这种说法虽然没有科学依据,但体现了民众的一种纯真质朴、祈求平安幸福的愿望。《红楼梦》中就有放风筝放晦气风俗的生动描写,第七十回《林黛玉重建桃花社,史湘云偶填柳絮词》中有一段林黛玉与众姐妹放风筝的描写,其中李纨对林黛玉说:

> 放风筝图的是这一乐,所以又说放晦气,你更该多放些,把你这病根儿都带了去就好了。①

由于放风筝能放掉晦气,因此别人放过而掉下的风筝,是断不能拾来重放的,以免沾上晦气。《红楼梦》中又记载,紫鹃拾到一个大蝴蝶风筝,喜滋滋的,黛玉一见,赶紧叫道:"知道是谁放晦气的,快掉出去罢。把咱们的拿出来,咱们也放晦气。"②看来放晦气是古已有之的传统,黛玉通过把风筝放走,寓意把病根都放走。其他的人们也把风筝放走意味着把自己的晦气全放掉,放风筝即为放灾,通过"放灾"、"放郁"从心理上获得一种安慰,一种对灾难的规避,一种对吉祥幸福的祈求。关汉卿杂剧《钱大尹智勘绯衣梦》第一折中也是这种习俗的反映:

> (李庆安上,云)自家李庆安的便是。俺当初有钱时,唤俺做李十万家;今日穷暴了,都唤我做叫化李家。在城有王半州和俺父亲指腹成

---

① (清)曹雪芹:《红楼梦》,人民文学出版社1992年版,第587页。
② (清)曹雪芹:《红楼梦》,人民文学出版社1992年版,第586页。

亲来,他见俺穷暴了,他要悔了这门亲事。我是个读书人,量一个媳妇打甚么不紧!我上学去来,一般的学生每笑话我无个风筝儿放,我见父亲走一遭去。可早来到也。我自过去。父亲,您孩儿来家了也。你这哭怎的?(李老儿云)孩儿,我啼哭哩。(李庆安云)父亲为甚么烦恼?(李老儿云)孩儿也,王员外差嬷嬷来,拿着十两银子,一双鞋儿与你穿,蹅断线脚,也就罢了这门亲事。因此上我烦恼也。(李庆安云)父亲,你休烦恼,量这媳妇打甚么不紧!将这鞋儿我穿的上学去。一般的学生每笑话我,道我无个风筝儿放。父亲有银子与我买一个风筝儿放着耍子。(李老儿云)孩儿也,我与你二百钱,你买个风筝儿放耍子去。休要惹事,疾去早来,休着我忧心也!(李庆安云)有了钱也,我买风筝儿去也。

该剧是中国戏曲中最早出现的对风筝的描写。风筝在剧中作为主要的道具贯串始终,并导引剧情步步深入。王员外与李员外指腹成亲,因李员外"穷暴了",王员外便要与其"悔了这门亲事"。李员外的儿子李庆安"是个读书人",觉得"一个媳妇打甚么不紧"!不在意退婚,而对没个风筝放时常受到同学的嘲笑,很是在意,所以对父亲说:"父亲,你休烦恼,量这媳妇打甚么不紧!将这鞋儿我穿的上学去。一般的学生每笑话我,道我无个风筝儿放。父亲有银子与我买一个风筝儿放着耍子。"这一方面说明当时的风筝在社会经济和文化活动中占有相当的地位,放风筝在元代已是一项很普及的游艺活动,尤其是儿童中间一项很普遍的游戏娱乐活动。另一方面说明放风筝"放晦气"的巫术行为在元代依然存在,"买个风筝儿放",会破"烦恼",故"穷暴"了的李员外给了儿子"二百钱",让其"买个风筝儿放耍子去"。由此也可以看出,当时,社会生活中买卖风筝已经是一种商业的行为。

"放晦气"的风俗,不仅我国有,国外也有。如朝鲜在每年风筝节里,人们把自己的苦恼一一写在纸做的飘带上,然后缚在风筝上。当风筝飞上天空后,他们就把放风筝的绳子割断,风筝随风飞走了。人们认为自己的苦恼也随之消灭了。这些情景和《红楼梦》中描写的是完全一致的。

放风筝是有益健康的,因为放风筝一般在春季,气候比较干燥,可以泄内热。放风筝有益于身心健康在我国古籍中早有记载。宋代人李石在《续博物志》中说:"春日放鸢,引丝而上,令儿张口望视,可泄内热。"①这种说法有一定的科学道理。冬天人们长居室内,较少从事室外活动,加上春节期间,补充的营养比较充足,体内积聚大量热量,在春暖花开的季节,人们踏青放风筝,沐浴阳光,舒展筋骨,引颈远眺,极目云天,伴以徐步疾行,令冬天久居室内、内热积聚、气血积郁的人,尽情地呼吸新鲜空气,改善血液循环和加强肺呼吸容量,可起到清除"内热"和吐故纳新的功效。《黄帝内经》记载:"春三月,此谓发陈,天地俱生,万物以荣,夜卧早起,广步于庭,被发缓形,以使志生……此春气之应,养生之道也。"②放风筝主要在田野和广场进行,户外空气新鲜,含氧高,人们翘首仰望风筝,胸部得到自然扩张,完成深呼吸。现在国外已经出现了一种"风筝疗法",经科学研究证明,放风筝对治疗脑血栓、冠心病、高血压、抑郁症、神经衰弱、视力减退、儿童智力不足等有良好的效果。医学研究证明,春天是儿童骨骼生长的高峰期,进行适当的体育锻炼可以促进儿童的生长,现在孩子的学业压力普遍增大,视力普遍渐退,让儿童带着风筝到大自然中去奔跑,不仅可以促进血液循环,呼吸更多的新鲜空气,让孩子在欢声笑语中达到锻炼身体的目的,而且可以提高视力。清朝《帝京岁时纪胜》中说:"风筝在天,以能清目。"③放风筝时眼睛要灵活运动,另外田野绿色遍地,对儿童视力的矫正有一定程度的帮助。

在很多传统游戏失传的今天,风筝从历史中和着春风一路"飞"来,大放异彩,在今天已然成为一项"阳光运动"而受到不少人尤其是很多中老年朋友的青睐,成为人们健身娱乐、休闲交友的载体。尤其是山东潍坊多次举办国际风筝节,使古老的风筝走向了世界。

二、元曲里的演艺民俗

元代的演艺非常兴盛,不仅体现在从元代开始便有了相对固定的勾栏

---

① (宋)李石:《续博物志》卷十,李之亮校,巴蜀书社 1991 年版,第 147 页。
② 冯国超主编:《黄帝内经》1,吉林人民出版社 2005 年版,第 50 页。
③ (清)潘荣陛、富察敦崇等:《帝京岁时纪胜》,北京古籍出版社 1981 年版,第 85 页。

瓦舍游乐场所,而且民间的各种歌舞演艺也表现得空前普及和多姿多彩。胡旋舞、柘枝舞、霓裳舞、天魔舞、舞鹧鸪、村田乐;回回舞、女真舞;傀儡表演、杂技表演、武术表演,处处是"笙歌杳杳"①,时时有"品竹调弦"②;尤其是勃然盛开在13、14世纪世界戏剧巅峰的元杂剧,不仅在演出风格上全面承继了以往的戏曲艺术的表演形式,还将这些风格形式加以融会贯通,在剧情构成、人物安排、内容组织、乐曲选择等多个方面形成了自己独有的艺术特色,使元代的演艺更为多姿多彩地活跃在中国的观演场中,走上了一个崭新的阶段。而且作为世界上独树一帜的戏剧样式,具体而细腻地传递出了一个时代的心理、文化风貌,成为中国戏剧史上、中华文化发展史上乃至世界文化发展史上最为辉煌的篇章之一。

元代演艺之所以兴盛,从元曲描写中归纳,主要有以下几个原因:一是科举的废除粉碎了士人"万般皆下品,唯有读书高"的价值观,迫使士人的思想发生变化,从而使尊信传统经典的文学伦理发生转变。这种文学伦理的转变拉近了士人与现实世界的距离,一直被视为非传统的口语文学杂剧开始盛行。二是元代统治者爱好音乐,常常纵情于声色,上行下效,促进了演艺的发展。三是城市工商业的迅速发展和市民阶层的突然壮大,市民娱乐消费的突起,推进了演艺的繁荣。四是蒙古族等各少数民族带来的刚健纯朴的气息影响了整个时代,也深刻地影响着元代的演艺艺术。五是元代意识形态较之历代儒家礼教的说教与管制显得更为自由与宽松,更有利于演艺的兴盛。元帝国始终奉行包容开放政策,与欧亚非100多个国家和地区建立起贸易关系和文化往来,相互交往通畅而频繁。形形色色的域外文化传播进来,对中国固有思想文化不断产生冲击、碰撞,使得中国文化得到补充、丰富、更新、繁荣,经济发达,宗教兴盛。在这样的社会氛围中,元代演艺业极端发展,不仅演艺活动的内容丰富多彩,而且演艺活动已普遍进入了商业化经营的轨道,初步形成了一个产业。元曲生动地记录勾栏精彩而又美妙的演出,杰出的剧作家,极富创意的演员,还有恣情欢乐的观众,以及演

---

① 周文质套数[大石调·青杏子]《元宵》。
② 李爱山套数[商调·集贤宾]《春日伤别》。

艺活动带给元代人的无数娱乐、震撼和教益,成为元代乃至中华演艺史上珍贵的史料。

（一）表 演 技 艺

由繁华的都市经济支撑起来的瓦舍勾栏,通过市场手段协调运作,将说唱、杂技、舞蹈、傀儡等各种演艺技艺荟萃其中,或自立门户,或同台演出,呈现出以杂剧演出为中心,诸般演艺各显其能、争奇斗艳的表演格局和繁荣局面。

1.杂剧

真正的戏曲,从元杂剧开始①。杂剧在元代遍地开花,无论是在勾栏瓦肆、酒楼茶馆,还是庙宇佛寺,无论是在城市还是在农村,都有杂剧,看杂剧成为元代一种文化时尚。这种表演形式之所以深受市民喜爱,对这个问题的研究,从其诞生之日起,就在中国和世界上没有间断过。归纳学者们的观点,主要是以下四点:一是元代剧作家顺应杂剧商业演出的客观要求,以市民生活为参照系,改造雅文学,俗化题材,以俗化雅,塑造了一系列形象鲜明的穿行于元代社会生存脉搏和生活节奏中的平民形象,全面细致地描写了元代的市井风情、社会问题。通过对市井人群、风情和社会问题的透视,以独特的角度反映了元代社会,通俗而不掩雅地诠释了元代市井,拷问了当时的社会现象和人们的内心,生动地折射出了那个时代的"生活相"。观众从这些"生活相"中发现自己的生存状态和生存心理,从而产生共鸣。二是元杂剧与时俱进。元杂剧是土生土长的草根艺术,杂剧吸收了诸多的表演要素,诸如诸宫调、傀儡、讲史、小说、散乐、相扑、杂技、舞蹈等。一个"杂"字高度概括了元杂剧的世俗性。每部戏要有完整的故事情节,有道德教化作用的思想内涵,有鲜明个性的人物形象,有不同的行当,有优美的唱词,有为表演动作提供的空间等,还有"谑而不虐"的科诨滑稽等,从而成为国人乐观自信的一面镜子。镜子给人的不光是启示,其本身也是自身价值的一种证明。三是元杂剧给观众以强烈的艺术感动。首先是因为文学作品并非对

---

① 王国维:《宋元戏曲史》,百花文艺出版社 2002 年版,第 63 页。

客观社会生活的机械描摹,而是深深地渗透着作家本人对社会生活的情感认识。在此之前,尚没有一种艺术像她那样敢哭、敢怒、敢骂、敢笑,元代的勾栏舞台凝聚的正是这个时代文化的精粹和灵魂。而元杂剧直面人生、惩恶扬善的思想传统,实际上已经给当代戏曲指明了如何发挥其审美教育功能、寻找自己在诸多社会文化中的特殊位置的途径。其次是元杂剧突破了传统文学"温柔敦厚""怨而不怒"的审美风尚,表现出受草原文化影响的豪迈奔放、敢爱敢恨,不受约束的新文化特质,而令观众耳目一新。四是戏剧演出的商业化。元代是一个异族入侵、多灾多难的朝代,也是我国除唐代以外城市最开放、市场最繁荣的朝代。特别是忽必烈执政期间,思想政治相对宽松,道德禁忌比较淡泊。对外的经济开放,对内的淡化礼教,商贸活动极为活跃,城市经济畸形发展,促进了元剧演出的社会化和商业化。戏剧演出商业化,必然导致戏剧演出和创作上的竞争。它一方面带来了杂剧艺术的繁荣,促进了勾栏建筑的改进,培养了一大批杂剧作家和演员。正如李泽厚在《美的历程》中所说:"元代少数民族入主中原造成了经济、文化的倒退,却也创造了文人士大夫阶层与民间文学结合的环境。它的成果就是反映生活、内容丰满的著名的元代杂剧。"①另一方面杂剧艺术的繁荣也带动了其他演艺艺术的兴盛和发展,并在元初形成了一个以杂剧艺术为中心、相关文艺竞相发展的局面。

2.百戏

"百戏"是指一种以杂技、杂耍为主的综合性表演形式,是中国古代从宫廷到民间的一项重要的文化娱乐形态,现今社火中的高跷、舞狮、龙灯、竹马等表演形式,均可视作百戏的遗存形态。在元代演艺活动中,表演者队伍最庞大,内容最丰富,节目最精彩,观众数最多,市场最广大的演艺项目还有百戏,正如无名氏杂剧《冯玉兰夜月泣江舟》第四折清江浦驿官所云:"我做驿宰忒伶俐,吃辛吃苦都不气。接了使客转回来,闲向官厅调百戏。"关于元代的百戏,元曲描写的有蹴鞠、傀儡戏、踏索、飞弹丸、筋斗等,其实,元代百戏内容远不止这些,如上竿、倒立、虫蚁以及形形色色的影戏等,可以说是

---

① 李泽厚:《美的历程》,中国社会科学出版社1984年版,第238页。

数不胜数,凡有一技之长、一术之奇的,皆可占地表演。从元曲描写看,上演的技艺可达百种,尤以以下几种为盛:

(1)傀儡表演

傀儡表演,也就是今天所称的木偶戏,是我国一种古老的民间艺术。傀儡原为古代凶神,因雄壮丑恶而名,最早用于祭丧陪葬,是春秋时代俑殉代替人殉风俗的产物。长沙马王堆汉墓里有不少歌舞俑,河南南阳出土画像砖有戴头盔面具斗虎形象者,即陪葬的草制或木制偶人。汉代以后以歌舞戏表演丧家之乐,渐成娱乐活动,东汉应劭《风俗通义》云:"时京师宾婚嘉会,皆作《魁橦》,酒酣之后,续以挽歌。"①唐宋时,傀儡戏有了长足的发展,尤其是宋代城乡傀儡戏非常盛行,吴自牧《梦粱录》说:"凡傀儡,敷演烟粉、灵怪、铁骑、公案,史书历代君臣将相故事话本,或讲史,或作杂剧,或如崖词。"②依据操纵偶人的技法等不同,可以区分为悬丝、杖头、药发、水傀儡、肉傀儡五种。悬丝傀儡就是提线木偶,用细线系住木偶的头部和四肢,通过提拉线来控制木偶做出动作的表演;杖头傀儡是用木杆连接木偶的四肢进行操纵,演出时用帷幕挡住操纵人,操纵人将木偶举过帷幕进行表演;药发傀儡"是用火药发动作为助推力来帮助木偶动作的"③,或者通过火药来加强艺术效果的表演;水傀儡是一种在水上表演木偶戏技艺的艺术形式;肉傀儡是小孩戴着面具,模拟木偶动作的表演。后来还出现了用三个指头舞弄傀儡的头部或两手的"掌上傀儡",俗称"布袋戏"。正是傀儡戏这种简便灵活、生动活泼的艺术特点,深受人们的喜爱,因此也是元代广受欢迎的表演技艺。元曲中的傀儡戏描写反映的就是这种流行的情况。如无名氏杂剧《神奴儿大闹开封府》楔子中一段描写神奴儿上街玩耍,看见卖的傀儡玩具,便要求带他出来玩的老院公替他买来。俫儿哭科,云:

老院公,我要傀儡儿耍子。(正末云)……我将这傀儡儿杆头疾去买,哥哥你莫得胡行休动侧。

杨景贤杂剧《西游记》第二本第六出《村姑演出》写一位祖居长安城外

---

① (南朝宋)范晔:《后汉书》,中华书局1997年影印本,第3273页。
② (宋)吴自牧:《梦粱录》(外四种),中国商业出版社1982年版,第179页。
③ 廖奔:《中国戏曲史》,上海人民出版社2004年版,第376页。

的庄稼人老张,请同村人胖姑给他"敷演"她看到的为唐僧饯行的场面,其中提到傀儡戏:

> 爷爷好笑哩。一个人儿将几扇门儿,做一个小小的人家儿,一片绸帛儿,妆着一个人,线儿提着木头雕的小人儿。

> [梅花酒]那的他唤做甚傀儡,黑墨线儿提着红白粉儿,妆着人样的东西。飕飕胡哨起,咚咚地鼓声催,一个摩着大旗。

四大画家之一黄公望小令[仙吕·醉中天]《李嵩髑髅纨扇》:

> 没半点皮和肉,有一担苦和愁。傀儡儿还将丝线抽,弄一个小样子把冤家逗。识破个羞那不羞?呆兀自五里已单堠。

无名氏小令[双调·一锭银]:

> 傀儡棚当时火伴,鼓儿笛儿休撺断。

无名氏套数[般涉调·耍孩儿]《拘刷行院》:

> 似线牵傀儡,粉做骷髅。

朱凯杂剧《昊天塔孟良盗骨》第一折:

> 傀儡棚中,鼓笛声送,相搬弄。

张可久小令[越调·寨儿令]《游春即景》:

> 闹竿儿乔傀儡,舰船上小琵琶。

从上可见,元代傀儡戏也很风行。梳理上述例句,元代傀儡戏大致有以下特点:第一,与元代演艺项目一样,木偶戏已经具有娱乐性、商业性的特点。十岁的神奴儿在长街市上闲耍,"要个傀儡儿耍",要"老院公替我买去了"。说明这种傀儡戏不仅是元代的演艺项目,出现在各种演艺活动中,街上演出,有流动性的特点,而且还是当时街市上到处可见的一种儿童喜闻乐见的游戏玩具。木偶戏人作为儿童玩具,在街市上买卖,受到众多儿童的喜爱。这些木偶戏人以玩具的形式影响儿童,成为他们接触木偶戏的第一步,如果一部分儿童因为这种玩具而喜欢木偶戏,那么木偶戏人玩具就为木偶戏培养了后备的观众群体,这样也就在某种程度上促进了木偶戏的传播。第二,提线木偶戏在元代较为流行。杨景贤杂剧《西游记》第二本第六出中胖姑叙说所看到的景象,反映了当时民间悬丝傀儡的发展情况和演出情况:"那的他唤做甚傀儡,黑墨线儿提着红白粉儿,妆着人样的东西"和"线儿提着木头雕的小人儿"表明元代提线木偶用木材雕刻成偶头,用黑墨线作为提线的。由"一片绸帛儿,妆着一个人"和"黑墨线儿提着红白粉儿"看,当时的提线木偶已经开始用粉彩来刻画人物的脸部形象,并穿着绸帛制作的衣服。作者通过胖姑用调笑口吻叙述在盛大的社火活动中的提线木偶表演,说明提线木偶是当时比较流行的偶戏形式。第三,元代的傀儡戏演出场所很多。傀儡戏在元代深受市民的喜爱。千街万巷,每一坊巷口,都有傀儡棚。元代诗词中关于木偶戏表演的描述,如元朝僧人圆至《元夕观傀儡》诗:"锦裆丛里斗腰支,记得京城此夕时。一曲《太平钱》舞罢,六街人唱看灯词。"①可与元曲傀儡戏描写对读。《太平钱》诗描写的是元代都城中繁华的街市上的木偶戏演出情况,是南戏剧目,将它搬上只有方寸之地的偶戏舞台,正表明这个艺术样式不让大戏的气魄,和它游刃有余地驾驭故事情节的艺术表现力。这种个性和自信使偶戏一直不曾离开民间这块艺术土壤,成为民众生活中不可缺少的艺术元素。②

(2)杂技表演

杂技,亦作"杂伎",是一门充分展示人体技巧高、难、险和新、奇、美的表演艺术。杂技的内容丰富,形成多样,种类繁多。狭义的杂技主要包括蹬技、手技、顶技、踩技、车技、柔术(软功)、爬竿、走索(硬钢丝、软钢丝、绳索等)等;广义的杂技,除包含狭义杂技项目外,还包括口技、魔术、驯兽、滑稽表演等。元曲中杂技艺术的描写,主要有口技、魔术、筋斗等。研究元曲中杂技艺术的描写,不仅对研究元曲的艺术特色有意义,并且透过如此数量众多的杂技场面描写,也可以让我们从另一个侧面认识元代历史的本来面目。

口技是民间的表演技艺,是杂技的一种。古代的口技实际上是一种仿声艺术。表演者用口摹仿各种声音,能使听的人产生一种身临其境的感觉,是我国文化艺术的宝贵遗产之一。口技正式成为表演艺术不晚于宋代,宋时常演的节目是《百禽鸣叫》,人工模仿画眉、百灵、布谷、杜鹃等不同鸟类的声音。在帝王、太后的生日宴会上,第一个节目就是表演口技。孟元老

① 于石编:《中国传统节日诗词三百首》,广东人民出版社 2004 年版,第 69 页。
② 王馗:《偶戏》,中国社会出版社 2008 年版,第 24—25 页。

《东京梦华录》载："乐未作,集英殿山楼上教坊乐人效百禽鸣,内外肃然,止闻半空和鸣,若鸾凤翔集。"①1958 年在河南省偃师县酒流沟水库西侧宋墓中出土的杂剧雕砖,也完整地记录了宋杂剧中"效百禽鸣伎艺作场"的表演形态。该雕砖共三块雕五人,第一块砖雕一人,似在介绍剧情;第二块雕二人,右方的人头戴展角幞头,身穿宽袖长袍,左手持笏,右手置笏上;左方的人戴东坡巾,穿圆领窄袖长袍,腰束带,右手持一印匣,左手指对方,似在对话;第三块亦雕二人,左边的人面目怪异,所戴幞头脚展如飞翅,顶部有二物上指如角,宽衫束带,敞胸露腹,脚绑行裹,左手举一鸟笼,右手正指笼中之鸟,面向右边的人说白;右边的人鼻特大,戴软巾诨裹,穿短褐,腰束布带,小腿裸露,面斜向左边的演员和他手中的鸟笼,左手抚带,右手的拇指和食指置口中,正对着笼中之鸟打口哨。② 可以断定,第三块砖二人全神贯注地表演,右边人的吹奏口哨和左边的人夸张应和,明显是想利用模仿鸟叫来逗引鸟儿开口,以期创造人鸟和鸣、人鸟对语的舞台境界。③ 马致远套数[般涉调·哨遍]为我们诠释了这一舞台情景的审美内涵:

[三]有一片冻不死衣,有一口饿不死食。贫无烦恼知闲贵,譬如风浪乘舟去,争似田园拂袖归?本不爱争名利。嫌贫污耳,与鸟忘机。

[尾]喜天阴唤锦鸠,爱花香哨画眉。伴露荷中烟柳外风蒲内,绿头鸭黄莺儿啤七七。

其中的"唤锦鸠"、"哨画眉",指的就是模仿鸟叫的口哨,其目的是以人的口哨逗引锦鸠、画眉鸣叫,以达到人鸟和鸣,"与鸟忘机"的审美效果。

元代戏剧舞台上也经常出现口技类的表演项目。如马致远杂剧《破幽梦孤雁汉宫秋》第四折的"雁叫科",白朴杂剧《裴少俊墙头马上》第四折[中吕·粉蝶儿]曲间的"内做鸟鸣科",刘君锡杂剧《庞居士误放来生债》第一折中的"打五更做鸡鸣科",王晔杂剧《桃花女破法嫁周公》第二折的"内鸡鸣科",无名氏杂剧《冯玉兰夜月泣江舟》第一折[赚煞]的"内做鸡叫科";关汉卿杂剧《感天动地窦娥冤》第三折的"内做风科"等。元杂剧中的

_____

① （宋）孟元老:《东京梦华录》(外四种),中国商业出版社 1982 年版,第 58 页。

② 徐萍芳:《宋代的杂剧砖雕》,《文物》1960 年第 5 期。

③ 张应斌:《口哨与杂剧》,《山西师范大学学报》(社会科学版)2005 年第 2 期。

这些配合剧情的需要所制造的舞台效果,诸如禽鸟、牲畜的叫声,大自然中的风声、雷声、雨声等,对渲染戏剧气氛,抒发人物感情,推进情节发展有重要作用。

叫声,又称吟叫或叫果子,也属于口技一类,是模拟卖物小贩的叫卖声,运用当时作曲手法而创造出来的一种歌曲形式。叫声对元杂剧的影响更为鲜明。无名氏杂剧《逞风流王焕百花亭》第三折中风流子弟王焕为和他相爱的贺怜怜相见,学叫卖查梨条:

> (正末提查梨条从古门叫上,云)查梨条卖也!查梨条卖也!才离瓦市,恰出茶房,迅指转过翠红乡,回头便入莺花寨。须记的京城古本老郊传流。这果是家园制造,道地收来也。有福州府甜津津、香喷喷、红馥馥、带浆儿新剥的圆眼荔枝,也有平江路酸溜溜、凉荫荫、美甘甘、连叶儿整下的黄橙绿橘,也有松阳县软柔柔、白璞璞、蜜煎煎、带粉儿压扁的凝霜柿饼,也有婺州府脆松松、鲜润润、明晃晃、拌糖儿捏就的龙缠枣头,也有蜜和成、糖制就、细切的新建姜丝,也有日晒皱、风吹干、去壳的高邮菱米,也有黑的黑、红的红、魏郡收来的指顶大瓜子,也有酸不酸、甜不甜、宣城贩到的得法软梨条。俺也说不尽果品多般,略铺陈眼前数种。香闺绣阁风流的美女佳人,大厦高堂俏绰的郎君子弟,非夸大口,敢卖虚名,试尝管别,吃着再买。查梨条卖也,查梨条卖也。

叫唱抑扬顿挫,悦耳动听,令人神往。元杂剧中[叫声]曲牌使用很频繁。如白朴的《唐明皇秋夜梧桐雨》,孟汉卿的《张孔目智勘魔合罗》,马致远的《江州司马青衫泪》、《破幽梦孤雁汉宫秋》,吴昌龄的《张天师断风花雪月》、《花间四友东坡梦》,秦简夫的《东堂老劝破家子弟》,李文蔚杂剧《同乐院燕青博鱼》等剧作中都曾使用。说明[叫声]曲牌深得艺人和剧作家的喜爱。

与"叫声"相似的,还有"货郎儿"。"货郎儿"也是一种由商贩叫卖货物而形成的说唱形式。"货郎儿"一词,在宋元时期有三种涵义,一是一种职业名称,二是一种曲调名称,三是一种说唱技艺的种类。"货郎儿"曲调的产生与[叫声]的产生有相似之处。为了招揽顾客,走街串巷的小商贩们,一边摇着拨浪鼓,一边将所卖商品的名称、产地、特点和功用等用悦耳动听的语言唱喝出来。这种叫卖声,经过进一步的加工,变成了歌词,并配以一定的节奏和旋律,最终固定成了[货郎儿]曲调。如杨显之杂剧《临江驿潇湘秋夜雨》第四折、朱凯杂剧《刘玄德醉走黄鹤楼》第二折中出现的[货郎儿]曲牌。早期的[货郎儿]只有一支曲子,比较单调质朴,经过艺人的不断加工,出现了[转调货郎儿]。它是将[货郎儿]曲调首尾分开,中间插入其他音律相近的曲牌。后来艺人们将更多的曲牌插入[货郎儿]中,派生出各种不同类型的[转调货郎儿]。这些[转调货郎儿]进一步组合,就出现了[三转货郎儿]和[九转货郎儿]等大型套数。无名氏杂剧《风雨像生货郎旦》第四折就采用了一套[九转货郎儿]。[九转货郎儿]由一支"货郎儿"和八支不同的[转调货郎儿]组成,这使得整套数既回环往复,又变化多端,在元曲曲调中别具特色,具有很强的表现力。

幻术,即魔术,也叫变戏法。幻术最初源于民间戏法,表演者通常应用道具和手法给观众以惊险刺激,所以深受人们的喜爱,是百姓休闲、娱乐时的一种重要观赏性活动。幻术在我国历史上源远流长,早在西周时期已有戏法表演。东晋王嘉《拾遗记》载:"(周成王)七年,南陲之南,有扶娄之国。其人善能机巧变化,易形改服,大则兴云起雾,小则入于纤毫之中。"[①]至汉代,幻术成为"百戏"中的一个节目,宋元瓦舍勾栏众技表演中仍然有幻术一项。范康杂剧《陈季卿误上竹叶舟》第一折吕洞宾做取竹叶粘壁上科,唱:

> 你觑这渺渺沧波一叶芦。(云)疾!秀才,兀的不是一只船了也?(陈季卿云)恰才是一片竹叶儿,粘在壁上,怎么就变成了一只船?可也奇怪。……(惠安云)好奇事也!恰才这一个风魔道士,将一片竹叶粘在壁上,变做小小的一只船儿,倒也好个戏法。

无名氏杂剧《瘸李岳诗酒玩江亭》第二折铁拐李云:

> 你见那枯树么?牛员外云:我见。铁拐李云:疾!花开烂熳,春景融和,赏花饮酒。牛员外云:阿、阿!努嘴儿了,放嫩叶了。阿、阿!打骨朵了。阿、阿!开花儿了。你看那桃红柳绿,梨花白,杏花红,芍药

---

①　王根林等校点:《汉魏六朝笔记小说大观》,上海古籍出版社 1999 年版,第 506 页。

紫,荼蘼淡,牡丹浓,山茶绽,腊梅开,杜鹃啼,流莺语,春景融和,百花烂熳,阿约!好花木,好花木!

一芦叶粘在壁上变成一只船;瞬间枯树而为好花木,都是既古老又年轻的幻术表演。说明幻术技艺也被元代戏曲吸收。

筋斗是古代常见的技艺,亦作斤斗、跟斗、金斗。早在汉代百戏中便有筋斗的表演,如出土的西汉乐舞陶俑中,就有"拿顶"、"下腰"的表演姿态。在唐代,据崔令钦《教坊记》所记,梨园教坊中已有筋斗裴承恩家,可见其时在梨园中筋斗已别有门类,也可能与舞、戏发生关系。在宋代百戏中,筋斗也是常见的表演节目,如孟元老《东京梦华录》卷七《驾登宝津楼诸军呈百戏》记:"次一红巾者,手执两白旗子,跳跃旋风而舞,谓之'扑旗子'。及上竿、打筋斗之类讫。"①吴自牧《梦粱录》卷二十《百戏伎艺》:"百戏踢弄家……兼之百戏,能打筋斗、踢拳、踏跷、上索、打交辊、脱索、索上担水、索上走装神鬼、舞判官、斫刀蛮牌、过刀门、过圈子等。"②筋斗也是元代戏剧舞台上经常出现的表演形式。如李好古杂剧《沙门岛张生煮海》第三折行者云:"俺趁他开口之时,只一个筋斗,早打到他肚里了。……我就着这屁迸裂一个筋斗,直打到石佛寺里,方才逃得一条性命。"杨景贤杂剧《西游记》第三本第十出《收孙演咒》中唐僧救孙行者后,有"行者做筋斗下来,拜谢科"。同剧第五本第十九出《铁扇凶威》有孙行者与铁扇公主打斗的场面:"(做战科)(公主做败走科,云)这胡孙神通广大,我赢他不得。将法宝来……(做扇科)(行者做一筋斗下)。"高文秀杂剧《刘玄德独赴襄阳会》第一折蒯越云:"我打的筋斗,他调的百戏。"李文蔚杂剧《同乐院燕青博鱼》第二折[金盏儿]曲内有"杨衙内打筋斗科"等。

与筋斗同类的是"扑旗子"。高安道套数[般涉调·哨遍]《嗓淡行院》有"扑红旗裹着惯老",是表演"扑旗子"的实例。"扑旗子"是宋代"扑旗子"承继,孟元老《东京梦华录》记载了"扑旗子"的具体形式:表演者"手执两白旗子,跳跃旋风而舞。"③至今戏曲舞蹈中还有"扑旗子"这个术语和舞

---

① (宋)孟元老:《东京梦华录》(外四种),中国商业出版社1982年版,第47页。

② (宋)吴自牧:《梦粱录》(外四种),中国商业出版社1982年版,第179页。

③ (宋)孟元老:《东京梦华录》(外四种),中国商业出版社1982年版,第47页。

蹈技巧。

此外还有适于表现两军交战时的"摆阵子"、"打阵子",如关汉卿杂剧《尉迟恭单鞭夺槊》第三折:"(单雄信云)那里走将这个卖炭的来?这厮划马单鞭?量你何足道哉!(尉迟云)单雄信休得无礼!(做调阵科)"又如郑光祖杂剧《虎牢关三战吕布》楔子:"(卒子云)你怎么不做大?怎么与他做孙子?(孙坚云)你那里知道,常赢了便好,若输了呵,拿住要杀,他便饶了,道:'是我孙子哩!'(卒子云)他也杀了。(做调阵科)"再如无名氏杂剧《小尉迟将斗将认父归朝》第三折:"雁翅张,鱼鳞砌,列寨栅,攒军队。齐臻臻排开阵势。则听的悠悠的画角吹,冬冬的花腔鼓击。小可的见了肝胆碎,便英雄怕不魂魄飞:都是些沉点点鞭简挝锤,明晃晃枪刀剑戟。(做调阵子科)"尚仲贤杂剧《洞庭湖柳毅传书》第二折写钱塘君与泾河小龙作战,就有"水卒,一字儿摆开者"。在无名氏杂剧《庞涓夜走马陵道》第一折中,孙膑摆的阵法更为复杂。孙膑先后摆了"一字长蛇阵"、"天地三才阵"、"九宫八卦阵"三个阵法。无名氏杂剧《阀阅舞射柳蕤丸记》第三折延寿马与耶律万户对阵,无名氏杂剧《关云长千里独行》第四折关羽斩蔡阳,均有"做调阵子科"的提示。

(3)武打表演

武打表演,在元代戏剧的演出中随处可见。如无名氏杂剧《阀阅舞射柳蕤丸记》第四折:

> (范仲淹云)令人,安排酒肴,与众大人每玩赏端阳,开怀畅饮,然后射柳击球。阶下有轮枪舞剑,耍棍打拳的人,唤几个来筵前遣兴。祗从人,与我唤将那部署来者。(祗从云)理会的。部署安在?(外扮部署领打拳、打棍四人上)(部署云)轮枪舞剑显高强,跌打全凭臂力刚。百艺精通天下少,名播寰区四海扬。自家是本处的部署。时遇五月蕤宾节令,大人在西御园安排筵宴,唤俺去那里跌打耍拳。

在无名氏杂剧《刘千病打独角牛》中的武术表演更多,如第一折刘千与折拆驴的对打表演:

> (正末做脚勾净科了)(折拆驴做跌倒科,云)哎哟!哎哟!这厮好无礼也!我听他说话,他把手上头晃一晃,脚底下则一绊,正跌着我这

哈撒儿骨。兀那厮,你敢和我厮打么?(正末云)打将来。(折折驴做打科)(正末做跌倒折折驴打科)(世不饱云)打将来了,俺两个家去了罢!(同快吃饭下)

在这段剧本中,两次揭示"打科"、"跌倒科",还有一个"脚勾净科"。"科"字是成套的表演,不管打人者或被打者,打得花俏,跌得漂亮都要有好功夫。这出戏的第三折,刘千与独角牛在擂台上一场脱膊厮打,为全剧高潮。它既是宋元以来表演角技性武艺发展的现实反映和艺术运用,也是元明戏曲与武术杂技艺术结合的重要阶段。其他如关汉卿杂剧《尉迟恭单鞭夺槊》以及反映大规模战役的无名氏杂剧《诸葛亮博望烧屯》、郑光祖杂剧《虎牢关三战吕布》等戏中武术表演也不少。演出这类节目,演员要精于朴刀棍棒,擅长翻跌纵跳。如尚仲贤杂剧《汉高皇濯足气英布》第三折"樊哙做扯架子科",同剧第四折"正末扮探子执旗打枪背上"等,都是武术动作。武艺表演与戏曲演出的融合,是元代游戏表演化发展倾向的重要表现,它对传统武术向着程式化、套路化方向的发展有一定的促进作用。

3.乐舞

从元曲看,元代的歌舞活动非常丰富,如宫廷舞中的胡旋舞、柘枝舞、霓裳羽衣、舞判、天魔舞,民间舞中的社火、踏歌、迓鼓、高跷、村田乐,少数民族舞中的回回舞、女真舞,以及戏曲中的舞蹈。这些舞蹈生活气息浓郁,故事内容浅显易懂,有些风格滑稽轻松且规模盛大、场面热闹,成为当时百姓喜闻乐见的娱乐形式。有很多舞蹈节目至今保存,并活跃在当代的舞台上,乡间的庆典中,足见其生命力之强。

(1)宫廷舞蹈

元代宫廷舞蹈,继承宋制并吸收融合金及西夏舞乐,又结合蒙古族等少数民族的生活、信仰、习俗,加以发展,成为具有元代特色的舞乐。如白朴杂剧《唐明皇秋夜梧桐雨》楔子中有安禄山表演的一段"胡旋舞":

(安禄山起,谢云)谢主公不杀之恩。(做跳舞科)(正末云)这是甚么?(安禄山云)这是胡旋舞。(旦云)陛下,这人又矬矮,又会舞旋,留着解闷倒好。

"胡旋舞"是著名的西北少数民族舞蹈,在南北朝时由康居传入我国中

更带着瑶琴音泛,卿呵,你则索出几点琼珠汗。

（旦舞科）（正末唱）

[红芍药]羯鼓声繁,罗袜弓弯,玉佩丁东响珊珊,即渐里舞蝉云鬟。施呈你蜂腰细,燕体翻,作两袖香风拂散。

剧中,唐明皇观舞后的唱词,恰如其分地体现出杨贵妃婀娜多姿、轻柔优美的年轻舞者形象,从中可以看出杨贵妃身着霓裳,身上的玉佩随之叮咚作响,舞动的双袖随风散发出阵阵香气,在羯鼓的伴奏下轻盈作舞。此舞本身并无故事情节,在整个剧中纯属插入性的舞段,但从音乐、舞蹈到服饰都创造出一种美妙的神仙幻境,烘托了舞台气氛,有一定的审美价值和史料价值。

舞判是继承唐代的"舞钟馗"而来的歌舞。舞钟馗实际是唐明皇时代的一种用以治病的舞蹈。宋孟元老《东京梦华录》卷七《驾等宝津楼诸军呈百戏》载"舞判"的场面:"有假面长髯,展裹绿袍靴简,如钟馗像者,傍一人以小锣相招和舞步,谓之'舞判'。"①元曲中也有舞判的描写。如无名氏杂剧《朱砂担滴水浮沤记》第三折中东岳太尉出场时唱的几只曲子,即是借鉴于"舞钟馗"、"舞判"、"变阵子"表演:

（正末扮太尉引判官、小鬼上）（正末云）吾神乃东岳太尉,掌管善恶生死文簿,到森罗殿上对案,走一遭去来。（唱）

[正宫·端正好]我将这带鞓来挽,我把这唐巾按,舞蹁跹两袖风翻。我只见霜林飒飒秋天晚,觉一阵冷气侵霄汉。

[滚绣球]你道为什么森森的透骨寒?却元来是茫茫的云雾繁,遮断著红尘无限,刚则见衰草斑斑,兀的不是地府间、黑水湾?早来到这奈河两岸,兀的不是剑树刀山?两只眼紧把冤魂来觑,一只手轻将他鬼力拦,何处也蹒跚!

[倘秀才]摩弄的这玉带上精光灿烂,拂绰了罗襕上衣纹可便直坦,我与你登涩道七林林过曲栏。我也曾坐观十万里,日赴九千坛,我沉吟了几番。

① （宋）孟元老:《东京梦华录》（外四种）,中国商业出版社 1982 年版,第 47 页。

通过搀軭、按巾、舞袖、弄带、拂衣、穿云破雾、掰开鬼力等一系列舞蹈身段表演，演述了东岳太尉由天庭到地狱、排除万难、为民除害的历程和内心感受，突出了他的威严和正直，与唱念有机融合，富有戏剧性，并被性格化。

天魔舞又称十六天魔舞，是在西域传入的佛曲基础上，吸收胡乐与汉族的声乐以及各民族的舞蹈艺术相互融合而成的元代名舞。据《元史·顺帝本纪》载："（至正四年，1344年）时帝怠于政事，荒于游宴，以宫女三圣奴、妙乐奴、文殊奴等一十六人按舞，名为十六天魔，首垂发数辫，戴象牙佛冠，身被璎珞、大红绡金长短裙、金杂袄、云肩、合袖天衣、绶带鞋袜，各执加巴剌般之器，内一人执铃杵奏乐。又宫女一十一人，练槌髻，勒帕，常服，或用唐帽、窄衫。所奏乐用龙笛、头管、小鼓、筝、纂、琵琶、笙、胡琴、响板、拍板。以宦者长安迭不花管领，遇宫中赞佛，则按舞奏乐。宫官受秘密戒者得入，余不得预。"①根据上述文字可知元代天魔舞的主要特点有四：其一是主演者十六人，还有伴舞、伴唱、伴奏者，其执铃杵者当是指挥或舞蹈班一首。据明叶子奇《草木子》说："其俗有十六天魔舞。盖以朱缨盛饰美女十六人，为佛菩萨相而舞。"②服饰化妆既宝相庄严，又艳丽飘逸。其二是从舞者服装来看，虽非汉装，但又不能说全无汉装衣饰。如由宦官长率领的十一个宫女唐帽、窄衫是汉装。而主演者之发垂数辫，璎珞着身，脚穿皮靴，是蒙古族装扮，至于头戴佛冠，是吸收了西域装饰。③ 其三是元代《天魔舞》不仅舞姿优美，舞蹈的类型也比较复杂，有独舞，双人舞，也有四人以至更多人表演的队舞。张翥写诗生动地描绘了这个舞蹈优美的舞姿："十六天魔女，分行锦绣围。千花织步障，百宝贴仙衣。回雪纷难定，行云不肯归。舞心挑转急，一一欲空飞。"④从张翥的记载可知《天魔舞》的构思精巧，场面构图简练，除直线，圆形场面外，没有其他复杂的变化。用的是"大甩手迈步"，八人一列，分行出场，由直线构图转成圆圈。舞步富于变化，动作幅度开阔，舞者疾骤扭动，由缓转急，由急转缓，变化无穷。一忽如春风吹皱一池春水；慢慢又

---

① （明）宋濂等撰：《元史》，中华书局1997年影印本，第918—919页。

② （明）叶子奇：《草木子》，中华书局1959年版，第65页。

③ 洪用斌、方如金：《元代的天魔舞》，《内蒙古社会科学》（汉文版）1981年第1期。

④ （元）柯九思等：《辽金元宫词》，北京古籍出版社1988年版，第96页。

变成惊涛骇浪;一忽儿如天女散花,落英缤纷;转瞬间如行云流水,一泻万里。其四是元代天魔舞所用的乐器主要有龙笛、头管、小鼓、筝、篆、琵琶、笙、胡琴、响板、拍板等。其五是此舞具有密宗色彩,即便是宫中官员也不可轻易观看。可是后来还是流行于民间,甚至被杂剧所吸收。如无名氏杂剧《二郎神醉射锁魔镜》第一折:"(末云)你诸神将随意歌舞一回,劝俺哥哥一杯。(众作歌舞劝酒科)(二郎云)酒够了也。(末云)你四魔女何不作天魔队舞,也来劝俺哥哥一钟(魔女做歌舞劝酒科)。"贾仲明杂剧《铁拐李度金童玉女》第一折金安寿云:"着我那歌儿舞女过来。(扮歌儿引细乐上,舞科)。"同剧第四折:"(金母云)金童玉女,您离瑶池多时,你则知您女直家会歌舞,可着俺八仙舞一会你看。(八仙上,歌舞科)。"史九散人杂剧《老庄周一枕胡蝶梦》第一折:"(生云)我又醉了。(睡科)(胡蝶仙子上)(舞一折下)"。岳伯川杂剧《吕洞宾度铁拐李岳》第四折:"(众仙队子上,奏乐科)(吕洞宾云)众仙长都来了也,李岳,跟我朝元去来。"乔吉杂剧《杜牧之诗酒扬州梦》楔子:"(张太守云)学士,自古道:筵前无乐,不成欢乐……好好,你歌舞一回,伏侍相公咱。(旦歌舞科)。"郑廷玉杂剧《包待制智勘后庭花》第二折正末李顺云:"我来到巷里舞一回咱。(唱)自歌自舞。"吴昌龄杂剧《花间四友东坡梦》第一折:"(东坡云)吾兄请了。(行者唱、舞科)"。无名氏杂剧《阀阅舞射柳蕤丸记》第四折范仲淹云:"今日庆设筵宴,犒劳功臣,一壁厢歌儿舞女,大吹大擂,庆赏太平筵席,一壁厢动乐者。(外动乐器舞科)。"这些表演,或是独舞,或是双人舞,或是群舞。虽没有提示是哪种舞蹈形式,但从剧情、开展冲突、揭示情境、塑造人物、表达主题来推知,应是天魔舞形式的仙舞。《元典章》有这样的禁令:"今后不拣甚么人,《十六天魔》休唱者,杂剧里休做者。"①由中央政府专门为此颁布禁令,说明天魔舞在市井中的流播通过杂剧已是相当广远了。

(2)民间舞蹈

民间舞蹈内容丰富,地域性强,独具特色,各种舞蹈,如一朵朵绚丽的奇葩,香飘久远。元曲记写的民间舞蹈很多,如迓鼓舞,无名氏套数[越调·

---

① 《元典章》,中国书店 1990 年《海王邨古籍丛刊》影印本,第 821 页。

斗鹌鹑]《元宵》：

> 元夜值,风景奇。闹穰穰的迓鼓喧天,明晃晃的金莲遍地。

张可久小令[双调·折桂令]《幽居次韵》：

> 石帆山下吾庐,秋水纶竿,落日巾车。长啸归欤,梅惊花谢,柳笑眉
> 舒。撺断著小丫鬟舞元宵迓鼓,摸索著大肚皮装村酒葫芦。冷落琴书,
> 结好樵渔,是有红尘,不到幽居。

迓鼓是一种以自娱为主的纯农民式的鼓乐舞。河北磁县的北魏墓葬中
曾出土一批古代军士打扮的击鼓俑。这说明早在一千四百年前的北魏时
期,我国北方地区的军队中就有了迓鼓。迓鼓之名有两种含义:一是这种鼓
乐主要用于迎送仪式。在古代军队中,用于迎送贵宾及凯旋庆典;在民间则
用于迎神、送神、求雨等风俗仪式及节日庆典活动。二是有“行进中演奏”
之意。由于迓鼓中用的大扁鼓是用布带挎在肩上或绑在腰前演奏的,因此
可以在行进中演奏,民间称为“走街鼓”。这是迓鼓与其他民间鼓乐的主要
区别。

竹马戏,如张可久小令[双调·折桂令]《崔闲斋元帅席上》：

> 绣帘开语燕呢喃,柳眼青娇,杏脸红酣。春日迟迟,香风淡淡,相府
> 潭潭。环粉黛犀梳玉簪,引儿孙竹马青衫。坐客江南,妙舞清歌,阔论
> 高谈。

张可久小令[双调·折桂令]《肃斋赵使君致仕归》：

> 杏花村酒满葫芦,记竹马相迎,郊外先驱。清献家风,渊明归兴,尽
> 自欢娱。

竹马,又称竹马灯、竹马子、打布马等,是孩子们喜爱的一项游戏活动,
后来演变为一种活泼健康、富于浓郁乡土味的民间舞蹈。骑竹马作为一种
儿童游戏,最迟在汉代已十分流行,据《后汉书·郭伋传》载,郭伋,字细侯,
扶风茂陵(今陕西兴平东北)人。他不仅是拥有治乱安邦本领的良吏,又是
能替老百姓办实事、得民心的正气官。从建武四年(28)起,相继做过中山、
渔阳、颍州三地太守。当时的渔阳(治所在今北京密云)混乱不堪,“寇贼充
斥”,他一到任,即“示以信赏,纠戮渠帅,盗贼销散”,那些外来侵略的匈奴,
也“畏惮远迹,不敢复入塞”,以致“民得安业。在职五岁,户口增倍”;在颍

州(治所今安徽阜阳),郭伋"招怀"山贼数百人,"悉遣归附农",以致贼"闻
伋威信,远自江南,或从幽、冀,不期俱降,骆驿不绝。"建武十一年(35),郭
伋又应诏做了边远的并州(在今山西太原)牧。由于郭伋的政绩与声望,当
他行入并州辖区内,就碰上"所到县邑,老幼相携,逢迎道路"的盛况。连儿
童们也加入了欢迎的队伍:"(郭伋)始至行部,到西河美稷,有童儿数百,各
骑竹马,道次迎拜。(郭)伋问:'儿曹何自远来?'对曰:'闻使君到,喜,故来
奉迎。'(郭)伋辞谢之。"①文献正史,是社会真实现象的记录。有汉代"竹
马"风俗的盛行,也才会有欢迎郭使君的"竹马"队伍。《后汉书》虽然是历
史文献中第一次对"竹马"游戏的记录,但绝不能说后汉是"竹马"风俗的起
源时代。"并州美稷",即在今天的内蒙古自治区准格尔旗北部。内蒙草原
上的少数民族素以善骑而著称。马既是草原上主要交通工具,也为战争所
不可缺少。儿童摹仿成人,以竹代马,奔跑嬉戏,遂成风俗。换句话说,"竹
马"起源于北部边疆的游牧少数民族,而不是中原以汉族为中心的农业民
族。"竹马简单易玩,以竹、以木、以秫秸皆无不可,跨于裆下,手持刀、枪、
剑、棒之类,威风凛凛,真像大将军一样,广为男孩子所喜爱。"②同时"竹
马"在历史文献上第一次出现,就是数百儿童"竹马"队伍,去迎接为民办好
事、为社会所尊崇的优秀官员郭伋。于是"后人常用儿童骑竹马迎郭伋事
称颂地方官吏"③,使普通的"竹马"之戏,成了各个时代激励官吏进取的精
神载体。除了儿童竹马外,民间艺人还根据它的特点演化出跑竹马、竹马灯
等欢快活泼的、富于浓郁乡土风味的舞蹈。用竹篾扎成马的形象,外面糊上
纸或蒙上布,马分成前后两截,分别系在舞者腰的前后,便是跑竹马。有的
还在内部或前后点上蜡灯,便成了竹马灯。马腹的四周围上长长的布,以遮
住表演者的双脚。马的颈脖上一般都系上一串铃铛,舞者一手拉缰绳,一手
执马鞭,边歌边舞,跑起来就像马蹄阵阵,富有节奏感。据民间传说,在唐代
就有了竹马灯。到宋代,小儿竹马、踏跷竹马、男女竹马、竹马儿等节目,在

① (南朝宋)范晔:《后汉书》,中华书局1997年影印本,第1091—1093页。
② 麻国钧:《中华传统游戏大全》,农村读物出版社1990年版,第555—556页。
③ 广东、广西、湖南、河南辞源修订组,商务印书馆编辑部:《辞源》(合订本),商务印书馆
1983年版,第1273页。

元宵节的前几天就开始演出。竹马在元杂剧中也得到广泛的运用。元杂剧曲牌中即有［古竹马］，以战争为题材的元杂剧中，竹马更是不可缺少的道具。如金仁杰杂剧《萧何月夜追韩信》、杨梓杂剧《承明殿霍光鬼谏》等剧中，就常见到"踏竹马儿上"、"骑竹马儿上"等舞台提示。很显然，戏剧舞台上的"踏竹马"、"骑竹马"源自古时儿童"骑竹马"游戏和民间社火中的"跳竹马"。但舞台上的竹马已经不再是一根青竹的样式，宋代成人竹马队舞表演，所用竹马较儿童游戏"竹马"有很大变化，有假马头、假马尾，与真马十分相似，极具装饰性、戏剧性。随着戏曲艺术的日渐完善，竹马经历代艺人的提炼、改造，最终演变成一根马鞭。如今，由"竹马"发展、演变而来的"竹马戏"、"竹马灯"、"竹马舞"等多种戏剧艺术，在城乡舞台如火如荼。而且，这种以"竹马"儿戏发展起来的剧种，又与各地方的传统戏剧形式相融合，如陕北的"竹马"戏，是以秧歌的形式出现；广西柳州一带的"竹马戏"，则是与"龙灯舞"、"旱船舞"相结合；皖南地区兴办的"跑马灯会"（又称"竹马灯会"），戏中的"跑马"者，"仿照戏剧装扮成历史故事人物，如'刘（备）、关（羽）、张（飞）'、'岳家军'、'杨家将'等，有手持'令旗'的徒步士卒"，而且还配有"持灯笼者和两班锣鼓，少则五六十人，多则近百人"；而河南的"竹马戏"，又是与"狮子、高跷、大鼓、高台……旱船、龙灯、耍大头和尚、扑蝴蝶和吹奏乐等"，共同组成"赛社火"场景。同时，它又与中国传统民间节日相结合，以春节、元宵节表演为最多。① 这就更增加"竹马戏"的影响力和感染力。

踏歌，如无名氏杂剧《汉钟离度脱蓝采和》第三折蓝采和道白：

师父教我唱的是青天歌，舞的是踏踏歌。

踏踏歌就是踏歌，是一种历史非常悠久的民间传统歌舞娱乐形式，又名跳歌、打歌等。踏歌的起源很早。1973 年，在青海大通县上孙家寨出土了一件新石器时代的"舞蹈纹彩陶盆"，上面绘有手挽手的三组舞人，每组五人，②

---

① 李晖：《论"竹马"——唐诗民俗文化探源之十》，《合肥教育学院学报》2000 年第 3 期。

② 青海省文物管理处考古队发掘报告：《青海大通县上孙家寨出土的舞蹈纹彩陶盆》，《文物》1978 年第 3 期。

表现的大约就是"连臂踏歌"的情景，①这可以看作是踏歌的渊源。② 踏歌从汉唐及至宋代，都广泛流传。它是一种群舞，舞者成群结队，手拉手，以脚踏地，边歌边舞。据《后汉书》记载："昼夜酒会，群聚歌舞，舞辄数十人相随，蹋地为节。"③唐代时，不管是在朝廷组织的各种庆祝活动中，还是在民间举行的娱乐活动中，经常能够听到和看到这种自娱歌舞的活动形式。宋代每逢元宵、中秋，都要举行盛大的踏歌活动，到了元朝，踏歌仍然广为流行，直到近现代，在蒙古族民间还流行一种称之为"安代"的古老舞蹈形式，其踏地为节的舞蹈特点仍然保留着古代踏舞的特征。④

踏跷，如高安道套数〔般涉调·哨遍〕《嗓淡行院》：

踏跷的险不桩的头破，翻跳的争些儿跌的迸流。

杨景贤杂剧《西游记》第二本第六出《村姑演说》：

〔川拨棹〕更好笑哩，好着我笑微微，一个汉木雕成两个腿。

踏跷即今天的高跷。踩高跷俗称缚柴脚，亦称"踏高跷"、"扎高脚"。高跷是汉族民间舞蹈形式之一，流行于中国很多地区，表演者扮成各种人物，手持道具，双脚踩着木高跷（高者一米多，低者三四十厘米）按照一定的规矩，一定的套路，或行或走，或演或唱，给人一种动的艺术享受。

社火，如无名氏杂剧《王月英元夜留鞋记》第二折：

妾身王月英是也。惭愧，今夜上元佳节，那郭秀才在寺中等候久了，我被社火游人拦当。

杨景贤杂剧《西游记》第二本第五出《诏饯西行》：

今日奉圣旨，着百官有司都至霸桥，设祖帐排筵会，诸般社火，送三藏西行。

无名氏杂剧《刘千病打独角牛》第三折：

今日是三月二十八日，乃是东岳天齐大生仁圣帝圣诞之辰，小官奉命降香一遭。端的是人稠物穰，社火喧哗。别的社火都赛过了也，还有

---

① 常任侠：《中国舞蹈史话》，上海文艺出版社 1983 年版，第 5 页。
② 王克芬：《中国舞蹈发展史》，上海人民出版社 1989 年版，第 174 页。
③ （南朝宋）范晔：《后汉书》，中华书局 1997 年影印本，第 2819 页。
④ 内蒙古社会科学院历史研究所：《蒙古族通史》，民族出版社 1991 年版，第 391 页。

这一场社火,乃是那吒社,未曾酌献。

社火,俗称"闹玩意儿"、闹社火。其活动原本作敬神、祀福之用。随着时代更迭,逐步衍化为一种群众性的自娱活动。演变到今日,社火已成为过年时必不可少的一种民俗文化活动。社火的表演内容主要有:狮子、龙舞、高跷、秧歌队、竹竹马、喜人、旱船、赶毛驴、马社火、高台、彩车等。

村田乐,如关汉卿杂剧《刘夫人庆赏五侯宴》第三折:

> 唱会[花桑树],吃的醉醺醺。舞会[村田乐],困来坐草墩。

朱凯杂剧《刘玄德醉走黄鹤楼》第二折诸葛亮令关平送暖衣、拂子给刘备。关平不识路,向农民询路,关平问路时遇到伴姑儿和伴哥儿的对唱对舞、模拟"社火"中农家乐的情景,即"村田乐"歌舞:

> (正末云)伴姑儿道:"我恰才打那东庄头过来,看了几般儿社火。我也都学他的来了也。"(禾旦云)伴哥儿,我不曾见,你试学一遍咱。(正末云)试听我说一遍咱。(唱)
>
> [叨叨令]那秃二姑在井口上将辘轳儿乞留曲律的搅。(禾旦云)瞎伴姐在麦场上,将碓儿捣也捣的。(正末唱)瞎伴姐在麦场上将那碓白儿急并各邦的捣。(禾旦云)那小厮们手拿着鞭子,哨也哨的。(正末唱)小厮儿他手拿着鞭杆子他嘶嘶飕飕的哨。(禾旦云)牧童儿倒骑着水牛,叫也叫的。(正末唱)那牧童儿便倒骑着个水牛呀呀的叫。

村田乐是宋元时流行于民间、描写农家愉快生活的小型歌舞。从伴姑儿与伴哥儿的模拟表演可知,"村田乐"是秃二姑、瞎伴姐、小厮儿、小牧童等,表演在村庄汲水、捣麦、放牛等农活的民间舞蹈。

这些民间舞蹈载歌载舞,敬祭神灵,祛瘟避邪,驱灾免祸,寄托祝愿和节日自娱的礼仪,体现着人们的衣、食、住、行状况。民间舞蹈所凝聚着的民族精神和顽强的生命力,所表现出的民族生命的盎然情调,使其千百年来在人民中流传、发展、永恒。

(3)少数民族舞

值得特别提一笔的是,元时还在瓦舍勾栏上演出女真族、回回族等少数民族的歌舞,如杨景贤杂剧《西游记》第二本第六出《村姑演说》云:"见几个回回,舞着面旌旗,阿刺刺口里不知道甚的,妆着鬼,人多我看不仔细。"写的是回回舞。又如贾仲明杂剧《铁拐李度金童玉女》第三折：

　　仙风道骨，争如俺鼍鼓笛儿［者剌古］？歌鹦鹉，舞鹧鸪。

同剧第四折：

　　（金母云）你两个思凡尘世，托生女直地面，配为夫妇，女直家多会歌舞，你两个带舞带唱，我试看咱。（正末同旦舞科，唱）

　　［早乡词］堕尘埃为贵客，托生在大院深宅。尽豪奢衡气概，忒聪明更精彩，对着俺撒敦家显耀些抬颏。

　　［挂搭沽］则俺那头巾上珍珠砌成界，画拖四叶飞霞带。绣胸背挽绒可体裁，玉兔鹘堪人爱。把翠叶贴，将奇花摘。趁着这绿鬓朱颜，不负了杏脸桃腮。

　　［石竹子］鼍鼓冬冬声和凯，缕管轻轻音韵谐。女直家筵会实难赛，直吃的梨花月上来。

写的是女真人舞蹈。女真人歌鹦鹉，舞鹧鸪，表演模仿鹧鸪翩翩起舞，其旋律高低起伏有致，曲调婉转动听，声如鹦鹉。加上鼓笛伴奏，将歌舞声情并茂、节奏鲜明的特点描写得淋漓尽致。"鹧鸪"可舞。元代勾栏戏散，以舞送客，名曰"舞鹧鸪"。元曲中多次提到歌舞《鹧鸪》的表演。如张可久小令［越调·柳营曲］《湖上》："舞阑双鹧鸪。"高安道套数［般涉调·哨遍］《嗓淡行院》："四翻儿乔弯纽，甚实曾官梅点额，谁肯将蜀锦缠头。"四翻儿，舞名。孙楷第《也是园古今杂剧考·品题》云："四翻即四篇""舞鹧鸪"①。白朴小令［双调·驻马听］《舞》也是这一习俗的描写："凤髻蟠空，袅娜腰肢温更柔。轻移莲步，汉宫飞燕旧风流。谩催鼍鼓品梁州，鹧鸪飞起春罗袖。锦缠头，刘郎错认风前柳。"演员将鹧鸪图案绣贴在舞衫上。用轻衫飘舞、莲步轻移、罗袖翻飞的动态形象，再加上鼍鼓频催、《梁州》大曲伴唱的舞乐特点，简练、准确而又生动地描绘了舞姿的优美和场面气氛的热烈。

　　"鹧鸪"不仅可舞，而且可歌，元曲中也有描写。如关汉卿杂剧《邓夫人苦痛哭存孝》第一折："一壁厢动乐器，是大体，将一面鼍皮画鼓咚咚擂，悠悠的慢品鹧鸪笛。"关汉卿的另一杂剧《诈妮子调风月》第四折："悠悠的品

---

　　①　孙楷第：《也是园古今杂剧考》，上杂出版社1953年版，第229页。

着鹧鸪,雁行般但举手都能舞。"都证"鹧鸪"能歌能舞。今天我们虽然不能亲睹元杂剧的演出盛况,但从这些片断的记载中,我们可以想见当时舞台上各民族乐舞杂陈的热闹景象。恩格斯曾说:"只有野蛮人才能使一个在垂死的文明中挣扎的世界年轻起来。"①应该肯定,在金元时期,回族、女真族、蒙古族等对古老的中国封建社会在经济、政治和思想文化各方面,都发生过种种进步的影响。

(4)戏曲舞蹈

元曲中将舞蹈吸收、融入戏曲表演中的描写更加值得重视。元杂剧中安排了许多精彩的舞蹈或舞蹈性动作,如无名氏杂剧《冻苏秦衣锦还乡》第三折中"正末做见科"、"做拜科"、"正末做递诗科"、"做走科"、"正末做到冰雪堂冷科"、"做打扫雪科"、"做递酒科"、"张千递袄科"、"张仪做接科"、"张仪做自穿袄科"、"做下汤科"、"做吃汤科"、"正末做劈开科"等舞蹈动作是为剧情服务的。还有根据具体的故事情节插入的舞蹈化的生活动作,如关汉卿杂剧《闺怨佳人拜月亭》第三折:"(做入房科)(小旦云了)(正旦云)夜深也,妹子,你歇息去波,我也待睡也。"同剧中的"做拜月科"、"做烧香科"等。另外,经过高度提炼的舞蹈化的程式动作,如马致远杂剧《江州司马青衫泪》第四折,裴兴奴参见唐宪宗的场面:"(内侍云)宣到裴兴奴见驾,(正旦拜舞科)",这里就是以舞蹈性的动作来表现拜见皇上的表演。再如"做迎驾科"、"做见驾科",虽无"舞"的字样,依照动作的美化原则,也属舞蹈性的表演行为。其他如骑马、上下楼、进出门、饮酒、撑船、投水等这些被称为科的动作,在舞台上也都是舞蹈的动作。李寿卿杂剧《说鱄诸伍员吹箫》第二折浣纱女抱石投江,剧本只写"做投水科",但在舞台上需要做好几个身段动作。又如伍员来到江边,看到闾丘亮从远处一边撑过船来一边唱诗道:"船稳潮平漫漫行,偷吹铁笛两三声。"这个场景也需要在台上做出船在水上的动作,才能实现。可见,杂剧中舞蹈表演是相当丰富的,有男子独舞、女子独舞,有礼节性的"拜舞",有载歌载舞的对舞等。这些舞蹈表

---

① 中共中央马克思恩格斯列宁斯大林著作编译局编译:《马克思恩格斯全集》第21卷,人民出版社1965年版,第178页。

演,从中国舞蹈史的视角看大致可以归纳出如下三点:第一,舞蹈是元杂剧的重要组成部分,元杂剧十分重视舞蹈表演,继承、融合了前代传统舞蹈。第二,元代的戏曲演员都有过严格的舞蹈训练。第三,从中国戏曲史的视角看,这种杂剧与舞蹈相间演出的做法,对杂剧与舞蹈的融合,促进杂剧的发展,起到一定的推动作用。

总之,元曲从独特的视角对舞蹈作了描绘,因见人所未见,写人所未写,故为后世研究元代乐舞留下了不少珍贵的史料。

(二) 乐 器 演 奏

元曲记载了大量的乐器,如弹拨类乐器的琵琶、筝、琴、箜篌等,吹奏类乐器的笛、笙箫、觱篥等,打击类乐器的鼓、磬、锣等。元曲中对这些珍贵乐器的记写,不仅如实地反映了元代舞台上种类十分繁多的演奏乐器,补充了史书记载的不足,而且真实地反映了当时社会的音乐文化生活面貌和元代人的音乐心理、乐器观、音响观。不同的乐器与不同的情感相对应。在各种乐器声中,我们可以感受到元代人"真切自然"地用曲唱出的人情,唱响的人生。

1.弹拨乐器

弹拨乐器是中国极具特质的乐器。从其发展看,唐代是中国弹拨乐器繁盛的发展期,各类弹器竞相争艳;元代时虽已没有了唐的丰盛与灿烂,但在继承和延续中仍有创新。

(1)琵琶

琵琶被誉为"弹拨乐之王"[1],其演奏技法丰富,音色清脆明亮、个性鲜明,既能表现柔美婉约的音乐形象,又能表现金戈铁马、刀枪碰撞、战马嘶鸣的战争场面,表现力极其丰富多样。琵琶的渊源有二:一是约在东汉时期,随着与西域文化的交流和佛教音乐的传入。其二是早在公元前105年和214年就有中原琵琶的前身"秦琵琶"、"汉琵琶"问世,随着中原和河西地

---

① 田甜:《20 世纪中叶琵琶演奏技法发展纲述》,《乐府新声(沈阳音乐学院学报)》2008 年第 3 期。

区乐器的发展,各类琵琶争相吐艳成为我国乐器中颇受国人青睐的乐器。①
唐代是琵琶艺术发展的一个高峰,从演奏技法到制作构造都有了巨大的发
展,改拨子弹奏为手指弹奏,演奏上改横弹为竖弹。元曲中有大量琵琶的精
彩描写,反映了琵琶在元代是重要的演艺乐器。梳理元曲中琵琶描写大致
可分为三类:一是对琵琶的弹奏技巧、音响、形制等音乐方面的描写,二是描
写琵琶演奏的风格,三是描写以琵琶演奏为主的女性群体。

对琵琶的弹奏技巧、音响、形制等音乐方面的描写,如马致远杂剧《江
州司马青衫泪》第四折:"妾本教坊乐籍,曾师曹善才,学成琵琶。"冯子振小
令[正宫·鹦鹉曲]:"甚有传旧谱琵琶,切切嘈嘈檐雨。"汤舜民套数[黄
钟·醉花阴]《离思》:"他生的动静儿别,才貌儿标,善将那琵琶按[六
幺]。"刘时中小令[越调·小桃红]《辛尚书座上赠合弹琵琶何氏》:"纤纤
香玉插重莲,犹似羞人见。斜抱琵琶半遮面,立当筵,分明微露黄金钏。鹍
鸡四弦,骊珠一串,个个一般圆。"朱庭玉套数[仙吕·泣彦回]:"抱琵琶又
过别船,折杨柳他把章台还上。"汤舜民套数[正宫·赛鸿秋北]:"把琵琶细
拨,檀板轻敲。"贾仲明杂剧《铁拐李度金童玉女》第一折:"鼍皮鼓儿咚咚,
剌古笛儿唱唱。琵琶慢捻轻拢,歌音换羽移宫。"无名氏小令[双调·一锭
银过大德乐]《咏时贵》:"象板琵琶,开怀飞玉斝。"这些都是对元代琵琶的
基本形制和演奏技艺的描写。

元曲还描写了元代琵琶演奏的风格。如"闲愁不索拨琵琶"②。所谓闲
愁,是与"闲"紧密相连的一种愁绪,是因闲而生的一种内心悸动,是有闲阶
级所特有的一种夹杂悲哀滋味的精神状态和感情活动。元曲琵琶曲中有不
少这样借闲写愁的曲句,如关汉卿杂剧《杜蕊娘智赏金线池》第二折杜蕊娘
云:"将过琵琶来,待我散心适闷咱!"马致远杂剧《江州司马青衫泪》第三
折:"将那琵琶过来,对此明月,写我愁怀咱。"同剧第四折:"半夜灯前长吁
罢,泪和愁付与琵琶。"无名氏套数[中吕·粉蝶儿]《思情》:"琵琶尘暗不
曾弹。愁烦,愁烦,朱门紧闭关,风弄的银缸灿。"马致远小令[南吕·四块

---

① 庄壮:《敦煌壁画上的弹拨乐器》,《交响——西安音乐学院学报》(季刊)2004 年第 4 期。
② 乔吉杂剧《杜牧之诗酒扬州梦》第三折。

玉]《浔阳江》:"送客时,秋江冷,商女琵琶断肠声。可知道司马和愁听。"乔吉杂剧《杜牧之诗酒扬州梦》第一折:"不争我听拨琵琶楚江头,愁泪湿青衫袖。"不管是直接讲"闲愁",还是只字未提愁,我们都能从中体味到那淡淡的哀愁,浅浅的伤感。如果说"闲"所体现出的情感还是浅淡的、含蓄的、温婉的,那"思"则是直抒胸臆的情感宣泄,大胆直率的内心独白。在琵琶曲中,琵琶成了相思的代名词。戴善甫杂剧《陶学士醉写风光好》第二折:"琵琶拨尽相思调,知音少。"姚燧小令[双调·寿阳曲]:"琵琶慢调弦上声,相思字越弹着不应。"卢挚小令[双调·蟾宫曲]:"记相逢二八芳华,心事年来,付与琵琶。"都是在借琵琶表达作者或曲中主人公内心的相思之情、相思之苦。另一些琵琶曲,借琵琶之怨,诉说主人公内心之怨。如白朴套数[仙吕·点绛唇]:"黄昏近,愁生砧杵,怨入琵琶。"朱庭玉套数[南吕·一枝花]《女怨》:"情怀欲言何处说? 一星星都向琵琶泻。"孙季昌套数[正宫·端正好]《集杂剧名咏情》:"后庭花歌残玉树声,琵琶怨凄凉不忍听。"还有一些曲是由"怨"、由"恨"而"泪"的,如无名氏小令[越调·天净沙]:"西风塞上胡笳,月明马上琵琶,那抵昭君恨多?"卢挚小令[双调·蟾宫曲]《浔阳怀古江州》:"琵琶冷江空月惨,泪痕淹司马青衫。"杨景贤杂剧《西游记》第四本第十五出《导女还裴》:"一声鹤唳青松涧,更惨似琵琶声里君恩断。"刘婆惜小令[商调·金络索挂梧桐]《咏别》:"无人处,盈盈珠泪偷弹洒琵琶。"尤其是马致远根据白居易《琵琶行》敷衍而成的马致远杂剧《江州司马青衫泪》对琵琶及其演奏的描写极尽所能,淋漓尽致,对情感的表达真挚深沉,感人肺腑。"闲"、"思"、"怨"、"泪"作为琵琶曲的情感基调,串起了一条完整的情感链条:因闲暇而生愁绪,继而勾起与心上人的相思之情;相思难遣,怨恨之情油然而生;进而陡生悲怆,悲伤难抑,潸然泪下。感情由浅入深,由弱渐强,逐渐达到高潮,犹如一曲荡气回肠、哀婉动听、扣人心弦的琵琶曲。虽然"闲"、"思"、"怨"、"泪"四个字代表了不同的精神状态和情感浓度,但并不能说它们是互相独立的、内容迥异的情感调性。实际上,作为一个完整情感链条的各个环节,它们总体上是统一的、交融的。写"闲"的地方可以看到"思",写"思"的地方也能感受到"怨",写"怨"时已然有"泪"。多种情感状态和情感浓度的叠加和融合而成元曲琵琶曲的情感基调。

　　大量以琵琶演奏为主的女性群体在元曲中留下的倩影楚楚动人。如乔吉杂剧《玉箫女两世姻缘》第三折："则两行美人如画,有粉面银筝,玉手琵琶。"张可久小令[双调·水仙子]《清明小集》："弹[仙吕·六幺]遍,笑女童双髻丫,纤手琵琶。"贯云石小令[双调·蟾宫曲]《送春》："倦理琵琶,人倚秋千,月照窗纱。"吴西逸小令[中吕·红绣鞋]《春景》："梨花院仕女双丫,玉纤轻按小琵琶。"精彩的描写使读者犹如身临其境。尤其是乔吉小令[中吕·朝天子]《小娃琵琶》："暖烘,醉容,逼匝的芳心动。雏莺声在小帘栊,唤醒花前梦。指甲纤柔,眉儿轻纵,和相思曲未终。玉葱,翠峰,娇怯煞琵琶重。"面对的是醉醺醺的客人,酒气熏人,逼她唱歌弹奏,她柔指纤细,莺声轻细,但她太小太疲惫,偌大的琵琶使她不堪重负,一曲弹唱没有完就弹不下去了。栩栩如生地描写了一个特殊群体——歌姬卖笑生涯的辛酸。

　　(2)古琴

　　古琴,也叫七弦琴,简称琴,中国最古老的弹拨乐器。其特征为七弦十三徽。传说五帝之一的舜弹五根弦琴,周文王和周武王各给琴增加了一根弦,成为七弦琴。元曲中的咏琴曲,与其他咏乐曲一样,不仅能够使读者了解琴在当时的发展状况,感受元代古琴的演奏技巧,还为后人了解元代的社会风貌、元代人的思想感情,提供了一个特殊的视角。

　　第一,抚琴前焚香的习俗。如马致远小令[中吕·喜春来]《六艺·乐》:

　　　　宫商律吕随时奏,散虑焚香理素琴,人和神悦在佳音。不关心,玉漏滴残淋。

　　王实甫套数[商调·集贤宾]《退隐》:

　　　　自焚香下帘清坐久,闲把那丝桐一奏,涤尘襟消尽了古今愁。

　　无名氏小令[商调·梧叶儿]《鹤林寺》:

　　　　酌壶酒携藜杖,焚炉香拂操琴,人白发乐山林,谁更有长安那心!

　　缥缈的香缕和清润的琴声将愁绪涤尽,给人带来精神的愉悦和心灵的宁静。

　　第二,优美的操琴环境。择景弹琴,是一种生活趣味,是古人安置精神灵魂的一种独特的生命方式。关汉卿小令[双调·碧玉箫]：

　　膝上琴横，哀愁动离情。指下风生，潇洒弄清声。锁窗前月色明，雕阑外夜气清。指法轻，助起骚人兴。听，正漏断人初静。

张可久小令[南吕·金字经]《开玄道院》：

　　翠崦仙云暗，素琴冰涧长，昼永人间白玉堂。

贯云石小令[双调·清江引]《惜别》：

　　且开怀与知音谈笑饮，一曲瑶琴弄。弹出许多声，不与时人共，倚帏屏静中心自省。

关汉卿小令[中吕·普天乐]《崔张十六事·隔墙听琴》：

　　月明中，琴三弄，闲愁万种，自诉情衷。要知音耳朵，听得他芳心动。司马、文君情偏重，他每也曾理结丝桐。又不是《黄鹤醉翁》，又不是《泣麟悲凤》，又不是《清夜闻钟》。

白朴小令[双调·驻马听]《弹》：

　　雪调冰弦，十指纤纤温更柔。林莺山溜，夜深风雨落弦头。芦花岸上对兰舟，哀弦恰似愁人消瘦。泪盈眸，江州司马别离后。

　　或是窗前，或是月下，或是岸边，甚或山之巅、松竹间……地清境绝，自然界的清幽与人的空灵融为一体。

　　第三，交流的媒介。弹琴抒怀，琴传心声，是元曲中琴曲的重要特点。如宋方壶小令[中吕·山坡羊]《道情》："醉联麻，醒烹茶，竹风松月浑无价，绿绮纹楸时聚话。"钟嗣成小令[双调·凌波仙]《吊宋方壶》："操焦桐只许知音听。"以"琴"为"媒"，抚琴成了交流心声的最含蓄也是最直接的方法。典型的如王实甫杂剧《崔莺莺待月西厢记》第二本第四折写老夫人赖婚之后，张生在红娘建议下张弦代语，用琴声诉说："琴呵，小生与足下湖海相随数年，今夜这一场大功，都在你这神品、金徽、玉轸、蛇腹、断纹、峄阳、焦尾、冰弦之上。天那！却怎生借得一阵顺风，将小生这琴声吹入俺那小姐玉琢成、粉捏就、知音的耳朵里去者！"而莺莺听到琴声时的感受，写得十分细致传神：

　　[天净沙]莫不是步摇得宝髻玲珑？莫不是裙拖得环珮丁玲？莫不是铁马儿檐前骤风？莫不是金钩双控，吉丁当敲响帘栊？

[调笑令]莫不是梵王宫夜撞钟？莫不是疏竹潇潇曲槛中？莫不是牙尺剪刀声相送？莫不是漏声长滴响壶铜？潜身再听在墙角东，元来是近西厢理结丝桐。

[秃厮儿]其声壮，似铁骑刀枪冗冗；其声幽，似落花流水溶溶；其声高，似风清月朗鹤唳空；其声低，似听儿女语小窗中，喁喁。

这三支曲子是莺莺听到的琴声。前二曲用"莫不是"组成排比句，八个"莫不是"，描绘出张生的琴声给莺莺心灵带来的冲击；后一曲用"其声"组成排比句，是对张生琴艺的称颂，更是写出了莺莺的知音人形象。写得极有气势，酣畅淋漓，可称"琴赋"。通过琴声的描写，既写出了琴曲的起伏变化，写出了张生高明的琴技，写出了莺莺对音乐的领悟能力，也写出了张生与莺莺感情的深化进而私下结合是以"琴"为媒介的。

第四，展示音乐征服人心的巨大魅力，也是元曲琴描写表现的重要内容之一。如李好古杂剧《沙门岛张生煮海》第一折中，张羽深夜抚琴，龙女琼莲来到人间在赏心悦目的海滨景色中听到了琴声：

[那吒令]听疏剌剌晚风，风声落万松；明朗朗月容，容光照半空；响潺潺水冲，冲流绝涧中。又不是采莲女拨棹声，又不是捕鱼叟鸣榔动，惊的那夜眠人睡眼朦胧。

[鹊踏枝]又不是拖环珮，韵玎玲；又不是战铁马，响铮钺；又不是佛院僧房，击磬敲钟。一声声谎的我心中怕恐，原来是厮琅琅，谁抚丝桐。

用清风、明月、山松、涧流等，为龙女琼莲听琴创造了一个诗情画意的环境。琼莲听到张羽那优雅的琴声后猜疑：静谧的夜晚，偏僻的海滨，谁会弹出如此动人的琴声呢？她仔细揣摩琴声，用一连串的"又不是"进行设想：这琴声就像江南采莲女的划桨声，像渔夫打鱼时敲击横木声，像风吹动檐下铁马的铮铮声，像贵妇姗姗行走时叮当作响的环珮相撞声，像寺庙里悠扬的钟磬声。未见其人，先闻其声，已为其才华所吸引，这就为他们一见钟情埋下了爱情的种子。两曲清丽雅致，借助了生活中常见的动作、形象来比喻琴声，加上排句、顶真手法的运用，使得语言流转如珠，给人以美的享受。

第五，以琴代语，在元曲中表现更多。如郑光祖杂剧《迷青琐倩女离魂》中,倩女的灵魂听到王文举的琴声而追寻到王文举。吴昌龄杂剧《张天师断风花雪月》中,书生陈世英在八月十五日中秋夜,乘兴抚琴,琴声感动了娄宿,娄宿遂搭救了被罗睺、计都缠搅的桂花仙子。郑光祖杂剧《㑇梅香骗翰林风月》中,白敏中愁闷寂寞,弹琴抒怀,被小姐小蛮、丫鬟樊素听到,引得爱慕白敏中的小蛮撇下香囊,牵出一段情缘。无名氏杂剧《萨真人夜断碧桃花》中,张道南故园重游,半夜抚琴,引得碧桃魂在花荫下倾听。石子章杂剧《秦翛然竹坞听琴》中女主人公郑彩鸾深夜抚琴,引得秦翛然闻声而来,相见钟情,顿生爱慕的描写。正如法国 18 世纪启蒙主义思想家卢梭所说:"音乐家的艺术绝不在于对象的直接模仿,而是在于能够使人们的心灵接近于(被描述的)对象存在本身所造成的意境。"①

第六,元曲还记载了大量的琴曲名,如《广陵散》《越江吟》曲:"拂瑶琴弹到《鹤鸣》,自谓防心,谁识高情?夜月当徽,秋泉应指,晚籁潜声。《广陵散》嵇康醉醒,《越江吟》易简词成。千古清名,一去钟期,无复能听。"②《高山》曲:"伯牙,韵雅,自与松风话。高山流水淡生涯,心与琴俱化。欲铸钟期,黄金无价,知音人既寡"③,"伯牙去寻钟子期,讲论琴中意。高山流水声,谁是知音的。"④《流水》曲:"高山流水少知音,短歌谁共作?"⑤"飞来峰下树青青,添清兴,流水玉琴横。"⑥《醉翁吟》曲:"轸玉徽金,霞佩琼簪,一操《醉翁吟》。"⑦《胡笳曲》:"西风塞上胡笳,月明马上琵琶"⑧,"韵悠悠胡笳慢品,阿来来口打番言"⑨,"故人杳杳,长江风送,听胡笳沥沥声韵聒。"⑩《悲风》曲:"又不是《黄鹤醉翁》,又不是《泣麟悲风》,又不是《清夜闻

① 何乾三:《西方音乐美学史稿》,中央音乐学院出版社 2004 年版,第 257 页。
② 鲜于必仁小令[双调·折桂令]《琴》。
③ 薛昂夫小令[中吕·朝天曲]。
④ 钟嗣成小令[双调·清江引]。
⑤ 朱庭玉套数[仙吕·祆神急]《道情》。
⑥ 张可久小令[正宫·小梁州]《访杜高士》。
⑦ 张可久小令[越调·寨儿令]《道士王中山操琴》。
⑧ 无名氏小令[越调·天净沙]。
⑨ 关汉卿杂剧《刘夫人庆赏五侯宴》第三折。
⑩ 白朴套数[小石调·恼煞人]。

钟"①;《白雪》曲:"合琵琶歌白雪,打双陆赌流霞。"②《白头吟》曲:"寄一曲《白头吟》。"③《寻仙操》:"松风小楼香缥缈,一曲《寻仙操》。"④《离骚》:"调琴演楚骚,研朱点《周易》。"⑤这些琴曲多是自汉魏时期传承至元代的琴曲作品,对于这些后世失传或史料记载不详的琴曲,元曲作家将他们亲身演奏或聆听琴乐的审美体验记录下来,真实性和可信度很高。元曲作家对琴乐生动、细腻的描述,让我们可以了解流传至元代的经典琴曲所表现的内容、艺术特点和审美体验,为我们对元代琴乐的研究提供了丰富而又宝贵的资料,具有很高的史料价值。

总之,元代咏琴真实地再现了元代人高超的琴技,显示了我国古代高度发达的音乐水平,为后世研究元代音乐留下了珍贵的第一手材料。

(3)古筝

古筝又名秦筝,简称筝,是我国古老的弹拨乐器。筝可用于独奏、齐奏、合奏以及伴奏。音色清亮圆润、优美深沉,表现力丰富,自古以来深受人民的喜爱。古筝在元代也是比较流行的乐器之一。元曲中对古筝的描写,从名称到特征,从形制、材料到演奏技巧,从表演风格到音色特点等都有涉及。从中我们可以窥见筝在元代的发展情况。

先秦时期,筝有五弦。随着音乐的发展,五弦筝的表现力已不能满足演奏的实际需要,战国末期出现了十二弦筝。经过八百多年的流传,到了隋代增加一弦,成为十三弦筝。在唐代的三百多年里,古筝流行甚广,十二弦和十三弦筝长期并存,分别用于雅俗乐,宋代传承了唐代的筝术,沿用十三弦筝。元代时十三弦筝仍广为流行,如"哀筝一抹十三弦,飞雁隔秋烟"⑥;"寒玉响泉,香风深院,明月十三弦"⑦。这些描写,除了说明元代有十三弦筝外,还反映出筝的音色优美、悦耳动听。元时期,十四弦筝已经出现,如

---

① 关汉卿小令[中吕·普天乐]《崔张十六事·隔墙听琴》。
② 张可久小令[越调·寨儿令]《春情》。
③ 张可久小令[越调·寨儿令]《题情》。
④ 张可久小令[双调·清江引]《桐柏山中》。
⑤ 汤舜民套数[商调·集贤宾]《客窗值雪》。
⑥ 张可久小令[双调·风入松]《九日》。
⑦ 张可久小令[越调·小桃红]《夜宴》。

"玳瑁筵，鹧鸪天，一篇六幺十四弦"①，"三五夜花前月明，十四弦指下风生"②。由此可知，十四弦筝已经在元代流行开来。顾瑛诗吟诵的十四弦筝："锦筝弹尽鸳鸯曲，都在秋风十四弦。"③也印证了这一事实。

古筝除有起源地秦筝名称之外，它的别称雅号甚多。以演奏技法而言的搊筝、弹筝；以放置形态命名的横筝、卧筝；以形制大小为号的长离、鸿筝；以局部质料而论的雕桐；以饰物缀名的玉筝、钿筝、银筝、锦筝、云和筝、玳瑁筝；以音色和表现力起名的鸣筝、清筝和哀筝，此外还有随弹者性情而呼出的宝筝、素筝等。元曲中筝的别名称谓，也是五花八门。有以音色为称谓的，如哀筝："哀筝一抹十三弦"④；有以演奏技法或技巧来命名的，如搊筝："蝶粉香歌扇，闲搊玉筝罗袖卷"⑤；以装饰材料来代称的，如宝筝："宝筝珠殿荔枝香，玉珮琼琚窈窕娘"⑥。还有"锦筝"的称法，如"琵琶拨擅板轻敲，锦筝搊指法偏高。抚冰弦分轻情重浊"⑦，"锦筝闲银雁行疏"⑧等。也有将银镶于筝表面而简称之为"银筝"的，如"拨银筝音吕韵悠扬"⑨，"热乐似银筝象板紫檀槽"⑩。以质料为代称的，有的称"雕桐"。早在秦汉时期，筝已经使用桐木制作，桐木一般呈白色或浅黄色，质地韧、软、松、燥而不裂，湿而不腐，比较适合制琴，所以至今制筝材料仍以桐木为主。元曲中虽未言明筝用桐木制，但提到桐木制作的乐器，如"则道是半空中神仙胜境，却元来东墙下把丝桐慢整，你听他款抚冰弦音韵清"⑪，"自焚香下帘清坐久，闲把那

① 张可久小令［越调·寨儿令］《晚凉即席》。
② 张可久套数［南吕·一枝花］《湖上归》。
③ 李复波：《中国古典诗歌基础文库元明》（清散曲卷），浙江文学出版社1996年版，第159页。
④ 张可久小令［双调·风入松］《九日》。
⑤ 张可久小令［双调·清江引］《酒边题扇》。
⑥ 张可久小令［双调·水仙子］《天宝补遗》。
⑦ 汤舜民套数［正宫·赛鸿秋北］。
⑧ 汤舜民［双调·沉醉东风］。
⑨ 赵彦晖套数［仙吕·点绛唇］《席上咏妓》。
⑩ 汤舜民套数［商调·集贤宾］《友人爱姬为权豪所夺，复有跨海征进之行，故作此以书其怀》。
⑪ 白朴杂剧《董秀英花月东墙记》第一折。

丝桐一奏,涤尘襟消尽了古今愁"①等。说明元代筝主要是用桐木制作的。此外,古代的筝弦大多是朱红色的,这在元曲中也有描写:"画船稳系东风岸,金缕朱弦象板"②,"锦瑟朱弦,乱错宫商"③。

元曲中还有大量对筝的演奏风格与音色特征的描写。如班惟志套数[南吕·一枝花]《秋夜闻筝》意境深沉,读来令人心旷神怡:

透疏帘风摇杨柳阴,泻长空月转梧桐影。冷雕盘香销金兽火,咽铜龙漏滴玉壶冰。何处银筝?声嘹呖云霄应,逐轻风过短棂。耳才闻天上《仙韶》,身疑在人间胜境。

[梁州]恰便似溅石窟寒泉乱涌,集瑶台鸾凤和鸣,走金盘乱撒骊珠迸。嘶风骏偃,潜沼鱼惊。天边雁落,树梢云停。早则是字样分明,更那堪音律关情!凄凉比汉昭君塞上琵琶,清韵如王子乔风前玉笙,悠扬似张君瑞月下琴声。再听,愈惊。叮咛一曲《阳关令》,感离愁,动别兴。万事萦怀百样增,一洗尘清。

[尾]他那里轻笼纤指冰弦应,俺这里谩写花笺锦字迎,越感起文园少年病。是谁家玉卿,只恁般可憎,唤的人一枕蝴蝶梦儿醒!

筝声犹如一股寒泉乱涌乱撞,把珠沫喷浅在石窟之上;又如瑶台中集满了凤凰,和谐地你鸣我唱;更像大颗的宝珠撒落金盘,玎琮作响。它平静了临风嘶叫的骏马,惊动了潜藏水底的鱼儿,使大雁从天边飞下,连树梢的白云也停止了飘荡。写出了秋夜听筝美的感受,也写出了筝给人以深厚的历史感受。

张可久小令[越调·凭阑人]《江夜》也是一首听筝曲:

江水澄澄江月明,江上何人捣玉筝?隔江和泪听,满江长叹声。

小令展示出一幅江夜风情画:明月、江水、筝声、听筝人。一唱三叹构成一幅凄清的画面。前两句是写弹奏者的技艺。曲人没有直接描写美妙的筝声,而是用环境的清幽、月色的明媚来衬托。这夜,明月高悬,皎洁的月光撒满大地,月光下,清澈的江水显得更加明净。就在这清寂的环境里,传来一

---

① 王实甫套数[商调·集贤宾]《退隐》。
② 顾德润小令[中吕·醉高歌过喜春来]《宿西湖》。
③ 贯云石小令[双调·蟾宫曲]《秋闺》。

阵悠扬悦耳的筝声，一下子吸引了江边的人们，大家不禁问道：是何人在弹筝，弹得如此动人？后两句写听筝的知音。与俞伯牙不同的是，这里知音不是一人，而是多人，"隔江和泪听"，一个"和"字，写出听者的神态，是含着眼泪听弹奏，可见筝声的动人。弹奏完毕，筝声虽然停止，听者还沉浸在那动听的音乐中，渐渐地，他们从余音中醒来，都被筝声感染了，禁不住长吁短叹，满江都是叹息声。"共鸣"才能称为知音。这是什么曲子，曲人没有说明，只留下悠悠思绪，让读者自己去回味。

筝的音色宏亮、明朗，其音质具有很强的穿透力和共鸣性，因此筝乐具有强烈的抒情功能和巨大的感染力。元曲中以筝为主题的描写多表达出愁怨之情，如汤舜民小令[越调·柳营曲]《听筝》写作者夜闻小楼玉筝声：

> 酒乍醒，月初明，谁家小楼调至筝？指拨轻清，音律和平，一字字诉衷情。恰流莺花底叮咛，又孤鸿云外悲鸣。滴碎金砌雨，敲碎玉壶冰。听，尽是断肠声。

犹如舞台上多束灯光从同一角度的追加，为的是使焦点的"这一面"更加"发亮"。铮铮的筝声如流水一样和着初明的月色从小楼传来。那低婉平缓的音韵，声声含情，似诉隐衷，恰如花丛间的黄莺歌喉细语，倾诉叮咛；又似那天外孤鸿哀鸣，悲鸣云端；好像是骤雨滴落台阶；仿佛是玉壶冰碎，清脆悦耳。然而细细听来，却又似乎是声声叠恨，声声断肠。音乐是一种抽象的听觉艺术，很难用文学表述，然而曲家运用他的生花妙笔，把难以捕捉的声音，通过莺语、鸿鸣、滴雨、敲冰等丰富悦耳的音响，描摹为可感于心的审美对象，从而化虚为实，充分展示了筝曲的美，令人有如亲聆其声之感。更难能可贵的是多种比喻为表达同一主题服务，所有的声音都带有悲伤的色彩，十分生动形象地表述了一个沦落天涯的游子的凄苦之情。

诸如此类的还有"好着我月下闻筝绣衣寒，吹箫台上彩云残。香罗犹带泪痕斑"①，"月下醉翁亭，听一曲何人玉筝"②，"落花露冷苍苔径，纤手风

---

① 无名氏套数[中吕·粉蝶儿]《思情》。
② 张可久小令[商调·梧叶儿]《山阴道中》。

生白玉筝,夜香谁立紫云亭"①,"清风江上筝,明月波心镜"②,"听,粉筝江上声。游仙兴,落花香洞庭"③,"谁家画船? 泠泠玉筝,渺渺哀弦"④。纵观这些月下听筝的描写,曲调哀怨、委婉、幽怨,听后令人伤感,这是元曲中筝的演奏特点之一。

当然,元曲中的筝曲不只是表达愁怨之情的曲调,也有明朗、轻快、优雅特点的筝曲。如汤舜民小令[越调·柳营曲]《薛琼琼弹筝图》生动地描绘了弹筝者的动人姿态、筝曲的深远意境和听筝时的美妙感受:

> 王雪颜,翠云鬟,昭阳殿里醉了几番。金袖翩翩,银甲珊珊。记天宝年间,哄的兵散潼关,忽的尘暗长安。风云都变改,日月自循环。闲写作画图看。

薛琼琼是唐代众多的秦筝艺术家中出类拔萃的一位。关于她的爱情故事,也是最具有传奇色彩的。所以,唐以后,涌现出不少关于她与筝的动人传说与文艺作品,如绘画中的《薛琼琼弹筝图》等。元曲中借用薛琼琼咏筝的描写也不少,汤舜民的这曲《薛琼琼弹筝图》就是佳作。曲的前三句写出了琼琼的仙姿美貌及在宫中的生活;接着二句,对她的筝技作了具体描写。后六句写她的不幸遭遇,同时表现出对琼琼的赞颂与追慕。张可久也有多首赞颂薛琼琼的小令,如[越调·寨儿令]《春晓》:"点落英,掩闲庭,海棠轩半帘红日影,纤手琼琼,娇语莺莺,睡起对银筝。柳花笺闲写芳情。"此曲借薛琼琼的"纤手"弹银筝写出了春晓的"芳情"。在小令[越调·天净沙]《梅轩席上》,张可久又写到:"琼琼竹外横枝,真真月下吟诗,谁寄东风半纸? 为传心事,梅花落雪多时。"此曲用薛琼琼弹筝寄友情,比之随席女筝人技艺的超绝。在小令[中吕·普天乐]《赠白玉梅》中张可久说:"艳紫妖红尘俗病,论风流让与琼琼。孤山旧盟。"以薛琼琼的风流比白玉梅,赞扬了她对爱情的坚贞不渝。在小令[越调·柳营曲]《歌者玉卿》中张可久称颂玉卿的筝艺:"压锦丛,侍金童,蕊珠仙暂来尘俗中。筝指纤秾,花貌春

---

① 张可久小令[中吕·卖花声]《偶题》。
② 张可久小令[中吕·普天乐]《渡扬子江》。
③ 张可久小令[南吕·金字经]《游仙》。
④ 张可久小令[中吕·普天乐]《晚归湖上》。

红,瑶台上记相逢。风清环珮丁东,月明仙掌芙蓉。琴横秋水冷,钗坠晓云松。天宝宫,惊走薛琼琼。"在小令[中吕·朝天子]《筝手爱卿》中张可久还写道:"丹山凤鸣,黄云雁影,笙歌罢帘帏静。纤纤香玉扣红冰。一曲[伊州令],院体琼琼,秋水盈盈。不由人不爱卿。有情,月明,酬我西湖兴。"此外,马谦斋小令[双调·水仙子]《赠刘圣奴捣筝》也用琼琼比圣奴:"峨眉扫黛鬓堆蝉,凤髻盘鸦脸衬莲,粉香初拭银筝面。把鸾胶整旧弦,玳筵前两件儿依然,崔怀宝酬了心愿,薛琼琼得了赦免,旧风流尚在樽前。"可见薛琼琼在元代的影响力。

总之,在元代人笔下,筝艺活动被描写得惟妙惟肖,为中国古筝史上留下了辉煌的一页。

2.拉弦乐器

元曲中描写的拉弦乐器主要是胡琴。胡琴是中国最早的拉弦乐器。它的前身是唐末我国北方少数民族奚族所用的一种乐器——奚琴。纵观历史,胡琴乐器曾是一个规模庞大的家族。唐代时胡琴泛指我国少数民族和西域传入我国的乐器,即胡人乐器之意。其时,一般多是指弹拨乐器,如琵琶、胡雷等弹拨乐器。宋代胡琴一词的含义也极广,它即泛指西北和北方少数民族地区传入中原地区的一切弦类乐器,比如琵琶、五弦等弹弦乐器,又特指用弓拉奏或擦奏的拉弦乐器,是拉弦类乐器的总称。自元代开始,胡琴才取代了先前在乐器演奏中占主导地位的中国传统乐器琵琶,在中原地区广泛流行开来,并在各地方戏曲、舞蹈中作为伴奏使用。其形制,据《元史·礼乐志》载:"胡琴,制如火不思,卷颈,龙首,二弦,用弓捩之,弓之弦以马尾。"①这段文字表明了"胡琴"的三大特点:一是制如火不思,共鸣箱为半瓶榼。火不思是一种四弦的波斯弹拨乐器,约于唐代从中西亚传入中国,其名始见于元代史籍,《元史·礼乐志》:"火不思,制如琵琶,直颈,无品,有小槽,圆腹如半瓶榼,以皮为面,四弦,皮绷同一孤柱。"②火不思深受元代蒙古族人的喜爱,经常在盛大宴会上演奏,后来流传于民间。元曲中也记载有

---

① (明)宋濂等撰:《元史》,中华书局1997年影印本,第1772页。
② (明)宋濂等撰:《元史》,中华书局1997年影印本,第1772页。

这种乐器,如无名氏小令[双调·水仙子]有一首描写北方少数民族征猎习俗的小曲:"番鼓儿劈彪扑桶擂,火不思必留不剌扑,簇捧着个带酒沙陀。"二是二弦;三是用弓掞之,弓之弦以马尾。胡琴在元代人的笔下更是不脱运用生动的艺术语言,将无形的音乐转化为可感的画面的作品:

> 雨漱窗前竹,涧流冰上泉,一线清风动二弦。联,小山秋水篇。昭君怨,塞云黄暮天。①

> 玉鞭,翠钿,记马上昭君面。一梭银线解冰泉,碎拆俪珠串。雁舞秋烟,莺啼春院,伤心塞草边。醉仙,彩笺,写万里关山怨。②

> 八音中最妙惟弦,塞上新声,字字清圆。锦树啼莺,朝阳鸣凤,空谷流泉。引玉杖轻笼慢捻,赛歌喉倾倒宾筵。③

"一线清风动二弦"、"一梭银线解冰泉",既表达了琴声的袅袅不绝,又使人感受到演奏者指法、弓法的娴熟与柔和,甚而为胡琴乐器本身增添了诗意与美感。在这里胡琴演奏的具体曲目并不重要,重要的是曲文生动地向我们展现了胡琴声的听觉效果——"八音中最妙惟弦","引玉杖轻笼慢捻,赛歌喉倾倒宾筵"。

3.吹奏乐器

吹奏乐器音量高亢、宏大,粗犷跳跃,适宜于表现欢快热烈、雄壮奔放的场面,很受群众喜爱。大多用于节日庆典、婚丧嫁娶等活动。戏曲的伴奏音乐中也加入了吹奏乐器,而且多为领奏的主要乐器,使戏曲伴奏音韵更加丰富,更能充分表现戏曲中的喜怒哀乐,对剧中人的性格塑造、场景气氛烘托起到了不可代替的作用。元曲描写的吹奏乐器品种多样,主要有笛、笙、箫、觱篥。吹奏乐器各有各的音色特点,构成了音色丰富、韵味无穷的整体。

(1)笛

笛子是吹奏乐器中流传最广的乐器。虽然短小简单,但它的历史却十分悠久。1978年出土于河南舞阳的距今八千年的骨笛,音列完备,是具有音律理念指导的乐器。大约在四千五百多年前的时候,笛子由骨制改为竹制。

---

① 张可久小令[南吕·金字经]《王国用胡琴》。
② 张可久小令[中吕·朝天子]《酸斋席上听胡琴》。
③ 张养浩小令[双调·折桂令]《咏胡琴》。

汉武帝时,笛子称为"横吹",它在当时的鼓吹乐中占有相当重要的地位。从 7
世纪开始,笛子又有了改进,增加了膜孔,使它的表现力有了很大的发展,并
且演奏技术也发展到相当高的水平。到了 10 世纪,随着宋词元曲的崛起,笛
子成了伴奏吟词唱曲的主要乐器。元曲里的笛大致有三方面的内容。

一是笛的美称的记写。如玉笛,张可久小令[双调·沉醉东风]《胡容
斋使君寿》:"桂子香中品玉笛,人醉倚蓬瀛画里。"长笛,徐再思小令[双
调·蟾宫曲]《红梅》:"何处长笛,吹散胭脂,分付春归?"短笛,吴西逸小令
[越调·天净沙]《闲题》:"数声短笛沧州,半江远水孤舟。"铁笛,阿鲁威小
令[双调·蟾宫曲]《遣怀》:"铁笛横吹,穿云裂石,草木炎州。"云笛,无名
氏小令[中吕·十二月过尧民歌]:"云笛,云笛,闲拈月下吹。"羌笛,张可久
小令[仙吕·一半儿]《梅边》:"人倚画楼羌笛声。恼诗情,一半儿清香一半
儿影。"清吹,贾仲明杂剧《铁拐李度金童玉女》第一折:"梅落江清吹三弄,
声动关山感归梦,伴渔翁引牧童。"或是从形制,或是从奏法,或是从音色音
域上,吟诵着元代的笛。悠悠笛声吹出了上千年的情愫,营构出了元代人或
哀婉、或深沉、或凄清、或悠长的意境,以及对生活的感受。

二是笛曲的记写。如牧笛、渔笛等。元曲中随处可见村野间简朴无饰
的牧笛的演奏。陈草庵小令[中吕·山坡羊]:"沸池蛙,噪林鸦,牧笛声里
牛羊下,茅舍竹篱三两家。"张养浩小令[中吕·朝天曲]《村乐》:"牧笛,酒
旗,社鼓喧天擂。"赵显宏小令[中吕·满庭芳]《牧》:"闲中放牛,天连野
草,水接平芜。终朝饱玩江山秀,乐以忘忧。青篛笠西风渡口,绿蓑衣暮雨
沧州。黄昏后,长笛在手,吹破楚天秋。""牧笛,牧牛者所吹,早暮招来群
牧,犹牧马者鸣筯也。尝于村野间闻之,则知时和岁丰寓于声也。"[1]清彻悦
耳的牧笛是乡野村间风光的点缀,同时也是元曲笛曲中美丽的风景。渔者
所吹奏的"渔笛"也不时地从元曲中传出,如曾瑞小令[中吕·喜春来]《江
村即事》:"女儿收网临江哆,稚子垂钓靠岸沙,笛声惊雁出蒹葭。清淡煞,
衰柳缆鱼槎。"笛声外吹送着渔家生活:打渔女船行到江口便收起渔网,小
孩子在岸边放线垂钓,清脆的笛声惊起大雁飞出了芦苇丛。渔家的生活多

---

[1]　(元)王祯:《农书》,中华书局 1956 年版,第 248 页。

么清雅闲淡。

三是笛声表达的元代人情感的记写。笛的音色清脆高亢,闻之令人神怡气爽、情思飞越。东汉应劭《风俗通义》云:"笛,涤也,荡涤邪志,纳之雅正。"①在清凉的晨,在寂静的夜,在蒹葭苍苍的水边,在斜晖余照的城头,在民间乡村的田野,清脆高亢的笛声,总会让人安静,让人怀想。同时,因了笛声的清、婉、静,它也就成了元代文人笔下最美丽的一种声音。如吴西逸小令[越调·天净沙]《闲题》:"数声短笛沧州,半江远水孤舟。"水边断续飘来哀怨的笛声,远处的江上系靠着一叶孤舟。笛声烘托愁绪,可谓是"写情沁人心脾"②。又如王举之小令[双调·折桂令]《鹤骨笛》:"洗闲愁一曲桓伊,琼管高闲,锦字精奇。松露玲珑,高魂缥缈,夜气依微。九皋梦声中唤起,一天霜月下惊飞。妙趣谁知? 零落秋云,污我仙衣。"幽渺的鹤骨笛吹落了元代人冷落而愤懑的心境,也吹落了秋云,给人以余音袅袅,不绝如缕、言有尽而意无穷的审美感受。丘士元小令[双调·落梅风]《江上闻笛》也是同样的感受:"江天晚,起暮云,恰才的夜凉人静。风送玉箫三四声,使离人凭阑愁听。"悠悠笛声唤起人们更多的是哀怨和离愁。而白朴小令[双调·驻马听]《吹》则表达了一种言有尽而意无穷的审美境界:"裂石穿云,玉管宜横清更洁。霜天沙漠,鹧鸪风里欲偏斜。凤凰台上暮云遮,梅花惊作黄昏雪。人静也,一声吹落江楼月。"夜深、人静,笛声高亢嘹亮,犹如巨石崩裂,直穿云霄。悠扬的笛声,使天地辽阔,宁静悠远;舒缓地飞翔在空中鹧鸪也会因随风送来的笛声而偏斜。悠扬的笛声,令聆听者仿佛感觉似在淡淡的夜幕中,一群凤凰在凤凰台上翩翩起舞,欢快地歌唱;似傍晚时分,梅花纷纷坠落,飘飘扬扬,犹如雪花飘洒。笛声之美,不仅令人如痴如醉,飘飘欲仙,也让江楼上的月情不自禁跌落在江中。笛音就是这样的一种声音,它不仅是声音的聆听形式,也构成对世界的聆听,并在这一过程中使人陷入沉思,形成对某一特定时刻的深层思索。元代人在笛声悠扬的韵律里延续着对世界的沉思,延续着对时间有意义的倾听;这主要表现在倾听时间,感受

① 汉语大词典编纂处整理:《康熙字典标点整理本》,汉语大词典出版社 2005 年版,第839 页。

② 王国维:《宋元戏曲史》,百花文艺出版社 2002 年版,第 99 页。

时间平静时的宁谧和不安,它是历史的感悟;对空间的倾听,体味生命与世界的永恒意蕴,体验超越时空的延伸。这是笛音与聆听者、与大自然、与江月进行的生命深处最强劲博动的交流。

（2）笙

古老的民族乐器笙在元曲中也有描写,如薛昂夫小令［中吕·山坡羊］《西湖杂咏·夏》:

　　笙歌鼎沸南湖荡,今夜且休回画舫。

周文质套数［大石调·青杏子］《元宵》:

　　笙歌杳杳,金珠簇簇,灯火家家。

钟嗣成小令［双调·沉醉东风］:

　　听不厌鸾笙象板,看不足凤髻蝉鬟。

乔吉小令［双调·水仙子］《赠朱翠英》:

　　吹笙惯醉碧桃花,把酒曾听萼绿华。

徐再思小令［双调·蟾宫曲］《月》:

　　看杨柳楼心弄影,听梨花树底吹笙。

笙是极其富有表现力的民族吹管乐器,早在殷代甲骨文中就已有"竽"（笙的一种）的象形文字记载。在我国第一部诗歌总集《诗经·小雅·鹿鸣》内写有"吹笙鼓簧",而《尚书·益稷》也有"笙镛以间"的记载:它主要由笙斗、笙簧、笙管三个部分组成,以簧片震动发音。笙的演奏技巧独特,音色甜美、和谐而丰满,不仅是一件很好的独奏乐器,同时还是民族乐队中不可缺少的合奏乐器。由上例可知,笙是元代主要的乐器之一。

（3）箫

箫是中国非常古老的吹奏乐器之一,也是最常见的民族乐器。箫在元曲中有很多的美称:"箫凤"、"凤箫"、"凤凰箫"、"紫箫"、"紫玉箫"、"玉箫"、"琼箫"、"短箫"、"洞箫"、"鸾箫"、"玉参差"等。这一方面是因为箫的材料、品种不同,另一方面也反映了元代人对箫的无比钟爱。归纳元曲中对箫的描写,大致可分为以下四个方面:

一是箫技艺的描写。如倪瓒小令［越调·凭阑人］《赠吴国良》描写吴郎美妙动人的箫声:

客有吴郎吹洞箫,明月沉江春雾晓。湘灵不可招,水云中环珮摇。

汤舜民套数[南吕·一枝花]《赠教坊张韶舞善吹箫》:

露瀼瀼万籁沉,风淡淡三更静。天空空千里水,月朗朗一壶冰。蓦闻得何处箫声,一曲中和令,其音协九成。呜呜然赤水龙吟,呖呖兮丹山凤鸣。

[梁州]动婉蜒幽壑潜蛟舞跃,感婵娟孤舟嫠妇魂惊。多管是秦台萧史曾参订。低韵吐游丝飐飐,柔腔度细缕萦萦。颠狂非落梅之趣,悠扬有折柳之情。七数明指法轻清,六律谐音吕和平。从今后柯亭馆桓叔夏再莫横笛,昭阳殿薛寿宁何劳按筝,缑山岭王子晋不索吹笙。兀的般老成,艺能。不枉了天风吹散人间听,消郁闷发清兴。占断梨园第一名,非誉非矜。

[尾声]仰龙楼瞻凤阙孜孜念念钦皇命,趁鹓班随鹭序落落疏疏见乐星,更那堪一点丹诚抱忠敬。常言道有麝自馨,无蓝不青,稳情取大宠着恩光耀乡井。

箫声的美妙,令人神往,令人心旷神怡,也可达到视听共享、时空并备的审美情趣。

二是箫常常被作为仙乐的演奏乐器,成为人们想象中逍遥仙界的凭借。由于箫音色古朴、典雅、韵味悠长,形制颇似凤翼,能够给人种种美好的联想,元代人便赋予其独特的情感魅力。同时由于又有萧史、弄玉的美好传说,凤箫之音便成为了男女情爱的象征。据汉刘向《列仙传》载:"萧史者,秦穆公时人也,善吹箫,能致孔雀、白鹤于庭。穆公有女,字弄玉,好之。公遂以女妻焉。日教弄玉作凤鸣。居数年,吹似凤声,凤凰来止其屋。公为作凤台,夫妇止其上,不下数年。一旦,皆随凤凰飞去。"①对这样一对神仙伴侣的艳羡和歌颂,表达内心渴望缠绵情爱、期盼琴瑟相欢的心理,在元曲中有很多,如李唐宾杂剧《李云英风送梧桐叶》第三折:"凤凰台秦女吹箫。"石子章杂剧《秦翛然竹坞听琴》第二折:"几时能勾月枕双欹,玉箫齐品,翠鸾同跨?"费唐臣杂剧《苏子瞻风雪贬黄州》第一折:"下珠帘处处凉,靸金莲步

---

① 刘棣民:《中国全史 中国远古暨三代文学史》,人民出版社1994年版,第64页。

步响，月明下吹箫引凤凰。"无名氏杂剧《郑月莲秋夜云窗梦》第三折："月窗
并枕歌新令，每日价同品玉箫声。"王实甫杂剧《崔莺莺待月西厢记》第五本
第四折："怎肯忘得待月回廊，难撇下吹箫伴侣。"乔吉杂剧《李太白匹配金
钱记》第二折："对抚瑶琴写幽怨，闲傍妆台整鬓蝉，问品鸾箫并玉肩，学画
娥眉点麝烟。"李唐宾杂剧《李云英风送梧桐叶》第三折："人去玉箫闲，云深
丹凤杳。梦魂无夜不关山。"商衢套数[双调·风入松]："汉宫中金闺梦断，
秦台上玉箫声尽。"徐琰小令[双调·沉醉东风]《赠歌者吹箫》："引青鸾玉
箫声韵，莫不是另得东君一种春？既不呵紫竹上重生玉笋。"王修甫套数
[越调·斗鹌鹑]："正欢娱阻隔欢娱，道心毒果是心毒，生拆散吹箫伴侣。"
荆幹臣套数[中吕·醉春风]："玉箫哀，立闲阶，彩凤人归更不来。"马致远
小令[双调·寿阳曲]："谁家玉箫吹凤凰，教断肠人越添惆怅。"这些描写都
或多或少涉及萧史与弄玉的爱情故事，用以比喻现实中两心相知的爱人，只
是故事中"箫侣"的爱情有着美满的结局，而现实中的却往往相隔两地，只
能"教断肠人越添惆怅"。

　　三是箫常常与鼓连用，以描写繁华的景象和热闹的场合。由于箫拥有庄
严浑厚的音响，因此西周时期的祭祀常使用排箫。箫鼓属于鼓吹乐，即由一
种吹管乐器和打击乐器来合奏。汉代有大量的鼓吹乐，主要用于宫廷礼仪、
宫廷宴乐和军事活动。"'箫鼓'，因它用排箫与建鼓合奏而得名，一般也用作
仪仗音乐。演奏时乐工可以坐在鼓车中。……箫鼓合奏亦可用作军乐。"[1]从
魏晋到唐代箫鼓还用于军队中，来鼓舞士气。元代时箫鼓合奏已渐渐流行于
民间。在元曲里箫鼓多连用于宴饮助兴、繁华景象和热闹的场合。如"觥筹
交错，我则见东风帘幕舞飘飘。则听的喧天鼓乐，更和那聒耳笙箫"[2]；"来时
节画堂箫鼓鸣春昼，列着一对儿鸾交凤友"[3]；"若论着今日风俗，正好宜太
平箫鼓"[4]；"绮罗香里，箫鼓声中，盛世黎民歌岁稔，太平圣主庆年丰"[5]；

---

①　赵建斌：《中国古代音乐简史》，西北大学出版社 2002 年版，第 56 页。
②　郑廷玉杂剧《布袋和尚忍字记》第一折。
③　王实甫杂剧《崔莺莺待月西厢记》第四本第二折。
④　刘君锡杂剧《庞居士误放来生债》第二折。
⑤　王实甫杂剧《四丞相高会丽春堂》第一折

"彩结鳌山对耸,箫韶鼓吹喧哗"①等。

四是箫声更多地是反映了一种凄美的无奈。箫适于演奏低沉、舒缓的曲调,余味悠长,在表现哀婉、深沉的情绪时比其他乐器更胜一筹,这是箫的重要特色之一。"箫"的这一特色,在元曲中有体现,如郑光祖杂剧《迷青琐倩女离魂》第一折:"抵多少彩云声断紫鸾箫,今夕何处系兰桡?"商衢套数[双调·新水令]《闺怨十段锦》:"彩云声断紫鸾箫,夜深沉绣帏中冷落。"王和卿小令[仙吕·醉中天]《别情》:"一自巫娥去后,云平楚岫,玉箫声断南楼。"杨果小令[越调·小桃红]:"玉箫声断凤凰楼,憔悴人别后。"曾瑞小令[中吕·喜春来]《感怀》:"溪边倦客停兰棹,楼上何人品玉箫?哀声幽怨满江皋。声渐悄,遣我闷无聊。"虽然引发哀婉情绪的原因不尽相同,或儿女情思,或怀才不遇,或离愁别恨,但基本的感情基调是一致的,即幽怨、深沉、孤独。

元曲不绝如缕的箫声,元代文人借助它为宴饮助兴,用它来寄托内心情思、抒发感想。随着时间的推移、历史和文化的沉淀,元代文人凭借箫声内涵丰富的特质,营造出情景交融的意境,逐渐成为了萦绕在文人心头的独特而稳定的文化意蕴。

4.打击乐器

锣鼓磬钟等打击乐器的描写在元曲中是大量的。

(1)鼓

鼓类乐器,如张碧山套数[双调·锦上花]《春游》:"将一伙儿鼓笛,选一答儿闲地。摆一个齐整欢筵会,做一段笑乐新杂剧。"石君宝杂剧《鲁大夫秋胡戏妻》第二折:"(李大户同罗、搽旦领鼓乐上,李云)我如今娶媳妇儿去来!洞房花烛夜,金榜挂擂槌。(正旦云)奶奶,门首吹打响,敢是赛牛王社的……""(鼓乐响,正旦做怒科,云)你等还不走呵,(唱)留着你那村里鼓儿则向村里擂……"秦简夫杂剧《宜秋山赵礼让肥》第二折[脱布衫]:"(内偻罗打鼓科)(唱)听冬冬的鼓振山腰。(敲锣科)(唱)玱玱的一声锣响。(打哨科)(唱)飕飕的几声胡哨。"尚仲贤杂剧《洞庭湖柳毅传书》第三折:"(洞庭君云)秀才既要回去,寡人设有小筵,以表谢意。一壁厢奏动鼓

---

① 商衢套数[南吕·梁州第七]《戏三英》。

乐……（正旦做送酒科，唱）［醋葫芦］……（洞庭君歌云）……（内奏乐科）（夜叉云）这是《贵主还宫》之乐。（正旦唱）……（钱塘君云）侄女儿再奉一杯，一壁厢将鼓乐响动者。（歌云）……（内奏乐科）（夜叉报云）这是《钱塘破阵》之乐。"在元代庞大的乐器家族中，鼓类乐器处处可见。从宫廷到民间，从城镇到乡村，只要有音乐活动的地方，便活跃着鼓类乐器的身影。尤其是睢玄明套数［般涉调·耍孩儿］《咏鼓》以鼓自述的形式，描写了鼓在各种场合中的作用，生动地把鼓的应用范围概括出来：

> 乐官行径咱参破，全仗着声名过活。且图时下养皮囊，隐居在安乐之窝。冬冬的打得我难存济，紧紧的棚扒的我没奈何。习下这等乔功课，搬得人赏心乐事，我正是鼓腹讴歌。

> ［五煞］开山时挂些纸钱，庆棚时得些赏贺，争构阑把我来妆标垛。有我时满棚和气登时起，一分提钱分外多。若有闲些儿个了，除是扑煞点砌，按住开呵。

> ［四］专觑着古弄的说出了，村末的收外科，但有些决撒我早随声和。做院本把我拾掇尽，赴村戏将咱来擂一和。五音内咱须大，我教人人喜悦，个个脾和。

> ［三］迎宣诏将我身上掩，接高官回把我背上驮，棚角头软索是我随身祸。一声声怨气都言尽，一棒棒冤仇即渐多。肚皮里常饥饿，论着您腔新谱旧，显我恨满言多。

> ［二］这厮则嫌乐器低，却不道本事将，曾听的子弟每街头上有几篇新曲相撺，不是两片顽皮吃甚么？但唆着招子都赸过。排场上表子偷晴望，恨不得街上行人将手拖。但场户阑珊了些儿个，恨不得添五千串拍板，一万面铜锣。

> ［尾］把我似救月般响起来打蝗虫似哄不合，不信那看官每不耳喧邻家每不恼聒。从早晨间直点到斋时剖，子被这淡厮全家擂煞我。

鼓乐，不管是伴奏习俗，还是演奏风格，都体现了鼓乐与民俗之间血肉相连的亲密关系。人们在民俗中借着鼓乐的击打来祈祷、祝福、祭祀。鼓乐，伴着民俗而生，伴着民俗而长，架着民俗的翅膀而繁荣，而传承，而发展。元曲对鼓乐生动、细腻的描述，为我们对元代鼓乐的研究提供了丰富而又宝贵的资料,具有很高的史料价值。

(2)磬

磬的声音清远而剔透,音色优美穿透力很强,尤其适用于旷远的环境。元曲中的磬多是僧人演奏,且在幽静的寺院之中,如张可久[南吕·金字经]《佛会》:

> 万寿月面佛,十方云会僧。宝殿香风秋树鸣。青,莲花地上生。灵上顶,半空玉磬声。

杨景贤杂剧《西游记》第六本第二十四出《三藏朝元》:

> 梵王宫阙胜蓬瀛,闹垓垓撞钟击磬。

无名氏小令[商调·梧叶儿]《焦山寺》:

> 海窟常闻磬,风波不得僧,江月夜传灯。

磬声烘托出幽静的氛围,使尘心沉寂,引人走入顿觉之路,领悟"空门"的真谛。磬音清空、浑厚、古朴、超然,可洗涤、荡去粗鄙之声,这是元代人喜爱磬的原因吧。

(3)锣

音量宏大、气势磅礴,演奏起来能令人精神振奋、群情激昂的锣也广泛地使用于社会活动的方方面面。如郑光祖杂剧《虎牢关三战吕布》第一折:

> 铁马金戈光灿灿,铜锣画角韵悠悠。

无名氏杂剧《小张屠焚儿救母》第二折:

> 你看那车尘马足,作戏敲锣,聒耳笙歌,不似今年上庙的多。

无名氏杂剧《阀阅舞射柳蕤丸记》第二折:

> 响珰珰锣鸣金镜,扑冬冬鼓响征鼙,英名久镇云州地。

无名氏杂剧《汉钟离度脱蓝采和》第四折:

> 是一火村路岐,料应在那公科地,持着些枪刀剑戟,锣板和鼓笛。更有那帐额牌旗,行院每是谁家? 多管是无名器。

白朴残剧《李克用箭射双雕》:

> 则听的两棒鼓赤力力似春雷,一声锣响轰霹雳,惊天地。

薛昂夫套数[正宫·端正好]《高隐》:

> 庆新春齐敲社鼓,赛牛王共击铜锣。

杨立斋套数［般涉调·哨遍］：

> 锣敲月面,板撒红牙。

写出了打击乐锣的震耳欲聋,写出了锣已深入到元代人社会生活的各个领域,尤其是在杂剧中的运用。元曲描写锣打击出美的乐音,感动着元代人,也震撼了今人。

以上我们从百戏、舞蹈、乐器以及大量的与现代杂技和武术表演相关的技艺等方面,粗略梳理了元曲从独特的视角对活跃在元代舞台上的演艺活动的描写。由此我们可知:第一,自宋以来娱乐节目相间杂而交互演出的方式在元仍然相沿袭着,并没有因为元杂剧的诞生而消失。第二,元代的歌舞杂剧,吸收了回回族、女真族、蒙古族等少数民族的大量的歌舞精华,但这种吸收,仅仅是加快了元代演艺的成熟,而没有让元代的演艺变异为游牧歌舞。第三,在勾栏中那些令人眼花缭乱异彩纷呈的表演项目中,元杂剧始终是最引人注目的。

（三）演艺风尚

在元代之前,中国观演场所走过了一个很长的发展历程。元时期,中国戏曲进入了一个崭新的发展阶段,勾栏瓦舍的出现与民间演艺的兴盛相结合,使戏曲实现了对说唱歌舞和扮演故事等多种舞台手段的综合,而成熟的综合舞台艺术形式——元杂剧——亮相在勾栏瓦舍,作场于堂会庙台,行艺在酒肆茶坊,嘈嘈杂杂的市民社会则又为其提供了施展身手、蓬勃发展的大舞台。

1.观演场所

中国古代观演场所,归纳起来不外三类:广场、庙台、勾栏。三者呈渐进式,表现出中国古代观演场所由简到繁的发展过程。元曲中描写的演艺活动主要在以下几个场所进行:

一是"瓦舍"、"勾栏"。"瓦舍",也称"瓦市"、"瓦肆"、"瓦子",简称瓦,里面设各种店铺,除了观看表演,"瓦中多有货药、卖卦、喝故衣、探搏、饮食、剃剪、纸画、令曲之类"①的生意,是一种固定的文化娱乐餐饮一条

---

① （宋）孟元老:《东京梦华录》(外四种),中国商业出版社1982年版,第15页。

龙服务的消费市场。特大型的瓦子内，四周甚至有酒楼、茶馆、妓院和商铺等设施。宋元南戏《张协状元》有一段说白可以印证这种情景："你看茶坊济楚，楼上宽疏。门前有食店酒楼，隔壁有浴堂米铺，才出门前便是试院，要闹却是棚栏，左壁厢角奴鸳鸯楼，右壁厢散妓花柳市。此处安泊，尽是不妨。"①关于"瓦舍"一词的含义，学界曾众说纷纭。据南宋吴自牧《梦粱录》说："瓦舍者，谓其'来时瓦合，去时瓦解'之义，易聚易散也。"②由于史料的缺乏，已很难对"瓦舍"一词的原本含义作出精确的解释。但可以肯定的是，到了宋代，"瓦舍"已是固定的演出、娱乐专门场所，是专业艺人汇聚，不间断地奉行各种文化娱乐活动的场地。勾栏是设置在瓦舍里的戏院、舞台或看场。勾栏又作"勾阑"、"钩栏"等。设置于瓦舍中，是固定的演出场所、相当于现在的戏院。勾栏的本义为曲折的栏干，"勾"者，曲折勾连也，它的名字最早见于汉代，是用在庙里给老人作扶手用。宋李诫《营造法式》是我国建筑史上的重要文献，其中就载有"单钩栏"和"重台钩栏"条，其中明确地指出勾栏即栏杆，具体说明了勾栏的制作样式、尺寸和方法。明胡震亨《唐音癸签》卷十九引《韵书》说，"勾阑，木为之，在阶除。"③说的是房屋台阶下安装的木栏杆。至于勾栏的含义怎样从"栏干"转为"表演棚"、"剧场"，宋孟元老《东京梦华录》中有一段记载，为我们提供了一点依据："楼下用枋木类成露台一所，彩结栏槛。……教坊钧容直，露台弟子，更互杂剧……万姓皆在露台下观看。"④这些"彩结栏槛"的表演棚可以方便观众近距离观看不同的节目，使其不受天气阻碍，同时又可以遮蔽视线，观众想要观看节目就必须购票，如此则能取得更多的门票收入。后来，将这一间间的表演棚统称为勾栏。

关于元代瓦舍勾栏的情况，我们从杜仁杰套数［般涉调·耍孩儿］《庄家不识勾栏》、高安道套数［般涉调·哨遍］《嗓淡行院》、汤舜民套数［般涉

---

① （宋）九山书会：《张协状元校释》，胡雪冈校释，上海社会科学院出版社 2006 年版，第 115 页。

② （宋）吴自牧：《梦粱录》（外四种），中国商业出版社 1982 年版，第 166 页。

③ 王学奇、王静竹：《宋金元明清曲辞通释》，语文出版社 2002 年版，第 407 页。

④ （宋）孟元老：《东京梦华录》（外四种），中国商业出版社 1982 年版，第 38 页。

调·哨遍]《新建构栏教坊求赞》以及无名氏杂剧《汉钟离度脱蓝采和》等中可知:元代勾栏一般不仅地理位置极佳,而且建筑也巍峨雄胜、精美华丽:

半空中觚棱□耸,平地上轮奂光辉。上设着透风月玲珑八向窗,下布着滴星辰嵯峨百尺梯,俯雕栏目穷天堑三千里。障风檐细粼粼檐牙高展文鸳翅,飞云栋磅可可檐角高舒恶兽尾。多形势,碧窗畔荡悠悠幕云朝雨,朱帘外滴溜溜北斗南箕。门对着李太白写新诗凤凰千尺台,地绕着张丽华洗残妆胭脂一派水,敞南轩看不尽白云掩映钟山翠。三尺台包藏着屯莺聚燕闲人窟,十字街控带着踞虎盘龙旧帝基。柳影浓花阴密,过道儿紧栏着朱雀,招牌儿斜拂着乌衣。①

勾栏里不仅有"层层叠叠"的梯形座位,而且有钟楼般的舞台。女伶所坐之处叫"乐床",其位置位于戏台的两侧。戏台后部分,叫"戏房"。演员上下场,即戏房出入口处,叫做"鬼门道"或"古门"。戏台正上方的额枋间通常悬挂帐额,神帧则用以隔开前后台。用神帧把戏台隔断,不仅可以排除观看演出的视觉干扰,增强演唱的音响效果,而且便于演员的换装和休息等。观众席分为神楼和腰棚。戏台正对面是"神楼",由木料或砖石搭砌而成,顶部加盖以遮避风雨。神楼是早期的祭坛。因为演戏原本是为了酬神、娱神,所以在宗教祭祀坛场中,往往供奉着神像或设神位。元代勾栏中有"神楼"的设施,说明它是祭坛、庙台中神佛之位的残余。神楼两边各有"腰棚",顶部也加盖。戏台与神楼、腰棚之间,有空旷的平地,供观众站立看戏或设座位。勾栏一面有门,也叫"棚门",供观众出入。这种剧场形式一直到清朝都没有太大的变化,至于现代剧场中所见三面栏隔,只有一面对着观众的西式"镜框式舞台",直到清末上海"二十世纪大舞台"才开始采用。

元曲中勾栏演出的场面也写得绘声绘色:

这壁厢酒肆里笙歌聒耳来,那壁厢渲房中麝兰扑鼻吹,隔离五云宫阙无多地。鼓儿敲普冬冬响随仙仗迎□□,板儿撒砣剌剌声逐天风入凤墀。八音备,土匏革木,丝竹金石。

豁达似彩霞观金碧妆,气概似紫云楼珠翠围,光明似辟寒台水晶宫

① 汤舜民套数[般涉调·哨遍]《新建构栏教坊求赞》。

里秋无迹,虚敞似广寒上界清虚府,廊□□兜率西方极乐国。多华丽,潇洒似蓬莱岛琳宫绀宇,风流似昆仑山紫府瑶池。

捷剧每善滑稽能戏设,引戏每叶宫商解礼仪,妆孤的貌堂堂雄纠纠口吐虹霓气。付末色说前朝论后代演长篇歌短句江河口频随机变,付净色腆囂庞张怪脸发乔科唝冷讲土木形骸与世违。要撺每未东风先报花消息,妆旦色舞态衰三眠杨柳,末泥色歌喉撒一串珍珠。①

台下熙熙攘攘,座无虚席;戏台金碧辉煌,宽敞明亮,精致华丽。

茶馆酒肆也是元代艺人演出的固定场所,集饮茶、饮食、娱乐、交易于一体,深受市民阶层的喜爱。在茶楼酒肆引入说唱技艺的表演为茶楼酒肆招揽了生意,成为了一种营销手段,反映了元代城市娱乐活动的商业化特征。无名氏套数［般涉调·耍孩儿］《拘刷行院》云:"穿长街蓦短衢,上歌台入酒楼。忙呼乐探差祇候:众人暇日邀官舍。与你几贯青蚨唤粉头。休辞生受。请个有声名旦色,选标垛娇羞。……［青哥儿］怎地弹,［白鹤子］怎地讴。……［江儿里水］唱得生,［小姑儿］听记得熟。"描写的就是草班在歌台酒馆的演出;乔吉杂剧《杜牧之诗酒扬州梦》第一折:"茶房内,泛松风,香酥凤髓;酒楼上,歌桂月,檀板莺喉。"秦简夫杂剧《东堂老劝破家子弟》第二折旦儿云:"自从扬州奴卖了房屋,将着那钱钞,与那两个帮闲的兄弟去月明楼上,与宜时景饮酒欢会去了。"第三折扬州奴说:"我梦见月明楼上,和那撇之秀两个唱那［阿孤令］,从头儿唱起。"无名氏杂剧《鲁智深喜赏黄花峪》第一折刘庆甫和妻子李幼奴到泰安神州烧香,在返回的路上,到草桥酒店喝酒。刘庆甫央妻子唱曲佐觞一段描写:"(庆甫云)大嫂,我央及你唱一个小曲儿。(旦云)我不会唱。(庆甫云)你好歹唱一个曲儿,我吃不的闷酒。(旦做递酒科,云)庆甫,你饮这一杯酒,我唱个曲儿你听。(唱)［南驻云飞］盏落归台,不觉的两朵桃花上脸来。深谢君相待,多谢君相爱。嗏,擎尊奉多才,量如沧海。满饮一杯,暂把愁怀解,正是乐意忘忧须放怀。"当时在草桥酒店喝酒的蔡衙内听到在为丈夫刘庆甫唱曲佐觞后,急忙招呼店小二:"兀那卖酒的,隔壁是甚么人唱?(店小二云)官人,俺这里无唱的。(蔡

---

① 汤舜民套数［般涉调·哨遍］《新建构栏教坊求赞》。

净云)弟子孩儿,他那里吃酒唱哩!(店小二云)哦,是个秀才,引着他浑家,在此饮酒唱哩。"都是元代酒楼茶馆演出情况的描写。高安道套数[般涉调·哨遍]《嗓淡行院》写到士大夫逛瓦舍的动机,也提到茶馆酒肆的演出:"暖日和风清昼,茶余饭饱斋时候;自叹抱官囚,被名缰牵挽无休。寻故友,出来的衣冠济楚,像儿端严,一个个清秀,都向门前等候;待去歌楼作乐,散闷消愁。倦游柳陌恋烟花,且向棚阑玩俳优。赏一会妙舞清歌,瞅一会皓齿明眸,越一会闲茶浪酒。"由此可知,元代酒楼茶肆的演出活动是很兴盛的,大的酒楼一般是"笙歌杳杳,金珠簇簇,灯火家家"[1],一些小的酒馆茶肆也要以说话讲史说唱等演艺活动吸引顾客。因此也可以说,酒楼茶肆演艺娱乐,是元代演艺的另一种形态。

在自己私第的演出,元曲中随处可见。元代的歌伎有"应官身"的义务,也就是当官府中有宴会时,必须要按规定的色式服装,前往表演歌舞戏曲。这种"应官身"的表演,适合中等富豪之家小规模的演出。关汉卿杂剧《钱大尹智宠谢天香》中的开封府尹钱可,只凭一句话,就让上厅行首谢天香到官衙唱曲;关汉卿杂剧《杜蕊娘智赏金线池》中的济南府尹石敏,在接待同窗故友韩辅臣时,因为"筵前无乐,不成欢乐",即让张千唤上厅行首杜蕊娘来"服侍兄弟饮几杯酒";杨景贤杂剧《马丹阳度脱刘行首》中的刘婆婆感叹上厅行首刘倩娇的"官身"也极多,重阳节还被官府"唤官身",记写的就是这种演出。乔吉小令[双调·水仙子]《席上赋李楚仪歌以酒送维扬贾侯》:"鸳鸯一世不知愁,何事年来尽白头?芙蓉水冷胭脂瘦,占西塘晓镜秋,菱花漫替人羞。擎架著十分病,包笼著百倍忧,老死也风流。"卢挚小令[双调·蟾宫曲]《醉赠乐府珠帘秀》:"容散邮亭,楚调将成,醉梦初醒。"乔吉套数[越调·斗鹌鹑]《歌姬》:"扶飐煞东风桃李,吸留煞暮雨房栊,吃喜煞夜月阑干。向尊席之上,谈笑其间,意思其攀,且是娘剔透玲珑不放闲,不枉了唤声妆旦。"这些是名伎在席上侑酒演出的描写。流动演出娱乐场所也是十分重要的,它与固定的演出娱乐场所互补,共同构成了元代文化娱乐市场。

---

[1]　周文质套数[大石调·青杏子]《元宵》。

另外,驿站、船上、野外作为元代演出场所,元曲中也有描写。如无名氏杂剧《冯玉兰夜月泣江舟》第四折:"接了使客转回来,闲向官厅调百戏。"是在驿站演出的描写;张碧山套数[双调·锦上花]《春游》云:"燕语莺啼,和风迟日,郊外踏青。禁烟寒食,拜扫人家。……摆一个齐整欢筵会,做一段笑乐新杂剧。杂剧要旦末双全,筵席要水陆俱备。"记载了元代人在清明寒食节扫墓时,在田间野外大摆筵席,并请戏班的演出。可以想象,这样开放的剧场,容纳的观众可能是成千上万的。张可久小令[商调·梧叶儿]《春日简鉴湖诸友》:"簪花帽,载酒船,急管间繁弦。席上题罗扇,云间寄锦笺。水畔坠金鞭,不减长安少年。"是船上作为演出场所的描写。刘时中小令[南吕·四块玉]《游赏》:"泛彩舟,携红袖,一曲新声按[伊州]。樽前更有忘机友;波上鸥,花底鸠,湖畔柳。"是歌伎在小船上弹唱演出的描写。

除了以上所说营利性的公演之外,酬神祭祀也往往少不了戏曲表演。酬神演戏的寺庙舞台通常设在正殿对面,先造台基,或用土砌成实心平台,或用木头中空搭建,再于台基上建造舞台。观众就在戏台和正殿之间的广场上看戏,没有看席。元曲中也记载了这样的演出,如高文秀杂剧《黑旋风双献功》第一折:"那泰安山神州庙,有一等打擂台赌本事的,要与人厮打。你见他山棚上摆着许多利物,只怕你忍不过,就要厮打起来。"山棚就是戏台。

总之,形态各异的元代演出娱乐场所丰富了市民的日常生活,提升了市民的文化品位,扩大了城市的消费需求,推动了市民文艺和娱乐业的蓬勃发展。

2.演出组织

元曲描写的演艺组织大体是两类,一类是常年在瓦舍勾栏中进行商业性演出的职业戏班,一类是流动作场的路歧班。

职业戏班多由民间艺人组成,一个戏班通常五六人左右,多的在十几人以内。山西洪洞霍山明应王殿壁画里的忠都秀戏班,见于画面的共十一人。出西运城西里庄元墓壁画里的戏班也是十一人。戏班多以一个家庭的成员为中心组成,其他的成员也往往与这个家庭有姻亲血缘关系。如无名氏杂剧《汉钟离度脱蓝采和》第一折蓝采和自报家门说:"小可人姓许名坚,乐名蓝采和,浑家是喜千金,所生一子是小采和,媳儿蓝山景,姑舅兄弟是王把色,两姨兄弟是李薄头,俺在这梁园棚勾栏里做场。"是一个由蓝采和及其家人亲戚共六人组成的戏班。这个戏班在汴梁城演出二十年,靠"几分薄艺"演戏谋衣食,班主蓝采和觉得"胜似千顷良田",这说明元代大城市演剧事业的发达。

　　流动作场的路歧班没有固定的演出场所,多在市井广场或乡间野地流动演出,也是由民间艺人组成的戏班。因其艺术上比较粗劣,又称之为"草台戏"或"草台班"。但是他们对社会文化活动和演艺繁荣也起到一定的作用。元曲描写的路歧班大致分为两类,一类是由于演出水平不高,或因戏班规模不够,竞争不过其他戏班,难入瓦舍勾栏,多在乡间热闹宽阔处作场,观众大多是农民。无名氏杂剧《刘千病打独角牛》第一折中"路歧歧路两悠悠,不到天涯未肯休。有人学得轻巧艺,敢走南州与北州",意思是说它只配在农村赶场,根本没到过梁园棚这样的勾栏。一类是虽然曾一段时间在勾栏里演出的戏班,因为某些原因终于在竞争中败退下来,退到"打野呵"的路歧班地位。"打野呵"是指那些在街头巷尾卖艺,没有固定演出场所被称为"路歧人"的表演。蓝采和戏班的主角许坚出家以后,这个戏班先是"自从哥哥去了,勾栏里就没人看",紧接着就不能再在汴梁城的梁园棚立脚,而成为一伙"村路歧",在"公科地"演出。高安道套数[般涉调·哨遍]《嗓淡行院》就描绘了戏班从城镇到乡村奔走进行商业性流动演出的状况,"梁园中可惯经,桑园里串的熟。似兀的武光头、刘色长、曹娥秀,则索赶科地沿村转疃走。""梁园"代表城市剧场,"桑园"代表农村演出地点,无论是在农村,还是城市的大街小巷,"只在耍闹宽阔之处"①就可作场表演。这种演出很辛苦,而且收入也比较少、不稳定,但从中可以了解当时广大农村市场对演艺活动的接受和喜爱。

　　3.演创人员

　　在戏曲构成的演员、剧本、观众、剧场等诸要素中,演员占有重要的位置,是其中最本质的要素。元代戏曲繁荣辉煌的原因之一,正在于拥有一支

---

①　(宋)周密:《武林旧事》(外四种),中国商业出版社1982年版,第118页。

庞大的、演技精湛的演员队伍。元曲中有大量聪慧、美丽、色艺俱佳的艺人描写。如"凌波殿前,碧玲珑掩映湘妃面,没福怎能够见。十里扬州风物妍,出落着神仙"的朱帘秀①;"真个是风风流流,可可喜喜"的李亚仙②;让身为开封府尹的钱大尹"见了呵,不由的也动情"的谢天香③;"洗妆明雪色芙蓉,默默情怀,楚楚仪容"的李楚仪④;"花比他不风流,玉比他不温柔,端的是莺也销魂,燕也含羞。蜂与蝶花间四友,呆打颏都歇在豆蔻梢头","仙人飞下紫云车,月阙才离蟾影孤。却向樽前取玉盏,风流美貌世间无"的张好好⑤;"散春情柳眉星眼,取和气皓齿朱唇。和他笑一笑敢忽的软了四肢,将他靠一靠管烘的走了三魂。为俺呵搬的那读书的慵观经史,作商的懒去辛勤,为吏的焉遵法度,做官的岂惜簪绅"的顾玉香⑥等。她们风姿绰约,仪态万方,再配以清脆娇软的歌喉,宛转婆娑的舞姿,能够提供给观众以新鲜、刺激的感官享受,甚至令人心旌摇荡,从而受到全社会的追捧。

元曲中的演员不仅姿色出众,而且技艺超群。如"偶倡优而不辞"⑦的关汉卿自诩自己是个"会围棋,会蹴鞠,会打围,会插科,会歌舞,会吹弹,会咽作,会吟诗,会双陆"⑧的舞台演员。无名氏杂剧《汉钟离度脱蓝采和》中的杂剧艺人蓝采和也说自己:"旧么么院本我须知,论同场本事我般般会。"卢挚在小令[双调·蟾宫曲]《醉赠乐府珠帘秀》中赞扬朱帘秀的音乐才情:"系行舟谁遣卿卿,爱林下风姿,云外歌声。宝髻堆云,冰弦散雨,总是才情。恰绿树南薰晚晴,险些儿羞杀啼莺。容散邮亭,楚调将成,醉梦初醒。"无名氏杂剧《逞风流王焕百花亭》第一折贺妈妈介绍贺怜怜:"生得十分聪明智慧,谈谐歌舞,挦筝拨阮,品竹分茶,无般不晓,无般不会,占断洛阳风景,夺尽锦绣排场。"乔吉小令[双调·水仙子]《赠常凤哥》中化用《庄子·秋水》"凤栖碧梧"的典故,赞赏常凤哥悠扬的白玉箫乐声:"紫金钗影落芳

---

① 关汉卿套数[南吕·一枝花]《赠朱帘秀》。
② 石君宝杂剧《李亚仙诗酒曲江池》第一折。
③ 关汉卿杂剧《钱大尹智宠谢天香》第二折。
④ 乔吉小令[双调·折桂令]《贾侯席上赠李楚仪》。
⑤ 乔吉杂剧《杜牧之诗酒扬州梦》第一折。
⑥ 贾仲明杂剧《荆楚臣重对玉梳记》第一折。
⑦ (明)臧晋叔:《元曲选·序》,中华书局1958年版,第3页。
⑧ 关汉卿套数[南吕·一枝花]《不伏老》。

樽,白玉箫声隔暮云,碧梧枝冷惊秋信。倩缑仙暖梦魂,喜相逢青鸟红巾,都不索瑶琴写恨,秦台忆君,妆镜悲春。"在同调小令《赠朱翠英》中乔吉盛赞朱翠英的笙声和歌声让人如醉如痴,飘飘欲仙:"吹笙惯醉碧桃花,把酒曾经萼绿华。"赵明道套数〔越调·斗鹌鹑〕《名姬》中称赞:"雷声声梁苑,禾惜惜都城,苏小小钱塘。三人声价,四海名扬。红妆,忒旖旎忒风流忒四行,堪写在宣和图上。有百倍儿风标,无半米儿疏狂。"如此多的色艺双全的演员,自然能打动观众,从而产生使"快者掀髯,愤者扼腕,悲者掩泣,羡者色飞"①的感动人心的演出效应,取得良好的市场效益。

　　元代剧创人员绝大多数都是不仕文人或沦落于社会底层的民间艺人,即自然意义上的"民间"地位低微者。有些市民化的文人,如关汉卿、乔吉等本身就是市民的一分子。"戏剧是一种'高度困难'的艺术样式"②,为了适应演艺市场需求,以博得更多观众的欣赏。创作方式主要是几下几种:一是杂剧作家纷纷参加"书会"组织。所谓"书会",在宋代就已经出现,主要是为勾栏瓦舍戏班演出杂剧、讲史、诸宫调等通俗文艺撰写文学脚本的一种以民间艺人为主体的行会组织。宋耐得翁《都城纪胜》"三教外地"载:"都城内外,自有文武两学,宗学、京学、县学之外,其余乡校、家塾、舍馆、书会,每一里巷须一二所,弦诵之声,往往相闻。遇大比之岁,间有登第补中舍选者。"③书会原本是官学以外读书人应举的地方,文人书生在应举之余,也常参加市民的文艺活动,在文化娱乐市场的刺激下,演变为勾栏艺人演唱撰写戏剧脚本的创作组织。元时,一批有才华却无出路的文人加入书会。由于元代实行民族歧视政策,蒙古人、色目人被优待,汉族士子则入仕较难。有些文人即使涉身仕途,也只是屈居地位低下的州县小吏,"门第卑微,职位不振"④,愤懑不平,只得转向从事元杂剧创作来排遣愁绪;有些文人迫于生计,不得不加入书会,用创作的方式来解决经济收入来源问题,并从精神的苦闷中得到解脱。大量的文人儒士加入书会,推动了元杂剧的繁盛。如无

①　(明)臧晋叔:《元曲选·序》,中华书局1958年版,第4页。
②　郑传寅:《中国戏曲文化概论》,武汉大学出版社2003年版,第404页。
③　(宋)耐得翁:《都城纪胜》(外四种),中国商业出版社1982年版,第16页。
④　(元)钟嗣成:《录鬼簿》(外四种),上海古籍出版社1978年版,第2页。

名氏杂剧《汉钟离度脱蓝采和》第一折蓝采和唱:"俺路歧每怎敢自专? 这的是才人书会划新编。"从这段唱词可以看出戏班与"书会"的关系。如果没有书会作后盾,老是演那几出旧戏,便得不到观众的青睐,是难以撑得久的。蓝家班享誉汴梁,主要是靠了"才人书会划新编"。二是为了演出,为了赚钱,文化人不得不在写作时通过相互间合作,与艺人、演员商量,使之适合舞台演出。如钟嗣成《录鬼簿》载杨显之与"关汉卿莫逆之交,凡为文辞,与公较之"①。这种商量和修改,使戏的内容和艺术都有更大提高,也更为通俗易懂,提高了剧本的质量。三是元曲的作者多采用民间身份、民间逻辑、民间立场,自己编剧、自己写词、自己制曲,甚至亲自登台演出。如关汉卿这位杂剧领袖和剧坛盟主把自己变成一个彻头彻尾的普通民众,以普通民众的身份洞察现实,体悟人生,关注个人的社会权益:"世情推物理,人生贵适意"②;"躬践排场,面傅粉墨,以为我家生活,偶倡优而不辞者"③。事实上这也是他们的作品内涵丰富深厚、真实感人的基础。正是因为有了像关汉卿这样一批经过充分的世事历练、特殊的文化陶冶,并相当娴熟地掌握运用各种艺术技巧的"铜豌豆"式的民间艺术行家用自己的生命和热血,守护着民族文化,才使得中华文明之花在金元时代的百余年里依然是"千红万紫都争放",并"占断早春光"④。

　　需要特别提出的是,元曲在元代的繁荣是与元代剧创人员中活跃着的一大批少数民族作家分不开的。在中国文学史上,身为少数民族而能从事汉语言文学创作者,虽说历代都有,但是元散曲中西北少数民族作家人数之多,成就之显著,却是无与伦比的。如蒙古族的伯颜、不忽木、孛罗、阿鲁威、童童、杨讷,女真族的奥敦周卿,回回人丁野夫,西域人贯云石、薛昂夫、兰楚芳、孟昉,以及阿里耀卿、阿里西瑛父子等,一大批少数民族作家群体,给元曲注入了多民族文化撞击的智慧火花,促成了元杂剧辉煌的成功。

---

① 　(元)钟嗣成:《录鬼簿》(外四种),上海古籍出版社 1978 年版,第 14 页。
② 　关汉卿套数[双调·乔牌儿]。
③ 　(明)臧晋叔:《元曲选·序》,中华书局 1958 年版,第 3 页。
④ 　钟嗣成小令[南吕·骂玉郎过感皇恩采茶歌]《四景·花》。

（四）观赏习俗

戏剧观赏习俗的形成,有方方面面的原因,其中两个因素最为关键:一个因素是演剧业的发达。元代城市演剧业已相当发达。元代歌舞繁华的景象,在乔吉杂剧《杜牧之诗酒扬州梦》中有十分具体的描绘,第一折［混江龙］曲云:"喜教坊,善清歌,妙舞俳优。大都来一个个着轻纱,笼异锦,齐臻臻的按春秋;理繁弦,吹急管,闹吵吵的无昏昼。弃万两赤资资黄金买笑,挤百段大设设红锦缠头。"一个戏班能在一个城市长年献艺,不但演员要多才多艺,而且还必须有许多剧目供轮换上演,以层出不穷的新剧目招徕观众。另一因素是经济繁荣到有能力消费戏曲。元代社会的稳定和财富的积累,使他们具有了一定的消费能力,能够支付娱乐服务费用,杜仁杰套数［般涉调·耍孩儿］《庄家不识勾栏》传神地描述了元代剧场中看戏观众之多的盛况:"入得门上个木坡,见层层叠叠团圞坐。抬头觑是个钟楼模样,往下觑却是人旋窝。"黑压压的观众,现今凡是到过体育比赛现场的人都会对这一景象极为熟悉了。这是远非其他朝代所能比拟的。只有市民有足够的钱,才有可能投资于文化娱乐业,才有可能在劳作之余流连于酒楼茶肆、勾栏瓦舍,才有可能听曲观舞,点戏、看戏、评戏。

1.观众群体构成

从元曲看,元代瓦舍勾栏中的观众大致分为三类:一是由富豪、一般官吏组成的上层观众群体。这批观众资财富足,消费能力强,消费水平高;他们在吃饱喝足闲得无聊时,需要娱乐来满足他们的生活享受。马可·波罗在他的游记中对这类观众群进行记载说:"宴罢席散后,各种各样人物步入大殿。其中有一队喜剧演员和各种乐器的演奏者。还有一班翻筋斗和变戏法的人,在陛下面前殷勤献技,使所有列席旁观的人,皆大欢喜。这些娱乐节目演完以后,大家才分散离开大殿,各自回家"①。需要说明的是,这类观众群体可"唤官身",他们的唤官身往往是临时抽调,演员勿须为这部分观

① ［意大利］马可·波罗:《马可波罗游记》,陈开俊等译,福建科学技术出版社 1981 年版,第 100 页。

众特别排演,其所演所唱,当是在勾栏里表演的节目。所以尽管他们身为统治者,地位较高,但却不能有效干预戏剧的演出形式。二是元代发达的商品经济,造就了一大批有一定消费能力的市民观众,而这部分人是观众的主体,成分也较为复杂,如大大小小的贵族、官吏、地主和千千万万个军官,以及工商业主、普通市民、僧人道士等,构成的中层观众群体。贵族、官吏、地主和军官在厌倦了物质生活的同时,也要求演艺的享受,他们对演艺的胃口已经不满足于单调的说唱,转而要求更高层次的文化艺术享受。这类观众往往不具备高贵的身份,也因此有较少传统的束缚。他们与达官显贵一起形成了高消费群体,虽然人数不多,但带动了元代演艺消费。秦简夫杂剧《东堂老劝破家子弟》讲述了富家子弟扬州奴结交两个无赖,整日不务正业,流连舞榭歌台瓦舍勾栏,将家财败光成了乞丐。李直夫杂剧《便宜行事虎头牌》第二折金住马提起自己孩子时唱道:"则俺那生念忤逆的丑生,有人向中都曾见。伴着伙泼男也那泼女,茶房也那酒肆,在那瓦市里串,几年间再没个信儿传。"可见,豪客、官吏、贵家子弟都是勾栏的常客。他们整天"不离了舞榭歌台"①,以致倾家荡产。汤舜民套数〔般涉调·哨遍〕《新建构栏教坊求赞》也反映了这一现象:"王孙每意悬悬怀揣着赏金,郎君每眼巴巴安排着庆赏□,跳龙门题雁塔悬羊头踏狗尾一个个皆随喜。扎磘的亚着肩叠着脊倾着囊倒着产大抨白雪银双镒,妆孤的争着头鼓着脑舒着眉睁着眼细看春风玉一围。"台上演员们一个个技艺超群,极尽能事,台下的观众看得如痴如醉,破了产也要来看戏。这类观众爱听故事,希望从别人的命运遭际中吸取经验;他们喜欢声色刺激,希望在娱乐中得到放松;他们喜欢简单明了,希望在轻松愉快中体味理解的愉悦。他们是演艺和戏剧观众的主体,他们的审美趣味和欣赏水准对杂剧有着举足轻重的影响。三是包括店员伙计、小本经营者、游民闲人、农民的下层观众。这些居民中,包括王公贵族、官僚和他们的家眷,而更多的则是下层市民——包括各行各业的工匠、经纪人、买卖人、小贩、小吏、侍从、奴仆以及医卜星相之流。他们除日常生活消费以外,还有多余的钱观看戏曲歌舞演出,以求得一个抒愁解闷、倾

---

① 李直夫杂剧《便宜行事虎头牌》第一折。

泄自己痛苦、表露自己愿望的场所。如杨景贤杂剧《西游记》第二本第六出《村姑演出》中居住长安城外的庄稼人"壮王二、胖姑儿"等到城里去看送唐三藏的社火；杜仁杰套数［般涉调·耍孩儿］《庄家不识勾栏》中一位村民进城，"花了二百钱"入勾栏看戏，说明进城农民看演出、逛勾栏是平平常常的事。

从上分析看，元代瓦舍勾栏中的观众群体构成以城市平民为主。身处高位的官员武将可"唤官身"即通过官府唤勾栏艺人上门服务，所以时常光顾瓦舍勾栏的，皆是品级低微的军士和地位普通的文人、百姓。富商巨贾和贵家子弟在勾栏的消费，与勾栏戏班为了金钱利润而演出的目的相一致，这种等价交换里体现出来的商品意识和价值观，具有着浓厚的平民文化气息。

2.演艺经营手段

元代的演艺经营，带有现代商业性特点，具有积极的意义。首先是元代勾栏经营已经进入了一种商业化操作过程。具体表现是：

第一，实行收费入场制度。杜仁杰套数［般涉调·耍孩儿］《庄家不识勾栏》中描写："要了二百钱放过咱，入得门上个木坡，见层层叠叠团圞坐。"另有《朴通事谚解》中也提到费用问题，"勾栏看杂技，有'诸般唱词'，入场交了'五个钱'"[1]。付钱入场看戏，这种有别于演员或管事人托盘收"零打钱"的现象，是商业上"买卖公平"的一种表现。也因此元代艺人"与市民观众建立起一种新型的商业性经济依存关系"[2]。

第二，勾栏里设有三等不同档次的观众席：神楼、腰棚和普通座位。无名氏杂剧《汉钟离度脱蓝采和》第一折："（钟离上，云）贫道按落云头，直至下方梁园棚内勾栏里走一遭，可早来到也。（做见，乐床坐科，净云）这个先生，你去那神楼上或腰棚上看去，这里是妇人做排场的，不是你坐处。"杜仁杰套数［般涉调·耍孩儿］《庄家不识勾栏》描写一位农民进城花了"二百钱"入勾栏看戏，"入得门上个木坡，见层层叠叠团坐，抬头觑是个钟楼模样。"这里"层层叠叠团坐"即三等普通座位，"钟楼模样"即一等神楼雅座，

---

① 杨栋：《元曲研究失落的两部珍贵域外文献》，《山东科技大学学报》2000 年第 4 期。

② 廖奔：《宋元北方杂剧发展序列的历史沉积——从河南山西戏曲文物考察宋元杂剧的流播》，文化艺术出版社 1986 年版，第 42 页。

由于戏剧的商品化,观众入席看戏,不再按身份地位排座次,而是按票价入座,如这位农民买的就是腰棚二等座位。这说明在民间勾栏看戏,在商业性演出面前,观众无论贵贱,人人平等了。①

第三,实行广告经营。勾栏演出前通常张贴或悬挂"招子"(类似今天的"海报")。因为在瓦舍里有若干勾栏同时演出,观众选择看什么节目,在哪座勾栏看,需要看"招子"决定。杜仁杰套数[般涉调·耍孩儿]《庄家不识勾栏》里一个农民岁末进城买祭品准备拜神还愿,"正打街头过"的时候,就是被勾栏挂着五颜六色的演出海报所吸引才买了票进去看戏的。无名氏杂剧《汉钟离度脱蓝采和》第一折:"俺在这梁园棚勾栏里做场,昨日贴出花招儿去,两个兄弟先收拾去了。"招子上写的是将要演出的剧目、演员的名字和剧情简介。"招子"多是彩色的,故又谓"花招儿"。元杂剧中的题目正名就是勾栏艺人写在招徕观众的招子上的简介剧情。无名氏杂剧《风雨像生货郎旦》第四折也载演员"打牌儿出野村",指在乡村中演出也要打着标志卖唱的牌子;"吊名儿临拘肆",意为把演出艺人的姓名写在勾栏前张贴的招子上。石君宝杂剧《诸宫调风月紫云亭》第四折:"恁那秀才凭学艺,他却也男儿当自强。他如今难当,日写在招儿上。"写明能演出的剧目,以供观众选择。另外,在行院的入口处一些类似今天戏院门口卖小商品的商贩,"卖薄荷的自肿了咽喉"②,虽是调侃的一笔,却写出了元代勾栏的红火,反映了元代商业性演出的繁荣和竞争局面。

第四,勾栏与勾栏之间、戏班与戏班之间存在的激烈竞争。如无名氏杂剧《汉钟离度脱蓝采和》第二折乐名为蓝家班的班主许坚总结如何争取观众认可的经验说:"若逢,对棚,怎生来妆点的排场盛,倚仗着粉鼻凹五七并,依着这书会社恩官求些好本令。"对棚,即两个戏班对台唱戏;"妆点"、"粉鼻"就是装饰新巧。显然,市场竞争也进入了元代的演艺领域。一个戏班要在勾栏中站住脚,在竞争中立于不败之地,一要演员必须具备良好的艺术素质。演员们不仅要熟悉台词,做到烂熟于口还要熟悉多种戏文剧目,只

---

① 吴晟:《简析宋元民间戏剧观众的主要构成》,《中国戏曲学院学报》2004 年第 1 期。
② 高安道套数[般涉调·哨遍]《嗓淡行院》。

有这样才能满足多层次多口味戏剧观众的观赏需求。作为一名有竞争实力的演员,还须是多面手,吹拉弹唱都来得;二要妆点表演排场,在化妆、服饰等方面做好,并力求新意;三要向书会才人们恳求些好剧本。好的本子,精彩的故事情节,生动的人物形象也是保证演出获得成功的关键因素之一。这些措施和理论,带有现代商业性特点,同时也是现代表演理论的先声,在今天仍然具有积极的意义。

3.招徕观众方式

以观众与演员当场交流为特点的演艺活动,从诞生那天起,就开始寻找尽可能多地吸引观众的方法和途径。从元曲看,元代招徕观众的方式,大致有以下三个方面:

一是演出内容的多样性。杂剧剧目适应市场需求,题材广,内容多。据不完全统计,元杂剧中仅三国题材戏就有六十种,"水浒戏"三十余种,还有代表光明正大,代表公正无私,代表刚毅坚强,代表威武不屈,从多个方面诠释了中国人所崇尚的传统美德和民族精神的"包公戏",以及本来不利于元代统治者,但却演出不断,越唱越红的"杨家将戏"。此外,还有"西游戏"、"妓女戏"、"商贾戏"、"神道戏"、"爱情戏"、"家庭戏"、"鬼怪戏"等,涉及道德伦理、家庭教育、市井风波、爱情抉择、子孙孝道、神鬼报应等百姓关心的一切是非问题。这样,观众点什么戏,勾栏就演出什么戏,因而演艺市场更加活跃。无名氏杂剧《汉钟离度脱蓝采和》第一折描写了观众汉钟离向蓝家戏班班主点戏的情景:

> 我特来看你做杂剧,你做一段什么杂剧我看?(正末云)师父要做什么杂剧?(钟云)但是你记的,数来我听。(正末云)我数几段师父听咱。(唱)[油葫芦]甚杂剧请恩官望着心爱的选。(钟云)你这句话敢忒自专么!(正末唱)俺路歧每怎敢自专?这的是才人书会划新编。(钟云)既是才人编的,你说我听。(正末唱)我做一段于祐之金水题红怨,张忠泽玉女琵琶怨。(钟云)你做几段"脱剥"杂剧。(正末云)我试数几段脱剥杂剧。(唱)做一段老令公刀对刀,小尉迟鞭对鞭,或是三王定政临虎殿,(钟云)不要,别做一段。(正末唱)都不如诗酒丽春园。[天下乐]或是做雪拥蓝关马不前。

蓝采和一口气说出七个杂剧名目,汉钟离都不要,蓝采和只得承认自己"本事浅"。勾栏演出的商业化,观众由原来被动的看客身份变成了戏班的"上帝",正如蓝采和对"点戏"的汉钟离说:"我在这勾栏里坐了一日,你这早晚才来! 宁可乐待于宾,不可宾待于乐。"即是说勾栏戏班演出什么剧目,不是由戏班决定,而是任由观众挑选。

观众不仅可以"点戏",还可以评戏。无名氏套数[般涉调·耍孩儿]《拘刷行院》中就描写了观众喝倒彩惩罚演出质量低劣的情形:

有玉箫不会品,有银筝不会挡。查沙着一对生姜手,眼锉间准备钳肴馔。

唬得烟迷了苏小小夜月莺花市,惊得云锁了许盼盼春风燕子楼。

慌煞曹娥秀,抬乐器眩了眼脑,觑幅子叫破咽喉。

高安道套数[般涉调·哨遍]《嗓淡行院》写一个劣等戏班,演员长相古怪,化妆丑陋,演技拙劣,伴奏跑调,砌末肮脏,行头猥琐,结果遭到观众的惩罚:"凹了也难收救。四边厢土糁,八下里砖彪。"观众向戏台撒泥土、丢砖头;演出中途观众一哄而散:"棚上下把郎君溜。"这样的戏班就不可能再在勾栏立足,只能流落街头巷尾,随处做场了。

二是演出方式的多样性。主要体现在两个方面,其一是灵活多样的演出方式。为迎合观众的需要,有时演整本戏,有时只演唱部分剧曲。在勾栏演出时,戏班往往演整本戏。无名氏杂剧《汉钟离度脱蓝采和》第一折蓝家戏班"在这梁园棚勾栏里做场",并请观众汉钟离点戏:"甚杂剧请恩官望着心爱的选。"说明演的是全剧。戏班在野外演出时,也会演全剧。如张碧山套数[双调·锦上花]《春游》云:"燕语莺啼,和风迟日,郊外踏青。禁烟寒食,拜扫人家。……摆一个齐整欢筵会,做一段笑乐新杂剧。杂剧要旦末双全,筵席要水陆俱备。"记载了元代人在清明、寒食节扫墓时,在野外大摆筵席,并请戏班演出,演的是"旦末双全"的全本戏。在歌楼酒馆演出时,由于场地的狭窄,有时就只是清唱剧曲,如无名氏套数[般涉调·耍孩儿]《拘刷行院》云:"穿长街蓦短衢,上歌台入酒楼。忙呼乐探差祗候:众人暇日邀官舍。与你几贯青蚨唤粉头。休辞生受。请个有声名旦色,选标垛娇羞。……[青哥儿]怎地弹,[白鹤子]怎地讴。……[江儿里水]唱得生,[小姑儿]听记得熟。"说明"旦色"等演员只是演唱[青哥儿]、[白鹤子]、[江儿里水]等剧曲,并非上演全剧。灵活多样的演出方式,完全是为了满足观众的娱乐需求。其二是丰富多样的表现手法。为提升观众观看的情趣,常见的有误会法加强喜剧性效果。如康进之杂剧《梁山泊李逵负荆》中李逵误把宋江、鲁智深当作强抢民女的强盗宋刚、鲁智恩,从而加强了整场戏的喜剧性效果。又如无名氏杂剧《包待制陈州粜米》中小衙内误将包拯当作叫化老头吊在树上打,即成为其欺压百姓的铁证,使人忍俊不禁。误会是人物之间因不明真相而产生的误解,往往具有偶然性,出人意料却又合乎情理,从而达到令人捧腹的喜剧效果。

科诨的语言、动作,制造出喜剧情境,将滑稽可笑的元素充分直观地外化呈现,生发笑声,也会给观众以心理愉悦。如关汉卿杂剧《望江亭中秋切脍》第三折中,杨衙内带着随从张千、李稍坐船到潭州去加害白士中,其中有一段科诨的表演:

> (衙内云)小官杨衙内是也。颇奈白士中无理,量你到的哪里!岂不知我要娶谭记儿为妾?他就公然背了我,娶了谭记儿为妻,同临任所。此恨非浅,如今我亲身到潭州,标取白士中首级。你道别的人为什么我不带他来?这一个是张千,这一个是李稍。这两个小的,聪明乖觉,都是我心腹之人。因此上则带的这两个人来。(张千去衙内鬓边做拿科)(衙内云)嗯!你做什么!(张千云)相公鬓边一个虱子。(衙内云)这厮倒也说的是。我在这船只上个月期程,也不曾梳篦的头。我的儿,好乖!(李稍去衙内鬓上做拿科)(衙内云)李稍,你也怎的?(李稍云)相公鬓上一个狗鳖。(衙内云)你看这厮!(亲随、李稍同去衙内鬓上做拿科)(衙内云)弟子孩儿,直恁的般多!

这种科诨的喜剧性的穿插调动了观众的情绪,令观众快乐,从而营造戏台上下共通的"情绪场",使观众获得娱乐放松的心理快感。还有的科诨会让观众产生一种在悲剧中渗透了人生世相的心理快感,如关汉卿杂剧《包待制三勘蝴蝶梦》,在王家三兄弟面临悲剧性命运的情境中,在包拯审案时衙门威严的鼓声、衙役的吆喝,特别是王母的悲怆唱词造成的紧张悲剧气氛中,剧作者有意地安排王三(丑扮)插科打诨,制造出一种喜剧性情境。使观众对王母的美德、葛彪的专横、二兄弟的孝悌、包公的正直进行一种内在的心理审视,在笑声里宣泄积郁,达到心态的平衡,感受到愉悦。

观众看戏时,常把自己的情感与戏中反映的道德内容对照起来,对真善美的热爱,对假丑恶的憎恨,都能在看戏当中流露无遗。如关汉卿杂剧《感天动地窦娥冤》第四折父女再次分离时,窦娥的魂灵唱道:"嘱付你爹爹,收养我奶奶。可怜他无妇无儿,谁管顾年衰迈!再将那文卷舒开,(带云)爹爹,也把我窦娥名下,(唱)屈死的招伏罪名儿改。"这段戏对于传统伦理的挚爱,以及对礼教的热情讴歌和细心的维护,对于观众就是一种心理的冲击,一种震撼人心的感染力,也是一种交流,一种建构在戏剧情境,以及情境与情境推进真实上的一种交流。"窦娥冤"在当时就成为流行语,马致远杂剧《江州司马青衫泪》第二折:"却下的这拳槌不善,教我空捱那没程限的窦娥冤。"孟汉卿杂剧《张孔目智勘魔合罗》第三折:"这的是霜降始知节妇苦,雪飞方表窦娥冤。"由此可见,观众对这一形象的接受。再如王实甫杂剧《崔莺莺待月西厢记》唱出的"愿普天下有情的都成了眷属",暗合着民众渴望自择佳偶普遍心理和大团圆结局的期待心理,拨动着观众的心弦,引起共鸣。还有重重叠叠地矗立在元代舞台上的那一群群有血有肉、富于生命力、喧闹而真实的平民,如关汉卿杂剧《感天动地窦娥冤》里的蔡婆婆,具有小市民的精明能干,通过放高利贷而使生财有道;她的生活准则是小市民的享乐思想:"不须长富贵,安乐是神仙";她心地善良,把媳妇窦娥"当自家骨肉一般";她更能随遇而安,当张驴儿父子威逼她时,她稍做反抗后就把他们带回了家,管吃管住,甚至对窦娥说:"不若连你也招了女婿罢!"在改嫁这件事上,蔡婆婆显得随和、开放,随遇而安。她同意嫁人,主要是出于报恩,她说:"我的性命都是他爷儿两个救的,事到如今,也顾不得别人笑话了。"可见报恩思想在她心中比贞节观有更深的烙印。可以说,蔡婆婆是当时相对开放的元代市民的缩影。再如关汉卿杂剧《望江亭中秋切鲙》中虽身为诰命夫人,其感情方式和行为方式却带有市井民间妇女的豪爽、率直、泼辣的特征,长于庖厨刀俎,像"薄批细切"等较大难度的"切鲙"活儿,对驾舟、撒网这类一般妇女少做或不做的事都挥洒自如的谭记儿;白朴杂剧《裴少俊墙头马上》中为追求自由爱情,大胆、泼辣又不流于轻浮的李千金;王实甫杂剧《崔莺莺待月西厢记》中帮助崔张二人挣脱封建枷锁实现了结合的红娘;关汉卿杂剧《诈妮子调风月》中敢于"为追求幸福生活而斗争"①的燕燕;贾仲明杂剧《荆楚臣重对玉梳记》中为爱情不为财利所动的松江府上厅行首顾玉香;秦简夫杂剧《晋陶母剪发待宾》中省吃俭用,辛勤劳作,"与人家缝联补绽,洗衣刮裳,觅来钱物",作儿子的"学课钱",为了让儿子结交贤士而"割发待宾"的陶母等。一群群从田野山林走来、从街间巷陌走来的纯真质朴、侠义热情、泼辣豪爽、敢爱敢恨、率真可爱的平民,在勾栏瓦舍里荡起经久不息的精神涟漪,拉近了观众与舞台的距离。元代舞台上有很多荡人心魄的鬼戏,如无名氏杂剧《萨真人夜断碧桃花》中的碧桃肉体虽死,但不死的爱的灵魂最终借尸还魂,与心爱之人永成眷属;无名氏杂剧《神奴儿大闹开封府》中的神奴儿,被图谋遗产的婶婶王腊梅勒死,成为阴沟之鬼。神奴儿冤魂不散,一方面托梦给老院公告知真相,一方面亲自对付仇人,为自己报仇;武汉臣杂剧《包待制智赚生金阁》中的郭成在含冤被铡成为提头鬼后,在元宵节这天追赶仇人,直接索命复仇;无名氏杂剧《朱砂担滴水浮沤记》中的王文用在东岳太尉庙惨遭杀害后,鬼魂到阴司告状。当观众看到舞台上那一个个善良忠贞的灵魂被一次次地撕裂时,当看到那像火山熔浆一样爆发出来的爱与愤怒,当看到被毁灭了的美在最后一搏中所作的挣扎和呐喊时,以及观众"善有善报,恶有恶报"心理诉求被满足时,无不产生强烈的共鸣并为之深深感怀。尤其在元代"高祖还乡"是一个热门题材,白朴和张国宾各做有以汉高祖为题材的杂剧(已佚),睢景臣套数[般涉调·哨遍]《高祖还乡》实际上是一出由八支曲组成的微型杂剧,是中国历史上第一个以漫画的笔法,借乡民的口吻把刘邦的皇权尊严剥了个精光的作品,可谓横眉而出、石破天惊!《高祖还乡》使人看到高高在上、被光环笼罩的皇帝只是一个流氓。元曲家们用这种一反传统文人的惯性思维和常态,直面现实,表面是嘲讽刘邦,实则是对元代蒙古王统丑恶本质的揭露和鞭挞,也是对整个帝制的撼动和冲击,痛快淋漓地说出了观众的心声,对于观众来说,是一次集体无意识的狂欢。

三是演出宣传的多样性。通过其他文艺形式传播介绍戏剧的剧目、剧

---

① 游国恩等:《中国文学史》第三册,人民文学出版社1980年版,第193页。

情等,以提升其知名度。散曲是当时的流行歌曲,通过元散曲传播介绍元杂剧的曲作,可收到家喻户晓的效果。如孙季昌套数［正宫·端正好］《集杂剧名咏情》,其中嵌入了石君宝杂剧《李亚仙诗酒曲江池》、关汉卿的《诈妮子调风月》、王实甫的《崔莺莺待月西厢记》、白朴的《董秀英花月东墙记》、郑光祖的《迷青琐倩女离魂》、孟汉卿的《张孔目智勘魔合罗》等杂剧名六十个。与全曲内容相谐相契,天衣无缝。该套数嵌入法分三种形式,一是直接运用杂剧名称,把名称的字面涵义与内容完美统一起来,天衣无缝,不留痕迹。如"玩江楼山围着画屏,见一只采莲舟斜弯在蓼汀";"金凤钗斜簪在鬓影,抱妆盒寒侵倦整";"金钗剪烛人初静,彩扇题诗句未成。后庭花歌残玉树声,琵琶怨凄凉不忍听"等。二是运用杂剧中人名或故事,把描写的情境与杂剧的情节联系在一起。甚至自比剧中人,使作品抒情更加真切,哀婉动人。如"怨你个画眉的张敞杂情,揣着窃玉心,偷香性";"我待学孟姜女般真诚性,我则怕啼哭倒了长城";"指望似多情双渐怜苏小,到做了薄幸王魁负桂英,撇得我冷冷清清"等。三是用"咏情"的方式,巧妙地介绍杂剧。如"付能的潇湘夜雨情,早闪出乌林皓月明。正孤雁汉宫秋静,知他是甚情怀月夜闻筝。那时节理残妆对玉镜台,推烧香到拜月亭。则被这伙梅香紧将咱随定,不能够写相思红叶题情。指望似多情双渐怜苏小,到做了薄幸王魁负桂英。撇得我冷冷清清"。类似的还有季子安套数［中吕·粉蝶儿］《题情》:"玉清庵错把鸳衾送。藕丝微银瓶重,比目鱼和冰冻。小卿倒把双郎送,莺莺远却离张珙。柳毅错把家书奉,张生煮海金钱梦。"用了无名氏的《玉清庵错送鸳鸯被》、尚仲贤的《洞庭湖柳毅传书》、李好古的《沙门岛张生煮海》等杂剧名。再如陈克明套数［中吕·粉蝶儿］《怨别》:"到做了三不归离魂倩女",提到了郑光祖的《迷青琐倩女离魂》杂剧名。无名氏小令［越调·柳营曲］:"小敲才恰做人,没拘束便胡行。东堂老劝着全不听,信人般弄,家私儿掀腾。便似火上弄冬凌。都不到半载期程。担荆筐卖菜为生,逐朝忍冻饿,每日在破窑中。再不见胡子传、柳隆卿。"将秦简夫杂剧《东堂老劝破家子弟》的剧情通过唱散曲加以传播,起到了广泛传播的作用。还如王仲元套数［中吕·粉蝶儿］《集曲名题情》:"金盏儿里倦饮香醪,盼到那赏花时甚实曾欢笑? 别人都喜春来唯我心焦。出得那庆东园,离亭宴,暗伤怀抱。贪看那喜游蜂蝶恋花梢，想起贺新郎不知消耗。"介绍了〔金盏儿〕、〔赏花时〕、〔喜春来〕、〔庆东园〕、〔离亭宴〕、〔蝶恋花〕、〔贺新郎〕等戏曲曲牌名，观众通过听演员唱散曲，也熟悉了这些戏剧常用的曲牌名。无名氏杂剧《风雨像生货郎旦》第四折"唱货郎"的张三姑唱："也不唱韩元帅偷营劫寨，也不唱汉司马陈言献策，也不唱巫娥云雨楚阳台，也不唱梁山伯，也不唱祝英台，只唱那娶小妇的长安李秀才。"其唱词中隐含有关汉卿的《升仙桥相如题柱》、杨景贤的《楚襄王梦会巫娥女》、白朴的《祝英台死嫁梁山伯》等佚剧剧名。这些对戏剧有意或无意的宣传，客观上扩大了杂剧的影响。

4.演艺观赏习俗

元曲中对观演习俗的描写虽然不少，但不明显、不系统。认真研读，大体整理为以下三个方面。

第一，节令演出而形成的观赏习俗。之所以节令凸显演出，一则是由于祭祀是中国节日的主要活动，在祭祀活动中人们以歌舞、表演酬神，产生了戏剧雏形，并在节日的庆典中逐渐发展苗壮，而戏剧也透过不断的在戏中搬演、发扬节日之意蕴，而成了传统节日的传承载体。一则我国广大乡村一般平时很少有演艺活动，演艺表演多在佳辰节令。节日"观戏场"是节日民俗中的重要内容。在节日里，鼓乐喧天、色彩绚烂、载歌载舞的戏曲演出，正切合我国古代劳动人民渴望热闹的心理和观赏取乐的习惯。戏曲演出妆点节日，节日伴随着戏曲活动，成为我国节日民俗和游艺民俗引人注目的现象。尽管元代都市的演戏不必尽在节日，有的大都市演剧活动"日日如是，风雨无阻"，但每届节日，都市里的演剧活动也远胜于平时①。如无名氏杂剧《王月英元夜留鞋记》第二折描写元宵节的晚上王月英到相国寺和意中人郭华相会，路上"被社火游人拦挡"，街市上"灯轮呵红满街，沸春风管弦一派，趁游人拥出蓬莱……直恁的人马相挨。"贾仲明杂剧《李素兰风月玉壶春》第一折："（琴童云）相公，时遇春天清明节令，你看这郊外人稠物穰，都是赏心乐事。真个好热闹也。（正末唱）〔油葫芦〕则见那仕女王孙游上苑，人人可

---

① 郑传寅：《节日民俗与古代戏曲文化的传播》，《东南大学学报》（哲学社会科学版）2004年第1期。

便赏禁烟。则见那桃花散锦柳飞绵，语关关枝上流莺哢，舞翩翩波面鸳鸯恋。这壁厢罗绮丛，那壁厢鼓吹喧。抵多少笙歌闹入梨花院，可兀的就芳草设华筵。"写的是节令的演艺活动和观赏的情景。杜仁杰套数〔般涉调·耍孩儿〕《庄家不识构阑》描写一位庄稼汉秋收以后进城"买些纸火"，见城里的勾栏"又不是迎神赛社，不住的擂鼓筛锣"，颇感诧异，也是节令观赏习俗的一种心理反映。

第二，喜庆演出而形成的观赏习俗。举凡育子、做寿、成年、婚嫁、升迁、新居落成等喜庆宴集，多有演艺活动。如无名氏杂剧《阀阅舞射柳蕤丸记》第四折范仲淹云："今日庆设筵宴，犒劳功臣，一壁厢歌儿舞女，大吹大擂，庆赏太平筵席，一壁厢动乐者。（外动乐器舞科）"贾仲明杂剧《萧淑兰情寄菩萨蛮》第四折梅香云："夜凉风定，月朗天晴，香清灯灿，歌舞吹弹，正好交杯劝盏。一壁厢动乐者。（做奏乐、交杯科）"关汉卿杂剧《温太真玉镜台》第四折府尹云："人间喜事，无过夫妇会合。就近日杀羊造酒，安排庆喜筵席，送学士、夫人还宅去。（诗云）金尊银烛启华筵，一派笙歌彻九天。若非恩赐鸳鸯会，焉能夫妇两团圆"应是对这一习俗的描写。另外，还有钟嗣成的《宴瑶池王母蟠桃会》吉庆佚剧等，陶宗仪《南村辍耕录》"院本名目"里也有《瑶池会》、《八仙会》、《蟠桃会》、《洗儿会》、《庆七夕》、《香茶酒果》、《王母祝寿》等剧目①。这些剧目，虽然由于剧本的失传难以知晓其演出形式，但据剧名仍可看出其中的求寿、祝寿的意义。总之，喜庆演出在我国是一种历史悠久、影响广泛而深远的民俗活动。由于喜庆演出可以满足人们多方面的"需求"，所以无论官民、贫富，都习惯在这一天邀班演戏。喜庆演出成了传统戏曲的一项重要生存方式，对中国戏曲的生存产生了重要影响。

第三，神会演出而形成的观赏习俗。据《元典章》记载："今市井之人，舍人事而不为，冒法禁而为之，又有各衙节级首领人等，轮为社头，通同庙祝，买嘱官吏，印押公据，纠集游惰，扛抬木偶，沿街敛掠，搅扰买卖，直使户户出钱，而后已所得赢余，朝酒暮肉，每次祈赛，每日不宁，街衢喧阗，男女混

---

① （元）陶宗仪：《南村辍耕录》，中华书局 1959 年版，第 308—310 页。

杂……"①可见元代民间祈神赛社活动的频繁与盛大。祈赛时要聚众唱词，且"诸民间子弟，不务生业，辄于城市坊镇，演唱词话，教习杂戏，聚众淫谑"②，以致引起官府的恐慌，惧怕这种活动会引起"聚众"闹事，"别生事端"，因此，屡次颁布禁令，借口"明正之神"不会"享此奉""受此赂"③，长此下去"淳朴之俗，变为浇浮"，明令"除系籍正色乐人外，其余农民市户良家子弟，若有不务正业，习学散乐，般说词话人等，并行禁约"④。这些禁令，透露出当时祈赛活动的盛况。⑤ 元曲中多描写广大农村的这种习俗，农村的迎神赛会演出一般有两次，一次在春耕前，一次在秋收后。演出是开放的，十里八乡的村民都来观赏。如王恽小令〔越调·平湖乐〕《尧庙秋社》描写社日的演出："社坛烟淡散林鸦，把酒观多稼。霹雳弦声斗高下，笑喧哗，壤歌亭外山如画。朝来致有，西山爽气，不羡日夕佳。"张养浩小令〔中吕·朝天曲〕也是社日演出的描写："牧笛，酒旗，社鼓喧天擂。田翁对客喜可知，醉舞头巾坠。老子年来，逢场作戏，趁欢娱饮数杯。醉归，月黑，尽踏得云烟碎。"除社日之外，乡村中还有各种各样的敬神祈福活动，诸如名目繁多的神诞、庙会、求雨、禳灾等。举办演艺活动是这类"淫祀"的重要内容。无名氏杂剧《刘千病打独角牛》第三折香官云："方今圣人在位，天下太平，八方宁静，黎庶安康，端的是处处楼台闻语笑，家家院落听欢声。今日是三月二十八日，乃是东岳天齐大圣仁圣帝圣诞之辰，小官奉命降香一遭。端的是人稠物穰，社火喧哗。"无名氏杂剧《小张屠焚儿救母》第二折描写了三月二十八日前后的泰山东岳庙："闹清明莺声婉啭，荡花枝蝶翅蹁跹，舞东风剪尾婆婆。你看那车尘马足，作戏敲锣，聒耳笙歌，不似今年上庙的多。普天下名山一座，壮观着万里乾坤，永镇着百二山河。"这些既是对神会演出的具体描写，也是对演出中观赏习俗的真实记述。演戏的主要目的在于娱人，但有娱神的信仰背景，依托于宗教节日，必然会吸引更多的观众。

---

① 《元典章》，中国书店 1990 年《海王邨古籍丛刊》影印本，第 823 页。
② （明）宋濂等撰：《元史》，中华书局 1997 年影印本，第 2685 页。
③ 《元典章》，中国书店 1990 年《海王邨古籍丛刊》影印本，第 824 页。
④ 《元典章》，中国书店 1990 年《海王邨古籍丛刊》影印本，第 820 页。
⑤ 王学泰：《游民文化与中国社会》，学苑出版社 1999 年版，第 21 页。

综观我国的演艺发展史,尤其是戏剧发展史,演艺活动在群众中的传播极为广泛、深入。旧时,几乎没有人不会哼几句戏文的。就连鲁迅笔下的阿Q也会唱"我手执钢鞭将你打"的戏文,并能口念一板一眼的锣鼓经来给自己的演唱"伴奏"。鲁迅小说《阿Q正传》的这一艺术细节反映了演艺活动特别是戏曲在民间广为传播的真实状况。世界上恐怕没有哪一种戏剧能够像中国演艺活动特别是戏曲这样拥有那么多的观众,没有哪一种戏剧能够像中国的演艺活动特别是戏曲那样深入人心,对人民大众的生活发生如此巨大的影响——八百年以来,戏台一直是广大民众的"精神中心"。这其中元代演艺特别是杂剧的贡献是不可磨灭的。

三、元曲里的旅游风俗

旅游"作为一种社会现象,它是人类社会发展到一定阶段的产物,并且随着人类社会经济、科技、文化的进步而发展"①。作为中国古代旅游的一个重要组成部分,元代旅游也呈现出十分活跃的态势。首先,元代是"水秀山奇,一到处堪游戏。这答儿忒富贵,满城中绣幕风帘,一哄地人烟辏集"②,秀美至极的湖光山色为元代人提供了游玩的空间。其次,元代"地大民众""兴举水利"③,打通拓展了汉唐以来的陆路交通线,建成了以北京为中心、通向全国及至境外的驿路交通网,综合道路系统比唐宋时代更具规模,效率更高。特别是南北运河的全线修通,纵贯中国的南北大运河,起到了积极的"地利"作用。不仅促进了元朝漕运的发达,为后世水路交通运输的发展和南北经济文化的交流创造了条件,而且刺激了旅游活动,客观上造成了元代欣欣向荣的旅游风气。再次,元朝政府对外实行开放政策,元代社会经济的发展,使越来越多的人有了更多的能力和时间进行文化娱乐活动。无论是皇宫贵族、官僚士大夫,还是市井小民、村野百姓都对旅游活动乐此

---

① 王福鑫:《宋代旅游研究》,河北大学出版社 2007 年版,第 3 页。
② 关汉卿套数[南吕·一枝花]《杭州景》。
③ (明)宋濂等撰:《元史》,中华书局 1997 年影印本,第 1346、1588 页。

不疲,出现了"遇清明赏禁烟,艳阳天丽日迟,倾城士庶同游戏"①,"行旅万里,宿泊如家,诚所谓盛"②的景象。在这样的社会风气之下,涌现出一批以城市及其近郊为代表的旅游胜地。旅游,在元代是一种娱乐,一种游戏,是另一种意义上的生活,一种充分实现自我价值的生活。元曲以生动的笔触记录了时人行前占卜吉凶、选择吉日、准备行李盘缠,行时亲朋好友设宴饯行、求祖神保佑,路途交通、住宿等一系列的旅游习俗,以及游景观而引发的对世事、人生的感悟。从而让我们感受到元代人民多姿多彩的旅游生活。

（一）启 程 习 俗

古代道路崎岖,交通工具不发达,人们长途远行,或乘车船、或骑马、或步行。山河层层阻障、路途种种危险,露宿风餐,跋涉艰难可想而知。亲故分别,再见难期的饯行与赠别成了古代人民生活中不可或缺的一部分。元代时这种习俗依然保留。无论是饯行时的设宴摆酒,还是持金赠行、遥装、折柳,虽然形式不同,但目的都是祝福远行者平安。

1.卜行

卜行,即在外出旅游前,占卜择日,以示吉凶:吉则行,凶则避。卜行择吉避凶,包括择吉人、择吉地、择吉时等多种情形,其中以择吉时最为常见。卜行择吉避凶风俗产生很早,古人认为,每年每月每日甚至每个时辰都有善神或恶煞轮流值日,主宰人们的生活行为。因此出门前,必须推算日子认准方位,才可出行。元代人出行也有卜行择吉避凶的习俗,马可·波罗在他的游记中记载杭州风俗时说:"杭州的居民有一种风俗,父母生下子女时,立刻记下他们出生的年、月、日、时。然后,请一位星占家,来推算这个孩子的星宿;星占家的答复,也同时详细地记在纸上,由父母保存起来。等到孩子长大以后,如果希望从事商业冒险、航海、订婚等重大事业,就拿这个生辰八字去找星占学家,经过他们仔细推算之后,斟酌了各种情况,宣布一些预言似的话。有时人们发现,这些预言被事实所应验了,于是这部分人对星占家

---

① 睢玄明套数〔般涉调·耍孩儿〕《咏西湖》。
② （明）叶子奇:《草木子》,中华书局1959年版,第47页。

的话便信若神明。"①可见当时人们对择吉的重视程度。这种习俗在元曲中也可以看到。无名氏杂剧《包待制陈州粜米》楔子:"听圣人的命:因为陈州亢旱不收,黎民苦楚,差您二人去陈州开仓粜米,钦定五两白银一石细米。则要你奉公守法,束杖理民。今日是吉日良辰,便索长行。"李文蔚杂剧《张子房圯桥进履》第三折楔子张良云:"小生拣取今朝吉日良辰,拜辞长者,投于任贤之处,进取功名。"关汉卿杂剧《状元堂陈母教子》第一折:"今日是个吉日良辰,辞别了母亲,您孩儿上朝求官应举去也。"孟汉卿杂剧《张孔目智勘魔合罗》楔子李德昌云:"叔父,您孩儿去南昌做买卖,就躲灾难。今日是好日辰,特来拜辞叔父。"李行甫杂剧《包待制智赚灰阑记》楔子马均卿云:"今日恰好是一个吉日良辰,我不免备些财礼求亲去。"高文秀杂剧《好酒赵元遇上皇》第一折:"大姐,我选吉日良时,便来问亲也。你可休嫁了别人。"宫天挺杂剧《死生交范张鸡黍》第三折:"老身张元伯母亲。自从孩儿亡化,却早过了七日。他临亡时嘱付下,直等范巨卿哥哥来主丧下葬。许多路途,又无人寄封信去,今日是个好日辰,且安葬了,等他哥哥来祭奠也无妨。"元曲中择日子的事项可谓不少:婚娶丧葬、游学游历、商旅宦游、远游登程。可见卜行择吉避凶在当时已成为影响深广的风气。就其实质而言,此类风气表达的是元朝人想要知晓和掌握自己命运的强烈愿望,是惶惑不安的社会心理的折光。

2.行装

行装在元代称行李或行囊,元曲中对出行准备行李的描写很多,如费唐臣杂剧《苏子瞻风雪贬黄州》楔子:"行李收拾已定,刻日起身。"石子章杂剧《秦翛然竹坞听琴》第二折:"唤张千来,收拾行装,我便索长行也。"关汉卿杂剧《赵盼儿风月救风尘》第三折:"这里有个大姐赵盼儿,着我收拾两箱子衣服行李,往郑州去。都收拾停当了。请姐姐上马。"无名氏小令[双调·水仙子]:"临行愁见整行李,几日无心扫黛眉。"郑光祖杂剧《迷青琐倩女离魂》第四折:"行李萧萧倦修整,甘岁月淹留帝京。只听的花外杜鹃声,催起

---

① [意大利]马可·波罗:《马可波罗游记》,陈开俊等译,福建科学技术出版社1981年版,第181—182页。

归程。"徐琰小令[双调·蟾宫曲]《青楼十咏·十叙别》："仆整行装,马鞴雕鞍。"无名氏杂剧《冯玉兰夜月泣江舟》第一折："你把那行装整顿,无过是一琴一鹤紧随身。"元曲中更常见书生出行准备行李的描写,如郑光祖杂剧《㑳梅香骗翰林风月》第三折白敏中云："天色明了也,小生收拾行装,求取功名,走一遭去。"无名氏杂剧《逞风流王焕百花亭》第三折贺怜怜云："勉强赠行装,愿尔长驱扫夏凉。"马致远杂剧《半夜雷轰荐福碑》第二折："小生张镐。收拾琴剑书箱,且往黄州投奔团练副使刘仕林走一遭去呵!"郑廷玉杂剧《看钱奴买冤家债主》第一折楔子周荣祖想上朝取应,带上妻儿准备上路:"大嫂,有俺那祖财,携带不去,且埋在后面墙下,房廊屋舍,着行钱看守着。俺和你带了孩儿,上朝取应去,但得一官半职,改换家门,可不好也。(旦儿云)既如此,便当收拾行李,随你同去则个。"关汉卿杂剧《钱大尹智宠谢天香》楔子中,柳永要上京赶考,谢天香说:"耆卿,衣服盘缠,我都准备停当。你休为我误了功名者。"出行游学是元代比较流行的一种旅行之风,这一现象说明:第一,元代的统一打破了长期以来南北隔绝的趋势,使南北之间的学术交流有了可能,这使元代知识分子出行的地域较之前代更广;第二,反映了元代知识分子在处境不利的情况下,通过出行游学改变自己处境的努力;第三,元代教育较之以前更为发达。

3.摇装

摇装,亦称遥装、摇庄,指将远行者预期择吉出门,由亲友送至江边,被送者上船行一会儿即返回,另日再正式出行,寓此行必定平安之意。它体现了古人对外出远行的审慎态度。摇装在南北朝时便开始流行,如南朝宋沈约《却东西门行》有"摇装非短晨,还歌岂明发"[①]句。唐代诗人王建《送李郎中赴忠州》诗也有"摇装过驿近,买药出城迟"[②]。元代也有这种习俗,马致远杂剧《破幽梦孤雁汉宫秋》第三折提到了这个习俗:"早是俺夫妻悒怏,小家儿出外也摇装。尚兀自渭城衰柳助凄凉,共那灞桥流水添惆怅。"说明摇装在元时期还是一种流行普遍的习俗。虽然我们今天对这种类似模拟出

①　逯钦立:《先秦汉魏晋南北朝诗》,中华书局1983年版,第1617页。
②　夏于全:《唐诗宋词全集》第8册,印刷工业出版社1999年版,第314页。

行的习俗感到陌生,但当时的人们对这种习俗一定是习以为常的,否则剧中汉元帝演唱引用这个习俗时,会引起观众的不理解而失去喜剧效果,该剧也会因此而不能流传至今。

4.祭神

行神,也称道神、路神,分为陆地和水上两个系列,陆地行神有梓潼君、五通神、紫姑神等,水上行神有天妃等。行前祭神的习俗,在西周时就已盛行。《诗经·大雅·烝民》曰:"仲山甫出祖。"①《诗经·大雅·韩奕》曰:"韩侯出祖。"②《左传·昭公七年》:"公将往,梦襄公祖。"杜预注:"祖,祭道神。"③《宋书·礼志》注引崔寔《四民月令》:"祖者,道神。黄帝之子曰嫘祖,好远游,死道路,故祀以为道神。"④嫘祖作为道神,实际上也是旅行者之祖。《史记·刺客列传·荆轲》载荆轲在去秦国刺杀秦王之前,曾"至易水之上,既祖,取道",发出了"风萧萧兮易水寒,壮士一去兮不复还"⑤的悲壮之辞。宋代时更为盛行,在张择端《清明上河图》中有生动的描绘:在《清明上河图》中部的平桥与高大的鼓楼之间,有一辆两个人前拉后推的重载独轮车,车前还有一头瘦驴使劲地蹬地牵引着它。在车上满载的物品上边有一条宽边的布幅遮盖着。这块布幅上面布满了文字花纹。另外还有一把大伞挂在这辆车上。这种车就是宋代都市中常见的串车。这辆串车的后面紧随着一行人,一人牵着一头蹇驴;他的后面跟随着一个仆人,仆人挑着行装,为防止阴雨天气,挑担一头也挂着一把伞,这伞的形状与串车所挂的那把伞略同。骑驴人的侧后方有三个衣着皂袍的人,两人恭立,作送别状。另一个人单膝跪地,他的前面侧倒着一只黄羊。跪地之人仰面望着骑驴之人,口中好像还念念有词,而骑驴之人则回首顾盼,眼中流露出惜别之情。他们的行动、言语引起了周围人的关注。在他们的侧后方,有两个挑担的人回首张望着他们,另有两个人面向他们有议论,还有两个人侧视着他们在小声嘀咕些

---

① 孔一:《诗经楚辞》,上海古籍出版社 1998 年版,第 111 页。
② 孔一:《诗经楚辞》,上海古籍出版社 1998 年版,第 112 页。
③ 杨伯峻:《春秋左传注》,中华书局 1990 年版,第 1286 页。
④ (南朝梁)沈约:《宋书》,中华书局 1997 年影印本,第 260 页。
⑤ (汉)司马迁:《史记》,中华书局 1997 年影印本,第 2534 页。

什么。这就是典型的"祖道"祭祀场景。首先,祖的地点正在大门之外,这正如今天送客送出大门外一样;其次,所用祭品正是古代祖道时常用的黄羊或黄狗;再者,跪地之人正在祝告,而骑驴之人正在回首倾听,面露惜别之情;特别值得注意的是,骑驴者正是宋人所说的"策蹇重载"的远游士人的典型形象。① 元代也有行前祭神的习俗,元曲就反映了这种习俗。如李直夫杂剧《便宜行事虎头牌》第二折金住马道:

> 愁冗冗,恨绵绵,争奈我赤手空拳,只得问别人借了几文钱。可买的这一瓶儿村酪酒,待与我那第二个弟兄祖饯。

杨景贤杂剧《西游记》第二本第五出《诏饯西行》虞世南云:

> 今日奉圣旨,着百官有司都至霸桥,设祖帐排筵会,诸般社火,送三藏西行。

汤舜民小令[双调·湘妃引]《送友还乡》:

> 昨日开画船西湖欢笑,今日供祖帐东门叹息,来日唱阳关南浦别离。

乔吉套数[商调·集贤宾]《咏柳忆别》:

> 恨青青画桥东畔柳,曾祖送少年游。

"祖"的本义是祭祀路神。祖饯、祖帐,就是祖道饯行,是人们为旅行者设宴饯行,以表示惜别与祝福的一种道别仪式。由于它通常与祖道风俗相伴而行,又称为祖饯。民间认为,行神管理天下的山川道路,出门跋山涉水要敬祀行神,如果怠慢了行神,会带来不吉利。人们通过繁琐的祭祀仪式,以祈求行神沿途保护。尤其是选择水路的人,发船前必须祭祀河伯等神。杨显之杂剧《临江驿潇湘秋夜雨》楔子排岸司云:

> 大人,这淮河神灵,比别处神灵不同。祭礼要三牲、金银钱纸,烧了神符,若欢喜,方可开船;若不欢喜,狂风乱起,浪滚波翻,那一个敢开?

无名氏杂剧《冯玉兰夜月泣江舟》第二折梢公云:

> 只等那船头上烧了利市纸马,分些神福,吃得醉饱了,便撑动篙来,开起船来。

---

① 孔庆赞:《〈清明上河图〉中的"祖道"祭祀场景》,《开封师专学报》1998 年第 4 期。

"神福"是祭神后留下的供品。福,祭神的酒肉。《国语·晋语二》:"骊姬以君命命申生曰:'今夕君梦见齐姜,必速祠而归福。'"①把供品分给人吃用,叫作"散神福"或"散福"。从以上两段宾白可知,祭祀水神以求平安,确为元代人舟行前的一个必要程序。虽然行前祭神的风俗是由于当时交通工具,人们认识水平使然,但客观上,各种祭祀活动,使枯燥的游途多姿多彩,增添了几分情趣。

5.送别

送别习俗,通常从饯行与赠别开始。元曲描写了元代送别中的三种礼俗:饯别送行、送物赠行和折柳送别。

(1)饯别送行

饯别,又称饯行、送行。这是送行即将结束时亲朋好友在路边为旅行者举行的一种敬酒道别仪式。古代道别饯饮至少有三种用意:一是为了在感情上加强游子的家乡观念;二是借酒浇离别之愁;三是饮酒壮胆,以壮行色。随着社会的发展,人们的出行比前人便利了许多,频繁的出行使得先前庄重严肃的"祖送"变得不再那么神圣。传统祭祀路神的仪式就演变成了以饯行为核心的民俗活动。元时,虽然祖饯之风仍在流行,但这时候祭祀行神的本意已逐渐淡漠,转而注重对人的惜别之情,送别的仪式更为现实。如冯子振小令[正宫·鹦鹉曲]《别意》描写持酒赠别,将离愁别恨的送别场面反映得淋漓尽致:

花骢嘶断留侬住,满酌酒劝据鞍父。柳青青万里初程,点染阳关朝雨。

张可久小令[双调·折桂令]《西湖送别》描写在亭中置酒饯行的情景:

饯东君西子湖滨,恨写兰心,香瘦梅魂。玉筋偷垂,雕鞍慢整,锦带轻分。长亭柳短亭酒留连去人,南山云北山雨狼藉残春。

关汉卿小令[双调·沉醉东风]描写难舍难分的饯行送行场景:

咫尺的天南地北,霎时间月缺花飞。手执着饯行杯,眼阁着别离泪。刚道得声"保重将息",痛煞煞教人舍不得。好去者,望前程万里!

---

① (春秋)左丘明、(西汉)刘向:《国语》,李维琦点校,岳麓书社 2006 年版,第 64 页。

曾瑞小令[仙吕·寄生草]《送别》是以音乐相伴的饯行作别的描写：

> 阳关曲，歌金缕，离别杯，倒玉壶。为功名不可留君住，远程途无计将奴去，想人间最是伤情处。玉容愁过武陵溪，雕鞍懒上临平路。

乔吉小令[越调·小桃红]《别楚仪》是设宴送别的描写：

> 一樽别酒断肠词，难说心间事。行李匆匆怎酬志？自寻思，从今别却文章士。至如小子，十分不是，好处也想些儿。

刘时中小令[中吕·朝天子]描写设宴饯别活动及依依不舍的心情：

> 饯别，去也，泪滴满金蕉叶。西风锦树老了胡蝶，满眼黄花谢。今日离筵，明朝客舍，把骊驹莫放彻。醉者，饱者，免孤负重阳节。

从这些描写可以看出，多数的送别已不见祖道的仪式，饯而不祖的道别仪式比较普遍。出行前，亲朋好友专门置办酒席为之饯别送行，是元代普遍的社会风俗。

（2）赠物送行

赠物，通常有赠金和赠物。赠金送行是指亲朋好友送别时，赠以路费。元曲中有很多读书人得到亲友赠送路费资助去赶考的描写，如无名氏杂剧《朱太守风雪渔樵记》中朱买臣岳丈暗中资助朱十两白银、一套绵衣。关汉卿杂剧《山神庙裴度还带》中裴度往京师前，道人赵野鹤赠送马一匹，长老送裴度姨父所托的白银两锭，石子章杂剧《秦翛然竹坞听琴》中秦翛然上朝取应时，叔父梁公弼送他"春衣一套，白银两锭，全副鞍马一匹"。张寿卿杂剧《谢金莲诗酒红梨花》中太守刘辅交代仆人为友人赵汝州赶考送行，赠送花银两锭，春衣一套，全副鞍马一匹。无名氏杂剧《冻苏秦衣锦还乡》中王长者赠苏秦春衣、马鞍和白银两锭，以为求取功名的路费。无名氏杂剧《孟德耀举案齐眉》中孟德耀托嬷嬷送梁鸿绵团袄一领，白银两锭，鞍子一副，作为上京求官盘费。郑光祖杂剧《醉思乡王粲登楼》中蔡邕暗赠王粲白银两锭、春衣一套、骏马一匹，使其成就功名。王实甫杂剧《吕蒙正风雪破窑记》中岳父刘员外赠给吕蒙正两锭花银、一套衣服，助其状元及第。这些社会上义士或亲友赠送的盘缠，反映了中华民族传统人际关系中注重友谊、家庭伦理、乐善好施的社会风貌。

元曲中还常见相爱男女之间用以定情的赠物送行。如无名氏杂剧《玉清庵错送鸳鸯被》第二折张瑞卿云:"小生如今取应去也。小姐,你有什么信物,与我一件,权为定礼。"李玉英云:"你也说的是。秀才你晓得这鸳鸯被儿么?是我亲手绣的,绣着两个交颈鸳鸯儿。你如今收了去,久后见这鸳鸯被呵,便是俺夫妻每团圆也。"张瑞卿赶考前,李玉英以鸳鸯被相赠,后来,张瑞卿得官后寻找李玉英,就是通过鸳鸯被使她们终成眷属。贾仲明杂剧《荆楚臣重对玉梳记》楔子荆楚臣云:"大丈夫必当立志,况兼朝廷春榜动,选场开,凭小生文学,必夺取一个状元回来。但不知姐姐意下如何!"顾玉香云:"楚臣主见不差,男子汉当以功名为念。你若肯去进取,妾解下钗环,以为路费。(取砌末科,云)全副头面钏镯,俱是金珠,助君之用。又有这玉梳儿一枚,是妾平日所爱之珍。掂做两半,君收一半,妾留一半。君若得第,以对玉梳为记。"顾玉香将玉梳一折为二,各持一半,以为将来会合证物。后来,顾玉香做了县郡夫人,荆楚臣把两半玉梳镶合,留为纪念。

(3)折柳送别

折柳送别亲友的习俗,《诗经·小雅·采薇》中就有记载:"昔我往矣,杨柳依依;今我来思,雨雪霏霏。"①意即旧时我离家时,柳丝飘悠,似有留恋之情,惜别之意。古人送别赠柳,寓意有三:一是柳树易生速长,用它送友,古人借此传达出希望亲朋好友无论漂泊在何处,都能像柳树一样落地生根、入乡随俗的深情厚谊;而纤柔细软的柳丝则象征情意绵绵,永思不忘。正如张可久小令[越调·寨儿令]《嘉禾道中》所言:"夕阳边云淡淡,小桥外柳丝丝。思,当日送春词。"二是"柳"与"留"谐音,折柳赠友含有挽留、惜别、不舍之意。三是借用柳的祛邪功能,表达送行者对远行人一路平安的祝愿。如唐代诗人施肩吾《折柳枝》诗:"伤见路边杨柳春,一重折尽一重新。今年还折去年处,不送去年离别人。"②折尽的柳又萌绿丝,然而去年送走的亲人今在何处?怎不叫人思念?杜牧《独柳》诗云:"含烟一株柳,拂地摇风久。佳人不忍折,怅望回纤手。"③王维的《送元二之安西》诗:"渭城朝雨浥轻

---

① 孔一:《诗经楚辞》,上海古籍出版社1998年版,第56页。
② 周振甫:《唐诗宋词元曲全集 唐宋全词》第1册,黄山书社1999年版,第35页。
③ (清)彭定求等:《全唐诗》(5),中州古籍出版社2008年版,第2703页。

尘，客舍青青柳色新。劝君更进一杯酒，西出阳关无故人。"①用绿柳烘托送别之情。宋代词人秦观在《江城子》词中云："西城杨柳弄春柔，动离忧，泪难收。犹记多情，曾为系归舟。"②以上这些诗词名句都以柳表达诗人与亲友之间依依惜别之情。经过朝朝代代，"折柳赠别"这一习俗已成为中国民俗文化的组成部分。折柳送别，也是元代人的送别风俗。姚燧小令［中吕·醉高歌］《感怀》：

> 岸边烟柳苍苍，江上寒波漾漾。阳关旧曲低低唱，只恐行人断肠。

刘时中小令［双调·雁儿落过得胜令］《送别》：

> 载酒送君行，折柳系离情。梦里思梁苑，花时别渭城。长亭，咫尺人孤另；愁听，阳关第四声。

李邦基套数［越调·斗鹌鹑］《寄别》：

> 津亭送别风外柳。甚不解？系离愁，悠悠。

曹德小令［双调·清江引］：

> 长门柳丝千万结，风起花如雪。离别复离别，攀折更攀折，苦无多旧时枝叶也。

> 长门柳丝千万缕，总是伤心树，行人折嫩条，燕子衔轻絮，都不由凤城春做主。

汤舜民小令［双调·湘妃引］《赠别》：

> 碧茸茸芳草展青毡，白点点残梅撒玉钿，黄绀绀弱柳拖金线。雨声干风力软，去匆匆无计留连。唱《阳关》一声声哀怨，醉歧亭一杯杯缱绻，上河梁一步步俄延。

走进元曲，柳意象得到了空前的丰富与发展。柳是元代中原地区最为常见的树种，在离别的场景中能够目之所及。而且，柳树由柳枝、柳絮、柳叶等组成。柳枝又称长条、柔条、柳丝等，其特征是修长。修长的柳丝与人们情意长久，永久平安的期盼吻合，指向相思念远和思乡念土的情绪。同时，柳所唤起的是一种悲哀的感情体验，李泽厚曾经说："直线、方形、硬物、重

---

① 门岿、张燕瑾：《中华国粹大辞典》，国际文化出版公司1997年版，第863页。
② 刘尊明：《秦观集》，凤凰出版社2007年版，第183页。

音、狂吼、情绪激昂是一个系列,曲线、圆形、软和、低声、细语、柔情又是一个系列。"①不同的系列呼应着不同的情感,柳属于阴柔的系列,它柔弱修长的枝条、纷扬飘舞的柳絮在柳的摇曳中,不能不萃集抒情主体的一腔愁思。柳,像一位风霜老人,目睹着人世间的风风雨雨,感受着世人的悲欢离合。人类生死别离、伤逝怀远的忧伤情绪在柳这一特定的物象中得到了集中的融汇和体现,柳树阴柔的特性形象地诠释了别离主题。以柳寓留,以青托情,以缕谐旅,以丝代思,折柳只是人们送别的一种外在形式,其间负载了人类内心的诸多美好情感。

（二） 旅 途 习 俗

元代人出游常选择的交通方式,大致分为人力和畜力两种。人力的交通工具又分为水上舟船、陆上舆轿及其人力徒步两种方式。畜力的交通工具又分为骑马驴骡及乘车等。

1.乘载工具

在中国传统社会里,旅游工具的选择,既受每一个时代社会风俗的影响,又受当时政治制度和交通的制约。元代是各民族大融合的时期,草原民族习俗影响中原文化,旅游交通工具主要是马、骡子、驴、骆驼及车辆和船只。这些交通工具为元代人的出行带来了很大便利。当然,如果没有交通工具可用,或者在野外人迹罕至之地,游客步行也很常见。元代人具有较高的旅游热忱,喜欢通过旅游获取精神享受。无论是驾车、骑马、乘船,还是步行,都能在一定程度上满足他们的某种心理需要,或为他们排解忧愁,或是带来快感。

（1）骑乘

元代人出行所使用的交通运输工具是马、牛、骆驼及车辆。马、驴、骡子、牛既是车等交通工具的动力,同时它们本身也是交通工具。其中马在蒙古人生活中又占据着重要地位,在游牧、狩猎、作战中必不可少。

马作为交通工具,最早不是用于骑乘,而是用于拉车。通常四匹马驾一

---

① 李泽厚:《李泽厚哲学美学文选》,湖南人民出版社 1985 年版,第 443 页。

辆车的，叫"驷"；也有两匹马驾一辆车的，叫"骈"；三匹马驾一辆车的，叫"骖"。马用于交通运输，不仅速度快、力气大，而且认识道路，故有成语"老马识途"。珍惜马、爱护马是元代人的习俗。有马的人家，往往马笼头、铜铃、缰绳、马鞍和垫子等配套齐全，把马装饰得特别漂亮。如柴野愚小令〔双调·河西六娘子〕："骏马双翻碧玉蹄，青丝鞚黄金鞯，入秦楼将在垂杨下系。"关汉卿套数（二十换头）〔双调·新水令〕："玉骢丝鞚锦鞍鞋，系垂杨小庭深院。"吴西逸小令〔中吕·红绣鞋〕《春醉》："红叱拨轻总宝鞚。"甚至富户人家建房时还多在临街墙上垒有拴马石，门前摆放上马石，既是装饰品，也作为上马垫脚。关汉卿杂剧《状元堂陈母教子》第一折：

> （三末云）你不知，我若做了官，骑在马上，打着那伞，不下马就往家里去。你做了官要几个马台？（大末云）两个马台。（三末云）少！我做了官要七十二个马台。（大末云）怎么要偌多？（三末云）但是送我来的人到门首，一个人占一个马台，一齐下马，可不好？

这则描写提供三方面的信息：一是在当时社会，一匹马在生活中的意义是非凡而深远的。二是骑马代步在元代很普遍。三是与马有关的设施是显示富贵的标准。车马是社会地位的表现，所以元代人认为马越多，越显荣耀。拥有马，就成为人的社会地位和生活品质的标志，成为被他人欣羡敬仰的理由，于是产生了出行时重排场讲气派以自我炫耀的风气。这种风气在元曲的车骑出行描写中有形象的反映。如张国宾杂剧《薛仁贵荣归故里》第三折写农家出身的薛仁贵得官后还乡省亲队伍的庞大威风：

> 蓦听的人言马嘶，威风也那猛势。谎的我战战兢兢，慌慌张张，只待要哭哭啼啼。这一壁，那一壁，怎生逃避？好着我磕扑的在马前跪膝。

薛仁贵总角之交的挚友伴哥突然听到人声嘈杂，群马嘶鸣，眼看着一大簇人马朝他直扑过来，吓得"战战兢兢"、"慌慌张张"，不得不"磕扑的在马前跪膝"。从这种情景中，我们可以看出尊卑不等在两人之间筑起一堵又高又厚的墙，他们虽然重新相逢，但旧情已荡然无存。这"情"包括乡情、友情、亲情，具有深广的社会内容。与鲁迅《故乡》中长大了的闰土见了"我"，却不能像小时候再称"迅哥儿"而要叫"老爷"一样，让我们深深震撼于历史在国人生活中惊人的相似属性和民俗礼仪习俗中惊人的承传性和稳定性。睢景臣套数[般涉调·哨遍]《高祖还乡》中也有这种风尚的描写：

　　瞎王留引定火乔男女,胡踢蹬吹笛擂鼓。见一彪人马到庄门,匹头里几面旗舒。一面旗白胡阑套住个迎霜兔,一面旗红曲连打着个毕月乌。一面旗鸡学舞,一面旗狗生双翅,一面旗蛇缠胡芦。

　　[五煞]红漆了叉,银铮了斧,甜瓜苦瓜黄金镀。明晃晃马鐙枪尖上挑,白雪雪鹅毛扇上铺。这几个乔人物,拿着些不曾见的器仗,穿着些大作怪衣服。

　　[四]辕条上都是马,套顶上不见驴,黄罗伞柄天生曲。车前八个天曹判,车后若干递送夫。更几个多娇女,一般穿着,一样妆梳。

套数中"辕条上都是马,套顶上不见驴"二句的辛辣嘲讽,皇帝的銮舆,自然象征着人世间至尊至贵的身份地位,所驾驭的牲畜,当然只能是马,而不可能是驴了。在这貌似滑稽的句子中蕴涵着丰富的弦外之音和冷峻之意,其深刻的讽刺批判之旨,前者虽然是调侃,实际上反映了人间帝王出行时的威仪气势,后者流露出对精美车具的向往之情。它们都间接表现了元代的交通旅游风俗。

元代人对马的特殊珍爱之情,在马致远套数[般涉调·耍孩儿]《借马》中表现得更是淋漓尽致。全套九支曲,先写马主人将马牵出的动作和表情,"懒设设牵下槽,意迟迟背后随,气忿忿懒把鞍来鞴",一个"懒",一个"迟",一个"忿",描画出了马主人对借马千般的不情愿。继写马主人借出马前的心理活动:"我沉吟了半晌语不语",责备借马人的不体谅与不明事理。接下来是马主人叮嘱借马人要细心照看,不骑时怎样待马,骑时怎样待马,如何喂马,如何拴马等,写得非常细腻:

　　[六]不骑呵西棚下凉处拴,骑时节拣地皮平处骑。将青青嫩草频频的喂。歇时节肚带松松放,怕坐的困尻包儿款款移。勤觑着鞍和辔,牢踏着宝镫,前口儿休提。

　　[五]饥时节喂些草,渴时节饮些水。着皮肤休使粗毡屈,三山骨休使鞭来打,砖瓦上休教稳着蹄。有口话你明明的记:饱时休走,饮了休驰。

〔四〕抛粪时教干处抛，尿绰时教净处尿，拴时节拣个牢固桩橛上系。路途上休要踏砖块，过水处不教溅起泥。这马知人义，似云长赤兔，如益德乌骓。

〔三〕有汗时休去檐下拴，渲时休教侵着颏，软煮料草铡底细。上坡时款把身来耸，下坡时休教走得疾。休道人忒寒碎，休教鞭颩着马眼，休教鞭擦损毛衣。

叮嘱完借马人，又叮嘱自己的马。一是表明将马借出是自己的无奈，一是叮嘱马自己也要当心，要理解主人对他的疼爱：

〔二〕不借时恶了弟兄，不借时反了面皮。马儿行嘱付叮咛记：鞍心马户将伊打，刷子去刀莫作疑。则叹的一声长吁气，哀哀怨怨，切切悲悲。

〔一〕早晨间借与他，日平西盼望你，倚门专等来家内。柔肠寸寸因他断，侧耳频频听你嘶。道一声"好去"，早两泪双垂。

〔尾〕没道理没道理，忒下的忒下的。恰才说来的话君专记，一口气不违借与了你。

絮絮叨叨，反反复复的叮咛嘱托，把一个爱马似命的人写到穷形极相的地步，这在乐府、唐诗、宋词里是见不到的。这种"气命儿般看承爱惜"马的心态，虽经作者锤炼，但却是元代人民俗心态的准确展示。与马致远的《借马》曲有异曲同工之妙的还有无名氏杂剧《海门张仲村乐堂》第二折对惜马之心的描写：

（正末扮曳剌上，云）洒家是个关西汉，岐州凤翔府人氏。在这蓟州当身役，与这同知相公做着个后槽，喂着一块子马。一块子好马也呵！（唱）

〔南吕·一枝花〕同知着我不将差罚当，专把征驼喂，喂的似按板肥，好马也我与你刷刨的恰便似泼油光。索与你收拾了铺床，把骏骑牵在槽上，草料也拌上一筐。我与你拖着那半片席头，美也，我与你急转过前厅后堂。

〔梁州〕眷的是侧懒懒厨房中暄热，爱的是宽绰绰过道里风凉，夜深也无一个人来往。半片席斜铺在地下，两块砖搁在头行。正天炎似火,地热如炉,过道里不索开窗,洒家道来则这的便似天堂。我与你直挺挺忙拔倒身躯,就着这凉渗渗席垫着我这脊梁,美也,就着那风飕飕扇着我那胸膛。愁的是后晌,晌晌。我恰才煮料切草都停当,安排下搅草棒。喂的他槽上的征骁有些肚囊,料煮到上半磁缸。

从洗刷马、切粗饲料、煮精饲料到搅拌马料,淋漓尽致地写出了元代人的爱马之情。

元代的宠马风气,我们从元朝盗马者处死罪的立法中也可以看到。如关汉卿杂剧《包待制三勘蝴蝶梦》第二折:

(张千云)早是酸枣县解到一起偷马贼赵顽驴。(包待制云)与我拿过来!(祗候押犯人跪科。包待制云)开了那行枷者!兀那小厮,你是赵顽驴?是你偷马来?(犯人云)是小的偷马来。(包待制云)张千,上了长枷,下在死囚牢里去。

同剧第四折王三云:

包爷爷把偷马贼赵顽驴盆吊死了。

武汉臣杂剧《包待制智赚生金阁》第三折张千云:

卖酒的,快打扫干净阁子儿,酾热酒来,把马牵到后头,与我细切草烂煮料,把马喂着,不要塌了膘。你若着人偷了鞍子,剪了马尾去,我儿也,你眼睫毛我都捋掉了你的。

这些描写从各个方面反映了元代宠马之风的盛行。

骑马出游,在元曲中随处可见。高文秀杂剧《黑旋风双献功》第二折:“哥也,我见来,我见来!一个男子汉,一个妇人,两个叠骑着马。”无名氏杂剧《鲠直张千替杀妻》第一折:“骑着匹骅骝难把莎茵践,正是芳草地杏花天。”无名氏小令[双调·水仙子]《春》:“香车宝马出城西,淡淡和风日正迟。”张可久小令[越调·凭阑人]《春思》:“帘外轻寒归燕忙,桥下残红流水香。游人窥粉墙,玉骢嘶绿杨。”武汉臣杂剧《包待制智赚生金阁》第一折:“今日纷纷扬扬,下着这一天瑞雪。坐在家里吃酒,可也闷倦,直至郊野外,一来打猎,二来就赏雪。下次小的每,安排些红干腊肉,春盛担子,軷儿小鹞,粘竿弹弓,花腿闲汉,多鞴几匹从马,郊外打猎走一遭去。”贯云石套数[中吕·粉蝶儿北]《钱塘湖景》:“远远的绿莎茵,茸茸的芳草坡,圪蹬的马蹄踏破。"吴西逸小令［双调·寿阳曲］《酒散》："杏花墙夕阳春去也，马蹄香宝鞍敲月。"无名氏杂剧《阀阅舞射柳蕤丸记》第三折："骑宝马，坐雕鞍，飞鹰走犬，野水青山。"徐琰小令［双调·蟾宫曲］《青楼十咏·十叙别》："惠青楼兴却阑珊，仆整行装，马鞴雕鞍。""雕鞍"本是精雕的马鞍，也作为马的代称。无论是骅骝、玉骢、宝马，还是"雕鞍"马，都反映了马是人们出游时常用的交通工具。

与"雕鞍"代骏马、宝马的描写相反，"瘦马"作为一个象征，一个代表性的符号的描写元曲中也很多。如马致远小令［越调·天净沙］《秋思》："枯藤老树昏鸦，小桥流水人家，古道西风瘦马。"无名氏小令［仙吕·醉中天］："懒设设鞭催瘦马，夕阳西下，竹篱茅舍人家。"无名氏小令［越调·天净沙］："长途野草寒沙，夕阳远水残霞，衰柳黄花瘦马。"贾仲明杂剧《吕洞宾桃柳升仙梦》第三折："经了些水远山遥，畅好是天宽地狭。野店生莓，山城噪鸦。崎岖长途，奔驰瘦马。"汤舜民套数［仙吕·赏花时］《送车文卿归隐》："轻帆滟滪堆，瘦马峨嵋栈。"一匹骨瘦如柴的老马，在遥远冷寂的古道上行走，背上驮着是古往今来诗人在路上的无限愁肠。虽写羁旅之苦，抒垂暮之悲，是文人孤苦漂泊生活的真实写照。但从一个角度也反映了骑马外出旅游或出行必骑马已成为元代的风俗之一。

骑驴出行或旅游在元代也是很常见的现象。无名氏杂剧《包待制陈州粜米》第三折：

（搭旦王粉莲赶驴上，云）自家王粉莲的便是。在这南关里狗腿湾儿住。不会别的营生买卖，全凭着卖笑求食。……（正末云）我不曾吃饭哩（旦儿云）老儿，你跟将我去来，只在那前面，他两个安排酒席等我哩。到的那里，酒肉尽你吃。扶我上驴儿去。（正末做扶旦儿上驴子科）（正末背云）普天下谁不知个包待制，正授南衙开封府尹之职，今日到这陈州，倒与这妇人笼驴也，可笑哩！

这则描写其实就是一幅民间出游风俗画。元代出游虽大兴骑乘之风，但多为达官显贵或富商大贾，贫寒士人及平民百姓买不起马，出门只好骑驴。尤其是妇女，脚小走不了远路，也骑不了高头大马，走亲访友、赶集或是回娘家时，大都骑毛驴。20世纪50年代以前，在北方乡间的小路上，经常可看到回娘家或串亲戚的小媳妇,坐在驴上,驴脖系或铜或铁的响铃,远近可闻。丈夫肩背"钱搭"跟在驴后。跟在其后也有雇来的。被雇来的称为"赶脚的",专靠赶着牲口供人雇佣赚钱养家;也有出租驴子的,任客人骑赶,回来付钱。以前在北方地区,驴子是非常重要的交通工具,直到今天,在不适合骑自行车的偏远山区,仍能见到骑驴外出的人。

元曲有很多文人策蹇而游的描写,如马致远杂剧《邯郸道省悟黄粱梦》第一折:"策蹇上长安,日夕无休歇。"费唐臣杂剧《苏子瞻风雪贬黄州》第二折:"今日下着这等一天风雪,瘦蹇颠仆,小童寒战,怎生奈何。"白朴小令[越调·天净沙]《春》:"暖风迟日春天,朱颜绿鬓芳年,挈榼携童跨蹇。"亢文苑套数[南吕·一枝花]《为玉梅作》:"沽一壶酒浆,向蹇驴背上,教那快忍冻的书生尽自赏。""跨蹇",就是骑驴。元代文人爱骑驴出行,大概有这样几个原因:一是驴的身体矮小,性情温顺,且是一种极有耐力和韧性的动物,上山过河,样样都行,很适合文人推敲诗句。二是自古以来,文人多落魄,而驴与马牛相比,也是俗不入流之物,容易与文人情感产生共鸣。三是既然不能策骏马,总不能失了面子步行,遂只好折中骑驴。尽管骑驴出行是元曲中描写放荡不羁的远游文人的典型形象,但也反映了元代以骑驴代步的习俗。

除骑马、驴之外,骑骡出游在元代也常有。关汉卿杂剧《赵盼儿风月救风尘》第四折周舍休了宋引章后,准备去客店中娶赵盼儿时,店小二告诉他,赵盼儿已经走了。

> (周舍云)倒着他道儿了!将马来,我赶将他去。(小二云)马揣驹了。(周舍云)鞍骡子。(小二云)骡子漏蹄。(周舍云)这等,我步行赶将他去。

骡子是马驴杂交而形成的生物品种。身材高大,既有马的力气,又有驴的温顺性情,既可用于拉车,又可用于耕田等生产活动。正因为骡子具有这些优点,所以两千多年以来,它一直是农用和运输用的重要役畜。骡子用途不仅在驮挽,而且可以骑乘。周舍与店小二的这段对话,说明在元代骡子是仅次于马的代步工具。

在元代骆驼也是重要的交通工具,马可·波罗在其游记中记载:"鞑鞑人的妻儿子女,日用器皿,以及必需的食物,都用车子运送,由牛和骆驼拉着前进"①。在沙漠和干旱地区,人们驮运货物或骑乘,骆驼尤为适用。元曲也有对骆驼的描写,无名氏小令[越调·柳营曲]《晋王出寨》:

> 打着一面云月旗,厌的转山坡。立唐朝功劳全是我。他铁马金戈,打着骆驼,一火闹和朵。众儿郎五百余多,簇捧着个殢酒沙陀。众番官齐打手,众侍女捧金波,呀刺刺齐和[太平歌]。

可见骆驼在元代的交通运输中也占据着不可或缺的位置。骆驼不仅力量大,而且有惊人的耐力。骆驼驮运,可以七天不食水草,照样行走。即使在现代化交通工具非常发达的今天,骆驼驮运货物还是可以见到的。河西农村仍然使用骆驼车进山拉煤,拉柴。因为有些沙漠、泥泞的道路,连汽车、拖拉机都无法通行,骆驼车能通行无阻。

牛在元代除用于耕作之外,还用于交通工具,如张可久小令[双调·燕引雏]《桐江即事》:

> 挂诗瓢,骑牛闲过问松梢,不知世上红尘闹。

无名氏套数[仙吕·村里迓鼓]《四季乐情》:

> 暮雨收,牧童儿归去倒骑牛。

朱凯杂剧《刘玄德醉走黄鹤楼》第二折:

> 桃杏争开红似火,王留,闲来无事倒骑牛,村童扶策懒凝眸。

张国宾杂剧《薛仁贵荣归故里》第三折:

> 俺两个也曾麦场上拾谷穗,也曾树梢上摘青梨。也曾倒骑牛背品腔笛,也曾偷的那生瓜来连皮吃。

王大学士套数[仙吕·点绛唇]:

> 一个将绿蓑斜挂,一个倒骑牛背入烟霞。

骑牛,是农家孩子的特有享受。在落日炊烟起时,在暮雨轻奏着进行曲的路上,农家孩子们坐上牛背,牵起缰绳,赶着牛往家走。摘一片芦叶,卷成能发音的哨子。牛儿在不紧不慢地走着,牧童一声没一声地吹着,那份悠

---

① [意大利]马可·波罗:《马可波罗游记》,陈开俊等译,福建科学技术出版社1981年版,第62页。

闲,惬意,真有点"倒骑牛背品腔笛"的味儿。

如今,生在城市里的孩子们,他们吃过牛肉,见过牛跑,但没有骑牛的体验。到公园里娱乐,尽管有"钻天龙"、"疯狂老鼠"、"奔马"等,"骑"起来觉得够刺激,但缺少牛背的踏实及骑牛的轻松和惬意;更不会有晚霞、轻风、炊烟等与大自然融为一体的"牧童骑牛图"的享受。

(2)乘车

在元曲中还可看到对元代人乘坐各种车辆外出的描写。如马谦斋小令〔中吕·快活三过朝天子四边静〕《春》:

芳草碧重城路,五花娇马七香车,帘挂锦珂鸣玉。

关汉卿杂剧《山神庙裴度还带》第一折:

坐金鼎莲花碧油幢,骨剌剌的绣旗开。

倪瓒小令〔双调·水仙子〕:

百般娇千种温柔,〔金缕曲〕新声低按,碧油车名园共游,绛绡裙罗袜如钩。

乔吉小令〔双调·折桂令〕《秋日与高敬臣胡善甫辈饮湖楼即事》:

添风韵春纤象板,减恩情罗扇龙檀。红藕花残,茉莉双鬟,油壁吹香,催上归鞍。

石君宝杂剧《鲁大夫秋胡戏妻》第四折秋胡云:

我将着五花官诰、驷马高车,你便是夫人县君。

乔吉杂剧《李太白匹配金钱记》第一折王府尹云:

孩儿,叫你出来,不为别事,明日是三月三日,但是官员市户军民百姓妻妾女孩儿,都要到九龙池上,赏杨家一捻红。我叫你来收拾细车儿须索前去。

无名氏杂剧《锦云堂暗定连环计》第三折吕布云:

某乃吕布是也,王司徒说道,今夜送貂蝉来与我为妻。不想到府门外,细车儿、盒担、鼓乐都进去了,连王司徒也不出来,莫非这老贼敢胡做么?

郑光祖杂剧《迷青琐倩女离魂》第一折:

我这里翠帘车先控着,他那里黄金镫懒去挑。

高文秀杂剧《须贾大夫谇范叔》第二折：

　　已曾分付左右,辆起安车,往须贾大夫宅中走一遭去。

马致远杂剧《西华山陈抟高卧》第二折：

　　今奉官里诏书,将着安车蒲轮、币帛玄纁,向西华山请那陈抟先生。

汪元亨小令[中吕·朝天子]《归隐》：

　　收拾琴剑入山阿,眼不见高轩过。

　　"香车",旧时贵妇人所乘坐的用有香气的木料造成的华丽车子。七香车是形容车的豪华,是一种用多种香料涂饰或用多种香木制作的车。碧油幢,是一种用青绿色的油布帷幕作装饰的轻型车子,这种车开始为贵族乘用,南朝以降,成为妇女特别是佳人美姬出行的代步工具。《南齐书·舆服志》"辇车"条注："二宫舆车,皆绿油幢,绛系络。舆所乘,双栋,其公主则碧油幢云。"①可见其华美。"驷马高车"指四匹马驾驶,且车盖很高的车。"细车"指轻便的小车。"翠帘车"指华丽轻便的车。"巾车"指有布篷的车。"高轩",古代有地位有身份的人乘坐的车子。"安车"、"安车蒲轮"指平稳舒适的车。沈括在《梦溪笔谈》中记载:该车的车轮不高,车身长六尺,可以卧,"其广合辙辋,以蒲索缠之","车上设四柱,盖密篝为之,纸糊黑漆",车"厢高尺四寸,设茵荐之"。"车后为门,前设扶板,加于厢上,在前可凭,在后可倚。临时移徙,以铁距子簪于两厢之上。板可阔尺余,令可容书及肴尊之类。下以板弥之,卧则障风。近后为窑户,以备仄卧观山也。车后施油幰,幰两头施轴如画帧,轴大如指,有雨则展之,傅于前柱。欲障日障风,则半展,或偏展一边,临时以铁距子簪于车盖梁及厢下;无用则卷之,立于车后。车前为纳陛,令可垂足而坐,要卧则以板梁之令平。琴书酒榼扇帽之类,挂车柱盖间车后皆可也。"②可见其方便舒适。

　　(3)舟行

　　中国古代水上交通靠舟船。在原始社会末期,中国就出现了船舶。最早的船只是竹筏、木筏和独木舟。秦汉时期,中国的造船业出现了第一个高

---

①　(梁)萧子显:《南齐书》,中华书局1997年影印本,第337页。
②　(宋)沈括:《梦溪笔谈》,侯真平校点,岳麓书社2002年版,第273页。

峰,其中比较突出的是可作军事或游玩用途的楼船。唐宋时期是中国造船史上的黄金时期,船舶数量之多,质量之高远远超过前代。宋人为出使朝鲜建造了"神舟",其高长阔大,什物器用及所载人数都相当于"客舟"的三倍。① 在国际上享有盛誉。公元 7 世纪以后,中国远洋船队纷纷活跃于万顷波涛的大洋上。往来于东南亚和印度洋一带的外国商人,都乐于乘坐中国的海船。元朝除继续开挖运河,拉直了运河的南北走向,形成了今天全长1700 多公里的京杭大运河,沟通了中国由北至南的海河、黄河、淮河、长江和钱塘江五大水系,还开辟了以海运为主的漕运路线,经办以运粮为主的海运。航运事业的发达,促进了造船技术的发展,大量建造了各类船只,其数量与质量远远超过前代。元曲清晰地记录了这一事实。张可久小令[双调·清江引]《湖上晚望》:"东西往来船斗蚁,拍手胡姬醉。""东西往来船斗蚁",形容行船之多。无名氏杂剧《冯玉兰夜月泣江舟》第二折:

> 老夫冯鸾,今往泉州理任,辞了朝来,早到那河边了也。张千,便与我寻那家小船只在于何处。(张千云)理会的。你看么,绕着这河边似篦子一般,摆下这许多的船只,教我那里寻去?

"绕着这河边似篦子一般,摆下这许多的船只",可见停泊的船之多。元代的造船能力很高。以《元史》中驿站中的水站为个案分析:腹里"水站二十一处,船九百五十只",河南江北行省"水站九十处,船一千五百一十二只",江浙行省"水站八十二处,船一千六百二十七只。"② 仅三个行省水站的船只就达四千多只,可见元代的造船能力。元代造船不仅数量大、种类多、性能好,已具备了建造大型以至巨型船舶的能力。而且船只还十分精致、华美、舒适。马可·波罗来自水上城市威尼斯,其父辈多年从事海上贸易,他从小对于船舶并不陌生,在《马可波罗游记》中,他多处记录了各地的各种船舶。在东平州,他写道:"大河上千帆竞发,舟楫如织,数目之多,简直令人难以置信……只要观察河上的船舶穿梭似的往返不断,运载着最有

---

① 《中国全史》编写组:《中国全史》第 2 卷《中国通史》中,时代文艺出版社 2002 年版,第727 页。

② (明)宋濂等撰:《元史》,中华书局 1997 年影印本,第 2592 页。

价值的商品的船只的数量和吨位,确实就会使人惊讶不已。"①在九江,他写道:"由于九江市濒临江边(长江),所以它的船舶非常之多。……有一个时期,马可·波罗在九江市看见的船舶不下一万五千艘,还有一些依江傍水的其他市镇,船舶数目就更多了。所有这些船都是单桅船,船上铺有甲板。船的载重量,一般是威尼斯的四千坎脱立或四十万公斤,有些甚至能载量一万二千坎脱立(500吨)。它们除了在桅和帆上使用麻绳外,其他的地方不用麻绳,而是,用我们前面说过的,那种长十五步的竹子,把它们剖成纤细的竹篾,然后,把竹篾绞在一起,编成三百步长的缆绳。这种缆绳编制得十分精巧,牵引力和麻绳相等。"②可见元代船业和航运的兴盛。

元朝造船业的大发展,使舟船成为元代重要的旅游交通工具。元曲中描写的水路行具主要有舟、船等。仅舟的描写,就有"风微浪息,扁舟一叶"③,"弹锦瑟上孤舟"④,"锦缆龙舟"⑤,"捕鱼舟,冲开万顷玻璃皱"⑥,"舴艋舟中,霍索溪边"⑦,"满城烟水月微茫,人倚兰舟唱"⑧,"两处相思无计留,君上孤舟妾倚楼。这些兰叶舟,怎装如许愁"⑨,"芰荷香,露华凉,若耶溪上莲舟放"⑩,"泛彩舟,携红袖,一曲新声按[伊州]"⑪,"一叶轻舟任飘荡,芰荷香,渔歌虽美休高唱"⑫,"鸥,飘飘随钓舟"⑬。"扁舟"、"孤舟"、"龙舟"、"鱼舟"、"舴艋舟"、"兰舟"、"兰叶舟"、"莲舟"、"轻舟"、"钓舟"、

① [意大利]马可·波罗:《马可波罗游记》,陈开俊等译,福建科学技术出版社1981年版,第162页。
② [意大利]马可·波罗:《马可波罗游记》,陈开俊等译,福建科学技术出版社1981年版,第171页。
③ 卢挚小令[黄钟·节节高]《题洞庭鹿角庙壁》。
④ 范康杂剧《陈季卿误上竹叶舟》第二折。
⑤ 乔吉杂剧《杜牧之诗酒扬州梦》第一折。
⑥ 盍西村小令[越调·小桃红]《杂咏》。
⑦ 费唐臣杂剧《苏子瞻风雪贬黄州》第二折。
⑧ 杨果小令[越调·小桃红]。
⑨ 姚燧小令[越调·凭阑人]。
⑩ 姚燧小令[双调·拨不断]《四景》。
⑪ 刘时中小令[南吕·四块玉]《游赏》。
⑫ 盍西村小令[越调·小桃红]《杂咏》。
⑬ 任昱小令[南吕·金字经]《重到湖上》。

"彩舟",形形色色的舟,在碧水上,在江湖上,"似弩箭乍离弦"①,川流不息,反映了元代船运交通的发达。

元曲中对"画船"的描写更是流光溢彩,如吴仁卿小令[中吕·上小楼]《西湖泛舟》:

> 骄骢锦鞯,轻罗彩扇。帘卷东风,花绽香云,柳吐晴烟。泛画船,列绮筵,笙箫一片,人都在水晶宫殿。

冯子振小令[正宫·鹦鹉曲]《忆西湖》:

> 吴侬生长西湖住,叙画舫听棹歌父。

张养浩小令[中吕·普天乐]《大明湖泛舟》:

> 画船开,红尘外。人从天上,载得春来。

薛昂夫小令[中吕·山坡羊]《西湖杂咏·秋》:

> 断霞遮,夕阳斜。山腰闪出闲亭榭,分付画船且慢者。歌,休唱彻;诗,乘兴写。

张可久小令[正宫·小梁州]《雪晴诗兴》:

> 琼姬争卷珠帘看,画船中歌舞吹弹。明月残,白石烂,宝花楼阁,十二玉阑干。

王举之小令[南吕·金字经]《春日湖上》:

> 山色涂青黛,波光漾画舸,小小仙鬟[金缕歌]。

贯云石套数[中吕·粉蝶儿北]《钱塘湖景》:

> 闹穰穰的急管繁弦,齐臻臻的兰舟画舸。

吴西逸小令[双调·水仙子]:

> 芰荷泛月小妆梳,画舸摇风醉玉壶。

无名氏套数[中吕·粉蝶儿]:

> 眼落处逢场取欢娱,向南来乘著画舸,投北去载著香车,同居深院宇。

卢挚小令[双调·蟾宫曲]《六月望西湖夜归》:

> 数十处芙蓉画舸,对三山楼观嵯峨。

———————————

① 王实甫杂剧《崔莺莺待月西厢记》第一本第一折。

穿梭来往的彩船、孤槎、纵横交织的客船,特别是随着旅游业的兴盛,依靠出租"画船"、"画舸"作为生活来源的越来越多,旅游交通的经济意义日益凸现。宋代从事旅游交通业的人数已经增多,到元代就更多了,形成了一个规模可观的产业。

作为船舶推进工具的帆,元曲中也有不少描写,范康杂剧《陈季卿误上竹叶舟》第一折:"一任的棹穿江月冷,帆挂海云孤。"无名氏杂剧《冯玉兰夜月泣江舟》第二折:"[正宫·端正好]恰开船抬头觑,早行了数里程途。只为一帆风肯把行人助,来到这渺渺烟霞处。[滚绣球]芦花岸如雪堆,蓼花滩似锦铺,野鸥闲自来自去,彩云轻时卷时舒。帆影儿荡碧波,橹声儿过绿浦,恰便是走马般不停不住,见白茫茫远接天隅。烟光半向江心敛,树色全从水面浮,江景也模糊。"马致远杂剧《吕洞宾三醉岳阳楼》第二折:"你与我撑开船,挂起帆。"吕止庵小令[仙吕·后庭花]:"认归舟,风帆无数。斜阳独倚楼。"周德清小令[正宫·塞鸿秋]《浔阳即景》:"长江万里白如练,淮山数点青如淀。江帆几片疾如箭,山泉千尺飞如电。"有的帆高入云海,错落有致,富有节奏与韵律美;有的帆造型简洁,明朗大方;有的孤帆一片,风姿绰约。扬起的风帆,对船起到了重要的装饰美化作用,并给海洋增添了美景。从一个侧面说明船在元代是重要的交通工具。

(4)乘轿

元代人坐车者居多,但乘轿之风也很盛。这些习俗和风气在元曲中均有反映。元代游人根据不同的路况乘坐不同轿舆,出游常选择的轿舆有篮舆、肩舆、兜舆、山筅等。如关汉卿杂剧《状元堂陈母教子》第三折:

孩儿休备马,辆起兜轿,着四个孩儿抬着老身,我亲见大人去来。

杨景贤杂剧《西游记》第四本第十三出《妖猪幻惑》猪八戒云:

小姐,花轿都将在此,我和娘子去咱。(裴女唱)[三犯后庭花]将抬着花轿篮,妆裹着酒食担。就小亭开宴破橙柑,玉山摧不用搀。

张可久小令[南吕·骂玉郎过感皇恩采茶歌]《富山元宵赏灯》:

御辇上翠逍遥,宫林传金错落。

乔吉小令[双调·折桂令]《晋云山中奇遇》:

饭饱胡麻,人上篮舆,梦隔天涯。

无名氏套数[南吕·一枝花]《道情》：

篮舆到水轻舟泛，稼穑处得时暂。闲饮渔樵酒半酣，阔论高谈。

曹德小令[双调·折桂令]《江头即事》：

问城南春事何如？细草如烟，小雨如酥。不驾巾车，不拖竹杖，不上篮舆。

刘时中小令[双调·折桂令]《闲居自适》：

饷春晴小小篮舆，聊唤茅柴，试买溪鱼。

汤舜民套数[双调·新水令]《送王姬往钱塘》：

沉点点莺花担儿，稳拍拍的花藤轿儿，嗑剌剌鹿顶车儿。趓过若耶溪，赶上钱塘市。

张可久小令[双调·水仙子]《苏堤晚兴》：

翠帘堤上小肩舆，乌帽风前醉老夫，浸冰壶云锦高低树。

阿鲁威小令[双调·湘妃怨]：

楚天空阔楚天长，一度怀人一断肠。此心只在肩舆上，倩东风过武昌，助离愁烟水茫茫。

无名氏套数[中吕·粉蝶儿]：

一个赴筵会娇乘翠辇，一个随人情稳坐肩舆。

周德清小令[中吕·红绣鞋]《郊行》：

穿云响一乘山笋，见风消数盏村醪，十里松声画难描。枫林霜叶舞，荞麦雪花飘，又一年秋事了。

王实甫杂剧《四丞相高会丽春堂》第二折：

堪写在画图中，又添入诗句里。则我这紫藤兜轿趁着浓阴，直等凉些儿个起，起。受用足万壑清风，半阶凉影，一襟爽气。

兜轿，是一种类似圈椅的简易坐轿。"花轿"是迎娶新妇必备的礼仪性交通工具。轿子是从人挽车发展而来。由于古代路况不好，车轮又是铁皮包的木轮，行走起来很不舒服，于是人们便去掉车轮，用人扛抬自来行走，于是轿子就出现了。旧时，轿子作为代步或显示身份地位的工具，寻常百姓家在结婚仪式等重要场合也常不惜破费请轿。张国宾杂剧《相国寺公孙合汗衫》第三折："我也曾车儿上来，轿儿上去。谁不知我是金狮子张员外的浑家。"王实甫杂剧《崔莺莺待月西厢记》第三折郑恒云:"姑娘若不肯,著二三十个伴当抬上轿子,到下处脱了衣裳,赶将来,还你一个婆娘。"无名氏杂剧《赵匡义智娶符金锭》第四折楔子赵匡义的姐姐赵满堂云:"今日择吉日良辰,着妾身去娶他,众兄弟每簇拥小姐的轿子后堂便来也。"就是当时迎亲用轿习俗的反映。山箄是一种特制的山行交通工具,它多为旅游者用作游山。山箄作为一种适用于山间道路的交通工具,并非完全意义上的轿子,而是一种用人力推挽或抬舁的车子。山箄与轿子的相同点就在于都是人力驱动,这也许就是它被称为山箄的原因。但轿子是无车轮,靠人力抬舁才能移动,而山箄则是有车轮的,在无沟坎等障碍时,主要用人力推挽,跨越障碍时则人用手或肩抬舁。兜轿、肩舆、篮舆虽均为轿子,而且都用人力抬舁。但与完全意义上的轿子仍有不同。轿子基本上是封闭的,有窗有帘,有二人抬、多人抬等多种。但兜轿、肩舆、篮舆之类比轿子简单,尤其是篮舆,无顶盖、无遮挡,是"开放式"的,而且多是二人抬舁。

什么样的旅游目的地,选择什么样的游览代步工具,这是旅游的基本常识,当然还得有发达的旅游交通业的支持。从以上描写看,用肩舆、篮舆、竹舆是元代旅游者经常选用的行游交通工具。反映出元代旅游者不仅具备了旅游的基本常识,而且旅游交通业的发达,也能满足旅游者对不同交通工具的需求。

(5)步走

步行外出在元曲中更常见。无名氏杂剧《玎玎珰珰盆儿鬼》第一折杨国用挑担上云:

> 自从离了家乡,辞别了父亲,出来做买卖,不觉三月期程。俺是乍出外,不曾行得惯,这路途吉丁疙疸的,蚤踏破我这脚也呵。

杨显之杂剧《临江驿潇湘秋夜雨》第二折张翠鸾唱:

> 看了些林梢掩映,山势参差;走的我口干舌苦,眼晕头疼。我可也把不住抹泪揉眵,行不上软弱腰肢。我、我、我,款款的兜定这鞋儿,是、是、是,慢慢的按下这笠儿,呀、呀、呀,我可便轻轻的拽起这裙儿。

无名氏杂剧《包龙图智赚合同文字》第二折安住带着父母的骨殖回家乡,一路"脚底生云":

披星带月心肠紧,过水登山脚步勤。意急不将昼夜分,心愁岂觉途路稳。痛泪零零雨洒尘,怨气腾腾风送云。客舍青青柳色新,千里关山劳梦魂。归到梁园认老亲,怎时节才把我这十五载流离证了本。

无名氏杂剧《风雨像生货郎旦》第四折:

我只见黑黯黯天涯云布,更那堪湿淋淋倾盆骤雨,早是那窄窄狭狭沟沟堑堑路崎岖,知奔向何方所?犹喜的消消洒洒、断断续续、出出律律、忽忽噜噜阴云开处,我只见霍霍闪闪电光星烛。怎禁那飚飚飀飀风,点点滴滴雨,送的来高高下下、凹凹凸凸一搭模糊,早做了扑扑簌簌、湿湿渌渌疏林人物。倒与他妆就了一幅昏昏惨惨潇湘水墨图。

无名氏小令〔正宫·塞鸿秋〕《山行警》惟妙惟肖地写出了步行的情景和心情:

东边路西边路南边路,五里铺七里铺十里铺,行一步盼一步懒一步,霎时间天也暮日也暮云也暮。斜阳满地铺,回首生烟雾,兀的不山无数水无数情无数。

向东,向西,向南,向北,山重水复,千曲百折,经过了五里铺、七里铺、十里铺。一个风尘仆仆的远行人,踽踽独行,经过了一条又一条的岔口,迎来了一处又一处的荒驿,走不完的路途,遣不散的疲倦。走一步望一步,走得云霞满天黄昏日暮,走得斜阳铺满大地,面对这山山水水,"兀的不山无数水无数情无数",乡心、客愁、凄凉、悲怆,悲欢离合,甜酸苦辣,旅途以至人生的感受无不包纳在这"情无数"之中。

元代人的出行生活为元曲构筑了一道独特的风景。那里有催人泪下的离别,有坚车良马的奔腾,有驽马弊车的闲游,有楼船轻舟的遨嬉,有三三两两结伴而行的漫游,有栉风沐雨的游子,他们或信马由缰,或随时行止,或散漫观览,或闲适行游,或踽踽独行……如果将所有这些画面连接起来,它们正体现出元代人对旅游生活既热爱、向往,又畏惧、厌倦的矛盾心理。元曲中所描写的种种出行情景和所表现出的对娱游之乐的追求、对远行之苦的嗟叹、对家园亲友的难舍,都深刻地反映了元代旅游的习俗。

2.旅宿习俗

与旅游的兴盛相适应,元代的住宿和饮食业也很发达,旅馆饭店的数量、规模和经营方式都表现出了较高的发展水平。从元曲记载看,元时的旅宿主要是三种:一是政府主办的传舍驿馆,二是私人开设的逆旅客舍,三是遍布各地的僧寺庙宇。元代便利的食宿条件,极大地方便了游客的出行,客观上也促进了旅游业的发展。

(1)官办驿馆

驿馆,又称"驿站"、"站赤"、"站驿",是元代官办的旅行设施,主要为递送公文的信使或来往官员在旅途中提供交通工具、休息场所和饮食服务的处所。早在商代,中国已有驿站雏形。西周时期,重要道路的沿线已设有驿站系统。秦汉时,以咸阳为中心,每隔三四十公里,设立一个驿站,有站尹、管理人员管理日常工作,还制定邮驿法令和行宿制度,以保证驿站工作的开展。三国时期,在南方水网的吴国更出现了水驿。隋唐宋时期,水陆驿站数量增多,形成了遍布全国的驿站网络。驿站备有车、马、船,供日夜兼程的信差使用。当时国力强盛,驿站大都建设得豪华壮观。元代实行"站赤"制度,驿站管理更为完备。当时凡是有人居住的地方,都设有驿站。《元史·地理志》载:"元有天下,薄海内外,人迹所及,皆置驿传,使驿往来,如行国中。"①四通八达的"驿路",星罗棋布的大小驿站,把整个统治区域同元朝统治的心脏大都紧密联系在一起。正如白寿彝先生在《中国交通史》中所说:"元时邮驿之制最为发达,有站赤、有急递铺。站赤是驿,急递铺是邮。"②根据各地情况,站赤分水站、陆站(或旱站)。水站中有江站、海站。旱站中有马(驴、骡子)站、牛站、狗站、车站、轿站、步站。狗站设在辽东,提供专门在冰上拖橇的驿狗。据陶宗仪《南村辍耕录》卷八《狗站》记载:高丽以北的奴儿干,天气极寒冷,海亦冰,河道自八月到第二年四五月方解,人行其上,如履平地。征东行省每岁委官至奴儿干,给散囚粮,所"用站车,每车以四狗挽之"③。杨景贤杂剧《西游记》第二本第七出《木叉售马》对此有所反映:

　　(唐僧引驿夫上,云)善哉!善哉!离了长安,行经半载。于路有

---

① (明)宋濂等撰:《元史》,中华书局1997年影印本,第1563页。
② 白寿彝:《中国交通史》,团结出版社2006年版,第171页。
③ (元)陶宗仪:《南村辍耕录》,中华书局1959年版,第97页。

站,如今无了马站,只有牛站,近日这牛站也少。到化外边境,向前去不知什么站。(驿夫云)师父,再行一月,前面是驴站。驴站再行一月,西番伛铵地面,是狗站。

这段文字可视作元代东北地区驿站真实状况的一种反映。元代驿传不仅促进了全国各地区经济的繁荣,增进了各民族之间的经济往来和文化交流,而且推进了元朝的旅游业。

元代的驿舍建筑大多都很精美,一般建造在依山傍水的地方,周围栽植有花草树木,环境很优美,使往来官员、旅客能游园赏景以解除旅途的疲劳,满足审美愉悦之精神需求。马可·波罗曾称赞元时的馆驿装饰:"……这些建筑物宏伟壮丽,有陈设华丽的房间,挂着绸缎的窗帘和门帘,供给达官贵人使用,即使王侯在这样的馆驿里下榻,也不会有失体面。"①元曲也对元代的驿舍环境做了描写。张可久小令[中吕·喜春来]《永康驿中》中描绘了驿站的美景:"荷盘敲雨珠千颗,山背披云玉一蓑。半篇诗景费吟哦,芳草坡,松外采茶歌。"此驿站依山傍水,有荷塘,有芳草,有松树,还能看到漂浮的云朵,听到动人的采茶歌。石君宝杂剧《诸宫调风月紫云亭》楔子中也有驿舍描写:"客舍青青杨柳新,驿路茸茸芳草茵,朝雨浥轻尘。一杯酒尽,歌罢渭城春。"虽是化用王维《渭城曲》,但由此我们也可以看出驿站周围大都是亭亭杨柳,清新爽目,难怪古人在驿站送别时总是折柳,久而久之也就有了折柳送别的习俗。

为递送公文的人或来往官员服务,是驿站的基本职能。元曲记载了驿站管理者的职能。如马致远杂剧《破幽梦孤雁汉宫秋》第二折汉元帝云:"且教使臣馆驿中安歇去。"无名氏杂剧《风雨像生货郎旦》第四折:"自家是个馆驿子,一应官员人等打差的,都到我这驿里安下。"无名氏杂剧《冯玉兰夜月泣江舟》第四折:"自家是清江浦驿丞。打扫的这官厅干干净净,昨日报帖来说道,金御史老爷今日船到,须索迎接去。""馆驿子"、"驿丞"均为驿站管理者。后来为便利旅途来往的行人和从事工商活动的客贩,元代驿站

---

① [意大利]马可·波罗:《马可波罗游记》,陈开俊等译,福建科学技术出版社 1981 年版,第119 页。

驿馆的职能有所扩大，也向普通官员和百姓开放，这就使驿站具有了商业性旅店的性质。比如杨显之杂剧《临江驿潇湘秋夜雨》中的临江驿既接待了廉访大人张天觉，也留宿了翠鸾和押送她的解差，同时还让寻找翠鸾的翠鸾义父崔文远住了下来。第四折张天觉的随从兴儿云：

> 老爷，这般大雨，身上衣服都湿透了也。（张天觉云）既然是这等，我且在馆驿里避雨咱。（驿丞接科，云）小的是临江驿驿丞，在此迎接。请大人公馆中安歇。

> 老汉崔文远的便是。自从着我女儿翠鸾寻我那侄儿崔甸士去了，音信皆无。我亲到秦川县，看我那女儿去。天色晚了也，又下着这般大雨。我且在这馆驿里寄宿一夜，明日早行。（驿丞见科，云）兀那老头儿，你做甚么？（孛老云）雨大的紧，前路又没去处。这馆驿中不问那里，胡乱借我宿一夜，明日绝早便去。（驿丞云）老头儿你不知道，如今接待廉访大人，休要大惊小怪的。你去那厨房檐下歇宿去。

> （解子云）你休烦恼，我和你到临江驿寄宿去来。（做叫门科，云）馆驿子开门来！（驿丞云）又是那一个？我开开这门。这弟子孩儿好大胆也。廉访使大人在这里歇息，你只在门外。你若大惊小怪的，我就打折你那腿！

这几段描写揭示了元代驿馆笼罩的浓厚等级观念和势力风气：由于"廉访使大人在这里歇息"，翠鸾的义父只能在"那厨房檐下歇宿去"，翠鸾与解差"只在门外"。

驿站是文人聚会之处。高文秀杂剧《须贾大夫谇范叔》中："（做饮酒科）（邹衍云）小官奉主公的命，在此驿亭中管待贤士，须要尽醉方归。张千，唤将那歌儿舞女来者，着他席间伏侍贤士。（张千云）歌儿舞女走动。"官员在宴请一般都摆宴欢聚，还有歌儿舞女助兴。戴善甫杂剧《陶学士醉写风光好》第一折："自七月至此，今八月将尽，李主抱疾不朝，无由可见。惟宋齐丘丞相，常来驿亭讨论文字。"驿站是文化交流的场所。

驿站也是才子佳人相会的地方。戴善甫杂剧《陶学士醉写风光好》中："驿亭巧把姻缘结，新词留下〔好风光〕。"看来姻缘和驿站有密切的关系。驿站也是流离失散之人的重逢相聚之地。无名氏杂剧《风雨像生货郎旦》

剧演秀才李彦和纳妓女张玉娥为妾，元配刘氏被气死。玉娥又与奸夫合谋夺财产，将李彦和推入江心，又差点勒死奶娘张三姑。后张三姑为一艄公所救，将彦和子春郎卖给拈各千户。十三年后，拈各死，春郎袭千户，偶因事至河南，歇宿馆驿，驿子唤来艺人，即李彦和与张三姑。原来三姑从艺人张憨古学唱［货郎儿］，卖艺糊口，又遇大难不死的李彦和。三姑唱出李彦和一家遭遇，春郎与失散十三年的父亲李彦和和奶母张三姑相遇、相认，并捕获了奸夫淫妇，报了仇恨。杨显之杂剧《临江驿潇湘秋夜雨》楔子中，张天觉和女儿翠鸾在"临江驿"附近淮河渡失散；渔父崔文远和翠鸾在"临江驿"相遇而结为父女。第一折中，张天觉在"临江驿"附近沿江留下告示，寻访女儿；崔文远之侄崔通拜访"临江驿"附近的伯父与翠鸾结为夫妻。第三折张天觉在与女儿失散三年之后，体察民情又到"临江驿"附近。第四折中张天觉和女儿翠鸾在秋雨里相认。"临江驿"是一个让翠鸾和她的父亲失散又相会的地方。

　　元曲还描写了驿站管理者驿丞的生活。杨显之杂剧《临江驿潇湘秋夜雨》第四折驿丞诗云："往来迎送不曾停，廪给行粮出驿丞。管待钦差犹自可，倒是亲随伴当没人情。小可是临江驿的驿丞。昨日打将前路关子来，道廉访使大人在此经过。不免打扫馆驿干净。大人敢待来也。"无名氏杂剧《风雨像生货郎旦》第四折馆驿子诗云："驿宰官衔也自荣，单被承差打灭我威风。如今不贪这等衙门坐，不如依还着我做差公。自家是个馆驿子，一应官员人等打差的，都到我这驿里安下。我在这馆驿门首等候，看有甚么人来。"无名氏杂剧《冯玉兰夜月泣江舟》第四折驿官云："这些巡江的官，来到馆驿里，把我不是打便是骂，要酒吃要肉吃，迟了些就打嘴巴拳。"这些描写道出了地方官员的嚣张和驿吏生活的苦难。最下层驿夫的生活更是苦不堪言，元代的驿夫由专门站户充当和提供，他们要负责供应来往使臣的饮食和向驿站提供铺马等交通工具，还要提供劳动力，负责马匹的饲养，充任马夫、车夫、船夫、搬运夫、馆夫等。他们还承担着繁重的徭役，生活极其悲惨。①

　　另外，元曲中描写的大量的驿站名称，如孟津驿、蓝桥驿、罗阳驿、鸡鸣

---

① 韩儒林：《元朝史》上册，人民出版社 1986 年版，第 423—425 页。

驿、永康驿、马嵬驿、浔阳驿、石亭驿、骊山驿、临江驿、陈桥驿、邯郸驿等,也从一个侧面给了我们了解元代驿站的信息。其中邯郸驿在今河北省南部。卢挚小令［南吕·金字经］《宿邯郸驿》写他夜宿邯郸驿舍的感触:

> 梦中邯郸道,又来走这遭,须不是山人索价高。时自嘲,虚名无处逃。谁惊觉? 晓霜侵鬓毛。

在驿站做梦,也与他处不同,如果偶尔住到邯郸,可能就是平生最大的梦,一梦百八十年,此梦如此长,如此香,于是"又来走这遭"。作者借用"邯郸梦"的典故,自嘲自讽自伤自己到老还再为功名奔走。

鸡鸣驿是现存全国最大、功能最齐全的古驿站。冯子振小令［正宫·鹦鹉曲］《忆鸡鸣山旧游》云:

> 鸡鸣山下荒丘住,客吊古问驿亭父。几何年野屋丛祠,灭没犁烟锄雨。［幺］默寻思半晌无言,逆旅又催人去。指峰前代好磨笄,是血泪当时洒处。

鸡鸣驿建于元代,驿城总体呈正方形,全城周长2330米,墙高12米,设东西两门,城门上方筑两层越楼。清乾隆三年(1738)将城墙重新修理,并在城东筑护城坝一道。直到1913年北洋政府宣布"裁汰驿站,开办邮政",鸡鸣驿这个古驿站才退出历史舞台。鸡鸣驿城是目前中国保存较为完整、规模最大的古驿城。驿城集邮驿、军事防御、居住、商业、文教、宗教活动于一体,功能完备,建筑类型复杂多样,从各个侧面反映了元代邮驿的历史信息,也是元曲驿站描写中留存的一个珍贵实景。

(2)民间旅馆

民间旅馆在元曲中大量出现。如无名氏杂剧《朱砂担滴水浮沤记》第二折王文用云:

> 可早来到黑石头店也。这里有三座店。我两头不去,则去那中间店里下。那厮便赶将来,也寻不见我,就寻见我呵,我叫起来,这两头店里人也要来救我。

邦老上云:

> 远远的一字摆着三座店,这处唤做三家店,中间那座店,唤做黑石头店。那厮本钱小,只在这两边店里下;若是本钱多,在这黑石头店

里下。

这是写实的描写，不仅可以感受到元代人宿住旅馆时的心态，而且可以想见当年客店生意兴隆的盛况："一字摆着三座店"，可见旅馆的稠密。关于这一点，我们从《马可波罗游记》中也可以获得这方面的资料。马可·波罗在元朝供职 17 年间，曾对元朝的旅馆有过不少的描述："从汗八里城，有通往各省四通八达的道路，每条路上……每隔四十或五十公里之间，都设有驿站，都筑有旅馆，接待过往商旅住宿。"①在河西走廊，马可·波罗亲眼目睹沿途各驿站向旅游供膳和为使臣设宴的情景："在近郊，距都城也许有一点六公里的地方，建有许多旅馆或招待骆驼商队的大客栈，为来自各地的商人提供住宿。旅客按不同的人种，分别下榻在指定的彼此隔离的旅馆。"②足见元时民间旅馆之兴旺。

元曲中经常提到的酒馆、酒务儿、客店、旅店、酒肆之类，虽名号不同，但性质都等同于现代的旅店，除提供住宿外，还提供餐饮。如无名氏杂剧《玎玎珰珰盆儿鬼》第一折店小二科白：

> 在下店小二的便是，在这上蔡县北关外十里店，开着个小酒务儿。但是南来北往，推车打担，做买做卖的，都到俺小铺来买酒吃，晚间就在此安歇。

"酒务儿"是一种兼酒馆的旅店，负责过往客人的饮食、起居，并代客保管财物。元曲中提到酒店与旅舍合一的"客店"，在大城镇中有，在偏僻小镇上也有。如郑廷玉杂剧《包待制智勘后庭花》第三折描写大城镇客店，店小二云：

> 自家是汴梁城中狮子店小二哥的便是。开着这一座店，南来北往，经商旅客，都在俺这店中安下。今日天晚，看门前有什么人来。……（外扮刘天义上，云）……来到汴京，天色晚了，且去那狮子店中觅一宵宿。（见净科，云）小二哥，我来求宿。（小二云）头里房安歇去。（刘天

---

① ［意大利］马可·波罗：《马可波罗游记》，陈开俊等译，福建科学技术出版社 1981 年版，第 118—119 页。

② ［意大利］马可·波罗：《马可波罗游记》，陈开俊等译，福建科学技术出版社 1981 年版，第 97 页。

义云)小二哥,与我点一个灯来。(小二与灯科,云)灯在此。(刘天义云)小二哥,安排些酒殽来,等我自己酌一杯,明日连房钱一并还你。(小二将酒上,云)酒殽都有了,我自去睡也。(下)(刘天义云)我关上这门,自饮几杯咱。

客人刘天义向店小二要酒肴,说明这是一个酒店与旅舍合一的客店。偏僻小镇的客店兼营饮食业也是普遍现象。如王实甫杂剧《崔莺莺待月西厢记》第四本第四折就描写了小镇住宿业为主兼营其他的旅馆:

离了蒲东早三十里也。兀的前面是草桥店里宿一宵,明日赶早行。

(末云)琴童接了马者! 点上灯,我诸般不要吃,则要睡些儿。

为了吸引旅客,店主往往从店名选择开始就做足了功夫,以便达到宣传自己、让客人易记、过目不忘的效果。元曲就记写了一些特色旅店。如王实甫杂剧《崔莺莺待月西厢记》第一本第一折写张生到黄河之滨蒲州城(今山西永济)的住宿:

话说间早到城中。这里一座店儿,琴童接下马者! 店小二哥那里?(小二上,云)自家是这状元店里小二哥。官人要下呵,俺这里有干净店房。

郑廷玉杂剧《宋上皇御断金凤钗》第一折:

店小二哥,你不知那贡院里试官,他则是寄着我那状元哩! 我在状元店中修习,等来年依旧应举。若得了官呵,那其间还你房钱。(店小二云)若是这等呵,纸墨笔砚我全管。

"状元店",早在北宋东京就有以赴京赶考仕子为主要对象的"状元楼",意思是祝仕子们高中状元。"状元店"的名称就是根据百姓民俗心理而起的店名。

元曲中还有对招商店的描写,如无名氏杂剧《刘千病打独角牛》第三折:

我来到这泰安州,我可便不住您兀那招商店。

郑廷玉杂剧《宋上皇御断金凤钗》第三折:

问甚将着行货,做甚买卖,有甚资财? 你把行旅招商店开。

关汉卿杂剧《闺怨佳人拜月亭》第三折兵部尚书的女儿王瑞兰说:

那其间被俺爷把我横拖倒拽出招商舍,硬撕强扶上走马车。

无名氏杂剧《罗李郎大闹相国寺》第三折罗李郎唱词:

恰离了招商打火店门儿,早来到物穰人稠土市子。

大开招商旅店,说明商务旅行者在住店者中的比例越来越大。元代商务旅行者的增多又与元朝政府优待商贾的政策有关。蒙思明先生在其《元代社会阶级制度》一书中提到:"商贾之特受优遇,为元代政治特色之一。……至商税之征收,则屡有减低之令……以保护商旅之安全。"①元朝政府对商贾经营商业的优待,是民间中招商旅店多的重要原因。

乡村旅店作为补充,数量也极为可观。因其地处乡村郊野,故其经营者基本都处于社会底层。如张可久小令[双调·落梅风]《和崔雪竹》:

依村店,驻小车,玉骢嘶绣鞍初卸。琵琶乱弹人醉也,雁云高蓟门秋月。

李泂套数[双调·夜行船]《送友归吴》:

问程村店宿,阻雨山家饭。

孙仲章杂剧《河南府张鼎勘头巾》第三折:

(正末唱)他住居村舍可也近城池?(张千云)他说住在望京店,我记的他有些苫唇髭髯。

马致远套数[仙吕·赏花时]《孤馆雨留人》:

听林间,寒鸦噪,野店江村未晓。风刮得关山叶乱飘,料前村冷落渔樵。

徐再思小令[中吕·普天乐]《吴江八景·华岩晚钟》:

谯楼鼓歇,兰舟缆解,茅店鸡鸣。

为了适应日趋发展的商贸需要,乡间道路旁出现了越来越多的村店、山店、野店、茅店等野趣盎然的商业旅馆。分散在各地的乡村小店,给往来旅客带来了极大的便利和温暖。

旅馆的文化建设在元曲中也多有反映。第一,为便于旅客投宿,元代旅店十分注意坐落方位的选择。元代旅店或沿驿道运河而建,或坐落在

---

① 蒙思明:《元代社会阶级制度》,上海人民出版社 2006 年版,第 125 页。

交通要道和商旅往来的码头，或坐落在名山胜境附近，或选城镇市集而造。故在大道附近多有旅馆。王实甫杂剧《崔莺莺待月西厢记》中的"状元店"，就位于普救寺前峨嵋岭下的通京大道。这里既是唐代河东诸省举子赴长安应试的必经之地，也是元代"南来北往，三教九流，过者无不瞻仰"①的胜地，还是南北游客的食宿停息之地。又如无名氏杂剧《朱砂担滴水浮沤记》第二折王文用问店小二："哥也，这条路可往那里去？（店小二云）这条路往河南府去。（正末云）这条路往那里去？（店小二云）这条路往泗州去。（正末云）这条路呢？（店小二云）这个是一条总路，都去的。"这段问答实际上交代了王文用住宿的黑石头店坐落在一个四通八达的交通要道上。

第二，元代旅店也着意环境的美化。或"客舍青青柳色新，第一程水馆山村"②；或"苍烟乔木，残阳翠微，茅店疏篱"③，让入住者如入画中，令人陶醉，以满足旅客食宿之外审美愉悦之精神需求。不过，旅店环境再好，羁旅心情的惆怅总是难免的。如汤舜民小令[双调·湘妃引]《旅舍秋怀》：

半窗风雨夜潇飈，四壁啼螿秋闹炒，一篝残蜡人寂寥。海天长归梦杳，最关情行李萧萧。丰城剑消磨了龙气，中山笔干枯了兔毫，峄阳琴解脱了鸾胶。

徐再思小令[双调·水仙子]《夜雨》：

一声梧叶一声秋，一点芭蕉一点愁，三更归梦三更后。落灯花棋未收，叹新丰孤馆淹留。枕上十年事，江南二老忧，都到心头。

王仲元小令[中吕·普天乐]《旅况》：

树杈桠，藤缠挂，冲烟塞雁，接翅昏鸦。展江乡水墨图，列湖口潇湘画。过浦穿溪沿江汉，问孤航夜泊谁家。无聊倦客，伤心逆旅，恨满天涯。

旅舍，似乎总是与孤独相随。这里没有觥筹交错，没有炫目斑斓的色

---

① 王实甫杂剧《崔莺莺待月西厢记》第一本第一折。
② 石君宝杂剧《鲁大夫秋胡戏妻》第一折。
③ 张可久小令[双调·水仙子]《春日郊行》。

彩，只有风声、蝉声、叶声和夜雨。但孤独又是一种相当难得的境界，只有这时候，人们才能从尘世的喧嚣中宁定下来，心平气和地整理自己的感情，而所谓的诗，也就在这时候悄悄地流出。汤舜民和徐再思曲写客店的秋景，表现了特定环境中的特殊感受。而王仲元小令则表达了"行旅"中情不断，旅愁也绵绵，典型地反映了元代游人的旅愁之情。

第三，元代旅店注重广告的作用。迎合不同接待对象的意愿而题写匾额，如挂"状元店""招商店"之匾，说明元时旅店经营者已意识到商招匾额的宣传广告作用，以此招徕顾客，扩大影响。匾额既是古代旅馆招徕客人的招牌，也是旅馆的重要装饰之一，挂"状元店"之匾的客店自然是接待进京赴试举子为主的客店，而冠名"招商店"则以接待南北商客为主。店匾的变化说明了旅馆业的发展和客店经营意识的变更。

第四，元代民间旅馆分等级经营特点已比较明显和普遍，出现了饮食上分等，住房上分等以及服务接待上分等等多种分等级经营的方式。元曲中有不少关于商客进店住"头房"的描写就是对这种方式方法的反映。如王实甫杂剧《崔莺莺待月西厢记》第四本第四折："早至也，店小二哥那里？（小二哥上，云）官人，俺这头房里下。"郑廷玉杂剧《宋上皇御断金凤钗》第三折，秀才赵鹗将一只金钗与店家做房钱后，店小儿献殷勤道："我道你不是受贫的人，我还打挣头间房你安下，我看茶与你吃，你便搬过来。"足见赵秀才以前是住下等房。"头房"也称"头间房"，为上等客房，"头房"宽敞采光好，房金高；而下等房又窄又暗，房金低。前后住房等级之差，一则说明古代旅馆等级与住客身份有关，二则体现了旅馆经营的市场性和商业性。同时也反映了元代旅馆本身已经有了等级之分，只有"本钱多，在这黑石头店里下"，如果"本钱小，只在这两边店里下"①。旅馆的层次在元代已经区分的很分明。

第五，元曲还记写了元代旅馆服务业的一些规定。元代旅馆在住宿管理上的制度主要有住地安全制、"符验"制、"店历"制和"不下单客"制。元朝以后，旅馆住宿登记制度也开始普遍实行。摩洛哥旅行家伊本·白图泰

---

① 无名氏杂剧《朱砂担滴水浮沤记》第二折。

说："在中国行路,最为稳妥便利。……路中各站,皆有逆旅,可以栖宿,有官吏专管之。……天全黑时,管理官员及其书记来舍,将留宿客人,逐一点名记簿。盖印后,闭门,使客安睡。至次晨天明时,吏及书记复来,依名单唤客起,作一证书。"①这一记载说明,元时,客来登记、客走销簿的住宿制度在全国各地已经普遍实施。单身旅客如若住店,须有保人,否则店家不得留宿。如郑廷玉杂剧《宋上皇御断金凤钗》第三折中有"店家不下单客"的唱词。无名氏杂剧《朱砂担滴水浮沤记》第二折:"(正末云)我和你说,背后有条大汉,那厮赶的我至急,怕他来时叫门呵,我有一句话央你:你只说道有上司的明文,不下单客。我明日还你两个人的房钱酒钱。(店小二云)我知道了,等他来时,我则说不下单客,回了他去,你自放心的睡。"住宿管理中的"不下单客"制,是政府对民间旅馆安全管理的一个制度,出现于唐朝,在元明旅馆中普遍实行。反映了元代旅馆在住宿管理上的规范性。

第六,在元代旅馆经营中,经营方法多种多样,其中服务态度热情周到,是一个突出的特点。如王实甫杂剧《崔莺莺待月西厢记》第一本第一折张君瑞来到客店时,店小二开口便道:"自家是这状元店里小二哥,官人要下呵,俺这里有干净店房。"有自我介绍,有对客人的尊称,还有对本店客房的介绍,听来令人心暖。客人进店门后,更是热情接待,接待时以客为主,小心翼翼,体现了民间旅馆"宾至如归"的观念。又如剧中描述张君瑞与状元店小二的一段对话:"小二哥你来,我问你:这里有什么闲散心处? 名山胜境,福地宝坊皆可。"店小二回答:"俺这里有一座寺,名曰普救寺,是则天皇后香火院,盖造非俗:琉璃殿相近青霄,舍利塔直侵云汉。南来北往,三教九流,过者无不瞻仰;则除那里可以君子游玩。"这里,店小二对普救寺的来历非常了解,不仅让旅客了解了该景观的风土知识、史料依据,而且还从景观欣赏、建筑特点等方面逐一介绍,反映了元代旅馆服务的成熟和服务人员的高素质。

第七,元曲中对衣帽取人唯利是图的经营行为进行了淋漓尽致的揭示。如无名氏杂剧《朱砂担滴水浮沤记》中的店小二势利浅薄,是一个贪财贪吃

---

① 张星烺编注:《中西交通史料汇编》,中华书局1977—1978年版,第75页。

又愚蠢的形象。王文用为了摆脱邦老的追赶,挑选了黑石头店歇息,并要求店小二不要放追他的邦老进来。可是邦老利用店小二贪财的心理,故意假装喊道:"兄弟们,我说在两头店里歇了罢,你说道黑石头店好,却如何?快把那驴子赶过来,依旧到两头店里歇去。"给店小二造成了住店客人很多的假象,以骗他开门,这是的店小二早把王文用的嘱托丢在脑后,开门迎客,开门后虽然只有邦老一人,但并没有引起店小二的警惕,相反,当邦老编造自己是王文用的弟兄,与王文用有打赌,以打探王文用是否在该店歇息的谎言时,愚蠢的店小二信以为真,并导引邦老熟悉客店的环境和地形,为邦老作恶提供方便。同样,郑廷玉杂剧《宋上皇御断金凤钗》中的店小二也极为势利浅薄。书生赵鄂穷困时,店小二鼓动他的妻子离开他,另嫁"官员大户财主";赵鄂说自己要去求官应举,店小二马上说:"你若得了官,我便准备着果盒酒儿,与你挂红。"当赵鄂中了状元,还将一只金钗交与他作为房金时,便马上换上一副殷勤的面孔:"我道你不是受贫的人,我还打挣头间房你安下,我看茶与你吃,你便搬过来。"甚至翻箱倒柜将"媳妇穿的一条裙子,当一瓶儿酒,去那朝门外等着,与他庆贺去咱。"赵鄂感叹道:"我无钱时他恶歆歆嗔满怀,还了钱喜孜孜笑盈腮。"类似的还有张国宾杂剧《相国寺公孙合汗衫》中的店小二,陈虎外出做买卖不幸染了病,盘缠用尽,在一家小客店里住着,欠下了房宿饭钱,店小二将他推出店门,说:"大风大雪里冻杀饿杀,不干我事。"郑廷玉杂剧《包待制智勘后庭花》中的店小二更是落井下石。翠鸾孤身一人逃难到客店,惊慌未定。店小二看上了翠鸾的美色,逼翠鸾与自己做夫妻。翠鸾不从,店小二就威胁说:"你真个不肯,我一斧打死了你。"将翠鸾吓死。这样的店小二在元曲中或是作为社会的底层人物,深刻揭露其重利轻义,注重实惠,目光短浅,心胸狭隘等浓厚的市民特点;或是作为反面的形象,虽然笔墨不多,但反映出当时社会世情淡漠,缺少温暖和帮助。真实、形象地反映了元代"世情看冷暖,人面逐高低"①的社会风气。

旅店还是矛盾冲突发生之地。失散者团圆、人们邂逅并生发矛盾冲突在旅店,是元曲中常见的场景。关汉卿杂剧《闺怨佳人拜月亭》中,在兵荒

---

① 关汉卿杂剧《山神庙裴度还带》第二折。

马乱中与母亲失散的瑞兰也是在旅店中与自己的父亲再次重逢。旅店是流离失散之人的重逢之地。在关汉卿杂剧《赵盼儿风月救风尘》中，赵盼儿为搭救宋引章，带上车儿马儿到周舍开设的客店，以风月手段骗得周舍写下休书。旅店有时也会成为盗贼作案之所。开设旅店，接四方之客，尤其是乡村旅店，其远离都市，地处郊野，人烟疏阔，给旅店经营者提供了作案的便利条件。因此，乡村旅店的经营者中，有着相当多的不法之徒。无名氏杂剧《玎玎珰珰盆儿鬼》离汴梁城四十里瓦窑村盆罐赵家客店就是一个图财致命的黑店。汴梁人杨国用，贩些南货做买卖去，赚得五六个银子。还家时，到瓦窑村盆罐赵家投宿。店主夫妻两个图财，害了杨国用性命，又将尸体烧灰捣骨，捏成盆儿，送给一位吃朝廷俸禄的官吏张憋古做夜盆儿。可见，元代乡村旅店经营者主要是普通的村民，而且大多是家庭式经营的夫妻店。至于那些不法之徒借助乡村旅店这个招牌，行不轨之事，毕竟是少数。然而却也说明元代政府对乡村旅店的管理不规范，没有有力的司法监督力量和进入章程，致使开设乡村旅店的门槛较低。反过来也说明元代旅游活动的频繁和兴盛，旅行者众多，乡村旅店有较大的利润空间。

（3）僧寺旅舍

僧寺也是元时期人们特别是下层人民重要的旅途宿息之所。元朝时，佛教在统治阶级的支持下迅速发展，全国寺院数量大大增加，经济实力也与日俱增，旅游过往投宿寺院也更为方便，而且，寺院环境清净，文化气息浓厚，独特的环境，使越来越多的旅客投宿僧寺。这种现象在元曲中也常常见到，如朱凯杂剧《昊天塔孟良盗骨》第四折中，杨景盗了父亲的骨殖，一人一骑，往五台山寺中投宿，在五台山和分散多年、已做了和尚的五郎杨延德相遇。可见僧寺是元代旅舍的重要补充。正如关汉卿杂剧《山神庙裴度还带》第二折中白马寺长老所言："但是四方客官，都来寺中游玩。"作为旅游场所、读书场所、避难所、旅馆、集会社交场所、商品交换市场，甚至寄存棺木之地，元代僧寺是旅游中不可忽视的重要景点和聚集地。

僧寺旅舍作为旅途住宿之所，与商业旅馆相比，有其独特的方面。寺院所在，一般都是环境清幽，房舍雅洁，远隔尘寰，绝少喧嚣之地。元曲中有很多关于僧寺旅舍风貌的描写，渲染表达的多是现实世间的生活意绪，而不是超越现实的宗教神秘。如张可久小令[南吕·金字经]《访吾丘道士》写佛寺景色:"细草眠白兔,小花啼翠禽,且听松风尘绿阴。寻,洞天深又深。游仙枕,顿消名利心。"张可久另一小令[越调·天净沙]《鲁卿庵中》写满山红叶中有一座小小的山居:"青苔古木萧萧,苍云秋水迢迢,红叶山斋小小。"王实甫杂剧《崔莺莺待月西厢记》第一本第一折中描写普救寺的环境:"琉璃殿相近青霄,舍利塔直侵云汉",是一个"盖造非俗"的胜境;寺内的佛殿、钟楼、塔院、罗汉堂、香积厨,也都"幽雅清爽"。又如关汉卿杂剧《山神庙裴度还带》第三折中山神庙的描写:"泥脱下些仰托,更和这水浸过这笆箔",似一座"十摧九塌草团瓢"。寺观庙宇清幽的景致,青苔遍地,风中古树萧萧,云色苍苍,秋水悠远迢迢。佛教胜地的天香、天乐,让游人夜宿寺院,尘世的烦累涤荡殆尽,心神为之清爽。

寺院多以与人方便、普度众生为宗旨,很少有向旅客收取房费的行为。王实甫杂剧《崔莺莺待月西厢记》第一本第二折中,就有关于寺院不收房费的明确记述,书生张君瑞到普救寺投宿:"(末云)小生不揣有恳,因恶旅邸冗杂,早晚难以温习经史,欲假一室,晨昏听讲。房金按月,任意多少。(洁云)敝寺颇有数间,任先生拣选。"张君瑞宿寺院直至月底,这其间没有僧人前来收费,这说明寺院本身并无收取钱财的意愿。寺院乃佛门清静之地,不像世俗之人计较利益得失。佛寺里的客舍,其设置的本意在于广结善缘、与人方便,并不是以营利为目的,这一点区别于寺院之外的商业性旅馆,也正是因为这一点,寺院才吸引了众多的旅游者前来投宿。

元曲中还有寺观旅馆常常成为爱情故事发生地的记叙。如王实甫杂剧《崔莺莺待月西厢记》中张生从客店搬到普救寺住宿,与崔莺莺邂逅相识、月下联吟、私定终身都是发生在佛寺当中,并最终热热闹闹地在普救寺里结婚入洞房,时至今日人们仍将普救寺视为爱情圣地而加以朝拜。石子章杂剧《秦翛然竹坞听琴》中郑彩鸾在城北的草庵里向老道姑学琴,和她指腹为婚的秦翛然寄寓新任郑州尹梁公弼家。一日踏青郊外,暮不及归,借宿竹坞庵,闻琴声,叩之,两相爱慕,从此往来。郑彩鸾的师傅老道姑闻彩鸾还俗,赶来责骂,与失散多年的丈夫相遇。遂也还俗团聚;李好古杂剧《沙门岛张生煮海》中潮州书生张羽在东海边石佛寺读书,晚上于灯下抚琴,东海龙王第三女琼莲寻声而来,两人互生爱慕之心,在庙里私订终身;无名氏杂剧《玉清庵错送鸳鸯被》中刘道姑本来安排李玉英夜间在庵里与她的债主刘员外成亲,却误遇上进京取应的张瑞卿;李唐宾杂剧《李云英风送梧桐叶》中李云英与失散的丈夫任继图相会在大慈寺。以上发生的故事说明,僧寺特殊的审美价值为男女主人公提供了一见钟情的最相宜的场所,揭示了宗教场所具有很强的世俗性质的文化意义:"让正常的恋爱和婚配与禁欲主义的佛门构成一种对比,从而在反衬中弘扬了人类正当、健全的生活形态的情感形态";"让男女主角的恋爱活动,获得一个宁静、幽雅的美好环境和氛围,让他们诗一般的情感线索在诗一般的环境氛围中延绵和展示。"①

(三) 旅 游 景 观

元曲以生动的笔触记录了元代的旅游景观,元代人游历活动的过程,游历过程中的心理活动,以及对行旅对象物的观察、思考并由此引起的对世事、人生的感悟。这些作品,不仅是了解元代人生活的一个重要侧面,也是进行元代旅游史研究的重要资料。

1.山岳景观

山之所以被旅游者选作旅游目的地,是有其内在原因的。首先,山拥有可供人们观赏的奇特的地理环境和壮观景色。如安徽的黄山,"云开洞府,按罢琼妃舞。三十六峰图画,张素锦,列冰柱。几缕,翠烟聚,晓妆眉更妩。一个山头不白,人知是,炼丹处"②。雪霁后的黄山,豁然开朗,放眼群峰,如素锦铺张,冰柱陈列。众峰皆白,而一山不白,原来那是神仙的炼丹之处!设想新奇,引人神往。

吴山也是景色宜人。吴山,在浙江杭州西湖东南。山势绵亘起伏,左带钱塘江,右瞰西湖,由延绵的宝月、娥眉、浅山、紫阳、七宝、云居等十几座小山而成,山体伸延进入杭州市区,山高均不超过百米。当年渔民下海捕鱼后在此亮晒网,称晾网山;春秋时为吴国边界,故名吴山;还有说伍子胥的缘

---

① 余秋雨:《中国戏剧文化史述》,湖南人民出版社1985年版,第236页。
② 张可久小令[越调·霜角]《新安八景·黄山雪霁》。

故,讹伍为吴,因此山有子胥祠,遂称胥山;五代吴越中时山上有城隍庙,亦称城隍山;唐时多称青山。今通称吴山,为杭州名胜。任昱小令[双调·折桂令]《吴山秀》极写吴山秀丽景色:

> 钱塘江上嵯峨,浓淡皆宜,态度偏多。泪雨溟濛,歌云缥缈,舞雪婆娑。胜楚岫高堆翠螺,似张郎巧画青蛾。消得吟哦,欲比西施,来问东坡。

楚岫,指楚山。翠螺,本喻妇女的一种发式,这里比喻山貌葱翠秀美。张郎,西汉人张敞,传说他亲手为妻画眉。小令用拟人和比喻手法,使静景寓意人情味,写出了城市山林的景象与野趣,吴山胜景深厚的历史底蕴和灿烂文化。

张可久小令[双调·水仙子]《吴山秋夜》将吴山的秋夜描绘得美不胜收:

> 山头老树起秋声,沙嘴残潮荡月明。倚阑不尽登临兴,骨毛寒环珮轻,桂香飘两袖风生。携手乘鸾去,吹箫作凤鸣,回首江城。

山头的古树林振起瑟瑟的秋声,水中荡漾着明月的光影。登上高楼倚阑望远,心中有说不尽的闲情逸兴。设想像萧史、弄玉那样,吹着箫管骑着凤鸟飞上天去,再回头俯看江城杭州,那一定是一幅更美的佳境。

其次,名山秀水除了以优美奇特的自然景观吸引旅游者之外,人文因素也是吸引游客的一个重要方面。某些山因有名人曾在此停留或隐居而成名。旅游者在旅游过程中,除了领略大自然旖旎风光、陶冶性情之外,在某种程度上说是慕名人之名而往,希望通过旅游,追寻名人踪迹,求得与先贤们进行心灵的对话。如棋山因许由而获称:"闷来访箕山许由"①。某些山是因寺庙道观的衬托而有名,名山胜境为佛徒羽士提供了幽静宁谧的学佛修道的环境,而寺院道观以其宏阔的规制和美仑美奂的建筑艺术,为"山"增添了一道靓丽的风景,使"山"更具有诱人的魅力。如华山,为仙道名山,"仙迹"和道教传说甚多:"华山高与云齐,远却尘埃,睡煞希夷。踏藕童闲,携琴客至,跨鹤人归。鸣玉珮松溪活水,点冰绡竹院枯梅"②。又如桐柏山。

---

① 刘时中小令[双调·折桂令]《牧》。
② 张可久小令[双调·折桂令]《游太乙宫》。

桐柏山是道教福地之一,位于浙江省天台县境内的天台山中。山清水秀,风光迷人,山中的桐柏观,吴时葛玄曾在此炼丹,唐代司马承祯亦曾隐于此,唐睿宗景云二年置观,北宋后为道教南宗祖庭。游客游此山,自然会产生寻仙访道的情思。张可久游桐柏山就生出了一种情,一种音乐与山水环境高度地和谐统一的情。这种情虽不是寻仙访道的情,但同样是幽静宁谧的环境中自然而生的情:"松风小楼香缥缈,一曲寻仙操。秋风玉兔寒,野树金猿啸,白云半天山月小。"①

庐山也以它丰厚的人文景观,展现着中国山岳文化的无限。庐山位于今江西九江南。为地垒式断块山,自然风景优美,以瀑布闻名天下,有香炉峰瀑布、玉帘泉瀑布、三叠泉瀑布、石门涧瀑布、黄崖瀑布等。瀑布如同银河倒泻、虹霓彩练,好似锦缎铺天。庐山自古就与隐逸文化结缘,传说周时隐士匡俗结庐隐居山中,故名庐山,又名匡山。优美壮丽的自然景观和丰富的人文活动,使它很早就成为我国著名的历史文化名山。也正因为如此,它吸引着元代的文人墨客、迁客骚人游览庐山,传唱庐山,张可久就是其中一位。张可久登上庐山,对庐山景色大加赞叹,尤其对莲花峰四周山水田园风光大为欣赏:

> 洗黄尘照眼沧浪,古道依依,暮色苍苍。远寺松篁,谁家桃李? 旧日柴桑。红袖倚低低院墙,白莲开小小林塘。过客徜徉,题罢新诗,立尽斜阳。②

莲花即莲花峰,莲花峰是庐山诸峰之一。由江州(今江西九江)出莲花门而往,即莲花古道。据《太平寰宇记》卷一百一十一:"莲花峰,在山北,州南,直望如芙蓉。今州城有莲花门。"③莲花峰四周山水田园风光,令人陶醉,远寺松篁、桃李柴桑、白莲林塘诸景,引发遥思。该曲将庐山因地形引起的变化渲染上一层神秘色彩,更能勾起人们游庐山的兴趣。吴昌龄杂剧《花间四友东坡梦》第一折苏东坡往庐山访佛印,也赞颂庐山的美景:

> 好山也! 山高巇巇崄崄险嵯峨,凛冽林峦乱石陀。古怪怪松岩下掩,

---

① 张可久小令[双调·清江引]《桐柏山中》。
② 张可久小令[双调·折桂令]《莲花道中》。
③ (宋)乐史撰:《太平寰宇记》(5),中华书局2007年版,第2251页。

山岩掩眼隔烟萝。山禽如语语不歇,山洞飞泉迸碧波。山童采药山药少,樵夫担柴贪担多。野猿摘果攀藤葛,葛绝余藤藤倒拖。仙洞仙童依虎睡,仙人醉卧老龙窝。峰势侧,洞门歪,洞里月光爱婆娑。莫讶朝岚寒械械,仙家洞府接天河。大石栏湾、大石栏湾,几重水、几重涡,带着野田空阔。野田空阔,一层岭,一层坡,老树老藤忘岁月,古山古寺绝经过。经过迹断唯山在,岁月年深奈寺何。真个此寺不同他寺宇,此山非比他山阿。

无名氏小令[中吕·朝天子]《庐山》不仅写出了庐山的美景,还写出了元代人游山的洒脱情怀:

> 早霞,晚霞,妆点庐山画。仙翁何处炼丹砂?一缕白云下。客去斋馀,人来茶罢,叹浮生指落花。楚家,汉家,做了渔樵话。

早霞,晚霞,装点的庐山全天美丽如画。除了描绘庐山景色外,还传递出曲人浮生若梦、人事匆匆的虚无思想和对万事万物任其去来、顺其自然的洒脱情怀,为庐山深厚的文化添加了元代人独特的一笔。

还有的山因有了丰富的历史神话等文化因素的点缀而更令人流连忘返。如张可久小令[双调·湘妃怨]《武夷山中》:

> 落花流水出桃源,暖翠晴云满药田。流金古像开香殿,步虚声未远,鹤飞来认得神仙。傍草漫山径,幽花隐洞天,玉女溪边。

武夷山是元代东南地区著名的风景区之一,该地不仅景色奇绝,而且山水中有太多的自然与人文的奇景、灵物和神话传说。此曲中,作者以洞悉历史山水文化的神明,解领眼前景物的深秘,舒展心灵自由的天空,引发遥远幽渺的情思,真真幻幻,引人入胜。

再次,山作为旅游目的地,因其地质特征而产生奇妙的自然风光,给人们带来优美的视觉效果,同时又有寺庙道观为主的丰富的人文景观。实际上,一座名山之所以有名,之所以成为人们的旅游目的地,不仅仅是因为有一两个自然景点或寺庙道观,而是因为它是一个多景点的集合。如虎丘是苏州名胜,在江苏省苏州市西北阊门外,一名海涌山。相传春秋时吴王阖闾葬于此地后三日,有虎蹲踞其上,因称为虎丘。山上有虎丘塔、云岩寺、剑池、千人坐、秦王试剑台、点头石、憨憨泉等景点。古人称"虎丘宜月,宜雪,宜雨,宜烟,宜参晓,宜夏,宜秋爽,宜落木,宜夕阳,无所不宜"①,所以"萧鼓楼船,无日无之。凡月之夜,花之晨,雪之夕,游人往来,纷错如织"②。虎丘的景色如此美丽,而且一年四季皆可观赏,游玩的人自然也就络绎不绝。如张可久小令[黄钟·人月圆]《雪中游虎丘》向我们介绍了雪中虎丘的美景:

> 梅花浑似真真面,留我倚阑干。雪晴天气,松腰玉瘦,泉眼冰寒。
> 兴亡遗恨,一丘黄土,千古青山。老僧同醉,残碑休打,宝剑羞看。

全曲分三层写虎丘:第一层触景,写了雪中的梅花,雪晴的天气,雪中的松腰,雪中的泉眼,描绘出一幅玉洁冰清的虎丘冰雪图。第二层怀古,吴王阖闾曾用伍子胥屡败楚兵攻陷郢都,可谓显赫一时;秦始皇曾来虎丘寻找阖闾殉葬的宝剑,用剑劈成剑泉;南朝高僧竺道生曾坐在千人石上聚众说法;至于历代苏州的才子佳人更是不可胜数……然而,无情的历史长河,把这些风云人物都变成一丘黄土,只有青山长在,千古不朽。第三层伤今,抒发作者仕途失意,壮志难酬的悲愤之情。他的另一小令[中吕·红绣鞋]《虎丘道上》写在虎丘道上的所见所闻:

> 船系谁家古岸?人归何处青山?且将诗做画图看。雁声芦叶老,
> 鹭影蓼花寒,鹤巢松树晚。

有古老的渡口,葱郁的青山,系在岸边的船儿,有栖息在芦叶深处的雁声,蓼花丛里的鹭影,在苍松枝头的鹤群。鸟用自由的飞翔来追逐生存的空间和诠释生存的意义,南来北往是它们的天性。鸟在元代人心目中是美好的:"雁声芦叶老,鹭影蓼花寒,鹤巢松树晚",这是元代人感受的鸟。在中国人的集体意识中,鸟是与季节的更替、时间的流逝、逆旅的游子、凭栏的思妇等意识紧密相连的。通过途中的所见所闻,构成一幅秋色醉人的图画,表达出一种流连忘返,乐不欲去的思想感情。

乔吉小令[双调·折桂令]《风雨登虎丘》写在一个风雨交织的秋天,作者登上了虎丘:

> 半天风雨如秋,怪石於菟,老树钩娄。苔绣禅阶,尘粘诗壁,云湿经

---

① 胡晓明:《文化江南札记》,华东师范大学出版社2006年版,第131页。
② 袁宏道:《袁宏道集笺校》卷四,钱伯城笺校,上海古籍出版社1981年版,第157页。

楼。琴调冷声闲虎丘,剑光寒影动龙湫。醉眼悠悠,千古恩仇。浪卷胥魂,山锁吴愁。

於菟,虎之别名。钩娄,弯曲之意。登上虎丘,随处可见如虎一般的怪石;伴随怪石的是弯弯曲曲的老树,短短两句点出虎丘的荒凉与死寂。随即映入眼帘的是云岩寺,"苔绣禅阶,尘粘诗壁,云湿经楼",昔日云岩寺香火鼎盛,信徒络绎不绝,时常有诗人在墙上题诗,楼阁里还收藏了不计其数的佛经。如今庙宇的台阶上长满苔鲜;题满诗句的墙布满灰尘,就连藏经的阁楼也被湿气所苦,三句清晰地刻画出人去楼空、好景不再的悲哀。"琴调冷声闲虎丘,剑光寒影动龙湫"两句写虎丘的另一名胜古迹——剑池。现在的虎丘已经没有笙歌琴瑟的喧闹声,只剩下剑池中水波粼粼,好似秦始皇的宝剑在池里晃动。"醉眼悠悠,千古恩仇。浪卷胥魂,山锁吴愁"四句写作者的触景生情。繁华落尽的虎丘让作者想起吴国的历史,伍子胥为了报父兄之仇,投靠吴国,此后吴国国势蒸蒸日上,一举攻破楚国,然而,他的忠心,被吴王夫差误会,他越是劝吴王灭越,越是惹恼吴王,最后被夫差赐死,尸体还被丢入江中。一代功臣不得善终,江中千丈浪花,犹如伍子胥充满怨气的怒吼,生时见证吴国的鼎盛,死前预言吴国被灭的命运,伍子胥的一生历经吴国的兴与衰。最后作者以景结情,景仍在,人全非,一个"锁"字,让亡国之愁回荡在这虎丘中,永不停歇,就像那笼罩青山的云雾,永远笼罩着这吴国的遗址。乔吉的咏史抒怀之作给风光秀美的虎丘景观增添了新的语意。

不仅如此,山上的各种景观还与元代文人以其独摄的景、特有的情,创造出了独特的山境,更是令游人难以忘怀。如张养浩小令[双调·雁儿落兼得胜令]描写云和山幻化出的无数神奇的图画,令人留恋,使人忘忧:

云来山更佳,云去山如画。出因云晦明,云共山高下。倚杖立云沙,回首见山家。野鹿眠山草,山猿戏野花。云霞,我爱山无价;看时行踏,云山也爱咱。

这是一幅绝妙的山中行乐图:人看山,山也看人,游者与山成了朋友,自然的山被人化了,深情的人又好像被物化了,从而造成了物我浑然一体的交融境界。此曲让我们感受到了游者与云山共徘徊的悠然情致,感受到游者满含童趣的细致观察。他把对大自然的感情移为自然对自己的感情,充分表现了他与大自然的契合无间和对大自然的无限热爱。

唐毅夫小令［双调·殿前欢］《大都西山》也是写山又写云：

> 冷云间，夕阳楼外数峰闲，等闲不许俗人看。雨鬟烟鬟，倚西风十二阑。休长叹，不多时暮霭风吹散。西山看我，我看西山。

也是人看山，山看人，相看两不厌，相互的欣赏、倾慕，但西山的高雅脱俗，西山的那种凛然不可侵犯的神态，实际是作者自己的写照。

可见，一座名山就是一个旅游景区，它集合了不同特色的景点，山的一峰一石，一草一木，一景一物，甚至各种气候的点化，人类的创造，都会给游客以心灵震撼，满足着不同游客的需求。元曲中山景观的描写，以独有的特色，丰富了元曲中山岳系列游览曲的内容，值得我们珍藏，值得我们玩味。

2.水域景观

"游山"和"玩水"往往相提并论。这里的"水"，既有瀑布溪泉，也有江河湖泊等。这些水往往是游客游"山"的一个重要内容，也就是说游山往往伴随着游水。

（1）溪景

元曲中记载了大量鲜活灵动、曲折多变的，但其中流入了太多的人情味的溪流。如乔吉游荆溪，在他的眼中，这道元代的溪水，已经不再是唐代杜牧曾筑水榭于其上的风景秀丽的溪，不再是宋代苏东坡种橘的那道使心灵得以憩歇的世外桃源的溪，更不是宋梅尧臣笔下那条超脱红尘、万象悠闲自然的溪：

> 问荆溪溪上人家，为甚人家，不种梅花。老树支门，荒蒲绕岸，苦竹圈笆。庙无灵狐狸样瓦，官无事乌鼠当衙。白水黄沙，倚遍阑干，数尽啼鸦。①

荆溪像一把无弦的琴，弹着历史的沧桑，弹着时代的变迁。这声音与窜来窜去的狐狸碰寺庙顶的瓦声、老鼠在衙门里的尽情戏耍声、乌鸦的悲啼声以及游客提出的"为甚人家，不种梅花"的质问声汇合在一起，形成一曲具有深沉意蕴和哲理意味的歌，从而更增添了荆溪"艺术美"的风采。

---

① 乔吉小令［双调·折桂令］《荆溪即事》。

又如张可久游苕溪的溪谷遇到雪,于是,他眼中清澈如镜、幽趣可爱的溪流有了别一种真美,别一种韵味:

> 水晶宫,四围添上玉屏风。姮娥碎剪银河冻,换尽春红。梅花纸帐中,香浮动,一片梨云梦。晓来诗句,画出渔翁。[①]

大概是姮娥把冰冻的银河剪碎了,让它纷纷扬扬飘下,于是原本苍青的山,变成一面面白玉雕琢的屏风,报春的花遮在一层朦朦胧胧的纸帐中,一阵阵迷人的梨香浮动在迷人的雪景中,好一个玲珑的世界。作者想,如果再加进一个独钓的渔翁,这幅清晓雪溪景,该是多么的美啊!看来这位游子真的被苕溪的美俘虏了。

(2)泉景

泉水是水体景观资源中极富有生命品质的景观,以其特有的神秘、灵动气韵吸引着元代文人,为之倾心,为之吟哦。如北京西北郊的玉泉山脚下的汩汩流泉,"跨寒流低吸长川,截断生绢,界破苍烟。喂壁琼珠,悬空素练,泻月金笺。惊翠嶂分开玉田,似银河飞下瑶天。振鹭腾猿,来往游人,气宇凌仙"[②]。仿佛是把长河水源源不断地吸入,湛寒的泉流贯跨山体,在地面匍匐。泉身像一段段截断的绢绸,将苍翠的山色划成了两部。水沫喷溅在石壁上,如同一颗颗珍珠,悬空处挂起一道素白色的瀑布,漫地时又如闪闪发光的金纸,任皎洁的月光泻铺。在一派葱绿的山峰里,豁然中开,竟然有这么一方种玉的白色田土;又像是银河落自九天,澎湃地飞注。白鹭惊振双翅,猿猴也腾跳个不住。来往的游人到此,一个个意气轩昂,飘飘然如登仙府。景物的华美壮丽,使人赞叹大自然的鬼斧神工,置身其中,似乎连游人也带上了仙气。这不仅是一种对自然美的赞赏,而且是与其融化为一体的忘我。又如坐落于江苏无锡西郊惠山寺的那一流甘泉,"一线甘泉饮九龙"[③];静静地流在吴江市郊的那一泓清泉,"养萍实,分桃浪。源通虎跑,味胜蜂糖。可煮茶,堪供酿。第四桥边冰轮上,浸一泓碧玉流香。香消酒容,

---

① 张可久小令[双调·殿前欢]《苕溪遇雪》。
② 鲜于必仁小令[双调·折桂令]《玉泉垂虹》。
③ 张可久小令[南吕·金字经]《惠山寺》。

芳腴齿牙,冷渗诗肠。"①一处处胜泉,各具风采。或如沸腾的急湍,喷突翻滚;或如倾泻的瀑布,狮吼虎啸;或如串串珍珠,灿烂晶莹;或如古韵悠扬的琴瑟,铿锵有声;或有名或无名,各具情趣,不仅具有自然的美,而且更有人文的美。

（3）瀑布

瀑布的身姿,更是吸引了众多游人为之驻足。如乔吉小令[双调·水仙子]《重观瀑布》神形俱现了元代人的山水情怀:

> 天机织罢月梭闲,石壁高垂雪练寒,冰丝带雨悬霄汉,几千年晒未
> 干。露华凉人怯衣单。似白虹饮涧,玉龙下山,晴雪飞滩。

一个"晒"字,晒出了瀑布的质感,瀑布的动感,瀑布的气势,晒走了逼人的寒气,晒化了带雨的冰丝,晒出了瀑布永远不竭、永远强盛的生命力,也晒出了元代人独具特点的视野和审美观。

张可久有多首描写瀑布的小令。如他的[中吕·红绣鞋]《天台瀑布寺》:

> 绝顶峰攒雪剑,悬崖水挂冰帘,倚树哀猿弄云尖。血华啼杜宇,阴
> 洞吼飞廉,比人心山未险。

剑峰、冰瀑、哀猿、啼鹃、飞廉,将浙江天台县北的天台山和寺旁的飞瀑的奇美之险表现得淋漓尽致。该小令构思奇特之处是,将人世的险恶与天台山奇险景物对比,指出山水之险是一种令人惊心动魄的奇美,所以人们不烦登涉,探幽掘奇;而人心之险却是令人恐惧的,避之唯恐不及的,表现了作者的愤世嫉俗。又如[双调·折桂令]《金华山看瀑泉》:

> 碧桃花流出人间,一派冰泉,飞下仙山。银阙峨峨,琼田漠漠,玉珮
> 珊珊。朝素月鸾鹤夜阑,拱香云龙虎秋坛。人倚高寒,字字珠玑,点点
> 琅玕。

生动传神地把金华北山冰壶洞、双龙洞瀑泉奇观展示在我们面前,使人仿佛身临其境。再如[双调·沉醉东风]《琼珠台》:

> 琪树暖青山鹧鸪,石床平红锦氍毹。云间萼绿华,梅下蓬莱屦。倚

---

① 徐再思小令[中吕·普天乐]《吴江八景·龙庙甘泉》。

高寒满身香露,相伴仙人倒玉壶,月明夜瑶琴一曲。

龙虎山在江西贵溪县,道教发源地之一,东汉张道陵曾修道于此。山有神井丹池,流泉飞瀑。有瀑泉散如琼珠,琼珠台便是一观瀑佳处。小令状写这一"仙"山飞瀑的色、声、清凉之美,将琼珠台瀑泉描摹得飞如琼珠,琅然如乐,不同凡响。

徐再思小令[中吕·普天乐]《吴江八景·前村远帆》歌颂瀑布:

> 远村西,夕阳外。倒悬一片,瀑布飞来。万里程,三州界。走羽流星迎风快,把湖光山色分开。飞鲸涌绿,樯乌点墨,江鸟逾白。

"瀑布飞来",是坠入深谷的鼓点,是郁结千百年的高山流水喷发出飞越千里轰鸣的激流!瀑布冲破千山万壑,不惜碎身万段的执着,这就是水的无畏,更是力量的倩影。

溪流瀑泉的那种勇往直前的精神在感知的人们心灵中激荡,它让人们永远铭记以柔克刚和执着奋斗的力量,哪怕是一眼清泉,哪怕是一条小溪,"柔软莫过溪涧水,到了不平地上也高声。"①在元曲中无论是沟壑间欢唱跳跃的溪水,还是汹涌澎湃的江河;无论是籁籁奔突的山泉,还是飞流直下的瀑布,都有一种精神,这就是决不在原地打转,不管前方有多少艰难险阻,都以穿崖透壑之势,奔腾不息,投江奔海。这种激荡,这样的气势就像和弦与音阶一样,敲打着游人灵魂,控制着游人的情绪,吸引着游人流连忘返。

(4)江河

江水意境深远,余韵悠长,也是元代人游历的目的地。如徐再思小令[越调·凭阑人]《江行》写沿江逆流而上所见的景色:

> 鸥鹭江皋千万湾,鸡犬人家三四间。逆流滩上滩,乱云山外山。

曲曲弯弯的江岸,水鸟成群,远处传来鸡犬之声,望得见几户人家住在岸边。在逆流而上水中,沙滩连着沙滩,乱云飞向天边,山外还有青山。景观随着船行似电影镜头切换而有机连接,让我们感到游人在江水中畅游的舒心惬意。

赵善庆小令[中吕·普天乐]《江头秋行》写江边的秋景:

---

① 无名氏杂剧《包待制陈州粜米》第一折。

稻粱肥,蒹葭秀。黄添篱落,绿淡汀洲。木叶空,山容瘦。沙鸟翻风知潮候,望烟江万顷沉秋。半竿落日,一声过雁,几处危楼。

在江畔田野间踽踽独行,随着兴之所至,或平视,或仰望,或近看,或远眺,把江边秋野的景致尽收眼底。繁茂苗壮的稻谷高粱、秀穗的芦苇、被收获庄稼的黄色所点缀的村落院墙篱笆、换上黄褐色秋装的江中小洲。飘零树叶山、"沙鸥翻风"的江景,夕阳下,匆匆向天边飞去的雁阵。成熟是一种美,沧桑也是一种美! 全景式的江边秋野景致的扫描,近、远、静、动,层次分明,创造出一些独特的影调,给人一种恬静致远的美感享受。

画家倪瓒的小令[越调·小桃红]是一幅美妙的秋江图:

一江秋水澹寒烟,水影明如练。眼底离愁数行雁,写晴天。绿蘋红蓼参差见,吴歌荡桨,一声哀怨,惊起白鸥眠。

大面积的白色块面以及带有极浓秋天色彩的"行雁"原本给人的感觉是清冷寂寥,但经过画家少许的"绿"和"红"点染,顿时有画龙点睛之效,为这幅秋江图平添了几分明远清丽的特点,使画面的内容显得生动而富有活力,也让这位画家作者在字里行间流露出的几乎不易被觉察的抑郁情感有了几分亮色。

长江上游有多个名称,因于岷山导江,故又称岷江。岷江流经成都,分为二江,称为流江,又因用"此水濯锦,鲜于他水"①,故又称锦江。王恽曾在锦江边游览,登上锦江边的散花楼,纵目远眺:"锦城头,锦江流,回望长安帝尽愁。那更血魂来梦里,杜鹃声在散花楼"②。杜鹃,又名杜宇、子规,叫声凄切,元曲中往往和哀怨、思归相联系。如张可久小令[中吕·喜春来]《金华客舍》:"落红小雨苍苔径,飞絮东风细柳营,可怜客里过清明。不待听,昨夜杜鹃声。"写作者清明节客居他乡,夜里不忍听杜鹃的啼声,表达浓浓的思乡之情。在这里作者不仅记写下了他对一江碧水的锦江的深深印象,也用杜鹃声表达了游人们都有的思乡之情。

浔阳在今江西九江,周德清登上浔阳高楼,只见万里长江滚滚而来,江

---

① 夏征农:《辞海》1999 年缩印本,上海辞书出版社 2000 年版,第 2077 页。
② 王恽小令[正宫·双鸳鸯]。

天景色尽收眼底,一时兴发,用文字绘出了一幅美丽的图画:

> 长江万里白如练,淮山数点青如淀。江帆几片疾如箭,山泉千尺飞如电。晚云都变露,新月初学扇,塞鸿一字来如线。①

长江是这幅画的主景。它从远方飘来,月白的江水闪着波光,犹如一条白色绸带,环绕浔阳漂向远方。远处的江南淮河两面的远山苍茫青翠;近处鼓起的船帆如离弦之箭,山上的泉水如闪电般从千尺高处坠落而下。暮云如凝成的晶莹露珠,半轮圆如扇面的新月挂在云上,高天上,将要消失在蓝天的塞外飞鸿邈如一线。小令篇幅甚短,却尺幅万里,分则宛如七幅山水屏画,合则构成浔阳江山的立体画卷,灵动新奇,余韵悠悠,引人遐想。

张可久一生游历,留下大量的游观、纪行、栖迟于佳山胜水的游历曲。这些作品充分展示了他游观视野和审美视野下的山水之美。小令[越调·小桃红]《淮安道中》记写他淮安路上的所行所见:

> 一篙新水绿于蓝,柳岸渔灯暗。桥畔寻诗驻时暂,散晴岚,依微半幅云烟淡。杨花乱糁,扁舟初缆,风景似江南。

清晨启程,撑起长篙,柳岸上的渔火渐渐暗淡熄灭。作者时而停舟桥畔,寻觅新的诗意,时而远望初阳下山中雾气渐渐散去,剩下隐隐约约的淡淡云烟。将小舟系好上岸,身前身后杨花乱飞,这淮安的风景,美好有如江南。诗情画意,尽显一路春光的美不胜收,使人有一种身临其境的感觉。

采石,即采石矶,自东汉以来,又称"牛渚矶"、"燃犀渚",又名"翠螺山"、"中元水府",位于马鞍山市区南五公里,早在唐代就已成为游览的名胜之地。张可久也到过采石矶,小令[双调·清江引]《采石江上》是他途径长江流经安徽当涂县采石矶的一段记录:

> 江空月明人起早,渺渺兰舟棹。风清白鹭洲,花落红雨岛,一声杜鹃春事了。

依然要早行,随着征棹,一路见闻不断,应接无暇:晨风清凉的白鹭洲,落红如雨的花岛;何处一声杜鹃,多情地送春归去了。白鹭洲、红雨岛,均为泛指,"风清"、"花落"分别与之配搭,色调极和谐丰富,给景观增添了几分

---

① 周德清小令[正宫·塞鸿秋]《浔阳即景》。

韵律,令人赏心悦目。

长江流经镇江附近的一段江面,古称扬子江。唐时,江面宽达四十余里,连通大海。元时,虽已变窄,仍然有 18 里许。故在此流连风光、纵目山河,不仅能逗起"千古兴亡多少事",而且可看到"不尽长江滚滚流"!因此,元曲家的笔下,旖旎的扬子江,兴盛衰亡的感叹很多。如张可久[中吕·普天乐]《渡扬子江》:

> 凤鸾吟,鱼龙竞。舟移古渡,潮打空城。清风江上筝,明月波心镜。
> 未尽诗人登临兴,写新声寄与卿卿。金山雪晴,玉杯露冷,银海花生。

鸾,传说中的凤凰一类的鸟。凤鸾吟,指天空中各种鸟儿都在鸣叫吟唱。古渡,指镇江西北。金山,在今江苏镇江西北,本在长江中,清末以来,因江沙淤积,已与南岸相连,为江南胜景之一。山上多有寺塔建筑,其中尤以金山寺最为壮观。小令写江城冬日雪弄放晴的景象,形象地绘出了扬子江畔的雪晴景色,而且多少透露出了一些元代镇江城残破荒寂景象的信息。

赵善庆小令[双调·落梅风]《渡瓜州》也是一幅独具特色的扬子江畔暮秋行吟图:

> 渚莲花脱锦衣收,风蓼青雕红穗秋,堤柳绿减长条瘦。系行人来去愁,别离情今古悠悠。南徐城下,西津渡口,北固山头。

瓜州,即今瓜洲,瓜洲为古渡口,为运河入长江处,在江苏省扬州市邗江区,与江苏镇江市隔江相对。瓜洲古渡风景区是国家水利风景区,位于扬州市古运河下游与长江交汇处。是长江南北水运交通要冲。西津是古时长江的一个重要渡口,在今江苏镇江市西北。北固山在今江苏镇江市北部江边。三面临水,高数十丈,形势险固。在绿水环绕的沙洲中荷花已经枯萎,就像一位美丽的仙女,卸下了鲜艳的衣服。萧瑟秋风中的秋蓼不再青葱了,而暗红色的穗花却成串地开着。堤岸的行道上一长排杨柳伸向远处,张张绿叶萧萧落下。小令交代了作者的行踪,概括了作者"渡瓜洲"的心绪,为我们提供了元代人游江的情景。

元曲中的黄河气势磅礴,王实甫杂剧《崔莺莺待月西厢记》第一本第一折描写黄河的雄姿:

> 行路之间,早到蒲津。这黄河有九曲,此正古河内之地,你看好形

势也呵!

[油葫芦]九曲风涛何处显,则除是此地偏。这河带齐梁,分秦晋,隘幽燕。雪浪拍长空,天际秋云卷;竹索缆浮桥,水上苍龙偃;东西溃九州,南北串百川。归舟紧不紧如何见?却便似弩箭乍离弦。

[天下乐]只疑是银河落九天,渊泉,云外悬,入东洋不离此径穿。滋洛阳千种花,润梁园万顷田,也曾泛浮槎到日月边。

剧中人张生进京赶考行至黄河之滨的蒲州城,立马蒲津渡口,对岸便是险要的蒲津关。滚滚黄河南下至凤陵渡,西边是陕西,东边是山西,分开了秦晋,形成了形势雄伟的天然关隘。黄河与天相连,过洛阳,奔梁园,滋润着千种名花,万顷良田。这是一曲歌颂黄河的高歌。反映了元代人对中华民族母亲河的眷眷深情,对母亲河发自内心的讴赞。

湘江又称湘水,为长江的主要支流之一,是湖南省境内最大的河流。元曲中的湘江水光激滟,是另一种美。如卢挚小令[双调·沉醉东风]《秋景》活画出一幅气象恢宏,意境飞动的秋江美景图:

挂绝壁松枯倒倚,落残霞孤鹜齐飞。四围不尽山,一望无穷水,散西风满天秋意。夜静云帆月影低,载我在潇湘画里。

行船潇江上,随其时空的推移,云水山月尽收眼底:静静的夜,静静的湘水,一只船,高挂着云帆,悠悠前进。"枯松"、"绝壁"、"残霞"、"野鸭",渲染出船行四周层峦叠嶂、渺茫无际的山水背景。"月影低",说明月亮刚刚升起,它的清光投射在船帆上,使帆影显得低而长。江上的船"载"我而行。我的出现,使画面活跃起来。水面如明镜,山光云影倒映其中,我穿行在其中,两山如画屏从我身边后退,变成了一幅飘动的风景图。小令告诉我们,秋天并不都是萧瑟的,它既有"挂绝壁松枯倒倚","落残霞孤鹜齐飞"的苍茫萧瑟美,还有"四围不尽山,一望无穷水"的悠远淡泊美,更有"夜静云帆月影低,载我在潇湘画里"的悠闲宁静美。虽然自然景物作为一种自然存在物,它本身并不具有感情色彩。但元代人以一种平和的心态,发现了它的美。

赵善庆也曾经行经在湘阴道中。他写小令[双调·沉醉东风]《秋日湘阴道中》记述他的所见秋景:

山对面蓝堆翠岫,草齐腰绿染沙洲。傲霜橘柚青,濯雨兼葭秀。隔沧波隐隐江楼,点破萧湘万顷秋,是几叶儿傅黄败柳。

又是一幅湘江行旅图。湘阴,县名,位于今湖南境内湘阴县,位于湘江下游、洞庭湖南岸,以在湘江之阴而得名。潇水、湘水合流后称潇湘,注入洞庭湖,故以潇湘代指洞庭湖一带。秋天,作者行经湘阴道上,运用其极善敷色的手法一路从容写来:山峰兰翠,水边沙地草绿,橘柚青黄,芦苇苍苍,碧波万顷。美丽宜人的景色,使行路的作者自然地生发出喜悦舒畅之情,写下了这首小令。秋天,万物开始凋零,一般给人以萧瑟冷落之感。但是,这幅"生绡面"①中的秋景,却仍然是生机勃勃,色彩绚丽,很少有金秋的肃杀之气。开头两句"山对面蓝堆翠岫,草齐腰绿染沙洲",只见峰峦起伏,满眼尽是兰翠,一个"堆"字,把那郁郁葱葱的浓重色彩渲染出来了;一个"染"字,也形象地描写出大片沙洲尽为茂密的绿草所笼盖。三四两句则秋意俱出:"傲霜橘柚青,濯雨兼葭秀。"金秋成熟的橘柚,果实累累,青黄驳杂,圆润鲜艳,傲然于秋风之中,成了秋色的象征。湘江岸边,新雨之后的芦苇,丛丛花开,更是充满清新爽朗的秋意。"隔沧波隐隐江楼",写作者伫立江边,纵目远眺,越过浩渺的江面,观赏隐隐约约矗立在对岸的高楼,既点出了江,又使原来的境界更加开阔;同时,作者凝神遐想的神态似乎出现在我们面前。"是几叶儿傅黄败柳"句,点染了分外浓郁的秋意秋色。小令高远开阔,生气勃勃,色彩缤纷,画面秀丽。从中见出作者热爱自然,超尘脱俗高洁的情怀。

"潇湘八景"是指宋代画家宋迪的八幅山水图画,即山市晴岚、远浦帆归、平沙落雁、潇湘夜雨、烟寺晚钟、渔村夕照、江天暮雪、洞庭秋月。宋迪的"潇湘八景"图画在宋元两代颇负盛名,当时"好事者多传之"。元代人也常以此八幅画命意,吟咏山水景色。如马致远小令[双调·寿阳曲]《潇湘夜雨》:

渔灯暗,客梦回,一声声滴人心碎。孤舟五更家万里,是离人几行情泪。

①　薛昂夫小令[中吕·山坡羊]《西湖杂咏·春》。

无名氏小令[双调·寿阳曲]《潇湘夜雨》:

潇湘夜,雨未歇,响萧萧满川红叶。细听来那些儿情最切?小如萤一灯茅舍。

鲜于必仁小令[中吕·普天乐]《潇湘夜雨》:

白蘋洲,黄芦岸。密云堆冷,乱雨飞寒。渔人罢钓归,客子推篷看。浊浪排空孤灯灿,想鼋鼍出没其间、魂消闷颜,愁舒倦眼,何处家山?

三曲记写的都是潇湘的夜雨,马致远曲以潇湘声声不绝的夜雨和昏暗渔灯等令人心碎的凄怆之景,抒写游子万里漂泊、秋雨添愁的羁旅情怀。无名氏曲点明潇湘夜里绵绵不绝的雨点,打得整个山川上的霜叶一片萧萧作响。突出了一个客游他乡的游子在夜深凝神倾听外面雨打红叶的声音,思乡怀人之情跃然纸上。鲜于必仁曲以孤灯、渔舟表现夜雨中异乡孤客的感受。具体展示了"潇湘"的"夜"和"雨",同时也渲染了其时恶劣的天气,表达了"客子"无尽的凄清与感伤。

(5)湖泊

湖泊之所以受到旅游者的青睐,主要是由于其旖旎的景色,如张可久的两首湖上曲描写湖上游人如织盛况:

东西往来船斗蚁,拍手胡姬醉。歌声落照边,塔影孤云际,荷风夜凉大似水。①

远水晴天明落霞,古岸渔村横钓槎。翠帘沽酒家,画桥吹柳花。②

第一曲描写游船之多,如相斗的蚂蚁,酒家的女招待拍手起舞,招徕游客。美妙歌声,夕阳里的塔影,湖上吹来的带着荷香的夏夜的凉风,这一切都让湖上的景色变得美丽。第二曲描写古老的河岸上的渔村、渔船、翠帘飘摆的酒家,美丽的小桥,无处不在的柳花。通过镜头的移动,视角的变换,凸现在读者面前的是一轴明丽轻快的暮春湖上风光,潋滟逗人。

元代人对洞庭湖也厚爱有加。洞庭湖是我国第二大淡水湖,位于长江中游。洞庭湖不但盛产各类淡水鱼,更以它浩淼的水势、旷远的气势、波澜

---

① 张可久小令[双调·清江引]《湖上晚望》。

② 张可久小令[越调·凭阑人]《湖上》。

浩荡的风光美,吸引元代旅游者游览。如王恽小令[越调·平湖乐]写洞庭湖美丽的春色:

> 水边杨柳绿丝垂,倒影奇峰坠。万叠苍山洞庭水,碧玻璃,一川烟景涵珠媚。会须满载,百壶春酒,挝鼓荡风猗。

盍西村小令[越调·小桃红]《杂咏》写洞庭湖边美丽的秋景:

> 绿杨堤畔蓼花洲,可爱溪山秀。烟水茫茫晚凉后,捕鱼舟,冲开万顷玻璃皱。乱云不收,残霞妆就,一片洞庭秋。

尤其是洞庭的月夜更是受到元代人的喜爱。元代人用与洞庭湖波涛差不多的节奏,把洞庭美丽的秋夜张扬得情趣盎然:

> 月明,浪平,看远岸秋沙净。轻舟漾漾水澄澄,天水明如镜。范蠡归舟,张骞游兴,在渔歌三四声。耳清,体轻,漫不省乾坤剩。①

> 孤舟夜泊洞庭边,灯火青荧对客船。朔风吹老梅花片,推开蓬雪满天,诗豪与风雪争先。雪片与风鏖战,诗和雪缴缠,一笑琅然。②

> 芦花谢,客乍别,泛蟾光小舟一叶。豫章城故人来也,结末了洞庭秋月。③

> 水无痕,秋无际。光涵赑屃,影浸玻璃。龙嘶贝阙珠,兔走蟾宫桂。万顷沧波浮天地,烂银盘寒褪云衣。洞箫谩吹,蓬窗静倚,良夜何其!④

以亲历洞庭湖的实感,或用芦花、秋月、湖水、绿杨、红蓼、青山、碧水、渔舟等洞庭秋夜里的景象,或铺陈纵横,用"龙嘶"、"万顷"、"兔走"、"烂银"神话传说和夸张比拟的手法,写湖,写月,以表达元代人热爱自然之情,钟情山水之意,抒发漂泊生涯的离愁别绪和情系江湖的放达情怀,特别是那一只在日落前从平静的湖面上"冲"出来的渔舟,让他们的游历有了更多的生趣。仔细品味元曲中的洞庭描写,我们似乎进入了一个清明澄彻的世界,在这里诗情、画意融为一体,汇成一种幽美而邈远的意境,宛如一幅幅淡雅清丽的水墨画,吸引着游人去探寻洞庭秋月中美的真谛。

---

① 刘时中小令[中吕·朝天子]《同文子方、邓永年泛洞庭湖,宿凤凰台下》。
② 孙周卿小令[双调·水仙子]《舟中》。
③ 马致远小令[双调·寿阳曲]《洞庭秋月》。
④ 鲜于必仁小令[中吕·普天乐]《洞庭秋月》。

卢挚于元成宗大德年间,出任湖南岭北道肃政廉访使。他从长江进入洞庭湖,遇上阴雨天气,心绪郁闷,在岳阳洞庭湖畔的鹿角,写下小令[黄钟·节节高]《题洞庭鹿角庙壁》:

> 雨晴云散,满江明月。风微浪息,扁舟一叶。半夜心,三生梦,万里别,闷倚篷窗睡些。

眺望雨后的长江,江面洒满皎洁的月光。江风微微吹动,波浪不惊,一片平静,"扁舟一叶"独自漂泊在江上。景色看似一片宁静,其实曲人心里并不平静,这里有"半夜心"——夜阑人静时油然而生的离愁别恨,有"三生梦"——对命运虚幻无常的感慨,还有"万里别"——与亲友久别的感伤。以景融情,以人染景的点缀,将作者纷繁的思绪融进了景色之中。

元曲不仅从不同的视角收藏着壮阔伟丽的洞庭湖景观,而且记录了游湖者的所思所想。如马致远小令[南吕·四块玉]《洞庭湖》咏叹范蠡借浣纱女西施帮助越王勾践复国的故事,赞赏范蠡的知机,其中也寄寓了作者的心志:

> 画不成,西施女,他本倾城却倾吴。高哉范蠡乘舟去。哪里是泛五湖? 若纶竿不钓鱼,便索他学楚大夫。

综观马致远的咏史抒怀之作,无论史实记载与评价如何,他的作品都是表面写历史故事,实际上却是借史事而抒发个人对现实的不满,并寄寓个人高蹈远引的避世情志。如小令[双调·拨不断]引用了"旧时王谢堂前燕"、"长门赋"、"屈原清死由他怎"、"张良放火连云栈"、"韩信独登拜将坛"、"霸王自刎乌江岸"等历史故事,再如同调小令:"布衣中,问英雄,王图霸业成何用! 禾黍高低六代宫,楸梧远近千官冢,一场恶梦。"虽是咏史,但"一场恶梦",却诉说了心中无尽的感慨和无奈。正是这一首首愤世嫉俗的歌,就如同一柄柄撞钟的巨锤,撞响了历史的回音壁,感动着世人,激起了游人们普遍强烈的共鸣。

与洞庭湖齐名的太湖,也以其旷远的气势为旅游者所喜爱。徐再思在小令[中吕·普天乐]《吴江八景·太湖春波》中歌颂美不胜收的湖光情影:

> 碧琼纹,玻璃甃。离情汲汲,潭影悠悠。古渡头,长桥右。一片青毂风吹皱,洗桃花昨夜新愁。浮沉锦鳞,高低紫燕,远近白鸥。

太湖古称震泽,又名"笠泽",是古代滨海湖的遗迹,连接吴越,自古就是东南交通要冲和经济文化发达之地。悠久的历史和丰富的自然资源造就了发达的太湖文明。它湖面广阔,面积达两千多平方公里,有大小岛屿48个,秀美山峰72座。这里山水相依,自然风光秀美,是中国著名的风景名胜区。曲人放目在幽静的太湖上,借对"水"、"渡头"、"桥"、"紫燕"、"白鸥"这些自然界清新美好的事物的画卷式的描绘,诉说对太湖美丽风光的爱。

鉴湖也被元代人渲染得绚丽多彩,生机勃勃。鉴湖,又称镜湖,相传黄帝铸镜于此而得名。始筑于东汉,时任会稽太守的马臻为除水患,灌田畴,筑堤堰,蓄水成湖,不仅建造了一个浩瀚庞大的水利工程,也为越地百姓建成了一个繁衍生息和传承文化的母亲湖。至晋、唐时期,鉴湖鼎盛,景色秀美,及元,鉴湖已形成著名八景,是越州的一个旅游胜地。张可久有多首讴歌鉴湖的小令,反映了"鉴"湖之名和实景以及鉴湖旅游的兴盛:

清光湖面镜新磨,乐意船头酒既多。舟移杨柳阴中过,流莺还笑我,可怜春事蹉跎。玉板笋银丝鲙,红衫儿金缕歌,不醉如何?①

画鼓鸣,紫箫声,记年年贺家湖上景。竞渡人争,载酒船行,罗绮越王城。风风雨雨清明,莺莺燕燕关情。柳攀和泪眼,花坠断肠英。望海亭,何处越山青?②

一城秋雨豆花凉,闲倚平山望。不似年时鉴湖上,锦云香,采莲人语荷花荡。西风雁行,清溪渔唱,吹恨入沧浪。③

柳影迷歌扇,苔痕满钓矶,仙客领蛾眉。背写兰亭字,熟读秦望碑,懒对谢安棋,人醉在红香镜里。④

雁啼秋水移冰柱,蚁泛春波倒玉壶,绿杨花谢燕将雏。人笑语,游遍贺家湖。⑤

簪花帽,载酒船,急管间繁弦。席上题罗扇,云间寄锦笺。水畔坠

①　张可久小令[双调·水仙子]《鉴湖春行》。
②　张可久小令[越调·寨儿令]《忆鉴湖》。
③　张可久小令[越调·小桃红]《寄鉴湖诸友》。
④　张可久小令[商调·梧叶儿]《鉴湖宴集》。
⑤　张可久小令[中吕·喜春来]《鉴湖春日》。

金鞭,不减长安少年。①

鉴湖一曲水云宽,鸳锦秋成段。醉舞花间影零乱,夜漫漫,小舟只向西林唤。仙山梦短,长天月满,玉女驾青鸾。②

落叶山容消瘦,题诗人物风流,一片闲云驻行舟。月寒清镜晓,花淡碧壶秋,谪仙同载酒。③

镜水边,巾山顶,两袖松风羽衣轻,一奁梅月冰壶净。鹊尾炉,凤嘴瓶,雁足灯。④

从上述咏鉴湖之作不难看出,作者对月下水景的极爱,游鉴湖不仅满足了他对湖光山色的痴爱,鉴湖月夜美景,在他的审美观照下,更具美感。

如果说洞庭湖、太湖、鉴湖还只是一种广义的旅游资源,它本身的意义不在旅游的话,那么,杭州的西湖则是真正意义上的旅游资源。西湖是元代人游览最多、描绘最多的一处胜景。走进元曲中的西湖,既有西湖四季的春夏秋冬、晨昏寒暑和阴晴雨雪的宏观展示,有潋滟水光、空濛山色、微波荡漾、湖泊泛舟的山影春光的近景切换,更有红荷绿柳、烟水飘渺、月照三潭和寂静雪湖的细腻提纯,在宏观与微观的交替呈现中,一泓西湖美景被展露得美不胜收,美轮美奂。如徐再思小令[中吕·朝天子]《西湖》除了渲染西湖的美,还将西湖的美具体化,让我们对元代人心中的西湖有了一个更深刻的了解:

里湖,外湖,无处是无春处。真山真水真画图,一片玲珑玉。宜酒宜诗,宜晴宜雨。销金锅,锦绣窟,老苏,老逋,杨梅花墓。

里湖,外湖:西湖以苏堤为界,分里湖、外湖。西湖人物阜盛,景色迷人,“春”——“无处是无春处”,“真”——“真山真水真画图”,“宜”——适宜饮酒,适宜赋诗,适宜晴观,适宜雨览。明朗的色调,轻快的节奏,和谐的意象,也让读者感到一种恬淡心仪的生活气息。从中可以看出,自然与宁静是元代文人的最寻处,他们在开掘着属于自己的心灵栖居的园地。

---

① 张可久小令[商调·梧叶儿]《春日简鉴湖诸友》。
② 张可久小令[越调·小桃红]《鉴湖夜泊》。
③ 张可久小令[中吕·红绣鞋]《鉴湖》。
④ 张可久小令[南吕·四块玉]《东浙旧游》。

奥敦周卿小令［双调·蟾宫曲］不仅写西湖绝佳的美景,还写出了游西湖的乐:

> 西湖烟水茫茫,百顷风潭,十里荷香。宜雨宜晴,宜西施淡抹浓妆。尾尾相衔画舫,尽欢声无日不笙簧。春暖花香,岁稔时康。真乃上有天堂,下有苏杭。

"烟水茫茫"、"百顷风潭"、"十里荷香",由视觉到嗅觉,展示了西湖的美。荡舟湖上,一边听着美妙的音乐,一边观赏美景,展示了西湖游玩的乐趣。西湖不仅景色美,物产也丰富。"春暖花香,岁稔时康",湖边岁岁粮食丰收,为人们提供了玩乐的物质基础,真是"上有天堂,下有苏杭"。

吕止庵小令［仙吕·后庭花］描绘西湖风光,只是轻轻地一问,就让本已风姿温婉的西湖更加风情绰约:

> 湖山汲水重,楼台烟树中。人醉苏堤月,风传贾寺钟。冷泉东,行人频问:飞来何处峰?

写贾寺、冷泉和飞来峰。看似漫不经心,随口吟成,但正所谓"一片自然风景就是一种心情"[①]。作者正是用一系列的意象,表达出一种忘情山水的心境。在面对自然的一瞬间,有的只是寂静空明与悠然自得,什么忧愁烦恼,什么功名利禄,什么荣辱沉浮,全部抛到九霄云外。人生难得的正是这种忘情于自然、恬淡而闲逸的宁静心境。

乔吉小令［双调·沉醉东风］《泛湖写景》用细笔慢慢画出西湖一尘不染的清丽:

> 干办出苍松翠竹,界画成宝殿珠楼。明玉船,描金柳,碧玲珑凤凰山后。一片晴云雪色秋,白罗衬丹青扇头。

小令旨在歌咏西湖美景,然而它并不是直言西湖之美,而是透过画家在西湖取景的过程,婉转告诉读者西湖是多么美不胜收。"干办出"即制作出,画家映入眼帘的,首先是近在眼前的苍松翠竹,因此先在画上画出西湖的竹松。"界画成"即描绘出,界画是用界尺打线作画,这种工整的画法多用于描绘宫殿楼台,因此画家用界画法细细描绘出楼阁的金碧辉煌。描完

---

① 朱光潜:《诗论》,生活·读书·新知三联书店 1984 年版,第 51 页。

楼台后,画家的眼界又向外推了一层,"明玉船,描金柳",他看见穿梭湖中的小舟和静静陪伴西湖的杨柳。介绍完湖面上的盛况,画家注意到守护西湖的凤凰山,那山宛如一块质地光润的碧玉,散发柔柔的绿光,山的背后即是一碧万顷的天空,碧中偶见那如雪花般的白,那正是点缀天空的一抹云彩。当读者陶醉于色彩缤纷的视觉享受时,作者突然跳出来说这是个画啊!而且是画在扇子上的画。这首小令从近处的松、竹,到远处的山和云,由近而远逐步扩大其书写范围。而且使用苍、翠、玉、金、碧、雪等多种颜色,但其浓淡分配恰到好处,首句松竹的清苍翠绿一展清新之貌,与下句楼阁珠光宝气的艳丽,成为强烈的对比;后三句延续前句艳丽风格,因此以"玉"和"金"形容船只和杨柳,以"碧玲珑"形容凤凰山。到"一片晴云雪色秋"一改前面的艳丽之气,转而回到首句那清新脱俗之感。透过文字,乔吉让人感受到色彩的一浓一淡,也让人体会到西湖各处时而艳丽、时而淡雅的风采。

对西湖景色分春、夏、秋、冬四时进行吟咏是元曲西湖描写中常见的题材。如维吾尔族人薛昂夫的四首小令,咏颂春夏秋冬四季游西湖的感受:春日游西湖,"山光如淀,湖光如练,一步一个生绡面"①。夏日游西湖,"晴云轻漾,熏风无浪","笙歌鼎沸南湖荡"②。秋天游西湖,"疏林红叶,芙蓉将谢","山腰闪出闲亭榭,分付画船且慢者"③。冬日游西湖,"同云暧靆,随车缟带,湖山化作瑶光界"④。变动不居、千姿百态的西湖,迤逦得游人流连忘返。

极慕江南风光的贯云石,也是维吾尔族人,他的四首以春、夏、秋、冬为题的[正宫·小梁州]分别为西湖四季画出四帧精致、生动、韵味清醇的写生;合而观之,又是一幅描绘西湖风光物态的长卷:

> 春风花草满园香,马系在垂杨。桃红柳绿映池塘,堪游赏,沙暖睡鸳鸯。[幺]宜晴宜雨宜阴旸,比西施淡抹浓妆。玉女弹,佳人唱,湖山堂上,直吃醉何妨?

---

① 薛昂夫小令[中吕·山坡羊]《西湖杂咏·春》。
② 薛昂夫小令[中吕·山坡羊]《西湖杂咏·夏》。
③ 薛昂夫小令[中吕·山坡羊]《西湖杂咏·秋》。
④ 薛昂夫小令[中吕·山坡羊]《西湖杂咏·冬》。

画船撑入柳阴凉，一派笙簧。采莲人和采莲腔，声嘹亮，惊起宿鸳鸯。[幺]佳人才子游船上，醉醺醺笑饮琼浆。归棹晚，湖光荡，一钩新月，十里芰荷香。

芙蓉映水菊花黄，满目秋光。枯荷叶底鹭鸶藏，金风荡，飘动桂枝香。[幺]雷峰塔畔登高望，见钱塘一派长江。湖水清，江潮漾，天边斜月，新雁两三行。

彤云密布锁高峰，凛冽寒风。银河片片洒长空，梅梢冻，雪压路难通。[幺]六桥顷刻如银洞，粉妆成九里寒松。酒满斟，笙歌送，玉船银棹，人在水晶宫。

在贯云石笔下，西湖之春是明快、热烈而充满活力的。春风和煦，花香馥郁；绿柳与湖水争碧，红桃向丽日分辉；骢马暂系，水鸟息羽；歌伎高唱新度曲，游客浮白醉忘归。不管是水光潋艳的晴日，还是山色空濛的雨天，无论是淡妆素雅，还是浓抹艳丽，这春天西湖的山光水色都总是相宜比那美女西子也毫无愧色的。夏天的西湖游人如织，或漫步，或盛宴，或观鱼，或赏月，乘画船游湖是赏心乐事，随着画船撑离湖岸柳荫，游人便进入一个忘忧弃躁的环境。湖光山色怡情悦意，歌伎才色俱佳，远处采莲民女歌声互答，近前荷香阵阵，鸳鸯成双。到酒酣歌歇，整装归去时，已经是新月初升时分。而秋天的感受与印象则是清爽、沉静，甚至略带冷峻：绿色的秋水，淡红的芙蓉，金黄的菊花，枯荷叶下的白鹭，桂花的清香，西湖的秋是何等地五彩缤纷，何等地诗情画意，赏心悦目。严冬，大地褪尽春、夏华丽的衣衫，雪景把西湖装饰一新，赋予它短暂又清新的面貌。阴霾满天，低垂的彤云仿佛围锁住湖畔的山梁，一场大雪驾朔风不期而至。贯云石立即乘兴出游，在苏堤踏雪寻梅，满目皆白，梅树枝梢也被雪片裹住，甚至积雪堵塞了道路。西湖六桥披上银妆，顿时变作几眼银白的洞穴，苍翠的青松也被妆点成琼枝玉树。大雪初霁，严寒砭骨，游人雅兴不浅，湖畔丝竹悠悠，歌声轻柔，观赏雪景的人们频频举杯助兴，就像出席水晶宫的盛宴。在贯云石笔下，景物是无可取代的，人们的心情是兴奋激动的，情景交织出一个令人难以淡忘的画面。

张可久一生喜欢游山玩水，西湖是他流连时间最长、吟咏最多的地方。他的西湖游春场景描写细腻生动：

　　蕊珠宫，蓬莱洞，青松影里，红藕香中。千机云锦重，一片银河冻。缥缈佳人双飞凤，紫箫寒月满长空。阑干晚风，菱歌上下，渔火西东。①

　　该曲一开头就以天上的宫殿比喻西湖。"蕊珠宫"本是道教传说中的天宫，"蓬莱"则是传说中的海上仙山。天宫和仙山都是人们对彼岸极乐世界的幻想，用这样的比喻来描写西湖令人遐想无穷，很能引人入胜。"青松影里，红藕香中"两句，写现实景观。写的是"九里松"和"曲院风荷"一带的风光。由行春桥至灵隐、天竺，有一片长达九里的松林，为唐刺史袁仁敬守杭时所建，左右各三行，每行相去八九尺，苍翠夹道，宋时称为"九里松"。在元代，"九里云松"是"钱塘十景"之一，"青松影里"写的就是这里的情况。"曲院风荷"在行春桥南端的湖面上，南宋时这里有一家酿造官酒的曲院，院中种植荷藕，花开时香风四起。其地现在仍为"西湖十景"之一。"红藕香中"写的就是这里的景象。从审美角度来看，这两句的景观描绘，青红交辉，高低结合，令人陶醉。"千机云锦重，一片银河冻"二句，写天上景观。前句是描写晚霞，就像千百张机织出来的云锦那样多而艳丽。而当晚霞渐渐散去后，就只有银河一片清冷的光辉了。"缥缈佳人双飞凤，紫箫寒月满长空"二句，写湖上的箫声。作者仿佛看见两位佳人双双骑着飞凤，吹着紫箫向寒月、长空飘逸而去。这里暗用了萧史、弄玉的故事。古代传说：萧史善吹箫，能做鸾凤之音，秦穆公将喜爱吹箫的女儿弄玉嫁给他，数年后，弄玉乘凤，萧史乘龙升天而去。这两句如幻如真，有虚有实；箫声、寒月、长空是实，"缥缈佳人双飞凤"是虚，共同构成了一个奇妙的境界。最后三句，视点又回到地上。这时候，晚风轻拂着阑干，只听得到处菱歌，只看见四面渔火。隐约，朦胧，这是音乐的世界，诗的世界。作者对西湖的喜爱之情溢于言表。

　　元曲中还有对西湖立体性的景点集群的描写。所谓立体性的景点集群，是指元代人在旅游审美活动中对景物进行细致入微的观察，形成的"西湖十景"、"潇湘八景"、"燕南八景"、"新安八景"等具有代表性的景观群落，它们标志着一个游览区风景建设的成熟。"西湖十景"最早起于南宋。南宋建都临安（即杭州），当时达官贵人、学士文人无不歆羡西湖。人们嬉

---

　　①　张可久小令［中吕·普天乐］《西湖即事》。

游逸乐,流连徜徉于美丽的湖山之间,西湖成了"销金锅儿"。"南渡后,堤桥成市,歌舞丛之,走马游船,达旦不息"①。就在此时,游人特别是画家为了游乐观赏,于是便有"西湖十景"之说。据南宋吴自牧《梦粱录》卷十二载:"近者画家称湖山四时景色最奇者有十,曰苏堤春晓、曲院风荷、平湖秋月、断桥残雪、柳浪闻莺、花港观鱼、雷峰落照、两峰插云、南屏晚钟、三潭印月。"②到了元代,又有"钱塘十景",并称"西湖双十景"。"六桥烟柳"即是其中一景。从这一景的题名来看,大概六桥一带柳树颇多,到了春天,柳丝吐翠,远远看去,绿烟笼罩,春意盎然,风景怡人,引得游人在此逗留:

> 问六桥何处堪夸?十里暗湖,二月韶华。浓淡峰峦,高低杨柳,远近桃花。临水临山寺塔,半村半郭人家。杯泛流霞,板撒红牙,紫陌游人,画舫娇娃。③

赵善庆在春光明媚的二月游西湖,先到了"六桥"。他以"问六桥"起句,点出西湖,然后分层次地对西湖美景进行具体描绘。"浓淡峰峦,高低杨柳,远近桃花"三句写了青山、绿柳、红桃,色彩鲜艳绚丽。西湖附近,依山傍水建有寺庙,山旁水边,矗立着寺庙的高塔;城郭与乡村之间,坐落着红墙绿瓦的深宅大院和竹篱茅舍的农户之家。这些寺塔房舍点缀在水光山色、绿树红花的自然景色之间,为西湖景致增添了几分雅趣。在不同层次的影像交叉流动且相互映衬下,静态的风物有了活脱脱的生命律动,从而,也让一个秀美的西湖具有了大气磅礴的格局。最后四句"泛流霞,板撒红牙,紫陌游人,画舫娇娃",由描写寺塔人家又进一层刻画游湖之人和湖上繁华热闹的情景:大道上游人来来往往,络绎不绝;湖面上五彩缤纷的游船随波荡漾,娇艳的歌女们随着红色檀板的节拍唱着动听的歌曲,游客们边听边品味着杯中的美酒。整首小令洋溢着一股春日勃兴的气氛,写出了作者心中的欣喜,热爱。岁月无痕,光华人生。人们在西湖游赏逸乐的兴致始终未减,达官贵人,名流仕女,或沉湎于急管繁弦、兰舟画舫的声乐之娱,或神迷于依依绿柳、馥馥红荷的湖山之秀。文人雅士却为那清风明月、钟鸣猿啼、

---

① (明)田汝成:《西湖游览志》,上海古籍出版社1998年版,第17—18页。
② (宋)吴自牧:《梦粱录》(外四种),中国商业出版社1982年版,第96—97页。
③ 赵善庆小令[双调·折桂令]《西湖》。

雨笠烟蓑而流连忘返。岁月磨洗了人间无数风尘,而西湖却似一个卓尔不群、冰清玉洁的仙子,伫立在飘渺的云烟之中,任人品赏。

元曲中对泛舟西湖的描写也轻灵飘逸。如薛昂夫小令[双调·殿前欢]《夏》展现出月下西湖风情摇曳的悠闲美:

> 柳扶疏,玻璃万顷浸冰壶,流莺声里笙歌度。士女相呼,有丹青画不如。迷归路,又撑入荷深处。知他是西湖恋我,我恋西湖?

杨柳繁茂水平如镜,万顷碧水的西湖里映着一轮清凉的月亮。伴着婉转的莺啼,湖上的笙歌随风飘荡,男女相壶尽兴游赏,就是彩笔浓墨也画不出这西湖夏夜的美好景象。乐而忘返,迷了归路,又把船撑进荷花深处。与西湖这般的难舍难分,谁知道是西湖恋我,还是我恋西湖?

元曲中对雨中游西湖的描写,更有一番娴静和迷蒙。如赵善庆小令[双调·水仙子]《仲春湖上》:

> 雨痕著物润如酥,草色和烟近似无,岚光罩日浓如雾。上春风啼鹧鸪,斗娇羞粉女琼奴。六桥锦绣,十里画图,二月西湖。

薛昂夫小令[中吕·山坡羊]《苦雨》:

> 孤山云树,六桥烟雾,景蒙蒙不比江潮怒。淡妆梳,浅妆梳。西湖也怕西施妒,天也为他巧对付。晴,也宜画图;阴,也宜画图。

张可久小令[中吕·红绣鞋]《西湖雨》:

> 删抹了东坡诗句,糊涂了西子妆梳,山色空濛水模糊。行云神女梦,泼墨范宽图,挂黑龙天外雨。

霏霏细雨中,湖面与天空已融为一体,湖岸边草色芊芊,青翠欲滴,杨柳枝条在斜风细雨中袅娜飘舞,整个西湖如梦如烟,恍惚迷离,恬静神秘。雨中的西湖,是流动的,是变幻的,霏霏细雨,让游人感受到了西湖生命脉搏的跳动。

在这些描写中,我们感受到的是元代人独有的温和、委婉、平静的心境。不论“白鹭荒堤老苇、黄云远水长空”①、“雨醉云醒,柳暗花明”②,还是“孤

---

① 张可久小令[中吕·红绣鞋]《洞庭道中》。
② 王举之小令[双调·折桂令]《怀钱塘》。

山云树、六桥烟雾"①,背后都是一颗平静如水的心。入世的喧嚣在山水中淡逝,自然的山水悄然显现,传达出山水的自然生命底蕴,也呈现出元代人平静淡泊的心境和深藏在这心境背后的"对人生,生命,命运,生活的强烈的追求和依恋"②。而在这些低吟高唱的西湖曲中,有一曲高音调携带着悲怨的历史风雨,飘飘洒洒落在了西子湖上,"一片自然风景就是一个心灵的境界"③,周德清小令[中吕·满庭芳]《看岳王传》以凄凉的景色写出了民众对岳飞的怀念和对奸臣的愤恨:

　　披文握武,建中兴庙宇,载青史图书。功成却被权臣妒,正落奸谋。闪杀人望旌节中原士夫,误杀人弃匠陵南渡銮舆。钱塘路,愁风怨雨,长是洒西湖!

　　岳飞,相州汤阴(今河南汤阴)人,南宋军事家,中华民族一代英杰。19岁时投军抗金,屡建战功。绍兴十一年(1141)十二月二十九日,秦桧以"莫须有"的罪名将岳飞杀害。1162年,宋孝宗"淳熙六年,谥武穆。嘉定四年,追封鄂王"④,并将岳飞的骨骸迁葬到栖霞岭下,同时将西湖北山的智果观音院改为"褒忠衍福禅寺",这就是今日岳庙的前身。随着时间的推移,沧桑变化,岳庙屡有毁坏,但千百年来,人们始终没有忘记英雄,屡毁屡建。因而直到今天,岳庙依然保留了下来,成为人们缅怀英雄,牢记历史的场所。美丽的西湖因岳庙而更显厚重。岳王庙英魂常在,英雄气慨常引起文人的诗情和情感共鸣和愤懑,或是旌扬英雄爱国爱民、公而忘私的伟大精神,或是无情鞭挞统治者奴颜媚骨、投降卖国的无耻行径。尤其是在国家有难,民族危亡之时,岳庙就更成为一种精神气节的象征,人们瞻仰岳庙也就更有了一种现实意义。

　　元曲记述西湖船上歌舞表演的作品也是不胜枚举,如刘时中小令[中吕·山坡羊]《侍牧庵先生西湖夜饮》:

　　微风不定,幽香成径,红云十里波千顷。绮罗馨,管弦清,兰舟直入

---

①　薛昂夫小令[中吕·山坡羊]《苦雨》。
②　李泽厚:《美学三书》,安徽文艺出版社1999年版,第93页。
③　宗白华:《美学散步》,上海人民出版社1981年版,第59页。
④　(元)脱脱等:《宋史》,中华书局1997年影印本,第11395页。

空明镜,碧天夜凉秋月冷。天,湖外影;湖,天上景。

吴仁卿小令[中吕·上小楼]《西湖宴饮》:

> 人凭画阑,舟横锦岸。一线苏堤,两点高峰,四面湖山。玉筝弹,彩袖弯,红牙轻按,直吃的酒阑人散。

张可久小令[双调·水仙子]《西湖秋夜》:

> 今宵争奈月明何,此地那堪秋意多。舟移万顷冰田破,白鸥还笑我,拼余生诗酒消磨。云子舟中饭,雪儿湖上歌,老子婆娑。

西湖上,天光湖影,管乐升平,或"笙箫一片",或"红牙轻按",或"雪儿湖上歌"。从这些描写中,可看出西湖舟船歌舞表演的大概轮廓,以及文人或观赏,或自娱的心态。①

总之,元曲中对西湖的吟诵,不仅笔触轻灵飘逸,流美洒脱,将元代人或信步漫游的乐趣,或泛舟湖上的风姿,跃然纸上。而且"把山水的自然美与人的情操、精神品质沟通起来,从而赋予山水自然美以人的社会属性,在自然山水与人的精神世界之间架设了易于沟通的桥梁"②。尤其值得提出的是,元代作家们对于自然的审美感,已有了更高的自觉,已发现艺术美与自然美相互渗透和转化的辩证关系。一如薛昂夫所写:"一样烟波,有吟人景便多。"③这就是说,同样的自然景色,一经诗人的发现和吟咏,就可以使风景增色,使游览者增添不少观赏的意趣。

3.生物景观

赏花游作为一种专门的游赏活动,在元代很是盛行。在众多花木中,牡丹"国色天香,高掩群花"④,是元代流行的观赏花卉。元曲中有大量的牡丹描写,如乔吉杂剧《李太白匹配金钱记》第一折中长安府尹云:"今奉圣人的命,明日三月初三,但是在京城里外官员,市户军民,百姓人家,或妾或女,都要赴九龙池赏杨家一捻红。""一捻红"是牡丹的一种。宋高承《事物纪原》:

---

① 康保成:《论宋元时代的船台演出》,《中华戏曲》2007年第2期。
② 李文初等:《中国山水文化》,广东人民出版社1996年版,第103页。
③ 薛昂夫小令[双调·殿前欢]《秋》。
④ (宋)罗大经:《鹤林玉露》,中华书局1983年版,第300页。

"今牡丹中有一捻红,其花叶红,每一花叶端有深红一点,如半指。"①马谦斋小令[中吕·快活三过朝天子四边静]《春》:"海棠娇恰睡足,牡丹香正开初。"无名氏杂剧《萨真人夜断碧桃花》楔子梅香云:"姐姐,你看这花园中白的是梨花,红的是桃花,紫的是牡丹,黄的是蔷薇,好赏心也。"张可久小令[仙吕·一半儿]《赏牡丹》:"牡丹时,一半儿姚黄一半儿紫。"曾瑞小令[南吕·骂玉郎过感皇恩采茶歌]《惜花春起早》:"杨柳晴啼杜宇,牡丹暖宿胡蝶。"这些描写,把牡丹的品种、牡丹的姿态和元代人赏牡丹的习俗尽展尽现。

荷花也频繁出现在元曲中。元曲中的荷,不仅代表着美好的事物与情境,如"到夏来玩江山明媚,宴水阁风亭,荷莲香满池塘"②,"隐游鱼浮萍乍展,托青蛙荷叶才圆"③,"万柄高荷小西湖"④,"荷香飘荡,一襟满意凉"⑤,而且蕴含着对美的凋零、生命易逝的感伤,如"塞雁来,芙蓉谢"⑥,"荷缺翠青摇柄"⑦,"败柳残荷金风荡,寒雁声嘹亮"⑧。有一种美丽叫沧桑。在一束阳光的照射下,已经干枯的荷莲直立在那里,死而不僵,仿佛还在诉说昨日生命的故事。写实也好,写意也罢,摇曳多姿的荷花,在元代人的笔下,已不再仅仅是一个小景致,它成了一种象征,一种精神,一种追求,具有深广的理性精神与现实内容,以其隐含的历史蕴味,而吸引众多游人的探赏。

菊花也是元曲中描写的一种名花,如郑光祖杂剧《醉思乡王粲登楼》第三折:"风送潮声过远洲,雨收山色上危楼。美玉不换重阳景,黄金难买菊花秋。"王仲元套数[中吕·粉蝶儿]《道情》:"玉露润菊花肥,金风催梧叶老。黄花红叶满秋山,此景畅是好、好、好。"无名氏套数[正宫·汲沙尾南]《四景》:"东篱下菊蕊含金,正消磨暑气秋光。"庾吉甫套数[商角调·黄莺

---

① (宋)高承:《事物纪原》,金圆、许沛藻点校,中华书局1989年版,第551页。
② 刘唐卿杂剧《降桑椹蔡顺奉母》第一折。
③ 无名氏套数[南吕·一枝花]《夏景》。
④ 张可久小令[双调·庆宣和]《毛氏池亭》。
⑤ 马谦斋小令[中吕·快活三过朝天子四边静]《夏》。
⑥ 姚燧小令[中吕·普天乐]。
⑦ 刘时中小令[双调·水仙操并引]。
⑧ 商挺小令[双调·潘妃曲]。

儿]《别况》："起一阵菊花风,下几点芭蕉雨。风送得菊花香,雨打得芭蕉絮。"胡祗遹小令[仙吕·一半儿]《四景》："荷盘减翠菊花黄,枫叶飘红梧干苍。"贯云石小令[正宫·小梁州]《秋》："芙蓉映水菊花黄,满目秋光。"菊花虽没有牡丹的娇贵富丽,荷花的摇曳多姿。但菊孤傲、清高。菊在属于自己的季节等候,守望自己的季节。它开在百花开后,一直开到"满目秋光"。菊以它的"黄花红叶满秋山",为元代的旅游景观增添了魅力。

元代的梨花也美丽,花开季节,人们纷纷外出欣赏,连富贵人家的女儿也乘车出来赏花。无名氏杂剧《逞风流王焕百花亭》第一折:"梨花院秋千蹴鞠,牡丹亭宝马香车。"无名氏杂剧《赵匡义智娶符金锭》第一折:"梨花开雪片妆,桃花放红焰飞。"高文秀套数[南吕·一枝花]《咏惜花春起早》:"恰行过开烂漫梨花树底,早来到喷清香芍药栏边。"胡祗遹小令[中吕·快活三过朝天子]《赏春》:"梨花白雪飘,杏艳紫霞消。柳丝舞困小蛮腰,显得东风恶。野桥,路迢,一弄儿春光闹。"正是这种情景的生动写照。

元曲中描写的观赏性的花还有桃花:"白雪柳絮飞,红雨桃花坠,杜鹃声又是春归"①,杏花:"几枝红雪墙头杏,数点青山屋上屏"②,海棠:"海棠初雨歇,杨柳轻烟惹,碧草茸茸铺四野"③,石榴花:"榴花恰喷吐,翠柳映微露"④,芍药:"蔷薇径,芍药阑,莺燕语间关"⑤,蔷薇花:"春色无多,开到蔷薇,落尽梨花"⑥,山茶:"山茶吐锦曲阑中,散一阵暖香风"⑦,桂花:"一枝丹桂倚西风,扇影天香动"⑧,梅花:"湖光静,山影孤,载斜阳小舟横渡。正花开玉梅千万株,鹤飞来老逋归与"⑨,红蕉:"娇耐秋风,清宜夜雨,艳若春华"⑩,

---

① 卢挚小令[双调·沉醉东风]《春情》。
② 胡祗遹小令[双调·喜春来]《春景》。
③ 白朴套数[双调·乔木查]《对景》。
④ 无名氏杂剧《阀阅舞射柳蕤丸记》第四折。
⑤ 张可久小令[商调·梧叶儿]《春日书所见》。
⑥ 张可久小令[双调·折桂令]《村庵即事》。
⑦ 无名氏杂剧《龙济山野猿听经》第一折。
⑧ 乔吉小令[越调·小桃红]《桂花》。
⑨ 张可久小令[双调·落梅风]《西湖》。
⑩ 乔吉小令[双调·折桂令]《咏红蕉》。

以及"江村路,水墨图,不知名野花无数"①。"水可陶情,花可融愁"②,这些美丽的花卉给游人们带来了生活的乐趣和美的享受。

点缀着自然风光的"细草",也在元曲中被描写得生机盎然:"香馥馥花开满路,碧粼粼水绕孤村,绿茸茸芳草烟迷"③,"润夭桃灼灼红,洗芳草茸茸翠"④,"夜来微雨洒芳郊,绿遍江南草"⑤,"草萋萋,日迟迟,王孙士女春游戏"⑥,"青山绿水,白草红叶黄花"⑦,"平沙细草斑斑,曲溪流水潺潺,塞上清秋早寒"⑧,"山对面蓝堆翠岫,草齐腰绿染沙洲"⑨,"竹笋侵墙串,泉流草径边。绿茸茸蒉展青毡,密匝匝苔铺翠藓"⑩。小草虽然没有树木高大,没有花儿娇艳,但它耐贫寒,耐干旱,顽强地广布在地球表面各个角落,默默地生长繁衍,保持水土,将不毛之地变成了千里沃野,并为树木的生长创造了良好的生态环境。草软如丝,为山野披上了绿装,同样使游人心旷神怡。

树木景观极具特色,有很强的观赏价值。如冯子振小令[正宫·鹦鹉曲]《松林》中内蒙古应昌府一带松林:"山围行殿周遭住,万里客看牧羊父。听神榆树北车声,满载松林寒雨。"谷子敬杂剧《吕洞宾三度城南柳》第三折中的柏树:"那搭儿别是一重天,尽都是翠柏林峦。"贯云石小令[双调·寿阳曲]中的杉树:"松杉翠,茉莉香,步回廊老仙策杖。"无名氏杂剧《神奴儿大闹开封府》第二折中的槐树:"门前有株大槐树,高房子,红油门儿,绿油窗儿,门上挂着斑竹帘儿,帘儿下卧着个哈叭狗儿,则那便是李德昌家。"郑廷玉杂剧《宋上皇御断金凤钗》第二折的杨树:"时遇春天,万花绽拆,绿杨如烟,郊外踏青赏玩,春盛担子都出去了。"贯云石套数[南吕·一枝花]《丽情》中的银杏树:"银杏叶凋零鸭脚黄,玉树花冷淡鸡冠紫。"朱庭玉小令[越

① 张可久小令[双调·落梅风]《江上寄越中诸友》。
② 吴西逸小令[双调·蟾宫曲]《山间书事》。
③ 王伯成套数[越调·斗鹌鹑]。
④ 马彦良套数[南吕·一枝花]《春雨》。
⑤ 胡祗通小令[中吕·快活三过朝天子]《赏春》。
⑥ 姚燧小令[双调·拨不断]《四景》。
⑦ 白朴小令[越调·天净沙]《秋》。
⑧ 无名氏小令[越调·天净沙]。
⑨ 赵善庆小令[双调·沉醉东风]《秋日湘阴道中》。
⑩ 无名氏套数[南吕·一枝花]《夏景》。

调·天净沙]《秋》中的梧桐树:"庭前落尽梧桐,水边开彻芙蓉。"关汉卿小令[双调·大德歌]《秋》中的芭蕉树:"秋蝉儿噪罢寒蛩儿叫,淅零零细雨打芭蕉。"张可久套数[南吕·一枝花]《秋景》中的枇杷树:"倾残竹叶千樽饮,摘下枇杷一树金。"贯云石小令[双调·水仙子]《田家》中的桃树:"绿阴茅屋两三间,院后溪流门外山,山桃野杏开无限。"赵善庆小令[双调·沉醉东风]《秋日湘阴道中》的橘树:"傲霜橘柚青,濯雨兼葭秀。"以及送别时的衰柳:"长途野草寒沙,夕阳远水残霞,衰柳黄花瘦马"①,"衰柳拂斜阳楼观"②,"残荷老翠,倦柳荒丝"③等。各种极具观赏价值的树木以别具姿态的形状、五彩缤纷的色泽、香气四溢的芬芳美化着大自然,使景区透出勃勃生机,丰富了景区的观赏内容,成为元代众多生物景观资源类型中重要的一种。

除了植物,元代人还把旅游审美的视线转向不少动物。常见的是游鱼,或于湖岸,或于溪畔,游鱼的逍遥游曳带给游人无限的宁静与神往。如"小鱼儿成群队,翻碧浪双双鸥鹭"④,"临荷浦视鱼,傍柳岸闻莺"⑤,"竹阴下,小鱼争柳花",⑥"翠萍波底游鱼,碧梧井上啼乌"⑦。鸟禽也成为元代游人赏玩的对象。马致远小令[双调·寿阳曲]《平沙落雁》中的雁:

> 南传信,北寄书,半栖近岸花汀树。似鸳鸯失群迷伴侣,两三行海门斜去。

湖边沙滩上大雁栖息、鸣飞的情景以及落雁的孤凄。鸿雁失群迷伴,目送雁群展翅高飞,燃起了他继续人生进取的火花。作者以白描手法勾画了一幅写照传神、境界凄清的"平沙大雁"图,给人一种气质美。再如张养浩小令[双调·庆东原]中的春日江野百禽欢腾景象:

> 鹤立花边玉,莺啼树杪弦,喜沙鸥也解相留恋。一个冲开锦川,一

---

① 无名氏小令[越调·天净沙]。
② 曾瑞套数[双调·蝶恋花]《闺怨》。
③ 张可久小令[双调·折桂令]《秋思》。
④ 睢玄明套数[般涉调·耍孩儿]《咏西湖》。
⑤ 无名氏小令[南吕·骂玉郎过感皇恩采茶歌]《西湖》。
⑥ 张可久小令[南吕·金字经]《青霞洞赵肃斋索赋》。
⑦ 张可久小令[越调·天净沙]《秋感》。

个啼残翠烟,一个飞上青天。诗句欲成时,满地云撩乱。

以鲜花丛丛、碧水涟涟、烟霞缤纷的大地、山河、蓝天为背景,绘出了一幅百鸟闹春的春光百禽图,形象鲜明,色彩灿烂,画中有诗,诗中有画。颇有杜甫诗"两个黄鹂鸣翠柳,一行白鹭上青天"的意境,抒写了作者热爱大自然的高情雅趣。我们总在说,诗意地栖息在大地上。其实这句话用在这里比较合适,而我们是生活在一个诗意不断丧失的时代。当阿波罗的宇航员踏上月球的那一霎,嫦娥奔月、吴刚伐桂的神话就消失了。希望元代人笔下的这些百禽能多少唤回些消失或正在消失的美的意象,愿时光流逝、韶华不再、逆旅乡思、离恨别愁的悠悠情感能时时被这"百禽欢腾"唤起。

鹧鸪是产于我国南方的一种珍禽,其外形、习性有四大特征:一是胸前有白色斑点,二是多雌雄对啼,三是飞时必先向南方,四是其鸣极似"行不得也哥哥",极容易勾起人们对旅途艰险的联想和满腔的离愁别绪。鹧鸪大量出现在元曲中,如无名氏小令[中吕·快活三过朝天子四换头]《叹四美》:"海棠花底鹧鸪,杨柳梢头杜宇,都唤取春归去。"贾仲明杂剧《李素兰风月玉壶春》第一折:"绿阴中闻鹧鸪,红香中啼杜鹃,休辜负艳阳三月天。"无名氏套数[仙吕·八声甘州]:"清明过也,鹧鸪声里画楼闲。"卢挚小令[双调·蟾宫曲]《夷门怀古汴梁》:"恰鼓板声中太平,鹧鸪啼惊破青城。"吴仁卿套数[大石调·青杏子]《惜春》:"芳草啼残锦鹧鸪,粉墙飞困玉胡蝶,日暮正愁绝。"都借鹧鸪抒发了丰富深沉的情感,使鹧鸪具有了某种固定的意象功能。元曲中的鹧鸪,在送别的场景中也经常见到。如白朴杂剧《董秀英花月东墙记》第四折:"画檐下摇曳帘栊,不想把离人断送,鹧鸪啼惊觉巫山梦。"徐再思小令[仙吕·一半儿]《落花》:"河阳香散唤提壶,金谷魂消啼鹧鸪,隋苑春归闻杜宇。"张可久小令[中吕·上小楼]《送别》:"阳关画图,高唐词赋。水远鱼沉,节去蜂愁,月冷鸾孤。尽酒壶,洒泪珠,长亭西路,鹧鸪啼夕阳红树。"夕阳映照下的树,鹧鸪的啼鸣静动相应,创造了一个鹧鸪声啼客子愁的迷茫境界,传达了曲人内心的离愁和怅惘,给人以无穷的回味。

其他的动物的描写,元曲的游历曲咏史调中也常见。如乔吉到蓬莱阁凭吊,看到狐兔相逐,听到鹃鸣阵阵,更增苍凉感:

蓬莱老树苍云,禾黍高低,狐兔纷纭。半折残碑,空馀故址,总是黄
尘。东晋亡也再难寻个右军,西施去也绝不见甚佳人。海气长昏,啼鸠
声干,天地无春。①

展示的是一幅苍凉而荒寂的图画。在这幅图画中,狐兔相逐,鹍鸣阵
阵,其声嘶哑,画面更加的萧条和凄凉。

元曲中的蝶也千姿百态。如无名氏小令[双调·山丹花]:

昨朝满树花正开,蝴蝶来,蝴蝶来。今朝花落委苍苔,不见蝴蝶来,
蝴蝶来。

花开时蝴蝶纷纷飞来,花落时纷纷飞去,司空见惯的自然界的实情,平
平常常的生活现象,但却隐喻着人情冷暖,世态炎凉。又如无名氏小令[双
调·清江引]《咏所见》写一位情窦初开的少女在后花园中看见:"一双胡蝶
戏。香肩靠粉墙,玉指弹珠泪,唤丫鬟赶开他别处飞。"看到一双彩蝶上下
翻舞嬉戏,不由得"香肩靠粉墙",引来一阵伤感。再如"正春光艳阳。雕梁
乳燕呢喃两,游蜂趁蝶舞飞扬,正清和气爽"②,"红榴招戏蝶,绿柳噪新
蝉"③,"莺眠柳嵌金,蝶宿梨藏玉。草泥迷燕嘴,花蕊上蜂须"④,"那里也游
蜂采蕊,那里也紫燕寻巢,那里也莺声恰恰,那里也蝶翅飘飘"⑤,"东风景,
西子湖,湿冥冥柳烟花雾。黄莺乱啼胡蝶舞"⑥。蝶来了,偕来了春,逗开了
色彩斑斓的花。蝶,或飞逐流连于花丛之中,或翩翩起舞在绿草之上,令人
陶醉,令人遐想,也令人惆怅。蝴蝶之所以备受中国人的喜爱,不仅是因为
蝴蝶是美的化身,更因为它在人们的精神世界中占据重要位置。在中国文
化中,蝴蝶不仅仅是自然之物,更多的是作为自由自在的象征,翩翩飞舞在
人们的心灵世界。这种象征的源头,就是庄周梦蝶的故事:

弹破庄周梦,两翅架东风。三百座名园一采个空。难道风流种,唬

---

① 乔吉小令[双调·折桂令]《丙子游越怀古》。
② 无名氏套数[正宫·汲沙尾南]《四景》。
③ 无名氏套数[南吕·一枝花]《夏景》。
④ 无名氏套数[南吕·一枝花]。
⑤ 无名氏套数[南吕·一枝花]《春雪》。
⑥ 张可久小令[双调·落梅风]《春晚》。

杀寻芳的蜜蜂！轻轻的飞动,把卖花人搧过桥东。①

从庄周的梦中飞出,驾驭着东风,扑扇着双翅,来到人间,把三百座花园里的花朵全部采空。它在春日里潇洒风流,吓坏了习惯寻芳采蜜的蜜蜂,把卖花人吹到桥对岸。用夸张的手法,从采花、驱蜜蜂、赶卖花人等动作,极写蝶的大,蝶的霸气,蝶的强势,蝶的"风流",蝶的特立独行,荒诞而有趣。或是用艺术形式对当时社会某一种势力的抨击,或是对当时诙谐、滑稽等的记录,但让我们却从中"嚼味出生活中欢娱时的惆怅"②或无奈。

这些花草树木、飞禽走兽虽尚不能构成一个具有吸引力的独立景点,但它们的存在为景区平添了许多生气和乐趣,丰富了景区的观赏内容,为其增加了一道靓丽的景色,使景区更具有吸引力。

4.寺庙景观

元曲中"游山玩水"活动的描写中,游览寺庙宫观的描写密度很大,这说明寺庙宫观在元代旅游景观资源中占有突出的地位。梳理元曲中寺庙宫观的描写,带给我们如下元时代宗教旅游活动的信息:

一是元曲中描写的寺观庙宇不仅名目繁多,而且遍布城市乡村。如浙江瑞安的东安寺:"新蝉风断子弦琴,古鸭烟消午篆沉。孤鹤梦觉三山枕,翠濛濛窗户阴,煮茶芽旋撮黄金。"③浙江杭州西南的吴山塔寺:"诗眼明,暮山青,倚高寒满身风露冷。月榭闻筝,水殿鸣笙,想像御街行。宝光圆白伞珠璎,玉花寒碧碗酥灯。西天佛富贵,南国树凋零。僧,同上望江亭。"④杭州的天竺寺:"旃檀古道场,水月白衣相。真珠般若林,多宝如来藏。梵相四天王,唐塑八金刚。佛隐松间塔,僧推云外窗。虚堂,法鼓惊天上;长廊,游人惹御香。"⑤浙江萧山的江淹寺:"紫霜毫是是非非,万古虚名,一梦初回。失又何愁? 得之何喜? 闷也何为? 落日外萧山翠微,小桥边古寺残碑。文藻珠玑,醉墨淋漓,何似班超,投却毛锥!"⑥江西九江南庐山下的庐山寺:

---

① 王和卿小令[仙吕·醉中天]《咏大蝴蝶》。
② 王星琦:《元曲与人生》,上海古籍出版社 2004 年版,第 145 页。
③ 乔吉小令[双调·水仙子]《瑞安东安寺夏日清思》。
④ 张可久小令[越调·寨儿令]《吴山塔寺》。
⑤ 赵善庆小令[双调·雁儿落过得胜令]《天竺寺》。
⑥ 徐再思小令[双调·蟾宫曲]《江淹寺》。

"瀑布倒银汉,诸山捧墨池,九江郡一盘棋。金额元章字,白莲陶令□,珠玉谪仙题,信天下庐山第一。"①江苏南京钟山的蒋山寺(今称灵谷寺):"宝地华严藏,金陵古道场,传栋宇自齐梁。杨柳千岩露,莲花一界香,芦苇万林霜,无日不达摩过江。"②江苏镇江西北金山上的金山寺:"江底龙宫近,山高宝殿高,僧老跨金鳌。问今古团圆月,朝夕喜怒涛,兴废往来潮,何处也扬州玉箫?"③江苏镇江东北江中焦山上的焦山寺:"海窟常闻磬,风波不得僧,江月夜传灯。禅性水朝朝净,佛头山日日青,人立在吸江亭,看不足夕阳画屏。"④江苏无锡惠山上的惠山寺:"梅竹歧通县,伽蓝屋傍崖,泉水篆闲阶。印月曹溪派,松风雪浪斋,童子扫莓苔,怕七碗卢仝到来。"⑤江苏镇江西南黄鹤山下的鹤林寺:"石泉细,竹院深,千古记九皋禽。酌壶酒携藜杖,焚炉香拂操琴,人白发乐山林,谁更有长安那心!"⑥江苏苏州灵岩山的灵岩寺:"丹青寺,水墨图,看麋鹿走姑苏。南通越,北望吴,洞庭湖,龙也问山僧借雨。"⑦江苏苏州天平山上的天平寺:"金色三千界,瑶台十二重,楼阁半天中。西子送吴王去,残花逐落日红,若当日在玄宗,游什么姮娥月宫!"⑧江苏苏州西北虎丘山上的虎丘寺:"塔影佛留像,山形虎忠威,云锦树高低。幽鸟鸣僧舍,寒藤琐剑池。游客看山回,花上雨菩提净水。"⑨浙江杭州西灵隐山之北高峰上的灵隐寺:"九里青松路,千家碧玉泉,佛国绮罗边。洞口山如甸,湖中水似天,空缆打鱼船,一个个呆㑔看猿。"⑩江苏句容东南之茅山上的茅山观:"烟霞地,锦绣川,人不见月常圆。炉炼灵丹药,山围小洞天,是大罗仙,别觅甚蓬莱阆苑!"⑪数量众多的寺观庙宇为人们日常的宗教需求提供了方便,人们出入于寺观庙宇,求神问佛,寺观庙宇成为了元代生

---

① 无名氏小令〔商调·梧叶儿〕《庐山寺》。
② 无名氏小令〔商调·梧叶儿〕《蒋山寺》。
③ 无名氏小令〔商调·梧叶儿〕《金山寺》。
④ 无名氏小令〔商调·梧叶儿〕《焦山寺》。
⑤ 无名氏小令〔商调·梧叶儿〕《惠山寺》。
⑥ 无名氏小令〔商调·梧叶儿〕《鹤林寺》。
⑦ 无名氏小令〔商调·梧叶儿〕《灵岩寺》。
⑧ 无名氏小令〔商调·梧叶儿〕《天平寺》。
⑨ 无名氏小令〔商调·梧叶儿〕《虎丘寺》。
⑩ 无名氏小令〔商调·梧叶儿〕《灵隐寺》。
⑪ 无名氏小令〔商调·梧叶儿〕《茅山观》。

活中的一道景观。其中许多的寺庙道观等文物古迹,至今仍是重要的旅游景观资源。

二是寺院宫观所在地大都是风景优美、幽邃宁谧的"胜地"。寺庙宫观因为有胜地作依托,环境才更显幽邃宁谧、优美宜人。胜地也因为有了寺庙宫观的加入,就更加有生气和活力,而寺庙中的古佛清灯,木鱼钟声,不仅让胜地更显清静悠远,也为胜地蒙上一层神秘的面纱。几种因素的结合,便形成了一个令旅游者心驰神往、流连忘返的旅游目的地。如江苏镇江北固山山巅的甘露寺:"风雨西津渡,江山北固楼,先得海门秋。手掌里金山寺,脚跟下铁瓮州,翻滚滚水东流,一线系三江夏口。"[1]甘露寺不仅形势险要,而且风景壮美。有如此仙宫神境般的优美环境,自然是旅游者追逐的对象。

许多寺观不仅景色奇美,而且大多历史悠久,遗迹众多,人文内涵丰富。如雄踞于镇江市区西北金山上的金山寺。建于东晋,至今已有一千六百多年历史。原名泽心寺,亦称龙游寺,是中国佛教诵经设斋、礼佛拜忏和追荐亡灵的水陆法会的发源地。金山寺寺门朝西,依山而建,殿宇栉比,亭台相连,遍山布满金碧辉煌的建筑,以致无法看到金山的原貌,因而有"金山寺裏山"[2]之说。千百年来,诗人墨客,写下了无数描绘赞美的诗文。如唐窦庠《金山寺》诗云:"一点青螺白浪中,全依水府与天通,晴江万里云飞尽,鳌背参差日气红。"[3]使人想见当年江中浮玉、空中悬日、红碧映照、江天一览的壮丽图景。时至元朝,金山寺的旖旎风光不减当年。如张可久小令[双调·折桂令]《游金山寺》:

> 倚苍云绀宇峥嵘,有听法神龙,渡水胡僧。人立冰壶,诗留玉带,塔语金铃。摇碎月中流树影,撼崩崖半夜江声。误汲南泠,笑杀吴侬,不记茶经。

小令描写金山寺的景色,仅仅在开头用"倚苍云绀宇峥嵘"一句带过。然后,写出五个短句,排列叙述五事。其中,既有"听法神龙、渡水胡僧"、"塔语金铃"的概括泛指,也有"人立冰壶"、"诗留玉带"的巧妙用典。通过

---

① 无名氏小令[商调·梧叶儿]《甘露寺》。
② 傅润三:《漫谈寺院文化游览寺庙指南》,宗教文化出版社1999年版,第148页。
③ 夏于全:《唐诗宋词全集》第1部,华艺出版社1997年版,第550页。

前者,写出金山寺的名闻遐迩、引来"神龙"与"胡僧";通过后者,写出诗人驿客在此流连忘返的风流逸事。同时表现了金山寺的风物特色与文化内涵。最后,再集中笔力描写汲取中泠泉水的生动画面:"摇碎月中流树影,撼崩崖半夜江声"。据传,汲泉须在冬日水浅潮退的深夜子时,因此,此景正是汲泉时的所见所闻。篇末写汲泉结果:"误汲南泠,笑杀吴侬,不记茶经。"三句巧妙地借用典故,为此次出游的满足心态画上了句号。

赵天锡小令[双调·蟾宫曲]《题金山寺》:

> 长江浩浩西来,水面云山,山上楼台。山水相辉,楼台相映,天与安排。诗句就云山动色,酒杯倾天地忘怀。醉眼睁开,遥望蓬莱。一半烟遮,一半云埋。

此曲描写金山寺景色,先借云雾的流动和水波的晃动,为金山寺制造出一种动感;又借醉眼"遥望蓬莱",把山中云烟和醉眼的感觉交织在一起,营造出流动的画面。只见"一半烟遮,一半云埋",浮在水面的金山寺,一会儿云来罩住,一会儿雾来遮掩。寺庙若隐若现,时明时暗,真宛如海上的蓬莱仙山,让人恍如仙境。作者借醉眼写出了一个虚无飘渺的金山寺。

王恽小令[正宫·黑漆弩]《游金山寺》:

> 苍波万顷孤岑矗,是一片水面上天竺。金鳌头满咽三杯,吸尽江山浓绿。蛟龙虑恐下燃犀,风起浪翻如屋。任夕阳归棹纵横,待偿我平生不足。

此曲抒发了作者为江山形胜所倾倒的豪情胜慨。起笔"苍波万顷孤岑矗"写山,把金山的自然风光一笔勾出:这是一座突兀峥嵘的"孤岑",矗立在浩瀚长江之中。写寺"是一片水面上天竺",用名闻中外的杭州上天竺的寺院作比,使人想见其楼台寺院的建筑鳞次栉比。开头两句,简笔传神,把山寺的环境特征和概貌景象和盘托出。金山可写之景,举不胜举,作者却攫住了景物的特征,凭借奇怀异想,一层层地把金山呈现在读者面前。先居高临下的近处俯视:"金鳌头满咽三杯,吸尽江山浓绿。"把山巅的金鳌峰比作一只濒临大江的巨鳌之首,再借助极度的夸张,把"江山浓绿"的景象都聚拢来集中到了一处,使金山成了一座名副其实的"浮玉"。浮玉山载金山寺,真是道道地地的金碧辉煌!再仰首纵目的全景远观:"蛟龙虑恐下燃犀,风起浪翻如屋。"作者用晋代温峤燃犀照水怪这一富有神话色彩的典故,给江上风浪平添了一层神奇色彩。接着又运用夸张、比喻等手法,写出江面大风掀起的冲天巨浪有如墙倒屋坍。至此,一幅中流砥柱、威镇狂风、力挽狂澜的峭伟景象,便浮雕般地凸现出来。金山寺有如此优美的环境,旅游者以为行乐之地,就成为必然。

另外,奇花异木,既是吸引游客的重要因素,也增加着景观的丰富度与精彩度。如杭州灵隐寺的桂子,爱桂的元代人们用他们的笔,彩绘出一幅幅西湖桂花图,卢挚小令[双调·湘妃怨]《西湖》:

苏堤鞭影半痕儿,常记吴山月上时。闲寻灵鹫西岩寺,冷泉亭偏费诗,看烟鬟尘外丰姿。染绛绡裁霜叶,酿清香飘桂子,是个百巧的西施。

又如甘露寺的木兰,徐再思小令[黄钟·人月圆]《甘露怀古》:

江皋楼观前朝寺,秋色入秦淮。败垣芳草,空廊落叶,深砌苍苔。远人南去,夕阳西下,江水东来。木兰花在,山僧试问。知为谁开?

再如金陵崇因寺的芙蓉,胡用和套数[中吕·粉蝶儿]《题金陵景》:

崇因寺内芙蓉绽,普照庵中桂子香。

爱花、种花、赏花、买花,甚至食用花,均为人之常情,也是最为普遍的审美需求。寺庙宫观种花、养花,迎合了大众的心理,满足了普遍的审美需要,激发了人们的旅游兴趣,因而寺庙宫观成为旅游者常选的目的地。

三是寺庙宫观市场份额在扩大。如高文秀杂剧《黑旋风双献功》楔子店小二云:"小可是这火炉店上一个卖酒的,但是南来北往官员士庶人等进香的,都在我这店中安歇。"同剧第二折描写李逵在护卫孙荣去东岳庙会还愿的路上看到:"春光明晔,路行人拂袖扑蝴蝶。你觑那往来不断,车马相接。墙角畔滴溜溜草稕儿挑,茅檐外疏剌剌布帘儿斜。可知道你做营运的家家业,大古里人烟热闹,买卖稠叠。"郑廷玉杂剧《看钱奴买冤家债主》第三折周荣祖从汴梁赶往东岳庙,沿路也看到:"这的是人间天上,烧的是御赐名香,盖的是敕修庙堂。我则见不断头客旅经商,还口愿百二十行。"可见元代庙会商业贸易的兴隆。又如无名氏杂剧《王月英元夜留鞋记》开篇提到的相国寺,大相国寺位于河南开封,中国最为著名的寺院之一。位处闹市的大相国寺对百姓的凡俗生活深有影响,在唐时即是民众娱乐与贸易的胜地,寺内商业娱乐活动繁多。《留鞋记》第一折指明地点就是"相国寺西胭脂铺",相国寺旁卖胭脂自北宋以来就很有名,从寺前流过的一条河就名曰"胭脂河",直至今日胭脂河虽已不复存在,但胭脂河街的地名保存了下来。现在胭脂河街依然是开封的繁华地带,只不过以买卖天南海北的新鲜食物闻名。王实甫杂剧《崔莺莺待月西厢记》中的普救寺也是一个可游、可食、可居的旅游胜地,第一本第一折张生来到普救寺云:

> (末云)小生西洛至此,闻上刹幽雅清爽,一来瞻仰佛像,二来拜谒长老。敢问长老在么?(聪云)俺师父不在寺中,贫僧弟子法聪的便是,请先生方丈拜茶。(末云)既然长老不在呵,不必吃茶,敢烦和尚相引瞻仰一遭,幸甚!(聪云)小僧取钥匙,开了佛殿、钟楼、塔院、罗汉堂、香积厨,盘桓一会,师父敢待回来。(做看科)(末云)是盖造得好也呵!

> [村里迓鼓]随喜了上方佛殿,早来到下方僧院。行过厨房近西,法堂北钟楼前面。游了洞房,登了宝塔,将回廊绕遍。数了罗汉,参了菩萨,拜了圣贤。

普救寺至今仍然是旅游胜地,并且因为《西厢记》的影响,而成为饱含人文意蕴的景观。千古风流的普救寺,娓娓地展现着中国婚爱文化的无限。

四是元曲中的寺庙演出活动,对游人有很大的吸引力。如无名氏杂剧《小张屠焚儿救母》第二折描写了三月二十八日前后的泰山东岳庙,商贾喧阗,士女杂遝,音乐百戏,诸般杂耍,热闹非凡,"闹清明莺声婉啭,荡花枝蝶翅蹁跹,舞东风剪尾婆娑。你看那车尘马足,作戏敲锣,聒耳笙歌,不似今年上庙的多。普天下名山一座,壮观着万里乾坤,永镇着百二山河"。高文秀杂剧《黑旋风双献功》第一折:"有那等打擂台使会能,摆山棚博个赢,占场儿没一个敢和他争施逞。拳打的南山猛虎难藏隐,脚踢的北海蛟龙怎住停。"无名氏杂剧《王月英元夜留鞋记》第二折描写王月英去和意中人郭华相会的路上,游玩者众多,"被社火游人拦当",耽误了不少时间。街市上"车马践尘埃,罗绮笼烟霭,灯球儿月下高抬","似万盏琉璃世界,则见那千朵金莲五夜开,笙歌归院落,灯火映楼台"。"天澄澄恰二更,人纷纷闹九垓。……你看那月轮呵光满天,灯轮呵红满街,沸春风管弦一派,趁游人拥出蓬莱,莫不是六鳌海上扶山下? 莫不是双凤云中驾辇来? 直恁的人马相挨。"熙熙攘攘地观灯,品味着愉悦,勾勒了元代相国寺元宵花灯的盛况,展示了民间百姓游庙的娱乐情景。又如王实甫杂剧《崔莺莺待月西厢记》中描写寺庙中的佛事活动:

> 梵王宫殿月轮高,碧琉璃瑞烟笼罩。香烟云盖结,讽咒海波潮。幡影飘飘,诸檀越尽来到。

一轮明月高悬在天上,吉祥的雾霭笼罩着寺院的红墙碧瓦。庙宇中香烟升腾结成云盖,诵经声如同海潮一阵阵传来,悠长高亢而舒缓明快,烘托出一种神秘、宏大、肃穆的氛围,触动着游人的心弦,令人神往,吸引着众多的信徒和游人朝拜、观瞻。

5.都市景观

城市对于旅游者来说,是一个具有无穷魅力和极大吸引力的旅游目的地。元朝统治者虽对整个社会经济造成了极大破坏,但一些大城市却畸形地继续繁荣着。有学者指出,蒙元在征服金、宋的过程中,虽伴有大量的劫掠屠杀行径,但又善于收买和利用各地的地主武装力量,尤其是"灭宋之际,力避屠城",故而"金、宋亡国之后,其固有之经济阶级大部继续存在"①。这使得中原地区的经济恢复较快。加之蒙古统治者非常重视手工业,惯于将大量的工匠艺人和驱奴聚集于城镇之中,因此元代的城市经济在总体上呈现出畸形繁荣之势。据《马可波罗游记》载,济南、东平、临州、淮安、真州、扬州、襄阳、镇江、苏州等城市,大多是"宏伟华丽",或者是"商业发达",元大都更是"雄伟庄严","设计的精巧和美观,简直非语言所能描述"②。城市经济的发展,特别是城市文化的繁荣,为旅游者提供了更多的能够满足不同层次需要的旅游产品。因而城市是元代旅游者乐意前往的目的地,是元代社会最重要的旅游景观资源之一。元代大大小小的城市,吸引着来自不同地区和不同经济、文化层次的旅游者,但在元曲中描写最多的,有杭州、扬州、济南等城市。

---

① 蒙思明:《元代社会阶级制度》,中华书局1980年版,第23—24页。
② [意大利]马可·波罗:《马可波罗游记》,陈开俊等译,福建科学技术出版社1981年版,第96页。

　　杭州是一座历史悠久的古城。元灭南宋,尽管在战火蔓延过程中给"上有天堂,下有苏杭"的杭州带来了一定程度的破坏,但它毕竟是南宋经营了一百五十年的国都,宏伟的城市布局和优美的湖山胜景,即使经历了蒙难,仍然是清丽秀绝,与众不同,成了文人雅士逃避乱世、放荡江湖、归隐山林的理想场所。马可·波罗到杭州时,称其城为世界最富丽名贵之城,"这座城市方圆一百七十公里。它的街道宽广,运河宽阔,并且有许多广场和市场,场地十分宽敞。……城内交通四通八达,水陆俱备。由于运河的河道和市区的街道十分宽阔,所以船只和车辆,运载着居民所需的货物,往来其间,畅通无阻。……各种大小桥梁的数目达到一万二千座。那些架在主要运河上,用来连接各大街道的桥,桥拱都建得很高,建筑精巧。同一时间内桥拱下可以通过竖着桅杆的船只,拱桥上面,又可行驶车马。城内,除了各街道上有不计其数的店铺外,还有十个大广场或市场。这些广场每一边长八百多米,大街在广场的前面,宽四十布,从这座城市的一端,笔直地伸展到另一端。……在距运河较近的那一边岸上,建有容量很大的石砌的仓库,供给从印度和其他东方来的商人,储存货物及财产之用"①。杭州既是南方的大都会,也是达官贵人、富商巨贾纸醉金迷的地方,城市居民生活水平也高。据陶宗仪《南村辍耕录》卷十一《杭人遭难》记载:"日用饮膳,惟尚新出而价贵者,稍贱便鄙之,纵欲买,又恐贻笑邻里。"②这正是商品经济有了较高发展后在一部分市民生活习俗上的反映。元曲热情地歌唱赞颂杭州的描写很多,仅以杭州为故事场景的剧作就有孔文卿的《地藏王证东窗事犯》,丁野夫的《月夜赏西湖》、《游赏浙江亭》,邾仲谊的《西湖三塔记》,杨景贤的《柳耆卿诗酒玩江楼》、《月夜西湖怨》。范康杂剧《陈季卿误上竹叶舟》的故事发生地虽不是杭州,但剧中的陈季卿是一名杭州籍的落第书生,寄居于终南山的青龙寺(即西安青龙寺),睡梦中误上了吕洞宾粘在墙壁上的竹叶小船,踏上返回余杭的归途。其中有一段篇幅不长的杭州夜景的描写:

　　　　[感皇恩]云影油油,风力飕飕。转出这绿杨堤,芳草岸,蓼花洲。

---

　　① ［意大利］马可·波罗:《马可波罗游记》,陈开俊等译,福建科学技术出版社 1981 年版,第175—176 页。

　　② (元)陶宗仪:《南村辍耕录》,中华书局 1959 年版,第 141 页。

(陈季卿云)渔翁。这是那里？（正末唱）行尽了秦淮界首，不觉的吴越分流。可早则近乡间，临故卫，莫停留。[采茶歌]你不索问更筹，则看这水云收，半轮明月在柳梢头。（做住船科，云）秀才，我这船只在此等你，见了你父母妻子，你可便来。（唱）我这里将半橛孤桩船缆住，则听得汪汪犬吠竹林幽。

篇幅不长，寥寥数语，已把具有江南水乡柔婉、宁谧特色的杭州夜景勾勒出来。

元散曲也多角度、全方位地展示了杭州风情，如周文质小令[双调·落梅风]："乾坤内，山共水，论风流古杭为最。北高峰离不得三二里，回头看镂金铺翠。"睢玄明在套数[般涉调·耍孩儿]《咏西湖》中称"钱唐自古繁华地，有百处天生景致"；我国戏剧史上最伟大的戏剧作家关汉卿更是极尽铺陈、渲染之能事，以他的传神之笔，生动呈现了"普天下绣锦乡，寰海内风流地"的杭州：

> 普天下锦绣乡，寰海内风流地。大元朝新附国，亡宋家旧华夷。水秀山奇，一到处堪游戏。这答儿忒富贵，满城中绣幕风帘，一哄地人烟凑集。
>
> [梁州]百十里街衢整齐，万余家楼阁参差，并无半答儿闲田地。松轩竹径，药圃花蹊，茶园稻陌，竹坞梅溪。一陀儿一句诗题，行一步扇面屏帏。西盐场便似一带琼瑶，吴山色千叠翡翠。兀良，望钱塘江万顷玻璃。更有清溪、绿水，画船儿来往闲游戏。浙江亭紧相对，相对着险岭高峰长怪石，堪羡堪题。
>
> [尾]家家掩映渠流水，楼阁峥嵘出翠微。遥望西湖暮山势。看了这壁，觑了那壁，纵有丹青下不得笔。①

该篇以青绿色为主色调，从近处看，苍松如盖，竹海如云，繁多的草药，满坡的茶丛，一片郁郁葱葱；从远处看，山色青如千叠翡翠，江水碧似万顷玻璃，到处是清溪、绿水，整个杭州都掩映于这碧云翠霭之中。在描画江南秀丽山水美丽动人的同时，透露出作者的欣喜心情。可称得上是一首推介杭

---

① 关汉卿套数[南吕·一枝花]《杭州景》。

州美景的旅游广告。

元曲中还有不少关于杭州当时节日风俗的描写,如马致远套数[双调·新水令]《题西湖》:"暖日宜乘轿,春风堪信马,恰寒食有二百处秋千架。"睢玄明套数[般涉调·耍孩儿]《咏西湖》:"遇清明赏禁烟,艳阳天丽日迟,倾城士庶同游戏。"真实地记载了杭州人清明踏青游玩的习俗。钱塘观潮是杭州特有的旅游项目,不仅普通民众,而且官僚贵族也纷纷前往观看。张可久小令[双调·折桂令]《钱塘即事》:"楼上楼直浸九霄,人拥人长似元宵。灯火笙箫,春月游湖,秋日观潮。"贯云石小令[双调·寿阳曲]:"鱼吹浪,雁落沙,倚吴山翠屏高挂,看江潮鼓声千万家,卷朱帘玉人如画。"淋漓尽致地描绘了杭州人民在中秋观钱塘江潮水的壮观景象。萧德祥杂剧《杨氏女杀狗劝夫》写浪子回头的故事,故事的地点是在南京,但作者的创作地点在杭州,杂剧对市井生活、社会风俗的描述多源于杭州。如第一折描写小市民追求享乐的情态。

> [鹊踏枝]他两个把盏儿吞,直吃的醉醺醺。(孙大云)兄弟,好酒也。(柳、胡云)好酒!您兄弟都吃醉了也。(正末唱)吃的来东倒西歪,尽盘将军。(柳、胡做使酒科,云)孙二,我尽盘将军,是吃你的?没廉耻穷叫化弟子孩儿,今日俺家员外上坟,特特请我两个来,这所在只有我坐处,可有你站处?要你管我?(正末云)这里正是你家的?(唱)今日个到坟堂中来厮认,是你甚么娘祖代宗亲?

第二折写孙大与帮闲无赖柳隆卿、胡子传终日过着纸醉金迷的生活:

> (孙大同柳、胡上,云)昨日上坟处多吃了几钟酒,不自在。两个兄弟,咱今日往谢家楼上,再置酒席与我殢一殢去来。(做上楼科)(柳、胡云)哥哥,咱三人结义做兄弟,似刘、关、张一般,只愿同日死,不愿同日生,兄弟有难哥哥救,哥哥有难兄弟救,做一个死生文书。(孙大云)两个兄弟说的是。

这些描写把小市民追求享乐的情态刻画得淋漓尽致。

最能代表杭州城市美的事物是西湖。西湖及环湖的山峰构成了一幅湖光山色,水波潋滟的诗意画卷,为杭州的城市文化和环境增添了许多灵气。对于西湖优美的景色,"近者画家称湖山四时景色最奇者有十,曰苏堤春

晓,曲院风荷,平湖秋月,断桥残雪,柳浪闻莺,花港观鱼,雷峰夕照,两峰插
云,南屏晚钟,三潭印月。春则花柳争妍,夏则荷榴竞放,秋则桂子飘香,冬
则梅花破玉,瑞雪飞瑶。四时之景不同,而赏心乐事者亦与之无穷矣。"①如
此美景,吸引了无数的游客。游览西湖成为杭州人的生活,也成为了一种习
俗。"缘何,乐事赏心多?诗朋酒侣吟哦,花浓酒艳,破除万事无过。嬉游
玩赏,对清风明月安然坐。任春夏秋月冬天,适兴四时皆可"②。西湖的景
色不只在湖,还包括湖周围的景。吕止庵小令[仙吕·后庭花]中以连章体
的形式,从不同的角度描摹了位于西湖飞来峰下灵隐寺前的冷泉亭:

> 苍猿攀树啼,残花扑马飞。越女随舟唱,山僧逐渡归。冷泉西,雄
> 楼杰观,钟声出翠微。

> 渔榔响碧潭,王孙徒翠岚。玉勒黄金镫,红缨白面骖。冷泉南,踏
> 花归去,夕阳人半酣。

> 塔标南北峰,风闻远近钟。佛国三天竺,禅关九里松。冷泉中,水
> 光山色,岩花颠倒红。

> 鸭头湖水明,蛾眉山岫青。罗绮香尘暗,池塘春草生。冷泉亭,太
> 平有象,时闻歌笑声。

曾瑞在小令[正宫·醉太平]中将涌金门、西湖、苏堤、断桥、孤山一系
列杭州美景串于曲中,表达着作者徜徉在杭州美景中时悠然自得的心情:
"相邀士夫,笑引奚奴。涌金门外过西湖,写新诗吊古。苏堤堤上寻芳树,
断桥桥畔沽醅醁,孤山山下醉林逋。洒梨花暮雨。"西湖对于杭州的意义不
只在于一处景致,它对杭州的文化也产生了重要的影响。西湖的美景为杭
州的城市文化渲染了浪漫、诗性的色彩,如刘时中小令[双调·雁儿落过得
胜令]《题和靖墓》:"西湖避世乖,东阁偿诗债。遨游天地间,放浪江湖外。
读《易》坐书斋,策杖步苍苔。酒饮方拚醉,诗成且放怀。渐渐梅开,独立黄
昏待。暗暗香来,清闲处士宅。"汤舜民小令[中吕·满庭芳]《武林感旧》中
有对杭州历史的描写:"钱唐故址,东吴霸业,南渡京师。其间四百八十寺,

---

① (宋)吴自牧:《梦粱录》(外四种),中国商业出版社1982年版,第96—97页。
② 贯云石套数[中吕·粉蝶儿北]《钱塘湖景》。

不似当时。山空濛湖潋滟随处写坡仙旧诗,水清浅月黄昏何人吊逋老荒祠?伤情思,西湖若此,何似比西施?"可见杭州的旅游景观资源是极为丰富的,杭州旅游的内容也是多姿多彩的。

扬州位于江苏中部长江与京杭大运河的交汇点上,是一座古老的历史文化名城。扬州始建于春秋末期,至今已有二千五百年的历史。隋炀帝开凿大运河以后,古代扬州几度繁荣,是我国水陆交通枢纽和盐运中心,东南第一大都会,著名的风景旅游城市,素有"雄富冠天下"①之称。元曲中不少歌咏扬州的篇什。秦简夫杂剧《东堂老劝破家子弟》敷演的就是扬州发生的真实故事。剧中提到的扬州东门里牌楼巷、月明楼,临终立文书,乞丐打莲花落,吃烧鹅、蹄膀,卖菜吃喝等,均为扬州的风情民俗,本地风光。宜时景、撇之秀,是当时活跃在扬州的艺人。尤其是乔吉杂剧《杜牧之诗酒扬州梦》,对扬州这一商业城市的繁荣景象描绘得细致生动。在第一折:

> [混江龙]江山如旧,竹西歌吹古扬州。三分明月,十里红楼,绿水芳塘浮玉榜,珠帘绣幕上金钩。(家童云)相公,看了此处景致,端的是繁华胜地也。(正末唱)列一百二十行经商财货,润八万四千户人物风流。平山堂,观音阁,闲花野草;九曲池,小金山,浴鹭眠鸥。马市街,米市街,如龙马聚;天宁寺,咸宁寺,似蚁人稠。茶房内,泛松风,香酥凤髓;酒楼上,歌桂月,檀板莺喉。接前厅,通后阁,马蹄阶砌;近雕阑,穿玉户,龟背球楼。金盘露,琼花露,酿成佳酝;大官羊,柳蒸羊,馔列珍馐。看官场,惯䙀袖,垂肩蹴踘;喜教坊,善清词,妙舞俳优。大都来一个个着轻纱,笼异锦,齐臻臻的按春秋;理繁弦,吹急管,闹吵吵的无昏昼。弃万两赤资资黄金买笑,拼百段大设设红锦缠头。

点染景物,摹写人生百态,从不同的角度反映了当时的市井生活,空前繁荣的城市民俗。首先,城市商业的发达,"列一百二十行经商财货",形成了具有自己个性特征的商业习俗。我们知道,唐代以来的坊市制度,在北宋时即逐渐被打破,沿街店铺和民居相混杂的经商方式渐渐成为城市居民习惯的商业形式。元代更是"马市街,米市街,如龙马聚",构成了有效的商业

---

① (宋)欧阳修、宋祁:《新唐书》,中华书局1997年影印本,第6404页。

服务有机整体,满足所有市民包括衣食住行娱乐服务等各方面的需要。其次,商娱业四季如新,已走出传统的节俗娱乐模式。居民除了在节俗中参与各种娱乐活动外,不定期的一年四季不随时季节俗变化而增减的商娱活动极其繁荣,"喜教坊,善清谑,妙舞俳优"。还有许多称为瓦舍的专门娱乐场所,里面集中了当时所有的娱乐节目,如杂剧、傀儡戏、影戏、相扑以及大量的与现代杂技和武术表演相关的技艺。第三,夜生活丰富多彩。"理繁弦,吹急管,闹吵吵的无昏昼",在一些热闹的商业街和娱乐场所,往往形成通宵营业的夜市。夜市给城市带来活力,成为人们日常生活中的有机构成。夜市为城市市场增添了无穷的魅力。毋庸讳言,夜市的习俗与乡村中的日出而作日入而息是完全背道而驰的,它不仅成为城市独特生活方式的象征,也在很大程度上改变着人们的生活质量、作息习惯、消费观念等,给旅游经济注入一种新活力。

　　元代时扬州旅游项目已是多种多样。其中明月楼是旅游者向往的扬州旅游目的地之一。张可久小令[越调·天净沙]《明月楼上有赠》:"意中千里蝉娟,楼头几度团圆? 灯下些儿空便。柳惊花颤,何时长在樽前?"汤舜民三首小令从抚今追昔的视角,记写了扬州的历史:

　　　　问扬州萦怀抱,城开锦绣,花弄琼瑶。红楼百宝妆,翠馆千金笑。一自年来烟尘闹,月明中声断鸾箫。绝了信音,疏了故旧,老了英豪。①
　　　　锦帆落天涯那答? 玉箫属江上谁家? 空楼月惨凄,古殿风萧飒。梦儿中一度繁华,满耳涛声起暮笳,再不见看花驻马。②
　　　　美江都自古神州,天上人间,楚尾吴头。十万家画栋朱帘,百数曲红桥绿沼,三千里锦缆龙舟。柳招摇花掩映春风紫骝,玉玎珰珠络索夜月香兜。歌舞都休,光景难留。富贵随落日西沉,繁华逐逝水东流。③

扬州是当年隋炀帝乘彩舟、渡运河、游幸江南时最为留恋的地方,如今早已锦帆零落,玉人无踪,只余空楼古殿一任冷月惨照,寒风瑟吹;暮色中,唯闻无边江涛伴着凄清的笛声,如泣如诉;作者的所见所闻透出一股悲凉之

① 汤舜民小令[中吕·普天乐]《维扬怀古》。
② 汤舜民小令[双调·沉醉东风]《维扬怀古》。
③ 汤舜民小令[双调·天香引]《忆维扬》。

气,扬州今昔的强烈对比令人顿生繁华如梦的感慨。狄君厚套数［双调·夜行船］《扬州忆旧》也充满黍离之悲:

忆昔扬州廿四桥,玉人何处也吹箫。绛烛烧春,金船吞月,良夜几番欢笑。

［风入松］东风杨柳舞长条,犹似学纤腰。牙樯锦缆无消耗,繁华去也难招。古渡渔歌隐隐,行宫烟草萧萧。

［乔牌儿］悲时空懊恼,抚景慢行乐。江山风物宜年少,散千金常醉倒。

［新水令］别来双鬓已刁骚,绮罗丛梦中频到。思前日,值今宵,络纬芭蕉,偏恁感怀抱。

［甜水令］世态浮沉,年光迅速,人情颠倒。无计觅黄鹤,有一日旧迹重寻,兰舟再买,吴姬还约,安排着十万缠腰。

［离亭宴煞］珠帘十里春光早,梁尘满座歌声绕,形胜地须教玩饱。斜日汴堤行,暖风花市饮,细雨芜城眺。不拘束越锦袍,无言责乌纱帽。到处里疏狂落魄。知时务有谁如? 揽风情似咱少。

这些描写,或轻快、或沉重,让我们感受到了一个拥有许多"人情味"的扬州。

济南的旅游景点,也在元曲中有记载。如在王实甫杂剧《四丞相高会丽春堂》第三折中济南这座城市完全是一派祥和、安定的气氛:"声名德化九天闻,长夜家家不闭门。雨后有人耕绿野,月明无犬吠荒村。"完颜乐善由右丞相"贬在济南府闲住",心情自然郁闷得很。岂料,济南的好山好水好风光,却让这位昔日高官的心情豁然开朗:"老夫每日饮酒看山,好是快活也呵!"他常去湖边垂钓,"闲对着绿树青山,消遣我烦心倦目";垂钓时,他"披着领箬笠蓑衣,堤防它斜风细雨。"他也曾"绕青山十里平湖,驾一叶扁舟睡足,抖擞着绿蓑归去"。这里的"十里平湖"指的应该就是大明湖。大明湖当时水面浩瀚,范围很大,南到濯缨湖,北通鹊山湖。到了西晋永嘉年间,建城墙把湖分开,大明湖才基本形成现在的规模。完颜乐善泛舟游湖时,常为眼前山光湖色所陶醉,"暂停短棹,看一派好景致也"。至于"绕一滩红蓼,过两岸青蒲。渔夫,将我这小小船儿棹将过去,惊起那几行鸥鹭",

则完全是大明湖景观的真实写照,而且承袭了李清照"惊起一片鸥鹭"的意境。紧接着,完颜乐善又唱道:"撑到这芦花密处,款款将船儿缆住。见垂柳风摇翠缕,荡的这几朵儿荷花似舞。"更是把济南大明湖特有的生态风貌描写得淋漓尽致。济南府的美景佳人,竟让这位能征惯战的右丞相有了"似这等乐以忘忧,胡必归欤"的念头,以至于济南府尹安慰他:"久后圣人还有任用"时,他竟感慨道:"府尹你不知,老夫为官,不如在此闲居也。"王实甫杂剧《四丞相高会丽春堂》中,曾13次直接提到"济南府",还特意安排了旦角——济南著名歌伎、"谈谐歌舞,无不通晓"的琼英作为配角。当皇上召令完颜乐善还朝重任原职时,这位右丞相对济南却依依难舍:"我去之后,则是辜负了这派好景也。"怎奈天子之意不可违,他只好"这好山好水难将去,待写入丹青画图。白日里对酒赏无休,到晚来挑灯看不足。"临行前,他还一再嘱咐济南府尹:"我如今上路途,你听我再嘱付。则要你抚恤军卒,爱惜民户,兄弟和睦,伴当宾伏。从今一去,有的文书,申到区区,再也不用支吾,你跟前、你跟前敢做主。"依恋之情,溢于言表。

关汉卿杂剧《杜蕊娘智赏金线池》中也多处描绘济南风光和金线池畔秀丽景色。在第二折韩辅臣移居他处后,一天"出门来信步闲行走,遥瞻远岫,近俯清流"。远山列屏障,石上清泉流,正是济南特有生态风貌的体现。第三折中济南府尹石敏向韩辅臣推介:"此处有个所在,叫做金线池,是个胜景去处。"他建议,韩辅臣在此处"做个筵席,请他一班儿姊妹来到池上赏宴"。杜蕊娘一班姐妹应邀来到金线池畔。杜蕊娘唱道:"我则见一派碧澄澄。"众人也说:"今日这样好天气,又对着这样好景致,务要开怀畅饮,做一个欢庆会。"这些都是对金线池美景的赞誉。金线池,一名金线泉,是济南著名的奇泉。水盛时,泉水从池底两边对涌,且流势相当,在水面相交,聚成一条水线,漂浮移动,时隐时现,阳光一照,闪闪发光,故名。宋人吴曾在《能改斋漫录》中对金线泉做了极为生动的描述:"石甃方池,广袤丈余,泉乱发其下,东注城濠中。澄澈见底。池心南北有金线一道,隐起水面,以油滴一隅,则线纹远去。或以纹乱之,则线辄不见,水止如故,天阴亦不见。"[1]

---

[1] 朱传东:《趵突流长》,山东省地图出版社2006年版,第1256页。

曾巩在他的《金线泉》诗中也云:"玉瓽常浮灏气鲜,金丝不定路南泉,云依美藻争成缕,月照寒漪巧上弦。"①明清时期,金线尚能清晰地看到。清代文学家刘鹗在《老残游记》中写道:"那士子便拉着老残到池子西面,弯了身体,侧着头,向水面上看着说道:'你看,那水面上有一条线,仿佛游丝一样在摇动。看见了没有?'老残也侧了头,照样看去,看了些时,说:'看见了,看见了!'这是什么缘故呢? 想了一想,道:'莫非底下是两股泉水,力量相敌,所以中间挤出这一线来?'那士子道:'这泉相传有好几百年了,难道这两股泉的力量,经历这么久,就没有个强弱吗?'老残说:'你看这线,常常左右摆动,这就是两边泉力不匀的道理了。'那士子也点头会意。"②后因改建泉池,基底遭到破坏,水面缩小,水势减弱,金线便不常见了。1956 年建公园时,另立金线泉,故此泉改称"老金线泉"。泉边风光秀美,历史上文人官绅多于此大兴土木。宋朝即在这里修建馆舍,金元诗人杜仁杰曾宿居其内,并写有《宿金线泉》诗一首。③ 清代王培荀在《乡园忆旧录》中记道:"金线泉,元时设秀春院于其地,植板银筝,殆金陵板桥之比。王季木有诗云:'金线泉西是乐司,务头不唱旧宫词。[山羊坡]带[寄生草],揭调琵琶日暮时。"④这说明至迟自元初以来,金线泉畔就一直是济南一处著名演艺场地。

济南人张养浩甚至在家乡建了一座别墅,并给别墅起了一个雅号,叫云庄。云庄迤南,便是景色秀丽的大明湖、趵突泉;迤东是孤高桀立的华不注;迤西是块然如垒的标山。在家乡,他时而在明湖游赏,箕居船头,放声高歌;时而登上华不注,领略"苍山万顷"的山野风光;时而登临汇波楼;时而漫步趵突泉畔,欣赏珠滚絮飞的泉流……足迹所至,诗、曲亦随之。可见元代济南旅游资源之丰富。

湖南的许多城市也有丰富的旅游资源,见于元曲的,如赵善庆小令[越调·寨儿令]《泊潭洲》:

---

① (宋)曾巩:《曾巩集》上下,陈杏珍、晁继周点校,中华书局 1984 年版,第 113 页。
② (清)刘鹗:《老残游记》,江苏少年儿童出版社 2008 年版,第 20 页。
③ 尹玉涛:《元好问:情系泉水寻"金线"》,《生活日报》2007 年 3 月 25 日。
④ 朱传东:《趵突流长》,山东省地图出版社 2006 年版,第 201 页。

忆旧游，叹迟留，情似汉江不断头。暮霭西收，楚水东流，烟草替人愁。鹭分沙接岸沧州，鱼惊饵晒网轻舟。风闲沽酒旆，月淡挂帘钩。秋，尽在雁边楼。

潭州，元代即指长沙。这是一首秋日傍晚作者泊舟长沙时所见所感的写景抒怀小令。

张可久小令［商调·梧叶儿］《长沙道中》：

> 扁舟兴，淡月痕，薄暮小江村。人入潇湘画，酒倾桑落樽，诗吊汨罗魂，醉卧梅花树根。

作者一路行舟，趁兴观景，对楚乡山水风物，皆感新奇。当天空挂上了淡淡的月痕，薄暮降临时分，投寄于江岸的一个小村庄，品味着醇美的农家酒，吟一首凭吊屈子忠魂的诗歌，百感交集，仿佛进入了潇湘图画中。

卢挚小令［中吕·普天乐］《湘阳道中》：

> 岳阳来，湘阳路。望炊烟田舍，掩映沟渠。山远近，云来去。溪上招提烟中树，看时见三两樵渔。凭谁画出？行人得句，不用前驱。

招提，从梵语"拓斗提奢"而来，本义指四方，后省误为"招提"，为僧侣住所代称，后成寺院的别称。告别岳阳鹿角寺后，进发在去湖南长沙的路上，沿途所见的山野田园风光，恬静优美，令作者陶醉和振奋，表达了作者对长沙的热爱之情。

镇江，古称"朱方"、"丹徒"、"京口"、"润州"等，今江苏的镇江市，是一座底蕴深厚、人文荟萃的历史文化名城。元代时，是著名的区域中心旅游城市。汤舜民有三首镇江小令记写旅游的所闻所想：

> 露浸浸芳杏洗朱颜，云冉冉晴峦闪翠鬟，烟蒙蒙弱柳迷青盼。天然图画间，恼离人情绪艰难。乞留屈律归鸿行断，必飚不答寒驴步懒，咿呖呜剌杜宇声干。①

> 故园一千里，孤帆数日程，倚篷窗自叹漂泊命。城头鼓声，江心浪声，山顶钟声。一夜梦难成，三处愁相并。②

---

① 汤舜民小令［双调·湘妃引］《京口道中》。
② 汤舜民小令［双调·庆东原］《京口夜泊》。

残花剩柳，摧垣废屋，新冢荒丘。海门天堑还依旧，滚滚东流。铁瓮城横刺着虎口，金山寺高镇着鳌头。斜阳候，吟登舵楼，灯火望扬州。①

第一首通过作者的所见所闻和所感，吟咏镇江明媚春光。第二首反映了旅程中心绪不宁、夜不能寐的孤寂失意的情怀和思乡怀远的孤独感。第三首通过描绘京口一片残破荒芜的景象，写尽了元末社会大动乱给人们带来的巨大创痛，包含着曲人对黎民百姓的深切怜悯，含蓄地抒发了曲人对"千古兴亡"的关注之情。

我国有众多的历史文化名城，相信上文所提到的杭州、扬州、济南以及湖南的长沙、江苏的镇江等的境况并非特例。马可·波罗在其游记中生动描述了他所到过的北京、西安、开封、南京、镇江、扬州、苏州、杭州、福州、泉州等城市，比如汗八里（今北京市）城居民众多，房屋鳞次栉比，"真是非想象所能知其梗概的"②。汗八里大城中，有着宏伟壮丽的建筑物，有着许多供各地商人住宿的旅馆或大客栈，有着笔直而宽阔的大街和许多沿街的店铺、房屋，有着世界上最为稀奇珍贵的商品。"凡有贵重值钱的东西都运到这里，供应那些被这个国家吸引，而在朝廷附近居住的大批群众的需要。这里出售的商品数量，比其他任何地方都多。……用马车和驮马载运生丝到京城的，每日不下一千辆次。丝织物和各种丝线，都在这里大量生产。……在京城附近，有许多用城墙围绕的城镇。它的居民，大部分依靠做朝廷的生意来维持生活。出售自己生产的物品，换取自己需要的东西"③。马可·波罗笔下的元大都，全然一派商业繁盛的景象。这些描述说明元大都，不但是政治中心，而且是东方的商业中心。历史的遗留是对现时代的一笔丰厚的馈赠，也是我们发展经济、振兴城市的一笔难得的财富。今天，如何理解和利用这笔历史资源，值得每一个历史文化名城思考。

---

① 汤舜民小令［中吕·满庭芳］《京口感怀》。

② ［意大利］马可·波罗：《马可波罗游记》，陈开俊等译，福建科学技术出版社1981年版，第110页。

③ ［意大利］马可·波罗：《马可波罗游记》，陈开俊等译，福建科学技术出版社1981年版，第111页。

6.园林景观

园林是大自然的一个缩影,徜徉于园林无疑是一种畅游山水的好方式。园林也是元代旅游者的旅游目的地之一。元代园林主要分为两类,一类是由官府出资修建、主要是供某些特殊人群休闲游玩,但在某个时间段内向公众开放的园林,我们可以称为"公园"。另一类是由私人出资修建的园林,我们称为私家园林,或"私园"。元曲中有大量的私园描写。归纳元曲中关于私园的描写,有以下特点:

第一,园中花草树木、山石丘壑、亭台楼阁处处和谐,天然成趣。如无名氏杂剧《赵匡义智娶符金锭》中汴梁太守符彦卿家有一御赐花园,"名唤聚锦园,园中多有花木,是京师第一处堪赏之处"。无名氏杂剧《玎玎珰珰盆儿鬼》第一折中,为躲避百日内的血光之灾外出经商的货郎杨国用,途中夜宿客店。梦中,他闲步花园:"呀! 这是一个小角门儿。不免推开这门,看是甚么去处。(做觑科,云)原来一所花园,是好花也呵! (唱)则见满目春光景物夸,我在这月明中闲玩咱,又不知风吹柳絮可也是舞梨花。(做惊科,云)好是奇怪! (唱)却被这海棠枝七林林将头巾来抹,又被这蔷薇刺急颤颤将绸衫来挂。我行过这松柏亭,见几株桃杏花,更和这牡丹台、芍药圃、荼蘼架"。无名氏杂剧《朱砂担滴水浮沤记》第一折中的王文用也在他途宿的泗州客店里梦见一个姹紫嫣红的百花园:有一个小角门儿,他"开开这门,原来是一所花园。是好花也! (唱)我则见牡丹花堪人赏宜人敬,可人意动人情。又则见青芍药白蔷薇红锦樱,又则见紫纹桃间着那黄花杏。"虽是梦境,也是实景。关汉卿杂剧《状元堂陈母教子》第一折:"后园中花木芬芳,俺住兰堂,有魏紫姚黄。"无名氏杂剧《争报恩三虎下山》第二折济州通判赵士谦的花园里,"远远的一个撮角亭子里点着明灯蜡烛,亭子下一块太湖石"。追求"师法自然",讲究"天然之理","虽由人作,宛自天开",花园宛如一个微缩自然界。使人在其中宛如置身自然,感受到的是人与自然的交流与融合,感受到宇宙的玄远高妙和自然万物的生生不息。在花园中,人和自然在一片勃勃生机中互相感应着,天然的环境与人的天然本性交流融合,人在其中体味到的是自身与大自然的亲和关系。

第二,花园的功能建立在"美是和谐"的构架之上。如王实甫杂剧《崔莺莺待月西厢记》中张生的月下弹琴,无名氏杂剧《萨真人夜断碧桃花》中的琴声。琴音飘荡,清园,雅音,溶溶月色、缕缕花香,与人的视觉、听觉、嗅觉产生共鸣。在郑光祖杂剧《㑇梅香骗翰林风月》中,樊素与小蛮月夜闲步花园,樊素唱道:"池中星有如那玉盘乱撒水晶丸。松梢月恰更似苍龙捧出轩辕镜。"在清幽宁静的园林中,弹奏着悠扬古雅的琴曲,这不仅是对音乐灵逸之美的感受,而且是对心灵的抚慰和净化。在叠涧鸣泉、万壑松风的耳闻身历中使自己臻于天人合一的境界,并寄托自己内心的情思。正是在这样美丽的月光下,他们听到白敏中清扬的琴声,小蛮顿时情动于中、伤感无限。于是,她果断地撇下香囊,引出一段难舍的情缘。还如关汉卿杂剧《闺怨佳人拜月亭》中的王瑞兰,白朴杂剧《董秀英花月东墙记》中的董秀英,王实甫杂剧《崔莺莺待月西厢记》中的崔莺莺等,在夜晚于园中太湖石畔的烧香拜月。花前月下,月的绰约,月的温柔,月的神秘,一切事物都给人以绰约朦胧的感觉,没有了日间的喧哗与拘禁,在太阳下袒露无遗的屋庐竹树、瓦石僧舍,一经月光的沐浴变得澄空碧净、清雅可爱。人与自然感应,人与环境融合,在其中获得一个宁静、幽雅的美好环境和氛围,让诗一般的情感线索在诗一般的环境氛围中延绵和展示。正如金圣叹在批《西厢记》《琴心》一折的一段曲文时所指出的:"有时写人是人,有时写景是景,有时写人却是景,有时写景却是人。"①"和谐的自然和园林景观就不仅仅是一种客观的欣赏对象,而且还是自己人格理想乃至宇宙理想的寄寓"②。一座座可望、可游、可行、可居的园林,其流香余韵扑鼻而来。这跟中国人的审美趣味、审美心理以及独特的文化积淀有关。建园者调动心里的诗情画意是营构园林永恒不变的主题,用当今拙政园里的一句题联来概述就是:"有情有景有景有情情思万缕,如诗如画如画如诗诗留千载。"③这个原则在元曲园林曲中也得到了生动的诠释。

第三,花园多角度地展示了元代花园的民俗形态。元曲中描写的花园往往是用于休闲娱乐的后花园,位于院子的后部,成了富贵之家小姐珍贵的

① 黄保真等:《中国文学理论史》四,北京出版社 1987 年版,第 664 页。
② 王毅:《园林与中国文化》,上海人民出版社 1990 年版,第 286 页。
③ 姚开富:《长河飞虹》,云南人民出版社 2006 年版,第 162 页。

自由天地。这种花园的规模大都比较小，在整个院子里位于前部的建筑与花园有着明显的界限，后花园通常位于女眷住房的后面，在一个"夕阳芳草小亭西"的时候，一位富家小姐移步户外，来到花园中，随意游走，看到一幅多姿多彩的群蝶闹春图："一个恋花心，一个搅春意。一个翩翩粉翅，一个乱点罗衣。一个掠草飞，一个穿帘戏。一个赶过杨花西园里睡，一个与游人步步相随。一个拍散晚烟，一个贪欢嫩蕊，那一个与祝英台梦里为期"①。十二只蝴蝶自由自在地飞，活泼可爱地戏，体现出大自然中那活跃的生命力量，引起了深闺少女的注意。尤其是作者以祝英台代指蝶，用梁祝殉情化蝶的民间传说将女主人公对美好爱情的期盼之情自然而然地牵引出，使女主人公感到一种爱的渴望，一种爱的惆怅。也正是这种爱的渴望，这种爱的惆怅，又常常使得元曲中演绎出很多"私定终身后花园"的故事。如白朴杂剧《裴少俊墙头马上》就将男女主角发出爱情火花和剧情发展的关键都放在了花园，工部尚书之子裴少俊到洛阳购买奇花名木，路过李总管家花园时，见到了在墙头向外窥望的李千金，俩人一见钟情，互传书简，约会、私奔，在裴府后花园生下一对儿女，直到七年以后私情才被公开。花园成了青年男女爱情的滋生、发展、开花、结果的主要场所，也是反抗礼教、自主婚姻的媒介和见证，成为了"一个可以卸载或逃避沉重的尘世生存的飞地"②。关汉卿杂剧《钱大尹智勘绯衣梦》中的李庆安与王闰香、无名氏杂剧《赵匡义智娶符金锭》中的赵匡义与符金锭皆于后花园中会面传情，花园成了"男女两性表情达意的主要场合"及"男女灵肉契合的独特环境"③，情人私相幽会、盟誓相爱的佳地。花园还往往是启发红颜佳人青春觉醒和爱情发生的最佳场所。王实甫杂剧《崔莺莺待月西厢记》根据唐传奇《莺莺传》改编而成，原作只说故事发生在山西普救寺，并未提及花园。到了王西厢则说普救寺是武则天的香火院并明确写有花园，这不禁使人联想起历史上这位多情的女皇帝的风流韵事，它的特殊的审美价值是为男女主人公提供了一见钟情的最相宜的场所。不仅如此，元代的花园还常常承担祭祀、避祸等功能。如刘

---

① 赵岩小令［中吕·喜春来过普天乐］。
② 咸立强：《中西文学作品中花园意象的审美意蕴比较》，中华文化论坛 2006 年第 2 期。
③ 陈军国：《明代志怪传奇小说研究》，天津古籍出版社 2006 年版，第 119 页。

唐卿杂剧《降桑椹蔡顺奉母》中的蔡顺于园内祭祀三牲,花园成了元代人强调与自然对面交流的祭祀场所。纪君祥杂剧《赵氏孤儿大报仇》中屠岸贾于园中结扎下似赵盾般草人,训练神獒扑食,花园成了阴谋杀人的秘密场所;无名氏杂剧《争报恩三虎下山》中花荣跳墙避身园内,花园成了豪杰与草寇的匿身处所;郑廷玉杂剧《布袋和尚忍字记》中,财主刘均佐在最终得道之前,在自家的后园里结庵修行:"自从领了师父法旨,在这后花园中结下一个草庵,每日三顿素斋食,则念南无阿弥陀佛。"花园具有了寺院功能;张寿卿杂剧《谢金莲诗酒红梨花》中的王同知女和无名氏杂剧《萨真人夜断碧桃花》中的徐碧桃,死后皆被家人埋在自家花园深处,花园成了墓地。甚至园内的亭子,本"是为了'望'","为了得到和丰富对于空间美的感受"①。但在元曲中,亭子有时成了奸夫淫妇偷情之地,如李文蔚杂剧《同乐院燕青博鱼》中的燕大妻与杨衙内,无名氏杂剧《争报恩三虎下山》中的王腊梅与丁都管,他们都在亭子上风流快活。就连亭子内本为观景而设的窗子,也为奸夫的逃走提供莫大的方便。这些描写虽然与花园在园林建筑艺术中应有的作用不和谐,但正是这种不和谐的景观才最吸引人们的视线、刺激人们的视觉。

总之,元曲里描写的园林,既体现了一般花园观赏性和娱乐性的功能,又承担了更多的元代民俗文化审美意蕴的功能。

7.建筑景观

建筑景观是人文风景区构成的重要标志,是实在的文化景观。其中亭台楼阁桥是重要建筑景观,在元代旅游事业中占有重要地位。元曲中描写的建筑景观很多,其中亭、台、楼、阁、桥等随处可见。亭台楼阁桥坐落在奇山秀水间,点缀着一处处富有诗情画意的旅游景观。

(1)亭

亭是中国古代建筑中具有独特风格与功能的建筑形式,它凝缩了我国古代园林建筑中形式美的精华,集实用价值与观赏性能于一体。不仅具有"临观之美",作为人与自然之间的中介空间,为人们提供了观赏自然、体察

---

① 宗白华:《美学漫话》,长江文艺出版社 2008 年版,第 48 页。

万象的场所,还可使人神与物同游,进入"顿开尘外想,拟入画中行"的艺术境界①。细味元曲中的亭描写,大致可分为六类,即亭成为旅游对象物的六方面原因:

一是亭本身就是一道亮丽的风景,或风光绝佳,或地处要冲,装扮着中华大地,成了锦绣山河中富有生机的"点睛"之笔。如吕止庵小令[仙吕·后庭花]《冷泉亭四时景》:"六桥烟柳辇,两峰云树分。罗袜移芳径,华裙生暗尘。冷泉春,赏心乐事,水边多丽人。""亭"不仅具有"点景"的作用,也是人景之间连结的纽带,因而通篇看似皆写景,却景中有人,颇具闲适之趣。

二是自身的条件,即亭在建筑上具有某些吸引旅游者的因素。如浙江亭:"相对着险岭高峰长怪石,堪羡堪题。"②三衢平山亭:"倚阑于云与山平,一勺甘泉,四面虚亭。"③木香亭:"大似渔船。"④或是建在山势高处,或是矗立在碧水之畔,或是亭状奇异,这些坐落在奇山秀水间的亭,使山水特别是名山大川摆脱了原始状态,成为了旅游资源。

三是亭周围的环境,即亭不仅有自身吸引游人的建筑特点,而且亭之所在,往往就是一处秀色可人的旅游景点。如江苏邗江县瓜洲镇江山风月亭:"雪晴初,金山顶上玉浮屠,题诗风月无边处。身在冰壶,天然泛剡图。西津渡,南归路。"⑤杭州灵隐寺前飞来峰下的冷泉亭:"寺前,洞天,粉翠围屏面。隔溪疑是武陵源,树影参差见。石屋金仙,岩阿碧藓,湿云飞砚边。冷泉,看猿,摇落梅花片。"⑥江西的琵琶亭:"秋千墙里垂杨瘦,琵琶亭畔野花秋。"⑦济南的绰然亭:"杨柳风微,苗稼云齐,桑柘翠烟迷。映青山茅舍疏篱,绕孤村流水花堤。看蜂蝶高下舞,任鸥鹭往来飞。"⑧亭的周边,草木繁荫,相互映衬,点缀出一处处富有诗情画意的美景,"创造了许多高于自然

①　覃力:《说亭》,山东画报出版社 2004 年版,第 5—8 页。
②　关汉卿套数[南吕·一枝花]《杭州景》。
③　张可久小令[双调·折桂令]《三衢平山亭》。
④　张可久小令[越调·寨儿令]《小隐》。
⑤　张可久小令[双调·燕引雏]《雪晴过扬子渡坐江山风月亭》。
⑥　张可久小令[中吕·朝天子]《冷泉亭上》。
⑦　张可久小令[正宫·醉太平]《怀古》。
⑧　张养浩小令[越调·寨儿令]《绰然亭独坐》。

的'理想美'"①的景观。

四是亭本身著名,其深厚的文化内涵吸引着旅游者。如浙江绍兴城西南兰诸山麓闻名遐迩的兰亭:"茂林修竹风流地,重到古山阴。壮怀感慨,醉眸俯仰,世事浮沉。惠风归燕,团沙宿鹭,芳树幽禽。"②以欧阳修自号命名的醉翁亭:"环滁秀列诸峰,山有名泉,泻出其中。"③因唐代著名诗人白居易写长诗《琵琶行》而得名的琵琶亭:"秋千院同携玉手,琵琶亭催解兰舟。"④地处松江和江南运河交汇点,又濒临太湖,是南来北往水路交通的必经之所的垂虹亭:"三高地,万古愁,行客记曾游。绿树当朱户,青山朝画楼。"⑤位于灵隐寺前、飞来峰下的冷泉亭:"湖山汲水重,楼台烟树中。人醉苏堤月,风传贾寺钟。冷泉东,行人频问,飞来何处峰?"⑥一个名亭,就是一处名胜,是旅游者理想的旅游目的地。

五是亭具有实用功能。在亭中不仅可以观赏四时美景,而且十里长亭,不管贫贱富贵都可以在那里惜别,当催发的竹篙撑离桥岸,当远行的船只即将起航,亭是送者与离者依依惜别、挥手泪眼的驿站,"萋萋芳草春云乱,愁在夕阳中、短亭别酒,平湖画舫,垂柳骄骢"⑦,"长亭柳短亭酒留连去人"⑧,"琵琶亭催解兰舟,无计相留"⑨,"一声声只在芭蕉,断送别离人去。甚河桥柳树全疏,恨正在长亭短处"⑩。亭还是文人雅士最佳的宴饮唱和场所,"到夏来锁松阴竹坞亭,载荷香柳岸舟。有鲜鱼鲜藕客堪留"⑪,"小亭,野景,动著我莼鲈兴"⑫,"春来时绰然亭香雪梨花会,夏来时绰然亭云锦荷花

① 覃力:《说亭》,山东画报出版社 2004 年版,第 134 页。
② 徐再思小令[黄钟·人月圆]《兰亭》。
③ 庾吉甫小令[双调·蟾宫曲]。
④ 张可久小令[双调·折桂令]《别情》。
⑤ 张可久小令[商调·梧叶儿]《垂虹亭上》。
⑥ 吕止庵小令[仙吕·后庭花]《冷泉亭》。
⑦ 张可久小令[黄钟·人月圆]《春晚次韵》。
⑧ 张可久小令[双调·折桂令]《西湖送别》。
⑨ 张可久小令[双调·折桂令]《别情》。
⑩ 冯子振小令[正宫·鹦鹉曲]《城南秋思》。
⑪ 王实甫套数[商调·集贤宾]《退隐》。
⑫ 张可久小令[中吕·朝天子]《野景亭》。

会,秋来时绰然亭霜露黄花会,冬来时绰然亭风月梅花会"①。

六是在所有的园林建筑中,亭最平民化、最具亲和性,也最能体现休闲。如张可久小令[双调·落梅风]《闲闲亭上》:"鱼吹沫,鹤弄影,洗秋云玉波如镜。闲闲小亭风日冷,竹千竿绿苔三径。"小亭闲适优美的景色,引来了元代人的闲适之景、闲适之趣、闲适之情。更重要的是,通过这类具有"闲适"审美意韵的"亭",在元曲中便构筑出了种种闲雅、静谧的意境,从而大大增强了元曲的艺术魅力。亭的这种闲适思绪,后来曾引起了西方人的共鸣。在18世纪的最后半个世纪中,在法国各地经常可以看到一些带有感伤情调和田园风味的亭子,当时人们称它为"友谊之亭"。一如卢梭所说,在这里,单独的一个人,可以使幽静"亲切地充满他的胸怀,并且,抛开意见、成见和虚伪的感情而把应在其中居住的人们带到自然的幽静的角落里"②。直到今天,巴黎仍保留有二十多处建有中国式桥亭的园林。

总之,元曲中有大量的亭描写,或是"春夏与秋冬,四季皆佳会"的绰然亭③,"宽绰绰"的翠亭④,"有四时不谢之花,八节长春之景"的聚香亭⑤,"花落闲庭"的借旗亭⑥,"蕉影窗纱"的木香亭⑦,"深掩翠微"的环绿亭⑧,"听渔歌三四声"的野景亭⑨,"小阑干,又添新竹两三竿"的爱山亭⑩,"三高地,万古愁,行客记曾游。绿树当朱户,青山朝画楼"的垂虹亭⑪,或是避暑的凉亭,别酒的短亭,送行的长亭、折柳亭、柳外的离亭、泉上的危亭、邮亭、江亭、小亭、虚亭水亭、溪亭、池亭、石亭、茅亭、梅亭、山亭、园亭、竹亭、林亭、草亭等。这些造型各异、风格迥然的亭,遍布于大江南北,它们"立山巅、枕

---

① 张养浩小令[正宫·塞鸿秋]《绰然亭》。
② 王镛:《中外美术交流史》,湖南教育出版社1998年版,第202页。
③ 张养浩小令[正宫·塞鸿秋]《绰然亭》。
④ 乔吉杂剧《李太白匹配金钱记》第一折。
⑤ 贾仲明杂剧《吕洞宾桃柳升仙梦》第一折。
⑥ 张可久小令[双调·折桂令]《晚春送别》。
⑦ 张可久小令[双调·折桂令]《溪月王真人开元道院》。
⑧ 张可久小令[南吕·金字经]《环绿亭上》。
⑨ 张可久小令[中吕·朝天子]《野景亭》。
⑩ 张可久小令[双调·殿前欢]《爱山亭上》。
⑪ 张可久小令[商调·梧叶儿]《垂虹亭上》。

清流、临涧壑、傍岩壁、处田野、藏幽林。或跻身于建筑群之中,或婷立于大自然的怀抱,总是与周围的环境和谐地组织在一起,构成一幅幅生动的画面,令空间环境妩媚,为自然山川增色"①。观览元曲描写的亭,我们仿佛站在元代的亭上,看到了遍布元时代的那一条条笔直的巷,一片片纵横交错的街,沿着它们走向很远很远。

(2)台

台,作为一种旅游景观,也是旅游者选择频率较高的旅游目的地之一。与亭不同的是,台虽然也具有旅游设施的性质,但元曲中的台描写主要集中在名胜上。如对我国春秋史上的著名建筑姑苏台的描写,乔吉小令[双调·折桂令]《登姑苏台》:

> 百花洲上新台,檐吻云平,图画天开。鹏俯沧溟,蜃横城市,鳌驾蓬莱。学捧心山颦翠色,怅悬头土湿腥苔。悼古兴怀,休近阑干,万丈尘埃。

徐再思小令[双调·蟾宫曲]《姑苏台》:

> 荒台谁唤姑苏? 兵渡西兴,祸起东吴。切齿仇冤,捧心钩饵,尝胆权谋。三千尺侵云粪土,十万家泣血膏腴。日月居诸,台殿丘墟。何似灵岩,山色如初。

张可久小令[仙吕·太常引]《姑苏台赏雪》:

> 断塘流水洗凝脂,早起索吟诗。何处觅西施? 垂杨柳萧萧鬓丝。银匙藻井,粉香梅圃,万瓦玉参差。一曲乐天词,富贵似吴王在时。

姑苏台又名姑胥台,是苏州历史上一大名胜古迹,姑苏台乃吴王观览、休憩、饮宴之所,台上建有吴王离宫别馆。据《太平御览》载:台上"别立春宵宫,为长夜饮,造千石酒钟,又作大池。池中造青龙舟,舟陈妓,日与西施为水嬉。又于宫中作灵馆、馆娃阁、铜沟玉槛。宫之栏槛,皆珠玉饰之。"②其豪华之状可见一斑。就是这样一座华丽建筑,后来被越国毁于一炬而成为废墟,唐代时只剩下旧苑荒台,至宋代连踪迹也荡然无存。总之,姑苏台

---

① 覃力:《说亭》,山东画报出版社 2004 年版,第 5 页。
② (宋)李昉等:《太平御览》,中华书局 1960 年版,第 867 页。

是吴国历史的见证者,既见证了它的辉煌,也见证了它的衰亡。因此,历来文人墨客喜来此吊古抒怀。乔吉、徐再思和张可久的小令,运用大量的典故描述吴越争霸的历史情景,在揭示吴王大兴土木修造姑苏台极其享乐,终也不过亡国台毁结局的同时,抒发了自己对世事变迁、光阴流逝的感慨,是吟诵苏台赏作品的名作。

越王台位于绍兴市区(即卧龙山)东南麓,是越王勾践所筑的招贤台。当年勾践卧薪尝胆,广纳贤才,在此点兵踏破吴国,洗雪国耻。据宋《宝庆会稽续志》载:"越王台,按祥符图经云,在种山东北。种山盖卧龙之旧名也。今台乃在卧龙之西。旧有小茅亭,名近民,久已废坏。嘉定十五年,汪纲即其遗址创造,而移越王台之名于此。气象开豁,目极千里,为一郡登临之胜。"[1]倪瓒小令[黄钟·人月圆]描写登越王台的心情:

> 伤心莫问前朝事,重上越王台。鹧鸪啼处,东风草绿,残照花开。
> 怅然孤啸,青山故国,乔木苍苔。当时明月,依依素影,何处飞来?

曲中营造一种冷色调的环境:绿色的草木、苍苔,黛青色的山峦,银白的月光,残照的斜阳,萧索的东风以及鹧鸪凄切的啼鸣,组成一幅空阔高远的秋色图,苍茫空放的空间,寄托着作者深沉的家国之思。辞工而意切,语浅而情深,自始至终贯穿着深沉的家国之思。

严光隐居垂钓的钓鱼台,在元曲中常见。如徐再思小令[商调·梧叶儿]《钓台》:

> 龙虎昭阳殿,冰霜函谷关,风月富春山。不受千钟禄,重归七里滩,赢得一身闲,高似他云台将坛。

历史上的钓台古迹算起来也有十几处,但最著名的是严子陵钓台。严子陵钓台,在严州(今浙江杭州)桐庐县富春山上,与七里滩相连。因东汉高士严子陵拒绝光武帝刘秀之召,拒封"谏议大夫"之官位,来此地隐居垂钓而闻名古今。

凌歊台遗址在今安徽当涂县黄山,为南朝宋高祖武皇帝刘裕所筑。历

---

[1] 浙江省地方志编纂委员会:《宋元浙江方志集成》第 5 册,杭州出版社 2009 年版,第2165 页。

代诗人都有描写凌歊台的诗句,如唐李白《凌歊台》:"旷望登古台,台高极人目。"①许浑《凌歊台》:"宋祖凌歊乐未回,三千歌舞宿层台。"②从中可窥凌歊台宏伟壮丽。元代时仍是吸引游人之地,薛昂夫小令[正宫·塞鸿秋]《凌歊台怀古》:

> 凌歊台畔黄山铺,是三千歌舞亡家处。望夫山下乌江渡,是八千子弟思乡去。江东日暮云,渭北春天树,青山太白坟如故。

登上凌歊台,东望青山,北眺乌江,古今胜迹,一收眼底。昔日繁华,已成丘墟,作者不禁悼古伤今,感慨富贵浮名转瞬即逝,产生人生无常的深切悲哀。

凤凰台是南京著名的古迹,故址在今南京市凤凰山。相传南朝宋元嘉年间有两只凤凰飞临金陵凤凰山上,当时以为是祥瑞而筑台纪念。后大诗人李白赋诗《登金陵凤凰台》,金陵凤凰台遂名声大噪,南京也因此有了著名的景观。乔吉小令[双调·殿前欢]《登凤凰台》:

> 凤凰台,金龙玉虎帝王宅,猿鹤只欠山人债,千古兴怀。梧桐枯凤不来,风雷死龙何在?林泉老猿休怪。锁魂楚甸,洗恨秦淮。

作者登上凤凰台,俯看金陵城,眼前是一片死寂。"金龙玉虎"已不存在,只有猿鹤出没于山林中,它们从不曾沾到一点"浩荡皇恩",只有隐居于遗址旁的山人的照顾与陪伴;梧桐早已枯干,凤凰也不再飞来;风雷停息,神龙何在?茂树凋零,山泉干涸,金陵城亡妻黯然,繁华一去不复返。这引发诗人"千古兴怀"的感叹。

乐清箫台,指浙江乐清县西南的箫台山,又名玉箫峰。相传为仙人王子晋吹箫之地。乔吉小令[双调·水仙子]《乐清箫台》是作者游乐清箫台感怀之作:

> 枕苍龙云卧品清箫,跨白鹿春酣醉碧桃,唤青猿夜拆烧丹灶。二千年琼树老,飞来海上仙鹤。纱巾岸天风细,玉笙吹山月高,谁识王乔?

在乐清箫台,他想象当年修道人修道的情景,头枕青松高卧云间吹清

---

① (唐)李白:《李白诗歌全集》,(清)王琦注,刘建新校勘,今日中国出版社1997年版,第745页。

② (清)彭定求等:《全唐诗》,中州古籍出版社2008年版,第2751页。

箫,跨着白鹿游春,呼唤青猿炼丹。他又想象骑鹤云游的仙人王子乔曾来到这里,一派仙风道貌,玉笙声在空中飞扬。作者赞颂这种飘逸自在的云游生涯,表现了作者对隐逸生活的向往。

雨花台是南京著名的古迹之一。本是僧侣讲经说法之讲台,相传梁武帝时期,高僧云光法师在此设坛讲经说法,僧侣趺坐聆听,讲得精彩,听得入神,数日而不散,感动佛祖,使得天女散花,天花坠落如雨,落地为石,遂称"雨花石"。"雨花台"也由此得名。后随着文人墨客的不断赋咏,雨花台逐渐成为登高览胜之地。元代仍然是旅游胜地。汤舜民套数[南吕·一枝花]《赠王观音奴》:"枝头甘露,瓶里香泉。旃檀林夜月婵娟,雨花台苦恨绵绵。"胡用和套数[中吕·粉蝶儿]《题金陵景》:"景阳台名尚存,周处台姓且香,拜郊台古迹钟山上。乌龙潭雨至风雷起,白鹭洲潮回烟水茫,雨花台曾有天花降。跃马涧烟笼曙色,钓鱼台月漾波光。"

铜雀台位于河北临漳境内。临漳古称邺,始建于春秋齐桓公时,三国时期,曹操击败袁绍后营建邺都,修建了铜雀、金虎、冰井三台。其中"铜雀台,高十丈,有屋百一间,台成,命诸子登之,并使为赋"[①]。铜雀台便成了曹操雄霸天下的象征。杜牧《赤壁》诗:"折戟沉沙铁未销,自将磨洗认前朝。东风不与周郎便,铜雀春深锁二乔。"[②]更使铜雀台增添了香艳色彩。元曲中对铜雀台的描写不多,可能是由于在元代铜雀台已经破败的原因。其中赵善庆小令[越调·凭栏人]《春日怀古》是吟诵铜雀台的佳品:

　　　　铜雀台空锁暮云,金谷园荒成路尘。转头千载春,断肠几辈人?

铜雀台、金谷园是东汉末至西晋时两大名胜,由于它们和著名的历史人物和故事联在一起,历朝列代,不知有多少诗人曾以它们作为怀古伤今的题目。到元朝赵善庆的时代,已历千载有余,时光销磨,战祸摧残,它们早已倾圮坍毁,遗迹也几乎荡然,但仍为人们吟咏感伤不已。

与铜雀台一样,黄金台在元代已不具有旅游景观的功能,但元曲中仍有吟诵。如汤舜民套数[南吕·一枝花]《言志》:"自怜王粲狂,莫怪陈登傲。

---

① (北魏)郦道元:《水经注选译》,赵望秦等译注,巴蜀书社1990年版,第82页。
② 何大春:《唐诗三百首》,大众文艺出版社2007年版,第179页。

不弹贡禹冠,谁赠吕虔刀? 十载青袍,况值烟尘闹,事无成人半老。黄金台将丧斯文,白玉堂空怀故交。"这说明随着岁月的流逝、历史的变迁和战争的破坏,无论是得以遗留下来的还是遭毁灭的亭台楼阁等历史建筑,它们承载了悠久的历史沧桑而成为历史的见证:它们不仅见证了昔日的辉煌,也见证了时代的更替和衰亡。人们在游览这些历史遗址时,会产生深沉的思索,往往会浏古览今、追昔伤往,无名的愁绪就会油然而生。元代人尤其是这样。

元曲中有不少借助"台"描写游赏之乐,或抒发登台的愉悦、超然以及旷放之情的作品。如"秋风远塞皂雕旗,明月高台金凤杯"①,"红紫场,名利乡,望高台倚空烟树苍"②,"黄庭小楷,白苎新裁,一篇闲赋写秋怀,上越王古台。半天虹雨残云载,几家渔网斜阳晒,孤村酒市野花开,长吟去来"③,"纳清风台榭开怀,傍流水亭轩赏心"④,"李陵台草尽枯,燕然山雪平铺。朔风吹冷到天衢,怒吼千林木"⑤,"铜雀台烟愁绿柳,石头城月冷荒沟"⑥,"半帘杨柳风,一枕梨花月。几度凝眸登台榭,望长安不见些些"⑦,"望夫台景物年年在,相思海风波日日满"⑧等。元曲中丰沛的"台"描写,不仅体现元代人在对"台"景观的观照,更体现了元代人"台"景观背后的一种真正的人文内涵,一种凝聚了历史感的自然观,一种融合了审美意绪的风景意识。

总之,随着元代建筑的发展,台建筑的观赏性功能渐渐增强,像亭建筑一样,台也成为人们生活中重要的人文景观,作为登高览胜之地,它可以扩大视野,供人披襟快意,获得最充分的美感享受。首先,台既能"给人带来难以言表的悲凉苍茫之感",也"可让人得到极目远眺的愉悦之情"⑨。其

---

① 张可久小令[双调·湘妃怨]《怀古》。
② 张可久小令[越调·寨儿令]《过钓台》。
③ 张可久小令[正宫·醉太平]《登卧龙山》。
④ 张可久套数[南昌·一枝花]《夏景》。
⑤ 马谦斋小令[中吕·快活三过朝天子四边静]《冬》。
⑥ 王举之小令[双调·折桂令]《二乔观书图》。
⑦ 张鸣善小令[中吕·普天乐]《遇美》。
⑧ 汤舜民套数[双调·新水令]《春日闺思》。
⑨ 韦明铧:《说台》,山东画报出版社 2005 年版,第 132 页。

次，台作为景观建筑，除了具有"观景"的作用外，也有"点景"、"组景"的作用，正如宗白华先生所云："眺台是供人登览眺望之用，或搁高地，或插池边，或与亭榭厅廊结合组景。"①最后，频繁出现于元曲中的"姑苏台"、"越王台"、"凤凰台"、"黄金台"、"铜雀台"、"雨花台"，甚至"高台"、"荒台"、"古台"、"破台"、"空台"、"层台"、"池台"、"春台"、"瑶台"、"碧台"、"琼台"、"阳台"、"云台"、"凤台"等，营造的是一种文化的厚重底蕴。

（3）楼

元代楼的数量相当可观，不管丰都大邑还是偏远州县，基本上都建有楼，而且名楼众多，如岳阳楼位于湖南岳阳西门城头、洞庭湖畔，自古有"洞庭天下水，岳阳天下楼"的美誉。据陈寿《三国志》记载，三国时，东吴大将鲁肃奉命镇守巴丘，操练水军，在洞庭湖接长江的险要地段建筑了巴丘古城。东汉建安二十年（215），鲁肃在西南临湖修筑了"阅军楼"，用以训练和指挥水师，这应该便是岳阳楼的前身。南朝宋元嘉十六年（439），巴丘改名为巴陵郡，对鲁肃阅军楼也进行了重修，使岳阳楼初具规模，并称为"巴陵城楼"。至唐代，巴陵城又改为岳阳城，巴陵城楼也随之称为岳阳楼了。北宋庆历四年（1044），滕子京被贬至岳州，时岳阳楼已坍塌，次年滕子京即对之进行了修建。总之，岳阳楼是以三国"鲁肃阅军楼"为基础，一代代沿袭发展而来。唐朝以前，其功能主要作用于军事上。自唐朝始，因其"北通巫峡，南极潇湘"的特殊地理位置，再加上"衔远山，吞长江，浩浩汤汤，横无际涯；朝晖夕阴，气象万千"②的洞庭湖阔大景象，岳阳楼便成为骚人墨客游览观光，吟诗作赋的胜地。元曲作家在此留下了大量优美的作品。如马致远杂剧《吕洞宾三醉岳阳楼》，谷子敬杂剧《吕洞宾三度城南柳》等。马致远杂剧《吕洞宾三醉岳阳楼》第一折：

　　［仙吕·点绛唇］这墨光照文房，取烟在太华顶上、仙人掌。更压着五李三张，入砚松风响。

　　［混江龙］梭头琴样，助吟毫清澈看书窗。恰行过一区道院，几处

① 宗白华等：《中国园林艺术概观》，江苏人民出版社1987年版，第206页。
② 谢孟、鄂凌：《中国古代文学作品选》，北京大学出版社1984年版，第8页。

斋堂。竹几暗添龙尾润，布袍常带麝脐香。早来到洞庭湖畔，百尺楼傍。（做上楼科，云）是好一座高楼也！（唱）端的是凭凌云汉，映带潇湘。俺这里蹑飞梯，凝望眼，离人间似有三千丈。则好高欢避暑，王粲思乡。

[油葫芦]俺只见十二栏干接上苍。（酒保云）招过客，招过客！（吕洞宾云）休叫，休叫。（酒保云）你怎生着我休叫？（正末唱）我则怕惊着玉皇，谁着你直侵北斗建槽坊。（酒保云）你看我这楼上有牌，牌上有字，上写着"世间无此酒，天下有名楼"。（正末唱）写道是岳阳楼形胜偏雄壮，更压着你洞庭春好酒新炊酝。（酒保云）老师父，你看这边景致。（正末唱）翠巍巍当着楚山。（酒保云）休道是楚山，连太山、华山都看见了。师父，你看这边景致。（正末唱）浪淘淘临着汉江。（酒保云）不要说汉江，连洞庭湖、鄱阳湖、青草湖都看见了。

由此可知，岳阳楼之美不仅在于其建筑本身，更得于周围环境之助。中国古代建筑，大都不是孤立地表现单座建筑本身的完善，而是凭借周围的自然环境，以群体组成一个和谐的空间。在组合中，建筑的排列，讲究主客层次的虚实对比，追求深藏内心的理想。[1] 岳阳楼正是"因地构筑，借景而生"[2]，与周围自然景色完美融合在一起的典范，也因此成为历代骚人墨客游览观光，吟诗作赋的胜地。

享有"天下绝景"之称的黄鹤楼，原址在今湖北武汉市武昌黄鹤山（蛇山）上，因山而得名。据唐李吉甫《元和郡县志》卷二十七，江南道三，"鄂州观察使"载："吴黄武二年，（孙权）城江夏以安屯戍地也。城西临大江，西南角因矶为楼，名黄鹤楼。"[3]关于其名称的由来，有"因山"、"因仙"两种说法。"因山"说是因为它建在黄鹄山上。古代的"鹄"与"鹤"一音之转，互为通用，故名为"黄鹤楼"。"因仙"说又分为二。一说是曾有仙人驾鹤经此，遂以得名；一说是曾有道士在此地辛氏酒店的墙上画一只会跳舞的黄鹤，店家生意因此大为兴隆。十年后道士重来，用笛声招下黄鹤，乘鹤飞去，

---

① 汪德华：《中国城市设计文化思想》，东南大学出版社 2009 年版，第 91 页。
② 高宏：《像夜菊那样绽放》，宁夏人民出版社 2008 年版，第 164 页。
③ 马跃东：《龙之魂：影响中国的一百本书》，第 14 卷，中国戏剧出版社 2000 年版，第 627 页。

辛氏遂出资建楼。在中国,有相当多的历史名楼、名城都是没有任何年代可循的。但是心口相传的神话和寓言成为了这些建筑的另外一面。在奥林匹斯山,在巴特农神庙,在古罗马斗兽场,我们往往能忘却历史,但是却能很轻易地回想起神话与典故。黄鹤楼也同样。不论这些说法可信与否,都给优美的黄鹤楼增加了几分浪漫和传奇色彩。再加上黄鹤楼濒临万里长江,雄踞蛇山之巅,挺拔独秀,辉煌瑰丽,很自然就成了名传四海的游览胜地。古往今来,无数文人墨客来此登临吟咏、抒怀,留下了许多名篇佳作,更使黄鹤楼蜚声中外。元曲中也有大量优美的作品,如朱凯杂剧《刘玄德醉走黄鹤楼》,剧中描写了三国时诸葛亮用计使刘备逃脱周瑜的控制的故事。赤壁之战一结束,周瑜为刘备在黄鹤楼设下酒宴。令人把守城门,若无其令箭,不准刘备等下楼。诸葛亮得知后,派姜维扮成渔翁将曾经的一支令箭交给刘备。刘备安然归营。周瑜醒来,后悔莫及。该戏至今仍在上演,可见其影响力。再如汤舜民套数[南吕·一枝花]《黄鹤楼》:

　　峥嵘倚上流,突兀当雄镇。高明临大道,迢递接通津。从去了鹤山仙人,千载无音信,丹青再创新。架飞楹联走拱不下班倕,敞天窗攒藻井堪攀翼轸。

　　[梁州]龟背织朱帘闪闪,鸳翎瓷碧瓦鳞鳞。雕阑一目天之尽。洞庭半掬,云梦平吞。荆襄俯瞰,汉沔中分。长空远水沄沄,光风霁月纷纷。吕岩笛夜夜闻音,陶令柳年年报春,崔颢诗句句绝伦。后人,议论,都道是物华胜压东南郡。况与洞天近,绛节琅璈度彩云,万象腾文。

　　[尾声]汀花岸草春成阵,沙鸟风帆暮作群,我待要闲蹑金梯散孤闷。仰之北辰,俯之大坤,气势高寒立不稳。

元曲中关于黄鹤楼的描写告诉我们:元代时,黄鹤楼已非一般楼台亭阁,它是一座丰富的文化宝库,是一个城市的象征,是一幅悲壮的历史画卷,是中国文化里,中国人心目中永恒的一座千古名楼。

与黄鹤楼、岳阳楼并称万里长江三大名楼的多景楼,位于镇江边的北固山上,楼名取自唐文宗宰相李德裕《临江亭》中"多景悬窗牖"一语。宋代大书画家米芾作《多景楼》诗,称颂该楼为"天下江山第一楼",所书这七个字的匾额至今还高悬于该楼门首。相传刘备来东吴招亲时,吴国太曾在此相亲,故此楼也称相婿楼;孙权的妹妹孙尚香出嫁前曾在此梳妆,所以又名梳妆楼。此楼回廊四通,面面皆景,宋元后为骚人墨客宴集饯别之所。元曲中有多首描绘多景楼的佳作。如张可久小令[双调·湘妃怨]《多景楼》:

> 长江一带展青罗,远岫双眉敛翠蛾,几番急橹催船过。不登临山笑我,倚阑干尽意吟哦。月来云破,天长地阔,此景能多?

周文质小令[双调·折桂令]《过多景楼》:

> 滔滔春水东流,天阔云闲,树渺禽幽。山远横眉,波平消雪,月缺沉钩。桃蕊红妆渡口,梨花白点江头。何处离愁,人别层楼,我宿孤舟。

张可久、周文质等曲家,用他们的彩笔,摹写北固山"天长地阔",多景楼"此景能多",写出了他们登临"天下江山第一楼"饱览壮丽景色时的逸怀豪兴。

此外,元曲中尚有大量的名楼描写,如扬州的皆春楼:"柳依依重屋峨峨,媚景芳研,四序无过。雾暖朱帘,风暄翠槛,露湛金荷。"①山东蓬莱的江山第一楼:"拍阑干,雾花吹鬓海风寒。浩歌惊得浮云散,细数青山。指蓬莱一望间,纱巾岸,鹤背骑来惯。举头长啸,直上天坛。"②徐州的燕子楼:"诳得烟迷苏小小夜月莺花市,惊得云锁了许盼盼春风燕子楼。"③襄樊的仲宣楼:"镜里休文瘦,花边湘水秋,楼上仲宣愁。"④武昌的南楼:"花前月明,席上风生,驾老鉴湖秋,庾亮南楼头。"⑤等。这些描写,或实有其楼,或已无存,但都曾是建筑工巧、水光山色、令人赞赏的名楼。名楼的存在,为旅游者提供了数量充足、景色优美的旅游对象物,名楼的遗迹,对元代旅游事业的发展具有重要意义。

总之,元曲中的亭台楼阁的描写,向我们展示了独具特色的中国古代建筑之美。古代建筑之美"与其说它是人为的,倒不如说是天地的造化。这

---

① 张可久小令[双调·折桂令]《皆春楼》。
② 乔吉小令[双调·殿前欢]《登江山第一楼》。
③ 无名氏套数[般涉调·耍孩儿]《拘刷行院》。
④ 张可久小令[商调·梧叶儿]《旅思》。
⑤ 无名氏小令[双调·庆东原]。

是横亘于中国大地的永恒的人间妙构。"①亭台楼阁,除了见证往日的辉煌,还因其承载着悠久的历史,以及古代建筑景观中的文化气息以其独特的特点赋予了古代建筑景观更为丰富的内容,使景观更具有可看性和观赏性。而这些独特的文化气息体现了中华民族几千年的文化内涵与智慧的结晶。这是古亭台楼阁至今风采和魅力依旧的原因。

（4）桥

元曲中桥的身影处处可拾。如鲜于必仁小令[双调·折桂令]《燕山八景·卢沟晓月》写卢沟桥:

> 出都门鞭影摇红,山色空濛,林景玲珑。桥俯危波,车通远塞,栏倚长空。起宿霭千寻卧龙,掣流云万丈垂虹。路杳疏钟,似蚁行人,如步蟾宫。

卢沟桥至今犹存,因横跨卢沟河（即永定河）而得名,桥长 267 米,11 孔,桥身两侧石雕护栏各有望柱 140 根,柱头卧伏大小石狮五百余只,神态各异,是古代桥梁建筑的杰作。意大利旅游家马可·波罗在其游记中记载他眼中的卢沟桥:"离开都城,西行十六公里来到一条河流,它名叫永定河,蜿蜒流入大海。河上舟楫往来,船帆如织。它们运载着大批的商品。河上架有一座美丽的石桥,这也许是世界上无与伦比的大石桥。桥长三百步,宽八步,十个人骑马并肩而行,也不感觉到狭窄不便。桥有二十四个拱门,由二十五个桥墩支立水中,支撑着桥身;拱门用弧形的石头堆砌而成,显示了造桥技术的高超绝伦。桥身两侧,从头至尾各有一道用大理石石板和石柱建成的护墙,造型手艺极其高明。桥身引桥部分有一道斜坡面略宽;一道坡顶,桥的两侧便成直线伸展,彼此平行。在桥面的拱顶上,有一个高大的石柱,耸立在大理石雕成的乌龟上,靠近柱脚处有一个雕有狮子的极其雅观的石柱,和前一个柱子相距一步半。桥上各石柱之间都嵌上大理石板,上面镌刻这精巧的雕刻,使整座桥气贯如虹,蔚为壮观。"②当时的卢沟桥是出入京

---

① 韩玺吾:《唐宋词中的楼意象及其营构艺术》,《河南师范大学学报》(哲学社会科学版) 1998 年第 6 期。
② [意大利]马可·波罗:《马可波罗游记》,陈开俊等译,福建科学技术出版社 1981 年版,第 130—131 页。

都的门户,每天拂晓,不等天光大亮,桥上便已有了熙熙攘攘的行人车马,这种情景,马可·波罗也看到过:"……用马车和驮马载运生丝到京城的,每日不下一千辆次。"①因为在昼夜交替之际,月亮的余光在这里是最明亮的。"卢沟晓月"不仅因为月光而声名远播,还因为卢沟桥美丽恢弘的姿态,以及远山、近水、玲珑树影、茫茫晨曦、蒙蒙朝雾共同构成的迷人景象,而这一首曲,便将此景象写得惟妙惟肖、宛然若见。清晨骑马驶出大都的城门,挥动着系结红缨的马鞭,鞭梢不时画出一道道红影。山色朦胧,一片片树影在月光的晃照下显得格外分明。卢沟桥高高地俯临在永定河上,桥上的车马向着远方的关塞驰骋,长长的桥栏,衬映于苍穹的浩茫背景。这桥犹如千丈长的卧龙在夜来的沉霭中腾起;又如万丈的长虹垂下地面,牵扯着天空的流云,远远地传来一声声晓钟缓缓的余音。那残月已落到地平线附近,恰在京城方向;借着熹微的晨光,可以见到桥上有蚂蚁似的黑点向着远方蠕动,这是上城去的行人。由"出都门"仅见鞭影寥寥,到反方向入城晓行"似蚁行人",十分符合生活的真实。

乔吉小令〔双调·水仙子〕《吴江垂虹桥》写垂虹桥:

> 飞来千丈玉蜈蚣,横驾三天白蟛蛛,凿开万窍黄云洞。看星低落镜中,月华明秋影玲珑。赑屃金环重,狻猊石柱雄,铁锁囚龙。

垂虹桥是江苏吴江县一座有名的桥,号称"江南第一桥"。桥上共有72洞,俗称长桥。因桥形若虹,故称。桥上有亭,叫"垂虹亭"。此曲不仅写得有形象、有气派、有精神,而且意象怪奇,"赑屃"、"狻猊"都是传说中的猛兽,作者用来描绘桥座、桥墩的奇壮,而"铁锁囚龙"更是把江水比作巨龙,而把垂虹桥比作囚住巨龙的巨锁,把垂虹桥写得十分奇伟壮观。读来自有一种雄壮的美,能激发人昂扬向上的力量。他的小令〔双调·水仙子〕《德清长桥》:"青天白日见楼台,赤蜃浮光海市开,崖崩岸坼长虹在。弃缧生感壮怀,卧苍龙鳞甲生苔。横生风籁,玲珑月色,玉琢蓬莱。"将江水比作"赤蜃",把长桥比作"崖崩岸坼"之上的"长虹",与《吴江垂虹桥》有异曲同工

---

① 〔意大利〕马可·波罗:《马可波罗游记》,陈开俊等译,福建科学技术出版社1981年版,第111页。

之妙。

徐再思也写垂虹桥，但他在桥上弹奏出的是古老的民族情调：

> 玉华寒,冰壶冻。云间玉兔,水面苍龙。酒一樽,琴三弄。唤起凌波仙人梦,倚阑干满面天风。楼台远近,乾坤表里,江汉西东。①

云间皎洁的明月清辉生寒,垂虹桥像是水面蛟龙跨过吴江两岸。在临水的台榭上举杯饮酒,悠扬的琴声一曲接一曲轻弹,仿佛有仙女从水面上飘飘而来,倚着栏杆像是有天风拂过人的脸面。抬眼望去,只见楼台远近错落,天地广阔无边,江水浩渺幽远。虽是写景,但对人生的思索也在不言之中。"乾坤表里,江汉西东",蕴含着曲终人散而天地江月无限的人生的思考和对生命的珍视。

跟随元曲去感受元代的桥,会让我们淡化其结构、种类、功用,更重视其美学价值、民俗的价值。如张可久小令[正宫·小梁州]《郊行即事》:"小桥流水落红香,两两鸳鸯。当炉艳粉倚明妆,深深巷,酒旆绿垂杨。"密密的苇丛、拂丝的细柳、苍茫的湖水、飞悬的瀑布与桥相互呼应,将桥之美和谐地映衬出来。古老的桥,一座有一座的形状,一座有一座的风格,过一座桥,便换一道风景。张可久小令[越调·凭阑人]《湖上》的小桥就又是一种景观:"远水晴天明落霞,古岸渔村横钓槎。翠帘沽酒家,画桥吹柳花。"远水、晴天、落霞、古岸、渔村、钓槎、翠帘、酒家、画桥、柳花。在渔人归村,赴翠帘飘扬的酒家沽酒买醉之时,附近是小桥流水,高柳围绕,柳花扑面,让人心旷神怡。站在桥上的行人低头看河里的船,坐在船上的游客抬头看桥上的人,双方的眼帘中都是动人的景象:"玉龙高卧一天秋,宝镜青光透。星斗阑干雨晴后,绿悠悠,软风吹动玻璃皱。烟波顺流,乾坤如昼,半夜有行舟。"②如同一幅迷人的临川秋夜图。皎洁的圆月,雨后的晴空,纵横的星斗,秋江的烟波。读者如同在行进中的船上,与作者一道享受大自然的恩赐,玩味那人工的杰作,那是桥的弧线。

元代桥的美还在于与周围的景物既形成对照又相得益彰。桥,在春天

---

① 徐再思小令[中吕·普天乐]《垂虹夜月》。
② 盍西村小令[越调·小桃红]《市桥月色》。

里,"啼莺舞燕,小桥流水飞红"①;在夏天里,"孤山云树,六桥烟雾,景蒙蒙不比江潮怒"②;在秋天里,"柳塘新雁两三声。湖光扶不定,山色画难成。六桥风露冷"③;在冬季里,"风送梅花过小桥,飘飘,飘飘地乱舞琼瑶"④。桥深切地关系到人们的日常生活与人生历程:从生老病死到婚丧嫁娶,从起居旅游到互通有无,从爱情到事业,从理想到信仰⑤。在节日里,"万家灯火闹春桥,十里光相照"⑥。"春城春宵无价,照星桥火树银花"⑦。桥还是市场:"夕阳下,酒旆闲,两三航未曾着岸。落花水香茅舍晚,断桥头卖鱼人散"⑧。"断桥桥畔沽醽醁"⑨。桥有时还是"舞台":"数声何处蛇皮鼓,琅琅过金水桥东"⑩。这一座座令人流连、叹服的桥,充满了灵气神韵,体现了古人对自然的伟力。"桥"在元代人心中已由一种自然的美,一种文化的美,一种历史的美,升华为精神依恋的知己。

通过考察元曲中旅游的活动,分析与之相伴的社会旅游的特点,可以看出,元代人旅游活动的丰富精彩,其中许多方面如旅游审美方法、旅游路线选择、旅游思想理论对今天的旅游发展仍有一定的借鉴意义。并且,元代人旅游带给我们的不仅仅是"借鉴",他们的活动及其副产品增添了无数的旅游资源,丰富了景观的文化内涵,如庐山、黄山、洞庭湖、西湖、雨花台、黄鹤楼等,作为重要的景观资源,至今仍是特色文化旅游的资源。

---

① 白朴小令[越调·天净沙]《春》。
② 薛昂夫小令[中吕·山坡羊]《苦雨》。
③ 王举之小令[中吕·红绣鞋]《秋日湖上》。
④ 赵显宏小令[黄钟·昼夜乐]《冬》。
⑤ 周星:《境界与象征:桥和民俗》,上海文艺出版社1998年版,第2页。
⑥ 盍西村小令[越调·小桃红]《临川八景·江岸水灯》。
⑦ 马致远小令[仙吕·青哥儿]《十二月·正月》。
⑧ 马致远小令[双调·寿阳曲]《远浦帆归》。
⑨ 曾瑞小令[正宫·醉太平]。
⑩ 汤舜民小令[双调·风入松]《题货郎担儿》。

主要参考文献

王季烈:《孤本元明杂剧》,商务印书馆1941年版。

张相:《诗词曲语辞汇释》,中华书局1953年版。

(北魏)贾思勰:《齐民要术》,中华书局1956年版。

(元)王祯:《农书》,中华书局1956年版。

(元)钟嗣成、朱权等:《录鬼簿》(外四种),古典文学出版社1957年版。

郑振铎:《插图本中国文学史》,人民文学出版社1957年版。

(明)臧晋叔:《元曲选》,隋树森校点,中华书局1958年版。

(明)叶子奇:《草木子》,中华书局1959年版。

隋树森:《元曲选外编》,中华书局1959年版。

(元)陶宗仪:《南村辍耕录》,中华书局1959年版。

中国戏曲研究院:《中国古典戏曲论著集成》,中国戏剧出版社1959年版。

(清)彭定求:《全唐诗》,中华书局1960年版。

(宋)李昉等:《太平御览》,中华书局1960年版。

(元)鲁明善:《农桑衣食撮要》,王毓瑚校注,农业出版社1962年版。

隋树森:《全元散曲》,中华书局1964年版。

游国恩等:《中国文学史》,人民文学出版社1964年版。

(明)李时珍:《本草纲目》,校点本,人民卫生出版社1977年版。

(明)宋应星:《天工开物》,钟广言注释,中华书局1978年版。

[德]黑格尔:《美学》,朱光潜译,商务印书馆1979年版。

翦伯赞:《中国史纲要》,人民出版社1979年版。

徐沁君:《新校元刊杂剧三十种》,中华书局1980年版。

杨伯峻:《论语译注》,中华书局1980年版。

(东汉)应劭:《风俗通义校注》,王利器校注,中华书局1981年版。

(清)潘荣陛、富察敦崇:《帝京岁时纪胜》,北京古籍出版社1981年版。

孙楷第:《元曲家考略》,上海古籍出版社1981年版。

(唐)段成式:《酉阳杂俎》,方南生点校,中华书局1981年版。

［意大利］马可・波罗:《马可波罗游记》,陈开俊等译,福建科学技术出版社 1981 年版。

刘大杰:《中国文学发展史》,上海古籍出版社 1982 年版。

(宋)孟元老等:《东京梦华录 都城纪胜 西湖老人繁胜录 梦粱录 武林旧事》,中国商业出版社 1982 年版。

［阿拉伯］阿布・赛义德等:《中国印度见闻录》,穆根来等译,中华书局 1983 年版。

顾学颉、王学奇:《元曲释词》,中国社会科学出版社 1983—1990 年版。

(宋)罗大经:《鹤林玉露》,王瑞来点校,中华书局 1983 年版。

［英］道森《出使蒙古记》,吕浦译,周良霄注,中国社会科学出版社 1983 年版。

(元)熊梦祥:《析津志辑佚》,北京图书馆善本组辑,北京古籍出版社 1983 年版。

李泽厚:《美的历程》,中国社会科学出版社 1984 年版。

周锡保:《中国古代服饰史》,中国戏曲出版社 1984 年版。

(汉)刘熙:《释名》,中华书局 1985 年版。

(晋)葛洪:《西京杂记》,中华书局 1985 年版。

邵曾祺:《元明北杂剧总目考略》,中州古籍出版社 1985 年版。

(宋)陈元靓:《岁时广记》,中华书局 1985 年版。

(宋)高承撰:《事物纪原》,中华书局 1985 年版。

唐文标:《中国古代戏剧史》,中国戏剧出版社 1985 年版。

王文才:《元曲纪事》,人民文学出版社 1985 年版。

(五代)王仁裕:《开元天宝遗事》,中华书局 1985 年版。

余秋雨:《中国戏剧文化史述》,湖南人民出版社 1985 年版。

张紫晨:《中国民俗与民俗学》,浙江人民出版社 1985 年版。

胡朴安:《中华全国风俗志》,河北人民出版社 1986 年版。

(梁)萧统:《文选》,上海古籍出版社 1986 年版。

吕不韦:《吕氏春秋》,张双棣译注,吉林文史出版社 1986 年版。

(南朝宋)刘义庆:《世说新语》,杨牧之、胡友明选译,浙江古籍出版社 1986 年版。

(元)无名氏:《居家必用事类全集》,中国商业出版社 1986 年版。

王克芬:《中国舞蹈史》,文化艺术出版社 1987 年版。

(元)孔齐:《至正直记》,上海古籍出版社 1987 年版。

宗白华等:《中国园林艺术概观》,江苏人民出版社 1987 年版。

唐祈、彭维金:《中华民族风俗辞典》,江西教育出版社 1988 年版。

(元)忽思慧:《饮膳正要》,李春方译注,中国商业出版社 1988 年版。

(元)贾铭、程绍恩等:《饮食须知》,人民卫生出版社 1988 年版。

(元)柯九思等:《辽金元宫词》,北京古籍出版社 1988 年版。

丁世良、赵放:《中国地方志民俗资料汇编》,书目文献出版社 1989 年版。

廖奔:《宋元戏曲文物与民俗》,文化艺术出版社 1989 年版。

（宋）高承：《事物纪原》，金圆、许沛藻点校，中华书局1989年版。

蒋星煜：《元曲鉴赏辞典》，上海辞书出版社1990年版。

麻国钧：《中华传统游戏大全》，农村读物出版社1990年版。

杨伯峻：《春秋左传注》，中华书局出版社1990年版。

《元典章》，中国书店1990年《海王邨古籍丛刊》影印本。

华梅：《中国服装史》，天津人民美术出版社1991年版。

王献忠：《中国民俗文化与现代文明》，中国书店1991年版。

（宋）郭茂倩：《乐府诗集》，上海古籍出版社1993年版。

刘棣民：《中国全史中国远古暨三代文学史》，人民出版社1994年版。

那木吉拉：《中国元代习俗史》，人民出版社1994年版。

周汛、岛春明：《中国古代服饰大观》，重庆出版社1994年版。

李肖冰：《中国西域民族服饰研究》，新疆人民出版社1995年版。

陶思炎：《风俗探幽》，东南大学出版社1995年版。

（宋）李昉：《太平广记》，哈尔滨出版社1995年版。

钟陵：《金元词纪事会评》，黄山书社1995年版。

蔡元培：《诸子集成》，岳麓书社1996年版。

罗贤佑：《元代民族史》，四川民族出版社1996年版。

史卫民：《都市中的游牧民——元代城市生活长卷》，湖南出版社1996年版。

史卫民：《元代生活史》，中国社会科学出版社1996年版。

《二十四史》，中华书局1997年影印本。

关立勋：《中国文化杂谈》，北京燕山出版社1997年版。

门岿、张燕瑾：《中华国粹大辞典》，国际文化出版公司1997年版。

［法］丹纳：《艺术哲学》，傅雷译，安徽文艺出版社1998年版。

傅璇琮等：《全宋诗》，北京大学出版社1998年版。

李修生：《全元文》，江苏古籍出版社1998年版。

（宋）赵彦卫：《云麓漫钞》，辽宁教育出版社1998年版。

王瑶：《中古文学史论》，北京大学出版社1998年版。

王镛：《中外美术交流史》，湖南教育出版社1998年版。

徐征等：《全元曲》，河北教育出版社1998年版。

［英］弗雷泽：《金枝》，大众文艺出版社1998年版。

浙江古籍出版社：《百子全书》，浙江古籍出版社1998年版。

钟敬文：《民俗学概论》，上海文艺出版社1998年版。

周星：《境界与象征：桥和民俗》，上海文艺出版社1998年版。

王季思：《全元戏曲》，人民文学出版1999年版。

冯天瑜、杨华：《中国文化发展轨迹》，上海人民出版社2000年版。

刘祯：《华夏审美风尚史·勾栏人生》，河南人民出版社2000年版。

董新林:《幽冥色彩——中国古代墓葬壁饰》,四川人民出版社 2001 年版。

任崇岳主编:《中国文化通史·辽西夏金元卷》,中共中央党校出版社 2001 年版。

赵庆伟、朱华忠:《游戏风情》,湖北教育出版社 2001 年版。

(明)徐光启:《农政全书》,岳麓书社 2002 年版。

(宋)沈括:《梦溪笔谈》,侯真平校点,岳麓书社 2002 年版。

完颜绍元:《中国风俗之谜》,上海辞书出版社 2002 年版。

王国维:《宋元戏曲史》,百花文艺出版社 2002 年版。

王学奇、王静竹:《宋金元明清曲辞通释》,语文出版社 2002 年版。

赵义山:《20 世纪元散曲研究综论》,上海古籍出版社 2002 年版。

《中国全史》编写组:《中国全史》,时代文艺出版社 2002 年版。

李祥林:《元曲索隐》,四川教育出版社 2003 年版。

李修生:《元曲大辞典》,凤凰出版社 2003 年版。

(南朝)刘勰:《文心雕龙》,外语教学与研究出版社 2003 年版。

王星琦:《元曲与人生》,上海古籍出版社 2004 年版。

陈茂同:《中国历代衣冠服饰制》,百花文艺出版社 2005 年版。

沈从文:《中国古代服饰研究》,上海书店 2005 年版。

姚大力:《"天马"南牧:元代的社会与文化》,长春出版社 2005 年版。

白寿彝:《中国交通史》,团结出版社 2006 年版。

蒙思明:《元代社会阶级制度》,上海人民出版社 2006 年版。

(宋)九山书会:《张协状元校释》,胡雪冈校释,上海社会科学院出版社 2006 年版。

章培恒:《中国中世文学研究论集》,上海古籍出版社 2006 年版。

宗白华:《中国美学史论集》,安徽教育出版社 2006 年版。

邓绍基:《元代文学史》,中国社会科学出版社 2007 年版。

罗斯宁:《元杂剧和元代民俗文化》,广东高等教育出版社 2007 年版。

齐涛:《节日志》,山东教育出版社 2007 年版。

袁鼎生:《生态艺术哲学》,商务印书馆 2007 年版。

韩儒林:《元朝史》,人民出版社 2008 年版。

宁宗一:《心灵文本》,大象出版社 2008 年版。

(元)顾瑛:《草堂雅集》,中华书局 2008 年版。

责任编辑：赵圣涛
封面设计：徐　晖
版式设计：周方亚
责任校对：吴小娟
审　　定：李汉秋

图书在版编目（CIP）数据

元曲与民俗：全2册/陈旭霞 著. -北京：人民出版社，2013.4
ISBN 978－7－01－011691－4

Ⅰ.①元…　Ⅱ.①陈…　Ⅲ.①元曲-文学研究②民俗学-研究-中国-元代
　Ⅳ.①I207.24②K892

中国版本图书馆 CIP 数据核字（2013）第 020132 号

元曲与民俗

YUANQU YU MINSU

（上、下册）

陈旭霞　著

人民出版社　出版发行

（100706　北京市东城区隆福寺街99号）

北京瑞古冠中印刷厂印刷　新华书店经销

2013 年 4 月第 1 版　2013 年 4 月北京第 1 次印刷
开本：710 毫米×1000 毫米 1/16　印张：57
字数：1000 千字　印数：0,001-3,000 册

ISBN 978－7－01－011691－4　定价：145.00 元

邮购地址 100706　北京市东城区隆福寺街 99 号
人民东方图书销售中心　电话（010）65250042　65289539